中华经典寓言故事鉴赏

李魁彩　编著

金盾出版社

内 容 提 要

本书共收入中华经典寓言故事1200余则，按照汉语拼音音序排列。每则寓言故事又分有寓源、寓言、寓言点拨三个部分，以期为读者了解寓言的来源，加深理解寓言的含义，并从中汲取智慧提供帮助。

图书在版编目(CIP)数据

中华经典寓言故事鉴赏/李魁彩编著.—北京 ：金盾出版社，2017.11
ISBN 978-7-5186-0909-3

Ⅰ.①中… Ⅱ.①李… Ⅲ.①寓言—作品集—中国 Ⅳ.①I277.4

中国版本图书馆CIP数据核字(2016)第070823号

金盾出版社出版、总发行

北京市太平路5号(地铁万寿路站往南)
邮政编码：100036 电话：68214039 83219215
传真：68276683 网址：www.jdcbs.cn
封面印刷：北京印刷一厂
正文印刷：双峰印刷装订有限公司
装订：双峰印刷装订有限公司
各地新华书店经销

开本：710×1000 1/16 印张：48 字数：900千字
2017年11月第1版第1次印刷
印数：1～4 000册 定价：142.00元

前　言

寓言是一种用故事来寄寓道理的文学体裁。它采用比喻象征的手法，借古喻今，借物喻人，借此喻彼，借远喻近，把原来不易为人所理解、所接受的主张，寓寄在拟人化的、具体的、通俗的、形象的故事中，表现作者或世人关于某种生活现象、心理和行为的批评或教训，突出劝诫和讽刺作用。寓言被称为“智慧的花，哲理的诗”。它闪烁着人类智慧的火花，又充满诗意的美。

中华寓言源远流长，早在春秋战国时期就已经盛行，在《孟子》《庄子》《韩非子》以及《吕氏春秋》《战国策》等书中，就运用了不少当时流行的寓言故事。如讽喻拖延改正错误的“月攘一鸡”，讽刺急于求成、不按客观规律办事的“拔苗助长”，讥讽只管吹嘘、不能自圆其说的“自相矛盾”，还有只相信尺码、不相信自己脚的“郑人买履”等。至于老幼皆知的“守株待兔”“刻舟求剑”“画蛇添足”“鹬蚌相争”等都是中国古代优秀的寓言作品的一部分。

编者在搜集参阅大量文献的基础上，本着忠于原文的原则，经过整理加工，编写而成《中华经典寓言故事鉴赏》一书。书中共收入寓言1200余则，囿于水平，书中错讹之处难免，恳请广大读者不吝赐教。在此深表感谢。

编　者

目 录

C

D

E

F

G

H

J

K

L

M

N

O

P

Q

T

W

X

Y

Z

A

阿谀

【寓源】明·刘元卿《应谐录》。

【寓言】广东有个县官，喜欢别人奉承。每当发布一项政令，许多下级争着称赞夸奖他才高兴。有个衙役想迎合他的心意，故意在旁边跟别人议论说："凡是当官的人，一般都喜欢别人奉承。只有我们的老爷不是这样的人，听见别人夸奖自己，就跟没有听见一样。"这话县官听见了，赶快把衙役叫到跟前来，高兴得拍着衙役的胸脯，手舞足蹈，不停地赞赏说；"嘻！知道我的心的，只有你这个好衙役啊！"从此以后就越来越亲近他了。

【寓意点拨】这则寓言讽刺鞭挞了那些喜欢被人阿谀奉承的官吏和善于逢迎的小人，揭露了他们的丑恶嘴脸。

爱面子

【寓源】明·冯梦龙《广笑府·偏驳》。

【寓言】有一个穷亲戚到富亲戚家去赴宴。

冬天，他没有毛皮衣服，只好穿着粗布衣服赴宴，但又怕被别人笑话，就故意拿着一把扇子，对众宾客说："我这个人生性怕热，即使是冬天也喜欢凉快。"

酒席散了，主人看出他这个穷亲戚在作假，想捉弄他一下，于是故意装出逢迎他的样子，给他薄被子、凉席和枕头，邀请他到池边的亭子里去住宿。

这个人半夜冷得实在受不了了，就背着床遮着身子在池边来回跑，结果失脚掉在了水池里。

主人吃惊地问他怎么掉到水里去了？穷亲戚说："只是因为我很怕热，即使是冬天睡凉亭，还想在水里洗一下。"

【寓意点拨】这则寓言告诉我们：人如果不能实事求是地去面对现实，虚荣心严重，爱面子，只会害了自己，落个被别人耻笑的下场。

爱驴负鞍

【寓源】清·乐钧《耳食录·爱驴》。

【寓言】有个人很富有，他放债生息，每天都要出去讨债。后来年老了，走路艰难，就买了一头驴代替步行。但他对驴子爱护至极，不是极度疲乏，是不肯坐在驴鞍上的。所以，驴子被老人骑在胯下的情况很少。

这天，天气酷热，老人走远路去讨债，实在不得已，便牵着驴一块去。走到半路上，老人累得汗流浃背，气喘吁吁，便跨到驴背的鞍子上去。走了两三里路，驴子由于不习惯被人骑，也累得气喘吁吁。老人急忙下来，解下驴背上的鞍子。驴子以为主人要让它歇息，就沿着原路往回跑。老人急忙呼唤驴，驴子奔跑着连头也不回。老人追赶不上，他害怕驴子跑丢了，又舍不得把鞍子扔掉，就背着鞍子一路跑回家。

老人一进家门就气喘吁吁地问："驴子在家吗？"他的儿子回答说："驴子在家。"

老人这才松了一口气，慢慢卸下背着的鞍子，顿时感到两脚困顿疲乏，脊背像裂开一样疼痛。再加上中了暑，病了一个多月才痊愈。

【寓意点拨】在人与物的关系中，人是第一位的，物是从属于人的。而文中老人却本末倒置，爱驴惜鞍却不珍惜自己年老的身体，是守财奴中的一种典型。这则寓言是对重物轻人，爱物如命之人的嘲讽。

鳌与蚂蚁

【寓源】前秦·符郎《符子》。

【寓言】东海中有一只巨鳌，它头顶着蓬莱仙山，在辽阔的海洋里自在遨游。它腾跃而起，就可以直上云霄，超越所有的高山。它俯身下潜，就像遮天的大山，消失在深不可测的海底。

有一只蚂蚁听说之后，十分感兴趣，就邀集了一群蚂蚁一起来到海边，想要看一看这只巨鳌。可是，等了一个多月，巨鳌却一直潜藏在深海，没有露面。就在蚂蚁准备回去时，海面上突然狂风大作，巨浪翻滚，波涛万丈，海水沸腾，大地在雷霆般的轰鸣中颤动不已。蚂蚁们互相转告说："这是大鳌将要出现了！"

过了几天，风逐渐停了，涛声也静默下来。海上隐约可见一座大山，高可齐天，向着西方缓缓漂移。蚂蚁们于是议论说："这只巨鳌头顶着大山，和我们头顶着米粒有什么不同呢？我们向上也可以在蚁穴外的土堆上逍遥自在，向下也可以潜伏在蚁穴之中。可以说我们和巨鳌是各适其宜，各得其所。既然如此，我们又何苦劳累身体，数百里长途跋涉来观看它呢？”

【寓意点拨】小小蚂蚁和大鳌比起来，相去不啻霄壤；然而，蚂蚁并没有被眼前的庞然大物所震慑，他们以其深邃的思辨精神，超越了彼此形体上的差异而直接把握住了问题的实质，认识到它们自己和巨鳌从根本上来说并无二致。它提醒人们：看待事物，分析问题，都不应该简单地拘泥于表象，而必须要能把握住其精神实质。

B

八哥能言遭祸

【寓源】清・汪琬《钝翁前后类稿》。

【寓言】巷子里有个人养了一只八哥，他训练八哥学说人话，时间一长，八哥真的能说话了。这只八哥聪明狡黠，主人把它关在笼子里，放在廊庑间。八哥每天窥视着女仆，发现她们中有偷懒的、偷食的、互相谩骂的，就告诉主人。结果这些人都遭到主人的鞭打。主人因此而更加喜爱它，用肉食来饲养，并不断地增加数量。

有一天，主人的爱妾同情夫偷情，八哥窥见了，报告了主人。主人来到爱妾房里，爱妾却谗言诬告八哥，主人相信了爱妾的话，认为八哥欺骗了他，立即把八哥的头扭断，撕裂了它的肢体，扔到廊下。

【寓意点拨】这则寓言给人们的启示是多方面的。就八哥而言，告诫人们不要以出卖他人的利益来谋取私利，不该公开的个人隐私则为之保守秘密，否则终遭灾祸。就爱妾而言，有才华的人得不到重用，甚至被排挤，则是因为小人从中挑拨诬陷而造成的。就主人而言，提醒人们凡事要重事实、重调查，不可偏听偏信，否则就会造成谗佞小人得志，好人受冤屈。

八哥学舌

【寓源】明・庄元臣《叔苴子・内篇》。

【寓言】八哥灵巧可爱，聪明伶俐，尤其有着很强的语言天赋。人们喜欢八哥的乖巧，纷纷把它捕来，建造漂亮的房子给它住，用美味的食物喂养它。常常与人类生活在一起，渐渐地，八哥对人类的语言产生了浓厚的兴趣，开始学习人类说话了。“你——好”，“对——不起”，“早——上——好”，“谢——谢”……虽然都是些简单的句子，它学的也含混不清，但人类还是被它这种有模有样的“语言”惊呆了，开始渐渐地热衷于训练它说更多的话，对它也就更好了。

八哥看到人类那么喜欢它学说话，心里甭提有多高兴了。它卖劲儿地学着，觉得这是最动听的语言，其他任何语言都是无法媲美的。于是，它早也叫，晚也叫，但总是那么简单的几句，“你好”“对不起”“谢谢”，没有一点新鲜的。会说人类的语言，八哥感觉自己非常了不起，常常喜欢在自己的动物朋友面前卖弄，生怕别人不知道它的与众不同。日子久了，大家一看见它就都远远地躲开了。

有一天，蝉在院子里认真地练习鸣叫，八哥听见了，随口就嘲笑起蝉来了：“你的叫声怎么这么难听啊，让你听听我的！”然后，它就自我陶醉地学起人类说话了，无非还是那么几句。蝉并没有生气，而是心平气和地对它说：“你能学人类说话，非常好听，我们都很羡慕你；可你说的都不是自己的话，实际上什么内容也没有；我的叫声虽然没有你的话语动听，但那却都是我自己要表达的意思啊！”蝉就那么慢慢地温和地说着，八哥听着听着，羞愧地低下头。

“蝉说得很对啊，自己也并没有什么可以炫耀的啊！”八哥心里这么想着，从此以后，再也不跟人炫耀自己了。

【寓意点拨】八哥只知一味模仿别人，人云亦云，拾人牙慧，而自己并没有真才实学，真知灼见，还到处炫耀，这样的态度是不可取的；蝉勇敢地发出自己的声音，表达它自己的意思，虽然叫声不动听，那又有什么关系呢！这则寓言告诫人们，不要拾人余唾，装模作样，欺世盗名。

巴豆孝子

【寓源】南北朝·颜之推《颜氏家训·名实》。

【寓言】有位显贵的人，因孝顺而声名显著。他在父母先后亡故的守丧期间，哭嚎声不断，悲伤的似乎损害了身体，在别人看来，其孝心似乎超出常人了。但是，就是这位孝子在守丧期间，睡在草席上，头枕土块，偷偷地将巴豆汁涂在脸上，弄得面部长出许多疮，想以此显示他哭泣得十分厉害。

【寓意点拨】在封建社会里，“孝”与“忠”直接相连而为巩固封建君主统治服务。因此孝敬父母就失去了原本的率真，而蒙上了虚伪的面纱。这则寓言用“以孝著声”与“巴豆孝子”的对比，戏剧性地揭露了“巴豆孝子”的虚伪本质。同时讽刺了那些为寻求好名声而不择手段的人。

拔苗助长

【寓源】战国·孟轲《孟子·公孙丑上》。

【寓言】春秋时期，宋国有个农夫，春天播种的时候，他种了一大片的庄稼。

可是，这个宋人是个急性子，苗刚从土地里泛出新芽的时候，他就跑到田里去看，看到庄稼长得只有小拇指那么高，就自言自语地说：“怎么长得那么慢呢，什么时候才能到小腿肚那么高呢？”

过了十天，他又去田里看，这回庄稼长势很好，叶子全长出来了，已经由嫩绿变为深绿了，而且茎也开始冒出来了呢。他站在秧苗跟前，都已经到他的小腿肚了，可是，他还是很着急，“都已经十天了，怎么才长这么一点呢，什么时候才能长到膝盖那么高呢？”

好不容易又熬过了五天，宋人又坐不住了，他又跑到田里去看。这回庄稼长得比上次还好，秧苗的茎已经节节蹿高了，都已经到膝盖了。叶子也越来越多，隐隐约约都可以看见小花蕊了。可是，宋人还是不满意，他背着手，摇着头，在田间踱着步，陷入了深深的思考中。望着田间那些风中轻轻摇摆的秧苗，突然间，他想出了一个办法。

他弯下腰，小心翼翼地把一株秧苗拔高一些，然后看了看，它还稳稳地伫立在田间，而且比其他秧苗“长”高了很多。他终于满意地笑了。随后，他又耐心地，不怕辛苦，一株一株地把他的那片庄稼挨着拔了一遍，这样一来，所有的秧苗都“长”高了一大截。他心里高兴了。

夕阳西下，浑身疲惫的他回到了家里，喜出望外地对家人说：“今天可把我累坏了，不过也算值得了，我终于帮我们的庄稼长高了！”他的儿子一听，好奇地跑到田里去看，发现所有的禾苗都枯萎了。

【寓意点拨】这则寓言告诫人们，事物的发展都有自己的规律，任何人不能违背，违背了客观规律，就必然失败。

拔杨易 种杨难

【寓源】战国·韩非《韩非子·说林上》。

【寓言】陈轸是位有名的说客，受到魏惠王的器重。当时担任魏国相国的惠子对他说：“你一定要好好结交惠王身边的人。你看那些杨树，随便横插着就能活，截取一段栽种也能活，折断了再种，照样能活。但是，即使有十个人去栽种，只要有一个人来拔，就不会有活的杨树了。凭十个人的力量去栽种极易成活的杨树，却经不起一个人的破坏，这是为什么？是因为栽树困难，拔树容易。你虽然善于在君主面前树立自己的威信，但企图赶走你的人有很多，不善于结交这些人，那你就危险了。”

【寓意点拨】这则寓言所包含的哲理是深刻的，它既可以用来说明，任何一件事情、一种事物，成就它是很艰难的，而破坏起来则十分容易。同时也说明了齐心协力、拧成一股绳搞好事情的重要性。

白雁落网

【寓源】明·宋濂《燕书》。

【寓言】太湖栖息着许多鸟类，白雁就是其中的一种。每年到了春天，草木繁茂的时候，成群的白雁就会一个接一个地在太湖的水草中筑巢安家。

人们发现了这些白雁，想在晚上趁雁群不注意的时候，猎捕它们。白雁非常担心，但是它们谁也不愿意离开这个美丽的地方。为了安全，白雁首领安排一只白雁守夜，一旦发现人们靠近，马上报信，认为这样大家夜里也就安全了。

可是，人们慢慢发现了白雁的策略。这天晚上，几个捕雁的人来到湖边，他们故意点亮火把照明。守夜的白雁远远就发现了猎人们，它焦急大声地“嘎嘎”叫着报出有险情的信号。整群白雁全都被惊醒了，扑腾着双翅从草丛中飞了出来。这时，猎人们马上将火把投进湖水里，火把马上就熄灭了。猎人们屏住呼吸，谁也不发出声响，悄悄地躲藏起来。湖面上又恢复了寂静，黑漆漆一片。整群白雁一看没有任何危险，又都飞回去睡了。

可是，不一会儿，猎人们又点亮了火把，守夜的白雁又报警，群雁又飞腾起来准备撤离；猎人们又熄灭火把，群雁又觉得没事继续休息；不等它们进巢，猎人们又开始重复之前的做法。如此三番五次，五次三番，白雁被折腾得整夜都没有休息好。它们全都怀疑是守夜的白雁在撒谎欺骗它们，于是，一齐上来啄咬白雁。守夜的白雁有口难辩，只好自己默默地承受这份委屈。

到了第二天晚上，白雁们睡得正香，那群猎人又来到了湖边。火把照得通天亮堂堂的，守夜的白雁早就发现了，可是它不敢再报信了，它觉得它的同伴们已经不再相信它了。于是这群睡梦中的白雁，轻而易举地就被这些猎人一网打尽了。

【寓意点拨】寓言告诉我们，猎人用诡计欺骗了大雁；狡猾的敌人，也常常是用诡计欺骗我们的，我们切不可失去警惕，受骗上当。大雁为了免于被害而设警，却又不能真正信任它，使用它，轻易否定并用粗暴的方法压制正确意见，使人家不敢再讲真话，结果全部送了命。

百人逐一兔

【寓源】战国·慎到《慎子·内篇》。

【寓言】有一只兔子在田野里奔跑，上百人在后面追捕捉它，并不是这只兔子可以分给上百个人，而是因为兔子的所有权没有确定下来的缘故。所有权没有定下来，就是唐尧这样的圣王也无能为力，更何况是一般百姓呢！

在市场上，成群的兔子堆积在一起，路过的人都不去看一眼，这并不是人们不想得到它，而是因为这些兔子的所有权已经确定了。所有权一旦确定，连没有修养的人也不会去争它了。所以统治天下和国家，就在于定名分罢了。

【寓意点拨】这则寓言启示人们，凡事都要有明确的责任，有了职责就能致使各负其责，各尽其力，这既是办事的原则，也是领导的艺术。

傍人门户

【寓源】宋·苏轼《东坡志林》。

【寓言】门旁的春联仰望着高悬在门上的艾草人骂道："你这下贱的小草，竟然站到我的头上？"艾草人弯下身子回答说："你已经半截入土了，还要来跟我争高低吗？"春联很恼火，又和艾草人争执不止。门神调解说："哎呀，别吵了！我们这等人都没有什么本事，只能依傍着别人的门户过日子，哪有工夫来做无谓的争吵呢？"

【寓意点拨】春节张贴的春联和端午节悬挂的艾草人展开了地位高下的无谓争论。春联因为已挂了好几个月，可以说是迈入老年，半截入土了，但对后来居上的艾草人又不服气，就无休止地窝里斗。这里进行窝里斗的并不是成就显赫的突出人才，而是傍人门户的不肖之辈，可见往往正是那些本事不大的人在争权夺利，计较着名誉地位。

宝价十万

【寓源】明·宋濂《龙门子凝道记》。

【寓言】来自西域的胡族商人，拿着一些宝玉出卖，宝玉颜色呈纯红色，好像朱红色的樱桃，长度达到一寸，价值超过数十万。

龙门子问："能够充饥吗？"回答说："不能。"又问："能够治病吗？"回答说："不能。"又问："能够驱逐瘟疫吗？"回答说："不能。"又问："能够使人们产生孝悌的品德吗？"回答说："不能。"又问："既然这样没用处，为什么它的价钱要超过数十万呢？"回答说："由于它出产在险峻遥远的地方，获取到它是非常艰难的呀！"

龙门子听后笑着掉头而去，对他的弟子郑渊说："古人有句话说：'黄金虽是贵重宝物，生吞下去就会死人，粉末弄进眼睛就会瞎眼。’宝物与我没有牵涉已经很久了。我自己身上一件最珍贵的宝物，它的价值不止数十万。这件宝物水不能淹没，火不能燃烧，风不能吹扬，太阳不能烘烤，用它可以使天下安宁，不用它可以使我身躯平安。但有些人不知道日夜去求得它，而把获取珠宝当作要事去办，这难道不是舍近而求远吗？唉，人心之死已经很久了，人心之死已经很久了呀！”

【寓意点拨】龙门子把自己的高尚品格和道德素养作为“无价至宝”；相形之下，胡贾的价值数十万的宝玉，反而一无可取、黯然失色。这则寓言对社会上那些追逐利禄、贪恋权势而不重视道德素养的人，是一个莫大的讽刺和鞭挞。

宝 石

【寓源】民国·胡协寅《蜨阶外史》。

【寓言】云南边境的大山里出产宝石。由于山很高人不能直接上去。山上到处住着猿猴，来来往往的像穿梭一样。当地人用弹丸射击猿猴。猿猴大发脾气，成群结队地捡取石头打人。人们往来奔跑，以免被石头打中。猿猴刚一停手，人们突然又把弹丸打上去，激得猿猴发怒，又把石头打下来，往返不停。

石头有大有小。人们把石头捡回家，丢掉其中的顽石，剩下猫睛石、红鞨、祖母绿等各种宝石，色彩斑斓，光怪陆离。大家因为得到了宝石，都高兴得唱了起来。石头中也有藏着玉的，把它磨制成器物，可以卖得很高的价钱。

【寓意点拨】这则寓言一方面说明人很有智慧，能够充分利用大自然为自己谋福利。另一方面借猿猴的举动，讽刺了那些一触即跳、容易被人利用的人。

抱瓮灌園

【寓源】战国·庄周《庄子·天地》。

【寓言】孔子的学生子贡，有一次到南方楚国游玩，在返回晋国时路经汉水南边，看见一位老人正在菜园里整理园地，挖地道，下水井，抱着瓮器灌水出来浇菜地，用力很多而见效很少。子贡对他说：“现在有一种器具，一天可以浇灌一百畦菜地，用力很少而功效大，先生不愿意用吗？”

浇园的老人抬起头看看子贡，说：“你说的是什么器具啊？”

子贡解释说：“用木材做成器具，后头重前头轻，提水如抽水一样，快速如同水流涌出，它的名字叫桔槔。”

浇园的老人一听，轻蔑地一笑，说：“我从老师那里听说过，有灵巧的械具必有取巧的事，有了取巧的事一定有取巧之心。胸中有取巧之心，就不能保全纯洁的品质；纯洁品质不保全，心神就会不安定；心神不安定的人就什么事情也做不成了。我不是不知道你说的那种器具，而是以为羞愧而不去用它。”

子贡感到羞愧而低头不语。

【寓意点拨】为反对机巧，保持真朴，汉阴老人连便捷的器具都不去用。这是庄子反对聪明智慧、提倡无为而治的思想表露。这则故事积极的意义在于讽刺那些抱残守旧的人。

抱鸡养竹

【寓源】明·冯梦龙《古今谭概·贪秽部》。

【寓言】唐朝新昌县令夏侯彪之，一到任便问里正：“这里鸡蛋一文钱几个？”里正回答说：“三个。”彪之便叫拿出一万钱，命令买三万个鸡蛋，并对里正说：“我不马上要这些鸡蛋，是让母鸡把这些鸡蛋孵化成小鸡，这样我便能得到三万只鸡。经过几个月之后这些鸡长大了，让县衙的役吏给我卖掉，一只鸡十文钱，半年之间，就是三十万钱了。”

县令又问：“竹笋一文钱几根？”里正说：“五根。”县令又拿出一万钱交给他，让买五万根竹笋，并且对里正说：“我现在不要笋子，而是放在竹园里让它长成竹子，到了秋天，一根竹子卖十文钱，累计便有五十万了。”

【寓意点拨】夏侯彪之上任之后，不是访察民情，解决人民的疾苦，而是打探行情，企图用“抱鸡养竹”的手段，巧取豪夺，拿出两万钱作本钱，就想获取八十万钱的暴利，是一个十足的吸血鬼。寓言揭露了贪官利用职权，想方设法，剥削劳动人民的丑恶嘴脸。

鲍君神

【寓源】东汉·应劭《风俗通义·怪神》。

【寓言】汝南郡鲖阳县有个人在田地里干活时，捕获了一只獐子，没有把它直接带回家，而是拴在一棵树上。

在他走后，刚好有一支十多辆车子的商队路过这里，看见这只拴着绳子无人看守的獐子，就顺手把它牵走了。临走时又觉得自己是不劳而获，于是把随身带的一条咸鱼放在了原处。

过了一会儿，捉獐子的人返回来不见了獐子，却在原处发现了一条咸鱼，非常惊讶，心想，在这人迹罕至的地方，獐子竟然变成了咸鱼，真是太神奇了！一定是天神下凡显灵！于是，獐子变咸鱼的故事很快在人们中间传开，越传越神。有的人竟然专门到这里来祈福求药，而且很多都应验了。这样一来，人们便为咸鱼盖起了神庙，称它为“鲍鱼神”。庙里的巫师有几十人，整天高挂神帐，齐鸣钟鼓，祈祷还愿的香客也络绎不绝。

几年后，当初牵走獐子留下咸鱼的人又经过此地，见这里庙宇庄严，香火鼎盛，感到十分吃惊。当他问明事情的来龙去脉时，不禁哑然失笑，说：“这是我当年留下的咸鱼，哪有什么神啊！”说完，上前取出神龛里的咸鱼就走了。从此以后，这座庙宇再没人来过，很快就败落了。

【寓意点拨】一个误会，咸鱼竟成了神，这样的笑话过去有，现在也时常发生，究其原因，就是有的人以讹传讹，自己并不清楚是怎么回事，却在那里煞有其事地传播着流言蜚语；有的是不动脑筋，跟在别人后面人云亦云，亦步亦趋；有的是乘机虚张声势，捞取私利，如寓言中的巫师们。这些人的做法都是不可取的。

暴　富

【寓源】明·冯梦龙《广笑府·偏驳》。

【寓言】有个暴富的人，早晨起来看花之后，有气无力地呻吟着说自己得了病。

妻子问他得了什么病?

他回答说：“今天早晨看花时，被蔷薇露水滴伤了，可否快点请医生来诊治！”

他的妻子说：“老爷呀！你忘了当年我和你一起在外面乞讨时的情景，当初在苦竹林下被大雨淋了一夜，我们不是也过来了吗？今天早晨的露水算得了什么？”

【寓意点拨】这则寓言说明暴富者一旦有了钱，就忘了过去，自娇自贵，令人作呕。劳动人民应保持俭朴的本色，千万不能娇生惯养。

杯弓蛇影

【寓源】东汉·应劭《晋书·乐广传》。

【寓言】晋朝时，有个叫乐广的人，非常热情好客，朋友很多。他常常邀请一大帮朋友相聚在一起喝酒吟诗赏乐。有一天，乐广突然发现，有个和自己很亲密的好朋友已经有好多天都没有来参加他们的聚会了。他觉得很疑惑，心里一直记着这件事，想着下次见面一定要当面问问缘由。

又过了好久，这个朋友来聚会了，乐广就问起了缘故。好友笑笑，回答说："让你见笑了。上次我们一起聚会，承蒙赐给我酒，我刚要喝，忽然发现酒杯中有一条蛇，弯弯曲曲的，杯动蛇也动，我心里特别厌恶它，但酒又不能不喝，结果喝了酒就害起病来了，到现在心中还有恐惧呢。"乐广听了，也感到非常奇怪，"蛇"，那根本是不可能的啊！到底是怎么回事呢？他细细地回想着上次的聚会。

他在大厅里踱着方步思考着，突然看到大厅墙上挂着一张角弓，弓上用漆画着一条蛇。他想到了，朋友所说的蛇一定就是角弓的影子了。想到这里他不由得笑出了声，"原来如此啊！"他自己感叹道。

又要开席了，他特意又安排好友坐到了上次那个位置，还在他面前倒满一杯酒，然后问朋友，"在酒中看到什么了没有？"那好友定睛一看，酒杯中还是浮着一条弯弯曲曲的细蛇，和上次的一模一样。他脸色大变，吓得不由倒退了好几步。

乐广哈哈大笑，对他说："其实你不用害怕，那只不过是墙上角弓的影子而已！"说完又详细地给好友解释了一番，这下那朋友才恍然大悟，积久难治的疾病也就立刻痊愈了。

【寓意点拨】寓言说明：心理因素对一个人来说是非常重要的，它会影响人的健康成长，影响人的生活质量。而要想拥有一个良好的心态，就需要从各方面去努力，其中之一就是：遇到一些迷惑的事情，一定要去把它弄清楚，不要有什么顾虑，更不要总是憋在心里。

悲心更微

【寓源】战国·列御寇《列子·周穆王篇》。

【寓言】古时候有个人，他在燕国出生，但却在楚国长大，几十年过去，他慢慢地老了，非常想念自己的出生地燕国，就想回到燕国去。

有一天，他动身上路了。从懂事起就再也没有回过燕国，对燕国他已经没有任何印象，一路上听到别人提到任何有关燕国的事情或者见闻，他总是感到异常的兴奋。他认认真真地听着，心里默默地记着，生怕错过了任何精彩的内容。

时间一天天地过去，有一天，这个燕人来到了晋国的土地上，同行的一个人想到他对燕国的那种热情，就想开玩笑捉弄捉弄他。于是，这个人指着晋国的城池，对燕人说："你看，那城就是燕国的城。"燕人听了兴奋之情溢于言表，脸上颜色都变得通红通红的。同行的人觉得很好笑，顺手又指着一个神灶告诉他说："你看，那就是你们乡里的神灶！”燕人听了仔细地看了看，好像是感到物是人非吧，大为感慨，深深地叹了口气。

同行的人又指着远处一栋房屋跟燕人说：“那好像就是你祖先的房屋！”燕人想到祖先，心中不由得一阵酸楚，泪水充满了眼眶。

“你别哭啊，你看那就是你祖先的坟墓！”同行的人忍住笑，又指着半山上的一座坟墓和他说。这一说不要紧，一听到那是自己祖先的坟墓，燕人再也按捺不住自己激动的情绪了，不禁抱头哇哇地痛哭起来了。

同行的人再也忍不住了，他抱着肚子哈哈大笑起来。燕人非常不解，埋怨他说：“人家看到家乡一时伤感激动，不由得流泪，你怎么还笑呢？”同行的人这才认真地告诉他：“看来你是真的想念燕国啊！不过刚才那些我都是骗你玩的，都是假的，我们现在还在晋国呢，怎么会有你的家乡呢？”燕人一时哭笑不得，羞愧不已。

一时无话，两人继续赶路；又过了半个月，终于到了燕国。这时看到了真正的燕国城池，乡里的神灶，真正的祖先房屋和祖先的坟墓，奇怪的是，燕人倒是没有之前那样激动那样悲伤了，一切好像都变得淡薄了很多。

【寓意点拨】燕国人几十年没有回过家乡，几十年里蓄积起来的一腔思乡激情像山洪一样在晋国提前爆发。但是当燕人真的到了故乡，却再也无法重新积聚刚踏上归途时对故乡的那股强大的热情了。

这则寓言说明，虽然君子可以欺之以方，但盲目相信别人的话，却是过于糊涂了。

悲挚兽

【寓源】唐·皮日休《皮子文薮》。

【寓言】在众水汇聚的沼泽地带，有一个农夫手持弓箭巡守在庄稼的路旁。走到一片苇子处，农夫正想在苇子旁边休息一会儿，还没有碰到苇花，苇花却忽然纷纷然然地飘落下来，好像有什么东西在那里面玩耍。

他仔细一看，原来是一只老虎，正在那里跳跃吼叫。看它的样子，似乎是捉到了什么食物，显出高兴得了不得的样子。农夫以为老虎看见了自己，便立即把箭挺直地搭在弓弦上，隐藏起身子，等它再重复玩耍的时候，一箭发射出去，正中老虎的胸腋。老虎轰然一声倒在地下。等到走向前看时，老虎枕在一只死獐子身上死去了。

【寓意点拨】这则寓言讽喻了“喜于富贵，娱于权势”者的可悲下场。老虎自恃凶猛，捕捉猎物后不胜其喜，得意忘形，谁知竟被农夫一箭射死。

北郭报恩

【寓源】秦·吕不韦《吕氏春秋·士节》。

【寓言】齐国的北郭骚，依靠结兽网、编蒲苇、织麻鞋来奉养他的母亲，但仍然不足以维持生活，于是他到晏子门上求见晏子说："希望能得到些粮食以奉养母亲。"

晏子的仆人对晏子说："此人是齐国的贤人。他志节高尚，不向天子称臣，不和诸侯交友，对于利不苟且取用，对于祸不苟且求免。现在他到你这儿来索取粮食以奉养母亲，是悦服您的道义，请您一定要给他。"

晏子派人把仓中的粮食，府库中的金钱拿出来给他，他谢绝了金钱而接受了粮食。

没过多久，晏子被齐君猜疑，不得不逃往国外，在经过北郭骚的门前时向他告别。北郭骚洗发洗身，恭敬地相迎，见到晏子说："夫子将要到哪儿去？"

晏子说："我被齐君猜疑，将要逃往国外。"

北郭骚说："您好自为之吧。"

晏子上了车，长叹一声说："我逃亡国外难道不应该吗？我不了解士。"于是晏子走了。

北郭骚招来他的朋友，告诉他说："我悦服晏子的道义，曾经向他求得粮食奉养母亲。我听说：'奉养过自己父母的人，自己要承担他的危难。'如今晏子被猜疑，我要以自己的死为他洗冤。"于是，北郭骚穿戴好衣冠，让他的朋友拿着宝剑捧着竹匣跟随在后。

走到国君门前，北郭骚对负责通禀的官吏说："晏子是闻名天下的贤人，他如果离去，齐国必定遭受侵犯。看到国家将要遭受侵犯，还不如先死。我愿把头托付给您来表明晏子的冤枉。"于是对他的朋友说："把我的头放在竹匣中，捧去托付给那个官吏。"说完自刎而死。

他的朋友于是捧着他的头托付给了那个官吏，然后对旁观的人说："北郭骚为国难而死，我将为北郭骚而死。"说完，也自刎而死。

齐君听到后大为震惊，乘着驿车亲自去追赶晏子，在离国都不远的地方赶上了晏子，请晏子返回。晏子不得已随齐君而返，听说北郭骚用死来替自己洗冤，便说："我逃亡国外难道不应该吗？我是越发地不了解士了。"

【寓意点拨】这则寓言启示人们，危难之际得到别人的解救，而当别人危难之时，切不可忘恩负义而不报。知恩而报是每个人应具有的美德，互相关爱，见难而救，应是社会的良好风尚。俗语所说的“知恩不报非君子”，正是从反面说明了这则故事的道德内涵。

北郭先生

【寓源】汉·韩婴《韩诗外传》。

【寓言】楚庄王派了一位使者带着一百斤黄金，去聘请北郭先生担任楚国宰相。

北郭先生对使者说：“这事容我进屋和妻子商量一下。”

他对妻子说：“楚国请我去做宰相。如果做了宰相，我们出门就可以乘坐豪华马车，吃饭时面前摆满美味佳肴，你看我去不去啊？”

妻子说：“你以编织草鞋糊口，喝粥做鞋，毫无担心和恐惧感，这是为什么呢？因为用不着操心此事之外的任何事情。做了宰相，虽然出门可以乘坐豪华马车，但你所需要的无非只是巴掌大的一块地方，虽然吃饭面前摆满美味佳肴，但你所吃的无非只是一块肉。为了巴掌大的地方和一块肉的滋味，去操劳整个楚国的忧患，这值得吗？”

北郭先生听了妻子的话，决定不去担任楚国的宰相，而和妻子一起远走高飞了。

【寓意点拨】权势和财富是很多人追求的目标，而这篇寓言却从相反的角度提醒人们：一、权势总是伴随着担心和恐惧；二、个人的物质需求是有限的，过多的财富没有意义。因而北郭先生听从了妻子的劝告，拒绝了宰相职位，不去为有限的物质需求担惊受怕。读了这篇寓言，或许能使我们在权势和财富面前保持应有的清醒和超脱。

北人学游泳

【寓源】宋·苏轼《东坡全集·日喻》。

【寓言】南方会潜水的人很多。他们整天和水接触，七岁就能涉水，十岁就能浮水，到十五岁就能潜水了。他们潜水的本领难道是偶然获得的吗？不是，他们每天和水打交道，到了十五岁就认识了水性，掌握了潜水的规律。那些生来没有接触过水的人，即使已经成年，看见船也会害怕。

一个鲁莽的北方人，向会潜水的人求教了潜水的要领，就一下子跳到河里，按人家说的试验起来。像这样的人，没有不被淹死的。

【寓意点拨】这则寓言告诉人们，实践出真知。正确的理论可以用来指导实践，但决不能代替实践。

卑　职

【寓源】清·刘廷玑《在园杂志》。

【寓言】有个由士兵提拔起来的守备，每次遇见他的上司，依然自称“小的”。

提拔士兵的上司说：“你已经当官了，还这样称呼，不太雅观。可以换个称呼。”

守备问道：“那要怎样称呼呢？”

上司说：“称卑职吧！”

守备牢牢地记住了这个称呼。

一天，守备手下有个士兵，自恃年老资深，是守备的前辈，因而在他面前骄傲放纵。守备大怒，当众训斥他说：“卑职我现在是你的长官，你竟敢如此放肆，难道不敢处罚你吗？”

那些在场的士兵，见守备竟把对上级的自谦之词用于对待地位卑微的士兵，不禁哄堂大笑，从而更加瞧不起他。

【寓意点拨】这则寓言以小官“守备”在其部下面前自称“卑职”而引起人们嘲笑为喻，对愚昧无知而又装腔作势的人进行辛辣的讽刺。这不仅反映出“守备”的无知，而且暴露出他傲慢的嘴脸。他代表了这类人的共同的特征：装腔作势，借以吓人。这种人本想抬高自己，结果适得其反，丑化了自己。

本猫说

【寓源】清·董诰《全唐文》。

【寓言】从前有种动物像兔子，但比兔子要小一些，它在田里吃稻谷。稻谷成熟时，农民收割回家，这种比兔子还小的动物也跟着来到农民家里潜藏起来。它很会偷盗，每次偷盗食物，都等人出去的时候。主人非常厌恶它，就命名为鼠。于是农民就物色有捕鼠本事的动物来喂养。

有人说：“广阔无边的野外有种野兽，它的名字叫狸。善于使用爪子和牙齿，吃小动物，经常发出生气的声音，它的本领能够捉老鼠。”于是农民前去，等到它生子时，取它的崽儿回来饲养。到崽儿长大，果然很善于抓捕，遇到老鼠必定发怒而抓捕吃掉，许多老鼠都不敢出洞。它虽然为了自己吃而捕鼠，但是人却得到没有老鼠偷食物之害的好处，这也是有功于人。于是人们就将这种狸叫它为猫。猫的意思是末梢。广阔无边的野外是根，农民家里的事是梢。被人驯养之后，猫轻视山野之事而以农家之事为荣耀。

猫就生养在农民的家里，但到它的下一代，对老鼠已经不太发怒了。因为母亲咬死老鼠来喂养它，它自己不抓捕老鼠也能吃得到。看不到母亲捕鼠，它也不知道发怒。到了猫的儿子的儿子这一代，就疑惑猜测自己跟老鼠都是主人喂养的，心里没有捕杀老鼠的想法，反而跟老鼠一起去偷盗食物了。

农民慨叹说："猫呀，本来我是用你来帮我制服老鼠偷盗食物。现在你对老鼠不发怒了，已经丧失了你的职能，反而跟老鼠吃住在一起。你已失去了祖先的尖爪利齿，引诱老鼠一起偷盗，我太失望了。"就把它又遣返回野外，再物色狸的新生儿回来喂养。稍长大时，捕捉老鼠跟以前一样。

【寓意点拨】这则寓言，说明了环境对生物的巨大影响作用。野外的狸驯化为家养的猫后，许多功能都逐渐退化，连捕鼠的本能也在逐渐消失。人类社会有时也是这样，安逸的环境也容易消磨人的斗志，舒适的生活，常常使人缺乏战胜艰难困苦的毅力。

婢共羊斗

【寓源】佩实注《杂宝藏经》卷第十《婢共羊斗缘》。

【寓言】从前有个婢女，为人廉洁谨慎。她常常为主人在偏僻处炒麦豆。主人家有一只公羊，一有机会，就悄悄地偷吃麦豆。麦豆的数量减少了，婢女就被主人责怪，失去主人的信任。因此婢女恨这只公羊，常常用棍子打它。公羊被激怒后，也用角来撞击婢女。这样的争斗已不是一次两次了。

一天，婢女空着手取火。公羊看见她手中没有棍子，便直冲冲地来撞婢女。婢女一急，将手里刚取来的火扔到了公羊的背上。公羊被火烧得疼痛，便叫着到处横冲直撞。公羊所到之处，火苗即起，火越烧越旺，大火烧着了整个村子，烧死了村里人，又蔓延到山上。当时山中有五百只猕猴，火来势凶猛，猕猴来不及躲避，一下子都被火烧死了。天神们看见此状，说道："两相争斗，不该无止无休。公羊与婢女斗，村人、猕猴都遭殃。"

【寓意点拨】婢女与公羊无休止的争斗，结果是"城门失火，殃及池鱼"。不但引火烧身，而且烧毁了整个村庄，烧死了村里人以及猕猴，这就是冤冤相报的惨痛教训。这则寓言启示人们，要及时妥善地解决纷争，化干戈为玉帛，避免类似事情的发生。

壁虎与蝎子

【寓源】清·薛福成《庸盦笔记》。

【寓言】一只壁虎与一只蝎子相遇。蝎子没有眼睛，只是莽撞地向前行走。壁虎便用尾巴挑逗蝎子，蝎子被激怒，猛地用劲蜇壁虎。壁虎的尾巴圆溜光滑，即使被蝎子蜇了，毒也不能很快进入身体，况且壁虎又生性狡黠，行动敏捷，这时早已躲开。蝎子尾巴刚好蜇中自己身体，这时的怒气更是不可遏制，心想蜇死壁虎才甘心。壁虎又拿尾巴来逗蝎子，又很快缩去，蝎子又没有蜇中，反而又蜇了自己的身体。这样来回有三次，蝎子就不再动弹，它已经死了。壁虎于是痛快地吃它的身体，仅仅留了一个空壳在那里。

【寓意点拨】壁虎利用蝎子无眼造成的轻率莽撞，而激怒蝎子暴跳如雷，失去理智，最后自伤其身，变成了壁虎的美食。这则寓言说明，让对手自我消灭，这是最高明的战术。但这在于对对方的深刻了解，在于纯熟有效的技巧，在于稳妥周密的战略战术。

蝙蝠骑墙

【寓源】明·冯梦龙《笑府》。

【寓言】森林里很热闹，因为百鸟之王凤凰要过生日了。大家都忙着准备节目，百灵鸟要唱歌，孔雀要跳舞，啄木鸟辛勤地把树木啄得“嘣嘣嘣”直响，它在为大家准备联欢的场地；燕子也匆匆忙忙地从南方飞回来，不辞辛苦地为凤凰祝寿。到了那天，甭提有多热闹了，百鸟都来了，大家一起唱啊跳啊，都为凤凰送上了温馨真诚的祝福。凤凰特别开心，它很感谢大家；但是心里有个疑问，为什么百鸟都到了，独独没有看见蝙蝠呢？它很纳闷。

生日过后，森林里的生活又回归了平静。这天，凤凰正在林子里巡视，远远地就看见蝙蝠正倒挂在树上懒洋洋地睡觉。想起了往事，不由得问起他：“蝙蝠老弟，你处在我的管辖之下，为什么我生日的时候没有来祝贺啊？”蝙蝠伸了伸翅膀，有气无力地说：“我有脚啊，属于走兽，不归你管辖，为什么要朝贺你呢？”看它说得头头是道，凤凰也不好说什么了，只好悻悻地走开了。

又过了好久，麒麟也过生日了，所有的走兽们也都准备了丰富的节目和最真挚的礼物，向这位威严的百兽大王表达祝贺，大家玩得非常尽兴快乐。过后，麒麟发现，蝙蝠也没有来参加它的生日聚会。它和凤凰一样也有着同样的疑问："蝙蝠处在我的管辖之下，为什么所有的走兽都到了，独独缺它一个呢？是不是有什么事情耽搁了呢？"就这么想着，它来到了蝙蝠家里，准备探视探视它，看看是怎么回事。敲门进去一看，蝙蝠还在懒洋洋地睡觉，麒麟很是生气，问道："蝙蝠老弟，你既然没有事情，为什么不来参加我的生日聚会？处在我的管辖下，怎么这样傲慢无理呢？"谁知，蝙蝠半睁半闭着眼睛，似醒非醒地嘟囔着："我有翅膀啊，属于飞禽，不归你管，为什么要朝拜你呢？"麒麟听了，真是气不打一处来，但也无法辩解。

森林里的生活又平静地过了好久，都不记得什么时候了，百鸟之王和百兽之王相互遇见了。说到蝙蝠，不自觉地就提到了那件事情，终于明白事情始末之后，凤凰和麒麟忍不住自嘲地笑了。它们相互感叹着说："现在这世上风气真是恶劣啊，怎么生出这样一些不禽不兽的家伙，真是拿它们没办法啊！"

【寓意点拨】蝙蝠在百鸟之王和百兽之王之间变来变去，就是为了躲避为它们祝寿。在现实生活中，经常也会看到这样的人，他们往往根据自己的需要，为达到某种目的而不断改变身份、立场和原则。

鞭贾

【寓源】唐·柳宗元《柳河东集》。

【寓言】市场上有一位卖马鞭的人，有人问他卖价的时候，本来只值五十钱，他却要到五万。用五十钱来还价，他就笑弯了腰；用五百，就怒目相向；用五千，就大发雷霆，一定要五万才肯卖。

有一位富家子弟，到市场买鞭子，花了五万买了鞭子，拿来向我夸耀。我一看，鞭梢蜷缩不得舒展，鞭把歪斜不直，鞭子的纹理错乱不相承接，鞭子的节疤腐朽乌黑没有纹理，用指甲一掐，指甲陷进去还没探到底；举起鞭子，轻飘飘的，像挥动没有重量的物体。

我说："您是看上鞭子的哪一点，而毫不吝惜那五万钱呢？"他说："我喜欢他颜色鲜黄而有光泽，而且卖鞭的人还说了很多优点。"于是我请僮仆烧了滚烫的热水洗涤鞭子，它很快就失去了光泽，颜色也变得苍白。其原因是原先的黄色是用栀子染的，光泽是用蜡涂的。富家子弟非常不高兴，但还是拿在手上用了三年。后来，他骑马到长安东郊，在长乐坡与人争道，两匹马相踢打。他用力抽马，鞭子竟断成了五六截，而马还是相踢不止，他也被跌落在地受了伤。一看断鞭，里面空空的，它的纹理像粪土，没有任何可取之处。

【寓意点拨】卖鞭的商人以劣鞭索取高价，牟取暴利。不辨真伪的富家子弟上当受骗，即使知道鞭子腐朽，尤不忍释手，终于鞭断坠马伤身，自食其果。寓言警戒世人，不要被虚假的表面欺骗，更不能执迷不悟，否则必将蒙受其害，寓言颇具醒世的意义。

扁鹊换心

【寓源】战国·列御寇《列子·汤问》。

【寓言】鲁国的公扈和赵国的齐婴二人患有疾病，一同去请名医扁鹊治疗。扁鹊给他们医治，二人同时痊愈以后，扁鹊对他们说："你们先前得的病，是从外表侵入到五脏六腑的，所以用药物就能治好。如今你们还得了一种先天性的病，与身体一道生长，现在我给你们治疗，怎么样？"

公扈和齐婴说："希望先听听这种病的症状。"

扁鹊对公扈说："你心志强盛却气质柔弱，所以你多智谋而欠果断；齐婴心志柔弱但气质坚强，所以智谋少而好专断。如果把你们二人的心对换一下，两方面都很好了。"

于是扁鹊就给他们二人服下麻醉药酒，让他们昏迷三天，接着打开他们的胸膛，取出心脏，互换位置，重新装上，并给他们服用一种神奇的药。他们醒来后，恢复得和原来一样。两个人便告辞回家。

于是，公扈回到了齐婴的家里，并据有了他的妻子儿女，齐婴的妻子儿女不认识公扈；齐婴也回到了公扈的家里，并据有了他的妻子儿女，公扈的妻子儿女也不认识齐婴。两家因此而争辩起来，请求扁鹊辨别，扁鹊说明了事情的原因，争辩才停止。

【寓意点拨】这则寓言故事引人深思的是：一个人的思想性格会制约着处理事情的方式，优柔寡断的人处事不果断，争强好胜的人处事又往往武断。要改变这种性格，唯一的方法是取长补短，即用别人的长处来弥补自己的不足。当然这种补过并不是一般思想方法的改变，而是性格气质的改变，需要经过"剖胸探心"的痛苦过程才能完成。

扁鹊见秦王

【寓源】西汉·刘向《战国策·秦策二》。

【寓言】名医扁鹊觐见秦武王，武王把自己的病情告诉扁鹊。扁鹊便答应给他治病。

但是，武王左右的人却说：“国君，你的病在耳朵的前面，眼睛的下面，要医治它未必能断根，反而会把耳朵搞聋，眼睛搞瞎。”武王就把这些话告诉了扁鹊。

扁鹊一听十分恼怒，立刻把石针也扔掉了，并对武王说：“国君，你与懂医道的人商量好了的事，却又给不懂医道的人破坏了，假使像这样去管理秦国政治的话，那么君王很快就要亡国了！”

【寓意点拨】这则寓言说明，要“与知者谋之”，不要“与不知者败之”。要按着科学规律办事，依靠真知灼见，莫听啧声烦言。治国同治病一样，也要依靠各方面的内行，依靠有真知灼见的人才，否则，国家是治理不好的。

扁鹊说病

【寓源】战国·韩非《韩非子·喻老》。

【寓言】扁鹊医术高明，通过察言观色就能准确地为人诊病。有一天他去拜见蔡桓侯，在国君身边站立了一小会儿，察看了国君的脸色，然后语重心长地说:“大王，您生病了，现在在皮肤表层，需要尽快医治，不然将会加重”。蔡桓侯很是纳闷，“我好好的，怎么会有病？大概医生都喜欢医治没病的人，借以显示他们医术高超吧！”于是，他回绝了扁鹊：“我没有病。”扁鹊只好快快地走了。

十天过去了，扁鹊又去拜见蔡桓侯，见到国君后，注视了很久，然后又说：“大王，您的病已经深入到皮肤和肌肉之间了，就让微臣给您诊治吧，要不还会继续加重的。”蔡桓侯听了，不由得生气地说:“这扁鹊怎么总想我有病呢？就算你是名医，也不至于拿没病的人来说事儿吧”。扁鹊无奈只好离开了。

又过了十天，扁鹊再次拜见蔡桓侯，与国君说话的时候，他再次观察了国君的神气色态，然后很担心很急切地对他说：“大王，您的病现在已经蔓延到肠胃了，急需诊治，耽误了治疗的最佳时间，还会继续加重的！”蔡桓侯这次非常生气了，他铁青着脸，用眼睛狠狠地瞪了瞪扁鹊，差点就下逐客令了。看到这种情况，扁鹊知道，说什么也没用了，深深地叹了一口气，惴惴不安地离开了。

日子过得真快，十天又过去了。到了拜见蔡桓侯的日子，扁鹊却没有出现。有一次路上远远地看见蔡桓侯，他扭头便走掉了。蔡桓侯有点气愤，他觉得很奇怪，“这扁鹊平时见我总是唠叨个没完，今天是怎么回事儿呢？”于是，他特地派人去问个究竟。

扁鹊对来人说：“人的病要是在皮肤表层，用热水敷烫便能除去；要是到了皮肉之间，扎针也是可以治好的；到了肠胃，对症下药也能药到病除；可是一旦深入到骨髓里，那只能听天由命，无药可救了。现在大王的病已经到了骨髓，我也是无可奈何啊！”

过了五天，蔡桓侯浑身疼痛，卧床不起，苦不堪言，叫人去找扁鹊。而扁鹊早已逃到秦国去了，蔡桓侯很快便病死了。

【寓意点拨】这则寓言故事深刻地揭示了一切事物都有其发生、发展的过程，如果能够找到它发生的根源，把握了它发展的趋势，就可以从开始时给它施加影响，引导它朝着有利的方向发展。寓言告诫人们：有了错误，必须认真检讨，及时纠正，慎易避难，防微杜渐。如果自以为是，讳疾忌医，拒绝别人的善意批评，错误就会越犯越重，甚至会发展到不可救药的地步。

卞庄子刺虎

【寓源】西汉·司马迁《史记·张仪列传》。

【寓言】古时候，鲁国有个勇士叫卞庄子，他力大无穷，非常勇敢，不管多庞大凶猛的动物他从来都不害怕。

一天，卞庄子出外狩猎，中午的时候走到茂密的丛林深处，他发现了两只老虎，一大一小，它们正在津津有味地啃着捕获的猎物，专注的程度连有人走近都没有觉察到。吃着，吃着，可能是因为肉味甘美，在那猎物所剩无几的时候，两只老虎突然互相搏斗了起来。它们拼命地咆哮着，张牙舞爪地扑向对方，寂静的山林刹那间都开始摇动了。

卞庄子一点也不害怕，他镇静地拔出利剑，准备马上冲上前去，刺杀两虎。可是没想到，身边的一个孩子拦住了他，说：“你看这两只老虎正在搏斗，它们一大一小，斗到最后，肯定是一死一伤：大的会受伤，小的会被咬死。到那个时候，你再刺杀伤虎，那不是轻而易举了吗？而且根本不用花费很大力气就能同时猎得两只老虎。”

卞庄子听了，觉得有道理，于是他收起了利剑，静静地躲在大树后面远远地看着两虎相斗。刚开始的时候，它们还都奋力厮杀，可是时间一长，那只小一点的老虎就渐渐败下阵来，最后趴在地上一动也不动了；大一点的老虎，也是遍体伤痕，卧在草丛里大口大口地喘着粗气。卞庄子一看时机到了，马上再次抽出利剑，刺向大虎，那虎还来不及吼叫就一命呜呼了。果然不费吹灰之力，他就得到了两只老虎。

【寓意点拨】这则寓言故事告诉人们：面对强大的对手，不可贸然进攻；要看到敌人内部的矛盾，耐心地等待这种矛盾的激化，在他们你争我夺、两败俱伤的时候，再去收拾他们。这样，才可避免重大牺牲，取得预期的胜利。这是一个非常重要的战略思想。

变易是非

【寓源】明・宋濂《龙门子凝道记》。

【寓言】住在洛阳的平民申屠敦，有一尊汉代的鼎器，是从长安的河底下得来的，鼎上雕刻着一条腾跃在云空里的黄龙，倾斜的身躯涂着金饰，花纹光彩夺目。西边的邻居鲁生看见了非常喜爱，招来铜匠替他照样铸造了一个，用特殊的药品淬它，在地下挖的坑里藏了三年，土和药物交互侵蚀，铜质锈化，便和申屠敦那尊鼎的模样大致相同了。

有一天，鲁生把他的鼎献给一位有权势的贵族，贵族非常珍惜它，摆设宴席招待宾客共同玩赏。这时候，申屠敦也偶然在座，心里明白这是鲁生家的那个假鼎，便说："我也有一尊鼎，它的形状极像这一尊鼎，但不知谁的是真货！"那个权贵请求拿来观看，端详了好久说："这不是真的！"宾客们也一个接一个地说："这尊鼎的确不是真的呀！"

申屠敦心中不平，据理争辩不止。但是众宾客群起而攻之，共同羞辱他。申屠敦不敢再作声，回到家里叹息着说："我从今天起才知道，权势的威严是足以改变事物的是非曲直呀！"

【寓意点拨】这则寓言讽喻了封建权贵的炙手可热，以及趋炎附势者的卑鄙可憎。

辨鱼字

【寓源】清・石成金《笑得好》。

【寓言】有个人问鱼字怎么写，别人便写了个"魚"字给他。这个人仔细观看鱼字的形体，摇头说："这个字，头上两只角，肚下四条腿，水里游的鱼，哪有角和腿呢？"人家问他："这真是魚字，你硬说不是，那么依你看，是什么字呢？"这人说："有角有腿，一定是陆地上走的东西，要看魚字写得大小，才有定准：如果魚字写得大些，那就是牛字；写成中等的，那就是鹿字；如果写得很小，那就是一只羊了。"

【寓意点拨】汉字是象形文字不错，但一个字形记录着的客观存在的事物，是早已约定俗成，不可以随意更改的。此人所说，"魚"到底是什么字，取决于它字形大小，指牛、指鹿、指羊均可。是以不知为知，望文生义，牵强附会，实在愚昧而又可笑。

鳖渡桥

【寓源】宋·岳珂《桯史》。

【寓言】从前，有一个人家里很穷，常常是吃了上顿，没了下顿。一天种田路过河边，看到一只鳖在河里碎石间，自由自在地爬着。他费了好大的气力，掰开好几块石头，才捉到了那只鳖，不禁暗暗地高兴，心里琢磨着："今天总算可以美美地饱餐一顿了。"

可是，这个人是个佛教信徒，他知道佛祖是最忌讳杀生的："如果自己把鳖煮着吃了，那佛祖怪罪下来可怎么得了？"他想吃鳖，但又不想自己承担杀生的罪名，怎么办呢？他左右为难。锅里的水已经烧开一会儿了，上下翻滚着，咕嘟嘟地直响，到底要不要将鳖下锅呢？他紧皱眉头，犹豫不决。

最后，他终于忍不住了，咕咕叫的肚子和想象煮熟的鳖肉的美味已经让他流了口水，他想到了一个两全其美的办法：即在锅沿上横着搭了一根细木棍，在滚滚翻腾的沸水上架起了一座小桥，然后对那只鳖说："你要是能爬过这座桥，那我就不吃你了，让你活命！"他心想，这么烫的水，鳖肯定爬不过去，它自己掉下去了也不怨我，到时候我再吃它，也就不是我杀生了。他很为自己的"妙计"得意不已。

鳖心里很明白，它知道这个人是在故意施计骗杀自己，它心里默默地为自己鼓劲，小心翼翼地奋力使劲地向前爬，最后终于成功地爬了过去。可还没等鳖喘口气，这个人又对鳖说："太好了，你真厉害，竟然能够爬过这座桥！那你再爬一遍吧，我还想再看看！"可怜的鳖此时完全绝望了，它知道这个人是铁了心要杀它，它是怎么也不会躲过这一劫难了。

【寓意点拨】这则寓言深刻地揭露了某类人的恶劣本质，说明了一些人既想做坏事，可又不愿意落下坏名声，所以就变着花样来做坏事，但无论怎样做，总要暴露其狰狞的面孔。

鳖笑夔

【寓源】明·刘基《郁离子》。

【寓言】东海的海神若到青渚游玩，北海的海神禺去会见他，跟随他们的鱼类按次序拜见。

独脚的夔（kuí）出来了，鳖伸长了脖子笑它。

夔不解地问道："你笑什么？"

鳖说："笑你一只脚跳跃，并且担心你跌倒呀！"

夔说："我一只脚跳跃，不正像你脚绊脚地跛着走吗？再说我用一只脚，而你用四只脚，四只脚还不能支撑你的身子，却来笑我吗？你踮起脚尖就累坏你的小腿，拉你一下就擦破你的肚皮，整天爬着走路，所走的路能有多少呢？你为什么不为自己担忧反而为我担忧呢？"

【寓意点拨】这篇寓言讽刺那些耻笑别人缺点，而看不到自己短处的人；喻指人应该有自知之明，多想想自己的弱点和缺点。

冰　雕

【寓源】清·唐甄《潜书·非文》。

【寓言】从前，京城里有个善于用冰雕刻人物的艺人。他给冰人穿上衣服，染上红色、绿色，神态都像活着的人，形体结构如同真人。时值京城天寒，他把冰雕的人物放置在厅堂的后面，几天都不变形。变了形的就修饰一下。每天去参观的有几百人，人们都赞叹他的冰雕技巧，惊讶他技艺神奇。

有一天，他对观看的人说："谁能给我三斗谷子，我就把冰雕技艺传授给他。"可是没有一人作声。

艺人又问观看者："我的冰雕技艺够精巧的了！我想出售这种技术，换得三斗谷子，却没有人作声，这是什么原因呢？"

有个人笑着说："你的冰雕技术的确很精巧，你为什么不去熔铸金属、雕琢玉石，做成像夏、殷、周、汉各代金石文物一样的器皿呢？那样可以作为宝物而不毁坏。可你现在竟雕冰块做玩物，形状虽然逼真，但要不了几天便融化掉了。我很可惜你的技术精巧不真实，用心劳苦而没有作用，只能博得一时的快乐，而不能流传到遥远的将来。"

文章只有文采而没有充实的内容，也像这冰雕一样啊！

【寓意点拨】这则寓言，以冰雕为喻，批评当时"文而无质"的文风。写文章乞灵于艺术技巧，而无充实的内容，就像"琢冰为人物之形"一样，尽管"神色如生，形制如真"，但无人购其技。其原因是只能博得一时的快乐，而不能流传到遥远的将来。

饼　钱

【寓源】民国·独逸窝退士《笑笑录》。

【寓言】有个人进入饼店，问："饼要卖多少钱？"饼店主人说："一个饼卖一枚钱。"这个人吃了几个饼，如数付了钱。饼店主人又说："做饼不用面粉吗？应该给一些面粉钱。"吃饼的人说："是的。"于是付了钱。饼店主人又说："做饼难道不用柴和水吗？应该给一些柴和水的钱。"吃饼的人说："是的。"于是又付了钱。饼店主人又说："做饼能不用人工吗？应该给一些工钱。"吃饼的人说："是的。"于是又付了钱。在回来的路上，他一边走一边想，并自言自语地说："我这不是太愚蠢了吗？出了这三项钱，就不应该再付饼钱了。"

【寓意点拨】这则寓言刻画了一个不择手段，贪得无厌的饼店老板，也刻画了一个呆板愚蠢的食客。把本来包含了面粉、柴、水、工夫等费用的饼钱，分开了先收饼钱，而后再分别收取饼的各项成本钱，反映了老板的贪婪。食客每次老老实实付钱，看出食客的痴呆和思想方法的机械迟钝，如此容易受骗上当。好在在返回的路上，食客意识到受到了欺诈，有所觉悟。

病　喻

【寓源】明·刘基《郁离子·乱几》。

【寓言】人的一个指头寒冷，如果不及时温暖它，就会影响到他的手脚；一只手或脚寒冷，如果不及时温暖它，就会影响到他的四肢。人体的气脉是相互贯通的，忽视了微小的部分，就会影响到全身。因此，疾病侵入人体，是始于皮肤或肌肉没有感觉到的空隙地方，或者感觉到而忽视它的地方，由此逐渐发展到不可挽救的地步。

一个大的国家，失去了一个县，算不上什么损失，这是人们常说的一句话。须知，一个县的问题不及时救治，就会发展到一个州；由一个州发展到一个郡，等到问题严重了，而后使用全国的力量来救治它，也无济于事了，因为国家的筋骨已经松垮了。所以说，一个国家好比一个人的身体，全身的皮肤、肌肉的纹理，凡是血脉所到的地方，都是不能遗弃的。

【寓意点拨】这则寓言，以人体与国家相比，以治病喻治国之道。说明国家的大乱是由小病积累发展而来的；治国跟治病一样要防微杜渐，把问题消灭于萌芽状态。

剥地皮

【寓源】清·石成金《笑得好》。

【寓言】有一个贪官，任期满后回家，看见家属中多了一个老汉，便问道：“你是谁？”

老汉回答说：“我是你掌管的那个县的土地啊。”

贪官问：“你到这儿来干什么？”

老汉说：“你把那个地方的土地都剥削过来了，我也只好随着来了。”

【寓意点拨】这则寓言刻画了一个贪官的形象，他在一方做官，把那里的地皮都剥光了，带回自己的家中，以至于那里的土地神都无法存身，只好跟着被剥的地皮过来了。用剥地皮表现官员的贪婪，可谓入木三分。

伯乐哭骥

【寓源】西汉·刘向《战国策·楚策》。

【寓言】有一匹千里马老了，被人用来拉车。它拖着沉重的盐车在太行山崎岖的山道上艰难地前行。

老马的蹄子伸得长长的，弯着膝盖，使尽全力牵引盐车，一不小心就会跪倒在地上，摔得蹄溃膝烂，尾巴无力地向下垂着，脚掌也已溃烂，口中涌出白沫，不停地流到地上，浑身汗水淋漓，拉到半山坡时，怎么也拉不上去了。

这时，正巧遇到相马的专家伯乐。伯乐仔细地看了看老马，赶忙跳下车，抚摸着这匹伤痕累累的老马，心疼得哭了起来。他解下自己的麻布衣服披到马身上。千里马低下头喷着鼻息，忽而仰天长鸣。那洪亮而悲怆的声音直达天际，仿佛是从钟磬一类的乐器中发出的一样。这是为什么呢？是因为它看到伯乐了解自己啊。

【寓意点拨】这篇寓言说的是千里马在不识货的人手里，竟被用来拉盐车，埋没一生，即使遇见识货的伯乐，也因年老无力，只有感伤悲鸣，徒唤奈何。这篇寓言对人们在了解发现和使用人才方面具有启发意义。

伯乐治马

【寓源】战国·庄周《庄子·马蹄》。

【寓言】马蹄可以踏霜雪，毛可以御风寒，吃草饮水，翘足跳跃，这是马的天性。虽然有高台大殿，但对马来说并没有什么用处。

等到伯乐出现后，他说："我会训练马。"于是，他便给马打上火印，剪去身上的毛，削它的蹄子，戴上笼头，又绑上络头和脚绊，架起马槽马棚，把它关起来，这样马被折磨而死达十分之二三。然后又让马饥饿、干渴、驱驰、奔跑，让马的动作整齐划一，前有马嚼马缨的祸患，后有皮鞭竹鞭的威胁，这样马被整死的达到大半了。

【寓意点拨】伯乐全凭个人的主观意愿来训练马，违背了马的本性，结果被治死的马很多。作者用以说明统治者治民不可违背民性，要按民情实际来治理，否则会给民众带来灾难。这则寓言告诫人们，办事要依照客观规律，不可人为地想当然，否则就必然失败。

博士家风

【寓源】明·江盈科《雪涛谐史》。

【寓言】有一个私塾先生，杀了一只鸡，配上萝卜做成一锅菜，邀请二十多个学生来家吃饭。

鸡的灵魂跑到阴曹地府去告状，说："杀鸡招待客人，这是很平常的事情，但是不应该用一只鸡供二十多人吃。"

阎王说："恐怕没有这个道理吧！"

鸡魂说："有萝卜作证。"

等到把萝卜捉来审讯，萝卜回答说："鸡，你骗人了！那天请客，菜里只见到我，何曾看到你啊？"

私塾先生家的门风就是如此。

【寓意点拨】这则寓言讽刺人的吝啬，很是别致。作者没有正面写吝啬者的卑微心理和行动，也没有侧面写旁观人的看法，而是另辟蹊径，通过待客之鸡赴冥间告状，极其深刻地揭露了博士的吝啬。萝卜的证词更是别开生面，使短短的故事曲折回荡，余味无穷。

博士买驴

【寓源】南北朝·颜之推《颜氏家训·勉学》。

【寓言】从前有位迂腐可笑的读书人，自以为才学高深，天下无人能比。有些人信以为真，就尊称他为“博士”。

有一次，博士到集市上去买驴，付过钱后，他要卖驴人写一份契约。卖驴人不识字，就请博士代写。博士觉得炫耀自己的机会来了，便爽快地答应下来。

不一会儿，博士写满了整整一张纸，卖驴人以为契约写好了，便连声道谢：“太好了，真麻烦您，契约我收下了！”

谁知博士紧紧按住那张纸头不放，又拿出两张纸来，一边写一边说：“别急呀，我才写了一张纸，还没写到你卖驴这件事呢！”

卖驴人听了，只好耐住性子静等。过了好久，博士在三张纸上密密麻麻地写满了字，这才放下笔来。他摇头晃脑地念着自己写的契约，念完了，扬扬自得地说：“怎么样呀？你大开眼界了吧！”

卖驴人听了，轻蔑地说：“你写了整整三张纸，怎么连个‘驴’字都没提到呀？其实，你只要写上某月某日，我卖了一头驴子给你，收你多少钱，不就完了吗？”

围观的众人哄笑不已。博士自觉没趣，忙牵着毛驴，灰溜溜地走开了。

【寓意点拨】博士自鸣得意，洋洋洒洒写了三张纸，都未提及应该写的“驴”字，此种哗众取宠、故弄玄虚的作风，绝不是治学之道。告诫人们，写文章要抓住重点，简明扼要，千万不能废话连篇，三纸无驴。

僰人养猴

【寓源】明·刘基《郁离子·焚人养猴》。

【寓言】有个僰（bó）人养了很多猴子，不但给它们穿上衣服，还教它们跳舞，猴子被他训练的能按圆圈旋转，按方形拐弯，跳起舞来很合音律，合乎节拍。四川的小孩子看到之后很嫉妒，就想办法破坏。他们袖子里藏着栗子去观看猴子表演。宴席摆好了，猴子出来表演，宾客们都凝神观看，僰人让猴子向左向右，猴子都能按照节拍跳舞。这时，小孩神态自然地把袖子一扬，栗子撒了一地。那些猴子便脱下衣服上前去抢，弄翻了酒壶，打倒了桌子。僰人呵斥猴子，也阻止不住，非常沮丧。

郁离子说：“如今那些没有纪律约束的军队去打仗，乱哄哄地像蚂蚁一样聚集在一起，一见到财物就争先恐后去抢掠，他们跟这些猴子又有什么不同呢？”

【寓意点拨】这则寓言，通过猴子停舞、争食，翻壶倒案来比喻当时军队抢掠财物的暴行。深刻揭露了元末王朝军队“蠢然而蚁集，见物则争趋之”的暴行。

卜妻亡鳖

【寓源】战国·韩非《韩非子·外储说左上》。

【寓言】郑县人卜子的妻子到集市上买了一只甲鱼回家。在路过颍河时，她以为甲鱼口渴了，便放它到水边喝水，甲鱼一到水里便趁机跑掉了。

【寓意点拨】这则寓言告诫人们，办事一定要了解事物的特性，不能只凭主观意愿、想当然地去做。如只想到我要怎么做，不顾客观上能不能这样做，那就一定会做出像卜妻饮鳖一样适得其反的蠢事。

卜妻为裤

【寓源】战国·韩非《韩非子·外储说左上》。

【寓言】郑县有个姓卜的人，有一次让妻子给他做条新裤子。

妻子问他：“新裤子做成什么样子的？”

卜子随口说：“照我的旧裤子做吧。”

妻子做好新裤子后，又按照旧裤子的样儿，把新做好的裤子弄得又脏又破，让它和旧裤子一个样。

【寓意点拨】这则寓言嘲笑了那些以古为法的守旧者：他们毁新裤以类旧裤，从而保持着旧裤的样式，达到以古为法。他们头脑里所装的智慧比起卜子的老婆来，难道还会更多一些吗？

卜者之子

【寓源】明·赵南星《笑赞》。

【寓言】有个从事占卜的人，他的儿子不肯学习占卜，于是发怒而责备儿子，可他的儿子却说：“占卜是很容易的事。”

第二天，有个人冒着风雨来请他占卜，他就叫儿子试着给那个人占卜，他的儿子问来人："你是东北方来的吗？"

那人说："是啊。"

接着问："你姓张吗？"

那人回答说："对啊。"

又问道："你是替你的妻子占卜的吗？"

那人回答说："是的。"

占卜完结后，那个人离开了，卜者惊奇地问他的儿子："你怎么事先就知道这些情况？"

他的儿子回答说："今天刮的是东北风，那个人面朝西而来，他的肩膀背部全湿透了，因此知道他是从东北方向来的；他用的雨伞柄上刻有清河郡字样，那里全是张姓，他不姓张姓什么呢？风雨这么大，不是为妻子占卜而谁愿意为父母占卜呢？"

【寓意点拨】这则寓言道出了卜术的骗人把戏，告诉人们占卜并不是先知先觉的预知前事，只是善于察言观色、捕捉动向罢了。

卜者朱生

【寓源】明·冯梦龙《智囊·杂智部》。

【寓言】瞎子朱化凡，家居吴江县，善于占卜，到他家请求占卜的人很多，朱家门庭若市，靠占卜使得家境逐渐富裕起来。

有一天晚上，忽然来了两个童仆传主人之命，要请朱化凡到船上占卜，说他们家的主人是富贵人家的公子。朱化凡推辞说明天早晨再去，童仆不同意，说："我们家主人性情急躁，而且要占卜的事情又很急，不能推迟。"一定要朱化凡与他们马上一起去。

两个童仆搀扶着朱化凡来到一条船上，朱化凡觉得船停靠的地方很偏僻，船上人很多。他们叫朱化凡坐下来，并且让他吃饭喝酒，对他说："我们是盗贼，请你来不是为了问卜，而是为了今天晚上抢掠一户有钱的人家，借你为首领。"

朱化凡非常悲伤，说："盲人是没有什么用处的。"

盗贼回答说："不用你干什么，只要你安坐大堂之中，用一块木头拍打桌子，高叫'快拿财宝来'就可以了，得到钱财分一些给你。不按我们说的办，就把你砍成数段，丢到江里去！"朱化凡害怕，只得依从。

半夜到了一户人家，他们叫朱化凡坐在大堂正中，朱化凡按着他们所交代的，手上拍着木头，嘴里叫着。众盗贼把这家所藏的钱财全部拿走了，可朱化凡却还拿着木头在桌子上拍打着，叫个不停。

这家主人的妻子开始怀疑盗贼还在，不敢走出内室，时间长了，向堂上偷看，看到只有一个人，而这个人的声音很像以前经常听到过似的，于是叫人上去将他捆绑起来，举起灯火一照，才知道是自己的丈夫。妻子十分惊奇，问朱化凡为什么这样做，朱化凡把事情的原委告诉了她，她才知道这一群盗贼手段的奸诈。

【寓意点拨】盗贼利用朱化凡盲瞎的特点，精心策划了一场抢劫案。这则寓言告诫人们，切勿相信占卜者的所谓对命运“预测”和“先知”。善于占卜的朱化凡自己被盗贼拉到自家大堂上，拍着木头嘴里叫着，直至盗贼把自家财物全都盗去，他竟然毫无察觉，绝妙地讽刺了占卜者。

不才之子

【寓源】战国·韩非《韩非子·五蠹》。

【寓言】有一位不成器的年轻人，父母责备他不知悔改，同乡讥笑他无动于衷，师长教导他不肯改变。用父母的慈爱、同乡的言语、师长的智识，这三种好方法教育他，丝毫不起作用。地方官吏率领官兵，依照国法搜捕邪恶分子，他才害怕，逐渐思想转变了，行为也随之改变了。

【寓意点拨】这则寓言说明，对青少年的教育应当是思想道德教育和法治规范相并举，思想道德教育是引导他们自觉地做人，而法治规范则是强制性地迫使归正。

不懂装懂

【寓源】明·江盈科《雪涛小说》。

【寓言】北方有个生来不认识菱角的人在南方做官。

有一天，在宴席上吃菱角，他连壳一起放进嘴里吃。有人对他说：“吃菱角要剥掉壳儿。”他说：“我不是不知道。我连壳一起吃，是想用它清热去火呀！”那个人问：“北方也有这种东西吗？”他回答说：“多得很，前山后山到处都有！”

【寓意点拨】菱角是一种水生植物，是不会生长在山上的。这则寓言尖锐地讽刺了那些不顾实际，不懂装懂，具有虚荣心的人。

不皴手药

【寓源】战国·庄周《庄子·逍遥游》。

【寓言】古时候，宋国有一个人，他们家世世代代以替人漂洗棉絮为生。长期从事这样洗洗涮涮的工作，为了防止手在冬天不被冻裂，宋人研制了一种秘方，专门配制不皴（cūn）手的冻疮药。有了这种药，全家人再也不怕冬天冻裂双手，他们的工作也能像往常季节一样顺利地进行了。慢慢地，街坊四邻也都知道了这种冻疮药，常常在冬天的时候向他们索取，而他们也很乐意帮助大家。于是一传十，十传百，这种冻疮药的名气越来越大。

住在邻村的一个人，偶然间听到了这件事，他觉得这是个不错的机会。他找到宋人，对他说："我愿意拿一百两黄金换你的秘方。"宋人惊呆了，心想，"我们家祖祖辈辈为人漂洗棉絮，收入也不过几两黄金，而一个秘方就能换得百两黄金，这可真是只赚不赔的买卖啊。"即便如此，他还是拿不定主意，便把全家人召集起来商量，结果大家都同意卖掉秘方。于是，宋人便把秘方卖给了对方。

买了秘方这个人，带着秘方去游说吴国国君。恰巧当时正是越国进攻吴国，吴王便派此人领兵去迎战越国军队。正值隆冬时节，数九寒天，军营里的士兵许多都冻伤了手脚，兵器铠甲也冰凉无比。这种不皴手冻疮药的秘方刚好派上了用场。这位统帅马上下令为大家配制冻疮药，全营上下一起使用，结果无一人再受严寒冻手冻脚的痛苦，吴国的兵士们上下一心，斗志大增。而越国的军营却是另外一种景象，大家长期生活在南方温暖的环境里，哪里经受得住如此的严寒，好多士兵都冻裂了手脚，还有不少因为经受不了寒冷的煎熬，当了逃兵，一下子军心大乱。与这样的军队作战，当然是轻而易举凯旋了。吴王为了奖励提供秘方这个人的功绩，就封了他一块领地，这个人从此就飞黄腾达，成为达官贵人了。

【寓意点拨】同样是一种药物，不同的人去运用它，所产生的作用会截然不同。宋人用以守旧业，世代劳苦，而游客用以战争，功成做官，享受俸禄。

这则寓言揭示的道理是，一种技能或一件东西，不单要看它本身价值的大小，还要看它用在什么地方，用之得当则作用大，用之不当则作用小，所谓"物尽其用，人尽其才"，就是这个道理。

不磨墨

【寓源】清·石成金《笑得好》。

【寓言】有个世家子弟，很能写文章，他第一次参加童生考试结束后，他的父亲要他背诵考试时写的文章，听完背诵觉得很好，说必定考个第一，可是等到发榜竟然没有录取。他父亲觉得很奇怪，就去责问县官。县官把他的试卷拿出来检查，只见试卷上笔迹淡得像薄雾，忽有忽无，无法辨认。父亲生气地回到家里，罚儿子跪在台阶下，厉声责问。儿子回答说："因为考场上没有书童在旁边给我磨墨，只好在墨砚上舔着写，所以笔迹就淡了。"

【寓意点拨】这则寓言故事刻画了日常一味依靠奴仆，在考场上没有奴仆而抓瞎的世家子弟的无能形象。由于家庭有钱有势，从小娇生惯养，许多很简单的事却依靠奴仆去做，才落得这种名落孙山的下场。

不识车轭

【寓源】战国·韩非《韩非子》。

【寓言】古时候，郑县有一个人，在大街上闲逛的时候，无意间捡到了一个车轭（è），他拿着它左瞧瞧右看看，就是不明白是什么东西，于是他问旁边的摊主："你知道这是什么东西吗？"摊主看了看他手里的东西，告诉他，那是车轭。

不一会儿，他去市集上买东西，突然间又看见了一个车轭，他拿起它来，翻来覆去地瞧了瞧："奇怪，这是什么东西呢？"他还是不认得，又拿着去问刚才的摊主，摊主又耐心地告诉他，这也是个车轭。

郑人听了之后，勃然大怒，他叫道："刚才说那个是车轭，现在说这个也是车轭，这路上怎么会有这么多的车轭呢？你分明是在骗我啊！"摊主见状也很生气，两个人就为这车轭在大街上争吵起来了，只一会儿工夫，就引来里三层外三层的围观人群。

【寓意点拨】这则寓言讽刺了那些不仅不善于学习，而且愚蠢得可笑，蛮横得不可一世的人。启示人们，对于不了解的事物，要虚心学习，知识才会不断增加。这个郑人的可笑之处在于他既无知，又不肯虚心学习，而且蛮横无理。知之为知之，不知为不知，对于不明白的东西，要有一种虚心学习的态度。

不食盗食

【寓源】战国·列御寇《列子·说符》。

【寓言】从前东方有一个名叫爰（yuán）旌目的人，有一次要到很远的地方去，但是由于路程遥远，再加上他所带的干粮不多，行至一个叫狐父的地方，他终于抵抗不了饥饿，昏倒在地。在狐父这个地方有个叫丘的强盗，见爰旌目饿昏了，就蹲下来，用自己的饭喂他。

爰旌目吃了几口以后，慢慢地醒了过来。他努力睁开眼睛，见有人在喂他饭吃，就问："你是谁？"

丘回答："我是狐父人，名字叫丘，就住在这里。"

爰旌目听后，恼怒地说："哦！你不是强盗吗？为什么要来给我饭吃呢？"爰旌目推开面前的饭碗，挣扎着站起来，"我是一个讲信义的人，不吃你们强盗送来的饭！"

说完，他便两手按地用力呕吐，可怎么也吐不出来，喉咙里格格作声地趴在地上，不一会儿就死去了。

【寓意点拨】这则寓言是说，爰旌目坚持廉洁方正的原则是可敬的。但他未免过于迂执。寓言讽刺那些所谓讲仁义的人不识时务，愚蠢可笑，结果只能是饿死在路上。

不死之道

【寓源】战国·列御寇《列子·说符》。

【寓言】从前有个人说他有长生不死的法术，燕国的国君便派人去跟他学习。但是，派去的人还没有到达，那个人已经死掉了。燕国的国君对派去的人大发脾气，并准备把他杀掉。

燕君身边的侍臣劝阻他说："人最担心的莫过于死，而最贵重的莫过于生。那个说他有长生不死之术的人自己竟然死去了，又怎么能使您不死呢？"于是，国君不再杀那个派去的使者了。

【寓意点拨】前往学习不死之道的人还没有见到教不死之道的人，教不死之道的人却死了。这则寓言启示人们，不能轻易地相信一个人的口头言论，要听其言，观其行，考其实，方可辨别真假，免于受骗上当。同时也告诫人们，有些奇谈怪论，甚至歪门邪道，之所以会有人相信，其原因是迎合了这些人不健康的心理需求。

不死之酒

【寓源】明·江盈科《谐史》。

【寓言】汉武帝听信方术之士的话，说君山的石洞中有几斗美酒，能喝到这酒的人就不会死了。武帝斋戒了七日，到那里找到了酒。

东方朔说："我认识这种酒，请让我尝尝。"一口把酒喝干了。

武帝非常生气，要杀东方朔。

东方朔说："这酒名为不死酒，要是我死了，说明这酒不灵验；如果这酒灵验，你杀我我也不会死。"汉武帝笑了，于是把东方朔放了。

【寓意点拨】寓言用假言推理的方法，逻辑地反驳了方士之荒唐，既生动有趣，又颇具说服力。

不死之药

【寓源】西汉·刘向《战国策·楚四》。

【寓言】有个人来向楚王进献长生不死的药丸。门官急忙把药送进王宫里。

宫殿的守卫中有个善于射箭的人，上前拦住问道："这药丸可以吃吗？"门官回答说"可以的"，守卫就一把夺过来吃了。

事情报到楚王那里，楚王十分震怒，要处死守卫。卫士为自己辩解说："小人问可不可以吃，门官说可以，所以小人就吃了。我犯了什么罪？有罪也是门官有罪啊！再说，那人献给你不死药丸，我吃了药却被杀死了，这药就是死药，正说明那送'不死药'的人存心欺骗你！倘若杀死我这无罪之人，就等于昭告天下：你这样贤明的君主受到了别人的欺哄。与其这样，倒不如饶恕了小人。"楚王听他说得有道理，便只好不杀他。

【寓意点拨】这则寓言说明善射的卫士，以其行动揭穿了"不死之药"的诬妄；以其逻辑挫败了昏庸楚王的杀机；是勇者，又是智者。勇是智的表现，智是勇的内涵，可谓智勇双全。

不识书礼

【寓源】明·冯梦龙《广笑府·儒箴》。

【寓言】海边上来的一个粗俗的人，因家事告状，假冒是读书人要见县官。

县官嫌那人的礼仪气度粗鲁而轻率，斥责他说：“你既然是读书人，为什么不识礼呢？”

那人说：“我生在海边长在海边，怎么能不识‘鲤’！鲤鱼有北斗七星，敬奉道教的人因忌讳而不吃它。”

县官说：“我说的是书中的‘礼’，哪里问鲤鱼！”生气地要鞭打他。

那人又把“书”听成了“须”，连声纠正辩解说：“大人您错了。如果有须，那就是鲇鱼，不是鲤鱼了。”

【寓意点拨】寓言运用双关的手法，讽刺了那些不懂装懂的人。告诫人们做学问要有真功夫，切不可断章取义，望文生义，否则会贻笑大方的。

C

材之大小

【寓源】宋·李昉《文苑英华》。

【寓言】树上鸟巢里有一只小雏鸟，羽毛翅膀快要长好了，于是跟在鸟妈妈后面，开始学着要飞了，却很不幸地被乌鸢击落，掉落在道路上的车辙里。这时有一位官宦世家的千金小姐，乘坐雕饰华丽，并设有五彩锦绣的马车经过路中间，发现了落于车辙中的小雏鸟，觉得很可怜，便将它养在玉制容器里，并以红色的稻米喂养它。这只小雏鸟为何会有如此的待遇呢？那是因为它看起来小巧可爱，饲养它以为玩赏之物，容易而不费力啊！

颈上架着横木的牛，远远望去好像一座山在走动，从一出生，便驮重物、走远路，帮助天下的人们；待到它死了，筋角皮骨也都被人类制成器物来使用。遇到水旱灾害或寒冷酷热的恶劣气候，路更难走了，牛仍要负重行走在上下起伏的山丘之中，常在积满水的路上摔倒，牛蹄也因长途劳累而裂开，全身力气费尽，终因长期的困顿、疲累而病倒于途，眼睛却仍盯着过往的人们。乌鸦这时也飞来停在牛背上，用嘴咬下了牛背上的肉，仍觉得不能尽情地饱吃一顿，便引颈高呼它的同伴。一群野狗也拉扯着牛的肚子，吠叫着争相来撕咬。牛身边来来往往的马车，却没有一辆车停下来看一眼。为什么这样呢？那是因为牛高大的身躯是个累赘，若真的去帮助、解救它，是一件吃力不讨好的事情。

真是可悲呀！体形庞大就是累赘；体形娇小的就是娇贵。却往往因骄纵而显得乖张脆弱，违背道义，没有比这种现象更过分的！那些要统治天下的人，若能分辨这其中的真理而回返正道，那真是一个非常具有仁心的人啊！

【寓意点拨】这则寓言除了表现某些人的短视近利，以及囿于外形的大小、美丑而产生爱憎的主观心态外，还说明了要成为一个成功的领导者，在任用人才时，必须摒弃个人主观的喜怒爱憎，而就其实际的才性予以举用，才能成为一位能为人民谋福的人。

财命相连

【寓源】清·黄图珌《看山阁闲笔·诙谐》。

【寓言】一个老人看见江滩上有人丢失一枚钱，冒着江潮来临的风险，急忙跑过去捡了起来。片刻间，江潮汹涌而至，他来不及逃避，被淹死了。

第二天，老人的尸体和一块木板一起漂浮出水面，老人手里还紧紧地攥着那枚钱。看见这情景的人都叹息地说："这个老头深得财命相连的含义了。"

【寓意点拨】这则寓言以一老翁在江滩上拾一枚钱而被江潮淹死为喻，对爱财舍命的人进行讽刺。寓言生动地刻画了一个守财奴的形象。它告诫人们，为财舍命是不值得的。

伧人吊丧

【寓源】隋·侯白《笑林》。

【寓言】从前有一伙粗鄙无教养的人，要一起去吊丧，但每个人都不懂得吊丧的礼节。其中一个人说他大略熟悉一点，便对同伴说："到了那里你们都要跟随我的举动。"

到了办丧事的人家里，懂得一点吊丧礼节的人走到最前面，往地上一趴，其他的人也都一个个地跟着趴下，后边的人把头抵在前边人的背上。为首的这个人很生气，用脚蹬了一下后面的人，骂道："愚蠢的东西！"大伙儿又都以为吊丧的礼节应当这样做，每个人都用脚蹬一下后面的人说："愚蠢的东西！"

最后面的那个人正挨着孝子，也蹬了孝子一下说："愚蠢的东西！"

【寓意点拨】这则寓言夸张地表现了一些人不学无术，不懂装懂，或不求甚解，遇事依样画葫芦，结果洋相百出的景象。告诫人们：在日常生活和学习上要虚心求教，凡事要多动脑筋，不要亦步亦趋。

藏金于田

【寓源】唐·赵璘《因话录》。

【寓言】范阳的卢仲元，家住在寿州下面的安丰。他的妻子崔氏的哥哥崔即，住在洛阳城东，有薄田百亩，信守道业，亲自耕种来养活自己，从来没有求过别人。

崔即在地里耕田时拣到一罐金子，大概有一百两。他没有告诉别人，悄悄地埋在了房间里面。

崔即临终的时候，因为家里贫穷，孩子幼小，妻子李氏很担心他死了以后，她们会受冻挨饿。崔即让其他人离开，告诉了妻子埋金子的事情，把地方指给她看。并且告诫妻子说："小心不要告诉别人，以后卢郎中来了，才可以告诉他。"

没过多久，卢仲元前往调任的地方，路过洛阳，李氏让婢女给卢仲元传话说："有紧急的事情要和您商量，需要和您当面谈。"

卢仲元和李氏见面后，李氏便把丈夫的意思和卢仲元说了。卢仲元悲哀的哭泣了很久，说："听凭嫂子吩咐。"

李氏密派奴婢中谨慎忠厚的人，把金子交给了卢仲元。

卢仲元接到金子没有去上任，而是带着金子到扬州去卖。正好碰上金子的价格很高，卖了八千两银子。他又购置南方的货物到洛阳来卖，为崔氏孤儿寡母购置田宅，并且帮着处理家事，一切安置好才返回。第二年才被选去做官。他也没有告诉别人这些事情，只有关系亲密的亲戚才知道。卢仲元的儿子卢既字子严，声誉很高，很有才干，是当时名臣，相信积阴德真的有好报。

【寓意点拨】卢仲元没有辜负崔即的信任，宁愿耽搁自己的仕宦生涯，也要先把崔氏的孤儿寡母安顿好。从这则寓言中，我们可以领悟到：首先要善于观察人，了解人，要清楚哪些朋友是值得信赖的；其次，为人要讲究诚信，对于别人托付给自己的事情，一定要努力去做好，做一个值得人信赖的朋友。

藏虱

【寓源】清·蒲松龄《聊斋志异·藏虱》。

【寓言】乡下有一个人，偶尔坐在一棵树底下休息，从身上摸到了一个虱子，就用一片纸把它裹起来，塞进树的窟窿里就走了。过了二三年，他又经过此地，突然想起了那个虱子，看见树窟窿里的纸包还原样塞着，打开一看，那只虱子已经干瘪得像一片薄麸皮了。他把它放在掌心里仔细端详，不一会儿，突然觉得掌心奇痒，而虱子的肚子却渐渐地饱满起来。他扔掉虱子回到家里，痒的地方凸起了一个大包，肿了几天，他就死了。

【寓意点拨】寓言提醒人们，仁慈不能施舍给恶人，对待害人虫，必须及时地把它杀掉，不然的话，姑息养奸，到后来反会受其害。

藏宋笺

【寓源】明·张令夷《迂仙别记》。

【寓言】明代的迂公收藏着宋代制作的一些精美纸张，碰巧苏州府有个善书工画的著名高官来到了这里，有人便规劝迂公说："您家的宋纸精美极了，何不拿它去向那位高官求诗作画，作文雅的玩品欣赏呢？"

迂公不满意地说："你想毁坏我这些宋纸吗？既然收藏了宋朝的纸张，就应该请宋朝人在上面题诗作画！"

【寓意点拨】这则寓言说明宋人在宋笺上题诗作画，当然是最理想的古董文物。但历史是发展的，人生是短暂的，宋笺可以保存到明代，宋人却早已死绝。迂公妄想让数百年前的宋人为他作画，却忘记人是不能起死回生的。一个人泥古不化、刻板僵化到这种程度，未免有些可笑了。

藏贼衣

【寓源】清·石成金《笑得好》。

【寓言】有一个小偷进入一户人家偷东西，没奈何这一家非常贫穷，家徒四壁，一无所有，只是床头有一坛米。小偷心想，不能白来一趟，把这些米偷去，煮饭吃也是好的。因为很难把米弄走，于是便把自己的衣服脱下来，平铺在地上，拿起米坛把米倒出来，准备用衣服把米包起来弄走。

这个时候，床上睡着夫妻两口，丈夫先醒，月光照进屋内，看见小偷转身取米，便从床上悄悄伸出手，把小偷铺在地上的衣服抽起来藏进被窝里。小偷转过身来寻找衣服，怎么也寻找不到。这时妻子醒了，慌忙问他的丈夫，说："房子窸窸窣窣地作响，恐怕有贼吧？"丈夫说："我早就醒了，并没有看见贼。"

小偷听见他们说话，急忙高声喊叫："我的衣服，才放在地上就被小偷偷去，怎么说没有贼？"

【寓意点拨】这则寓言嘲笑了企图谋算人反被人谋算的可耻下场。这个脱衣裹米的贼，是作茧自缚，他虽然"贼喊捉贼"，也终究免不了束手被擒的下场。

草书大王

【寓源】宋·欧阳修《冷斋夜话》。

【寓言】张丞相喜欢草书但是技艺不纯熟。当时的人都讥笑他。但张丞相却很不在意。

有一天，张丞相想到了一个句子，拿起笔赶快写了下来，满满的一张纸好像龙蛇在舞动。写完之后，令他的侄子抄录下来。

当遇到笔形折波怪异的时候，他的侄子不知如何是好而停下来，拿着他写的字问他说："这是什么字？"

张丞相观看很久，也不认识，骂他的侄子说："你为什么不早问，害得我忘记了。"

【寓意点拨】张丞相连自己写过的字都忘了，还责怪别人。这是因为他并不把自己书法上的缺点当回事，任凭外人的讥笑。这就告诉人们，对于自己的缺点，一定要勇于承认，更要注意纠正，才不会贻笑大方。

茶酒争高

【寓源】明·冯梦龙《广笑府·尚气》。

【寓言】茶告诉酒说："我战胜睡魔功劳不少，助成吟诗的兴趣更可夸赞。那亡家败国都是因为酒，待客哪能比得上饮茶。"

酒回答茶说："瑶台紫府献美酒，平息纷争、和亲睦邻有了我意味深长。祭祀神祖，宴请宾客先要用我，什么时候说过我淡如黄汤？"

茶酒都各夸自己，两者争论不休。

此时，水劝解它们说："从井里打出水煮茶归入石锅，引来泉水酿酒注入银瓶。两家暂且不要斗气，没有我调和你们都做不成。"

【寓意点拨】这个故事借茶和酒之间以己之长攻他人所短，强烈地讽刺了那些骄傲自满的人。寓言告诉人们：尺有所短，寸有所长，人也各有所长所短，只有取长补短，才能有所进步。

蟾蜍与蚵蚾

【寓源】明·刘基《郁离子·蟾蜍》。

【寓言】月宫里的蟾蜍到一个浅水湖里玩耍。蚵蚾是蟾蜍的同类，就带着全家去拜见蟾蜍。蟾蜍见到与自己形貌相似的蚵蚾异常亲切，想让它们一同到月宫里生活。蟾蜍便派手下去召唤蚵蚾。

蚵蚾向那手下询问："蟾蜍吃什么？"手下说："蟾蜍住在月宫里，栖息在月桂的浓荫下，吃着宇宙间最纯美的精华，喝着风云雨露酿制的华美汁液。此外便不吃什么了。"

蚵蚾一听，低头说道："如果是这样，那我便不能跟随它去了。我生活在这浅水的沼泽里，一日三餐少不了，怎么能跟随它住在那空荡冷清的地方，而且空着肚子去喝北风，饮露水呢？"手下问蚵蚾平日吃些什么，未得到答复，于是回去报告了蟾蜍。

蟾蜍又派它回去暗地观察蚵蚾的行踪，却见那蚵蚾盘踞在厕所里吃粪池里的蛆虫，咕咕吸食着粪汁，肚子撑得圆滚滚的才出来，一副心满意足的样子。

手下马上回来报告说："那蚵蚾吃的是厕所里的蛆虫，喝的是粪池里的水，每天都少不了，它们又怎能跟随你到月宫去呢？"

蟾蜍听了，皱起眉头苦笑着说："唉！我犯了什么罪过呀，为啥我生的模样和这样的东西相类似啊！"

【寓意点拨】这则寓言说明任何独立事物都有它们质的区别，不能因为它们在表面上有某些相似之处，就认为可以把它们归纳在一起。物以类聚，人以群分。高尚的人和内心龌龊的人，同样都是人，但却貌合神离、意趣迥异。蟾蜍和蚵蚾的不能共事，在这方面给我们以启发。

肠烂将死

【寓源】隋·侯白《笑林》。

【寓言】赵伯公长得肥胖体大，夏天喝醉了酒仰卧在床上。他的小孙子爬到他的肚子上去玩耍，觉得肚脐眼很好玩，就把七八个李子塞进了他的肚脐中。因为已经喝得烂醉，全然没有感觉到。

过了几天之后，才觉得有些疼痛。这时，李子已经全腐烂了，流出汁儿来，他以为是肚脐烂了一个窟窿，害怕会死去，就叫他的妻子赶快处理家庭后事。他哭丧着脸对家人说：“我的肠子已经烂了，快要死了！”

第二天，李子核从肚脐眼里滚了出来，才知道这是小孙儿装进去的李子。

【寓意点拨】寓言揭示出：遇事不做调查研究，不冷静思考，只看见表面现象便轻下结论，就免不了会闹出“肠烂将死”的笑话。

常羊学射

【寓源】明·刘基《郁离子》。

【寓言】古时候有个叫常羊的人，他想向当地的神箭手屠龙子朱学习射箭。

开始学习前，屠龙子朱问他：“你明白射箭的道理吗？你知道箭怎样才能射中吗？”

常羊摇摇头，什么也不知道。

屠龙子朱微笑着说：“那让我来给你讲一个故事吧。从前楚王在云梦泽猎场打猎的时候，吩咐仆人们把所有的禽兽赶出来，让自己射击。结果，受到惊吓的禽兽们，飞的飞，跑的跑，全从隐匿的地方窜了出来。楚王面前刹那间全是猎物，鹿在左边奔，麋在右边跑。楚王心中非常高兴，志在必得地想着这下你们可都跑不了了。”常羊一听眼前都是猎物，兴奋地插嘴道：“那楚王一定是射到了鹿又擒获了麋吧！”

屠龙子朱没有回答他，接着往下讲：“楚王做好准备，刚要拉弓射箭，突然一只洁白的天鹅掠过仪仗队的旗帜，径直朝楚王面前飞来。那天鹅非常美丽，两只翅膀优雅地扇动着，仿佛天边流动着的云彩。楚王看得都要呆了，天鹅也引起了他浓厚的兴趣，该射哪个呢？麋和鹿都近在咫尺，楚王犹豫不定，拿着弓箭上下左右比画着，等了好久都下不了决心。”

常羊听到楚王什么猎物也没有射到，似乎有点失望。但他设身处地地仔细一想，不由得自言自语说：“这也难怪啊，楚王面前都是诱人的猎物，他当然犹豫不定了啊！换成我也是一样的啊！”

屠龙子朱听到他的言语，严肃地说：“千万不可以这样啊！”常羊疑惑地努了努嘴，表示不解。屠龙子朱继续讲他的故事，“就在楚王踌躇不定的时候，队列里一个叫养叔的大夫走了出来，对楚王说：‘我射箭的时候，把树叶一片片放在百步之外，射十次中十次；但是要是把十片树叶一起放到那里，我就没有把握了’。楚王听了，沉思了一会儿，似乎明白了什么。他专心致志找准就近的一只大鹿，放箭出去，鹿马上应声倒地。顿时，欢呼声一片。”

讲完了故事，屠龙子朱再问常羊：“这下你明白了楚王为什么能射中猎物了吗？”

常羊似乎还是非常疑惑，屠龙子朱意味深长地解释道：“射箭，就要聚精会神，一心不能二用，切忌被杂念所影响。而且万万不能经不住诱惑，锁定不了目标，这样练习下去是永远都不能练好的！”

听完老师的点拨，常羊这下全明白了，他高兴地说：“刚开始，楚王是受到各种猎物诱惑的干扰不能找准目标，所以射不到猎物；后来养叔大夫以自己的经验引导他，楚王最终才能够抛除一切杂念，射中目标啊！”

屠龙子朱不再说什么了，捋着花白的胡须看着常羊微微笑了。

【寓意点拨】这则寓言说明“一心不可二用”，这是攻克难关的重要准则。如果在同一个时间内，分散精力，心猿意马，就会如坠烟海，不知所从；而如果能够选定目标，专心致志，必将计日程功，收获丰硕。何止是学习射箭，办任何事情都会是这样的。

巢乌说

【寓源】明·王云五《李忠愍公集》。

【寓言】有种鸟叫作乌鸦，群居生活在树上筑巢已经很多天了。

勤劳点儿的乌鸦刚开始筑巢，懒惰的乌鸦害怕衔取树枝的艰辛，总是趁勤劳者离开的时候去巢里窃取材料。勤劳者一取回，懒惰者随即窃取，巢始终完工不了。

勤劳的担心懒的来窃取，于是有时是雄，有时是雌，好像暗中约好一样，一个守护，另一个才离开。

懒的太多，不断地威胁，守护的乌鸦寡不敌众，只好逃走。等到雄雌乌鸦一起回来，它们的巢已被窃取空了。

勤者重新建巢，懒者又来窃夺；懒惰者抢夺已建的巢，又被更懒惰的乌鸦来抢夺。情形反复如此，乌鸦互相窃夺。鸟巢始终无法完工。

乌鸦日夜不停地飞旋乱叫，环绕着大树飞个不停。它们飞舞好像在彼此搏斗，它们乱叫则好像在彼此辱骂，它们环绕着大树飞旋好像是在彼此追逐。

呜呼！乌鸦没有人那么有勇气、力量和谋略。如果像这样的话，那些居显位、有高爵的人，想要免于忌恨争夺造成的倾覆损失实在是太难了，太难了。

【寓意点拨】勤劳乌鸦辛苦得来的劳动成果，却被懒惰者以种种手段抢去。而懒惰的乌鸦又被更懒惰的抢夺。这是一个不公正、恃强凌弱的世界！乌鸦的世界是一个人化的世界，勤者、惰者、尤惰者，这种不公正现象在人类社会中也存在，这则寓言揭示了一个深刻的人生哲理。

朝士留刺

【寓源】宋·岳珂《桯史》卷七。

【寓言】从前有个京官，外出拜访还没有回来，有个客人到门前拜见，送上了名帖。看门人告诉他主人不在，要他留下名帖，等主人回来再禀告。

客人非常愤怒，训斥看门人说："你怎么能这样说呢！凡是人死了，才说不在，我跟你主人交情深厚才来看望他，你怎么敢用这样的话来对待他！他难道就没有忌讳吗？我一定等他来，当面告诉他来惩治你。"

看门人赶忙作揖认过说："小人确实不知道这种忌讳，请求官人您能饶了我。不过今天前来拜访主人的，我都照惯例这样回答他，如果以为不可以，那么应该用什么话来送别客人呢？"

客人说："你的主人既然外出拜访没有回来，只说主人出去就可以了。"

看门人忧愁地紧皱眉头说："我的主人宁可去死，却是忌讳说'出去'二字呀！"

【寓意点拨】这则寓言反映了当权者的专权跋扈，作威作福，同时也显示了当权者的愚昧和迷信。当权者对于看门人呵斥治罪，看门人是动辄得咎，饱受欺凌。当权者忌讳"出去""不在"，透视出其愚昧迷信的丑恶面目。

朝廷缺清要官

【寓源】清·方飞鸿《广谈助》。

【寓言】朝廷缺一个清要官职，政府询问谁可以担当此任。有人说公论可以担当。政府说："公论现今是最没有用的。"

有人说古道可以担任。政府说："古道如今也难以胜任了。"

有人说糊涂可以担任。政府说："糊涂其人如今却可以去干得。"

最后有个有力量的人举荐了智巧，政府大喜，说："你举荐的很好，这个人的人品我曾听说过，他善于弯腰拜揖、舐人屁股；只是他指挥别人却态度傲慢、气焰嚣张，是一个不能违抗他的人。"于是便立即授予了他应得的官职。

【寓意点拨】在封建社会没落时期的清朝，官僚制度日趋腐败，真正有才干、能主持公道的士子是难以跻身政府的，而大量"折腰舐痔"以趋奉上级、"颐指气使"以凌辱人民的"智巧者"，却充斥了政坛，然而这样的政体是难以久存的。寓言尖锐地揭示了封建官僚制度的丑恶本质。

嘲富人为贼

【寓源】民国·佚名《博笑珠玑》。

【寓言】从前有一个人外出经商，但没有文化，不认识几个字。一次把船停靠在江心寺，带着朋友游寺，见寺壁上写着“江心赋”三字，连忙唤船家说：“这个地方有‘江心贼’，不可久停。”说着，急忙要上船。

他的朋友说：“不要慌忙，这是‘赋’字，不是‘贼’字。”

这个商人摇着头说：“富倒是富，有些‘贼’形。”

【寓意点拨】“富”与“赋”同音，“贼”与“赋”字形相似，于是作者产生联想：富人与盗贼多少有些关涉。孟子说：“为富不仁矣，为仁不富矣。”这话虽然说得有点绝对，但这却是剥削阶级社会中普遍存在的事实。既然只有“不仁”才能“为富”，而要“为富”必须“不仁”，于是一些人为了“为富”，良心全失，什么手段都可以用，这与盗贼又有什么不同。

嘲有钱村人

【寓源】民国·佚名《博笑珠玑》。

【寓言】从前有一个巡按，到任不久，便要求猎户在规定的时间内给他捕获一只麒麟。猎户们到处找寻遍了，就是找不到麒麟，没办法向巡按回话，只得将一条水牛全身用铜钱披挂起来，冒充麒麟，敬献给巡按大人。

巡按见了大怒说：“这畜生若不是身上有几个钱，不就是一条笨牛吗？”

【寓意点拨】水牛披挂一身铜钱岂能成为麒麟！有财并不能说明有才，才智的增长比财富的积累要困难得多。有财之人多数只热心积累财富，并不关注才智、学问之事，他们若有什么斯文之举，十之八九是赝品。

车翻豆覆

【寓源】隋·侯白《启颜录·昏忘》。

【寓言】隋朝时候，有一个弱智的人，用车装着黑豆到京城去卖。走到灞头时不小心翻了车，黑豆也都翻到了水里，那人便丢下车子跑回家，想叫家人下水一起捞豆子。他走了以后，附近的人争着把豆子捞走，一点儿都不剩。等到他回来时，只剩下几千只蝌蚪在水里游来游去，他认为这些还是黑豆，便下水打捞。蝌蚪见有人来，一时四处逃散，他感到很奇怪，感叹道："黑豆啊，纵然你装作不认识我，背弃我跑了；即使你长了尾巴，难道我就不认得你吗？"

【寓意点拨】外在的环境不断改变，人们必须随时调整，随机应变，才能面对瞬息万变的环境，人的智愚区分就在于此。这则寓言中的主角，在黑豆倾覆入河时，黑豆被人捞走，他却将蝌蚪误以为是黑豆，在观察事物变化与采取应变措施两方面都犯了错误，算是一个痴愚的人。

车夫与船夫

【寓源】清·方濬颐《二知轩文存·卮言》。

【寓言】车夫赶着车来到河岸边，看见船夫拨转船舵放下石碇，就嘲笑说："时间还没过中午，我正在扬鞭赶车，你却害怕风浪造成船的颠簸而踟蹰（chí chú）不前，平坦大路怎么认为会有危险呢？与其在这里旷日持久拖延，哪如我们按期到达呢？"

船夫说："嘻！你只看到我不顺的时候，没有看到我们顺的情形。天一亮就张帆出发，我有行快船的际遇，将会超过你的千里马而快速前进。现在是我安逸你劳累，我灵巧你笨拙。而且陆地没有风却有雨，你的车陷进泥潭，车辕倒伏，车轮翻转，这些都是难以预料的吧？"

车夫听了生气地说："我可怜你，你却来诅咒我，简直欺人太甚！"

车夫与船夫争斗起来，车也停下来不向前行了。岸上旁观的人围成一堵墙。

有路过的人来劝解说："不管是走水路还是走陆路，各自都有适合自己的地方。面临深渊有时会坠落，攀登高山有时会摔跤，所以就是平地也未尝没有风波，那么江湖人怎么可能都是坦途呢！你们真还不如我缓慢地步行，不坐船不乘车，想停下来就停下来，没有忧愁，也没有什么可怕的事。你们二位的职业不同，有什么可争的？算了，就别争了。"

争斗双方听了这番话，互相看着笑了起来，船夫上船，车夫也驾车走了。

【寓意点拨】这则寓言告诉人们，不管从事什么工作，都各有其长处，也各有其短处。不能只拿自己的长处去比别人的短处，如果那样，矛盾和争斗将是不可避免的。俗话说："隔行如隔山。"对于别的行业的工作不了解的情况下，应多看到人家的长处，多向对方学习，这样才能化解许多是非和矛盾。

车夫与狼

【寓源】清·蒲松龄《聊斋志异·车夫》。

【寓言】有个车夫推着很重的车子爬坡，正当最费力气的时候，有一只狼突然来咬他的屁股。车夫想放开车子，但货物就要摔坏，车子还会压到自己身上，便忍痛继续往坡上推。等到爬到坡顶，那狼早已咬去屁股上的一片肉逃跑了。

【寓意点拨】狡猾的狼乘人之危偷咬车夫屁股上一片肉，岂止是狼，人间也颇多此类的小人。乘人无能为力之际，坑害他人的事屡见不鲜。他们不但是狡黠的、可耻的，而且是可恨、可恶的。这则寓言启示人们，一定要警惕那些像狼一样乘人困难时害人的坏人。

彻底清

【寓源】宋·周密《齐东野语》卷十三《优语》。

【寓言】王叔做吴门知县时，把吴门出产的酒叫作“彻底清”。

宴会上，伶人拿了一樽酒向众人夸耀说：“这酒叫作‘彻底清’。”可打开一看，却是浊酒。

旁边的人讥笑说：“你既然说这是‘彻底清’，为什么是浊酒？”

伶人回答说：“这本来是‘彻底清’，现在被钱打浑浊了。”

【寓意点拨】明明是浊酒，却命名为“彻底清”，而伶人的回答“酒是被钱打浑了”，更可讽刺地反映出王叔治县的状况，他不是一个清官，倒是一个贪官。利用伶人的话语点出知县的贪污。这则寓言具有深刻的讽刺性。

陈五

【寓源】明·冯梦龙《智囊·杂智部》。

【寓言】京城里巷很多人相信女巫。有一个行伍出身的人叫陈五，讨厌他家里人十分虔诚地相信女巫，想改变这种局面。

有一天，陈五把青李子放在嘴里，骗家里人说脸上生了疮肿痛得很厉害，不吃不喝，整天躺在床上。他的妻子很焦虑，请来女巫诊治。

女巫来了，说陈五害的是疔疮，因为陈五不敬神灵，神灵不救他。

陈五家里的人一起向她下拜，恳求她祈祷神灵，这样她才同意求神。

陈五假装痛得很厉害，呻吟声不断，对家里人说："一定要巫师进屋来看视救我才行。"

女巫进入房内看视，陈五不慌不忙吐出青李，看了看，揪住女巫，打了一记响亮的耳光，破口大骂，把她推出门外。

从此以后，家里人不再相信和崇敬女巫了。

【寓意点拨】女巫装神弄鬼，骗取钱财。愚昧者求其治病，她们便胡言乱语，乱点迷津，轻者贻误病情，重者害人生命。武人陈五恐怕也讲不出破除迷信之类的大道理，但他是一个无神论者，这就值得敬佩，其智斗女巫的举动，更令人称赞。今日社会中，相信迷信的人不少，应该好好读一读此文。

成汤退卜

【寓源】秦·吕不韦《吕氏春秋·制乐》。

【寓言】商国国君成汤的庭中长出一棵谷子，黄昏时萌芽，等到天亮时已经有两手合围那么粗了。臣下请求占卜怪谷出现的原因。汤王让占卜者退下，说："我听说，吉祥的事物是福的先兆，但遇到吉兆却不做好事，福就不会降临。怪异的事物是灾祸的先兆，但遇到怪异而做好事，灾祸就不会降临。"

于是成汤早上朝，晚退朝，勤于政事，探问病人，吊唁死者，务求安抚百姓。三天之后，庭中的怪谷消失了。

【寓意点拨】这则寓言启示人们：面对发生的自然怪异，不必大惊小怪，不必问神占卜，要靠人为的力量去克服它；当处于不利形势之时，不要顺从命运，要靠自己的努力去改变逆境，创造条件变不利为有利。

成衣匠

【寓源】清·钱泳《履园丛话》。

【寓言】裁缝师傅，各省都有，而宁波最多。现在京城内外的裁缝，都是宁波人。

从前，有一个人拿了一匹绸缎去找裁缝剪裁。裁缝师傅就询问穿衣人的性情、年纪、相貌，以及哪年中的举，就是唯独不提衣服的尺寸。那个来做衣服的人听了很奇怪。

裁缝师傅说："少年中举的人，他的性情骄傲，胸脯必然挺得很高，衣服需要裁得前面长后面短；老年中举的人，他的心情懒散，脊背有些弯曲，衣服需要裁得前面短后面长；性情和缓的人腰宽，体瘦的人身窄；性情急躁的人宜穿短衣服，性情和缓的人宜穿长衣服。至于尺寸，都是既定的成法，那又何必问呢？"

我认为这个师傅可以和他谈论做衣的道理了。现在的裁缝，总是依据旧有的衣服定尺寸，或以新的式样为时髦，不懂得衣服长短的道理，先存着非分的企图。不论男女衣裳，要像杜甫诗里所说的"稳称身"的，实在难以再找到那样的师傅了。

【寓意点拨】这则寓言说明的是裁缝成衣的道理，实际说的是办一切事都要从具体情况出发。不只裁缝要"量体裁衣"，办其他事情也应是"稳称身"。

乘　凉

【寓源】宋·李昉《太平御览·人事部》。

【寓言】古时候，郑国有个人特别怕热，天一热他总是躲在阴凉的地方去乘凉。这年夏天，非常炎热，尤其到了中午的时候，阳光火辣辣的直射着大地，地面热气蒸腾，大家都找凉爽的地方待着。这个郑国人也是这样，他早已经找好荫凉的地方了。他抬了一把睡椅躺在村口的大树下面，大树的叶子郁郁葱葱，把阳光遮得严严实实，虽然阳光下天气酷热难当，但是树荫下却凉爽异常。郑人摇着凉扇，悠闲地躺在睡椅上，心里别提有多美了。

可是，太阳也是会移动的，慢慢地不再直射了，阳光斜射了下来，穿过一些树叶照到了郑人的身上，他马上感觉到了热气。他也是很聪明的，看到树荫随着太阳的移动而移动，他也搬动睡椅慢慢地移动，这样一天下来他就一直待在树荫下，感受着夏日特别的凉爽。

到了晚上，他还在这棵大树下乘凉。夜晚月亮升起来了，月亮也在走，树影也跟着在转移，这个郑人竟然也用白天同样的办法移动自己的睡椅。月亮越走越远了，树影也越来越远了，郑人搬着他的睡椅也越移越远了。夜慢慢地深了，起雾了，雾气也越来越重，不一会儿就沾湿了他的衣裳，可是这个郑人竟然全然不知。

白天为了躲避骄阳搬着睡椅乘凉，这种做法很聪明；可是晚上月亮并不能发出热气，却仍然用相同的办法乘凉，未必就有点太笨拙了。

【寓意点拨】郑国人白天的避暑方法是可取的，但到夜晚，客观环境已经改变，这时该想到的并不是避暑，而是如何防止露水的湿气，再用同一种方法反而会弄巧成拙。

墨守成规，不知因时制宜、随机应变，绝不可能避开一切灾殃，是这则寓言所要突显的主旨。尤其是要适应今日千变万化的社会，我们就必须时时调整自己的步伐，以期跟得上时代的变动。

乘隙

【寓源】宋·沈括《梦溪笔谈》卷十三《权智》。

【寓言】在濠州定远县，有个弓箭手善于使用矛，远近的人都很佩服他的技能。有一个小偷也擅长耍枪舞棒，连官府的军队他也不放在眼里，只有这位弓箭手可以与他抗衡，于是他说："若见到这位弓箭手，我一定要和他一决生死。"

有一天，弓箭手有事来到村子里，正好小偷在集市喝酒，弓箭手想回避也不可能了，于是两个人就拖刀曳矛打了起来。围观的人挤得水泄不通，像一堵墙，把他们团团围住。打了很久，谁也无法取胜。这时，弓箭手忽然对小偷说："县尉来了，我和你都是身强体健的人，你敢和我在县尉的马前决一生死吗？"小偷说："好！"弓箭手应声向他刺去，就把小偷刺死了。这是他趁着有利的机会，才能一举得胜啊！

【寓意点拨】弓箭手与小偷都是身强体健、武力高强之人。然而，小偷虽然勇敢，主动挑战，却是有勇无谋；弓箭手在与小偷相持不下的决战中，虚以待势，并趁其不备，一举获胜，可谓智勇双全。

吃煎麦的下场

【寓源】后秦·姚秦《出曜经·利养品》。

【寓言】从前，大月支国有个风俗习惯，要用酥油煎麦子喂猪。当时国家的马驹对母马说："我们为国王卖力，不管路程远近，都要前赴。可是我们吃的却是草，喝的是积水。"母马回答说："你们千万不要有这样的想法，你们是羡慕那些猪吃酥油煎麦子吗？要不了多久，你们就会知道是怎么回事了。"

没多久，快到新年了，家家户户都把猪捆起来，放入热水锅里；猪大声叫唤。这时母马对马驹们说："你们还想吃酥油煎麦子吗？要想知道后果如何，可以去看一看。"

马驹们这时清楚是怎么回事，才明白以前的想法错了，庆幸自己没有和猪一样。从此，即使马驹们吃草，有时遇见了麦子，也自觉让开麦子不吃。

【寓意点拨】小马驹起初羡慕猪能吃到酥油煎麦，而当它们看到猪吃煎麦惨死的下场后，纷纷安心吃草，遇到麦子也自觉避让。这则寓言告诫人们：不要贪图一时的享乐，否则终将酿成苦果。

吃人不吐骨头

【寓源】清·石成金《笑得好》。

【寓言】猫眼睛半开半闭地坐着，口中发出“呼呀呼呀”的声音。

有两只老鼠远远看见了这只猫的样子，它们心里想：“今天，猫念经变善了，我们可以出去寻找食物了。”

老鼠刚一出洞，猫就赶了上去，逮住了一只，连肉带骨都吃掉了。

另一只老鼠跑回去对其他老鼠说：“我以为这只猫闭着眼睛念经，想必是个善良好心者，哪知道它干出来的事，竟然是吃人不吐骨头的啊！”

【寓意点拨】我们不能光听他说什么，更重要的是看他干什么。我们要防口蜜腹剑、口是心非的伪君子，要称赞光明磊落、心地善良、言而有信、言行一致的老实人、真汉子。

吃人无厌

【寓源】南宋·陈元靓《事林广记·嘲戏绮谈》。

【寓言】有人养了一只老虎，毛皮的图案非常好看。主人每天拿谷物给它吃，老虎不吃，拿米喂它，也不吃，又将饭菜给它吃，它还是不吃。突然有一个小孩路过，老虎扑上去一口就把他给吃掉了；一个男子经过，老虎连带他的衣服一块吃掉了。主人看见大声斥责说：“你这个畜生，给你那么多东西你都不吃，原来你吃人吃不厌啊！”

【寓意点拨】这则寓言是影射和讽刺那些盘剥别人的人。将他们比作凶狠贪婪的老虎，很难伺候，动辄就会给人民带来可怕的灾难。

吃　素

【寓源】隋·侯白《笑林》。

【寓言】猫偶然在脖下挂起了几颗佛珠，老鼠见了，非常高兴，说：“猫吃素了！”带领它的子孙到猫的居住处表示感谢。猫大叫一声，接连吃掉了好几只鼠崽儿。

老鼠急忙逃走，才幸免于难，伸出舌头说：“它吃素后变得更凶狠了！”

【寓意点拨】这则寓言告诫人们，对待任何事物，要看其本质，不要被一时的非本质的表面现象所迷惑，否则就要吃亏上当。

痴人瓮帽

【寓源】隋·侯白《启颜录·昏忘》。

【寓言】梁朝时候，有一户人，全家都很痴傻。有一天，他要儿子去市场买帽子，对儿子说：“我听说帽子是用来装头的，你替我买的帽子，一定要能装得下我的脑袋。”

他的儿子到了市集，四处寻找适合的帽子。一个商人拿出一顶黑色粗绸帽子给他，他见帽子叠着，便认为这不可能装得下父亲的头，看也不看，掉头就走。他逛了许多店铺，一天下来，毫无所获。最后，他走到卖瓦器的商店，看到大口的瓦瓮，认为这瓦瓮的肚子很大，正好可以装头，便确信这就是帽子，便买了回去。

他的父亲用它来装头，结果，盖住整个面孔，一直压到脖子，看不到其他东西。每次戴着它走路，总觉得磨得鼻子很痛，还感到闷得喘不过气来，然而，他认为帽子本来就是如此，常忍痛戴着它。直到鼻子上长疮，脖子生出老茧，还不肯脱下来。后来，每次戴这顶瓮帽，常常是坐在那里不敢走动。

【寓意点拨】这真是一个痴愚荒谬的家庭演出的一出荒谬剧。我们作为一个旁观者，一定会为这家人的痴愚捧腹；然而，当我们身处其中，也可能会因为胶着于事物的一隅，而不知及时调整修正。这时，往往也会吃尽苦头而浑然不觉，成为旁人的笑柄。

持勺和羹

【寓源】隋·侯白《笑林》。

【寓言】有个给羹汤调味的人，用勺子舀汤尝尝，觉得盐少了，就增加盐。他再从原先的勺子里尝汤，盐还是不够。这样多次在勺里尝汤，反复往汤里加盐，加了一升多盐，仍然不觉得咸，这时他感到奇怪了。

【寓意点拨】这位给羹汤调味的人，把盐加在锅里，却去尝手中勺子里的汤味，汤里味道不断变咸，勺子里的味道仍旧没有变化，寓言对这种看不到事物变化，仍拘泥于原事物不变的蠢人，是一个深刻的嘲讽。

持烛钻火

【寓源】宋·苏轼《艾子杂说》。

【寓言】一天晚上，艾子急呼一位门生快快钻火，但等了很久都没有取到火种。艾子着急地催促门生。门生回答说：“夜里太黑暗了，找不到钻火用具。”又对艾子说：“您赶快拿火烛来，我便可以找到钻具了”。

艾子回答说：“这实在不是我的门下，我不会有这样的门客！”

【寓意点拨】这则寓言故事一方面讽刺门人的愚昧可笑。找钻具正是为了钻火点燃，而门人在情急之中竟要艾子拿来点燃的蜡烛照明，以便于寻找钻具。这不是本末倒置了吗？现实生活中，人们不也常因本末倒置而误事吗？

斥鷃笑鹏

【寓源】战国·庄周《庄子·逍遥游》。

【寓言】在不毛之地的北方，有一个深广的大海，那是天然的大池。那里有一条鱼，它的宽度有几千里，没有人能知道它有多长，它的名字叫鲲。那里有一只大鸟，它的名字叫鹏，它的脊背像高大的泰山，翅膀像天边的云，乘着羊角似的旋风，直上九万里的高空，超越云气，背负青天，然后向南飞翔，到达南海而止息。

有一只小鷃（yàn）雀讥笑大鹏说：“它将要飞到哪儿去呢？我腾跃向上飞，不超过几丈就落下来了，在蓬蒿丛中飞来飞去，这也算是我飞的最高限度了，可它究竟要飞到哪里去呢？”

【寓意点拨】在庄子看来，小鷃雀飞不出几丈高，受到空间的限制而不自由；大鹏鸟虽能高飞九万里，但它须凭借大风而受到条件的限制，也不能自由；它们的区别只是飞的高度不同，实质都是“有所待”而未达到自由的境界。

这则寓言说明，凡是受到限制的都不能达到自由自在，真正的自由是自我主宰。

赤马蒙霜

【寓源】唐·李延寿《北史·王宪传》。

【寓言】王皓（字秀高）年轻时就建立了好名声，广为称道。他的母亲去世后，他表现出极真挚的孝思。但个性却跟他的几个哥哥一样——迂缓迟钝。

他曾经骑一匹红马，跟随文宣帝北征。一天早晨，他的马蒙上了一层白霜，他便认不出来了，就高喊自己的马丢了。虞侯派人帮他到处寻找，也没有找到。过了一会儿，太阳升起，马身上的霜很快化掉了。他看到自己的马好端端地拴在营帐前，才高兴地说："我的马还在这里啊！"

【寓意点拨】王皓没有认清事情真相就下判断，闹了一个大笑话。寓言讽刺了那些不动脑子被事物的表象迷惑的人。

虫鸟之智

【寓源】宋·洪迈《容斋随笔》。

【寓言】竹鸡生来的性格是遇到自己的同类就要斗。逮竹鸡的人便把树林里的落叶堆成一座城堡似的窝巢，把做引诱用的竹鸡放在里面，自己藏在后面操网来逮竹鸡。逮竹鸡的人逗着窝巢里作诱饵的竹鸡鸣叫，野外的竹鸡听到就随着叫声飞进了窝巢，想冲向前打斗，但是网已升起，没有一只竹鸡能逃脱。

鹧鸪的生性好干净，猎人在茂盛的树林间扫出一片空地，把一些谷子撒在上面。鹧鸪飞来飞去边走边啄，猎人就用黏竿粘住它们。

麂子行走在草丛中，害怕人们看到它的踪迹，只是顺着一条小路走，也不管路的远近。村民用绳子结成环，放在它走路的地方，麂子的腿一绊住，就会倒挂在树枝上，便可把它活捉。

江南有很多土蜂，人们不知道它的巢穴，常常在长纸带上粘上肉，土蜂见到，一定会衔进自己的巢穴，人就可以跟踪追寻，找到它，用烟熏火燎获得它的巢卵。

昆虫鸟类的智慧，自以为完全能够保全自身了。人们为什么要这样不仁义呢？

【寓意点拨】这则寓言，充分地展示了虫鸟的不同的智慧，但都比不上人类。人们可以想出很多办法来打破它们本来考虑得很周全的自我保护之道，最后抓捕了它们。人当然比虫鸟要聪明得多。这篇寓言还告诉人们，人要有仁义之心，要爱护动物，不要轻易地去伤害它们，要保护好我们人类的生态环境。

虫族世界

【寓源】清·吴趼人《俏皮话》。

【寓言】昆虫部族也有一个世界，这个世界，也有朝廷，也有国家，也有郡县，也有官吏，也与别的部族来往交涉。昆虫皇帝先是命令粪中的蛆执掌国政，久之国家权力不断丧失，国家形势一蹶不振。昆虫皇帝很是担心、畏惧，于是颁布诏书求取治国的贤者。无奈蛆执掌国柄，所引荐提拔的都是它的同类。皇帝没办法，亲自提拔蠹（dù）鱼，把它放在政府的重要位置上，而把粪蛆赶走了。过了很长时间，国家腐败依然如故，国家萎靡不振依然如故。皇帝叹气说："我一开始看见蠹鱼在书中钻进钻出，以为它饱有学问，没想到拿政事去考察它，它竟与那吃屎的一样，把国家搞得一塌糊涂。"

【寓意点拨】粪蛆执政，呼朋引类，结党营私，致使"国权尽失，国势不振"；换一批"知识性"的新官僚，但他们又只会引经据典，纸上谈兵，毫无从政能力。腐朽的政治机制滋生腐败，产生庸才；反之，腐败和庸人政治又加速了腐朽政治机制的瓦解，致使王朝日暮途穷、奄奄一息。

丑婢破罐

【寓源】后秦·鸠摩罗什《大庄严论经》。

【寓言】有一富人家的媳妇，被婆婆嫉恨，便逃进森林中想自杀。但因没有找到合适的地方，只好躲在一棵大树上。树下有一个池塘，她的影子倒映在池塘水中。

这时有一户人家的婢女提着瓮坛来取水。她看见水中的影子，以为是自己，便说："我长得这么端正秀丽，为什么还替人家取水呢？"于是她砸碎了瓮坛回到家中，对大家说："我如今相貌端正秀丽，为什么让我去挑水呀？"大家都说："这个丑丫头说出这样的话，怕是中了邪了吧！"于是，又给她瓮坛，还让她去池边取水。这个婢女来到池边，看到的还是那个美丽的倒影，就再一次砸碎了瓮坛。

这时，树上那个富人家的媳妇看到事情的经过，忍不住笑了。婢女看到池中人影笑了，便立即醒悟过来。抬头一看，见树上有一妇女在笑，长得端正标致，衣着也与自己不一样，便觉得很惭愧。

【寓意点拨】这则寓言刻画了一个愚蠢的丑婢形象：看见水中的影子就以为是自己，这实在是很蠢。生活中有这样的现象：有些人往往缺乏自知之明，甚至不惜掠他人之美来掩盖自己的丑，这就是欺骗。这种自欺欺人的行为，应该从反面给人以警示。

刍甿骑马

【寓源】明·刘基《郁离子·梦骑》。

【寓言】刍甿（chú méng）有一天到城里去，看见市人骑马很有气派，心里十分羡慕。他很想骑马，只是无处得到马，回到家，怅恨的心情流露在神色上。

有一天夜里，刍甿梦到自己骑到了马，真是快乐极了，醒来便跟他的朋友说了这件事。他的朋友同情他，就跟他一起到城里，租了一匹马让他骑。他骑着马出了城，来到田间小路。那马见青草就乱跑，嘶叫着向前奔驰；它高昂着头，颠簸行进就像鸭子浮水一样。刍甿吓得抱着马鞍号叫，一下子滚到马腹下，马从其身上一跃而过。他的头栽进泥潭里一尺八寸多深，多亏他的朋友飞跑过去救了他，才算免于一死。

刍甿没精打采地回到家里，对他的儿子说："乐天知命的人应有禁忌，那就是千万不要骑马！"

【寓意点拨】这则寓言通过刍甿骑马跌落的故事，说明做什么事要事先充分了解其情况，掌握其特点，并进行一定的实践。同时对盲目行事、失败后"因噎废食"的人进行了嘲讽。

除　草

【寓源】明·刘基《郁离子·蛇蝎篇》。

【寓言】罔与勿兄弟俩分田耕种，他们都嫌野草老是锄不尽。于是，罔把禾苗与野草都一起铲除烧掉。禾苗被消灭了，可是草却生长得跟当初一样茂盛。勿呢，把野草、禾苗全都保全下来，于是禾苗荒芜了，粟变成了稂（láng）草，稻变成了稗子。哥俩儿互相你望着我，我望着你，只好挨饿。他们便都向后稷去诉苦说："这禾苗的种子不好。"后稷问他们是怎么回事，他们便说了以上的情况。后稷说："这就是你们的过错了，那禾苗是由于人的种植才生长得好的，它不会自己长出果实来的。"

【寓意点拨】这则寓言告诉人们：简单粗暴与放任自流，都不会招来好的结果。

锄地

【寓源】明·张翀（chōng）《浑然子》。

【寓言】靠近大路边有块大田，一个农夫正在田里锄地，喘几口气才锄一下。一个过路的人见了说："你锄地太慢了！这块田那么大，你喘几口气才锄一下，这样锄到年底也锄不完啊！"

农夫听了，招呼行路人过来，对他说："我种地一辈子，却不知道怎样种地，你为什么不过来教教我锄地的方法呢？"

过路人便脱下外衣下到田里，拿起锄头飞快地干了起来，一口气连锄几下，而且每一锄都用尽全身的力气。结果，还没干一个时辰，他的力气用尽了，额头上的汗珠像雨点似的，气喘吁吁，快瘫倒在地上，有气无力地说："唉，从今往后，我算是知道种田的难处了。"

农夫说："种田难什么！不过对你这样快速锄地的人来说恐怕是太难了。你一口气连锄几下，然后停下来歇息半天，这样，锄地的时间便少了，而停下来休息的时间就多了。我喘几口气锄一下，连续锄着不停，这样坐下来休息的时间少，干活的时间就多。用你多的来比我少的，再用你少的来比我多的，究竟哪个快哪个慢，哪个轻松哪个劳累呢？"

过路人很信服老农夫的话，夹起衣服回头走了。

【寓意点拨】这则寓言以农夫和过路者两种锄地的方法和结果相比较为喻，说明"欲速则不达"的道理。启示人们，做任何事都要尊重科学，不可急躁冒进。

储春

【寓源】清·佚名《快书》。

【寓言】储春（字用和）出生于南京。他相貌俊美，皮肤白皙，光亮照人。他的颈子长长的，肚子大大的，平日里从未有过忧愁。有忧愁的人见了他，也自然地化忧为乐了。

有一天，为一位外出服役的人饯行，那位朋友忽然思念起父母，就唱道："酒壶喝干了，这是酒壶的耻辱啊！"

储春说："朋友关系是五伦之一，你只知思念父母的恩情，而不顾伤了朋友的友情，你为什么不这样唱'我们尽情喝酒吧，以此解长久思念之苦！'"他的朋友因此开怀了。

储春对客人必定是尽情倾泻，有人批评他的嘴不严，储春说："上天使我长了一张嘴，原本就是用来张开的，并未叫我闭口。如果强行让它闭上，就不合天性了，那还要嘴干什么呢？何况凡是侍奉父母的，一定靠我来表达孝心；祭祀神灵的，一定借我来表达诚意；招待宾客的，一定要以我来表达敬意，我难道能不尽情倾泻吗？"

有人说："你只知道你的嘴对人有功劳，可是不知道它对人也有损害。那些从谨慎厚道变为凶狠险恶的人，不是因为你的嘴吗？"

储春张口笑了，说："雨露能使万物生长，可是万物也有因雨露而倒伏的，这二者性质是不同的。我的嘴尽情倾泻，为的是使人感情和睦。而也有从谨慎厚道变为凶狠险恶的人，难道不是因为他们的本质习性才使他那样的吗？否则，人们就只用瓦陶来制造我而不会用金来铸造了。"

读书人听了他的话，更加器重他了。

【寓意点拨】唐人呼酒为"春"，后代延续了下来。寓言中为酒壶起个人名"储春"，生动贴切。全文通过酒壶之口，论述了一个道理：酒原本是好东西，而借酒装疯、借酒乱性并非酒之过，是人的内在原因引起的。

楚佞鬼

【寓源】秦·吕不韦《伯牙琴·二戒学柳河东》。

【寓言】楚国有个巧言谄媚的鬼，它降临到楚国时，就告示说："上帝命令我来治理你们的国土，真的要在你们面前作威作福。"

民众十分惊恐，谨慎地恭候着佞（nìng）鬼。并且建庙祭祀，天天杀猪宰羊做祭品，百姓个个跪拜而进献，还带上钱财。市场上的无赖之徒依附鬼的也增多了，他们装扮婢妾的样子，索求无厌，连他们的妻子和子女也参与其中。他们以鬼气附人身，言语和动作同真鬼没有两样。于是他们倚仗鬼的气势，对百姓骄横无理。凡是不依附鬼的人，他们一定向鬼谗言使之遭到灾祸。因而，百姓更陷入困境。

天神知道后，亲临人间，愤怒而冷笑着说："这些妖怪，如此享受祭品，无休止地作威作福。"于是兴起疾雷，摧毁了庙宇，把无赖之徒震死了，从此楚国的鬼祸消失了。

【寓意点拨】寓言中描绘了两种鬼，一种是真鬼，借天命吓唬百姓，享受祭祀，作威作福；一种是人鬼，无赖之徒装神弄鬼，趁机欺诈百姓，使得民众困苦不堪。还是老天有眼，降神为民除害，斩妖杀无赖。

寓言告诫那些欺压百姓、作威作福的不法之徒，可以得逞于一时，却决不可长久的，最终必将自取灭亡。从而也启示人们，不要被一时妖邪之气所吓倒，正气总是会战胜邪恶，只要敢于斗争，一切妖魔伪装必将败露。

楚人患眚

【寓源】清·唐甄《潜书·自明》。

【寓言】楚地有个患眚（shěng）的人，一天，他对妻子说："我的眼病好了，我看到邻居的屋上有大树。"

妻子说："邻居屋上没有树。"

他到君山向水神祈祷，又对他的仆人说："我的眼病好了，我看见大路上，那些纷至沓来的不是车马和行人吗？"

仆人说："一眼望去都是湖水和君山，哪有大路？"

本来没有树却看出有树，本来没有路却看出有路，这难道是眼病好了吗？这分明是眼睛有病啊！不明白却自以为明白，不透彻了解却自以为透彻了解，难道是心里明亮吗？是心里有病啊！

【寓意点拨】这则寓言，以患眼病的人把屋上无树说成有树，把山水说成人马为喻，讽刺那些以无知为有知，把不知说成知之的人。劝告人们，要正视自己的缺点，切勿主观妄说，强不知以为知，以非为是。

楚人卖鼎

【寓源】清·黄宗羲《明文海》。

【寓言】楚国有个人，在战争结束后移居到旧宫废墟上建造茅屋，他用砖砌墙，又挖土造水池。在挖土时偶然得到一个古鼎，容量可以装下一百斛。古鼎的上端刻有蛟龙，下端刻有鬼怪之物，凸凹的文字已经毁坏不可辨认了。这个古鼎像夏代或周代的遗物，确实是稀世珍宝。鼎内有大小两个铛，一个断了足，损坏近尽；另一个缺少左边的耳朵，中间已经断裂，幸而没有漏洞。即使他从上到下地磨刮，古鼎上那些像疮疤似的斑痕依然如故，纹饰不能恢复原样。

这天，楚人背着两个铛到市场上去卖。

战乱刚刚平息，市场上缺少釜锅，想买它用来煮饭的人很多。起初有人给五十钱，楚人发怒；给他五百钱，楚人高兴地笑了；有人给五千，楚人又笑又发怒；这时有人给五万钱，楚人才卖给他。

楚人回家又看看那只古鼎，高兴地说："铛能卖如此大价钱，这只鼎难道不超过几倍的价钱吗？自从战乱后，我穿破衣吃粗粮，省吃俭用还不能有余，今天有了鼎，这大概是老天爷厚待我吧。只是不能把古鼎搬到大城市去卖，要是能那样，富贵不须动口就来了。"

这时，楚人把古鼎画成图像张贴在市场门口，很久没有人来购买。正巧有位博学好古的君子经过，楚人决定请求他并向他询问。这位博古君子看了看，笑着说："这鼎是个宝物呀，但不逢时机怎么办？那狐狸腋毛虽然珍贵，而穿布帛的人众多；熊掌味道虽然鲜美，而吃大豆五谷的人众多；龙泉和太阿是天下的宝剑，用它来补鞋子，还不如仅值两钱的锥子。你卖掉的那个铛固然是小，能用勺子舀水灌满它，用一束柴火很容易把饭烧熟，之后也容易凉；用它来烧煮东西立刻就好，这是人们生活中不可缺少的用具，所以争相购买。这个鼎虽然大，只能用它来煮犀牛大象，烹制黿（yuán）龟，却不能用来煮鸡鸭，因为鼎太大，汁水少了就煮不熟，汁水多了又津淡无味，要它有什么用呢？"

楚人听了这番话，失望地说："古语说'大才难以使用'，大概说的就是这个吧？"于是他把挂图收起来，藏好古鼎，将它隐藏起来了。

【寓意点拨】这则寓言启示人们，认识任何一种物的价值大小，不是取决于它本身形体的大小，而是取决于它的实用价值。有用之物，虽小而价大；无用之物，虽大而无价。认识到了这一点，便能正确地使用器物，拥有器物。

楚人象虎

【寓源】明·刘基《郁离子·象虎》。

【寓言】古时候，楚国有一个人，深受狐狸的祸害，特别讨厌狐狸，想尽办法去捕捉。可是狐狸很狡猾，这个人尝试了多次，总是壮志满满地去，扫兴地耷拉着脑袋回来。邻居看见他每次都那么沮丧，就给他出主意说："老虎是山中的野兽之王，天下所有的野兽看见它都会吓得魂飞魄散，自动趴下来等死。"

楚人听了，灵机一动，便叫人做了一个老虎的模型，取一张虎皮披在模型上。然后他把模型抬放到狐狸经常出没的地方。不一会儿，狐狸就送上门了。果不其然，一看见那只"猛虎"，它就吓呆了，趴在地上一动也不动了。楚人心里甭提有多高兴了，马上冲了过去，捕获了那只他痛恨已久的狐狸。而且还特地为这个助他报仇的"猛虎"起名"象虎"。

有一天，山里的野猪跑到他家的庄稼地里糟蹋庄稼，他不论采用什么办法都赶不走野猪。于是紧急时刻，楚人就又想起“象虎”了，他叫人把它抬到庄稼地里，然后让他的儿子们拿着叉在大路口守着。他在地里大声地喊叫，野猪就窜出来了，看到了“象虎”，以为是真虎，连忙掉头逃窜，一跑便跑到了大路上，刚好落到了已经守候多时的人们那里。人们一起围攻，野猪就全部落网了。这个楚国人见状，高兴极了，他兴奋地以为，他的“象虎”可以天下无敌，什么野兽都能制服了。

时间又过去了许久，突然有一天，田野里出现了一种像马但不是马的动物，它凶恶残忍，咬死了很多牲畜，村民们都很害怕它。楚人这时带着“象虎”自告奋勇地要孤身前往为民除害。明白实情的老人语重心长地劝他：“不要去啊，不要去啊！那可是駮（bó）啊！駮是能吃老虎和豹子的动物，就连真正的老虎都斗不过它，更何况你这只是假虎呢？去了一定会遭殃的！”

这时候的楚人心中完全充满着胜利的喜悦，他哪里还听得进去别人的规劝呢。结果，他刚到田野里，还没来得及摆好“象虎”，那像马的动物就大吼着猛冲了过来，抓起他就咬。可怜的楚人一命呜呼了。

【寓意点拨】寓言告诉我们，当周围的环境发生改变的时候，相应的策略也要跟着改变，一成不变的办法是不能够解决所有问题的，就像故事里的楚人一样，最后只能是命丧黄泉。另一方面，对于有经验的人的规劝，应该虚心接受，千万不可被胜利冲昏了头脑。

楚人学齐语

【寓源】战国·孟轲《孟子·滕文公下》。

【寓言】戴不胜是宋国的一位官员，想要叫他儿子学齐国话。一个齐国人来教他，但旁边却有许多楚国人用楚国语干扰他，虽然天天用鞭子抽打这个孩子，硬要他学齐国话，结果还是没有学会。后来，这位官员把儿子带到齐人聚居的地方住了几年，很快他就学会了齐语。相反，硬要他说楚国话，即使天天鞭打他，也不会了！

【寓意点拨】这则寓言说明了一个道理，就是人们要学会一种语言，掌握一门知识，认识一种事物，最好的办法就是生活于（或实践于）那个事物的环境之中，同那个事物接触。这也说明环境对于人的重要性。环境，尤其是周围人对一个人的影响是非常大的，学习语言是这样，学习知识是这样，在品德修养上也是这样。

楚人学舟

【寓源】南宋·吕祖谦《东莱左氏博议》。

【寓言】楚国有个人学习驾船。刚开始的时候，他什么都听老师的，调头、转弯，快划、慢划，所有的步骤都是老师说了算，自己从来都不思考。

后来，基本的课程结束了，他就驾船到小沙洲之间练习。他按照老师教他的方法，试着自己操作每一个基本步骤，不管向什么方向行进，他总是能够称心如意。于是，他很高兴地认为自己已经掌握了全部的驾船技术，决定要去辽阔的大海上远行！

可是，刚出小沙洲，就遇到了急流险滩，水中怪石林立，水流湍急，每个地方的水位都不尽相同。船一会儿东，一会儿西；这个楚人站在船头一下子慌了手脚，他茫然不知所措，自己也不知道如何掌舵了。四周水面苍茫，他吓得失魂落魄，突然一个大浪打过来，他和船一起翻沉到水底。

【寓意点拨】这则寓言以操舟遇险为喻，讽刺那些学习不虚心、浅尝辄止的人。劝诫人们学习务必要深入下去，不要满足于一知半解，也不能把一时的侥幸成功，看成永远的胜利。

楚人烹猴

【寓源】西汉·刘安《淮南子·修务训》。

【寓言】楚国有个人煮了猴子，请邻居们品尝。邻人误以为狗肉汤，觉得味道很鲜美。后来听说吃的是猴子肉，就蹲在地上呕吐起来，直到把吃下的东西全部吐完。这些邻居并不是真正的美食家。

【寓意点拨】寓言告诉人们：人们的饮食习惯是相对稳定的。有时候即使味道鲜美，但不符合饮食习惯，也是难以接受的。人们一旦形成习惯，就相对稳定并具有排他性。

楚人有两妻

【寓源】西汉·刘向《战国策·秦策一》。

【寓言】有个楚国人娶了两个老婆。别人调戏他的大老婆，大老婆骂了那人一顿；

调戏他的小老婆，小老婆却不拒绝。

没过多久，娶两个老婆的人死了。别人问那调戏的人说："你愿意娶他的大老婆呢，还是愿意娶他的小老婆？"他说："我要娶大的。"那人说："大的曾经骂过你，小的曾经跟你相好，你为什么要娶大的呢？"他说："生活在那个人家里时，我想和喜欢我的小老婆相处，现在要娶来做妻子，当然要娶那不受调戏而骂人的好。"

【寓意点拨】这则寓言说明，感情专一、忠实守信的人，是十分可靠的，是值得信赖的，因为在任何情况下，都不会变化。年少者可从反面获得启示，不忠实专一的人，只能为人信任一时，而终究会被人抛弃的，因为他能出卖这一个人，也必然会出卖另一个人。

楚王好细腰

【寓源】战国·墨翟《墨子·兼爱中》。

【寓言】春秋时期，楚灵王特别喜欢腰细的官吏，谁的腰细，谁便可以得到丰厚的赏赐。于是，宫中的大臣们为了使自己有一副苗条的身段，都想方设法地减肥。把"一日三餐"减为"只吃一餐"。他们每天早晨起床后，为了勒紧腰带，显示纤细的腰身，往往先蹲在地上，屏住呼吸，收紧腹部，然后再把腰带系紧，步履蹒跚地前去上朝。就这样，时间长了，一个个饿得头昏眼花，扶住墙壁才能站立起来。仅仅过了一年，楚国朝廷里的官吏虽然腰都变细了，可是他们却各个面黄肌瘦，好像都要被风吹倒似的。

【寓意点拨】这则寓言告诫人们，身居高位的人，如有个人偏好，便往往会造成歪风，正所谓"上有所好，下必甚焉"。若是不加防范，任其发展，就会出现意想不到的后果。所以说，提倡什么，反对什么，必须谨慎考虑。

楚有善为偷者

【寓源】西汉·刘安《淮南子·道应训》。

【寓言】楚国的将军子发爱好搜罗有技能的人。一个擅长偷东西的小偷去求见他，说："听说你在征集有技能的人。我是楚国城镇里一名小偷，愿用盗窃的技术在你部下当一名差役。"子发听了，急忙穿衣戴帽，衣带还来不及系，帽子也没有戴正，就走出门去，非常客气地接待这名小偷。

子发身边的人劝阻他说："这小偷，是天下有名的强盗，为什么对他要如此客气呢？”

子发说：“这不是你们所能理解得到的。”

过了不久，齐国兴兵攻打楚国，子发率领军队抵抗，三次出兵，均被齐军打败了。楚国的贤良大夫们虽然绞尽脑汁，想了很多办法，都没有转败为胜，相反齐军却越战越强。这时，小偷进来请求说：“我有点鄙薄的技能，愿为将军到齐国军队里走一趟。”

子发说：“好！”二话没说，便派他去了。

这小偷到了晚上，偷偷摸摸地潜入齐国军营，把将军车子上的帱帐偷了送给子发。子发派人把帱帐送回齐国军队里去，并说：“我们的士兵上山砍柴时，捡到你们将军的帱帐，现特派人送还给你们。”

第二天，小偷又到齐国军营去，把齐国将军的枕头偷来了。子发又派人送了回去。

第三天，小偷再次到齐国军营去，把将军的发簪偷来了。子发又派人送了回去。

齐国军队听说后，大为惊恐。将军和军官们商量说：“今天不退兵，楚国那位将领恐怕要取我们的脑袋了。”于是下令撤军回国。

技艺道术是没有细微轻薄之分的，关键在于人君如何使用！所以老子说：“不善的人，是善人的资本啊。”

【寓意点拨】这则寓言的意思，不是赞扬小偷，要人们去学小偷，而是说，对于有真才实学、有本领的人，要善于使用，正确地、充分地发挥他们的特长。

楚有直躬

【寓源】秦·吕不韦《吕氏春秋·当务》。

【寓言】楚国有个叫直躬的人，他的父亲偷了人家的羊，他向楚王告发了，楚王派人抓了他的父亲并将处以死刑，直躬请求代父受刑。将要行刑的时候，直躬对官吏说：“父亲偷羊而我告发，这不是很诚实吗？父亲受罚而我代他受刑，这不是很孝顺吗？诚实并孝顺的人被杀掉，国家还有什么人不受刑罚的呢？”楚王听说后就不杀直躬了。

【寓意点拨】直躬出于劝父归正而告发，这种不为亲父护短的做法是应肯定的。父既已被告发而受诛，代父受诛，这是直躬想保住父命。在现代社会里，这是行不通的，因为国法不会惩治无罪的人。由此启示人们，不要因为某种感情而做出违背法理的事情。

穿井得人

【寓源】秦·吕不韦《吕氏春秋·察传》。

【寓言】春秋时期，宋国有户人家姓丁，他们住在离水源非常远的地方，由于吃饭浇地样样离不开水，丁姓人家就需要有一个人长期在外挑水做饭，担水浇地。不论风吹日晒，刮风下雨，丝毫不能有任何耽搁。一天下来，在外工作的人常常是疲惫不堪，辛苦异常。

有一天，这户丁姓人家自己攒钱雇佣劳力，准备石料，在院子里凿了一口水井。水井凿好后，水源充足，水质甘甜，丁家再也不用派专人出外挑水了。喝到自家水井里涌出的井水，丁姓人家全家都很开心，他们按捺不住这份喜悦，激动地告诉别人说："这井挖得太好了，不但随时有水喝，还等于多出一个人来了！"

邻居听到了，闲聊的时候，便和其他人说："丁家人打井后多出一个人来"。这话被一些人添枝加叶地四处一传，最后竟变成了"丁家挖井挖出了一个不用吃饭、不用喝水、什么活都能干的神人。"这个消息越传越快，越传越广。凡是听到这个奇闻的人，纷纷宣传，到最后几乎人尽皆知了，就连住在宫殿里的宋王都知道这件事了。他惊讶不已，觉得很好奇，便派人到丁家去问个究竟。

丁家人听到来人的叙述后，哈哈大笑，解释说："我家没有多出人来，也不是挖出了什么人。只是打井以后，我们家就不用专门的人在外挑水了，省了一个劳动力，相当于多出一个人而已啊！"

【寓意点拨】往往一句话，经过辗转传说，就会湮没真相；一家之言，经过再三转述就会丧失原义。这则寓言告诉人们，对于没有根据的，从别人口中听来的传闻，一定要想一想是否合乎情理，万万不可不动脑筋，就全盘接收，更不能不负责任地以讹传讹，混淆视听。

蠢　子

【寓源】明·冯梦龙《古今谭概·专愚部》。

【寓言】吴地有一个愚蠢的后生，三十岁了还靠父亲养活。父亲已经五十岁了，遇到星相家推算，说是父亲可活到八十岁，儿子可活到六十二岁。这后生听到这话，哭泣着说："我父亲只活到八十岁，我到六十岁以后，还有两年靠谁来养活我呢？"

【寓意点拨】这个蠢子是一条专门吸食父母血汗的寄生虫。他年当而立，却倚父为生，且不思进取，不图自立，而只指望其父养他一辈子，一旦老父离世，说不定真会饿死。是典型的“啃老族”。世间懒汉应以此为戒。

磁州藕粉

【寓源】清·崔述《崔东壁遗书·无闻集·喻伪》。

【寓言】磁州出产的藕粉，是全国驰名的藕粉。从陕西、湖北、河南到京城去的人，一定途经磁州。路过磁州，必定要买藕粉赠送给朝廷的官员。因而朝廷的官员没有谁不看重磁粉的。也正因为磁州的藕粉有名，所以假货多真货少。

磁州有几十家粉店，都是用绿豆和高粱制成的粉来冒充的。即使店面布置豪华的大粉店，也都是这样。只有城南门的杜家和北门外的张家出售的才是以藕做成的，没有假货。但是这两家店铺地处非常偏僻狭窄的胡同里。还有一家粉店在乡村里，出售的藕粉质量更好。只有住在附近的人才知道。

四面八方慕名而来磁州的人，由于短暂停留，因此很难分辨粉的真假优劣。他们只看磁粉之名，见到豪华的店铺，就挤进去购买。因为这个缘故，冒牌的藕粉反而容易销售。由于人们争购假货，因而京城做官的人很少能吃到真的藕粉。但是，磁州藕粉的美名竟然在京城始终没有衰减。

【寓意点拨】这则寓言，对那种只看表面华丽，不看内在实质的人和社会风气进行讽刺。现实生活中常见假货常常贴着精美的商标，真货往往不注意装潢。人也有这种情况，内心空虚，知识贫乏的人，常用华丽的服饰加以遮掩；而学识深厚，修养高上的人往往衣着平常。因此，不能简单地直观地看人待事，必须善于透过现象看本质，才不会受骗上当。

次非斩蛟

【寓源】秦·吕不韦《吕氏春秋·知分》。

【寓言】楚国有位名叫次非的勇士。他在干遂这个地方得到一把锋利无比的宝剑。当他渡江回乡时，船刚行到江心，突然波涛汹涌，江中蹿出两条蛟龙，夹缠在船的两旁。船上的乘客被蛟龙吓得魂飞魄散，驾船的人也抖作一团。次非问驾船人：“过去船要是被蛟龙缠住，船上的人还能活命吗？”驾船人一个劲儿地摇头：“碰上这两条恶蛟，没听说谁还能侥幸活下来的。”次非就甩掉外衣，捋起衣袖，伸出臂膀，一下子拔出宝剑，坚定地说："这两头蠢物也不过是江底的一堆臭肉烂骨罢了！它们就是为得到这柄宝剑而在这里兴风作浪。倘若我为顾全自己的性命，而放弃这宝剑，那我活在世上还有什么价值？"说罢，便跃入江中，与蛟龙殊死搏斗，终于斩杀了双蛟，回到了船上。全船的人也因此保住了生命。

【寓意点拨】次非斩蛟的故事告诉我们，遇到危险要镇定自若，无所畏惧，勇往直前，这样才能战胜恶势力。

刺猬与橡斗

【寓源】隋·侯白《启颜录》。

【寓言】有一只老虎，想到野外找东西吃。它看见一只刺猬朝天睡在那里，以为是块肉，便走拢去，正想衔它，忽然被刺猬卷住了鼻子。老虎吓得赶快跑，不敢停留，一直跑到山中，非常困乏，不觉便昏昏沉沉地睡着了。刺猬这才放开虎鼻逃走。老虎醒来，忽然发现刺猬走了，很高兴，跑到橡树下去玩。它低着头偶尔看见橡斗(橡子的壳)，以为是只小刺猬，便侧着身子对橡斗说："刚才我碰上了您父亲，已经领教过了，希望兄弟让让路吧！"

【寓意点拨】那些粗枝大叶的人，上当受骗后不吸取教训却心有余悸，畏首畏尾。这就很难使事业有成。

催　科

【寓源】明·江盈科《雪涛小说》。

【寓言】过去有一个医生，自己介绍说能治疗驼背，吹嘘说："像弯弓一样的驼子，像虾一样的驼子，像圆圈儿一样的驼子，只要请我治疗，早上开始治疗，到晚上就直得像箭一样。"有一个驼子信了他的话，请他治疗，他便用了两块木板，把一块放在地下，叫驼子躺在上面，又把一块压在身上，他走到上面去践踏。那驼子的身体很快直了，但人也马上死了。驼子的儿子要到官府去告状，那医生说："我的职业是治疗驼背，只管把他弄直，哪管他的死活！"

唉！世上的官儿们，只管要百姓交钱交粮，缴纳赋税，不管百姓的死活，与这个医生又有什么区别啊！话虽这样说，但也不能完全怪下面的官儿。如果不靠英明的皇帝亲身实行节约，向下面发布宽缓体恤的命令，即使负责催赋税的官儿不想当那个驼医，又可能吗？

【寓意点拨】这则寓言赋予古老的治驼故事以新的生命。讽刺抨击了那种不负责任、不顾后果、横征暴敛的官吏和恶劣的官场作风。

翠鸟移巢

【寓源】明·冯梦龙《古今谭概·专愚部》。

【寓言】树林中，有一种鸟，长得不大，胆子也很小，因它的羽毛为青绿色，所以人们叫它翠鸟。翠鸟的疑心很大，害怕人们去捕捉它，总是把巢筑在高高的树枝上。但等它们生了蛋，又怕蛋从窝里滑下来打破，就又造了一个比较低一点儿的新巢，然后把蛋搬到新巢里来。等到小鸟孵出来了，叽叽喳喳地要食吃时，它们就更加喜爱小鸟了，怕其从巢里跌下来摔死，马上又做了一个离地较近的新巢。等到小鸟要学飞，站在巢边，拍着两个翅膀，想往外飞时，翠鸟更加爱它们了，也更怕它们会跌死，于是便又造个新巢，离地更近了。这时就是小孩儿也可以很容易地捉到它们了。

【寓意点拨】高巢之幼雏有坠落致死的可能，但低巢之幼雏亦有被人逮去的危险。这则寓言告诉人们，只把注意力集中在某一点上，主观片面地考虑问题，往往会造成意料不到的灾难。

村人买奴

【寓源】隋·侯白《启颜录·昏忘》。

【寓言】鄠（hù）县有一个董子尚村，村里的人都很痴傻。

有一个老人要他的儿子带着钱到集市去买奴仆。临走前，老人告诉他儿子说："我听说京城的人买奴仆，事先都不让他们知道，一定把他们藏在某个地方，再私下协商价钱，这样，他们才会买到好的奴仆。"

他的儿子到了集市，穿过卖镜子的市场时，商人把各种镜子陈列出来，他从镜子中看见自己的影子，又年轻又强壮，便以为卖镜子的商人要卖好奴仆，而故意把他们藏在镜子中。于是他指着镜子说："这个奴仆要卖多少钱？"商人一听，知道他痴傻，就骗他说："这个奴仆值一万。"他就付钱买下镜子，揣在怀里走了。

回到家里，老人迎面问儿子："买的奴仆在哪里？"他说："在怀里。"老人说："拿出来看看。"

老子接过镜子一照，正好看到一个眉毛胡须雪白，面目黧（lí）黑又布满皱纹的老头，非常生气，要打他的儿子，并且说：“哪有用一万钱这么贵的价格，却买回一个老头子？”说着，举起拐杖，要打他的儿子。

他的儿子害怕，跑去告诉母亲，母亲抱着一个小女孩走过来，对老人说：“请把镜子拿过来，我自己看看。”看完，老太太也很生气地说：“痴老头，我的儿子只用一万钱，就买了母女两个婢女，你还嫌贵？”

老人一听，非常高兴。他把镜子放下，之后却不见奴仆出来，他们都认为奴仆藏在镜子里不肯出来。

东邻有一个巫婆，村里的人都认为她的话很灵验。老人前往请教，巫婆说：“你和你太太两个老人应该知道，鬼神得不到好的祭品，钱财没有聚集起来，所以奴仆藏着不出来。你可以选一个好日子，多备办一些祭品请鬼神帮忙。”

老人大摆筵席款待巫婆。巫婆来了，把镜子挂在门口，便一边唱歌，一边跳舞，全村的人都一起来看热闹。看过镜子的人都说：“这家人会兴旺、有出息，买了这么好的奴仆。”

镜子没有挂牢，掉在地上摔成了两片。巫婆拿起来，分别照了一下，看到了两个自己的影子，便非常高兴地说：“神明给了你们家福气，让一个奴仆变成两个婢女。”说完，就唱着歌：“全家欢庆齐拍掌，摆上祭品，神明快乐来分享。买个奴仆，婢女跟着一起来，本来一个，如今却又成双。”

【寓意点拨】这真是一个荒谬又有趣的故事。原本是京城人买奴的平常事，到了痴傻的人手上，却变成自以为是的笑话。在情节的推衍下，虽然每一个人看到的形象不同，他们都认为奴仆藏于镜子中，积非成是，让人真会以为镜中藏着奴仆。最后，就在巫婆的歌舞中，热闹而荒谬地收场。

痴愚的人从来不认为自己的看法是错的，尤其是身处周围都是痴愚的人，痴愚成为主流思想的时候，如果有一位不识相的人戳破了村人的痴愚，恐怕只有两种后果，一是遭村民取笑，一是被村民唾弃，这样的戏码在历史上一直上演着。

措大吃饭

【寓源】宋·苏轼《东坡志林》。

【寓言】两个穷酸迂腐的秀才张三和李四，坐在一起谈论各自的宏伟志向，张三说：“我这辈子都很穷困，吃饭和睡觉是我人生两大乐事，等到我哪天得志飞黄腾达了，我一定尝遍天下美食，吃饱了就美美地睡觉，睡足了，接着美美地吃。天啊，那将是多么幸福多么美好的一种生活啊！”

李四听了，不以为然，他说："我和你可不一样，要是我有一天成为人上人了，我一定是吃了接着吃，哪里还顾得上睡觉呢，那是多么浪费时间的事情啊！"怀着这样的志向，虽然他们都努力学习，但到年近古稀，仍然一事无成，仍然还是两个穷酸落寞的秀才。

成天就只想着吃饭睡觉的人怎么会干出一番大事业来呢？张三和李四他们短浅的志向就决定了他们今后的继续穷酸和落魄。

【寓意点拨】这则寓言说明，人各有志，但有崇高远大和目光短浅之分。这两个穷酸秀才的"雄才大志"，不过是吃饱了便睡，或者吃饱了再吃——满脑子自私享乐，完全是是一副寄生腐儒的丑恶相。

错认鼋鳖

【寓源】清·沈思伦《学语杂篇》。

【寓言】一个山里人下山过河，见到一只鳖误认为是龟，说："你是山龟，为什么不住在山上而到河里来玩呢？"伸手把鳖从水中捞出，要带回山里。

鳖说："我是鳖。我背上蒙着一层皮，不像乌龟脊背上的甲骨高高隆起。还有我的身子四周有一圈软肉——就是苏东坡居士说的恨不能生两层裙裳。"

山里人不相信，就去询问渔民。渔民说："是鳖。"于是就把它放了。

后来有一天，山里人去东海游历，见到一头巨大的癞头鼋，惊讶地说："我知道你是鳖，不是龟，为什么突然变得这么大？"

癞头鼋伸长颈子昂起头，张着嘴巴，露出牙齿，伸长舌头，气势汹汹地游过来，山里人以为它是亲近自己的，得意地俯下身去凑近它。癞头鼋就势一口把山里人吞了进去。可惜山里人直到死还不知道是怎么回事。

【寓意点拨】这则寓言以山里人错认鼋鳖而被咬死的故事为喻，讽刺那些只看事物表面而不区分实质，并自以为是的人。同时告诉人们，对事物的认识，不能停留在表面上，而要把握其实质，区分出这一事物与另一事物的不同特点。

错死了人

【寓源】清·方飞鸿《广谈助·谐谑篇》。

【寓言】东家的岳母死了，全家准备前去祭奠，请私塾先生给撰写一篇祭文。

私塾先生按照古本误抄了一篇祭岳父的文章，交给了东家。内行人看出了祭文的错误，主人责怪私塾先生，但私塾先生毫不考虑，肯定地说：“古书上写的都是刊定过的，怎么会错呢？只怕是他家死错了人吧。”

【寓意点拨】私塾先生，头脑糊涂，将东家祭岳母的祭文抄成祭岳父的祭文，及至遭到主人责备，他仍置眼前的基本事实于不顾，“灵不灵，照书行”，一切从本本主义出发，是这位学馆先生碰壁的原因。寓言告诫人们要从实际出发，而不能只是生吞活剥的按照书本办事。

D

打草惊蛇

【寓源】明·朗瑛《七修类稿·辨证类》。

【寓言】南唐时，有一个叫王鲁的人，他在衙门做官的时候，终日无所事事，经常接受来自各个方面的贿赂，不遵守法规。有一天，有人递了一张状纸到衙门，控告王鲁的部下无视国法、接受贿赂。王鲁一看，状纸上所写的各种罪状，和他自己平日的违法行为几乎一模一样。王鲁一边看着状纸，一边浑身发抖，心里想：这……这简直说的就是我啊？

王鲁越看越害怕，都忘记了状纸该怎么批阅，居然在状纸上写下了八个大字："汝虽打草，吾已惊蛇"。意思就是说你这样做，尽管只是为了打地上的草，但我就像是躲在草里面的蛇一样，被大大的吓了一跳了！

【寓意点拨】这则寓言，以百姓控告主簿贪污而使其上司受惊的故事为喻，揭露明王朝官场的腐败。文中写到主簿贪污，激起民愤；而日营资产的县令惶恐不安，亦暴露其贪污更甚。也说明，做了坏事的人心虚，一旦有风吹草动，就会紧张。可见，如果想坦然地活着，就不要去干见不得人的坏事。

打是不打

【寓源】明·江盈科《谐史》。

【寓言】殿中丞丘浚在杭州拜见一位法名叫珊的和尚。珊对丘浚的态度十分傲慢。一会儿，有位州将的儿子来见，珊走下台阶去迎接他，对他的态度十分恭敬。丘浚不满，等州将的儿子离开后，便问珊："你对我的态度那么傲慢，而为何对州将儿子的态度却那么恭敬？"珊辩解说："下台阶迎接就是不迎接，不下台阶迎接就是迎接。"丘浚生气地站起来用手杖打了珊几下，并说："和尚不要生气，打你就是不打你，不打你就是打你。"

【寓意点拨】珊这位和尚擅长用偈语来故弄玄虚，进行狡辩，奚落丘浚。丘浚却更机智，并借此机会教训了和尚一顿，这叫以其人之道还治其人之身。

打破鬼例

【寓源】清·袁枚《续子不语》。

【寓言】有个姓李的书生，家住在水边。挑灯夜读，听到鬼说："明天有人来过河，他就是我的替死鬼。"到第二天，果然有人来渡河，李生极力阻止他渡河，那人没有渡河，转身回家了。

到了夜晚，鬼来责备李生说："与你有什么关系，而使我找不到替身？"李生问他："你们生死轮回必须要找替身，为什么？"鬼回答说："阴间惯例如此，我也不知道从什么时候开始，如同人间有补廪（lǐn）、补官，必须等待员额空出，是一个道理。"李生给他讲道理，说："你错了，廪生有公家给的粮食，官员有俸禄，都是国家的钱粮，不可浪费，从来有一定的额度，不得不如此。而人生活在天地之间，阴阳变化剧烈，自生自灭，自食其力，造物主哪有工夫管这些闲事？"鬼说："听说转轮王管这些事。"李生说："你就拿我这些话去问转轮王，转轮王如果认为一定要替代，你就来拉我做替身，以便我见转轮王，当面骂他。"鬼很高兴，跳跃着走了，从此以后竟然没有再来。

【寓意点拨】阴间惯例，鬼想投生阳间为人，必须寻找替代。李生不听这一套，他无私无畏，下决心要把阴间这一陋规革除掉。有些人办事，只会遵循"向例"，不敢超越雷池半步，因循守旧，暮气沉沉。寓言通过语言和行动，简练地刻画出李生睿智、无私、英勇无畏的性格。

打　蚊

【寓源】唐·道世《法苑珠林·愚戆篇·杂痴部》。

【寓言】过去有一个以染衣为业的秃头。一天，他跟儿子一起，拿着染了的衣服到水边去漂洗。衣服洗完了，拧出水，晒干，拿着往家走。这时，天气酷热，那人眼睛发胀，非常疲倦。路边有一棵树，他便把盛衣服的袋子当枕头，倒在树下睡了。忽然，飞来一只蚊子叮在他头上吸血。儿子看见这种情形，便狠狠地骂道："这个下贱虫子！为什么要吸我父亲的血？"便马上拿一根大棒朝蚊子打去。结果，蚊子飞了，打着了父亲的脑袋，当即死了。这时，这棵树上的神灵便作了一首偈道：

只能跟聪明人结伴，决不可与蠢人相亲；这蠢人为父打蚊，却一棒打死父亲。

【寓意点拨】做任何事情要动脑筋想办法，那些愚蠢的人常常为了一点小事，以图报复，发泄愤怒，而不从大局出发，结果惹下大祸，这是值得深思的。

大　鲸

【寓源】唐·柳宗元《柳河东集·设渔者对智伯》。

【寓言】从前，在浩渺的渤海岸边，波涛翻滚，巨大的鲸鱼驱赶着成群的鲨鱼，追捕着肥美的鱼儿。它们掀波鼓浪，使大海震荡不安，连巨大的海岛也似乎在摇晃。在大海中，鲸鱼可是最厉害的，无所畏惧，谁都怕它。大鲸鱼张口一吞，就能吃掉像小船那样大的几十条海鱼。它自恃勇猛，所向无敌，径直向前冲去，贪吃而不能停止。最后终于搁浅到北面的碣石山前，上不来，下不去，一点儿也动不了。这时，先前被它当作食物的鱼儿，便反过来争着去吞食它。成群的鱼儿围着吃它，而鲸鱼早已没有反抗的能力了，最终只剩下骨架子了。

【寓意点拨】吃食小鱼的反被小鱼分着吃了，强大的鲸鱼顿时也变得可怜兮兮了。但这却是它贪得无厌、咎由自取的结果。

大王降祸

【寓源】明·冯梦龙《广笑府·官箴》。

【寓言】古时候，有个人去山里打柴，辛勤劳作了一天，打好了整整一捆柴，高高兴兴地背着往回走。走到山涧水沟边的时候，他傻眼了，刚刚下过的雨使这条平时并不怎么深的水沟竟然涨满了水，都快溢到岸上来了。他下脚试试水的深浅，已经要没过膝盖了，他有点胆怯了。水流那么湍急，而且自己还背着那么一大捆的柴，肯定过不到对岸去。怎么办呢，天都要黑了，自己还赶着回家呢？打柴人心中很着急，他放下柴捆，环顾四周，发现旁边有座神庙，想到庙里找垫脚过水沟的东西。他走进庙里，仔细打量了一番，发现除了那神像比较高大，可以搬来搭座小桥外，没有其他东西可以利用。于是他就把神像横放在水沟上，这样他便很容易地走过了水沟。

过了不多久，又有一个人从水沟边经过，他看到神像横在水沟上，很是生气，连声叹气道："怎么可以这样呢？这太不尊重神灵了！"说着就把神像小心翼翼地扶了起来，毕恭毕敬地送回到神庙，还脱下自己的衣服把它擦得干干净净，然后，正对着神像，虔诚地拜了几拜，请求原谅，之后才离开。

看到这两个人截然不同的做法，庙里的小鬼忍不住了，他对神像说："大王住在这里做神明，享受村民们的祭祀，保护这里的人们，现在却被人侮辱，为什么不降祸惩罚他呢？"神像想了想，说："如果要惩罚，那也是后来的那个人。"小鬼不解，连忙问："前一个人用脚践踏大王，没有比这更严重的侮辱了，大王不怪罪他；后一个人对您那样的恭敬，为什么要降祸给他呢？"神像说："前一个人已经不信神道了，我哪里还敢降祸给他呢？"

小鬼们你看看我，我瞅瞅你，也不知道说什么好了。

【寓意点拨】人世间有些势力往往像这神像一样，你越怕他，他越欺负你；你不怕他，他却对你没什么办法了。这就是典型的欺软怕硬。

大 眼

【寓源】明·冯梦龙《广笑府·形体》。

【寓言】主人自己吃大鱼，而用小鱼招待客人，可主人不小心把大鱼的眼珠子留在了盘子里，客人发觉后开玩笑说："我想要鱼种，回去养在池子里。"主人谦虚地说："这只是几条小鱼罢了，有什么值得要的呢？"客人说："鱼虽然小，却难得有这双大眼睛啊！"

【寓意点拨】这则寓言刻画了一个世俗小人的形象，并给以无情的挖苦。它告诉人们：人与人相处一定要真诚，以心换心，才叫真心。以礼相待，真诚相处，才是中华民族的美德。

大 澡 盆

【寓源】清·石成金《笑得好》。

【寓言】有两个外乡人相遇，各说本乡的奇事。

一个人说："我们那里有个洗澡盆，可容得一千多人在里面洗澡。"

另一个人说："这么大的澡盆还不算稀奇。我们那里有一竿竹子，长得很长，向上一直到天为止，向下一直到地底为止，现在没法向天上长了，又倒过来弯着向地下长，这才是奇事呢。"

第一个人说："哪有这么大的竹子？"

第二个人回答说："如果没有我这根竹子，怎么能够给你的大澡盆打箍呢？"

【寓意点拨】寓言中的两个客人都在说大话，第二个客人虽也有说大话之嫌，但他说大话的主要目的在于揭露第一个人胡编的谎言，是“以毒攻毒”，是“以子之矛，攻子之盾”。

大驵郦氏

【寓源】黄灵庚编《宋濂全集·司马微》。

【寓言】马市的经纪人郦氏，原先家里很贫穷，一次偶然的机会使他得到了一千文钱，他才到市场门口做起了卖菜的生意。

有位海商见郦氏机灵敏捷，就要他到海上去驾船。日子久了，海商分了些本钱给他，让他在林邑和扶南之间往来贸易，所获利润均分。过了一段时间，郦氏周围充满了犀角、象牙、玳瑁、香药、黄金翠玉、珍珠宝贝等东西。又过了一段时间，郦氏就与海商一样富有了。他头戴考究的帽子，身穿刺绣华美的衣服，买来十个漂亮的侍女，每天抚琴弄箫，以此为乐。又过了一段时间，郦氏带着他所有的财宝由东返回。快要靠岸的时候，郦氏先上了岸，想打探一下家里的情况。不料夜里刮起了暴风，他所有的船只都翻了。郦氏看了看身上，只剩下了一千文钱。郦氏放声大哭，悲痛欲绝。龙门子前去劝谕道：“你原先以一千文钱出去，现在带着一千文钱回来，并没有失去什么，又何必悲痛呢？你以为宝物可以永远拥有吗？”

【寓意点拨】大驵（zǎng）郦氏的发迹经历了艰辛，实属不易。然而一夜之间，所有的财物成了泡影，失去如此迅速！郦氏号痛欲绝，是在情理之中。郦氏的遭遇象征着人生中巨大的挫折。在人的一生中，挫折是难免的，如何正确对待挫折，这就需要智慧。龙门子对郦氏的劝解正是这种智慧的体现。龙门子对人生的看法，不仅仅是对于财物要平淡处之，更主要的是对于生活要有豁达的态度。驵：驵侩，即马市经纪人。

呆　尉

【寓源】明·谢肇淛《五杂俎》。

【寓言】有个县尉半夜来叩县令的房门，急于求见。

县令说：“半夜有什么要紧事，等到天亮再说吧。”

县尉说：“不行。”

县令急忙披上衣服起来，点上灯让进县尉，还没坐定就问：“什么事这么急迫？

是不是你发现了盗贼，急着去追捕呢？”

县尉说：“不是。”

“那么是你家有人突发疾病了吗？”

县尉答：“也不是。”

“那你为什么不能等到天亮呢？”

县尉说：“我发现春夏之际，各种农活很多，老百姓都下田忙活，还要督促他们养蚕，我担心百姓人手不够忙不过来。”

县令问：“那你有什么良策？”

县尉回答说：“我看冬季农民空闲没事，不如改令他们冬季养蚕，这样就种田养蚕都方便了。”

县令笑着说：“你的办法是不错，古人都比不上你，只是冬天从哪里弄到桑叶呢？”

县尉瞪着眼愣了半天，拱手施礼说：“夜已很深了，您请安歇吧。”

虽说《周礼》中禁止一年养两批蚕，但福建、广东等地的桑树在冬天也不落叶，有一年养四批蚕的情况。如此看来，县尉的想法也没有什么可笑的了。

【寓意点拨】县尉急着把自己的良策告诉县令，上演了一幕半夜敲门的喜剧。本则寓言中，县尉的“呆”有些引人发笑，然而仔细看来，县尉虽然难辞性急鲁莽之咎，究其原委，是出于对百姓的关心爱护，因此这种“呆”又无可怀疑地显现出其可爱与可贵的本质。

戴高帽

【寓源】清·俞樾《一笑》。

【寓言】有位在京城朝廷中任职的人，要被派到外地做官，临行前去向他的老师辞别。

老师说：“外地的官不好当，你应该谨慎。”

那人说：“我准备了一百顶高帽子，逢人就送他一顶，应当不至于有什么不愉快的事。”

老师听了发脾气说：“坚持正直原则与人共事，何必搞这一套！”

那人说：“当今世界上像老师您这样不喜欢戴高帽子的人，能有几个呢？”

老师点点头说：“你所说的话也不能说没有道理。”

那人告别老师出来对人说：“我的一百顶高帽子，如今只有九十九顶了。”

【寓意点拨】人喜欢得到赞扬，但赞扬和奉承是两回事。赞扬是以事实为基础，出于关爱，热情地对别人的成绩和优点予以肯定和鼓励。而奉承则是不顾事实，出于私心盲目地胡吹乱捧，是一种不良的品行。我们应该热情地赞扬他人，做到毫不吝啬；但决不要对人胡乱吹捧，否则害人又不利己。

戴进贤冠者

【寓源】明·陆灼《艾子外语》。

【寓言】有一天，艾子做梦游览玉帝的宫殿。正赶上玉帝的诞辰庆典，百神都入殿恭贺。唯独只有一个人在南天门下，一副进退两难的样子。

辅佐的侍卫说："玉帝有旨意，戴上进贤帽子者才能进入拜见。"

那个人就戴上进贤帽子，进去站在文武百官的行列中。

百位神仙依次朝贺完了。那个人快步上前拜见。玉帝问那个人："你是什么官职啊？"

那人回答说："是魁星。"

玉帝又问："你左手所托的元宝怎么不见了？"

魁星指了指头上的"进贤冠"帽子，回答说："买了这个，丢了那个。"

玉帝又问："你右手所握的大笔又到哪里去了呢？"

魁星又指了指头上的"进贤冠"帽子，回答说："买了这个，丢了那个。"

玉帝退朝后，艾子也醒了，对自己的弟子说："谁说进贤冠是桂冠！就像魁星一样，专门从事文章笔墨的人，只要戴上了这种帽子，便将自己应该从事的笔墨文章废弃了。"

【寓意点拨】有的人忘记自己的本职工作职责和应该显示的身份，就像那位魁星一样，应该左手托着元宝，右手拿着一支大笔，可是，为了能入殿朝贺，他却用手里边这些具有"特色"的宝贝换了顶"进贤冠"帽子戴上了。联想到现实，有的人为了能跻身于官场，有的人为了谋取一时的"荣耀"，不惜放弃甚至牺牲自己的技术和专长，这实在是很可惜的事情。

丹　客

【寓源】明·冯梦龙《智囊·杂志部》。

【寓言】嘉靖年间，松江县有一个监生，博学能辩，但非常相信炼丹的法术。有个炼丹的方士，先用小小的法术骗取了他的信任，监生便拿出大批钱财请他教授炼丹之术，方士拿着大批钱财一走了之。

监生十分惭愧和愤怒，于是到处游历，希望能遇上那位方士。

有一天，监生在苏州阊门遇上了方士，这位方士不等监生开口，便邀请他到酒店喝酒，非常诚挚地向他谢罪，接着跟他谋划说："我们这些人，搞到了钱便随手花掉了。现在东山有一个大户人家，已经与我们约定，要我们教授他炼丹术，等我的师傅来后便办这件事。您姑且假装做我的师傅，在他家拿取酬金，非常容易。"

监生急于得到钱，便同意了。

方士叫监生剪了头发，成了和尚，方士以师礼对待他。

大户人家的主人与方士交谈，方士谈锋犀利，主人对他非常敬重佩服，每天都与他在一起厮混，把炼丹的事情都交给了门徒，并且认为他的师傅在此，不用担心什么。

一天，方士窃掠钱财而去，主人便逮住监生，把他告到了官府，监生哭着把前后的事情讲了一遍，才被释放。

【寓意点拨】江湖丹士凭其狡狯，行骗每每得手。监生因其"酷信丹术""急于得金"而反复受骗，并且出尽洋相，成了助人行骗的从犯。他演出的悲喜剧，也可说是自作自受。凡骗子都能说会道，都精于骗术，对付的方法只能是：不管他说得如何天花乱坠，使出什么样的手腕，一概置之不理，不为其诱惑所动心！

胆怯疑鬼

【寓源】清·佚名《觚賸》。

【寓言】驴村有位姓严的人家，他家的楼馆都荒毁损坏，长年失修。

这天，来了一位客人，被安排住在外楼，外楼更是破烂不堪，栏杆朽坏，窗格折断，楼内的桌子凳子上都堆满了灰尘。

客人的胆子非常小，夜深人静，他用被子蒙住头睡觉之后，忽然听到楼上橐橐（tuó）的响声，心里立即恐惧起来，以为是鬼来了。

过了一会儿，那声音又从楼上转到了床上，绕着床在响，他心里更加恐惧。他用手把被子稍稍掀起，露出两只眼睛，看看动静，在黑影中他看见了一个很小的鬼，掀起床帐，直接进入床上。这时，客人惊恐到极点，跳了起来，拿起被子向鬼扑去，自己却赤着身子坐在床上，一动不动。

天亮了，主人来叫客人起床。客人还呆如木鸡似的光身坐着，主人问过缘由，掀开被子一看，原来是家里养的一只猫。

【寓意点拨】这则寓言讽刺了那些疑心重重的人，不去尊重客观事实，凭着心里的猜疑，结果必然是不辨真相，自寻苦恼。同时也启示人们，要想不怕鬼，首先是战胜自我，克服疑神疑鬼的心理，因为鬼是不存在于世上的，只存在于人们的心里。

但能言之

【寓源】明·冯梦龙《广笑府·偏驳》。

【寓言】有一个信奉儒教的人听说海岛的石头人能说话，就前往询问。石头人问："你的亲人还在吗？"

儒者回答说："还在。"

石头人问："儒家说'父母在，不远游'，你为什么到这儿来了？"

儒者无话可答。

一位信奉道教的人听说了这个话，自称自己的亲人都不在了，可以前去见他。

石头人问："你的亲人还在吗？"

道者说："不幸的是我的双亲早已去世，因此能够出门远游。"

石头人说："我听说'家有北斗经，父母保长生'。为什么你的父母却早去世了？"

道者也无话可答。

不久，儒生和道士相会，共同商议认为石头人很明白道理，想要邀他到中土去给众人以教导。石头人叹息着说："你不知道，我是只能说，不能走的。"

【寓意点拨】这则寓言告诉人们：言传身教对于一个人来说很重要，说和做要结合，言行要一致，不能只说不做。

当门醉呕

【寓源】明·张令夷《迂仙别记》。

【寓言】迂公吃醉了酒行路，经过鲁参政住处，便对着鲁家大门呕吐。鲁家看门人斥责他说："谁发酒疯，竟敢在人家大门前拉肚子？"

迂公斜着眼睛看着他说："应该是你家的大门不应该向着我的嘴开。"

看门人不觉失声大笑，说："我家大门时间长了，岂是今天对着你嘴做的呀？"

迂公指着自己的嘴说："老子这张嘴也很有历史了！"

【寓意点拨】醉酒当着人家门口呕吐，虽然出于无奈，但毕竟是自己的过失，守门人恶语相向，也应好言求情。但迂公却蛮不讲理。寓言刻画了迂公愚昧而又蛮不讲理的形象。

当止不止

【寓源】清·纪昀《阅微草堂笔记》。

【寓言】有一个打柴的人，在山中走路碰见了老虎，急忙躲进了一个石洞里，老虎也随着进入石洞。石洞曲曲弯弯陷进去，打柴人转来转去地往里头躲逃。石洞小了，渐渐地容不下老虎的身躯，但老虎却一定要追咬打柴人，使劲往洞里钻。打柴人困窘危急，看见旁边有一个小孔穴，仅仅可以容进身子，便像蛇一样急忙爬了进去。没想到曲折地走了几步，却发现天空的亮光，竟然钻出石洞外面来了。他奋力搬来数块大石头，堵死了老虎的退路，并在石洞的两头都堆放上柴草，点火焚烧。老虎遭受烟熏火燎，吼声震动了整个山谷，不到一顿饭的工夫，老虎就死去了。

这件事也足可为那些应当止步而不止步的人作鉴戒呀。

【寓意点拨】老虎被熏而死的故事，有力地说明了一个道理：当止不止，必受其害。事物在发展过程中，常常要向自己的反面转化；到了一定的程度，若不反顾，就会出现意想不到的后果。所谓“祸兮福所倚，福兮祸所伏”，在一定条件下好事会变成坏事，坏事也能变成好事，这是符合事物发展的辩证法的。

刀笔王某

【寓源】清·纪昀《阅微草堂笔记》。

【寓言】献县小吏王某，擅长写讼状，巧取别人的钱财，但他每有一笔收入，就必定会发生一件意外的事情，把这些非分的钱财消耗掉。

城隍庙有一个道童，夜里在走廊中行走，看到两个差吏正拿着簿子在一起算账。其中一个说:“那家伙今年积攒了很多，该用什么法子给他消耗掉？”另一个说:“一个翠云就足够了，不必再费什么周折了。”

这座庙里常会遇上鬼，道童习惯了也就不害怕。但不知道“翠云”是谁，也不知道要把谁的钱财消耗掉。

不久，妓女翠云来到献县，王某大加宠爱，在她身上用去了十分之八九的积蓄。结果又染上了恶疮，看医吃药，等治好了病，积蓄也荡然无存。

人们计算王某一生所得的不义之财，屈指算出来的，大约有三四万金。后来，他得了疯病暴死，竟没有棺材殓尸。

【寓意点拨】县吏王某擅长于写讼状，巧取不义之财，冤枉了不少好人。但“每有所积，必有一意外事耗去”，狂疾暴死，无棺以殓，从一个侧面勾画出“刀笔小吏”可恨的形象，警示世人不要“敛财取祸”。

盗盗殴殴

【寓源】西汉·刘向《战国策·齐策》。

【寓言】有个乡下老人，给他的长子取名叫“盗”，次子取名叫“殴”。

一天，长子盗离家外出，老人随后赶来，边追边喊：“盗！盗！”

不料喊声被官吏听到，以为老人在追赶作案的强盗，便把长子逮住捆绑起来。

老人一见引起误会，想叫次子向官吏解释，但因心中着急，一下说不完全，只管呼唤次子的名字：“殴！殴！”

官吏以为老人让惩罚强盗，所以一阵乱打，几乎将他的长子打死。

【寓意点拨】这则寓言抨击那些只听名不求实的糊涂官吏，不问实际情况、不做调查研究，听人说盗，就捉人，听人说殴，就打人。同时也说明，在处理事情时，要通盘考虑，具有全局观念，否则，就会出现错漏，造成误会。

盗金无物

【寓源】唐·赵璘《因话录》。

【寓言】有一个士人在外面卖掉资产，得到了几百缗（mín）钱，害怕路途上不好携带，就请认识的人把这些钱收到公家的钱库，把凭证放到了装衣服的包裹里。

这天他醉酒后，指着包裹对人说：“不要小看这个包裹，里面有很多好东西。”

盗贼在旁边听到他说的这些话，当天晚上就把士人杀死，拿走了包裹，以为里面有银子，打开以后没有找到钱物，就把凭证扔到水里。强盗被官府抓住后，才真相大白。

机密的外泄，不是由轻率不谨慎造成的吗？这就是所说的不严守机密而导致灾祸。

【寓意点拨】“病从口入，祸从口出”。士人因为酒后一时忘形，吐露了真言，招致了杀身之祸。

可见，即使是再机密的事情，也有泄漏的可能，当事人绝对不能因为觉得安全就高枕无忧，放松警惕；必须小心谨慎才能确保安全。

盗鸭

【寓源】清·蒲松龄《聊斋志异·盗鸭》。

【寓言】城西白家庄有个人，偷了邻里的鸭子悄悄地煮熟吃了。到了夜晚，觉得浑身皮肤发痒。第二天天亮一看，居然细密密地长出一身茸毛，一碰就疼。他非常害怕，但又没有办法医治。

一天夜里，梦见有人告诉他说："这病是老天爷对你的惩罚，必须让失主痛骂一顿，这些鸭毛才能够脱落。"

丢鸭的人从来就是宽宏大量，别人偷了他家的东西，从不发火。偷鸭子的人去骗老人说："您的鸭子是某某某偷走了，他最怕人骂，您骂他一顿，也好警诫他以后不再犯。"

老人笑着说："谁有闲气去骂那些恶人呢？"始终也不肯骂。

偷鸭人无可奈何，只好如实告诉了老人。于是，老人当面痛骂了他一顿，这个人的病果然很快就好了。

【寓意点拨】这则寓言告诫人们，犯了错误必须改正，否则贻害无穷。改正错误的前提条件是敢于正视错误，把自己的错误完全揭露出来，不可隐瞒。

盗刖相夸

【寓源】战国·韩非《韩非子·外储说左上》。

【寓言】齐国有两个小孩经常在一起玩耍。其中一个小孩的父亲是个盗贼，黑夜披着狗皮，装扮成狗，潜入人家院户偷窃。另一个小孩的父亲，因为犯罪，受到断腿的刑罚。

这天，两个小孩玩着，玩着，便吹嘘起各自的父亲来。

其中一个说："我的父亲与众不同。他穿的皮衣有条尾巴，别人谁有？"

另一个说："那有什么稀奇！到了冬天，人人都得添衣御寒，唯有我的父亲，冬夏如一，用不着穿套裤。"

【寓意点拨】这则寓言辛辣地嘲笑了那种干了坏事，不以为耻，反以为荣的人。刖（yuè）：古代砍掉脚的酷刑。

道见桑妇

【寓源】战国·列御寇《列子·说符》。

【释意】春秋时期，诸侯割据，争相称霸，晋文公也想趁诸侯会合的时候，顺便攻打卫国。他把这个想法向公子锄说了，满以为公子锄会称赞他的高明，没想到公子锄听完后大笑不已。晋文公很纳闷，问他为何发笑。

公子锄沉思了一会儿，说："大王，是这么回事。有个人，送妻子回娘家，路上碰到一个采桑的妇女，粉面含春，异常俏丽，忍不住上前去跟她搭讪。忽然，身后传来一阵嘻嘻哈哈的调笑声，回头一看，却发现有人正在向他的妻子招手呢。我就是为此而笑！"晋文公猛然醒悟了他说这番话的意思，于是立即停止发兵，带领人马回国，还没到家，就发现有人正在攻打他的北边疆域了。

【寓意点拨】这则寓言告诫人们，不要好占便宜，总想从别人那里捞到好处；殊不知当你寻找到捞别人好处的机会时，别人也有捞取你的好处的机会，有时往往是得不偿失的。所以少占别人好处就少吃亏，不占便宜不吃亏。世上只有得来之财，没有意外之财，当你见到随手可拾的意外之财时，这也许是诱饵，是骗局。不贪求意外之财的人，就可以避免受骗。

道旁老父言

【寓源】宋·王令《广陵先生文集》。

【寓言】路旁有一位老人，两颊长满了长须，整个人又黑又瘦。这天天气非常寒冷，老人全身上下的衣服都破了。王子看到了老人如此的模样，叹了口气。

老人问："小伙子为什么叹气？"

王子回答说："您这么大年纪了，却吃不饱、穿不暖，看起来精疲力竭，却一天也得不到休息。我虽然没有什么本事，却胸怀大志，所以才发此感叹。"

老人说："你上前来，我告诉你！畜牧的人，所需求的是牲畜要吃的牧草；家中养狗的人，想到的是喂狗的肉酱。所以，治理天下的人也应该时时刻刻关心人民能不能吃饱啊！现在我们百姓却不知道是由谁来治理的，我们不是也应该有与牛马一样想吃饱的想法吗？"

王子回答说："现在是太平盛世，上面有贤明的君主，士、农、工、商都有自己的收入，吃不饱、穿不暖的，只有那些游手好闲的人。您为什么竟到了这种地步？”

老人说：“凶年灾月的，种田的收入还不够偿还田租，孩子们又都各自离散，且得不到孩子们的奉养。难道我这样的一个老人还有什么罪过吗？”

王子抱歉地说：“您就少发些牢骚吧！既然是因为收成不好，那有什么办法呢！”

老人生气地说：“收成不好，百姓就该受罪吗？接受了人家的羊群，却不好好想想如何饲养；接受了十只活羊，却还人九张羊皮，还说是羊生病死亡，不是放牧人的过错，这样的说法可以吗？我与你没什么可谈的，还说什么胸怀大志呢！”老人扔下手杖气冲冲地走了。

王子追上前去要向他道歉，老人再也不理睬他。

【寓意点拨】这则寓言中，老者衣不蔽体的穷困模样，及其对执政者的沉痛控诉，形象鲜明，令人印象深刻！而执政者不体恤民心、推卸责任的丑态，及一些臣子对执政者盲目追随的愚忠形象，亦令人深恶痛绝！

道士救虎

【寓源】明·刘基《郁离子·救虎》。

【寓言】古时候，苍莨山中有几条大溪，溪水潺潺流着，在山脚下汇合成一条大江向东流去。山上住着一个道士，不知道都住了多久了。他的道观修建在深山最僻静最险要的地方，道士每天安心地在道观中修道悟道。

有一天晚上，山里突然下起了大雨，山洪暴发，洪水和着泥土、石头顺着溪流倾泻而下，山民们的房屋都被冲垮了，漂流在泥石流里。活下来的人有的爬到树上，有的躲在漂浮的屋顶上，哭着喊着，救命的声音连成一片。

幸好道士的道观地势比较高而且险要，没有受到水流的冲击。于是，慈悲的道士备好一只大船，披着蓑衣，戴着斗笠，划行在水流中，左一个，右一个，前一个，后一个地搭救灾民。他不辞辛苦，哪里有哭喊声，他就把船划到哪里。救上岸的山民又和他一起，再去救那些还在水流中挣扎的人。经过大家的努力，天快亮的时候，所有生还的山民都脱离了险情。

道士和大家也都累得筋疲力尽了。

这时候，有人发现一只野兽若隐若现地淹没在波涛里，只有脑袋漂浮在水面上，远远地也看不清是什么动物。只是它左顾右盼地，时而发出惨兮兮的好像求救的声音。山民们都已经体力透支了，没有力气再去搭救这个动物了，可是善良的道士对大家说：“动物也是生命啊，我们怎么能眼睁睁地看着它被洪水冲走呢？赶快把它救上来！”

于是，他命令驾船的人把船划到那动物旁边去，大家齐心协力，费了九牛二虎之力才将它搭救到了船上。仔细一看，原来是只老虎。老虎刚上来时迷迷糊糊的，坐着舔它的毛。船到了岸，它就瞪着眼睛死盯着道士，突然猛地一跳向道士抓去。道士丝毫没有防备，一个趔趄栽倒在地。船上的人赶忙跑过去救助，避免了惨剧的发生，但是道士还是受了很重的伤。

【寓意点拨】这则寓言教导人们：切不可将自己善良的好心平均地分给所有的人，对于像老虎和狼一样的坏人，他们从来就是翻脸不认人，恩将仇报的，对于此类人一定要加以防范，切不可掉以轻心。

道士种梨

【寓源】清·蒲松龄《聊斋志异·种梨》。

【寓言】有个乡下人到集市去卖梨，梨子又甜又香，价格却很贵。

一个穿着破衣服，戴着破头巾的道士来到车前乞讨梨子。乡下人大声斥责道士，道士也不离开；乡下人大怒，放大声音斥责。

道士说："一车有好几百个梨子，我只乞讨一个，对于你也没有多大的损失，你何必发这么大的火呢。"

围观的众人劝乡下人拿个坏梨子给道士，打发他走。乡下人非常固执，就是不肯。

店铺里的小二见乡下人没完没了地辱骂道士，感到很难堪，就拿钱买了一个梨子，送给了道士。道士揖首感谢，对旁边围观的众人说："出家人不理解什么是吝啬，我有好的梨子，准备将它拿出来，请大家享用。"

有人问："既然有梨子，为什么不吃自己的呢？"

道士说："我只是要这颗核做种子。"

道士双手捧着梨大口大口地吃完后，把核放在手中，解下肩上的铲子，在地上挖了一个数寸深的坑，把梨核放在坑里，上面盖上土，又向旁边围观的人要水向上面浇灌。有个好事之人，到路边的小店里要来了水，道士接过来，浇透了挖的坑。周围所有人的眼睛都注视着，看到有弯曲的幼芽长出来了，并慢慢地长大了；一会儿就长成了树，枝叶繁茂；很快就开了花，又过了一会儿就结了果实，梨子不但大而且很香，梨树上硕果累累。道士于是就上了树头，摘梨子赐给围观的众人，不一会儿工夫树上的梨子就没有了。道士从树上下来，整理完衣服，就用铲子来伐树，叮叮作响弄了好长时间，树才被挖断。道士把树连枝带叶扛在肩上，走着小步从容地离开了。

开始，道士作法术的时候，那个乡下人也在人群中伸长脖子看着，竟然忘了自己在卖梨。道士离开后他才回过头来看车，见车子已空，梨子已经没有了。乡下人醒悟过来了，刚才道士散发的梨子都是自己的梨子啊！他又细细地看看车子，发现车把又丢了，是刚才被凿断的，心里非常气愤，急忙去寻找道士。他转过墙角，发现断把放在墙脚下，才知道道士所伐的梨树，就是这个车把子。

道士不知到哪儿去了。周围的人发出大笑声。

【寓意点拨】道士向卖梨人乞讨一个梨，卖梨者却吝啬不给，道士利用法术把卖梨者惩罚了一番，并以断车把来警告他，周围的人感到大快人心。这则寓言是讽刺那些过分吝啬而丧失了仁慈心的人。它告诫人们，吝啬过分就像“车无轴则不能行”一样，会失去做人的一些本性，最终必受惩罚。

道同功异

【寓源】战国·列御寇《列子·说符》。

【寓言】从前，鲁国一家姓施的有两个儿子，其中一个学文，一个学武。学文的儿子用自己的道理，打动了齐侯。齐侯挽留他担任了教导诸公子的太傅。学武的儿子到了楚国，向楚王讲述了自己的韬略，楚王高兴地请他留下协理军务。施家二子功成名就，以至全家富贵，九族荣耀。

施家的邻居孟宛，也有两个儿子，也分别习文就武，但却一直穷困潦倒。

孟家很羡慕施家的富有，就登门请教晋升的方法。施家二子如实相告。于是，孟家学文的儿子跑到秦国，向秦王鼓吹仁义。不料，秦王听了很生气，说：“如今诸侯称霸，武力相争，我们应该致力于耕战。如果用你这套仁义治理我们国家，就会走上灭亡的道路。”说罢，下令将他处以宫刑，赶出秦国。

另一个学武的儿子投奔卫国，向卫侯大谈强兵之道。卫侯很反感，气恼地说：“我们是弱小国家，又处在几个大国之间。对大国，我们恭顺礼貌；对小国，我们爱护帮助。这才是保持和平，求得安全的正确策略。如果照你所说的，去兴兵动武，很快就会灭亡。今天如果让你全躯而归，跑到其他国家，蛊惑人心，穷兵黩武，一定会给我们造成很大的危害。”于是，下令剁掉他的脚，撵回鲁国。

孟家二子回到家里，父子三人一起来到施家，拍着胸膛责骂。

施家问明情况，感慨地说：“凡识时务的人，就能一帆风顺；反之，不识时务，就要惨遭失败。您儿子学的和我们一样，而结果却和我们相反，就是因为他们不识时务，并非做法有什么错误啊！”

【寓意点拨】这则寓言告诉人们：从事任何事情，必须审时度势，否则，逆潮流而动，必然碰得头破血流。正如施、孟两家的儿子，同为习文、习武之人，但由于“得时”或“失时”，收到的效果也截然不同。

道学先生

【寓源】南朝·刘勰《权子》。

【寓言】有个人羡慕道学先生的声誉而一心模仿他们。他每天走在路上，总是恭恭敬敬地打躬作揖，半步也不敢越过法度。走的时间长了，他觉得疲乏，就与跟随他的人说："看看后边有走路的人没有？"跟随的人说："没有。"于是，他就放松恭敬的神态，任意快走起来。

另一个模仿道学先生的人仍旧恭敬地慢步走着。突然天下暴雨，他急忙快步走了一里多路。忽然自己悔恨起来，说："我失掉走路的样子了！犯了过错，不过改正，也可以呀！"于是就冒雨返回开始快步走的地方，仍然慢慢地走过去。

【寓意点拨】这篇寓言讽刺了道学先生的虚伪和迂腐。

道学相骂

【寓源】隋·侯白《笑林》。

【寓言】有两个人在路上互相斥骂，甲说："你欺心！"乙也说："你欺心！"甲骂道："你没有天理！"乙也骂道："你没有天理！"

有一个道学先生听见了，对他的门徒们说："你们听着，他们二人是在讲学呀！"

门徒们说："互相斥骂，怎么能称作讲学呢？"

道学先生说："他们二人说'心'、说'理'，不是讲学是什么？"

门徒们说："既是讲学，为什么要互相对骂？"

道学先生说："你看现今的道学先生们，哪一个是互相和睦的？"

【寓意点拨】寓言深刻地讽刺了道学先生互相争论的实质——迂腐浅薄、没有真才实学。

得丈人力

【寓源】明·冯梦龙《雅谑》。

【寓言】有一个仰仗老丈人势力，得中科举第一名的人，人们编造了一段话嘲讽他，说道："孔门的弟子去参加考试，临揭榜时，先通报子张中了第十九名，人们说：

'子张一貌堂堂，果然有他不平凡的地方。'又通报子路中了第十三名，人们说：'子路是个粗鲁人，也能高中，大概全凭他那一副坚强的气魄吧。'又通报颜渊中了第十二名，人们说：'颜渊是孔圣人的高足，中十二有些委屈了他。'又通报公冶长得中第五名，人们惊讶地说：'此人平时表现不怎么样，这次如何反而能得中正魁？'旁边有人答说：'全仗他老丈人的力量呀！'"

【寓意点拨】这则寓言说明凭借老丈人的势力得中高魁，这在以血缘关系为纽带的封建宗法社会里，是司空见惯的。人们借《论语》的篇目次序，借孔子和公冶长的翁婿关系，编造故事，讽刺宗法势力，抨击裙带关系，在孔子被称为"至圣先师"、《论语》被奉为经典的历史条件下，是极其难能可贵的。

地狱治罪

【寓源】明·冯梦龙《广笑府》。

【寓言】有一个死而复生的人，能说阴间的事，他详细地说："我刚才见阎罗王在责问鲁国的正卿季氏，说：'某年齐国侵略边境，你只派了一万人前往应对，众寡不敌，致害人命；某年闹饥荒，你蒙蔽君主，自作聪明，根本没有赈济几万人；你协调治理灾难时性情荒诞，不合情理，常常招致水害旱害，老百姓遭受灾害。'季氏叩头服罪，阎王派小鬼押送他到阿鼻地狱。"乌有先生听说以后感叹地说："如果像这样去处理，阴间怎么能有这么多的地狱！"

【寓意点拨】这个故事揭露了官场的黑暗腐败。告诫那些做官的：做官要尽其职，为民造福，死了以后才能问心无愧；否则，就像故事中所说的那样，到了阴间也会受到惩罚的。寓言具有强烈的讽刺意义和现实性。

雕鸟哺雏

【寓源】明·江盈科《雪涛谐史》。

【寓言】大雕啄食喂小雕，到处找不到吃的东西。后来，它抓到一只猫，放在窝里，准备撕碎喂小雕吃。但猫看见小雕，便扑上去挨个儿全给吃光了。

大雕非常愤怒，猫却说："你不能责怪我，我是你请来的呀！"

【寓意点拨】这则寓言告诫人们，应该全面地认识事物，遇到问题应及时解决，不要留下隐患。

钓者慕鱼

【寓源】元·陈高《不系舟渔集·送徐天长入京序》。

【寓言】世上有个想得到鱼而选择以钓鱼为职业的人。刚开始的时候，他把针扭弯了作为鱼钩，把蚯蚓切断了作为钓饵，在河水中多处投下钓鱼竿，于是，他的厨房里每天就堆满鲂鱼、鲫鱼、鳊鱼和鳜鱼了。

没过多久，他听说有在江湖中钓鱼的人，所钓到的鱼比他钓的要大得多。于是他就把锥子和悬钟的环改制成鱼钩，用泥鳅和黄鳝作为钓饵，在江湖之上投下钓竿。于是，每天他的船和车上都满载着青鱼、鲈鱼、鲶鱼和鲤鱼了。

后来又听人说，有人在溟海和渤海中钓鱼，所钓得的鱼比他在江湖中钓的更大。于是他做了长达几尺的鱼钩，用整头牛做钓饵，在万顷波涛千丈激流里投下钓鱼竿，把能够吞下船去的、鱼脊像横卧的山一样的大鱼钓了上来。这才知道，他以前所钓到的鱼实在是太微不足道了!

【寓意点拨】这则寓言启示人们，不要满足于已取得的点滴小成绩，要在取得成就的基础上，不断地提出更高的要求，这样才能取得更大的成就；只有立志于更大更远的目标，才能获得最后的胜利。

寓言所蕴含的哲理还在于，一个人要想取得一定的成就，与他所具备的条件是密不可分的，只有善于创造条件，改变方法，才能达到所要实现的愿望。

东方智士说

【寓源】宋·赵与时《宾退录》。

【寓言】东方有个自称智士的人，有才能而狂妄。凡是古代圣贤和当朝官员或长辈，他都能挑出各自的缺点而加以讥笑。但由于自己出身低微，常年缺衣少食。

本地有位富人所建的高宅大院，在城内首屈一指。车辆马匹、男女奴婢、钟鼓乐器、帷幕帐幔齐备。一天，富人召见智士说：“我将要外出远游，现在把这所宅院借给你。凡是房屋里的金银财物，都任凭你享用而没有限制。一年后我回来，再还我。”富人乘车上路。智士住进高宅大院，男女奴仆、歌妓舞女都围拜在堂阶之下，拿着簿册听候命令，并称智士为“假公”。

智士遍观房屋，看到富丽堂皇超过王公贵族，十分高兴。他忽然要上厕所方便，看见厕所矮小，低洼不平，心中不乐。便召唤总管家务的人责怪说：“厕所与高大宽敞的房屋却不相称。”

仆人说：“听凭假公吩咐。”

智士便命令仆人拆除旧厕所，营造新厕所，将狭窄之处扩大，将低洼之处垫高，说这样可防寒暑，挡风雨；又在梁上彩绘，将大柱漆为红色。还制定了一套堆土积灰、除蝇灭蛆的方法。智士亲自拿斧头扫帚等工具与工匠一起干活。一天到晚蓬头垢面，废寝忘食，唯恐厕所不完美。一年时光悄然流逝，厕所却还没建好。忽然，看门人进来说主人回来了，智士急忙扔掉手中扫帚跑到堂前迎接富人。

富人问候道：“你在这里过得很愉快吧？”智士恍然大悟、怅然地说：“自你走后，我一直在改建厕所，根本没有享受房屋的温凉宽敞和风花雪月等美景，也没有观看美妙的歌舞和欣赏动听的音乐，不知不觉已是你返回、我当离去的时候了。”

富人礼送智士。智士回到自己的破屋，既伤心又叹息，忧郁而死。

城南的宜僚听说此事后觉得可笑，就转告给北山愚公。愚公说：“你笑什么呢？世上像智士这种一心修筑厕所的人太多了。”

【寓意点拨】寓言告诉人们，时间是宝贵的，在短促的时间里，应该抓住一些重要的事情去做，去享受人生最美好的东西，而不要整天沉溺于一些无聊的小事情中。碌碌无为，到头来只会耽误自己的时光，等到自己意识到的时候，已经晚了，失去的机会不会再回来，只能给自己留下悲伤。

东郭氏之猫

【寓源】明·苏伯衡《苏平仲文集·空同子瞽说》。

【寓言】东郭氏的猫成群地聚集在庭院中，互相枕着脑袋，互相抚摩着脚，用尾巴相互戏耍，用舌头相互舔着，显得很亲近。

当扔给它们腐烂的老鼠，它们都跳起来争抢，得到腐鼠的，就奔跑着离开，没得到的，有的跟在后面追赶，有的拦在前面阻挡，有的在其右边嚎叫，有的在其左边抓取，相互之间争斗并且厮咬着。

【寓意点拨】当猫未见投食之前，无食可争，能够平安相处，和睦相亲；而一旦见到食物，就为了争夺而拼得你死我活，一改和平相处的常态。这则寓言讽刺了那些争名夺利的小人，他们唯利是图，根本不讲人情友情，为了达到个人的目的，不择手段地残害他人，损人利己。

东海王鲔

【寓源】明·宋濂《燕书》。

【寓言】东海里有一种大鱼，叫作王鲔（wěi），不知道它的身躯有多么大，在水面上只见有赤色的火苗一排排的拖延着，现出赤红和土红混合的颜色，原来是王鲔的鳍毛。王鲔出入于大海之中，掀起巨浪，喷射出泡沫，一阵腥风盖天而来，好像灰蒙蒙的云雾。只要碰见白鱼、泥鳅、鲣鱼和鲂鱼等，必定会把它们吞掉，一天要吃上万条鱼儿。王鲔出游到黑水洋，聚集在大洋中的上万只海船，它一喷水，船只就沉没不见了。王鲔放纵而神气地游行在大海间，人们都很害怕它。

有一天，涨潮的时候，王鲔窜上了罗刹江，退潮的时候被搁浅了，身体笔直耸立着像一座土山，江边的人们还以为是一个山坡，徒步走上去，当脚踩的地方突然一阵颤动，方知是只搁浅的王鲔。人们便用锄头砍破它表面的硬壳，并用竹木编成了架子，登上栈架把它割成一块一块的肉，装载了数百只大船。一群群乌鸦和鹞鹰也飞下来盖满了王鲔的尸体，一齐啄食，饱吃了一顿。

王鲔在海里称霸，一旦失去了气势，想要当个活蹦乱跳的小鱼都不可能了。

【寓意点拨】寓言借王鲔在海中的气势来比喻封建统治阶级在位者的覆灭，是颇有警戒意义的。历史上一切以权势地位骄人的统治者，平时肆意横行，不可一世；而一旦失势，常会人头落地，到那时想当一个普通老百姓也是很困难的了。

东海孝子

【寓源】唐·张鷟《朝野佥载》。

【寓言】东海有位孝子郭纯遭逢母亲去世，每当他伤心哭泣时，都会引来许多鸟聚集。经过官员证实确有此事，于是公开表彰，以显耀家门。

后来经过查访，发现是每当孝子哭泣时，便会撒下一些谷物于地上，众鸟便抢着啄食。后来只要众鸟闻孝子的哭声，就以为如前几次一样有食物可食，便争先恐后趋前争食，其实，并非其孝心真有灵验。

【寓意点拨】郭纯利用人们对“孝子”的崇敬心理，播撒食物引鸟前来争食，然后附和以哭声，制造灵验的假象，以图个“孝子”的虚名。当我们指责郭纯的行径时，是否也该反省民众这种不明就里的迷信心态？

对于孝子撒食、假泣的行为，以及官员的粗心糊涂，诙谐的文字里，却有着相当的讽刺意涵，是一则不错的讽刺小品。

东海意怠

【寓源】战国·庄周《庄子·山木》。

【寓言】东海生活着一种名叫意怠的鸟，这种鸟飞行缓慢，好像没有飞翔的能力似的。它们结伴成行而飞，栖息时相互挤在一起。这种鸟很机警，前行时不敢飞在前面，退回时不敢落在后面；寻食时不敢争先，一定是吃剩余的。所以它们成行飞行而不相互排斥，外人也终于不能伤害它，因此免于祸患。

【寓意点拨】意怠鸟由于飞行缓慢的先天不足，造就了结伴成行、瞻前顾后、不敢争先的特性，由此而避免了外部的侵害。

这则寓言启示人们，群体的力量是巨大的，只有团结一致，同心协力，就没有战胜不了的困难。

东食西宿

【寓源】唐·欧阳询《艺文类聚》。

【寓言】春秋时期，齐国有一户人家的女儿到了要找婆家的年龄，父母二人商量要给她选个好女婿。

一天，东边的一户富贵人家，派人来提亲说："他家公子虽然长得丑一些，可是家里有钱呀，到他家可享一辈子福！"第二天，西边的一户穷苦人家也托人来求亲，说："他家的后生善良又忠厚，长得又俊，就是家里穷一些，家无隔夜粮！"

姑娘的父母犯起难来，嫁给富家吧，嫌人长得丑；嫁给穷家吧，又怕闺女受苦。老两口没个主意。

父亲说："我看还是把女儿嫁到东家去吧，他们家吃穿不愁，住的房子又宽敞，我们也可以跟着沾点儿光。"

母亲说："那个丑女婿我闺女能看得中吗？日子过得不开心，吃好穿好又有什么用！要我看还是答应西家，西家儿子的相貌才配得上我闺女。"

父亲不同意，说："相貌好有什么用？又不能当饭吃！连肚子都吃不饱，照样过得不开心！"

老两口争持不下，只好去问闺女。

母亲说："闺女呀，提亲的人家你都知道啦，你自己拿主意吧。"

父亲说："同意东家你就露出左胳臂；同意西家就露出右胳臂！"

姑娘淡淡一笑，也不答话，慢慢地露出左臂，接着又露出右臂……老两口惊讶地问："这是怎么说呀?!"

姑娘慢条斯理地说："这不是很明白吗？我白天到东家去吃饭，晚上到西家去睡觉，这不就两全其美了吗？"

老两口面面相觑，无言以对。

【寓意点拨】俗话说，没有十全十美的事。将嫁之人或富却丑，或美却穷，选择谁呢？这可难坏了那个齐国的女子。不过，她倒是想出了一个对策：扬长避短，东食西宿。主意是不错，只是实行起来恐怕就难了。读这则寓言，人们会忍俊不禁，多数人会觉得那个女子太贪心了，或者说是太实用主义了。是啊，鱼和熊掌不可兼得，自古如此，哪能事事如意呢？但是，追求完美是人的天性，也是每个人的权利，我们也不必过分嘲笑那个齐国的女子。

东施效颦

【寓源】战国·庄周《庄子·天运》。

【寓言】传说，春秋时越国有个绝色的美女名叫西施。她不光人长得美，品行也很好，既勤劳又善良，识大体顾大局。据说，当年越国被吴国打败后，越王勾践被抓到吴王宫里给吴王当差。为了复兴自己的国家，西施自愿来到吴王身边，以自己的美貌迷住了吴王，使他整天沉湎于饮酒作乐之中，不再过问国家大事。后来越国终于打败了吴国，雪了耻，报了仇。

在西施还没有到吴王宫之前，家乡的父老乡亲们就很喜欢她。每当她在街上走，人们都要放下手里正在干的活儿欣赏她。有一次，西施心口疼的毛病犯了，她用手按住胸口，紧皱着眉头，慢慢往家走。人们见了，都说西施皱眉的样子也很好看。

离西施家不远，有个长得很丑的姑娘名叫东施。可她却一天到晚涂脂抹粉、扭扭捏捏，人又懒，嘴又馋，乡亲们都很讨厌她。东施见大家总夸西施长得美，很羡慕，就想学西施的样子。看见西施捂着胸口皱着眉头从街上走过，她也做出眉头紧皱、一副痛苦的表情，以为这样就美了。谁知，大家看到她那矫揉造作的丑样，更加厌恶她了。

【寓意点拨】东施虽然长得丑，但如果老实本分，不装模作样，人们也不会讨厌她。这则寓言告诉人们，向别人学习要有正确的态度，一定要从自身的实际出发。盲目仿效、生搬硬套的做法是愚蠢的，不会收到好的效果，甚至适得其反。

东西村牧羊人

【寓源】宋·黄宗羲《明文海》。

【寓言】东村主人饲养了近万头羊。他的牧羊人十分谨慎，晨露刚晒干，就驱赶群羊出门，到水草丰美的地方去放牧，羊吃得又饱又舒服。不到傍晚就驱赶着羊群回家，群羊在前面走，牧羊人手拿短鞭跟在后面，羊群跑得快慢远近全凭牧羊人指挥。感染疾病的羊，就远离羊群安排到其他地方去，让羊群不接近病羊，所以主人家的羊日益肥壮，家境日益宽裕。主人多给牧羊人报酬，慰劳牧羊人说："你精心看护我家的羊，让我家富裕，因为这个我要多给你报酬。"牧羊人心安理得地接受了报酬。

西村主人，他家开始饲养的羊与东村主人差不多。他的牧羊人总不做事，快到中午才把羊从栏中放出来。群羊像来不及似地奔向水草地，发狂地四下奔跑，牧羊人就愤怒地鞭打它们；鞭打得越急，羊群就跑得越散乱，并不时地仆倒地上。当有的羊患病时，仍然和群羊关在一起，很多羊被传染上疾病而死去。所以西村主人的羊只天天减少，家道也日渐败落。主人骂牧羊人说："你白拿我的工钱，竟让我的羊群严重受损，不立刻辞退你，将使我的家业败落！"于是，大声斥责着辞退了牧羊人。

【寓意点拨】这则寓言具有广泛的启示意义：一个人要想在学习和工作上有所成就，必须勤奋自勉，专心致志，同时要不断地发现缺点，及时地加以改正；三心二意，懒散怠慢，无所用心则会一事无成。

东西邻女

【寓源】清·戴名世《南山集》。

【寓言】西邻有位女子长得丑陋，找到了婆家，而东邻有位姑娘长得漂亮又贤惠却不见人来谈婚事。

这天，东邻女来到西邻女家问："你是怎样嫁到婆家的？"

西邻女告诉她说："我有五种做法。"

东邻女说："能讲给我听听吗？"

西邻女说："头发变黄，我用油膏涂黑；脸上有黑斑，我就用粉脂涂起来；脚很大，我就用布缠裹起来；身上有污垢，我就用胰子洗涤；有人来家，我就泡茶给他喝。"

东邻女又问："那么你又嫁到谁家呢？"

西邻女说："我嫁过读书人，嫁过买卖人，又嫁过工人、雇工，还嫁过要饭的。"

东邻女听后问道："你嫁过这些人，有人以为你丑怎么办？"

西邻女耸耸肩，伸伸脖子，捧腹大笑说："你这不是在丑陋我吗？这正是你到了二十岁还嫁不出去的原因呀。我看到人家的子女很多，就像我；我看到人家丈夫多，没有不像我的。然而有谁丑陋过我而把我抛弃了？"

东邻女接着问她："也有不像你这样的人吗？"

西邻女说："如果没有不像我的人，那么你早就出嫁了。"

东邻女听了，低着头叹息。

西邻女说："你不必叹息，现在我算算你的失误。自从你长大成人，卖粉黛的人经过你的家门口，你不买她的脂粉；男女在一起相聚欢乐，你一人想心事不同人讲话；你又不能随从世俗把自己乔装打扮得时髦。我看你现在把自己看得很特殊，你以为这样是美吗？被世人羡慕的人才是真正的美。你现在没有遇到看上你的人，那你究竟到什么时候才能找到伴侣呢？况且你又这样清高，不肯自己找媒人而等媒人上门，这就是你不妥的地方。你要改变原来做法，脱旧妆，换新妆，靠在门口笑待人。我本可以为你出力找婆家，可是门外有许多处女在等待着我去帮忙。"

东邻女听了这番话，脸色严肃，正衣而起，快步地回到家里，发誓一辈子不再与西邻女来往。

【寓意点拨】东邻女行为持重，不入俗流，却找不到相适应的婆家；而西邻女善于打扮，自媚众人，却找了许多婆家。寓言通过人物对话对比，辛辣地嘲讽了那些不学无术的人，只凭趋炎附势、拍马献媚而得志升官；从而也赞美那种志洁情高、独立于世的人。

豆　腐

【寓源】明·冯梦龙《广笑府·口腹》。

【寓言】一个人留客人吃饭，只有一碗豆腐，自己还说："豆腐是我的性命，觉得其他菜都比不上它。"

有一天他到了客人家，客人记得他爱吃什么，就在鱼肉中加了豆腐，那人光挑鱼肉大吃。客人问他："你曾经说豆腐是你的性命，今天怎么不吃了？"

他回答说："我见了鱼肉，性命就不要了。"

【寓意点拨】这则寓言刻画了一个吝啬鬼的形象，他请客吃饭只以豆腐待客，还说自己只喜欢豆腐。而到朋友家做客却大口大口地吃肉，暴露了自己吝啬的本质，同时也道出一个道理：人与人之间的交往应该是相互的，你敬我一尺，我敬你一丈。

读书贻笑

【寓源】清·沈起凤《谐铎》。

【寓言】徐枞，字直夫，少年时孤苦贫寒，刚读《四书》时无力从师。于是借住在月声庵寺院读书。

寺院的和尚印源，背诵佛经的空闲时间，打坐在蒲团上听徐枞读书。每到领会旨趣的地方，便拍手赞叹，叫侍从拿出茶、竹笋、水果、面饼等给徐枞吃。徐枞偶尔表示感谢，印源定会肃然起敬地说："你是读书君子，偏僻草庵，怠慢不恭，希望不要怪罪。"

后来，徐枞夜晚读书，印源却闭着眼睛，双眉紧锁，好像不怎么想听。徐枞有时夹着书本高声吟诵，印源就快步走上禅床，用被子蒙住头一动不动地躺下。此后，从徐身旁经过时，也不同他说话。

乾隆三十三年，徐枞乡试中举，前来道贺的人足迹几乎遍布寺院，而印源还像以前一样冷淡。此时，徐枞将准备参加会试，他揣摩试题，努力谋划，夜半苦读，常常到天亮。印源忽然厉声喊道："驴鸣犬吠，唠叨不休；请躲得远远的，不要打扰你大爷！"

徐枞十分惊讶，对印源说："我虽然愚笨，却曾承蒙法师的赞誉。你现在为什么对我这么傲慢，而过去却那么恭敬呢？"

印源说："你初来的时候，读的都是古代圣贤的格言和精辟的训诫，所以十分钦佩敬服。自你做了秀才之后，读的都是言辞肤浅、语义陈旧的东西，毫无意味，早就让人听厌了。如今你高中乡试的前几名，可是你所读的却愈来愈低劣，竟然像村歌牧笛，不堪入耳。我对你由恭敬佩服而变得傲慢轻视，这都是你自讨的，你有什么可抱怨的？"

徐枞说："法师是尘世之外的人，不了解读书的诀窍。我们这班人读书，向来有惯例：童年从《四书》《五经》入手，稍稍长大，便读汉代史书、楚辞和韩愈、柳宗元、欧阳修、苏轼等各大家的文章；为科举考试做好学业准备，就要读成化、弘治年间中式的文章，读隆庆、万历年间中式的文章，读天启、崇祯年间中式的文章，还要读时人的八股文；考中秀才以后，就要把会试、乡试的墨卷拿来研读，研究成熟了，然后才有可能科举及第。法师怎么这样糊涂，竟说了这么多的啰唆话？"

印源说："原来儒家与佛家不同。佛家想要一天比一天长进，儒家的做法却要一步比一步低下。”

徐枞闭住了嘴，一时说不出话来。

印源低头想了好一会儿，忽然大笑道：“您自管按你的做法去做，我还读我的书。秀才家自有规则，不要被出家人给耽误。”徐枞恭恭敬敬地应答着退了回去。

【寓意点拨】科举取士，能让一些出身贫微而有真才实学的人有机会步入上流社会，并能造福于民。但这一制度出现过许许多多的弊端。因此，引起了很多人的不满而予以讽刺和批判。这则寓言就是借印源和尚之口，讽刺了科举制度带来的种种弊病：八股文成风，士子们头脑僵化，预示着社会正在走向衰败。联想到如今的高考，虽不能与科举并列，但它所引起的应试教育的弊端，却不能让人不重视。因此，高考的方式和内容的改革，随着社会的发展，永远不能停止，但高考制度本身应该予以充分肯定。

蠹　化

【寓源】唐·陆龟蒙《笠泽丛书》。

【寓言】橘子树上的蛀虫像小拇指那么大，头上长着一只角，身子一屈一伸地向前蠕动着，像是天牛的幼虫蝤（qiú）蛴（qí）而呈青色。它隐蔽在叶子下面仰头吃叶子，像饥饿的蚕吃桑叶那样迅速。有人用手触动它，它就直竖起触角发起怒来，表现出桀骜不驯的凶相。

有一天，只见它凝神挺直，不吃东西也不动弹。第二天再去看，虫子已经蜕皮变成蝴蝶了。身子颤颤巍巍，翅膀还没有张开，一身蝶衣像人穿着黑色的围裙，带着青色的套袖，全身红黄相间、腹肚椭圆，彩条杂错，触须既细且长。这时，好似酒醉初醒，柔弱的肢体不能飞腾。

又过了一天再去看，它已经敢于侵凌风露，沿着草木的枝干往上攀登，突然飞向高空，翅翼异常轻巧，一眨眼间就飞到很远的地方去了。它有时隐藏在香草丛间，有时停落在竹枝梢头；有时回旋高飞，直插入云；有时轻轻飘荡，斜掠而过，令人感到十分可爱。不一会儿，它忽然碰触到蜘蛛网上而被粘住了。蜘蛛吐出丝来，牵引环绕，把它牢牢地缠住，好像给它戴上镣铐一般。人们虽然非常怜悯它，但却再也不能解开缠绕的蛛丝放它走了。

【寓意点拨】这则寓言讽刺了“荣其外而枯其内”者的嘴脸。表面是花蝴蝶，实际却是蛀虫所化，最后仍逃不脱可鄙的下场。

蠹　鱼

【寓源】清·吴趼人《俏皮话》。

【寓言】蠹（dù）鱼啃食了一肚子书籍，肚子鼓鼓的，非常骄傲，自以为自己是世界上学问最渊博的。它昂起头放眼天外，感到不可一世。它出外游览，遇到蜣（qiāng）螂，蜣螂欺负它；遇到蝇虎，蝇虎侮辱它。蠹鱼又气又急，问人说：“我一肚子诗书，自认为是学问渊博，贯通古今的通才，为什么都欺侮我呢？”人笑着回答它：“你虽然自命为一肚子都是诗书，可是你吃进肚子里并没有消化，吃得再多又有什么用呢？”

【寓意点拨】这则寓言对那种死读书，食而不化，只有一点死知识的人进行了讽刺。因为食而不化，不会运用，只是一个装诗书的口袋，所以还是一个没有真正知识的弱者。说明只有消化了知识，才能成为一个有用的、有力的通才。

多言何益

【寓源】战国·墨翟《墨子·墨子后语》。

【寓言】先秦时，墨子的学生子禽，很爱讲话，不论遇到什么事情，他都要热心地发一通议论，提一些建议，但往往不被人理睬，还常常受到冷遇。他怎么也想不通。

有一天，子禽请教墨子说：“老师，你说多讲话有好处吗？人是应该多讲话好呢，还是少讲话好？”

墨子说：“你看，蛤蟆，青蛙，苍蝇不管白天黑夜总是叫个不停，弄得自己口干舌燥不说，也没有人愿意听它们叫啊，人们都很厌烦它们；而你再看雄鸡，它平时都默默无言，只有在东方日出的时候，才发出高亢的鸣叫，这样全天下的人都被唤醒了，于是开始一天的劳作。这样看来，多说话又有什么益处呢？关键是要说得适时啊。我这样说，你是不是已经明白答案了呢？”

子禽仔细回想老师的比喻，认真思考后，说：“原来重要的不是多说话或者少说话，而是话要说到点子上，说得切合时机。”

墨子听了，捋了捋胡子，欣慰地笑了。

【寓意点拨】话说得不要多，但要讲到点子上。废话连篇，不但毫无益处，还会惹人厌烦，结果是自讨苦吃。这则寓言告诉我们做事情要勤快，敏捷，说话则要谨慎，不能乱说，夸夸其谈。

多　忧

【寓源】明·刘元卿《贤弈编》。

【寓言】沈屯子和朋友一起到集市上去，听击板说书的人说："杨文广被围困在柳州城，内缺粮饷，外无救兵。"他便局促不安地跺脚叹息不止。

朋友强拉他回到家中。他日夜思念放置不下，说："文广被困到这步田地，有什么办法可以使他解围呢？"由于这件事他抑郁成疾。家里人劝他到远郊野外去散散心，以解除挂念。在路上又看见一个背着竹子到集市上去的人，他就念叨着说："竹类子非常锋利，街上的行人一定会被刺伤！"回到家里，忧郁病更加厉害了。

家里人没有办法，就去请神巫。神巫对他说："经我查看生死簿，你来世轮回要变成女人，所嫁的丈夫姓麻哈，是个回族人，面貌长得非常丑。"沈屯子听后更加忧愁，病情更加严重了。

亲戚朋友们都来询问，安慰他说："要善于自己宽慰自己，病就会逐渐好了。"

沈屯子说："如想叫我宽心，除非让杨文广解围，背竹子的人回家，还有那麻哈汉子给我写了休书才能办到。"

世界上那些多愁多忧以致伤害了自己的人，正和沈屯子这个人相类似呀！

【寓意点拨】沈屯子不仅为古人担忧，为今天担忧，甚至还为他的来世担忧。是真正的"多忧病"者。世界上确有这种"多忧以自戕者"，他们终日对各种生活现象和一些鸡毛蒜皮的事忧心不止，像"杞人忧天"那样，忧所不当忧的事情。

E

额头小靥

【寓源】明·刘基《郁离子·石羊先生》。

【寓言】郑子阳很喜爱他的妻子。他妻子长得很美，但额头上却有个浅窝。为此，她用野鸡毛把浅窝遮掩住，郑子阳三年竟没有发现。

一天晚上，郑子阳妻子去掉了野鸡毛，额头的浅窝露了出来，郑子阳见到后心里很不愉快，彻夜不能入睡。以后他妻子虽然仍然用野鸡毛遮掩那个浅窝，但郑子阳从此不再爱她了。

【寓意点拨】这则寓言说明，一切事物都不是完美无缺的，不要掩饰客观存在的缺点，要坦诚相见。但也不要见到缺点而大惊小怪，以一疵而否定一切。靥（yè）：酒窝。

恶狗溺井

【寓源】西汉·刘向《战国策·楚一》。

【寓言】有个人因为他的狗十分凶猛，很会看门，所以非常喜欢它。这只狗经常跑到井边撒尿。一天，他的邻居看见它又在井边撒尿，准备进去告诉它的主人。狗挡住门口乱叫狂吠。邻居很害怕，终于没有进去告诉它的主人。

【寓意点拨】管理者要远离身边的小人，因为这种人像恶狗一样，不让旁人进见，生怕旁人在管理者面前揭穿了他们的所作所为。

恶贵美贱

【寓源】战国·庄周《庄子·山木》。

【寓言】阳朱到宋国去，住在一家客店里。

客店的主人有两个妾，其中一个长得很漂亮，另一个长得很丑。客店主人爱那个丑的，却不爱那个漂亮的。

阳朱问他什么缘故。

客店的主人回答说：“那个漂亮的自己认为长得漂亮，但我并不觉得她漂亮；那个长得丑的自谦长得丑，而我不觉得她长得丑！”

阳朱说：“学生们要记住！做了好事而克服自我吹嘘的人，到哪里去能不为人所看重呢！”

【寓意点拨】这则寓言说明，并不是贵恶贱美，而是贵其自恶，贱其自美。“行贤而去自贤之行”，便是“自恶”，这样的人，无论到哪里去都要为人所看重；反之，如果行贤而扬自贤之行，那便是“自美”，这样的人，无论到哪里去都将为人所厌恶。

恶 圆

【寓源】唐·元结《元次山集》。

【寓言】元次山家里有一位乳母，做了一个旋转的玩具逗婴儿取乐，婴儿很喜爱它。

元次山有个朋友叫公植，听说次山家里有逗小孩娱乐的旋转玩具，就请求拿出来观看；公植一看见，就要求赶紧把它烧毁。接着就责备元次山说：“我听说古代有一个讨厌圆形的士人唱了一首歌：‘我宁愿把自己铸成方形去给人家当奴隶，也不愿使自己变成圆形去充当卿相；我宁愿成为有棱角的方形物被人污辱，也不愿变成圆通之物获得显贵荣耀。’那些讨厌圆形的人，甚至终生不向天仰视，还说：‘我讨厌天是圆的！’有人教谕他：由于天大无边，人不能穷尽它，远看似乎四面垂落下来，所以称它是圆形，哪里是什么圆的呀。那人回答说：‘天纵然不是圆的，但由于人们如此称呼它，我也非常讨厌！’而次山你怎么竟制造旋转圆圈的玩具，放纵孩子去取乐？你该知道，婴儿小的时候喜欢圆，长大了必定会成为嗜好。教育小孩学习圆通，已经陷于不义；又亲自和小孩共同玩耍圆物，就再失去了正直的品格。元次山啊！你在家里喜爱婴儿玩耍圆形玩具，在社会上必然会喜欢小人的趋奉圆滑。我怎么知道你将来就会不说圆、不行圆、不动圆、不敬圆一直到终生呢？我怎么再和你元次山做朋友呢！”

元次山把朋友季川找来不满意地说：“我由于让婴儿玩耍圆形玩具，公植尚且严厉地责备我并和我绝了交；假若我不经心和你用圆通应付事态、用圆滑趋奉时俗，凡不圆通的就不参与其事，不圆滑的就不干预，那样，公植还不要持锐矛利戟来杀死我吗？”

【寓意点拨】寓言意在说明，不能只从形式上看问题，而应观察它的实质。由于讨厌圆通滑头的处世态度，以致连小儿玩耍旋转玩具也深恶痛绝，则是大可不必。不过，寓言形象地指出，对小儿宜重视发展的教育观点是可取的，从小养成好习惯，将来不会成为歪材；防微杜渐、循循善诱，才是正确和必要的。

饿　鬼

【寓源】清・蒲松龄《聊斋志异》。

【寓言】齐国人马永，为人既很贪婪，又很无赖，家贫如洗，乡里戏称他为“饿鬼”。到了三十岁，日子过得更加贫穷，衣服破旧不堪，常常两手交叉在胸前抱着双臂，在集市上抢人家的东西吃。人们宁愿把东西扔掉也不给他吃。

县城里有一个姓朱的老翁，年轻时带着妻子居住大城市中，不务正业。晚年回到自己的家乡，常被乡里人鄙视。朱翁洗心革面，开始做一些善事，乡亲们也慢慢地对他有礼貌了。

有一天，老人正好遇到马永到店里去抢东西，没有抢到，被店老板狠狠地揍了一顿。老人很可怜他，替他付钱买了一点吃的，并把他带回了家，还送给他好几百钱，叫他用这些钱做点生意谋生。

马永谢过之后就离开了，却不愿意做生意，只是坐吃山空，没有多久，钱用完了，又重蹈旧业。他怕朱老翁看到，就到邻近的一个县城去了。他晚上住在孔庙里，冬天的夜晚寒风刺骨，就取下孔夫子像帽子上的饰串来烧火取暖。学官知道了，想惩罚他。马永苦苦哀求不要打他，他愿意替学官挣点钱。学官很高兴，就放他离开了。

马永打听到有个学生家里很有钱，就登门强行要钱，故意挑逗惹他发怒；并用刀在自己身上割了一个口子，无中生有地来控告学馆。教书的先生送了好多礼物，才免除了贬退。学生们因此非常气愤，一同去质问县官。县官很廉洁，弄清了事情的真相，打了马永四十大板，并给他上了夹板，马永三天后就死了。

一天夜里，朱老翁梦见马永衣锦还乡，说：“辜负您的大恩大德，我现在回来报答你。”醒来之后，小老婆生了一个儿子，老翁知道是马永，取名马儿。

马儿小的时候不聪明，但爱读书，朱老翁很喜欢他。二十多岁的时候，儒家的经典都能记得，够上县里的学馆的资格了。

后来参加考试住在旅馆里，白天睡在床上，看见墙壁上有自己熟悉的旧时的八股文；仔细一看，有“犬之性”为题的四句诗，默默地念着记在了心里。到了考场，正好遇到是这道题，就把它写在答卷上，得了第一名，于是就成为廪生。到了六十多岁，补作邻县的训导。做了几年学官，却没有做一件有道义的事。只要人家送钱给他，他就很贪婪地笑；如果不送钱，他就眉毛倒竖，样子很严厉，好像不认识。

有一次，考场上的考生犯了一点小错误，上司叫给他们一点小惩罚，马儿却残酷地拷打他们，就像惩治盗贼一样。有人来替读书人辩护，必须带着钱来叩门。像这样种种恶行，考生们实在忍无可忍。

马儿到了七十岁，身体臃肿，又聋又瞎，每次都求人找黑发药。有个人平时放荡不羁，砸碎茜根来欺骗他。

第二天天一亮，人家一看，他就像庙中所塑的灵官一样。马儿大怒，要扣押那个人；但那个人晚上早已逃走了。由于他胸中淤结着愤怒，几个月以后就死了。

【寓意点拨】马永前世时，游手好闲，专门在集市抢人家的东西吃，结果被人打死。后来他投生到朱老翁家，读书做了官，由于朱老翁年轻的时候也是“不雅其业”，受其影响，马儿也是一个见钱眼开的贪官，老百姓怨声载道。寓言说明了“咬鸡的狐狸不改性”的道理；同时告诫那些知错不改、屡教不改的人，最终还是会受到惩罚的，教育他们要悬崖勒马，重新做人。

饿人报恩

【寓源】秦·吕不韦《吕氏春秋·报更》。

【寓言】从前，赵宣子赵盾要到晋国的都城故绛，走到半路上，他看见在一棵弯曲的桑树下躺着一个濒临死亡的人，一打听，原来那个人是因饥饿倒在那儿爬不起来了。

赵宣子立即命令停下车，让仆人给那个人拿来食物，那个人吃了两口食物，睁开了眼睛。

赵宣子问他：“你为什么饿到这种地步？”

那个人回答说：“我在故绛给人做奴仆，回家的路上断了粮，羞于去乞讨，又厌恶私自拿取别人的食物，所以才饿到这种地步。”

赵宣子听后，立即给他两块干肉。那个人跪拜接受了干肉却不敢吃。赵宣子问他为什么不吃，那个人回答说：“我家中有老母亲，她老人家还等着我奉养，我想送给她。”

赵宣子说：“你吃吧，我另外再给你。”

于是赵宣子又送给他两条干肉和一百枚钱，就离开了。

过了两年，晋灵公想杀赵宣子，于是在房中埋伏了兵士等待他。

晋灵公请赵宣子来喝酒，赵宣子知道了灵公的意图，酒喝到一半就走了出来。

晋灵公命令房中的兵士赶上去杀死他。

有一个人追得特别快，最先追到赵宣子面前，说："快！你快上车逃走，我愿为你回去拼命！"

赵宣子说："你叫什么名字？"

那人返身离开赵宣子，回答说："问名字干什么？我就是桑树下面那个饿得几乎死去的人。"

于是他那个人返回去与晋灵公的兵士搏斗，终因而死。赵宣子因此得以活命。

【寓意点拨】这则寓言宣扬了见难必救、知恩必报的人情美德。寓言启示人们：在日常生活中，无私地帮助别人，自然会得别人无私的回报；当看到别人处于危难之时，主动伸出援助之手，在自己遇到危难之时，也会得到别人的援助。

饵同钓异

【寓源】宋·林昉《田间书》。

【寓言】古时候，在横溪那个地方，有两个老人相约着一起去钓鱼。他们两个人装备完全一样，同样的鱼钩，同样的钓竿，也坐在相距不远的地方。半天过去了，两个人的收获却不尽相同：

其中一个人鱼篓都快要满了，可是另一个人却连一条鱼也没有钓到。

于是，没有钓到鱼的老人很生气地扔掉钓竿，气愤地对钓到很多鱼的老人说："咱俩的渔具都一样，也在同一条河里钓鱼，为什么你钓到了那么多，而我什么也没钓到呢？"

朋友冲他撒气，钓到鱼的老人却没有生气，他和颜悦色地向朋友解释说："当我下鱼钩钓鱼的时候，我只想把鱼钩下好，并不急于钓上鱼。我眼睛不动，神色不变，鱼没有想到我要钓它，放心地去吃食，所以我很容易就把鱼钓上来了。但是你心里一直想着鱼，眼睛盯着鱼，神态一变，鱼竿一动，鱼就吓跑了，怎么能钓得到鱼呢？"

没有钓到鱼的老人仔细一想，自己果然就像朋友说的那样，他不由得自觉惭愧了。他重新调整好心态，认真地下钩，专心致志地等待着鱼上钩，不再急于求成。果然，到太阳下山的时候，他也满载而归。

【寓意点拨】钓鱼的道理着重是精神集中，人在稳定状况，鱼不觉有人存在，所以就上钩了。这则寓言告诉人们，做事就像钓鱼一样，需要精神专一，把握事物的规律，才能达到一定的成效。

珥亡耳存

【寓源】明·苏伯衡《苏平仲文集·存斋说》。

【寓言】住在西边的女子丢了耳饰，住在东边的老妇人前去安慰她。

老妇人说："听说你的耳饰丢了，所以来安慰你。"

女子问老妇人："你看我的耳朵还在吗？"老妇人说："在。"

女子说："我虽然丢了耳饰，但是耳朵还在，我不会悲伤。而你老人家来安慰我，恐怕是搞错了。"

老妇人说："你的耳饰，是金玉制作的，而金玉是贵重的财宝，你把它搞丢了，心里怎么不难过呢？"

女子说："耳朵能听到人说话和其他各种声音，所以最为宝贵，并不是因为用金玉做的耳饰装饰它才显得宝贵。耳饰丢没丢掉，对我的耳朵不产生什么影响，我为什么要悲伤呢？"

【寓意点拨】耳饰虽能够给耳朵增加一点美感，但并不能改善耳朵的听力，所以女子珥亡并不显得十分悲哀。寓言告诉我们，事物的可贵之处在其美好的实质，而不在于华丽的外表。

二技致富

【寓源】明·谢肇淛《五杂俎·事部四》。

【寓言】有个以装钉金属饰品为生的人，路上遇见皇帝驾临在郊外。恰巧皇帝所戴的天平冠坏了，即下令他来修补。修补完后，他得到了一笔丰厚的酬金。

这手艺人回到山里时，遇见一只老虎趴在地上呻吟，见了他，就把脚爪举给他看。原来老虎的脚爪上有根大竹刺。他就为老虎拔掉了那根刺，老虎衔来一只鹿作为酬谢。

到了家里，他对妻子说："我有两种绝技，可以立即致富！"此后人们就看到这手艺人家的大门上书写了两行大字：专修补天平冠，兼拔虎刺。

【寓意点拨】这则寓言讽刺了那种鼠目寸光、利令智昏的人。它告诫人们，不要把偶然出现的个别现象，当作必然的普遍规律。

二女口吃

【寓源】明·刘元卿《贤奕编》。

【寓言】燕国有个人，两个女儿都口吃得很厉害。一天，媒人来说亲，父亲告诫她们说："紧闭住嘴千万不要说话，说话人家就不要你们了。"

两个女儿点头称是。

过了一会儿，媒人到了，坐下不久，忽然火烧着了姐姐的衣裳，妹妹结结巴巴地说："姐，你的衣裳着火了。"

姐姐瞪了妹妹一眼，也结结巴巴地说："父亲嘱咐你，不要说话，为什么又说话了？"

她们俩的口吃终于没有掩盖住，媒人告辞而去。

【寓意点拨】通过二女口吃终于暴露的故事说明：客观存在的缺点是掩盖不住的，是欺骗不了人的。对于自身存在的缺陷与不足，应该以诚待人，如实说明，方可得到别人的谅解和帮助。

二人相马

【寓源】战国·韩非《韩非子·说林下》。

【寓言】伯乐教两个学生识别爱踢人的马。教完基本要领之后，两个人便到一个叫赵简子的人的马厩里，去实际练习。

进了马厩之后，两人细细观察一番，其中有一个人根据自己的心得，马上指出一匹爱踢人的马。另一个人听他这么说，便走到这匹马的后面去摸马屁股，摸来摸去，那马一点反应也没有，连抬后腿的迹象都没有。前一个人疑惑地抱怨说："我没有看错啊，我是完全按照伯乐老师教的要领去辨认的啊！难道是老师教错了？"

另一个人并没有马上回答他，而是绕着那马走了一周，仔仔细细地又察看了一番，然后笑着对抱怨的人说："你没有看错，老师更没有教错。"

抱怨的人更不解了，问："那为什么它不踢人呢？这又怎么解释？"

那个人这才详细地解释说："因为这匹马的肩膀扭伤了，前腿膝盖也肿了。你知道的，凡是爱踢人的马，当它举起后腿要踢时，全身重量就落到了前腿上；前膝肿胀便不能支撑全身的重量，所以后腿就抬不起来了，那它还怎么踢人呢？你已经完全学会了辨认爱踢人的马，但你却没看出前膝肿胀对于后腿的影响啊。”

【寓意点拨】世界是复杂的，总会有一些特殊的情况发生。那匹马，它之前好踢人，可受伤后，就不能踢人了。因此，看问题要全面，还要仔细，否则很难做出正确的判断。

二儒发冢

【寓源】战国·庄周《庄子·外物》。

【寓言】两个儒生口念诗礼，却在那里挖坟盗墓。在上面放哨的大儒向墓里低声喊道：“天快亮了，事情进行得如何？”

墓穴里的小儒回答说：“裙子和内衣还没解开……咦！口里还含着一颗宝珠呢！”

大儒一听，喜出望外，念念有词地说：“《诗经》里本来就说过：‘麦苗青青，长在山坡。生前不施舍，死后含珠干什么！’你揪着他的头发，压住他的胡子，用铁椎撬开下巴，慢慢别起两颊，千万不要损坏他嘴里的宝珠啊！”

【寓意点拨】此寓言讽刺那些满嘴仁义道德，行为却卑鄙无耻的伪君子。

二商之仁

【寓源】清·蒲松龄《聊斋志异·卷七·二商》。

【寓言】山东省莒县有户姓商的人家，哥哥大商富裕，弟弟二商贫穷，彼此隔着一堵墙住着。

康熙年间闹灾荒，弟弟穷得吃了早饭没晚饭。

有一天，太阳当头了，弟弟家还没起火做饭，空着肚子在屋子里走来走去，实在没有办法，妻子叫他乞求哥哥帮助。

二商说：“没有用。如果哥哥可怜我穷，应该早就想办法照应了。”

妻子硬逼着他去，二商便叫他的儿子过去。不一会儿，儿子就空着手回来了。

二商对妻子说：“怎么样，我说的没错吧？”

妻子详细问儿子大伯说了些什么？儿子说：“大伯犹豫不决，用眼睛看着伯母，伯母告诉我说：‘兄弟已经分家，有饭各自吃，谁还能互相照顾呢。’”

夫妻俩相对无话，暂时把破碗破床拿去换来一点儿糠皮度日。

乡邻中有三四个年轻的地痞无赖，窥视大商家有钱，便半夜里爬墙进去。大商夫妻俩从梦中惊醒，敲打着洗脸盆大声呼救。邻居都很嫉恨他们，没有人来救他们。没办法，急忙喊二商。二商听到嫂嫂喊他，想去救他们。妻子拦住他，大声对嫂嫂说：“兄弟已经分家，遇祸各自受，谁还能互相照顾呢。”

一会儿，强盗打破了门，捉住了大商和他的妻子，用火烫他们，逼着拿出财物，哭喊声很惨。

二商说：“他们固然没有情义，但哪有在一旁看着哥哥遇难不救的呢！”于是就带着儿子翻墙过去。强盗见二商父子力气大且勇敢，担心惊动更多人援救，就逃走了。二商把他们扶到床上，看到哥嫂两条腿都烫焦了，叫来佣人照看，安顿好后，就回家了。

大商虽然受了伤，但财产却没有丢失，他对妻子说：“今天能留下这些东西，全都是弟弟赐给我们的，应该分给他们一些才是。”

妻子说：“你要有好兄弟，就不会吃这个苦头了。”大商听后就不作声了。

二商家断了粮，心想哥哥一定会拿东西来谢他，过了很久，却不见动静。他妻子耐不住了，便打发儿子拿着袋子去哥哥家借粮，结果只借到一斗小米回来。二商的妻子恨大商借得太少，要拿去退还，被二商制止住了。

又过了两个月，二商全家饿得实在支撑不住了。二商说：“现在已没有办法生活，不如把房子卖给哥哥，哥哥怕我到别处去，也许不接受契据而同情我们，即便不是这样，卖十几两银子来，也可以活命。”

妻子同意后，便叫儿子拿着房契到大商家去。大商把这事告诉了妻子，还说：“弟弟即使没有良心，总是我的手足，他一走我们就孤立了，不如把契据还给他们，给他们点钱，周济他们一下。”

大商的妻子说：“不行。他说要走，是要挟我们。如果把契据还给他并借钱给他们，那就正好中了他的计谋。世上没有兄弟的人难道就得死吗？我把墙头加高，完全可以保护自己。不如收了他的契据，随他到哪里去，我们也可以扩大住宅。”

主意拿定，叫二商在卖房契上签字画押，付了钱，把二商儿子打发走了。二商于是搬到了别的村里。

乡邻中那些为非作歹的人，听说二商搬走了，又打进大商家，捉住大商，棍棒交加，还用了各种毒刑折磨他，所有金银财宝，全部用来抵他们两条命。强盗临走时，打开大商家的粮仓，叫村中的人随意拿，一会儿工夫就统统拿光了。

第二天，二商听说后跑过去一看，哥哥已迷迷糊糊不能说话了，他抬起眼皮看着弟弟，只是用手抓住床席，不一会儿就死了。

二商很气愤，到县官那里告状，强盗头子已经逃走，无处捕获。抢粮食的都是贫苦乡邻，官府拿他们也没有办法。

大商死时留下一个幼儿，才五岁，因为家境破落，常常跑到叔叔那里，一连几天不回自己家。送他回去，他就哭个不停，二商妻子常以白眼相待。

二商说："他父亲不讲情义，他的儿子有什么罪？"就买了几个蒸饼，亲自送他回去。过了几天，又瞒着妻子，暗地里背一斗小米给嫂嫂送去，让她抚养儿子。以后也常常这样接济。

又过了几年，大商的儿子卖掉了田地房屋，他母亲得了钱，足以自给，二商就不再来接济他们了。

后来又闹灾荒，路上到处都是饿死的人。二商家里因为吃饭的人口增加，无法照顾别人。侄儿虽已十五岁，但体弱不能干什么活，二商就叫他提着篮子跟着堂兄去卖芝麻饼。

一天夜里，二商梦见他哥哥来了，神色凄惨地说："我被妇道人家的话所迷惑，失去了兄弟间的情义。弟弟不计较我从前的过错，让我感到很羞愧。你所卖的老房子，现在还空着，你可以去租住。在屋后长着蓬草的地方，有个地窖，里面藏着银子，你去挖掘出来，可以增加点收入。叫我那个丑小子跟着你，至于那长舌妇，我很恨她，你别去管她。"

二商醒后，觉得很奇怪。他出了很多租金给房东，才租来了哥哥说的那间老屋，果然挖到了五百两银子。从此他不再干低贱的行当，叫儿子、侄子在街面上开了个店铺。

侄子很聪明，算账不出错；人又老实忠厚，凡是支出和收入，一分一厘都要告诉叔叔，二商因此更加喜欢他。有一天，侄子笑着为母亲向叔叔讨点粮食，二商的妻子不肯给，二商念侄子有孝心，就按月拿粮给他。几年后，二商家更富了。大商的妻子生病死去，二商也老了，就和侄儿分家，家中财产分了一半给侄儿。

【寓意点拨】寓言通过商氏兄弟贫富异变的故事情节，表达了扬善惩恶的思想。由此而启示世人多发善心、多行善事，好心人自有好报；相反，不顾亲情，作恶多端的人，不得人心，遭人忌恨，免不了灾祸临头。

二县令争蝗灾

【寓源】宋·叶梦得《避暑录话》。

【寓言】钱穆甫任如皋县县官时，那年大旱，发生蝗灾。邻近的泰兴县县官欺骗郡中将领说："本县境内没有蝗灾。"不久，发现蝗灾严重。郡中将领问他，泰兴县县官理屈词穷，推诿说："本县原先没有蝗虫，蝗虫大概是从如皋县飞来的。"

于是他写了张通知给如皋县官，请他认真捕杀蝗虫，不要让它侵入邻县境内。如皋县县令钱穆甫接到通知后，就在那张通知末尾写上：“蝗虫本是天灾，并不是我这个县官没有才能。现在你既然说蝗虫是从我们县内飞去的，那就请你把它们押送回来。”不多久，这话传到都城，人们听了无不笑得前仰后合。

【寓意点拨】这则寓言以如皋、泰兴二县县令推诿蝗灾的责任为喻，辛辣地讽刺了对老百姓疾苦漠不关心，互相推卸自己的罪责的庸官。

F

伐木神怒

【寓源】唐・赵璘《因话录》。

【寓言】南方人把树林中的大树称为神，说在这种大树的附近砍树，必然触怒神灵招致灾祸。有个人避开大树去砍伐离本村较远的别人的树，结果被树的主人告到官府。官府派人抓他，将他拘留，要按盗窃论处。他的家人只好抵押田地来贿赂狱吏，卖掉衣服来准备囚粮，最后免不了遭受笞刑。受刑人带着创伤回到家里。这就是所说的，想要避开灾祸却加快了灾祸的到来。

【寓意点拨】在生活中，当我们意识到某件事不能去做，如果做了会导致不愉快的事情发生之后，会有意识地去规范自己的行为。但常常因为过于关注不能做某事，而忽略了对其他事情的判断，也会给自己带来意想不到的麻烦。这则寓言就提醒人们，在考虑事情的时候，不要顾此失彼，要保持清醒的头脑，全面衡量事情的得失。

罚人食肉

【寓源】明・冯梦龙《古今谭概・迂腐部》。

【寓言】李载仁是唐王室的后代子孙，因避战乱投奔江陵高季兴，高季兴叫他代理观察推官。

李载仁生性迂情迟钝，生来不吃猪肉。

有一天，李载仁准备赴上司的召见，刚要上马，他的部下有两名士兵相互殴打起来。李载仁非常气愤，叫人立即从厨房里拿来大饼和猪肉，命令打架的两个士兵面对面地把它们吃下去，并且还警告他们："以后如敢再犯，一定要在猪肉中再加上猪油，罚你们吃下去！"

【寓意点拨】己所不欲，人未必不欲，自己不吃猪肉，别人未必不吃猪肉，李载仁罚有过失的士兵吃猪肉，实在是愚蠢之举，主观主义者总难免要闹出这类笑话的。

墦间乞食

【寓源】战国·孟轲《孟子·离娄下》。

【寓言】齐国有一个人，家中有一妻一妾。丈夫每次外出，一定是吃得饱饱的、喝得醉醺醺地回家。妻子问他一同吃喝的是些什么人？他说全是有钱有势的人。他的妻子便告诉他的妾说：“丈夫外出总是吃饱喝足后回来。我问他同些什么人在一起吃喝，他说全是些富贵人物，但是从来没有见到过显贵人物到我们家里来。我准备暗中看他究竟到什么地方去。”

第二天早晨起来，妻子便暗地尾随丈夫，走遍城市，不见一个人站住同她丈夫说话。最后，看见丈夫到城东郊外的坟地里，走向祭扫坟墓的人，乞讨些残剩的酒食；不够，又四处张望，到别处去乞讨。

他的妻子回到家里，便把看到的这些情况告诉妾，并说道：“丈夫是我们终身仰仗依靠的人，而现在他却是这样的人。”于是妻妾两人在庭中哭泣着，骂着丈夫。丈夫还不知道，洋洋自得地从外面回来，照样在妻妾面前显耀自己。

【寓意点拨】齐人以其卑下的手段混个酒足饭饱，还不知羞耻地宣扬夸耀。这则寓言犹如一面哈哈镜，显现出乞墦人的面貌：当面是君子说得好听，背后则是小人做些不可告人的肮脏事；不择手段地追求功名利禄，却不知是耻反以为荣；表面一套，暗地又是一套，自欺欺人。它也启发人们：识破骗子的办法，就是听其言，察其行。墦（fán）：坟墓。

反裘负刍

【寓源】宋·司马光《魏文侯书》。

【寓言】魏文侯出外巡游，看见路上有一个人反穿着皮衣，肩上扛着柴草。魏文侯问他：“你为什么反穿着皮衣扛柴草呢？”

那人回答说：“我是爱惜里面的毛。”

魏文侯说：“你不知道皮板磨坏了，毛也就没有地方依存了吗？”

第二年，东阳献上计簿，赋税的钱币超过以往十倍。大夫们都恭贺魏文侯。

魏文侯说：“不能拿这来恭贺我啊。比如治理，政令多而德则薄，政令少而德则厚。治理民众也是这样。贪取赋税而不爱护民众，同那个路人反穿皮衣扛着柴草没有两样，想爱惜皮毛，却不懂得爱惜皮面，毛则无处依凭了。现在我们田地没有增大，士民也没有增多，而赋税钱币却增加十倍，必定是从士大夫那里获取来的。我听说过：在下不得安宁，在上不可以安处。所以不能拿这来恭贺我。”

【寓意点拨】这则寓言告诉人们，办事要顾及全面，要分清主次和互相的依存关系。这样才能掌握关键所在。皮与毛的关系，也可比喻集体与个人的关系，集体垮台了，个人也就无所依托，所以关心集体的利益，说到底就是惠及个人的利益。反过来也一样，不关心集体的利益，到头来个人的利益也会受损。

方轨八达之路

【寓源】宋·龚明之《曲洧旧闻》。

【寓言】地上倾倒了一盆水，一片芥叶浮在水面，一只蚂蚁附着在小草上，茫无所措不知道从哪里可以渡过去。

过了一会，水干了，蚂蚁便径直爬了出去。碰见它的同伴们痛哭流涕地说：“几乎不能再和你们见面了！”

小蚂蚁哪知瞬息之间，眼前就出现了足够两驾大车并行的四通八达的道路呢？想到这里，不禁令人一笑。

【寓意点拨】这则寓言讽喻了眼光短浅者的愚昧多虑。蚂蚁因为囿于俯仰之间、尺寸之地，不知道世界上还有“方轨八达之路”，所以环境稍有改变，就惊慌失措，惶惶不可终日。其实，世界是广阔的，知识是无限的，我们不应该闭门塞户，与世隔绝。而应该放眼世界，面向未来，去创造更美好的生活。

方　蛇

【寓源】清·石成金《笑得好》。

【寓言】有个人说他曾遇到过一条大蛇，并向人夸张地说那蛇有十丈宽，一百丈长。听的人不相信。那人便把蛇的长度减少了二十丈，听的人还是不信。他便顺次把蛇的长度减少到三十丈、二十丈，最后便说蛇长十丈。忽然他自己觉察到自己的错误，说：“啊呀，这蛇不成了一个方块了吗？”

【寓意点拨】谎言违背客观事实，自然不攻自破，尽管说谎者想千方百计地加以掩饰，以图自圆其说，但最后都要露出马脚。

防人二心

【寓源】明·冯梦龙《广笑府·风怀》。

【寓言】何仙姑独居洞中，曹国舅来拜访她。过了一会儿，吕洞宾来了。何仙姑害怕他猜疑，于是就用魔术把曹国舅化成药丸，吞下肚中。不久，群仙都来了，何仙姑自己避嫌疑，请吕洞宾把她化成药丹，吞到肚中。群仙问吕洞宾："为什么一个人在这儿？"吕洞宾支吾着回答。群仙笑着说："难道只是吕洞宾肚子里有何仙姑，谁知道何仙姑肚子里还有人。"

【寓意点拨】所谓肚里有人，就是心里装着别人，身在曹营心在汉。最后一句是点题，前面说的故事都是为了点题而故意敷衍编造的。

分鲤

【寓源】唐·道世《法苑珠林》。

【寓言】河湾里有两只猕猴，它们抓住了一条大鲤鱼，为分鱼引起了争执。有一只野狗来河边喝水，见到两猕猴在争执，便说："两个外甥在这里干什么？"

猕猴回答说："阿舅，我们在河里抓住了一条鱼，不知怎么分才好，你能帮我们分吗？"

野狗说："能。我在此说个偈子，分为三份。"于是问猕猴："你们在捉鱼中谁喜欢到浅水中？"猕猴答道："是这只猴子。"

野狗又问："谁又能到深水中？"

它回答道："是我。"

野狗说："你们讲明了事实，让我说偈为你们分鱼：在浅水中的这个猕猴应得到鱼尾，到深水中的这个猕猴应得到鱼头，鱼中间的这段鱼肉应当分给我这位主持分配的人。"

【寓意点拨】由于两只猕猴争鱼互不相让，结果使野狗乘虚而入，坐享其成，获得了最大的利益。寓言告诫人们，在利益面前要保持清醒的头脑，以防坏人的涉入。

焚驴见梦

【寓源】金·王若虚《滹南遗老集》。

【寓言】己未这一年，河朔一带遭受大旱，远近田地里的禾苗枯死，民众生活没有着落。镇阳地方长官忧患民众的灾难，督促手下人赶紧祈求降雨。祈求降雨的法术无所不用，都没有灵验。过了不久，怪异诬妄的说法出现。这时正巧有个农户家的驴生下一头小白驴，有人就指着说：“这就是天旱的原因。天上的乌云刚刚兴起来，这头驴就对着乌云嚎叫，云立即就消散而不停留。这头驴不死，干旱就不会停止！”这个人毫无根据的说法传扬开，成千上万的人跟着附和。地方长官，也信以为真，命令手下人立即将驴捉来，准备把它烧死。

这时，驴托梦给官府中的僚属，对他说：“我被焚烧，实在冤枉。天降的灾祸，民众遭难，这同我有什么关系？我不幸生来不能成为人类，而为兽类。背负货物，驾驭车子，听从人的使唤；被驱赶怒叱，遭受鞭打，只有忍受遭罚。一辈子劳苦受辱，这是我的本分。至于干旱的事，我怎么能知道呢？却想对我实行这种焚烧的残酷刑罚。谁在诬告我，主帅却听信他的话。灾祸有来自于天的，也有来自于人的。灾祸来自于人的，可以通过祈求来消除；而来自于天的可以不必去管它。商代大旱时，汤文王在桑林中自责祈祷，刚说出求雨的话，雨就下来了；卫国大旱时，为报仇而讨伐邢国，军队一出发便下雨了；汉武帝时大旱，卜式痛恨桑弘羊而请求皇上烹杀弘羊而求降雨；唐文宗时大旱，李中敏请求皇上斩杀专权跋扈的郑注以求降雨。现在发生了旱灾，不从人事上找原因，也不从上天找原因，而毫无根据地说是我的过错。让巫人在烈日下求雨以赶走旱鬼，这已经是愚蠢的做法，现在焚我求雨就更愚蠢了。如果烧死我而对民众有利的话，我何必惜自身呢？如果焚烧我对民众没有利的话，怎么能因为求雨而增加我的罪恶呢？滥杀无辜是不仁义的，轻信他言是不明智的，既不仁义又不明智，长官为什么听取他们的话呢？你是长官的幕僚，请允许我把这事向你申诉。”

幕僚向驴道歉后便醒了，向地方长官请求放掉驴，那些说焚驴求雨的人开始不高兴。没有多久就下起雨来了，一个月都没有停止，大水泛滥，淹死了禾苗，年末颗粒无收。这时，那些说焚驴的人不再提起白驴了。

【寓意点拨】这则寓言告诫人们，社会上一些怀有不良动机的人，为了达到自己的目的，竟然不顾事实地造谣惑众，蛊惑人心，伤害良民。同时，也启发人们，当自己的正当权益受到侵犯时，要敢于同不良现象做斗争，既要以事实说理，维护正义；又要大胆地揭露小人不可告人的阴谋。

焚鼠毁庐

【寓源】明·宋濂《龙门子凝道记》。

【寓言】古代越国的西部住着一个单身汉，他用芦苇茅草自己盖了一间小草屋，又开垦荒地自己耕种庄稼，日子过得还真不错。美中不足的是这个地方经常闹鼠灾。大白天老鼠成群结伙地从人前走过，晚上又叽叽喳喳直叫到天明。

有一天，单身汉喝多了酒，回到家中刚一躺下，老鼠们就跳的跳，叫的叫，吵得他无法合眼。他忍无可忍，猛地跳了起来，燃起火把，在屋子里各处点起火来。最后，老鼠都被烧死了，可单身汉辛辛苦苦盖起来的房子也被烧毁了。第二天，单身汉酒醒以后，四顾茫茫，不知所措，心中悔恨莫及，以后再没有可以安身的地方了。

【寓意点拨】寓言告诫人们，在愤怒之极的时候，往往会做出一些失去理智的过火行为。所以，应该尽量让自己保持冷静，避免因冲动而做出违规违法的事情，否则会悔恨不已。

丰本交友

【寓源】唐肃《古今寓言·丰本传》。

【寓言】丰本大凡是古代的仙人，号称久视先生。相传伊耆(qí)时，丰本山居学道，得到不死的方术。后来在周朝做官，职务是醢（hǎi）人，同菖蒲、菁氏、茅氏共同执掌俎豆之事。凡是王宫祭祀宴会时，君王和王后、太子的美味食物，都取用丰本。所以周公的《天宫书》列述丰本的职位，戴氏的《礼记》记载了丰本的名字，《诗经·豳风·七月》有歌吟仲春进韭祭庙的事。

周朝灭亡后，丰本不知到哪里去了，有人说他隐居在田园里，与农民相处。人们感到他是个怪人，有时捉拿他割去头发，有时残害他的身体，不久他又生长复原，人们开始知道丰本先生是位仙人。到了汉代，丰本先生与郭林宗处士友好，林宗设家宴，就请他去一同宴享。晋代的石崇是一代的豪侈者，知道丰本先生贤能，立即召见他，他也不拒绝而前往。不过，他谋算石崇必然要败落，说：“不离开石崇将会连累我，我坚决不被他牵连而带来忧患。”于是就隐退而去。

南齐侍中庾杲之家境贫寒而喜欢清贫之士，常延引丰本共餐，人们都说：“庾侍郎得到丰本，不算是贫困啦。”唐代的隐士卫宾，同杜甫友好，杜甫曾经过访卫宾并留宿，丰本先生也冒着雨前往，相互饮酒，酣畅淋漓。杜甫还写了诗赞美这件事，载在杜甫诗集中。

丰本先生的相貌苍劲古雅，绿色的头发，白色的脚趾，常常披着翠羽衣服，他所住的地方，看上去常有郁郁葱葱的生气。走近他，品味他的言论，味道十足，让人洒脱而忘怀世俗，寿命不知有多长呀。现在游览在会稽山间，常常经过山人韩氏亭旁，吟咏士人经常见到丰本先生。

【寓意点拨】丰本是韭菜的别名，韭菜的天性特别，割去又长，死而复生；而且形态上绿下白，清廉淡雅。作者将韭菜人格化，显然是言在韭而意在人。故事通过虚构的韭菜所交往的人，不论是哪个王朝，都是与清贫之士为伍为友，拒绝豪侈之人的邀请。这正是作者为人处世的态度。

韭菜所以得到雅士文人的喜欢，就在于它的美德。这启示人们，与人相处，要以真情美德为本，有了这个本方可示交愈深，否则就会被人唾弃。

丰狐文豹

【寓源】战国・庄周《庄子・山木》。

【寓言】大狐狸和花斑豹，居住在山林里，潜伏在岩洞中，非常安静。它们夜里出来活动，白天躲在洞里，警惕性很高；即使饥渴，也要到远离于江湖的无人之处去寻找食物，十分守本分。然而，它们仍然免不了被人们用网罗机关捕捉的祸患。它们有什么罪过呢？是它们漂亮的毛皮给自己带来的灾害啊！

【寓意点拨】这则寓言的积极意义在于说明：一个人的外表往往是引起人们关注的重点，所以那些喜欢张扬和乐于露富的人常招致灾祸。寓言同时也劝诫人们不要为了追逐虚华而不择手段。

逢　迎

【寓源】清・黄图珌《看山阁闲笔・诙谐》。

【寓言】明朝有个州府的巡按，很喜欢下级阿谀奉承，下属官吏回话，一定得弯起一条小腿。有个小官很善于趋附奉承，一次见上司下跪用力过重，筋骨受伤，以致成了弯曲的痼疾，样子就像弓那样伸不直。

后来有个新巡按来接任，他很厌恶下级迎合己意。一次，那个拘挛成疾的小吏去见他，这个新巡按狠狠地责备他：“做官应当把清白、正直、诚恳放在心上，不当以奉承上司为职责。你弯着身子，怎么品质卑劣、心地肮脏到这等地步！”

那个小吏回答说：“这是我的痼疾。”

【寓意点拨】这则寓言，以一小吏为了奉承上司而下跪损伤筋骨，成了拘挛痼疾为喻，揭露了官场上阿谀奉承的丑恶现象。

冯妇之死

【寓源】明·刘基《郁离子·冯妇》。

【寓言】东瓯人把“火”的字音读同“虎”，他们说“火”和“虎”时发音没有区别。当时，他们的国家没有制造砖、瓦等陶器工业和锻造铁器的冶炼工业，盖屋顶用茅草苫，所以经常发生火灾，这地方的人都为此而苦恼。

海边有个商人到晋国去，听说晋国有个冯妇善于打虎，只要冯妇在哪里，哪里就没有虎。这商人回来后就把这情况告诉东瓯君。东瓯君听了非常高兴，就用十辆马车，两双白玉，十匹锦缎，派这商人当使者，到晋国去请冯妇。

冯妇请来了，东瓯君命令驾车去迎接，空出车上左边尊位，到京城门外去接他，让他住在京城里的宾馆，奉为上宾。

第二天，街上失了火，京城的人跑来告诉冯妇。冯妇捋起袖子伸出胳膊，立即跟着大家跑出门外，却没有找到老虎。这时，大火已迫近宫殿附近的店铺，众人簇拥着冯妇快步跑去，大火把冯妇烧死了。

因此，那商人因虚报情况而被判罪，而冯妇至死也弄不明白是什么原因。

【寓意点拨】这则寓言，通过东瓯“火”“虎”读音相同，擅长打虎的晋国冯妇来东瓯被大火烧死的故事，告诫人们要深入调查情况，辨明异同，切不可轻听轻信，轻举妄动。

凤丧其助

【寓源】清·纪昀《李文公集》。

【寓言】龙和蛇的饮食都须依靠凤的帮助，龙秉性聪明而具神灵，但它的德性却没有固定的方向，凤知道龙、蛇和自己都属于有灵性的生物，所以对它们亲切地待之以礼。蛇本性恶毒而危险，对于它所畏忌的生物都会加以伤害，而且不喜欢自己必须依靠凤而获得饮食，因此不仅会去咬龙，就算遇到麒麟、乌龟，仍想将它们吞噬杀害。凤知道若无法满足蛇的欲望，它便会联合豺狼恶犬来吠叫，于是给蛇的饮食便加倍于龙。因为龙具神灵，不重视饮食，凤也想要让龙吃饱，最后却因害怕蛇的威吓而无法如愿。麒麟和乌龟张大眼睛而唱道：“凤呀！凤呀！你的德性为何这么懦弱，既然蛇无法劝谏，更应好好地追求补救之道啊。算了！算了吧！”不久麒麟被蛇毒所伤，于是躲入洞窟里，而乌龟也因害怕蛇伤害，也屏住呼吸缩入壳中，蛇便趁着龙在睡眠时，以毒牙攻击龙的喉咙，于是龙离开了凤。凤失去了龙的辅助，孤掌难鸣，只好垂下羽翼，也不敢自居于神灵之位了。

【寓意点拨】寓言中，凤代表姑息养奸者；蛇则代表心机深沉，善于计算的邪佞小人。由于凤畏于蛇的威胁，于是以满足蛇的欲望为安抚手段，反而造成蛇的肆无忌惮，结果不仅麒麟、乌龟、龙深受其害，凤也因失去龙的辅助而孤掌难鸣。由此可见，若一味地以安抚作为平息异样声音的手段，而忽视这些声音背后可能潜藏的危机，只能消极地粉饰太平于一时，却非长治久安的良策！

佛道自尊

【寓源】清·石成金《笑得好》。

【寓言】一所庙堂上塑着两尊泥像，左面是老君，右面是佛祖。一天，有个和尚走来看见，不满地说：“我们佛法无边，怎么能屈居老君之下，放在右边呢？”于是就把佛像搬在老君像左边。后来，又有一个道士看见，不平地说：“我们道教极其尊贵，怎么能屈居佛教之下，放在右边呢？”说着又将老君像搬在佛像左面。

就这样，彼此不停地搬来搬去，最后竟然把两尊泥像都搬弄碎了。

【寓意点拨】寓言告诫人们，光有良好的动机和愿望而不看客观效果，并不是真正的好心。

夫妇分饼

【寓源】唐·道世《法苑殊林》。

【寓言】从前有一对夫妇，家里存了三张大饼。两人分了吃，各自吃了一张，还剩下一张。于是夫妻俩约定：“谁先开口说话，便不能吃饼。”因为有了约定，为了这张饼，两人都不敢说话了。

就在这时，有个小偷溜进这家偷东西，把屋子里值钱的东西洗劫一空。这对夫妻因有约在先，眼睁睁地看着而不吭一声。

那小偷见他们不吭声，胆子越发大起来，当着男主人的面调戏他妻子。那丈夫见了，还是不吭一声。妻子忍无可忍，大声喊道：“有贼！”

事后妻子对丈夫说：“你是何等样的痴人！为了一张饼，见了贼也不吭气！”丈夫见妻子说了话，拍手大笑说：“啊！你说话了！这张饼我得定了，决不给你吃！”

【寓意点拨】这一对夫妇，多么迂腐，特别是丈夫，为了两人的约定，眼睁睁看着贼把家里的东西偷到手，甚至贼人侮辱其妻亦不发一言，心里惦记着的还是自己要赢。

寓言告诉人们：两人打赌本来是闹着玩的，大可不必当真，何况仅仅是为了区区一小块饼呢？贼闯入自己家里，当务之急是赶走窃贼，保卫家庭财产。为一个小小的约定而忍受损失，被人耻笑本是情理中的。

夫妻争度金

【寓源】明·张令夷《迂仙别记》。

【寓言】乡里有一富户举行订婚礼，竹筐里盛满礼金走过迂公的大门。迂公夫妇看见了，便打赌猜测这筐里的钱币有多少？

妻子说：“大约有二百金。”

迂公说：“我看有五百。”

妻子说绝对没有那么多，迂公说必定有。争执不下，就互相打骂起来。

妻子说：“算啦，算啦！我也没有耐心了，最终作三百金怎么样？”

迂公还是责骂不止，邻人们都来劝解。

迂公说：“还有二百金没弄明白呢，这是小事吗？”

【寓意点拨】这则寓言说明，在人和人(包括夫妻)相处的关系中，在一些非原则的小事上应该糊涂一点，这样才能求同存异、和睦相处。如果事无巨细都要辩个是非，那就像迂公一样，日子是一天也过不下去的。

夫人属牛

【寓源】清·石成金《笑得好》。

【寓言】一个县官要过生日了。他的下属听说他属鼠，就一起凑了一些黄金，铸了一只老鼠拿去祝寿。县官看见了非常高兴，对他们说：“你们可知道我的夫人马上也要过生日了，一定要记住她是属牛的。你们送的礼一定要更加厚重实惠一些，切记牛肚子里千万不要铸成空心的。”

【寓意点拨】下属们为了讨好上司，做一只金鼠为其祝寿，长官却又说出他夫人的生肖，让下属有苦说不出来。如果他们当初不送金鼠，那上司还能说出“夫人属牛”的话来吗？县官贪得无厌，得到金鼠，还想得到金牛。下属本想巴结，却是自讨苦吃。这则寓言对这些人给予了深刻辛辣的讽刺。其实，对于贪婪成性的人就不该迁就，否则，他会变本加厉。

腐鼠之祸

【寓源】战国·列御寇《列子·说符》。

【寓言】虞氏是梁国的富人，家业丰足昌盛，金钱丝绸无法计算，财产货物无法估量。虞家人登上高楼，俯临大路，陈设乐队，摆置美酒，博棋取乐。

有一群侠客从楼下经过。楼上的赌客掷彩赌博，因连翻两番取得大胜而高兴得放声大笑。

这时，天上飞过的老鹰掉下一只腐烂的老鼠，正好打中了一位侠客。侠客们相互说道：“虞氏富贵淫乐的日子过得太久啦！常有轻视别人的念头。我们没有侵犯他，而他竟用腐烂老鼠来侮辱我们。此仇不报，就无法在天下树立我们的勇武之名。让我们同心协力，率领手下人一定要灭绝他们一家和亲戚朋友。”

到了约定的那天晚上，他们聚集一起拿着武器攻打虞氏家，彻底毁灭了他的全家。

【寓意点拨】这则寓言启示人们，遇事不可过于追求排场，为富者应该正确使用自己的财富，更不可为富不仁。否则，偶然的事件也可能引发祸端。同时也提示人们不能凭主观臆测，胡乱猜疑，把偶然当作必然，把本来不相干的两件事硬扯在一起，有些偶然的巧合并不存在必然的关联。

腐蚀之剑

【寓源】黄灵庚编《宋濂全集·潜溪前集卷二·寓言》。

【寓言】齐桓公因事经过葵丘，葵丘有个人挖地挖出一把铁剑呈献给他。剑埋在土里很长时间，腐蚀得很厉害。

桓公非常喜爱这把剑，命令左右的人在细密的磨刀石上不停打磨，涂上润滑的油膏。虽然每天不停地上下磨砺，但剑上鱼鳞状的锈斑，像疮痂一样，依然如故。

桓公将剑拿去给隰（xí）朋看，隰朋说："这可是东方明星的精华，西方的花朵，北斗上的星辰，中间明亮的光照彻外空，这剑不用则已，一用就锋利无比，是诸侯们难得的宝器啊！"

桓公又把剑拿给开方看，开方说："隰朋的话说得很对。过去我的祖上曾在渭水之北得到过一把宝剑，名字叫龙光。命令太史占卜，卜辞上说：'制剑的好铁非常坚硬，象征着打仗十分勇猛，用来开发封地拓展疆土，将成为东海边的大国，可以延续八百年。'到现在我最后受封到齐国。您所得到的这把剑，跟我祖上得到的那把没有什么差别，是上天要成就齐国的霸业吧！要使齐国昌盛必定从葵丘开始。"

管仲没有说话就走出去了。

桓公把管仲喊回来问："我得了宝剑，我旁边的人都在赞美我，唯独你一言不发，为什么呢？"

管仲说："君主昏庸，臣子谄媚，我还有什么话说。"

桓公说："什么原因呢？"

管仲说："君主很强势，阿谀谄媚的话天天都会来到。阿谀谄媚的话每天都来，这可是国家走向危险甚至灭亡的路了。那隰朋、开方难道不知道这是铁匠每家都有的三尺长的废铁？今天他们敢于当面欺骗君主，是因为您在他们面前具有强势的缘故。古代贤德圣明的君王喜欢做善事而往往忘记他们的强势地位，这到底是为了什么呢？"

桓公听了，双脚跺地说："要不是你这番精妙的话，我是考虑不到这些的。看来权势所引起的后果，是多么可怕啊！"

【寓意点拨】这则寓言告诫人们，当一个事物处于强势时，往往赞誉的话蜂拥而至，这时有不少其实是溢美之词。还有一种更值得警惕的则是违背事实的甜言蜜语，逢迎拍马的迷魂毒药，这就要求人们要有一副清醒冷静的头脑，要广开言路，努力去寻找坚持说真话的人，这样才能找到自己的正确位置，才能合理地确定自己奋斗的方向。

负暄献曝

【寓源】战国·列御寇《列子·杨朱》。

【寓言】从前宋国有个农夫，常常穿着破麻絮衣，勉强度过寒冬。等到春天，他下地耕作的时候，在太阳下晒得很暖和，哪里知道天下还有通畅凉爽的高屋温室及丝棉裘衣。他回头对妻子说："晒太阳这么暖和，还没有人知道；我要把这献给国王，一定会有重赏。"

乡里的一个富户对他说：“过去有一个人喜欢吃大豆、胡麻茎、蔌（sù）蒿苗，就对乡里的富豪连连称赞这些食物好吃，乡里富豪就拿来尝尝，不仅刺了嘴巴，还使肚子剧痛。大家都讥笑并埋怨那个人。你就是那个人。”

【寓意点拨】农夫的可笑有两点，一是见识短浅，他未曾住过大厦温室、未曾穿过丝棉皮衣，认为冬天天下最暖的莫过于晒太阳了，由己及人，实在太可笑；二是思想单纯，他所献的是别人根本不需要的，春天晒太阳取暖对君王贵族来说实在是多事而累赘，农夫想以献上君主不知道的东西而得到重赏，可见其单纯已到愚蠢的地步。

这则寓言讽刺那些孤陋寡闻的人。自己不知道的东西，也认为别人不知道；自己不懂的东西，也把别人看成同自己一样。

妇国色

【寓源】梁·萧绎《金楼子》。

【寓言】从前，玉池国有户人家，丈夫的脸孔很丑陋，而他的妻子却是少有的美女，只可惜有鼻塞病。丈夫竭力讨妻子的欢心，但妻子在娘家始终不肯回去。于是她丈夫买了极名贵的西域香料，把房间熏得馨香扑鼻，接她回家。

妻子的鼻子既然堵塞了，哪里还能分辨得出香臭呢？世上那些不能针对客观事物的实际情况而采取适当办法，以求解决问题的人，都是这类蠢人啊！

【寓意点拨】这则寓言告诫人们，不从实际情况出发，无的放矢，是办不好事情的。

赴火虫

【寓源】宋·林昉《田间书》。

【寓言】一天夜里，林子和客人闲坐聊天，有一只翅膀带粉的蛾子，绕着蜡烛飞来飞去。用扇子去赶它，刚飞走又飞了回来。像这样反复了七八次。那蛾子终于被蜡烛的火苗烧得焦头烂额，落在地上，翅膀还拍打拍打地抖动，最后直到死亡为止。人们没有不笑它愚蠢的。

世上的人们拼命追逐的声色利欲，何止像这照明的油火？现今有些践此道路而不怀疑，毁灭了身躯而不后悔的人，岂不是也免不了要遭到这个蛾虫所受的讥笑？

【寓意点拨】这则寓言说明，人们追逐声色利欲，就像飞蛾扑火一样。飞蛾扑火而死，人们笑其愚蠢；人们追逐声色利欲，毁名灭身，也会有同样可悲的下场。

副使之私

【寓源】宋·沈括《梦溪笔谈·人事》。

【寓言】李士衡担任馆职，出使高丽，一名武官做他的副手。高丽人赠送给他们很多礼物，士衡对这些礼品并不放在心上，一切都让副手去办理。当时船底有些破漏，副手就把士衡所得的丝绸织绢等放在船的舱底，然后再放自己的东西，以避免自己的东西被海水浸湿。

船开到大海中，突然刮起大风，有翻船的危险。船上人非常害怕，就请求把船上所装的货物丢入海中，不然，船的载重量过大，必然要翻船。

副手在惊慌失措中，尽量拿出船里货物抛入大海，也顾不上挑选了。大约扔了一半，风暴停息，船稳定了下来。于是检查清点所抛到海中的物品，全是副手的东西。士衡所得的礼物却在船舱底层，一件也没有损失。

【寓意点拨】这则寓言给大家的启示是，做任何事情都不要损人利己，不要贪小便宜，把自己的得利放在别人的受损之上。这样的人看起来很聪明，很会打小算盘，结果反而害了自己。

富人营宫室

【寓源】宋·苏轼《苏轼文集·思治论》。

【寓言】有一个有钱人打算盖房子，他首先权衡所需的费用，计划所盖房子的大小，全部考虑清楚后，才从许多工匠中选择一位最优秀的工匠。他清楚地告诉工匠说："我将建造几间房子，你给估算一下需要多少材料？请几个工人？几天可以完工？土块、石头、木材、芦苇这些建材，要从哪里取来？"好的工匠必定会告诉说："哪些地方有木头，哪些地方有石头，需要多少材料与工人，哪一天可以完工。"主人全都听从工匠的施工意见，果然房屋按照预定日期完工，建造的非常适当，这是因为事先有计划的缘故。

【寓意点拨】建造房屋能够成功，事先有妥善规划设计，并选择好的施工队伍和人员严格把控施工质量的结果。引申而论，凡事若想要成功，也应掌握这个原则。治理国家也是如此，确立方向与目标，政策要先通盘考量才实行，否则胡搞瞎弄，想到什么就做什么，甚至朝令夕改，那必然有损国家大局。

富翁五行

【寓源】佚名《斤史》。

【寓言】从前，有一个士人和一家富翁作邻居。士人家境长期贫困，很羡慕邻家的富有生活。

这一天，士人穿戴整齐去谒见富翁，请教致富的方法。

富翁告诉他说："求富不是件容易的事，你先回去戒斋三天，然后我再告诉你致富的方法。"

士人按照富翁的话去做了，再次去谒见。富翁便让他在屏风外面等着。富翁摆设案几，接受了对方请求拜师的礼物，作了个揖，而后请士人进屋说："大概说来，求富的道理，应当首先革除五大祸害。五大祸害不革除，富贵是不可能求得的。"

士人请问五大祸害的名目。

富翁说："就是世上所谓的仁、义、礼、智、信这五大条目呀！"

士人听罢，掩口嘿然而去。

【寓意点拨】这则寓言揭露了"为富不仁"的本质。寓言中的富人，更坦白、更彻底地指出，致富之道，不但要去掉仁，而且仁、义、礼、智、信，所谓"五行"，要统统去掉。这说明他致富，是以压榨剥削为前提的，对穷人越不讲仁义礼智信，压榨剥削得越残酷，当然也就越容易致富了。

富翁与贫士

【寓源】清·黄图珌《看山阁闲笔·诙谐》。

【寓言】有一年，年成不好。米如同珍珠那么金贵。

有个富翁吃饱之后在一个贫穷的文人面前高傲地说："识字不能治饿，仅仅虚有美好的名声。"

贫穷的文人听后反唇相讥，说："学者不求饱食终日，只羞愧没有好的文章。"

这大概是讽刺富翁不过是吃吃喝喝的酒肉之徒，无半点才能的庸人罢了。

【寓意点拨】这则寓言，以一富翁嘲笑贫士穷困，贫士讥讽他是酒囊饭袋为喻，对社会上那些只知吃喝，无视文化、道德修养的酒肉之徒，进行尖刻地嘲讽。

G

丐者贱儒

【寓源】黄灵庚编《宋濂全集·龙门子凝道记》。

【寓言】江东有一帮乞丐，旅途中在江上喝酒。刚开始喝酒，一位老年的乞丐向大家宣布酒令，说：“我们虽然是乞丐，遵守礼节是不敢忘记的，不要学那些只知吃喝的下贱读书人，他们只知道在乡村学校里你争我夺。谁要是学那些读书人，罚他喝酒，决不宽容！”

君子听到此言，叹息说：“乞丐是极其贪吃的无耻之徒，读书人因为吃喝的缘故，又被乞丐所鄙视，也是太下贱了啊！”

【寓意点拨】这则寓言一方面刻画了那些下贱的儒生，贪图吃喝，在乡校内争权夺利的丑恶的一面，另一方面也透露出当时社会对读书人的轻视，所谓“九儒十丐”就是社会现实的反映。

干净刀

【寓源】清·石成金《笑得好》。

【寓言】有个人犯了罪，被判斩首，临捆绑时，他解开衣服，自己用手连拍胸口。别人问他是什么意思，他回答说：“恐怕受凉伤了风，这不是玩儿的。”被捆绑走在半路上，忽然听到乌鸦叫声，他叩齿三遍，诵读“元亨利贞”七遍。别人问他是什么意思，他说：“乌鸦叫预兆有口角之争，诵念这句可以免得与人争执。”到了刑场，临开刀时，他对刽子手说：“求你用粗纸把刀口擦干净了；我听说剃头的刀如果不干净，剃了头就要生疮。现在刀如果不干净，倘若害起疮，什么时候才能好呢？”

【寓意点拨】杀头是性命交关的大事，犯人并不忧虑，忧虑的却是不能伤风，不要发生口角，不要让刀口感染，正是对拘泥于这些小事的人进行讽刺、嘲笑，启示人们做事情要从大事上多考虑，不能因小而失大。

割　瘿

【寓源】明·刘基《郁离子·割瘿》。

【寓言】从前，河南开封有个人脖子上长了个大肉瘤，脑袋被肩胛所隐没，那个大肉瘤代替了头。嘴、眼睛、鼻子、耳朵都不能使用。楚都掌管社坛、疆界的官吏觉得他可怜，要为他割去肉瘤。有人说："肉瘤是不能割去的。"他不听，终于割下那个肉瘤，过了两夜那人便死了。都城里的人都怪罪这个官员，但他却辩解说："我只知道割去他的肉瘤罢了，现在他虽然死了，但肉瘤也除掉了。"京城里的人都捂着嘴笑着离开了。

【寓意点拨】说明动机虽好而无真实本领，只知一味蛮干，就会弄巧反拙。

给猫命名

【寓源】明·刘元卿《贤奕编》。

【寓言】古时候，有一个年轻人叫齐奄，他家里养了一只肥大的猫。齐奄特别喜欢这只猫，觉得它很不寻常，英勇威风，就像老虎那样，于是给它起名叫"虎猫"。有天家里来了好多人做客，茶余饭后就说起这猫来了。有个客人对"虎猫"这名字不怎么满意，于是就对齐奄说："老虎固然很勇猛，但不如龙有神威，不如就叫'龙猫'吧！"

齐奄刚想表示赞同，另一位客人说话了："龙的神威虽然超过虎，但龙要升天，必须乘云，云不就超过龙了吗？我看就叫'云猫'好了！"

还不等齐奄发话呢，又有一位客人紧接着说："云雾虽然能够遮天蔽日，但是风一吹就全散了，看来还是风的效力大，'风猫'应该更好一点！"

"风固然很厉害，但是大风刮起来，只有高墙能够挡得住，风哪儿比得上墙呢？就改叫'墙猫'好了！"齐奄都没有机会插嘴，索性不说话了，只好听客人们讨论。

听说要叫"墙猫"，有一个客人坐不住了，他强烈反对道："墙是最结实的吗？高墙虽然很坚固，但是老鼠会在上面打洞啊，老鼠打洞能够使墙垮塌，所以还是老鼠最厉害了，'鼠猫'最合适了，我看就不用选了。"

公说公有理，婆说婆有理，客人们都互相争论起来了，齐奄一时也拿不定主意，到底要给这只猫改一个什么样的名字。

村东头住着一位德高望重的老人，听他们这些人叽叽喳喳地争论着为猫改名字，而且还要叫“鼠猫”，不由得苦笑了。他义正词严地对这些年轻人说：“捕老鼠的就是猫嘛，叫什么‘鼠猫’、‘墙猫’、‘风猫’的？猫就是猫，你们干嘛要故弄玄虚，人为地去掩盖他的本来面目呢？”

众人听了，惭愧不已。

【寓意点拨】本来是一只猫，人们为了显示它的神奇，把它的名字改来改去，最后竟令人啼笑皆非地取了个“鼠猫”的名字。

这则寓言说明，离开事物的本来面目，讲一些不着边际的空话，进行无聊的争论，是多么可笑。告诫人们，务求实际，力戒虚名，不要为无关紧要的琐事争论不休。

耕牛护主

【寓源】唐·李筌《陶朱新录》。

【寓言】从前，华州村有个种田人。在黄昏时分，他已累得疲惫不堪，于是枕着木犁睡着了。这时，一只老虎躲在林间，咧嘴摇尾，张牙舞爪，想吃种田人。多次近前，耕牛就用自己的身子护在主人身上，用两只角左右猛烈顶撞扑上来的老虎。老虎无法吃到种田人，只得流着涎水离去。在牛和虎做殊死拼搏的时候，种田人睡得很沉，不知道曾经发生的事情。老虎走远了，牛才从种田人的身上挪开。碰巧种田人醒来，见牛横跨在自己身上，十分生气，认为这头牛是个妖精。就操起木棒打牛。牛不会说话，只能奔跑。种田人就紧跟在后边追，把牛逮住后，种田人认为这头牛太怪异，回到家里把牛杀了吃了。

【寓意点拨】这则寓言说明，主观主义者，遇事不调查研究，单凭自己的一孔之见就轻率地作判断，常常被事物的表面现象乃至假象所迷惑，由于不了解事物的真相，必然得出与事实相违背的错误结论。

工匠抗争

【寓源】明·刘基《郁离子·贿赂失人心》。

【寓言】北郭氏家里，年老的差役和年轻的仆人相互争夺管理家务的权利，以致房屋经年不修，眼看就要倒塌。

主人召集工匠商量修葺房屋，工匠们要求先发给一点口粮，主人说：“修屋要不了几天，你们暂且吃自己的粮食吧！”

工匠们告诉他，家里已经没吃的了，而监工不替他们向上禀告，反而向他们索取财物；工匠们没法给他，监工就始终拖着没有向主人禀告。因此，工匠们都困乏不堪，十分怨愤主人，手拿斧头、凿子等工具坐着不干活。

这时，正碰上大雨连绵不断，走廊的柱子折断了，两边的厢房倒塌了，眼看危及正房堂屋。这时主人才接受工匠的要求，拿出粮食，并备办了肉食，召集工匠说："完全按你们的要求发给，绝不吝惜。"

工匠们来到坏屋前，见那房屋岌岌可危，支撑不住了，便都推辞。

第一个工匠说："先前我们饿肚时，请求发点粮食，可一点儿也没给。现在我们能吃饱肚子了，用不着你的食物。"

第二个工匠说："你送来的食物已经变味变质了，不能吃了。"

第三个工匠说："你的房屋梁柱全都腐朽了，我们没有能力修好。"

工匠一个跟着一个相继离去，房屋因未及时修葺终于倒塌了。

【**寓意点拨**】这则寓言以"家政不修"影射朝政腐败，以"老卒童仆争政"影射朝臣争权夺利，以"贿赂公行"喻官吏索贿贪污成风，以"室遂不葺以圮"影射王朝必将灭亡。总之，这篇寓言主旨是以"家政不修"抨击朝政黑暗。

弓矢相济

【**寓源**】前秦·胡非《胡非子》。

【**寓言**】从前，有个人有一张非常好的弓，他常常拿着弓，忧愁地说："我的弓太好了，实在找不到配得上它的箭。"这话被另一个人听到了，恰好他有一支很好的箭。他说："我的箭太好了，没有任何一张弓能配得上它。"于是，他们两个人各执一词，争论不休，而他们的弓和箭始终派不上什么用场。

后来，这事让射箭英雄后羿知道了，后羿便开导这两个人说："没有弓，箭怎么能射出去呢？没有箭，凭什么来射中目标呢？"于是就叫两个人把弓箭合到一处，并教他们学习射箭，使他们从中体会到这一道理。

【**寓意点拨**】这则寓言启示人们，许多事物都是相辅相成的，一方面离不开另一方面，只有把它们结合起来，才能够发挥它们的作用，不然的话，它们就都成为无用的东西了。

弓素不售

【**寓源**】清·黄宗羲《明文海》。

【寓言】有一个人拿着强弓在市场上出售。这张弓用质地好的柘木制成，配以使箭能快速的角，加附能增加箭射入深度的筋条和坚实牢固的弓把，拉力能达到一百八十斤，弓体白色没有用生丝缠绕后涂漆装饰，可是这样好的弓卖了三个月也没有卖掉。

卖弓人回到家后，把没有装饰的旧弓拿出来加以漆饰，弓背涂了双层红漆，用象牙做弓干，用珍珠镶嵌弓箭筒，然后报价千金。列侯和各豪门弟子都争相购买，抢购到的拿着弓返身就跑。

买者在路上看到飞翔的大雁，他用买来的弓箭去射大雁，箭却坠落到车子下面，弓身也分裂成两半。买弓的人感到非常惶惑和惭愧，垂头丧气，整天不敢说话。

唉，令人担忧啊！如今任用的武将，大概就是这样吧！

【寓意点拨】这则寓言对现今具有两方面的启示：一是选物用人不可只看外在形象，最重要的是要看内在的本质，因为有的是华而不实，而有的是质而不华。二是外在形式的重要，人们选购物品，最先是外表的第一印象，第一印象不好，即使质地好，也引起不了购买的欲望，所以商品的外包装也是很重要的。

公鸡啄蛙

【寓源】清·顾嗣立《元诗选》。

【寓言】公鸡展翅啄住了一只青蛙，青蛙被啄发出咿哑哀鸣，猛狗咬死公鸡，青蛙逃走。转身之间，猛狗遇上毒蛇，狗蛇相斗双双死在地上。游客见之连连哀叹不停。难道你没有看见：屠岸贾忽视杵臼被杀死，孙秀欲获绿珠娇命杀石崇。人世间万事纷纭正如此，不要辜负了行乐樽前酒。

【寓意点拨】这则寓言告诫人们，办事情一定要设想到它的后果，有预测则有防备，以免盲目性而带来的失败。同时也说明了这样的道理，当得意于某些事情时，往往会忘乎所以，这就容易走向反面，所以在纠正一种不良倾向时，一定要注意防止另一种倾向的出现，不要忽视不良因素而导致失败。

公仪休嗜鱼

【寓源】西汉·刘安《淮南子·道应训》。

【寓言】古时候，有个叫公仪休的人很喜欢吃鱼，当了鲁国的相国后，全国各地很多人送鱼给他，他都一一婉言谢绝了。他的学生劝他说：“先生，你这么喜欢吃鱼，别人把鱼送上门来，为何又不要了呢？”

他回答说：“正因为我爱吃鱼，才不能随便收下别人所送的鱼。如果我经常收受别人送的鱼，就会背上徇私受贿之罪，说不定哪一天会免去我相国的职务，到那时，我这个喜欢吃鱼的人就不能常常有鱼吃了。现在我廉洁奉公，不接受别人的贿赂，鲁君就不会随随便便地免掉我相国的职务，只要不免掉我的职务，就能常常有鱼吃，而且心安理得。因为这是我自己所应得的。”

听了公仪休的话，人们说：“这是真正懂得怎样才能使自己吃到鱼的人啊！”

【寓意点拨】公仪休爱吃鱼，可不受鱼。公仪休不徇私受贿，这是好的，值得称赞．但他反对贪赃受贿的出发点是怕自己因受鱼而被免相，归根结底还是为了保持自己的地位。寓言告诉人们，要随时注意自己的言行，这样就不会因贪图眼前的小利益而损失了长远的利益。

公子庇鸠

【寓源】清·钱澄之《田间文集》。

【寓言】南山下面的桂树中间，有一个鸟窝，鹘（gǔ）鸟和斑鸠互相争夺，斑鸠争不过鹘鸟。

楚国公子遇到它们，斑鸠屈曲着脖子悲伤地叫着，并投入公子的怀抱，于是公子把它庇护起来。

鹘鸟不知道公子庇护斑鸠，奋力扇动翅膀，伸长脖子向前飞来。它的声音悲痛而愤怒，喋喋不休地诉说着它的道理，好像有十分充足的理由。公子没办法决断。

门客说：“这只鹘鸟比较强，那个斑鸠比较弱。大丈夫宁可扶持弱者。”

鹘鸟笑着说：“我固然属于鹰类；它也是鹰类，只不过外形是斑鸠罢了，最终它肯定会背叛你的。”

公子不相信，于是撵走鹘鸟，让他的门客带着斑鸠，沿着梯子将斑鸠送到窝里。

当斑鸠在公子怀里的时候，俨然是一只斑鸠；等到它登上鸟窝时，却忽然变成老鹰。鹰既然已经得到了窝，就瞪眼仰视，盛气凌人地对门客说：“我用得着你帮忙吗？我登巢一呼，众鸟都得收束翅膀听我的命令。我的威力范围很大啊！如今鹘鸟已经甘拜下风了。奇怪，公子难道以为我不能占有这个鸟巢，还麻烦你用梯子送我上来？”于是挺身侧头，不时地向下搏击，威胁门客。

门客吓得赶快离开，回去报告给公子。公子惊讶地直视门客说：“唉，我过去看见它低头悲鸣时全然是只斑鸠呀，哪里有什么鹰呢？”

时间长了，这只鹰的爪角更加强壮，寻求食物更加急迫，凡是树旁鸟窝里的幼鸟，没有不抓取的；居民的小鸡走出栅栏，也没有不抓取的。于是居民们一齐叫着驱逐它，却驱逐不走；转而便争相骂公子。

公子听到说后，说："唉，我以前只知道它是斑鸠，哪里知道它是鹰呢。不过，我是非常有愧于那只鹘鸟啊！"

【寓意点拨】这则寓言告诫人们不可轻易地同情保护那些貌似可怜的人，因为有些小人恶者在处境不利时，为了蒙混过关，往往会装出一副可怜相，而一旦时机成熟，则会原形毕露，恩将仇报，保护者甚至成为被害者。

佝偻承蜩

【寓源】战国・庄周《庄子・达生》。

【寓言】孔子到楚国去，路过一片树林，看见一位驼背老人，正拿着长长的竹竿粘知了。只要是老人想粘的知了，一粘就是一只，好像在地上捡东西一样轻而易举。

孔子万分惊奇，说："您的技术真是不简单啊，大概有什么好方法吧？"

驼背老人回答："我的确是有一套方法的。首先要练腕力。苦练五六个月，如果在竹竿顶上放两个弹丸而不掉下来，那么粘知了时就很少失误；如果放三个而不掉下来，那么十有九成；如果放五个而不掉下来，那么粘知了，就会像用手捡东西那样容易了。其次要练站功。你看我粘知了时站得像木桩一样稳稳当当；拿着竹竿伸出去的手臂，就像枯树枝一样纹丝不动。除了这些基本功，还要注意力集中。尽管天地广阔无边，万物繁多，而我的眼里、心里只有知了的翅膀，外界的一切都不能分散我的注意力。这些条件都具备了，粘起知了来，哪还有不得心应手的呢？"

孔子听了，立刻回过头来和他的学生们说："用心专一，便会像神明那样巧妙，这就是驼背老人所说的道理啊！"

【寓意点拨】这则寓言的主旨是"用志不分，乃疑于神"。抱定目标，专心一意，苦练勤学，循序渐进，无难不克，无远弗届。承蜩虽只是雕虫小技，但可以说明治世为学的大道理。蜩（tiáo）：即蝉。

狗病目

【寓源】明・冯梦龙《雅谑》。

【寓言】迂公害了眼病，要去看医生，恰好一条狗躺在台阶下面，迂公跨过去，踩到了狗的脖子上，狗骤然跳起来咬迂公，把衣裳都撕裂了。迂公便举起撕裂的衣裳给医生看。

医生故意戏弄迂公说："这可能是狗害了眼病罢！不然的话，哪里只会咬破你的衣裳呢？"

迂公回到家里想道："狗害眼病，错咬了主人倒是小事，黑夜里不能用眼睛做警戒却是大事！"于是，他便去调好了药，先送给狗吃，自己反而服剩下的几滴药渣子。

【寓意点拨】这则寓言说明迂公被狗咬，是因为自己害眼病看不清，误踩了狗。他所以被医者戏弄，因为他不善于动脑筋，不善于分析事物的因果关系，误把结果当原因，而去给狗治眼病。

狗猛酒酸

【寓源】战国・韩非《韩非子・外储说右上》。

【寓言】古时候，宋国有个卖酒的人，他在县城最繁华的街道上开了一间酒铺。门口崭新的酒幌子迎风飘扬，店里打扫得干干净净；他酿的酒香味甘醇，远远地就能闻到；而且他待客热情，也一再吩咐店里的小二对待客人要一视同仁，殷勤周到；但是，他们家的生意却冷冷清清，一天下来光顾的客人也没几个。对门的酒铺却常常是门庭若市，来来往往的客人络绎不绝。宋人很讶异，他耐心地从自身查找原因，努力地改进自己所认为的一切不足，甚至忍痛将那美味甘醇的酒降价售卖，但还是不见成效。慢慢地，日子久了，他家的酒卖不出去，越积越多，渐渐地都变味了。

宋人疑惑不解，虽然感到失望，但还是想找出酒卖不出的原因。这天，他专门去拜访一个叫杨倩的人。杨倩是一个学识渊博的老者，尤其懂得如何做好买卖。宋人见到他就将自己的烦恼，一股脑地道了出来："我家的酒美味甘醇，十里飘香；我家的酒铺在全城最繁华的街道上；我家的服务客人都很满意；酒的价格也比其他家便宜好多，可为什么就是卖不出去呢？"杨倩听了也觉得很奇怪，所有的一切似乎都准备得很好啊，那问题出在什么地方了呢？带着这种好奇心，他陪着宋人一起去他们酒铺想实地看看。还没进门，就远远地望见了，高悬着酒幌子的酒铺非常显眼，门口人流来往也很多，可是就在门墩下面，杨倩发现了一只凶狠狠的狗在那蹲着，时不时地还冲着来往的人叫几声。胆子小的人，看见了那狗都远远地绕开了。

这下他全明白了，他站定了，拉住还往前走的宋人说："你看，原因就在你们家那条看门狗的身上。"宋人更加迷惑了，他不解地问："酒卖不出去和狗有什么关系呢？"杨倩耐心地解释说："你们家的狗太凶了，你看路人走过都非常害怕；现在好多人家，都是打发小孩子出来买酒，而你家的狗呲牙咧嘴地窜出来咬人，那小孩子还怎么进门呢？你的顾客就都是被它给吓走的啊！"

宋人听了，突然就明白过来了。他听从杨倩的建议，将那条看门狗带到后院去了。果然，从此以后，他们家的生意就慢慢地好起来了。

【寓意点拨】一只恶狗看门，就能把一个好端端的酒店弄得无人问津，客不敢入；一个国家，如果让坏人控制了这个国家的要害部门，其后果必定是社会腐败，忠奸颠倒，百姓遭殃。同时，从中受到这样的启发：当一件事情本身条件完备却招致失败时，就要从外部寻找原因，事出有因，这个“因”往往是来自外部的环境。

狗乃取鼠

【寓源】秦·吕不韦《吕氏春秋·土容》。

【寓言】古时候，齐国有一个人对狗很有研究，不管什么样的狗给他看一眼，他就能分出是好是劣，是敏捷还是迟钝。方圆几十里的乡里相邻都找他相狗，而他每次都能让大家满意而回。

齐人有个邻居，不知道怎么回事，家里总是有很多老鼠，而且这些老鼠总是躲在犄角旮旯里，不管用什么方法就是消灭不了它们。老鼠越来越多，咬烂粮仓偷吃粮食不说，到后来竟然啃坏桌椅板凳，就连家里的衣服也都不能幸免。邻居非常苦恼，特别地痛恨这些老鼠，心想：“这些可恶的老鼠，我一定要把你们消灭得干干净净！”

想到齐人擅于相狗，他就想找一只好狗来制服这些老鼠。齐人不知他的想法，一看邻居找他帮忙，也就认真地替他找狗，他耐心地为他挑选，足足过了一年终于找到了一只。齐人把狗交给邻居，满意地对他说：“这可是一只好狗，它体型矫健，嗅觉灵敏，我从来都没有见过这样的狗！”邻居非常高兴，对齐人连说谢谢，兴奋之情溢于言表。

齐人走后，邻居抚摸着那狗，认真地对它说：“好狗啊好狗，你可要给我争气啊，把那些可恶的老鼠消灭得一个不剩！”从此呢，好菜好肉悉心地照顾起它了。时间如流水，一晃一年又过去了，可是邻居家的老鼠一点儿也没有少，鼠灾闹得似乎比以前更严重了。那只狗呢，长得倒是更健壮了，目光炯炯有神，但从来没看见它捕过一只老鼠，老鼠在它眼皮底下窜来窜去，招摇过市，它仿佛跟没看见一样。

邻居不由得怒火中烧，他气愤地去找齐人想问个究竟。听罢他的叙述，齐人忍不住哈哈大笑：“我找的狗的确是一只好狗啊，但它想捕捉的是獐、麋、猪、鹿这类野兽，而你却让它来捕捉老鼠，这不是很可笑吗？”邻居还是很沮丧，他抱怨地说：“那我养了他那么久，成天好吃好喝地喂着，难道功夫都要白费吗？它就真的不能捕捉老鼠吗？”齐人一听，愣了一下，叹了一口气，回答说：“也不是不可以，如果你把狗的后腿拴起来，它就能捕老鼠了；但是这样地话，可真的就可惜了这只好狗了！”说罢，齐人不由得难过了起来。

于是，他的邻居当真把这条狗的后腿束缚起来，狗这才开始捉老鼠了。

【寓意点拨】让善于捕捉野兽的良狗去捕鼠，这是很荒唐的做法；对人才的压抑和埋没，就如同绑起良狗的后腿让它捕鼠一样；故事中的齐人是识狗的伯乐，他爱惜这只良狗，为它的才华被压抑和埋没而痛心，为邻居对它大材小用而难过。

狗作变怪

【寓源】东汉·应劭《风俗通义·怪神》。

【寓言】桂阳太守汝南人李叔坚年轻时候担任过从事，他在家，狗像人那样用后两脚站立行走，家人说应该把它杀掉，李叔坚说：“狗马学君子，狗见人站立行走，效仿人有什么关系！”

有一天，李叔坚拜谒县令回来，把帽子解下放在座榻上，狗戴着跑了，家人非常吃惊。李叔坚说：“狗无意间碰到帽子，帽子的系带挂到它身上罢了。”

狗在灶前生火，家人更加惊惧。李叔坚又说：“孩子奴婢们都在田里干活，狗帮忙生火，可以不麻烦邻居，这有什么不好。”邻居责骂，李叔坚仍说没有狗怪，不肯杀狗。

过了几天，狗自己突然死了，至终没有一点儿怪异的事情发生。

【寓意点拨】狗有异常举动，别人都认为了不得了，李叔坚却不以为怪，结果什么祸患也没有发生。看来所谓的怪异都是人们自己想象出来的，事实并非那样，我们完全不必大惊小怪。寓言中，以家人、邻居与李叔坚作对比，突现了李叔坚见识之高。故事的最后一句表达了对李叔坚的肯定。

古巢老妇

【寓源】东晋·干宝《搜神记》。

【寓言】古巢郡县有一天长江水暴涨，漫过了江堤，不久水退了回去，恢复了原来的水道。港湾里滞留着一条特大的鱼，重有万把斤，三天后才死去。全郡的人都来抢着割鱼的肉，拿回去吃，只有一个老妇人没有吃。忽然有一老头来说：“这是我的儿子，不幸遇到这个灾祸。只有你一个人没有吃它，我要重重地报答你，你注意着，如果县城东门石龟的眼睛变红了，这个城就会陷落下去。”

老妇人每天去东门看石龟，有一个小孩对老妇人的行为感到奇怪，老妇人便把实话告诉了他。小孩子欺骗老妇人，用红颜色涂在石龟的眼睛里。老妇人见石龟眼睛红了，急急忙忙出了城。有一个穿青衣的童子说：“我是龙的儿子。”于是领着老妇人登上高山，整个城顷刻陷落下去，成了湖泊。

【寓意点拨】老妇人没有跟随别人去伤害龙的儿子，便得到了神灵的搭救，在县城塌陷，变成一片汪洋之前被引上高山，独自一人保全了生命。寓言唤醒人们的怜悯之心，在别人遇到灾难的时候，不要跟随众人乘机去伤害人家，不要落井下石，要全力相救，至少也要独善其身。

古　方

【寓源】唐·房玄龄等《晋书·范汪传》。

【寓言】当初，范宁曾患眼睛痛的毛病，向中书侍郎张湛求药方。张湛为此嘲笑他说：“古代有专治眼睛痛的药方，宋国阳里子年轻的时候就会调配这种药，后来传给了鲁国的东门伯，东门伯再传给左丘明，于是代代相传下来。到了汉代，杜子夏和郑康成，三国魏的高堂隆，晋代的左太冲，这些前贤都有眼睛的毛病，都用过这个古方治疗。这个药方是这样：第一要少读书；第二要减少思虑；第三要排除杂念，多观想内心；第四要减少感官的向外纷驰；第五早晨要晚起；第六晚上要早睡。把这六种东西混合之后，用‘神火’煎熬，用‘气筛’过滤，先蕴含在胸中，七天以后再放在心中。这样修炼一段时间，近能数清自己的眼睫毛，远能看清一根小鞭子的鞭梢；如果长期服用，则可以看到墙壁外的东西，不但能眼清目明，还可延年益寿。”

【寓意点拨】这则寓言以戏谑的手法，说明真正的养生之道。养生的观念是对生命的看重，这样的观念在中国起源甚早，养生的观念包括养形与养神，也就是身体的养护与心灵的修炼，因为身心是相互影响的，所以养生也要身心俱养，而以养神为主。张湛开的药方，看来近乎玩笑，也并未针对范宁的眼疾对症下药，然而，在形神俱养的养生观念中，以神治形是最根本的良方。今日社会忙碌竞争，人们汲汲营营，一刻不得闲，张湛这一帖药也是治疗现代人疲倦身心的最佳古方。

古琴高价

【寓源】明·刘基《郁离子·千里马》。

【寓言】古时候，有一个叫工之侨的工匠，偶然间他得到了一块上好的桐木；

平时他最喜欢做琴，看到这块桐木质地结实，颜色亮丽，心中便想要将这块桐木制成一把漂亮的琴。于是，他拿起工具认真地切削打磨，最后安上琴弦，真就成了一把做工精美的琴了，连他自己都觉得比往日做的那些要好很多。一时间，他忍不住动手去弹，那琴声仿佛就像金石玉器合奏的声音，那么和谐、动听。工之侨觉得这是天底下最好的琴了，他将它拿去献给朝廷专管音乐的乐官。乐官请出最优秀的乐师，仔细检查，上上下下打量了一番。最后却遗憾地对他说：“你这把不是古琴，没有什么价值，你还是拿回去吧。”

工之侨只好怏怏地把琴抱回家，但是他心里还是很不甘心：“这确实是把好琴啊，它奏出来的乐曲是那么悠扬动听；难道只有古琴才是好琴吗？”他爱抚地摸着自己亲手做成的琴，手指拨拉着琴弦，弹出低沉幽怨的音符，好像连这琴都在抱怨对自己的不公平。“古琴，古琴”，工之侨嘴里喃喃念叨着这两个字，突然间，心中就有了主意。

他找来漆工，和漆工商量着在琴身上画了一些断断续续的纹路，尽量使琴显得破旧些；然后又找来雕刻工，和雕刻工商量着，在琴身上刻上一些模模糊糊能够看得见的古字；最后再给琴喷上一层暗沉的色彩，把它装在一个精美的匣子里，埋进了自家后院的花园里。

整整过了一年，工之侨和家人挖出了匣子，他打开匣子，发现原来那把琴已经变得古色古香，不仔细看，真看不出变化的痕迹了。家人也都赞叹变化的细微和巧妙。无意间，同村一个显贵的人看到了这把精致的琴，他想拿它献给朝廷，谋个一官半职，就花了一百两金子买走了它。随后，他就献琴给朝廷的乐官。奇怪的是，还是同样的乐师们，还是那把工之侨做的琴，这回却有截然不同的结论。他们争相传看着，小心翼翼地用双手捧着，都忍不住称赞道：“古琴，好琴，真是世上绝无此有的珍宝啊！”

【寓意点拨】同一张琴，人为地做了些加工，就成了古琴而身价倍增。这个令人哭笑不得的故事辛辣地讽刺了那些盲目崇古、好古者，他们其实并不识古，不过是装腔作势，自欺欺人而已。

寓言告诫人们，不能把世上任何东西都说成是古的好，而要从实际出发，看它是否构造精美，真有价值。那种唯古是崇，唯古是尊的人，是愚蠢可笑的。

古书换古器

【寓源】宋·佚名《道山清话》。

【寓言】有一个读书人，折尽了他所有的家产，约得百余千钱，全部买成书，拿了它进京城去卖。走到半路上，碰见另外一个读书人，看了他的书目，十分喜爱这些书，但由于没钱而不能买到手，他家里有好几件古铜器，想把它卖了再买书。那个卖书的人有稀罕古器的嗜好，一看见这些古铜器非常高兴。便说：“不必卖掉了，我打算和你估一估价钱互相交换。”

于是，他便把随带的书换了数十件古铜器，急忙赶回家中。他的妻子正惊讶丈夫的突然归来，赶忙去看他的行李，只见有两三个布口袋鼓鼓囊囊的，里面叮叮当当地有撞击的声音。询问了实情，她便责骂丈夫道：“你换得他这些个东西来，几时能变得饭吃？”

那人说：“他换得我那些个东西，又几时能变得饭吃？”

【寓意点拨】这则寓言说明以古书换古器，可谓各投所好，各得其所。士人之“好书”和“雅有好古器之癖”，未必是件坏事；对事物的钻研而能有所得，首先需要有顽强的“雅好之癖”才能办到。因此，“雅有好古器癖”的士人的妻子指责他“几时变得饭吃”，是一种近视眼的说辞，可谓目光如豆、不得要领也！这类口角，直到今天，在许多“小家庭”里，大概还会经常听得到吧。当然，也不得不承认，妻子的指责，终究还是从生活实际出发的。

鼓盆而歌

【寓源】战国·庄周《庄子·至乐》。

【寓言】庄子的妻子死了，惠子来吊丧，看见庄子正叉开两腿坐在地上，敲着盆唱着歌。

惠子说：“妻子和你生活在一起，为你生儿育女，现在她年老死亡，你不哭也就算了，而你还敲盆唱歌，这不是太过分了吗？”

庄子说：“不是这样。当她刚死的时候，我难道不感慨哀伤吗！可是观察她起初是本无生命的，不仅没有生命，而且还没有形体；不仅没有形体，而且还没有气息。混杂在若有若无之间，变化而有生气，有了生气就变化而有了形体，形体再变化而有了生命，现在她又变化为死。这样生与死的相互变化，就好像春夏秋冬四季的运行一样。人家已安静地安息在天地之间，而我还嗷嗷叫喊，去哭她，我以为这是不通达生命的道理，所以我才止住不哭。”

【寓意点拨】妻子死了，不哭而歌，在世人看来是无情无义的表现，在庄子却表明了他的生死观。庄子认为人的生死如同四时的交替一样，是一种自然的现象，因为人生是从无到有，又由有归无，这是生命的规律，懂得这个规律的人是不应过分哀伤的。这种达观的生死观，无疑具有合理的因素。

瞽者最好

【寓源】明·赵南星《笑赞》。

【寓言】两个瞎子一起走路。他们一边走，一边说："世界上只有我们瞎子最好。有眼珠的人整天奔走忙碌，农民就更忙了。怎么能像我们一样清清闲闲地过一世呢？"

他们的话刚好被几个农民听到了。这几个农民便想捉弄他俩一下，假扮成官员，说是瞎子没有回避让路，用锄头把揍了这两个瞎子，打着官腔把他俩赶开，而后跟在瞎子后面，悄悄地听他们讲些什么。

一个瞎子说："毕竟是瞎子好啊。如果是眼睛看得见的人，不回避官员，打了还要问罪呢。"

【寓意点拨】盲人看不见世间万事万物，本为人生最悲苦的事，而这两位盲人不以为忧反以为乐，这是因为他们目盲之后，不仅减少烦恼，"清闲一世"；而且还能避免犯罪处罚。

这则寓言启示人们，要摆脱烦恼，就像盲人一样不见不想，主动地忘却它，自然就没有烦恼缠身了，正如俗语所言"眼不见心不烦"，这也是一种修身养性的好方法。瞽（gǔ）：盲人。

关尹子教射

【寓源】战国·列御寇《列子·说符》。

【寓言】列子向关尹子学习射箭。经过长期的勤学苦练，列子终于能射中了，就去请教关尹子。关尹子问他，"射中了很好，但是你知道你是怎么射中的吗？"列子疑惑地挠了挠头，皱着眉说："不知道。"关尹子严肃地对他说："这不行，你还没有练到家，还没有掌握射箭的精髓；还得继续好好学习领悟啊！"

列子只好羞愧地回来了，但他并不气馁，反复认真地练习着。一年又一年，寒来暑往，经过三年，列子觉得自己学得差不多了，又去请教老师。关尹子还是问他："这回你知道你是怎样射中的吗？"列子想想平时射箭的场景，然后认真地回答老师："知道了，射箭一定要眼到，手到，心到，专心致志，聚精会神就能百发百中。"关尹子这下欣慰地笑了，他慈祥地叮嘱列子说："这下就对了，你要记住，不仅要认识一种事物，而且也要明白它为什么会是这样；射箭是如此，做人和治理国家都应该是如此啊！"

听罢老师一席话，列子觉得自己受益匪浅；他牢牢记住了老师的教诲，在后来的学习生活中取得很多重大的成就。

【寓意点拨】箭能够射中，是有一定偶然性的。只有知道了为什么能射中，才算掌握了射箭的技术。列子学习射箭的故事也同样适用于我们学习：不仅要知道问题的答案，还应清楚为什么会得到这个答案，这样才算学通学懂。也就是说，不仅要知其然，还要知其所以然。

官　癖

【寓源】清·袁枚《子不语》。

【寓言】相传，南阳府有一位明代末年的太守死在官署中。死后阴魂不散，每到黎明点卯时，他一定头戴乌纱帽，腰束绅带，端端正正地坐在大堂的正位上。若有官吏衙役向他叩头请安，他还点点头，做出接受拜揖的样子。太阳一出，他就不见了。

雍正间，一位姓乔的太守到此上任，听说了这件事，笑着说："这是个有官癖的人！他虽然已经死了，但他自己还不知道，还在做官呢。我有办法，让他知道自己已经死了。"于是乔太守在天还未亮时便穿戴好朝服朝帽，先到大堂正位上坐着。到点卯时，那个戴乌纱帽的鬼魂又远远地走过来了，见到大堂正位已有人坐了，便踌躇不前，长叹一声，便消失了。从此，这个鬼怪也就不再出现了。

【寓意点拨】孜孜以求当官，孜孜以求官运亨通，飞黄腾达，至死不忘官位，封建社会的官僚，如此者众。有官便有权，有权便有钱，"三年清知府，万两雪花银"。这则寓言，不仅在当时击中时弊，即在今天，西装革履的官癖又何尝不是屡见不鲜呢！

棺中鬼手

【寓源】清·沈起凤《谐铎》。

【寓言】萧山人陈景初，长期在天津作客商。后收拾行装回老家，路过山东地界。

这一年正遇上大饥荒，饿死的穷苦百姓不计其数，旅店生意萧条，都不愿留住旅客。他便到一座寺庙里去居住。他看见东厢房里堆积着三十几口棺材；西厢房里只有一口棺材，高耸着棺头独占在那里。

三更之后，棺材里各伸出一只手来，都是焦黄干枯的样子；只有西房棺材里的那只手，稍微肥白一些。

陈景初平素自恃有胆力，他左右观看着，笑道："你们这些穷鬼，想来是手头困难了，都来向我要钱了吧？"就解下钱口袋，各选了一个大钱送给它们。东厢房里的手都回去了，唯独西房里的那只手依然如故地伸着。

陈景初说："一文钱恐怕还不能满足您的心意，我当再增添一点。"一直增加到一百多，那只手还是高擎着不动。

陈景初生气地说："这个鬼太恶劣了，可称得上是贪而无厌的啦！"最后拿起两贯钱，放在那鬼的手掌上，鬼的手顿时缩回去了。

陈景初很惊异，端过灯来四面照了照，见东厢房里的棺材前面，都写着"饥民某某"的字样；而西厢房的那口棺材，上面写的却是某县内史革公之柩。他叹了一口气说："饥饿的百姓并无过奢的要求，一文钱便满足愿望了；但此公惯于接受贿赂礼物，不到他心中计算的数目，是不会把手收回去的。"

过了一会，西厢房里忽然发出铜钱撞击的声响，原来棺材缝太狭窄了，那只鬼手在棺材里用力强拽，苦于不能把两贯钱拽进去。"嘣"的一声，串钱的绳子拉断了，青钱抛撒了满地。鬼手又伸出来，向四面空捞着，却摸不到一文钱在手。

陈景初斜眼瞅着笑道："你贪心太重了，结果只剩得一双空手，反而不如那些小气量的人，还能留下一文钱充一充口袋呢！"

棺中那只手仍然四处掏摸不止。

陈景初拍着手大叫道："你生前接受了两贯钱，就坐在官衙里打人家屈杀棒，专替豪门大族当走狗。究竟你对人民积了多少德？何苦今日又要弄这些鬼态呢？"话还没说完，就听见东厢房里那些鬼发出长长的叹息，这棺材里的手也就缩回去了。

天亮之后，陈景初就赶着毛驴上了路，把地下抛撒的青钱，都送给寺庙里的和尚当房钱了。

【寓意点拨】世上从来就没有鬼，本文中的"鬼"是作者用作比喻的。比喻那些贪官，贪贿无厌，得寸进尺，一个小小的县尉给他百文还不够，非得加到两贯钱才罢休。

寓言采用对比手法，把贪官的面目揭露的十分深刻。饥饿而死的鬼，给一文钱就心满意足了；而贪官之鬼，给几百文还不肯罢休，这样，贪官的贪得无厌、至死不变的本质昭然若揭。

管若虚交友

【寓源】党英明编《古今寓言·管若虚传》。

【寓言】管若虚（字直节）号称幽雅君子。他的祖先是卫国人，有人说："他与齐国管仲同出一族。”

他的先辈侍奉黄帝，制定律吕，调节月筩（tǒng），以此来显明君主的德行通达八方，使天下的人归服君主，于是担任了宗庙官，子孙相传，经历数代。成功的君主，如尧用的大章乐曲、舜用的大韶乐曲、禹用的大夏乐曲、汤文王用的大濩（huò）乐曲，以及周文王、武王所用的清庙乐曲，都是管氏所调节的。所以君王凡有宗庙祭祀的大事，必定首先招来管氏，否则就会出现乐曲残缺，节奏混乱，神人不能和乐地享用。

卫国有居住在淇上的管氏，貌美多姿，富有德行，早已和卫武公同学相互切磋商讨，因而形成了丰美的德行，卫国人歌颂和思念他。他的祖先又与姜太公一起隐居渭川垂钓，以至管氏家族发展到一千多户，时人称他为千户侯。到了汉代，出生在鄠杜之地的管氏名叫陆海；蒋诩院中有叫三径的，他们都是渭川管氏的后代，风流潇洒，众人少有超过他们的。

时至晋代，管氏中有位名叫林的，因放荡不羁而闻名江东，他时常随从嵇康与竹林七贤交游。林的弟弟的字号是此君，王子猷很看重他，他的高风亮节，一直到现在仍在社会上流传。林的几代之后是溪，居住在徂徕山，淡泊名利，崇尚豪爽，每天设立酒宴，招来李白等六逸居士饮乐。后来，李白进入朝廷翰林院，把溪推荐给朝廷，于是名声大显于唐代。溪的后代有位名叫龙的，在金陵做官，才干出众，后来在镇江做官，因此家居丹阳。宋代丹阳尹袁灿在公事之闲常到龙的门下，与他的儿子石谈论世事，于是被看重。

龙的孙子叫玉版师，从小就谢绝世俗，专心体悟禅理。金山寺有座绿筠轩，当时苏东坡的同僚器之在绿筠轩参与游宴，并互赠酬答。龙的后代经历宋元，一直到明朝，南方到闽广之地，北边到幽陵，管若虚的家族繁盛兴旺。

管若虚的性格坚贞刚毅，容貌美盛。自从他出生，就已具有高尚的节操，没有私心曲意，本性耿直正派。当初用他来做装饰。到他长成材后，用他来吟咏风光月夕之美，凡是有所激发，就会发出清澈的吟声，美音不止。听见的人感叹地说：“这音声盛大呀，在耳边久久回荡，这是管若虚咏诗的声音啊。这真所谓金声玉振，阳春白雪的乐曲也少有相比的。况且，他胸怀开阔，风度洒脱，避开社会烦恼的人一定依从他。”

蜀地人叶恒盛，大庾人白知春，一向看重管若虚的清洁节操，寻求同他交友。每当相会时，叶、白两人私下说：“有好像无，实好像虚，被触犯却不计较，管氏具有这些美德。这是真君子呀，我同你都感到惭愧。”

管若虚听到了，更加自我谦虚，谦逊德行。

叶恒盛曾经说：“我有感于天下的万物，挺直而成材的多半遭到夭折，弯曲而不成材的常常保持稳固。因此椅桐梓漆树木，未能长成合拱之粗；而樗栎（chū lì）

桑毂（gǔ）恶木，年复一年永久生存，这是天造就的呢？还是人为造成的呢？”

管若虚说：“不是这样的。天地间万物的生长，本来是因天时而遭遇，有时也因时机，如果得到养护，万物没有不生长的；得不到养护，不被斧头砍伐及被牛羊所损害的，这很少，又怎么能指望它成材而长寿呢。现在你们所说的树木不能成材则能长寿、成材却遭到夭折，难道是这样吗？在我看来，形体魁梧、挺直高节，天下人称为成材而长寿的，没有谁比得恒盛。奇姿清峻，本来就具有风采的，那白知春独占才气。可惜那玉质虽好却容易衰败，志趣不能持久，长寿则不易说了。像我若虚，翠气浓郁可掬，清芬可餐，用与不用同我没有关系，寿命长与短顺应命运的安排。所说的夭折与长寿不变的，我同你们两个人，只有这一点长处。”

叶恒盛和白知春佩服管若虚的精当议论，于是相互结成金石朋友，自始至终保持友谊，这就成为岁寒三友。

【寓意点拨】寓言中，假设竹子的姓名为管若虚，松柏的名字叫叶恒盛，梅的名字叫白知春，拟人写物，虚构了竹子与高洁文人交游的家族历史，以及同松、梅交友的过程，歌颂了竹子的风姿美态，赞扬了竹子素有坚贞高洁的美质，叙述了竹子与松、梅结为岁寒三友的交往经历，将竹子的美质作了形象的再现。

寓言因拟人化而贴近人们的生活，因而给予人们的启示则是深切的，尤其是竹子最后的“用合无与于己，修短安于所命”的议论，启发人们为人处世的抉择：只有淡泊功名、顺应潮流的人，才能于世游刃有余，不至于被伤害。

鹳鹊迁巢

【寓源】明·刘基《郁离子·惜鹳智》。

【寓言】子游当武城县县令时，城门外的小土山上，有一只鹳鸟把巢窠搬到一个坟墓前面的石碑上去。看守坟墓的老汉就把这件事告诉他说：“鹳鸟是能预知天下大雨的鸟呀，它骤然搬走巢窠，说明咱们县城要发大水了！”

子游听了说：“知道了！”立即命令城里人都准备好船只等待大水的来临。

过了几天，大水果然汹涌而至，城门外的小土山被大水淹没了，而大雨仍然下个不停，洪水又涌到墓前石碑。那鹳鸟的巢窠在石碑顶上也岌岌可危了，它徘徊踌躇着发出了长声的悲鸣，不知道跑到哪里去安居才好。

子游说：“可悲呀！这也算是有预见了，但可惜考虑得还不够长远呀！”

【寓意点拨】这则寓言告诫人们，预见必须与远见相结合，并充分估计到客观环境的发展变化，才能充分发挥其机智作用。光有预见，而没有远见，有时还不能办好事情或防止意外。

鬼避姜三莽

【寓源】清·纪昀《阅微草堂笔记》。

【寓言】景城有个叫姜三莽的人，勇敢而且刚直。

有一天，姜三莽听人说了宋定伯卖鬼得钱的故事，非常高兴地说："我现在才知道鬼是可以捉住的。如果每夜捉一个鬼，吐口唾沫叫它变成羊，天亮以后牵到屠宰市上卖掉，就足够我一天的酒肉钱了。"从这天起，他就夜夜扛着棍子，拿着绳子，暗暗在废墟坟地里面走来走去，就像猎人侦查等候狐狸兔子一样，可是一直碰不上鬼。就连那平时人们常说有鬼的地方，他假装喝醉了睡着去引诱鬼来，也是静悄悄的，什么也没见着。

一天晚上，姜三莽隔着树林看见几点磷火，急忙跳起来跑过去；还没有跑到那里，磷火已经散开消失了。他只好烦恼悔恨地走回家去。像这样干了一个多月，什么也没有得到，这才停止不干了。原来鬼欺负人，常常利用人的畏惧心理。姜三莽确信鬼是可以捉住的，他的气焰就完全可以使鬼害怕，所以鬼反而躲避他了。

【寓意点拨】这则寓言启示我们，人如果不怕鬼，鬼就会怕人。其实世上本来没有鬼，都是自己吓自己。对待困难，也可以这种态势对待。

鬼魅吓人

【寓源】东晋·干宝《搜神记》。

【寓言】魏文帝黄初年间，顿丘有一个人夜里骑马赶路。他看见道路中间有一个东西，有兔子那样大，两只眼睛像镜子一样发着光，在马前面跳来跳去，使马不能前进。这个人惊慌害怕，掉下马来，鬼魅当场就捉住他，他惊慌恐怖，顿时昏死过去。很长时间他才苏醒过来，醒来后鬼魅已经不见了，不知道它在什么地方。

顿丘人于是又骑上马，往前走了几里路，遇到一个人。互相问候以后便说："刚才事情变得如此奇怪，现在有你作为伙伴，高兴得很。"那人说："我独自赶路，得到你做伴，高兴得无法用语言来形容。你骑马走得快，姑且在前面走，我在后面跟着你吧。"于是他们一起赶路。行人说道："刚才那个怪物是什么样子，竟然使你那样恐怖害怕呢？"顿丘人回答："它身子像兔子，两只眼睛像镜子，形象极端可恶。"同行人说："你试试回头看看我呢？"顿丘人回头看他，恰恰正是那个怪物。顿丘人又一次跌落马下，吓得昏死过去了。

那匹马独自回到家里，他家里人感到很奇怪，立即顺着这个方向去寻找，才在路边找到他。过了一夜，他才慢慢苏醒过来，详细叙述了上面这些情况。

【寓意点拨】顿丘人被同一个鬼所纠缠，两次吓得昏死过去，是因为他胆小而又缺少警惕和智慧，十分软弱可欺。恶鬼、恶势力总是攻击软弱者。对待恶鬼应该有宋定伯那样的气概，勇敢、机智，战而胜之。

鬼误

【寓源】明·冯梦龙《古今谭概·谬误部》。

【寓言】楚地风俗相信鬼神，有病必向鬼神祈祷。

有一个人夜间在北边城门外祈祷，有好事者遇到了他，便偷偷地躲在草莽中向他投掷砂砾，祈祷的人很害怕，稍稍离远了点；好事者投砂砾投得更厉害，祈祷的人跑得更远，于是好事者把祈祷用的肉拿去吃了。

人们认为这是神鬼显灵，祈祷的风气更盛，而北城门外神鬼显灵之说，更是传得远近闻名。后来祈祷的人不丢失肉，却反而说神鬼不愿享用他的祭肉而忧心忡忡。

【寓意点拨】世上本无神鬼，神鬼不过是迷信者心造的幻影。有的迷信神鬼者倒并不一定为了损人利己的目的，而是由于愚昧。于是有些心术不正者，便装神弄鬼，图谋私利，使得迷信神鬼之风愈演愈烈。这则寓言在现在仍有警世作用，它告诉人们神鬼之说不可信，要依靠科学生存。

鬼赃

【寓源】明·陶宗仪《南村辍耕录·鬼赃》。

【寓言】陕西某县有一个老太太，住在乡村里。

有一天，有一个道士来化斋，老太太给了他很多食物，毫无小气的样子。道士忽然问她："你家有没有遭受妖魔作祟的苦难呀？"

老太太说："有呀！"

道士说："我来替你除掉妖魔吧。"

道士叫老太太拿火烧他袋中的符箓来驱妖魔。一会儿，就听到她的屋里有震动的声音。道士说："妖魔已被杀死了，只逃走一个，二十年后，你家还有灾难。现在我把铁筒送给你，到了有灾难的时候，你就把它放到火中。"说完之后就走了。

过了很长时间，老太太的女儿长大了，而且很漂亮。

一天，有个称大王的人，随从的人都很气派，正好到老太太家借宿。大王派左右随从去问老太太："听说你得了一个高人的铁简，可以拿出来看一看吗？"

因为老太太平时多次把铁简拿给乡亲们看，就造了一个假的，把真的挂在腰间，轻易不拿出来。于是她就把假的铁简拿给大王看。

大王看过之后，收藏起来不还给老太太，对她说："叫你女儿出来陪我喝酒。"

老太太以女儿生病相推辞。大王很生气，就想强奸她的女儿。老太太暗暗地想到了道士所说的话，算计着年数正好二十年。于是就解下腰中的铁简放到酒炉中去，马上就电掣雷轰，烟火满室。一会儿，平定了下来，雷击死猕猴好几十只，其中一个最大的，怀疑是二十年前跑掉的那个妖魔，其随行所带的东西，都是金银宝玉。

老太太到官府报告，官府登记了财宝并收入官库。

泰不华元帅在做西台御史的时候，翻阅这个案件，上面有红字批语："这是鬼赃。"我亲耳听泰公说得很详细，并且有手抄的案文，可惜我没有做记录，现在忘掉了老太太的籍贯姓名年龄了。

【寓意点拨】这则寓言的意义在于：对一些诸如妖魔的恶势力要敢于同它们作斗争，只有斗争才能彻底地粉碎它们作恶的念头。同时也说明，妖魔做恶多端的本性是难以改变的，邪恶势力总是想尽办法来作恶的，我们不能对它们抱有任何幻想，要时时提高警惕。

鬼择主

【寓源】清·游戏主人《笑林广记》。

【寓言】"贪"字和"贫"字在字形上很相近，从来没有贪心而不贫穷的人。

从前有一个非常贪心并且穷困的人，因为太穷而死去。他的魂飘飘悠悠来到阴曹地府。

阎王判道："你这个孽鬼！在阳间贪得无厌，最终导致贫困，而且还不甘心。你作的孽太多，应该罚你变成禽兽或者是昆虫。"

贪人说："罚我变成禽兽或昆虫，我实在不敢推辞，但希望大王怜悯我一些，允许我能选择我的主人。如果要我变成走兽，请让我是伯乐的马或是张果老的驴；如果要我变成飞鸟，请让我是右军的鹅或是懿公的黄鹤；如果让我变成昆虫，请让我是庄子的蝶或是子产的鱼。"

阎王听了勃然大怒，指着他大骂："你这个孽障，像你这样挑三拣四，和阳间的那些抢夺肥缺的官员有什么不同？罚你变一个乌龟，既然你怕穷，就让你常常缩头缩脑；既然你总是贫苦，就让你一年四季喝西北风，吃不到任何东西。"

贪人恍然大悟说："我虽然没有做过官，但我知道做官的造的孽这么大！"

【寓意点拨】这则寓言说明将“贪”者罚作缩头、喝风的乌龟，把一切贪得无厌的封建官僚骂煞！这个贪鬼不仅在阳间贪，到阴间也贪，转到来世仍然贪，即使被化作禽兽昆虫，也要拣选，高求受主人“格外垂怜”的鱼虫动物。真可谓“孽障”也者！寓言通过阎王骂做官的“揣缺之肥瘠”，罪同贪鬼，揭示了贪者“做官的罪孽不小”的结论，具有重大现实意义，也正是寓言主旨的锋芒所在。

桂饵金钩

【寓源】宋·李昉《太平御览》。

【寓言】古时候，鲁国有个特别喜欢钓鱼的人，一有空闲的时间他就坐在河边垂钓，往往一坐就是好长时间，一点也不厌烦。

春天来了，天气暖和了，河里的冰也都慢慢融化了，于是，他邀请了三五个好友一起去河边钓鱼，顺便欣赏美丽的春色。他有多喜欢钓鱼，从他钓具的配备就可以看出来了：他用的鱼饵是珍贵的桂花香料制成的；鱼钩是黄金打造的，上面竟然还镶嵌着闪光的银丝和翠绿的玉石；钓丝是用翡翠鸟的羽毛捻成的！和其他朋友的普通钓具相比，那简直是一个天上一个地下。

到了河边后，找定位置，大家都专心致志地开始了垂钓。不一会儿，就有人钓到了大鲤鱼；又过了一会儿，有人又钓到了大鲫鱼。一有鱼上钩，大家都兴奋地报告着自己的“战绩”，唯独这个拿着最漂亮钓具的人一直到暮色降临了，他的鱼钩还是纹丝不动，一条鱼也没有钓到。天黑了，他也只好跟大家悻悻地离开了。

钓具再漂亮那都是形式上的，钓鱼重要的还是要注重实用，桂花香料的鱼饵，黄金打造的鱼钩，翡翠羽毛的钓丝在人们看来很是美观，可是鱼儿们是不懂得欣赏的啊！

【寓意点拨】鱼儿上钩，是钓饵的引诱，而不在于钓具的华美，鲁人不在钓饵上下工夫，而用心于装饰，只求表面形式而不讲求内容，结果付出极大的代价，而收效甚微。

这则寓言讽刺那些只图表面形式而不求实效的人。同时启示人们，办事重在务实，口头上夸夸其谈，而不愿去真做实干，只作表面文章，是收不到好的效果的。

郭巨埋儿得金

【寓源】东晋·干宝《搜神记》。

【寓言】郭巨，有人说他是隆虑县人，也有人说是河内郡温县人。他们兄弟三人，早年就死了父亲。把父亲的丧事办完以后，两个弟弟要求分家。家产一共有二千万，他让两个弟弟每人得一千万。郭巨独自带着妻子与母亲居住在客店里，他和妻子给人家当雇工，来满足母亲的生活需要。

过了一段时间，郭巨妻子生了一个男孩。郭巨想到抚养儿子会影响赡养母亲，这是其一；老人得到吃食，总喜欢分点儿给儿孙，这样就会减少她的食物，这是其二。于是他到野外去挖土坑，准备把儿子埋了。可是他挖到一块石头盖板，盖板下面是一罐黄金，罐子里面还有一张朱笔写成的文书，上面写着："孝子郭巨，黄金一罐，这是拿来赐给你的。"

从此郭巨行孝的名声传遍天下。

【寓意点拨】把全部家财分给两个弟弟，自己和妻子当雇工，独自承担起侍奉母亲的任务；宁可把自己的儿子埋掉，也要专心赡养老母，郭巨可谓典型的孝子。郭巨这样做使他得到意外的援助，既可以赡养老母，又可以保全儿子，这就是好人必有好报，反映了一种社会评价标准。在现实生活中，有些人弟兄之间为了分配家产而闹得不可开交，结婚生子以后只顾妻儿、不养父母，把老人当成包袱，这样的人屡见不鲜。这些人读了这个故事不知有何感想。

国马与骏马

【寓源】清·纪昀《李文公集》。

【寓言】有个骑国马的和一个骑骏马的人同道而行。骏马咬了国马的颈部一口，血流到地上，但国马镇定地继续走着，神色自若，也不回头看，好像不知道被咬了一口似的。

骏马回到马厩，草也不吃，水也不喝，就站在那里整整发抖了两天。

骑骏马的人把这种情形告诉了骑国马的人，骑国马的人就说："它大概对咬国马的事感到羞愧了。我把国马牵过去对它开导一下就可以解决了。"

把国马牵到骏马那里。国马见到骏马后就用鼻子去碰触它，和它同槽吃草，没多久，骏马发抖的毛病就自己好了。

【寓意点拨】寓言中的国马虽遭骏马伤害，不以为意，反安慰骏马，具有包容的美德；而骏马以自己伤害国马的行为而深以为羞，所谓"知耻近乎勇"，亦令人佩服它过而能改的勇气。

这则寓言以国马及骏马虽不具人形，却具有"犯而不校"及"过而能改"之心，来勉励读者应培养这两种美德，并讽刺世上那些徒具人形却缺乏人心的人类，连禽兽都不如。

果报

【寓源】清·蒲松龄《聊斋志异·卷十二·果报》。

【寓言】某甲这个人，他的伯父没有儿子。某甲想得到伯父的家产，愿意作他的儿子。他的伯父死了之后，田产都归某甲所有，于是他违背原来的誓言。

某甲还有个叔叔，家里也很富有，也没有儿子。某甲又把他的叔叔当作父亲。叔叔死了之后又违背过去的承诺。因此三家的家产都被他并到一家了，成为乡里最富的人家。

有一天，某甲突然生病，好像发了狂似的，自言自语地说："你想享受人间的富贵！"于是用锋利的刀来割自己的肉，把割下的肉一片一片地掷在地上。又自言自语地说："你断绝了别人的后代，还想自己有后代吗！"于是自己剖腹流肠，一会儿就死了。没过多久，他的儿子也死了，他的产业都归别人了。

【寓意点拨】寓言讽刺了自私自利的人，无情地鞭挞了他们的罪恶。事情的发展必有因果关系，有因必有果，这是符合事物发展规律的。那些作恶多端的人千万不要存有侥幸的心理，常言道："善有善报，恶有恶报。"

果觞

【寓源】清·龚自珍《龚定盦全集·凉燠》。

【寓言】天上各方神仙都来朝拜天帝。天帝命令说："赐给他们酒喝！"

天帝司觞（shāng）的大臣，便拿了简记去登记每个神仙的姓名，但是登记了三千年也没登记完。

天帝问是什么缘故。司觞大臣报告说："各位神仙都带着抬轿的轿夫。"

天帝默默地叹了一口气，没有赐成酒。

【寓意点拨】这则寓言讽喻了清廷官僚机构的极度臃肿重叠。官吏人数众多且又滥竽充数，帝王连杯酒都赐不成。由此可知，要办件正事更是难上加难了。

H

蛤蟆夜哭

【寓源】宋·苏轼《艾子杂说》。

【寓言】古时候，有个叫艾子的人在水上航行，到了晚上，他停泊在一个岛屿上休息。夜风阵阵，岛上人烟荒芜，水面苍茫一片。夜越来越深了，周围漆黑一片，艾子有点害怕，他希望赶紧睡着，眼睛睁开就是明亮的白天。他昏沉沉地睡到半夜，隐隐约约听见呜呜地哭泣声。仔细侧耳再听，是从水底下传来的，仿佛像是有人在说话。艾子坐起来，不由得仔细听下去，听到一个声音说道："昨天龙王下了命令，水中的动物，凡是有尾巴的都必须斩首。我是鳖，尾巴是明摆着的，因为害怕被杀而哭。可你是蛤蟆啊，没有尾巴，为什么也在哭？"另一个颤颤巍巍的声音回答说："我现在是没有尾巴，可是我小的时候是蝌蚪时有啊，我很担心龙王会追究那时候的事；如果这样，那我也是难逃被杀的厄运啊！"鳖听了，唏嘘不已，它们共同感叹命运的不公，不禁与蛤蟆抱头痛哭起来。

"哦，原来鳖和蛤蟆都在担心自己是否被杀的命运啊！鳖的害怕是可以理解的，可是这蛤蟆，是不是太有点胡思乱想了啊？如果龙王真要杀它，那也算得上是株连无辜了吧，这样的话那不人人都很没有安全感了吗？"龙王应该不会这么做的，艾子想想，自己也不由得笑了。

【寓意点拨】要想找一个人的差错，总可以找到理由；但不合情理的治罪惩罚带来的只能是人心惶惶，民不聊生。横加罪名，株连无辜，这正是封建专制政治的一个重要侧面。

海大鱼

【寓源】西汉·刘向《战国策·齐策一》。

【寓言】靖郭君田婴准备在薛邑筑城墙，很多门客都来劝阻他，靖郭君不愿听这些意见。有一个齐国门客要求接见，说："我只说三个字就行了，多说一个字，就请把我烹死。”靖郭君接见了他。门客疾步上前禀告说：“海大鱼。”说完转身就走。靖郭君连忙说：“客人请留步！”门客说：“我可不敢拿命当儿戏。”靖郭君说：“别这么说，我免你的罪，你继续说下去吧。”门客说：“你没听说过海大鱼吗？用鱼网捕不到它，用鱼钩也钩不上它；可是，当被潮水推到陆地上，干得连一滴水都没有时，小小的蚂蚁、蝼蛄就能随意将它制服。现在，齐国就是你的水呀。你既然有齐国的庇护，为什么还要在薛邑筑城墙呢？如果你失掉了齐国，即使把薛邑的城墙筑得天一样高，又有什么用呢？”靖郭君连连点头，说：“你说得对。”于是放弃了在薛邑筑城墙的打算。

【寓意点拨】这则寓言告诉人们，要摆正个人与国家、局部与全局、个体与整体的位置，不能因个人、局部的利益而去损害国家、全局的利益，因为个人是依附于国家的，国家的利益遭侵害，个人的利益也是保不住的。

海鸥与家燕

【寓源】汉·刘熙《寤崖子》。

【寓言】海鸥在海边的水洲上遇见家燕。

家燕对海鸥说：“我到你这儿来了，你却不到我住的地方去，这是为什么呢？”

海鸥说：“这是因为我的性情孤傲而又粗野，不喜欢依靠别人的缘故。”

家燕说：“我因为依靠他人居住，所以暴风能够挡住，冻雨能够遮蔽，烈日也晒不着我。由此看来，你得不到照护，那是有危机的。”

海鸥说:“我虽然有危机的一面,也有安全的一面,不像你潜藏着危机却看不见。”

家燕说：“我能够依靠他人，是因为人们不讨厌我反而喜欢我，你认为我有潜在的危机，大概是忌恨人们喜欢我吧？”

海鸥说：“你看人们是喜欢我呢？还是讨厌我呢？”

家燕说：“都没有。”

海鸥说：“我凭着我的孤傲和野性，过着自由自在的生活，人们对我是讨厌还是喜欢，并非我要考虑的。我因为不被人们喜爱，所以也不被人们讨厌。这样看来，被人喜欢的恐怕也是有危险的呀！”

家燕不理解海鸥的话，离开水洲飞回去了。

有一天，主人正在吃饭，燕巢里的泥土落了下来，恰好落在主人的羹汤里，把羹汤弄脏了，主人勃然大怒，马上把家燕赶走了。

这时，家燕想起海鸥那天在海边水洲上对它说的那些话。

【寓意点拨】这则寓言启示人们，唯有自强自立，才能自由自在。有志青年，应该趁着青春年华，努力铸造自己，完善自己，将来凭借完美的人格，过硬的本领，创造出人生的辉煌。有人出生富贵之家，有个好爸爸，但切不可养成依赖恶性，更不能成了纨绔子弟，如果堕落自弃，那将贻害社会，辱没先人，也使自己遗憾终生。

海上鸥鸟

【寓源】战国·列御寇《列子·黄帝》。

【寓言】有个住在海边的人，非常喜欢海鸥。每天清晨他都会来到海边，同海鸥嬉戏。成百上千的鸥鸟都会飞到他身边，与他非常亲密，舍不得离去。那个人的父亲见了，就对他说："这些海鸥都这么喜欢你，愿意跟随着你，你不妨捉几只回来，供我消遣消遣吧。"听了父亲的话，这个人第二天来到海边时就打算捉几只海鸥回去。谁知鸥鸟好像听到了他们的谈话一样，只在空中飞翔，不再亲近他了。

【寓意点拨】这则寓言说明，诚心才能换来友谊，背信弃义将永远失去朋友。同时说明，主观愿望，并不是客观事实。

害人终害己

【寓源】黄灵庚编《宋濂全集·士有微》。

【寓言】秦国人申生，在燕国受饥挨饿，家里锅灶都落满了灰尘。有个权贵施舍给他粮食，起用了他，并向皇上推荐，从此境况逐渐好转，一直当上朝廷的谏官。

后来，权贵势力衰败，申生也就背弃离开了他，另去攀附宰相。

宰相很厌恶那个权贵，想要揭发他的罪状，而申生与那权贵交往时间长，很熟悉情况，就一一陈述权贵的隐私。陈述完毕，又去告诉权贵："御史将要对你弹劾，我虽然跟他同朝做官，但我独自不能阻拦他。即使阻拦，也不过以死相争，对你并没有好处。你看怎么办呢？"

权贵说："多亏你告诉我，这是你没有辜负我过去对你的一番美意呀！我愿意把家里的宝物都拿出来，请你帮我行贿，免除我这场灾难。"

申生收下财宝就回去了。

过了三四天，申生哭着来到权贵家，权贵问他，他也不回答，并且哭得更厉害。权贵大惊失色地问："是不是要诛灭我的全族啊？"

申生慢吞吞地说："你是有见识的聪明人，难道还不明白吗？不必等我说出来了。"

申生是要谋取权贵的家财，想劝权贵自杀来消除灾祸。那个权贵中了申生的计，上吊自杀差点死去。左右侍从救他才免于一死。

第二天公文出来，只是免职回到农村，并没有其他特别的处罚。那权贵上马离开，气得连喊了三声申生的名字。从此燕人没有不唾弃申生的丑恶行径的。

不久，申生就被杀掉了，官府公告没收了他的家产。

【寓意点拨】这则寓言刻画了一个见利忘义、以怨报德之人的丑恶行径和肮脏灵魂。也写出了那个权贵的单纯和缺乏应有的警惕，好心人差点被搞阴谋诡计的人害死。

邯郸学步

【寓源】战国·庄周《庄子·秋水》。

【寓言】战国时，燕国的寿陵有个少年，他很不满意自己的走路姿势，听说赵国邯郸的人走路姿势特别好看，便决定去邯郸学走路。

每天一大早，这个寿陵少年就站在邯郸繁华的街头看人家走路。邯郸人走路虽好看，却也各有各的样子。寿陵少年一会儿观察这个人的走路姿势，跟在后面走几步；一会儿又琢磨那个人走路特点，跟在后面走几步；学来学去，总是学不好。他急了，干脆丢掉原来的步法，从头学习走路。从此，他每走一步都很吃力，弄得手足无措。

一连学了几个月，他不但没有学会邯郸人的步法，而且把自己原来的步法也忘掉了，他的钱已经花光，不得不返回寿陵。可是他已经不会走路了，只好爬了回去。

【寓意点拨】这则寓言告诉人们，不要鄙薄自己，盲目崇拜别人。学习别人的长处，目的是取他人之长，补自己之短。如果一味模仿别人，连自己的长处都不顾，那必定要失败。

含秽唾面

【寓源】明·江盈科《雪涛谐史》。

【寓言】黄郡有位孝廉，买老百姓的田地时，只买旁边那些瘠薄土地，留下中间肥沃的土地，目的是想让老百姓日后把肥田贱卖给他。

但是老百姓却将肥田卖给了别人，那孝廉便告到官府。即将开堂审讯，老百姓考虑到难以取胜，便口含唾沫，唾在孝廉脸上。其他一些孝廉看到了都暴跳起来，企图群起而攻之。

这时，有位姓汪的乡绅出来解围说："你们只知道孝廉的脸是脸，不知道老百姓的嘴也是嘴呀！"诸孝廉一听此语，便灰心丧气地走散了。

这位乡绅的这番话，实在可以使强者反省自己，是最为可以传扬的了。

【寓意点拨】孝廉倚仗权势欺压百姓，鱼肉乡里；老百姓当然不能指望官府替他们公平地评判，给一个合理的说法，只能含秽唾其面。孰知此举却惹得"他孝廉群起，欲共攻之"，看来小民百姓只好俯首帖耳地让权势者欺凌蹂躏了。"孝廉面是面，百姓口也是口"，汪乡绅此语不但给了老百姓一个公道，而且也给那些为所欲为的权势者们发出了一个警告：欺凌百姓者绝没有好下场！

韩娥善歌

【寓源】战国·列御寇《列子·汤问》。

【寓言】从前，韩国的歌唱家韩娥向东到齐国去，路上带的口粮不够了，在经过齐国的雍门时，卖唱乞讨食物。等她离开后，歌声绕着那雍门的中梁，三日不断，这一带居住的人还以为她没走呢。

韩娥途中住进了一家旅店，旅店的人欺辱她，韩娥因此放声哀哭，乡里的男女老幼无不因此而悲伤垂泪，三天都吃不下饭。大家赶忙把她追回。韩娥回来后，又放声歌唱。全乡人听了，都情不自禁地欢喜跳跃，拍手舞蹈，忘记了先前的悲伤。于是大家给了她很多钱财，送她上路了。

【寓意点拨】韩娥唱歌是有感而发，发自肺腑的真情，形之以动听的歌声，所以能产生共鸣的效果。这则寓言说明，唱歌还须有真情，才有感人的力量；真歌假唱，无病呻吟，必然失去艺术的魅力。真情动人，不只是限于音乐，说话办事，待人接物，无不如此。

韩君择鹑

【寓源】黄灵庚编《宋濂全集·潜溪后集卷二·燕书》。

【寓言】楚国有很多鹌鹑，善于格斗，一打起来就像胶粘住一样厮缠在一起，难解难分。

大夫黎很喜爱鹌鹑，有一次出使韩国就带着它们。

左右亲信对韩国国君说了这件事，韩君很高兴，下令在全国搜罗鹌鹑与大夫黎的鹌鹑格斗，均未取胜。韩君认为韩国没有上等的鹌鹑，很惭愧。

无钩大夫说："鹌鹑天下到处都有，怎么会唯独韩国没有呢？有虽然有，但能否格斗，就在于你的选择了！今天我们看到的那些褐色羽毛的是鹌鹑；颈上的羽毛如鱼鳞一般且尾巴短小的也是鹌鹑；嘴像钢刀爪似利剑的还是鹌鹑。鹌鹑虽然不少，但要找那些真正能格斗的又有多少呢？虽然这是个很简单的道理，好像不值得费过多的口舌，但由此可以想到，国家中那些戴着圆形帽子、穿着方头鞋子，貌似尧、舜那样走路的，都是士人呀，但是真正能够为君王排忧解难的又有几人呢？问题在于君王是否懂得选择，不在于有没有可供选择的东西。"

韩君很高兴，挑选上好的鹌鹑与大夫黎再格斗一场，终于大胜。韩君由此悟出用人之道。

君子说：古语中有一句话，"披着虎皮的羊，见着草就喜悦，见着狼就哆嗦"，士人很少不像这样的。然而就没有真虎了吗？就怕有而君王不能用他们罢了！

【寓意点拨】这则寓言采用类比的手法，说明了一个深刻的道理：欲取得成功必需知人善任。

韩生料秦王

【寓源】清·唐甄《潜书·五形》。

【寓言】从前秦王喜欢打猎，扰乱了民众的生产和生活。

秦王下令到城北面郊外打猎，民众知道后，头一天就都纷纷迁居逃避。

韩生劝阻百姓说："秦王的爱子生病已经三天了，大王心里为此而忧愁，肯定不会出来打猎，你们不要迁居了。"

果真如韩生所说的那样。

有人奇怪地问韩生："我在王宫当侍卫，都不知道秦王的爱子生病的事，你是怎么知道的呢？"

韩生回答说："我听说秦王的爱子喜欢放风筝，就登上高坡望着王宫的上空，已经三天没有看见风筝了，因此我知道是秦王的爱子生病了。"

天下的事物，通过它的表现形态就可以推测它幽深的真相，所以聪明的决策，笨拙的人也能生疑。预料敌人的情况，就像韩生预料秦王打猎一样，这就是智慧的表现了。

【寓意点拨】这则寓言揭示出一种观察事物的方法，即通过细微的表现来推测事物隐藏的本质真相，这是一种明智的方法。这是因为任何事物总是要以一定的方式来表现其本质特征的，抓住了这种现象也就抓准了事物的真相。这启示人们，对周围的事物一定要保持敏感性，善于捕捉表现，见微知著。

寒 号 鸟

【寓源】元·陶宗仪《辍耕录》。

【寓言】在五台山有一种奇特的小鸟，名叫寒号鸟。寒号鸟有四只脚，两只肉翅。不会飞行。盛夏季节是寒号鸟最快乐的日子，它全身长着绚丽丰满的羽毛，鲜艳夺目，使百鸟十分惊羡。这时，寒号鸟得意扬扬，整天走来走去，到处找别的鸟比美。

它一边走一边唱道："凤凰不如我！凤凰不如我！"

夏去秋来，有些鸟飞向遥远的南方，到那里去过冬；留下的鸟整天辛勤劳碌，积粮造窝，准备过冬。只有寒号鸟仍然游游逛逛，到处炫耀它那身五光十色的羽毛。

秋去冬来，寒风呼啸，雪花飘舞。别的鸟在秋季都换上了一身又厚又密的羽毛，迎接寒冬的到来；而寒号鸟却与众不同，到了冬天，它那身漂亮的羽毛脱得光光的，一根毛也没剩下，就好像还没有长毛的鸟崽。夜晚，全身光秃秃的寒号鸟，躲藏在石缝里，凛冽的寒风不断袭来，冻得它浑身直打哆嗦。它不断地咕噜道："好冷啊，好冷啊，明天就做窝，明天就做窝。"可是，当寒夜过去，太阳从东方升起，温暖的阳光照耀大地，这时，寒号鸟却忘记了昨夜的寒冷，忘记了要做窝的决心，它又说："得过且过！得过且过！"

寒号鸟始终也没有做窝，就这样一天天地混日子，最后冻死在五台山的岩石缝里。

【寓意点拨】这则寓言说明，自鸣得意的人，往往不知天高地厚，总要在严酷的现实生活中碰壁。碰了壁，如能检讨错误、吸取才识也许还能发挥其一技之长；但是，执迷不悟，始终看不清自己的弱点在哪里，那也只好"得过且过"了！寓言讽喻了胸无大志、无所作为的懒汉思想。

汉村三老

【寓源】明·刘元卿《贤奕编》。

【寓言】汉村三位老人，都是见闻狭隘的百姓，一生没逛过城市。甲老偶然经过一次，回家后便对乙、丙两人吹嘘城中所见所闻。乙、丙二人听了很高兴，约定带些干粮去城里玩玩。

三人同行时，甲老回过头对丙老说："到了那里，千万不要乱说，免得被市人讥笑，要听我的指点。"

走到城里，忽然听到钟声。乙老惊讶地说：“这是什么牲畜嚎叫？”

甲老说：“这是大钟的响声。”

丙老接着说：“我到达那里，要买钟肉吃。”

甲老说：“嘻，错了！钟是用泥做成坯子，然后用火烧成的，怎么能吃呢？”

看来，甲老大概只见过铸钟的模具，并没有亲眼看到钟的实物。

【寓意点拨】这则寓言以甲老不知钟的实物来教导对钟一无所知的乙老、丙老为喻，告诫人们，不要以自己的肤浅片面的见闻，代替对事物的全部的了解，更不能自以为是，沾沾自喜于一孔之见。

汉世老人

【寓源】隋·侯白《笑林》。

【寓言】汉代有个老人，没有子女，家里很富裕。他性格吝啬，整天粗衣淡饭，天刚亮就起床，入夜才休息，忙忙碌碌地经营家业，多方积累钱财，不知满足，自己却从不轻易花费一文钱。有时有人跟随他，向他苦苦哀求施舍，他没有办法才走进房中取出十个钱，从堂屋中出来后，走几步就减掉一个钱，等走到门外只剩下一半钱，他还心疼得紧闭双眼，把钱交给那个求乞的人。过了一会儿又叮嘱那人说：“我已经把全部家业拿来帮助你了，千万不要对别人说，免得有人又会像你一样跑来求我。”

老人不久便死了。因为没有继承人，他的田地、住宅都被官府没收了，他积累的钱财也都充了国库。

【寓意点拨】汉世老人不仅不肯周济别人，自己也从不花费一个钱，将聚敛财富当作生活的目的。悭吝人的形象是可笑又可悲的，然而他的可悲，却引不起人们的同情。当生命逝去时，钱财再多又有什么用？

濠上观鱼

【寓源】战国·庄周《庄子·秋水》。

【寓言】有一天，庄子和惠子在濠河的桥上观鱼。

庄子说：“白儵（shū）鱼游来游去，多么自在，多么快乐啊！”

惠子是个辩论专家，听了庄子的话，马上抓住一点说：“你不是鱼，怎么知道鱼儿的快乐呢？”

庄子一笑，反问说："你也不是我，你怎么知道我不知道鱼儿的快乐呢？"

惠子说："我不是你，当然不知道你的心中所想；你不是鱼，当然也就不知道鱼儿的快乐。这是肯定的啦。"

庄子说："咱们先回到问题的开始。你问我'怎么知道鱼儿的快乐'，这说明你已经知道我知道鱼儿的快乐了，只不过问我是怎么知道的。告诉你吧，我在濠梁桥上知道的。"

【寓意点拨】寓言反映了庄子观赏事物的心态与惠子分析事物的认知心态。惠子认为人不是物，也就无法知道物的特性。庄子却回避这个问题，从物我相融的境界来体会鱼的快乐。因此，惠子越辩越严肃，庄子越说越开心。

好好先生

【寓源】南朝·刘义庆《世说新语·言语第二》。

【寓言】颍川阳翟人司马徽（字德操），对人与人之间的复杂关系很有观察、识别能力。他居住在荆州的时候，知道刘表阴险，一定会加害好人，于是就闭口不谈人事方面的事。当时有人因人事上的问题来问司马徽，他始终不说某某的优劣，一开口说话总是说"好"。他妻子批评他说："人家有疑难来询问你，你应该加以分辨，说出自己的看法，可是你一概说'好'，这难道是别人问你的意图吗？"司马徽说："像你说得也很好。"他含蓄、回避到了如此的地步。

【寓意点拨】人们指责好好先生，说这样的人不讲原则，没有斗争精神。分析好好先生的出现，主要有两个原因：一是这样的人有私心，要保全自己的利益，只得遇事"括囊不谈议"；二是没有民主空气，人说了真话会受到迫害、打击，弄得人人自危，不敢讲出真实的想法。所以，人们不能仅仅批评好好先生本人，也要改善社会环境，清理那些"性暗，必害善人"的人，尤其是握有权力而有这种习性的人，以造成人人能讲真话的氛围。

好酒爱屐

【寓源】《猩猩铭·序》。

【寓言】猩猩往往几百只聚在一起，成群结队地出没于山谷中。它们好喝酒，乡下人把很多酒和酒糟摆在道路两边；它们还爱穿鞋，乡下人就编了不少草鞋并用绳子勾联起来，也放在路旁。

猩猩一见摆着的酒和鞋就知道是乡下人设置的机关，还知道他们祖先的姓名，便指名道姓地骂："你们这些家伙，想诱捕我们吗？我们决不上当！"说完就走了，但又舍不得美酒，一会儿又返了回来。这样三番五次，实在忍耐不住了，便互相商议说："咱们少尝尝吧。"说着，这个一口，那个一口地喝起来，越喝越有味，最后全都喝得酩酊大醉。于是又都把草鞋穿上，就这样，一下子被人们统统捉住，没有一个逃脱。

【寓意点拨】寓言说明：明明知道有些事情是不能做的，但是还是经不住诱惑而反反复复地去做。在现实生活中，有许多干扰我们成功、影响我们幸福生活、甚至严重危害我们身心健康的诱惑。那些不良诱惑有时就像"吸血蝙蝠"一样，让你舒舒服服地上当，在不知不觉中成为它的俘虏。因此，我们必须学会分辨并自觉抵制社会生活中的种种不良诱惑，才会健康幸福地生活、学习和工作。否则，将会为之付出惨痛而沉重的代价。

好酒之徒

【寓源】明·赵南星《笑赞》。

【寓言】有一个人喜欢喝酒，坐在酒席上已经很长时间了。他的仆人想劝他离席回去，这时正好天气阴沉，便劝他说天快要下雨了，赶紧离开吧。

他说："天快要下雨，怎么能离开呢。"

过了一会儿天下起雨来，很长时间雨才停住，这时仆人又催他说："趁雨停了，赶紧走吧。"

他又说："雨停了还怕什么呢。"

【寓意点拨】这则寓言启示人们认识到：有的人为了自身的利益，总是找出种种理由为自己辩解，哪怕是站不住脚的理由，也被他们说得振振有词。

好色不好德

【寓源】晋·郭璞《郭子》。

【寓言】许允的妻子是阮德如的妹妹，非常丑。婚礼结束后，许允一直没有进新房。

桓范劝他说："阮家把丑姑娘嫁给你，这里面应该是有理由的，你应该细心地考察她。"

许允一进新房，新娘马上出来，提着裙子迎接他。

许允对新娘说："妇女应该有的四德中，你有几个？"

新娘回答说："我所缺乏的就是美貌。君子也应当有许多好的品德，请问郎君你有几个呢？"

许允说："我都有。"

新娘说："你喜欢美色不喜欢美德，怎么能说都有呢？"

许允脸上有了愧色，于是就对她非常尊重了。

【寓意点拨】这则寓言一方面赞扬了新娘的智慧和辩才，敢于和重貌轻德的思想抗衡；另一方面也讽刺了一些人的虚伪，揭穿了他们好色不好德的丑恶面目。

好讨便宜

【寓源】明·冯梦龙《笑府·讨便宜》。

【寓言】有一个人特别爱占小便宜。全城的人都防备着他，没有人敢从他家门前经过。

有一个人拿着一块沙石，自认为没有什么关系，便径直走过他家门口。

他一看到，便叫道："停下来！"急忙跑进厨房拿一把菜刀，在沙石上磨了起来，等刀磨快了，挥手说："走吧！"

【寓意点拨】此人好讨便宜，简直到了无以复加的程度。这个故事构思精巧，搬一块石头经过你家门口，你有什么油水可捞呢？谁知道这个小气鬼却要拿你的石头磨刀，真是匪夷所思。

合种田

【寓源】隋·侯白《笑林》。

【寓言】有兄弟两个合种一块田，稻谷熟了，商议如何分配。

哥哥对弟弟说："我拿稻谷的上半截，你拿稻谷的下半截。"

弟弟很惊讶哥哥竟如此不公平。

哥哥说："这不难，等到明年，你拿上半截，我拿下半截，可以了吧！"

到了第二年，弟弟催促哥哥赶快下谷种。哥哥说："今年种老芋头罢！"

【寓意点拨】这则寓言说明在私有制的土壤上培植起来的自私自利观念是非常可怕的，它撕去了封建地主阶级经常提倡的仁义道德的虚伪面纱，什么父子之情、兄弟之谊，都被抛到九霄云外去了。

和尚吃蒸饼

【寓源】隋·侯白《启颜录·嘲诮》。

【寓言】从前，有一个和尚忽然想吃蒸饼，就到寺庙外定做了几十个，还买了一瓶蜂蜜，在自己的僧房里偷偷地吃。吃饱了，他把剩下的蒸饼放在钵盂里，把蜂蜜瓶放到床底下，对弟子说："好好看着蒸饼，不要让它少了。床底下的瓶子装着非常毒的药，吃了就会毒死人。"说完就出去了。

僧人离开之后，弟子就取出瓶子，倒出蜂蜜，抹在蒸饼上吃，吃到只剩下两个蒸饼时，僧人回来了，向弟子要留下的蒸饼和蜂蜜。他看到蒸饼只剩下两个，蜂蜜已经吃光，非常生气地说："为什么吃了我的蒸饼和蜂蜜？"

弟子回答说："你出去之后，闻到蒸饼的香味，实在嘴馋得受不了，所以就拿出来吃了。又怕你回来之后会生气，就把瓶子里的毒药喝了，希望马上死掉，没想到至今却平安无事。"

僧人听了，更加生气，说："你怎么可以吃光我的东西？"

弟子一听，就用手拿起剩下的两个蒸饼，一边不断往嘴里送，一边说："我就是这样吃光了蜂蜜和蒸饼的。"

僧人跳下床，又喊又叫，弟子趁机转身跑走了。

【寓意点拨】这则寓言中的和尚，爱吃蒸饼与蜂蜜，又担心弟子会嘴馋偷吃，就编了一个不高明的谎言欺骗弟子。提示人们，骗人的谎言会被揭穿的，说谎者也一定会吃亏。

和氏献璧

【寓源】战国·韩非《韩非子·和氏》。

【寓言】春秋时，楚国人和氏在楚山中找到一块玉璞，拿来献给楚厉王。厉王叫雕琢玉石的工匠来鉴定，工匠说："这是一块石头。"厉王认为和氏欺骗了自己，便命人砍断了他的左脚。

厉王去世后，武王继承了王位，和氏又拿了那块玉璞献给武王。武王叫玉匠来鉴定，玉匠又说："这是一块石头。"武王也认为和氏在欺骗自己，便派人砍断了他的右脚。

武王死后，文王继承了王位。和氏就抱着那块玉璞在楚山下面痛哭，哭了三天三夜，眼泪哭干了，血都流了出来。文王听说了这件事，便派人去问他："天下被砍去脚的人很多，你为什么哭得这样悲伤呢？"

和氏说："我不是为自己被砍断脚而悲伤啊，我悲伤的是把宝玉看成石头，把诚信的人说成骗子，这就是我悲伤的缘故呀！"

文王便命玉匠整治那块玉璞，果然是一块宝璧，于是把它命名为"和氏璧"。

【寓意点拨】和氏献宝却被两代君主误认为骗子，双脚被砍断了，直到第三代君主才平了反。这则寓言的启示是深刻的，正确的东西被人承认往往需要有一个过程，开始不被了解认可，甚至会产生误解，而经历一段时间之后，终于被认识；一个人做了好事，不怕被人误解，要始终不动摇地坚持下去，一定会被社会所承认的。

河伯战胜无支祈

【寓源】明·刘基《郁离子·多疑不如独决》。

【寓言】淮水之神无支祈与黄河之神河伯相斗，无支祈任命天吴为元帅，相柳氏为副帅。由江疑驾云，列缺打雷，泰逢刮风，薄号降雨。蛟、鳣、鳄、鲮扬波鼓浪打先锋的有三百群之多，于是往北到达碣石，向东到达吕梁水边。

河伯非常惊恐，想逃跑，灵姑胥劝阻他说："不如姑且跟他一战，打不赢再逃跑也不算晚。"

两个人商量让谁当元帅，灵姑胥说："赑屃（bì xì）可以当元帅。"

河伯说："天吴有八个头八只脚，相柳氏有九个头，有力地辅佐它；雷神、风神、雨神、云神，各有专长，护卫着主帅；蛟龙、鳄鱼等，没有一个不是尾如利剑，口如凿子，鳞甲如刀锋，背脊如枪头，它们摇摇头就推倒大山，动动鳍翅就翻江倒海，赑屃怎么能抵挡住呢？"

灵姑胥说："这正是我举荐赑屃当元帅的原因。大将是用一身来统领全军的。全军的耳目都集中在他一个人身上，因此所闻的一致，耳的听力就灵敏；所见的一致，眼的视力就敏锐；所想的一致，行动就统一。把万人的力量往一处使，那天下就没有能与之匹敌的。现在天吴有八个头，辅助它的相柳氏又长了九个头。我听说人的心神都集中在耳目上，眼睛多了，所见的就不清楚；耳朵多了，所听的就不明白。现在无支祈他们用主、副二将的头脑去指挥那六十八只耳目，这就不能没有迷惑了。再加上云、雷、风、雨各路大军，各自依仗自己的才能，全都想大显身手，谁能使它们行动一致呢？因此，只有赑屃能够抵挡它们。赑屃精诚、专一，谁也不能用巧计诱惑、武力胁迫、计谋激发它。它立了志就一定能达到，因而攻破无支祁是肯定无疑的了。”

于是河伯就派鼀鼊率领九夔(kuí)去迎战无支祈，大获全胜。所以说，众志之多疑，不如一心之独决。

【寓意点拨】这则寓言通过河伯战胜无支祈的故事，说明“众志之多疑，不如一心之独决”的道理。也就现在所说的：多头领导，主意不一，人心不齐，比不上统一领导，统一意志，统一行动。

河豚妄肆

【寓源】宋·苏轼《苏轼文集·二鱼说》。

【寓言】古时候，河里有一种鱼叫作河豚。一天，一只河豚在桥下的水中游戏玩耍，在桥柱之间穿来游去，一不小心，碰到了桥柱，顿时疼痛难忍。河豚大发脾气，一气之下也不游水了，张开鳃颊，竖起身上的鳍，鼓着肚子躺在水面上一动不动，像死了一样。

这时候，空中飞来一只老鹰，见水面上漂浮着一只河豚，以为是只死的，就急速飞身落下，抓住了河豚，并用锋利的鹰爪迅速撕开河豚的肚皮，把它吃掉了。

【寓意点拨】寓言告诫人们，遇到挫折，要善于及时总结教训，及时改正。否则，把过失归咎于他人，意气用事、乱发脾气，只能招致更大的挫败。

涸泽之蛇

【寓源】战国·韩非《韩非子·说林上》。

【寓言】郊外的池塘干涸了，生活在池塘里的水蛇不得不搬离那里。可是要怎么离开呢，总不能大摇大摆地从人们眼前爬过吧？水蛇们开始商量办法。

有的说：“大蛇先走，小蛇随后。”有的说：“等天黑了，夜深人静的时候再走。”还有的不赞成搬家，说忍一忍等雨季来了，池塘里的水位自然会上涨。大家七嘴八舌，议论纷纷，讨论了好久也没有个决定。

后来，有条小蛇说：“我们不能按常理，让大蛇先走，小蛇跟后。如果这样的话，人们看见就会认为是普通的水蛇在爬行，那我们可就危险了。”大家看它说得很有道理，忙问："那我们应该怎么做呢？"

小蛇说："我觉得撤离的时候，大蛇应该衔着小蛇，相互背负着走。人们从来没有见过这样的蛇队移动，他们肯定以为我们是上天派来的神君，这样就不会伤害我们了。"小蛇说得在情在理，大家也都不再争论了。

于是，所有的大蛇都衔着小蛇，列成一队队长长的队伍，大摇大摆地爬过大路。许多人看见了，纷纷躲开，并互相转告说："神君来了，大家赶紧躲开啊！"

就这样，水蛇们安全地搬了家。

【寓意点拨】水蛇们之所以能够安全地搬家，在于他们的方法运用得正确。我们在日常的学习生活中也要善于思考，运用正确的方法，这样才能成功地达到自己的目的。从另一个方面来说，对于异常的事务，我们要仔细观察，弄清实质，以识别诡计；千万不能被假象所欺骗。

涸辙之鲋

【寓源】战国·庄周《庄子·外物》。

【寓言】庄子小时候家里很穷，有一天到了吃饭的时间，却没有米下锅。他只好硬着头皮向离家最近的监河侯家借粮。监河侯是县城里面监管河道的官，每年城里的百姓都向他缴纳租赋，他们家的粮食多得三年也吃不完，粮仓都快满溢了。但是他是一个吝啬的人，听到庄子要借粮，狡猾地说："没问题，帮助邻里是应该的，不过等到年底吧，那时候我就收到百姓交纳的租赋了，到时你想借多少都行！"

庄子听了，气愤不已地说："刚才我来的途中，听见有紧急呼救的声音，仔细查看，原来是路边干涸的车辙里有一条鲫鱼在求救；可能是离开河水很久了吧，它都已经奄奄一息了。"

监河侯忙问："这鲫鱼怎么会在干涸的车辙里呢？"

庄子说："我也问它了，它说它原来是东海龙王手下的一个小小的水官，前几天下雨的时候贪玩游到了这车辙里，这几天雨停了，车辙里的水干涸了，自己也回不去了。看到我走近了，它央求着我说，'能给一升半斗的水救救我吗？'"

监河侯接着问："那你救它了吗？你是怎么救它的？"

庄子白了他一眼，冷冷地说："它可怜兮兮的，我当然答应救它了，我和它说我现在正要去南方游说吴越的国王，到时顺便引西江的水来迎接你，好吗？谁知，鲫鱼听了勃然大怒。"

不等庄子把话说完，监河侯便大叫着说："鲫鱼当然发怒了，你那不是在说空话吗？它现在就差那么一斗半升水活命，你慢腾腾地去南方取水，等你回来，它早就成鱼市上的干鱼了。”

庄子转怒为笑：“原来你也懂这个道理啊！”

监河侯哑口无言了，想想自己刚才和庄子的谈话，惭愧地低下了头。

【**寓意点拨**】这则寓言说明，对最低生活要求无法得到满足的人来说，遥遥无期的慷慨许诺是没有实际意义的。告诉人们，空话虽大，解决不了实际问题，助人要有实际行动。

鹤亦败道

【**寓源**】宋・欧阳修《冷斋夜话》。

【**寓言**】刘渊材性情迂阔且喜好怪诞。他在家中畜养着两只鹤，每逢来了客人，他便指着鹤夸耀说：“这是只仙鸟呀！凡禽鸟都是卵生，而这只仙鸟却是胎生的。”

话还没落音，园丁跑来报告说：“这只鹤夜里下了一个蛋，和梨子一般大！”

刘渊材的脸色羞得通红，大声呵斥园丁说：“你竟敢诽谤仙鹤呀！”

他们一同去观看鹤，只见它展开双翅，趴在地上。刘渊材很惊讶，用拐杖去吓它，想叫它站起来，这时鹤忽然又生下一只蛋。

刘渊材长叹一声，说：“唉，仙鹤也败坏仙道呀！”

【**寓意点拨**】这则寓言说明鹤属禽类，卵生，这是客观事实，是不以人的意志为转移的。渊材也承认“凡禽卵生”，但却硬说他的鹤是“胎生”。故弄玄虚，自夸诞妄，与众不同，以为仙道。结果，当众出丑，无情的客观事实粉碎了他的无稽之谈。

黑　鬼

【**寓源**】清・蒲松龄《聊斋志异・黑鬼》。

【**寓言**】胶州李总镇，买回两个黑奴，一身漆黑。他们脚掌上的皮又粗又厚，把锋利的刀立在路上，叫他们在上面来回走动，丝毫没能伤害他们。总镇把一女娼配给一个黑奴做老婆，结婚后生了一个儿子，身上全是白的。其他的奴仆都来逗那个黑奴，说那个孩子不是他的种。黑奴自己也怀疑，于是就把儿子杀了，一看孩子的骨头都是黑色的，他就后悔了。

【寓意点拨】寓言无情地讽刺了那些只看事物的表面现象，而不把握事物本质的人的愚蠢行为，结果却造成了可悲可怜的后果。

黑牛生白犊

【寓源】战国·列御寇《列子·说符》。

【寓言】宋国有个喜爱施行仁义的人，三代相续坚持不懈。他家的黑牛无缘无故生下一头白色的小牛，他便拿这事问孔子。孔子说："这是吉祥的事，用小牛祭献天帝吧。"过了一年，他的父亲无缘无故瞎了眼。

那头牛又生了一头白色的小牛。父亲又要儿子去请问孔子。儿子说："上次问孔子你瞎了眼，又何必再问呢？"父亲说："圣人的预言同事实是先相违背然后才吻合。这件事还没有完结，姑且再去请教他吧？"

他儿子便又去问孔子。孔子说："吉祥啊！"又教他们用小牛祭献天帝。儿子回家转告孔子的意思。父亲说："按孔子的话去做。"过了一年，儿子的眼睛也无缘无故地瞎了。

后来楚国攻打宋国，包围了都城。老百姓饿得交换子女来充饥，劈开骨头生火煮食；成年男子都登上城墙作战，死亡的人超过一半。这家父子因为眼瞎而得以幸免。等到都城解围，他俩的眼睛都又复明了。

【寓意点拨】寓言通过因行仁义而得祸，又因避战而得福的描写，说明了福祸相依的思想主旨。告诉人们，祸福、好坏、幸与不幸、顺与不顺等，有时是互相转化的，有些暂时看来是坏事，在一定的条件下却可以转化为好事。所以当出现不利不幸之事时，不可消极等待，而要积极地去创造条件，促使向好的一面转化。

猴

【寓源】隋·侯白《笑林》。

【寓言】有一只猴子死了，去见阎王，请求阎王让它来世转化为人身。

阎王说："你既然想做人，那就必须将身上的毛统统拔去。"就命夜叉给猴子拔毛。才拔一根，猴子就忍不住疼痛，大呼小叫。

阎王笑着说："看你一毛不拔，怎么能做人呢？"

【寓意点拨】猴子和人都是高等动物，并且从进化论观点看来，人还是由猴子逐渐演变过来的。但猴子全身是毛，不说为别人，就是为自己转世为人，也不肯拔去一根，此种吝啬者空有做人的愿望，是永远不能变成人的。寓言作者极端鄙视吝啬鬼，认为他们是没有资格做人的。

猴子搏矢

【寓源】战国·庄周《庄子·徐无鬼》。

【寓言】一次，吴王坐着船在长江里游玩，船靠岸后，他和随从们登上一座猴山。很多猴子看见他们，都十分害怕地跑掉，逃到深深的荆棘丛里不敢出来。唯独有一只猴子，却扬扬得意地跳来跳去，故意在吴王面前表现它的灵巧。见此情景，吴王拿起弓箭射它，它敏捷地接住了箭。吴王一看这只猴子如此猖狂，便命令左右侍从一齐追射，尽管那只猴子非常灵巧，还是被围住射死了。

吴王回头对自恃功高而骄傲的颜不疑说："这只猴子仗着自己灵巧，在人的面前炫耀，以至于这样死去了。动物尚且如此，我们更要警惕啊！不要拿你的地位去向别人卖弄啊！"

颜不疑回去以后，就拜贤人为老师，尽力克服自己的骄气，不再抛头露面。三年过去了，颜不疑变得非常谦逊，也非常受人欢迎了。

【寓意点拨】这则寓言说明喜欢卖弄聪明，表现自己，爱耍骄傲的人，有时是要栽大跟头的。

猴子救月

【寓源】唐·道世《法苑珠林》。

【寓言】在过去的世界，有一个伽尸国，国内有座波罗奈城。在人迹稀少的树林中，有五百只猕猴。

有一天，猕猴们到了一棵尼俱律树下，看到树下有口井。月影在井中一晃一晃．猕猴头儿见了，对那些同伴说："月亮今天掉到了井中，我们应当共同努力把它捞出来，免得叫世界上每个夜晚都黑沉沉的。"

猕猴们共同商量说："怎么才能救出月亮呢？"

猕猴头儿说："我知道救出月亮的方法：我捉住树枝，你们捉住我的尾巴，一个连一个，就可以捞出月亮了。"

群猕猴便照头儿的话忙活起来，一个捉住一个，挂成一长串。差一点接近水面时，连在一起的猕猴太重，树枝弱小，"咔嚓"一下便折断了，所有的猕猴都掉到了井水中。

这时，树神便说偈道：

“这一群蠢笨的野兽，
痴痴呆呆互相追随；
空空地自找烦恼，
怎能把月亮救出水？”

【寓意点拨】寓言讲出了这样一个道理：天下本无事，庸人自扰之。结果不仅“可怜无补费精神”，而且给自己带来了灾难。这就是愚蠢人的下场。

猴子下棋

【寓源】宋·邵雍《说圃识余》。

【寓言】西部边疆地区树林中有两个仙人下围棋，一只老猴趴在树上，从茂密的枝叶中偷看他们投子布局的方法，于是学到了下棋的奥妙。

国人得知仙人下棋的消息，纷纷前往观看，仙人便悄悄隐去了。趴在树上的那只猴子跳了下来，跟人们对棋，国人中没有一人能胜它。当地首领认为这事很稀奇，就把猴子当作珍品，进贡给汉人的朝中皇帝。

皇帝下令全朝中善于下棋的大臣跟它较量棋艺，又寻求各地下棋能手跟它对局，结果都败给它。有人说杨靖善于下棋。当时杨靖因故被拘禁在牢狱里，皇帝下令释放他出狱，跟老猴对棋。杨靖请求用一只盘子盛满鲜桃，放在自己面前，然后跟猴子下棋。下棋时，老猴子心里老是想着桃子，精力不集中，结果连连失败。皇帝恼怒这猴子嘴馋，命令武士用铁锤砸死它。

【寓意点拨】这则寓言以杨靖跟学得仙人棋术的猴子对棋，用鲜桃诱惑猴子，终于连连获胜，使老猴丧命的故事为喻，说明本领虽高，但不集中精力、不专心致志，便一事无成。同时告诉人们，要善于抓住对方弱点，克敌制胜。

后生可畏

【寓源】西汉·刘向《新序·杂事五》。

【寓言】齐国有个人叫闾丘印，年仅十八岁。

有一天，闾丘印在路上拦住齐宣王，说：“我家里很贫苦，父母年纪又老了，想做个小官来奉养他们。”

宣王说：“你年纪太小，还不能做官。”

“国君这话说得不对。”闾丘印振振有词地说：“从前的颛顼（zhuān xū），年仅十二，就能治理天下；秦国的项橐年仅七岁，就做了圣人孔子的老师。看来，我是无能啊，并不是年纪小。”

宣王笑着说：“世上从未有过牛犊马驹拉着重车走远路的，读书人也只有到了头发花白或脱落的时候才可以任用。”

“不对。”闾丘印依然振振有词地说，“一尺虽长，但也有不够长的时候；一寸虽短，但也有超出的时候。华骝和绿骥，固然是天下的骏马，但让它与狸猫鼬鼠在锅灶之间进行赛跑，其速度就未必能领先；黄鹄和白鹤，固然能一飞千里，但让它与燕子蝙蝠在屋檐下面、房屋里面比赛飞翔，其灵巧便捷未必能胜过燕子和蝙蝠；辟闾和巨阙，固然是天下的利剑，砍斫石头不会缺口，刺击石头也不会折断，但用它和细小的草茎一起来挑出落入眼睛里的细小之物，其方便可用就未必超过草茎。这样看来，头发花白脱落的老人和我一样有长有短，那还有什么区别呢？”

宣王说：“说得好。你有这么好的见解，为什么到现在才来见我呢？”

闾丘印回答说：“嘈杂的鸡鸣猪嚎，淹没了钟鼓的乐声；满天的流云飞霞，遮蔽了日月的光辉，国君的身边充斥着奸臣小人，所以我才见您见得这么晚。这正像《诗经》里说的‘顺耳可听的话，加以拒绝，诋毁难听的话，加以排斥’，我怎能进见国君呢？”

宣王抚着车轼，愧疚地说：“我有错，我有错。”说完，便用车载着闾丘印一起回到了朝廷，重用了他。

【寓意点拨】闾丘印“尺有所短，寸有所长”的言辞，不仅表现出辩才，而且还表现出他对才能高下的辩证看法，即才能的高下不取决于年龄的长幼，同时人才也不是万能的，总有这样或那样的不足。这一看法，对于今天考查人才仍然具有一定的借鉴意义。

后羿射箭

【寓源】前秦·符朗《符子》。

【寓言】古时候，有一个神箭手叫后羿，他射箭的技术很高，常常是箭不虚发，百步穿杨。和朋友们一起出去打猎，他总是能够打到比别人多的猎物，然后回来再慷慨地分给大家。虽然本领高超，但他从来都不傲慢，街坊四邻们都很喜欢他，尊敬他。

大家对他的争相夸奖不知怎么就传到了夏王的耳朵里，夏王也是个喜欢骑射的人，他一听说后羿有着精湛的射箭本领，很想见识一番。夏王叫人找来后羿，在后花园一块儿空地上支起了箭靶子，箭靶是用兽皮做的，一平方尺大小，靶心直径仅有一寸。一切准备就绪了，夏王对后羿说：“听说你箭艺非凡，今天请你来就是想让你展示一下真本领，让本王开开眼界，我们也互相切磋切磋！”

后羿通常只在山林里习箭，周围都是狩猎的粗人，大家都有自己的事情要做，根本没有人关注自己的行为；即便是平时在家里练箭有人观看，也都是乡里乡亲的，后羿一下子懵了：“我哪儿见过这场面啊？这么威严的场合，左边是王公大臣，右边是贵族王孙们，还有那些众多的随从们，还要让我射箭给大王看，大王说他还要与我切磋，万一我射不好……”后羿一想到这儿，后脊梁就直冒冷汗。

还没等他完全回过神来，就听夏王又说：“你认真地射，要是射中了那个靶心，我赏你一万两黄金；要是射不中，就要狠狠地惩罚你！”听了夏王的话，后羿觉得更紧张了，握着弓箭的双手颤抖，脸色红一阵，白一阵，他觉得自己呼吸的气息都越来越短促了。他心神不定地站定位置，用力地拉开弓，奇怪，平时轻巧的弓箭此刻似乎重了好几倍；他努力地瞄准箭靶，箭靶也总是飘忽不定。都不知道箭是怎么射出去的，只听嗖的一声，随从报“不中”；再一箭，还是不中，一连射了好几箭，都是不中。连后羿自己都惊呆了，他待在那里，吓得一动也不动了。

夏王看后，也诧异地说：“你平时射箭，不是百发百中的吗？怎么现在会这样？要不就是你本来就不是神射手，只是徒有虚名罢了！”最后一句话，夏王说得非常严厉，本来就害怕的后羿哪敢辩解呢？紧张的他只有低着头一言不发了。

王公大臣中有个叫保傅弥仁的人，看到这种场景，略微思索了一下，对夏王说：“后羿他不是不会射箭，只是这次射箭大王给他定了赏罚的条件，而且大庭广众之下这么多人观看，他心里有了障碍，不论是欢喜或者恐惧都给了他很大的压力，万金的赏赐和严厉的惩罚分散了他射箭时候专注的注意力，他自然是射不中了。”

夏王听了，也不由得点了点头，他继续补充说：“那就是说如果一个人能够丢掉欢喜和恐惧的矛盾心理，除去万金赏赐的私心杂念，那么，普天下的人们便都能成为不输于后羿的射手了！”

保傅弥仁连忙回答，“大王英明，您说的很对啊！”

呆若木鸡的后羿听了之后也才明白过来，是啊，射箭最讲究的就是专注，而恰恰就是自己的私心杂念影响了箭艺的发挥啊。

【寓意点拨】不仅仅是射箭，做其他任何事情也一样，如果背着沉重的思想包袱，患得患失，精力分散，必然会影响正常水平的发挥，事情就很难做成功。

郈成子察微

【寓源】秦·吕不韦《吕氏春秋·观表》。

【寓言】郈（hòu）成子代表鲁国出使晋国，路过卫国，卫国的右宰谷臣留下并宴请他。右宰谷臣陈列乐器奏乐，乐曲却不欢快；喝酒喝到正畅快之时，送给了郈成子一块玉璧。郈成子从晋国回来路过卫国时，却不向右宰谷臣告别。

他的车夫说："先前右宰谷臣宴请您，感情很欢洽，如今为什么重新经过这里却不向他告别呢？"

郈成子说："他留下并宴请我，是要同我一起欢乐。可陈列乐器奏乐却不欢快，这是向我表示他的忧愁啊。喝酒畅快之时把玉璧送给我，这是把宝璧托付给我啊。如果就这些迹象来看，卫国大概有灾祸吧！"

郈成子离开卫国三十里时，听到宁喜作乱杀死卫国君主，右宰谷臣为卫国殉难，就掉转车子回去哭悼谷臣，哭了三次然后才回国。回到鲁国，郈成子派人去接来右宰谷臣的妻子孩子，把住宅隔开让他们与自己分开居住，分出自己的俸禄来养活他们。右宰谷臣的孩子长大了，郈成子把玉璧还给了他。

【寓意点拨】这则寓言启示人们，要防患于未然，首先要洞察"未然"的征兆迹象，任何事情的发生，不管它多么隐秘，总会显露一点蛛丝马迹的，能洞察则能防患，不能洞察则防患便无从谈起了。

囫囵吞枣

【寓源】元·白珽《湛渊静语》。

【寓言】集市上，祠堂边摆着一个水果摊。摊主总是不厌其烦地向顾客们介绍各种水果的特点和功用。

"诸位，请看我这梨，质嫩、色白、味甜；再请看我这枣子，饱满、色鲜、清香。诸位，本摊所卖的全都货真价实，包你合算。"停了会儿，他又指着水果说："奉劝诸位，最好还是每种水果都买一些。梨子吃多了，对牙齿有好处，但会损伤心脾；枣子多吃了，对心脾有好处，但会损伤牙齿。诸位，最好各种水果都吃一些，这样才能取长补短。"

不少顾客围着摊子纷纷议论，一个说："说得有理！吃了梨，伤了心脾，让枣子来补；吃了枣子，损了牙齿，让梨子来补。如果样样都吃，那就伤不着我的身体了。"

也有人说："我看还是不吃为好，吃梨补了牙齿，又被枣子损伤；枣子补了心脾，又被梨子损伤。这样吃不等于白吃吗？"

又有一个顾客说："可以这么吃：梨，只管咀嚼，不咽下去，那就伤不着我的心脾，还益了我的牙齿；枣子，只管硬吞下去，而不咀嚼，那就伤不着我的牙齿，还补了我的心脾。"

众人听了这番议论，哄堂大笑，打趣地说："你真是囫囵吞枣呀！"

【寓意点拨】囫囵吞枣脾胃是经受不了的，必伤脾胃。我们在学习上如果不作分析、选择，笼统地加以接受，也一定会造成不良后果。

狐假虎威

【寓源】西汉·刘向《战国策·楚策一》。

【寓言】老虎凶猛高大，咆哮起来地动山摇的，所有的动物都怕它。

一天，老虎肚子饿了，又没有其他储存的食物，它就自己去丛林中捕食。树丛底下卧着一只正在睡觉的狐狸，老虎猛扑过去，没等狐狸睁开眼睛，就已经牢牢地困在老虎的利爪之下，动弹不得。

可是，狐狸是很狡猾的，虽然被老虎抓住了，想要逃脱是不可能的，它脑子飞快地转着，终于想到了一条妙计。镇静地对老虎说："虽然你抓到了我，可是你是不能吃我的，不然你一定会受到惩罚的！"

老虎的肚子都饿得咕咕叫，它怎么能放弃让自己饱餐的机会呢？它本来不想理睬小狐狸就想一口把它吞下去的，但一听自己可能受到惩罚，老虎有点紧张了，忙问："我是森林之王，谁还能够惩罚我？"

狐狸一看老虎中计了，继续不慌不乱地说："你别看我个头比你小很多，也好像没你凶猛，但我可是天帝派来做'百兽之王'；你要是吃了我，那就违背了天帝的意愿，肯定会受到惩罚的！"狐狸当然知道老虎是百兽之王了，它知道只有这么说才会吸引老虎追问下去。

果然不出所料，老虎一听说天帝要派别人当"百兽之王"，马上就急了，生气地反问道："凭什么啊，你有我厉害，有我威严吗？"转而一想，"这小狐狸诡计多端，该不会在耍我吧？"于是恶狠狠地笑道："肯定是你编出来的谎话来骗我的！"

狐狸见老虎一步步走向自己设下的圈套，心里特别高兴，但它还是故作严肃地对老虎说："你是没有见到我的厉害，不过要是你不相信我，我们就在森林里走走看；我在你前面走，你在我后面走，让你看看动物们有多害怕我。反正我也逃不掉，如果我骗你的话，到时你再吃我也不迟啊！"

老虎一听，觉得狐狸说得在理，就不假思索地答应了。于是，它就跟在狐狸的身后，狐狸在老虎的面前大摇大摆地走着。动物们看见他们，都吓得尖叫着四处逃窜。老虎一看，确实如狐狸所说，也就不敢再吃它了，只好把它放走了。

但是，老虎哪知道，动物们其实都是因为看见它才逃窜的，它还真以为大家都是因为怕那只狐狸。

【寓意点拨】这则寓言告诫人们，要善于去伪存真，由表及里，步步深入，弄清真相，不然，就很容易被“狐假虎威”式的人物所蒙蔽。

狐入瓶

【寓源】清·蒲松龄《聊斋志异·狐入瓶》。

【寓言】万村有个姓石的妇女，被一只狐狸缠身了，她很害怕狐狸，但又不能把它赶走。姓石的家的房门背后有一个瓶子，狐狸每次听到她的丈夫回来，就马上逃避躲藏在那只瓶子里。石氏观察了多次，暗暗地想了一条除狐的计策，没有跟任何人说。

这一天，狐狸又窜进了那只瓶里。石氏立即用棉絮塞住瓶口，把瓶放在锅里，烧开水煮那只瓶。瓶烧热了，狐狸在瓶里大声喊叫：“瓶里非常热，不要恶作剧了。”石氏不理它。狐狸叫得更急了。过了一段时间，叫喊声没有了。石氏打开瓶塞子一看，只见瓶里有一堆毛，几点血，此外再也没有其他的东西了。

【寓意点拨】狐狸害人后，每次都躲藏到瓶里，感到躲在那里很安全，没想到最终还是在瓶里被灭亡。这则寓言揭示了这样一个道理：最安全的地方也是最危险的地方，狡猾的狐狸也逃脱不了受惩罚的命运。

狐畏孝妇不畏官

【寓源】清·纪昀《阅微草堂笔记》。

【寓言】沧州举人刘士玉，有一间书斋被狐狸占据着。这只狐狸白天与人对话，扔瓦片、石头击人，但却看不见它的形状。

知州董思任是平原人，是位好官，听说了这件事，便亲自来驱逐这只狐狸。他正在大讲人、妖是不同路数的道理，忽然房檐那儿传来洪亮的话语声：“先生当官，很爱民众，也不贪钱，所以我不敢打你。然而你爱护民众不过是求得好名声，不贪钱是因为怕留有后患，所以我也不怕你。先生算了吧，不要饶舌自讨没趣。”

董思任狼狈地回去了，闷闷不乐地过了好几天。

刘士玉有一个女仆又粗又蠢，唯独她不怕狐狸，而狐狸也不击打她。有人和狐狸对话时，问起此事。狐狸说：“她虽说是个卑贱的仆人，但却是一个真正的孝妇。鬼神见了她还收敛回避，何况我们这些狐狸呢？”

刘士玉便叫他的女仆住在书房里，狐狸当天便离开了。

【寓意点拨】董知州“爱民众”是为了自己“求得有名声”，“不贪钱”是因为“怕留有后患”，不是真正的廉洁之官，所以狐狸不怕他。而女仆却是个“真正的孝妇”，鬼神尚且规避，更何况是狐狸呢？这则寓言用对比反衬的手法，告诉人们这样一个深刻的道理：为学要真，做人要诚。

胡　僧

【寓源】唐·韦绚《刘宾客嘉话录》。

【寓言】唐太宗贞观年间，西域进献了一位胡僧，说他的咒术可以控制人的生死。太宗命令从飞骑中挑拣勇敢的人来试验，果真应验他的咒语而死，也应他的咒语而再活过来。

太宗把这件事告诉了宗正傅奕。傅奕说：“这不过是一种邪恶的法术，我说邪不胜正，假使让那位胡僧来对我施咒语，一定无法成功。”

太宗令胡僧对傅奕施咒。奕也不惧怕面对胡僧。一开始并无异状，不一会儿，胡僧忽然自己倒了下来，好像是被东西所击倒，也就没有再醒过来了。

【寓意点拨】此则寓言说明了两个主旨：一是傅奕的挺身对抗，揭示了邪不胜正的道理；另一方也借由傅奕的行为，证明了歪门邪道的不可信。

虎不食醉人

【寓源】清·纪昀《阅微草堂笔记》。

【寓言】户部尚书曹竹虚说，他的族兄从歙县前往扬州，途经朋友家。当时正值盛夏，朋友请他到书房里坐，那儿很宽敞凉爽。晚上，族兄想睡在那儿。朋友说：“这里有鬼魅，夜里不能居住。”可族兄非要住下来不可。

到了半夜，有个东西从门缝里蠕动着溜进来了，像厚纸片一样薄。进了书房后，它渐渐展开变做人形，竟是一位女子。族兄却一点儿也不畏怕。那女子忽然披散着头发，吐着舌头，做出一副吊死鬼的模样。

族兄笑着说：“那还是头发，只是凌乱些；那也还是舌头，只是伸得长了点。这又有什么可怕的呢？！”

鬼猛然摘下自己的头，放在桌案上。

族兄又笑道：“有头我尚且不害怕，何况无头的呢！”

鬼无伎俩可施，忽然不见了。

族兄打扬州返回，又住在这间书屋。到了半夜，又有个东西从门缝中蠕动着溜进来。可它刚一露头，族兄就唾了一口说："又是这扫兴的家伙。"鬼竟然不进来了。

这与嵇康经历过的事差不多。老虎不吃醉酒的人，因为醉人不知道畏惧。畏惧则心乱，心乱就神志涣散，神志涣散则鬼就有了可乘之机。倘无所畏惧则心定，心定就神志集中，神志集中则邪恶之气不能冒犯。所以记述嵇康之事的人，说嵇康神志清朗，鬼渐渐地离开了。

【寓意点拨】户部尚书曹竹虚言其族兄遇鬼，处变不惊，鬼抱惭而去，乃"心定神全"所致，犹如"虎不食醉人"，因为"醉人不知畏也"。此则寓言用夸张和对比的手法，说明"不做亏心事，不怕半夜鬼敲门"的道理，值得人们深思。

虎化美妇

【寓源】清·纪昀《阅微草堂笔记》。

【寓言】乡里有个进山打柴的人，看见一位漂亮的妇女正在山涧对面行走，穿着妆饰都非常华美艳丽，不像乡村妇女的打扮，心里知道这是个妖怪，就趴到草丛稠密的地方去偷看她的动向。这时，有一只鹿领着幼鹿下山涧来喝水，被这位美貌妇女看见了，她突然仆倒在地，变成了一只老虎，身穿的衣服丢卸在地下，像蝉的幼虫蜕去皮壳一样。它径直捕捉了两个鹿，吃了它们。过了一会，仍然变成美貌妇女，整理好了衣服首饰，慢慢腾腾地沿着山路走去，靠近山涧流水还映照自己的影子，表现得极其娇媚多姿，简直忘记它曾经是老虎了。

【寓意点拨】这则寓言说明：妖孽和老虎，不管它们变与不变，在害人这一点上，是完全相同的。这只老虎，化为美妇，尤能蛊惑人心，更要引起人们的警惕。只要懂得美妇外貌和老虎本质的联系，也就不会再"少见多怪"了。

虎　祸

【寓源】元·陶宗仪《南村辍耕录》。

【寓言】大德年间，荆南境内，有九个人在山里行走，正赶上下雨，就在路旁的旧土洞里避雨。这时，突然来了一只老虎蹲坐在了洞口，咆哮怒视着他们，目光射人。

这九个人中，有一个人一向愚笨，另外八个人就秘密商议，如果老虎得不到人，就不会离开。于是他们就欺骗那个愚笨的人让他先出去，我们惩处老虎并杀了它掩埋它。愚笨的人还没有想好，他们八个就各自脱下衣服，捆成人的形状，把它扔出洞外。老虎更加生气。这八个人就合力把愚笨的人推出洞外，老虎把他衔到洞口后，仍然蹲坐在洞口怒视着他们。

不一会儿，土洞塌陷压了下来，八个人都死了，而愚笨的人获救了。一个人在穷困患难的时候，还想用八个人的智慧去陷害一个愚笨的人，他们的用心也太险恶了，天道真的这样昏乱糊涂吗?

【寓意点拨】这则寓言用因果报应的说法说明：害人之心不可有，防人之心不可无。做人应当有善心，不能去谋害别人，否则，上天也会惩罚他的。做一个正直、善良的人是一个人的准则。

虎投河

【寓源】清·袁枚《续子不语》。

【寓言】绍兴西乡，有一条溪水很深。一个小孩在岸边游玩，看见一只老虎来了，便窜入水中，在水中游泳，一会儿浮出水面，一会儿沉入水底，借以窥看老虎的动静。老虎蹲在岸上，瞪眼看了很久，心里很急躁，贪馋的口水流至唇边。它突然跳起来扑向小孩，于是便掉进了溪里。老虎在水中十分愤怒，迅速腾跃着，溪水被搅得像开水一样翻滚。几次跃起，几次落水，最后竟累得跳不起来了。结果小孩幸免于难，老虎却淹死了。

【寓意点拨】老虎凶猛力强，小孩微小力弱，以猛虎扑食小孩，应该是十拿九稳，毫无问题。但虎有弱项，性情急躁，又不会游泳；而小孩却有强项，头脑聪明冷静，又是游泳高手，于是发生了在水边的这次“人兽之斗”以小孩的胜利而告终。这则寓言告诉人们，在与强敌斗争中，不仅要扬己之长，避己之短，尤其要弄清对方的长处和短处；避其长处，痛打其短处，这样才能有较多的取胜把握。

虎畏化缘僧

【寓源】明·江盈科《雪涛谐史》。

【寓言】一个强盗与一个和尚在路上遇到一只老虎。强盗忙拿起弓箭护身，可老虎还是步步紧逼，不肯后退。和尚没有东西护身，迫不得已把手里的化缘簿子掷向老虎。老虎一看，吓得赶紧跑开。虎崽问它：“为什么你不怕拿着弓箭的强盗，反而怕和尚呢？”老虎说：“这你就不懂了：强盗来了，我可以跟他拼力气；可是和尚向我化缘，我拿什么打发他呢？”

【寓意点拨】这则寓言启示人们，打着慈善的幌子，或借着“捐助”名目，向人索取钱财者，甚至比明火执仗的强盗更可恶。

虎勇而死

【寓源】元·陈高《不系舟渔集·杂喻》。

【寓言】有个人到山里去，遇到了老虎，他没有办法，就对老虎说：“你暂停一下，我要和你决斗后再去死。”

老虎听了他的话好像松懈了一些，停在那里等着。那人趁机砍了一根树枝作为棍棒，拿在手里招呼说：“老虎，过来！”老虎上来与这人决斗，这人拿起棍棒打断了老虎前肢的左脚；接着又决斗，那人又打断了老虎前肢的右脚，把老虎打死了。

老虎只依仗自己的勇猛，却不知最终因其只依仗其勇而被人打死。可悲呀！

【寓意点拨】这则寓言启示人们，要战胜强者不可硬拼，一定要寻找有利时机，利用一切可以利用的外部条件，以巧取胜；一个人办事不能只是单凭个人的力量，而忘掉外部的相关因素，当外部条件变化时，还守着固有的主观条件，必然会造成失败的结局。

虎　伥

【寓源】明·朗瑛《七修类稿·义理类》。

【寓言】人被老虎吃掉以后，灵魂便跟着老虎，这种鬼魂叫作“虎伥”。这种鬼魂不离开老虎，凡是老虎进进出出，它都为老虎引路，使老虎避开危险灾祸。所以猎人捕捉老虎时，先设下汤啊、饭啊、衣啊、鞋啊，使在老虎前面引路的虎伥稍稍停留下来享受这些东西。这样，虎没有先导，不知道前面有危险，因而就撞上弓弩的机关或落入陷阱。不然的话，虎伥便会先替老虎打开机关，叫猎人枉费心血。等到老虎被人捕获，虎伥又在那地方哀伤地痛哭，黄昏、夜晚都能听到它的哭声。这是因为它再看不到这老虎吃人了。

【寓意点拨】这则寓言，以被虎所吃而又甘心给虎引路的伥做比喻，揭露、讽刺那种甘愿充当帮凶而又死不觉悟的奴才。

虎逐麋

【寓源】明·刘基《郁离子·麋虎》。

【寓言】一只老虎追逐麋鹿，麋鹿狂奔，跑到悬崖向下俯视，急匆匆纵身一跳，老虎也随着跳了下去，结果一起都摔死了。

郁离子说："麋鹿往崖下跳，是出于不得已：前有悬崖，后有老虎，前进或后退都是一死。如果后退，就会被老虎抓到，只有死路一条，绝没有生的希望；往前纵身跳跃，虽然会摔下去，还有绝处逢生的希望，这比坐等给老虎吃掉要好些。至于老虎，前进或后退完全由自己决定，并非出于不得已，而它跟着麋鹿跳下悬崖，这究竟是为了什么呢？麋鹿虽然摔死了，老虎也同归于尽；假使它不跳悬崖，就不能诱使老虎一块摔死。这固然是老虎的愚昧，但也是麋鹿计谋的成功。唉！像这只老虎的愚昧做法可作为贪婪而残暴之人的永远借鉴啊！"

【寓意点拨】这篇寓言，通过虎追麋鹿而摔死崖下的事件，和郁离子对虎之死完全是自取的评论，揭露封建统治者贪婪、残暴，必将自取灭亡。

鄠人多忘

【寓源】隋·侯白《启颜录·昏忘》。

【寓言】鄠县有一个人很健忘。一天，他带着斧头要到田里砍柴，他的妻子也一起去。

到了田里，他急着想大便，就转过身子把斧头放在地上，到一旁大便。大便完后，他一转身，忽然发现地上的斧头，非常高兴地说："捡到一把斧头。"而且不由自主地手舞足蹈起来，于是踩到自己的大便，就说："一定是有人因为在这里大便，而丢下这把斧头。"

他的妻子看他迷迷糊糊如此健忘，就告诉他说："刚才你自己拿着斧头要砍柴，因为想大便，才把斧头放在地上，为什么一下子就忘了呢？"

这个人仔细地看着他妻子的面孔，问："娘子贵姓？我不知道在哪里见过你。"

【寓意点拨】这则寓言用夸张的手法，描写了一位健忘的农夫捡到自己斧头的故事，人物形象鲜明，其讽刺健忘者的愚昧的寓意，也成功地传达了出来。

华胥之梦

【寓源】战国·列御寇《列子·黄帝》。

【寓言】黄帝白天睡觉做了一个梦，梦见自己在华胥氏之国漫游。华胥氏之国位于弇州的西边，台州的北面，不知道距离齐国有几千万里路，不是舟车和脚力所能达到的，只是精神上的漫游罢了。

这个国家没有君主官长，一切顺其自然。他的百姓没有嗜好欲望，一切顺其自然。他们不知道迷恋生存，也不知道厌恶死亡，所以没有短命早死的概念；他们不知道偏爱自己，也不知道疏远外物，所以没有喜爱和憎恨；他们不知道违背迕逆，也不知道趋附委顺，所以没有利益和祸害；他们没有自己所偏爱珍惜的，也没有自己所畏惧忌讳的，投入水中不会淹没，跳进火中不会烧伤；他们刀砍鞭打无伤痛，指甲搔爬无痛痒；他们升天如同脚踏地面，睡在虚空中却像身处床上。云雾不能妨碍他们的视线，雷霆无法扰乱他们的听觉，美恶难以迷惑他们的心境，山谷不能绊倒他们的脚步，这都是精神在运行罢了。

【寓意点拨】华胥人无情无欲、无乐无忧，一切顺应自然，无为而无所不为，这正是道家所宣扬的无为而治的思想。

今天读这则寓言，从“其国无师长，自然而已”的描写中，可以领悟到一切人为都要按照客观规律办事，治理社会，从事工作，都不能违背实际；只有认识了客观规律，把握了它，才能自如地去适应。

华子病忘

【寓源】战国·列御寇《列子·周穆王》。

【寓言】宋国阳里华子中年时得了健忘症，早晨拿的东西晚上就忘了，晚上给他的到了早晨也忘了；在路上忘记走路，在家里忘记坐下；现在不记得过去，以后又记不得现在。全家都为他的病苦恼。请来卜史为他占卜，不应验；请来巫师为他祈祷，不能控制；请来医生为他下药，没有效果。

鲁国有个儒生自荐能治好他的病。华子的妻子儿女情愿拿出家产的一半来求取他的治方。

儒生说：“这种病本来就不是卦兆所能应验的，也不是祈祷所能解除的，更不是药物所能攻治的。我试试感化他的心神，改变他的思虑，也许可以使他痊愈吧！”

于是试着把病人放在露天下，冷了，他要求穿衣；饿了，他要吃食物，幽禁在暗处，他就要求光亮。儒生高兴地告诉子女说："他的病可以治好了。但我的治方是保密的，世代相传，不告诉外人。请左右侍候的人退下，让我单独和他在一起住七天。"家里人都同意了。不知道儒生在里面用了什么方法，竟使多年的疾病一下子都根除了。

华子醒悟过来，就大发雷霆，斥责妻子，惩罚子女，拿起戈来驱逐儒生。邻居们捉住他，问他为什么这样。华子说："以前我健忘，渺渺茫茫，不知道天地是有是无。现在一下子知道了往事，几十年来的存亡、得失、哀乐、好恶都纷纷乱乱、千头万绪地涌上心头。我担心将来的存亡、得失、哀乐、好恶还会像现在这样扰乱我的心境，再想忘掉哪怕是一会儿，还可以办到吗？"

子贡听说这件事感到很奇怪，便告诉了孔子。孔子说："这道理并不是你所能悟到的啊！"他回头吩咐颜回记载下这件事。

【寓意点拨】华子认为健忘会忘掉世间一切烦恼之事，可以无忧无虑地生活。而健忘病除去，一切世间之事又缠绕心头。所以，他的健忘症被儒生治好了，不但不感谢，反而操戈驱逐。

华子知轻重

【寓源】战国·庄周《庄子·让王》。

【寓言】韩国和魏国互相争夺土地，子华子见到韩国君主昭僖侯，昭僖侯忧愁满面，担心战败。

子华子说："现在让天下的人在你面前写下誓约，誓约写道：'左手抓取它就要砍去右手，右手抓取它就要砍去左手，但是抓到的可以得到天下。'你愿意去抓取吗？"

昭僖侯说："我不愿意去抓取。"

子华子说："很好！由此看来，两只手臂比天下重要，身体又比两臂重要。韩国远比天下为轻！现在所争夺的，又远比韩国为轻。你竟一味愁苦伤生而担心得不到。"

昭僖侯说："你说得好呀！劝告我的人很多，还没有听到这样的话。"子华子可以说是知道轻重的利益关系了。

【寓意点拨】这则寓言告诉人们，一切事物都存在着利与弊两个方面，在处理的过程中一定要分析权衡利弊两者的轻重关系，利轻弊重则不可为之。

画鬼最易

【寓源】战国·韩非《韩非子·外储说左上》。

【寓言】传说，战国时齐王想找人替自己画一张像，先后找了许多画工，都不如意。

后来，齐王找到了齐国一位最有名的画工，就对他说："给我画一张像吧。"画工说："大王，我确实不会画人呀！"齐王感到好笑，齐国最有名的画工，怎么连一个人都不会画呢？

画工低头说："画人最难。不过，我最初替别人画狗和马，但画好后，别人把他们的牲口牵到画前一比，就说：'哎呀，怎么画成了这个样子！'"齐王笑了起来，问他说："画狗和马最难吗？"画工回答说："不错"。齐王说："画什么最容易呢？"画工说："画鬼怪最容易。至于狗和马，人们早晚都能见到，所以难；而鬼怪，它本身没有固定的形状，谁也没见过，所以容易。"

齐王听后，似有所悟，对画工说："你就画个鬼怪来瞧瞧。"于是，画工只用了一会儿的时间，在绸帛上画了一个面目狰狞、张牙舞爪的鬼怪。

齐王看了，不禁毛骨悚然，退后说："真是画鬼容易画人难！"

【寓意点拨】这则寓言故事说明，越具体越实际的事情，越不容易做，因为要经得起实践的检验；相反，胡思乱想最容易，只凭主观臆断，无须客观实际的约束，所以越抽象越虚假的事情反而容易糊弄，做起来也最省力气。

画龙祷雨

【寓源】唐·郑处海《明皇杂录》。

【寓言】唐代开元年间，京城周围遇上大旱，京师尤其缺水，皇上立刻命令大臣在山泽间祷告上天，但无感应。皇帝在龙池新建一宫殿，召少府监冯绍正在四壁各画一条龙。冯绍正于是先在西墙上画一条白龙，形状怪异弯曲，好像要飞起。未画完一半，似乎风雨随笔而来。皇帝和随从的官员在墙下观望，龙的鳞甲都湿，上色未完，有像门帘一样的白气从廊房冲出，进入池中，池水波涛汹涌，雷电随之而起，陪伴皇帝的几百随从都看见。白龙从波涛边驾云上天，不久阴雨四布，风雨大作，不到一天及时雨洒遍京城周围的地区。

【寓意点拨】这虽然是一篇虚构的故事，但说明冯绍正的画技非凡，正是凭着他的高超本领，画活了白龙，引来雨水，为严重干旱的京城地区解围。这种浪漫主义的写作手法不是凭空产生的，而是有着深厚的社会生活作为土壤的，它表达了人们渴望与神相接，以战胜自然灾害的强烈愿望。

画图访马

【寓源】前秦·符郎《符子》。

【寓言】春秋战国时期的齐景公很喜欢骏马，他命令画工画一幅骏马图，修改了许多次才画成，然后就让人拿着图去寻访骏马，结果投入了巨大的财物，用了整整一年的时间也没有找到。这是因为，骏马的图像画得过于完美，以至于脱离了实际。如今，假使让爱贤才的君主按照古籍的记载去访求贤才，那么就算找上一百年，也不会有什么结果的。

【寓意点拨】这则寓言告诉人们，现实生活中是不存在完美无缺的事物的，正所谓“黄金无足赤，白璧有微瑕”。如果刻板地按照一个脱离现实、过于理想化的标准行事，那么，碰壁是在所难免的。

画　牛

【寓源】清·黄图珌《看山阁闲笔·诙谐》。

【寓言】一个显赫的官吏，被免职回到家乡，他买了座山，在那里盖了房屋，虚伪地做起了隐士。他招有名的画师为他画了一幅林泉胜景。画好后，又画了一头牛，装点在房屋旁边。官员问他：“画这个是什么意思？”他回答说：“要是没有这头牛，恐怕这山林太寂寞了！”

【寓意点拨】这则寓言通过一幅图画山水布局，曲折地反映了官吏罢官后的复杂心境，既流连于山林的胜境，又不甘于“隐居”的落寞和凄清。这里包含了罢官的不甘，归隐的无奈，以及东山再起的期待。

画钱孔

【寓源】清·黄图珌《看山阁闲笔·诙谐》。

【寓言】有个官员很爱钱，每次收到呈文状纸，如果其中有空子可钻的，就用笔在状文的下侧画一个钱眼。时间长了，老百姓都知道这事，凡是跟讼事有牵连的人，互相聚在一起就会说：“我们的父母官在铜钱眼里做工夫了！”

【寓意点拨】这则寓言刻画了一个专门在铜钱眼里做工夫的贪官形象。这个“父母官”，把诉讼作为他捞钱的主要手段，“捞钱”是他审案的唯一目的。他抓住呈状中的“空隙”就是为了“捞钱”，所以他断案不是在秉持公正、洗刷冤狱，而是在“铜钱眼里做工夫”。

画蛇添足

【寓源】西汉·刘向《战国策·齐二》。

【寓言】春秋时期，楚国有个大户人家祭拜祖先，祭祀活动做了三天三夜。准备烦琐的祭祀物品，招待众多的来往宾客，跑前跑后地着实把家丁们累得筋疲力尽。主人家很体恤大家的辛苦，祭祀完毕之后，赏赐大家一桌酒菜还有一壶酒，家丁们心里都很感激。

可是问题出来了，酒菜大家可以一起享用，只有一壶酒，那么多人要怎么喝呢？他们可都是好喝酒的人，一壶酒，这么多人一起喝一定不能过足瘾，要是一个人喝的话，还能享尽其中的美味。大家一致的意见：不分享这壶酒，想个办法，决定一个人来独享。

想了半天之后，有个人提议说：“我们不如一起在地上画蛇吧，谁先画好了，这壶酒就归谁喝！”大家都夸这主意好，说时迟，那时快，他们纷纷准备好笔，蘸好墨汁蹲在地上专心致志地画了起来。

大家心里都想着那美味甘甜的美酒，手下动作非常轻快，刹那间，地上爬满了曲曲折折的快要完成的各种姿态的蛇。突然间，有个人大叫一声，“我画好了！”说罢，他抓起那壶酒就准备往嘴里倒，无意间环顾了一下四周，“原来大家都还没有画完呢。”他心里想着，也就没有那么着急了：“我再给蛇添几只脚吧，反正酒已经是我的了。”

就这样，他一手拿着酒壶，一手拿着画笔，接着在自己已经画好的那条蛇身上得意扬扬地添起脚来。还没等他把脚添完，另一个人已经画好了，他夺过酒壶说：“蛇本来是没有脚的，你给它添上脚就不是蛇了，所以最先画完蛇的人应该是我！”说罢，那壶酒就已经咕咚咕咚地喝进了他的肚子，喝完了，那人还咂咂嘴说：“真是美酒啊！”

给蛇添脚的那人傻眼了，呆呆地愣在那里，一句话也说不出来。他应该是后悔自己愚蠢的行为吧，要不然到手的美酒怎么能眼睁睁地看着别人享用了呢？

【寓意点拨】凡做一件事情，必须有具体的要求和明确的目标，要以清醒坚定的意志，追求之，完成之，不要被胜利冲昏头脑。被胜利冲昏头脑的人，往往为盲目乐观所蔽，而招致失败。

淮北蜂与江南蟹

【寓源】宋·周密《齐东野语·姚干父杂文》。

【寓言】淮北蜂毒性很强，尾巴能够杀人。江南的螃蟹很威猛，蟹能抵抗老虎。然而拿取蜂蛹的人不必和马蜂斗，也没有听过捕蟹的人手上流血的事情。蜂筑洞于土上或是木石上。人们跟踪就知道它的住处，夜里就拿着火把燃起来烧到蜂房，蜂成群往火焰里飞，全部被烧死。然后连蜂房和蜂蛹都可以割取下来。螃蟹栖处在蒲苇之间，只要在水边点一盏灯，没有不急急忙忙地爬过来的，人们就可以把螃蟹全部捕捉。

只知道趋炎附势，而不能安其所居，它们死掉也是理所当然的。

【寓意点拨】这则寓言要告诉人们的是：只知道趋炎附势，是没有什么好结果的。淮北蜂与江南蟹都因为它们的趋利性而尝到苦果，正可以给人们一个警惕与提醒。

槐子悬枝

【寓源】隋·侯白《启颜录·回何敢死》。

【寓言】隋朝侯白机智巧辩、才思敏捷，有一次和杨素并马而行。路旁有一棵槐树，枯萎得快要死了。

杨素说："侯秀才论理说道、天才过人，那么，你能让这棵槐树重新活过来吗？"

侯白说："拿一个槐树子悬挂在枯槐枝上，它就会活了。"

杨素问他道理何在。

侯白回答说："《论语》上有句话说：'子在，回何敢死！'"

【寓意点拨】这则寓言辛辣地嘲讽了咬文嚼字，望文生义的人。当时正在流传着"半部论语治天下"的说法，侯白以"槐子悬枝"，取义"子在，回何敢死？"给泥古士大夫塑造了一副荒唐滑稽的形象，这确实是机辩敏捷的表现。

坏了一州

【寓源】明·冯梦龙《广笑府·官箴》。

【寓言】秀才把学堂设在县衙门，教《千字文》时说："户封七县。"官问为什么？秀才回答说："本来是有八个县，现在被没有才能的地方官衰败了一个县。"县官生气了，禀告州官惩治他。州官又考问这个秀才，于是让他讲《禹贡》。秀才说："禹别八州。"州官责问他说："为什么少了一州？"秀才回答说："本来是九州，现在被本地的官僚毁坏了一州。"

【寓意点拨】秀才借古文强烈地讽刺了当地官僚的腐败现象，告诫为官者，做官应当恪尽职守，做一个人民拥戴的好官，否则，就会被人们唾弃，遗臭万年。

桓公服紫

【寓源】战国·韩非《韩非子·外储说左上》。

【寓言】齐桓公喜欢穿紫色衣服，全国都穿紫色衣服。当时在齐国，五匹素帛换不到一匹紫帛，桓公为此非常忧虑，便对管仲说："我喜欢穿紫色衣服，紫色的衣服一天比一天贵，而全国的百姓还是纷纷穿紫衣不停止，我该怎么办呢？"

管仲回答说："君主要想制止这种风气，何不试试自己首先不穿紫衣服，并对左右近臣说：'我很讨厌紫色衣服的气味。'左右如果有穿紫衣来进见你的，你必定说：'退后些！我讨厌紫色的气味！'"

桓公说："就按你说的去做。"

当天宫廷内就没有人穿紫衣服，第二天国都内没人穿紫衣服，第三天全国便没人穿紫衣服了。

【寓意点拨】这则寓言故事说明，上层人物以身作则的重要性，上层好的风气会产生积极的影响，坏的风气必然带来严重后果，上行下效，自古而然。

桓公见鬼

【寓源】战国·庄周《庄子·达生》。

【寓言】齐桓公在野泽中打猎，管仲驾车，桓公见到了鬼，便拉着管仲的手说：

“仲父见到什么？”

管仲回答说：“我没有见到什么。”

桓公回来后，失魂落魄，胡言乱语，病倒了，一连几天不能出门。

齐国有个士人叫皇子告敖，来拜见桓公，并对他说：“君主您的病是被自己吓出来的，鬼哪能伤害您呢！内心郁结的气，散放而不返回，人的精力就不足。上升而不下通，就使人容易发怒；下积而不上达，就使人容易遗忘；上下不通达，闭塞在心中，就要生病。”

桓公问道：“那么，有鬼吗？”

皇子告敖说：“有。沟泥中有履鬼，灶有髻（jì）神。门户内尘土聚积处有雷霆神居住，东北角墙下有倍阿鲑神，西北墙下有泆阳神。水中有罔象神，丘陵有辛神，山中有夔神，野外有彷徨神，大泽中有委蛇神。”

桓公说：“请问，委蛇是什么样子的？”

皇子告敖回答说：“委蛇神，大如车毂，长如车辕，紫衣红冠。这种神很丑陋，听见雷车之声，便捧着头站住。看见他的人要成霸主。”

桓公听了大笑着说：“这就是我所看到的。”

于是，齐桓公的精神振作起来，整好衣冠，同皇子告敖座谈，不到一天不知不觉病就好了。

【寓意点拨】这则寓言说明一个人的精神因素的重要作用，精神忧愁郁闷，无病也会折磨成病的；反过来，精神愉快，心情畅达，病魔也就会消失了。

桓公喂蚊

【寓源】梁·萧绎《金楼子·立言》。

【寓言】白鸟是一种蚊子。齐桓公在柏树下躺着睡觉时，对管仲说：“我国国富民强，没有什么忧虑的了。可是，只要有一件东西不得安身，我仍然会为此而闷闷不乐。现在白鸟围着我团团转，肯定是饿了，没有吃饱，我很担心。”于是，他撩开翠纱的帐子，让蚊子进来。

【寓意点拨】齐桓公为人民造福，为苍生考虑实在难得。但蚊子终究是蚊子，是有百害而无一利的害虫，齐桓公不惜牺牲自己的鲜血来满足蚊子的需求，无异于养虎为患，是不可取的。这则寓言给人们的启示是：做事一定要分清对象、善恶，凡事一定要有度。

换手指

【寓源】清·石成金《笑得好》。

【寓言】有一个神仙到人间，点石成金，想以此来试验人心，寻个不贪财的人，就度他成仙。结果，他找了很多地方都没有找到，所遇到的人往往是把大石变成金子，他还嫌太小。

后来，神仙又遇上一个人，神仙指着石头对他说："我将这块石头点成金子送给你用吧！"

这个人摇头说不要。

神仙以为他嫌太小，又指着一块大石头说："我将这块最大的石头，变成金子送给你用！"

这个人还是摇头说不要。

神仙心里想，这个人毫无贪财之心，实在难得，就想度他成仙，因此问这个人："大块金子、小块金子，都不要，你究竟想要什么？"

这个人伸出手指头说："其他我什么都不要，只要神仙刚才用来点石成金的那个指头，换在我的手指上，让我到处可以点石成金，到那时，所拥有的金子就不计其数了。"

【寓意点拨】寓言揭示了一些人的贪婪嘴脸，同时也提示人们，观察一个人，要听其言而观其行，不要被他的表面现象所迷惑。

患鼠乞猫

【寓源】明·刘基《郁离子》。

【寓言】有个越国人，担心老鼠为害，便到中山国去讨猫。中山人给了他一只猫。这只猫善于捕鼠，但也善于捉鸡。过了一个多月，家中的老鼠捕尽了，鸡也被它吃完了。儿子很忧愁，就对父亲说："为什么不把猫除掉呢？"

父亲说："这个道理不是你所能知道的。我们的祸患在于有老鼠，并不在于没有鸡。有了老鼠，便要偷窃我们的粮食，咬碎我们的衣服，毁坏我们的墙壁，破损我们的家具，这样，我们就会挨饿受冻了，不比没有鸡更有害吗？没有鸡，不过是不吃鸡罢了，离挨饿受冻还远着哩，为什么要把这猫除掉呢？"

【寓意点拨】这则寓言说明任何事情都有其两重性，既有利也有弊。但是，要抓住主要方面，不能因小失大。越父衡量利弊，去鼠留猫，是很有识见的。

黄帝拜师小童

【寓源】战国·庄周《庄子·徐无鬼》。

【寓言】黄帝要到具茨山上见大隗，方明驾车，昌寓同车做侍卫，张若和謵朋做向导，昆阍（hūn）和滑稽为车后随从。来到襄城的野外，七位圣人都迷失了方向，无处问路。

正好遇到牧马的童子，便向他问路说："你知道具茨山吗？"

童子回答说："是的。"

黄帝说："你知道大隗的所在吗？"

童子回答说："是的。"

黄帝说："奇怪呀小童！不仅知道具茨山，还知道大隗的所在。请问怎样治天下。"

小童说："治理天下，也就像牧马一样就行了，又何必多事呢！我小时候自己游历世间，我恰好有头晕目眩的毛病，有一个长者教导我说：'你顺着时光的流逝而游于襄城的野外。'现在我的病稍愈，我又游于世外。治理天下也如此而已。我又何须去多事呢！"

黄帝说："治理天下，固然不是你操心的事，虽然这样，我还是请问怎样治理天下。"小童推辞不答。

黄帝又问。小童说："治理天下，与这牧马没有什么不同！除去害群之马则可！"

黄帝磕头再拜，称小童为天道之师而退。

【寓意点拨】黄帝年长而又统治天下，牧童年幼而又偏处一隅，然而他们的智能却完全相反，牧童远胜黄帝，黄帝甘拜下风，稽首称师。这无疑给予人们这样的启示：有智不在年高，无智不在年少；只要别人有一技之长，都应拜师学习。

黄公好谦

【寓源】战国·尹文《尹文子·大道》。

【寓言】齐国有个黄公，特别谦虚。他有两个女儿，都是天姿国色。因为她们很漂亮，黄公就常用谦逊的言辞来贬低她们，说长得都很丑。这丑陋的名声远远传出去，以致两个女儿过了结婚的年龄，全国也没有人来聘娶。

卫国有个小伙子，冒失地把黄公的大女儿娶了过来，发现是个绝色佳人，以后逢人便说："黄公太过谦虚，有意贬低女儿的容貌。现在看来，她的妹妹一定也很漂亮。"于是大家都争着下聘礼求婚，把另一个娶去，果然也是美人。漂亮是实，丑陋是名，卫国小伙子的做法就叫作违名求实。

【寓意点拨】这则寓言告诉人们，评价任何事物，都要恰如其分。脱离实际，说得过好，或说得过坏，都会带来不良后果。同时也给人这样的启示，对待事物不能只看外表形式的美丑，而要看内容实质的好坏，也就是要循名责实。

黄公窃刀

【寓源】明·刘基《郁离子·安期生》。

【寓言】安期生在芝罘山学成了一些法术，手里拿着宝刀驱使老虎，指使老虎往左往右，前进后退，如同驱使小孩一般。

东海黄公看到了，心里非常羡慕他，认为神奇奥妙全在刀上。于是，就偷来佩戴在自己身上。一次行路，途中遇到老虎，拿出宝刀跟它搏斗，结果没战胜老虎，被老虎吃掉了。

【寓意点拨】寓言通过黄公窃刀，杀虎未成，反丧生虎口的故事，对那些只见物而不见人，只看形式而不看实质的人进行讽刺。启示人们，在人与物中，人是起决定因素的。人有真本领，物才能发挥其应有的作用。

黄口尽得

【寓源】西汉·刘向《说苑·敬慎》。

【寓言】孔子看见一个张网捕雀的人，捕到的雀都是黄口小雀，于是便问："小雀都让你抓住了，而大雀一只也没抓住，这是为什么？"

"小雀跟着大雀飞的，抓不住；大雀跟着小雀飞的，能抓住。"捕雀者回答说。

孔子听完，回过头来告诉弟子们说："君子对所跟从的人很谨慎，如果跟错了，那就有触犯罗网的祸患。"

【寓意点拨】小雀虽然贪吃，但它跟着警觉性较高的大雀飞来飞去便可避免罗网之患。这则寓言告诉人们，做人应该慎重选择交往对象，否则将会引来灾祸。

恍　惚

【寓源】清·小石道人《嘻谈续录》。

【寓言】一个人穿错了靴子，一只靴底厚，一只靴底薄，走路一脚高，一脚低，走起路来很是别扭。

这个人觉得奇怪："今天我的腿，为什么一条长，一条短？恐怕是路不平吧。"

有人告诉他："您恐怕是穿错了鞋吧？"

他连忙叫人回家去拿。家人去了很久，空着手回来了。对主人说："不必换了，家里那两只靴子，也是一只厚一只薄。"

【寓意点拨】此翁穿错靴子，"走路一脚高，一脚低"，竟然还不知道靴穿错了，可见其头脑不清、神经错乱到何种程度。而仆人回答主人"不必换了，家里那两只，也是一厚一薄。"亦令人喷饭。生活是真实的，人们头脑要清醒一点，不能如此主仆二人一样，遇事糊涂。

虺虫自龁

【寓源】战国·韩非《韩非子·说林下》。

【寓言】有一条毒蛇，身上长着两张嘴。两张嘴争着吃东西，互相争咬起来。由于互相残杀，最后自杀身死。

臣子之间争权夺利造成亡国的，都是虺（huǐ）一类毒蛇的行径呀。

【寓意点拨】这则寓言说，一条毒蛇，一身两口而争食相龁，以致自相残杀。这虺的结局启示人们：凡在内部互相争夺和残杀的，其结果只能自取灭亡。

回生之术

【寓源】秦·吕不韦《吕氏春秋·别类》。

【寓言】春秋的时候，鲁国有个叫公孙绰的郎中。说他是郎中，是因为他学过几年的医术，懂得一些简单的医理，但是他又是个学艺不精的郎中，他读医书只是停留在表面，从来都不去细细品味其中的道理。久而久之，大家都知道了他的底细，也就没有人上门找他治病了。

但他根本没有意识到自己的问题，不想着从根本上去把医术学精，而是换了一个没有熟人认识的地方，开了一家医馆，并且逢人就说："我有其他郎中没有的本领，我能使死人复活！"四周的人都很惊讶，从来没有人听说过这样的奇事啊，于是大家好奇地问他："你用什么办法呢？"公孙绰见有人对他感兴趣，得意扬扬地说："我能治半身不遂，我把治半身不遂的药加大一倍剂量，那死人不就可以治活了吗？"

众人听他这么一说，伸伸舌头，互相努努嘴，带着鄙视的眼神四散而去；从此公孙绰的医馆真正就无人问津了。

【寓意点拨】寓言告诉人们，事物各有自己的特点和规律，只有掌握这些特点和规律，才能处理得正确、恰当，否则，用简单化的办法来处理，就会失败。

悔盟

【寓源】黄灵庚编《宋濂全集·潜溪后集卷二·燕书》。

【寓言】玉戴（yǎn）生与三乌丛臣是同学。

玉戴生说："我们这批人应该磨砺自己，将来在朝里当了官，我们的脚也不要去登有权势人的门庭。"

三乌丛臣说："这是我一向切齿痛恨的，我们何不盟个誓呢？"

玉戴生很高兴。他们就宰了牲口，把血涂在嘴上，发誓说："我们二人同心同德，绝不谋取私利，不被有地位的人诱惑，不依附奸邪阿谀的小人而改变我们的品行。如果违背了这个誓言，上天就会处死他。"

过了没多久，二人共同在晋国做官。玉戴生重申以前的誓言，三乌丛臣说："我们发过的誓言还在耳边回响，怎么敢忘记呢？"

当时，赵宣子得到君主宠爱，许多大夫奔走在他的门庭。三乌丛臣后悔过去发了誓，怕玉戴生知道了，但又不得不去赵宣子家。

鸡刚叫头遍，三乌丛臣就去等候，一走进大门，在东边长廊上看到有人已端端正正坐在那里了，举起火烛照看，原来是玉戴生。他俩都羞惭地回去了。

君子说："二人贫贱时，他们的誓言是真诚的。等到做上了官，原来的意愿志向很快就改变了，这是什么原因呢？是因为利与害在心里不停地斗争，他们还是畏惧于地位和权势啊！"

【寓意点拨】这则寓言刻画并讽刺一些人在客观环境影响下，思想蜕化堕落的过程，并指出了这种演变的原因。一般说来，起初贫贱时由于地位低微，还能够洁身自好，自视清高，一旦地位起了变化，从一介书生变为地位显赫官吏，就会寻求靠山，趋炎附势，拼命去巴结权贵，变成一个丑陋猥琐的奴才。

绘像与真父

【寓源】明·刘元卿《贤奕编》。

【寓言】古时候，歙（shè）州人都善于经商，往往都是年轻的时候走出家门，告别妻儿，直到年老了，事业有成了，才相继回来与家人团聚。

歙州有个读书人，他父亲年轻的时候到秦陇一带去经商，三十多年了，都没有回家来。这个读书人对父亲的印象，除了小时候那点模模糊糊的记忆之外，就都依靠他们家堂屋里悬挂着的那幅父亲的画像了。小时候，每当他想念父亲的时候，母亲便告诉他父亲在堂屋里；长大了，他盼望着父亲快点回家的时候，也去堂屋里看。在他想来，父亲就是堂屋里画像上的那个样子，不会有很大的改变。

突然有一天，有个两鬓斑白的老人来到了他们家门口，看见了他就喊他的名字，并说自己就是他的父亲，说着就要进门。这个读书人疑惑地看着这位老人家，暗暗地把画像上的父亲和他做对比。一点也不像啊！画像上的父亲皮肤白皙，体型偏胖，下巴上基本没有多少胡子，可是面前的这位老人，又黑又瘦，胡子一大把，两鬓微微泛白，而且穿着也不一样。这个人肯定不是父亲！想到这里，读书人连忙拦住老人，对他说："你不是我父亲，你和我父亲的长相差远了！"

老人眼看到了家门口，被自己儿子挡着不让进门，心里不禁一阵酸楚，两行热泪就要夺眶而出。不过，他还是忍住了，毕竟时隔三十年了嘛，于是他耐心地对读书人说："孩子啊，我真的是你父亲，不信你叫你母亲出来认认！"

不等读书人召唤，他的母亲就已经走到了两人面前，她怔怔地看着老人，喃喃自语道："怎么变化这么大啊？跟画像上的他可真是差远了啊！"

老人一眼就认出了妻子，和妻子说起好多以前的往事，并说到那个画画像的画匠和作画的经过。那母亲听着听着，所有的一切都是自己的事情啊！终于，她"啊"了一声，然后说："这个人就是我的丈夫啊，孩子，他是你的父亲！"

见父母亲相认了，儿子才敢施礼与父亲相认。老人与亲人团聚，再也忍不住激动的泪水，那是喜悦的泪水，幸福的泪水。

【寓意点拨】这则寓言既讽刺那些拘泥书本的教条主义者，只顾书本知识，不顾客观实际，以致脱离现实，是非倒置。又可以启示人们，认识事物要从发展变化的观点出发，不可孤立地、静止地看待，时过境迁，事异人变，人们的认识也要随之改变。

惠王食菹

【寓源】西汉·贾谊《新书·春秋》。

【寓言】楚惠王吃凉菜，吃到了蚂蟥，就吞了下去，因此肚子不舒服，吃不下饭。

令尹进宫探望，问道：“大王怎样得的这病？”

惠王说：“我吃凉菜，吃到了蚂蟥。想到如果责骂侍者而不加以处罚，那就废弃法律而失去了威信；如果责骂而加以诛杀，那么依照法律，御厨和监食都应当处死，这样又于心不忍。所以我担心蚂蟥被人看见，就把它吞下去了。”

令尹拜了两拜，向惠王道贺：“我听说：‘老天没有偏私，只是帮助有德行的人。’大王有仁德，是老天所要帮助的，病不能伤害大王。”

当天晚上，惠王去上厕所，排出了蚂蟥，长期以来五脏六腑气血淤积的疾病因此而痊愈了。

所以说，老天的耳目，真可谓明察秋毫。

【寓意点拨】楚惠王吃凉菜，不料吃到了蚂蟥，为避免对偶犯过失左右侍御的处罚，楚惠王把蚂蟥吞了下去。楚国的令尹对此予以很高的评价。故事结尾处所说的惠王排出了蚂蟥，疾病因此而痊愈，则以具体的方式对楚惠王所作所为进行了褒奖。菹（zū）腌菜、酱菜。

活佛索钱

【寓源】明·赵南星《笑赞》。

【寓言】唐三藏西天取经，到了天竺雷音寺，师徒三人拜见了佛祖如来。佛祖吩咐弟子好好招待他们师徒，给他们真经。迦叶长者苦苦地索取功德钱。唐三藏没有办法，只好把唐天子赐给他的紫金钵盂给了他。

猪八戒甚是愤愤不平，回去向佛祖禀告：“迦叶长者要索取功德钱，接受了我们的紫金钵盂。”这话把迦叶长者的脸皮都羞皱了。

佛祖说：“佛家弟子也要穿衣吃饭。以前舍卫国赵长者各位弟子下山，将这部经念了一遍，讨得了三斗三升麦粒黄金。你那钵子值多少金子，也在话下？”

说得猪八戒好像箭穿了雁嘴，气恨恨地走出来，说道：“整天价要见活佛，原来也是一个要钱的。”

唐三藏说：“徒弟不要烦恼，我们回去，少不掉也要替人家诵经。”

【寓意点拨】寓言通过生动的故事，十分辛辣地揭露了宗教的贪婪性和虚伪性。

他们所宣扬的西方净土，其实并不干净，同样充满着铜臭味。他们谈空说无，侈言普救众生，实际上是他们敲诈勒索、中饱私囊的幌子。

活见鬼

【寓源】明·冯梦龙《古今潭概》。

【寓言】有个人赴宴后深夜回家，正好天降大雨，就撑起伞来遮蔽。他看见路旁房屋的滴水檐下站着一个人，一下钻到伞下和他一块走起来。走了好一阵，那人也不说话，他怀疑是鬼，就用脚去撩试，正巧没碰着，更加害怕，于是，乘过桥之际，用力把他挤下河去，撒腿就跑。

这时一个做糕的人早晨起来，他赶紧跑进门去，告诉人家遇到了鬼。不一会，又见一个人，浑身水淋淋的，跌跌撞撞跑过来，大声号叫有鬼，也跑到做糕人家中。两人互相看着，目瞪口呆，不觉大笑起来。

【寓意点拨】这则寓言告诉人们，世界上鬼是没有的。这两个人无中生有，妄自惊吓一场，真是活见鬼。对待世界上其他事物，也是如此。本来并不可怕，只有那些胆小鬼才自惊自吓。

火石

【寓源】清·吴趼人《俏皮话》。

【寓言】火石与火镰相互撞击产生了火。

火石说："这是我内部蕴藏的火，与火镰没有什么关系。"

火镰也说："这是我去撞击才生出来的火，跟火石有什么关系呢？"

于是，火镰与火石都自以为是，两个就分道扬镳，各走各的路了。

一天，火石想取得火，在别的东西上撞了上百次，也生不出火来。火镰想取得火，击打在其他东西上，也像火石一样得不到火。于是它们才知道彼此相互依靠的可贵，双方互相讲和，又重新合到一起，寸步不离。它们以为这样，就可以随时得到火了。

火绒听到这个事情，马上离开，远远地躲避它们。火镰与火石互相撞击着，火星四射，随闪随灭，好像电光一样，最后还是不能燃烧。

有道德修养的人从这件事情，深深感叹大家通力合作，刚柔相济的作用。

【寓意点拨】古代人取火，火石、火镰、火绒都有着不可缺少的作用。同样一部机器的各个零部件，一个单位的各个部门都是不可或缺的。只有通力合作，才能发挥效能，生产出产品；过高地估价自己，轻视别人的劳动，对于整部机器运转，整个单位的正常工作都是有害的。火石、火镰、火绒的由分到合，充分说明了这个道理。

祸不可移

【寓源】秦·吕不韦《吕氏春秋·制乐》。

【寓言】宋景公的时候，火星出现在心宿的位置。景公很害怕，便召见子韦问道："火星出现在心宿，这是为什么呢？"

子韦说："火星代表上天的惩罚，心宿是宋国的分野，灾祸将降临在国君身上。尽管如此，灾祸可以转移给宰相。"

景公说："宰相是和我一同治国的人，把死亡转嫁给他不吉利。"

子韦说："灾祸可转移给百姓。"

景公说："百姓死了，我将给谁当国君呢？我宁可独自去死！"

子韦说："可把灾祸转移给收成。"

景公说："收成受到损害，百姓就会遭受饥荒，百姓遭受饥荒必死。身为人君却杀害自己的百姓，以求自己活下去，那谁还会把我当作国君呢？这是我的命本来已经到头了，你不要再说了！"

子韦转身离开，面向北拜了又拜，说："我贺你！天居于高处可以听到下面的一切。你有符合最高道德的三句话，天一定奖赏你三次。今夜火星一定后退三舍，你可以延寿二十一年。"

景公说："你怎么知道的？"

子韦回答说："您有三句美好的言语，所以必然得到三次奖赏，因此火星一定会后退三舍。迁移一舍要经过七颗星，一颗星代表一年，三七二十一年，所以我说'您可以延寿二十一年'。我请求守候在你身边观察火星，火星如不后退，我甘愿一死。"

景公说："可以。"

这夜火星果然后退了三舍。

【寓意点拨】这则寓言告诫人们，事逢灾祸，决不可以用损人利己的方法，嫁祸于人，临阵脱逃，而应当主动地承担责任，以积极的态度对待，才有利于问题的解决。

J

击邻之子

【寓源】战国·墨翟《墨子·鲁问》。

【寓言】墨子很博学，他的思想为很多有识之士所推崇，也有很多学生向他学习，将他的思想绵绵不断地向后世传承。

墨子主张“兼爱非攻”，强烈反对当时诸侯间的连年混战，他认为这些战争都是非正义的，会使社会动荡，人民生活痛苦不堪。他不仅在思想上主张，还从实际行动上反对。

有一天，他向学生讲课时，讲了这么一个故事：有一位父亲看到自己的儿子为人粗暴蛮横，不讲道理，不思进取，非常生气，和颜悦色地教育他。可儿子呢，总是左耳进右耳出。实在没有办法了，父亲气愤之下，拿起鞭子就抽打了起来。这时，他的邻居看见了，匆匆忙忙地跑了过来，抡起木棒也打起那孩子来了。那儿子见状既疑惑又生气，他一把抓住木棒，说：“我父亲打我教育我，那是理所当然的，可是你怎么也打我啊！”谁知，邻居反而振振有词地说：“我打你那可是顺着你父亲的意思啊！”

故事讲完了，学生们都为邻居的多管闲事而觉得可笑，没有一个人领略到墨子究竟想阐述什么道理。正在大家疑惑不解的时候，墨子说：“邻居这样做很无理很荒唐，可是有些好战的国家也是像这个邻居一样，自己邻国内部发生了矛盾，他们却要以此为理由兴兵讨伐，这不就是无理取闹吗？”

学生们这下才明白，原来老师是要阐述反对战争的道理，经他这么一讲，原本很枯燥的知识，大家就很形象地都掌握了。

【寓意点拨】儿子错了，父亲可以鞭打，用不着邻居举起木棒帮着打。同理，别的国家内部有什么问题，用不着邻国兴兵讨伐，打着“顺着他父亲的心意”的幌子，完全是强词夺理，荒唐可笑的。

鸡　卵

【寓源】民国·独逸窝退士《笑笑录》。

【寓言】有个南方人向来不吃鸡蛋，初到北方游历，在路上吃早饭。店里的伙计问他要吃什么，他问："有什么好菜？"伙计说："有木樨肉。"等把菜端上来一看，原来是他不喜欢吃的鸡蛋。怕被别人笑话，不肯明说，就又问："还有别的好菜吗？"伙计说："来盘摊黄菜怎么样？"他说："不错。"结果菜上来一看，又是鸡蛋。他只好推说自己肚子还不饿，不想吃。仆人提醒说："前面还有很长的路要走呢，不吃恐怕会饿的。"他说："既然如此，那就上些点心吧。"就又问伙计有什么好吃的点心，伙计说："有窝果子。"他说："那就多来几个吧。"等点心拿来，又是鸡蛋。这个人非常气恼，又不好发作，只得空着肚子赶路，结果疲惫不堪。

【寓意点拨】这则寓言说明"知之为知之，不知为不知，是知也。"但故事中的这位南人，却反其道而行之，他强不知以为知，打肿了脸充胖子，结果，只有充当"负腹将军"行路，弄得疲惫不堪，真是活该倒霉！

棘刺刻猴

【寓源】战国·韩非《韩非子·外储说左上》。

【寓言】古时候的燕王，很喜欢那些精妙细微的小物件，不管是他的卧室还是书房，甚至连朝堂之上都摆满了那些做工精致的小东西；燕王对这些东西爱不释手，除了处理国事之外，大部分的时间都用来摆弄它们。

大臣们为了讨大王开心，私下到处搜罗各种各样精巧的东西献给燕王以表忠心，能常常看到许许多多新奇古怪的精巧东西，燕王非常高兴，他下令：凡是献物的人，不论东西好坏，都有赏赐。

卫国有一个人，他也想获得封赏，于是他去拜见燕王，对他说："大王陛下，我能在荆棘的尖端刻一只小猴子。"燕王一听，觉得不可思议，荆棘的尖那么小，比针尖还细，怎么能刻一只猴子呢？但这人说得有板有眼，十分肯定，燕王不得不相信了。他闻所未闻，觉得非常新鲜，主观地认定来人一定是个能工巧匠，于是便赏赐此人一块封地。卫国的这个人做梦都没有想到得到封赏竟然这么简单，心里不禁暗暗窃喜。

燕王一直想着往荆棘尖上刻小猴的事儿，越想越出神。有一天，他招来那个卫国人就问他："你说荆棘尖上能刻小猴，我一直都还没有看到过，你现在能表演给我看看吗？"这个卫国人知道早晚都有这么一天，预先就想好了应对的计策。只见他不紧不慢地对燕王说："这恐怕得辛苦陛下你了。要看小猴，必须得你半年不进后宫，而且要不喝酒不吃肉，保持平淡清静的心态，这样地话，在雨过天晴，天空半明半暗的那一刹那，凝神细看，你才能够看到荆棘尖上活蹦乱跳的小猴。"本来常人一听都觉得这是谎言，可是燕王一门心思地想着那小猴，竟然全都相信了；可是他又做不到卫人所要求的那些条件，所以只能白白地养着这个人，却从来都没有见过他在荆棘刺上刻的小猴。

郑国有一个铸造刀具的人，听说了这样的事情，特别气愤，很为燕王抱不平，一心想当面揭穿卫国人骗人的把戏。一天他也去拜见燕王，燕王听说他是铸造刀具的，就想一定精通雕刻工艺，就与他说起了荆棘刺上刻小猴子的事情。郑国人正想说这件事，一看燕王首先提起来，就开门见山地说："大王陛下，你受小人蒙蔽了，荆棘尖上刻小猴，这是根本不可能的事情。"燕王听后，先是一惊，之后马上追问道："为什么你能这么肯定呢？"郑国人耐心地解释说："我是打制各种刀具的，你喜欢的各种精美细致的小物件，都要用刻刀才能刻削成功；而用刻刀雕刻东西，所雕刻的东西一定要比刻刀大。现在荆棘刺的尖端根本容纳不下刻刀的刀锋，要在上面雕刻，简直是难上加难。你只要看看雕刻人的刻刀，他能不能在荆棘刺尖上刻猴也就显而易见了。"

燕王恍然大悟了，光听那卫国人说他能刻猴，可他从来没有说过自己使用什么刀具。于是，急忙叫人去找卫国人，想当面问个究竟；谁知，卫人听到风声，早就已经溜之大吉，逃回卫国去了。

【寓意点拨】卫国人编造了一个不可思议的谎言，燕王竟然对此深信不疑，原因在于卫人迎合了燕王的喜好；但是骗人的把戏还是经不住合理的推敲和认真的考察，最终必然有一天会真相大白的。

济阴商人

【寓源】明·刘基《郁离子·贾人》。

【寓言】济阴有个商人，渡河时翻了船，趴在漂浮的草木上，哭叫求救。有个渔夫驾着船去救他，还没有到他身边，商人急忙喊道："我是济水岸边的大财主，你能救了我，我给你一百两银子。"

渔夫把商人救上了岸，他只给渔夫十两银子。

渔夫说："刚才你答应给一百两银子，现在只给十两银子，恐怕不行吧！"。

商人勃然发怒，变了脸："你是个打鱼的，一天的收入能有多少！现在一下得了十两银子，还嫌不够吗？"

渔夫神情沮丧地走了。

后来有一天，商人乘船顺着吕梁河水往下漂流，船撞到礁石又翻了，凑巧上次救他的渔夫也在那里。

别人对渔夫说："你为什么不去救他呢？"

渔夫说："这个人，是上次许诺我救他给百两银子酬谢而不兑现的人。"

渔夫把船靠岸，看着商人淹死了。

【寓意点拨】这则寓言以济阴商人重财丧命为喻，批评世上那些重财轻命、言而无信的行为。告诫人们要以那商人为鉴，轻财利，戒贪心，讲信用。

纪渻驯鸡

【寓源】战国·庄周《庄子·达生》。

【寓言】有个叫纪渻子的人，专为周宣王训练斗鸡。过了十天，周宣王问他："斗鸡训好了吗？"纪渻子回答说："没有。它虚浮骄矜之气正盛，沉不住气，容易被激怒。"

过了十天，周宣王又询问情况，纪渻子回答说："不行。它听到点动静就叫，看到晃动的影子就惊跳起来。"

又过了十天，宣王询问，纪渻子回答说："它左顾右盼，仍然是一副骄傲的样子。"

又过了十天，纪渻子答复说："差不多了。它除了偶尔会打鸣外，再没有什么变化无常的反应了，看上去就像木雕的鸡似的。这样看来，它基本具备了沉着应战的条件。"纪渻子把它带去参加斗鸡，别的鸡没有敢来应战的，见了它掉头就逃跑。

【寓意点拨】这则寓言教育人们，做什么事情，都要有明确的目的。同时，必须认真，一丝不苟，循序渐进，精益求精，只有这样才能把事情做好。

纪鸮鸣

【寓源】宋·李昉《文苑英华》。

【寓言】东渭桥有个人在路旁卖吃的，他的庭院里有棵槐树，树干高耸，枝条舒展，树叶满布而翠绿，与其他的槐树很不一样。那房子很简陋，主人也只有以槐树作为装饰，每当炎炎夏日，就会生风带来凉意，因此，就算和高大的屋宇比较，想来这间简陋的房舍一点也不觉得惭愧，所以走南闯北的人，无论步行或乘车，总要在此休息，在此留宿，也都忘记了房屋的简陋。

长庆元年，我到鄜地去，在树下休息了一下，看到主人因这棵槐树而得到优势，使这间房舍也和高大屋宇一样。等到第二年到夏阳去时，槐树已经成为柴木了。这间房屋已经很简陋，槐树又被当成柴火，于是我便到其他的房舍里去了。我便询问砍掉槐树的原因，那位主人回答说："我和邻居都是卖食物的。我因为槐树的缘故，获得的利润比邻居高出一倍。邻居中有人善于学猫头鹰的叫声，每到夜晚昏暗时，常爬上树学猫头鹰叫，声音充斥萦绕在树间，忽大忽小，听到的客人莫不恐惧心惊，认为槐树上有鬼，而且很快就会来了。邻居又与巫师勾结，使之传出鬼语：‘槐树砍去，猫头鹰便不再栖息。’我的母亲患有肺结核病，考虑到可能会殃及母亲，便听信了巫师的话，砍去了槐树，后来就因为来客稀少而导致穷困。”

我认为：“假借猫头鹰叫声，砍掉槐树，殃及别人，这行为比真猫头鹰还要过分，难道不是听从巫语的错误吗？但是，屈原正直敢谏言，并非对楚国不利，靳尚的一番谗言，屈原就被流放；杨震的宏谋大计，并非对东汉不利，樊丰一进谗言，杨震就被逼自杀。与古人相比，这位主人尚不算太愚昧。”

【寓意点拨】这则寓言揭示了人类的私心及善妒，往往是造成社会纷乱的主因。邻居由于眼红于槐树带给陋室主人的利润，于是学做鸮鸣，并勾结巫师散播谣言陷害他人。

技艺争高下

【寓源】明·冯梦龙《广笑府·尚气》。

【寓言】木工说：“我能巧用斧子、凿子，造房子制作器物，的确是一个好工匠。”

石工说：“斩断木头并不难，雕刻石头才是难，我是一个好工匠。”

铁匠说：“修造房子、雕刻石头，必须依靠冶炼和钳子的力量，你们没有我都不能成功，就不要空争闲气了。”

【寓意点拨】各种技艺，各有所长，各有所短，不要拿自己的长处去比别人的短处。只有共同配合，团结协作，才能共成大业。

季子投师

【寓源】南朝·刘勰《权子·吾师》。

【寓言】商季子特别爱好道学，他带着很多盘缠，游学四方，只要碰上戴黄帽子的道士，就施礼求教。

一个狡诈的骗子手，企图谋取他的旅资，就骗他说：“我是一个得了真传的道士，只要你跟着我云游，我就传授给你。”

季子诚心诚意地跟着走了。

骗子手一直没有得到下手的机会，而季子又不时催促他传道。

一天，两人来到江边，骗子一见有机可乘，就诳他说：“道就在这儿哩！”

季子忙问："在哪儿？"

骗子说："就在这条船的桅杆顶端，你亲自爬上去就得到了。"

季子把钱袋放在桅杆下，急忙抓住桅杆往上爬，骗子在下面连声催喊道："上！上！"

季子上到顶端，无法再上，恍然大悟，抱着桅杆高兴地欢呼："得道了！得道了！"骗子乘机拿着钱袋跑走了。

季子下来后，依然欢跃不止。旁观的人说："嗨！傻瓜，那是个骗子，早把你的钱拿走了！"

季子说："那是我师傅，这也是他在教我啊！"

【寓意点拨】这则寓言告诉人们，季子学道，盲目得很，幼稚得很。他见了戴黄帽子的就拜，拜来拜去，拜了个骗子手为师；而且上当受骗，执迷不悟还认为从骗子手那里学得了"道"，这真是一个绝妙的讽刺！

祭父不荐菱

【寓源】春秋·左丘明《国语·楚语上》。

【寓言】屈到喜欢吃菱角。他生病时，叫来负责祭祀的家臣嘱咐说："祭祀我的时候，一定要用菱角。"

到了一周年祭祀时，家臣准备供奉菱角，屈到的儿子屈建命令把它拿掉。

家臣说："这是你父亲嘱托的。"

屈建说："不能这样。我父亲执掌楚国的政事，他制定的法令记在百姓的心中，收藏在王府里，对上可以比同于先王，对下可以训导后人，即使没有楚国，各国诸侯也没有谁不称赞的。祭祀的法典上说：祭国君要用牛，祭大夫用羊，祭士用小猪和狗，祭普通人用烤鱼。竹笾木器里装的果干和肉酱，则从国君到普通百姓都可以用。不进献珍贵稀罕的东西，不陈列品类繁多的食品。我父亲也不能因为自己的嗜好而违犯国家的法典。"

于是祭祀时便不用菱角。

【寓意点拨】这则寓言告诉人们，人们的一切行为都要有一个准则，这样才有是非善恶之别，这个准则就是国家的根本大法。

蓴其重获

【寓源】明·刘基《郁离子》。

【寓言】句章这地方有个农夫，用茅草遮挡住家门前的篱笆。一天，他听到草丛里有唧唧的叫声，拨开草一看，居然捉到了一只山鸡。他喜出望外，又用草遮挡住篱笆，盼望能再从那里得到山鸡。第二天他专门去那里细听，觉得里面又出现先前那样的声音，他急忙拨开草，却摸到一条毒蛇。他的手被蛇咬伤，中毒而死。

【寓意点拨】说明贪心不足、财迷心窍的人，往往给自己招来祸灾。也指做任何事情，都不要拘泥于以往经验。思想上有了框框，把偶然性当作必然性，就会在情况变化了的现实面前碰壁。

家犬救家主

【寓源】清·王卓《杂著十种·寓言》。

【寓言】某城镇的东边，有户居民家养了一条狗，很瘦弱。

一天晚上，邻居家突然发生了火灾，火势蔓延到了这户居民家。这时，主人正在熟睡，狗连声大叫，没有叫醒他，他翻身牵了牵被子，又入睡了。狗又靠在床边用嘴贴在主人的耳朵边大叫，这才把主人惊醒。他睁眼一看，烟火已经充满了全屋，于是急忙呼喊妻子女儿冲出门去，房子很快烧为灰烬。

这位居民得救之后，便对他的亲戚说："我的家贫穷，狗常常填不饱肚子，不料今天家狗把我们全家四口人从灾难中救出来。有人享受别人丰厚的饮食，却不顾人家遭难的时候，比起这只狗来，又怎么样呢？"

【寓意点拨】狗是人类的忠实朋友，尤其是看家狗，能在主人遭到危难之时，奋力拼命相救。这则寓言可以用来讽刺社会上那些势利小人，平时得到别人的丰厚礼遇，而当别人遭难需要他援助的时候，他却弃之不问，这种人真是连狗都不如。

贾胡买石

【寓源】清·王士祯《香祖笔记》。

【寓言】江宁有一个从西域来经商的胡人，看见人家案几上陈列着一块石头，想买下来。连续去了好几次，主人故意提高它的价格，没有卖。

一天，他把石头重新磨洗了一番，希望能再度抬高价格。

第二天经商的胡人来了，吃惊地叹着气说："这是件最珍贵的宝石，可惜现在已没什么用了！这宝石上原有十二个小孔，是按十二个时辰排列的。每交一时，就会有一只红蜘蛛在小孔上结网，后网结成，前网就消失，这是个天然的日晷仪。现在有红蜘蛛的小孔都磨坏了，这石头，有什么用处呢？"说罢不再看一眼就走了。

【寓意点拨】这则寓言批评了那个一心想抬高价码的宝石主人。他为了多赚钱，弄巧成拙，反复打磨把珍宝变成了“废物”。我们生活中也常见到一些好心办坏事，或贪小利而遭大损的事情，值得从中吸取教训。

假阶救火

【寓源】明·宋濂《燕书》。

【寓言】赵国人成阳堪家的房子着了火，想要扑灭，却没有梯子上房。他连忙打发儿子成阳朒到奔水家去借。

成阳朒换了一身整齐的衣冠，斯文地迈着方步走了。

见到奔水先生以后，他彬彬有礼地连作了三个揖，然后跟着主人缓步登堂，在西面柱子之间的席位上坐下，一声不响。

奔水先生让家人设宴招待。席间，主人献上肉食，向成阳朒敬酒。成阳朒起立，举着酒杯，慢慢喝下，并回敬主人。酒后，奔水先生问道：“你光临寒舍，请问有什么吩咐呢？”

成阳朒这时才开口说明来意：“上天给我家降下大祸，发生了火灾，烈焰正在熊熊燃烧。想上房浇水灭火，怎奈两肘之下没生双翼，一家人只能望着火的房子哭喊。听说您家里有梯子，何不借我用用呢？”

奔水先生听了，急得跺着脚说：“你怎么这样迂腐呢！你怎么这样迂腐呢！要知道，在山上吃饭遇到虎，必须赶紧吐掉食物逃命；在河里洗脚看见鳄鱼，应该马上抛弃鞋子跑掉。房子已经着了火，是你在这里作揖礼让的时候吗？”

奔水先生急忙命人抬上梯子，跟他回去。等他们赶到的时候，房子早已化为灰烬了。

【寓意点拨】这则寓言告诉人们，办事情、做工作，都要讲实际求实效，反对那种拘泥守旧、虚伪繁琐的庸俗作风。

假　人

【寓源】南朝·刘勰《权子》。

【寓言】从前，有一户人家养有一个鱼塘。常有一群鸬鹚飞来偷啄鱼吃。鱼塘的主人为这事非常犯愁，于是就扎了一个草人，给它披上蓑衣，戴一顶斗笠，插一根竹竿，把它摆到鱼塘里，用来吓唬那群鸬鹚。一开始，鸬鹚看到草人，只在天上绕圈飞，不敢马上下来；待看清是假的，便依旧下到塘里啄鱼，累了就落在草人的斗笠上休息，悠然自得，一点也不害怕。

主人见是这种情况，便悄悄地撤走草人，自己披蓑戴笠一动不动地站在鱼塘里。鸬鹚又来了，依然下塘啄鱼，落在斗笠上休息。这时，假扮的草人一把抓住鸬鹚的脚。鸬鹚挣脱不开，拍着翅膀大叫："假的！假的！"那人说："原先那个是假的，现在还是假的吗？"

【寓意点拨】这则寓言说明：鸟的中计，是犯了踏故习常的经验主义错误。世界万物，都是处在不断变化发展当中，如果长久地用不变眼光去看待它，就会招致意想不到的灾患。鸟的教训，宜深以为戒。

假　儒

【寓源】明·冯梦龙《广笑府·儒箴》。

【寓言】有一个富裕人家的子弟，冒充是秀才，拿着状纸到处追债，从中索取钱财。

县官看他长得丑陋粗俗，行为十分可疑，于是就问他："你是秀才，那么'桓公杀子纠'一章是怎么说的？"

这个人根本就不看书，怎么知道书中的内容，心里以为是一桩人命案，心里非常害怕，紧张得高声大叫："我实在是不知道啊！"

地方官命令左右打了他二十大板。

这人出来以后，对他的仆人说："这个县官太不讲理了，说我阿公打了翁小九，还把我打了二十大板。"

仆人说："这是书上说的话，你也应该略知一二啊。"

这人说："我大喊不知道实情，尚且挨了二十下。如果说我知道，岂不是要我偿命。"

【寓意点拨】这则寓言说明，明明是一个酒囊饭袋，却要冒充满腹经纶的秀才，这种蠢货挨打，确实活该。

驾豕耕田

【寓源】明·宋濂《宋文宪公集遗编》。

【寓言】商於子家里很贫穷，没有牛耕田，便牵了一头大猪驾轭。大猪不肯服套，刚把轭套在脖子上就挣落了下来，一整天也没有犁成一畦土地。

宁母先生走过来责怪他说：“这是你的过错了！耕田应当使用牛，因为牛的力气大，能够翻起土块；蹄子坚硬，能够陷踏泥沼。猪纵然肥大，怎么能耕田呢？”

商於子怒气冲冲地没有答话。

宁母先生说：“《诗》中不是说过‘告诉众伙伴，抓猪在猪圈’吗？这就是说，要把猪当作菜肴食用。现在，你却用猪代替耕牛，这不是把事情弄颠倒了吗？我是怜悯你才告诉你的，你却反而恼怒我不和我搭腔，这是为了什么呢？”

商於子说：“你以为我把事情弄颠倒了，而我却认为你把事情弄颠倒了。我难道不知道耕田必须用牛，也就像治理人民须用贤能的人一样吗！不用牛虽不能耕好田地，它的危害还是小的；如果不使用贤能的人，则天下的老百姓都要遭殃，那它的危害可就大了！你为什么不去把责怪我的话拿去责备那些统治人民的人呢？”

宁母先生回头对他的徒弟们说：“原来这是一个内心怀有激愤的人呀！”

【寓意点拨】这则寓言说明耕田不用牛，虽不得田其害小，治国不用贤人，则天下受祸。选贤授能，虽古有明训，但历代君王对贤、能的认识却不同。

坚瓠无窍

【寓源】战国·韩非《韩非子·外储说左上》。

【寓言】齐国有个名叫田仲的居士，宋国人屈毂见了他说：“我听说先生有大义，不依靠别人而食。现在我有一个大葫芦，坚硬得像石头，皮厚而无从挖洞，愿意把它献给您。”

田仲说：“葫芦最可贵的用处，是说它可以盛东西。现在皮厚到挖不开洞，那就是说它不可能剖开用来盛东西；坚硬得像石头，也就不可能切开去当勺子使用，我要这样的葫芦没有什么用。”

屈毂说：“是呀，我过一会儿把它扔掉。”

现在田仲不依靠别人而谋食，可是他对齐国也没有什么益处，就同坚瓠之类的东西是一样的呀！

【寓意点拨】寓言本来是讽刺那些隐居不仕的人，他们自我标榜，不食人间烟火，实际上他们对社会毫无作用。但从现实意义来讲，这则寓言告诉人们，一个人生活在社会之中，就应该为社会做出贡献，做一个有益于国家，有益于人民的人。一个人即使有满腹的学问，如果不愿意奉献出来，那他终将会被人民所抛弃。

蹇驴负重

【寓源】清·李世熊《物感》。

【寓言】跛脚的母羊在郊野吃着水草，沿着浓密的树荫，有时走着，有时站着，随心所欲，没有鞭打呵斥。这时，遇见了瘸驴拉着盐车很吃力地走着，便笑它说："阿驴你这样地卖力，结果会怎样呢？"

驴回答说："上帝给了我大嗓音，人们就认为我有力量担起重任，我就是不想拉车也不可能呀。"

跛脚母羊说："你为什么不善于隐藏你的本领呢？"

驴听了点点头，就用脚触地咯咯地叫唤起来，假装出疲惫不堪的样子。主人以为它又饿又累，就让它饱饱地吃了一顿，还储存了一斗谷子等它饿时再吃。驴又表现出从前的样子，勉强支撑着长声鸣叫，忙忙乱乱地拉车往返，十分卖力。

跛脚母羊叹气说："你本性贪图微薄的赏赐，马上就会疲惫而死了。"

所以说：豢养的龙损失了灵气，喂养的虎失去了勇猛。

【寓意点拨】寓言通过母羊与跛驴的对话，揭示出一个深刻的社会问题，被主子豢养的奴才，是摆脱不了为主子卖命的命运，甚至会失去做人的本性。

这则寓言启示人们，在为人处事的人生经历中，不可轻易地接受别人给的好处；因为接受了别人的好处，就要为别人办事以报答，这样势必受到别人的制约，失去了自立的主动权。

蹇千里

【寓源】清·侯方域《壮悔堂文集》。

【寓言】蹇千里是卫国人，他的远祖出于沂渭的马氏，因为他的后代没有显赫的人出现，马氏便把这一支族系从马氏家族中排挤出去，不同他们来往。

蹇千里的祖父叫鸣，在晋代初年因为有名声而求见侍中王济。王济对他很好，并对孙楚说起他。

王济是天子的亲近大臣，孙楚以文学而立家业，闻名于当时。由于王济、孙楚的共同称誉，因此鸣随即来往在士大夫之中。

鸣连升官职，担任了枥园令。此后更加骄横，同马氏争名位，被诸葛恢降其职，丞相王导替他争辩也没有效果。鸣因这个原因而被罢去官职。鸣被斥逐之后，家境日益败落，于是退居同奇章氏在田野中耕地。鸣的儿子叫辕客，很早就去世了。

蹇千里从小就成了孤儿，并不聪明，时常跟随商人和牧童，替别人运载货物。又因玩耍被人追逐上了，就骑在他的脖子上，蹇千里倒着走，人就鞭打他。这时，蹇千里表现得更加恭敬，观看的人大笑着说："这千里笨钝懦弱到这等地步。"大家开玩笑地叫他为"驽"，之后就以驽为名了。

一个善于看相的人路过此地，看见蹇千里时说："我看过很多人的相，而你的耳朵既尖又大，面部狭长，很像诸葛瑾，往后应当担任朝廷大臣，必定荣华富贵，到那时不要忘掉我呀。"

蹇千里慢慢地抬起头来说："人们都说我'驽'，这只是表面的，怎么能了解我呢！我在十天之内能达到千里之远。"于是便改名叫蹇千里。

蹇千里长大之后，谢绝了在一块玩耍的所有的人，听说孟浩然能写诗，就屈身侍奉他，为他背书箱行李。孟浩然喝醉了酒，他立即背其回来，所做的都是最卑下的事，时间一长，相处更加欢洽。孟浩然开导蹇千里说："你的家族孤陋，不经过引荐，终究成不了名。三天后，我同诸公在灞桥上宴会，到时你应当来。"

到了那天，天下起雪来了，诸公在风声中，相互传杯饮酒。酒后就赋诗，并且还指点着社会上能作诗的以及诗不及意的。这时，蹇千里沿着泥泞的路，背着诗袋跌跌撞撞地赶来了。诸公看见了他，都说："诗在这里呀！"因此蹇千里的声誉就远远地高出同类。不久，蹇千里作了《餐牡丹之朝英赋》而一举中了进士，担任馆驿巡官，又提拔为驾部员外郎，出任稷州转运使，凭借灵石道大都督身份进入朝廷为左仆射，封为曹国公。

蹇千里做官时，都有劳苦的政绩，他的性格诚实，不愿意放纵无约束，他曾经说过："那些驾车颠倒而只能耕田的驴，怎么能同它们共事相处呢！"不过，蹇千里没有别的才能，只是凭着资历深、任职多而坐享卿相高位，同名位的人看不起他。

有一天，蹇千里在中书省参加宴会，已经是三更半夜时分，他一口气吃了几豆食物，忽然跳起来破口大骂。凤阁侍郎王及善叹息说："这是局促车下的小马驹，有幸登上这个高位，大概是想一鸣惊人吗？"说着回头叫令史把他赶出去，并说："我要把这件事上奏给皇上。"蹇千里最终被罢免左仆射，贬为黔中太守。

黔中之地僻远险峻，那里多生凶猛野兽和有毒的瘴气，不是人居住的地方。蹇千里自以为是贵臣而遭到排斥，心里常常不乐，于是放纵自己，常常出没山林中，不幸突然被老虎咬死。这事发生后，有人也批评王及善。蹇千里死后，他的异父兄弟田氏，都冒充马氏，又以身高力大而知名。

侯方域说："平凡的千里驽，他的先辈也是没有显赫名位的人，但他自己能文饰自己，凭着能诗会赋而显称于世，以致位列卿相高官。唉！这也是奇异呀！最终遭到老虎咬死的厄运，大概是寿命尽了。人们开始听说这件事，没有谁不感到惊疑；

不久果真是如此。唉！高大的名位真是不能以侥幸之心去获取呀！”

【寓意点拨】寓言中以拟人化的手法为驴作传，其家族兴衰、生平经历，写来具体生动。同时告诉人们，要立足于社会只有靠自己的努力奋斗，靠自己的真才实学，而不能把希望寄托在人情关系上。要靠自己的才能去适应万变的复杂社会，人情关系是不牢靠的，犹如冰山融化，靠山便倒，随之而失势。

见金不见人

【寓源】战国·列御寇《列子·说符》。

【寓言】古时候齐国有一个人，他一心想得到金子。一天晚上，他翻来覆去，辗转反侧都没有睡着，满脑子都是金光闪闪的黄金。第二天，他一大早起来，洗漱穿戴完毕，饭也不吃，话也不说，径直就朝卖金子的店铺走去。到了那里，看到有人正在交易，手里拿着的正是自己日思夜想的金子，二话不说，伸手就去抢。

店铺里的人都被吓坏了，大清早从没见到过这样明目张胆抢劫的，于是马上报了官。官吏逮住把他捆绑起来带到了官府，然后审问他：“那么多人在店铺里，你为什么敢公然抢人家的金子？”没想到的是，齐人面不改色平静地说：“我根本没有看见人，我眼睛里只有金子！”

【寓意点拨】利欲熏心的人往往会受欲望的支配而丧失理智，做出愚蠢的事情来，像故事中的齐人一样，最终必然遭到惩罚。

这则寓言抨击那些财迷心窍，利令智昏的人，只要能得到钱，是不顾一切的。也用以说明，有些衣冠楚楚的“正人君子”们，明抢暗夺，不择手段，什么卑鄙的事情都干得出来。

见祥为祸

【寓源】西汉·刘向《战国策·宋卫策》。

【寓言】宋康王在位时，有一天，城墙角落处有只山雀生了只鹯（zhān）鸟。叫太史占卜，太史说：“小的生下巨大的，一定会称霸天下。”

宋康王听了非常高兴，于是灭亡了滕国，攻打齐国的薛地，夺取楚国的淮北之地。康王更加自信，想立即称霸天下。这时又用箭射天，用竹鞭子抽地，砍掉土地庙中的神牌并把它烧毁了，并说：“以威力征服天地和鬼神。”痛骂劝谏的老臣，戴无遮掩额头的帽子，显示勇敢。进而剖开驼背人的脊背，斩断早晨渡河人的小腿，宋国一片骚乱。

齐国得知这一情况后，发兵讨伐宋国，民众溃散，城池守不住。宋康王逃避到倪侯的馆舍中，终于被捉住杀死了。所以说见到吉祥的却不去做吉祥的事，反而成为灾祸。

【寓意点拨】这则寓言讽刺那些狂妄自大的人，他们往往只看到自己的力量，盲目自信，不知天高地厚，为所欲为，到头来必然自取恶果。同时告诫人们，在胜利之时不可骄傲自满，而要更加谨慎处事；否则被胜利冲昏头脑，就会走向反面。

建业妇人

【寓源】东晋·干宝《搜神记》。

【寓言】建业有一个妇人脊背上长了一个瘤子，像能装几斗东西的口袋那样大，里面的东西像蚕茧、板栗一样，非常多，一走起路来就发出响声。她经常在集市上乞讨，自称是乡下人，她曾经和妯娌们分头养蚕，唯独她一个人的蚕茧连年损耗，于是偷了她嫂嫂的一袋茧子，把它烧了。过了一段时间，她背上就长出了这个疮，渐渐长成了这个瘤子。如果用衣服遮盖着瘤子，她就感到胸中憋闷，透不过气来，老是让它袒露着才可以，但是总感到像背着沉重的口袋一样。

【寓意点拨】寓言告诫人们：不要做损人利己的事情，不要暗中做坏事。任何坏事都不可能长期被掩盖，总有一天要暴露，做了坏事最终一定会受到惩罚。

僭　称

【寓源】明·冯梦龙《广笑府·嘲谑》。

【寓言】有一家人，父子童仆都爱说大话，常常用朝廷里的名分来自称。

一天，有一个朋友来探望，正遇他家父亲外出，遇到他的长子，说：“父王驾出了。”

朋友问到他母亲，次子说：“娘娘在后花园宴饮。”

朋友见他们说话超越自己身份，就含怒离开了。路上遇到他们的父亲，就把他儿子的话告诉了他。父亲问：“这是谁说的？”

仆人在后面回答说：“这是太子和庶子说的。”

那朋友更加生气了，就扭着仆人要打。

父亲忙劝说：“卿家别生气，看在寡人的面子上。”

【寓意点拨】这则寓言说明：虚荣心可以影响一个人的很多方面，不但害己，而且害人。这就叫作死要面子活受罪。

江浦焦螟

【寓源】战国·列御寇《列子·汤问》。

【寓言】长江的水边生长着一种微小的昆虫，它的名字叫焦螟，成群地飞聚在蚊子的眼睫毛上，彼此不相触及。它们停留来去，蚊子都觉察不到。眼力极好的离朱、子羽在大白天擦拭眼眶，扬起眉毛仔细观看，看不见它们的形体；听觉特别灵的僱(zhì)俞、师旷在深夜时竖起耳朵低着头用心去听，也听不到它们的声音。只有黄帝和容成子住在空峒山上，一同斋戒三个月，心同死灰，形如枯木，慢慢地以精神来视察，才看见它们的形体独立像嵩山的大丘，缓缓地用元气来静听，听到它们的声音，大得如同雷鸣巨响。

【寓意点拨】这则寓言启示人们，看问题不能局限于某一个侧面、某一种方法，要从不同的角度来观察，这样就会全面地了解事物的特征，不至于产生片面的认识。一种事物从这一侧面来看没有什么价值可言，而从另外一个视角去探讨，就会发现极大的价值。所以看问题，不能绝对化，而要灵活多变。

江上处女

【寓源】西汉·刘向《战国策·秦策二》。

【寓言】江边一群处女，有一个因家里贫穷买不起蜡烛，常在别人家借光过日，于是处女们相互议论，要赶走无烛女人。

无烛女人准备离开时，对其他处女说："我家没有烛火，所以常常提早来到你们家，打扫室内，铺好席子，你们为什么舍不得那照到墙壁上多余的光亮呢？把它赐给我，对你们有什么妨害呢？我自以为对姑娘们有好处，为什么要赶走我？"

处女们相互商量后认为她说的有道理，便把她留下来了。

【寓意点拨】寓言启示人们，遇事要全面衡量利害关系，对于有害而无益的事要坚决杜绝，而对于有益而无害的事则以容忍为宜；处事要以大度为怀，不要以一己之私利而排斥对集体有益的人。

江蟹趋海

【寓源】宋·崔敦礼《刍言》。

【寓言】江里螃蟹，开始穴居在潮湿的沼泽地中，到了秋冬之际，便大批涌出，朝着大海而去。渔夫们用狄蒿编织成障碍物来阻挡它们。螃蟹越过障碍继续前进，不到江海不停止。褊狭的学说就如同低洼的沼泽，真理就像江海。厌弃低洼的沼泽而奔向江海，是人们共同的愿望。

【寓意点拨】这则寓言启示人们：每个人都有自己的理想和目标，要想达到自己的目标，就要付出汗水和心血。在追求目标的过程中，不会是一路坦途，必然有许多不可预知的风险和困难，人们必须具备坚强的意志力，并且要有冷静的头脑，避开各种陷阱，只有经过重重困难，才能到达无限辽阔的江海。

蒋里善人

【寓源】清·唐甄《潜书·辨儒》。

【寓言】从前，四川的蒋里是个品德好的人。他热爱好人好事，痛恨坏人坏事，为人忠诚守信用，从来不欺骗人。同乡的人都信服他。有个富人借给他千金，他拿这笔钱到陕西、甘肃一带去经商，用他对待同乡的态度对待那里的人，可是那里的人并不欢迎他。三年时间，他把本钱全赔光了，空手回到了故乡。

【寓意点拨】这则寓言，以蒋里诚信不欺人，出外经商赔掉全部本钱的故事暗喻，无商不奸的社会现象。今天我们可以从另一个角度获得启示：世间的人和事都是发展变化的，以同一种办法对待不同的人和事，肯定是行不通的。不可效法那些不善于变化以适应不同情况的呆板人。

交浅言深

【寓源】西汉·刘向《战国策·赵策四》。

【寓言】有个游客向服子引见一个人，没过多久就问服子，那个人有什么过失。服子说："你的那位朋友有三点过失：望着我而笑，这是轻慢；谈话时不称师长，这是背离；交往短而说话深入，这是妄乱。"

游客说："我不这样认为。望人而笑，这是和蔼；谈话时不称师长，这是随便说说；交往短而谈话深入，这是忠诚。从前尧在荒野见到舜，在田头桑树荫下坐着，顷刻间就把天下让给舜；伊尹背着炊具鼎俎求见汤文王，姓名还没有熟悉，却授给他三公高官。假如交往短而不可深谈的话，那么天下不会传给舜，伊尹也得不到三公了。"

【寓意点拨】这则寓言告诉人们：对于"交浅言深"要看对象，在正常的交往中，应当彼此"交浅而言深"。而对方如果是要算计你、想了解你的底细而达到自己的目的，那就不能"交浅而言深"，而是要"交浅而言婉"。

姣服

【寓源】明·刘基《郁离子·玄豹篇》。

【寓言】周地有一个爱好漂亮服装的人，穿着不合心意就感到别扭，不舒坦，一定要换上漂亮的服装才满足。一天，他要到一个地方去，袖子上沾了一块黑泥还不知道，趾高气扬地向前走，非常高兴。半路上，他的朋友向他指出袖口上有黑泥，他马上把衣袖扯起来用指甲轻轻地刮了又刮。污泥刮去了，但那印迹却留在他心里。他疑神疑鬼地走五步要把袖口看六次，结果没有去成便回家了。

【寓意点拨】寓言告诉人们：爱小谨则大事不成，拘形迹则心为形役，只有放下包袱，才能轻装前进。

焦湖庙祝

【寓源】东晋·干宝《搜神记》。

【寓言】焦湖庙里有一个玉枕头，枕上有个小孔。当时，单父县有个在此经商的人，名叫杨林，来到庙中祈福。庙中巫祝问他："你愿意结成一桩美好的姻缘吗？"杨林一听，高兴地说："好极了！"于是巫祝让杨林依枕而睡。

杨林恍恍惚惚进入梦中，只见亭台楼阁，富丽堂皇。赵太尉坐在堂上，对他殷勤相待，还把女儿嫁给了他。

婚后，夫妻和谐，连生了六个儿子。六子长大成人都做了秘书郎中。

杨林享荣华，受富贵，过了几十年都没有回家的意思。忽然一觉醒来，他睁眼一看，原来自己还在玉枕旁边。

【寓意点拨】寓言告诉人们，美满幸福的生活是通过辛苦劳动创造出来的，好逸恶劳，坐享其成，是剥削阶级的思想意识。

焦奇缚虎难缚猫

【寓源】清・沈起凤《谐铎》。

【寓言】沂州的山高峻险要，藏着许多猛虎。当地的官吏常常命令猎人去捕杀，却往往反被老虎吃掉。

有个名叫焦奇的人，是陕地人，投奔亲戚未遇，就流浪在外，寄居沂州。其人向来神勇，曾经挟着千佛寺前的大石鼎，飞腾到大雄殿的左边屋脊上。因而人们称他为“焦石鼎”。他得知沂州山岭中藏有很多老虎，每天徒步上山，遇到老虎就空手格斗，把它打死，背着回来，成了习以为常的事。

有一天，他进山碰到两只大虎领着一只小虎，焦奇顿起杀心，接连打死两只大虎，左右肩各扛一只，并活捉一只小虎走了回来。众人看到都吓得向后退，而焦奇本人却谈笑自如。

有一个富家人，很钦佩焦奇勇猛，就设宴款待他。焦奇在宴席上讲述自己平时捕捉老虎的情景，听的人都惊讶失色，而焦奇更加夸大其词，一边讲述一边指画比拟，显得意气风发，异常自豪。突然间，有只猫跳到宴席桌上抓取食物，弄得汤汁狼藉，弄脏了座席。焦奇以为是主人家养的猫，就任它饱餐一顿离去。

主人说：“这是邻家的畜生，如此讨厌！”

没一会儿，那只猫又跑回来。焦奇急忙站起来举拳打去，桌上的杯盘菜肴都打翻摔碎了，那只猫却跳到窗户角落里趴伏着。焦奇大怒，又去追击，窗户的木条都被打坏了。那猫一跳登上屋角，两眼注视着焦奇。焦奇越发恼怒，张开双臂做擒缚的形状，而猫号叫一声，拖着尾巴，慢慢地越过邻家的墙头溜掉了。焦奇无计可施，面对着邻墙发呆。主人拍手而笑，焦奇非常羞愧地回去了。

焦奇这勇士，能捉住老虎。却不能逮住一只猫，难道真的是对大敌勇敢而对小敌胆怯吗？不，这是由于用的力量不得当罢了。容纳一头牛的大鼎，却不能烹煮小鱼；价值千金的弓箭，未必能射中一只小鼷鼠。身怀绝技的人应该懂得这一点，使用人才的人更应该懂得这个道理呀！

【寓意点拨】这则寓言以勇士焦奇能赤手缚虎却逮不住小猫为喻，说明“分量不相当”，人的才干用于合适的地方就能获得成功。它启示人们，鉴定人才，使用人才要扬其长避其短，因人制宜。

焦山老君

【寓源】东晋·干宝《搜神记》。

【寓言】有一个人进入焦山，学道七年，太上老君给他一把木头做成的钻，叫他去钻透一块磐石。这块磐石有五尺厚。太上老君说："如果把这块石头钻穿了，你就能得道成仙了。"这个人坚持不懈地钻了四十年，磐石终于钻穿了，于是他得到了炼丹成仙的秘诀。

【寓意点拨】这则寓言告诉人们，要学习一点真本领，要取得某种成功，非得下硬功夫，从来就没有什么捷径可走。

焦尾琴

【寓源】宋·范晔《后汉书·蔡邕传》。

【寓言】东汉末年时的蔡邕，有一年他住在陈留，一个朋友请他前去赴宴，他便应邀而去。他走到朋友家附近，便听到朋友家中传出一阵阵琴声。他知道，这是他朋友在弹琴，便一边向前走，一边侧耳细听。听着听着，他听出琴声中竟隐隐含着杀机，不由站住了，自言自语地说："奇怪！他弹的是召请客人的曲调，乐声中却含着杀机，我还是不要赴宴，回去吧！"

于是，蔡邕便转身走了。不料，他朋友看门的仆人已经看到了蔡邕，便连忙去向主人报告。蔡邕的朋友听了，急忙追了出来，把蔡邕请到家里，问他为什么来而复返，蔡邕便把从琴声里听出杀声的事说了。朋友惊奇地说："刚才我弹琴的时候，看到一只螳螂正在捕蝉，难道这也会在琴声中表现出来吗？"

"是的！正因为这一点，我才从琴声中听出了杀声！"蔡邕回答说。朋友听了，对蔡邕十分佩服。

后来，蔡邕因得罪了汉灵帝遭到流放，在江湖上亡命十多年。一次，他流亡来到吴地，偶然看到一个吴人把一段上好的桐木当柴烧，桐木在火中发出清脆的爆裂声。蔡邕急忙上前阻止，把那段桐木从火中抢救出来，说："这是制琴的上等桐木，你怎么舍得把它烧掉？"

那吴人朝蔡邕看了一眼，说："我不懂什么制琴，你要，那就送给你好了！"

蔡邕很高兴，向吴人道了谢，就把那段桐木带回家中，制成了一张琴。琴音清越，美妙绝伦，蔡邕心中高兴极了。

因为这张琴的琴尾上有焦痕，蔡邕便把这琴命名为“焦尾琴”。

【寓意点拨】这则寓言说明：上好的材料要让它用在最有价值的地方。但上好的材料需要识货的人来鉴别、推举。如果不是蔡邕及时把它从火里抢救出来，那块桐木早就化为灰烬了。

狡狐搏雉

【寓源】西汉·刘安《淮南子·人间训》。

【寓言】狐狸捕捉野鸡时，必定先趴下身子，耷拉耳朵，等待野鸡到来。野鸡看到这副模样，就相信狐狸不会伤害它，因此狐狸就可以抓住野鸡。假使狐狸瞪大眼睛、竖起尾巴，显示出必定捕杀的姿势，野鸡就会惊恐地远远飞走，以躲避狐狸的怒气。人们常用假象来互相欺骗，并不只是禽兽才用奸诈的计谋。

【寓意点拨】这则寓言启示人们，要善于识别假象，提高警惕，注意敌人的隐蔽性，更重要的是要人们以诚相待，不能用诈计相欺。

狡生梦金

【寓源】明·江盈科《雪涛小说》。

【寓言】有个学生，天生性情狡猾，会用诡计骗人。

他的老师执教非常严厉，如果学生稍微违犯学规，一定派人用教杖责打，决不肯轻饶。

一天，这个学生恰好犯了学规。老师怒气冲冲地坐在彝伦堂等着他。一会儿，这个学生来了，双腿跪在地下，不说别的事情，只是说：“学生我偶尔得了一千金，正在处理，所以来迟了！”

老师一听学生得了这么多钱，便立即怒气大消，问他说：“你的金子是从哪里来的呀？”

学生说：“是从地下挖出来的啊。”

老师又笑着问：“你打算怎样处理这些金子呢？”

学生回答说：“弟子家里本来很穷，并没有什么资产，现在跟妻子商议：用五百金买田地，用二百金买房子，各用一百金置办家用器具，买童仆妻妾。剩下的一百金，用一半买书，我将发奋学习了，另一半要敬赠给先生，以酬答先生对我的教育，这样就把这笔钱安排完了。”

老师说：“你有这样的打算吗？我怎么能担当得起呢？”便呼叫佣人摆好宴席。

菜肴丰盛，请学生坐下，并给他敬酒。席上有说有笑，感情融洽，跟平日大不一样。喝得半醉，老师突然问学生，“刚才你匆匆跑来，可曾把金子收在箱子里把它封闭加锁了？”

学生起身答道：“弟子处置这些金子的计划刚定，就被妻子转身碰醒了，醒过来就不知道金子跑到哪里去了，哪还需要什么箱子啊？”

老师很诧异地说：“你刚才说你得到了许多金子，是在做梦啊？”

学生回答说：“是啊，确实是做梦啊！”

老师很不高兴，但是已经跟他欢笑融洽了，不能再发脾气，便慢条斯理地说：“你倒有高雅的情谊，梦中得金，还不忘先生。”又一再劝酒，然后把他送出去了。

这个狡猾的学生，拿着梦中的金子，来应付正在发怒的老师，既免除了责打，又得到老师的盛情款待，可见仅仅是金子的名声尚且使人沉溺陶醉，若是他实实在在送金子来，人们怎能不被他拉下水呢？

【寓意点拨】这则寓言告诉人们，老师应为人师表，如果被金钱迷住了心窍，人格、人性尊严，是很难保住的。

较　贪

【寓源】宋·李昉《文苑英华》。

【寓言】弘农子到汴山北边游玩，碰到一个乡下老者，他的头巾已经不完整，鞋也破烂了，背着木柴对着天空，一会儿叹气，一会儿呼喊，于是我问他：“你是因为家中有丧事未能准备妥善呢？还是有冤屈而无法倾诉呢？使你的声音这么悲哀，表情这么凄苦？”

老者放下木柴哭着说：“我拖欠了军队的赋税，所以我的儿子被囚禁在县衙里，已经三天没吃东西了，我今天要去探视他。为了偿还前天拖欠的军税，已经卖掉了耕田的小牛；昨天仍还拖欠一些军税，又抵押了我的女儿；现在农田土地贫瘠，农作物长得不好，卖也卖不出去。我们以为缴交的是军队的赋税，实则十成当中用在军队上的不到二三成，其余的全被那些贪官污吏，移为他用，他们千变万变盘剥百姓。我想离开家乡，却苦于没有盘缠，要留下来也没有钱了，我不敢妄想能活得下去，无奈又死不了！让我无法生存下去。”

弘农子听了他所说的话，也跟着他叹气，回来后自我反省，想这世上千千万万的生物中最为害人民的，莫过于凶暴的老虎了，我将要以虎为题写一篇文章来警告那些贪官污吏，希望可以解救人民的痛苦。

当天晚上，弘农子梦见老虎说着人话：“你想要警告那些贪官污吏，要以我为主题，虽然你内心十分廉洁，何苦要如此过分的毁辱我呢？”弘农子说：“你残害人类的家畜，为求自己吃得饱，你这不是贪心的表现吗？”老虎说：“我又无法饲家畜，如何才能维持我的生命呢？若不捕捉田野里的动物，就无法填满我的肚子。我是因为饥饿才出来找吃的，若是我吃饱了，就会满足的销声匿迹，不再图谋其他动物。哪像你们人类以智慧来奴役万物，或是饲养，或是畜牧，或是狩猎，或是捕鱼，用尽种种方法以供给自己食用；或是农作，或是培育，或是经营，为的是供给自己使用。只要可以追求的事物，可以图谋的货品，就急切地想办法要得到，心中时时刻刻牵挂着，欲望像深谷溪流一般，填也填不满。哪像我只要获得饱足，则满足地睡去，你还要拿我做比喻吗？”弘农子吓得惊醒了过来，仔细想了想，若真如老虎所说，那人类比不上老虎太多了！

【寓意点拨】常言道：“苛政猛于虎。”人们总以虎之暴来比喻暴政，这则寓言亦是如此。作者目睹老者因积欠军赋，以至儿子入狱，女儿被抵押，连生活的工具——耕牛亦卖掉了，凄惨至极！于是有感而发，将以猛虎喻暴政，以警惕那些贪官污吏。

这则寓言借由对话方式引出老者的穷困无奈，情真意切，令人同情！而老虎振振有词地指责人们的行为，亦足以令身为人类的我们为之汗颜。

脚痛委邻

【寓源】明·江盈科《雪涛小说·任事》。

【寓言】乡间有个人脚上长疮，疼痛难忍，便对家人说：“你们在墙壁上给我凿个洞。”等家里人把洞凿好，他把脚塞到洞里，伸进邻居家里有一尺多长。家里人问他：“这是什么意思？”他回答说：“让它到邻居家去疼，和我就没有什么关系了。”

【寓意点拨】寓言告诉人们，对于客观存在的问题，积极的态度是正视它、解决它。那种自欺欺人的不承认主义和推给别人的极端个人主义，都是错误的。这个脚疮病人，自己脚上生了疮，本应好好治疗，却认为把脚伸到邻居家，疮就与己无关，万事大吉了，可谓愚蠢之举。

皆获元珠

【寓源】明·庄元臣《叔苴子·外篇》。

【寓言】很久很久以前，传说赤水河中有黑色的宝珠，非常的珍贵。于是，人们纷纷潜入河底去寻找。经过一番不懈的努力，大家都满载而归，有人捞到了螺蛳，有人摸到了蛤蚌，也有人捡回了卵石和瓦片。他们一个个都喜气洋洋，都以为自己获得了真正的宝珠。

黄帝有个臣子叫象罔，他看到了这些人捞出来的“宝珠”，不禁捂着嘴笑出声来了；结果被这些人知道了，他们一齐围攻象罔，象罔吓得躲到黄帝那里，三年不敢露面。

可是,那些自认为获得宝珠的人,仍然高兴不已,四处炫耀着他们“丰硕”的成果。

【寓意点拨】寓言告诉人们，那些自以为是，盲目乐观，又不许别人批评的人是很难有所进步的。

嗟来之食

【寓源】春秋·佚名《礼记·檀弓下》。

【寓言】春秋战国时期，齐国发生了严重饥荒，道路两旁全是饥饿的逃荒者，有个富人黔敖在路边准备了食物，等待饥民经过时分给他们吃，然后再嘲弄他们一番。

这时有个饥民用衣袖蒙着脸，脚上趿拉着鞋，迷迷糊糊地走来。黔敖左手举着吃的，右手拿着喝的，大声叫道：“嗳，穷鬼，快来吃吧！”那个饥民抬起头来，轻蔑地看着黔敖，瞪圆了眼睛大声说：“我就是不吃这种吆喝着叫人吃的饭，我宁愿饿死，也不会吃这嗟来之食。”说完便顽强地挣扎着向前走。

黔敖听了这番话，惭愧至极，跟在后面向他道歉，可他就是不吃，最终饿死了。

曾子听说这事后，评论说：“不必这样吧？他吆喝着叫你吃饭，你可以走开不吃，但他向你道歉了，你也就可以吃了。”

【寓意点拨】饥荒之年，黔敖赈施灾民，这无疑是善举，但他态度傲慢、语气轻蔑，为饥民不能接受，终使善举不得落实。从中我们可以看出：尊重别人是至关重要的，即便是给人帮助，也要以此为前提，否则好的愿望则可能落空。

桀杀龙逢

【寓源】前秦·符朗《符子》。

【寓言】夏桀（jié）坐在瑶台之上，观赏执行炮烙之刑时的景象。

夏桀对龙逢说：“你觉得快乐吗？”

龙逢说：“我很快乐。”

夏桀说：“看着别人受刑却说自己很快乐，你怎么一点怜悯同情之心都没有呢！”

龙逢说：“天下百姓都对这种酷刑感到苦不堪言，只有大王喜欢从中取乐，我作为你的股肱（gōng）之臣，哪有作为心脏的君王觉得快乐而作为大腿和胳膊的大臣不快乐的道理呢？”

夏桀说：“好吧，今天我就让你放言进谏。你说得好，我就给你记功；你说得不好，我就要请你尝尝这炮烙之刑的滋味了！”

龙逢说：“在我看来，大王你头上戴的，不是王冠，而是千钧巨石；你脚下踩的，不是坚实的土地，而是薄薄的春冰。从来没有头顶巨石不被压垮，从来没有脚踩春冰不掉进河里的。”

夏桀听完说：“你能预知我的灭亡，而不知道自己要死亡。你去接受炮烙之刑吧，我要看着你死亡，好让你知道我不会灭亡！”

龙逢就起身而行，唱道：“创造万物的神啊，以生命来使我劳碌，以炮烙之刑来使我休息。除旧布新，我心中充满欢乐，别人却不知道！”他一边歌唱，一边小步急走，奔往炮烙之上，于是堕入炭火之中，被烧死了。

【寓意点拨】寓言提醒人们思考这样一个问题：面对明显的错误，是应该勇于改过呢，还是如夏桀一样，置若罔闻，自欺欺人？！

截竿入城

【寓源】隋·侯白《笑林》。

【寓言】春秋时候，鲁国有个年轻人，有一天，他拿着一个长长的竹竿想进城。可是，怎么着都进不去：竖着放吧，城门不够高，进不去；横着放吧，城门又不够宽，也进不去。怎么办呢，他就那么在城门口比画着，绞尽脑汁，也想不出什么好办法来。万分苦恼的他，无可奈何地坐在城门下边唉声叹气。

这时候，走过来一位白发苍苍的老人，冉冉白须，看上去是那种知识非常渊博的人。他慢慢地走向这个年轻人，循循善诱地教导着他说：“年轻人，我不是什么圣人，但是读过很多书，也经历过很多事情，看你这么苦恼，让我告诉你一个好办法吧，你为什么不用锯把竹竿从中间锯断，这样不就能轻松进去了吗？”说完，他也不再停留，就自顾自地进城了。

这个鲁国的年轻人听了白发老者的点拨，好像茅塞顿开，一下子明白过来了。他赶紧回家拿锯锯断了竹竿，果然就能够轻松的进城去了。只是，他的竹竿却不再是原来那根完整的长竿了。

【寓意点拨】寓言讽刺那些自恃见多识广，其实并无真知灼见，而又好为人师、乱出主意的人。它对教育工作者的启示是，要博学广识，区别对象，正确施教。

解铃系铃

【寓源】明·瞿汝稷《指月录》。

【寓言】南唐时，金陵清凉寺和尚法灯，性情豪放飘逸，不大做事情。大家都很轻视他，唯有法眼禅师很器重他。

有一天，金陵清凉寺法眼禅师把大家召集在一起讲经说法，讲完经他问大家："老虎的脖子上系个金铃，谁能把它解下来？"

在座的众人，你看看我，我看看他，谁也答不上来。这时，法灯开口了。他慢条斯理地说："谁系上去的，就让谁解下来好了(解铃还须系铃人)。"

大家听了法灯的回答，不觉茅塞顿开，都非常佩服法灯的机智聪明。

法师看看大家说："怎么样，我以前说法灯对佛法有独特的领悟，你们都不以为然，现在看出他比你们都强了吧！"

【寓意点拨】法灯认为，既然有人敢于在老虎脖子上系铃，那么这个人就一定敢于把老虎脖子下的金铃解下来，这个答案是合情合理的。这则寓言说明谁引起的事端谁去了结，谁捅的娄子谁去补。

介虫恃螯待人

【寓源】清·宋琬《安雅堂全集》。

【寓言】海边有一种介虫，它的形状像蟹类蟛蜞，长着八只脚和一对螯，而且右边螯很大，有二寸多长。每当海潮退下之后，它就爬行在低湿的沙泥中，听到来人的声音，也不后退，并竖起两只螯来等待，就像抵抗敌人一样。当地人将它捉来烹食，即使煮熟了，那只螯仍然不僵死。

呜呼！螳螂振奋臂膀来挡住车轮，漆园吏讥笑它不自量力。那些依凭自己微小的才能与力量，残害人都不觉悟的很多啊，这两类小虫又怎么懂得这个道理呢？

【寓意点拨】这则寓言告诫人们，为人处世不可妄自称大，盲目行事；因为一旦妄自称大，就会只看到自己的一己之长，目中无人，这样只知长处而不知短处，必然会失败。

疥疮五德

【寓源】宋·陈元靓《事林广记·滑稽笑谈》。

【寓言】陈大卿害了疥疮病，他的上司讥笑他。

陈大卿说："您不要耻笑。这种病有五种美德可以称道，在所有的病症之上。"

上司问他，说："有哪五种美德呢？"

陈大卿说："这话不好说。"

上司说："不要紧，你且说说看。"

陈大卿说："这种病不害到人脸上，是仁呀；喜欢传染给别人，是义呀；它教人叉起手来抓挠，是礼呀；生在手指关节缝里，是智呀；定时发痒，是信呀！"

上司听说了这些话，便大笑起来。

【寓意点拨】仁、义、礼、智、信，原是封建道德的最高准则，但在这里，却被陈大卿戏谑讨厌、肮脏的疥。他的上司听说后捧腹大笑，却没想到陈大卿所讥笑的正是他这种把五德当作行动准则的权贵。在陈大卿的眼里，五德好比是毁人体肤的祸害，这无疑是对封建礼教的极大讽刺。

借　牛

【寓源】隋·侯白《笑林》。

【寓言】有人送一封信给财主，向他借牛。财主正在接待客人，怕客人知道他不识字，便假装拆开信封看信，对送信的人说："知道了。等一会儿，我自己去。"

【寓意点拨】财主本来不识字，却装模作样，冒充斯文，"伪启缄视之"，结果反自取其辱。不懂装懂，装腔作势，总难免要露出马脚的。

金壶丹书

【寓源】战国·晏婴《晏子春秋·内篇·杂上》。

【寓言】齐景公到纪地游玩，得到一只金壶，打开一看，内有丹书，书中说："吃鱼不要翻，劣马不要乘。"

景公说："这话说得好哇！不吃翻一个身的鱼，是讨厌鱼腥味；不要乘坐劣马，是怕马跑不远。”

晏子回答说：“我认为不是这个意思。吃鱼不要翻，是指不可竭尽民力；不要乘坐劣马，则是指国君不可任用不贤之人。”

景公说：“纪国既然有这丹书，为什么亡国呢？”

晏子回答说：“这是有原因的。我听人说，君子有道理，应该悬挂在里巷的门上；纪国有此说法，却放在壶里，国家还能不灭亡吗？”

【寓意点拨】寓言启示人们，对一个问题要善于从多种角度去理解，这样才会理解透彻，把握其实质；而要做到这一点，必须开拓思路，不能仅从表面就事论事，而要善于由此及彼地生发联想。

金甲物化

【寓源】元·陶宗仪《南村辍耕录》卷七《黄巢地藏》。

【寓言】与宋朝皇帝同宗的赵生，家里很贫寒，住在福建省的深山中，靠打柴生活。

有一天，赵生在溪边打柴，突然看见一条大蛇，花纹与质地都是白色，昂首吐舌好像要来咬他。赵生立即避开，脱离了险境。回家后，他把情况从头到尾给妻子讲了一遍。

他妻子听完叙述，暗暗想道：白鼠白蛇，难道是宝物变幻的吗？立即拉着赵生一同前去。

那条巨蛇还待在那儿，看见他们夫妇来了，调头逆向朝山上爬去。赵生夫妇俩跟在蛇后面，走了几百步远，只见蛇进入一个山洞，于是他们打开山洞的门，发现一块石头，在石头的背面刻有年月、姓名，原来是黄巢亲自埋藏的。黄巢共挖了九个洞，中间那个洞放的是金甲，其余八个洞放着无数的金银财宝，赵生只拿出点零头，又把石洞掩盖起来了。从这之后，他家的日子渐渐地好了起来，赵生也不再打柴了。

邻里怀疑他是偷来的钱财，就向他的姐夫控告，他的姐夫曾经在官府当过差，审讯非常严厉，赵生不敢隐瞒事实，于是就贿赂了五锭的白金，他的姐夫贪得无厌，又把这件事向官府诉讼。赵生看这事不能算完，就投靠一有钱有势的人家，把九个洞的金银财宝全部献给了这个大户人家，由大户人家向官吏们行贿，主管事务的官吏不再去审问这件事。随后等到帅府专门派福州路官前去查访，大户人家又私下把金甲送给他，路官回去向上汇报说：“我已详细地查了所有的情况，确实不曾挖掘过宝藏。”

这件事便销声匿迹了。

路官得了金甲，很珍爱，到了他任期已满，调到别的地方去时，他的妻子把金甲移到床下。

一天晚上，路官的妻子听到床下有风雨声，一会儿风雨声止住。夫妇俩感到很奇怪，起来拿出来一看，上面的锁还是好好的，打开一看，里面什么也没有了。夫妇俩一生没有子女，最终都死在豪门之中。

天地间的东西如果不是自己所有的，即使得到了，最终也是要失去的。黄巢在唐时造反，抢劫天下的宝物。经历了三四百年，到了元代，却被一平民百姓所得。平民得到了却不能保住，最终还是流入大户人家。至于路官，得到了金甲，自以为替子孙百代考虑，但却化作神物烟消云散，这可以用来做贪婪的人的诫鉴。

【寓意点拨】唐人黄巢造反，把抢夺来的金甲和金银财宝埋在地下，被一平民发现，一些贪官们知道了，却想不断地索取，最后金甲落到路官的手中，还是化为乌有，贪婪的人谁也没有得到。寓言无情地讽刺了那些贪婪的人，过分地贪婪最终落得一场空的可笑下场。同时也揭露了当时官僚的贪污受贿的丑恶行径。

金鎞刺肉

【寓源】元·陶宗仪《南村辍耕录》。

【寓言】木八剌字西瑛，是西域人，他的身躯魁梧高大，所以人们都叫他“长西瑛”。

有一天，木八剌正和妻子一同吃饭，妻子用一支小金鎞（bī）穿了一块肉，将要送进嘴里，门外有客人来了。西瑛出去迎接客人，妻子来不及吃肉，就把小金鎞放在食器中，起身去为客人沏茶。等到回到饭桌上来，小金鎞找不着了。当时有一个小婢女在旁边干活，猜想是她偷的，便百般地拷打逼问，小婢女始终没有认罪，竟至丧失了性命。

过了一年多，召请工匠整治房屋打扫瓦沟里积存的脏东西，突然有一件东西落在石头上，发出金属的响声，拿来一看，原来就是过去丢失的那支小金鎞，还有一块骨头和它一起坠落。究其原因，必定是猫来偷肉吃，把小金鎞一齐带走了。小婢女一时没有看见，以至含冤而死。

【寓意点拨】这则寓言讽喻了主观主义害死人。金鎞插在肉块上被猫叼了去，主人根据自己的主观臆断，认为是婢女偷去，严刑拷打，竟使婢女毙命。主观主义是一种唯心主义的思想方法，它的特征就是主观认识和客观实际分离，它的结论不是从实际出发、产生于调查研究的末尾，而是从主观意识出发，凭想当然做出来的。如果主观主义和权势结合起来，其危害就更不得了。

锦鸡全生

【寓源】明·苏伯衡《苏平仲文集·空同子瞽说》。

【寓言】楚国的君王来到云梦泽，虎兕（sì）、蜼貜（wèi jué）、鹿豕、鸿雁、䴔䴖、鹙鸧（qiū cāng）、鹔鹄（sù gǔ）之类的飞禽走兽，见到楚王没有哪一个不惊慌逃窜的。会飞的，振翅高飞；会跑的，撒腿远逃。飞在高空的，进入云霄；跑在地上的，钻进了草丛。

有一只锦鸡正在吐绶，此时楚王赶到。锦鸡收起绶后，振翅飞蹿。

楚王见到锦鸡吐的绶五彩缤纷，鲜明照人，非常高兴。他左右的臣工拉满弓想射死锦鸡，被楚王阻止了。楚王命令掌管山林地泽的官吏说："把它活捉了！"

官吏们逮住锦鸡后，楚王命令大家纵情捕猎。那些飞禽走兽有的被鹰犬捕获，有的死于弓箭刀枪下，有的陷入罗网，身负重伤，唯有锦鸡免受伤害。

第二天，楚王对宋玉说："这只锦鸡靠着能吐绶得以保全性命，又是因为会吐绶才被关闭在樊笼中，既然这样，作为一个读书人，面对被杀害或被囚于笼中的境况，该如何自处呢？"

宋玉回答说："这只锦鸡虽然有绶，但如果深藏不露，振翅飞入云霄，大王你怎么能看到它呢？官吏们又怎么能逮住它呢？所以，它不能逃脱被投进樊笼的命运，并非由于有绶造成的，而是由于它吐绶炫耀自己造成的。"

【寓意点拨】锦鸡吐绶被囚给人的启迪是，一个人有长处，有优势，这是好事；但是，炫耀这些长处和优势，或者对这些长处和优势，用得不当，都会造成严重的后果。

近视看匾

【寓源】清·崔述《崔东壁遗书·考信录提要》。

【寓言】有两个人眼睛都近视，却各自夸耀自己的眼力比对方好。正好村中有一个富人打算明天在门上挂匾，于是这两人便相约第二天一道到富家门前去看匾上的字，来验证各自的视力。但是，他们都担心自己看不见匾上的字，甲便在当天晚上派人打探匾上的字，而乙连匾上的小字都打听清楚了。

第二天，两个近视眼来到富家门前，甲先以手指着门上说："大字写的是某某。"乙也以手指着门上说："小字写的是某某。"甲不相信乙能看得见小字，便请主人出来，指着门上问道："他讲得对吗？"主人说："错倒是没错，可是匾没有挂上，门上虚无一物，不知你们二位指的是什么？”

【寓意点拨】一切都要实事求是。近视眼看不清楚便是看不清楚，没有必要掩饰。掩饰缺点不等于没有缺点，盲目听信别人，人云亦云，只能闹出笑话。

晋侯命婿驰射

【寓源】金·元好问《元遗山先生集》。

【寓言】晋国的君主在柳溪以酒宴招待客人，叫他的女婿跑马射箭。他的女婿年轻英俊，骑着马在柳林中穿行，盛气昂扬，眉飞色舞，眼观八方，好像必定能射中目标似的。

过了一会儿，音乐响起来了，晋侯女婿一箭射出，没有中的而落在地上；再射一箭，射穿了马的左边耳朵。马疼痛受惊而奔跑，人与弓箭一同坠落地上，晋侯身边的人连忙跑去救起他，身体虽然没有摔坏，而内脏有所损伤。这时，晋侯心里很是不高兴，即向客人道歉。

坐在下位的一个客人对晋侯说：“射箭，这是一门技术，其中是有规律的。心里没有掌握这个规律而能射中目标，这种情况没有出现过。什么叫作内心掌握规律呢？这就是把骑的马、弓箭、目标与人自身看成是一个整体；同时，目标即使像虱子那么细小，也能看成像车轮那么大。这样，即使不想射中目标，也是不可能的。内心不能掌握规律的射箭人是把自身同马、弓箭以及目标各自为一，互不相干，自身顾不上骑稳马，骑稳马又顾不上拉满弓，拉满弓又顾不上对准靶子。因此，在马奔驰之时想射中靶子，不跌的头破肢断则是幸运的事，怎么能指望射中靶子呢。马在奔跑时我虽也射不中靶子，但我也曾经学习过射箭，请君主允许我用你马厩中下等的马，来骑马射箭，以便尽你贤君的欢乐之情，怎么样？”

晋侯没有同意，回头对他身边的人说：“一匹马价值百金，一旦奔跑百里之远，马缰绳和马鞭子都掌握在你的手中，我怎么能追上你呀？”于是解散了酒宴。

【寓意点拨】这则寓言不仅具有讽刺的意义，而且具有深刻的哲理启示作用，告诉我们，办任何一件事要达到成功的目的，就一定要掌握事情的内在规律，这样才会得心应手，获得成功。

晋灵公好狗

【寓源】明·刘基《郁离子·晋灵公好狗》。

【寓言】晋灵公最喜欢玩狗，在曲沃专门修筑了一个狗圈，并让狗穿绣花的衣服。受晋灵公宠爱的屠岸贾，顺着晋灵公的爱好，就用夸奖狗来取悦晋灵公。晋灵公也就更加喜欢养狗了。

一天晚上，狐狸跑进了宫殿，惊吓了襄夫人，襄夫人非常恼怒。晋灵公让狗跟狐狸搏斗，结果狗没取胜。

屠岸贾灵机一动，命令管理园林的小官把捕获到的另外一只狐狸献给晋灵公，说："这狗确实捉住了狐狸。"

晋灵公非常高兴，就把给大夫吃的肉食用来喂狗，并向京城的人下命令："有谁触犯我的狗，就砍断他的脚。"从此，京城的人都害怕晋灵公的狗。狗跑到集市上见到猪、羊的肉就吃；吃饱了，又拖回屠岸贾的家。屠岸贾由此大获其利。

大夫有政事想向晋灵公禀报，不通过屠岸贾引进，狗就一起扑上去咬他。赵盾要去规劝晋灵公，一群狗迎上去把他堵在宫门外，不得进宫。

过了一些日子，狗闯进御苑吃了晋灵公的羊。屠岸贾欺骗说："这是赵盾的狗吃的。"

晋灵公十分恼怒，派人暗杀赵盾。京城的人救出了赵盾；赵盾逃奔到秦国。

赵盾的兄弟赵穿趁着人们恼怒屠岸贾，便击杀屠岸贾，并在桃园杀死了晋灵公。晋灵公的狗群逃散在京城各地，全被百姓捉住杀了，煮熟吃掉。

君子说："屠岸贾这个小人，真是坏极了！百般夸耀狗来迷惑国君，结果自己丧了命，还连及他的君主；可见宠幸哪里可依靠呢？人们常说：'蛀虫蛀木头，木头被蛀完，蛀虫也就跟着死了。'这跟晋灵公的狗的下场一样啊！"

【寓意点拨】这则寓言叙述晋灵公因好狗而被杀，屠岸贾献媚取宠而身亡，狗作恶而被烹，揭露了封建社会君昏、臣奸、狗恶的黑暗现实，说明作恶多端、倒行逆施者绝没有好下场。

晋人好利

【寓源】黄灵庚编《宋濂全集·秋风枢》。

【寓言】晋国有个贪财的人，走进集市，遇到东西就抢过来，说："这个我可以做成美食，这个我可以穿戴，这个我可以用作资本，这个我可以用作生活用具！"拿了就走，集市上的官吏跟着追来要钱。晋国人说："我的图利欲火燃烧，两眼昏花，四方的物品都好像属于我家的，不知道还是你的东西。你有幸把东西给我，我如果富贵了，一定会酬报你！"

集市上的官吏愤怒地用鞭子抽打他，并夺回被抢走的东西。

旁边有人讥笑晋国人，晋国人却还伸着手指大骂："世界上贪财的人比我厉害多了，他们使尽一切手段来暗地夺取，我是在光天化日之下公开拿的，难道不比那些人好吗？这有什么可讥笑的呢！"

【寓意点拨】这则寓言从晋国人的口中，揭露了世界上还有一些"百计阴夺"的具有迷惑性的，披着各种光彩夺目外衣的骗子和强盗，这是比公然抢夺而说实话的晋人更坏、更好利的伪君子。这就更值得人们警惕了。

晋文公行赏

【寓源】秦·吕不韦《吕氏春秋·义赏》。

【寓言】晋文公将要与楚国人在城濮作战，招来咎犯问道："楚国兵多，我国兵少，怎样才可能取胜？"

咎犯回答说："我听说礼仪繁多的君主，对于追求文采从不感到满足；作战频繁的君主，对于诡诈之术从不感到满足。您也实行诈术就行了。"

晋文公把咎犯的话告诉了雍季，雍季说："抽干池塘捕鱼，岂能得不到鱼？但第二年就没有鱼了；烧光了沼泽地去打猎，怎能得不到野兽？可是第二年就没有野兽了。诈骗的方法，虽说现在可以苟且得利，以后就不可能再得利了，这不是长久之计。"

晋文公最终还是采纳了咎犯的意见，在城濮打败了楚国人。

回国以后晋文公行赏，雍季居首位。左右劝谏说："城濮之战的胜利，功在咎犯的谋略。您采纳了他的意见，而行赏却把他放在后边，这恐怕不妥当吧！"

晋文公说："雍季的话，有利于百世；咎犯的话，只能顾及一时。哪有把顾及一时的放在利于百世前面的道理呢？"

孔子听说这件事后，说："遇到危难用诈计，足以打败敌人；回来以后尊崇贤人，足以报答恩德。文公虽然不能坚持到底，却足以成就霸业了。"

【寓意点拨】这则寓言告诉人们，对于不同的意见和主张，不能简单地肯定一种而否定另一种，可以变换不同的空间作具体的分析，做多角度的考察。因为有些意见，在同一时空里是对立的，而在不同的时空中又有各自的合理因素。

晋文公纳善

【寓源】西汉·刘向《新序·杂事四》。

【寓言】晋文公在北虢（guó）故地打猎，遇见了一位老者，便问道："北虢作为国家，历时久远，你在这里住了这么久，听说过它为什么灭亡的吗？”

老者回答说：“北虢的国君处事没有决断，谋划没人参与，既不能决断，又不能用人，这就是北虢灭亡的原因。”

文公听了，停止了打猎，返回宫廷，路上遇到了赵衰，就把这事告诉了他。

赵衰问道：“现在这人在哪里？”

“我没带他一起回来。”文公回答说。

赵衰听了，感慨地说：“古时的君子，听取了别人的言论，就任用他，现在的君子听取了别人的言论，就把这人忘了。真痛心啊，这是晋国的忧患。”

听了赵衰的这番话，文公赶忙把那位老者招来，予以重赏。

从此以后，晋国便乐于接受好的建议，而文公也终于成就了霸业。

【寓意点拨】晋文公听取了赵衰的批评，重赏了“老夫”，在晋国养成“乐纳善言”的风气。这就告诉人们：好的意见和建议，只有在得到鼓励的情况下，才能更多地听到。

荆人捐子

【寓源】明·刘基《郁离子·石羊先生》。

【寓言】楚地有个人，为了逃避老虎，把儿子扔下，自以为老虎把他儿子吃掉了，不再去寻找儿子。有人见到他儿子，就告诉他说：“你儿子还在，为什么不快点去找呢？”他不相信这是真的。一个砍柴的人找到他的儿子，带回家作为自己儿子来抚养。后来有一天，这个楚人见到他儿子，便和砍柴的人争儿子。然而这个小孩却不认他亲生的父亲了。

【寓意点拨】这则寓言以荆人在危急时只顾保全自己，扔下儿子不管为喻，对利己主义的人进行讽刺。它告喻人们，人间要有真情、爱心，要关心别人。在危难时刻，不能只图保全自己，不管他人死活。

这则寓言揭露统治者不关心人民疾苦，并警告他，这样下去，必将众叛亲离，被人们所唾弃。

荆人涉澭

【寓源】秦·吕不韦《吕氏春秋·察今》。

【寓言】古时候，楚国想去偷袭宋国，可是两国之间隔着一条茫茫大河，不知它有多深，也不知它有多宽。这就在无形中形成了一道无法逾越的障碍。没有办法渡河，因此一直都没有偷袭成功。

有一天，楚国军营里有个人毛遂自荐要去测水深，他说只要丈量好水深，并做好标记，楚军顺着标记走就能确保万无一失，顺利过河。楚军将领觉得他的建议非常合理，便命令全军按照他的办法去做。

忙活了好几个夜晚，过河的标记终于都做好了。这天夜里，楚国大军向宋国出发，准备横渡大河，一举消灭宋军。他们自信满满，队伍浩浩荡荡而来，士兵们一个个按照事先做好的标记小心翼翼地过河。可是很遗憾，楚军的先锋队一千多人全部溺水，被淹死了。楚军前方大乱，后方也乱成一团，还没到达宋国呢，士兵们就纷纷逃窜了。

奇怪，不是按照事先做好的标记过河的吗？怎么还会溺水呢？其实标记并没有错，原因就在于下雨后，河里的水位上涨了，而楚军的标记仍然是水位上涨前的。他们仍然按照以前的标记过河，失败也就在情理之中了。

【寓意点拨】寓言嘲讽了当时泥古不化反对变法的人。这则故事告诉人们：社会的情况是不断变化的，处理事情也要随着情况的变化而变化，如果把事情看成静止不变，不去适应新的情况，采用新的措施，结果必定遭到失败。

荆人畏鬼

【寓源】明·刘基《郁离子·糜虎》。

【寓言】古时候，楚国有个人非常怕鬼，晚上不敢一个人出门；即便是待在家里，天一黑也要马上把灯点上，灯火通明才可以。不仅如此，听到干枯的树叶落地，或者蛇和鼠爬行的声音，他总觉得是鬼在动。慢慢地，他非常怕鬼的事情传遍了街坊四邻，也传到了小偷的耳朵里。

夜深了，小偷跑到他家去，爬到他家的墙头上，看到怕鬼的那人还没有睡觉，就借着风声，发出凄厉古怪的叫声，幽幽怨怨的，仿佛真像那冤死的鬼魂在哭。楚人非常害怕，他吓得瑟瑟发抖，钻到被窝里，用被子蒙住全身，紧闭着眼睛，浑身冰凉。小偷一看没有动静，又试着装了几次鬼叫，那人早吓得瘫在被窝里晕过去了。小偷蹑手蹑脚地走进了他家里，搜罗了他家所有值钱的东西，见他还是没有反应，便大摇大摆地离开了。

第二天，日上三竿了，楚人才醒了过来，这才发现家里已经被人洗劫一空了。有人知道他怕鬼，就跟他开玩笑说："你们家的东西是被鬼偷走的。"想想昨天晚上的恐怖情景，楚人竟然把这话当真了，他对有鬼来他家偷东西的说法深信不疑。

从此之后胆子更加小了，待在家里哪里也不敢去了。

不知过了多久了，那个小偷又去别人家偷东西，被人家抓了个现行；衙门的人去小偷家查他偷得的赃物，顺便发现了楚人家的东西也是被这个小偷给偷走的。大家很高兴地拿着东西归还给楚人，也想借此劝说他不要再相信鬼怪了，因为鬼怪根本就不存在。

不想楚人拿到自家的失物，并没有高兴，而是忧虑地说：“果然是给鬼偷走了啊，他偷走我家的东西竟然送给了小偷！”街坊四邻这下傻眼了，面面相觑，都不知道说什么好了。

【寓意点拨】主观迷信会使人陷入某种盲目的境地，就是常说的鬼迷心窍。这种盲目性很容易被坏人抓住并加以利用，甚至身受其害也不知觉醒。

荆巫

【寓源】唐·罗隐《谗书》。

【寓言】楚国百姓中盛行祭祀的风气已经很久了。有一位巫师在乡里很有名气。他起初替人祭祀时，筵席简单平常，只用歌舞迎神送将，但祈求治病的人可以康复，祈求岁首好的人可以丰收。后来，他替人祭祀时，筵席祭品则是鲜肥的猪羊，满杯的美酒，但祈求治病的反而死去，祈求年景好的反遭饥荒。乡里的人对此都有些怨言，但却猜不透其中的缘故。

有一位了解这位巫师的人说：“我从前曾到这个巫师家去玩，那时，他家里没有什么牵挂，所以，替人祭祀时，虔诚的祝祷都发自内心，神的福佑也就相应降临在祈求者身上。至于敬神用过的祭品，巫师也都分散给众人。后来，他家生养的子女多了，衣服粮食消耗得也多了，因此，替人祭祀时，不能竭尽内心的虔诚，神也就不高兴来享用祭品，也就不赐福保佑了。至于敬神用过的祭品，也都被巫师拿回家享用。这个巫师并不是先前圣明而后来愚蠢，只因为有私利牵挂，没有时间顾及别人罢了。”

【寓意点拨】这则寓言说明，一个人如果受到私利的牵累，为公之心就必然大大削弱。暗寓影射与讽刺为官者，当他位卑职小、家业微薄时尚能为国为民尽其心力；一旦飞黄腾达，位居要津，家大业大，便只考虑个人的私利，而不会为国为民尽心尽力了。

惊　潮

【寓源】明·冯梦龙《雅谑》。

【寓言】海上每至八月间，海潮声夜中怒吼，震撼整个城市。

元末至正年间，有一位蒙古官员名叫达鲁不花，初次来到这个海边的城市，听到这怒吼的潮声，夜间不敢睡觉，就呼叫看门的人，问是怎么回事。看门的人从睡梦中惊醒，失口回答说："是潮水涌上来了呀！"

达鲁不花惊恐地跑进内室，呼唤着他的妻子说："原本希望做官荣耀，没料到今晚一同去做水鬼。"一家老小号啕大哭。

院子外面巡夜打更的更夫听到哭声，以为发生了什么变故，立即报告主管官员和各副职官员。各位官员急忙胡乱地穿起衣服前来救援。

达鲁不花害怕潮水涌入房间，紧闭大门不让人进来。同僚们只好破门爬墙而入，只见达鲁不花夫妇和奴婢们都爬到房梁顶上大呼"救我"。同僚们问得了实情，都忍住笑声散去了。

【寓意点拨】这则寓言正应了那句俗话："天下本无事，庸人自扰之。"达鲁不花初至海边，对周围环境，特别是大海的性质特点，不作任何调查了解，误以海潮上岸，性命难保，登屋呼救，闹了一场恶作剧。可以想见，由这样的庸人去治理政事，怎么能不弄得鸡犬不宁！

井底之蛙

【寓源】战国·庄周《庄子·秋水》。

【寓言】有一口残破的浅井，浅井里住着一只青蛙，他已经在这里住了好久好久了，虽然井底水浅水臭，每天抬头也只能看得见一尺见方井口大的天空，青蛙还是很喜欢这里的生活。有一天，东海的大鳖路过浅井，看见青蛙正在井底悠闲地晒太阳，就向它打招呼："青蛙老弟，这口井这么小，你在这里住得还好吗？"

青蛙仰头看看大鳖，得意而满足地说："这里很好啊，你看我过得多么快乐啊！有时我跳到井外面的栏杆上去玩，有时又躲到井壁上的窟窿里休息。我泡在水里，水浮动着我的两腋，支托着我的面颊，柔软舒适；踏在泥里，泥埋没了我的双足，盖住了我的脚背。回头看看那些孑孓啦，螃蟹啦，蝌蚪啦，哪里比得上我悠闲呢。而且，我自己独占一坑水，可以在里面自由跳跃，这种乐趣简直难以形容。要不你也进来感受感受啊？”

东海大鳖听青蛙说得神乎其神，非常美妙，不禁动心了，准备下井去看看。可是，井口实在太小了，他的左腿还没有伸进去，右腿就被卡在井沿上了。“你的家太小了，青蛙老弟，我还是不下去了吧！”一边说着，大鳖一边收回了他的左腿。

青蛙有点不高兴了，大鳖竟然嫌弃自己的家小。于是，它故作挑衅地问：“鳖大哥，那你说说你住在什么地方？那里的生活又是什么样的呢？”

大鳖没有听出青蛙的敌意，它认真地回答说：“我住在辽阔无际的东海里。东海有多大呢，千里之远不足以形容它的辽阔；东海有多深呢，千丈之高不足以丈量它的深度。我们每天在无垠的大海里游泳，头顶是无边无际的天空。自由，快乐，乐在其中啊！”

青蛙不再说话了，它似乎在想着什么。

提到自己的家，大鳖的话显得更多了，它接着说：“传说，大禹的时候，十年九涝，海水不见加多；商汤的时候，八年七旱，海水不见减少。东海的海水不会因为时间长短而使容量变化，不因为旱涝而使水量增减，这才是住在东海里最大的快乐呀！”

东海已经介绍完毕了，大鳖仍然陷在美妙地回忆中，它也是那样喜欢自己的家啊！可是，青蛙呢，它早已听得呆住了。它哪里见过那样辽阔的大海，它一直以为天空就有井口那么大，它住的井里的水也是时有时无，而它自己还为此得意，夸夸其谈呢。相形之下，自己确实是太渺小了，那么不值得一提。浅井里的青蛙想着想着，越来越惭愧，不由得低下了头。

【寓意点拨】这则寓言告诉人们，在认识事物，学习知识的时候，一定要全方位的多接触，多认识，多了解，切不能只看到了一方面就将它当成全部，这样的态度只能像浅井里的青蛙一样，安于现状，孤陋寡闻，到头来只知其一，不知其二。

精卫填海

【寓源】西汉·刘向《山海经·北山经》。

【寓言】太阳神炎帝有一个小女儿，名叫女娃，她既聪明又漂亮，人见人爱。女娃同爸爸住在太阳宫里。太阳神每天天不亮就驾着太阳车出去了，要到夜晚才能回来。这样，白天就只有女娃一个人在这座高大宽敞的宫殿里玩儿。

日子久了，女娃待在宫殿里实在闷得慌。这天，她爸爸又驾着太阳车出去了，小女娃便走出了宫门。嗬！外面的世界可真大呀！蓝蓝的天，青青的山，绿色的平原，茂密的森林，广阔的大海……

大海上波光粼粼，还有海鸥穿梭在波浪之间。女娃被这美丽的景色迷住了，不由自主地来到了海滩上。第二天，女娃又来到海滩上玩儿，捡拾贝壳、抓小螃蟹、用沙子砌塔……就这样，她每天都到海滩上玩儿。不过日子一久，她又觉得每天自己玩儿太孤单了。

这天，女娃正坐在海滩上望着美丽的大海，自言自语地叹息着：“哎！要是有个朋友该多好哇！”

忽然，一阵风吹来，远远的海上出现了一些黑点。那些黑点越来越近。啊！原来是山，一座、两座、三座……整整五座大山。

那些山离海滩更近了。

山上有一个女孩儿正在跳舞。女孩儿见了女娃便向她招手喊着：“你是谁？来和我一起玩儿吧！这儿是海上的岱舆、员峤、方壶、瀛洲、蓬莱五座神山。”

女娃很想到神山上去，她自己实在太寂寞了。可是，最近的那座神山离海滩也有几十丈远，她该怎么去呢？

忽然，风向变了，五座神山向东北漂去。女娃心里像火烧了似的，在海滩上追着神山飞跑，边追边叫：“姐姐，姐姐！我怎么上去呀？”

神山上的那个女孩儿用手卷成喇叭状，从远处大声喊：“你乘着船来追我吧！我的神山下面没生根，随风漂流，可它太大，走得很慢……”

女娃拖着沉重的步子，回到了冷清的宫殿：“好寂寞啊！连个玩伴儿都没有。对了，我可以造只船追上去，只玩儿几天就回来。”

女娃下定决心去追神山。她拿着石斧来到宫殿后面的森林，选了一棵树便用力砍去，一斧、两斧……大树终于被砍倒了。她削去树枝，把一头劈尖，把槽挖好……就这样，一艘前尖后圆的独木舟造好了。她怕耽搁时间，接着又削好了桨，找来几根藤条，顺着岩坡把独木舟拉到了海边。

独木舟离开了海滩出发后不久，平静的海上就起了风浪。女娃开始有点儿怕，想划回去，可她想起爸爸说过：“只有勇敢的人才能得到幸福。”女娃心想：我应该做个勇敢的人，冲破风浪，去寻找幸福。于是，女娃迎着风浪勇敢地向前划去。可是风浪越来越大，独木舟一会儿被浪头高高抛起，一会儿又被抛落下来……这时又一个大浪像山崩似的从空中盖下来，独木舟被打翻了，女娃被打落到海里。这时的乌云和大海拥抱在一起，宇宙中充满了恐怖的风号海啸。

女娃并没有死，她的灵魂化成了一只叫作精卫的小鸟儿，愤怒地冲天飞起。

精卫并没有飞回太阳宫去看望爸爸，也没有飞到神山去找小朋友们。她记住自己是被无情的大海吞没的，她发誓要填平大海，不让大海再淹死其他的孩子。于是，她飞到高峻的西山，从那里衔起一粒石子儿，又飞回大海，把石子儿投入大海后立刻又转身飞回西山，衔来一根小树枝，再投入大海。

当精卫把一粒小石子儿投进大海时，海波跳跃着，粼粼的波光像无数只眼睛在嘲笑她："我是大海，这么点小石子儿算什么！"但是顽强的精卫丝毫不理睬大海的嘲笑，每当她听到小石子儿落进海里的响声，心里就感到无限欣慰。

下雨天，人们看见精卫扇动着湿淋淋的翅膀，不停地把小石子儿和小树枝投进大海。

下雪天，人们看见精卫穿过漫天飞舞的雪花，把小石子儿和小树枝投进大海。

就这样，很多年过去了，精卫始终顽强不息地工作着……她的不懈努力并没有白费。据说，现在的山东半岛和辽东半岛就是精卫一点点填起来的。

【寓意点拨】这则寓言启示人们，只有树立战胜困难的坚定决心，具有必胜的愿望，才能在行动上坚持不懈，顽强奋斗，勇于挑战。

景公病疽

【寓源】战国·晏婴《晏子春秋·内篇·杂下》。

【寓言】齐景公背上生了毒疮。高子、国子请求面见景公说："按我们的职责应当为你抓痒。"高子上前抓痒，景公说："患处热不热？"回答说："热。"

"怎样热法？"回答说："像火一样。"

"它的颜色怎样？"回答说："像末熟的李子。"

"有多大？"回答说："像豆蔻一样大。"

"溃陷成什么样子？"回答说："溃烂成鞋的裂口一样。"

两人退下后，晏子请求面见。景公说："寡人生病，不能穿戴衣帽出来见你，劳驾先生来看我。"

晏子进入内室，吩咐厨人准备洗涤用具，侍者准备毛巾，洗净并暖和了双手，打开铺席铺在景公席边，跪着要给景公抓痒。

景公说："患处热得怎样？"回答说："像太阳一样。"

"它的颜色怎么样？"回答说："像苍玉。"

"有多大？"回答说："大如璧。"

"溃陷成什么样子？"回答说："象半圆的玉块。"

晏子退出后，景公说："我不见到晏子这样的君子，真不知粗野的人言辞是如何拙劣呀！"

【寓意点拨】这则寓言的启示有两点。一是运用比喻不仅要注意形象性，也要考虑到运用的语境，形象而不合语境，效果则不佳；二是一个人思想修养的不同，生活经历的不同，在言行中必然会表现出雅俗之分。

景公好俭

【寓源】黄灵庚编《宋濂全集·潜溪后集卷二·燕书》。

【寓言】齐景公严戒奢侈而崇尚节俭。各位大臣们每天沉浸于淫逸奢靡的生活，但又害怕齐景公知道，于是掩饰住真情来侍奉齐景公。

每当入朝的时候，大臣们驾着瘦马旧车而来，衣服很破旧，帽子上的带子好像都快要断了，齐景公以为他们真的很俭朴，非常怜惜他们，召来群臣说："我让你们收起与公服相配的腰带，各赐给你们锦衣一套、仪容佩刀一把以作为标示身份的服饰，你们也不要过于俭省了。"

大臣们回答说："我们都仰仗着大王的神威，蒙恩擢升为大夫之职后，吃的虽然不精细，但没有挨过饿；穿的虽然不华美，但没有受过冻。衷心祝愿大王统治长久，使后世子孙都能享受您节俭美德带来的恩惠。《左传》上说，'俭，德之大者也'，德大就能上下和谐一致，节俭就能带来和顺富足；和顺富足则天下太平，和谐一致则民心安定，希望大王好好谋划。"

齐景公非常高兴。

一天，齐景公出游，恰逢大臣们在鹿门大宴宾客，就走过去看看，只见大臣们的车又新又亮，驾车的马高大健壮，大臣们在宴会上所吃所穿所用，既丰盛又精美，光彩夺目。

齐景公因为他们骗了自己，大怒，说："哼！你们都是我的大臣，竟敢做这样的事！"把他们全都抓起来处死了。

【寓意点拨】这则寓言告诉人们：虚伪地处事待人，骗得了一时骗不了一世，最终不会有好下场。

景公埋骨

【寓源】战国·晏婴《晏子春秋·内篇·杂下》。

【寓言】齐景公在梧丘打猎，还没到夜晚，他便暂且坐着闭目休息，朦胧间梦见有五个男人面向北倚帐而立，口称自己无罪。景公惊醒后，告诉晏子他刚才做的梦。景公说："我难道曾杀过无罪的人吗？"

晏子回答说："过去先君灵公打猎，五个男人来惊吓野兽，所以就一并斩去了他们的头而埋葬了。取名叫'五丈夫之丘'，恐怕就是这个地方吧？"

景公命人掘地寻找，那五颗人头都在同一个墓穴里。景公说："哎呀！"于是命令官吏重新厚葬了他们。

全国上下的人并不知道景公的梦，说："国君连白骨都怜悯，何况对于活着的人呢？对老百姓，国君当更是不遗余力了，更是用尽心智了！"

【寓意点拨】这则寓言告诉人们，上层人物的言行实际上是有着表率作用的，对下层直接产生着影响，上有所为，下有所效。

景公请寿

【寓源】战国·晏婴《晏子春秋·内篇·杂下》。

【寓言】齐景公在大堂前修建高台，竣工后，却不登台。

柏常骞问景公："君王建台时非常急迫，现在修成了，为什么不登台呢？"

景公说："是这样！我听到了鸱鸮鸟鸣叫，什么声音都叫出来了，我非常讨厌，所以不登台。"

柏常骞说："我请求禳（ráng）祭而使它离开。"

景公说："需要具备什么东西？"

柏常骞回答说："修一间新房子，在房内放置白茅。"

景公派人修房子，修成后，把白茅放在屋里。柏常骞晚上举行禳祭。

第二天柏常骞问景公说："昨晚听到鸱鸮鸟的叫声了吗？"

景公说："只叫了一声就没有再听到了。"

这时，齐景公派人到高台去察看，鸱鸮落在台阶上，两翼张开，已伏在地上死了。

景公说："你的道术如此高明，还能为我增加寿命吗？"

柏常骞回答说："能。"

景公说："能增加多少？"

柏常骞回答说："天子增加九岁，诸侯增加七岁，大夫增加五岁。"

景公说："你也能使征兆出现吗？"

柏常骞回答说："得到增寿时，地将震动。"

景公很高兴，命令百官赶快准备柏常骞所需的东西。

柏常骞出来，在路上遇到晏子，于马前拜见了晏子，并说："为禳除君王听到的叫声而杀死了鸱鸮，君王对我说：'你的道术如此高明，也能为我增寿吗？'我回答说：'能。'现将举行大祭，为君王请寿，所以将要赶去，报告让你知道。"

晏子说："嘻！好啊！能为君王请求增寿。虽是这样，我听说，只有政治和德行顺应神灵，才可以增寿，现在仅仅靠祭祀，可以增寿吗？有福的征兆出现吗？"

柏常骞回答说："得到增寿时，地将震动。"

晏子说："柏常骞，前几天晚上我曾看见维星消失，天枢星散乱，大地将震动，你以此作征兆吧？"

柏常骞低头想了一会儿，抬起头来回答说："是的。"

晏子说："做这件事没有好处，不做也没有损失。你少征赋税，不要耗费百姓财力，而且一定先要让君王知道这件事。"

【寓意点拨】这则寓言告诉人们，一切歪理邪说是经不起事实检验的，在科学面前，它必将是不攻自破。因此，要想抵制一切邪恶的侵害，最好的途径是相信科学，学习掌握科学知识。

景公求雨

【寓源】战国·晏婴《晏子春秋·内篇·谏上》。

【寓言】齐国大旱已经很久，景公召集众臣问道："天不下雨很久了，百姓都面带饥色。我命令人占卜，说：'灾祸在高山大河。'所以我想向人民稍微增加些赋税，用以祭祀灵山，可以吗？"众臣无人回答。

晏子进谏说："不可以！祭祀没有好处。灵山本来是以石头为身体，以草木为毛发，老天久不下雨，它的毛发将烤焦，身体将发热，难道它就不希望下雨吗？祭祀它有什么用处呢？"

景公说："不然的话，我想祭祀河伯，可以吗？"

晏子说："不可以！河伯以水为国家，以鱼鳖为人民，老天久不下雨，河水泉水的水位降低，百川将枯竭，国家将消失，人民将灭亡，难道它就不想下雨吗？祭祀它有什么用处呢？"

景公说："现在该怎么办呢？"

晏子说："君主要诚心离开宫殿，露宿到野外，与灵山河伯共忧虑，也许能幸运而让上天降雨啊！"

于是景公露宿野外整整三天，老天果然下了大雨，百姓们都在播种的时机得以播种。

景公说："好极了！晏子的建议，能不采用吗？他是德行高尚的人啊！"

【寓意点拨】晏子劝景公露天求神降雨而不可收税于民，体现了晏子的民本思想。这则寓言启示人们，在天灾面前，不要把希望寄托于神灵，而要靠自己。

景公探雀

【寓源】战国·晏婴《晏子春秋·内篇·杂上》。

【寓言】齐景公掏幼鸟，因幼鸟太弱小，便将它放回原处。晏子听说这件事，不等召见就进宫朝见景公，景公满面大汗地出来，突然看见晏子，不禁大吃一惊，晏子说："君主做什么呢？"

景公说："我掏幼鸟，因幼鸟太弱小，所以便将它放回去了。"

晏子往北面后退几步，向景公再行礼并恭贺说："我君具备圣明君主的道义啊！"

景公说："寡人掏幼鸟，因幼鸟太弱小，所以将它放回原处，这怎么是圣明君主的道义呢？"

晏子回答说："君主您掏幼鸟，因幼鸟太弱小，将它放回原处，这是抚育幼弱的表现。我君主的仁爱之心，就连禽兽也施及到了，更何况人呢？所以是圣明君主的道义。"

【寓意点拨】这则寓言启示人们，帮助别人纠正自身的错误缺点，不必一味地直数其过错，这往往因过激而让对方不容易接受；若是能从肯定别人的长处入手，启发引导对方去认识错误，效果会好得多。晏子之言也告诉人们，观察事物要有敏锐的能力，善于由此及彼地拓展联想，这就会发现新的东西。

景公占梦

【寓源】战国·晏婴《晏子春秋·内篇·杂下》。

【寓言】齐景公得了水气病，卧床十多天，夜里梦见和两个太阳搏斗，没有胜利。晏子上朝时，景公问他说："夜里梦见与两个太阳搏斗，而寡人没有胜利，我将要死吗？"

晏子回答说："请召见占梦的人。"

晏子站在小门旁边，派人用车迎接占梦的人。占梦的人到了后问："为什么事召见我？"

晏子说："夜里国君梦见和两个太阳搏斗，没有胜利。害怕自己一定要死，所以请你来占梦，就是为了这件事。"

占梦者说："请让我回去拿占梦的书。"

晏子说："不必回去拿占梦的书。国君所生的病，是阴气上升：而太阳是阳。

一阴战胜不了二阳，说明国君的病恰恰要痊愈。你就这样告诉国君即可。”

占梦者进宫，按照晏子所说，给景公做了占梦。

过了三天，景公的病全好了，将要赏赐占梦的人。占梦的人说：“这不是我的能力，是晏子教我的啊。”

景公召见晏子，将要赏赐他。晏子说：“占梦者用我的话回答你，所以有用处。如果让我直接说出那些话，你就不相信了。所以这是占梦者的能力，我没有功劳啊。”

景公分别赏赐了两个人，说：“因为晏子不夺取别人的功劳，因为占梦者不埋没别人的才能，所以都要赏赐。”

【寓意点拨】这则寓言启示人们，由于身份、地位、水平的不同，同样一句话出自不同人之口，所产生的客观效果是大不相同的。所以言谈要注意自己的身份，不合身份的话不要说，说了也无用，如非说不可，则须换种方式。同时告诉人们，在功劳和荣誉面前，要谦虚退让，不夺人之功，不蔽人之能，是最可贵的。

镜　听

【寓源】清·蒲松龄《聊斋志异·卷七·镜听》。

【寓言】益都的郑氏兄弟，两人都是文学士。

大郑较早出名，父母因此很偏爱大郑，而且因为偏爱大郑也偏爱他的老婆。

二郑潦倒，父母不是很喜欢他，于是也不很喜欢二郑的妻子，以至于对她不讲一般的礼情：问寒问暖相比较，都存在着差别。

二郑的妻子对二郑说：“同样都是男子汉，你为什么就不能为妻子争口气？”于是就赶出二郑，不与他住在一起。

由于这个原因，二郑就发愤读书，潜心研读，不久也就出了名。父母虽然稍稍对他好了一些，但还是比不上大郑。

二郑的妻子望夫成龙的心情极其迫切，这一年举行乡试，二郑的妻子偷偷地于除夕夜用镜子占卜。只见有两个人刚站起来，相互推拉戏耍，说：“你也去凉快吧！”二郑的妻子回来了，不知道是凶是吉，也就把这件事放在一边了。

考完之后，兄弟二人都回家了。这时天气仍很炎热，妯娌俩正在厨房里做饭。厨房里很热，她们俩都很辛苦。

一会儿有报喜的骑着马来到他们家，为大郑考取了报喜。他母亲走到厨房喊大郑的妻子说：“大郑考中了，你应当乘凉去了。”

二郑的妻子非常悲愤，一边哽咽着一边烧饭。一会儿又有人为二郑也考取了来报喜，二郑的妻子用力把面杖摔在地上，站了起来，说：“我也去纳凉了！”

这时的郑妻子很激动，不自觉地从嘴里说出来了。过了一会儿她想了想，才知道正好验证了用镜子占卜听来的那句话。

【**寓意点拨**】寓言讽刺了那些“嫌贫爱富的人”的可笑行为，连自己的父母都把贫困的儿子不当做儿子看，可见，亲情已被金钱腐蚀了。然而，贫不是有根的，只要自己发奋努力，是可以脱贫发达的。

镜　喻

【**寓源**】清·钱大昕《潜研堂文集》。

【**寓言**】有个信任眼睛而厌恶镜子的人，说：“它喜欢挑我的毛病。我自己有眼睛，要镜子有什么用呢？”时间长了，他看世上所称的美人，很少有满意的，却不知道自己脸上长着黑痣，还泰然自若，认为没有比自己更美的人了。旁边的人都偷偷地笑他，那个人还是不觉悟，太可悲了！

【**寓意点拨**】这则寓言刻画了一个自以为是的人。他只相信自己的眼睛，而拒绝外界的“眼睛”（镜子）。外界的“眼睛”，往往能够发现自己眼睛看不到的缺点和毛病。这不仅在仪表修饰上必不可少，扩大到为人处世、修身养性都是不可或缺的。

九方歅相人

【**寓源**】战国·庄周《庄子·徐无鬼》。

【**寓言**】南伯子綦有八个儿子，排列在面前，邀来九方歅（yīn）看相，说：“给我的儿子看看相，他们当中谁有福。”

九方歅看过相后说：“梱最有福。”

子綦惊喜地说：“怎么有福呢？”

九方歅回答说：“梱将同国君共饮食，以至终身。”

子綦听后黯然流泪，说：“我的儿子为什么会弄到这种绝境呢？”

九方歅解释说：“和国君共饮食，恩泽普及三族，何况是父母呢！现在你听了却哭泣，这是拒绝福分。儿子有福，做父亲的却没有福了。”

子綦说：“歅呀，你怎么会知道事情的原委？而梱真的有福吗？这只不过是酒肉进入口中而已，你怎么知道酒肉的来源呢！我没有放过羊而西南屋角却生出羊来，没有打过猎而东北屋角却生出鹌鹑来，你不觉得奇怪，为什么？”

没有过多久，梱受派遣到燕国去，在路上被强盗捉住，健全地卖掉他却很困难，不如砍掉他的脚出卖容易。于是强盗把他的脚砍掉了，卖到了齐国，正好替渠公看守街门，终身食肉。

【寓意点拨】这则寓言的积极因素在于，子綦反对梱与君主共食，是因为他认识到与君共事，虽福泽父母，但名利又可以带来灾难，这告诉人们福祸是相生相依的，有些事情从眼前来看是好事，从长远来看却是坏事。

九方皋相马

【寓源】战国·列御寇《列子·说符》。

【寓言】伯乐是古时候相马的高手，秦穆公非常重用他。

可是日子一天天过去，伯乐慢慢地衰老了，秦穆公担心再也没有人能像伯乐那样能够精准地相出好马。有一天，他忧心忡忡地对伯乐说：“你年纪大了，你的子孙里有没有可以相千里马的人选呢？”

伯乐捻了捻他花白的胡子，慢悠悠地回答说：“一般的好马可以从形体、外貌、筋络、骨架上看出来。而称得上天下绝伦好马，若隐若现、若有若无的；这样的马奔驰起来，都是足不扬尘，过不见迹的。”

秦穆公从来没有见过这样的马，他听得兴趣十足，不由地问：“是啊，这样的神马要到哪里才能找到呢？派谁去找比较合适呢？”

伯乐微微笑着说：“我已经年老体衰，恐怕是力不从心了，我的儿子们都只是些下等的人才，他们能够说出什么是好马，但却说不出什么是天下绝伦之马。我有个担物打柴的朋友叫九方皋，他相马的能力不在我之下。请让我把他推荐给你。”

秦穆公一听相马后继有人，心中当然非常高兴，他马上召见了九方皋，派发给他充足的财粮，让他出去寻找天下绝伦之马。

三个月后，九方皋就回来了，拜见秦穆公，报告说：“好马已经找到了，就在沙丘那里！”秦穆公问：“是什么样的马呢？你能描述一下吗？”九方皋简单地回答说：“是匹黄色的母马。”秦穆公特别兴奋，急忙命人去找。不一会儿，马就牵回来了，却是匹黑色的公马。秦穆公很生气，脸色立马就变了，九方皋也被他关起来了。

秦穆公招来伯乐，责怪他说：“你这是怎么回事嘛？简直是糟糕透了！你推荐的相马人，连颜色雌雄都分不清楚，怎么能够相马呢？”

伯乐听了，哈哈大笑说：“这大王你就有所不知了。”秦穆公疑惑不解。

伯乐呢，自顾自地啧啧赞叹地接着说：“没想到他竟然达到了这种地步了！这正是他高出我的地方啊！九方皋所看到的，都是天机啊！他只看见精而忽视了粗，只看见内中而忽视了外表，只看见了他所需要看的而忽视了他所不需要看的，只观察到他所需要观察的而遗漏了他所不需要观察的。九方皋这样相出的马，一定是比一般的良马更珍贵的好马啊！”

秦穆公似乎还有点不敢相信，但是找了好几个懂马的人去观察去骑试，大家都对那马赞不绝口。秦穆公最后也心服口服了，九方皋也成了继伯乐之后秦国专门的相马人。

【寓意点拨】这则寓言启示人们，选拔人才要从实际出发，家庭影响等外在因素只是一方面，不能以此作为选拔的标准，关键在于本人是否有真才实学。同时，考察人才要注意全面，人无完人，不能因为有某些缺点就轻易否定。所谓“得其精而忘其粗，在其内而忘其外”。这就是通常所说的透过现象把握本质。

九头争食

【寓源】明·刘基《郁离子·九头鸟》

【寓言】在孽摇山上有一种鸟，一个身子上长了九个脑袋。一个头得到食物后，其他八个头都去争抢，呀呀叫着相互争着啄着，受伤流血，羽毛乱飞，食物不能咽到肚子里，九个头也都受了伤。

野鸭看到后就讥笑说：“你怎么不想一想，九个嘴吃下的食物不是都归到一个肚子吗？你们为什么拼命争抢呢？”

【寓意点拨】这则寓言勾画了九头鸟九头争食、九头皆伤的丑恶形象，以此嘲笑世上那些同属一体而又相争相残的人。影射那种不顾根本利益的一致而互相争权夺利的人。他们为了自己个人的私利而损害了所依存的共同利益，实际上是自我损害。

九尾狐

【寓源】明·刘基《郁离子·九尾狐》。

【寓言】青丘山上，九尾狐住在那里兴妖作怪，它找骷髅戴在头上，向北斗星行礼膜拜，向天神求福。它前往共工台，想统治九丘，因为许多山丘和沼泽的狐狸全都聚集在这里。

有一只老狈看见了，便对九尾狐说：“你头上戴的是死人的骷髅。人死了以后，肌肉腐烂变成了泥土，只有枯骨留下，这就是骷髅。骷髅没有知觉，与瓦片砖头没有什么不同，但它的腥臊恶臭气味，是瓦片砖头所没有的，不能戴着它。我听说过鬼神爱闻幽远的香气，喜爱美好的德行。腥臊臭气是人不能闻的，更何况你竟敢拿来亵渎天神呢？天神的威怒不可冒犯，如果不立即悔改，你必将遭到大祸。”

九尾狐不听劝告，它们还没走到阏伯这地方，猎人就迎头拦截，攻打它，无数弓箭集中射击头戴骷髅的九尾狐。九尾狐死了。人们把打死的狐狸堆在一起焚烧，尸首堆得有三百丈那么高，气味过了三年才消失。

【**寓意点拨**】这则寓言通过九尾狐兴妖作怪而被射死的故事，揭露奸邪狡诈之人，以卑鄙手段冒充好人，结果身败名裂，遗臭后世。

狙公失狙

【**寓源**】明·刘基《郁离子·术使》。

【**寓言**】很久以前，楚国有个靠养猴子生活的人，大家都叫他“狙公”。狙公养了一大群猴子，每天清晨天刚蒙蒙亮的时候，他就把众猴子召集起来，给他们分配一天的工作。他让老猴子率领着年轻的猴子到山里去采摘野生果实，回来向它们征收十分之一，用以养活自己；他让小猴子在家结伴替他做家务。谁要交贡不足，或者没有按时完成工作，他便用鞭子狠狠地抽打谁。群猴都怕挨打，所以就卖力地干活，因此狙公不用自己劳作，日子过得还相当不错。实际上，群猴都非常恼恨他，可是，谁也不敢违抗。

有一天，狙公又对猴子们发脾气了，他用鞭子狠狠地抽打着一只猴子。事后，群猴聚在一起安慰挨打的猴子。这时，一只小猴子突然发问道：“山里的果木是狙公栽的吗？”群猴异口同声地回答：“不是，是天生的。”

小猴子又问：“那是不是不经过他，我们就不能摘取呢？”群猴不假思索，又异口同声地答道：“不，谁都可以摘取啊！”

小猴子一看大家心里都明白，最后问：“那我们为什么要忍受他的打，听他使唤，靠他生活呢？”

经过小猴子这么一点拨，群猴刹那间恍然大悟，是啊，它们是可以有更好的选择的。一想到自己可以过自由自在的生活，群猴们欣喜若狂，高兴地不能自已。

当天晚上，它们等狙公睡熟后，就咬断栅栏，毁坏牢笼跑到山林里，再也不回来了。它们去寻求自由的生活。

狙公一直都是靠猴子生活，已经忘记了如何劳动。这下没了猴子，他肩不能扛，手不会提，到后来竟然活活饿死了。

【**寓意点拨**】通过狙公役使群猴，最后群猴“破栅毁柙，取其积”而去，狙公“馁而死”的故事说明，世上像狙公那样卖弄权术奴役人民而不施行仁政来治理国家的君主，只能在百姓昏昧尚未觉醒的时候，可以作威作福，一旦有人思想开化，奋起反抗，那么他的奸诈权术也就走到了尽头。

鞫　狱

【寓源】元·陶宗仪《南村辍耕录》卷二十三《鞫狱》。

【寓言】元统年间，某吏在杭州东北做录事。

有一天，当地的老百姓甲某和乙某打架，甲的母亲从中劝解，被乙用木棒顺着脑后一敲，倒在地上死了。正赶上某吏来验尸，脑骨唇齿都有重伤，乙就招供服罪了。关在监狱里两年以后，遇上皇上赦免，因为不是谋杀，符合宽恕的条件，被释放了。

乙得到释放以后，就来道谢，说：“我和甲打架时，他的母亲来劝解，她用力拉着她儿子的衣襟，手挣脱后仰面倒下去，碰撞了脑袋，昏死在地上，邻居有个人拿着剪刀挑开她的唇齿灌药，没有醒过来，就死了，所以脑唇都有伤，我的确没有用棒子打他。”

某人问他为什么招认服罪，乙说：“匆忙的时候，唯恐被棒打，只想招认，也没有时间考虑偿命的事了。邻居见我已经招认，就都不再说什么了。”

断案子的人，不仔细调查研究，靠大摆刑具来张施他的威风。有人有委屈想诉说，他就呵斥发怒，从不体恤，致使那些小吏们秉承上面的意思，严刑拷打，百般折磨，无所不用其极，那么百姓受冤枉的情况就太多了。

【寓意点拨】这则寓言是想说：官僚作风害死人。执法部门尤其应当杜绝这种作风，因为人命关天，不严肃对待就会草菅人命，祸害无穷。审理案件要细致认真，穷研深究，并且防止严刑逼供，屈打成招，才不至造成冤案错案。

举国皆狂

【寓源】梁·沈约《宋书·袁粲传》。

【寓言】过去有个国家，国内有一眼泉水叫“狂泉”。国内的人喝了这水，没有不发狂的。

因为国君是打井取水用，所以没有得狂病。

国内的人都已经发狂了，反而认为没有狂的国君是发了狂。

大家共同商量，一起捉住国君，为他治疗狂病，用艾火烧，银针刺，强迫他吃药，用尽了所有办法。国君忍受不住这样的痛苦，只好到狂泉那里舀水喝下去，喝完便也发狂了。

从此，这一国的君臣上下，都一样癫狂，大家这才高兴了。

【寓意点拨】当所有的人都颠倒黑白、混淆是非的时候，即使谬误也会被当作真理来崇拜。在一个举国皆狂的国度里，即使他是至高无上的国君，若想“不狂”何其难也？因为在国人的眼里，国君是不符合他们的评判标准的“异类”，为了把国君纳入他们的标准，他们凭借人多势众，不惜动用各种手段，直到国君不能忍受其苦，也成了狂人为止。这则寓言具有深刻的寓意，也说明当一种普遍的社会现象发生时，个人的意志是很微弱的。

巨人与矮子

【寓源】明·刘基《郁离子·汪罔僬侥》。

【寓言】汪罔国的人个子高，小腿就有一丈多长，靠着猎取野兽来养活自己。野兽趴下，他们就不能弯下身子捕捉，因此常常挨饿。

僬（jiāo）侥国的人个子矮小，小腿只有三寸长，靠捕蝉来养活自己。蝉一飞起，他们就不能仰着身子去捕捉，因此也常挨饿。

他们一起去向帝娲诉苦，帝娲说：“当初我用大地的黄土分别创造了你们，虽然形体有大有小，但耳、鼻、口、目、头、腹、手、足、心、肝、腑、肠、毛孔、骨节，彼此都同样齐全。身高的就利用身高的长处；身矮的就利用身矮的方便。既不能把长的削短，也不能把矮的加长。就像果核里有仁儿一样，虽然果仁微乎其微，但它的根、干、枝、叶没有一项不具备的。又像蛋有外壳包着，浑然一体，里面混沌无知，但羽毛、嘴爪等没有一样不具备的。现在你们是想做果核里的仁儿呢，还是想做蛋的外壳呢？这就完全取决于你们自己，我是不能帮助的。”

【寓意点拨】这则寓言通过汪罔人与僬侥人因受形体限制而常挨饿的故事，说明“长则用其长，短则用其短”的道理，要充分利用有利条件和发挥自己的特长；更要发挥主观能动性，使长短皆可用之。

踞辕而歌

【寓源】战国·韩非《韩非子·外储说右下》。

【寓言】兹郑子拉着车子要过一座高桥，单靠自身的力气不能支撑。于是，他就坐在车辕上唱起鼓励大家用力的歌，走在前面的人便停步帮助他拉车，走在后面的人便赶上前帮他推车，这样车子很快就上了桥。

假如兹郑子没有方法招引众人，他自己即使用尽全身力量，以至于累死，车子仍然是拉不上桥的。现在他身体没有劳累，而车子却上了高桥，这是有了招引人力的方法的缘故呀。

【寓意点拨】这则寓言启示人们，办事遇到自身无法克服的困难时，既不要埋头蛮干，也不要低头发愁，要善于动脑筋，从自身以外的空间去寻找突破口。因为有些事情，从自身的条件来看是不利的，而从外部条件去考察却能找到有利的因素。

涓蜀梁见鬼

【寓源】战国·荀况《荀子·解蔽》。

【寓言】在夏首的海边有个名叫涓蜀梁的人。他为人愚蠢而又十分胆小，看见什么都害怕。

一次，他在皎洁的月色下夜行。偶尔低头，看见自己长长的身影，以为遇到了趴在地上的魔鬼；又一抬头，看见自己的头发，又以为碰到立在身后的妖怪。他顿时吓得魂飞魄散，急忙转身拼命逃跑。

等他跑回家中，已经上气不接下气，很快便气绝身亡。

【寓意点拨】这则寓言告诉人们：世上本无鬼，庸人自扰之。疑神疑鬼，不是科学态度，而是唯心主义思想的表现。

蹶叔三悔

【寓源】明·刘基《郁离子·虞孚篇》。

【寓言】蹶叔很相信自己，总是不听他人的劝告。他在龟山北面种地，在高而平的地方种水稻，在低地里种高粱。一位朋友告诉他："高粱适宜种在旱地上，而稻子适宜种在低地，你却刚好相反，违背它们的本性，哪会有收成呢？"蹶叔不听。结果种了十年，粮仓里没有一点储备。他去探视朋友的田地，才知道按朋友说的才有收获。于是向朋友道歉说："我知道悔改了。"

后来他到汶水做生意，每次都是先观察人们争购哪种货物，才赶着收购，没有一次不和人竞争的。等收购完了，运到市场上，别的商人早运来了同样的货物，使得他的货物总卖不出去。朋友就对他说："会做买卖的人，都买别人没兴趣的东西，等缺乏时，他们就能收到很高的利润，这是当年大商人白圭致富的办法啊。”蹶叔不听，过了十年变得更穷了。这才想到朋友的话，又去向他道歉说：“我从今以后不敢不知道后悔了。”

再后来，蹶叔乘船入海，邀请朋友跟他一起去。他们顺流向东，航行到了海水归聚的深渊边缘处。朋友说：“这是水最深的地方，再向前去就没法子回来了。”他又不听，一个人驾船前行，结果被卷进深不可测的大壑中，直到九年后遇上北海鲲鱼化成大鹏鸟时掀起的巨大风浪，才把他的船又吹到了启程的海边。回家时，头发全白了，形体干瘦得如同蜡烛，没有人认得出他。他找到当年的朋友，深深地拜了两拜，仰头向天发誓：“我如果还不悔改，就像太阳西落一样，活不过今晚。”朋友笑说：“知道后悔是没错，只是还来得及吗？”

人们都说，蹶叔三次改悔就过了一生，与其这样，不如当年不做不后悔的事来得自在无忧。

【寓意点拨】这则寓言通过蹶叔三次不听朋友忠告，三次失败，三次后悔，讽刺世上那些盲目自信，屡悔屡忘，老吃“后悔药”的人。

K

看　镜

【寓源】隋·侯白《笑林》。

【寓言】有人出外做生意，妻子嘱咐他回来时买一把牙梳。丈夫问牙梳是什么样子，妻子指天上的新月给他看。

丈夫卖完货物准备回家，突然想起了妻子的话，因看月亮正满圆，便买了一面镜子带回来了。

妻子拿镜一照，骂道："牙梳不买，怎么反而买一个小老婆回来了？"

母亲听了去劝和，忽然看见镜子，拿起来一照，便说："我的儿呀，你既然有心要花这个钱，怎么买个老婆子呢？"

争吵不休，相互攻击，竟然打起官司来。

官府派差役把他们拘押到堂，差役见了镜子也惊慌起来，说道："我并没有怠慢违限，怎么就派差役来捉我呢？"

到了审判时，把镜子放在公案上，官老爷照镜，大发脾气，说："夫妻两口子吵架的事，为什么一定要叫乡下的绅士来讲理？"

【寓意点拨】妻子、母亲、差役、官老爷都有一个共同的特点，即不认识自己的真面目，把镜子中自己的尊容当作别人，结果掀起了一场无谓的风波。人认识自己的外形尚且如此，要想认识自己的性格品质更非易事。

看　命　司

【寓源】南宋·岳珂《桯史》。

【寓言】中都有一位擅长谈天算命的人，住在观桥的东边，天天设摊于都门边上，挂一标识："看命司。"许多人来找他算命，他的同行们却厌恶地说："既称呼为司者就要名副其实，这只是平庸的小技艺，却自命为有司，真是岂有此理！"有一个同行的人说："这不难，我有办法使他离开。"第二天，便迁移到他的对面，也变换标识为“看命西司。”经过的人都会心一笑，那个人羞愧得马上撤掉标识溜走了。

【寓意点拨】这则寓言说明拉大旗做虎皮，是一些招摇撞骗之徒的惯用伎俩。一个摆摊算命的人竟在卦摊上挂起“看命司”的招牌，用以招徕顾客。当然，这种骗人的把戏有时所以能够奏效，是因为它利用了世俗的弱点，有的人只看现象，不看本质，只看招牌，不重货色，结果往往上当受骗。

看写缘簿

【寓源】清·石成金《笑得好》。

【寓言】有一个军人，穿布衣布靴游历寺庙。和尚认为是一个俗人，对他很不礼貌。

军人说：“我看你们寺庙中，也很贫穷淡薄，如果修造什么东西需要钱，可把化缘簿拿来，我好写布施的银两。”

和尚非常高兴，立即献茶，看意思很是恭敬。等到写化缘簿，头一行才写了“总督部院”四个大字，和尚以为这个军人是大官微服私访，又惊又惧，双膝跪下。那人在“总督部院”下边又添写“标下左营官兵”数字，和尚便以为那人不过是一个当兵的，脸上出现懊恼的神色，立即站起来，不再下跪。又见此人填写“喜施三十”，和尚便以为是他施舍三十两银子，脸上重新喜气洋洋，又跪。等到看到“文钱”二字，和尚才知道布施很少，立即站起来，不再下跪，把身子一弓，脸上又堆满懊恼。

【寓意点拨】和尚的先一跪，为畏势；后一跪，为图利。和尚的求钱畏势，使人们清晰地看到了社会中某些人在金钱和权势面前的丑恶表演。

康子求教

【寓源】春秋·左丘明《国语·鲁语下》。

【寓言】公父文伯的母亲到季氏家，季康子正在厅堂上办事。季康子与她打招呼，不应声。季康子一直跟到居室的门外，她还是不应声就进去了。

季康子于是放下事务离开厅堂，进入居室见文伯的母亲，说：“我没有听到你的教诲，是不是得罪了你？”

她回答说：“你没有听说过吗？天子与诸侯在外朝处理民众的事务，在内朝处理祭祀神灵的事务；卿以下的官员，在外朝处理本职工作，在内朝处理家族内的事情；至于寝门以内家属居住的地方，则由妇女操持安排。君臣上下都是这个规矩。外朝，是你事奉国君完成职事的地方；内朝，你要在那儿处理家族的事情，所以这都不是我所敢与你说话的地方啊。”

【寓意点拨】这则寓言通过一位女性对朝事与家事的男女分工的认识，启示人们男儿当有雄心壮志，立志做一番大事业，切不可为琐碎的家庭小事缠身而鼠目寸光。

可折半直

【寓源】宋・苏轼《艾子杂说》。

【寓言】一个徒步行走的人，从吕梁委托撑船人带他往彭城去，拿了五十钱送给撑船师傅。

撑船师傅说："凡是不带行李独自一个乘船的人，要交一百金船费。你缺少一半，就从这里开始，替我拉船纤，一直拉到彭城，即可抵作那一半价钱了。"

【寓意点拨】这则寓言讽喻了财迷心窍的人。船价本来是百钱，但舟师却要拿五十钱的人给他拉一道纤，以抵那一半的价钱。给他拉一道纤，不但分文不得，反倒赔五十钱。这就叫作"可折半直"。

苛政猛于虎

【寓源】清・赵翼《札记・檀弓下》。

【寓言】孔子和他的学生在泰山旁边走过，听到一位妇人在坟边哭得很厉害。那悲惨沉痛的哭声，竟使孔子的态度也严肃庄重起来。他叫子路过去问明白。

子路走到妇人身边，问他。那妇人摇头。子路又说："我们听你哭得很凄惨，想必有些使你特别伤心的事情吧？"那妇人才勉强点点头，刚开口，泪水又滚滚出来了："就是呀！这一带老虎很多，时常吃人。早先，我的公公在这儿被老虎吃掉，后来，我的丈夫又被老虎吃掉了，前几天，我的孩子又被老虎咬死啦。"

孔子听了，问她："那你们这家人为什么不趁早搬走呢？"这话一出口，更引起了对方的伤心，她说："你要知道，这儿老虎会伤人，但是这儿却没有严酷繁重的税赋！"

妇人的这番话给了孔子很大的启发，他说："学生们记住：严酷繁重的税赋比老虎还凶猛可怕呢！"

【寓意点拨】这则寓言说明：给民众带来的负担，远比老虎伤人严重，要真正减轻民众的负担，就要将危害民众利益的政令坚决予以去除。

刻削之道

【寓源】战国·韩非《韩非子·说林下》。

【寓言】古时候有个人雕刻石像，却怎么也不理想，不是眼睛太大了，就是鼻子太小了。他真后悔当初跟师傅学习时，没有把师傅的技术全学到手，于是只好厚着脸皮再次去找师傅，请教雕刻的道理。

师傅虽然对他没有认真学习感到不满，但看他还有学习的念头，便又给他讲了雕刻的方法和技巧。进行雕刻制作时，鼻子不妨刻得大一点儿，眼睛不妨刻得小一点儿。鼻子刻大了，可以再削小；而刻小了，就无法再加大了。眼睛刻小了，可以再修大；刻大了，就无法再改小了。做任何事情都是这个道理，对那些不能恢复挽回的，开始就要非常谨慎，那么失败的可能性就小了。

他听后，这才恍然大悟。谢过师傅后，又回去刻他的石像了。

【寓意点拨】这则寓言告诫人们，事物是发展变化的，无论做什么事情都要留有余地，努力掌握事物的规律。

刻舟求剑

【寓源】秦·吕不韦《吕氏春秋·察今》。

【寓言】春秋战国时期，有一个楚国人乘船渡江去拜访亲戚，他随身带了好大一个包袱，还挂了一把剑在身边。恰巧那天，乘船的人很多，他没有地方坐，只好挤在船尾将就坐下。

那天风很大，江水汹涌起伏，他们坐的小客船晃晃悠悠地在风中漂着向江对岸划去。到了江中央，风却似乎越来越大，突然一个大浪击打过来，小船一阵猛烈颠簸，船上的人也都左摇右晃。一个不小心，坐在船尾的那个楚人跨在右肩上的剑，“扑通”一声就掉到江水里，转眼间没了踪影。

一船的乘客都觉得很可惜，可是楚人一点也不沮丧。他匆匆忙忙地从腰间抽出一把小匕首，在剑掉下去的船舷上刻上了一个显眼的记号，并且自言自语地说：“这就是我剑掉下去的地方。”众人非常不解，不知道这个人究竟想怎么办。就听那楚人开心地说：“不用担心，等到船靠岸后，我从做标记的地方下水去找剑，一定能够找到的。”

剑是掉在江中央了，船走了，剑并没有跟着走；楚人在船上刻记号，还要沿记号的方向下水找剑，这又怎么能找得到呢？未免太糊涂了吧！

【寓意点拨】这则寓言告诫人们，客观事物在不断地变化，要适应新情况新问题，不能墨守成规，要研究新问题，总结新办法，这样才不会被时代所淘汰，如果守着老一套不放，必然会四处碰壁。

客击秦斯

【寓源】清·唐甄《潜书·五形》。

【寓言】唐子年轻的时候，一次随从舅舅入宴饮酒，在座的有位壮士叫秦斯，他的力量足以举起千斤重物，作战一定会攻破对方的阵势。他常常一个人独自行游在山林水泽之间，赤手空拳地斗败几十个手持杖器的人。

酒宴上，舅舅指着一位客人，开玩笑地对秦斯说："这位客人身体虽然瘦弱，但是喜欢拳术，曾经想战胜你，你愿同他较量吗？"

秦斯听了笑着说："来吧！"

秦斯便放下手中的酒杯，离开了座位，正回头听旁边的人说话还没有站稳，那位客人急忙走上前猛击一掌，手到之时就将秦斯打倒在地，在座的客人哄堂大笑。

那位客人只凭自身的力量来抵挡秦斯，即使是一百个也不是对手，然而能战胜秦斯的原因，是乘秦斯没有站稳。善于用兵的，像客人袭击秦斯一样，趁人不备击倒对方可以说是很聪明的。

【寓意点拨】这则寓言的启示意义是多层的，既可以说明战胜敌人不仅要以实力，更重要的是讲究策略，乘虚而入则能以弱胜强；同时告诫人们，立身处世要谨慎小心，防止邪恶之人的突然袭击，正如俗语所说，"不怕一万，就怕万一"。

客怒鳖小

【寓源】春秋·左丘明《国语·鲁语下》。

【寓言】公父文伯在宴请南宫敬叔的酒席上，尊露睹父为上宾。在进鳖这道菜时，鳖小了些，露睹父很生气。请吃鳖时，他退席告辞说："等鳖长大以后我再来吃吧。"于是中途出去了。

文伯的母亲听说后，气愤地对儿子说："我听故世的公公说过：'祭祀时要让代死者受祭的人吃得好，宴请时要让上宾吃得好。'你进鳖这道菜时用小鳖有什么意思呢？让上宾生气。"

于是把公父文伯从家里撵走了。过了五天，鲁国的大夫们前来说情，才同意公父文伯回家。

【寓意点拨】这则寓言告诉人们，既是待客就要诚心，诚心则要以盛宴款待为形式，让客人开怀痛饮；反之，口头的热情，佳肴的微薄，那就是虚情假意。

客套误事

【寓源】明·刘元卿《贤奕编·应谐录》。

【寓言】于咩子是古时候一个迂腐的读书人，不仅迂腐，说话做事还特别喜欢客套。

有一年冬天很冷，于咩子的朋友坐床来他们家做客。吃完了饭，他们俩一起围着火炉聊天，坐床的下身衣服很长，离火炉很近。他们说着说着，于咩子就发现朋友那边冒出一缕细小轻微的青烟，仔细察看，这才发现原来朋友的下身衣服被烧着了。

万分火急，本应该马上告诉朋友，帮他熄灭火星。可是这位于咩子，从容地站起来，面向朋友，站定站好，然后拱手抱拳，慢慢地和朋友说："其实有一件事情特别想告诉你，但又想起你性格急躁，恐怕引起你的烦恼。不说吧，那又是对朋友的不忠不义。所以先请你宽怀大度，不要生气，那我才敢说。"

坐床一听他啰哩啰唆的，喋喋不休，就干脆地说："你有什么要说的，尽管说，我保证不生气。"

于咩子并没有马上开口，他还像刚开始那样，谦让了一次，两次，三次，反反复复地叮嘱朋友不要发怒，然后又慢腾腾地迟疑不决地说："其实我想说，你的衣服着火了！"

朋友听罢，腾地一下就站起来了，一看衣服半截都快烧没了，就很生气地斥责于咩子："这么严重，怎么不快点告诉我，还慢腾腾的，这不误事儿吗？"

于咩子一听，感到十分委屈，他还义正词严地反问朋友，"看看看，都说你性子急，要你不要生气，你还是生气了！"

朋友实在无话可说了，狠狠地瞪了他一眼，就甩袖离开了。

【寓意点拨】说于咩子客套误事真是一点都不假，火都烧着衣服了，他还在啰哩啰唆，废话连篇。我们不论在做事情还是做学问中，一定要抓住主要内容，直接切入正题。形式是为内容所服务的，切忌不要重视形式，忽视内容，使内容被形式所累。

孔门弟子充军

【寓源】明·冯梦龙《广笑府·儒箴》。

【寓言】有人问："孔门七十二贤人，已成年的是几个人？未成年的是几个人？"

回答说："已成年的是三十人，未成年的是四十二人。"

又问道："有什么证据呢？"

回答说："《论语》上讲'冠者五六人'，五六得三十。'童子六七人'，六七四十二。"

又问道："那三千弟子后来都是什么结果？"

回答说："时值战国时期，二千五百人都充军去了，剩下的五百人都做了客商。"

又问道："有什么证据呢？"

回答道："《论语》注上说：'二千五百人为师，五百人为旅。'"

【寓意点拨】寓言以曲解经文断章取义为笑话，揭示了不学无术却故作高雅之士的那种可笑之态，它告诉人们，学习来不得半点虚假，不能一知半解，否则会贻笑大方的。

孔雀爱尾

【寓源】清·方克《纪闻》。

【寓言】罗州山中有许多孔雀，数十只孔雀成双结对地飞翔。雌孔雀的尾翼较短，也不绚丽；雄孔雀自出生三年后，开始长出尾翼，五年后便长成雄伟的尾翼。春天刚开始的时候会长出羽毛，经过三四个月这些羽毛便会掉落，跟着花开随着花谢。不过雄孔雀对于它们的尾巴非常珍爱，而且嫉妒心很强。当它想要在山中栖息，一定会先选择一块可以放置尾巴的地方，然后才在该处休息。

南方有捕捉孔雀的人，每逢下大雨时就去捕捉孔雀，因为此时孔雀的尾巴会沾上雨水而变重，无法高飞，虽然猎人已到了眼前，孔雀却因太过珍惜它的尾巴，害怕猎人们会伤害它的尾巴，于是不再展翅高飞。虽经过人类长久的饲养，只要一看见美丽的女子穿着华丽的衣服，或是看见小孩子穿着丝绸的衣服，一定会追咬他们。遇到良辰美景，听到音乐歌声，必定会张开翅膀及尾巴，眼神流转的舞动，好像刻意要展现它的美丽尾巴。

山谷中的蛮夷之民会烹煮孔雀而食，味道好像鹅肉，可以解百毒。人吃了它的肉，吃药不能痊愈的病好了，至于孔雀的血与它的头，可以解大毒。南方的人获得了它的卵，便让鸡加以孵化成孔雀，孵化出来的孔雀，脚会稍稍弯曲，鸣叫的声音好像“都护”。

有人若想获取孔雀的尾巴，便会拿着刀子躲在竹林丛中隐密的地方，等待孔雀经过，便快速地截断它的尾巴；若尾巴没有马上截断，孔雀会回头看着它的尾巴，那尾巴也不再绚丽光彩了。

【寓意点拨】孔雀以自己美丽的尾巴为傲，却也因此成为它逃命时的束缚，甚而为它引来杀机。古人常说“韬光养晦”，其主要目的是要大家能沉潜自己，毕竟在充满竞争的社会里，锋芒太露，往往会招来许多麻烦，甚至是危机。

孔群好酒

【寓源】南朝·刘义庆《世说新语·任诞》。

【寓言】晋朝时期，鸿胪寺孔群就很爱喝酒，丞相王导劝告他说：“你为什么经常喝酒呢？酒喝多了会伤害身体的。你看，酒店里那些覆盖酒罐的布，都一天天地霉烂了！多喝酒并无益处，只会麻醉神经而已。”孔群却毫不在意，轻蔑地回答说：“不，你没看见浸在酒糟里的肉能够保存更长的时间吗？”

【寓意点拨】假如一个人沦为酒糟里的腐肉，庸庸碌碌、醉生梦死，那么活在世上岂不是多余吗？像孔群这种自命不凡，以酒醉为洒脱的人生态度实在是不足取的！

孔子观欹器

【寓源】战国·荀况《荀子·宥坐》。

【寓言】孔子到鲁桓公的庙里去游观，看见一个形体倾斜的酒器。孔子问守庙的人说：“这是什么器皿？”

守庙的人回答说：“这是一个放在座位右边的器皿。”

孔子说：“我听说伴坐的器皿，内部空了就倾斜，不空也不满就端正，满盈了就翻倒。”

孔子回过头来对他的学生说：“往里面倒些水吧。”于是他的学生便舀了些水倒进去，果然，不空不满就端正了，灌满了就翻倒，内部空了就倾斜。

孔子长叹一声说：“唉，哪有满了还不翻倒的呢！”

【寓意点拨】骄傲自满的人，是无法接受知识的，只有永不满足的人，才能不断地去探索进取，不断地获得新的知识。这则寓言启迪人们认识“满招损，谦受益”的普遍道理，告诫人们凡是骄傲自满的人，没有不跌跤的。欹（qī）：倾斜。

孔子识大骨

【寓源】春秋·左丘明《国语·鲁语下》。

【寓言】古时候，吴国攻打越国，摧毁了越王勾践在会稽山上的营垒，获得了一节很大的骨骼，要用一辆车专门装它。吴王派使者去鲁国做友好访问，顺便让使者向孔子询问骨骼的事，并且说：“不要告诉这是我的命令。”

使者来到鲁国，向大夫们分送礼币，送到孔子面前时，孔子回敬他一杯酒。当撤去礼器开始宴饮时，吴国使者拿着桌上吃剩下来的骨头向孔子说：“请问什么骨头最大？”

孔子回答说：“我听说，从前大禹召集群神到会稽山，防风氏违命后到，大禹杀了他，陈尸示众，他的骨骼一节要用一辆车装，这算是最大的骨头了。”

吴国使者又问：“请问掌管什么才算得上神？”

孔子说：“山川的精灵，能够兴云降雨以利天下，所以掌管山川的可以称得上神；至于掌管社稷的可以称为公侯，他们都从属于王。”

吴国使者问：“防风掌管的是什么呢？”

孔子回答说：“防风是古代汪芒氏的首领，掌管封山和嵎山，姓漆。在虞舜、夏、商时叫汪芒氏，到了周代改称长狄，他的百姓算是现在身材高大的人。”

吴国使者接着又问：“最高的人有多高？”

孔子答道：“僬侥氏的人身高只有三尺，是最矮的。身材高大的不过十倍于他，那就高到顶了。”

【寓意点拨】这则寓言告诉人们博学广识的重要性。一个人要能自如地解释一切发生的现象，没有渊博的知识是应付不了的。只有知识的广博，才能通晓万物，自如地回答别人提出的问题。

孔子受鱼

【寓源】西汉·刘向《说苑·贵德》。

【寓言】孔子到了楚国，有个打鱼的送给他很多鱼，可孔子不愿接受。

打鱼的说："天气炎热，市场遥远，卖不掉，想把它扔了，又怪可惜的，还不如送给君子。"

孔子拜了两拜，接受了下来，并且让弟子们打扫庭院，准备祷祭。

有个弟子不解地问："别人要扔掉的东西，先生您为什么却要用来祷祭呢？"

孔子回答说："我听说过：为了不使多余的财物腐烂浪费而把它送给别人，这就是圣人。我今天接受了圣人的恩赐，能不进行祷祭吗？"

【寓意点拨】楚国的渔者把吃不完、卖不掉的鱼送给孔子，孔子用这些鱼来祈祝未来的丰足，并认为能够把多余的财物施舍于他人是高尚的行为。这件小事从一个侧面展示出古代儒家对于人的关怀，因为物质财富既是人们的劳动所得，同时又为人们生存所必需，珍视物质财富，最终是对人本身的珍视。

恐钟有声

【寓源】宋·沈括《梦溪笔谈》卷十三《权智》。

【寓言】枢密院直学士陈述古，在担任建州浦城县县令时，有人丢失了东西，捉到了一些嫌疑犯而不能确定谁是真正的盗贼。

陈述古欺骗这些人说："在一个庙里有口钟，能够辨别盗贼，非常灵验。"

陈述古派人把钟抬来安置在官府后院的房屋中供奉着，并带领众犯人站在钟前。他宣布说："不是盗贼，摸钟就没有声音；是盗贼，摸钟就会发声。"

陈述古亲自率领同僚，很严肃地向钟祷告。祭礼完毕，用帷幕把钟围起来，并暗中让人在钟上涂上墨。

过了很久，他带来众犯人命令他们一个一个地将手伸入帷幕中摸钟，出来后就检验他们的手，其他人都有墨迹，只有一个罪犯手上没有墨迹。经过审讯，这个罪犯承认自己是盗贼。他害怕钟会发出声音，就不敢触摸它。

【寓意点拨】这则寓言验证了做贼心虚的道理。陈述古是个聪明人，在破案时，他善于动脑筋，想办法，正确分析人的心理活动，抓住盗贼心虚和迷信的弱点下手，结果擒住了真正的坏人。

口鼻眼眉争辩

【寓源】宋·王谠《唐语林》。

【寓言】嘴与鼻子争起了上下优劣。

嘴说："我能谈论古往今来的是非功过，你怎么可以在我之上？"

鼻子回答说："因为吃喝没有了我，就无法辨别出味道来。"

眼睛对鼻子说："我近可看清楚极微小的部分，远能眺望到天际，只有我能算得上佼佼者。"又对眉毛说："那你有什么功劳，竟然能在我之上？"

眉毛说："我虽然没有用处，就好像世间的宾客无益于他的主人一样，但是没有了宾客，也就无所谓礼节的规范与仪式。如果没有了我这眉毛，那人看起来还有什么容貌可言呢？"

【寓意点拨】这则寓言以口、鼻、眼、眉都想争个高下贵贱，来说明个体与整体的关系，是互为帮衬，相辅相成的。大凡事物各有各的功能，人也各有各的长处。以己之长，轻他人之短，自以为高人一筹，于是洋洋得意，岂不知这是浅薄无知的表现。所谓"尺有所短，寸有所长"。何妨多一点尊重，少一点"唯我独尊"，大团体方能在"一棵草、一点露"的各有所长下，呈现出大格局的面貌。

口惠子与实君

【寓源】清·吴庄《吴鳏放言》。

【寓言】口惠子对实君说："我和你在人情世故中周旋，我一张嘴我的事情就办妥了，而你呢，却用损失你的财物来实现你的愿望，这是为什么呢？"

实君回答说："你认为在人情世故中周旋，仅仅是需要说好话就行了吗？其实不仅是这样就行了。我认为，最上策是给予实利，其次是许诺和实利同时给予，再其次是先许诺而后紧接着给实利，最下策才是只许诺而不给实利。如今在人情世故中周旋，无非是请客吃饭、馈赠礼物罢了，如果在事先没有许诺而做了，那人一定大喜过望，因为他未曾期待这些；假如预先约定宴请或馈赠，而到约定的时间实现了，事情就已在意料之中，就没有惊喜之感，何况那些没实现的宴请或馈赠呢。现在有两个人在这里，那一个人说：'你怎么不宴请我、馈赠礼物给我？'这一个人肯定不为难，而且还会笑话他，因为不曾有这样的约定。如果已经约定了却不履行约定，他就会振振有词了；如果一而再再而三这么做，那么随之而来的是辱骂，说这是有口才而不正派的人，这是一张能言善辩的嘴，这是一个有文才却无情的人！所以，只有许诺而没有实利，就会招致天下人的轻视，受到天下人的斥骂。怎么见得是'一张口我的事情就办妥了'呢？"

口惠子恭敬地应答着，而心里却不以为然。此后他终身空口许诺别人好处，遭天下人唾弃。

【寓意点拨】寓言中的口惠子指空口讲许诺的好话，实君指给带来实在利益。

这则寓言启发人们，在人事交往中，如何正确地采取方式，这是非常重要的，那就是为人要讲诚信，讲好话要做好事，则会得到人们的信任，只讲好话不做好事的人，必然被人们指责。同时也提醒人们认识那些骗子之术，惯于空口许愿而不兑现，甚至是好话说尽而坏事做绝。

口是祸之门

【寓源】宋·苏轼《艾子杂说》。

【寓言】传说，艾子病了发高烧，有些昏昏沉沉，在睡梦中灵魂去游阴曹地府，看见阎罗王升堂问事。有几个鬼抬上一个人来，一个鬼吏向前汇报说："这个人在阳世上，只顾干些挟制别人隐私的缺德事，用恐吓的手段诈取财物；就连清白无过的人，也被他巧设机关，诱惑下水，然后按他的指使照他的办法去干坏事。对此人应该用五百亿万斤柴火放在锅底下去烧煮他，煮过之后再放他回去。"阎王认为可以，命令交付牢狱去执行。有个牛头鬼上来揪住他，押了下去。那个人便私下询问牛头鬼说："你是什么人呀？"

牛头鬼说："我是镬（huò）汤狱的主管人，凡镬汤狱中的事情我都可以做主。"

那人又说："既然是牢狱的主管人，必定是第一把手了，但为啥穿着这么破烂的豹皮裤子呀！"

牛头鬼说："阴间没有这种豹皮，如果阳间有人焚化了才能得到。而我的名望在人世间并不显著，所以没有人焚化送给我。"

那人又说："我的舅家是专门打猎的，家里常常有这种皮子，若得到您的怜悯，减少一些烧柴数字，我能够活着回去，就一定焚化十张豹皮，为狱主您做一条好豹皮裤子。"

牛头鬼大喜道："我为你减去'亿万'二字，以欺骗那些小鬼，你就可以迅速回家，并可免除三分之二的开水沸煮的苦处了呀！"

接着便把那人叉进锅里去煮。这个牛头鬼时时来问情况，小鬼们见牛头鬼这般态度，想必是要保护那人，也就不敢把火烧得太旺，并且报告说，柴火已经烧够了。那人出了汤锅，扎好了腰带准备归程，牛头鬼走来说："可千万别忘了那豹皮呀！"

那人便回过头来对牛头鬼说："我有一首诗要赠送给你：'牛头狱主你要放明白，大权在阎王手中不在你那里；你克减了官柴尚还可以，如果再贪求豹皮那就更违法了'。"

牛头鬼一听勃然大怒，立刻又把那人叉进滚烫的水锅中，并加添了更多柴火去烧煮他。

艾子醒了以后，就对他的徒弟们说："必须相信口是酿成祸灾的大门呀！"

【寓意点拨】这则寓言故事说明：口是祸之门，说明多嘴多舌容易招致灾祸，这在旧社会是种消极的防御处世的办法，并不足取。揭示矛盾，暴露黑暗，并与之作针锋相对的斗争，才能推动事物发展，促使社会进步。但是，斗争的方式要考虑时间、地点、条件，不能盲目从事或孤军作战。

另外，寓言更揭示了官场中贪污受贿的黑暗现实。还有些狡猾的人，为保护自己不受法律制裁，千方百计寻机行贿，破坏法制，腐蚀拉拢他人下水，这也是十分值得警惕的事。

扣盘扪烛

【寓源】宋·苏轼《东坡七集·日喻说》。

【寓言】从前有一个盲人问邻居："太阳是啥样子呀，请你告诉我吧！"邻居手里正巧提着一个铜盘，就对盲人说："太阳嘛，它圆圆的，形状像个铜盘子，你听，这就是铜盘！"说着，他用手叩了几下铜盘，铜盘发出"当当"的响声。盲人笑嘻嘻地说："我明白了。"第二天，盲人忽然听见"当当"的响声，高兴地吵嚷着说："太阳，这是太阳啊！"行人告诉他说："这是敲钟的声音，太阳不是这样的！""那么太阳到底啥样子呀？"盲人急了。行人说："太阳的光是很亮的。哦，就像蜡烛一般，你摸摸，这就是蜡烛！"行人从口袋里拿出一支蜡烛，让盲人用手摸一下。盲人点头说："噢，太阳是这样的呀！"几天之后，盲人在家里摸到一支竹笛子，它与蜡烛的形状很像，于是他惊喜地叫喊起来："你们快来看呀，我找到太阳了！"众人听了禁不住哈哈大笑。后人便根据这个故事概括出"扣盘扪烛"一语。

【寓意点拨】靠别人的片面介绍和个别解释，不能获得真正的知识，只有亲自深入地调查研究，才能准确地认识事物。

哭 彭 祖

【寓源】宋·苏轼《艾子杂说》。

【寓言】艾子出去游玩，见到一个老妇人满头白发而身着很粗糙的丧服，哭得很伤心。

艾子问："老婆婆你为什么哭得这么伤心？"

老妇人说："为我的丈夫而哭。"

艾子说："你年纪不小了，才为丈夫而哭，不知道你的丈夫是谁呢？"

老妇人说："他就是彭祖。"

艾子说："彭祖活了八百岁才死，应该寿命不短，可以没有憾恨。"

老妇人说："我的丈夫活了八百岁实在没有什么憾恨，然而又有活了九百岁而还没有死的，那难道不应该觉得遗憾吗？"

【寓意点拨】人有比较之心，永远不会满足。彭祖活了八百岁，老妇人依然认为活得不够久，因为有人活得比他还长。这则寓言告诉人们，不要执着生命的长短，因为不管多长，人还是觉得有所遗憾的，何妨换一个角度来看待生命，安心以待。

刳马肝

【寓源】明·冯梦龙《雅谑》。

【寓言】有一位客人说："马的肝脏有剧毒，能毒死人，所以汉武帝说过：'文成将军吃了马肝就死去了。"

迂公恰好听到了这些话，便发笑说："这位客人是说谎话罢了。肝脏本来在马的肚子里，马怎么不死呢？"

客人故意戏弄他说："马没有百年的寿命，就因为肚子里有肝的缘故。"

迂公恍然大悟。他家里养着一匹马，便把马肝剖挖出来，马立刻死了。迂公丢下屠刀叹了口气说："肝真的好毒啊！把肝挖去都不能活命，何况把肝留在马肚子里呢！"

【寓意点拨】这则寓言告诉人们，对任何事情都要认真思考，想一想它是否合乎实际、是否真有道理？绝不能像迂公那样，道听途说，视为真理，照此办理，害人害己。迂公的可笑不仅在他听人戏弄，刳（kū）马肝，杀死了马，更在于他执迷不悟，以为不刳马肝，马早毒死了。由于无知、愚昧，而干错事、蠢事，一害自己，二害别人。

夸父追日

【寓源】西汉·刘向编校《山海经·海外北经》。

【寓言】上古时，有一个神人名叫夸父，他有一个伟大的志向，想要追上太阳，为人们采撷火种。那一天，太阳刚刚从地平线上露出半边脸，夸父便甩开两条长腿，由东向西奔走。他不吃不喝，只是拼命地追逐着日影，与它竞走。

到了下午，夸父追赶着太阳到了它将要落下的禺谷之处。但此时，夸父感到极其口渴，必须马上喝下大量的水。

于是，夸父跑到黄河边一口气将黄河的水喝得精光，使黄河显出了河床。但他还是很渴，又跑去喝渭水，渭水也让他喝干了。然而，夸父仍然没有止住渴，胸间如有火焚烧，非常难受。

这时，他想起北方的雁门山下有一个大湖，纵横千里，极为宽阔。“那里水多，一定能让我止渴。”他又迈开步伐，向北而去。

但是，夸父实在渴得难受，似乎连路也走不动了。大湖又是那么遥远，一时难以赶到。夸父艰难地走了一阵，还没等赶到大湖，他便因过度饥渴而倒在地上死去了。

夸父倒地时，扔下了他的手杖，手杖化作了一大片桃林，绵延数千里。

【寓意点拨】这则寓言描写了神话中的巨人夸父与太阳竞赛的情景，赞扬了夸父为追求宏大目标，锲而不舍，自强不息的精神。

窥井自照

【寓源】秦·吕不韦《吕氏春秋·达郁》。

【寓言】齐湣（mǐn）王对列精子高言听计从。列精子高喜欢穿熟绢做的衣服，戴着白绢做的帽子，穿着鞋尖高高翘起的鞋子。

有一天，列精子高出门时恰好下雨，于是他特意到堂下撩起衣服走来走去，对自己的侍从说：“我的样子怎么样？”

侍从说：“你既姣美又漂亮。”

列精子高走到井边去照看，井水映出的分明是个丑陋男子的形象。

他无限感慨地叹息着说：“这些侍从因为我的德行被齐王看重，竟对我这样阿谀奉承，更何况看重我德行的齐王，人们对他的阿谀奉承就必定更加厉害了。没有镜子可以让他自照去发现毛病，亡国的日子不长了。”

【寓意点拨】这则寓言揭示说明只有“窥井自照”，检验自己的实践效果，才能真正认识自己。凡是阿谀奉承的话，都不可听；如果昏昏然沉醉在近臣或侍从的夸言虚词的恭维声里，那就离“亡无日”不远了。列精子高可谓有“自知之明”的人。

隗炤藏金

【寓源】宋·佚名《录异传》。

【寓言】隗炤是鸿寿亭的平民，精通《易经》。临去世时，在书板上写上文字交给他的妻子说：“我死了以后，家里会特别艰难困苦，虽然如此，也要审慎不要变卖房产。困难时期过去五年后的春天，会有一位能指点教诲你的人到这里停留，他姓龚。这个人欠我钱，你就拿这个板向他要债，不要违背我的话！”说完就咽了气。

以后的日子果然非常穷困艰苦，妻子几次动了卖房产的念头，但回想起丈夫的话就打消了这个想法。

到了预定的那一天，姓龚的使者果然停留在亭中，妻子就带着书板向使者讨债，使者拿着书板疑惑不解，不知是怎么回事，就说道：“我平生没有登临过此亭，怎么会有这种事呢？”

隗炤妻子说：“我丈夫临去世时亲手写了书板，他的吩咐就是这样，我不敢胡说的。”

使者沉思了很长时间才醒悟过来，对她说：“你丈夫有什么本事吗？”

妻子说：“我死去的丈夫精通《易经》，但没有给别人算过卦。”

使者说：“噢！可以搞清楚了。”于是回头要侍者，拿蓍（shī）草的秆来算卦。算卦结束就拍掌，大喜地说：“太好了！隗炤生前把一些事情隐藏不说，别人都没有听说过，他可以说是明察困顿与显达，洞悉吉祥与灾难啊！”于是告诉隗炤的妻子说：“我没有欠你家的金子，你丈夫自己就有金子。由于知道死后会暂时穷困，所以把金子藏起来。他之所以不告诉你们，是怕金子花完而穷日子仍然继续。他知道我也精通《易经》，所以就把意思寄托在书板上。他藏的金子有五百斤，盛在装酒的瓦罐里，盖上铜盘，埋在堂屋东头，离墙有一丈远，埋在地下有九尺深。”妻子回到家里去挖掘，跟卦上说的一模一样。

【寓意点拨】这则寓言的主要意义在于告诉人们，藏金不是留给后人穷困时去用，而是留给后人度过穷困以后再用。这样后人经过了穷困的煎熬才知道金钱的可贵，才会去珍惜，才会去防止贫穷的再现。如果穷困就用去，那么可能钱花光了，穷困依然没有结束。另外，隗炤的妻子，在非常穷困之时，几次想变卖房产，想到亡夫的叮嘱又坚持作罢，反映了她克服困难的坚韧毅力。这些品格和作风是比金子更加宝贵的财富。

L

蜡　屐

【寓源】南朝·刘义庆《世说新语·雅量》。

【寓言】晋代有两个爱好不同的人，一个叫祖约（字士少），喜好钱财；另一个叫阮孚（字遥集），喜好木屐，并且经常亲自经营。

爱钱和爱木屐都是一种癖好，判断不出孰优孰劣。

一次，某人去拜访祖约，看到祖约正在料理和清点钱财。客人进门了，祖约还没有把财物收拾停当，急忙把剩下的两小竹箱的财物藏到背后，倾着身子去遮挡，神色有些慌乱。

又有一次，某人去拜访阮孚，看到阮孚正在吹火往木屐上涂蜡。见了客人，阮孚感叹地说："人生极为短暂啊，不知一生当中能穿几双木屐呢？"说话时，阮孚的神情悠闲自得。

祖约和阮孚虽然都有自己的癖好，一个爱钱，一个爱木屐，但是经过一番自我表演，其品格高下已泾渭分明了。

【寓意点拨】屐是一种木底鞋。"蜡屐"的意思是以蜡涂屐，使之润滑。人们以"蜡屐"借指游历；也可用以形容寄情于某种癖好之中，悠然自得。

来丹报仇

【寓源】战国·列御寇《列子·汤问》。

【寓言】从前，魏国人黑卵因为私恨而杀死了丘邴章。丘邴章的儿子来丹想报杀父之仇，发誓要亲手用剑杀死黑卵。来丹的胆气很旺，身体却相当虚弱，数着饭粒吃饭，顺着风向行走。虽然怒火满腔，但无力举起兵器来报仇，并且又不愿依靠别人的力量。黑卵凶狠勇猛，超越常人，一以挡百。他的筋骨皮肉，和一般人不同，伸长脖颈承受刀斧，袒露胸膛任凭箭射，刀箭的锋刃都被摧折弯曲了，而他的身体却没有一点儿伤痕印迹。倚仗自己的力量，黑卵把来丹看得不过像雏鸡和小鸟。

来丹的朋友申他说："你非常恨黑卵，而黑卵蔑视你也太过分了，你打算怎样报仇呢？”

来丹流着眼泪说：“希望你能为我想想办法。”

申他说：“我听说卫国人孔周的祖上得到商朝帝王汤文王的宝剑，一个小孩佩戴着它就可以让三军人马退却，你何不去求他呢？”

于是来丹就到了卫国，拜见孔周，行仆役马夫的礼节，请孔周先收下自己的妻子儿女作为抵押，然后再说自己的请求。

孔周说：“我有三把宝剑，任你选择，但这三把剑都不能杀死人。姑且让我先说说它们各自的特点。第一把剑名叫含光，看不着它，挥动时感觉不到它的存在。剑锋经过的地方，没有丝毫缝隙，刺过身体而身体没有感觉。第二把剑名叫承影，在早晨将亮未亮的时候及黄昏半明半暗的时候，向北边仔细观察它，可以隐隐约约看见似乎有物体存在的样子，但不能分辨出它的形状。剑锋经过的地方，只发出轻微的“窃窃”的声音，经过身体而感觉不到疼痛。第三把剑名叫宵练，白天只见到它的影子而见不到它的光芒，夜晚只见它的光芒而见不到它的形状。它经过身体时，哗然而过，剑锋一过，伤口就愈合，虽然感到疼痛，但剑刃不沾血迹。这三件宝物，已经相传十三代了，但没有使用过，一直装在匣子里收藏着，没有打开过。”

来丹说：“既然这样，我还是选择下等的第三把剑。”

孔周便归还了来丹的妻子儿女，又和他斋戒七天，然后当天色半晴半阴的时候，跪着把第三把剑交给来丹，来丹再拜，接受了剑以后便回家了。

来丹回来后，就拿着宝剑跟踪黑卵。有一天黑卵喝醉了酒正仰卧在窗下，来丹蹿上去将他从颈部到腰部连刺三剑，黑卵毫无感觉。来丹以为黑卵已经死了，急忙离开。在门口遇到黑卵的儿子，来丹又挥剑刺了他三下，好像刺在虚空里。黑卵的儿子还笑着说：“你为什么讥笑我，对我三次招手？”来丹听了，知道这种剑不能杀人，只得叹气而归。

黑卵酒醒以后，对他的妻子发怒说：“我喝醉了酒为何让我睡在露天里，害得我咽喉疼痛、腰部酸痛。”

黑卵的儿子说：“刚才来丹到过这里，在门口遇到我，三次向我招手，也使得我身体疼痛而四肢僵直。他一定是在诅咒我们啊！”

【寓意点拨】这则寓言启发人们，成就事业，内因起主导作用，外因也只是在内因的基础上起着辅助的作用；假如内因不足，那么希求成功是不可能的。

癞虾蟆唉蜈蚣

【寓源】清·乐钧《耳食录·癞虾蟆》。

【寓言】癞蝦蟆，是蛙类中最丑陋的。但它有独特用处，能吃蜈蚣，驱散蚊虫，不能凭着它的形体外表难看而废弃它。它对蜈蚣张大嘴巴，蜈蚣就趴着不动弹，它慢慢地吞进去，然后从肛门拉出来。又回转身子张大嘴巴对着蜈蚣，如此这般地吞进拉出三四次，最后就吃进肚子里。癞蝦蟆这种吃食的方法，没有其他东西比它更奇特。

癞蝦蟆吃了几只蜈蚣之后，在让它吃下丹砂，然后把它嘴巴钳住，倒挂起来，用盛水的盘子接住它流下的口水。等到它口水流尽了，把它放掉，拿毛笔沾湿癞蝦蟆流出的口水，在纸上画个圆圈，贴在墙上，室内的蚊子就会全都飞来，聚集在圆圈里，这样可以灭蚊虫。

【寓意点拨】这则寓言，通过癞蝦蟆吃蜈蚣、驱蚊虫的故事，说明世间万物各有其作用，不能凭形貌的美丑来取舍。告诫人们，不要以形取物，以貌取人，要善于察觉其特长，加以利用。

蓝尹亹不载昭王

【寓源】春秋·左丘明《国语·楚语下》。

【寓言】吴王阖闾率军队攻入楚国郢都，楚昭王出逃。在成臼渡河时，看见蓝尹亹（wěi）用船载着妻子儿女。

昭王对他说："载我渡河。"

蓝尹亹回答说："自先王以来没有一个失掉国家的，到了您在位而失国出逃，这是您的罪过呀。"说着就离开了昭王。

昭王回国后，蓝尹亹来求见，昭王想把他逮捕起来。子西劝止说："请听听他说些什么，他来总是有缘故的。"

昭王派人对蓝尹亹说："在成臼战役时，你抛下我，现在你还敢来，这是为什么？"

他回答说："以前您只会助长过去的怨恨，以致在柏举被打败，所以您才落到这种地步。如今您又仿效，恐怕不行吧！我在成臼避开您，是为了警诫您，如此总该悔改吧？现在我敢来求见，是为了观察您的德行。我说：总该回忆战败的恐惧，把以前的过失作为借鉴吧？您如果不以此为鉴，反而发展它，您的确是有了国家而不爱它，我又何惜于一死！希望国君您考虑考虑！"

子西劝告昭王说："让他官复原职，使我们不要忘记以前的失败。"

于是，楚昭王召见了他。

【寓意点拨】这则寓言告诉人们，真正地爱护人、帮助人，应是见过而劝、见错而正。善于给别人指出缺点，帮助他改正错误，使之进步向上，是一片真心好意。所以那种见过不说，表面上是和气，实则是害了别人。

滥竽充数

【寓源】战国·韩非《韩非子·内储说上》。

【寓言】战国时，齐宣王非常喜欢听人吹竽，而且更喜欢许多人一起合奏。于是，齐国的乐师们就找来许多吹竽的人组成一个三百人的乐队为齐宣王演奏。三百人一起合奏，声势浩大，乐声激昂，齐宣王欢喜异常。他要求再扩大吹竽的队伍，增加到五百人合奏。一时间，齐国上下都在找寻善吹竽的人为宣王演奏。

南郭先生根本不会吹竽，听说一起合奏并且要进王宫为齐王演奏，就欣欣然地自告奋勇加入了吹竽的队伍。可是，他对吹竽简直是一窍不通，刚开始的时候，连竽都拿反了，看到别人的正确拿法才改了过来；但是一到那五百人的乐队里，他可是一点儿也不胆怯了。

震天的竽声响起来了，乐师们一个个都鼓着腮帮子，手把着竽尽情陶醉地演奏；南郭先生混在乐师的队伍里，他看到大家的做法，也装模作样地学起来了：只见他的腮帮子鼓得比别人还要圆，脸绷得通红通红的；拿竽的手也似乎比别人要熟练些，轻巧地变换着不同的看似专业的姿势；他的头随着乐声也是抑扬顿挫地左右摇晃着，仿佛真正陶醉在美妙的乐声里了。实际上，他的竽一点乐声也没有发出来。齐宣王看他那副专注的表情，以为他是个很棒的吹竽乐师，还特地赏他比别人多的酬劳。就这样，混在其他乐师的队伍里，南郭先生这个不会吹竽的人生活过得有滋有味。

十年过去了，齐宣王去世了，他的儿子齐湣王当上了齐王。湣王也很喜欢听竽，与他父亲不同的是，他喜欢听乐师一个一个地演奏。这下南郭先生可惨了，他知道自己好景不长，总有一天要露馅儿的，王宫里也没有他的立足之地，只好灰溜溜地逃走了。

【寓意点拨】这则寓言里的南郭先生在五百人的合奏中，装腔作势尚可蒙混下去，可是，要他独奏时，他便逃跑了。不学无术的人只能靠吃大锅饭混日子，当强调独当一面的时候，他就会露出马脚。所以，做人一定要有真才实学，否则即使暂时蒙混过关，时间长了或环境一变，总会露馅的。

懒　妇

【寓源】清·游戏主人《笑林广记》。

【寓言】有一个女人特别懒，平时的起居饮食都是她丈夫为她做，她只知道衣来伸手，饭来张口。一天，她丈夫要出远门，五天后才能回来。他怕女人太懒会挨饿，就烙了一大张饼套在女人的脖子上作为五天的口粮，才放心出门。等到丈夫回来，女人已经死了三天了。丈夫急忙进去一看，发现女人脖子上的饼只被吃了前面靠近嘴的部分，其他地方一口也没有动。

【寓意点拨】这则寓言说明过分依赖必遭祸殃。懒妇之“懒”，来源于依赖思想和享乐心理。这种人过惯了不劳而食的安逸生活，连穿衣吃饭甚至都要人侍候。结果，一旦碰到特殊情况，便毫无生活能力，冻饿而死。这在历史上已经不乏其人了。这个懒妇连把脖子上的烙饼转一转即可得活的动作都不做，以至很快饿死，生动地刻画出她无可救药的依赖本性。

狼施威

【寓源】清吴趼人《俏皮话》。

【寓言】狐狸讥笑猪说：“你这个蠢货，怎能赶得上我？”

猪说：“你何必讥笑我，你对世人也不见得有什么用处。”

狐狸说：“我的皮能给百姓做衣服穿，怎么说没有用处？像你那才真是没有用处呢。”

猪说：“我的肉，能给人吃饱肚子，怎么说没有用呢？”

羊冒冒失失地走来说：“你们不要争，我能身兼你们二人的长处，比你们又怎么样呢？”

话未说完，一只狼突然猛奔过来，把它们全都扑杀吃掉了，说道：“这一班奴性十足的畜生，动不动就说自己的功劳，只活该做我口中美味。”

【寓意点拨】狐狸、猪、羊津津乐道各自任人宰割享用的奴隶地位，实在是不可救药。中国近代史上启蒙主义思想家对这种奴性作过有力的批判，但至今奴性尚未绝迹。当了家做了主的中国人民，不应忌讳自己曾有一段耻辱的历史，应从中吸取教训，振奋精神，人人以主人翁的姿态，为国家为民族做出自己的贡献。

崂山道士

【寓源】清·蒲松龄《聊斋志异·崂山道士》。

【寓言】县城里有个叫王生的读书人，在兄弟辈中排行第七，是个旧官僚家庭的公子哥儿，他从小就羡慕道术，听说崂山有许多仙人，就背着书籍前去游学。

他登上一山顶，只见一座道观，幽雅宁静。一个道士坐在蒲团上，苍苍的白发披到颈边，精神焕发，神采奕奕。王生上前拜见搭话，觉得道士说理非常奥妙，于是请求拜道士为师。

道士说："只怕你娇生惯养，怠惰懒散，不能受苦。"

王生连忙说："我能受苦。"

道士的弟子很多，到傍晚的时候，全部会集在一起，王生向他们一一叩头礼拜，于是就留在了庙里。

第二天早晨，道士叫去王生，交给他一把斧子，要他跟大家一道去打柴。王生恭敬地接受了任务。

过了一个月，王生手上脚上都磨起了一层层硬茧，他不能经受这种艰苦的生活，暗暗地萌发了离山回家的念头。

一天晚上回来，王生看见两个人同师父一道喝酒。

天黑了，屋里还没点灯。师父就拿出一张纸来，剪得浑圆如镜，把它贴在墙上。一会儿，那纸镜就变成了月亮，照得厅堂里通明透亮，连极小的东西都能看得清楚。所有的弟子都围着师父，听他使唤。

有个客人说："如此美好的夜晚，如此绝妙的乐趣，弟子们不可不同我们一道分享幸福。"于是从案头上取来一壶酒，分赏给大家，而且嘱咐大家喝醉为止。

王生独自寻思：七八个弟子，小小一壶酒怎么能满足每个人的酒量？这时弟子们都去寻找杯盏，抢着干杯，只怕壶里的酒没有了。可是，尽管大家筛了又筛，酒壶里的酒竟然一点儿也不减少。

王生觉得十分奇怪。

不一会儿，另一个客人说："承蒙赐给我们一轮明月来照着，可还这样寂寞地喝酒，怎么不唤嫦娥来呢？"

道士顺手从桌上拿起一根筷子，对着墙上的月亮掷过去。只见一个美女，从月光中走出来。开始，长不到一尺，落到地上，就与普通人一样高。细细的腰儿，清秀的脖子，舒展广袖，轻飘飘地跳着《霓裳舞》。接着歌唱道："仙人啊，还是回到人间吧，我被关在这广寒宫啊！"歌声非常清脆，嘹亮得就像洞箫和笛子一样。唱完后，只见她盘旋而起，跳上几案。正当人们为这轻盈敏捷惊叹顾盼之际，她早又变成了筷子。

桌上对饮的三人大笑起来。一个客人又说："今晚最快乐，可惜酒量已经到了极限，你可以到月宫为我们摆酒送行吗？"于是三人离开了座席，慢慢地走到月中。大家一看，三个人坐在月中饮酒，连胡须眉毛，都看得清清楚楚，就像影子照在明镜中一样清晰。

过了好久，月亮渐渐暗淡。弟子点燃蜡烛进来，只见道士独个儿坐在那里，客人早已杳无踪影了。几案上吃残的食物果品还在，墙壁上的明月，也不过是一张浑圆如镜的薄纸罢了。道士问大家："喝足了吗？"

大家回答说："喝够了。"

"喝足了就该早早回去睡觉，可别误了明天的打柴割草。"

大家异口同声地应允，全部退下去了。

王生见了道士的法术，又暗暗地高兴起来，羡慕起来，回家的念头于是又平息下去了。

又挨过了一个月，王生实在不能忍受艰苦了，但道士并不传给他一点儿法术。他不能再等待了，就向道士告辞说："弟子从几百里外跑来，向仙师学习，即使不能学得长生不老的法术，如果稍稍传授点小法术，也可以安慰我那忠诚请教的一片苦心。如今过了两三个月，不过是清早出去打柴，傍晚时才回庙。弟子在家里，从来没有吃过这般苦楚。"

道士笑着说："我原本说你不能受苦，现在看来，果然如此。明天早上就打发你回家去吧。"

王生说："弟子辛苦操劳很久，仙师若能略略教给我一点点法术，就算没有白来这一趟了。"

道士问："你想学什么法术呢？"

王生说："每每看到仙师走到哪里，墙壁都不能阻住你，我只要这个法术就够了。"

道士笑笑，就答应了他。于是把口诀传授给王生，叫王生念完口诀，喊道："进墙去！"王生面对墙壁，不敢进去。道士又说："试着进去吧。"

王生便不急不忙地对着墙走去，到墙边又被拦住了。道士又说："低着头很快闯进去，不要迟疑不决！"

王生后退几步，径直奔跑进去。碰在墙上，只觉得墙壁空空的，好像什么也没有；回头一看，果真到了墙外。王生大喜，连忙进屋拜谢道士。

道士说："你回家后，一定要坚持修炼，否则法术就会不灵。"于是送给王生一笔盘缠，打发他回去了。

王生回到家里，夸口说碰到了神仙，任何坚实的墙壁都不能挡住他。他老婆不相信。王生便模仿道士穿墙入壁的样子，离墙几尺远，低着头一个劲儿奔跑过去，一头撞着坚硬的墙壁，猛地倒在地上。他老婆把他扶起来，一看，额头上突起了一块，像鸡蛋一样的。老婆取笑他。他又羞又气愤，大骂那个道士居心不良。

【寓意点拨】这则寓言告诉人们两个道理：一是学习来不得半点虚假，投机取巧学不到真功夫，不经过艰苦的劳动就想学到本领，这是不可能的；二是本领没学到就向人炫耀，这种人注定是要碰壁的，有力地讽刺了不下苦功且喜欢炫耀的人。

老龟煮不烂，移祸于枯桑

【寓源】宋·刘敬叔《异苑》。

【寓言】吴国孙权时候，永康县有个人在山里遇到一只大龟，就将它捉住带回家去。老龟于是说："都怪我贪图玩乐，忘了时间，结果落到你手里了。"

那个人觉得十分惊讶，就把它带出来，打算进献给吴王孙权。晚上他将船停在湾里过夜，船缆绳系在一棵大桑树上。

半夜，桑树忽然招呼老龟说："元绪公啊，你受苦了，出了什么事，让你落到这步田地呢？"

大龟说："我被抓了，不久就要被煮烂做肉汤呢！尽管如此，但是就算烧尽南山的薪柴，也别想拿我怎么样！"

桑树说："诸葛元逊闻见博洽，一定要让你吃苦头的！假使他叫人寻求像我这样的木柴来煮你，你怎么办呢？"

老龟说："子明兄，你不要多讲了，灾祸将要连及至你。"

桑树于是默不作声。

那人载着大龟到了建业之后，孙权就下令将龟拿去煮，可是耗尽了数不清的柴火，老龟还是悠然自得地说着话。诸葛恪就对孙权说："用老桑树来煮它，肯定会熟。"

献龟人于是也把他所听到的龟、树的对话向孙权做了报告。

孙权就派人去砍伐桑树来煮老龟，结果老龟立刻就烂熟了。

直到如今，人们烹煮乌龟的时候，也大多使用桑树为柴火。民间也因此而称呼乌龟为"元绪"。

【寓意点拨】这是一篇饶有情趣的神怪故事。老龟行将为人煮成肉汤，却自恃"尽南山之樵，不能溃我"而满不在乎。可是，它也有自己的克星——桑树。所以，当桑树指明这一点之后，老龟只能恫吓它"无多辞，祸将及尔"。结果，老龟与枯桑谁都没得到好下场。与其说这则寓言表现了诸葛恪的博识与智慧，倒不如认为它警示了那些仗着自己有些本领便得意扬扬、肆无忌惮的人：一物总有一物降！

老虎报恩

【寓源】清·蒲松龄《聊斋志异·二班》。

【寓言】云南人殷元礼，擅长针灸医术。

有一次，殷元礼在路上遇到了强盗，逃窜到深山里。天已经黑了，那儿离村舍很远，害怕遭到虎狼袭击。远远地看见前面有两个人，他快步地走过去追赶他们。殷元礼追到他们，两人问他是从哪里来的，殷元礼于是告诉他们自己的姓氏、籍贯。

两人拱手表示敬意说："这就是仙医殷先生呀！久仰！久仰！"

殷元礼反过来问他们。二人说他们姓班，一个叫班爪，一个叫班牙。

二人又说："先生，我们也是避难来到这石头屋的，虽然简陋，幸亏还可栖身和居住，冒昧地请你到我们那儿去，我们有事求你。"

殷元礼很高兴地跟着去了。一会儿就到了一个地方，房子的旁边是岩谷。他们烧柴代烛照亮，殷元礼才发现二班看上去威猛的样子，好像不友善。想不出来什么好的办法，也就只好听从他们。又听到床上有呻吟声，仔细一看，原来是一个老太太病倒在床上，好像很痛苦。殷元礼问道："得的什么病？"

班牙说："因为这个原因，我们敬请先生来的呀。"于是拿火照床上，请客人走近细看。

殷元礼发现鼻下口角有两个瘤，都有碗口那么大。并且还告诉他："一摸就痛，妨碍喝水吃饭。"

殷元礼说："这很容易治呀。"出艾针聚集在一起，为她艾针数十灼，说："过一夜就好了。"

二班很高兴，烧鹿肉来请客；却没有酒和饭，只有鹿肉给他品尝。

班爪说："仓促不知道客人到了，望你不要因为我们轻薄亵渎而见怪。"

殷先生吃饱就睡了，用一块石头做枕头。二班虽诚恳朴实，但外表看来粗莽可怕，殷元礼辗转难以入睡。天还没亮，就来喊老太太，问她的病怎么样。老太太刚一醒，用手一摸鼻下口角，那个瘤已破了只有一个伤疤。殷元礼马上叫醒二班，把火来照照看，又敷了点药膏。对他们说："已好了。"拱手告别。二班又赠了一个红烧的鹿肘。

在这以后的三年里，他们相互没有听到对方的消息。殷元礼因事进山，在路上遇到两只狼挡道，使他不能往前走。太阳快要落山时，狼成群的来了，殷元礼前后受敌。狼向他扑过来，他被扑倒在地，好几只狼都过来争着咬他，他的衣服都被咬碎了。他心里想着一定会死。两只虎猛然来到，所有的狼四处逃奔。老虎大怒，大声吼叫着，所有的狼都害怕，伏在地上。老虎扑过去全部把它们吃掉了，才离开。

殷元礼很狼狈地离开了，害怕没有地方住宿，突然遇到一老太太走过来。这老太太看了看他，说："殷先生受苦了！"

殷元礼很悲哀的告诉了他所遇到的情况，问老太太是怎么认识他的。

老太太说："我就是石头屋中你给我治瘤的那个老太太。"

殷元礼恍然大悟，于是就请求到老太太家借宿。老太太带着他，进了一个院落，见灯已经点上了。老太太说："我已观察你好长时间了。"于是脱去了长外衣，换上了她的破旧衣服，摆上了酒菜，很真诚恳切地酬谢殷元礼。老太太自己也用陶瓷碗来喝酒，谈话饮酒都很豪爽，不同一般的妇女。

殷元礼问："以前那两个男的，是您的什么人？为什么现在没看见呀？"

老太太说："派遣两儿去迎接先生，还没有回来，一定是迷了路呀。"

殷元礼被她的义气所感动，开怀大饮，不知不觉醉倒，就在座位上睡着了。醒来之后，天已亮了，向四周看了看，房子不见了，只有他一个人孤单地坐在岩石上。听到岩石下像牛一样喘息的声音，走近一看，原来是老虎睡在下面还没醒。嘴边有两个伤疤，都有手掌那么大。殷元礼非常害怕被老虎发现，于是就偷偷地逃走了，心里清楚两虎就是二班。

【寓意点拨】老虎是一种凶猛的动物，人人害怕，都见而避之。然而这二班却既孝且义，有人之心肠；而现实生活中有些人却比虎凶残，忘恩负义，人人见而避之。

寓言告诫那些忘恩负义的人，要向二班学习，知恩必报。对父母要孝顺，对朋友要讲义气。

老虎谄驳

【寓源】清·钮琇《教谄》。

【寓言】山东莱州有个人名叫戈二，是乡下人，居住在山边。

有一天，戈二到荒冈上砍柴，忽然闻到一种腥味。当他四处观看时，遇见一只花斑老虎，他吓得趴在地上。老虎用嘴含着他的脖颈，却没有咬他，衔着他的衣领，翻过两座山，把他放在山沟里。山沟里的落叶堆积得有四五尺厚，老虎用爪子拨开树叶，把戈二藏在里面，并用树叶盖上，看了很久才离开。

戈二估计老虎离开已经走远，就从树叶中爬出来，看看沟的四周，正好有一棵大树，急忙爬上去，隐蔽在大树枝中。他发现捆柴的绳子还在腰间，便解开绳子把自己捆在树上，以免掉下来。这时，戈二远远看见那只老虎背着一头野兽，这只野兽全身有斑纹，形状像老虎，头像马，长了一只角。老虎背着它缓慢行走，就像车夫抬着贵人一样，渐渐走近沟内。它放下那头兽坐在地上，准备把戈二献给它饱餐一顿。老虎发现戈二不见了，恐慌发抖，屈足跪在兽的面前。兽发怒了，用角向老虎的额头猛触过去，老虎的脑袋裂开而死去。这时戈二从树上下来逃脱回到家里。

【寓意点拨】这则寓言不仅有助于人们认清那些趋炎附势的社会小人的真实面目，还启示人们认识这样一个哲理，即社会上的事情错综复杂，千变万化，得失成败并不是事先有定，往往是出乎人的意料之外的。这就启示人们处事时，不可以一成不变的态度来对待，而要审时度势，随机应变。

老龙吉之死

【寓源】战国·庄周《庄子·知北游》。

【寓言】妸荷甘和神农一同求学于老龙吉。神农靠在几案上，关起门来白天睡觉。妸荷甘中午推开门进来说："老龙吉死了！"

神农靠在几案上扶着手杖起来，跌落手杖而哭，说："先生知道我孤僻浅陋放荡，所以舍弃我而死。完了，先生没有留下启发我的至言就死了啊！"

弇（yǎn）冈吊听说后，说："体现大道的人，是天下的君子所依归的。现在老龙吉对于道，连一根毫毛末端的万分之一都没有达到，还知道怀藏着至言而死，何况能够体现道的人！道是视之无形、听之无声的，对于人们中那些谈论什么至道的，可以说他是糊里糊涂的，所以说议论的道就不是道。"

【寓意点拨】这则寓言的积极启示意义，就在于任何一种境界的达到，都不是靠别人的言行灌输所能济事，必须通过自己的领悟体验才能实现。因为这种境界是存在于人的个体精神世界之中。所以，一个不善于悟物思索的人，是不可能达到理想的境界。

老母鸡和黑老鸹

【寓源】金·邱处机《说颐·妒燕狎乌》。

【寓言】老母鸡领着一群小鸡，在院子里找食吃。小鸡啄撒在地上的谷粒，吃小虫、大蚂蚁，咯咯地叫着十分得意。这时一只游隼飞过上空，老母鸡看见了，以为它来抓小鸡，急忙张开翅膀掩护，让小鸡躲藏起来。游隼飞走了，老母鸡放出小鸡，像方才一样啄食、鸣叫。

一会儿，一只大嘴黑老鸹飞落鸡群旁，老母鸡一边照料小鸡，一边迎上前去准备搏斗。黑老鸹温顺地渐渐靠近它。老母鸡认为黑老鸹不会加害于小鸡，就任凭小鸡啄食，不再防备。黑老鸹察看老母鸡不再护着小鸡，就急速抓起一只小鸡飞走了。

【寓意点拨】并不只是凶残露骨的敌人是可怕的，善于伪装狡猾的敌人才更可怕，就像寓言中的乌鸦一样，狡猾隐蔽更难防范。所以在遇到危险的时候，一定要提高警惕，丝毫不能有所放松，否则就会像故事中的老母鸡一样，赶走了凶恶的大鹰，却被隐蔽的乌鸦所欺骗。

老妪与虎

【寓源】宋·王谠《唐语林》。

【寓言】有一位老妇在山中行走，看见一只老虎模样的野兽，疲惫瘦弱，举步艰难，好像是伤了脚掌。老妇走到了老虎跟前，老虎则抬起了前爪让老妇人观看。老妇一瞅，原来是一根芒刺扎在其脚掌中，于是就将它拔掉了。过了一会儿，老虎高吼长啸，离老妇而去，好像有感恩戴德的意思。等到老妇回去后的第二天，从围墙外面扔进了麋鹿、狐狸、兔子之类的动物到了她的院子里，天天如此，从没有间断。老妇爬到墙头一看，原来是之前那只脚掌受过伤的老虎做的。她就向家族的人详细地说了这件事的前因后果，而他们心里都觉得不可思议，很是惊奇。一天早上，院子里忽然被扔进来一个血肉模糊的死人。老妇遭到村里蛮横之人的呵斥、逮捕，说是她杀了人。老妇详尽陈述了原因，才得以释放。于是，她登上墙头等那老虎来了之后，对它说："我对你自然是感激不尽，可是老虎大王，我给你叩头拜托，请你以后再也不要往我院子里扔人了。"

【寓意点拨】寓言中的老虎懂得人世间"受人一饭之恩，当以万石相报"的道理。这是一只很有人情味的老虎了。然而，老虎以死人来报答活人，就有违人性，兽性的本质也就昭然若揭了。更进一步来说，有心报答，却赠非所需，这也是人世间常有的事情。所以每做一件事，都要合情合理，不能只是一厢情愿，而忽略了对方的感受。否则，便会如这只老虎一样，既让老妪尴尬、惊愕，最后弄巧成拙，令人啼笑皆非。既让报答的一番美意打了折扣，也损坏了自己的形象。

老鼠告猫

【寓源】清·李世熊《物感》。

【寓言】西边的邻居有个养猫的人，他拆笋壳作为床，用以方便猫住宿；捕捉活鱼晒干成鱼脯，以留给猫食用；他眼睛围着猫转，把猫抱在手里抚摸；猫白天出去后没有回来，他便敲鼓寻找它。他对猫的爱护达到了极点，还担心长嘴猎犬和老公猪的袭击，恐怕猫万一会出事。

有人问他这样的爱从哪里产生的？回答是十分讨厌老鼠的缘故。群鼠不服气，靠着器物告诉主人说："辨别对家庭的危害，猫的危害是我们的好几倍，主人却没有感悟到。计算我们老鼠的盗窃，只不过是粮仓剩余的万千米粒中的一粒罢了；美酒即使有一百坛，我们不能喝；那些肉酱糕饼果实，因为不经心收藏而招致盗贼，我们才稍微分得点儿剩余的好处，并没有多少；不勤洗涤的衣服，我们只是咬他衣服上的污点，用以惩罚懒惰；脆薄的圆竹筐，适逢它快要腐朽毁坏，我鼠类中那些不贤的才去侵犯它，贤者对它是不屑一顾的。”

“主人知道猫的危害吗？昨天主人邀集宾客，烧烤的肝全准备好了，那猫一经过，衔着肝就走了，追都来不及，厨妇泪如雨下，这是它的第一危害；主人过除夕，把肉悬挂在炉灶的烟囱上面，三更时它顺着阶梯爬上去，抓取偷吃，天亮时再看那块肉只剩下一张皮了，这是它的第二个危害；主人的夫人子女，围着火炉畅快高兴，它却一副愚蠢的样子蹲着，两条大腿偏倚着，尾巴热烘烘地散发着臭味，不能接近，这是它的第三个危害；主人家美貌的少女，脱衣就寝，它却横趴在她的臂肘和胸脯上面，还践踏锦绣被子，赶走了又回来，这畜生搅乱了主人的安寝，这是它第四个危害；招待贵宾的珍贵筵席，摆在厅堂之间，看守的人偶有倦意，它便一跃而上搅得乱七八糟，这是它第五个危害；两性交合，本是万物自然天性，这种事情贵在秘密安静，而它们却大声嚎叫，惊醒人的美梦，恐吓人的婴儿，使他们不得安眠，这是它第六个危害；这还不过是小的危害，以前你的儿子患恐惧症，特别怕听到喧哗声，它却恶声大作，令人恐怖，以致此疾无法治好，这是它第七个危害；依偎着火种，以致烧着了它自身的皮毛，急匆匆窜入堆积的柴草之中，连马栏也被蔓延的火焰点燃了，这是它第八个危害；最可恨的是它的屎尿，决不肯撒在地上，遮遮掩掩到处藏匿，导致腐朽糜烂滋生虫蚁，这是它第九个危害；贪图得到我辈，掀房瓦揭地缝，导致房屋椽子滑动危及大梁，大梁如果断了就会危及房屋，甚至大厦倒塌，给人留下露宿的痛苦，而主人还在做梦，一点儿也不知道，这是它的第十个危害！我们老鼠能干什么？竟然杀了我们还不解气，却爱猫唯恐爱得不够，难道没有人告诉您猫的危害吗？”

可悲呀，放纵豺狼却问罪狐狸的人，也就是养猫人这样的智慧吧！

【寓意点拨】寓言中用猫来比喻封建统治者的宠臣，说明猫比鼠还坏，深刻地揭露了朝廷宠臣比社会一般小人更坏，他们对国家的危害更大。

现在阅读这则寓言，可以从另一个角度来领会其启示意义，即恶人善于诬陷告状。猫是制服鼠的，鼠为达到逃避制裁而中伤猫，企图让主人赶走猫。社会上的小人就是用挑拨离间的手段，以实现其不可告人的目的。

老翁捕虎

【寓源】清·纪昀《阅微草堂笔记》。

【寓言】有一年，在离城不远的地方出现了一只凶猛的老虎，咬伤了好几个猎人，却抓不住老虎。有人向县令献策说："不如去请徽州的唐打猎，他武艺超群，一定能除此祸患。"

县令立刻派人带着钱去请唐打猎。那人回来报告说，唐打猎因为有事在身，不能亲自前来，挑选了两个技艺最精通的人前来，随即就到。

请的人来了，是一个须发皆白，不时咯咯咳嗽的老人和一个十六七岁的少年。大家见了，大失所望，只好姑且安排他们吃饭。

老人察觉其中含有不满的情绪，就半跪着说："听说这只老虎离城不过五里路，先去抓老虎，回来再吃饭也不迟。"就命令仆役带路前往。

仆役走到山口，不敢再朝前走了。老人讥笑着说："有我在这里，你还怕什么呢？"

进到山谷将近一半的路，老人对少年说："这个畜生好像还在睡觉，你叫醒它。"

少年学着老虎的叫声。果然老虎从林子里窜出来，直接扑向老人。

老人手握一个短把斧头，长八九寸，宽四五寸，举着手臂挺立在那里。

老虎从密林中蹿出来，向老人扑来，老人侧着头躲让。老虎从头上跃过，已经鲜血直流倒在地上。仔细一看，老虎从下巴到尾部都被老人的斧头剖开了。人们佩服得连声叫好。赠送很厚的礼给老人，送他回家。老人自己介绍说，他练了十年臂力，又练了十年眼力。他的眼睛即使用毛帚扫都不会眨一眼，他的手臂能使一个壮汉吊在上面用尽气力向下坠也不会动的。

【寓意点拨】这则寓言描写老翁擒拿老虎似乎不费吹灰之力，轻而易举地除掉地方上的虎患，保证一方的平安。但他却花费了整整二十年勤学苦练，练就一手超人的臂力和眼力，还掌握老虎的生活习性和行动特点，才把艰巨的打虎，介绍得那么轻快自然。这就告诉人们练好基本功是多么的重要，掌握事物的特点和规律是多么的重要。

老僧养虎

【寓源】明·徐枋《俟斋集·诺皋广志》。

【寓言】在山西晋城以南的太行山上，有一道天井关，那里有座小庵庙，有个老和尚住在那儿修行。

有一天，老和尚沿着山间小路行走，见到一只像狗那样大的虎崽，断了一条前腿，疲困地偎伏在山崖下。看样子，大概是岩石崩塌时，被母虎扔下的。老和尚心里怜悯它，就把虎崽带回庵里，拿饭粥喂养它。那虎崽非常饿，见到饭粥就大吃起来。以后这虎崽很驯服，跟老和尚熟悉了，老和尚出门，它总是跟在后面；待在庵庙里，它就在膝下盘坐，很温柔亲近，从不离开左右。

过了两年，虎崽渐渐长得壮实，有力，但是性情还是以前那样温顺驯服。只是一足稍跛，人们都叫它“跛足虎”。客人路过庵庙，它围前围后，很驯服，人们毫不觉得威胁和妨碍。于是远近的行人都传颂老和尚德行高善，能降伏猛虎。老和尚也怡怡自得，认为老虎跟他友好、亲善。

有一天，老和尚领着虎出远门，到达天井关，鼻孔出血不止，湿淋淋滴了一地。老和尚怜惜鲜血白流，就用脚尖点地，示意虎把地上的血舔干净。那老虎舔了血觉得味道很美，可含在嘴里只有一点点，馋得难忍，于是扑向老和尚，拖着老和尚跑进山沟里，撕得稀巴烂，当作美餐吃了。

从此以后，那只老虎每天蹲伏在要道旁，袭食来往行人。别的老虎也出没太行山，肆意咬人。途经这里的行旅之人被老虎伤害的不知有多少！其时每逢日落西山，人们都互相告诫：千万别从天井关下经过。

【寓意点拨】这则寓言以老和尚养虎崽而终被老虎所食为喻，对那种以慈悲为怀、善恶不辨的人进行辛辣的讽刺。文中以老和尚比喻那些善恶不辨的糊涂人，以老虎比喻世上杀人成性的恶魔。善良的人对恶魔施以怜爱之心，并希望他们能改变凶恶的本性，其后果必将跟老和尚一样。

乐羊子妻

【寓源】宋·范晔《后汉书·列女传》。

【寓言】河南郡乐羊子的妻子，不知是哪家的女儿。

有一次，乐羊子走在路上拾到一块金子，回来交给妻子。

妻子说：“我听说有志气的人不喝盗泉的水，清廉的人不接受带有侮辱性的施舍，何况捡来别人遗失的金钱来求利，难道不玷污一个人的品行吗？”

乐羊子非常惭愧，就把金子丢弃在野外，然后到远方求学去了。

一年后回来，妻子问他回来的原因。乐羊子说：“离家久了很想念，没有其他不好的事情。”

妻子就拿着刀走到织布机前说：“这块布来自于蚕茧，靠机子和梭子织成。一丝一缕积累织成一寸，一寸一寸累积下去才成了一丈一匹。现在如果拿刀砍断织着的布，那么就失去成功的可能，白费了时间。您每天不停地学习，应该每天知道所缺少的知识，以此才能成就你的美德。如果半路上回来，跟现在割断这块布有什么不同呢？”

乐羊子听了这番话，很受感动，又回去修完自己的学业，有七年都没有回家。

【寓意点拨】这则寓言启示人们，要提倡拾金不昧、取财有道的精神；要提倡勤奋认真、锲而不舍的学习精神，这样才能不断提高自己的生活品质和道德修养。

狸 食 鸽

【寓源】清·管同《七经纪闻·纪鸽》。

【寓言】叶侯的家人，捕获了两只鸽子，拴起它们的翅膀，放到野外去喂养。有一只野猫看见了，知道它们不能起飞，便把雌鸽抓住吃了。雄鸽非常气愤，用尖嘴猛啄野猫，野猫号叫着逃跑了。

没过几天，叶侯家又捕捉到一只雌鸽。野猫溜到那里又把它吃了，然而因为以前曾被啄过的缘故，好像害怕雄鸽，不敢接近它。雄鸽因此自恃强大，便不再戒备了。没多久，雄鸽竟也被野猫吃掉了。

【寓意点拨】这则寓言说明恃胜失备，祸在旦夕。雄鸽的下场给人们提供了有益的教训。

犁冥不识宝

【寓源】明·刘基《郁离子·犁冥》。

【寓言】犁冥到梁父山去，在那里捡到一块玛瑙，把它看成美玉，拿到市上高价出售。

有人告诉他说:“这是玛瑙,是一块像玉的石头,如果按玉价出售,只会受人讥笑,而且最终不能卖出去，你为什么不如实说呢？虽然不能满足你的欲望，但却能把它卖出去。”

犁冥不相信这人的话，就抱着玛瑙乘船到海上游历，快要到达燕国时，正赶上海面涌起惊涛骇浪，船夫非常惊恐，向全船的人，说：“这船上一定有宝物，海龙王正想要它。如果谁有，就赶快把它献出来，不要吝惜；要是吝惜，全船的人都会沉到海里。”

犁冥捶胸大哭。人们问他什么缘故，他说：“我身上确有贵重的宝物，现在要把它献出去，不能不伤心啊！”

人们拿过来看，原来是玛瑙。船夫讥笑地说：“龙宫里没有像你这样的人，因而不能识别这个‘宝’。”

【寓意点拨】这则寓言，叙述犁冥把玛瑙当成美玉，虽经别人指出，仍不相信，最后卖不出去，闹出笑话，被人嘲笑。寓言通过这个故事，对世上那些不识真假，又不听别人劝告的人，给予了讽刺。

李季浴矢

【寓源】战国·韩非《韩非子·内储说下》。

【寓言】燕人李季喜欢出远门，他妻子和一位士人私通。有一天，李季忽然回来，士人正在寝室里面，他妻子非常着急。他的妾说："让士人赤身露体、披头散发直接从大门走出去，我们都假装没有看见。"

士人就照她的说法，快步走出门去。李季问："走出去的是什么人？"

家里的人都说："没人呀。"

李季说："难道是我看到了鬼吗？"

他的妾说："是的。"

李季说："那怎么办呢？"

妾说："拿五牲的屎搅到水里洗浴。"

李季说："好吧！"于是就拿家畜的屎搅到水里给他洗浴。

【寓意点拨】这则寓言可以用来说明对待邪恶之事、奸邪之人，要敢于大胆地斗争，坚决地揭露；如果心慈手软，就会出现正不压邪，反被诬陷。

李君神

【寓源】东汉·应劭《风俗通义·怪神》。

【寓言】汝南郡南顿县人张助在田中栽种庄稼，见到一个李子核，想把它带走，回头看见桑树的空洞中有土，于是就把它种在里面，用浇庄稼剩余的水浇灌它。后来，有人见到桑树中生出了李树，觉得奇怪，便辗转相告。

有一个害眼痛病的人在树下歇息，对李树说："李树啊，如果你能让我眼痛病痊愈，我送一头猪谢你。"眼痛本是小毛病，不久就自己好了。"众犬吠声"，人们传来传去，说瞎子因祈祷李树而恢复了视力，远近轰动，树下常常停有成百成千的车马，并堆满了酒肉。

过了一年多，张助出远门归来，见了这种情况，大吃一惊，说："这哪有什么神啊，李树是我种的呀。"于是就把它砍了。

【寓意点拨】一个偶然的机会，张助在桑树的孔洞中种了一棵李树。又是一个偶然，一个患眼病的人乞求李树保佑他眼疾痊愈，结果眼病真的好了。人们辗转相传，竟把这桑中李当成了神灵，对它顶礼膜拜，要不是张助归来，这场闹剧还不知如何收场呢。生活中偶然发生的事情常有，我们应该以平常的心态科学地去对待这些事情，否则，我们的生活中不知会平添多少“李君神”呢！

里凫须

【寓源】汉·韩婴《韩诗外传》。

【寓言】里凫须跟随晋文公重耳逃亡到了曹国，他偷了晋文公的行资逃走了，害得晋文公没有饭吃，饿得走不动路，介子推割下自己大腿上的肉煮给他吃，这才使他能够行走。后来晋文公返回晋国，当了国君，但国内大多数人还是不拥护他。

这时，里凫须来到门外要见文公，说：“我有办法安定晋国。”

文公不愿见他，派人去门外告诉里凫须说：“你还有什么脸面来见我？还要安定晋国？”

听了这话，里凫须反问道：“国君是在洗头吧？”

“没有啊。”派来的人答道。

“我听说洗头的人，心是倒过来的；心倒过来的人，说话昏悖。国君没有洗头，为何说话这样昏悖呢？”里凫须说。

派来的人把里凫须的话禀报给了文公，文公召见了里凫须。里凫须仰着头说：“国君离开国家太久了，臣下和百姓都曾得罪过国君，国君一旦回国，人们都感到害怕。我里凫须曾经偷了国君的全部行资，逃进深山，把国君饿得不能走路，介子推因此而割了大腿肉，这事天下无人不知。我做贼做得太大了，十次满门抄斩都不足以抵偿我的罪过。如果国君赦免了我，让我坐在你的车右周游国内，那么百姓们看到了，就会明白国君不记旧恶，这样就会人人感到安全啦。”

文公听了很高兴，于是决定按里凫须的话去做，让他坐在车右周游国内。百姓们看到了都说：“里凫须尚且不被诛杀，而且还能乘坐在国君的车右，我们又有什么可惧怕的呢？”于是晋国都安定了下来。

【寓意点拨】晋文公赦免了万死不赦的里凫须，向全晋国人民展示了宽厚和容忍，从而稳定了人心，取得了政治上的成功。这就是告诉人们：宽容才能取得人心，避免既往的恩怨纠缠，才能放眼全局，把握正确的方向。

里革改君命

【寓源】春秋·左丘明《国语·鲁语上》。

【寓言】莒国的太子杀了他父亲纪公，带着宝物投奔到鲁国。

鲁宣公派仆人拿着书信去命令季文子说："莒国太子为了我无所顾忌地杀了他的国君，并带着他的宝物来投奔，他对我太好了。替我封给他采邑，今天必须执行，不得违背命令。"

太史里革遇见仆人，把书信中的内容改为："莒国太子杀了他的国君，并偷窃了宝物来投奔，他不认识自己的穷凶顽固，还想来接近我们，替我把他放逐到东夷去。今天必须执行，不得违背命令。"

第二天，执行的官员向宣公报告命令执行的情况，宣公责问他们，仆人便把里革更改信的事告诉了宣公。

宣公派人把里革抓了起来，问道："违背国君的命令该当何罪，你听说过了吗？"

里革回答说："我是拼着一死提笔改动书信，何止是听说。我还听说过：'破坏法则的人是乱贼，掩匿乱贼的人是窝主，窃取财宝的人是内盗，用内盗财宝的人是奸邪。'让国君成为窝主、奸邪的人，是不能不除去的。我违背国君的命令，也不能不处死。"

宣公说："我确实太贪心，不是你的罪过。"于是赦免了里革。

【寓意点拨】里革冒着杀头的危险更改国君的命令内容，显示了持正忠君的高尚品行，成为秉公执法的典范。他为了正义不怕杀头的精神是值得人们学习的。一个真正维护国家利益的人，是敢于对事不对人的，对于危害国家利益的一切人和事，做不懈的斗争，哪怕是来自上级的压力。

里尹不识己

【寓源】明·刘元卿《贤奕编》。

【寓言】有个里尹押送一个犯罪的和尚去戍守边疆。这个和尚聪明而狡猾，在半路上过夜，和尚请里尹饮酒，把他灌得大醉，使他睡得很沉，鼾声如雷。和尚拿刀剃光里尹的头发，解下捆在身上的绳子，套在里尹的颈上，便逃走了。

第二天清晨，里尹醒来，找不到和尚，摸摸自己的头，光溜溜的，绳子又套在自己的颈上，于是大为惊讶，说："和尚还在这里，那么我在哪里呢？"

【寓意点拨】这则寓言以里尹酒醉后被剃光头，醒来不认识自己为喻，对那些愚昧无知的混世者进行辛辣讽刺。

力与命辩

【寓源】战国·列御寇《列子·力命》。

【寓言】力对命说："你的功劳怎能比得上我呢？"

命说："你对事物有什么功劳，却想和我相比？"

力说："人的长寿或短命，穷困或显达，高贵或低贱，贫穷或富有，这些都是我的力量所能办到的。"

命说："彭祖的智慧没有超过尧和舜，但他活到八百岁；颜渊的才能不在众人之下，却只活了三十二岁。孔子的德行不在诸侯之下，但被困在陈国和蔡国之间的荒野里；殷纣王的品行不如微子、箕子和比干，却高居在国君的位置上。季札在吴国没有爵位，田恒却是齐国的执政者。伯夷和叔齐饿死在首阳山，季孙氏比柳下惠富贵。如果是你的力量所能办到的，为什么让那个人长寿这个人短命，让圣人贫穷而倒行逆施的人显达，让贤明的人低贱而使愚蠢的人高贵，让善良的人贫穷而使丑恶的人富有呢？"

力说："如果照你所说，我固然对事物没什么功劳，但事物造成这种状况，那么你能制约吗？"

命说："既然把我叫作命，又有什么可制约的呢？是非曲直，我都听任其自然发展。自然长寿自然短命，自然贫穷自然显达，自然高贵自然低贱，自然富有自然贫穷，这其中的道理我怎能知道呢？"

【寓意点拨】这则寓言以拟人化的手法，通过假设"力"与"命"的对答论辩，从反面启示人们，正确地认识力与命的关系，实际上是如何处理人与自然社会的关系。人要靠自己的主观努力去改造社会，征服自然，改变自身的处境，这是积极的人生观，但也必须看到在外部条件不具备的情况下，人是不能超越客观条件的限制的。所以正确的态度是认识客观，抓住时机，把握自我。

厉公不忍

【寓源】战国·韩非《韩非子·内储说下》。

【寓言】晋厉公的时候，六卿位高权重。他的嬖（bì）臣胥僮、长鱼矫劝谏说："大臣位高权重，将会抗拒君主，争夺国政，勾结外敌，树立党羽，对下扰乱国家法令，对上威逼君主，像这样国家不危亡的，还从来没有过。”

厉公说：“很对。”于是诛杀了三卿权贵。

胥僮、长鱼矫又劝谏说：“那些共同犯罪的人，只诛杀一部分，却不杀尽，这是使他们心怀怨恨，而给他们作乱造成机会呀。”

厉公说：“我一天诛杀了三卿，不忍心把六卿全部杀掉。”

长鱼矫说：“君王您不忍心杀掉他们，他们会忍心杀您的。”

厉公不听劝告，过了三个月，朝廷权贵作乱，杀死厉公，分掉他的土地。

【寓意点拨】这则寓言告诉人们除恶务尽的道理，对于凶恶的敌人决不能心慈手软，一定要狠，只有彻底铲除，才能消灭隐患；如果除恶不尽，就会遭到疯狂的报复。

厉人生子

【寓源】战国·庄周《庄子·天地》。

【寓言】有一个生癞疮病的人，他的妻子半夜里生下一个儿子，他急忙取来灯烛仔细地照看，显露出一副慌慌张张的样子，因为他担心儿子同自己长得一个模样。

【寓意点拨】这则寓言的本身反映出人的一种心理，自己生得丑陋，却希望下一代比自己长得好，爱美之心，人皆有之。也可以用厉人的恐惧心理，讽刺社会上那些做贼心虚的人，自己做了坏事，便处处疑神疑鬼。

立有祸福

【寓源】五代·王仁裕《开元天宝遗事》。

【寓言】卢奂任职陕州刺史期间，以严厉刚毅的作风闻名于关内。

有一次，唐玄宗亲临京师，在陕城停留时，听说卢奂执政很有绩效，便亲手写下几句赞语于大厅：“这位太守的重要，实为陕城的英雄；他是个仁人君子，且能嘉惠百姓，个性又谦虚；爱护万物，凡事亲力亲为，实在是国家之宝，也造就了家族的名声。”不久便任用他为兵部侍郎。

陕州的百姓原本普遍存在喜欢祭祀的风气，当地的士人百姓互相谈论道：“不须要仰赖神明，不必祈求巫祝，你只要不违背卢公，立即可得到降福。”

【寓意点拨】寓言对卢奂政绩予以肯定的目的在于告诉人们，只有清廉的官员及清明的政治，才是百姓所祈求的幸福。

隶首失算

【寓源】南朝·刘勰《刘子·专学》。

【寓言】古时候，有个隶首是当时全国最善于计算的人。他算算术既快又准，所以当时不管谁有多难算的题，都来找他帮忙，人们都非常佩服他，也十分信任他。但是再聪明的人也有失算的时候，因为人不能一心二用，如果一心多用，那么往往会出现错误，隶首也是如此。有一天，有一群鸿雁嘎嘎地从他头上飞过，隶首对射猎向来特别感兴趣，箭术也十分高超，这群鸿雁又勾起他射猎的兴趣。于是，他弯弓搭箭，准备射大雁。就在这个时候，有个人跑过来问他三乘以五等于多少，他也无法算出来。不是因为三乘以五难算，而是因为飞雁干扰了他，使他突然间糊涂了。

【寓意点拨】这则寓言说明，用心专与不专差别非常大。人常说，盲人耳朵特别好，而聋人眼睛特别好，其实，原因就在于他们专心去听，专心去看，从而弥补了身体缺陷所带来的损失。所以，任何事情，只要专心去做，没有不成功的。相反，如果我们用心不专，即使最简单的事情也会变得艰难起来，如隶首失算一样。

荔　姐

【寓源】清·纪昀《阅微草堂笔记》。

【寓言】满氏老太太，是我弟弟的乳母。她有一个女儿叫荔姐，嫁给附近农村农民青年为妻。有一天，她听说母亲病了，来不及等丈夫回来就匆匆忙忙一个人回娘家去。这时天已经黑了，一弯月牙微弱地发着光。她回头发现，有一个人追她很急，揣摸是遇见了强盗或暴徒，而地处旷野没法呼救，就躲在一座古坟的白杨树下，把发簪耳环取下来放在怀里，解下身上的丝条拴在脖子上，披散头发吐出舌头，瞪起眼睛向前直视，等待着那追来的人。等那人快到身边了，她反而故意招呼他一起来坐。那人近前仔细一看，原来是吊死鬼，就吓得跌倒在地爬不起来了。荔姐于是急奔而去，获得幸免。

【寓意点拨】寓言鲜明地刻画了一个聪颖智慧的荔姐形象，她急中生智，利用人们迷信鬼神的心理，随机应变，在缺月微明，旷野古冢的环境中，装扮成吊死鬼，吓倒了企图害她的恶棍暴徒。荔姐一个人在黑夜行路，她能在宗教迷信充斥的封建社会里不信鬼、不信邪，以百倍的勇气战胜邪恶，是很了不起的。

栎树托梦

【寓源】战国·庄周《庄子·人间世》。

【寓言】有个名叫石的木匠到齐国去，经过曲辕时看见社庙里作为社神的一棵栎（lì）树。这棵树大到可以遮蔽几千头牛，量一量树干有百来尺粗，树身高达山顶，十几丈以上才生枝，可以用来造船的旁枝有十几枝。观看的人像集市一样多，而匠石却不瞧一眼，不停地往前走。

他的徒弟站在那儿看了个够，跑着追上了师傅，问道："自从我拿起斧头跟随师傅，没有见过这么美的树木。你不愿看一眼，直往前走，为什么呢？"

匠石说："算了吧！不要再说了。那是无用的散木，用它造的船会沉入水底，用它做成的棺椁很快就腐烂，用它制造的用具很快会毁坏，用它来做门窗就会流脂液污浆，用它做屋柱就会生蠹虫。这是一棵没有一点用处的树木，所以才有这么长的寿命。"

匠石回到家，夜里梦见栎树对他说："你要拿什么东西和我相比呢？你将把我和文木相比吗？那梨橘柚果瓜之类，果实熟了就遭扑打，扑打就被扭折，大枝被折断，小枝被拉下来。这都是因为它们的才能而害苦了自己的一生，所以不能享受天赋的寿命而中途就夭折，这就是自己显露有用招来的世俗打击。一切物没有不是这样的。况且，我追求无所可用已经很久了，到现在我才保全了自己，这正是我的大用。假如我也有用的话，我还能长得这么大吗？而且你和我都是物，为什么要这样品评他物呢？"

匠石醒来，把梦告诉了他的徒弟。徒弟说："它意在求取无用，为什么要做社神树呢？"

匠石说："不可泄露！你别说了！栎树只不过是寄托于神社，使那些不了解它的人讥讽辱骂它。假如它不做社树，岂不就遭到砍伐了吗！况且它用以保全自己的方法与众不同，你只用常理来度量它，不是相差太远了吗？"

【寓意点拨】这则寓言本身含有辩证的因素，任何事物都有利与害两个方面，而这两个方面又是相互依存的，看问题不可局限在某一个方面。

良　医

【寓源】清·唐甄《潜书·厚本》。

【寓言】从前，南京有个寄生虫病患者就要断气了，从霍邱来了个好医生，一针扎下去就苏醒了，第二针扎进去就能起来了，吃了五服汤药就完全好了。人们互相传说，认为他是神仙下凡。于是有钱有势的人生了病，花重金来请他到府上出诊。凡是有病的人都跑来求治，也难得遇到他有空闲的时间，那些没有病的也愿意来认识他。有个客人在唐子面前赞美这个医生，说："求他看病，这样神妙，他所住的地方还会有什么病让人担忧呢？"唐子说："要是像你这样说，那么他就是发病的媒介，就是杀人的刀斧。如果大家依仗着有个好医生而不去谨慎防病，以至于送了命，必定是听了你的话呀！"

【寓意点拨】这则寓言用辩证的方法分析了治病与防病的关系。一般说来，人们对治病比较重视，往往忽略了防病的重要性。而防病才是真正的健康之本。

梁贾说

【寓源】宋·苏轼《苏轼文集·梁贾说》。

【寓言】有个梁国商人到南方做生意，过了七年才回乡，吃杏果海藻之类的食物，吸收南方山川的灵秀之气，喝香甜的泉水，吃当地洁净的粮食，清新的空气常在左右。一天天过去了，他脖子上的赘瘤消除了，又可以看他又长又白的脖子。长途游历回来，看看自己的身影，越看越觉得高人一等。他随兴地在大梁都城走走，并志得意满地去看看四周的邻居，心想这都城的人或邻居，十之八九都不如他。进入内室，走到厅堂，看见妻子，就吓得回头逃走，心想："这是什么怪物啊！"妻子准备好餐点，他却说："关你什么事？"妻子端出饮料，他就生闷气不肯喝；端起餐盘来喂他，他还是气呼呼地不肯吃；与他说话，就面向墙壁唉声叹气；妻子特别装扮一番来见他，他却鄙夷地看都不看。后来他干脆对妻子说："你哪里配得上我？快滚吧！"妻子先是低着头脸色变得很难看，接着就仰天长叹说："我听人家讲：'有钱有势的人不会抛弃与自己一起穷过来的原配妻子。即使有美妾，也不会抛弃年老色衰的旧人。'就因为你回来变得光鲜漂亮，而我还是满脸疙瘩。啊呀！这脸上的疙瘩，并不是我的错。"最后妻子就离开了。

商人回家三年，乡里人都讨厌他的行为，不肯与他通婚。日子久了，北方的风土气候，不断改变他的毛发气脉，吃大豆，饮着乡里的水，使他的皮肤变了，又逐渐恢复以前的样子。于是，他只好又接回他的妻子，并且像过去一样敬重她。有道德讲礼仪的人都会认为，像这位商人如此违背礼仪的行为，真是太过分了。

东坡居士说："因为贫困而背弃主人，因为富贵而抛弃故交，不能坚守自己的原则，在读书人而言，这是名教伦理的罪人。至于不学无术者，原就不知这是可耻的行为。他们都争权夺利，争强斗胜，往往把忠臣当作敌人，把孝子当作不听话的仆人，行事前后矛盾，哪里只是这位梁国商人！”

【寓意点拨】这则寓言写得生动细腻引人入胜，颇具戏剧性。其中梁贾的形象尤为鲜明，把那种小人得志不可一世的嘴脸，描写得活灵活现。世俗中这样的例子的确不在少数，一般人只要有点小成就，往往变得妄自尊大，有的甚至连自己的亲眷都可以背弃，到头来自然像梁贾一样被众人唾弃。

梁君猎善

【寓源】西汉·刘向《新序·杂事二》。

【寓言】梁君外出打猎，看见一群白雁，他便下了车，拉开弓准备射雁。

这时恰好走过一个路人，梁君就叫他停下来，以免惊动雁群。可这过路的不听，梁君很生气，拉开弓要射他。这时车夫公孙龙下车按住了梁君的箭矢，说：“君王不要射。”

梁君愤然大怒，脸都变了色，责问道：“为什么你不顾着我，反而顾着别人？”

公孙龙回答说：“过去齐景公的时候，老天大旱三年，他占卜问如何才能够下雨，答案是必须用人祭天才能下雨。景公走下殿堂，伏地叩头说：‘我所以祈求下雨，是为了我的百姓，今天一定要我以人祭天，那我将自己充当祭品。’话未说完，方圆千里的大地上立刻下起了倾盆大雨。这是为什么？因为对老天有恩德、对百姓有恩惠啊。今天君王因为白雁的缘故而要射人，我要告诉君王说：这就等于虎狼！”

梁君听了，拉起公孙龙的手，一起上车返回。进入城门时，梁君大呼“万岁”，并且说：“我今天真幸运啊！别人打猎，得到的只是禽兽，我打猎，却得到了善言。”

【寓意点拨】当梁君为了雁群而要开弓射人的时候，车夫公孙龙制止了他，向他讲述了齐景公为民祈雨的故事。这个故事使梁君领悟到百姓对于国家的重要性，被认为是“善言”。其实民为国本，没有民，也就没有了君，这则寓言再一次申明了我国古代寓言的这一重要主题。

梁上君子

【寓源】宋·范晔《后汉书·陈寔传》。

【寓言】东汉时的陈寔（shí），为人正直，办事公道，在他居住的乡下老百姓有什么官司、口角之类的事都找他评判，分清是非，深得当地人的爱戴。有一年闹饥荒，有个小偷到陈寔家偷东西，藏在屋梁上。陈寔假装没看见，他把子孙召集在一起并教育他们说：“人一定严格要求自己。人不一定生下来本性就是坏的，但沾染了坏习惯就堕落了。梁上的那位君子就是这样的。”这个小偷听到陈寔的话非常惊讶，于是从屋梁上跳下来向陈寔请罪。陈寔教训他说：“看你的相貌不像一个坏人，你应该改恶从善。”并送给他两匹绢，送他走了。从此以后这一带再也没有发生过偷盗事件。

【寓意点拨】小偷夜里爬上陈寔家的屋里，陈寔没有首先抓小偷，而是用了一个很巧妙的方法揭露“梁上君子”，这样不仅揭穿并劝诫了小偷，而且也教育了儿孙，一举两得。

梁王嗜果

【寓源】明·刘基《郁离子·枸橼》。

【寓言】梁王爱好水果，便派使者到吴国去索求。吴人送给他橘子，梁王吃了觉得味道很美。过些时候，又向吴国索求，吴人送给他柑子，梁王吃了觉得味道更美。梁王猜想吴国还有味道美的水果没有给他品尝，便指示使者访问吴国，并暗中察看。

吴国御儿山一带有个农夫，在庭院里种植枸橼，其果实大得像瓜一样，使者见了惊愕地说道：“金灿灿的，好美啊！蜜柑一定不及它。”使者向他要，他不给。使者回国后报告了梁王，梁王说：“我本来就知道吴国人吝啬。”于是，命令使者带上财礼再去求要。使者带回来献给梁王，梁王先祭祀祖庙，然后品尝起来。还没吃完一瓣，舌头就缩起不能再咽，牙齿也酸软不能咀嚼，他吸着鼻子，皱起眉头，责备使者。

使者又去责问那个吴人。吴人说：“我们国家最美的水果是橘子和蜜柑，都已经给梁王品尝了，再也没有超过这两种水果了。但梁王还索求不止，使者又不详细询问，仅仅看那香橼外表美，因而所得到的不合你所要的是理所当然的了。果树生长在泥土里，有泥土就能种植果树，就能结出果实。出产好吃的水果，不仅仅是吴国，梁王不到各国寻求，只到我们吴国来索取，我恐怕只有香橼一类水果会天天送到，因为已经没有适合梁王口味的水果了。”

【寓意点拨】这则寓言以一件日常生活小事，揭露统治者的贪得无厌。梁王吃了吴国的橘子，又去索取蜜柑。但还不知足，主观臆测吴国还有味道更美的水果不肯给。这就暴露了其的贪心的本质。尤有甚者，吴人不给味苦的香橼，还责难他们吝啬。这进一步揭露了封建君主的主观和蛮横无理的特征。

梁鸯养虎

【寓源】战国·列御寇《列子·黄帝》。

【寓言】周宣王的牧正官中，有一个叫梁鸯的役夫，他善于饲养野生的禽兽。他在园子里饲养的禽兽，即使像虎、狼、雕、鹗一类的凶猛动物，也无不温柔驯服。这些禽兽，雄雌交配繁殖，生下成群的后代，不同种类杂居在一起，从不互相斗咬。周宣王唯恐这种技术在梁鸯身上终结了，便命令毛丘园把它继承下来。

梁鸯说："我是一个卑下的役夫，有什么技术可以告诉你呢？但又怕国王说我对你有什么隐瞒，姑且谈一谈我饲养老虎的方法。大凡顺着它就高兴，违逆它就发怒，这是有血气的生物的天性。然而喜怒难道是随便发作的吗？这都是由依顺和违逆所触发的。给老虎喂食，我不敢以活的动物给它，防止它在奋力咬死活的动物时引发怒气；我也不敢拿整个的动物给它吃，防止它使劲撕碎食物而引发怒气。根据它饥饱的情况而及时给食，时时顺着它喜怒的性情。老虎与人属不同的种类，而喜爱饲养它的人，是由于依顺了它；之所以老虎伤害生物，是由于违逆了它。既然这样，我难道敢于违逆它而使它发怒吗？但我也不一味依顺它使它高兴。高兴过头反过来一定会发怒，愤怒过头又经常会高兴，这两种做法都不是很适中。现在我心里没有依顺或违逆它的想法，那么鸟兽看待我，就像看它们的同类一样。所以游玩在我的庭园里的动物，不思念高大的树林、广阔的水泽；寄宿在我的庭园里的鸟兽，不怀恋深山幽谷，就是这个道理使它们安然相处的。"

【寓意点拨】这则寓言启示人们，办事要按照客观规律，而不能单凭个人的主观意愿。只有探求客观规律，把握客观规律，才能自然地去适应它。所谓顺应自然，并不是消极地听任自然的摆布，而是积极地依从规律行事；事难不可怕，可怕的是不去研究其特征，以致违背规律行事。

梁折屋坍

【寓源】明·刘基《郁离子·论相》。

【寓言】有个大户人家，他家的屋梁被蛀坏将要坍下了，想更换它。于是请来一个叫王尔的工匠。王尔看了之后说："这房梁确实蛀坏了，不能不换了。但是一定要先找好新的大梁，不然就不能换。"主人认为王尔不能胜任这工作，就找来别的工匠。这个工匠就把一些小料捆在一起，换下了大梁。这年冬天十一月，天降大雪，屋梁承受不住，结果梁断屋坍了。

【寓意点拨】这则寓言以更换蛀坏的屋梁，事先没有找到合适的木料，造成屋坍为喻，说明做事必须先做充分准备，条件具备才能动手。本文是以此说明更换令尹大臣必须先物色好人选，否则将危及整个国家。

量力而为

【寓源】宋·邵雍《渔樵问对》。

【寓言】一个打柴的人对一个打鱼的人说：“我经常背柴，背起一百斤而不损伤我的身体，如果再增加十斤，就会损伤我的身体。请问这是什么原因呢？”

打鱼的人说：“打柴的事我是不知道的。拿我打鱼的事来看，换个位置都是一样的。我曾经钓到大鱼，它就与我相斗起来，我想抛弃它又舍不得，想钓起它来又不能胜任，整整斗了一天才捉住它，差一点就有掉到水里淹死的危险。打鱼与打柴虽然不同，但贪图多得而受损伤却是一样的啊。背一百斤重量是能力限度以内的事，再加上十斤重量却是能力限度以外的事。重量超过了能力限度以外，即使是只加一毫重量，也会损伤身体，何况是增加十斤呢？我贪图多打鱼和你贪图多打柴又有什么不同呢？”

打柴的人听了，感慨地说：“我今后知道量力而行是聪明的啦！”

【寓意点拨】寓言启示人们，做任何事情都要实事求是，量力而行，不要贪大求多，好大喜功。否则就会费力不讨好，甚至发生意外的危险。

两本《圣教序》

【寓源】宋·王明清《玉照新志》。

【寓言】石才叔（字苍舒）是雍州人，与黄庭坚有交往。他精于文章书法，家中藏书十分丰富。文彦博主政长安时，从他那里借到唐代书法家褚遂良的《圣教序》真迹来观赏。文彦博越看越舍不得放手，便让门人临摹了一本。休假时，文彦博宴请官员，出示两本《圣教序》请客人鉴别真假。客人们都说文彦博的临本是褚遂良的真迹，反而认为石才叔所藏真本是假。石才叔没有任何争辩，只是笑着对文彦博说：“今天我才知道自己的势力太单薄，家境太贫寒了。”文彦博听后大笑，在场的客人们都羞红了脸。

【寓意点拨】寓言通过鉴别书法真伪一事，暴露了社会的世态炎凉，刻画了趋炎附势者的丑恶嘴脸。这说明，在权势至上的封建社会里，权势能混淆是非，使人信口雌黄，真假不辨，反映了当时权势压人的黑暗社会现实。

两不能无

【寓源】黄灵庚编《宋濂全集·潜溪后集·燕书》。

【寓言】越国人甲父史和公石师相处，甲父史能出点子而不能作决断，公石师善于作决断却很少有好点子；把两个人长处放在一起，处理事情就比较顺畅。两个人是一条心。后来因为争吵冲撞相互离去，他们处理事情就没有成功过。

密须奋去劝他们说：“你们没听说海里有水母吗？水母没有眼，靠着虾才能行动；虾也要靠水母才能得到食物，二者是不能缺一的。暂时不说水母，你们难道没听说琐玠吗？它的肚里藏着蟹，饿了蟹就出去找食物，回来进到肚中，琐玠也就饱了。如果不这样，它就死了，蟹也会失去它的巢穴，这也是二者不能缺一。我们暂时不去说琐玠，你们难道没听说过夏屋山有蟨（jué）鼠吗？它和邛邛（qióng）距虚非常亲密。平时它为邛邛距虚衔来甘草，到了危难时刻，邛邛距虚背着它跑，这也是二者不能缺一。我们暂时不去说蟨鼠，你们没听说过西域有种共命运的鸟吗？两个头一个身子，性情好嫉妒，饿的时候两个头相互咬啄，一个头闭上眼时，另一个头就让它吃毒草来害它，等到咽下去就都死了。这也是二者不能缺一。这都是山里和海里的野兽鱼虫，不足为奇，即使是人也有这种情况。北方有一种比肩人，轮流吃饭，轮流观察，失去一个就都死了。这也是二者不能缺一。现在你们二人跟上面说的那些情况非常类似。所不同的是，上面说的那些都是形体上的相互依存，你们则是办事情上的相互依存，那么，你们为什么要分开呢？”

二人互相看着说：“要是没有密须奋的劝告，我们就会遭到更大的失败了！”

两人又像一开始那么亲密要好了。

【寓意点拨】这则寓言采用众多的事例说明人们之间相互依存，相互帮助，取长补短，互通有无的关系，要正确认识这一点，就不能互相倾轧，争权夺利，斤斤计较，互相拆台。一切共事的人都要相互合作和支持，这样的关系才有生机，事业才会成功。

两个茅厕

【寓源】民国·佚名《增补万宝全书》。

【寓言】从前，一户人家有兄弟二人，父亲死后，兄弟俩分了家，哥哥为人办事聪明能干，弟弟却痴呆无能。

哥哥在十字路口搭起一间茅厕，每年受益不少。弟媳妇愤愤不平，埋怨责怪自己的丈夫。弟弟于是也在路口盖了一间茅厕，用石灰粉刷了墙壁，又在上面彩绘了图画，装饰得优雅干净。过往行人都以为这是一座庙宇，没有一个人进去解手。

【寓意点拨】这则寓言告诫人们，搞形式主义、不讲实际效果，是有害而无益的。

两瞽相诟

【寓源】明·刘元卿《贤弈编》。

【寓言】新市有一个齐人瞎子，性情十分暴躁，在大街上讨饭，有人没给他让路，他就气冲冲地怒骂道："你眼睛瞎了吗？"城里人看他是个瞎子，多不和他计较。

随后，又有个梁人瞎子，性情尤其暴戾，他也到大街上来讨饭。两个瞎子碰到一起，互相冲撞绊倒了。梁人瞎子原来并不知道对方也是瞎子，于是跳起来大发雷霆地辱骂道："你眼睛也瞎了吗？"

这两个瞎子闹哄哄地互相对骂着，城里人在一起看着讪笑。

唉！用分辨不清去开导分辨不清、互相驳难不止的人，和这两个瞎子有什么区别呢？

【寓意点拨】这则寓言说明两瞽（gǔ）相争，分不清谁是谁非。因为双方都看不见路，很难说谁有错误。"以迷导迷"，怎么能不"诘难无已"呢？而尤为痛心的是，双方都是瞎子，却偏偏痛骂对方是"瞎了眼睛的！"

世上确有一些双目并未失明的睁眼瞎子，他们不学无术，愚昧懵懂，但却是"茅厕坑里的石头，又臭又硬"，凡事总要争长论短，自作聪明、自命不凡，最后落个自我暴露、自怨自艾、自作自受。这则寓言的形象概括，是有典型性的。

两　马

【寓源】清·钱大昕《潜研堂文集》。

【寓言】主人有两匹马，一匹赭白色，一匹青色，它们牙口相仿，温良和驯也很相近。可是测试它们行走的里数，那匹赭白马每天多走二十里。主人认为这是匹良马，给它披上黄金鞍，铺垫锦绣鞯（jiān）子，放到另外一个槽里喂养；主人出去打猎，必定骑着它。青马只是驮水运草而已。

过了两年，赭白马死去，主人想骑青马，鞭打它也不走，只好舍弃不骑。又过了二十年，青马老死在马槽下面。主人说：“这匹平常的马，寿命远远长于赭白马，这是老天爷忌妒有才华的呢，还是寿命的长短都有定数呢？”

当天夜里，主人在梦中见到了青马。青马说：“你以为我真的不如赭白马吗？我跟它都是很平凡的马。力量所达不到的，我能安守本色，至于黄金鞍，锦绣鞯子对于我有什么好处呢？所以我不愿意竭尽全力为得到它而送命。赭白马勉强干力所不及的事以求得主人的欢心，所以不久就丧失了生命。自从主人乘赭白马，它受惊而摔倒你的事，一天也有两三次，而我连一天也没有让你担忧过。你为什么优待它而歧视我呢？”

主人醒来，把青马的话告诉马房的管事，管事说：“这匹青马，它不了解一生的命运。它只知生活的快乐，而不知道荣誉带来的快乐。赭白马所得到的，看来比青马多呀！至于因为受惊而摔跤，主人受了罪，却并没有责怪马匹，因为赭白马是很优秀的了！”

【寓意点拨】这则寓言通过刻画两匹马，隐喻了两种人生态度和工作态度。一个是拼命工作，不惜为工作而献出生命；一个是安分守己，甚至还有点懒惰懈怠，最后是终其天年。作者通过马厩管事表达了对前者的赞扬。

两桃杀三士

【寓源】战国·晏婴《晏子春秋·谏下二》。

【寓言】春秋时，齐国的齐景公有三员大将，他们是公孙接、田开疆、古冶子。三人以勇猛无敌、力大无穷而闻名齐国。但这三个人都没有修养，态度傲慢无礼，宰相晏婴深以为患，就对齐景公说：“我认为贤明的君主手下的将官，应该明白君臣的礼节，懂得上下的规矩。这样，在国内才可以禁绝暴乱，在国外可以阻挡敌人；可是公孙接、田开疆、古冶子这三个人，既无君臣之仪，又无上下之礼，内不可以用来禁暴，外不可以用来拒敌，因此他们是危害国家的人，不如趁早除掉他们！”

齐景公为难地说：“他们三人武艺高强，怎么办呢？”晏婴说：“我倒有个主意，你派人去送给他们三人两只桃子，让他们按照功劳大小分配，谁的功劳大，谁就可以吃桃子。”齐景公按计行事。

公孙接高兴地收下桃子，说：“我的力量既能够制伏野猪，又能够逮住猛虎，按我的功劳可以吃桃子。”于是他先拿起一个桃子。田开疆说：“我带兵打仗能够打退敌人三军，我也有资格吃桃子。”于是他也夺去一只桃子。这时，桃子被拿光了。古冶子愤愤不平地说：“我曾经跟随君主出门，有一次过河，马让河中的大龟衔走了，我把大龟杀死，救活了马。若论功劳我应该吃桃子，你们二人还不将桃子给我！”说罢，便拔出剑来，要与公孙接、田开疆交锋。

公孙接、田开疆看见古冶子动了气，心里觉得过意不去，便说：“我们的勇猛不如你，我们的功劳也不如你，我们先取了桃子不让给你，是太贪婪了，我们只有一死，才能表示勇敢和义气。”说完，二人拔剑自刎了。

古冶子看到他们二人自杀了，心里很难过，于是丢下桃子也自刎而死。

【寓意点拨】这则寓言启示人们，对于难以应付的敌人，有时可以利用其内部矛盾，使之自我消耗、互相残害，以达到瓦解敌人的目的；遇到疑难问题，不必硬性攻关，可以采用巧妙的方法。

两贼相责

【寓源】明·赵南星《笑赞》。

【寓言】有两个小偷合伙挖人家的墙壁，挖通后进入房内偷窃财物。

在行窃中，一个小偷的手被蝎子刺了一下，不觉大叫了一声：“好痛啊！”

另一个小偷害怕房主听见了，就伸手把那个小偷扭了一下，那个小偷立即还击一拳头，于是两个小偷你一拳，我一拳，厮打起来，拳打的声音砰叭作响，把房主吵醒，立即将小偷捆绑起来。

这时，被蝎子刺的小偷埋怨说：“就是吃了你的亏，当时为什么不说一声，为什么要扭我一把。”

被埋怨的小偷不服气地说：“你这该死的贼，你还不明白，行窃时哪能说话呢！”

【寓意点拨】这则寓言可以用来说明，凡事都有其自身的规律，若是违规而行事，就必然会失败。也可启示人们，多行不义必自毙，偷窃尽管有自己的黑道规矩，但毕竟干的是见不得人的勾当，势必露出马脚，被人擒拿。

辽东鹤与扬州鹤

【寓源】清·吴庄《吴鳏放言》。

【寓言】辽东鹤同扬州鹤在路上相遇，扬州鹤说：“你的化身让人感到凄凉悲伤呀。大约再过三百年以后，你会重新回到辽东，那时你所看到的城市民众全都不是原样啦！而我腰缠十万贯钱到扬州，难道不是当时就荣耀了吗？”

辽东鹤听了笑着说：“你认为扬州的热闹繁华超过辽东的冷寂荒僻吗？辽东正

是因为冷寂，公孙氏在那里安居，慕荣氏在那里发迹，当时的繁华竟然成为帝王都城。扬州的繁华莫过于隋朝，请问当年的迷楼故址、萤院风流遗事，现在还存在吗？到如今只剩有烧毁的屋宇楼台、残败的几片荷叶了。琼花还能再开放吗？锦缆还能再牵动吗？玉钩斜里的宫女还能死而复生吗？看看现在，想想往事，不知泪水为什么这么多！又怎么知道后人看今人，不像今人看古人呢？况且冷寂和热闹变化的规律，就像玉环一样循环往复：火的灼热，水能扑灭它；太阳的炽热，月亮常常相继。你只认为那小小的腰缠十万贯，就能长久地拥有一切，而且借着这十万贯钱的余光来自我炫耀，这同晏子的马夫凭着给宰相驾车就引以为荣耀有什么不同呢！”

扬州鹤听了感到很惭愧，无话可答。

【寓意点拨】寓言借助辽东仙鹤之口，说明人世间的荣华只不过是过眼烟云，不值得羡慕。这对当时权贵以富贵之势欺骗民众，是一个极大的讽刺。

这则寓言揭示出一个深刻的哲理，“冷热之数，如环相循”，世间万物万事都处在不停的变化之中，当你拥有的时候，不可满足而故步自封，而应想到会失去的危险，这样才能永远保持小心谨慎的态度，立于不败之地。

列子辞粟

【寓源】战国·庄周《庄子·让王》。

【寓言】列子穷困，面有饥色。有人把这种情况告诉郑国国相子阳，并说：“列御寇是一位有道术的人，住在你国而穷困，那你不就成了不喜爱士人的人了吗？”于是子阳立即派遣官吏给列子送去粮食。列子见到子阳派来的使者，再三辞谢不接受。

使者离开后，列子走进屋内，他的妻子埋怨他，拍打着胸口说：“我听说有道术人的妻子，都能得到安乐的生活。现在饿得面黄肌瘦，相国过问并派人送粮食给你，你却不接受，难道不是命中注定要这样吗？”

列子平和地笑着说：“相国并不是自己了解我，而是因为听别人说了才送粮食给我。将来他也可能会听别人的话来怪罪我，这就是我不接受的原因。”后来，民众果然发难，杀了子阳。

【寓意点拨】这则寓言告诉人们，一个没有自己独立见解的人，是会受人摆布支配的，以至于是非不分，善恶不辨；对于这种人的言论，不要去轻信它，慎重为之，方可免于不测之祸。

列子为射

【寓源】战国·庄周《庄子·田子方》。

【寓言】列御寇给伯昏无人表演射箭，拉满了弓弦，在臂肘上放置一杯水，把箭射出去。刚射出一支箭，又紧接一箭；第二箭刚射出，第三箭又扣上弦。这时候，他就像木偶一样，一动也不动。

伯昏无人说："这是有心的射箭，而不是无心的射箭。我想和你登上高山，踏着险石，身临百丈深渊，你能射箭吗？"

于是，伯昏无人和列御寇就登上了高山，脚踩险石，身临百丈深渊，背对深渊向后退步，脚的十分之二悬空在外，手拉着列御寇向前去。列御寇吓得趴在地上，汗流至脚跟。

伯昏无人说："那些修行至高的人，在上窥探青天，在下潜隐黄泉，自由飞翔八方，神气镇定不变。现在你惊恐目眩，你射中靶的可能性太小了。"

【寓意点拨】这则寓言启示人们，从事任何一种事业，必须专心致志，心无二用，抛开一切干扰，方可取得成功；没有一种忘我的精神，必定会半途而废。

列子学道

【寓源】战国·列御寇《列子·仲尼》。

【寓言】列子学习道术，三年以后，内心不敢想着是非，口里不敢说着利害，才得到老师老商氏斜眼看一看。五年以后，心中更加想着是非，口里更加说着利害，老商氏方才开颜一笑。七年以后，任凭心中所想，再也没有是非了；任凭口中所说，再也没有利害了。老师才让列子同他并席而坐。九年以后，放纵心去想，放纵口去说，也不知道自己的是非利害是什么，也不知道别人的是非利害是什么，内心无存想，外物也好像不存在了。这以后，他眼睛的作用像耳朵，耳朵的作用像鼻子，鼻子的作用像嘴巴，全身各部位没什么不同。于是心意凝聚，形体似乎不存在，骨骼血肉全与自然融为一体；感觉不到身体所倚靠的，脚下所踩踏的，心中所念及的，言语所包含的。如此而已，那么任何道理在他面前都没有什么可隐藏的了。

【寓意点拨】这则寓言向人们解释了这样一个道理：学习先要一心潜入，钻进去；然后联系实际掌握它，最后融会贯通运用它。这个由量变到质变的过程并非一日之功，它要经过长期的艰苦学习、实践方可完成。

列子游观

【寓源】战国·列御寇《列子·仲尼》。

【寓言】起初，列子很喜欢外出游览。他的老师壶丘子说："你喜欢游览，游览中爱好什么呢？"

列子说："游览的快乐，在于观赏新鲜的事物。别人游览，只欣赏事物的表面；我的游览，是观察事物的变化。没有人能辨别这两种不同的游览。"

壶丘子说："你的游览，本来就和别人相同，为什么却说与别人不同呢？凡是所看见的事物表面，也能经常从中看出内在的变化。你只知道玩赏事物的变化，却不知自身也是变化的。只顾一心游览外物，不知努力观察自身。游览外物，有求于外物的齐备；对自身的观察，所取的是自身的完备。取自身的完备，才是最理想的游览；而有求于外物的齐备，不是完美的游览。"

听了这番话，列子便终身不再外出游览了，自认为还不懂得游览的道理。

壶丘子说："最完美的游览，不知道所去的地方；最深刻的观赏，不知道所看的东西。万事万物都去游览，万事万物都能观赏，这是我所谓的游览，是我所谓的观赏。所以说：这样的游览才完美啊！"

【寓意点拨】这则寓言提供了游观的重要审美经验，游观的目的，不仅是满足耳目感官的愉悦，而重要的是达到心灵的陶冶。只是前者，是肤浅的游观；做到后者，才是游观的真谛。

猎犬毙鹰

【寓源】宋·苏轼《艾子杂说》。

【寓言】艾子有打猎的嗜好，他养了一条猎狗，非常善于捉兔子。艾子每次打猎，必定会让这条猎狗跟随自己。每次捕捉到兔子，艾子必定掏出兔子的心肝喂给猎狗吃，每次都让它吃得饱饱的。所以凡是猎到一只兔子，猎狗必定摇着尾巴注视着艾子，沾沾自喜地等着艾子喂它。

有一天艾子又出去打猎，那时兔子很少，而猎狗已经十分饥饿了。这时忽然看见从草丛中跳出两只兔子，艾子急忙放鹰去追捕。兔子十分狡猾，纵跳翻滚之际，猎狗已经追到，一头扑过去，竟误咬了猎鹰，把猎鹰咬死了，那兔子也趁机逃跑了。

艾子匆忙跑过来把死鹰提在手里，感叹愤恨不已，猎狗却又像从前那样摇着尾巴沾沾自喜地走来，望着艾子等着喂食。

艾子便盯着猎狗骂道：“你这条莫名其妙的狗，竟还在这里自以为我夸你干得好哩！”

【寓意点拨】这则寓言是借着艾子的猎犬来讽刺一些自以为是的人。在人世间，有的人无意中做了错事，惹出祸端，却浑然不觉，还洋洋得意、沾沾自喜；或是明知有错，却不思悔过，甚至文过饰非，企图蒙混过关。这种“自道我是”，就不仅是可笑，甚至是可鄙了！

猎者得麋

【寓源】西汉·刘向《战国策·楚策三》。

【寓言】秦国攻打韩国的宜阳。楚王对陈轸说：“我听说韩侈是个有智慧的人，熟悉诸侯的情况，韩国由他率军抗秦必定会免于危亡。正因为他能免于危亡，我想先帮他据守宜阳，给他以恩惠。”

陈轸说：“放弃吧，大王不要帮他据守。就凭韩侈的智慧，也会被困于这次战役的。比如山泽中的野兽，没有比麋鹿更狡猾的了。麋鹿知道猎人在前面张开罗网来驱赶自己入网，因而就回过头来对着猎人跑来，多次冲犯。猎人知道麋鹿狡猾伪诈，便举起网迎着它，因而捕获了。现在诸侯国明明知道韩侈多施欺诈诱骗之术，举起网来捕捉他的人一定很多。大王您还是放弃他，不要再用他。即使用韩侈的智谋也必定会困于这次战役的。”

楚王听取了陈轸的话。宜阳果真被敌人攻占，这是陈轸事先就预料到的。

【寓意点拨】这则寓言说明，好耍诡计的人，一旦被人识破，就会落得个自投罗网的下场。也可启示人们，玩弄小聪明的人，只能暂时蒙混过关，时间一长必然会暴露的，其结果是聪明反被聪明误。

邻女不嫁

【寓源】西汉·刘向《战国策·齐策四》。

【寓言】齐国有一个人去拜见田骈（pián）说：“久闻先生有崇高的品格，称说不做官，而愿意为人服役。”

田骈说：“你从哪里听说的？”

那人回答说：“我从邻居的女儿那里听来的。”

田骈说："这话什么意思？"

那人回答说："我邻居的女儿，自称不嫁人，还不满三十岁，就生了七个孩子。不嫁倒是不嫁，然而她的行为却大大超过出嫁了！如今先生称说不做官，可你拿着巨额的俸禄，随从侍卫有一百多人，不做官倒是确实的，可你的富有却大大超过做官了！"

田骈听了表示惭愧。

【寓意点拨】这则寓言讽刺那些虚伪的人，满口的仁义道德，干的却是男盗女娼。也启示人们，看一个人的为人，不仅要听他的表白，更重要的是看他在实际中做了些什么，实践才是最好的试金石。

邻人之妇

【寓源】清·唐甄《潜书·充原》。

【寓言】唐子曾经外出游历而回家，问他的妻子说："自从我走后，有朋友亲戚来看望的吗？"

妻子回答说："没有人来过。"

不过，妻子称赞邻居家很友善。唐子问邻居友善的人是谁呀？妻子说全是邻居家的妇女。

唐子又外出游历回家，他的妻子拿出水果供他饮酒。唐子说："家中将要没有吃的，这水果是用什么东西换来的？"

妻子说："这是邻居家的妇女送给的。她们恐怕你回来没有下酒的菜，所以我留着等你回来。"

唐子又外出游历回家，一进门就看见女儿平安和乐而疼爱地牵牵她的手，理理她的头发，摸摸她的下巴，笑着对他的妻子说："自从我出去后，女儿凭什么来玩乐？"

妻子回答说："自从你走后的每天晚上，邻居妇女就约好女儿到她们家去玩，并烤好饼子给她吃，临走时还送给她十二个橘子带了回来。"

唐子听后，感叹地说："妇人的智慧比不上男子，但她的人情却超过了男子。难道是男子本来就淡薄人情，而妇人本来就注重人情吗？这是因为男子整天沉溺于世事的忙碌而背离了天性，妇人不参与世务而接近于天性啊。"

【寓意点拨】这则寓言在与男子的对比中，突破了旧时代对妇人鄙视的世俗偏见，热情地歌颂了妇人正是不参与世务，而能保持淳朴的助人为乐的美德，同时也揭示了男子因忙于世事而淡忘人情，仕途社会的冷漠，由此可见一斑。

寓言的启示意义在于：涉世越深的人，往往会看淡人间的真情，也容易失去人的真情；而涉世不广的人，其人情就会容易保持。由此而知，世态的炎凉对人性的感染。

邻相反行

【**寓源**】唐·薛逢《邻相反行》。

【**寓言**】东边人家有个儿子年纪才十五岁，就整天在田园中独自辛苦劳累。夜间引来渠水灌溉稻田，早晨又赶着耕牛开垦荒地。

西边人家有个儿子正当少年，面容清瘦，身形与云中之鹤相似。博览经史书籍不分早晚，希望能够得到高官厚位。

东边、西边两家人互相讥诮，西家儿子嘲笑东家儿子，东家儿子又反唇相讥。

西家儿子说自己凭读书培养志节，显姓扬名，与东家儿子彼此志向不同，不可同日而语。

东家儿子说自己从事耕种，虽然辛苦，但早晚都和自己的亲人在一起。男舂米女做饭这样过了二十年，堂上父母还未到老的年纪。早晚踏机织布，不仅自己不缺衣服，剩下的还可惠及自己的兄弟。一年中春秋各个节日都在家中，妻子儿女有一点违礼的地方都不允许。你今年二十岁了才正式开始读书，就算你过十年能取得功名，也已三十多岁。往返于赶考的路途，长期与家人别离，众多的赶考人中，又有几人能中举登第？纵然当了高官也已老态龙钟，终日的忧愁能向谁去倾诉。也许你百年之后身归黄泉，还与长满秋草的故乡相隔万里。我今天根据上天的安排，耕种自给，在年轻时耕耘收获，不遗余力。脸上的笑容，增添了今日的喜气，肩上的柴薪，又将灶中的烟火接续。即使我年老，头发花白了，还有我的儿孙，接着耕种不已。家中只要藏有一卷古代的孝经，代代相传，家中人都可从中受益。不知西家人知不知道这道理，嘲笑东家的儿子，这又有何必？父母生前不能提供甘美的饮食，死后为他们扬名，又有何益？

【**寓意点拨**】这则寓言以农人的口吻，说明读书不如种田。列举了种田的好处与读书的难处，道出了当时社会中科举之路的艰辛。

林既勇悍

【**寓源**】西汉·刘向《说苑·善说》。

【**寓言**】林既穿着芦苇编织的衣服，去朝见齐景公。齐景公问他：“这是君子的衣服，还是小人的衣服？”

林既后退了两步，生气地说："穿着之事岂能拿来揣测士人的品行？过去楚国人佩长剑、戴高冠，出了令尹子西；齐国人穿短衣、戴遂偞冠，出了管仲和隰朋；越国人文饰身体、剪短头发，出了范蠡和文种；西戎人衣襟向左、束发如椎，出了由余。如果依照君王所说，那么穿狗皮衣的就应当发出狗叫，穿羊皮衣的就应当发出羊叫，君王穿着狐皮衣上朝，我想是不是也要发生变化了呢？"

齐景公听了，说："你真是勇敢！我从未见过像你这样的奇妙辩论。你这是战胜了一个邻居，还是战胜了一个国家？"

林既说："我不知道君王所说的是什么。攀登高山、面临危险，然而眼睛不眩乱、两腿不战栗，这是工匠的勇敢；沉入深渊，刺杀蛟龙，搏杀鼋鼍（yuán tuó），而能浮出水面，这是渔夫的勇敢；进入深山，刺杀虎豹，搏杀熊罴，而能全身返回，这是猎人的勇敢；不顾砍头颅、斩腰身，暴骨流血于中原大地，这是武士的勇敢。今天我在大庭广众之中，神色严厉地辩论，以触怒君王，即使前面有丰厚的赏赐，也不能使我动摇，后面有砍头断腰的刑具，也不能使我畏惧，这就是我林既的勇敢。"

【寓意点拨】面对齐景公的奚落，林既声色俱厉地辩论，表现出他的勇敢。其实正如林既所说，不同的人有不同的勇敢，林既的勇敢在于他不顾威胁利诱，义正词严地与君王辩论。读了这则寓言能使人们对勇敢有更为深刻的理解。

林类之乐

【寓源】战国·列御寇《列子·天瑞》。

【寓言】林类的年纪快到一百岁了，到了春天，他披着皮袄，在收割后的田地里拾取别人遗下的麦穗，一边唱歌，一边向前。

孔子到卫国去，在田野上看见了他，便回过头来对弟子们说："那个老者可以与他谈谈，谁试着去问问他？"子贡请求前往。

子贡在田头迎着林类，对他叹了口气说："先生从不感到懊恼吗？还这样边走边唱地拾麦穗？"

林类脚不停步，歌不绝口。子贡不断地向他询问，他才抬头回答说："我有什么可懊恼的呢？"

子贡说："先生年少时不愿努力行事。长大后又不肯争取时运，老来没有妻子儿女，眼看死期将近，还有什么快乐让你边唱歌边拾麦穗呢？"

林类笑着说："我之所以快乐的原因，别人都有，但别人反而以此为忧愁。正因为我年少时不愿努力行事，长大后又不肯争取时运，所以才能如此长寿；正因为我老来没有妻子儿女，眼看死期将近，所以才能这样快乐。"

子贡说："长寿是人人都向往的；死亡是个个都厌恶的。你却以死亡为快乐。这是为什么呢？"

林类说："死亡与生存，一去一回，所以死在这里，又怎知不生在哪里呢？因此我又如何知道生与死不是一回事呢？我又怎知苦苦谋求生存不是一种迷惑的表现呢？又怎知我现在死亡比过去活着更好呢？"

子贡听了，不明白他的意思，回来告诉孔子。孔子说："我知道此人是可以与他谈谈的，果然如此；但是他所掌握的道理还没有达到完美的程度。"

【寓意点拨】这则寓言中，林类达观的生死观颇有启示的意义。"死之与生，一往一反"，这句话揭示了人有生必有死的深刻道理，一个人只要认识到这个自然规律，必然就不会老而抱忧终生，忧也要死，乐也要死，倒不如乐而处之为是。

林回弃璧

【寓源】战国·庄周《庄子·山木》。

【寓言】从前，假国被晋国灭掉以后，百姓都争相逃难。有一个叫林回的假国人，在逃亡中，他丢掉了价值千金的玉璧，背着婴儿逃跑。有人问他："你是为了钱财吗？婴儿的价值少得很；为的是累赘吗？背着婴儿逃难累赘多得很。你舍弃了千金的玉璧，偏偏背着不值钱的婴儿逃跑，这是为什么呢？"

林回回答说："那玉璧只是因为值钱才和我有关系，而这孩子却是我的亲骨肉，他和我是天然地连在一起的啊！"

以利而结合的，受迫于困窘祸患时，就相互抛弃了；因为天性职属关系的，受迫于困窘祸患时，就相互关照。相互关照与相互抛弃相差太远了，况且君子的交往淡薄得像水一样，小人的交往甘美得像甜酒一样。君子相处淡薄却亲切，小人相处甜蜜却易于断绝。所以凡是没有缘故结合的，也就会无因无由地离散。

【寓意点拨】这则寓言启示人们，人与人之间应当珍惜真情，注重天性的亲情关系，因为真情亲情是纯洁的、高尚的，不仅相亲相爱，而且患难与共。以利交往，利尽人疏，关系自然不可长久。

临江之麋

【寓源】唐·柳宗元《柳河东集·三戒》。

【寓言】临江有个人，打猎时捉到一只小麋鹿，便把它带回家中养起来。猎人刚跨进家门，一大群狗摇着尾巴跑过来，馋得直流口水，想吃掉小麋鹿。猎人大怒，把猎狗狠狠教训了一顿。从这天起，猎人每天抱着小麋鹿到狗群中去，让它们相互熟悉，叫狗不要乱动。渐渐地，猎人可以放心让小麋鹿和狗一同嬉戏。

麋鹿一天天长大，忘记了自己是只鹿，以为狗就是自己的好朋友，同它们翻滚玩闹，亲密无间。狗们虽然和麋鹿相互玩闹，却常常舔着舌头，露出一副馋相。无奈惧怕主人的手段，只得同麋鹿和平共处。

三年后的一天，麋鹿独自跑到大门外去玩耍。它看见远处的一群狗在追逐嬉闹，便跑过去想跟它们一起玩耍。这群狗看见了麋鹿，立即龇牙咧嘴地猛扑上去，顿时把麋鹿撕碎吃掉，路上弄得血肉狼藉。

可怜的麋鹿到死也不明白，为什么这些狗朋友要吃它。

【寓意点拨】这则寓言深刻地讽刺了那些倚仗他人势力求得与对方要好的那种人。小麋鹿的下场固然是可悲可怜的，但是它倚仗主人，忘乎所以，甚至忘了自己的本来身份，导致悲剧性的结局。

吝啬

【寓源】唐·唐临《冥报记》卷下。

【寓言】扬州有个叫卞士瑜的人，他的父亲因在隋灭陈的战斗中有功，被授予仪同的官职，他为人吝啬。

卞父雇人来给自家修筑房屋，完工后不给工钱，工匠向他讨要，他就拿鞭子打人。工匠气愤地说：“如果你死了以后会给我做牛。”

没过多久，卞父死去。工匠家里的牛怀胎，产了一个小黄牛犊，腰间有黑色的花纹，正好绕腰一周，好像人的腰带一样。左胯有斜的白色的花纹，大小正好像象笏（hù）的形状。牛的主人对牛犊叫道：“卞公，你为什么骗我？”牛犊上前，弯曲前面的两膝，以头叩地。

卞士瑜要拿十万钱来买牛犊，牛的主人不同意，直到牛死了才埋葬。

【寓意点拨】卞士瑜的父亲不但吝啬，还粗暴，雇人修了房屋，不但不给钱，还拿鞭子抽打，工匠气愤之下，发下毒誓，竟然真的灵验了，卞公死后真的托生为牛。寓言中，卞公的吝啬、粗暴，牛主人的褊狭、小气，都为故事增添了不少笑料。

灵公之谥

【寓源】战国·庄周《庄子·则阳》。

【寓言】孔子问太史大弢（tāo）、伯常骞及狶（xī）韦说："卫灵公饮酒作乐，不过问国家政事；打猎捕兽，不与诸侯交际；他所以称为灵公究竟灵在哪里呢？"

大弢说："这就是因为他能够这样做的缘故。"

伯常骞说："灵公有三个妻子，同一个澡盆洗澡。史鳅手捧御用的东西走进灵公的住所，灵公叫人急忙接过史鳅送来的东西并恭敬地扶接着史鳅。他生活是那样的放纵，而见到贤人是这样的尊敬，这就是他所以被称为灵公的缘故。"

狶韦说："灵公死了，占卜葬在生前挖好的墓穴中不吉利；占卜葬在沙丘里则吉利。掘地几丈，得到一石制的外棺，洗干净一看，上刻有铭文说：'不必依靠子孙，此棺灵公可取而居之。'灵公之所以称'灵'已很久了，这两个人怎么能知道呢。"

【寓意点拨】这则寓言启发人们，对事物的认识、对问题的剖析，应多层面地讨论，以求深透全面的理解；切不可固执一端，以偏概全。这是因为事物自身本来就存在着复杂的多面性。

灵丘父子养蜂

【寓源】明·刘基《郁离子·灵丘丈人》。

【寓言】灵丘有位老人善于养蜂，每年收取蜂蜜好几百斛，收集的蜂蜡跟蜂蜜数量相同。因此，他家的富有跟王公贵族相等。这位老人去世了，他的儿子继承养蜂，不满一个月，就有蜜蜂整窝地飞走了，可他一点儿也不感到可惜。过了一年多，飞走的蜜蜂将近一半；又过了一年多，蜜蜂全都飞走了。他家由此贫穷了。

范蠡到齐国去，路过这里询问这件事，问道："这家从前那么兴旺，怎么今天这样贫穷冷清？"

邻居老翁回答说："因为养蜂的缘故。"

范蠡请他说说变化的原因，老人回答道："从前这家的老人养蜂时，花园里有小屋，屋里有专人管理，他们挖空木头做成蜂房，没有罅（xià）缝，也没朽木的霉味。蜂房安排的距离有远有近，新蜂老蜂排列有序，坐落有一定的方位，窗口有固定的方向。二十五个蜂房编成一组，由一人管理。负责察看蜜蜂的繁殖，调节蜂房的温度，加固蜂箱的支架，按时开、关蜂箱；还把繁殖多的分成两窝，少的合并成一窝，不让一窝有两只蜂王。还及时清除蜘蛛、蚂蚁，消灭土蜂、蝇虎。夏天不让它受烈日暴晒，冬天不让它遭寒冷冻坏；狂风吹来蜂箱不摇晃，遭雨淋也不被浸湿。到取蜂蜜时，只取出多余的蜂蜜，不把它拿光。因此，老蜂都安居，新蜂能繁殖，老人不出门就获得养蜂的利益。

现在，他的儿子就不是这样了，花园里的小屋坏了不修理，污秽尘土不清除，干湿不调节，开闭蜂箱不按时；蜂箱摇摇晃晃，蜜蜂出入受阻，因而蜂群不乐意待在这里。时间一长，毛毛虫和蜜蜂在一起也不知道，蚂蚁钻进蜂房也不阻止，白天鹩（liáo）掠取蜂蜜，夜晚狐狸偷吃蜂蜜，这些都没有及时察觉。他只知道取蜂蜜，而不精心管理，怎能不贫穷冷清呢？”

听了老人这番话，范蠡对随行的人说：“你们要牢记这件事！治理国家统治人民的人，要以此为鉴戒。”

【寓意点拨】这则寓言以养蜂为喻，揭露统治者只顾役民、掠民，而不恤民、养民。造成这种状况的根子在“为国有民者”，他们只“取蜜而已”，肆意搜刮百姓，残酷剥削人民。

刘氏自守

【寓源】宋·范正敏《逐斋闲览》。

【寓言】许义方的妻子刘氏，到处宣扬自己如何贞节有操守。

许义方一次外出，走了一年多。

有一天，许义方突然回到家中。夫妻久别重逢，他关心体贴地问妻子：“你一人在家，实在孤独，总得经常与左邻右舍，亲戚朋友来往吧？”

刘氏一本正经地说：“自你走后，我闭门谢客，独守空房，大门不出，二门不迈，从来不与外人交往。”

许义方听了妻子的话，为她的贞操品德所感动，极力赞赏了一番，然后又问刘氏用什么办法消遣时日，刘氏回答说：“只是不断作些短诗小令，借以抒发情怀，寄托衷肠。”

许义方更觉宽慰，兴致勃勃地忙让取来观看，打开诗稿后，一行大字赫然映入眼帘，第一篇的题目竟是《月夜招邻僧闲话》。

【寓意点拨】这则寓言告诉人们，常干坏事的人，喜欢宣扬自己的功德；道德败坏的人，总爱吹嘘自己的高尚。但不论他们如何花言巧语，表白自己，其丑恶嘴脸总是要暴露的。

龙

【寓源】清·蒲松龄《聊斋志异·龙》。

【寓言】在北直这地方，有条龙从天而降，掉落在村庄中。龙十分笨拙地爬进一户绅士家。那家的大门刚刚能容下它粗大的身子。它勉强挤进去，绅士一家吓得四下奔跑，踉踉跄跄爬上高楼，拼命喧哗鼓噪，又是鸣铳，又是放炮仗，龙这才退出去。门外正有一汪雨后的积水，不到一尺深。龙爬进水坑，在里面来回翻动，浑身沾满了泥浆。它用尽全力向空中腾跃，可飞不了多高，又掉下来。龙只好盘伏在泥中，待了整整三天，苍蝇蚊虫成群结队地飞聚到它的鳞甲上，龙苦不堪言。这天忽然乌云密布，霹雳撼天，痛快下了场大雨。龙抖擞精神，腾空飞去。

【寓意点拨】寓言通过龙在积水中困窘的形象与雨后霹雳腾飞形象的对比，说明人的才能的发挥，要有一个适宜的环境。因此，用人要尽其才，要知人善用，避免英雄无用武之地。

龙　赋

【寓源】北宋·王安石《临川先生文集·龙赋》。

【寓言】龙作为一种神物，既能合群又可离散，既能潜藏又能显现。它可以化柔弱为刚强，又能从微小到庞大，只因为它不容易被看见，所以没有人知道它的住所与去向；又因为它不容易被蓄养，所以又和饲养的牛羊不同。那些变化莫测、桀骜（jié ào）难驯的动物常常危害百姓，龙虽然神通广大，也有能力害人，却从未加害百姓，这就是所谓的仁德。过于仁厚的动物，常常受到伤害，而龙从未因为过度仁厚而受伤害，这就是智慧。龙静止下来则自身安详，这是由于它洞察事物变化的征兆；它活跃起来就会带给万物好处，这是因为它懂得掌握行动的时机。既然这样，那么人们还是看不见龙吗？其实是可以的，要从与龙相似的圣贤身上去看到它。

【寓意点拨】龙是中国人传说中的神物，变化莫测，不可窥探。在龙的身上还体现了圣贤的境界，即仁德和智慧。寓言中以龙为喻，突显那些超越世俗平庸之辈，有出众才干与高尚道德的优秀人才，其才能足以安邦定国，其言行足以为准则典范。这些人就像龙一样，不易被发现，却真实存在。

龙　说

【寓源】唐·韩愈《昌黎先生集》。

【寓言】龙呼出的气成为云彩，云本来就不如龙有灵气，所以龙驾着云彩，游于辽阔的宇宙中。它飞近日月，遮住阳光；它摆动则成为雷电，出神入化。云也具有灵性啊！云化为水润泽大地，流在沟壑。是龙使云具有灵气的，若论龙的灵气，不是云彩所能与它相比的。但是如果龙不借助云，那么它则无法施展它的神灵。龙所凭借的是它自己呼出的云气。《易》中说："云跟随着龙。"既然被称为龙，云就一定要跟随着它。

【寓意点拨】这则寓言从辩证的角度来论龙与云的关系。认为云虽然作为龙的附属物，但云是必不可少的，如果龙离开了云，龙就无法施展它的本领，云是龙的依靠，龙和云之间相互依存，不可分离，这也告诉人们一个深刻的道理：任何东西都是相辅相成的，无论一个人多么了不起，他也无法孤立的存在。

龙蛙喜怒

【寓源】宋·苏轼《艾子杂说》。

【寓言】从前一位龙王在海滨遇到一只青蛙。它们相互寒暄过后，青蛙问龙王说："大王您居住的地方怎么样啊？"

龙王回答说："那是珍珠叠就的宫殿，彩贝堆砌的楼台，可以说是壮丽之极，精巧之极了。"

龙王也问青蛙说："你住的地方怎么样啊？"

青蛙说："周围是绿苔碧草，门前是清泉白石。"

青蛙又问龙王："大王喜怒的时候，是什么样呢？"

龙王说："我高兴的时候，普降甘霖，让天下五谷丰登；发怒的时候，先兴狂风，再发雷霆，后飞闪电，管叫千里之内，寸草不留。"

龙王也问青蛙："你喜怒的时候，又是怎么样呢？"

青蛙说："我高兴的时候，便对着清风明月，尽情鼓噪一片蛙声；生气的时候，先怒眼睛，再鼓肚腹，直到最后胀破肚皮，一死方休。"

【寓意点拨】寓言通过龙王与蛙的一段对话表达自己的社会态度，即高贵者有高贵者的生活方式，普通人有普通人的生活方式，各自都有自己的欢乐和烦恼，会以自己的不同形式来表达自己的情感，正是这种不同的生活方式和态度才使我们的社会呈现出多样性。

蝼蛄神

【寓源】东晋·干宝《搜神记》。

【寓言】庐陵太守太原人庞企，字子及，自称他的远祖不知是哪一世，曾经被判罪拘押在牢狱，而实际并没有犯罪，因为受不了严刑拷打，被逼承认了莫须有的罪名。在案件报送上去时，有一只蝼蛄虫往他左右爬行，他便对它说："假使你有神灵，能救我使我不至冤屈而死，不就是行善事了吗？"于是他就把饭给蝼蛄虫吃，蝼蛄虫吃完饭就走了。一会儿它又来了，身体长大了一点。像这样来来去去，过了几十天时间，它有小猪那么大了。最终判决下来，要执行死刑了，蝼蛄虫夜里在牢狱的墙根挖了一个大洞，他的先祖便砸破枷锁，随着它逃出去。过了很久遇到大赦得免死罪。从此庞氏家族世世代代总是在春夏秋冬四时，在宗庙外的道路上祭祀蝼蛄神。后代逐渐懈怠，不再特意准备食物，便拿祭祀祖庙剩下的食物去祭祀蝼蛄神，到现在也还是这样。

【寓意点拨】一个人蒙受冤屈之时总是盼望公平公正，盼望有一种力量能使自己解除冤屈。而蝼蛄神却在暗中帮助好人。故事告诉人们，只要是善良的人，其不白之冤总有一天会得到昭雪。当然寓言还有一层意思：乐于助人的好人一定会得到好报。

卢敖游北海

【寓源】西汉·刘安《淮南子·道应训》。

【寓言】卢敖远游北海，穿过极远的北方地区，进入玄阙山，到达蒙谷山上。这时，他看见一个士人，眼睛凹陷，鼻头凸起，长长的脖子，上耸的两肩，上身大而下身小，正飘飘然迎风起舞。

此人转头看见卢敖，便慢慢放下双臂，逃到山脚后面去了。

卢敖走过去，见他正蹲在龟甲上吃蛤蜊，便和他交谈，说："只有我卢敖是远离人群、辞别乡里、游观穷尽于天地六合以外的人。除了我还有谁呢？我从小爱好游观，直至成人，依然不变。我游遍了四方极远之地，只有这北方的极地还没有到过，今天却突然看到你在这里。你可以和我交个朋友吗？”

那人露出豁齿笑着说：“嘻！你是中原人士，难道也愿意大老远地跑到这里来？这里日月照耀、众星罗列，依然是阴阳运行、四季变换的地方，与那些叫不出名字的地方相比，不过是屋子里的一个角落罢了。至于我，南边遨游空旷无际之野，北边止息阴沉无光之原，西边穷极幽深冥暗的所在，东边穿过太阳初升的光芒。那些地方下无大地、上无天空，听起来没有声息，看起来则眼花缭乱。在那之外还有海天交会之处，再之外还有一望无际的千万里渺茫之所，这些地方，我尚未能去哩！你今天刚刚遨游到此，便说‘游观穷尽于天地六合之外’，岂不是相差太远了吗？我和汗漫已经约好了在九天之外会面，不能在此久留。”

说完，那人举起双臂，伸直腰身，跃入云中去了。

卢敖仰头而望，不见踪影，便停下车驾，心中不快，惶惶然若有所失，说：“我与这个人相比，就好像黄鹄与小虫一样，整天爬行，不过咫尺之遥，却自以为很远，岂不可悲？”所以庄子说：“短命的不了解长命的，小智慧不了解大智慧。朝生暮死的蟪蛄不知道有月初月尾；生命短暂的蝉，不知道有春秋四季。”这就是说，人的眼睛总有看不到的地方。

【寓意点拨】这则寓言告诉人们，客观事物是无穷无尽的，人的见识总有一定的局限，犹如太仓之一粒、沧海之一滴，在认识世界的过程中，切切不可故步自封、自以为是。

鸬鹚捕鱼而饥

【寓源】明·徐芳《悬榻编》。

【寓言】鸬鹚是一种水鸟，俗称鱼鹰，有点像野鸭，但嘴比野鸭健壮，善于捕鱼。

河上人家大都饲养鸬鹚，用小筏子装着，划到水流平缓而有漩涡、鱼聚集的地方，就把鸬鹚赶下水。

鸬鹚看见鱼，就潜入河水深处快速捕捉。捉住小鱼就用嘴衔出水面；遇上大鱼力量不够的时候，鸬鹚就啄碎鱼翅，然后招呼同伴来共同捕捉，一定要把鱼夹在嘴里才罢休。

渔夫已事先在鸬鹚的脖子上套上小环，使捕捉的大鱼吞咽不下去，随即都被渔夫夺走了；捕捉的小鱼即使咽入喉咙，但滑至小环套住的地方还是被阻塞而下不去，渔夫提起鸬鹚用手捋它们的脖子，鱼一条条从喉管里被挤了出来，直到鸬鹚腹中极空的时候，渔人才稍微拿出一两条鱼喂它，然后又赶它们下水去捕鱼。

就这样年复一年，鸬鹚经常以鱼为仇，背负着贪婪残暴的名声，却始终吃不饱，而渔夫却坐享着鸬鹚给他带来的丰厚利益。

【寓意点拨】这则寓言有助于人们认识这样的社会现象，有些有权有势的人凭着手中的权力，控制甚至压抑别人的才能，使其不得自由地发挥；有时还会干出窃取手下人的劳动成果的勾当。同时也提醒人们，要想发挥个人的才智，必须选择宽松的环境，在没有人为因素的有意约束下，才能无所顾忌地大胆办事，竭尽心力。

鲁班削鹊

【寓源】战国·墨翟《墨子·鲁问》。

【寓言】鲁班用竹子精心削制了一只喜鹊，做完之后，他将这喜鹊扔向空中，竟飞了三天也没有停下来。于是，他沾沾自喜地认为世上没有比这个做得更巧的了。墨子毫不客气地对他说："你做的喜鹊，还不如木匠做的车轴上的插销，木匠一眨眼就砍成三寸大小的插销，这东西虽小，却使车轮承受了五十石的重量。因此，所谓巧，有利于人的才叫作巧，不利于人的就叫作拙。"

【寓意点拨】在这则寓言里，墨子以对人类社会是否有利作为判断技艺优劣的标准，这是对的。但是，墨子否定鲁班精心制作的喜鹊，却反映了他眼光的狭隘。也就是说，不能时时刻刻用急功近利的眼光来看待科学技术上的发明创造。

鲁国少儒

【寓源】战国·庄周《庄子·田子方》。

【寓言】庄子拜会鲁哀公。哀公说："我们鲁国多儒士，学习先生道学的人却很少。"庄子说："鲁国的儒士也很少啊。"鲁哀公说："鲁国上下，都有人穿着儒士的服装，怎么能说儒士少呢？"

庄子说："我曾听说，真正的儒生，戴圆顶礼帽的，表示知晓天时；穿方头鞋的，表示熟悉地形；用五色丝绳穿佩玉玦的，办事坚决果断。真正具备这些学问和本领的人，未必穿儒士的服装；穿着儒士服装的人，未必就具备以上这些学问和本领。你要是认为我说得不对，何不在全国发布一道命令：'不具备儒士学问和本领，却又穿戴儒士服装的人，一律处以死罪。'如此一来，你也可以见到真相了。"

于是，哀公依此发布了命令，五天之后，国中几乎没有人再穿戴儒服了，只有一名男子穿着儒服，站立在宫门之外。哀公即刻召见了他，并以国事来考问他。不管多么复杂的问题，他都能回答上来。庄子就说：“这么大的鲁国，却只有一个真正的儒生，怎么能说儒生众多呢？”

【寓意点拨】这则寓言揭穿了“举鲁国而儒服”的虚伪性。说明为其服者多，知其道者少；爱装腔作势的人多，有真才实学的人少。越是没有真才实学的，越爱装腔作势；如果有了真才实学，又何必要装腔作势呢？它告诫人们，研究学问应该名副其实，不要表里相悖。

鲁侯养鸟

【寓源】战国·庄周《庄子·至乐》。

【寓言】春秋时，有一只罕见的海鸟从远处飞来，栖息在鲁国都城郊外。

有一天，鲁国的君主鲁侯和随从们到郊区狩猎，恰巧一只受伤的海鸟从空中掉落到了他的面前。鸟儿可怜的叫声牵动着鲁侯仁慈的心，看着它在自己脚下奋力地扑棱着，努力想飞起来，可不论怎么做也都无济于事的时候，鲁侯弯下腰，捧起那鸟，以最隆重的礼节将它迎回了王宫。他要尽自己最大的努力来救活这只可怜的海鸟。

回到宫中，他把海鸟放在庙堂之上，为他大摆宴席，并让乐师们演奏虞舜时期的悠扬动听的《九韶》之乐给他听，不仅如此，还准备牛羊猪三牲齐备的宴席请它享用。但奇怪的是，这只海鸟却头晕眼花、忧愁悲伤地不吃一块肉，也不喝一口酒，三天不到，就死掉了。

鲁侯对此非常悲伤，也非常疑惑：“为什么自己对海鸟那么好，它还是会死去呢？”可是鲁侯不知道的是，他对海鸟的养法，是臣子供养自己的办法，而不是养鸟的办法啊！

【寓意点拨】这则寓言告诉人们，做事情，要根据对象的特点采取相应的方法，不顾对象的特点，违背事物的规律，就会把事情搞糟。

鲁人报仇

【寓源】西汉·刘安《淮南子·人间训》。

【寓言】鲁国有一个人去齐国为父亲报仇，剖开了仇人的胸腹，露出了心脏。

完了之后，他坐着扶正帽子，起身换了衣服，慢慢地走出门去，上了车，驾马缓行，神色丝毫不变。车夫想策马奔跑，他按住车夫的手，制止说：“今日我为父亲报仇，目的是求死，不是为了求生。事情已经办成了，何必匆匆忙忙离去呢？”

追赶他的人见了，说："这是个有节义的人，不能杀他。"于是解散了包围，放走了他。

假如这个鲁人换衣服顾不上系带子，戴帽子顾不上扶正，竭力奔跑，上车疾驰，必定不能逃脱于千步之内。可现在，他扶正了帽子，换了衣服，慢慢地出门上车，驾马缓行，神色丝毫不变。一般人认为这样做是死定了，然而这个鲁人反倒因此逃脱了追捕，保住了性命。

这就是所说的慢反而快、缓反而速。奔跑，人们以为是快的，步行，人们以为是慢的，今天这位鲁人反倒把人们所认为的慢变成了快，这是明了二者分界的。凡是知道慢能成为快、缓能成为速的人，那就差不多了解道了。

【寓意点拨】鲁人报仇杀人之后，并没有像常人那样慌忙逃走，而是神情镇定，缓步从容，这样做不但没有遭到追杀，而且使追杀的人认为他是个"节义之人"。这篇寓言称赞他"几于道"，其实就是懂得辩证法。辩证法认为，对立的事物总是可以在一定条件下互相转化的，报仇的鲁人就巧妙地把"慢"变成了"快"，保住了性命。

路人见树

【寓源】秦·吕不韦《吕氏春秋·壹行》。

【寓言】行路的人看见大树，就一定会来到树下，脱下衣服，挂上帽子，把宝剑靠在树旁，躺在树下休息。大树并不是人们的亲人好友，但人们却对它如此放心，这是因为大树可以信赖。高山上的大树，人们常用来作为约会的地方，这是因为它容易被看到的缘故。

【寓意点拨】行人对路旁的大树非常亲善，这是因为大树既能给人以荫蔽的好处，又不向行人索取回报，更无害人之心。

这则寓言说明，只要做到友善诚信，一定会得到别人信赖的；热情地帮助别人，关心别人，为人排难解忧，这是诚信友善的基本表现。

露水桌子

【寓源】隋·侯白《笑林》。

【寓言】有一个人偶然在露水桌子上用手指写了"我要做皇帝"五个字，他的仇人看见了，当即把桌子扛到官府里去，要告发他想"造反"。恰好官府尚未开门升堂，在大太阳底下，露水很快被晒干了。字迹也就消失了。

众人问道：“你扛这张桌子到这里来干什么？”

那人回答说：“我家里有一张桌子，特地把这张桌子拿来当样子看，不知道老爷要买不？”

【寓意点拨】这则寓言刻画出一个用心险恶、官报私仇而又善于见风使舵的恶棍形象。这种人善于钻空子，寻找一切可乘之机报复他人，这则寓言的结尾带有喜剧色彩，恶棍见阳光下水去迹灭，生恐告密不成反遭罪，灵机一动，将物证说成样品，完全是一条变色龙的行径，极具讽刺的意义。

驴鞍下颔

【寓源】隋·侯白《启颜录·昏忘》。

【寓言】鄠县有人带着钱和绢绸去市场。市场上有人觉得他愚笨迟钝，又看到他下巴较长，就对他说：“你为什么偷我的驴鞍子去做你的下巴？”要把他送进官府。他就把全部的钱和绢绸捧出来，以求抵偿驴鞍子的价值，于是两手空空回到家里。他的妻子问他情况，他就把事情经过说了一遍。妻子说：“什么驴鞍子可以做下巴？就是送进官府，也是能一一辩说清楚，没有事的，为什么白白给他们金钱和绢绸呢？”他对妻子说：“傻瓜！要是碰到不懂事的官老爷，把我下巴拆下来检查，难道我的一个下巴才值得这么多钱和绢绸不成？”

【寓意点拨】这则寓言，不仅反映了市井恶少的敲诈勒索，而且也反映了官场的腐败和官吏的昏庸。它给人们的启示还在于不能一味按照某种僵化的程式来处理事情，要根据不同情况具体灵活运用，才能做到合情合理。

驴　言

【寓源】唐·牛僧孺《续玄怪录》卷四。

【寓言】长安人张高，在市上做买卖，积累了万贯家产。家中有一头驴，养了很久。元和十二年（公元 817 年）秋八月，张高死了。

张高死后十三天，他的妻子让儿子张和骑着驴去近郊准备给和尚施饭的器具。刚出里门，驴就不肯走，打它便躺下来，张和拿鞭子抽它，驴忽然转头对着张和说：“你为何打我？”

张和说：“我家花了二万钱买的你，你不走，怎么能不打？”

驴子说："钱二万不用去说了，你父亲骑了我二十年，我现在告诉你，人道与兽道互相倚伏，就好比车轮一样，没有一定。我前身亏负了你父亲的力，所以变驴子来还债，你家喂养得我好，我也长胖了。昨晚你父亲跟我一算，尚欠你一缗半。你父亲该骑我，我不推辞。我不欠你的，你不该骑我。你一定要骑，我也骑你，你和我轮换着骑，那样到何时为止？我现在皮肉还好，卖出去不止一万钱，我只欠你一缗（mín）半，没有人可以买我，因为他人都不亏我的钱。麸行的王胡子欠我二缗，我不欠他的力，拿他的一缗半还你，半缗算我的口粮钱，从此来终结我的驴子生涯。"

张和牵着驴子回家，并把这事告诉了母亲。母亲哭着说："我家老头子骑了你多年，你一定很劳苦。一缗半钱实不足惜，把你的债免去，供给你充足的饲料，让你长生好吗？"

驴子摇了摇头。

母亲又问："卖了拿钱吗？"

驴子点了点头。

使人把驴子牵出去卖，但是谁都不敢要，给的价钱不过半缗钱。后把驴牵入西市的麸行，碰见一个高大、长胡子的人，那人就花了一缗半把驴买下来。问他姓什么，他说是姓王。这以后连着下了几天雨才放晴，张和去看，那驴子已经死了，王胡子还是骑不上驴，这又是驴不负人的验证。

张和东邻有位叫张达的右金吾郎将，他妻子是李家的人，我曾经造访她。她自称见过驴子说话的那天晚上的事，我特把它详细地记了下来，为了告诫那些暗中做昧心事的人。

【寓意点拨】说某人笨，常说他笨得像头驴，这则寓言中，驴竟然和人算起了账，作者是欲借此说明世上之物，各有定数，众生之间，俱皆平等。张家之驴，在结清了人世的账之后，安然离去。其实，不仅人与畜之间的账要算清，人与人之间的账更要算清，不占别人的便宜，这其实是对人的尊重。如果只想投机取巧，占人便宜，那真是连张家的那头驴都不如。缗：古代计量单位，一缗即一串，每串一千文。

轮扁斫轮

【寓源】战国·庄周《庄子·天道》。

【寓言】齐桓公是春秋时代的霸主，有一天在厅堂上读书。一个叫"扁"的车轮匠人在堂下削车轮。扁见桓公在看书，就放下手中的槌子和凿子，走上厅堂，问："小民大胆地问一句，国君你看的是什么？"

桓公抬头看了他一眼，说："圣人的言论。"扁又问："那么，圣人还在世吗？"

桓公说:“已经不在了。”扁说:“这样说来,你所看的,不过是古人留下的糟粕罢了!”桓公一听,生气地说:“放肆!寡人读书,是你这个做车轮的人能瞎评论的吗?你要是能说出道理来便罢;要是不能,你就得死!”

扁说:“我所说的,也是通过观察自己所做的工作悟出来的。你看,削车轮时,如果手上的动作慢了,削出的车轮虽光滑,却不坚固;动作快了,车轮就会很粗糙,而且尺寸也很难保证。所以,只有不慢也不快,心手相应,做出的车轮,质量才是最好的。其中的道理,只可意会,用语言很难描摹。因此,我不能清清楚楚地告诉我的儿子,他也就无法继承我的这套砍削手艺。所以,我现在整整七十岁了,却总是得自己动手做这件事。同样,古时的圣人死了,他那无法言传记录下来的‘道’,也跟着他们一起消失了。同样的道理,你所读的书,也不过是古人遗留下的糟粕罢了。”

【寓意点拨】寓言嘲讽历史上那些轻视劳动人民的实践,专靠搬弄“圣人之言”装潢门面的统治者,强调了通过自身长期的实践取得直接经验的重要性。然而完全否定从书本获得间接经验的可能性,则未免失之片面。

论　蛆

【寓源】清·吴趼人《俏皮话》。

【寓言】阎王一天无事,带着判官、鬼卒在郊外游玩。看见粪坑中的蛆蠕动爬行,叫判官把它们记下来,说:“以后应该叫它们赶快投生到人界。”

判官按照阎王的命令,把这话记到生死簿上。

继续前行,看到棺材里腐尸中的蛆,阎王也叫判官记下来,说:“这些东西应该永堕地狱。”

判官问:“同是蛆,为什么赏罚如此不同?”

阎王说:“粪中蛆,只是拿人家不要的东西,是一些廉洁之士,所以应该叫它们投生人界。至于腐尸中蛆则专吃人的脂膏血肉,叫它们变成人,如果做了官,阳间的百姓岂不大受其害吗?”

判官叹了口气,说:“怪不得这些年来阳间百姓受苦,原来以前有一群腐尸中的蛆逃到阳间去了。”

【寓意点拨】腐尸中蛆,在腐尸中无孔不入,吃尽人的脂膏血肉。作者将这种蛆喻为贪官,足见贪官的贪婪性和作者对贪官的极端愤恨。

螺蚌相语

【寓源】宋·苏轼《苏轼文集·螺蚌相语》。

【寓言】在水边洲渚中的小岛间，螺和蚌相遇了。

蚌赞美螺说："你的外形，有如凤凰般秀丽，如云彩般孤高，即使你显得这么卑微朴拙，还是令人不得不仰慕你。"

螺接口说："是啊！但是为什么那些珍珠宝贝，上天不给我，反而给你呢？"

蚌回答说："上天只赐福给内在有德的，而不赐福给外表亮丽的，就如我打开口便可看见我的诚心；你虽外表美好，却不知内在的东西如何。结果只是委曲在壳中，从头到脚都摩伤而已。"螺听了很羞愧，捂起脸钻入水里。

【寓意点拨】这则寓言除了可说明内德重于外表外，也在抨击城府深的人。苏东坡是个没有心机心胸坦荡的人，所以常被小人陷害，而那些害他的人心机都很深，表面上说得漂漂亮亮的，内里却是满肚子坏水，到头来也是害人害己而已。东坡不就是打开口便能看到内心的磊落君子吗？这则寓言不仅为自己出一口怨气，也是对自己人格的肯定。

洛巫起蛟

【寓源】明·刘基《郁离子·东都旱》。

【寓言】汉愍（mǐn）帝末年，洛阳大旱，野草都枯焦了，昆明池的水也干涸了。洛阳地方的神巫对当地的父老说："南山的水潭里有神物，可以请出来降雨。"

父老说："这是发洪水的蛟龙啊，不能请出来；现在用它，虽然可以得到雨，但一定有后祸。"众人纷纷说："现在干旱到极点了，人就像坐在燃着炭火的炉子上一样，早晨考虑不到晚上的事，哪里还有时间去考虑以后的忧患呢？"

于是众人叫来巫神，跟他一道去南山的水潭，祈求祷告蛟龙出水，祭酒还没献完三次，蛟龙就弯弯曲曲地出水了，风也随着刮起来，飕飕作响，山谷都震响了。不一会儿，雷雨猛烈袭来，大树连根拔起，整整下了三天还没停止，伊、洛、瀍（chán）、涧等河流都河水暴涨，漫出堤岸，洛阳城被洪水所困，非常危急。这时，人们才后悔当初不听信父老的话。

【寓意点拨】这则寓言，通过洛巫祈雨而招致水灾的故事，说明"人无远虑，必有近忧"的哲理。

M

麻雀请宴

【寓源】清·石成金《笑得好》。

【寓言】一天，麻雀请翠鸟、大鹰吃饭。麻雀对翠鸟说："你穿得这么艳丽，当然要坐在上席。"又对大鹰说："你虽然个头很大，但穿得这么破旧，只好屈居你在下席坐了。"

大鹰气愤地说："你这个小人，竟然如此势利？"

麻雀说："世界上谁不知道我心肠小，眼眶浅啊！"

【寓意点拨】寓言深刻揭露了那种以貌取人的势利小人，也特别刻画了这些小人的奴才本质特征——"心肠小、眼眶浅"。它告诉人们，世上一切势利眼的小人，必然又是"心肠小、眼眶浅"的人。

马价十倍

【寓源】西汉·刘向《战国策·燕二》。

【寓言】古时候，有个人有一匹骏马，那马能够日行千里，反应敏捷，嘶鸣声响彻云霄，奔驰的时候前腿抬起，后腿伸直，一跃而起，体态矫健，落地掷地有声。但从外表看来，就是普普通通的一匹马：暗淡普通的毛色，臃肿稍显肥胖的身躯，短短粗壮的四肢，还有那不怎么有神的眼睛；如果挑剔的话，真算得上劣等马了。

有一天，这个人牵着他这匹骏马来到了马市上，家里急着用钱，他想卖掉它。刚开始的时候，有人出十两金子买他的马，这个人很气愤，他知道自己的马是一匹骏马，远远不止十两金子；后来，有个人愿意出二十两金子，他还是没有卖，他觉得买马的人不识马。他希望等到一个真正懂马的人，出物有所值的价钱买走他的骏马。

一天过去了，两天过去了，整整过去了三天。卖马人和他的马还原封不动地在马市上，因为他拒绝了要买他马的那两个买主后，就再没有人来看他的马了。集市上的人就嘲笑起他来了："这个人怎么这么奇怪啊，就他这样的马，有人要就很不错了，怎么还挑三拣四的啊？”大家议论纷纷，没有一个人说他的马是好马。大家都是用平常人的眼光去看这匹马的，它外表没有什么特别的地方，被认为是普通马也就不足为奇了。

可这个卖马人一点儿也不甘心，他特别不情愿把自己的骏马贱卖掉，于是他向伯乐求助。伯乐是有名的识马人，平日里最擅长的就是相马。听了卖马人的描述他也很想看看那匹马究竟是不是一匹骏马。于是，他便和卖马人一起来到了集市上，他先是围着那马转了一圈，走到马面前盯着它的眼睛看了一会儿，又看了看它的牙齿，最后他蹲下来，仔细观察了马的四肢和马蹄，最后站起来拍了拍马背，自言自语地说：“嗯，好马，真是匹好马！”卖马人不由得喜极而泣，他心里万分感激，一时竟然说不出话来了。

马市上的人一看伯乐来了都围了上来，听他说马是好马，突然间就全打消了心中的顾虑，要买这匹马的人争先恐后，大家出的价格一个比一个高。伯乐看到了这种场景，微微一笑，转身就离开了。临走的时候，他还不忘回头再看一眼那匹并不显眼的骏马。

最后，总算没有让卖马人失望，同样的一匹马被伯乐看过之后，身价竟然翻了十倍！卖马人心里甭提有多高兴了！

【寓意点拨】有的人的确有真才实学，但不一定能得到赏识和重用，因而需要有像伯乐这样的人来发现和举荐。骏马待伯乐至而增价，说明权威的重要，但又不可盲目地崇拜和迷信别人，更要提防有的庸才借助或冒用权威之名来抬高自己的身价。

马嘉鱼

【寓源】宋·周密《齐东野语·姚干父杂文》。

【寓言】海里面有一种马嘉鱼，银皮燕尾，大的有周岁小孩那么大。把它切成片，用火熏烤，香味传得很远。它常常潜入深水中，很难捕获。春夏生养幼鱼，它们就随着潮水浮出水面，渔夫在这时就可张网捕捉。

渔网的网眼疏宽，网大数十丈，两船牵引使它张开，系上铁，垂到水底。马嘉鱼一过，一定会钻到里面，愈碰触愈束缚得紧，它就愈生气，鳃张开，鳍也张开，就被孔目钩住了，不能逃脱。假如一触到渔网能够退却，就能悠然逃走了。

只知往前进不知后退，因此惨遭被烹煮的不幸命运，可悲呀！

【寓意点拨】这则寓言要告诉人们的是：知进也要知退，否则只会白白地牺牲。渔夫利用马嘉鱼的弱点才能捕到它，用心也颇值得玩味。一错不能再错，回头是岸，才有生路，一味横冲直撞不会有好结果。

马　说

【寓源】宋·王令《广陵先生文集》。

【寓言】东郭这个地方有一个小孩，自出生后没有见过马，以为凡是有四只脚而又长得很壮大的都叫作牛。

有一天，小孩到集市去，在那儿碰到了一匹马，他吃惊地大叫："这头牛怎么如此高大壮硕啊？"集市上听到他这么说的人都取笑他，人们口口相传告诉其他集市的人，听到的人也都跟着取笑那个东郭小孩。这位东郭小孩自知闹了笑话，茫然不知所措，回到家里告诉了大人事情的经过，才知道那真是一匹马。为此，他三天里不说一句话。东郭有一位颇有学识的先生，听说这件事之后，就去看望这个小孩，并问他："小孩子也会因犯错而茫然无措吗？"

孩子回答说："不是这样的。我以前总是把马当作牛，现在既然知道那是马了，所以我感到羞愧而不想再说话，以后我没有颜面见集市上的人了。"

先生说："哎！马就是马，而你认为是牛，这是你的过错。集市上的人之所以取笑你，这是从马的普通常识来讲的。假如不是以马而是以别的大家没看过的东西让他们来判断是非，就几乎不能不以牛为马，这与你把马看作牛有什么区别呢？你只是还没有学会如何识别牛马而已，对于市人，你实在没什么好惭愧的。"

【寓意点拨】文中东郭小儿由于未曾见过马，因此误把马视为牛，这原是小儿的见识不足，不足怪也，却惹来市人的嘲笑，实在太大惊小怪了！而东郭小儿因此三天不说话，亦太自我苛求了！所谓"马有失蹄，人有错手"，一切的知识原本就须经验的累积，而非天生即具备的；汲取失败的教训，累积自己的经验，就是一种成长的学习，无须因噎废食。

马死杀人

【寓源】战国·晏婴《晏子春秋·内篇·谏上》。

【寓言】齐景公派掌管养马的人饲养他所爱的马，马突然得病死亡，景公大怒，命人持刀肢解养马的人。当时晏子正侍立在景公面前，左右的人正要执刀向前，晏子阻止了他们，并且问景公："古时候尧舜肢解人，从什么人的身躯开始？"

景公很惊讶地回答："从君王自身开始。"于是没有肢解养马的人。

景公说："把他交付刑狱。"

晏子说："这个养马人还不知道自己犯了什么罪而被处以死刑，臣替君主为他一一列举，使他知道自己的罪过，然后再把他交付刑狱执行，您看怎么样？"

景公说："可以。"

晏子列举道："你有三条罪狱：景公派你养马而你却把马养死了，这是该当死罪的第一条罪状；又养死了君主最喜爱的马，这是该当死罪的第二条罪状；使君主因为一匹马的缘故而杀人，百姓听说这件事一定会埋怨我们国君，诸侯听说这件事一定会轻视我们国家。因为你养死了马，使百姓聚集了怨恨，兵力比邻国薄弱，这是该当死罪的第三条罪状。现在以这三条罪状交付监狱吧！"

景公长叹了一口气说："先生放了他吧！不要伤害我的仁德啊！"

【寓意点拨】这则寓言的启示意义在于，对于不愿意接受批评的人，不能站在对立面去指责，而要采取暗示启发，旁敲侧击的办法，以使对方自己认识过失，从而自觉地去改正。

马驮三千石

【寓源】宋·范仲淹《幕府燕闲录》。

【寓言】为了建设国境边郡，政府规定交纳粟米三千斛者可以授予本州助教的官职。

岐山的王生，交纳了三千斛粟米，被授予助教的官职。他为了炫耀自己的地位，用优厚的价钱买了一匹骏马尚不称心如意。

有一次，王生骑着骏马过街，有个医生李生能言善辩、口齿伶俐而善开玩笑，他便拦住王生的路说："您新买了这匹马，它的价钱是多少？"

回答说："一百五十千。"

李生大加称赞"骏马肥壮强健"，并说价钱实在太便宜了。

王生很奇怪地问他什么缘故。

李生说："这牲口能驮得三千石谷，难道不是非常肥壮强健吗？"

【寓意点拨】这则寓言说明医生以马能"驮得三千石谷"，巧妙地讽刺了纳粟三千斛授本州助教的王生，抨击了当时的卖官制度。

埋两头蛇

【寓源】西汉·刘向《列女传》。

【寓言】春秋时楚国人孙叔敖，六七岁时楚国发生动乱，他母亲带着他住到名叫梦泽的乡下地方避难。

一天,孙叔敖出外玩耍。突然,看到一条蛇在路上爬行,被吓了一跳,再仔细一看,只见这条蛇有两个头，是条两头蛇。

孙叔敖想：“前些日子听大人说过，谁遇见了两头蛇，谁就活不了。现在我看到了两头蛇，看来我要死了。”

想到这里，他心里一酸，不禁簌簌地落下泪来。然而他又想道：“我看到两头蛇要死，那要是别人看到它不也要死吗？我不能让它再害人！”

于是，他寻来一把铁锹，用尽全身力气，猛砸几下，把两头蛇砸死。接着，他又在地上挖了个坑，把两头蛇埋在地下。

他埋好蛇后，急急忙忙地跑回家中，“哇”的一声，扑在他母亲的怀里大哭起来。母亲问他出了什么事，他擦了擦眼泪，说：“我刚才看到了一条两头蛇。听大人说，看到两头蛇的人会死掉的。我马上会死的！娘！我舍不得离开你呀！”

母亲听了，吓得脸色都变了，忙问：“那两头蛇在哪里？”

“我怕别人看见了它也会死，就把它打死了！”孙叔敖一面哭，一面回答。

母亲听了，赞扬他说：“好孩子，你别怕！蛇没咬着你，你怎么会死呢？再说，像你这样一个心肠好，替别人着想的孩子，谁都会爱护你，不会让你死掉的！”

孙叔敖听了母亲的话，擦干眼泪，笑了。

从此以后，别人再说起孙叔敖，都说他不仅是一个聪明善良的孩子，更是一个勇敢的孩子。

【寓意点拨】孙叔敖小的时候，见到一条两头蛇，相传见到此蛇的人会死，于是就把它埋了，以免他人再见。按传统的说法，这是积了“阴德”，其实这是他良好品行的体现。有了这样一种良好的品行，自然会赢得人们的信任和尊重。果然，在他成年以后，曾三度担任楚国的令尹，受到人民的拥护。“看人看小，三岁见老”，这则寓言旨在告诉人们这样一个道理。

买凫猎兔

【寓源】宋·苏轼《艾子杂说》。

【寓言】从前，有个人想去山里打猎。他本来想买一只鹰隼来帮助自己，可是他不认得鹰隼，稀里糊涂地买回了一只野鸭。

带着他自己认为的鹰隼——野鸭，他自信满满地就往山里去了。刚走到山口，一只肥大的野兔从路旁的草丛中窜了出来。猎人一看有猎物，非常高兴，马上扔出野鸭，让它去追捕野兔。野鸭飞不起来，重重地掉在了地上。

猎人生气了，心想，我买你回来就是要你打猎的，你怎么赖着不动啊！于是，他又抓住那野鸭，使劲地扔了出去，还想让它去抓兔子，和第一次一样，“啪”的一声，野鸭还是掉在原地。猎人怒从中来，抓起鸭子严厉地责骂它。

野鸭听到主人的责骂，觉得特别委屈，它忍住摔地的疼痛慢慢地辩解说：“我是鸭呀，根本没有捕猎的本领，为什么要让我去抓兔子呢？被人杀掉吃肉，才是我的本分啊！”它生怕猎人不相信，举起脚掌给猎人看，并补充说：“你看我这样的脚掌，怎么跑得过兔子呢？”

【寓意点拨】把野鸭当作鹰隼，硬要它飞起来去抓兔子，违背了客观规律，闹出了天大的笑话。寓言形象地讽刺了那些误用人才的人。人才有各种各样的，每个人都有他自己擅长的一面，作为领导或者师长应该是人尽其用，这样才能让他的本领发挥到最好的效用；否则张冠李戴，不仅浪费人才，相应的工作也是无法顺利进行的，甚至会带来适得其反的恶果。

麦丘老人

【寓源】战国·韩婴《韩诗外传》。

【寓言】齐桓公追赶一头白鹿，来到麦丘，见到一位老人，便问：“你是什么人？”

“我是麦丘的平民百姓。”老人回答。

“老人家，年纪多大了？”桓公又问。

“八十三岁了。”

“好哇！您如此高寿！”桓公称赞着，递给他一杯酒，说道：“老人家何不为我祝寿呢？”

“我是个鄙野之人，还不知怎样为国君祝寿呢！”

“那何不就用你的长寿来祝福我呢？”

老人举起酒杯，拜了两拜，祝福道：“但愿国君长寿，鄙视金玉，而珍视百姓。”

“好哇，你的祝福！我听说过：高尚的德行不会孤单，美好的言辞一定会有第二句。老人家何不再说几句？”桓公要求说。

老人又举起酒杯，拜了两拜，祝福道：“但愿国君好学而不耻下问。贤良的人在身旁，进谏的话听得进。”

“好哇，你的祝福！高尚的德行不会孤单，美好的言辞一定会有第三句。老人家何不再说几句？”桓公再一次要求。

老人又举起酒杯，拜了两拜，祝福道：“但愿群臣百姓永不得罪国君，国君也永不得罪群臣百姓！”

桓公一听，满脸的不高兴，说：“这一句与前两句不相类似，老人家，请你改一下。”

老人听了，流下了眼泪，说：“请国君仔细想想，这句话要比前两句好得多。我听说儿子得罪了父亲，还可以通过姑姑、姐姐、妹妹们去道歉，父亲能够宽恕他；臣下得罪了君王，还可以通过君王身边的随从们去道歉，君王能够宽恕他。过去夏桀得罪了商汤，商纣得罪了周武王，这都是君王得罪了臣下，至今还没人替他们道歉，因而得不到宽恕。”“说得好。”桓公说，“全靠祖宗的福气、社稷的神灵，我才在这儿遇上你。”桓公说着，把老人扶上了车，亲自驾车返回了朝廷，在祖宗的亡灵前作了推荐，并让他参与决断朝政。

齐桓公之所以不用武力就能多次会盟各国诸侯、匡正天下，不仅仅是因为有了管仲，还因为遇上了这位麦丘老人。

【寓意点拨】麦丘老人用祝福的方式告诫齐桓公：要虚心求教，容纳谏言，不要得罪臣僚和百姓。这些本是有所作为的君主应具有的品质，只是由于他的一番解说，齐桓公才终于有所领悟。其实，这样的“为君之道”，今天看来，又何尝不是为人之道呢？

卖尸买尸

【寓源】秦·吕不韦《吕氏春秋·离谓》。

【寓言】洧（wěi）河水势很大，郑国有个富人淹死了，有人得到了死者的尸体。富人家请求赎回尸体，得到尸体的那个人要的钱很多。富人将此事告诉了邓析，邓析说：“安心等着，那人一定无处去卖尸体了”。

得到尸体的人对此很担忧，也把这情况告诉邓析，邓析又回答说：“安心等着，富人一定无处再能买到尸体了”。

【寓意点拨】这则寓言启发人们，对付居心不良的人，就要想方设法使他们的目的不能得逞。也可以用来说明不同的问题应当用不同的方法去解决，即对症下药，而不能不加区别地一律对待，那是无济于事的。又可以讽刺两面讨好的，投其所好却不解决实际问题。

卖柑者言

【寓源】明·刘基《诚意伯文集·卖柑者言》。

【寓言】杭州有个卖水果的人，善于贮藏柑子，保存一年也不会腐烂，取出来依旧光泽鲜亮，表皮像玉石般滑润，黄金般色泽。

放到市场上，售价比别人的高十倍，人们还争相购买。我也买了一个，剥开皮后，像有股烟尘扑向口鼻，里面干枯得像破棉絮一样。我很吃惊也很气愤，问他说："你卖的这些柑子，是用来装在祭器里供奉神灵、招待宾客的呢，还是靠炫耀光鲜的外表来迷惑傻瓜和瞎子的呢？干这骗人的勾当，太过分了！"

卖柑子的人笑着说："我干这行已经好多年了。我就是靠它养活自己。我卖柑子，别人买柑子，还从没听人说过什么，怎么唯独不能满足你的需要？这世上干骗人勾当的人不少，难道就只有我一个？你没好好想过这个问题啊。当今那些佩带兵符、坐虎皮椅子的人，个个威风凛凛的样子，好像是捍卫国家的人才，可是这样的人真能制定出像孙武、吴起那样的方略吗？那些头戴高耸的官帽、腰间拖着长长带子的人，个个神气活现，好像是朝廷重臣，可他们真能建立起像伊尹、皋陶那样的功业吗？盗贼起不知道抵挡，百姓贫困不知道解救，奸臣当道不知道禁止，法度败坏不知道整顿，白白耗费国库的粮食却不知道羞耻。瞧瞧那些官居高位，骑着高头大马，终日痛饮美酒，满肚鱼肉的人，哪一个不是高大威严、令人生畏，哪一个不是气派显赫、效法前贤呢？然而又何尝不是金玉其外、败絮其中呢？现在你对这些不去考察明辨，却有闲工夫来查究我的柑子！"

我沉默着，无言答对。回家反思他的这番话，觉得他好像是汉代东方朔一类的人物，难道他是个愤世嫉俗人？是借柑子来讽喻这个社会？

【寓意点拨】这则寓言，以"金玉其外，败絮其中"的柑子为喻，对那些坐高堂、骑大马、神气十足的文臣武将进行深刻的揭露和抨击。他们不懂用兵、不会治国，"盗起而不知御，民困而不知救，吏奸而不知禁，法斁（dù）而不知理，坐糜廪粟而不知耻"，与"金玉其外，败絮其中"的柑子相比，有过之而无不及。文中以贴切的比喻，形象地揭示出问题的实质，给人印象鲜明而又深刻。

卖蒜叟

【寓源】清·袁枚《子不语》。

【寓言】南阳县有个杨二相公，精通拳术。他力大惊人，能用双肩扛起漕运的粮船，船上几百名士兵用竹篙撑船，但是竹篙一着地便一寸寸地开裂折断。杨二相公因此一举，名声大噪，带着门徒在常州教授拳艺。每次到演武场，传授枪棒武艺，观看的人都挤成了围墙。

有一天，来了一个卖大蒜的老人，老态龙钟，而且驼背，咳嗽不停，在一旁斜视，并嘲笑他。围观的人觉得很奇怪，跑去告诉了杨二。

杨二大发脾气，叫老人到他面前，用拳头击墙砖，墙砖一下子陷下去一尺多，很傲慢地对卖蒜老人说："老头，你能这样吗？"

老人说："你能打墙砖，却不能打人。"

杨二更加愤怒，骂老人说："老奴能经得住我打吗？打死了不要埋怨我！"

老人笑着说："我老头到了快要死的年龄了，能够用一死来成就你的名声，死了又有什么可埋怨的呢？"

于是他们邀请许多人作证，写下了生死文书。

老人让杨二休养三天后，自己把自己绑在树上，解开衣襟袒露出胸腹，让杨二打。杨二特意从二十步以外做好架势，远远冲过来用拳头奋力一击。老人此时一声不发，但却见杨二双膝下跪，叩头说："晚生知罪了。"

原来他的拳头被老人腹部紧紧夹住，牢固得很，怎么也拔不出来。哀求了半天，老人才鼓起腹来放开他，一下子又将杨二弹至一座石桥外。

老人背着蒜慢悠悠地回家，始终不肯把自己的姓名告诉别人。

【寓意点拨】杨二有一技之长，但却不懂得"强中自有强中手，能人之上有能人"的道理，结果被卖蒜老人打败，在大庭广众中出丑。学无止境，艺无止境，即使是饱学之士，懂得十八般武艺之人，亦应谦虚谨慎，切莫目空一切，旁若无人。

卖油翁

【寓源】宋·欧阳修《欧阳文公文集·归田录》。

【寓言】北宋有个著名的射箭能手陈尧咨。一天，他在射箭场练习射箭，射十支箭竟有八九支射中红心。围观的人都拍手叫好，陈尧咨非常得意。但观众中有一个卖油的老头颇不以为然，只略略点头而已。陈尧咨见了这个情景很不高兴，于是向老人问道："您会射箭吗？您觉得我的箭射得怎样？"

老人回答说："我不会射箭。你的箭法还算可以，但并没有什么奥妙之处，只不过是熟练罢了。"

陈尧咨听了更加不高兴："您怎敢小看我的射箭本领！难道您有什么高明的本事吗？"

老人把一个装油的葫芦放在地上，又把一个铜钱盖在葫芦口上，然后用勺子舀起一勺油，高高地举起，朝钱眼倒下去，只见油像一根线一样穿过钱眼，流进葫芦里。勺里的油倒完了，铜钱上一点儿油星也没沾上。围观的人看得无不拍手叫绝。老人对陈尧咨说："我是卖油的，经常做这件事，这也没有什么了不起，只不过熟练罢了，你射的箭多了也就可以熟能生巧了。”陈尧咨连连点头称是。

【寓意点拨】这则寓言形象地说明了熟能生巧的道理。陈尧咨的高超射技来自于他勤学苦练，卖油翁的倒油本领也来自日积月累，方法虽然不同，但道理却是一样的，可谓异曲同工。所以卖油翁看见陈尧咨的射技时并不妄自菲薄，对自己的本领非常自信，而陈尧咨也从中悟出了道理。

卖宅避悍

【寓源】战国·韩非《韩非子·说林下》。

【寓言】有一个人和一个凶悍的人作邻居，他想把自己的房屋卖掉，以此来避开那个恶人。

有人对他说：“你的邻居就要恶贯满盈了，你姑且等待一下吧！”

那人回答说：“我害怕他拿我来满他的贯啊！”于是便卖掉房屋搬走了。

所以说，事物凡是含有危险性的，决不可以拖延！

【寓意点拨】这则寓言里，把自己房屋卖掉的人有眼光，因为他看出，与他为邻的凶悍人总有一天要伤害他的。韩非就说过，生在争夺之世，万万不可失去警惕性。凡危险的事物，对它不可粗心大意，凡险恶的人物，对他不可以靠近沾边。

盲人失坠

【寓源】明·刘元卿《贤奕编·应谐录》。

【寓言】有个瞎子通过一条干涸了的小溪，从桥上失脚掉了下去。他两手攀住栏杆上的横木，小心谨慎地紧紧抓着，自己料定只要松手就会掉进深渊了。

过路的人告诉他说：“不要怕，尽管放手，底下便是地面。”

这个瞎子不相信，抓住横木大哭。抓久了，力气用尽了，失手掉在地面。这时才自己笑着说：“唉！早知底下便是地面，为什么要吃这么久的亏呢？”

真理的道路本来是平坦的。但有些人却陷在空想中抓住某一点而矜持自负。这些人看了这瞎子的故事，大概会醒悟吧！

【寓意点拨】这则寓言讲述了被心造的危险吓唬住了，作茧自缚，不敢实践，不敢前进的人，和这个瞎子颇有相似之处。

盲童明理

【寓源】清·戴名世《南山集》。

【寓言】乡里有个盲人少年，从事占卜的职业，还会弹琴。他的邻居是个读书人，把他招来关心地问："你多大了？"

盲童回答说："今年十五岁了。"

书生又问："什么时候眼睛失明的？"

盲童说："是三岁的时候。"

书生说："这样算来，你失明已有十二年了。你在黑暗中行走，不知道天和地的广大，不知道太阳和月亮的光是什么样子，没有见到过河的流水和山的高峻，也看不见人的长相美丽与丑恶，更看不到房屋的高大壮丽，这大概是最可痛苦啊，所以我才来关心你。"

盲童听后，笑了笑说："像你说的这些话，只是知道失明的人看不见东西的痛苦，却不知道不失明的人也为看不见而痛苦。那些失明的人何尝看不见？我的眼睛虽然看不见，而身体的四肢健全自如，这是因为目盲而不狂乱行动；遇见人，听到他的声音就知道他姓什么，细听他说的话就能了解他做得是对还是不对；行路时，估计到是平地还是高坡，以此确定快走还是慢行，从来没有出现过跌倒的不幸；在家里对自己所从事的事精益求精，但是对不急于办的事就不去烦神，对没有利益的事就不去做；出门后就凭着自己的职业来养活自己。就这样，时间一久便习惯于这种职业，我不感觉到眼睛看不见东西而痛苦。"

盲童接着说："当今世上的人，喜欢做不合礼义的行为，追求没有益处的东西。有事就像没看见一样，看见不做又不去离开；既不能分辨贤能与愚笨的品行，又不能分清邪恶与正义；既不能分明利益与危害，也不懂得治理与混乱的原因；看到《诗》《书》典籍，接触到事物，整天看着却不能获得真情实意。其结果是倒行逆施、为非作歹，跌倒失败却不能醒悟，最终陷入网罗、遭遇困窘，常常是这样。"

盲童又说："上天是特别关爱人的，给予人思考辨别的器官，而世人失去了上天给予人器官的作用。他们借助这些器官而陷入困窘之中，难道只是眼睛吗！我认为世人昏暗而行动，黑暗而奔忙，天下谁不是盲人呢？盲人只是我一人吗？我将要斜着眼睛，左右张望，那些人不可一刻看不起我。现在你不为自己悲伤，却来为我悲伤；你不去安慰自己，反而安慰起我来了！今天我要为你悲伤，来安慰你呀。"

书生听了盲童这番话，无法回答。

【寓意点拨】这则寓言启示人们，明辨事理善恶，不在于目之明盲，而是取决于心之正邪。心正则目明而知是非，心不正则虽目明而为非作歹。所以，我们认识一个人，乃至一件事，不能只看其外表形象，而要深入内在本质的了解。

猫不入十二肖

【寓源】民国·戴表元《剡源戴先生文集》。

【寓言】鼠、牛、虎、兔、龙、蛇、马、羊、猴、鸡、犬、猪，都可以在人那里找到相似的，称为十二生肖。猫和人最接近，却不在十二生肖之内。

有人对此疑惑不解，认为其他动物或贵或贱，还可以说，难道猫还比不上蛇、鼠吗？回答是："猫羡慕肥美的食物，暖和的住处，又轻易地离开旧主人，到新主人那里去，不讲信用，没有义气，而且生了小猫又多被自己残害咬死，这些事都是蛇鼠所不做的。"

【寓意点拨】这则寓言告诫人们，在与人相处的过程中，一定要与人为善，讲诚信，守信义，这样才能获得别人的信任，乐于同你交往，否则就会被别人所抛开而绝交。同时也提示了这样一个道理，一个人"不信无义"之事做多了，终将自取失败，因为他脱离了群体而被孤立。

猫虎说

【寓源】唐·张宏生《唐文粹》。

【寓言】有农民要到荒野去祭祀，老人说："按照过去的惯例，祭祀要用完整的牲畜，这样做才可望秋天能丰收。"于是，他准备了野兽喜欢吃的食物，准备作为野兽的供品，并且祷告："鼠啊，我请猫来了！猪啊，我请虎来了！"

小儿子听了以后，忧愁地说："迎猫来还可以，迎来老虎可以吗？猪在田里偷吃农作物，可以把它赶走，若是老虎来了无猪可享用，饿了怎么办？我又听说不可以给老虎完整的牲畜吃，怕的是激起它喜欢吃全物的野性；也不可以给它活的东西吃，怕的是激起它咬杀活物的野性。如果让它得到完整而且又是活生生的猪，它的怒气就更强烈了。拿箭射它、用笼子捉它，尚且害怕它来，何况是准备牲畜迎接它呢！哎！我担心我们距离死亡的日子不远了！"

于是有人请来村里的先生裁决这件事，先生听后笑着说："为驱赶鼠而迎接猫，为驱赶猪而迎接虎，都是因为它们会祸害粮食。可是，若是贪婪的官吏把粮食全部都夺走，又将迎什么来抑制他们呢？"

从此，农民明白了粮食最后仍免不了被官吏夺走，于是撤走了猛兽喜欢吃的美味，不再议论迎接猫、虎的事了。

【寓意点拨】农民的墨守成规，不辨事理，令人哑然失笑！而少年条分缕析的说理，头头是道，不容置疑！乡村先生以猫、虎喻贪官污吏，诙谐之中寄以愤恨之情。

猫 说

【寓源】明·薛瑄《薛文清公集·猫说》。

【寓言】我家中忧患老鼠逞凶，向人家讨了一只猫。这猫形体高大，爪牙尖锐而锋利。我想这一下不用再忧虑老鼠逞凶了。因为猫还不驯服，便用绳子拴住它观察，等候驯服它。那些老鼠听到猫的叫声，一起出来偷看它的形状，觉得它好像有能耐的样子，害怕它咬自己，隐藏在洞中不敢出来，有一个多月光景。

后来，因为猫被驯服了，就解下拴它的绳索。这时正巧看到刚出壳的小鸡，啾啾地叫着，猫就突然跳起去抓捕。等到家人追到它，猫已经把小鸡吞下了。家里人要抓住打它，我说："不用这样，有能力的东西一定有缺陷。咬鸡，是它的缺点，难道它就没有捕鼠的能耐吗？"家人就放了它。

不久以后，这猫畏畏缩缩、懵懵懂懂，饿了就吃，吃饱了就玩，什么也不干。那些老鼠又偷看它，认为它故意隐藏本领来引诱自己，还是躲在洞里不敢出来。再以后，老鼠看得更熟悉了，觉得它没有别的本领，于是逐洞相告说："它没有什么作为呢。"就跟同类一起，再次出来逞凶，像以前一样。我正感到奇怪，又有一群小鸡从堂下经过，猫又很快扑上前去，抓了小鸡便跑，家里人追到它时，已经把那群小鸡咬死一半了。

家里人把猫抓到我面前，指责它说："老天生下各种有才能的东西，都不是完美无缺的。有才能也一定有缺点。原谅它的缺点，还可以使用它的才能。而你现在没有捕鼠的才能，却有咬鸡的缺点，真是天下的废物啊！"于是打了它一顿，把它赶走了。

【寓意点拨】这则寓言以猫不捕老鼠只捕小鸡为喻，揭露、抨击封建王朝中无能除暴却欺压善良百姓的官吏。

猫头鹰搬家

【寓源】西汉·刘向《说苑·谈丛》。

【寓言】猫头鹰最近心情特别不好，耷拉着脑袋，一副闷闷不乐的样子；而且也不像平日里那样吵吵闹闹，叫个不停，变得沉默了许多。

这天，斑鸠在猫头鹰家门口遇见了它，它正匆匆忙忙地从家里往出搬东西，斑鸠很疑惑，问它："你要出远门到哪里啊？"

猫头鹰没精打采地回答说："我要搬家，搬到林子东面去住。"

斑鸠不解地问："在这儿都住这么长时间了，为什么要搬家呢，难道住着不舒服吗？"

猫头鹰说："不是不舒服，我也很习惯这里，可是这里的伙伴们嫌我叫的声音太难听，都讨厌我，所以我才要搬到林子东面去住。"

斑鸠这下全明白了，原来猫头鹰是为这个成天郁郁寡欢的。它想帮助猫头鹰，让它重新快乐起来。于是，它想了想，然后说："那你也不用搬家啊，大家不喜欢你的叫声，你可以改变叫声；就算你搬到林子东面去，你的叫声不改变，人家也会讨厌你的！"

猫头鹰被斑鸠这么一提醒，顿时明白了，原来自己只想着逃避，改变环境，而没有先从自身查找原因；想到不用再搬家了，便开心地笑了。

【寓意点拨】这则寓言告诫人们，对待自己的缺点和某些问题，要从根本上加以解决，不能像猫头鹰搬家那样，就事论事，回避矛盾，这样问题是解决不了的。

猫祝鼠寿

【寓源】明·冯梦龙《雅谑》。

【寓言】肥猫懒洋洋地躺在院子里阳光充足的地方晒太阳，看着好像都快要睡着了，但它那半眯着的眼睛从来就没有离开过粮仓门口，它在等待老鼠的出现。

一只小老鼠，蹑手蹑脚地往粮仓里挪动，刚开始的时候还小心翼翼地，尽量不使脚下弄出一点声响；当它发现它的克星——肥猫在晒太阳，而且好像都昏昏欲睡了，就大摇大摆地朝粮仓窜去。

这一切都没有逃脱肥猫的眼睛，就在老鼠出现的一刹那，它也飞奔了过去，但还是晚了。小老鼠被突如其来的袭击吓到了，它急中生智，竟然钻进了一个细口瓶里。瓶子口非常窄，肥猫肥大的爪子根本伸不进去，它气愤地在瓶子上抓着挠着，发出刺耳的声音。不过猫也很聪明，它心想，我抓不到你，也逗你玩玩，于是便把自己长长的胡须伸进瓶子刺激小老鼠。老鼠被胡须扎了一下，忍不住打了个喷嚏。猫一看自己成功了，立刻高呼："鼠老弟千岁！"

小老鼠心里很明白自己身处的险境，它坚决地回答道："你难道真的是在为我祝寿吗，我是不会出去的，你只不过是想引我出去，然后吃掉我罢了！”

肥猫一看小老鼠不上它的当，也很无奈，只好闷闷地等待时机了。

【寓意点拨】小老鼠面对花言巧语、虚假的奉承，保持着清醒的头脑，最终逃脱危险；我们在生活中面对虚伪奉承，假意褒奖，一定要保持头脑的清醒，保持一种平和的心态。

毛大福

【寓源】清·蒲松龄《聊斋志异·毛大福》。

【寓言】太行毛大福，是专门医治肿毒疮痛的医生。

有一天，毛大福在行医回家的路上，遇到一只狼，它从嘴里吐出了一个包袱，就蹲在路的左边。毛大福捡起来一看，发现包袱里包着金银首饰数种。毛大福正感到奇怪，狼跑到前面欢跳着，轻轻地拉着他的衣服就往前走。毛大福走了一段路，狼又来拉他的衣服。毛大福观看狼不是恶意的，于是就跟着它去了。不一会儿，到了一个洞，看见一只狼生病了躺在那儿，发现它的头顶上有一个大疮，已溃烂生蛆了。毛大福明白了它的意思，把疮旁边的毛拔光洗净，适量地敷上药就离开了。

时间已到了傍晚，那只狼把他送了很远的一段路程。走了三四里路，毛大福遇到了一群狼，狼群咆哮着向他扑了过来，毛大福很害怕。刚才送他的那只狼急忙奔入狼群，好像有什么事告诉它们。所有的狼都离开了。毛大福于是就回家了。

在这之前，县城里有一个银商宁泰在路上被强盗杀死了，无法追究凶手，正好毛大福去卖金银首饰，被宁家人发现，就把他抓到公堂。毛大福告诉官吏他的首饰是从哪里来的，官吏不相信，给他加上了刑具。

毛大福非常冤屈，但不能为自己伸屈，只是请求宽释，请官吏们一起去问那群狼。

官吏派两名差役把他押到山里，直接到达狼的洞里。正好狼出去了没有回来，等到天黑了也没回来，三个人就往回走。走到半路上，遇到两只狼，其中有一只的疮疤还在。毛大福认出来了，向两狼作揖请求道：“上次承蒙你们的馈赠，现在因为我得到这些东西而受冤屈。你们不替我伸张正义，回去会被他们用刑具把我打死！”

两狼见毛大福被绳索捆着，愤怒地向那差役奔去。差役抽出刀来和狼相对。那两只狼把嘴抵着地大声地嗥叫着，叫了两三声之后，山中有数百只狼都奔来了，一起把差役围在中间。两差役很害怕。狼竟然前去咬毛大福身上的绳索，差役明白了它们的意思，就把毛大福身上的绳索解开，放他走了，所有的狼才一起离开。

两差役回去向官吏汇报了他们遇到的情况，官吏对这件事也感到很奇怪。

又过了好几天，官吏出行在外，一只狼叼着只破鞋子放在路上。官吏走过去，狼又把鞋子叼在嘴里向前奔去放在路上。官吏命人把鞋子拾起来，那只狼才离开。

官吏回去之后，暗暗地派人去找鞋子的主人。有人传说某村有个叫丛薪的人曾经被两只狼追逐过，最后两狼把他的鞋子叼走了。官吏把那个人抓过来认领鞋子，果然是他的鞋子。官吏怀疑杀死姓宁的一定是丛薪，结果一审问果然是他。丛薪杀死姓宁的，是想获取那些金银首饰，姓宁的把首饰藏在衣服里面，丛薪没来得及搜索，就被狼叼走了。

【寓意点拨】寓言借恶狼且有礼、忠、义、仁等人所共有的优秀品质，而有的人却把这些美德抛弃得一干二净，其寓意可谓深刻。无情地讽刺了那些见利忘义、忘恩负义的人。

冒充博物

【寓源】黄灵庚编《宋濂全集·龙门子凝道记卷中·尉迟枢》。

【寓言】魏地有个人以善于鉴定器物闻名。他偶然在河边捡到一个铜器，像个酒杯，两边有孔，花纹美丽，光彩灿烂。他得到这个器物非常欣喜，请来他的好朋友，说："我最近得了件夏殷时的文物，应该一齐赏玩！"于是他在酒器中倒满了酒，敬大家。酒还没有敬完，仇山人从外边进来，惊讶地问道："你打哪里得到这件东西？这是个铜裆，是角斗家拿来保护生殖器的。"魏地人很羞愧，马上把铜器扔掉，不敢再看它一眼。

在楚丘有个读书人，他的博物知识不在魏地人之下。一天他得到一个古器，像马的形状，鬣毛和尾巴都有而背上有孔。他问了远近的人都没有认识的。一个读书人说："古时候有牺尊，有象尊。这件古器大概是马尊吧！"楚丘人非常高兴，打个木匣子把古器收藏起来。遇到用酒食款待贵客时，才拿出来盛酒用。仇山人偶然遇到，又很惊讶地问："你从哪里搞到这东西？这是尿壶呀！古代官嫔们说的'兽子'，就是这个东西。"楚丘的那个读书人更加羞愧，像那个魏地人一样，扔掉后不敢再看一眼。世上的人都经常笑话他。

龙门子听到这事，叹息地说："世上没有真才实学，把名称和实物搞乱了的太多了，哪还有时间去笑话那两位冒充精通古物的读书人啊！"

【寓意点拨】这则寓言痛快淋漓地讽刺了一些不学无术、不懂装懂的伪专家。这类人装腔作势又妄自尊大，很容易欺骗一些无知的或初学的人。但是谎言、伪科学终究是会被戳穿的，最后都留下了笑柄。

美妻始笑

【寓源】春秋·左丘明《左传·昭公二十八年》。

【寓言】从前，贾大夫长得丑，娶了个妻子长得很漂亮，可是三年来不开口说话，也不开笑脸。有一天，贾大夫驾车载着她去野外沼泽地打猎，看见一只野鸡，他一箭射中，获得了野鸡。这时，他的妻子才开始笑着说话。

贾大夫对他的妻子说："本领是不能没有的。我要是不会射箭，你就不会有说有笑了。"

【寓意点拨】这则寓言的本意是用以说明只要在实际中表现出自己的才能，没有不被赏识的。寓言的启示意义在于：一个人立足于社会，为人所信用，靠的不是华而不实的外表，而是内在的真才实学；只要具有真才实学，就不会不被重用。

门者出阳虎

【寓源】西汉·刘安《淮南子·人间训》。

【寓言】阳虎在鲁国作乱，鲁君派人关上城门抓捕他，并且说，抓到了有重赏，放跑了要重罚。

来抓捕的人把阳虎围了三圈，阳虎无法逃脱，准备举剑自刎。一个看守城门的人连忙制止，说："天下如此之大，出路是无穷无尽的。我放你出去。"

阳虎于是冲向重围，驱散围兵，举着剑，握着戈逃出重围，守门人放走了他。

然而阳虎却反转身来，举戈刺向守门人，戈尖撩起了守门人的衣袖，直指腋下。守门人怨恨地说："我本不是与你一起作乱的，为了你，我犯了死罪，而你却刺伤我！我真是活该倒霉！"

鲁君听说阳虎逃走了，大为恼火，查问漏失阳虎的城门，命令主管官吏逮捕那些把守失职的人，对于受伤的给予重赏，未受伤的处以重罪。

这就是想危害别人，结果却使别人受益。

【寓意点拨】守门人甘冒死罪放走了阳虎，反被阳虎刺伤，真可谓祸从天降，然而却又被鲁君误认为勇斗阳虎，予以重赏，因祸得福。老子说："祸，福之所倚；福，祸之所伏。"祸与福本是一对互相依存的矛盾，可以互相转化。这则寓言阐发了老子的这一辩证观点，同时也告诫人们不要伤害他人。

门者捐水

【寓源】战国·韩非《韩非子·内储说下》。

【寓言】齐国有一位中大夫名叫夷射，陪侍齐王吃酒，大醉出来，倚靠宫门站着。守门的刖跪请求他说："您能不能赏我点酒喝？"

夷射骂道："滚开！受过刑的人竟敢向大官讨酒喝！"

刖跪只好躲到一旁。等夷射走后，刖跪取些水倒在宫门的檐下，就像小便的样子。

第二天，齐王出来时看到，怒骂刖跪道："谁在这里小便？"

刖跪回答说："我没看见。不过昨天中大夫夷射曾站在这里。"齐王便处罚夷射，将他杀掉。

【寓意点拨】这则寓言告诫人们，势利小人报复的手段是隐蔽而残忍的，一定要提防这些小人借刀杀人的行径；而提防的最有效方法是听其言，考其实，不经过调查核实，不可轻信。这样方可避免受骗上当。

蒙鸠筑巢

【寓源】战国·荀况《荀子·劝学》。

【寓言】南方有一种鸟，名叫蒙鸠。蒙鸠快要生孩子了，它想要垒一个窝。树杈太高了，宝宝若掉下来肯定就没命了；岩缝里地方又太小，孩子们住起来不舒服；草丛中会有毒蛇……

有一天，它猛然看见一片芦苇丛，芦花飞扬，很是漂亮。于是，蒙鸠灵机一动：这片芦苇不高不矮，既挡风雨，又隐蔽，我何不把巢建在这上头呢？于是，它选择了几株比较牢固隐蔽的苇子，开始建立家园。它用长长的发丝把柔软的羽毛编织起来，在芦苇上做成了一个精美的巢，开始舒舒服服地孵小鸟了。没想到，突然有一天晚上，狂风大作，暴雨倾盆，折断了芦苇，鸟蛋跌落到地上，蛋中的雏鸟也被摔死了。

蒙鸠之所以会遭遇这样的不幸，不是窝做得不坚固，不完美，而是把窝建错了地方，不该建在经不起风雨侵袭的芦苇穗上。

西方有一种树木，名叫射干，树茎只有四寸长，可它生长在高山上面，就能俯临万丈深渊。这并不是因为射干的树茎原本就长得长，而是它所生长的地势使它如此。

【寓意点拨】这则寓言告诫人们，一切工作都必须建立在一个可靠牢固的基础上，如果基础不牢，工作做得再细致，也会随着基础的动摇而毁坏的。说明基础稳固的重要性，基础不稳，表面工作做得再好，也是经不起考验的。

蒙人叱虎

【寓源】明·刘基《郁离子》。

【寓言】蒙地有一个人，以打猎为生。他的儿子很调皮，趁他不在家的时候，把一张狮子皮披在身上，跑到野外去玩儿，正巧遇上了一只正在找食的老虎。老虎以为是一只雄狮，撒腿就逃。猎人的儿子还以为老虎是怕自己，便得意扬扬，觉得自己好威风。

第二天，他又背着父亲，披着狐皮袍子去野外游玩，没想到玩儿得正起劲儿时，突然出现了一只老虎。那老虎站在不远处，斜着眼睛看着他，一动也不动，毫无惊恐之状。他见老虎竟然不逃跑，心中大怒，便大声叱骂老虎。这下可好，惹得老虎发了怒，只听一声怒吼，老虎猛扑过去，吃掉了他。

【寓意点拨】这则寓言说明，假象掩盖不住真情，表象不能代替实质——“纸里是包不住火的。”凡是“拉大旗做虎皮，包住自己，吓唬别人”的人，终有一天，会暴露自身的虚弱，招致可悲的下场。告诫人们做人切勿徒有其表而狂妄自负，否则就会自食苦果。

猛 虎 行

【寓源】唐·韩愈《昌黎先生集》。

【寓言】猛虎虽然说是凶恶，却都有同类的伙伴。一群老虎走在深谷中间，各种野兽都望风而逃。老虎吃掉了大黄熊，幼虎把小豹用来进餐。虎看中的是熊和豹，对兔子和山狸看都不看一眼。正晌午猛虎在山谷中睡觉，百步之外也感受到它眼光的威严。它自以为世上再没有对手，脾气骄横而侮慢。早晨它生气杀死了儿子，傍晚又把妻子当作了晚餐。它的同伴都四处逃散，猛虎只好孤单地睡在洞间。狐狸在门口叫来叫去，乌鸦喜鹊叽叽喳喳吵得它心烦。它出去猴子就把山洞侵占，猛虎再也找不到自己的家园。谁说猛虎那么凶残？它在途中号叫得非常悲惨。豹子跑来咬它的尾巴，大熊伸爪抓它的脸。猛虎临死也无所抱怨，只是对自己的过去的恶行感到羞惭。猛虎因为没有救助而死去。所以朋友要用诚信来结交，亲戚也要用情感来维系，亲戚朋友都不帮助你，你拿什么取信于世间？

【寓意点拨】这则寓言诗强调了集体的力量和团队团结的重要性。如果自以为自己了不得，不可一世，最后必定众叛亲离，孤立无援，走向自我灭亡。当然猛虎不仅是骄纵侮慢，他还屠杀亲友，残害同类，这就更是把自己送上了绝路。

孟子休妻

【寓源】战国·韩婴《韩诗外传》。

【寓言】孟子的妻子一个人在屋里，两腿岔开坐着。孟子走进门内，看见这种情况，就禀告他的母亲说："我的妻子不守礼法，请求把她赶走。"

孟子的母亲说："不是你的妻子不守礼法，而是你自己不守礼法呀。《礼》书上不是说吗：'将要走上庭堂，声音必须高扬；将要走进房门，眼睛必须下视。'这是不让乘人不备呀。今天你单独去卧房，进门时没有一点声音，使你的妻子不知防备，岔开两腿坐着而让你看见。这是你不守礼法，不是你的妻子不守礼法啊。"

孟子责备自己错了，也不敢休掉妻子了。

【寓意点拨】这则寓言告诫人们，看问题办事情要有全面观点，实事求是。如果看到一点不加分析，主观妄断，有时自己错了，却要责怪别人，就往往会把事情办坏。

梦中受辱

【寓源】秦·吕不韦《吕氏春秋·遇合》。

【寓言】齐庄公时，有个名叫宾卑聚的人。一天夜晚，他梦见有个壮士，头戴白缟制的帽子，外穿红色麻布盛服，内着棉布做的衣服，脚蹬崭新的白鞋，身上挂着黑色的剑囊。这个人把他骂了一顿，还吐了他一脸唾沫。

宾卑聚气急败坏，一下子惊醒了，原来只是一场梦。结果气得他一夜再也不能入睡，坐在那里，闷闷不乐。

第二天，他请来要好的朋友，把梦里的事讲给朋友听，并说："我自幼勇敢好胜，到如今六十年来从未受过半点羞辱。现在有人竟敢在夜间羞辱我，我非要按相貌找到他，报仇雪恨。如果三天之内找不到他，我就没有脸面活在世上了。"

于是，他每天约朋友一起站在十字路口搜寻梦中那个壮士。结果，三天过去了，还没有找到，他便回去自杀了。

【寓意点拨】这则寓言告诉人们，“好勇”，好不好？要做具体分析。象宾卑聚这样，寻找虚幻的敌人，报复梦中的羞辱，竟至含恨自杀，这样的好勇，毫无意义，毫无价值。

弥天大言

【寓源】宋·章樵《古文苑·宋玉〈大言赋〉》。

【寓言】楚襄王与唐勒、景差、宋玉一同在云梦台上游观。

楚襄王说：“能为我说一段‘大话’的人，我就敬他为上客。”

于是襄王先大声说：“手执太阿宝剑，尽情杀戮世人，血流喷涌冲天，车子无法穿过。”

轮到唐勒，他说：“壮士一怒，能断绝支撑天地的绳子，北斗星被扭转，泰山被夷为平地。”

轮到景差，他说：“军士勇猛刚毅，皋陶放声大笑，能摧毁宫阙。其齿利如锯，比野猪的牙锋利，其大如云，舌头吐出长达万里，唾沫飞溅，淋湿整个世上的人。”

最后轮到宋玉，他说：“以地为车，以天为车盖，手执长剑，光芒四射，屹然挺立在九天之外。”

襄王说：“还不够大呢。”

宋玉接着说：“并吞西方各国，饮干黄河、东海里的水，横跨九州，没有地方可以容纳停留；身躯高大，塞满四方，手足不能伸展，为此而发愁，顶天立地，拘束得不能抬头。”

【寓意点拨】这则寓言告诉人们，凡是说大话的人，都是不顾客观事实，凭空想象，毫不负责任地乱说一气；由于好胜心理的支配，总是不甘示弱，直到吹破牛皮为止。也说明上行下效，上层喜欢讲大话空话，必然浮夸风行。

弥子瑕失宠

【寓源】战国·韩非《韩非子·说难》。

【寓言】卫灵公宠爱大夫弥子瑕。当时卫国法令规定，私自驾着国君的马车外出，要判处砍掉双脚的刖刑。

弥子瑕的母亲生病了，有人抄近路连夜赶来告诉他。弥子瑕便假托君命，驾驭君车赶回去。卫灵公听说了这件事，反而夸赞他德行好，说：“他真孝顺啊！为了探望生病的母亲，把断足的惩罚都抛到了脑后。”

又有一天，弥子瑕陪着卫灵公到果园游玩，顺手摘到个桃子咬了一口，觉得十分香甜，就把剩下的半个给卫灵公吃。卫灵公说："他多爱戴我啊！不只顾满足自己的口福来给我吃。"

等到弥子瑕容貌衰老、宠爱减退时，不小心得罪了卫灵公，这时卫灵公说："这家伙曾经假托命令私驾我的马车，还曾经把吃剩的桃子抛给我吃！"

【寓意点拨】这则寓言说明，得到君主的宠爱，不在士人才智的高低，而是完全取决于君主的主观爱憎，爱之则深信亲近，恨之则怀疑疏远。

寓言告诫人们，对人对事要公正公平，如此则会是非分明、善恶能辨；如果仅从个人的爱憎私情出发，必然会失去判断好坏的客观标准，做出违背情理的事情，带着偏见去看问题，一定会失衡而败。

迷惘之疾

【寓源】战国·列御寇《列子·周穆王》。

【寓言】秦国逢氏的儿子，小时候很聪明，长大后却患了精神错乱的病。听到歌声认为是哭，看见白的认为是黑的，吃到香的认为是臭的，尝到甜的认为是苦的，做错了事以为是对的。他所想到的，天地、四方、水火、寒暑等万事万物，没有不颠倒错乱的。

有个姓杨的人告诉他的父亲说："鲁国的君子多有道术技艺，或许能治好这样的病，你为什么不去拜访他们呢？"

他的父亲便到鲁国去，经过陈国时遇到老子，便把儿子的病情告诉了老子。老子说："你怎么知道你儿子的精神是迷乱的呢？如今天下人都分不清是非，被利害得失搞糊涂了。同病的人多了，就没有人能觉察这种病。而且一个人迷乱不足以使一家归服，一家人迷乱不足以使一乡人归服，一乡人迷乱不足以使一国人归服，一国人迷乱不足以使天下人归服，现在天下人都迷乱了，还能叫谁去归服呢？假如当初天下人的心都像你儿子一样，你倒反而是精神错乱的人了。哀乐、声色、香臭、是非，由谁来确定呢？况且我说的这些话也未必不是迷乱的表现，更何况鲁国的那些君子都是最迷乱的人，怎么能解开别人的迷乱呢？与其虚费你出行的粮食，还不如赶快回家去吧！"

【寓意点拨】这则寓言在客观上是对是非颠倒的黑暗社会的嘲讽和批判。今天读这则故事可以这样理解，要分清是非善恶，自己首先要有是非善恶标准，否则是无法辨别的。正如孟子所说的"以其昭昭使人昭昭，以其昏昏使人昏昏"。

米从何来

【寓源】宋·苏轼《艾子杂说》。

【寓言】古时候，齐国有个富人，家财万贯，富甲一方。他有两个儿子，从小在蜜糖罐里泡着长大，吃喝玩乐样样精通，但都特别愚笨，尤其不明事理。富人对他的儿子万般溺爱，从来都不教育他们。转眼间，两个儿子都长大了，倒是一表人才，人高马大，但是成天无所事事，闲游晃荡。

当地有个学识渊博、德高望重的智者叫艾子。艾子实在看不下去了，就严肃地对这个富人说："你的儿子虽然长得不坏，可是也不学习知识，个个都不明白人情世故，你那样丰厚的家产，以后让他们怎么来管理呢？"

艾子是一片苦心，可是这个做父亲的富人却没有体会到。听到别人批评自己的儿子，他很生气，气愤地回答："我的儿子都很聪明啊，我们有着万贯家财，他们应有尽有，想做什么就能做什么，怎么会不明白事理，管理不了家产呢？"

看到这个父亲这么顽固，艾子也动气了，不过他压着怒气，仍然耐心地对那富人说："你家确实很富有，但是这和你的儿子们是否明白事理没有任何关系。不用考验别的，你只要问你的儿子们米是从哪里来的，你就明白了。"顿了顿，艾子接着说："如果他们答对了，那我愿意承担说瞎话的罪过。"

那个富人急忙找来两个儿子，急切地问："孩子们，你们知道我们吃饭的米是从哪里来的吗？"

大儿子笑嘻嘻地回答："这很简单啊，是从咱们家粮仓的粮食口袋里取来的啊！那里很多，我每次都看见仆人去那里取啊！"

富人听了皱着眉，直摇头，小儿子一看父亲不高兴，马上接话说："你说的不对，米是从大街的米铺里买来的啊！你看那么多人都拿着米袋子去那里买米去，我们家的米也是从那里买来的！"

说完了，他还得意地看看父亲，仿佛在等待着他的夸奖似的。可是，这个富人的脸早已经变得铁青了，喉咙仿佛被什么东西噎住了，一句话也说不出来。

艾子看着他们父子三人的尴尬模样，微笑着走开了，临走他意味深长地说："不是他这样的父亲，也生不出这样的儿子来啊！"

【寓意点拨】孩子都是父母的心头肉，都想像宝贝疙瘩一样宠着护着，但是适当的教育是必不可少的，尤其是从小教育孩子明白事理。寓言中的富人的两个儿子蠢笨的让人好笑，但是真正可笑的应该是他们的父亲。这个故事正是应了那句名言："子不教，父之过"。

宓子贱论过

【寓源】秦·吕不韦《吕氏春秋》。

【寓言】宓（mì）子贱的客人介绍另一人去见宓子贱。那人见了宓子贱，就像见了老朋友，无所顾忌，高谈阔论，有说有笑。

那人走后，宓子贱对这位客人说："你朋友有三点错误：见到我笑，是轻浮；交谈中不称师，是不尊敬老师；交往不深却无所不谈，是不懂尊卑贵贱的礼节。"客人却说："他见你笑，是正直无私；谈话不称其师，是没有门户之见；初次见面无所不谈，是忠诚。"

【寓意点拨】同样是针对这人的言谈，有人认为品行高尚，有人认为品质卑劣，这是因为个人看问题的角度不同。看待一个问题，不要急于下结论，也不要抓住问题的一面就以偏概全。要善于听取多方面的意见，因为每个人看问题都有局限性，只有综合各方面的意见，才能得出正确的结论。

宓子弃麦

【寓源】西汉·贾谊《新书·审微》。

【寓言】从前，宓子治理亶（dǎn）父的时候，齐国进攻鲁国，取道亶父。起初，亶父的年长者向宓子请求说："现在麦子已经熟了，但面临齐国的进攻，百姓们无法各家各户有序地进行收割，就让百姓们出城胡乱抢收一些靠近城边的麦子，运回城里吧，这样既能增加城内的粮食，而又不让敌人夺去作为资粮。"

一连请求了三次，宓子都不予理睬。

不久，城外的麦子全都被齐国人抢去了。

季孙听说这事以后很气愤，派人去责怪宓子说："这怎能不叫人痛惜呢？老百姓在寒冷中耕种，在暑热中耘草，却得不到粮食！你不知道也就罢了，我听说有人提醒你，而你就是不听！"

宓子恐惧不安地回答说："今年收不上麦子，明年还可以再种。如果使不耕种的人得到收获，那就会使他们对敌人来犯感到高兴。而且一年的麦子，对鲁国来说，得到了不会变强，失去了也不会变弱。如果让老百姓有不劳而获的念头，这样的创伤，那是几年也治愈不了的。"

季孙听了这些话，惭愧地说："假如地上有个洞穴可以钻，我哪里有脸去见宓子啊！”

明智的人能早早地觉察奸乱的由来，能早早地消除祸乱的图谋，所以他不会碰上邪妄之事。

【寓意点拨】由于齐国军队的进犯，城外的麦子熟了，却无法各家各户自己收割。为避免落入敌手，有人建议让百姓们出城抢收，可是宓子不同意。因为在他看来，这样做会使人乐于看到敌人来犯和产生不劳而获的念头，这是比损失麦子更为严重的损失。作为治国专家，宓子始终把人心的治理放在首位，这一点在今天仍有着借鉴意义。

面似靴皮

【寓源】宋·欧阳修《欧阳文忠公集·归田录》。

【寓言】京城各司负责仓库的职务都由通管财政的三司推荐担任。所以，许多京城权贵家的孩子和亲戚找人拉关系以求得这些职务。任三司长官的常常对此事感到为难。

田元均是一位待人宽厚的长者，他在任三司长官之职时，对那些来求职的人很不满。即使不能答应他们的请求，但也不愿严厉拒绝，经常是和气强笑地打发来人。他曾经对人说：“我数年做三司的长官，强装欢笑太多，以至于强笑得使我脸面像发皱的靴皮一样。”官员们听说此事后传为笑料，但是都佩服他的涵养。

【寓意点拨】寓言反映出封建社会的腐朽和黑暗，也表现了田元钧为人练达，很会处理人际关系，可谓长袖善舞。

妙处难学

【寓源】明·冯梦龙《广笑府·儒箴》。

【寓言】有一个人对他儿子说：“你应该效仿老师的一言一行。”

儿子听从了父亲的教诲，恰巧赶上吃饭的时间，老师吃饭他也吃饭，老师饮茶他也饮茶，老师侧身他也侧身。老师看到学生的举动不觉笑了起来，故意放下筷子，打了一个喷嚏，这下子他可难办了，于是他揖手说：“老师的举止是玄妙的，我实在是难学啊。”

【寓意点拨】这是对教条主义学习方法的讽刺。它告诫人们，离开根本的学习内容，只从形式上注意学习老师的“言行举止”，那是舍本求末，是学不好的。

民穷中饱

【寓源】战国·韩非《韩非子·外储说右下》。

【寓言】赵简子派人出去收税，官吏请求明示收税的轻和重。

赵简子说："不要轻，也不要重。收税重了，财利就集中到君主那里；收税轻了，财利就分散于民众手里。只要官吏不从中捞取财利就公正了。"

薄疑对赵简子说："你的国家是'中饱'的。"

赵简子听了，高兴地问："'中饱'怎么讲？"

薄疑回答说："上面君主的府库空虚，下面民众贫穷饥饿，然而奸邪官吏们却很富裕啊。"

【寓意点拨】这则寓言揭示了一个深刻的社会问题，国家法令制度的公平得以实施，还要靠执行者的公平执法；如果中间各环节中的执行者贪赃枉法，公平的法令也会被歪曲了。

民作民怖

【寓源】唐·陆龟蒙《笠泽丛书·庙碑》。

【寓言】瓯、粤一带，信奉鬼神。山巅河畔有很多滥造的神鬼庙宇。对庙里的神像，相貌凶猛威武、黝黑高大的，尊为将军；温良敦厚，面白年少的，就呼为某郎君；神态尊严的老妇，则恭称老母；姿色艳丽的妇人，便叫作仙姑。

人们还给它们修建了宽敞的庭院殿宇，筑起高高的阶台。两旁的老树，株密叶茂，上面藤萝盘绕，鸱鹄营巢筑窝。庙里还到处雕塑彩绘着神鬼的车马随从，奇形怪状，阴森可怕。

农夫们自己制造了这些偶像，自己又畏惧敬奉它们。供祭的时候，大的杀牛，稍次的宰猪，最差也不小于鸡鸭，酒食鱼肉宁肯自己不吃，也要供祭神鬼。倘若一时怠慢失敬，老幼个个抖瑟害怕，唯恐神鬼降灾。逢上疾病死丧，不认为是恰值时疫或寿数已尽，统统归于鬼神。

【寓意点拨】寓言告诉人们，民作民怖，是由于长期遭受封建统治阶级欺骗和愚弄的结果。但是，到了一定时期，人们就会觉醒，并用他们自己的双手打碎这些偶像。

湣王去国

【寓源】秦·吕不韦《吕氏春秋·过理》。

【寓言】齐湣王出奔到卫国居住，对公玉丹说："我是个什么样的君主？"

公玉丹回答说："大王是个贤明的君主啊。臣听说古代帝王有的把天下让给别人，却没有怨恨的样子，臣先前只是听到这种好名声，现在在大王的身上却见到了事实。大王名誉上称为东帝，实际上是统治了天下。大王离开齐国在卫国住下后，体貌丰满，容光焕发，毫无留恋齐国的意思。"

齐湣王说："说得很对！还是公玉丹了解我。我自从离开齐国来卫国居住以后，腰带的长度已经增加三倍了。"

【寓意点拨】寓言辛辣地讽刺了小人阿谀奉承的丑态，启示人们认识这些人的丑恶面貌，凡是善于吹捧的人，总是不顾客观事实，睁着眼睛说瞎话，献媚讨好，不知羞耻。

闽姝恃色

【寓源】明·宋濂《龙门子凝道记》。

【寓言】闽地有一个放荡的美女，自负长得姿颜出众，急想找一个美貌少年作配偶；于是到处物色访求，不能寻到，非常烦躁，好像没法活下去了。

一天，有一个男子从南海过来，头发长得漆黑，眉毛生得美妙如画，肌肉皮肤白得像玉石白雪，行为举止非常潇洒，没有一个地方不惹人喜爱。这个美女听说了，欢喜若狂，竟不顾是在黑夜，打起灯笼就去私奔男方了。走到男子住的地方，那男子赶紧戴上帽子，系缀七色宝石，披上镶着五彩花纹的外衣，束起白玉装饰的腰带，出来迎接，浑身五色缤纷，光耀照人。美女看见了，惊喜得不能自持，等到情绪安定下来，才说道："我思慕你已经很久了，但我不配替你洗手梳头，侍候在你的身边；假若我能得到你的怜悯而收留了我，即便是死了也不敢忘记。"

男子一听，高兴地收留了她。而后，美女侍奉男子唯恐不随心意，男子说"吃饭"，她就赶紧把勺子和筷子送上前来；男子说"睡觉"，她就立刻打扫干净枕席被褥等待着他；有时甚至亲自给他手捧夜壶也不感到羞耻。

男子的左胳膊上好像长了一个病疮，常用黑色膏药包覆着它，过了一年还是和起初一样。美女便在私下里对陪嫁来的婢女说："难道疮病没有治好的时候吗？"

又过了十二个月，久久地不见痊愈，看来是有什么缘故在里面，她就极力请求打开看一看。那男子却假装发怒地说："我的疮病很快就会好的。人家常说，妇女靠背多有毒气，要是看了必定会溃烂的！"没有答应。美女越发疑惑，便用五斗酒把男子灌醉了，趁他睡熟时打开臂上的覆盖物看，原来这男子是因为偷窃犯罪、被施以墨刑的人呀。美女气绝仆倒在地，好长时间才苏醒过来，拉着婢女的手痛哭着说："男人呀，是我要依靠谋求富贵的呀！现在不幸碰到了这样一个人。我要再去嫁人，但已失身于他，那些高门大户，是决不会再要我的了；至于那些里巷的下层汉子，又不是我所要嫁的对象。我要是重返父母家门，料想也必不被他们收容。我想拿锋利的刀子自杀，又因平素手软不敢举刀。想蒙受耻辱，和他白头偕老，可现在又发现了这个肮脏的记号，怎么能够消除我心头的记忆呢？"说罢又长久地恸哭起来。美女从此之后，便郁郁不乐地生病死去了。

龙门子听了叹一口气说："一个女子如果不自重，轻易地失身于人，可以据此为鉴了！唉！难道只有女子才是这样的吗？"

【寓意点拨】这则寓言说明只从表面现象看问题，不注意观察事物的本质，是一种本末倒置、把次要方面当作主要方面去追求的思想方法。闽姝的错误，在于她光看到南海男子的"眉目娟好如画""动止妩媚"的表面美容，而对其人的内在品质却未曾细致辨别，结果，一失足成千古恨，犯了难以挽回的终生大错。

冥谷人畏日

【寓源】明·刘基《郁离子·蛇雾》。

【寓言】冥谷这个地方的人害怕太阳，他们长年挖土洞住在黑暗的环境里。这里有一种蛇，能兴云吐雾。人们小心恭谨地供奉它，出入山谷都凭借蛇雾的遮掩。因此，冥谷这个地方白天黑夜都弥漫着浓雾。神巫欺骗那里的人说："我的天神已经吞食了太阳，太阳消失了。"他们就信以为真，认为天上真的没有太阳了。于是全都废弃了常年居住的土洞，移居到干燥的高地上。

有一天，太阳神到崦嵫去，经过这里，对人们说："太阳不会消失的，现在你们这里遮蔽太阳的是浓雾。雾的水汽可以使日光昏暗，怎么会使太阳消失呢？太阳和苍天永久地同在，怎么会消失呢？我听说过：黑暗不会战胜光明，妖邪不会战胜正义。这蛇是生活在幽暗处的妖物，是神明所追查问罪的，是雷霆所劈击的。现在，它趁着天地之气不相交，以施展它邪恶的伎俩，又借着人们相信神巫的谣言据以作雾兴妖。妖物怎么能持久呢？土洞是你们长年居住的地方，现在因听信谣言招来妖蛇作祟，废弃了常住的地方。一旦蛇死了，浓雾一定会消散，那太阳的烤炙怎么能经受得住呢？”

冥谷地方的人去找神巫商量。神巫害怕暴露他的欺骗，便加以阻挠。没过一个月，雷霆击死了那里的蛇。蛇一死，雾散了，冥谷之人被炽热的太阳烤得张大嘴直喘气，最后被晒得干死了。

【寓意点拨】这则寓言揭露了迷信妖邪的恶果。文中叙述冥谷之人迷信神巫、蛇妖；神巫遂施行骗术，蛇妖兴雾作恶，使冥谷人无法忍受酷热而死去。事实雄辩地说明：妖邪祸国殃民，迷信害己害人。

摩墨涂鬼

【寓源】清·纪昀《阅微草堂笔记》。

【寓言】有位老先生在亲戚家里住宿。一会儿，主人的女婿来到了，这是一个无赖流氓。彼此气味不相投，都不愿意同住在一间屋里。主人就把老先生挪到另一间屋里去住，那女婿斜着眼睛瞅着他笑。老先生不明白他在笑些什么。那间房子倒也幽雅洁净，笔砚书籍都齐全。老先生伏在灯下写家信，忽然有一个女子站在灯光下，容貌不太漂亮，但风韵姿色却很文静大方。老先生知道她是个鬼，可一点也不害怕，举起手来指着灯说：“既然来到这里，就不该闲站着，可去剪一下灯花！”那女子一下子把灯扑灭了，紧逼着老先生对面站立。老先生气坏了，用手摩了砚台里的墨汁，狠打了那女子一记耳光，涂黑了她的脸说道：“用这墨做个记号，明天找到你的尸首，砍断了烧掉你！”那鬼“呀”的一声逃跑了。

【寓意点拨】这则寓言说明，对待“鬼”(邪恶势力)的袭击，决不可畏缩后退，否则必将身受其害。“鬼”是害人的，这是大前提。既然“鬼”要害人，那就必须与之坚决斗争，才能把它打退；“鬼”又是狡猾的，那就还要和它运智周旋，才能把它制伏。这道理是极为明显的。

莫砍虎皮

【寓源】清·石成金《笑得好》。

【寓言】有一个人被老虎叼走了，他的儿子就拿起刀去杀虎救他。那个人在老虎嘴里大声喊道：“我的儿，你要砍，只砍虎脚，千万不要砍坏了虎皮，这样才能多卖些银子！”

【寓意点拨】这则寓言说明，其人被私有欲蒙蔽了眼睛。世界上一切事物，在其人眼中，都应是他的私有财产，哪怕是正在吞食他的老虎，他都不顾性命反而先去挂念那张虎皮可卖大银子，岂不可悲！

莫逆之交

【寓源】战国·庄周《庄子·大宗师》。

【寓言】从前，有四个怪人，主张万事万物顺应自然，认为天地间“无”(即“没有”)是最崇高的。

有一天，这四个怪人子祀、子舆、子犁和子来聚在一起，热烈地讨论着“无”的崇高和伟大，一致认为“无”就像人的头一样，起着至关重要的作用。分别时，四人互相望着笑着，认为他们心心相通，友谊将天长地久(四人相视而笑，莫逆于心，遂相与为友)。

过了一些时候，子舆害病了，子祀去探望。子舆出门迎接时，弯着腰，勾着头，高耸起两肩，背上长着五个大脓疮。他却对子祀说：“上天真是伟大啊，使我成为这样的人！”

子祀问道：“你对你的病一点也不忧虑吗？”

子舆说：“干吗要忧虑呢？人的生与死，本来是上天安排好了的，所以，我只要顺应自然就行了。”

不久，子来也害了病，眼看就要死去。子犁来看子来，见子来的妻子悲伤地啼哭。子犁坐在床边和子来说道：“唉，你的妻子真不懂事！伟大的造物主正在变化你，怎么能随便惊疑啼哭呢？”

子来感激地说：“假如一个铁匠正在打铁时，火炉中的一块铁突然跳了起来，那铁匠一定认为是不祥之兆。天地是一个大熔炉，阴阳是一个伟大的铁匠。我现在正在被天地铸造着，怎么能表示出痛苦呢？”

子犁紧紧握着子来的手，说：“我们真是知心朋友！”

【寓意点拨】子舆得病形残不成其人貌了，而他心中却没有一点忧愁，反而心安理得，顺时而处。这则寓言说明，一个人只要做到将生死置之度外，就会在精神上超脱了。

莫知其丑

【寓源】明·刘元卿《贤弈编·应谐录》。

【寓言】南岐在秦岭的大山谷中，那里的饮水甘甜但质地不良，凡是喝这种水的人都生大脖子病，所以那里的居民没有一个不是大脖子的。

看到外地人走来，小孩和妇女们都围着看，并讥笑来人说："真奇怪呀！这个人的脖子枯瘦如柴，完全不像我们。"

外地人说："你们脖子上突出肥大的东西，是生了瘿病啊！你们不寻找良药除病，反而还笑我的脖子枯瘦？"

讥笑外地人的人说："我们家乡的人都是这样，哪里用得着除掉它呢？"

最终也没人认为大脖子是丑陋的。

【寓意点拨】这则寓言告诉人们，由于受眼界和环境所限，当地人对因缺碘而形成的疾病没有认识，反而自矜自傲，以丑为美。

墨鱼自蔽

【寓源】宋·林昉《田间书》。

【寓言】墨鱼是海里的一种动物，蜷曲而细长；与别的海洋动物不同的是，它身体里有一个墨囊，里面充满着墨汁一样黑乎乎的液体。在海里游着遇到危险的时候，它就会自动打开墨囊，喷出墨汁掩护自己逃走。

一天，墨鱼自由自在地在海里游着，寻觅食物。渐渐地越游越远了，离开了大家，危险也离它越来越近，因为一条巨大的鲨鱼正在向它游过来。墨鱼发现了，但它一点也不害怕，它知道自己如何脱身。等到鲨鱼张开大嘴向它冲过来时，墨鱼马上放出墨汁，鲨鱼眼前一黑，根本不知道墨鱼去哪里了；墨鱼呢，早就游到远离鲨鱼的地方。它正为自己的漂亮脱险而沾沾自喜，没想到一回神，自己竟然已经落入了渔夫的渔网，想后悔再也来不及了。

这是怎么回事呢？原来，墨鱼放出的墨汁正是渔夫们寻找它的线索，顺着墨汁流动的方向撒网，绝对不会一无所获。

唉，墨鱼肯定没有想到，用来掩护自己逃脱的墨汁，恰恰也是给自己招来灾祸的原因！

【寓意点拨】这则寓言说明，任何事物都有其两重性，在一定条件下，好事往往能够转化为坏事，这则寓言具有朴素辩证法的因素。

从墨鱼自蔽的教训联系到人。人有聪明智慧，原本是件好事；但是一味凭借个人才智，处处耍弄小聪明也必将引火烧身，招来祸灾。这样的教训，在日常生活中不乏其例。

墨子为木鸢

【寓源】战国·韩非《韩非子·外储说左上》。

【寓言】墨子制作了一个木鸢(yuān),三年才成功,飞了一天就坏了。他的弟子说:“先生的技巧太高明了，竟然能使木制的鸢鸟在天上飞翔。”

墨子说:“我还不如制作车輗(ní)人的技巧，他能用咫尺之长的木头，不用一天的工夫,所做成的车輗能拖运三十石重的东西,运到很远的地方,运载能力很强,并用了好几年而不坏。现在我做的这个木鸢，花了三年的时间，才飞一天就坏了。”

惠子听说这件事后说:“墨子的技巧是很高明的，他懂得做车輗是巧妙的，而做木鸢是笨拙的。”

【寓意点拨】这则寓言通过墨子的经验之谈，表现了一种艺术的价值观。三年做一只木鸢才飞一天,代价之大而作用之小;一天做一个车輗,运三十石而用了几年;前者技术虽高,但不如后者实用。这说明,从实用的角度来看,评判艺术技巧的高低,要看它在实际中所起的作用的大小。从艺术观赏来看，墨子可谓工艺大师。

墨子遇日者

【寓源】战国·墨翟《墨子·贵义》。

【寓言】墨子向北到齐国去，遇到一个占卜先生。占卜先生说:“历史上的今天，天帝在北方杀死了黑龙，而先生的脸色黑，不能向北去。”

墨子不听，继续向北走。到了淄水边，没能渡河就返了回来。

占卜先生说:“我说先生不能向北走吧。”

墨子说:“南方的人不能到北方去,北方的人也不能往南边去,他们的肤色有黑、有白，为什么都过不去呢?况且天帝在甲乙日曾在东方杀死了青龙，丙丁日曾在南方杀死了赤龙，庚辛日曾在西方杀死了白龙，壬癸日曾在北方杀死了黑龙，如果按你的话去做，就是禁止天下所有的人来往了。这是违背人心、使天下如同虚无人迹一样，所以你的言语不能采纳。”

【寓意点拨】这则寓言启示人们，毫无事实依据的言论是不可信的，其目的是吓唬人、束缚人，轻信的结果是寸步难行。

拇指疾

【寓源】明·方孝孺《逊志斋集·指喻》。

【寓言】浦阳郑仲辨先生，他面容丰满，脸色红润，精力充沛，从没有患过病。后来有一天，左手拇指上生出疹子，凸起有米粒大。他有点疑虑，伸手给人看，别人大笑，认为不值得担心。三天之后，长得像铜钱那么大，他更加担忧了。又给别人看，那人像第一次那样笑他。又过了三天，拇指肿得像拳头那么大，靠近拇指的地方都疼痛，像扎刺一样。四肢全身没有一处舒适的，他害怕起来，找医诊治。

医生看了，吃惊地说："这是一种奇怪的疾病，虽然发生在指头上，其实是全身的病，不赶快治疗，将危及生命。不过刚发生时，一天便可治好；得了三天，便要十多天才能治好；现在病快到危险阶段，不到三个月不能痊愈。一天可治好时，只需艾叶针灸；十多天可治好时，需要用药敷。发展到危险阶段，严重的将蔓延到内脏，轻的也要蔓延到整个手臂。因此，没有用来阻止它在体内蔓延的药物，它会不停地发展；没有治疗外部的药物，这病也不容易医治。"郑君听从医生的话，每天内服汤剂，外敷良药，果然到了两个月才治好，三个月才身体复原。

天下的事，像拇指的疾病一样，常发生最小处，如不及时处治，最终要酿成大祸。

【寓意点拨】寓言以郑仲辨拇指患疾为喻，说明治国、做事必须注意"小"的问题。忽视小问题，就会蔓延发展，酿成大祸。告诫人们，要防微杜渐。

木伐萝瘁

【寓源】明·苏伯衡《苏平仲文集·空同子瞽说》。

【寓言】曲沃山坳里一个隐秘的地方有一片神木丛。丛，就是指高大的树木。茑和女萝依附神木的枝干蔓延生长。神灵担心它们继续蔓延下去，想叫它们离开，便对它们说："古人曾经说过：'高大的树木之下不会有丰美的草丛'，这是因为它总是被大树遮了阳光的缘故。现在神树的树干快有好几围粗，而你们的藤蔓不到几寸长，这就是因为神木的枝叶遮盖了你们。"

茑和女萝看到自己的藤蔓没有神木的枝干那么硕大茁壮，心里很妒忌，于是便托梦对乡里的人们说："那些大树并不是什么神灵幻化出来的，只是一些木精树妖罢了。"乡里的人们于是砍去了神木。神木砍了之后，茑和女萝也就无处依附，因此也都枯槁了。

【寓意点拨】寓言告诉人们，在相互依存的事物之间，虽有矛盾，但不一定都是你死我活的斗争，有时必须求同存异，彼此尊重，和平共处，共谋发展，这样对双方都有好处。

木雁之间

【寓源】战国·庄周《庄子·山木》。

【寓言】庄子在山中行走，看见一棵大树，枝叶长得很茂盛。伐木工人停在树旁而不去砍伐它。庄子问是什么原因，伐木工人说："这棵大树没有什么用处。"

庄子便对学生说："这棵大树因为不中用，才得以享尽自然的寿命。"

庄子从山中出来，住在老朋友家里。老朋友很高兴，叫童仆杀雁招待他。童仆问："雁一只会叫，一只不会叫，请问要杀哪一只？"

主人说："杀那只不会叫的。"

第二天，弟子问庄子："昨天在山中见到的树木，因为不能用才得以享尽自然寿命；在主人家的雁，却因为不会鸣叫而被杀。请问先生你将怎样自处呢？"

庄子笑着说："我将处在才与不才之间。才与不才之间，似乎是妥当的位置，其实这还是不能免于累患。如果顺应自然而处世，就不是这样了。"

【寓意点拨】庄子出行，看见无用的树不被人砍伐而成其高大，又在朋友家里见到不会鸣叫的雁却被杀，由此庄子认为一个人处世很难，成材将为患，不成材也为患，不得已只好选择才与不才之间。不过处在才与不才之间也会带来拖累，所以认为最高的境界是顺应自然，遵循无为之道。

目击道存

【寓源】战国·庄周《庄子·田子方》。

【寓言】温伯雪子前往齐国时，歇足在鲁国。鲁国有人要求见他，他说："我不见他。我听说中国的君子，通达礼义却不善于了解人心，我不想见他。"

温伯雪子从齐国返回时，又歇足在鲁国，那个人又要求见他。他说："上次要求见我，现在又来求见，这一定有什么启发我的。"

于是出去见了客人，回来就叹息。第二天见了客人，回来又叹息。他的仆人问道："您每次见那个客人，回来就叹息，为什么呢？"

温伯雪子回答说："我原先已告诉你了：中国的君子，通达礼义却不善于了解人心。刚才来见我的那位，步履进退完全合于规矩，举止犹如龙虎那样威严。他劝告我好像儿子对待父亲，开导我又好像父亲对待儿子，因此我要叹息。”

孔子见到温伯雪子不说话。子路不解地问道：“先生想见温伯雪子很久了，现在见到他却又不说话，为什么呢？”

孔子说：“像温伯雪子这样的人，目光所接而道自存，也用不着说话了。”

【寓意点拨】寓言嘲讽齐鲁一带的儒士只会拘守礼义，道貌岸然，却不懂人性情感。从温伯雪子对鲁君子“进退规矩”的批评中，告诫人们在行为上过于拘谨、循规蹈矩，势必形成虚伪而不求实际。

牧竖拾金

【寓源】明·刘元卿《贤弈编》。

【寓言】有个牧童，破衣烂衫，光着双脚，头发蓬乱，每天赶着牛羊群到山冈郊野中去放牧，常常放开喉咙唱着歌，心情愉快，尽心尽力地放养牛羊。他的思想自由自在，放牧的任务也完成得不错。

有一天，牧童拾到了一铢钱，把它小心翼翼地藏在衣领中。从此以后，他的歌声逐渐消失了，因为无心放牧，牛羊也时常四面逃散不顺从他的驯养了。

【寓意点拨】这则寓言说明，心中无私便能“意自适”“职亦举”。当牧童放牧放声高歌时，是由于他无忧无虑、心情坦然，而能享尽人生旷达的乐趣。而一旦私心内生，偶然拾钱一铢，即整天患得患失，六神无主，这不仅使他欢乐尽消，连牛羊也不再听他的话了。可见私有欲是坑害人性的本原，它会把“君子”转化为“小人”的。

牧童捉狼

【寓源】清·蒲松龄《聊斋志异·牧竖》。

【寓言】有两个牧童进山里去，在山洞里发现了两只小狼，商量后分头捉住了它们。两人各自爬上了一棵树，相距数十步远。

不一会儿，一只大狼叼着一只野兔子回来了，它进洞里一看小狼没了踪影，一下子慌了，发出痛苦的长嚎。两个牧童一看时机已经到了，于是两个人轮流着，时而这个捏捏小狼的小腿，揪揪小狼的耳朵，时而那个也那么做；两只小狼发出疼痛的叫声。大狼一看自己的孩子在树上受苦，愤怒地扑到树下，一面长嚎，一面抓着树又叫又啃，恨不得立刻爬上树去救它的孩子们。一会儿这棵树上的小狼叫，一会儿那棵树上的小狼叫，那大狼一会扑到这棵树下，一会扑到那棵树下；两个牧童要小狼叫的时间间隔越来越短，那大狼奔波于两棵树的速度也就越来越快；大狼口里不停地吼叫，四脚不停地奔跑，来来去去，往返几十次。渐渐地，它已经气喘吁吁了，到最后，奔跑的速度愈来愈慢了，吼叫的声音也愈来愈弱了，突然间它跌倒了，直挺挺地躺在地上，过了好久好久，一动也不动了。

两个牧童在树上等了好久，直到确认不再有狼来了，才溜下树来；仔细一看，那大狼早已断了气。

【寓意点拨】寓言的主旨是以柔克刚，以弱胜强。寓言中不仅描绘了两个不费吹灰之力、智取三狼的牧童的形象；更使人们认识到，貌似强大的敌人是可以战胜、能够战胜的，只要勇于斗争、善于斗争，抓住对方的弱点，运智施计，常常会在轻松诙谐的境况中取得巨大的胜利。

牧羊而梦为王公

【寓源】宋·苏轼《苏东坡集》。

【寓言】有一个牧羊人走在回家的路上，从羊而想到马，从马又念及车，又从车想到车盖。回家后，就梦见自己坐在张着曲盖的马车上，两边吹奏着乐曲，已经成为王公贵族了。

一个牧羊人和王公贵族相比较，实在是差得太远了。这是由于他个人的梦想而引起的。难道有什么可奇怪的吗？

【寓意点拨】这则寓言讽喻了得陇望蜀、贪欲无穷的人。当然，以今天的眼光，有梦想是应该的，但是梦想必须靠现实的努力一步一步去实现。犹如现今社会的一些人，不脚踏实地努力奋斗，而总想一夜暴富，怎么可能。

穆公行德

【寓源】秦·吕不韦《吕氏春秋·爱士》。

【寓言】有一次秦穆公乘马车外出，车坏了，车右侧的一匹马脱缰跑了，被一群农夫抓住了。穆公亲自去寻找那匹马，在岐山的南面看到农夫正准备分吃马肉。穆公叹息说：“吃了骏马的肉而不立刻饮酒，我担心马肉会伤了你们的身体。”于是穆公见他们每人都喝了酒才离开。

过了一年，秦、晋在韩原展开激战。晋国士兵已经包围了秦穆公的兵车，晋国大夫梁曲靡已经抓住穆公车左边的马，晋惠公的车右路石举起兵器击穆公的铠甲，已击穿了六层。在这危急的时刻，曾在岐山南面分吃穆公马肉的农夫共有三百多人，及时赶来在车下竭尽全力为穆公拼死搏斗，于是秦军大胜晋军，反而俘获了晋惠公，带回秦国。

【寓意点拨】寓言告诉人们，对人宽厚、关怀，就会得到人们的帮助和爱戴。你怎样对待别人，别人也会怎样对待你。尤其是遇到别人损害自己利益时，要冷静对待，只要不是有意的，应耐心劝告，不可鲁莽对待。

N

奈何姓万

【寓源】明·刘元卿《贤奕编》。

【寓言】古时候，汝州有个农家老翁，家有良田数百顷，房屋数百间，衣食无忧，生活舒适自在，唯一的遗憾便是祖祖辈辈辛勤耕作，没有一个文化人。于是，这个老翁就下定决心要为他们家培养一个识文断字的人

有一年，他从楚地花重金聘请了一位先生来教他儿子识字。先生来了之后，先教老翁的儿子握笔描红识字：写一画，说是“一”字；写两画，说是“二”字；写三画，说是“三”字。先生耐心地教着，开始，这孩子还认真地跟着老师学，但当先生刚讲完“三”字的写法后，这孩子显得不耐烦了。扔掉手中的毛笔，不再跟先生学习了。他得意扬扬地跑到他父亲面前，说：“识字嘛，很简单，不用学了，不用学了，我已经全部掌握了！父亲完全可以辞退先生了，何必要花费那么多钱呢？”

农家老翁看儿子信心十足的样子，也引以为豪，以为儿子聪明，这么短时间真的识得了全部的字，就顺着儿子，辞掉了先生。先生无奈，摇着头离开了。

过了没多久，这个老翁要请一位姓万的朋友来家里喝酒。为了能让儿子在朋友面前出出风头，便让他早晨起来写封请帖。他儿子也很听话，一大早就起来到书房里去写了；都日上三竿了，还不见他出来，请帖还没有写好送出去，老翁很着急，就跑到书房去看。这一看可真是吓了他一跳，原来他儿子正在埋头一画一画地划着。老翁疑惑地问：“你的请帖写好了吗？你这是在做什么呢？”那儿子抬起头，擦擦额头冒出的汗水，愤愤地说：“天下的姓那么多，为什么偏偏要姓万呢？这可是累死我了，从早晨到现在，我才写了五百画啊！”

【寓意点拨】这则寓言以财主的儿子学字的故事为喻，对世上那些浅尝辄止的人进行讽刺。寓言告诫我们，学习是一项艰苦的劳动，学海无涯，是没有尽头的；学到一点点皮毛的知识，就盲目自满，那是学不到真本领的，自以为是往往就会做出愚蠢、荒唐的事来；就像故事中的那个儿子一样，学了三个字就以为掌握了所有的字，结果一封请帖也写不好，搞得人哭笑不得。

男女有别

【寓源】清·纪昀《阅微草堂笔记·姑妄听之》。

【寓言】古时候，有个叫傅显的秀才，懂得一些文理，也通晓一些医药知识，乡里相邻要是有点小病小痛的也都去找他，他也很乐意给大家帮忙。但是，他这个人本身性情有点木讷，又有点迂腐迟钝。虽然书读了不少，但是读书从来都是囫囵吞枣，只是了解字面意思，知其然，不知其所以然，科举考试年年都参加，但年年都是名落孙山。年复一年，慢慢地他看起来就像是一个萎靡不振的老学究。

这天，傅显正在村头的大树下读书，几个小孩在他周围追打嬉戏着，孩子们玩得很开心，铜铃般的笑声在他耳际回荡着。大树下面有口井，突然其中有个小孩向井边跑了过来。他大概七八岁的样子吧，似乎对这口井很是好奇，趴在井边伸着头左看看右看看，还捡起小石子扔进去，听那水花溅起的声音，乐得又蹦又跳。傅显认得他，是邻居魏三家的孩子，他意识到在这里玩耍的危险，呵斥那孩子，可是孩子正玩在兴头上，一点也听不进去。他环顾四周，想找孩子的家长赶紧拉孩子回去，可是周围一个人也没有。

他很着急，赶紧向魏三家走去，魏三不在家，只见魏三的妻子在门口的睡椅上睡着了，还轻轻地打着鼾声。他想赶紧叫醒她，转念一想："圣贤说过，男女授受不亲，男女有别，我不能那么做！"想到这，便蹑手蹑脚地退了出来。

从魏三家出来，他想着得赶快找到魏三，于是逢人便问，是不是有人看到了魏三。半天的功夫过去了，到最后终于打听到了魏三的下落，他一看到魏三，就上气不接下气地说："快点儿去看你家孩子吧，他在村头的井边玩呢，很危险，我怎么劝也没用；刚才去你家了，嫂子睡着了，男女有别，我没有叫醒她，这才费了半天工夫找到你，赶紧——"魏三一听孩子有事，早就心不在焉了，没等傅显的话说完，就飞一般地向村头跑去。

可是，还是晚了，还没到跟前，他就看到自己的妻子已经趴在井边痛哭不止了。

【寓意点拨】这则寓言批判了男女有别这类虚伪的封建礼教，也讽刺了迂腐固执地讲究礼节而不知变通的书呆子。

南海人食蛇

【寓源】明·刘基《郁离子》。

【寓言】南海有个小岛，那里风景优美，气候宜人，民风淳朴。岛上草丛茂密，好多蛇都来到这里安家。起初人们对这种细细长长的动物还有点害怕，后来慢慢就习以为常了，而且好多人都捕蛇来吃，大人小孩都是这样，蛇肉基本上成了他们每日必备的食物。

有一天，岛上有一个人要北上去做生意，这个人平时就特别爱吃蛇肉，一顿都离不了。他的妻子怕他在北方吃饭吃得不习惯，就特别腌制了一些蛇肉晾干做成蛇干，以便他想吃的时候能够解解馋。他非常开心，拿着行李和妻子特别准备的“干粮”，拜别家人乡邻就上路了。半个月后，他来到了齐国，一路上那些可口的蛇干确实化解了他时不时地背井离乡的痛苦，他特别地珍惜它们，总是舍不得吃。在齐国的生意做得很好，大家待他也都很友善。尤其是有个齐国人，对他特别热情，招待他无微不至，还请他到自己家里做客，用丰盛的酒宴款待他，让他有一种宾至如归的感觉。

南海人心里暖暖的，他感动不已，离开的时候特别想谢谢这个齐人。可是，拿什么来表达自己的谢意呢？直接送金子吧，齐人肯定不会收的；珠宝吧，齐人家里似乎也并不缺少，那还能怎么做呢？他想到了自己珍贵的蛇干，“刚好北方没有这种食物，物以稀为贵，他应该很喜欢的吧？”

南海人拿出自己为数不多的蛇干，来到了齐人家里要把它都送给齐人。齐人知道他的来意后，连连挥手说不用客气；可是，南海人执意坚持，并把准备好的蛇干拿出来，递到齐人面前，兴奋地说：“只是小小美食，品尝一下吧！”齐人定睛一看，那弯弯曲曲不就是蛇吗？要吃蛇肉？一刹那间，他仿佛看到了满地爬满了凶恶的蛇，个个都吐着芯子，要来咬他。他吓得脸色刷地变白了。

可是，南海人一点都没觉察到，他还是兴趣盎然地沉浸在介绍蛇干的兴奋中。他继续补充说：“这些蛇干是只有我们南海才有的美味，其他地方是见不到的，你可以先尝尝这虺蛇的蛇干试试！”虺蛇？那可是毒性最烈的一种蛇啊，吃这种蛇干？齐人不敢想了，忽然间他觉得全身冒冷汗，摆手说：“不用了，真的不用了，你还是留着自己慢慢享用吧。”说罢就赶紧回卧室去了。南海人非常纳闷，丈二和尚摸不着头脑，最后只能带着满肚子的疑问离开了。

【寓意点拨】南海人想感谢齐人的初衷是好的，但最后齐人似乎并没有领他的情；原因就在于他做事情不看具体对象，不考虑实际情况，虽然是好心却容易办成坏事，结果往往事与愿违，让人大失所望。

南橘北枳

【寓源】战国·晏婴《晏子春秋·内篇·杂下》。

【寓言】春秋时期，齐国派晏子出使楚国。楚王听说后，对左右近臣说："晏婴是齐国能言善辩的人，现在他要来，我想侮辱他，怎么做呢？"

左右回答说："他来时，臣请求绑一个人，在大王的面前走过，大王可以问：'这是什么人？'我们回答说：'齐国人。'大王说：'犯了什么罪？'我们回答：'犯了盗窃罪。'"

晏子到了楚国，楚王设宴赐晏子酒，饮到酒兴正浓时，有两个小臣绑着一个人走到楚王面前，楚王说："被绑的人是干什么的？"回答说："他是齐国人，犯了盗窃罪。"楚王看着晏子说："齐国人本来就善于盗窃吗？"

晏子离开座席站起来说："我听说，橘生长在淮南就是橘，若是长在淮北就变成枳，其叶子虽然相似，但果实的味道却不相同。何以如此呢？是因为水土的不同呀。如今老百姓生活在齐国不偷窃，到了楚国就偷窃，莫不是楚国的水土使百姓变得善于偷盗吗？"

楚王笑着说："圣人是不能戏弄的，我反而自取侮辱了。"

【寓意点拨】寓言告诫人们，栽害别人的结果，总是没有好下场的，辱人到头来反取其辱。寓言另一层意义是以"橘逾淮为枳"做比喻，说明同样的事物或人，在不同的环境中，会发生不同的变化。

南柯一梦

【寓源】唐·李公佐《南柯太守传》。

【寓言】相传，唐代有个姓淳于名棼的人，嗜酒任性，不拘小节。一天适逢生日，他在门前大槐树下摆宴和朋友饮酒作乐，喝得烂醉，被友人扶到廊下小睡。迷迷糊糊仿佛有两个紫衣使者请他上车，马车朝大槐树下一个树洞驰去。但见洞中晴天丽日，另有世界。车行数十里，行人不绝于途，景色繁华，前方朱门悬着金匾，上书"大槐安国"，有丞相出门相迎，告称国君愿将公主许配，招他为驸马。淳于棼十分惶恐，不觉已成婚礼，与金枝公主结亲，并被委任"南柯郡太守"。淳于棼到任后勤政爱民，把南柯郡治理得井井有条，前后二十年，上获君王器重，下得百姓拥戴。这时他已有五子二女，官位显赫，家庭美满，万分得意。

不料檀萝国突然入侵，淳于棼率兵拒敌，屡战屡败；金枝公主又不幸病故。淳于棼连遭不测，辞去太守职务，扶柩回京，从此失去国君宠信。他心中悒悒不乐，君王准他回故里探亲，仍由两名紫衣使者送行。车出洞穴，家乡山川依旧。淳于棼返回家中，只见自己身子睡在廊下，不由吓了一跳，惊醒过来，眼前仆人正在打扫院子，两位友人在一旁洗脚，落日余晖还留在墙上，而梦中经历好像已经整整过了一辈子。

淳于棼把梦境告诉众人，大家感到十分惊奇，一齐寻到大槐树下，果然掘出个很大的蚂蚁洞，旁有孔道通向南枝，另有小蚁穴一个。梦中南柯郡、槐安国，其实原来如此！

【寓意点拨】这则寓言借喻世间荣华富贵不过是一场空梦，讽刺了那些只是空想而不采取行动的愚人。

南文子佯狂

【寓源】黄灵庚编《宋濂全集·潜溪后集卷二·燕书》。

【寓言】南文子处理卫国的国政，能够明察秋毫，没有人不怕他。

一天早上，南文子忽然像一个发了疯的人，将裹脚布当成头巾，把帽带用来垫鞋，用汤盘来盛主食，用竹箪来盛汤……一切举动没有不颠倒的。

卫国国君深深地为他担忧，亲自屈尊来到南文子的住处，问道："先生病了吗？"

南文子回答说："我怎么敢病呀？"

国君说："先生没病，为什么这样颠三倒四呢？"

南文子说："我不敢违反常理，只是模仿坏样子罢了。"

国君问："什么叫模仿坏样子？"

南文子回答说："如今国中法律制度没个规矩，上上下下无法无天，残暴的人管理着百姓，懦弱无能的人拿着武器冲锋陷阵，这就相当于用竹箪盛汤用汤盘盛饭；地位尊贵的公卿，与低贱的奴仆平起平坐，这就相当于鞋帽不分呀；囚徒罪犯们，个个都像上等人一样，这就是头巾和袜子不分呀。全国都在颠三倒四，却没有一个人省悟，君主难道只担心我一个人吗？我即使真的病了，也只是我一个人呀，怎么能和一个国家相比呢？"

国君说："眼睛能辨识黑白却看不见自己的睫毛，内心能识别老幼却感觉不到自己的形状，这是自我蒙蔽的毛病呀。请允许我听取先生的教诲而改正那些弊端吧。"

【寓意点拨】这则寓言写的是在一个黑白颠倒、是非不分的社会中，人应该清醒且执着。当我们面对强大的恶势力或令人失望的大环境时，常有一种无力回天之感，即便是南文子那样的"铁腕"人物也不免装疯卖傻。有的人独善其身，有的人随波逐流，有的人不惜以一己之力与强大的社会潮流抗衡，追求与捍卫"孤独的真"。从这个意义上看，南文子的勇气与智慧是令人佩服的。当然，前提是得有个好皇帝，在这一点上，南文子又是幸运的。

南越小竹

【寓源】宋·王安石《临川先生文集·材论》。

【寓言】南越地区有一种小竹子，用长的成材的做箭杆，用百炼的精钢来做箭头，用秋天鱼鹰的有力的翅膀上的羽毛来做箭后的翎毛，配上强劲的弓弩，可以射到千步之外，即便是有犀牛坚硬的护卫，没有不立即射穿而死的。这种天下的锐利武器，是打仗取胜的法宝。可是如果不知道它应该用在什么地方，而用来敲打东西，那跟腐朽枯干的棍子就没有什么不同。由此可知，即使得到天下有杰出才能的人，如果用得不得法，也就会像这个竹子一样。

【寓意点拨】好的竹子，可以做成锐利无比的箭杆，也可以变成腐朽枯干的小棍，关键是要有慧眼识才的人。这个慧眼识才的人，要用之得法，就要把它放在该放的地方——箭杆，而且还要为它提供有利于发挥作用的环境，前面有千锤百炼的精钢做的箭头，后面有鱼鹰有力的翅膀上的羽毛做的箭尾，再配上强有力的弓弩。有了这样的条件，这样的环境，才能使竹杆发挥出杰出的作用，才能使箭杆成为有用之材。这就是这则寓言给人们的启示。

难为东道

【寓源】明·刘基《广笑府·口腹》。

【寓言】一个和尚，每个夏夜都赤膊坐在山边，口里不断念佛，要舍身喂蚊子，专修佛身。

观音大士想要验证一下他是诚心的，还是作假的，于是化作一只老虎，咆哮着来到山边，想要让他舍身给老虎吃。

和尚急忙抽身而起，大叫道：“今晚撞见这个大顾客，这样的东道怎么做得起啊？”

【寓意点拨】寓言嘲讽僧人“口口念佛”的虚伪性。他的“舍身喂蚊”的诚意是经不起考验的，一闻虎啸，便“抽身忙起”，“喂蚊”尚可，喂虎就不干了，这怎么能谈得上“专求作佛”呢？

猱搔虎痒

【寓源】明·刘元卿《贤弈编·譬喻录》。

【寓言】野兽中有一种猱(náo),身体小而善于爬树,爪子很锋利。老虎头顶发痒,就叫猱替它搔。猱搔个不停,抓成了一个小洞,老虎感到特别舒服而毫无觉察。猱便悄悄从洞中汲取老虎的脑浆吃,并将剩下的一部分奉献给老虎说:“我获得了一点荤腥,不敢自己吃,就献给您吃吧。”老虎说:“猱对我真是忠心呀!这样爱戴我,竟忘了自己的口腹。”老虎吃着自己的脑浆还不知道哩。

时间久了,老虎的脑浆快吃空了,疼痛发作方才明白,即去追逐猱,而猱早已爬到一棵很高的树上躲避起来。老虎痛得腾跃蹦跳,大声吼叫着死去了。

【寓意点拨】这则寓言告诫人们,有些人当面奉承,背后捣鬼,如果对这种人丧失警惕,就会受害无穷。人们不仅要听其言,更要观其行。特别是对一味说奉承话的人,要多看看他的实际行动。谨防被奉承话迷惑,自食其恶果而丧生。

能言未必能行

【寓源】西汉·刘向《说苑·权谋》。

【寓言】下蔡的威公在家关着门痛哭,一连三天三夜,哭得流尽了眼泪,又流出了血。有个邻居透过院墙偷看他,并问道:“你为什么哭得这样悲伤?”

威公回答说:“我们的国家快要灭亡啦!”

邻居问:“你怎么知道的?”

“我听说生病快死的人,良医也没有办法;快要灭亡的国家,出谋划策也没用。我曾多次劝说国君,但国君就是不采纳,因此我知道我们的国家快要灭亡了。”威公解释说。

窥墙的邻居听了这番话,就带着全部族人离开蔡国,到楚国去了。

过了几年,楚王果然举兵进攻蔡国,那个窥墙的邻居在楚国军队里当司马,带兵前往,俘虏了很多的蔡国人。有人问他:“这里面是否有你的兄弟朋友呢?”他看来看去,发现威公被捆绑着,混在俘虏当中,便问道:“你怎么会弄到这种地步?”

“我怎么不会弄到这种地步呢?”威公回答说:“我听说过:言谈是行动的仆役,行动是言谈的主宰。你能行动,我能言谈;你是主宰,我是仆役。我弄到这种地步,又有什么可奇怪的呢?”

那窥墙的邻居在楚王面前替威公解释了一番，楚王给威公松了绑，威公便和那位窥墙的邻居一起去了楚国。

所以说：“会言谈的人未必会行动，会行动的人未必会言谈。”

【寓意点拨】威公意识到国家将要灭亡，但他并没有采取相应的行动，反倒是他的邻居听取了他的言论，举家迁移，躲避了灾难。这则寓言故事告诉人们：言论固然重要，但更为重要的是将它付诸实践，说到做到才是最值得赞许的。

倪彦思家魅

【寓源】东晋·干宝《搜神记》。

【寓言】三国吴时，嘉兴县人倪彦思居住在县城西边埏里。

有一天，倪彦思忽然发现鬼魅进了他家，与人说话，像人一样吃喝，只是看不见它的形象。倪彦思家有个奴婢背地里骂主人，鬼魅说：“现在就把骂的话告诉主人。”倪彦思惩罚了那个奴婢，从此没有谁敢背后骂主人了。

倪彦思有一个小老婆，鬼魅去追求她，倪彦思便请道士来驱逐鬼魅。酒菜摆好以后，鬼魅就弄来厕所中的草粪，撒在酒菜上。道士于是猛烈敲鼓，召请各路神仙。鬼魅便拿了一只便壶，在神座上吹出号角的声音进行干扰。过了一会儿，道士忽然觉得自己背上发冷，吃惊地站起来解开衣服，竟然是一只便壶。于是道士只好作罢离开。

倪彦思晚上在被子里悄悄地跟妻子说话，两人都为这个鬼魅大伤脑筋。鬼魅就在屋梁上对倪彦思说：“你跟你老婆议论我，我现在就要把你家的屋梁锯断。”于是就发出隆隆的响声。倪彦思担心屋梁被锯断，点起灯来照着看，鬼魅就把灯吹灭，锯屋梁的声音更加急促。倪彦思害怕房屋倒塌，把一家大小都叫出屋外；再点灯来看，屋梁还是原来的样子。鬼魅大笑，问倪彦思：“还议论我吗？”

郡中典农听说这件事，说：“这个神怪正该是狐狸精。”鬼魅就去对典农说：“你拿了官府的好几百斛稻谷，藏在某某地方。做官的人自己贪污，却敢来谈论我。现在我就要去向官府举报，带着人去把你所盗的稻谷拿出来。”典农十分惊慌，连连向鬼魅道歉。自那以后没人敢议论鬼魅。三年以后鬼魅离开了倪家，不知道到什么地方去了。

【寓意点拨】这则寓言里的鬼魅富有正义感。它利用自己不显形象的优势，洞察内幕，揭露隐私，检举背后说坏话的婢女，特别是揭发郡中典农贪污大批粮食的行为，令贪官污吏为之胆寒。它在完成了任务以后，自动离开此地，转战他方。但这个鬼魅也有毛病，比如追人家小老婆，老虎屁股摸不得，不让人说它的不是。

溺水不跃

【寓源】元·陶宗仪《南村辍耕录·溺水不跃》。

【寓言】漳州龙溪县澳里人陈端才，他的妻子姓蔡名三玉。

至元年间，本地出现了强盗，在澳里抢夺钱财。村子里所有的妇女集中到一只船里避难。强盗追上那只船，三玉马上就用水把衣服弄湿。强盗发现三玉长得很漂亮，想先玷污她。三玉欺哄他们说："我的衣服湿了，请拿衣服给我换。"趁着强盗去拿衣服，三玉投水而死。

强盗说："落水的人一定会向上跳跃的。"于是把钩子缠在长竿上，等三玉向上跳时就把竿子伸给她。三玉竟然不向上跳，强盗只好走了。

三玉的父亲端广的船停在上游，三玉的尸体逆流而上，靠在她父亲的船边，父亲用东西把她推开，怎么推也推不走。父亲开船逆水而上，尸体多次跟着父亲的船向上流去，端广很奇怪，一看，原来是自己的女儿。

三玉宁死也不愿受到侮辱，这是出于她做人的本性，妇女的坚贞表现得这样的智慧和明彻。

【寓意点拨】这则寓言在赞赏三玉宁死不受辱的同时，讽喻了那些经验主义者。"溺者必跃"这是落水者本能的反应，而三玉宁死不辱，溺水自然不跃，经验主义者却还准备着长竿等她向上跳起时去救她。故事教导人们要防止完全靠经验和教条办事，而应该从实际出发，把思想和实际结合起来。

鸟索头

【寓源】唐·唐临《冥报记》。

【寓言】隋朝鹰扬郎将军姜略，天水人，小的时候喜欢打猎，善于纵放鹰犬追捕猎物。后来在他生病的时候，看到数以千计的各种鸟，都没有头，围绕着他的床，鸣叫着："快点还我的头来。"姜略头痛欲裂，气绝过去，很久才苏醒，说："请允许我为你们追福。"群鸟答应，离开了。后来他的病好了，于是他终身戒酒肉，再不杀生。

【寓意点拨】鸟类同人类一样，也是一个个鲜活的生命。当人类将枪口对准可爱的小鸟的时候，内心深处无疑会有某种内疚的感觉。姜略平时杀生很多，在潜意识里他会感到对残害生命的畏惧。所以在他患病神志不清的时候，才会看到鸟类前来索头。

寓言提示人们：要尊重生命，珍视和我们一起生活在这个星球上的生灵。

聶字三耳

【寓源】明·冯梦龙《广笑府·儒箴》。

【寓言】一个担任书写工作的小吏写字时常错误百出，丢三落四。遇到登记名册时，把“陈”字的左边写到了右边，被县官责打二十棍。此人生性愚钝，误以为凡是耳朵偏旁都应该写在左边，后来又把“郑”字的耳朵偏旁写在左边，又被县官责打二十棍。后来有一姓聶的人托他写状子。他大叫说：“我因为两个‘耳’，一连被打了四十下，如果给你写状，还不送了我的性命！”

【寓意点拨】寓言通过对比，一方面揭示书手的粗枝大叶，另一方面讽刺了书手盲目地总结所谓的经验，只能一错再错。寓言告诫人们，任何事物的产生都是有规律的，不是个人意念中的规律，而是事物的内在本质。

宁戚饭牛

【寓源】秦·吕不韦《吕氏春秋·举难》。

【寓言】春秋时，卫国有个人叫宁戚，他认为自己的才能足够做一番大事业，他听说齐桓公喜欢任用贤才，就想投到齐桓公门下求取官职。但是，宁戚家境贫困，不仅没有办法使自己进见齐桓公，而且连去齐国的路费也没有。无奈，他只好去为商人赶牛车，来到齐国。

晚上，宁戚与他的牛车宿在城门外边。

一次，齐桓公到郊外迎客，夜间城门大开，宁戚的牛车被驱赶到一边，只见火把熊熊，跟随的侍从前呼后拥，场面盛大。

宁戚下车喂牛，远远地望见齐桓公的威仪，再对比自己卑贱的地位，不知何年何月才能实现抱负，心中十分感伤。于是，他情不自禁地敲击着牛角，大声唱起了信口编出的歌：“南山白白净净呵，白石晶莹灿烂，叹我生不逢时，未遇尧舜当权。身穿短布单衣，长只及我小腿边。黄昏开始喂牛，一直忙到夜半。黑夜漫漫无边呵，何时盼到明天？”

桓公听到歌声，抚摸着自己车夫的手说：“奇异啊！这唱歌的不是一般的人。”就命令副车载着宁戚返回朝廷，随从的人请示如何安置宁戚，桓公令赐给他衣服帽子，准备召见他。

宁戚见到齐桓公，用如何治理国家的话劝说桓公。第二天又谒见桓公，他又用如何治理天下的话劝说桓公。桓公非常高兴，准备任用他。

大臣们劝谏说："这个客人是卫国人。卫国离齐国不远，不如派人去询问一下。如果确实是贤能的人，再任用他也不晚。"

桓公说："不是这样。去询问，担心他有小毛病，就会因为人家的小毛病，丢掉人家的大优点，这是君主失掉天下杰出人才的原因。"

【寓意点拨】这则寓言告诉人们，一个人才华的施展，要有一定的社会条件，也就是所说的机遇，时机不成熟，外部环境受到制约，那只是空有其才。不过，这外部的时机不是被动地等来的，而是凭着自身的努力，去寻求而获得的，机会对每个人都是公平的，就看你如何去寻找它。

牛　飞

【寓源】清·蒲松龄《聊斋志异·牛飞》。

【寓言】某县有个人买了一头牛，非常健壮。这天夜里，他梦见这头牛生出两只翅膀飞走了，以为是不祥之兆，怀疑牛会丧失，就把它牵到集市上减价卖掉了，用头巾把卖得的金子包住挎在手臂上。

在回家的路上，看见有只老鹰在吃一只已被吃得残缺不全的死兔，他走上前去，老鹰显得十分驯良。于是他就用头巾的一角绑住老鹰的腿脚，把它架在臂上。老鹰不停地挣扎，他捉得稍有松懈，老鹰便带着金子飞腾而去。

【寓意点拨】这则寓言告诉人们，唯心主义真是害死人。正如此人白白失掉一头牛，完全是咎由自取。他满脑子迷信思想，因梦而生疑，因疑而受损，但仍执迷不悟，认为定数难逃。

牛　联　宗

【寓源】清·游戏主人《笑林广记》。

【寓言】牛郎用一万缗金钱，驮在牛背上，送斗牛宫去交纳。牛突然逃跑到下界，看着自己的相貌很污秽，对庸俗秉性颇感难堪，因而想到背上驮着的金钱多，跟豪门贵族之家连宗是不困难的，也可借此夸耀乡里。于是，牛就去东海求见麒麟，把自己的想法告诉它。麒麟说："我的角，我的足，都和诸侯同族，难道能让你这样一头碰墙的笨蛋和我这公族相混同吗？”就把牛呵斥跑了。

牛又到西域去见青狮子，还没等通报进见，狮子见它奇形怪状，难以容忍，就大吼一声，吓得牛拉了满地臭屎，逃到荒野里去，不知道怎么办才好。

牛忽然想起住在芦上的长耳公，过去曾有共同拉车的交情，就去求它。长耳公说：“南山有一头金钱豹，虽然名义上托做隐士，但交游甚广，我愿替你作介绍。”就一同去南山。长耳公看见了金钱豹，拼命说牛的诚意，夸牛的好处。豹子开始拒绝，后来看见牛背上驮的金钱，就笑着说：“看见你的背，还可联宗。而且我家之所以称为豹变的，也是因为背上有金钱花纹呀！你虽没有花纹，还可用人力去创造嘛！”于是取下牛背上的金钱，分开皮上的毛，用钱编成光彩的花纹，五色灿烂，金光闪耀，简直是异乎寻常的牛了；这与富有人出钱捐官顿时换了头衔并没有什么两样。长耳公注目细看，笑着说：“一破钱口袋，就成了俊美的动物，即使请介葛卢来，也听声辨认不清了！”说罢就辞别而去。

从此以后，豹子便把牛引作同宗同谱，而牛也摇摆着尾巴自鸣得意。但是，没过十天，牛身上的金钱全都脱落了，皮毛仍旧像从前一样。豹子大怒道：“像这种丑恶的形态，玷污了我家的华宗！”立即把牛叱逐出去了。

牛极度困惑而束手无策，仍然回到斗牛宫来。牛郎用鞭子抽打它的背，质询那些金钱弄到哪里去了？牛就原原本本地禀告了一遍。牛郎骂道：“你这畜生多蠢呀！豹子所以愿意和你联宗，是因为你有金钱罢了！一旦钱用尽了，它岂肯引你这生长在泥涂中的动物作为它祖宗的不肖子呢？”

牛郎用绳子穿了牛的鼻子，把它拴在牢后头，人们就用“牢”称呼牛了。

【寓意点拨】寓言尖刻地嘲讽了那些被铜臭染污了灵魂的人。另外，名门世家，瞧不起富商巨贾的暴发户，不屑与之联宗，这是封建社会后期常有的现象，寓言似乎曲折地反映了这样一种意识。

牛缺遇盗

【寓源】战国·列御寇《列子·说符》。

【寓言】牛缺，是上地的一个大学问家。他一次出门要到邯郸去，走到耦沙遇见了一伙强盗。强盗抢尽了他的衣物车马，牛缺却大踏步走了。看起来高高兴兴的，没有一点发愁和吝惜的神色。强盗便赶上去问他是什么缘故。

牛缺说：“君子不拿供养自身的东西去危害它所供养的身子。”

强盗说：“吓！真是知理通情呀！”

但众强盗随后又互相商量说：“凭他这样的才德，去见赵国君王，谈到了我们的这种行为，一定要与我们作难。还不如把他杀了好。”于是，他们便赶上牛缺，把他杀掉了。

燕国有人听说了这件事，便召集起他的家族来，互相警戒说：“碰见强盗可千万别学上地的牛缺呀！”大家都接受了这个教训。

不久，这人的弟弟要到秦国去，到了函谷关下，果然遇到强盗。想起哥哥对他的警戒来，便和强盗大力争夺财物。争夺不来，又赶上去向强盗们说好话请求还给他东西。

强盗们大怒道：“我留你条活命就够宽宏大量了，你还不停地追赶我们，这样，我们的行踪就要暴露了。既然做了强盗，哪里还管得到发善心呢？”于是就把他杀了，并且连他的亲友四五个人也都一起杀死了。

【寓意点拨】这则寓言讽刺了教条主义者抱住书本不放，经验主义者硬搬老一套，这都是不从实际出发，不分析具体情况，不区别具体对象，死板地运用理论原则，机械地对待经验教训。凡是抱着这种教条主义或经验主义态度处世的人，总是要大倒其霉，无往而不败的。

牛尾狸

【寓源】明·宋濂《燕书》。

【寓言】在赵山里，生长一种牛尾狸。这些狸子的脂肪和肉交错相间，味甚甘美。当树上的果实在秋天成熟得肥美了，狸子吃得饱饱的，它的皮毛光滑润泽，非常好看。狸子自己料想会被人们所忌妒，便寻找一个山洞为屋，竖起石头搭成棚子，聚敛一些竹叶堵在洞口当作垣墙，白天埋伏在窝里，黑夜出来寻找食物，让人们无隙可寻。

有一个经验丰富的老猎手，他让猎狗按着狸子的脚印追踪跟来，捣毁了它的棚子，踏坏了它的垣墙，点起火来用烟熏它的窝。狸抵不住烟呛，闭起眼睛冒着火苗冲了出去，猎狗便跟在后面把它咬死了。

【寓意点拨】这则寓言说明这样一个道理：狸子无罪而见祸，是由于它的“与肉间错，味旨甚”；还由于它的毛润泽，并且“为人所忌”。作者说：“匹夫无罪，怀璧其罪”；“人以为无辜，殊不知从己召也。”这只说出了表面的道理，且容易为剥削、掠夺者作辩护。劳动人民是物质财富的创造者，能因他们创造了物质财富而成为“从己召”的“罪人”吗？相反，倒是那些饱食终日、无所用心，骄奢淫逸、攘夺无厌、不劳而获的人才是真正的罪人。

农夫老古

【寓源】西汉·刘向《新序·杂事二》。

【寓言】晋文公追赶一只麋鹿，麋鹿跑得不见踪影，于是就问路边的老农："我的麋鹿跑到哪里去了？"

老农用脚指了指地下，回答说："从这里跑了。"

文公很不高兴，责问道："寡人问你，你为什么只用脚指一下？"

老农理了理衣裳，站起身，说："我竟然没想到一国之君也是如此！虎豹栖居，只有厌倦闲远而接近人类，才会被猎杀；鱼鳖栖居，只有厌倦深渊而游往浅水，才会被捕获；诸侯只有厌倦民众，他的国家才会灭亡。《诗经》说：'鸦鹊有巢，反被斑鸠占据。'国君如果放纵不归，别人就要占据你的宝座了。"

文公听了，心感恐惧，连忙赶回朝廷。路上遇到栾武子，栾武子问："打猎收获不小吧？为何满脸喜色？"

"我追赶麋鹿，虽然没有抓到，却得到善言，故而心里很高兴。"文公说。

"那人在哪里？"栾武子问。

"我没有带他一起回来。"

"身居高位而不体恤臣民，这就是骄傲；禁令松弛而责罚严厉，这就是凶暴；采纳了别人的善言，却对这人弃置不顾，这就是盗贼行为。"

"说得好。"文公赞许道。

于是文公原路返回，找到老农，和他一起乘车回来。

【寓意点拨】这则寓言具有两个中心意义：一是面对喜好田猎的晋文公，农夫老古列举了虎豹鱼鳖只有离开栖息之所才会被猎杀捕获的事例，并进一步指出国君如果耽于田猎，放纵不归，政治地位就会不巩固。二是面对得到"善言"而喜气洋洋的晋文公，栾武子批评他"取人之言而弃其身，盗也"，端正了晋文公对人才的态度。"一箭双雕"的写法，构成本篇寓言迥别于众的艺术特色。

驽马与骐骥

【寓源】宋·王安石《临川先生文集·材论》。

【寓言】劣马与良马混杂在一起，它们在一起喝水、吃草、嘶叫、踢咬，找出它们的不同是很不容易的。等到拉着很重的车辆，走平坦的道路，良马用不着鞭子多抽打，驾驭时也不要多操心，一拉缰绳，千里之远就走到了。在这个时候，让劣马同拉一辆车，虽然忙得车轮倾斜缰绳拉断，累得筋断骨裂，不分昼夜地追赶，也是被良马远远地甩在后面。这之后良马和劣马就很好区别了。古代的帝王懂得这个道理，所以不以为天下没有人才，想一切办法来物色加以试用。试用的办法，就是让他担负他所能干的事情。

【寓意点拨】这则寓言告诉人们，要在使用中考查人才，真正做到量才录用，人尽其才。这才是鉴别和使用人才的正确方法。

怒蛙说

【寓源】清·仲方、董兆熊《南宋文录录》。

【寓言】太阳上有乌鸦，月亮里有青蛙。青蛙与乌鸦相遇之后，乌鸦戏弄青蛙说："你不过是一块肉而已。跳起来，也不过一尺高，能有什么作为呢？"

青蛙说："我已经是这样了，你不要再嘲笑我了。"

乌鸦说："你也能发怒吗？"

青蛙说："我鼓起肚子，就能遮蔽月亮的光辉；张开我的嘴巴，就能吃掉整个月亮；瞪着眼睛，星星都会黯淡无光，怎会不能发怒呢？如果你不相信，到了月圆时候，我发怒显示给你看。"到了月圆时，月亮果然失去光芒。

有一天，青蛙遇到乌鸦，说："以前我发怒，该不会使你受惊吓了吧！"

乌鸦说："你怎能让我受惊吓呢？我挥动羽毛，就能遮盖太阳的光芒；张开嘴巴，就能啄掉整个太阳，慢慢用脚踢它一下，天下人就不能安宁的过生活。我觉得你那种发怒太渺小了，我怎么会受惊吓？你如果不相信，到了月缺的时候，我发怒给你看。"到了月缺的时候，太阳果然黯淡无光。农夫敲鼓，为了救太阳而忙碌。

又有一天，乌鸦遇到青蛙，说："我发怒的样子怎么样？"

青蛙说："起初我认为自己发怒是最有威力的，却不知道你比我的威力更大。"

为太阳驾车的武士，名叫羲和，在一旁听到它们的谈话后说："唉，你们的发怒怎么能叫最有威力呢？我使太阳的运行加快，六条龙也不敢延误我的车速；我一发怒可以使太阳更加燥热，云神不敢起云，雨神不敢下雨，风神不敢刮风；四面八方的大地，我能叫太阳把它晒得炙热，地面上成千成万阴湿的凹沟，我能让那里生长草木；众多的河流，我能断绝它们的水源。这样他和你还敢谈论自己发怒的威力吗？你要是不相信我，我会再发怒给你看。"之后果然干旱半年，整个天地之间都因此遭受灾祸。

有一天，羲和遇到了乌鸦，说："我的发怒看起来怎么样？"

乌鸦吃惊地说："起初我以为我的威力最大，却不知道你的威力比我的更大！"

飞廉、丰隆、屏翳听了之后，一起到了羲和那儿去，讥讽它说："这就是你觉得很光荣的发怒吗？让你看看我们的威力。我们三人，呼口气，就能掩盖乾坤，喷出口沫，就能够毁掉嵩山、华山的草木；发出雷声，就足以颠覆四海，掀起九州，使它们都翻转过来。"话还没说完，风神飞廉呼气，雨神屏翳喷出口沫，雷神丰隆长啸，夜以继日，雨水淹没山谷，也有半年的时光。

唉！这些神灵掌管着大自然的神力，却各自拿发怒这档事来竞赛。民众万物到底有什么罪呀！

【寓意点拨】这六位神灵，各自有神力，却为了逞其强大威力，一个接着一个发怒，最后倒霉的是百姓、万物。这则寓言不只显现大自然的无情，更可以突显百姓力量的渺小。当权者和有神力的人如果都以百姓万物为刍狗，可怜的就是这些芸芸众生。当权者如能站在人民的立场去做事，人民就可安居乐业；如果只站在个人自私的立场去操作，人民就受苦受难。

女婢击败强盗

【寓源】清·沈起凤《谐铎》。

【寓言】广东东部有位先生，在河南当按察使的时候，有个姓聂的人，因为人命案子蒙不白之冤，这位按察使替他平反昭雪了。姓聂的十分感激，把自己的爱女书儿献给按察使当丫环，这位大人看他情意恳切，便收下了。这位按察使的夫人管教下人很严厉，除了要她们洒扫庭堂，里里外外收拾干净以外，还教她们学针线活儿。书儿学不会，因此，天天挨鞭打，她只是低头忍受罢了，没有一点儿怨言。后来，这位按察使因受牵连罢官回乡。

当时河南一带不安宁。枣树林中常有强盗出没。那强盗头子叫"赛张青"刘标，有一手打流星弹的武艺，一打出去五发弹，没有一发不击中。另一个叫"铁拐子"朱健，擅长使用一把铁拐。他曾经用铁拐猛击真武殿前的一尊石鼓，石鼓被击得粉碎。这两个强盗横行在江湖绿林间，捕捉强盗的人不敢正眼看他们。这位按察使是熟悉这些情况的，一路上很有戒备。一日，天色将近黄昏，听到树林里响起飞箭声，这位按察使吓得两腿发抖，夫人吓得脸色发黄，随从的仆人和车夫，个个面无人色。

书儿从容不迫地上前向按察使说："小小鼠辈，竟敢冒犯大人的尊驾，如果他们不想活，我去擒杀他们是了。"她向按察使要了前面的一匹马，赤手空拳向前驰去，训斥强盗道："狗奴才！认得河南聂书儿吗？"

强盗笑道："我们这些人只要钱儿钞儿，要'书儿'有屁用！"

书儿怒气冲冲地说："你们这伙人死期到了，还敢说笑话！"

强盗也发了怒，突然射出一弹。书儿右手伸开两个指头接住弹丸。强盗又射来一弹，书儿用左手接住。第三颗弹射来，书儿笑着张开嘴迎上去，把弹丸衔在牙齿中间。强盗见了十分震惊，又射出一弹，书儿仰身躺在马背上，用双脚把弹丸夹住。第五颗弹丸射来，书儿当即把夹在脚上的弹丸射出去抵挡，两颗弹丸相碰，叮当作响，飞出去足有三十步远。书儿腾身跃起，吐出嘴里那颗弹丸，大笑道："贼奴才的本领只有这些吗？"

另一个强盗飞舞着铁拐杖冲上来，书儿把铁拐杖随手夺来，折成三四段，盘过来曲过去就像揉搓着柔软的棉絮一样，然后扔在地上，笑着说："把你娘灶头的拨火棍也拿来吓人，太可笑了！"两个强盗吓得面无人色。书儿把手中的两颗弹丸打出去，左手一弹，右手一弹，两个强盗都被打死了。那些跟随而来的小强盗们，在书儿四周跪下请求饶命。书儿说："你们这些人不值得弄脏我的手！"大声命令他们走开。书儿击败了强盗，不慌不忙地掉转马头回去禀告按察使大人，说："托大人的福，保佑我，我没屈辱使命！"

按察使和他夫人都很惊奇，问她："你有这种绝妙的本领，怎么拿不起一根针呢？"

书儿答道："刀枪剑戟，在我只有十一二岁时就使用惯了，现在一根小针捏在手中不知它是什么东西，所以无法学好。"

夫人又问她："我鞭打你时，你为什么俯首帖耳地忍受呢？"

书儿回答说："我父亲叫我来报答你们的大恩大德，假使不顺从，触犯了，就是以怨报德了，我怎么敢呢！"

夫人听了这话，心中也十分高兴。

【寓意点拨】这则寓言以女婢书儿击败强盗而不能捏住一根针的故事为喻，说明人各有所长，各有所短；用人者要善于发现、发挥他们的长处，使人尽其才。同时告诫人们，当才能不能发挥时，不要埋怨，要等待机遇。

O

讴癸之歌

【寓源】战国·韩非《韩非子·外储说左上》。

【寓言】从前，宋国国王同齐国结下了怨仇，便修筑武宫城以防备齐国的侵犯。

有一个叫癸的歌手在武宫唱起了动人的歌儿，歌声引起了走路的人停步观望；使筑城人忘了干活而不知疲倦。宋王知道后召见了癸并赏赐他，癸对宋王说：“我的老师射稽比我唱得还好。”

于是宋王召见了射稽，让他在武宫唱歌，走路的人听了不停步，筑城的人听了感到很疲劳。宋王便问癸说：“你的老师唱歌，行人不止步，筑者知疲倦，不如你动听，而你为什么赞美他呢？”

癸回答说：“大王可用尺计量一下他们筑城的功效。我唱歌的时候，他们只筑了四板高，而我的老师唱歌的时候，他们筑了八板高。再用锤子检查他们筑墙的硬度，我唱歌时所筑的墙，能锤进五寸深；而我老师唱歌时所筑的墙，只能锤进两寸深。”

【寓意点拨】寓言说明：判断一个人的好坏功过，不能只听他自吹自擂，而要看他实际做了什么，以实际效果来考察检验；看问题要深入本质来进行考察，不能为表面的现象所迷惑。

瓯毁拘人

【寓源】明·归有光《震川先生全集》。

【寓言】有个人把瓦盆放在道路旁边，瓦盆倾倒到地上摔破了。他刚刚离开破瓦盆，正巧有个人拿着瓦盆经过，他急忙拉住拿瓦盆的那个人说：“你为什么碰破我的瓦盆？”因而抢走了那个人的瓦盆，而把自己的破瓦盆给了那个人。街市上的人大多偏袒先前摔破瓦盆的人，后来拿瓦盆的人竟然不能申辩就走了。

唉，摔破瓦盆的人如果没有看见人就会离开，而后来拿着瓦盆的人不幸遇到他，便很冤枉地拿自己完好的瓦盆换了他的破瓦盆，摔破瓦盆的人却拿自己的破盆换了好瓦盆。事情的变化竟然这样，而那些街市上的人也都失去了他们的良心啊！

【寓意点拨】这则寓言告诫人们，要提防那些不讲道理的人，他们往往为达到个人的目的，竟会做出倒打一耙的勾当，嫁祸于人。面对这种人往往是有理说不清，但一定不可让步，必须与之申辩清楚，否则就会跳进黄河洗不清了。

藕如船

【寓源】明·冯梦龙《广笑府》。

【寓言】有个主人用藕梢来招待客人，却将又粗又肥的藕头和藕身留在厨房里。客人说："我读诗，经常读到这样的名句：'太华峰头玉井莲，花开十丈藕如船。'起初我不相信有这样长的莲藕，今天才确信果有其事！"主人说："为什么？"客人答道："藕梢已经到了这里，可是藕头还在厨房里面躺着呢！"

【寓意点拨】有朋自远方来，喜从天降，理应热情款待。待人接物要落落大方，坦诚相见。寓言入木三分地讽喻了主人的小气吝啬。

P

庞敬遣市

【寓源】战国·韩非《韩非子·内储说上》。

【寓言】庞敬做县令时，派遣公大夫率领管理市场的小吏们前往市场，可是刚走了一会儿，就把公大夫召回来。公大夫回来后只是站了一会儿，县令并没有什么吩咐，然后又派他率队前往。管理市场的小吏们以为县令对公大夫讲了什么话，便对公大夫加以提防，不敢营私舞弊。

【寓意点拨】这则寓言说明了互相监督的作用，办事如果没有层层监督的制度，那就会各自为政，肆无忌惮地枉作非为；有了层层监督就会产生互相约束的力量。

裴休赏荷

【寓源】宋·沈俶《谐史》。

【寓言】裴休被任命为安徽宣州观察使，离京赴任前，正巧赶上曲江池荷花怒放，便同朝中几位有名的官员一起去赏荷花。

从慈恩寺那儿他就叫随身侍从退下，只带几个小仆人。

到了紫云楼，看见有好几个人坐在水边，裴休一行便在他们的旁边稍事休息。那几个人当中有一个穿黄衣服的人，醉醺醺的，骄矜自得，很轻浮地对着那几个人指手画脚。

裴休有点看不惯，便对那人拱手相问："请问您是什么官职啊？"

那人脱口就回答说："哎呀，不敢当呀！我是新任命的宣州府广德县县令。"

他又反问裴休说："押衙，你是什么职位呀？"

裴休便学着他的腔调说："哎呀，不敢当呀！我是新任的宣州府观察使。"

那人听了，狼狈地溜走了。

【寓意点拨】裴休没有当面指责那个骄傲自得、目中无人的黄衣人，只是很幽默地模仿他的腔调来回答他的问题，就使得那人无地自容。故事也告诉人们：任何时候都不要骄傲而看不起别人。

盆成适合葬之愿

【寓源】战国·晏婴《晏子春秋·外篇》。

【寓言】齐景公住在路寝台的宫室里，半夜时分，听到西边有男人的哭声，景公为他感到悲哀。

第二天上朝，景公问晏子说："我昨夜听到西边有男人的哭声，声音非常凄惨，气氛极为悲哀，是什么人在那里哭呢？我也为他悲哀。"

晏子回答说："西边城郭只居住着一个名叫盆成适的无职士子，他是父亲的孝顺儿子，哥哥的恭顺弟弟。又曾经当过孔子的学生。现在他的母亲不幸死了，合葬的棺木尚未入土安葬，家境贫寒，自己年老，孩子弱小，恐怕自己没有能力让父母合葬，所以感到悲哀。"

景公说："先生为我去吊唁他的母亲，并问问他父亲的灵柩葬在哪里？"

晏子奉命去盆成适家吊唁，并询问他父亲的灵柩葬在哪里。盆成适再三拜谢，叩头不肯起来，说："父亲的灵柩葬在路寝台右边台阶下，得以在地下当臣子，手拿文书、笔墨，在宫殿中办事，希望在某一天送母亲的灵柩进去合葬，不知国君的心意怎样？我穷困没有办法办理此事，唇干舌燥，焦虑得心如火烧。现在先生不嫌屈辱到我家来，恳望先生解决这件事。"

晏子说："行。这是人生中最重要的事情了，就是怕君王不同意啊。"

盆成适一下子站起来说："凡事在先生了！况且我听说，越王喜好勇士，他的百姓就不怕死；楚灵王喜好细腰美人，他的国家饿死的人就很多。伍子胥忠于他的国君，所以天下的人都希望得到他作为儿子。现在我作为人子，而使自己的亲人离散，孝顺吗？能够做人臣吗？如果这次父母能合葬，是使我得到生存而使死去的母亲得到安息了；如果这次不能合葬，我就请求拉着装载尸体的车子寓寄在国都门外屋檐流水处的下边，不吃不喝，抱着车辕拉着车辂，像木头一样站着干枯，让鸟儿栖息在上面，裸露身子，暴露骨骸，以期待君王的怜悯。我虽卑贱愚昧，私下认为圣明的君王一定会哀怜而不忍让我这样做。"

晏子入朝向景公回报，景公愤怒得变了脸色说："先生为什么一定要听他的话来教训我呢？"晏子回答说："我听说忠臣不回避危险，爱护没有恶言。况且我也认为这件事难办呀。现在君王营建此处为游乐观赏的场所，已经是夺人所有，又禁止别人安葬，这是不仁了；随心所欲，不听劝谏，不体恤百姓的忧愁，这是不义。

您为什么不愿听？”接着将盆成适的话说了一遍。

景公感慨叹息说：“悲哀啊！先生不要再说了。”

于是景公下令叫男人脱衣露臂，女子数百人用麻束发，并在路寝台另开了一扇门，让盆成适送进灵柩。盆成适脱掉丧服，头戴饰有丝绦的帽子，衣服染上黑边，来见景公。

景公说：“我听说五个儿子不能誉满一个角落，一个儿子可以誉满朝堂，不就是你吗？”

盆成适安葬时不敢哭，按礼仪的准则办事，安葬母亲完毕，出门后才放声大哭。

【寓意点拨】寓言中通过君主与民众利益的冲突，刻画了晏子劝君为民的高尚美德，他不怕冒犯君主而为民办事解忧，不愧为“百姓父母官”。人们今天读这则寓言，让人们认识到亘古不变的精神、万代流传的美德，那就是为民谋福。

皮相之士

【寓源】战国·韩婴《韩诗外传》。

【寓言】吴国的公子延陵季子来到齐国游观，看见路上有块别人遗失的金子，就叫在一旁放牧的人把它捡起来。

可这位放牧的人说：“你的姿态很高，目光朝下，相貌像个君子，想不到说起话来，却是这样粗俗。我有国君，却不遵从国君，我有朋友，却不和朋友交往，我大热天穿着皮袄，你以为我是那种随意拿人金子的人吗？”

延陵季子听了，知道这是一位贤者，便请教他的尊姓大名。这放牧的却说：“你是个只重视外表的人，怎能值得我告诉你姓名呢？”说完就走开了。

延陵季子站在路上看他渐渐远去，直到看不见为止。

【寓意点拨】在古代道德观念中，君子不但不应该拿别人的财物，就连想也不应该去想。延陵季子看见路上别人遗失的金子，自己没有去捡，却叫路边放牧的把它捡起来，这就想到了别人的财物，流露出内心深处的不纯正，因而被放牧的讥笑为“皮相之士”，离他远去。这则寓言揭示了道德修养的深刻性。

罴　说

【寓源】唐·柳宗元《柳河东集》。

【寓言】鹿怕豹，豹却怕虎，虎又怕罴（pí）。罴的模样是披着长发，能像人一样站立，极有力气，对人危害很大。

楚国南方有一个猎人，能用竹子吹出各种野兽的叫声。

有一天夜里，猎人悄悄地带着弓箭和装在瓦罐的灯火，就进山了。他吹出鹿的叫声来吸引鹿，等到鹿来了，他就亮出灯火，对鹿射击。没想到豹听到鹿的声音，飞快跑来。那个猎人害怕了，就吹出虎的叫声来吓唬豹。豹跑走后，老虎闻声而来，他更加害怕，就吹出罴的叫声，老虎也就吓跑了。罴听到同类的叫声，便来寻找伙伴，跑来一看。原来只是个人，就揪住猎人扑打，把他撕碎吃了下去。

现在人们如果不增加内在的真才实学，一味凭借外在势力，没有不被罴吃掉的。

【寓意点拨】寓言中的猎人只有招引百兽之音的技巧，却没有制服百兽的技能，虚借外势，玩弄权术，使自己一次又一次陷入更深的窘境，自食恶果，终至毁灭。猎人的形象，影射社会上不自我修持而缺乏真才实学的人，只依靠吹嘘诱骗、巴结逢迎获得名誉地位。虽一时侥幸得势，但遇到真正有能力、重实际的人，假象终会被拆穿而摔大跟头的。

屁　颂

【寓源】明·赵南星《笑赞》。

【寓言】有一个秀才寿命结束，去见阎王，恰逢阎王放了一个屁，秀才立即献上《屁颂》一篇："大王高高地翘起黄金般贵重的屁股，大大地放出了一股宝贵的气体。这声音动听悦耳，如同管弦乐的曲调；那气味芳香扑鼻，好像麝香和兰花。小臣站立下风，领略不尽这芳香的气味。"阎王听了十分高兴，给他增加了十年寿命，立即把他放回阳间。十年到了，秀才第二次来见阎王。这秀才踌躇满志，得意扬扬，向阎罗殿大摇大摆地走去。阎王问这是何人，小鬼说："就是那个做屁文章的秀才。"

【寓意点拨】这位秀才为了达到延长寿命的目的，竟堂而皇之地做起《屁颂》来了，阎王听到《屁颂》之后兴高采烈，立即给他"增寿十年，即时放回阳间"，于是谄谀拍马之风愈演愈烈，谄谀拍马之技愈来愈高。这则寓言是古代腐朽官场的一面镜子，当然，这面镜子同样也可以照出当今社会某些人的肮脏灵魂。

贫儿学谄

【寓源】清·沈起凤《谐铎》。

【寓言】明朝嘉靖年间，宰相严嵩独揽大权，作威作福。

夜里，严嵩坐在内厅，假儿义子们纷纷跑来求见。

严嵩命令他们进来，都跪着用两个膝盖行走。一进内厅就像山崩一般叩头在地，满嘴阿谀奉承的甜言蜜语，争相献媚讨好。

严嵩自鸣得意，说：某地侍郎有缺，派某人去补充；某处给谏者缺，派某人补充。众人听后又叩头致谢，一起身就左边趋进、右边奉承，千形百态，一股脑儿施展出来。

过了一会，屋檐上的瓦片发出轻微的摩擦声，人们一齐呼喊驱逐，忽然有一个人失足落地。拿灯来一照，只见他身穿破衣烂衫，呆呆地站在那里不说一句话。严嵩以为是贼，就命令差役把他拿住，交给主管官吏去处置。那人跪着说："小人不是贼，是一个乞丐呀！"

严嵩说："你既然是乞丐，为什么来到这里？"

乞丐说："小人内心有不可告人的苦衷，假若能得到你的宽恕，我愿禀告一句话便死。"

严嵩便答应让他陈说。

乞丐说："小人名叫张禄，郑州人。有和我一起当乞丐的，名叫钱秃子。今年春天，经商做买卖的人云集市场上，钱秃子所到的地方，人们就救济他钱和米。小人虽也略有所得，但终不及钱秃子收获多。我问他什么原因？钱秃子说：'我们这号人当乞丐，要有谄媚的骨头，要有花言巧语的舌头。你没有抓住要领，所得到的钱米能和我相比吗？'我请求他教给我办法，钱秃子坚决不答应。因而想到大人您的门下，每夜有许多乞官讨职的人，他们的媚骨巧舌当比钱秃子还要高明十倍。因此我就远道而来，趴在屋檐上偷听，从缝隙里偷看，已经有三个月了。现今刚刚揣摩学到一点门道，不幸失足摔了下来，败露了马脚。愿借大人的鸿大恩惠，给我以宽大处理！"

严嵩非常惊讶，接着又回头对众人笑着说："当乞丐也要有技术，你们这些人天生的媚骨巧舌，真够得上是这些乞丐们的老师了！"

众人听了，都毕恭毕敬地答应着。

严嵩赦免了乞丐，命令众人带他去日夜轮流教他谄媚阿谀的方法。不到一年的时间，就学成回家了。从此以后，张禄的丐术，远远高出钱秃子之上了。

【寓意点拨】寓言说明行乞有道，谄媚阿谀也有道。乞丐向宰相严嵩的部下门人学谄媚之术，竟能远远超出惯丐钱秃子之上，真是对官门官府的莫大讽刺。

屏营忧木

【寓源】清·龚自珍《龚定盦全集·凉燠》。

【寓言】网摩氏栽了一棵树，长了七年了还不茂盛，常常因为这个而担忧。一个聪明的人对他说："不要担忧！它将会枝叶繁茂高耸入云的。"

胥摩氏也栽了一棵树，三天就长得如同柱子般壮实。那株树苗啊，栽下一天就生机勃勃，三天就长得枝叶茂盛，七天就高与天齐了。胥摩氏又担忧它成材过快。一位智能超凡的人对他说："你这是像喜爱桃、李、柞、柘等长势一般的树那样来看待这棵树啊；要是再只用网摩氏那棵树的生长速度来要求这棵树，就更不合适了啊。"

过了一百天，胥摩氏还在那里惶恐不安地担忧着自己的树长的过快。栽树的时候担忧它长不成材，它长成材了，却又不能认识它了。

【寓意点拨】寓言以植树喻培养和选拔人才。寓言中胥摩氏栽的那棵树，是"不拘一格"的"才"。然而对这样的"才"，担负培养选拔人才重任的胥摩氏却惶恐不安，忧心忡忡。因为在胥摩氏们的眼中，只有循规蹈矩的"桃、李、柞、柘"才是他们需要的"才"。他们担心"不拘一格"的"才"一旦"华参于天"，自己就会控制不了，甚至会动摇自己的统治。胥摩氏名为培养人才实为压制摧残人才的"不才"。寓言给了这些"不才"辛辣的讽刺和鞭挞。

Q

欺善怕恶

【寓源】明·冯梦龙《广笑府·官箴》。

【寓言】一个砍柴人走到山涧，遇到水暴涨很难过河，旁边有一神祠，他就取了一个神像放倒来渡河。

紧跟着又一个人来了，咬着牙叹息说："对神像怎么敢如此不尊重！"他于是扶起神像，用衣服擦干净上面的土，放到神座上，拜了两拜就离开了。

庙中的小鬼说："大王在此为神，享受社里的祭祀，反被愚昧的人所侮辱，您为什么不降他灾祸？"

大王说："应当把祸加给后来的人。"

小鬼说："前面的人用脚踩了大王，没有比这种侮辱更大的了，您却没嫁祸于他，后面的人尊敬您，反倒残害他，为什么？"

大王说："前面的人已经不相信我了，我又怎么敢危害他呢！"

【寓意点拨】这则寓言告诫人们：不要相信那些鬼神的传说，你信它就有，你不信它就没有。事实上，世界上根本就没有神。

齐景公为履饰金

【寓源】战国·晏婴《晏子春秋·内篇·课下》。

【寓言】齐景公做了一双鞋，用黄金作鞋带，用银子来装饰，用珍珠相连接，又用美玉装饰鞋头，鞋长一尺，冬季穿着它来听取百官朝奏。

晏子朝见景公，景公起来迎接他，因鞋子太重，只能把脚举起来。

景公问："天寒冷吗？"

晏子说："君王为什么问天是否寒冷呢？古代圣人制作衣服，冬衣轻便而暖和，夏衣轻便而凉爽，现在君王的鞋，冬季穿它，既笨重又寒冷，鞋的重量不适当，脚的负担就过重，失去人的正常生理需求了。所以鲁国的工匠不知道冷暖的适度，轻重的分量，做这样的鞋违背了人的正常生理，这是第一条罪状；制作鞋子不符合常情，让诸侯嘲笑，这是第二条罪状；消耗钱财而对国家没有好处，使百姓生怨，这是第三条罪状。请求拘捕鞋匠让官吏判罪。”

景公说鞋匠做鞋很辛苦，要求放过他。

晏子说：“不行。我听说苦自身而做善事的，赏赐丰厚；苦自身而做坏事的，惩治他要加重。”

景公不回答。晏子出朝，命令官吏拘捕鲁国工匠，派人送他出境，不许他再进入齐国。

景公脱下了那双鞋，再也不穿了。

【寓意点拨】这则寓言令人思索的是，要正确地评价一个人的功与过，最主要的依据是客观效果，而不是主观动机。即使出于良好的心愿，或不是有意为之，其结果却是失败的，这应当判为过，这就是“苦身为非者”，不仅别人不能谅解你，你自己也不可宽恕自己。所以为事以成，一定要使个人的意愿和客观效果结合起来。

齐人诟食

【寓源】明·刘基《郁离子·诟食》。

【寓言】齐国有个人喜欢在吃饭时发脾气、骂人，每顿饭都要骂他的仆人，甚至还摔碗，扔筷子，没一天不是这样。

家中的客人很讨厌他，强忍着，不说出来。客人要离开的时候，送给他一条狗，说道：“这条狗能驱赶禽兽，算不了什么贵重礼物，就送给你吧！”

客人走了二十里路后，齐人开始吃饭，并把狗唤来给它一些食物。但是狗狂叫了一阵才开始吃食物，并且边吃一边叫。齐人在桌上骂，狗在桌下叫，每顿饭都是这样。一天，仆人忍不住笑出声来，齐人这才发觉受了客人的捉弄。

【寓意点拨】这则寓言通过客人赠齐人诟食者一条狗，闹出“主人诟于上，而狗嗥于下”的笑话，对骂人成癖者进行辛辣讽刺。

齐人攫金

【寓源】战国·列御寇《列子·说符》。

【寓言】战国时期，齐国有一个人非常爱财，而且贪婪得很，整天做着发财的美梦。有一天早晨，他穿好衣服，戴好帽子，便悠闲地到市场上去逛。突然他看到有人卖金子，心里欢喜万分，急忙跑过去，伸手就抓了一大把，转身便走。那个卖黄金的人急得喊起来："快来人啊！不好啦！有人偷我的金子啦！快来抓小偷啊！"

巡官很快就抓到了那个偷黄金的人，审问他说："真是大胆，光天化日之下，金子的主人还在那儿，你为什么偷人家的黄金呢？"他说："我拿黄金的时候并没有看见有人在呀，我的眼里只看见了黄灿灿的金子！"

【寓意点拨】私欲会搅乱人的头脑，蒙蔽人的眼睛；私欲会促使人陷于主观片面性。凡是跳不出私欲圈子的人，就会到处伸手，要名要利，旁若无人，但总有一天要被明眼人捉住。

齐人好猎

【寓源】秦·吕不韦《吕氏春秋·贵当》。

【寓言】齐国有个人，喜欢打猎，但空费时日，持续很久，什么野兽也没打到。一到家里，就感到对不起妻室儿女；走出家门，就感到对不起朋友乡邻。仔细想来，那打不到野兽的原因，就是喂养的猎狗太不中用。他想买一只好狗，家里又十分贫困，买不起。于是，他便拼命种田，家里就富裕起来。家里富裕起来，就有钱选购好狗；猎狗的本领高强，他每次打猎都能捕获到野兽。从此，他打猎的收获，经常超过了别人。

不只打猎是这样，其他事情也都是这样啊！

【寓意点拨】寓言在劣狗与良狗所带来的两种境遇的对比中，启人深思的是：成就事业，必须具备一定的物质条件，这是决定性的因素；而这物质条件的具备，不是被动地等来的，是靠主观积极的努力创造出来的。同时也说明了事物之间存在互相依存的关系，抓住一个问题，可以产生连锁反应。

齐使献鸿

【寓源】战国·韩婴《韩诗外传》。

【寓言】齐王派出一位使者给楚王进献鸿雁，鸿雁在路上渴了，使者给它水喝，鸿雁乘机冲出笼子飞走了。使者只好空着手来到楚国，说："齐王派我进献鸿雁，路上鸿雁渴了，我给它水喝，鸿雁冲出笼子飞掉了。我想逃亡，但这样会使两国的来往中断，我又想拔剑自尽，但这样又会使人们以为我的国君鄙视士人而看重鸿雁。被打开的笼子在这里，请国君处罚我吧。"

楚王认为他说得很好，言辞辩敏，便把他留了下来，予以赏赐，并把他终身当作上等宾客。

所以一个使者，必须能够激扬言辞，晓谕诚信，显明气志，解释疑团，申诉委屈，然后才能出使他国。

【寓意点拨】齐使虽然失落了鸿雁，但他没有逃匿，也没有自刑，而是坚持完成使命，并向楚王说明失落鸿雁的原因。这一切都表明他忠于职守，善于言辞，是个合格的外交使者，失落鸿雁只是偶然的过失，因而他得到了楚王的赏识。

齐叟事

【寓源】唐·罗隐《谗书》。

【寓言】山东有个老人靠肥沃平坦的田地为生，后来由儿子来主持农务。

每年没有水灾旱灾，也没有虫害，但是收获却有多有少。

老人说："难道是我不相信他人才这样吗？那个邻家老太婆，原来吃穿都在我家，现在虽然住在外边，但与我家的佣人并无两样。"于是就叫她照顾和协助大儿子。

庄稼收割的时候，佃户就挥动农具来打老人的大儿子，把他赶跑了。老太婆来到老人面前告大儿子不公正。老人挥鞭子拷打大儿子，用二儿子来代替他，也没有责怪那些佃户。

到二儿子管理时，也和大儿子一样。老太婆又来告二儿子不公正。老人又鞭打二儿子，而用小儿子来代替。

小儿子将上任，有人说："佃户们并没有背叛老人。自从老太婆监管以后，老大和老二都被打跑了。现在如果留下老太婆，老人不但田地家产保不住，老人的儿子也会被没完没了的赶跑。"

老人醒悟过来，非常生气，赶走了老太婆而恢复老大老二的职务，那年秋收时也跟过去一样。

【寓意点拨】这则寓言告诉人们，要倾听多方面的意见，要认真进行调查，才不会被坏人欺骗，特别是不会被口蜜腹剑、取得某种信任的小人所欺骗。有些小人为了一己的私利，不惜挑拨离间，造谣污蔑一些正派人，对有权者则极尽逢迎拍马之能事，以博取信任，好取得更大的权力和利益，这都是值得人们警惕的。

齐王择婿

【寓源】宋·苏轼《艾子杂说》。

【寓言】齐王要嫁女儿，选女婿一定选美少年，脸长长的，皮肤要白皙。虽然内里没有什么东西，而外貌稍为俊秀就会被选择中。齐国的法律规定，如果做了国君的女婿，就禁止与士人来往，只能奉朝廷命令出入，享受美服珍珠，和优伶做伴，只要能够侍好奉国君的女儿，就有效用。

有一天，各女婿退朝之后，走在一起互相寒暄，觉得很骄傲自得的样子。艾子回头和其他人说："齐国的安危、轻重，都维系在这几个人身上吗？"

【寓意点拨】寓言讽刺齐王重色轻才的错误，如此足以影响朝政，使百姓不能安居乐业。只重视外表，不重视内涵，艾子之说正是针砭此种社会现象存在的危害。

齐王筑城

【寓源】宋·苏轼《艾子杂说》。

【寓言】有一天齐王临朝，回头对他的侍臣们说："我们国家处在几个强国中间，年年苦于调度战备，现在我想抽调一批壮丁，修筑一座大城，从东海筑起，经太行山，接辕辕山，下武关，曲折蜿蜒四千里，即可和各强国隔绝，使秦国不能觊觎我国的西方，楚国不得偷犯我国南方，韩国和魏国不可牵制我国的左右方，这难道不是一件大有利的事吗？现在让老百姓去修筑大城，虽然会有一些劳累，但以后就不再有远征和遭受侵犯的祸患，可以一劳永逸了；老百姓听见我下达这个命令，谁不欢欣踊跃地来参加呢？"

艾子回答说："今天早晨下大雪，我来赴早朝，看见路旁有一个老百姓，袒露着身子，都冻僵了，却望着老天唱歌。我很奇怪，便问他什么缘故。他对我说：'这场大雪顺应了时令，正高兴明年人们会吃到贱价的麦子，可是我在今年就冻死了。'这件事正像今天说的筑大城一样，等到大城筑完，不知道享受永久安乐的是什么人呢！"

【寓意点拨】寓言说明，人们办事情、想问题，既要考虑长远利益，也要注意眼前利益，要把二者结合起来。既要有远大目标，又善于从实际出发，这才能够福国利民。

奇　骗

【寓源】清·袁枚《子不语》。

【寓言】金陵有一个老头，拿着一些银子到北门桥钱店里去换钱，故意与店主人争论银子的成色，唠叨个没完。突然一个年轻人从外面走进来，对老头恭敬有礼，呼老头为“老伯”，说：“令郎在常州做生意，和小侄是同事，有银信一封托小侄带给老伯，我准备到府上去，没想到在半路上遇上你老人家。”他将银子和书信交给了老头，拱拱手走了。

老头拆开信，对钱店主人说：“我老眼昏花，不能看家信，请你给我念一下。”

钱店主人按他讲的做了，信上写的多是一些家常琐碎事情，最后说：“另外带上纹银十两，给老父亲作为日常费用。”

老头听罢，眉飞色舞，说：“把我刚才给你的银子还给我，不再跟你争论银子的成色了。我儿子给我的银子，信上明明写着十两，就拿它兑钱，怎么样？”

钱店主人接过银子，称了一下，十一两零三钱，疑心老头的儿子发信时很匆忙，没有仔细检查，所以在信上说成是十两，这老头又不能自己过秤，可以将错就错，得一点余利，于是急忙拿九千钱给了他。当时的价格：纹银十两按常例兑换九千钱。老头拿着钱离开了。

过了一会儿，有一个客人在一旁说：“钱店主人恐怕受骗了吧？这个老头是一个行骗多年的恶棍，专门使用假银子，我看见他来兑换钱，就已为你担心，因为这个老头在店里，所以不敢把事情挑明。”

钱店主人非常吃惊，剪开银锭，果然银锭里灌了铅，十分懊恼。一再向这位客人致谢，并向他询问这个老头的家庭住址。

客人说：“老头住的那个地方，离这里十几里，您去追他还来得及。但是，我是老头的邻居，假使老头知道我破了他骗人的法术，一定要仇恨我。我只能告诉你他家的门向，您自己去追他吧。”

钱店主人一定要这位客人与他同去，说：“你只是同我一起去，到那个地方，你告诉我他家的门向，你便走开，这个老头便不知道是你指引我来的，他怎么仇恨你呢？”这位客人还是不肯，钱店主人便送给他一点小钱，客人好像不得已勉强地同他去了。

他们两人到了汉西门外，望见那老头正把钱摊在柜台上，与几个人在一起饮酒。客人指着他说：“就是他，你赶快去抓住他，我走了。”

钱店主人很高兴，径直奔入酒铺，揪住老头就打，说：“你这个老骗子！拿十两铅胎银子换了我九千钱。”

众人都站起来问是什么缘故。老头怡然自得地说：“我用我儿子给我的十两纹银换钱，并非铅胎。店主既然说是我用了假银，我原来的银子可以给我看看吧！”

店主拿剪破的原银给大家看。老头笑着说：“这不是我的银子，我的银子只有十两，所以换钱九千。现在这假银子好像不止十两，并不是我原来的银子，是店主骗我。”

酒铺里的人拿戥子称了一下，果然是十一两零三钱。于是众人大怒，责备钱店主人。钱店主人无言以对，大家把他揍了一顿。

钱店主人一时贪小便宜，中了那老头的诡计，只有懊丧地含恨而归。

【**寓意点拨**】寓言告诉人们，世上就有那么一些人专事行骗，而且他们往往沆瀣一气，狼狈为奸，团伙作案，设计出完整而周密的诈骗圈套，人们要特别警惕。那些伪装好人，暗中告密而实际上是帮凶的骗子，尤其要格外警惕。

钱店主人，贪图小利，客观上帮助了坏人以售其奸，这个教训足以发人深省。

奇　鬼

【**寓源**】秦·吕不韦《吕氏春秋·疑似》。

【**寓言**】古时候，梁国的北面有个黎丘乡，传说那一带有个鬼怪，他经常爱扮成乡人的儿子、侄子的模样来捉弄大家；好多人家都被他捉弄过，大家深受其害。

有一天，黎丘乡有个老人出门访友，在朋友家玩得高兴，多喝了几杯，回来时晕晕乎乎的。走到半路上，他模模糊糊中好像看到了自己的儿子，实际上是扮作他儿子的那个鬼怪。鬼怪看见老人喝醉了，就对他说：“父亲，让我搀扶您回家吧！”老人当然乐意了啊，他想也没想就欣然答应了。于是，那鬼怪就假意搀扶着老人向他家走去，可是一路上他使尽了坏主意，让老人受了不少的罪。左摇右晃不说，有好几次还故意把老人带到了水坑里，害老人家摔跤，磕破了头。可他却咯咯地偷着笑。

第二天，老人酒醒后，才发觉自己头磕破了，回想起自己昨晚回家路上所吃的那些苦头，不由怒从心生。他压抑不住内心的火气，冲着伺候在床边的儿子数落说：“你这个不孝的子孙，我含辛茹苦拉扯你到这么大，平日里对你不够慈爱吗？我是你的父亲，你怎么能在路上那样地折腾我！”儿子听后，丈二和尚摸不着头脑，非常疑惑。他马上跪在地上，流着眼泪委屈地对父亲说：“这可真是作孽啊！我怎么能对你做那样不忠不孝的事情呢？昨天我到东乡找人收债去了；你如果不相信，可以去东乡问清楚！”老人了解自己的儿子，他可是方圆几十里人人称颂的孝子，看他说的那么诚恳，老人突然间恍然大悟了：“对了，一定是人们常说的那个鬼怪干的好事！”他心里琢磨着：明天我去集市上喝酒，再遇上那鬼怪，我就杀了他，以报我这受辱之仇！

第三天，老人果然去了集市，太阳都快落下了，他才喝得醉醺醺地踉踉跄跄地往家走。他的儿子在家等父亲等得焦急，怕他再遇到那鬼怪，就沿着通往集市的小路去接父亲。父子俩在半路上遇见了，儿子很高兴，伸手就要扶父亲，老人竟然以为仍然是上次碰到的那个鬼怪。他即准备好的随身匕首，等儿子走近时，拔刀就刺了过去。可怜的那位孝子，不明不白地就做了自己父亲的刀下冤魂。

【寓意点拨】寓言里的老人真伪莫辨，最终犯下了不可挽回的错误。所以我们必须提高警惕，提高辨别人鬼的能力，不要去做黎丘老人那种傻事！

骑马乘舟

【寓源】明·冯梦龙《笑府·好乘马》。

【寓言】有个好骑马的人，被人欺骗，用五十两金子买了一匹马。这匹马低劣不堪，无法驱驰。

这人便租了一条船把马载上，自己跨在马背上。走了一里多路，仍然嫌慢，对船夫说："我买酒请你吃，你给我加把劲，快点摇船，我要放马驰骋，好好过过瘾。"

【寓意点拨】寓言讽刺那些形而上学的人。船在水中航行，马并没有走动。这个人骑马乘舟，便以为是在驱马驰骋，是形而上学在作祟。

骑马顶包

【寓源】清·小石道人《嘻谈续录》。

【寓言】一个人头顶着被包，骑在马上赶路，晃晃悠悠，十分吃力。有人见他这副狼狈样，奇怪地问："为什么要顶着被包，而不把他搭在马背后呢？"那人回答说："恐怕马的负担太重，顶在头上，可以省些马的力气。"

【寓意点拨】寓言告诫人们，认识事物一定要认识事物之间的依从关系，不能把彼此关联的事物孤立起来。

岂非同院

【寓源】宋·范仲淹《幕府燕闲录》。

【寓言】国子博士王某在扶风任知县，有一位李生以他的官位资格会见他，每次见面就称为"同院"。王某心中不平，因而当面质询道："我自是朝廷国子博士，和你名位身份不同，而一见面就视作'同院'，是什么道理？"

李生慢条斯理地说："我早就知道王公你未任知县时，自是国子博士，称之为'国博'。而我用交纳粟粮的办法被授予了官职，也可称作'谷博'了，这样，我们俩岂不是'同院'了吗？"

王某听后为之大笑。

【寓意点拨】这则寓言说明，李生纳粟授官，不以为耻，反以为荣，以“谷博”与“国博”音近，死乞白赖，勉强与王某称“同院”。故事揭露了卖官鬻爵者的丑恶面目。

岂分香臭

【寓源】梁·萧绎《金楼子·杂记》。

【寓言】从前，玉池国有户人家，丈夫生得面目奇丑无比，妻子却生得国色天香，但鼻塞不通。丈夫百般讨好妻子，但妻子始终不肯回家，于是，丈夫就买了西域的名贵熏香点燃，又把妻子接到香气四溢的房内，可妻子鼻塞不通，又怎能分辨出香臭来呢?

世上凡是不顾对象而求变通、取巧的人，都是这同一类人呀!

【寓意点拨】这则寓言告诉人们：解决问题一定要对症下药，抓住问题的关键，具体问题具体对待，只有如此，才能把问题解决得又快又好。

岂辱马医

【寓源】战国·列御寇《列子·说符》。

【寓言】齐国有个穷人，常常到城里讨饭。由于常来乞讨，市民很讨厌他，没有一人肯施舍，于是他便到田家的马棚，给马医干重活，在走廊上混饭吃。有人说：“你跟着马医混饭吃，不是太耻辱了吗？”他回答说：“这世上没有比讨饭更让人感到耻辱的了。生活所迫，我连讨饭都做了，跟随马医讨生活，又算什么耻辱呢？”

【寓意点拨】这则寓言深刻地戳穿了私有制剥蚀人的同情心。看这“小市民”多么奇怪：“众莫之与”，而又笑人家“从马医而食，不以辱乎？”真是一幅嘁嘁喳喳的小有产者的讽刺画。

杞人忧天

【寓源】战国·列御寇《列子·天瑞》。

【寓言】古时候，杞国有个人特别胆小。他的胆小很奇怪：不仅像常人一样害怕鸟兽鱼虫，妖魔鬼怪；最让人不能理解的是，他整天总是害怕会天塌地陷，害怕自己没有地方居住生活。总为此担心，竟然愁得茶不思，饭不香，身体慢慢地越来越虚弱。

邻居们很可怜他，也非常关心他，大家都想着怎么让他从这种根本不存在的忧愁中走出来，过上正常人的生活。其中有个口才还不错的人，自告奋勇地要求去开解这个可怜的杞国人。

他来到杞人家里，见杞人脸色蜡黄，正躺在床上休息，好几天都滴水未进，连打招呼的力气都快没有了。邻居坐下后，开门见山地对他说："你根本用不着担心天会塌下来，天不过是很厚很厚的气积聚在一起罢了，没有一个地方没有气。你一俯一仰，一呼一吸，从早到晚都生活在天空气体中间，一点事都没有，却为什么要担心天会塌下来呢？"

杞人听了，想想的确是这么回事，但怀疑的心情一点也没消减，他虚弱地问："如果天真是很厚的气，那么太阳、月亮和星星不会掉下来吗？"

邻居没想到杞人会想到那么多，一时间差点没话接了，不过马上就反应了过来，他灵机一动，说："太阳、月亮和星星，也都是会发光的气积聚而成的啊，即使掉下来了，也不能把人打伤。"

杞人这时有一半的担忧都不存在了，脸上微微浮现了一丝笑意。但他马上又担心地问："天是不会塌了，那地陷了可怎么办啊？"

邻居早准备好怎么回答了，他胸有成竹地回答说："大地是土块积聚而成的，它充塞着四野，无处不有，你在它上面随便行走、跳跃，整天在它的上面活动，也是安然无恙啊，为什么担心地会陷落呢？"

杞人几乎有八分都相信邻居的话了，他已经喊着肚子饿了，要吃东西。邻居见他的一番苦心有了效果，也非常开心，但细心的他还是觉察到了杞人并没有彻底地抛开心结。"帮人帮到底吧，"他自言自语道，于是他又对那杞人说："你真的不用这么担心，你想啊，这么多人和你一起生活在天地之间，从古至今都这么久了，一点问题都没有。为什么没有其他人去担心，而偏偏你担心啊，如果真的会天塌地陷的话，大家应该都会很害怕的啊！"

邻居语音刚落，杞人就满脸充满了喜悦，他已经消除了那些不必要的忧虑，那位前来劝他的人也放下心来，非常高兴。

【寓意点拨】寓言一方面嘲笑了那种整天怀着根本不必要的担心和无穷的忧虑而无所作为的庸人，另一方面也说明了一个道理：如果把事物解释透彻，就能帮人解除顾虑和忧愁。

葺屋无雨

【寓源】明·张令夷《迂仙别记》。

【寓言】雨下了很久，屋子漏了，一夜几次搬床，最后已经没有干的地方了，妻子儿女骂声不绝于耳。

迂公急忙喊来工匠修葺（qì）房屋，劳累又破费，真是辛苦极了。屋子修好，天也晴了，整个月都晴朗无雨。

迂公日夜仰望着屋顶，叹息着说："苦命的人，刚修好屋就不下雨了，岂不白白耗费了工钱吗？"

【寓意点拨】这则寓言嘲讽是迂公的目光短浅，借迂公的迂言迂行告诫人们：凡事要有预见性，还要用发展的眼光去看待，否则只能和迂公一样自叹"命劣"。

千金买邻

【寓源】唐·李延寿《南史·吕僧珍传》。

【寓言】季雅被罢免南康郡守的官职之后，在吕僧珍家的旁边购买了一处宅院。

吕僧珍询问他购买宅院的价钱多少。

季雅回答说："一千一百万钱。"

吕僧珍听到这么昂贵的价钱，感到很奇怪。

季雅说："我是用一百万钱买房宅，用一千万钱买邻居呀！"

【寓意点拨】远亲不如近邻，好的邻居是居住品质的重要保证，在购置房子时，除了居住的舒适合宜之外，周围的环境与邻居的素质就成了重要的考量。邻居除了可以守望相助，更重要的是共同造就优美淳厚的居住环境。

千金买马首

【寓源】西汉·刘向《战国策·燕一》。

【寓言】从前有个国王，他非常喜欢马，听人说有日行千里的骏马，就特别想得到一匹，为此他不惜抛出一千两黄金来吸引众人帮他寻找。可是，从来没有人见过千里马，没有人知道千里马长的什么样子，时光匆匆流逝，转眼间就过去了三年，千里马还是一点音信都没有。国王很失望，但他并没有灰心，又动用了更大的人力、物力、财力，到世界各地去寻找。

刚好内廷侍臣中有个懂马的人，他倒是很乐意做这份工作。他知道西域出产良马，出了宫门便朝西走去；他似乎对找到千里马信心很足，积极地做着一切努力：每到一个地方，总是去那里的马市上仔细地观察；逢人便打听哪里会有千里马。即便有时候得到了错误的消息，空欢喜一场，也不觉得失落。他总是热情满怀地找寻着千里马，好多人都被他这份诚心打动了，大家都积极地给他提供线索，他呢，也都一一地亲自去查实。

功夫不负有心人，离开宫廷三个月后，他终于得到了一个确切的消息。他欣喜若狂地赶到据说有千里马的那户人家家里，可是很可惜，那马刚刚死去了。这个侍臣懊恼极了，这么多天以来他从来都没有过这样的感觉，他不住地埋怨自己没能早点赶到。

“这真是匹骏马啊！”侍臣不禁感叹道。那马即便已经死去了，身上的毛皮还是那么光滑，仿佛披着一匹缎子在阳光下闪闪发光；虽然它躺下了，但丝毫没有影响那矫健优雅的身形；还有那仰着的俊美面庞，使人总能想到它仰头长啸的情景。侍臣感到可惜又伤心。不知什么时候，周围已经围观上来许多人，没有一个人不为这匹马的死去感到惋惜，言语中总是很怀念它曾经日行千里的风光时日。

就在那么一瞬间，侍臣做出了一个任何人也没有想到的决定：他要花千两黄金来买那马头。众人都很讶异，但最终还是抵不过侍臣的毅然决然，只好由着他了。

这个侍臣高高兴兴地带着马头回到了宫里，一刻也不停歇，就赶紧去拜见国王；国王以为他找到了千里马，非常开心，满心期待地却只迎来了一个死马头。国王恼羞成怒了，他严厉地斥责侍臣：“我要的是一匹活生生的千里马，你花了一千两金子就只带回来一匹死马的马头！你这样是对我的极大不尊重，难道你不知道这是要杀头的吗？”侍臣早知道会这样，但他一点也没有害怕。“大王请你先息怒，这不是普通的马头，这是千里马的马头。”他平静地解释说，“大王三年来一直想找到千里马，但是总是没有结果，这并不是因为世上没有千里马，只是没有人会相信你会花重金购买；如今我用千两黄金买了千里马的头，是想叫天下人都知道，你是真心实意想买千里马的。消息一旦传开，自然会有人把活的千里马送上门来。”

国王一听，觉得侍臣说得很有道理，也就不再训斥他了。果然，不出一年，国王就买到了好几匹千里马。

【寓意点拨】宣传是重要的，而最有力的宣传需要靠实际行动来说明。只有让人们看到了你的实际行动，才能使人真正相信你的主张。

千斤大牛

【寓源】南朝·刘义庆《世说新语·轻诋第二十六》。

【寓言】桓温带兵进军洛阳，经过淮河、泗水，踏上了北方的领土，与下属一起登上船楼，遥望中原，感慨地说：“最终使大片国土沦陷，多少年内成为废墟，王夷甫等人不能不承担这个责任！”

袁虎轻率地回答说：“国家的命运本来有兴有衰，难道一定是他们的过错？”

桓温神色威严，面露怒容，回头看看满座的人说：“诸位肯定都听说过刘景升吧？他有一条千斤重的大牛，吃的草料，比普通牛多十倍，可是拉起重车要走远路的时候，竟然连一头瘦弱的母牛都不如。魏武帝进入荆州后，把大牛杀了来慰劳士兵，当时没有人不叫好。”

桓温之意是用大牛来比喻袁虎。满座的人都很震惊，袁虎也大惊失色。

【寓意点拨】桓温大讲刘景升的大牛，本意是说无功而有罪的人，应该受到惩治。不过单说这大牛却又有一番意义。牛重千斤，吃的草料是普通牛的十倍，可是让它负重致远，竟然连一头瘦弱的老母牛都赶不上。这里指有些人虚有其表，并无实际才能，既不能担当重任，又不敢于承担责任，只能落个“烹而食之”的悲惨下场。

千树木奴

【寓源】西晋·陈寿《三国志·吴书·孙休传》裴松之注引《襄阳记》。

【寓言】李衡每次想要经营家业，他的妻子总是不听从。后来他就秘密地派了门客十人在武陵龙阳氾洲上建起了住宅，种了千棵柑橘树。临死的时候，李衡嘱咐他的儿子说：“你母亲讨厌我经营家业，所以才穷得像这样。但是吾在氾洲有千头木奴，不向你索取衣食，每年还给你进献一匹绢，这也可以足够你们度日了。”

李衡死后二十多天，儿子将父亲这一遗言告诉母亲，母亲说：“这必定是种的柑橘树啊，家中丢失了十户门客有七八年了，一定是你父亲派他们去建了住宅。你的父亲常常歌颂太史公的一句话‘汉陵千树橘，当封君家’。我回答说：‘人担心自己没有德行、道义，不担忧不富裕，如果地位显贵却能够守贫，这才好啊。’！”

吴朝末年，李衡的柑橘树长成，每年可得绢数千匹，家境殷实、富足。晋咸康中期，他家的住宅遗址上橘树还在。

【寓意点拨】寓言告诉人们，当一个人有了地位，有了官职，有了权力，如何去运用这个权力？是用它为民众谋利益，还是为自己牟私利，这是人的良知道德，人格的一块试金石。

悭术

【寓源】明·江盈科《雪涛谐史》。

【寓言】有个人已经很熟悉吝啬的秘诀，但还认为没有学到家，便跟一个专教吝啬的老师去学那秘诀。

这个人去拜见老师时，用纸剪了一条鱼，又装了一瓶水当酒，作为学习的见面礼。正好那吝啬老师出门去了，只有师母在家。

师母知道了他的来意和见面礼物，便叫一个丫头把空杯子端到他面前说："请喝茶。"其实没有茶。然后自己用双手比画出一个圆圈，对他说："请吃大饼。"招待仅仅是这样。

那人走后吝啬老师便回家了。妻子原原本本地讲了这件事。吝啬老师一听，变了脸说："为什么花费了这么多的款待？"随即用手画出半个圆圈说："只要这半边饼子，便足够打发他了。"

【寓意点拨】这则寓言通过吝啬者的言行，层层深入地活画出吝啬者的悭吝之态。吝啬，人所鄙之。但是这位吝啬者还嫌自己没有吝啬到家，还要拜师学艺。而这位吝啬者的老师及师母当然要比他们的徒弟技高一筹。学生送给老师的见面礼，已是匪夷所思，而师母的招待亦可谓别具匠心，至于老师手中比划出来的半饼更令人捧腹喷饭！一个人成为守财奴，除了金钱以外，还知道什么呢？与守财奴打交道，你指望能得到什么呢？

钱如蜜

【寓源】宋·欧阳修《冷斋夜话》。

【寓言】仲殊刚到吴中，自己背了一张铺盖。

仲殊见到一个卖麦芽糖的人，便跟他要一毛钱，卖糖者给了他一毛钱；仲殊马上买麦芽糖，吃了就走。

仲殊曾经住在古寺中，出家人和在家人都来拜访他，他常常跟人家要钱。他们相顾不好意思地说："出门时不知道多准备一些钱，真是无可奈何呀？"

仲殊说："钱像蜜糖一样，一滴就觉得很甜。"

【寓意点拨】仲殊道行比一般人高，他知道钱和蜜一般，都是非常吸引人的。故以此提醒世人，对于钱的使用我们要浅尝即止，不要耽溺于其中。仲殊的话可以让我们明白钱具有很强的吸引力，也提醒我们对钱要懂得自制，否则就好像蜜糖一般，吃多了足以伤害我们的身体。

钱神问对

【寓源】清·戴名世《南山集》。

【寓言】有一位神，他的身体是红色的，眼睛是方形的，脸面刺刻着文字，站在大道上，很远的地方都能闻到他的气味。人们都向他膜拜，并诚恳恭敬地祈求他，有人还感叹不已。

戴子看见了奇怪地问："这是什么神？"

众人说："这个神你是不知道的。"

于是，戴子走到神的面前问他是什么神，神告诉戴子他是钱神。戴子笑着说："我已经听说过你的名字了，你原本就是这个样子罢了，怎么难让民众感动到这种地步呢？"

钱神说："我在天下到处游历，没有人不畏惧我的，也没有人不恭敬我的。你却说出这样的话，难道有理由说服我吗？"

戴子说："我来算算你的罪过，把你放在炉中熔化了，毒气散发不歇；用锉把你锉断，造成灾害无法挽救。"

钱神发怒说："你本来是个小孩子，不值得爱惜你，现在我们偶尔相遇，你却当众侮辱我。我的功劳充满四海内外，如果没有我，天下的人就会痛苦悲伤，贫穷困窘而无法生存。只有少数一两个迂腐狂妄的人避开我而离去，其他的诸子贵人都络绎不绝地前来恭敬我，用手抚摸着我，仔细地看着我，没有不愿意为了我而去死的。我的特征是流动转递没有穷尽，时间长久而不会损坏。喜爱我的人就回到这儿来，不喜爱我的人就请不要来。我难道还要恳求世人吗，只是世人恳求我罢了。所以，当官的没有我就不能欢乐，做买卖的没有我就不畅通，交往的人没有我就没有深厚的友谊，写文章的人没有我就不会富贵，亲戚没有我就不会和谐相处。有我就会生存，没有我就会死亡。因此，盗窃我的人会受到官府监禁，想侵夺我的人一锱一铢也不会遗漏。这样确实会明辨利与害的界线，审视得与失的形势呀。你为什么说那样的话呢？我不想再见到你。"

戴子听后辩驳说："事情本来是这样的，我大概地说说。自有人类之初，人们无知无识，无是无非千百年中过着耕田、打井，穿衣吃饭，天下太平和好，平安无事，在那个时候哪里有你呢？自从你诞生以后，就有轻重不同的规格，有了铢和两的名称，有了方和圆的不同形象，在人间到处流行，迷惑扰乱了民众的思想，什么怪事都出现了。在庸俗人的眼里把你作为轻重的标准，在奸邪人的手中把你视为高贵与卑下的尺度。有的人为有钱者执鞭服役，乞求哀怜。有的就心生计谋，铤而走险，冒着死而侥幸获利，损害别人来增加自己的钱财。人世间就发生了互相争夺，以致犯法干坏事，偷杀农夫的耕牛，盗挖人家的坟墓，聚众赌博，外出偷盗。至于官场的得志失意也是由于你的原因，办理政事只因贿赂而成功，当官的对民众敲诈勒索，互相并吞，天下人死在你手里的不计其数。有些像泥塑木偶那样的无知小人，强装人貌，穿衣戴帽；有些狠毒贪婪的人，肆无忌惮地侵犯并吞穷苦孤独的人，你却帮助他们干坏事，这是不计其数的。至于把放钱财的箱柜用绳子绑紧，并用锁加固，放心地藏在小人暴客家中，结果又酿成了互相争夺、包藏污秽的灾祸，导致避开正道而走上邪路。就是因为有了你使得那些志士仁人精神不安，忧愁不解，不能舒展正气，修养德行却更加贫穷，有学问却更加困窘。这时你却忙忙碌碌地在天下奔跑，豪杰之士被你颠覆了，世上风俗被你败坏了，只是因为你的臭气弥漫于天下。这种臭气被人所感触，就会积蓄成迷惑不明的疾病，看见的人就恭敬，听到的人就思慕，得到的人就高兴，失去的人就悲伤。富有与贫穷不平均，贪婪与吝啬接踵而来，仁义道德中都沾有臭气，甚至造成臭气熏天，使天下的人茫然不知所为，只是跟在你后面奔走。”

钱神说：“你所说的固然如此，但是我所施行的是神奇之道，你哪里知道呢？”

钱神说着就仰头大笑，然后俯首后退几步，张大眼睛观望四方，举手告别，大家簇拥着他离去。

【寓意点拨】金钱对于人来说是不可缺少的，但金钱也给人带来了种种的灾难。故事以戴子与钱神的对话，揭示出由金钱造成的种种利弊。寓言中，借助钱神的自辩，说明了金钱确实带来了乐官吏、通商贾、厚交游、贵文章、和亲戚的作用。这只是有利的一面，而最为可恶的是金钱造成的危害极大。故事又通过戴子对钱神的控诉，批判了金钱的种种罪恶。

纵观古今中外，金钱的弊端是一个普遍的社会现象，问题在于要树立正确的金钱观，将钱用于正道则利，用于贪图享乐则败；以正道获得金钱则安，以歪道获取金钱则乱。这则寓言，给予人们的启示是要正确地对待金钱，随时要看到金钱会带来利与害，从而趋利避害。

黔之驴

【寓源】唐·柳宗元《柳河东集》卷十九《三戒》。

【寓言】传说，从前贵州一带没有驴子，有个人特意从外地用船运来一头驴。运到以后，又发现驴子没有什么用处，就将它放在山下，懒得去管他了。

一天，来了一只老虎。贵州的老虎从未见过驴子，见它是个庞然大物，以为是什么神怪。老虎悄悄地藏在树林中观察了半天，才试探着走出来，唯恐惊动了它。一次，老虎又在观察驴子，驴子突然迎头大叫起来。老虎以为驴子要吃它，吓得逃得远远的。

经过较长时间的观察，老虑终于发现驴子并没有什么大的能耐，便不再那么害怕。而且它也渐渐听惯了驴子的叫声，才敢走到它的身旁，但仍然不敢侵犯它。日久，老虎更加挨近了驴子，还故意去碰撞它。驴子发了脾气，抬起蹄子就去踢老虎。

这一下子暴露了它的软弱无能，老虎看了大为高兴，心想："看你又高又大，原来却只有这么一点点本事！"于是，老虎毫无顾忌地跳起来冲向驴子，一口便咬断了它的喉咙，慢慢地吃光了它的肉，才心满意足的离去。

唉！驴子身材庞大，似乎品德高尚；声音洪亮，好像本领高强。如果不露出它有限的本领，老虎虽然凶猛，毕竟还是疑虑畏惧，始终不敢进攻它。如今落得这个下场，可悲呀！

【寓意点拨】这则寓言告诉人们：一个人若徒有其表，而没有真本领，还偏要逞能，结局自然可悲。

蜣螂城

【寓源】清·沈起凤《谐铎》。

【寓言】有一个姓荀的书生（字小令），周身芳兰香味，有"香留三日"的美称。有一次，他搭上一条商船，在海上漂浮。忽然，一阵腥风刮来，把船刮到一个海岛旁。荀生离船登岸，顿觉岛上一股恶臭气味蒸熏，堵住喉咙，钻刺鼻孔，使人很难忍受，他正想转身往回走，忽见一个老翁，带一个短发的儿童，说说笑笑地走了过来，看着荀生大惊道："你是哪里来的肮脏子弟，竟然来偷看我们的净土，难道不怕路旁的人被你吓死吗？"

荀生嫌老人身上有臭气，往后倒退三四步，老远地问他姓名。

老翁也用手捂住鼻子，远远站着回答："我名叫铜臭翁，姓孔；这是我的小儿子，名叫乳臭。因为羡慕仙人居住的福地，从五浊村搬迁到这里。承蒙臭咸鱼铺子老板爱怜我，说我的臭味与别人不完全相同，便把我推荐给逐臭大夫，命令我掌管蜣螂城北门的钥匙。你周身的臭气如果不能早早驱散掉，就会污染到整个村庄，聚集扩散成为流行的瘟疫，那可怎么办？"

荀生想要为自己辩白，忽见老翁和短发小儿呕吐不止，用袖子蒙住脸便迅速地逃走了。荀生感到非常奇怪，想要验证实情，便用两个手指捏住鼻孔往前走。看见前面有个地方，是完全用粪土抹的墙，四周围爬满了成千上万只屎壳郎，高高耸起像一条长城。荀生抖抖衣襟想进去，忽然城中人大声喧哗："瘴气来啦！赶紧拿些上等香料在门外排除瘴气！"荀生斜眼远望，只见人们把大量牛屎马粪堆积在门外就像山陵一样。荀生越发不明白，忍住气走进城里，城里的人望见荀生，都惊讶地狂奔乱跑，他们头也不回，一个劲地吐唾沫。荀生厌恶他们的污秽，返身躲避，众人大声喧哗地驱逐他。荀生一失足便掉进粪坑里，他支撑着身子站起来，又懊丧又气闷，几乎要死。众人追到他面前，想要把他捆起来，但从头到脚周身摸一摸，闻一闻，忽然惊讶地说："你怎么顿时这般香啦？真叫化臭腐为神奇了！"急忙向荀生谢罪道歉，领他去住宾馆。那宾馆是用厕所里的石头砌成台阶，用臭水沟里的污泥涂刷墙壁，庭院里有个小水池子，颜色如同墨汁一般黑。荀生脱下衣服去洗澡，越洗越臭，并且感到臭气逐渐渗透到肌体里。荀生急忙跳出水池，仍旧穿上原来的衣服。

第二天，有个富商请他去饮酒，进了一间堂屋，门匾上题着"如兰"两个字，旁边有一间小轩，挂着"藏垢轩"的匾额；后面的书房叫作"纳污书屋"。宴席上没有别的菜肴，尽是些臭鱼烂肉，蒸葱腌蒜罢了。荀生自从洗澡之后，也渐渐不再觉得这些东西臭了，就大口地吃了起来。过了一会儿，自己试探喉咙里气味，觉得秽气四处喷溢。主人鼓掌大笑，说："气味多好呀！香草和臭草可以同放在一块了。"

姓孔的老翁听说这件事，不太相信，就到宾馆里来拜访荀生。一见荀生就吃惊地说："你真是个洁身自好的人啦！先前你带着一身腥味走路，如今粪便已经替你洗刷干净了。"于是和荀生结成非常相好的朋友。

荀生担心商船等他太久，就到孔翁那里去告别。孔翁设宴为他送行，并领他进入后室，看见三十六个粪窖，紧密地排列着，窖里面装着金银财宝。孔翁取出数锭赤金送给荀生，又唤一个女子出来。这女子虽然蓬头垢面，但却是天生的美女。孔翁笑着说："这是阿魏，就是我的女儿——不洁西施的后身呀！你没有成家，何不领着她一块走呢？"荀生当即拜谢，手捧赤金携带妇人，辞别孔翁回船去了。

船上的人因为荀生失踪了半个月，正系着船凝目等候。远远看到荀生走来，心中大喜。荀生刚一登船，就臭气冲天，实在令人难以靠近。荀生把赤金陈放桌子上，臭气更是难闻，令人不堪忍受。等到妇人阿魏上了船，各种臭味才消失，大家心里才安定下来。

回家以后，荀生偶然走到大街上闲逛，人们立即掩鼻而过。只有同阿魏住在一起，才不感觉到臭气。荀生拿出孔翁赠给的赤金到市上去换钱，店主人非常愤怒，立即扔还给他。过了三年，阿魏死了。荀生所去之处都不能被接纳，整天郁郁不乐，抱着赤金死去。

【寓意点拨】这则寓言对贪心金钱、美女的人进行辛辣讽刺。它告诉人们，见钱眼开，见色心迷，必将堕落身亡。

强辩自诎

【寓源】明·冯梦龙《广笑府·偏驳》。

【寓言】田巴喜欢强辩，禽滑厘跟随他学习。

有一天禽滑厘在路上遇到一个老妇人问他说：“马的鬃毛向上长的短，马的尾巴向下长却长，那是什么原因呢？”

禽滑厘笑着说：“这很容易明白，马鬃向上是逆方向，很强硬，所以上天让它短；马的尾巴向下垂是顺势，就很和顺，所以是上天让它长。”

老妇人说：“那么人的头发向上逆长，为什么就长？胡须向下顺垂着，为什么就短？”

禽滑厘答不上来，茫然无措，于是说：“我的学识还没有达到这种地步，应当去问我的老师，希望你留在这儿等着我。”

于是就回去见田巴，用老妇人的话向他询问，并且说：“那老妇人正坐在门口等着我，希望我领教后就能答复她。”

田巴埋头思考了很久，也没有办法解答，于是就把禽滑厘叫到门口说：“姓禽的家伙，姓禽的家伙，你今后没有事时，少出去惹祸，连累得我无言以对！”

【寓意点拨】这则寓言告诉人们：不懂装懂，还强词夺理，自以为是，实在是可笑。

强夺人衣

【寓源】秦·吕不韦《吕氏春秋·淫辞》。

【寓言】古时候，有个叫澄子的人，有一天外出，天很热，顺手就脱了自己的夹袄；回家后，才发现自己把夹袄丢了。澄子本来就是一个很吝啬爱占便宜的人，每次从别人那里得到东西他都非常开心，这回丢了自己的衣服，他心里怎么也不是滋味。马上沿着原路返回，顶着骄阳去寻找他的夹袄。

一路上，他焦急地四下张望着，不放过任何一个衣服可能落下的地方；不一会儿就走到了集市上，熙熙攘攘，人头攒动。突然间，他在正前方看到了一个穿黑色衣服的人。他的夹袄也是黑色的，只想到了这一点，他就三步并作两步地挤过人群，一把抓住了那个人；也不知哪儿来得那么大的力气，竟然使他能在拥挤的人群中这样轻松自如地穿梭！等他走到跟前一看，原来是个妇女，手里还拎着刚买的一篮子蔬菜；他抓住人家的肩膀不撒手，还想让人家马上脱下衣服还给他。

那妇女非常生气，质问澄子："我为什么要把我的衣服还给你？"

"我刚刚丢了一件黑色的衣服！和你这颜色一模一样！"澄子不紧不慢地回答说。

"你丢衣服焦急的心情我能理解，但我的衣服是我自己做的啊！"明白过来是怎么一回事后，妇女既同情又无奈地解释说。

谁知，澄子却不依不饶，仍然对那妇女说："你不如赶快把这件给我，我丢的是一件夹袄，而你的这件只是个单衣。用单衣代替夹袄，你不是白白地捡了一个大便宜吗？"

听了这番话后，妇女一下子气不打一处来，她用力甩开澄子的胳膊，狠狠地瞪了一眼澄子，挎着菜篮离开了。

【寓意点拨】这则寓言是讽刺像澄子那样为了强夺人衣而编造荒谬逻辑的人。澄子强词夺理胡搅蛮缠，看来好像逻辑思维混乱，其实乃是强烈的私有欲使他发了疯。

墙坏不筑

【寓源】宋·司马光《魏文侯书》。

【寓言】魏文侯走访箕季，看到他家的墙坏了而不修建，便问道："你为什么不修建？"

箕季说："没有到修墙的时候，墙有些歪，现在用柱子支撑一下。"

文侯问他："墙为什么歪呢？"

箕季说："墙本来就是那个样子。"

在游历园子时，文侯的侍从园中摘桃子吃，箕季严厉地制止他们。不一会儿，日暮降临，箕季设宴进餐，用的是粗米饭、瓠子汤。

文侯走出箕季家，侍从对文侯说："君主你到箕季家没有得到什么。刚才用餐时，我偷偷观察了，发现用的是粗米饭和瓠子汤。”

文侯说：“到箕季家我怎么没有得到呢？我这次到箕季家，得到了四点好处。他家墙坏了不修建，说是等待时机，这是在教我不要夺去农时啊；墙歪而用柱子撑着，说是‘本来就是这样子’，这是教我守住疆界不让侵犯啊；侍从吃了园中桃子，严加禁止，他难道是爱惜而舍不得吗？这是教我防范小人侵犯君权啊；给我吃粗米饭，难道他不能具备五味饮食吗？这是教我不要过多地收取民众的租税，要节约生活的用物啊。”

【寓意点拨】这则寓言说明，互相信任，以诚相待，就不会故作热情而伪作假态，即使是言语相悖，也不会两相猜疑。反过来看，互相猜疑的人，他们的感情不会建立在推心置腹的基础上。社会上屡见不鲜的好心当恶意的事，就是这种心理支配的。

撽鹿之法

【寓源】战国·韩非《韩非子·说林下》。

【寓言】有一个人想凭借驾车的技术来见楚王，遭到许多驾车人的妒忌，因而他说：“我驾车能追击鹿。”于是见到了楚王，楚王先是自己驾车追赶鹿，没有追上；然后由他驾车，果然把鹿追赶上了。这时，楚王赞扬他驾车技术高明，他就说了许多驾车人妒忌他的情况。

【寓意点拨】寓言说明，解决问题的方法是多面的，当一种途径行不通时，可以寻找别的途径，总有一种途径适宜于问题的解决。也可以说明战胜妒忌者的最好方法，是用超过他们的技术，来促使他们信服。撽（qiào）：从旁边敲打

切　谏

【寓源】元·陶宗仪《南村辍耕录》卷二《切谏》。

【寓言】太宗向来喜欢饮酒，晚年尤其喜欢，每天和大臣畅饮。耶律文正王多次劝说他都不听。

有一天，耶律文正王手握着酒器的金属口进言，说：“这是铁器，被酒所腐蚀了，尚且到了这种地步，何况人的五脏，哪有不损伤的呢。”

皇上很高兴，赐给他金钱、布帛。并且告诫左右，每天只要进酒三盅就可以了。

耶律文正王对君王的恳切的进谏不停止，而皇上最终采纳了他的意见，这可以说是君主圣明，大臣忠良啊。

【寓意点拨】酒如果喝得过量就会伤肝，更重要的是还要误大事，作为一国之君，肩负着社稷的重任，却沉醉在酒香里不理朝政，这实际就是一种严重的渎职，就不配做一个贤明的君主。所以，人应当约束自己的行为，要时刻牢记自己的使命，这样才不枉为人。

且看他哥哥面

【寓源】宋·周密《齐东野语·优语》。

【寓言】己亥年间，史弥远为京兆尹，他的弟弟以参知政事的官职在淮督兵。

有一天，在屋里举行宴会；伶人穿着金紫色衣服，而包头巾掉落，露出红色的头巾。有人吃惊问说："只有贼人裹着红色头巾，为什么做官的人也是如此？"

旁边一个人说："现在做官的人都是如此！"于是脱下他的衣服和帽子，就有"万回佛"从怀中掉下地来。

旁边的人说："他虽然做贼，也要看在他哥哥的面上。"

【寓意点拨】一个人仗着哥哥的势力，为非作歹，总是会被人唾弃。虽然不敢直接指正，可是常用讽刺、双关语的方式点出来，让他人会心一笑，也出了一口怨气。史弥远不是一个令人敬佩的大官，他弟弟的行径更让人不敢恭维，但敢怒又不敢言，只好以此讽喻之。

且只说嘴

【寓源】明·冯梦龙《广笑府·偏驳》。

【寓言】京师里选将军，人们都聚集过来观看。

一个山东人说："这些人都不算健壮。我们家乡有一个巨人，站起来头顶着屋梁而脚踩着地。"

一个山西人说："我们家乡有一个巨人，坐在地上头就能顶着屋梁了。"

紧接着一个陕西人说："这些都不算是奇特。我们家乡有一个巨人，开口时，上嘴唇碰着屋梁，下嘴唇挨着地。"

旁边有人刁难他说："那么他的身体在哪里呢？"

陕西人说："暂且只说嘴吧。"

【寓意点拨】"吹牛不犯死罪"，有的人信口雌黄，不顾事实不着边际乱说。如果是几个人饭后茶余闲聊，说说大话，胡吹几句，惹得大家笑一阵，消除了一天的疲劳，倒也无伤大体。

郄雍视盗

【寓源】战国·列御寇《列子·说符》。

【寓言】晋国苦于盗贼横行。有一个叫郄（qiè）雍的人，能够审视盗贼的相貌，察看他们的神色而获得真情。晋侯派他去识别盗贼，千百个没有一个漏网。晋侯非常高兴，告诉赵文子说："我得到一个人，一国的盗贼几乎被捉尽了，还要用那么多人干什么？"

赵文子说："君主依靠郄雍观察来捕捉盗贼，盗贼是捉不完的，而且郄雍必将不得好死。"

过了不久，盗贼们聚在一起商议说："把我们逼得走投无路的人是郄雍。"于是他们共同劫走郄雍并杀死了他。

晋侯听到消息后大惊失色，立即召见赵文子并告诉他说："果然如你所说，郄雍被盗贼杀死了！可用什么办法抓住盗贼呢？"

赵文子说："周人的谚语说：能够察见深潭中游鱼的人必定不吉祥，用智慧测算出隐匿内情的人必定遭殃。如果君主想要消除盗贼之害，不如选拔有才德的人加以任用，使政治昌明于上，教化风行于下，人民有了羞耻之心，还会去做什么盗贼呢？"

于是，晋侯便任用随会主持政事，盗贼们就逃往秦国去了。

【寓意点拨】随会是先秦时代贤良的典范．这则寓言说明，正面教育是根本，只有让民众懂得了是非善恶，自觉地遵守法律，才能减少犯罪，实现社会的安定；如果一味地采取监视强制的手法，造成人人自危，必然会导致官逼民反的后果。故事也启示人们，处理问题要以国家的政策法规为准绳，而不能仅凭某些人的个人意愿。

妾忠遭笞

【寓源】西汉·刘向《战国策·燕策一》。

【寓言】从前，周朝的洛阳曾有这样的事。有一个男子在外地做官，三年没有回家，他的妻子私爱一人，她所私爱的人说："你的丈夫如果回来了，那将怎么办呀？"他的妻子说："不要担忧，我已做好药酒等待他回来。"

不久，她的丈夫果然回来了。于是她就叫妾斟好药酒献给丈夫。妾知道这件事，半路上站立着，想："我把药酒给我主父喝下去，主父就被毒死；把这件事告诉主父，主母就要被驱逐。与其毒死主父，驱逐主母，宁肯自己假装跌倒把毒酒倾翻。"于是就装成身体僵硬而跌倒。

他的妻子说："为了您远道归来，所以做好了美酒，现在由妾献上却跌翻了。"

那个男人不知真情，把妾捆绑起来，用鞭子毒打了一顿。所以，妾遭打的原因，是忠信的缘故啊。

【寓意点拨】寓言告诉人们，在不明真情时，有时做了好事反遭恶报。它告诫人们，对于邪恶者不可宽容，只能去揭露他，因为你宽容了他，他却嫁祸于你，把你作为他的替死鬼。

窃金不止

【寓源】战国·韩非《韩非子·内储说上》。

【寓言】楚国南方某地的丽水河中产有金子，人们多去那里偷着采金。

杜绝采金的禁令上说：违者，被捉住后在集市上处以五马分尸的重刑。受刑的人很多，以致尸体把丽水河堵塞了，但人们窃金的行为还是没有停止。对犯有重罪的惩处没有比分裂肢体更为重的了，但人们还是偷采不止，这是由于总有侥幸逃脱的人。

【寓意点拨】这则寓言说明了一个非常现实的问题，有些罪犯就是明知死刑也要去犯罪，他们正是抱有侥幸心理。所以严以执法，就要严在不放过一个坏人。

秦伯嫁女

【寓源】战国·韩非《韩非子·外储说左上》。

【寓言】秦国的国君穆公把自己的女儿嫁给晋国的公子重耳，让晋国为他的女儿装扮，而自己却不事先给女儿打扮，而穿着华丽的衣服陪嫁的小妾有七十人。到了晋国，晋国人喜爱那些穿着华丽衣服前来陪嫁的小妾，而看不起秦穆公的女儿。这可以说善于嫁妾而不善于嫁女啊！

【寓意点拨】寓言告诫人们：处理问题时不能轻重不分，应当首先抓住关键的问题，次要的问题放在从属的地位；在阐释事理、说明事物时不能主次不分，更不可喧宾夺主，应突出主要的方面；看问题不能看表面的现象，因为现象有时并不能反映问题的本质，应善于分辨现象与本质，否则会导致舍本求末。

秦士好古

【寓源】南宋·陈元靓《事林广记》。

【寓言】秦朝有个读书人，好古成癖，不管价格多贵的古物，都要买下收藏。一天，有人夹着一卷破席子登门，夸耀说："当年鲁哀公设席赐坐询问孔子政事，我拿来的正是孔子所坐过的那张席子。"秦氏便用靠近外城的田地换下了这卷破席。

过了几天，又有一个人拿了根拐杖来卖给他，宣称这是周文王的祖父太王当年为躲避狄人侵犯，率众离开时所持的手杖。论起年代，比孔子坐过的席子还要早上好几百年。秦氏把家中的钱财尽数付给他。

几天后，又有人端着一只破碗对他说："你收的席子和手杖，都不算古物，请看我带来的这只碗，这可是夏桀时造的，比周代早多了。"秦氏以为，这下可得到旷世稀有的古物了，于是出让自己所居住的宅院，买下这只碗。这三件宝贝到手了，可家里的财物田地全都用完了，吃穿没了着落。因为喜好古物，他还舍不得卖出这三件东西，于是就披上哀公之席，拄着太公的拐杖，拿着夏桀时的碗，沿街乞讨，嘴里还不停地叫嚷着："列位供养衣食的乡亲父老，谁有姜太公的九府古钱，赏我一文吧！"

【寓意点拨】爱好古董，一般地说并不是件坏事，或爱古器物的艺术造型之精美古朴，或通过古器物研究古代人的生活历史，爱古董爱到着迷的程度，不但不是坏事，而是好事。因为无论做什么事情，只有对自己从事的工作热爱，甚至着了迷，才能获得成功。但是，秦氏之好古，却不值得称赞，因为他好古没有任何现实的目的，而是为古而古，最后弄到沿街乞讨，还喊着要周太公的九府钱。这种唯古是爱、唯古是好的态度是错误的，因为他违反历史发展的辩证法。这当然只是对那些自诩风雅，托名好古，而并不知古、不识古的伧夫鄙人的讽刺。他们并不真正好古，所好者只是好古之名而已。

秦王不用郤恶

【寓源】明·刘基《郁离子·郤恶奔秦》。

【寓言】秦国和楚国互相憎恨，楚国的左尹郤恶逃奔到秦国，便在秦王面前极力说楚国的坏话。秦王听了很高兴，想任命他做五大夫。

大臣陈轸听说此事后对秦王说："我的家乡有个被丈夫休弃又改嫁的妇人，每天跟她的后夫说前夫的错误，两个人很投合，感情非常融洽。一天，这个妇女又失去了她后夫的恩爱，嫁给一个寄居城外南边的富人，又像以前那样说她后夫的坏话。这个富人向她后夫说了这些情况，她的后夫听了笑笑说：'这些用来说给您听的话，就如同以前跟我说的一样。'现在左尹郤恶从楚国来到秦国，就极力说楚国的坏话，如果一天又得罪您而到别的国家去，那么，他就将诽谤楚国的话拿来诽谤您了。"秦王觉得陈轸言之有理，因而不任用郤恶。

【寓意点拨】寓言通过一个再嫁之妇毁谤前夫的故事，揭露、讽刺政治投机商的丑恶行径。离开那个国家就极言那个国家的坏话，这是政治投机商惯用的伎俩。

秦王患楚使

【寓源】战国·韩非《韩非子·内储说下》。

【寓言】楚王派使者出使秦国，秦王以厚礼相待。

秦王对大臣们说："敌对国家拥有贤能的人，这是我们国家的忧患呀。现在楚王派来的使者很贤能，为此我很担忧。"

大臣们劝谏说："因为大王您贤能圣明，秦国的实力又雄厚，所以您羡慕楚王的贤人。您要想解除这种心头之患，为什么不同楚国使者深交私情，暗中拥有他呢。这样，楚王发觉了一定认为这使者被别国所重用，必定要诛杀他。"

【寓意点拨】这则由爱贤而害贤的悲剧，虽然发生在遥远的古代，但它所引起的历史教训是极其深远的。用人者要真正地重视贤才，就要关心、爱护和保护他们；作为才者，则要能分清主人是在用你，还是在抑制、控制你。

秦王之悔

【寓源】战国·韩非《韩非子·内储说上》。

【寓言】齐、韩、魏三国攻打秦国，攻到函谷关，秦王对楼缓说："三国军队的攻势很凌厉，我想割让河东的土地和他们讲和，你看怎么样？"

楼缓回答说："割让河东，这是很大的损失；而免除国家的危难，又是很大的利益。这种大事是同姓老臣的责任，大王何不召见公子泛询问呢？"

秦王便召见公子泛告诉了这件事。公子泛回答说："讲和要后悔，不讲和也要后悔。大王假若割让河东讲和，三国的军队撤退，大王一定懊悔说：'三国的军队本来就要撤退了，我却白白地把三个城给他们了。’假若不讲和，三国就会攻进函谷关，必然要攻占很多土地，大王一定非常懊悔说：‘没有割让三城，以致造成这样大的灾难。’所以我说讲和要后悔，不讲和也要后悔。”

秦王说：“假如都要懊悔，我宁愿丧失三个城而懊悔，而不愿国家危亡去懊悔。我决定割让三城讲和了。”

【寓意点拨】这则寓言启示人们：在对事物作判断、下结论时，一定要广泛征求各种意见，然后分析利弊、权衡轻重，才可做出正确的决断。

琴　谕

【寓源】明·宋濂《宋文宪公集遗编》。

【寓言】楚国和越国之间连绵多山，山民中有一个姓齐的人，他没有见过琴，便问别人说：“什么是琴呀？”

有人告诉他说：“琴制作的样子，前面宽后面窄，上面圆下面方，头部隆起，底部有小孔，浮面覆盖着丝弦，弹起来铿铿作声，弦音清越，非常好听。”

齐氏高兴地说：“这就知道什么是琴了。”

一天，他往大城市去，看见一个人背着一把筑走来，急忙跑上去看，吃惊地说：“这不像前宽后窄、上圆下方的那种乐器呀？”反复观察了许久又说：“这也不像翘首而底下有小孔的样子呀？”用手指横弹了一下，也有声音从弦上发了出来。又说：“这又不像是铿铿作声、弦音清脆悦耳的呀？”于是尽力说动那人跟他一起回去，向那人学了三年，早晚也不休息，自以为把他的技艺都学到手了。

先前告诉他什么是琴的那个人偶然走过他的家门，听见他弹筑的声音，就吃惊地说：“你所学的是筑，不是琴呀！不然的话，为什么会发出喧闹嘈杂的声音来呢？”接着就拿出琴来弹了又弹。

齐氏听后，忽然皱起眉头说：“你欺骗了我！你弹的声音淡然无味，像是大菜汤和白水酒，简单朴素像用桴槌敲击土鼓，不会引起我的兴趣。我所爱好的和这个并不相同，它像鸾鸟和凤凰的鸣叫声，像笙和箫的轮番吹奏，像燕国和越国美人的擅长歌唱。我不晓得你的琴或者是筑，我的筑或者是琴呀！请尽我自己的乐趣吧！”

唉！琴作为乐器，人们原是很容易辨认的，而山民齐氏却用筑当作琴，反去把伪善的乡愿错当作道德高尚的君子，并且天天惜爱而不厌倦，这还有什么可奇怪的呢？

【寓意点拨】这则寓言说明，把伪善者当君子，反而责备他人欺骗自己，这是不知音者，山民齐氏之谓也。中毒既深，习非为是，原是世人常态。这则寓言的讽喻性，是具有普遍意义的。筑：古代的一种弦乐器。

禽侠

【寓源】清·蒲松龄《聊斋志异·禽侠》。

【寓言】天津有一座寺庙，鹳（guàn）鸟在殿脊的鸱（chī）尾上作窠。在寺殿的天花板上藏着一条盘起来就像盆一样的大蛇，每当鹳鸟孵出小鹳雏时，它就爬出来把小鹳雏吞食干净。鹳鸟非常悲哀，好几天才离去。

像这样过了三年，人们都以为鹳鸟不会再来了，但是鹳鸟仍旧回来作窠，像从前一样。约莫鹳雏即将长成，鹳鸟就径直飞走了，过了三天才回来。一进窠就哑哑地鸣叫着，喂食鹳雏像平时一样。大蛇又蜿蜒曲折地爬上来，刚刚爬到鹳窠的旁边，两只大鹳鸟受惊，飞出去哀叫甚急，直飞天空。不一会儿，忽然听见风声蓬蓬刮来，刹那间，天地就像夜幕降临般昏暗。寺中众人都异常惊恐，共同观看，原来是一只大鸟，翅膀遮蔽了天上的太阳，从空中疾飞下来，像风雨般急骤，用爪子猛击大蛇，蛇头立即坠落，连寺殿上的屋角也被摧毁了好几尺，然后大鸟振翅飞走了。鹳鸟跟在大鸟后面，像是为它送行一般。鹳窠已经被打翻了，两只鹳雏坠落在地，一只活着另一只被摔死了。和尚把活的鹳雏捧起来放在钟楼上。过了一会儿，鹳鸟返回来，仍然喂食鹳雏，直至把它养大了才飞走。

【寓意点拨】鹳鸟屡遭迫害，不仅没有退却，反而增强了它的复仇决心，终于机智地邀来了勇猛的巨鹰，一举除害，道出了“君子报仇，十年不晚”的道理。从另一个方面看，大蛇屡屡为害，凶狠残忍，自以为得计，傲慢跋扈；殊不知“害人者人恒害之”，终于自食恶果，遭到致命的下场。

寝薪未燃

【寓源】汉·贾谊《上陈政事疏》。

【寓言】从前，有个自称是极聪明的人，办事总是凭着侥幸的心理，而且还很爱自吹自擂。说得多了，邻居们慢慢地都很讨厌他，觉得他整天不学无术，只会吹牛皮，谁也不愿意理睬他。可是这人却总是不甘寂寞，生怕受到别人的冷落，见邻居都不愿理他，就想出了一个哗众取宠的怪点子来。这一天，这个人抱来火盆放在柴堆下面，自己则爬到柴堆顶上睡起了大觉。他的这一危险的举动被一位好心的邻居发现了，吓得不由分说地将他拉了下来，大火这才没有烧到他。这个人不但不感激邻人的救命之恩，反而逢人就宣扬说睡在底下有火的柴堆上面很安全。这样，邻居们更讨厌他了。

【寓意点拨】我们做任何事都要从实际出发，决不能有侥幸心理。说大话的人的；不知感恩的人，遭人唾弃。

请船得苇筏

【寓源】明·刘基《郁离子·请舶得苇筏》。

【寓言】甲午年爆发了大战。有人推举隐居在城外的瓠（hù）里子，说："瓠里先生确实会用兵，可以做大将。"

聘书到时，瓠里子打算推辞便去访问郁离子，向他求教。郁离子仰天长叹说："唉，可悲啊！这个推举你的人是忠义之士，怎么不为你考虑呢？"

瓠里子问："为什么这样讲呢？"

郁离子回答说："从前秦始皇东巡，派徐福出海寻找蓬莱三神山。徐福要求调拨海船，秦始皇不给，给的是苇筏子。徐福推辞说：'我不能胜任。'秦始皇派来拜见的人责备他说：'人们都说先生有道术，我听信了。而你一定要求乘海船，那样不但人人可以去，我也能去，又何必去请你呢？'徐福无言以对，回去就暗自准备了船只，运了三千童男童女，在海岛上住下来并建立了国家。秦始皇在海边流连，得不到徐福的消息，也没有找到三神山，就回来了，死在沙邱这个地方。如今管事的都是些酒囊饭袋，我担心你也是要求船舶而得到的只是苇筏啊！"

不久，管事者果然没有重用瓠里子。

【寓意点拨】寓言批判那些饱食终日，碌碌无为的当权者是不可能正确使用人才的。他们不会向人才提供或创造起码的工作条件，而是对他们百般限制，只要求他们干活，待遇却十分苛刻，使人才无法施展和发挥自己的才能，无法做成事情。

穷格竹子

【寓源】明·王阳明《传习录》。

【寓言】当初，王阳明与友人钱氏共同讨论做圣贤要领悟天下万物的道理这一问题，那如何获得如此广大的悟性呢？王阳明指着屋前亭子旁的竹子，叫友人去面对竹子观看感悟。

他的朋友钱氏就早晚坐在竹子面前，想悟尽竹子中的道理，竭尽心力，苦思冥想，一连三天下来，用心过度而累成了重病。

王阳明起初还认为友人用心不够，于是自己便坐在竹前来感悟道理，从早到晚也没有悟出道理来。一直坐到第七天，他也因用心过度而病倒了。

这时，他们俩都感叹圣贤真是难以做到，因为实在是没有那么大的能力去感悟万物了。

【寓意点拨】这则寓言告诫人们，要认识事物的规律，切不可从主观出发，否则一味地苦思冥想，不去接触实际，不去实践，就会一无所获。

穷鬼伴人

【寓源】清·戴名世《南山集》。

【寓言】穷鬼这个人物，不知道是什么时候出现的，唐代元和年间，穷鬼开始依托在韩愈的门下。韩愈长久地与穷鬼居住在一起，实在忍受不了，就写了一篇《送穷文》来驱逐穷鬼；穷鬼不但不离开，反而责骂韩愈。韩愈死后，穷鬼没有地方去，在社会上到处流浪，一直在寻找像韩愈这样的人而跟随，结果没有找到。

经过了九百多年，穷鬼打听到江淮之间有一位被褐先生，这个人是韩愈一类的人。于是，穷鬼不通过人介绍就来到他家拜见，自我介绍说："我是已故韩愈的客友。我听说先生为人高尚道义，希望寄托在你门下，一定报答你的恩德。"

被褐先生听后，离开座席向后退了几步，惊讶地说："你到这里来要干什么？"

被褐先生说着便挥了挥手叫穷鬼离开，并告诫说："你快走开！从前韩愈就是因为与你相处的缘故，被天下人不容，招致嘲笑和侮辱，穷困而无处可去，他写的《送穷文》我反复地读过。你走吧，不要连累我。如果你一定要跟从人的话，请你跟从别人好了。"穷鬼说："先生你为什么这么无情地抛开我？如果有别人可以跟从的话，我早就跟从别人了。我不愿意跟从别人的原因，就是想跟从先生你啊！请宽恕冒昧请求之罪。"

被褐先生说："你用穷困作为名字，那本身就能使我穷困了。研究文章，一开口就触犯忌讳，这是语言上的穷困；上高下低，不是前跌就是后倒，举动畏惧而艰难，进退小心而不能，这是行为上的穷困；蒙受不白之冤屈，遭到讽刺和讥笑，忧患众人的议论，这是辩明事理上的穷困；做事就会不合时宜，出行就会违背情理，这是才能上的穷困；名声地位、财物田产不能得到别人的信赖，心怀坦荡、孤立悲愤也不能与世俗相随，这是在社会交往上的穷困。怀抱着没有作用的书籍，持有不受约束的志气，带着空乏的身体进入那厌恶轻薄的社会，结果是居住在家穷困，交游社会也穷困。大凡你能够使我穷困的，我无法一一数尽，这里只能举出一个大概罢了。"

穷鬼说："先生认为这些是我的罪过吗？你说的是对的，不过我的罪过却有同情之处，也还有不可以掩盖的功劳。凡是我出现的地方，各种美的东西都纷纷地避开，这就是先生抛弃我的原因呀。然而，这些微不足道的过失，怎么值得先生重视呢？况且我能够让先生欢快歌唱，又能让先生悲哀痛哭；能让先生激动昂扬，又能让先生感慨愤恨；更能让先生往来自由自在，遨游那无穷的境界。先生所说的这些，本来就是我用来向先生效劳的呀，这有什么妨害呢？况且韩愈到现在都精神不朽地流传着，这就是得到我的帮助啊！因为这个缘故，韩愈由开始怀疑我而最终平安相处。我游行天下时间很久，没有遇到值得跟随的人，几千年才寻找到韩愈，又经过一千多年而寻找到了先生。凭着先生的道义，仰慕你的没有一个人，只有我仰慕您而愿意跟从。由此看来，我对先生难道还不看重吗？"

于是被褐先生便与穷鬼和谐相处。

【寓意点拨】这则寓言告诉人们，生活的贫困与俭朴并不是一件坏事，它可以磨炼一个人艰苦奋进的意志，可以修养一个人纯真高洁的美德。一个人的为人处世，往往因为贫困俭朴的作风，会获得人们的信赖而走向成功。

穷涸自负

【寓源】唐·韩愈《韩昌黎文集·应科目时与人书》。

【寓言】听说在大海之滨，江河岸畔有个怪物。这个怪物绝非普通的水族之类可比。它置身水中，兴风作浪，飞腾天际，不费吹灰之力；如果一旦离开了水，活动也不过寸尺之间而已。即使没有高山、丘陵、远路、绝壁、关隘阻挡，它窘于干涸，也无法自己到达水中，十有八九会被那些小小的水獭所嘲笑。

如果有力者怜悯它的困窘，把它送到水中，只需抬一下手、动一下腿就行了。然而这个怪物自负与众不同，说什么："烂死在泥沙，我心甘情愿。如果去俯首帖耳，摇尾乞怜，我坚决不干。"所以，有力者遇到它，熟视无睹，不加理睬。

这个怪物是死是活，就很难预料了。

【寓意点拨】寓言讽刺那些自命不凡、孤芳自赏、脱离实际、脱离群众的人，摆出一副"清高"的架势，不过是为了抬高自己，待价而沽。

求官赏己

【寓源】唐·唐临《冥报记》。

【寓言】武德初年，遂州总管府记室参军孔恪患暴病而死，一天以后，又苏醒过来。自己说，他被收到官府内，遇到一个官员问他，“为什么要杀死两头水牛？”

孔恪回答说：“没有杀过。”

官员说：“你弟弟作证说是你杀的，为什么不承认？”

官员喊他弟弟上来，他的弟弟已经死了好几年了。他弟弟被带到，身上有很多枷锁、刑具。官员问：“你说你哥哥杀牛是真还是假？”

他弟弟说：“我兄长原来奉命前去招安恶贼，让我杀牛来举办酒会。我实在是奉兄长之命，不是我自己要杀。”

孔恪就说：“我让弟弟杀牛招待恶贼是真的，但那是国家的事情，我有什么罪呢？”

官员说：“你杀牛会见恶贼，还不是想以招安成功作为自己的功劳，以求得官府的奖赏，这是为了自己的利益，怎么说是国事呢？”然后对孔恪弟弟说：“因为要让你来为你哥哥作证，所以留了你很久，你哥哥现在已经承认了他派你杀牛，你没有罪，放你去投生吧。”说完，弟弟忽然就消失了，孔恪竟然没有和他说上话。

官员又问：“你为什么还杀了两只鸭？”

孔恪说：“前任县令杀鸭来招待官客，难道是我的罪吗？”

官员说：“官客自己有吃的饭菜，不过没有鸭子，你杀了给他吃，想求得赞誉，不是你的罪是谁的？”又问道：“为什么还吃了六枚鸡蛋？”

孔恪说：“我平生不吃鸡蛋，只有九岁的时候，寒食节，母亲给我六枚鸡蛋，我自己煮了吃了。”

官员问：“这么说，是要把罪责推卸给你母亲了？”

孔恪说：“不敢，只是说事情的原因，这当然是我自己杀的。”

官员说：“你杀其他生命，自己也应当接受惩罚。”说完，忽然出现了几十个人，都穿着青衣，架着孔恪往外走。

孔恪大声叫道：“官府也滥用职权冤枉人啊。”

官员听到后叫他回来，问他：“有什么冤枉的？”

孔恪说：“生下到现在的罪孽，都有记录，一点儿也不落下；但生来修福的事情，却一点儿也没有记录，不是滥用职权吗？”

官员问主司：“孔恪有什么福业，为什么不记录呢？”

主司回答说：“福业也全部记录了，只是衡量罪过和福业的多少，如果福多罪少，先让他享受福报；如果罪多福少，先让他接受惩罚。孔恪福少罪多，所以就放置没有说他的福业。”

官员大怒说：“虽然先受惩罚，为什么不把福业宣示出来呢？”命令鞭打主司一百下。

鞭打完毕，主司血肉模糊。然后，就宣示孔恪的福业，也没有一点儿落下的。官员对孔恪说："你应该先受惩罚，我再给你七天时间，要努力增加福业。"然后就让人送他出来，于是孔恪苏醒过来。

孔恪召集了很多僧人和尼姑，修道忏悔，专心修炼，刻苦修行，自己向别人讲述自己的故事。到了第七天，与家人辞别，一会儿就死掉了。

【寓意点拨】孔恪为自己所做的种种事情做出冠冕堂皇的解释，首先是杀牛，他说杀牛是为了国事，是为了招安所用；其次，杀鸭，说是为了官事，是为了招待官府的客人；吃鸡蛋，则说是母亲所使。官员则一针见血地指出，他的所作所为都是为了邀功买誉，他的所为都是出于私心。

尽管他们对话中所涉及的事情全都是鸡毛蒜皮的小事情，但是在日常生活中，尤其是官场上，这种打着公家的旗子，从而冠冕堂皇地为自己谋私利的事情实在是太多了。他们总是自作聪明的认为，别人看不出他们的伎俩，实际上，纸包不住火，任凭他们的理由多么动听，迟早会露出马脚，受到应有的惩罚。

曲高和寡

【寓源】战国·宋玉《文选·宋玉〈对楚王问〉》。

【寓言】战国时期楚国人宋玉，非常善于写辞作赋。

有一天，楚襄王问宋玉："为什么有人对你有那么多不好的议论呢？"

宋玉泯然一笑，若无其事地说："哦，是这么回事。不过先请大王宽恕我，听我讲一个故事。"

楚襄王非常了解宋玉，学识渊博的人也许都是这个样子吧，他点了点头，允许宋玉接着说下去。

"最近，有个外地人来到我们郢都唱歌，最开始他唱的是最通俗的《下里巴人》，大家围着观看，唱到高潮部分，跟他一起合唱的有好几千人，那场面真是宏大啊！"

宋玉滔滔不绝地讲着故事，楚襄王随着他的思路专心致志地听着。

"后来，他唱起了还算通俗的《阳阿薤（xiè）露》，跟着他唱的要比开始的少多了，但还是有好几百人。再后来，他唱出了格调比较高雅的《阳春白雪》，好多人都听不懂，四散而去。城里跟他唱的就只有几十个人了。最后，他唱出格调非常高雅难度又很大的商音、羽音，又夹以流利的徵音，城里跟着唱的人就更少了，屈指数来，就剩那么几个人了。"

宋玉一口气说完了故事，然后停了半天没说话；楚襄王却接话说："由此可见，曲子越难，格调越高雅，能跟着合唱的人就会越少了！"

宋玉微笑着点着头说："大王所言既是啊，对于人也是一样的，圣人有着奇伟的思想和表现，超出常人。一般人又怎能理解我的所作所为呢？"

楚襄王听毕，与宋玉对视着赞同地笑了起来。

【寓意点拨】曲高和寡本意是指曲调越高雅，能跟着唱的人就越少。宋玉讲这个故事的原意是比喻知音难得；现在多比喻言论或文章不通俗，能理解的人很少，含有讽刺意味。

曲突徙薪

【寓源】西汉·刘向《说苑·权谋》。

【寓言】古时候，有个人建了新房，邀请一个朋友去做客。朋友很高兴，进进出出，里里外外地参观着，时不时地赞叹新房的漂亮和舒适。

最后来到了新厨房里，他发现灶上那烟囱砌得笔直，灶旁还有很多柴草，离灶膛口特别近，一不小心就有发生火灾的危险。他马上对朋友说："你应该把烟囱改成弯曲的，柴草也要放得远一点，不然的话，风一吹厨房里面就会发生火灾！"主人疑惑地看看朋友，本来听朋友夸奖自己的房子建得好，还挺开心的，可是朋友却说刚刚新修的烟囱需要改，而且还说发生火灾这样晦气的话，他就不乐意了。不过碍于面子也没有表现得很明显，只是胡乱地支吾了一声。朋友刚好是个热心肠，在主人家的一整天里，他总是惦记着这个隐患，临走还没有忘记叮嘱主人。可是这个主人一点儿也没放在心上，完全是左耳朵进，右耳朵出了。

朋友走后没几天，他家就着火了，火苗就是从灶台那里引起的，和朋友当初所说的完全一模一样。刚建新房的人心里非常焦急，也非常担心，他特别心疼花费了那么多心血修建的房子啊。周围热情善良的乡里相邻看到浓烟滚滚都忙跑来帮忙救火：端水的，搬东西的，拿工具的，大家分别忙碌着。果然是人多力量大，不一会儿，大火就被扑灭了。

看到自己的新房幸免于火灾，主人非常高兴；为了答谢众父老乡亲，他让家里人宰牛摆酒，准备了几桌丰盛的酒菜，来表达谢意。所有帮忙救火的人，不管是因为救火烧的焦头烂额的，还是仅仅只在旁边喊了几声的，都按功劳大小排了座位。大家一起吃吃喝喝，好不热闹。但是，唯独没有请那个最初给他建议，让他把烟囱改弯曲的朋友。

主人还是没有意识到发生火灾的根本啊！假如他当初听从朋友的建议，把烟囱改弯曲，把柴火挪开灶口，现在也就不用宰牛摆酒地花费，当然也根本不会发生这场火灾了！

【寓意点拨】人们往往重视抢救，而忽视预防；不论发生什么事情，事后尽力挽救是一方面，事前的积极预防那是更重要的一方面。但是，人们却常犯故事中那位主人的错误，不重视事先的警告或批评，以致造成灾祸后再花费人力物力去抢救。

驱鬼符

【寓源】清·石成金《笑得好》。

【寓言】有一个道士被鬼迷住了，满脸满身都被涂上一层污泥。道士大喊救命。近旁的人听了，急忙赶到，把唾沫吐到他脸上，将他救活。道士很感激，说："贫道受你的救命大恩，没有别的报答，只好奉送一张驱鬼符。"

有人问他："你既然有驱鬼符，为什么不能救自己呢？"

道士解嘲说："我是只顾别人不顾自己的。"

【寓意点拨】这则寓言告诉人们两个道理：一是道士身携驱鬼符，而却被鬼迷住，搞得全身泥污，狼狈不堪，高呼救命。可见道教符篆之类，全是欺人之谈；二是道士身携驱鬼符明知不能自救，却要把驱鬼符酬谢别人，完全是自欺欺人的骗子伎俩。

取道杀马

【寓源】秦·吕不韦《吕氏春秋·用民》。

【寓言】宋国有个急于赶路的人，他的马不肯前进。他便掉转马头，把它赶入溪水，淹得它奄奄一息。这样连续反复三次，那马死活都不肯前进。即使像造父那样最善于驾马的人，威慑马的手段也绝不会超过这个宋国人了。他没有学到造父驾马的诀窍，徒然模仿他那驭马的威严。这对于驾马，是没有丝毫益处的。

那些昏庸的国君同这宋国人何等相似啊！治理民众，没有正确的方法，只知采用各种威压手段。结果，威压越厉害，民众越不替他效力。

【寓意点拨】这则寓言批评了不讲究正确方法而只知严刑峻法的政治现象。

取友必端

【寓源】战国·孟轲《孟子·离娄下》。

【寓言】郑国国君命令子濯（zhuó）孺子侵犯卫国，卫国君主便命令庾公之斯去追击他。子濯孺子说：“今天我的病发作了，手不能拿弓箭，我死定了。”便问驾车的人：“追击我的人是谁呀？”

驾车的人回答说：“是庾公之斯。”

他听了便说：“我活定了。”

驾车的人不解地问：“庾公之斯是卫国的射箭能手，您反而说自己活定了，这是什么原因呢？”

他解释说：“庾公之斯向尹公之他学射，而尹公之他又是向我学射。尹公之他是个正派人，他所选择的学生也一定正派。”

庾公之斯追上他，问道：“先生您为什么不拿起弓箭？”

他说：“今天我的病发作了，不能拿弓箭。”

庾公之斯便说：“小人我向尹公之他学射，尹公之他又是向您学射。我不忍心拿您的射箭技巧反过头来伤害您。虽然这样，而今天的战事是国家公事，我又不能废弃。”这时，庾公之斯便抽出箭，向车轮敲击几下，把箭头去掉，发射了四支箭后就收兵回去了。

【寓意点拨】从国家的利益来看，庾公之举是不可取的，国家的利益毕竟高于个人的利益，不可以个人的私情来损害国家的利益。从交朋结友这点来看，“取友必端”无疑是正确的标准，交上一位正直的朋友将会终身受益。收徒交友以品行端正为先决条件，则可以避免逢蒙学射杀其师的悲剧。

豢豢二氏

【寓源】民国·戴表元《剡源戴先生文集》。

【寓言】古代有个豢氏之国，这个国家有喜欢搏击的风俗。

有一个人最擅长搏击，他的力气全国第一，对于奋力迎击、手劈拳打、拦截阻挡的技巧，无不精通。别的善于搏击的人，虽然轻捷，健壮得像一堵墙，但跳到他的面前，肘臂刚刚相交，就倒下了。因此人们对他都非常心服，全国没有人敢与他相搏，但都千方百计图谋挫败他。于是人们竞相跟着他，敬奉他，为他安排宴会、游玩、美酒、美食、音乐，让他的身体疲惫。这个人也以为自己的搏击技巧已达到顶峰，渐渐发展到想兼学别的技术，放纵到戏弄、博戏、围棋等方面。敬奉他的人表面同他一起游玩，实际是因为搏击的技巧不如他，暗暗地尽心向他学习。过了很久，搏击的技术学到手了，料想这人已经不再可怕。

一个年轻人当众发怒说：“我们之所以敬奉你，是因为你善于搏击。如今我就要和你搏击。”

第二天，他们就在集市上搏击，那人挥动手臂，高抬其脚，直奔年轻人，很快便气喘吁吁，力气似乎已经用尽。所以现在谈论武技不能善始善终的，就以豢氏之国这个人为诫。

豢氏之国有个德行很好的读书人，也是这样的。该国的读书人向他求教书本上的学问，他没有不知道的；向他请教各项技艺，没有不熟悉的；上至炎帝黄帝之前，天地初开茫昧无名之初，下至他自己亲身经历，这中间的官吏任免、典章制度及州郡的设置和撤销、国家的兴衰、正确的和错误的等等，无不通晓其中的缘故；从读书人当前应办的事到各学术流派上下四方之外，奇诡怪异、恍恍惚惚的各种传说，没有说不出个大概的，算得上是个博学多才、不平凡的读书人了。他来到一个县，全县的人都尊敬他；他来到一个州，全州的人都认为他是奇才；他周游天下，普天下的读书人都惭愧地说：“见到这个人，几乎感到自己枉为读书人了。”于是争相跟着他北游并侍奉他，希望当他的学生。

他外出就坐着平稳的小车，住下来就坐在讲席上，成群的弟子来听他讲学。他说道：“我所学的，也不是万事万物都精通。我掌握了学问的要点，我所掌握的要点大家想学的可以提出来。”众弟子听他这样说并得到了他的书，都非常高兴。不到一年时间，都学到手了。先生感到洋洋得意。他的学问只有传授却没有接受，他的才能只有付出而没有进入。他还暗自觉得很幸运，心想：“我既然已经成了天下人的老师，又何必劳苦再学习当今的东西。”从此以后，他只图游乐，终其一生。像这样又过了几年，众弟子还不时地到先生住的地方来探讨学问，先生的回答没有超越他当初所说，弟子们便渐渐地厌烦而离开他了。他越老越昏愦，师道越来越衰弱，学生也不断地离去，最后混得没饭吃，只得回国，本国的人对他也不再以礼相待。现在人们谈论如何为师，会相互告诫不要像豢氏之国的那个读书人。

【寓意点拨】这则寓言告诫人们，在取得成就之后，切不可自满自傲，尤其是不可放松进取的精神。这是因为成功是过去的努力结果，再要有新的成功，还必须再努力，否则就会落后于时代，落后于他人。

犬婢

【寓源】清·沈起凤《谐铎》。

【寓言】清平王太常，请假离京回家。他的夫人想买一个婢女，有个贫穷人家妇女领着女儿前来，想卖给夫人。

这女孩面黄体瘦，眼睛光芒锐利像狗一样。问她的身价，要一百两银子。

夫人笑着说："你女儿这样丑陋笨拙，有什么长处而把她看作稀奇的货物呀？"

贫妇回答说："这孩子虽然长相不好，可是天生慧眼，她在昏暗的夜晚看东西，能像白天一样看得清清楚楚。"

夫人说："那么就暂且留下试用着吧。"

到了夜晚，女伴们在灯下绣制太常的朝服，叫那女孩到昏暗的地方去穿针，她穿起来就像拾起一根小草那么容易。夫人很是高兴。第二天，按照原先索要的身价如数给了女孩的母亲，并给这女婢起了个名字，叫做喜儿。

喜儿外表朴陋内心聪慧，侍奉夫人特别善解人意，夫人很喜欢她，几乎把她同自己的子女一样看待。夜晚时就拉她做游戏，时而拿出金手镯银戒指，在黑暗中拨弄，她却能分辨出金银成分的高低；时而拿出上千枚铜钱，散在黑暗的房间中，让喜儿拾取，她也能一枚也不遗漏。夫人曾对太常说："红线掌管笺表，芳姿歌咏《团扇》，就算刘琰家俊俏的婢女能够吟诵《鲁灵光殿赋》，都不如我家的'如愿儿'，她能胜过婆利国街市上蓝眼睛的商人。"

一天傍晚，太常在内室点上蜡烛，给吏部一位官员作墓志，他急于查寻史料，叫喜儿到书架上去取第几部第几卷书。喜儿应声去了，可往返几次都空手而回，问她，她呆呆地站着不说话。太常说："在黑暗中摸查，本来就不是容易事。"于是自己站起来拿着蜡烛走到外屋，在书架上一查，要找的书好好地放在那儿。他笑着对夫人说："你家那蓝眼睛商人，今天也被五色迷住了眼睛啦？"

夫人弄不清喜儿今天为什么就看不见，只是责怪喜儿贪懒。

喜儿说："夫人您错了。以前我娘到了中年时仍然不生育，就去杨二郎的神祠祈祷求子，杨二郎命座下之犬托生为女。所以婢子我满身贱骨，只有两眼格外明亮。但是狗这种动物，碰到金银物品，即使黑夜也能看到，倘若是诗文辞章，纵然在光天化日之下，它瞪大眼睛去看也看不清是什么，何况在昏暗的夜晚寻找它呢？"

夫人怅然失意了好一会儿，说："放着人不用而用狗，理应只是对小事明白而对大事糊涂。从今以后，我知道悔过了。"

太常说："并非如此。我们看到的平庸之徒，难道只有像她这样的人？凡是遇到财物就双眼明亮起来，碰到文字就一个也不认识的，都属于狗这一种类罢了。'一个奴才相当两个婢女的身价'，这并非聪明有见识的说法。"

夫人于是大笑，而喜儿的宠遇也没有降低。

【寓意点拨】奴颜媚骨是用来形容奴才的，而狗又是中国人历来对于奴才的比喻。寓言以婢女喜儿作为奴才的典型来全面揭示奴才本性。喜儿是狗的化身，满身贱骨，又有一双明光闪亮的眼睛，能在黑暗中辨识金银之物，但于光天化日之下却认不出一个字来。于是寓言又将奴性推进了一步：不仅是奴颜媚骨，而且是见金银便两眼发亮，见文字却一字不识。原来，奴性中还包含着庸俗的铜臭，同时还拒绝文明。这样，媚俗、贪婪、拒绝文明才是奴性完整的描述。

另有一种奴才，虽同样媚俗、贪婪，但却“满腹经纶”，出口成章，远非目不识丁之类。然而，正所谓“度曲而不知曲中之义”，他们虽然玩弄诗文辞章，却拒绝仁德义礼，不能真正走进文明的圣殿，而终于还只是奴才，不过多了一层浮华的伪装，挣得一个“高级”称号，是为高级奴才。

劝虎行善

【寓源】明·冯梦龙《古今谭概·微词》。

【寓言】从前菩萨变化成雀王，用慈悲的心肠救济大众。有只老虎吃野兽，骨头塞在它的牙缝里无法进食，困饿得快死了。雀王便飞进虎口中啄那块骨头，天天如此，骨头被啄出来了，老虎也得救了。雀王便飞到树上，对老虎说：“佛经说杀死生命是残暴的行为，罪恶没有比这更大的了。”老虎听到雀王的劝诫，勃然大怒，说：“你才离开我的嘴，竟然敢多说话！”雀王赶快飞走了。

【寓意点拨】这则寓言说明，对敌人不能讲慈悲，劝他们行善是徒劳无益的。

劝人行善

【寓源】民国·佚名《博笑珠玑》。

【寓言】从前，有个和尚劝导人：“施主供饭给僧人吃，施舍财物给寺院，死后可以免去地狱刀锯之灾。”过了不久，这僧人和施主一起死了，僧人因为罪孽深重，受了地狱的刀锯之灾。施主见这僧人受如此重罚，便问什么原因。僧人说：“你不知道，阎王看到世上寺庙废弃，和尚稀少，要把一个僧人锯开来做两个僧人用。”

【寓意点拨】劝人广做善事，多多供僧奉佛，自己却拿着从施主手中哄骗来的钱财，做尽坏事，造下深重罪孽，致使死后阎王要对他施用刀锯之刑。这位僧人可谓是好话说尽，坏事做绝的典型。即使受刑，他还继续骗人，说什么“阎王见世间寺废僧稀，将一个僧锯开做两个用。”现实生活中，说好话的人，不一定是做好事的人。

劝汝别谋于他所

【寓源】宋·张邦基《墨庄漫录》。

【寓言】弟弟子由在朝廷做官，哥哥子瞻在翰林院任职。有一位老朋友，与他们兄弟有交情，托请子由谋个一官半职。可是，很久都没有如愿。

一天，他来见子瞻，说："我希望学士能帮帮忙，说句好话。"

子瞻慢慢地说："以前听说有个人非常贫穷，没法生活，就决定去盗墓。于是他挖开了一座墓，看见一个人光着身子坐着，说：'你没听说过汉代的杨王孙吗？我光着身子下葬是为了纠正厚葬的坏风气，我没有东西可以接济你。'那人又挖了一座墓，费了很大的劲，花了很长时间才挖开，里面埋着一个帝王。这个帝王说：'我就是汉文帝。我死前曾下过命令，在墓穴里不准放置金银玉器，只能放些陶器瓦罐，有什么能救济你呢？'那人又看见有三座墓连在一起，就先挖左右两边的，才挖开一座，看见一个人，这人说：'我是伯夷，非常瘦弱，一脸的饿相，我饿死在首阳山下，没法答应你的要求。'那人慨叹着说：'我这样的辛勤劳动却一无所获，不如再去挖开西边的那座墓，希望能有所收获。'瘦弱的伯夷马上对他说：'我劝你还是到其他地方另外想办法吧！你看我外貌这样枯瘦，我的弟弟叔齐怎么可能来帮助人呢！'"

那位老朋友就大笑着离开了。

【寓意点拨】这则寓言中列举的三个故事，说的都是清廉质朴刚正同时处境寒苦的人物，作者用这些人物来晓谕他的老友，不要走讨官要官，一心贪图荣华富贵的歪门邪道。千古以来，为了求得一己的显贵，到处去拉关系，走后门，卖官鬻爵，结党营私，这类丑恶现象屡见不鲜。

劝　学

【寓源】战国·墨翟《墨子·公孟》。

【寓言】有个人来到墨子门下，墨子语重心长地对他说："为什么不学习大义呢？"

此人回答说："我家族中没有人学它。"

墨子说："不是这样的。爱美的人，难道说我家族中没有人爱美，所以我也不爱吗？向往富贵的人，难道说我家族中没有人向往，所以我也不向往富贵吗？爱美、向往富贵的人，不用看他人如何行事，便会去做。大义是天下最可宝贵的，为什么要看他人行事，而不去做呢？”

【寓意点拨】这则寓言是说，自己认为正确的事业，不应左顾右盼，必须当机立断，努力去学习和成就。

却　鞭

【寓源】元·陶宗仪《南村辍耕录·却鞭》。

【寓言】文贞王阿怜帖木儿的夫人举月思的斤，因为贤能的德行而受人称赞。

有一天，有一个给文贞王献马鞭的人，鞭子里暗藏着一个铁片，拨开鞭鞘就可以找到这铁片。文贞王很高兴，拿着它给夫人看，将要给那人钱作为酬金。

夫人说：“你平日里如果曾害别人，那么一定要防备别人要害自己，假如没有害人之心，你要这东西做什么。”

文贞王醒悟了，就把马鞭还给了那人。

【寓意点拨】这则寓言说明，害人之心不可有，防人之心不可无，同时也说明：举月思的斤是文贞王的贤内助。一位君王不但自己要是一位贤能的君主，而且还要有一个贤内助，这样才是最完美的组合。另一方面还说明：做女人不是无才便是德，而是既要贤惠，又要贤能。

雀入僧袖

【寓源】明·赵南星《笑赞》。

【寓言】鹞子追逐一只麻雀，麻雀走投无路钻入一个和尚的袖子里。和尚趁机把它握住，得意地自语说：“阿弥陀佛，我今天可要吃到一块肉了。”

麻雀一听不妙，便闭上眼睛，一动不动，和尚只当它已经死了，刚一放手要看，麻雀乘机飞去。和尚很后悔，转而却又大声说：“阿弥陀佛，我放生了你吧！”

【寓意点拨】“阿弥陀佛”不离口的和尚却如此乘人之危！作者对这位和尚的言行不一非常愤恨。生活中不乏好话说尽、坏事做绝的伪善者，人们应该谨防上当受骗。

群虱相杀

【寓源】前秦·符朗《符子》。

【寓言】齐国和鲁国争夺汶阳一带的土地，鲁侯因此而愁容满面。鲁国有个名叫周丰的隐士，前去探望鲁侯。他对鲁侯说："我有一次白天睡觉，听到一群虱子在我衣服里争斗厮杀。这使我十分烦恼。这群虱子，把我胸腹上的肥肉和颈项、背脊上的嫩肉当做了美味佳肴。因此，它们相互纠集党羽，你争我夺，日夜不休。有大半的虱子在争斗中送了命。于是，有一只老虱子站出来制止了大家，他说：'我们大家所共同担心的，不过是怕找不到一块地方下嘴，怕吃不饱肚子而已，犯得着明争暗斗，以性命相搏吗？'虱子们听了这番话，就都停止了争斗。如今大王有方圆七百里的土地作为您的国土，也应该满足了。可是，您却被汶阳那巴掌大的地方蒙蔽了心灵，还不如一只小小的虱子明智啊！我私下以为，您一定是羞于那样做的。"鲁侯听完了，说："好！你说得对。"

【寓意点拨】这则寓言不仅嘲讽了贪婪的统治者，而且还表达了自己反对战争，主张国与国之间乃至人与人之间和睦相处、各安其分的社会理想。

群鲦趋明

【寓源】元·王恽《秋涧先生大全集》。

【寓言】元朝至元九年的三月，我从燕地回南方，住宿在淇水边的旅馆里，旅馆主人剥取桑树枝编成长条式的东西，并捆束蒿草做火把。我问他这是做什么用的？他说："这是用作捕鱼的工具。"

一会儿，旅馆主人将那长条编具放置在浅水中，并用石头在外面压护着。到夜间寂静时，风平浪静，在水边点起火把。这时鲦（tiáo）鱼成群结队地游向光亮的地方，抢着聚集在编具中，来回打圈子盘旋游动。这长长的编具就是一个大的捕鱼网，没有一条鱼能逃出去。旅馆主人俯身拣鱼就像在地上拾草那样容易。

我见了长长地叹息："班生说过：'山林隐士入山而不能返回仕途，朝廷士人做官而不能摆脱世俗。'士人呀！士人呀！盲目地冒险行事，追逐名利而不知停止，这同群鲦趋明有什么不同呢？"

【寓意点拨】这则寓言告诫那些势利小人，不顾一切地追逐利益而永不知足，只能是自取失败。同时也说明这样的事理，善于利用人的人，总是以利益作为诱饵，引人上钩，以便控制；要想防备被他人利用，就得淡泊名利，不可盲目地追求。

群蚁遭火

【**寓源**】明·刘基《郁离子·蚁垤》。

【**寓言**】南山山弯处，生长着一棵大树，一群蚂蚁聚集在那儿。蚂蚁钻空了树心，在树洞外面堆起小土堆。这棵树渐渐枯朽了，而蚂蚁一天天繁殖增多。它们就分开住到大树的南面、北面的枝干上；树干上的蚂蚁窝小土堆多得像疥癣似的，一个挨着一个。

一天，野火烧来，那些南面枝干上的蚂蚁逃往北面，北面枝干上的蚂蚁逃往南面。一些逃不动的老弱蚂蚁，也慢慢爬行迁移到没着火的地方。不一会儿，火越烧越旺，蚂蚁全都烧死了，没剩一只。

【**寓意点拨**】这则寓言是影射元末封建王朝已腐朽崩溃，依附于王朝的佞臣，在反元力量的打击下，将随其主子一起灭亡。文中以“朽木”影射元末封建王朝，“群蚁”影射依附于王朝的佞臣，“野火”比喻旺盛的反元力量。野火熊熊燃起，一切腐朽的东西都化为灰烬。

R

染丝

【寓源】战国·墨翟《墨子·所染》。

【寓言】墨子出游，路过一个染行，看见有人在染丝，感慨地说："雪白雪白的蚕丝放进青色的染料中，就会变成青色，而放进黄色的染料中，则又变成了黄色。染料的颜色改变了，蚕丝的颜色也就随着改变。蚕丝染了五次，它的颜色也变换了五次。因此，在染丝的过程中，不能不小心谨慎啊！"

【寓意点拨】不但染丝是这样，就是社会、国家也像染丝一样。社会好比一个大染缸，五颜六色，人要与各种各样的人、事、物打交道，真假、善恶、美丑，无时无刻不对人的思想产生影响。因此应该逐步提高自己的文化修养，增强分辨事物的能力，注意来自客观环境的影响，把握自己，既不要人云亦云，也不要随波逐流。

燃烛而行

【寓源】明·李贽《焚书·赞刘谐》。

【寓言】有个道学先生，脚登高底大鞋，甩着长袖，拖着宽带，头戴一顶三纲五常的帽子，身穿一件伦理道德的衣裳，从故纸堆里来一两句儒家经典，陈词滥调，念诵不已，自以为是货真价实的仲尼弟子。

有一次，他正好碰到刘谐。刘谐是个聪明而有学问的人，看见他这副样子，嘲笑地说："你这样实际是不了解我仲尼老兄。"

道学先生气得变了脸色，站起来说："'天不生仲尼，万古长如夜'，你算什么人，竟敢直呼夫子的名字而称兄道弟！"

刘谐说："噢，怪不得羲皇以前的圣人不分昼夜整天点着灯笼走路啊。"

【寓意点拨】这则寓言告诉人们，对人对事，要实事求是，不能言过其实，更不能漫天夸大。漫天夸大，就会露出破绽，被人击败。

冉氏烹狗

【寓源】清·崔述《崔东壁遗书·无闻集·冉氏烹狗记》。

【寓言】县里有户姓冉的人家，他家里有只狗很凶猛，看到有人经过就扑上去乱咬，行人常常被它咬伤。行人被咬伤后，主人就亲自登门道歉，并出钱替他医治。像这样的情况发生过好多次，姓冉的因为这一点对狗很是忧虑苦恼，然而又因为它凶猛，不忍心杀掉，所以还是养着它。

过了一段时间，姓冉的一位邻居谈起冉家的狗，说："冉家已把狗烹煮掉了。"问其缘故，他说："前些日子，姓冉的家里来了盗贼，主人发觉后，喊起他的两个儿子，拿着棍棒，一同驱赶，盗贼慌忙逃跑了。主人对来了盗贼狗却不叫感到奇怪，吆喝它没有反响，到处寻找它也不见影子。将要上床睡觉的时候，主人听到床铺下面好像有轻微的呼吸声，拿灯一照，原来是狗。只见它弯着身子趴伏在地上，一动也不动，低着脑袋，闭着眼睛，好像生怕人家听到它的声息一样。主人气愤地说：'好啊！我先前忍耐着不把它杀掉，因为考虑到有朝一日匆忙仓猝之间可以用得上它，又怎么知道它搏击行人很勇猛，看见盗贼却反而胆小呢？'因为这个缘故，就把它烹煮掉了。"

【寓意点拨】这则寓言以只会咬行人而不能防盗贼的狗为喻，影射鞭笞了"勇于私战而怯于公战"的封建王朝的官吏，以及社会上怕强欺弱之流。

攘　羊

【寓源】清·石成金《笑得好》。

【寓言】一个女人偷了邻居家的一只羊，藏在床底下，告诉她的儿子不要说出去。一会儿，就听见邻居沿街叫骂。儿子说："我的妈妈没有偷你的羊。"女人怕他惹事，拿眼睛斜瞅着他。儿子指着他的妈妈说："你看我妈的这双眼睛，就像床底下那只羊的一样！"

【寓意点拨】这则寓言说明："攘羊子证，不意果应。要得人不知，除非己莫为！"寓言在揭露攘羊之妇丑恶行为的同时，还写了妇人儿子的真挚质朴，两个性格恰成鲜明的对比。在艺术对比中，强烈说明虚假的事物在真实的事物面前，显得多么虚弱无力。它还说明，"赤子之心"是可贵的，他少受社会私有意识的熏陶，即便让他作假，他也还是在假中露出了真情。这些描写都是很深刻的。

让鼠蜂

【寓源】清·石成金《笑得好》。

【寓言】老鼠与黄蜂结拜为兄弟，请一位秀才去主持盟誓。秀才没办法只好去了，并参加了结拜，排为老三。有人问他："你是一个人，为什么却屈辱地排在老鼠和黄蜂的后面呢？"秀才回答说："它们两个一个会钻，一个会刺，我只得让他们一些。"

【寓意点拨】一个秀才与老鼠、黄蜂结拜为义兄弟，秀才倒做了老三，原因就是老鼠会钻，黄蜂会刺。作者寓意十分清楚，在当时社会谁会钻刺——即善于钻营，谁就是老大，而忠厚如此秀才者只能是任人摆弄。

人而鬼

【寓源】清·钱泳《履园丛话》。

【寓言】有个姓李的长工自己说，他曾从嘉定东乡，替人往集市挑送棉花。当时大约有四更多天气，秋风飒飒，听到乱坟堆里隐隐传来一阵哭声。有个黑影慢慢走近前来，原来是一个女鬼，只见上穿红衣服，下着白裙子，披头散发，满脸污垢。他挺身而立，毫不畏惧，当即举起扁担打去，那鬼随着倒在地上，大声呼号。他低头细细一看，却是一个人，原来是那种经常用这样的办法夺取别人的财物的家伙。他指着骂道："你想以此吓唬人吗？我今天识破了你的鬼花招！"

啊！作为人却要去装鬼，难道仅仅是这一个人吗？

【寓意点拨】寓言告诉人们，人而鬼，鬼而人。当面是人，背后是鬼；白天是人，黑夜是鬼。以鬼的面目干着害人的勾当。

人鬼可畏

【寓源】清·纪昀《阅微草堂笔记》。

【寓言】有一个躲避仇家的人逃到深山里藏起来，这天夜里，正值月色洁白秋风清爽，他忽然看见一个鬼徘徊在白杨树下，便趴在地上不敢起身。

那鬼忽然发现了他，喊道："你为什么不出来呀？"

他浑身颤抖着回答说："我害怕你啊！"

鬼说："天下最可怕的莫如人。你怕什么呢？逼使你颠沛流离逃到这里来的，是人哪？还是鬼哪？"那鬼说罢，微笑了一下就消失了。

【寓意点拨】这则寓言在篇末说："此青雷有激之寓言也！"这则寓言的"激"处在哪里呢？就在于作者有感于人要比恶鬼更加厉害。迷信鬼神，只限制在观念形态里，仅影响到人们的心理、思想和情感而已，若不信它，也就啥也没有了。但是在社会上，天天、时时都在接触人，私有欲使人变成了"鬼"。"鬼蜮"遍天下，随时可危及你的生命和声誉，可不比鬼更可畏哉！

人虎说

【寓源】黄灵庚编《宋濂全集·翰苑别集卷四·人虎说》。

【寓言】莆田的壶山脚下，有条路通向大海，贩卖货物的商人都必须从这经过。至正丁未年的春天，有个村民穿上老虎皮，锻造出锋利的铁器作为爪子和牙齿，常常练习虎跳的形态动作。练得非常像了，就出来躲在灌木丛中，派人爬到树上瞭望侦察。如果发现有背着行囊的人，就以打口哨作为信号通知他，他便会像老虎一样跳出来，扼住路人的喉咙，杀死他，有时将其尸体撕裂成小块，造成被噬咬的假象。然后打开死者的行囊，挑选出最值钱的东西，剩下的原封不动地放回原处，给人看了不起打劫的疑心。从此，人们竞相传言壶山有老虎，不吃人肉，专吸人血，越传越神。

有一天，这个假扮老虎的村民偶尔出门，留下妻子守在岩洞里。当她听到树上传来急促的口哨声时，心想必定是有贵重的货物，于是就穿上虎皮去劫财杀人。但她毕竟是女人，体质单薄，力量不足，商人得以反抗她这只假老虎。她顿时害怕了，慌忙逃跑，商人隐约看到了一点她的脚掌，恍然才知道这是个人。于是回去跟邻居们商量，招来许多人一起来追赶围捕她。人们跟着来到岩洞，缴获了无数的金银财物。而假扮老虎的村民终究还是逃跑了。

【寓意点拨】这篇寓言用"人虎"做比喻，并不是仅仅讽刺装成老虎的乡民，而是讽刺和批判社会上用各种手段，残害人民、为害一方的害人虫。

人貌狙心

【寓源】黄灵庚编《宋濂全集·燕书》。

【寓言】纪国国君喜欢猴子，派了一个驯猴的师父教猴子技艺。驯猴师父脱土省用人的形象装扮猴子：给它戴上九山高帽，穿上结缀云霞的衣裳，踏着绣有鸾凤的鞋子。登堂下阶、进退揖让，和人一模一样；行礼站立、坐卧走跑，也和人完全相似。驯猴师父估量着可以使用了，便把猴子进献给纪国国君。

纪国国君看了以后非常高兴，便举起酒杯让猴子喝酒。猴子喝罢了酒，突然蹦跳腾跃起来，撕破了帽子和衣裳逃跑了。

由于猴子是假借人的容貌装扮成人形呀，它的心却仍然是个猴子，因而碰到事物的变故就原形毕露了啊！

【寓意点拨】这则寓言讽喻了假道学先生卑鄙的内心世界。其貌则人，其心则狙。然而假道学先生的所作所为，常常要比猿猴更甚十倍，他们“貌肃而言庄”，人皆以为“修洁”，但却暗中干着杀人越货的罪恶勾当。而猿猴只是“跳掷裂冠裳遁去”而已，未尝敢杀人也。所以，作者在最后非常感慨地说：“天之高也，日月之昭也，星辰之远也，涉天之家，咸得测焉；独人心之变，尧舜有难知者。呜呼，衣袂相属者，皆可警惕也！”

人情厚薄

【寓源】清·唐甄《潜书·天原》。

【寓言】从前，唐子求学客居于吴地的南面，在宁生家的塾馆里读书。当时，他和宁生年纪都很小，像兄弟一样亲热，夜里不忍相离而同睡一床，饿了就一同上灶做羹汤吃。唐子乘船离去的时候，宁生上船相送，含泪而回，却又忍不住回过头去沿着水边追到湖滨，望着船离去，直到看不见影子才回来。

十年之后，他们又相见了，相互间的礼数虽然十分周到，但感情却疏远了。又过了十年，唐子借宿于当年的塾馆，馆里正好还有一位客人，这位客人坐在右边，唐子坐在左边。宁生劝食从右边先劝，敬酒从右边先敬，说笑也对着右边。早晨起床后，宁生又借故避开不给唐子送行。于是，唐子回想当年的情景，感慨万分地说：“小孩的智慧不如大人，同是这个人，难道做孩子的时候人情浓厚，长成大人就会变得淡薄冷漠？原来，孩子尚未踏进社会所以性情与天性相近，而大人涉世已深，所以性情就与天性远了。”

【寓意点拨】童年是最美好的，因为人在那个时期，天真、纯洁、无邪，清纯得像一股清泉。唐子和宁生在儿时，相依相恋，相助相爱，那份纯情真意，让人羡慕赞叹。人渐渐长大，融入社会，挑起生活的重担，也渐渐投入生活的竞争，渐渐变得复杂、势利起来。不再像儿时的纯净。唐子和宁生变得礼貌而疏远，以致功利而淡漠，这是生活竞争的一种体现。然而，不能因此就否定生活，说凡大人之间必没有真情。事实上，人与人之间，终身友谊也处处可见。再说，人们称羡童年，其实也是人性中向往纯真无邪的反映。

人参汤

【寓源】清·石成金《笑得好》。

【寓言】有个富贵的公子，早晨出门，看见一个挑担子的穷人，倒在地上。就问人家："这个人为什么倒在地上？"旁边的人回答："这人没有饭吃，肚子饿了，倒在地上歇歇气。"公子说："既然没有吃饭，为什么不吃一杯人参汤再出门呢，那也能饱个大半天的？"

【寓意点拨】这则寓言说的是富贵人家是体会不到穷人的痛苦的。所谓"饱汉不知饿汉饥"说的就是这类人的心态。

人妖颠倒

【寓源】东晋·干宝《搜神记》。

【寓言】晋朝时的吴兴有两个儿子。

有一天，儿子们正在田中耕作，忽然父亲赶来，将他们又打又骂。

一个小孩见此情况，跑回去告诉了他们的母亲。母亲去问父亲，父亲大吃一惊。猜知是鬼魅作怪，就悄悄告诉儿子们，如果鬼魅再来捣乱，就将它砍杀。鬼魅从此却销声匿迹没有再去。父亲在家坐立不安，很是忧虑，恐怕儿子们被鬼魅迷困，便亲自下地探望。两个儿子以为又是鬼魅，不由分说，一齐动手将父亲杀死埋掉了。

鬼魅这时又装作他们的父亲，跑到他们家里，对家里人说："这下好了，两个儿子将妖怪杀了。"

黄昏，儿子们耕作归来，家里人还共同庆贺了一番。

后来，又过了很多年，都没有发觉。

【寓意点拨】寓言启示人们，一切人间的妖魔鬼怪往往改头换面，欺骗蒙蔽一些人。对它们这种伎俩必须提高警惕，严加识别，决不能人妖颠倒，上当受骗。

人与鱼雁

【寓源】战国·列御寇《列子·说符》。

【寓言】齐国的田氏在厅堂上祭祀路神，赴宴的客人有上千人。酒席中，有人献上鲜鱼和肥鹅，田氏看了，就感叹地说："上天真是厚待老百姓啊！它生长五谷，繁育鱼鸟来供我们享用。"众位宾客听了，像回声一样点头附和。

鲍家十二岁的儿子也参加了宴会，他从座位上站起来说："不像您讲的这样。天地万物和我们共同生存，只是各成其类罢了。种类之间没有贵贱之分，只是根据体力大小及智力的不同而相互制约，一类吃掉另一类，并没有谁为了谁而生的道理。人选择可以吃的东西去吃它，难道是上天本来就为人类而生长出来的吗？正如蚊虫吸人血，虎狼吃人肉一样，并不是上天本来就生出人来供蚊虫吸血，让虎狼吃肉的啊！"

【寓意点拨】这则寓言告诉人们，对于事物的看法，不能人云亦云地附和，而应该要有独立主见，大胆地提出与众不同的见解，这样才会产生有价值的新观点新认识；讨论问题，发表言论，只有见识的不同，没有年龄地位的差别，年轻的人要敢于向权威、向年长者挑战，独抒己见，这样理论才能发展，新见解才会涌现。

任公子钓鱼

【寓源】战国·庄周《庄子·外物》。

【寓言】任国的公子做了一个很大的钓鱼钩，用很粗的黑丝绳系上去，用五十头阉牛做钓饵。他蹲在会稽山顶上，把钓竿上的饵投到东海，每天都这样垂钓，整整一年过去了，他却一条鱼也没有钓到。后来有一条大鱼吞了他的鱼饵，一会儿牵着大钩沉没水底，一会儿张鳍摆脊愤怒地蹿出水面。只见白浪如山，海水震荡，叫声如鬼哭狼嚎，千里闻之都会心惊肉跳。任国的公子终于钓到了这条大鱼。他把它开肠破肚，切成许多块，然后加工制成鱼干。自浙江以东、南岭以北的广大地区，所有的人都饱餐了这条大鱼。这件事情过去以后，那些才疏学浅专爱说长道短的人，都惊奇地相互传说着这件事。

由此看来，拿着普通的钓具，成天在小沟小河旁边打转，眼睛只看见鲇鱼鲫鱼一类小鱼的人们，要想钓到大鱼实在是太难了！那些发表肤浅的议论却希望博得高名美誉的人，他们离深明大义、洞彻世事的思想境界，也相差很远啊！因此，那些没有听说过任公子志趣广博、抱负宏大之风的人，他们与那些经世之才相比，相差也很远啊！

【寓意点拨】任公子终于钓到大鱼的故事说明了放长线，才能钓到大鱼。那些眼光短浅的人，是永远得不到大鱼的。寓言告诫人们，一个人要成就一番大的事业，必须有宏大的抱负，广阔的视野，不追求一朝一夕的成功，而要按照既定的目标，始终坚持下去。

认“真”

【寓源】明·陆灼《艾子后语》。

【寓言】有一天，艾子到郊外巡游，学生通和执两个人跟随他。艾子口渴得厉害，就叫学生执去农家求水喝。

有一位老人借门户的亮光在看书，执上前拱了拱手，请求给一点水喝。老人指着书上的“真”字问道：“你认得这个字，我就馈赠你好酒。”执说：“这是个‘真’字。”老人听了很生气，不给他水。

执回去把这情况告诉艾子。艾子说：“执不圆通，通适宜前去。”

通前去见到了那位老人。老人再像前次那样把书上的“真”字指给他看。通说：“这是‘直’、‘八’两个字。”老人很高兴，拿出家里酿造的最好的美酒给他。

艾子喝了美酒，觉得味道很甜美，说道：“通真聪明啊！假使再像执那样认‘真’字，我就连一勺水也喝不到了。”

【寓意点拨】这则寓言，通过执讨不到老人一杯水而通得到老人美酒的故事说明，做事不圆通就会碰壁。文中以“认真”二字双关，说明做事不能太“认真”，只能“圆通”。这实际也是对社会现实的揭露和抨击。

日近长安远

【寓源】南朝·刘义庆《世说新语·夙惠第十二》。

【寓言】东晋明帝司马绍，字道畿（jī），是东晋元帝司马睿的长子。他从小就聪明懂事，晋元帝格外宠爱他。明帝儿时，有一次，他坐在元帝膝前，适逢长安方面有使者前来，于是元帝问明帝说：“你说太阳和长安哪个距离我们远？”明帝回答道：“长安近。从未听说人从太阳那边来，显然就可以知道了。”听了他的话，元帝感到很惊异。第二天，元帝设宴招待群臣时，又向明帝问起这个问题。明帝回答道：“太阳近。”元帝变了脸色，说：“怎么竟和刚说过的话不一样了？”明帝回答说：“抬起头来能看见太阳，却看不见长安。”从此以后，元帝更觉得他具有特殊的聪明。

【寓意点拨】一个几岁的孩子一会儿说太阳远，一会儿说太阳近，所陈述的理由近于诡辩，但表现了孩子的机智和辩论才能。同时寓言还有更深的意义：说太阳远则长安近，这是独自对思念北方的晋元帝说的。当时元帝听到北方的情况弄得伤心落泪，明帝说长安近，用以安抚元帝的情绪。说太阳近，是当着群臣的面说的。当时晋元帝势力单薄，重要官职都被王氏势力占有，这样说，是希望南来的群臣戮力同心，共同扶持晋室。

日凿一孔

【寓源】战国·庄周《庄子·应帝王》。

【寓言】南海的帝王名叫儵（shū），北海的帝王名叫忽，中央的帝王名叫混沌。儵和忽常常到混沌那里相会，混沌待他们很好。儵和忽商量报答混沌的厚意，说："人家都有耳朵、眼睛、鼻孔和嘴七个孔窍，用来观看、聆听、饮食和呼吸，唯独混沌没有，我们试着给他凿出七个窍。"

于是他们每天给混沌凿开一个窍，到了第七天，七窍凿成，而混沌却死了。

【寓意点拨】这则寓言说明，办事只从良好的主观愿望出发，而不顾客观规律，必然要失败，甚至出现好心办坏事的后果。

戎夷解衣

【寓源】秦·吕不韦《吕氏春秋·长利》。

【寓言】戎夷离开齐国到鲁国去，碰上天气酷寒，在鲁国城门关闭后才赶到城边，只好跟他的一个门徒在城外露天过夜。

夜晚，天气越来越冷。戎夷便对那个门徒说："你把衣给我穿，我就会活下来；我把衣给你穿，你就会活下来。我是治理国家的杰出人才，为了普天下的利益而爱惜自己的生命；你是一个普通人，不必吝惜自己的生命，你把你的衣给我吧。"

门徒说："我这平庸的人，又怎能慷慨地把衣给你这个杰出的人穿呢？"

戎夷听了，叹息说："唉，我的主张看来不能实现了！"说完，便把身上的衣脱下来给门徒穿。到了半夜，自己冻死了，却救活了这个门徒。

【寓意点拨】这则寓言告诉人们，在困难的时候，尤其是在生死关头，应有主动关心别人的精神，生死与共，舍己救人。同时也启示人们，说话要注意逻辑，不能自相矛盾，否则被别人抓住话柄而陷入被动，像故事中的戎夷，既说学生是个"不肖人"，又要学生做出献衣的舍己救人的高尚行为，这在逻辑上是不能成立的。

肉钩刺贪狼

【寓源】清·蒲松龄《聊斋志异·狼》。

【寓言】有个屠夫买了一担肉回家，走在路上太阳已落山了。突然一只狼跑了过来，远远地看见了担中的肉，口边流着很长的口水；屠夫慌忙地向前走着，狼也紧跟着走了好几里。屠夫害怕起来了，把屠刀拿了出来给狼看，狼就稍稍地退后一些；屠夫一走，狼又跟着走。屠夫实在没有办法，心里暗暗地盘算着：狼想的是担中的肉而已。不如暂且把肉挂在树上，明天一早来取。于是就用铁钩钩好肉，踮着脚把肉挂在树杈上，又把空担子给狼看了看。狼这才停止了追赶。屠夫就径直走回了家。

第二天，天刚蒙蒙亮，屠夫就去取肉，远远地看见树上挂着一个巨大的东西，好像一个人吊死在那里，这可把屠夫吓了一跳。他进进退退，犹犹豫豫地向树边走去，原来是昨天的那只饿狼吊死在那里。屠夫抬头一看，只见狼的口里含着肉，肉钩钩住了狼的上腭，就像鱼吞着了钓饵。当时，狼的皮革很昂贵，一张皮能值十余金，于是屠夫发了一笔小财。缘木求鱼这种可笑的事，却被这只恶狼遇到了，真是可笑至极！

【寓意点拨】狼因贪其肉而被吊死在树上。这则寓言告诫“那些贪婪的人”要以狼为戒，否则，下场是可怕的，又是可笑的。

肉食者“智”

【寓源】宋·苏轼《艾子杂说》。

【寓言】艾子的邻居都是齐国的粗人。有一天，艾子听见两位邻居在闲聊。一个说：“我跟齐国的公卿一样都是人，一同承受着天、地、人三才的灵气，为什么他们有智慧，而我没有呢？”另一个说：“因为他们每天吃肉，所以有智慧；而我们平日都吃粗粮，所以就缺少智慧了。”那个问话的人就说：“我正好有卖粮食得的几千文钱，我们姑且每日买肉吃试试看。”

几天后，艾子又听他们俩聊道：“自从吃肉以后，思维见识清晰高明，遇事都有能力解决，不但有解决问题的智慧，还能深刻探究其中的道理。”另一个人则说：“我观察到，人的脚面从前面伸出是很合适的，如果朝后伸出，不是会被后面来的人踩到了吗？”那人说：“我也看到人的鼻孔向下长，非常便利，如果是朝上长的，岂不要被天上下的雨水装满了吗？”

两人互相称赞对方变聪明了。艾子叹道：“吃肉的人，智力也不过如此啊！”

【寓意点拨】这则寓言说明，人的智慧主要依靠主观努力，通过社会实践的锻炼，通过理论学习的修养而培养出来的。决不取决于吃肉的多少。

儒子驱鸡

【寓源】汉·荀悦《申鉴·政体》。

【寓言】有个书生住在乡下，他的妻子养了一只鸡。一次妻子下地干活，书生看书看累了，就出去走动走动，不小心把鸡放跑了，这个书生急忙去追赶鸡。他追得急了，鸡受惊乱窜；追得慢了，鸡又停住观望。鸡刚要向北，他突然拦截，鸡便掉头跑到南边去了；鸡刚要往南，他又一拦，鸡就回身向北跑去。当他逼近时，鸡就拍打着翅膀飞去；当他远离时，鸡又漫不经心地随意走动。急得他毫无办法。

妻子回来后，见他这样，便告诉他："应该是在鸡安闲的时候接近它。当鸡徘徊不定、神情不安时，用食物去喂它。要去诱引，而不能硬赶，这才是赶鸡的最好方法。鸡不惊，自己就会顺路回家的。"书生听了妻子的一番话，才恍然大悟。

【寓意点拨】做一件事之前要先了解其性质、特点，只有懂得因势利导，讲究方式方法，才能有效地开展工作。

若石之备

【寓源】明·刘基《郁离子·虞孚》。

【寓言】若石隐居在冥山北侧，一只老虎经常蹲在他家篱笆旁边偷偷窥视。若石领着全家昼夜警戒，清晨就当当敲钲，黄昏就点燃火把，夜晚还摇铃守望。并且在房子周围插上了荆棘，筑起了高墙，在山谷里挖掘了沟壕，加以防备。这样一年到头，老虎无机可乘，什么也没有得到。

一天，老虎死了，若石非常高兴，以为再没有祸害自己的东西了。于是，他解除了捕虎机关，撤销了戒备，墙坏了也不修理，篱笆破了也不修复。

过了没有多久，有一只貙（pí）追赶着一只麋跑来，停在他房子拐角处，听到牛羊猪的声音，就闯进来吃。若石不知道这是貙，大声呵斥，也赶不跑；他又用石头打它，貙窜到他跟前，像人一样立起来，一爪把他抓死了。

【寓意点拨】这则寓言告诉人们，若石的警惕性本来很高，但不能慎终如始，常备不懈。死了一只老虎便以为天下太平，可以高枕无忧了。这样怎么能不遭殃呢

!

S

塞翁失马

【寓源】西汉·刘安《淮南子·人间训》。

【寓言】古时候，有一个老人，因为他住在边塞上，人们都叫他塞翁。

有一天，塞翁家的马忽然跑到塞外去了，邻居们都来安慰他。可是塞翁一点也不着急，反而平静地说："丢失了一匹马没有关系，怎知道这不会成为一件好事呢？"

过了段时间，那匹马自己跑了回来，并且还带来一匹匈奴的骏马。邻人们赶来向他庆贺，可是塞翁并不为此感到高兴。他说："虽然白白得到一匹好马，怎知道这不会变成一件坏事呢？"

塞翁的儿子，很喜欢骑马。一天，他骑上那匹骏马出去游玩，不小心从马上摔下来，腿摔断了。邻居们又来安慰，可是塞翁并不难过。他说："这没什么，孩子的腿虽然摔断了，怎知道这不会成为一件好事呢？"

不久，匈奴兵大举入侵，边塞上的青壮年都被征去当兵，大部分人死在战场上。塞翁的儿子却因为伤了腿，不能去当兵打仗，保全了性命。

【寓意点拨】任何事物都有两重性，好和坏、福和祸，它们之间的界限不是绝对的，在一定的条件下可以互相转化，坏事可以引出好的结果，好事也可以引出坏的结果。

三 阿 弟

【寓源】隋·侯白《笑林》。

【寓言】汉代，有一个自称看相极为灵验的相师来访刘备。刘备叫他看相，相师说："你的相很好，脸洁白心也洁白。"

叫他给关羽看相，相师说："你的相也好，脸红心也红。"

刘备听了，急忙抓住张飞的手，说："三弟呀，你很危险，不要看吧。"

【寓意点拨】这位相师的逻辑是，白面则白心，赤面则赤心。谁都知道张飞是黑脸，依此逻辑，张飞乃是黑心，所以刘备说："三阿弟险矣，莫相罢！"形式主义的推理方法往往会得出荒谬的结论。

三奸同罪

【寓源】春秋·左丘明《国语·晋语九》。

【寓言】晋国的法官士景伯出使楚国时，由叔鱼代理他审理案件。

这时，邢侯和雍子因争夺土地而打起了官司，雍子把自己的女儿嫁给叔鱼，以谋求胜诉。等到判决的那天，叔鱼枉法而判邢侯败诉。于是邢侯在朝廷上把叔鱼和雍子都杀死了。晋国国卿韩宣子为此深感担忧，叔向说："那三个奸人罪状相同，请杀了活着的人，把死了的陈尸示众。"

韩宣子问："为什么要这样？"

叔向回答说："叔鱼贪赃枉法，雍子用女儿收买法官，邢侯不是法官而干预刑法。以奸邪出卖国家的法律，和弃绝亲人来换得胜诉，与不是法官而擅自杀人，其罪状都是相同的。"

邢侯听说后赶紧逃了。于是就处罚邢侯家族，并把叔鱼和雍子的尸体陈列在街市上示众。

【寓意点拨】在现今社会上，执法犯法者有之，知法违法者有之，不懂法而背离法的人也大有人在。不论是哪一种人，只要是违背国家的法律，都没有好的结果，都要受到法律的应有制裁。寓言告诫人们，在自己受冤屈时，应当以法律为武器来捍卫自己的权利，不可违法，否则本为有理却成了有罪。

三年雕叶

【寓源】战国·列御寇《列子·说符》。

【寓言】有个宋国人善于雕刻。他用象牙为国君雕刻树叶，花了三年时间雕成一片楮叶，厚薄筋脉、颜色光泽足以乱真。把这片假楮叶混在真的叶子中间，根本分不出真假。这个宋国人因高超的技艺得到了国君的优厚奖赏。

列子听说了这件事，讥笑说："如果大自然也像这宋国人一样，要花三年才能长出一片树叶，那么每棵树上也没有几片叶子了。"

因此圣人依靠的是生物的自然生长，而不是依靠人们的智巧。

【寓意点拨】数量和质量应当高度统一，光讲质量不顾数量不行，光追求数量粗制滥造也不行。

三人成虎

【寓源】西汉·刘向《战国策·魏二》。

【寓言】魏王为了与赵国友好，决定将太子送到赵国的都城邯郸(今属河北省)去当人质，并派大臣庞葱陪同前往。

庞葱是魏王的宠臣。他怕离开魏国后，别人说他坏话，魏王不再信任他，因此，临行时有意问魏王："大王，如果有人向您报告说，街上有只老虎，您信不信？"

"我当然不信，街上怎么会有虎呢？"魏王说。

"如果又有个人向您报告说，街上有只老虎，您信不信？"

魏王迟疑了一下，说："我对此将信将疑。"

"如果第三个人向您报告说，街上有只老虎，您信不信？"

魏王点点头，说："大家都这样说，我当然相信了。"

庞葱说："街上并没有老虎，这是非常明显的。但接连三个人都说街上有虎，大王便认为有虎了。如今，我要陪太子到赵国的邯郸去，那都城离我国的都城大梁(今属河南省开封市西北)，比王宫离大街要远得多，而背后议论我、说我坏话的恐怕不止三人。但愿大王今后能对别人对我的议论加以审察。"

魏王不以为然地说："我明白你的意思了，你就放心吧。"

庞葱去邯郸后不久，果然有人在魏王面前说他坏话。开始魏王不信，后来说他坏话的人多了，竟也相信了。等庞葱从邯郸回来后，魏王再也不去召见他了。

【寓意点拨】寓言说明：随声附和的人一多，白的也会被说成黑的。谣言惑众，流言蜚语多了，的确足以毁掉一个人。所以我们对待任何事情都要有自己的分析，不要人云亦云，被假象所蒙蔽。

三人同舍

【寓源】西汉·刘安《淮南子·诠言训》。

【寓言】有三个人同住在一间房屋里，其中有两个人互相争辩不休。争辩的人都说自己的意见是正确的，而且互不相让。另外一个人虽然很愚笨，必定能从旁边决断谁是谁非。

不是因为他聪明，而是因为他没有参加争辩的缘故。

【寓意点拨】这个寓言的主旨，在于说明陷于争论的双方，由于都想在争论中取胜，往往自以为是，强词夺理，各持己见，互不相让；旁观者由于置身事外，故能心平气和，摈除利害之心，自见是非之理，便能够根据事实，秉公而断。谚云：“当局者迷，旁观者清。”此之谓也。

三人同卧

【寓源】明·冯梦龙《笑府·恍惚》。

【寓言】有三个人挤在一张床上睡觉。一个人觉得腿上痒得很，睡梦中迷迷糊糊的，竟然在第二个人的腿上使劲地抓搔，自己腿上的痒没有减轻，于是更加用力抓，竟至于挠出血。第二个人用手摸腿上湿处，认为是第三人在床上遗尿，催促他起床撒尿。第三人起床撒尿，而隔壁人家是做酒的，榨酒声滴沥滴沥响个不停，以为自己小便一直未解完一直站到天明。

【寓意点拨】寓言将此同床三人懵懵懂懂、麻木不仁的精神状态刻画得淋漓尽致。在现实生活中经常可见这种人的影子，他们对周围的事物漠不关心，事不关己，高高挂起；对自己也缺乏真正的了解，对于自身的缺点和需要解决的问题也若明若暗，更谈不上对症下药，加以处置。

三人行贾

【寓源】明·王维桢《存笥稿》。

【寓言】有三个人一起经商，渡江时翻了船，船上所装的货物都沉没了。其中两个人为损失的货物而痛哭，靠在岸边因伤心过度而死去。另外一个人头也不回地离开这里，重新积蓄了好几年，备齐货物，仍然在各地经商，结果获得了十倍的利润。几年后，成了有名的大商人。

【寓意点拨】人生遇到挫折和失败是正常的现象。有的人在困境中痛哭流涕，呼天抢地，不能自拔，甚至损伤了健康和生命。有的人则是在挫折和失败中，总结经验教训，重整旗鼓，东山再起，最后获得了成功。

三十而立

【寓源】清·石成金《传家宝·笑得好》。

【寓言】一个老师出了一个“三十而立”的题目，让两个学生破题。一个学生写的是：“两个十五之年，虽然有椅子板凳也不敢坐。”另一个写的是：“年龄已过花甲的一半，只是两条腿还得站立。”

【寓意点拨】寓言告诫人们，学习要严谨，认真，切不可望文生义，穿凿附会。

三虱相讼

【寓源】战国·韩非《韩非子·说林下》。

【寓言】一天，三只虱子在一头肥猪身上相互争吵。这时另外一只虱子从旁经过，见它们吵得不可开交，便问它们为什么事情争吵。这三个虱子说：“就为了争夺猪身上最肥美的部位。”

那只虱子听了，说：“这腊月祭祀的日子就快到了，你们还不知道吗？到时候这头猪就被杀掉煮熟做成祭品了。你们不抓紧时间吸它的血，还有闲工夫在这吵架争地盘！”

虱子们一听恍然大悟，马上停止争吵，挤在一起拼命吮吸猪血。

【寓意点拨】这则寓言说明，一切靠剥削过活的寄生虫，在对待被压迫者的态度上从来是既争夺又勾结。猪死了，猪身上的虱子还能活吗？

三　脏

【寓源】宋·苏轼《艾子杂说》。

【寓言】艾子喜欢喝酒，很少有清醒的时候。

他的学生们互相商量着说：“这件事没办法以劝阻的方式制止，只有用惊险的事件去吓唬他，大概可能使他戒酒。”

这一天，艾子又喝得酩酊大醉，而且呕吐不止，学生们便偷偷地取了一条猪肠子放在呕吐的秽物中，然后拿它告诉艾子说：“一般人必须具有五脏才能活，现今你因为喝酒而吐出了一脏，只剩四脏，怎么活下去呢？”

艾子仔细看了看，而后笑着说：“唐三藏（脏）都可活了，何况我还有四脏呢？”

【寓意点拨】艾子好饮一事，引出学生们对老师的关心，艾子的幽默及文字谐音的运用，构成一篇生动精彩的故事。

三子议钟毁

【寓源】战国·晏婴《晏子春秋·外篇》。

【寓言】齐景公铸造了一口大钟，准备悬挂起来。晏子、孔子、柏常骞三人入朝，都说“大钟将要毁坏。”撞击它，果然坏了。景公召集三人，问他们这是什么原因。

晏子回答说：“钟太大，不用来祭祀祖先而用来作宴饮的乐器，不符合礼仪所以说钟将被毁坏。”

孔子说：“钟太大而悬挂向下，撞击它钟声向下受阻返回而向上侵迫，所以说钟将会毁坏。”

柏常骞说：“今天是庚申日，雷击的日子，钟声不能胜过雷声，所以说钟将毁坏。”

【寓意点拨】这则寓言告诉人们，看问题要从多视角地分析，因为一种事物在发生变化时，其因素是复杂多样的；若是只抓住一点不及其余，则会产生片面性而导致误判。

搔　痒

【寓源】明·刘元卿《贤奕编》。

【寓言】过去，有个人身上痒，叫他儿子找痒处搔，找了三处都找不着；叫他的妻子找痒处，找了五处都找不着。那个人很恼火，说：“妻子儿女是亲近我的人，为什么难以找到我的痒处？”便自己伸长手臂，一搔痒处，痒就止了。

【寓意点拨】这则寓言以别人搔痒不中，自己搔痒即中的故事为喻，说明自己最了解自身的问题。告诉人们，克服自身的毛病，主要靠自己。

骚雅大儒

【寓源】宋·苏轼《艾子杂说》。

【寓言】艾子喜欢作诗。有一天，行走在齐、魏之间，住在旅馆里。晚上听到隔壁房间有人说：“一首也。”过了一会儿说：“又一首也。”到了早晨说了六七次。艾子以为这人一定是诗人，在清凉的夜晚吟咏诗句，十分欣赏他敏锐的思绪。到了清晨，穿戴好要去见隔壁房间的人。

一会儿，一个人出来，是一位商人，身体状况很差，好像有病在身。艾子深为感叹，难道是这个人会作诗吗？但又不可以随便臆测，所以就问他："听到你作了好几首诗，能不能拿出一首给我读一读。"

这个人说："我是一个贩卖东西的商人，哪里知道诗是什么东西？"再三拒绝。

艾子说："昨夜听到你在房里面喃喃自语说：'一首也。'一会儿又说：'一首也。'那难道不是在写诗吗？"

那个人笑着说："你错了。昨天晚上，突然肚子痛，一直拉肚子，晚上太黑找不到纸，因为手脏了，泻个不停，乃是手脏了六七次，我说的不是诗啊。"

艾子面有愧色。门人们戏谑地对他说："先生求骚雅大义，真是一个大儒。"

【寓意点拨】艾子是一个爱作诗的人，也希望其他人和他一样，虽然难免有所误解，但是也可显现他执着于作诗的憨直可爱之处。另一方面运用同音不同字，具有幽默的意涵。"首"与"手"，"诗"与"屎"因为发音相同或相近，显现艾子的心思都在作诗上面，所以有不同的意会。读之令人深觉趣味横生。

啬夫振过

【寓源】战国·韩非《韩非子·说林下》。

【寓言】晋国中行文子出逃，经过一个县城，随从的人说："这里的啬夫是你的熟人，你为什么不暂住一下休息休息呢？以等待后面的车辆。"

中行文子说："从前我喜欢音乐，这个人就送给我鸣琴；我喜欢玉佩，这个人就送给我玉环。他这样做是在鼓励我犯错误，以此取悦于我。现在我担心他要利用我来取悦于别人。"所以要赶快离开这个地方。

啬夫果真截取了中行文子后面的两辆运送财物的车子，献给晋国的君主。

【寓意点拨】这则寓言告诫人们，在社会交往中要提防投其所好、取悦于人的人，因为这种人的给予不是对人真心地帮助，而是为了有所求取，他们把人与人的交往看成是相互利用，用得着你时就会拼命地巴结你，用不着你时就会一脚踢开你，甚至会出卖你。

僧 孽

【寓源】清·蒲松龄《聊斋志异·僧孽》。

【寓言】一个姓张的突然死去，被鬼卒抓去见阎王。阎王查找名籍，发现鬼卒捉错了人，向鬼卒大发雷霆，责令鬼卒把他送回去。

姓张的退了下来，私下里央求鬼卒，请求看看地狱。鬼卒带着他看了地狱，对刀山、剑树都做了指点。最后到了一个地方，看到一个和尚被扎破大腿用麻绳穿着倒挂在那儿，痛得大叫，好像就要死了。姓张的走近一看，大吃一惊，原来是他的哥哥。姓张的向鬼卒问道："此人是犯了什么罪而受到这样的处罚？"

鬼卒说："这个和尚，他把到处募捐的钱财都用来自己饮酒、赌钱和行淫，所以要这样处罚他。他如果想逃脱这个灾难，须要他自己忏悔。"

姓张的醒过来以后，怀疑他的哥哥已经死了。

他的哥哥住在兴福寺，赶忙前去探望他。一进门就听到他哥哥的号哭声，就看到他大腿上生满了疮，脓血到处流，倒立着，把脚挂在墙壁上，就像地狱里倒挂的一样。

姓张的大惊，问他为什么这样做。他的哥哥说："把脚倒挂着可以稍微减少一些疼痛，如果不这样那就痛到心里去了。"

姓张的把在地狱中所见的全部告诉了他的哥哥。和尚大惊，于是大戒荤酒，虔诚地诵读经文。半个月一过，他大腿上的疮逐渐好了。不久就成了受戒的和尚。

【寓意点拨】这则寓言告诫那些"做恶事的人"，要及时忏悔，否则，会遭受处罚。这就说明了"善有善报，恶有恶报"的道理。

僧徒度师

【寓源】明·刘元卿《贤奕编》。

【寓言】有一个老和尚平时念经，从不间断。他的徒弟周游四方，验证经义，领悟禅理，回来后想让他师父放下经书出去考察。一天，他见到窗户的格子间有些苍蝇在乱飞，就借题讽喻，说："咄！你们这些苍蝇不到空旷的地方振翅高飞，而天天乱哄哄地钻这窗户上的旧纸，怎么能从困苦中解脱出来呢？"师父听了这话，有所醒悟。

【寓意点拨】这则寓言以徒弟规劝师父放下经书到社会上去考察现实为喻，对那些钻故纸堆、脱离现实的人进行讽刺、规劝。

杀妻除仇

【寓源】清·唐甄《潜书·吴弊》。

【寓言】吴江有一个人想告他所恨的人的状，明知不可能取胜，仍与人在夜间计谋说："你马上替我把我所恨的那个人招来，我要砍下他的头。"

那个人笑着说："你这样做，也会与他一同遭死罪的。"

吴江人说："不会这样。我把我妻子的头也砍下来，明天提着两个人头到官府去告状，就说：'这个人私通我的妻子，我一同砍断了他们的头，请求判他们死罪。'你想，天底下难道有无缘无故亲手杀死自己妻子的吗？即使判官圣明，也不能察觉的。这样，我除掉了我的仇人而安逸无事，又有敢于除奸的豪杰名声。你认为这样做怎么样？"

那个人说："这个计谋是好，不是我所能想得到的。"

那个人立即动身去招他所憎恨的人。这时，他的妾偷偷地听到了他所说的话，对他的妻子说了。他的妻子听了大为惊恐，急忙逃到邻居家。吴江人到内室一看，不见妻子，他计谋没有得逞。

【寓意点拨】这则寓言告诫人们，要时刻提防阴谋者的暗算，他们为达到不可告人的目的，什么阴险毒辣的手段都会干得出来的，因为他们失去了人性而无恶不作。

杀实赏虚

【寓源】秦·吕不韦《吕氏春秋·壅塞》。

【寓言】齐国进攻宋国，宋王派人侦察齐军到了什么地方。派出去的人回来说："齐寇临近了，国人恐慌了。"

左右近臣都对宋王说："这就是所谓肉烂了就自己生出虫来。凭着宋国的强大，齐国军队的弱小，怎么可能这样？"

宋王大怒而杀了侦察的人。

接着又派人去察看。派出去的人像前一个人一样回报，宋王又大怒而杀了派去的人。如此这样反复了几次。

后来又派人去察看。这时齐军确实临近了，国人确实恐慌了。派出去的人在路上遇到他的哥哥，他哥哥说："国家很危险了，你还要到哪里去？"

弟弟说："去为宋王察看齐寇，没想到齐寇离我们这么近，国人如此恐慌。现在我很担心，先前察看齐寇的人，都是因为回报‘齐寇临近了’而被杀死。现在我回报真情是死，不回报真情也恐怕是死，这该怎么办呢？”

哥哥说：“如果回报真情，你将比死于齐寇和逃亡的人先遭受灾难。”

于是这个人向宋王回报说：“根本没看到齐寇到底在哪里，国人非常安定。”宋王大喜，左右近臣都说：“先前被杀的人是应该杀的。”宋王赏赐给他很多钱财。

这时齐军已到，宋王自己奔到车上，赶着车飞奔而逃。而这个得到宋王赏赐的人得以迁徙别国，过着富足的生活。

【寓意点拨】寓言说明，上方喜欢听恭维的话，下面就会说奉承的话，报喜不报忧现象的出现，全是上方逼出来的，这样做的结果，必然会遭到惩罚。

山东公子

【寓源】清·唐甄《潜书·无助》。

【寓言】明朝时山东有个公子，家庭富裕，贪图安逸，生来就怕劳苦，即使在乡里往来，距离很近，他也离不开骑马。

有一天，他准备到京城去游玩，选好了精良的骏马，挑选了健壮的仆人随从。一路上手执缰绳而登高坡，手执缰绳而下山坡，手执缰绳而跨过险要之地，从不下马步行。他凭着骏马和壮健的仆人，每天行走二百里路才停下住宿，心情激荡，快乐之极。

又有一天，他在路上遇到了盗贼，良马失去了，仆人也失去了，他对天大叫大哭，眼睛向四处观望，没有看见一个人来援救他。便无可奈何勉强起身而步行，腿走肿了，脚掌磨出了一层厚茧，从河间起，用了十五天才走到京城。

仆人和良马，是走远路的凭借工具，一旦中途失去了，脚力不如别人，体力不如别人，欲朝前却不能，想后退也不行；向左边看没有人服侍，朝右边看也没有人服侍。

在这个时候，难道就抛弃在山沟中去死吗？应当反过来求助自身的力量。没有了马，但有自己的脚；没有了仆人，但有自身的力量。脚虽然软弱，不至于不能行走；力量虽然弱小，不至于不能抬脚迈步。别人像飞鸟一样地到达，自己像刖刑人一样也能到达；别人在庚时先行到达，自己在癸时也能随后到达。如果不怕劳苦，不甘于落后，即使没有仆人和骏马的帮助，最终也必定会到达目的地。立志学习的人，如果没有朋友同学的帮助，也应如此啊。

【寓意点拨】这则寓言启示人们，凡事只要坚定地相信自己的力量，一定会成功的，这是因为“足虽弱，不至不能行；力虽弱，不至不能举”。读者在这先叙后议的写法中，给人以生动而深刻的领悟。

山鸡舞镜

【寓源】宋·刘敬叔《异苑》卷三。

【寓言】山鸡有一身漂亮的羽毛，每当它在河边看到自己的倒影时，就会忍不住翩翩起舞。

有一次，南方有个人捕到一只美丽的山鸡，将它献给了曹操。曹操听说山鸡有善舞的本领，便让手下的人逗山鸡跳舞。在场的人都是初次见到山鸡，不熟悉它的习性，不知怎么办才好。任凭大家怎么哄，山鸡一直呆头呆脑地缩在角落里，一动也不动。那个献山鸡的人急得直冒冷汗。

正在难堪的时候，曹操的小儿子曹冲进来了，他让人去抬一面大镜子来，并把山鸡抱到镜子前，山鸡顿时变了样：它站立起来，抖落一下羽毛，对着亮晃晃的大镜子忘情地跳起舞来。它转呀，跳呀，五彩的羽毛绚丽夺目，大家都看得眼花缭乱，曹操也很满意，

由于山鸡不肯停下，终因劳累过度而累死了。

【寓意点拨】这则寓言对人们有两点启示：一是对那些孤芳自赏、自我陶醉而失去应有的警觉与自重的人，是一种善意的警示；二是做任何事情都要根据自身的特点而因势利导，这样才能有事半功倍的收效。

山居夜狸

【寓源】明·刘基《郁离子·山居夜狸》。

【寓言】郁离子住在山里，夜里有只野猫偷他的鸡，郁离子连忙追赶它，却没有追赶上。

第二天，仆人在野猫钻进屋里的地方安放了捕捉野猫的木笼，并用鸡做诱饵。野猫来了，被困在木笼里。

野猫被捆了起来，但它的嘴和爪子还死死地咬着、抓住鸡，仆人一边打它一边抢鸡，可野猫至死也没有放开鸡。

郁离子感叹地说："为利禄而死的人，大概也像这只野猫一样啊！"

【寓意点拨】这则寓言借野猫吃鸡，虽身被活擒，仍然"至死弗肯舍"的故事，对世上那些"死货利者"进行讽刺。

山　鹊

【寓源】唐·韩愈《司徒表圣诗集》。

【寓言】山鹊拥有一身漂亮的羽毛，却容易惊动四处乱飞。因此，它常常依赖人们的怜爱，方才能够再度归巢。众鸟知道自己的颜色比不上山鹊，只能对在眼前翻飞的山鹊产生妒忌。

【寓意点拨】这则寓言表面是说众鸟妒忌山鹊美丽的羽毛，其实是暗喻有才华的人，容易受到猜忌与打击。

山雉与凤凰

【寓源】战国·尹文《尹文子·大道》。

【寓言】战国时，有个楚国人，挑着担子，在野外赶路。他的担子上拴着一只山鸡。这只山鸡羽毛美丽，非常招人喜爱。这时，有个过路人迎面走来，他从未见过山鸡，就问楚国人说："你担子里挑的是什么鸟？"

楚国人一听这个人不认识山鸡，又见过路人模样老实，便停下担子，故意欺骗他说："这是神鸟凤凰啊！"

过路人高兴得跳了起来，说："我曾经听人说过凤凰，没想到今天如此幸运，竟在这里见到了！"他对山鸡仔细看了一番，问楚国人说："这只凤凰是不是出卖的？"楚国人毫不犹豫地说："当然是出卖的。"过路人又问："十两金子卖不卖？"楚国人摇摇头，说："不卖，这可不是一般的鸟，这是神鸟凤凰呀！"过路人想了想，说："那就加你一倍，算二十两吧。"说罢，他打开布囊，对楚国人说："我只有二十两金子，再多也拿不出来了。"楚国人又故意装出无可奈何的样子，说："既然这样，那就让你拾个便宜货，买了去吧。"于是，一个付钱，一个交货，一笔生意马上成交了。楚国人得了钱，急匆匆地跑掉了。过路人拿了山鸡，决计去献给楚王。不料过了一夜，山鸡死掉了。他非常懊恼，逢人就说："我好不容易买到一只凤凰，一心想献给楚王，想不到死去了。我并不可惜这点金子，只恨没有能献上去。"

楚国的老百姓到处都在讲这件事，以为死去的真是凤凰。

这件事很快传到了楚王的耳朵里，楚王很是感动。他下令把这个过路人招来，一下子赏给他二百两黄金，超过买鸡金价的十倍。

【寓意点拨】这则寓言说明，造假售假者行骗所以成功，就在于人们对假物的识别能力太差，骗子以假代真，而买者就以假当真了；要识别假货就要多认识真货，就能避免受骗上当。

山魅漆镜

【寓源】明·刘元卿《贤奕编》。

【寓言】济南郡方山的南面，那里有块明镜石，面积约有三丈见方，山中精怪的形状，都清清楚楚地显示在上面，没有一个能逃掉。到了晋代南燕国建立时，精怪憎恶明镜石照出自己形态，就把它涂上漆，使它不再明亮。自从明镜石被漆了之后，精怪白天猖獗，那里人迹罕至。

虽然人们都知道这些，但仍然能看到现在有些人竟然自己把明镜漆黑，取悦于人类中的魔怪。到头来，不是他自己被魔怪吓倒、征服，又会是谁呢？

【寓意点拨】这则寓言，以山魅漆镜为喻，揭露人间有人把裁判是非善恶的法律、真理等歪曲、篡改，甚至取消掉，使邪恶之徒横行无忌，公然危害人们。它告诉人们，要使社会安定，人民正常地生活，必须明镜高悬，使“山魅著镜中莫之遁”。

善搏与善噬

【寓源】战国·尹文《尹文子·大道》。

【寓言】四通八达的大路边有位老人，给他的仆人起个名字叫“善搏”，给他看门的狗起个名字叫“善噬”。结果三年中宾客们都不到他家来。老人感到很奇怪，便询问原因，人们便如实相告。之后老人就把仆人和狗的名字都改掉了，宾客们便恢复和他的往来。

【寓意点拨】“善搏”即善于搏斗，用在武士身上是恰当的，用在僮仆身上就不适合；“善噬”，即善于咬人，用在猎犬是适当的，用在家犬则不适合。

这则寓言告诉人们，给事物命名，一定要根据事物的实际内容，不能只图形式，不求内容，否则收不到效益，甚至会闹出笑话。

善谋而困

【寓源】清·唐甄《潜书·为政》。

【寓言】有位善于计谋的人，同他一起种庄稼，粮食的收入就多一倍；同他一起缫丝织帛，缫丝织帛的收获就多一倍；同他一起开店做买卖，利润就多一倍。

有一天，他经过富贵人家的门口，看见富人手下的人来来往往，都戴着貂皮帽子，穿着狐腋制的皮袍子，他自言自语地说："我居住在乡下，所交往的只不过是用升和斗量粮食的人，一同经商的也只不过是做鱼盐小买卖的商贩，不可能成为富裕大户。如果能到这富贵人家来做事，主人信任而又重用我，献上自己的计谋而为之经营谋利，一定会实现自己的愿望，这样就不用在乡里奔波劳苦了。"

于是，善谋者托人引见而到了富贵人家，回家同乡邻告别。

乡邻劝阻他说："你这样做是错误的。那富贵人家所用的人，不是你这样熟悉技能的人，你一定不要去。"善谋者不听乡邻的劝告，还是离家走了。

一年后，乡邻故意经过那富贵人家的门口，见善谋者穿着破旧的袍子走出来，脸色蜡黄，就把他引到一个僻静的地方，问他："怎么变成这个样子？"

善谋者回答说："主人不采纳我的计谋，所以落到这种地步。"

邻人听了笑着说："你为什么不事先预见这件事呢？那些富贵人家，都是猎取别人的财物使自己更加丰厚。所以，他们所用的人，像狗和马一样善于奔走、像鹰鹞一样快捷；他们吃的粮食，都不是自己耕种收获的；穿的丝绸绫罗，不是自己养蚕织丝而得来的；他们所用的各种器具，不是自己花钱买来的。你带着自己的谋生之计来求他，他怎么能用你呢？我早就知道你一定会穷困到这个地步的。"

于是，善谋者辞谢了主人，随着乡邻回家了。从此，乡里人都议论他，认为他本来就是不善于计谋的人。他不是不善于计谋，只是不善于选择主人啊。

【寓意点拨】这则寓言说明，一个人才能的发挥，并不是随其个人的意愿，而是要具备外部相适应的条件。条件具备了，则能发挥才干；条件不具备，才华再多也是徒劳的。由此启示人们，要做到人尽其才，才尽其用，一定要选准相适应的主人。

善为"盗"者

【寓源】战国·列御寇《列子·天瑞》。

【寓言】齐国的国氏非常富裕，宋国的向氏非常贫困，向氏从宋国到齐国去，请求国氏教给他致富的方法。国氏告诉他说："我擅长于做盗贼。从我做盗贼起，一年便能够自给，二年就富足，三年财物就非常丰厚。此后，更能施舍到全乡。"

向氏一听，大为高兴。他只听到了做盗贼的话，却没有弄明白所谓做盗贼的真实含义。于是翻墙撬门，凡是眼能看到手能摸到的，没有不偷。没过多久，他因赃物败露被治罪，连他原先积蓄的财物也被没收了。

向氏认为国氏存心欺骗自己，获释后便到齐国去埋怨他。国氏说：“你是怎么做盗贼的呀？”

向氏把情况告诉了他。

国氏说：“咦！你背离了做盗贼的真义，竟然到了这个地步吗？我现在告诉你吧！我听说过天有春、夏、秋、冬的季节时令，地有出产各种不同的物质财富。我偷盗了天地的时令好处，云雨的滋润，山川的产物，来培育我的禾苗，繁殖我的庄稼，修筑我的墙垣，建成我的屋舍；向陆地盗取禽兽，在水里偷取鱼鳖，没有不是偷盗的。禾稼、土木、禽兽、鱼鳖，都是天生的，难道是我自己所有的吗？但我偷取天地的东西不会有灾祸。至于金玉珍宝，谷物布帛，钱财货物，那是人们所积聚的，难道是天给的吗？你偷了他们的东西被治罪，怨恨谁呢？”

【寓意点拨】这则寓言告诉人们一个道理：听别人的话，一定要弄清实际的含义，而不要毫无头脑地盲动。然而，列子把具有确定含义的“盗”，加以无限扩大，把人类利用自然资源从事生产活动也说成是盗的行为，借以说明人类本身无罪是盗，目的在于宣扬同自然浑同一体、泯灭是非的道家思想，这是我们所不取的。

商陵君好陵鲤

【寓源】明·刘基《郁离子·豢龙》。

【寓言】从前，有个人将一只穿山甲献给商陵君，把它说成龙。商陵君非常高兴，问它吃什么，那人回答说：“吃蚂蚁。”商陵君就派人喂养它、驯服它。有个人说：“这是穿山甲，不是龙。”商陵君顿时大怒，用鞭子抽打他，于是周围的人都害怕，没有人再敢说不是龙，就顺从商陵君的心意把它说成神龙。

商陵君观赏这“龙”，见它时而蜷曲如小圆球，时而伸展开来，周围的人都假装大为惊奇，称赞这龙很神。商陵君更加高兴，把它迁移到宫中。穿山甲夜里在砖墙上钻个洞逃跑了，周围的人跑来报告商陵君，说：“这龙施展出大本领，现在果真穿透砖石跑掉了。”商陵君闻讯前去察看它留下的踪迹，痛惜不已，就养了蚂蚁等待，希望它再次回来。

不久，天下大雨，雷鸣电闪，真龙出现了。商陵君以为是他养的那条龙回来了，于是摆上蚂蚁请它来吃。真龙发怒了，震坏了商陵君的宫殿，商陵君也被击死了。

【寓意点拨】商陵君把穿山甲当成真龙，把真龙当成穿山甲，结果被雷电击死。这则寓言讽刺那些以愚为贤、以贤为愚、贤愚不分、真假不辨的昏庸的国君。

商丘开显道

【寓源】战国·列御寇《列子·黄帝》。

【寓言】范氏家有个人名叫子华，喜欢收养游士侠客，并以此出名，全城的百姓都屈服于他的势力。他受到晋侯的宠爱，不做官却位居三卿之上。被他多看几眼的人，立刻能得到晋侯赐给的爵位；被他鄙薄轻视的人，立刻受到晋侯的贬斥。在他厅堂里来往的人像在朝廷上的人一样多。子华让他的侠客们凭智力相互攻击，凭体力强弱相互欺凌。虽然在他面前打得头破血流，他却丝毫不因此而介意，整日整夜以此为游戏取乐，国都中几乎成了一种风气。

禾生和子伯是范家的上等门客，有一次外出，途经偏远的郊野，住在老农商丘开的茅屋里。半夜里，禾生和子伯两人互相谈论子华的名望和势力，说子华能让生者灭亡，死者生存；能让富人变穷，穷人变富。商丘开被饥寒所困扰，躲在朝北的窗口下听到了这番谈话。于是就借了粮食，背着盛物的筐子，来到子华的门下。

子华的门徒们都是达官显贵的子弟，穿着白色的绢衣，乘坐华丽的马车，走起路来两眼朝天，目空一切。他们看见商丘开年老体弱，面孔瘦黑，衣帽不整，没有一个不轻视他，还围着他戏弄欺辱，捶打推撞，无所不为。商丘开却始终没有怨恨的样子，倒是门客们的花样用尽了，戏弄嘲笑得累了。

接着，门客们又带商丘开一同登上高台，众人中有人随意说："有谁自愿跳下去，赏金一百。"大家都假装争先恐后地响应。商丘开信以为真，就抢先跳下去，只见他身体好像飞鸟，飘飘然落地，肌肉骨骼毫无损坏。范家的门客认为这是偶然的，并不感到特别奇怪。便又指着河湾边水特别深的角落说："那里面有宝珠，潜入水底就可得到。"商丘开又听从了他们的话，潜入水底。等他露出水面，果真得到了宝珠。这时大家才开始感到惊异，子华才让他加入吃肉穿绸的上客行列。

没过多久，范氏的储存物品仓库发生火灾。子华说："你如果能去火中抢救锦缎，将根据救出的多少奖赏你。"商丘开毫无为难的表情，在大火中来来往往，身体不被尘埃沾染，不被大火烧焦。这时，范氏的门徒们都认为商丘开有道术，一齐向他道歉说："我们不知道你有道术而欺骗了你，我们不知道你是神人而侮辱了你，你就把我们当作傻瓜，当作聋子，当作瞎子吧。我们冒昧向你请教这种道术。"

商丘开说："我没有什么道术。我自己也不知道其中的原因。虽然如此，有一件事倒可以对你们说说。先前你们曾有两位门客寄住我家，听见他们夸耀范家的势力，说他能让生者灭亡，死者生存；能让富人变穷，穷人变富。我很相信他们的话，毫无二心，所以就不怕路远，来到这里。等到来了以后，我又认为你们这些人讲的话都是真的，唯恐诚心不够，实行得不及时，所以就没考虑身体的安危，也未考虑利害关系的大小，心意专一罢了。这样，外物就没有阻碍我，如此而已。现在我才知道你们这伙人欺骗我，我便内心隐藏着猜疑，身外注意着看和听，暗自庆幸以前没有被烧焦、淹死，想起这些就内心焦灼，痛苦悲伤，恐惧得胆战心惊，今后难道还愿接近水火吗？”

从此以后，范家的门客在路上遇见乞丐马医之类的贫贱人，不敢侮辱他们了，一定会下车向他们拱手行礼。

【寓意点拨】这则寓言启示人们，要正确地认识自我，有真才实学不要好于显示，生怕别人不知道，在实际的运用中必然会体现出来；看待别人不可以貌取胜、以形褒贬，因为有才干的人不轻易表现自己，而轻易表现的往往是浅薄之人；真正能认识一个人的本质特征的，是社会的实践，而不是口语言谈。

觞　政

【寓源】西汉·刘向《说苑·善说》。

【寓言】魏文侯和大夫们一起饮酒，命令公乘不仁执掌酒令，说：“凡饮酒不尽者，罚酒一大杯。”

文侯饮酒不尽，公乘不仁举起酒杯要罚他，可文侯看着公乘不仁，不接受惩罚。旁边的侍从见状赶忙说：“不仁退下，君王已经醉了。”

公乘不仁说：“周代谚语说：‘前车翻倒，后车戒惧。’说的是驾车的危险。做臣下不容易，做君王也不容易。今天君王已经设了酒令，酒令行不通，可以吗？”

文侯说：“说得好。”举杯饮了罚酒，饮完说：“任命公乘不仁为上客。”

【寓意点拨】酒令，令之小者，但既有令，就应共同遵守。公乘不仁坚持要罚国君的酒，表现出执法不阿的精神，因而得到国君的赏识。这则寓言让人们认识到：细微处往往可见大节宏旨。觞（shāng）：进酒，欢饮；古代酒器。

上树取菱

【寓源】佚名《精选雅笑》。

【寓言】一个山里人来到江南水乡。他在一株大树下闲坐，看见一只菱角丢在地上，捡起来一尝，非常香甜，就爬上树去，逐枝摇晃着寻找。可是，找了很久也没有找到。他惊诧地说：“这样一棵大树，难道就只长了一只菱角吗？”

【寓意点拨】这则寓言告诉人们，不认真调查研究，凭主观臆断办事，是不会有任何收益的。

烧蚂蚁用邻箕

【寓源】清·石成金《笑得好》。

【寓言】有一家女主人，手里拿着数珠，嘴里高声念着："阿弥陀佛！阿弥陀佛！"接着就呼唤："二汉，二汉，锅上的蚂蚁很多，我非常讨厌它，赶快拿火来帮我把它们烧死！"随即又高声念着："阿弥陀佛！阿弥陀佛！"接着又喊着："二汉！二汉！你帮我把锅下面的火灰扒去一些，装灰的粪箕不要用我们自己家里的，怕会烧坏，要用邻居张三家的。"

【寓意点拨】烧蚁扒灰是件小事，却刻画了一个整天似乎虔诚地念佛，而又损人利己的吝啬鬼的形象。通过这个两面性的揭露，清楚地看出女主人的自私和伪善。

少年借神

【寓源】西汉·刘向《战国策·秦策三》。

【寓言】恒思有个神丛，有个勇敢的少年，请求与神丛下棋赌注，说："如果我胜了，我就做三天丛神；如果我没有胜你，就任你处置。"

于是少年用左手替神丛掷色子，用右手为自己掷色子。少年取胜了，神丛让少年做三天丛神。三天过去了，神丛到少年那里讨还，少年竟然不归还。五天后，神丛枯萎了。七天以后，神丛就死了。

【寓意点拨】这则寓言告诉人们，凡事具有多种因素，其中必有决定性的因素，只有掌握了事物的决定因素，才能从根本上去解决它。也可启示人们，自己要把握自己的命运，则有主宰自己的自由；如果命运掌握在别人手中，就会被人所控制。

少庶子刺老儒

【寓源】战国·韩非《韩非子·内储说下》。

【寓言】济阳君属下有个年轻的家臣，没有得到赏识，便想获得济阳君的喜爱。

这一天，齐国派一位年老的儒生到马梨山来挖草药，这个年轻的家臣便出了歹心，想利用这个机会来立功，于是进见济阳君说："齐国派一位年老儒生来马梨山挖草药，他名为挖药，实际是侦探我国的实情。你若不把他杀掉，这将使你由于齐国的侦探而受到治罪，我请求去刺杀他。"

济阳君说："可以。"

于是第二天，这个年轻的家臣就在城北把老儒杀死。回来后，济阳君对他就逐渐亲近了。

【寓意点拨】这则寓言提醒人们，要认识那些损人利己之人的真面貌，他们为达到自己的个人目的，不惜以牺牲别人为代价，不择手段，心狠手辣。

舌存齿亡

【寓源】西汉·刘向《说苑·敬慎》。

【寓言】常摐（chuāng）生病了，老子去探望他，问道："先生的病情加重了，有什么要留下来教诲弟子的？"

常摐说："你就是不问，我也要告诉你。"

常摐接着说："经过故乡的时候，要下车步行，你知道吗？"

老子问："经过故乡时下车步行，这是不是说要不忘故乡？"

常摐说："啊，是的。"

常摐又问："经过高大的树木，要恭敬地快行，你知道吗？"

老子说："经过高大树木时恭敬地快行，这是不是说要尊敬旧国故都中的贤德之人？"

常摐说："啊，是的。"

过了一会儿，常摐张开口，指着问老子："我的舌头还在吗？"

"在。"老子回答。

"那我的牙齿还在吗？"

"没有了。"老子回答。

常摐问："你知道这是为什么吗？"

老子回答："舌头能够保留下来，是不是因为它柔软？牙齿掉了，是不是因为它坚硬？"

常摐说："啊，是的。'天下的事情都说尽了，再也没什么可以告诉你的了。"

【寓意点拨】这则寓言借助舌头因为柔软而留存、牙齿因为坚硬而败落的事实，为道家"柔能克刚"的重要观点，作了深入浅出的阐述，让人们体会到自然界和人类社会中的各种事物之间都存在着相克相生的辩证关系。

蛇

【寓源】清·吴趼人《俏皮话》。

【寓言】有条蛇最喜欢伸懒腰，可它住的洞过于狭小，必须盘曲着身体才能住得下，想伸伸腰，就必须爬出洞外。可是经常出洞，又怕惊动了人，就想找一个能自如伸腰的洞，很长时间也没有找到。

有一天，蛇找到大象的鼻孔里面，发现大象鼻子很长，这个鼻子大得可以让蛇伸腰。蛇非常高兴，就住下来作为洞，在洞里大伸懒腰。大象觉得鼻子发痒，打了一个喷嚏，把蛇打到了十多丈以外，摔得它全身骨节酸痛，躺在那里不能动。恰巧遇到了别的蛇，问它为什么这样痛苦，蛇就把情况如实相告。别的蛇嘲笑地说："你想贪图过分的快乐，所以才受到这意外的摔跌之苦哟！"

【寓意点拨】这则寓言告诉人们，在追求自己的舒适快乐时，不要侵犯别人的利益、别人的生活方式和安定的生活环境。

蛇风相怜

【寓源】战国·庄周《庄子·秋水》。

【寓言】独脚兽夔（lǐng）羡慕名叫蚿（xián）的多足虫，蚿羡慕蛇，蛇羡慕风，风羡慕眼睛，眼睛羡慕心。

夔对蚿说："我用一只脚跳跃着行走，没有谁比得上我。现在你使用一万只脚，怎样走法呢？"

蚿回答说："你错了。你没有见过喷吐唾沫的吗？喷射出来大的如珠子，小的如细雾，混杂着落下来，数都数不清。现在我顺着天性而行，并不知道为什么会这样。"

蚿对蛇说："我用好多的脚行走，还不如你没有脚走得快，这是为什么？"

蛇说："我顺着天性而行动，怎么可以改变呢？我哪里要用脚呢？"

蛇对风说："我运动脊背和腰部行走，好像有脚似的。现在看到你呼呼地从北海刮起来，又呼呼地吹入南海，好像没有形迹似的，这是为什么呢？"

风说："是的。我呼呼地从北海刮起来而吹入南海，但是人们用手来指我，就能胜过我；用脚踢我，也能胜过我。然而折断大树，吹翻大屋，只有我能够做到。这是用不求小的胜利来获得大的胜利。完成大的胜利，只有圣人才能够做到。"

【寓意点拨】这则寓言以拟人化的手法，展开了夔、蚿、蛇、风之间的对话，从对话中可以获得这样的启示：万物各有自己的特性，只要顺从特性去利用它，就能起到不同的作用；比较的目的，是取长补短，而不是自暴自弃。

蛇虎告语

【**寓源**】明·陆灼《艾子后语》。

【**寓言**】东蒙山中的人群大声喧叫，都传老虎下山了。

艾子正在采茶，在崖壁边观察动静。听到蛇对老虎说："你一出来人们就纷纷躲避，飞禽走兽都吓得四散奔逃，你真是声势显赫啊！我每次出门，如果能够避免被人践踏，那就已经非常幸运了。我真想凭借你的恩宠，光照这座山岳，不知有什么方法做得到呢？"

老虎说："你只要依靠着我的身体走，就能够做到了！"

蛇依靠着老虎前行。没走几里路，蛇的残酷本性就露出来了。老虎就被蛇紧紧缠绕，老虎在角落里翻滚跳跃，蛇被撕成两段。蛇愤怒地说："依靠你一小会儿，却害了我一辈子，真是太冤枉了！"

老虎说："我如果不这么做的话，就几乎要被你给缠死了！"

艾子说：利用别人的权势去作威作福，尽管获得了短暂的荣耀，最后却会招来后患，要警惕哪！

【**寓意点拨**】这则寓言告诉人们，不能依仗别人的势力显示自己的荣耀。另外，还应有知恩必报的美德，不应该忘恩负义，不然会身败名裂，甚至粉身碎骨。

蛇教蚓行

【**寓源**】清·吴趼人《俏皮话》。

【**寓言**】蛇没有长脚可是走得很快，蚯蚓很羡慕它，说："我跟蛇是一种类型的，我为什么走的不如蛇呢？"于是就学蛇走路，苦于太笨拙迟钝，就趴着偷看蛇是怎样走的，看见它蜿蜒曲折，做出各种姿态，也跟着学，尽力腾空闪躲，跳跃而起，最后也没有学会。不得已，它向蛇拜师，请求蛇教它。蛇也不吝赐教，可是蚯蚓学了一百遍也学不像。蛇就仔细观察，叹气说："我虽然没有脚，但是从头至尾，每一节都有骨头支撑着。像你全身没有骨头，怎么能在世界上行走呢！"

【**寓意点拨**】蛇属于有脊椎的爬行动物，而蚯蚓是无脊椎的腔肠动物，是分科不同的两种动物。这则寓言告诉人们，不管学习什么，要充分认识自己的条件，要有自知之明，才可能选择适合自己的学习内容和学习方式。

蛇　蝎

【寓源】明·刘基《郁离子·蛇蝎》。

【寓言】楚国有的人见到蛇蝎就一定要把它杀死，但有的人则宽容它，唯恐别人伤害它而把它保护起来。有人问郁离子："你认为这两类人谁做得对呢？"

郁离子回答说："还是那要杀死蛇蝎的人做得对，而那些宽容并保护蛇蝎的人做得不对。"

那个人又问："人对人做出有害的事，造成伤亡就治罪，这是刑律的规定。现在蛇和蝎未曾伤害人，而就杀死它，不是太过分了吗？"

郁离子解释说："这你就不明白了。人和物相比，谁轻谁重明显不同。虫蛇无知，而你想用待人的态度去对待它们，不是太糊涂了吗？从前，周公命令庭氏用救日的弓、救月的箭去射杀恶鸟，又命令誓簇氏掌管捣毁恶鸟的巢穴，并写成制度、法令。所以，孙叔敖见到两头蛇就杀死并埋了它，他的母亲认为这是暗中做了有益于人的好事，君子也不非难他。人被蛇蝎之类咬中了，不是死就是伤，如果一定要等到伤害造成以后才可以杀死它，这就把人命和虫蛇同等看待，失去了轻重次序，不是太过分了吗？近年来流传异端邪说，认为杀生有罪过，会遭到报应，对大小善恶不加区别，见到恶物委屈地宽容它、偏护它，不顾对人的危害，其存心不良昭然若揭。所以我说你对杀死蛇蝎的道理不明白。"

【寓意点拨】这篇寓言围绕对蛇蝎是"容"还是"杀"的是与非的问题，通过问答方式进行论辩，说明见恶必除，除恶务尽的道理。文中对异端者"以杀物为有罪报"的邪说进行批评，指出他们"操心之不仁"。

舍命不舍财

【寓源】唐·柳宗元《柳河东集》。

【寓言】永州的老百姓都擅长游泳。有一天，江水猛涨。有五六个人乘坐小船横渡湘江。没想到刚渡到江心，船漏水了，人们只好跳到江里游渡。其中一个人拼力游着，却游不快。他的同伴们问他："你最会游泳，今天怎么游不快呢？"他回答说："我腰里带着一千个钱，太重。"同伴们说："为什么不把钱扔掉呢？"他摇了摇头没有回答。过了一会儿，这个人更加疲乏了。已经游过江的人站在岸上高声呼喊道：

"你太愚蠢了！太糊涂了！自己都快要淹死了，还要钱干什么呢？"他又是摇摇头，结果由于负担太重，最后被淹死了。

【寓意点拨】这则寓言说明，那种过分贪图钱财，甚至把钱财置于生命之上的人，必然葬身于钱财场中。

舍伪学伪

【寓源】黄灵庚编《宋濂全集·潜溪后集卷二·燕书》。

【寓言】顿国的大夫权，听说黄帝在与蚩（chī）尤作战时，曾制作了一种号角，模仿龙的啸鸣声来助威。他非常感兴趣，就挖空一段桐木，也做了一个，给它涂上漆，补严缝，又画上龙的图案，每天练习着吹。吹出来的声音婉曲回旋，听起来雍容、和乐，好像可以通达到深幽的水底。于是大夫权找到南山的深潭，在那儿吹，期望能够感应到水底的龙。生活在潭水中的三足鳖听到了号角的声音，以为人要把自己剁成肉酱吃掉，张口就号叫起来，叫声把周围的树木都震得直摇，大夫权大吃一惊，以为是真正的龙发出了吟啸。他跑去对公之奇说："真龙的啸鸣高亢雄壮，如同六面鼓发出的声音，绵延不绝，回响不止，我原先所学习的几乎都不对，我想改学真龙的吟啸，您认为怎么样？"

公之奇回答说："你所听到的是三足鳖的叫声，不是龙吟。龙的啸鸣声是人极少能听到的。你的号角声本来就是假龙吟，现在你又把三足鳖当作了龙，那就更不真实了。舍弃了一种假的来学习另一种假的，又有什么好选择的呢？"

【寓意点拨】寓言中借公之奇的"舍伪而学伪，奚择为？"之言，说明远离真理的任何选择都是毫无意义的，揭示了无知者惑于假象的可悲与滑稽。这则寓言讽刺的就是那些浅薄无知、真假不分、把谬误当作真理还洋洋自得的人。

麝急抉脐

【寓源】明·刘基《郁离子·贿亡》。

【寓言】东南方的名贵物产中，有荆山所产的麝香。楚国有人追捕雄麝，雄麝被追赶急了，就咬下自己的肚脐，把它丢到草丛里。追捕麝的人跑到草丛里捡那肚脐，麝趁机得以逃脱。

令尹子文听到这件事感慨地说："这麝是野兽，但很聪明，现在有的人还不如它有智慧呢！他们贪图财物被惩处，不仅丢了自己的性命，还连累他的家人。他们的智慧竟不如一只麝呢！"

【寓意点拨】这则寓言以麝被追捕时能断脐脱险全身的故事为喻，对世人"以贿亡其身，以及其家"的人进行讽刺。麝为保全自己，竟能忍受剧痛咬下肚脐；而贪心贿赂的人，却不顾自己的性命和家人，真是人不如禽兽啊！

申明亭

【寓源】佚名《精选雅笑》。

【寓言】两个乡下人到县城，看到"申明亭"匾额上那个"申"字，一个说是"由"字；另一个说是"甲"字。旁边一个人说："你说是'由'字，却多了一个头；他说是'甲'字，却多了一只脚，看来还是个'田'字。"

【寓意点拨】"申""由""甲""田"，四字字形相似，笔画相同，但各有所指，意义迥别，即使文化不高的人，亦不能随心所欲，凭自己想当然地辨认。客观世界许多事物外形极为相似，都需要仔细辨别，不可主观臆断。

身有至宝

【寓源】明·宋濂《龙门子凝道记·先王枢》。

【寓言】西域的一个经商的胡人，拿着一件名叫瓓的宝玉前来出售。宝玉的颜色像樱桃一样鲜红，直径不过一寸，价值却超过了数十万。

龙门子问道："可以充饥吗？"

回答说："不可。"

"可以治病吗？"

"不可。"

"能够驱灾免祸吗？"

"不能。"

"能够使人孝悌吗？"

"不能。"

龙门子然后说："既然如此无用，为什么价值高达数十万呢？"

胡商说："因为它藏于险峻的地方，很难获得。"

龙门子听了大笑，拂袖离去，对弟子郑渊说："古人曾经讲过，黄金虽然贵重，但生吞下去，人就会死去，它的粉末进入眼里，人就会变瞎。宝物对我们自身没有什么好处，如此，那么要它干什么呢！其实，人类自身就有无价之宝，它的价值绝不止数十万；而且水不能淹没它，火不能烧毁它，风吹日晒也不能损伤它；应用它可以使天下安宁，不用它也可以保重自身。这样宝贵的东西居然不知勤奋探求，而专为寻找瓓一类的宝物去忙碌奔波，不也是舍近求远吗？"

【寓意点拨】人是最宝贵的，人的聪明才智是比任何珠宝都贵重的。寓言告诫人们，要广开才路，特别要重视人才的使用，充分发挥人的聪明才智。

神龟托梦

【寓源】战国·庄周《庄子·外物》。

【寓言】相传，春秋时期，宋国国君夜里做了一个梦，梦见一个披头散发的人出现在偏房门外，向屋内窥探。这个人对国君说："我来自宰路渊，是清江大神的使者，出使河伯的途中被一个叫余且的渔民捉住了。"

国君一早醒来就叫人根据夜里的梦境占了一卦，占卦的人上奏说："这是只神龟在向你求助。"国君又问："渔民中真的有个人叫余且吗？"当得到肯定的答复后，他便派人去找余且来见他。

第二天，余且被召来了。国君问他："前些天你打鱼，可得了什么稀罕物啊？"余且说："小民网到了一只白色的龟，身长有五尺呢！"国君就以献宝的名义从余且手里要来了那只白龟。见到白龟后，国君不知该怎样处置它，于是又去占卜，占卜人回答说："杀死那只龟用做占卜，肯定会吉利。"于是，他从两边把龟剖开，又掏空了龟的内脏，龟壳做成了占卜用具，果然很灵验。

孔子说："神龟神通广大，能够托梦给国君，却没能逃过渔民的渔网；它有判断吉凶的智能，却未能避开杀身之祸。神通再大也有疏忽之处，智能再高也有料想不到的地方。如此看来，纵然聪明绝顶，也逃不脱众人的谋划啊。"

【寓意点拨】这则寓言说明神龟不神，不免杀身，是"知有所困，神有所不及也"。如果不去窥门托梦，大概神龟还不致招来刳肠之祸吧。所以说："去小知而大知明。"小知基于私欲，大知出诸公心；个人的小聪明，敌不过"万人谋之"。

神　相

【寓源】明·陆灼《艾子后语》。

【寓言】齐王喜欢谈论相术，借谈相术要求见齐王的人们，在朝廷里接连不断。

有个自称为“神相”的人，依靠艾子引进见齐王，说：“我是鬼谷子的学生，又是给唐举授业的老师。凭这一点，我的相术如何就可想而知了。大王听人说到过这一情况吗？”

齐王笑着说：“我是今天才听你自己这么说的。你试试看我的相怎么样？”

自称为“神相”的人回答：“您不要太急。我给人看相，必须仔细看上一整天，然后才说。所说的没有一点儿不符合实际情况。”于是他拱手恭恭敬敬地站在宫殿上给齐王看相。一会儿，有个使者手拿文书进来报告齐王，齐王急得神色都变了。

那位“神相”问齐王是什么缘故，齐王回答说：“秦国军队包围即墨县城已经三天了，必须马上调遣兵马派去增援。”

神相先生仰头说：“我看到您额头上有股黑气，预兆要发生战争。”齐王听了没作声。

又过了一会儿，有个人戴着脚镣手铐进来见齐王，齐王满脸怒色。

那位“神相”问他是什么缘由，齐王说：“这是个管理财帛仓库的官吏，盗窃国家金银、丝绸达三万之多，所以把他囚禁起来。”

神相先生又仰头说：“我看到您的面部两颊骨的下方现出一片青色，预兆一定要损失财物。”

齐王听了不高兴地说：“这都是已经验证了的祸患，请不要说了。你只说说我终身的吉凶祸福怎么样。”

神相先生说：“我仔仔细细地看了，您的脸生得方方正正，不是平民百姓的相。”

艾子急忙走上前说：“先生的相术真妙啊！”

齐王听了哈哈大笑，看相的“神相”只得羞愧地退了回去。

【寓意点拨】寓言以“神相”欺世为喻，揭露社会上的那些不学无术、见风使舵的混世者。

神亦喜谄

【寓源】清·蒲松龄《聊斋志异·夏雪》。

【寓言】丁亥年的七月初六，苏州下了一场大雪。全城百姓惊慌害怕，共同到大王庙祈祷免灾。大王忽然依附人体，开口说："现在号称老爷的，都在前面增加了一个'大'字，难道以为我神小，享受不得一个大字吗！"

人们听了，毛骨悚然，一齐呼大老爷，大雪便立刻停止了。

由此可见，神也喜欢谄媚。

【寓意点拨】寓言告诉人们，谄媚恭维，阿谀奉承，是统治阶级腐朽庸俗的作风。

神捉盗贼

【寓源】清・蒲松龄《聊斋志异・鹰虎神》。

【寓言】府治的东神庙，位于南郭。庙的大门左右两边的神佛塑像，有一丈多高，这个神佛俗称"鹰虎神"，样子凶恶可怕。庙里有一个姓任的道士，每天鸡一叫，他就起来烧香念经。

有一个小偷，事先躲在庙里的走廊里，趁道士起来诵经，就偷偷地进入他的寝室，搜索财物。无奈室中没有值钱的东西，只在席子底下搜到三百钱，藏在腰里，拉门而出，准备爬到千佛山上去。小偷向南边逃窜了好长时间，才到千佛山山脚下。发现一个高大的男人，从山上向下走来，左臂上站着一只大老鹰，正好与小偷相遇。等那人走近，小偷一看那人，脸面是铜青色，隐隐约约地看像是东岳庙门边的"鹰虎神"。小偷非常害怕，蹲伏在地上发抖。"鹰虎神"惊诧地说："你把钱放在哪儿？"小偷更加害怕了，跪在地上不起来。"鹰虎神"揪住他，叫他回去，一到庙里，就要小偷把偷的钱交出来，小偷跪在地上等待道士。

道士念完经后，回头一看，大吃一惊。小偷从头到尾把自己所做的事说了一遍。道士把钱收了回来，打发小偷走了。

【寓意点拨】小偷趁道士起来诵经，就溜进他的房里去偷东西，偷到之后，自以为神不知鬼不觉，没想到在半路上被庙神抓了回来。寓言的启示是：要想人不知，除非己莫为；警告那些作恶多端的人，做任何事都会被人发现。

沈屯子多忧

【寓源】明・刘元卿《贤奕编》。

【寓言】沈屯子与朋友一起到集市去。听说唱的人说："杨文广被敌兵围困在柳州城中，里面缺少钱粮，外面的援兵又被阻截。"沈屯子听了局促不安，跺脚长叹不止。朋友强拉他回家。回家后他仍然搁不下这件事，说：“文广被围困到这个地步，怎么能解围呢？”从此，便闷闷不乐，以致得了病。

家里人劝他到郊外散步，解除烦恼。他忽然看见路上有个人扛着竹竿到集市去，又马上挂念说：“竹梢很尖锐，路上一定有人会被戳伤。”回家后更加忧郁，病情更严重。家里人想不出好办法，便请来了神巫。神巫对他说：“我查了阴府里的名册，你来世要变为女人，嫁给的丈夫姓麻哈，是回彝族，面貌很丑。”这个人听了越发忧愁，病更加重了。

亲戚朋友来看望他，安慰他说：“好好休养，放宽心，病就会好的。”沈屯子说：“如想叫我放宽心，须等到杨文广解围，扛竹子进城的人安然回到家，并且姓麻哈那个男子写封休书交给我。做到了这一切，我才能放宽心。”

【寓意点拨】这则寓言以沈屯子多忧成疾为喻，对那些“天下本无事，庸人自扰之”的人进行辛辣讽刺。沈屯子庸人自扰，不仅为古人担忧，为今人担忧，还为自己的来世担忧。无穷的忧虑，使他痛苦终身。告诫人们，不要自寻烦恼，不要把时间、精力消耗在一些鸡毛蒜皮的事儿上，像“杞人忧天”那样是犯不着的。

慎所凭依

【寓源】清·王晫《杂著十种·寓言》。

【寓言】茑萝依附树木蔓延生长，又名寄生，叶子如同当卢，果实红黑色，味道甜美。来往的人喜爱它葱葱郁郁，好像忘记了它是依附大树生长的。一天，工匠进山伐树，茑萝与这棵树一起被砍掉了，虽然有人很喜爱茑萝，但也没有什么办法保全它。由此，人们深深叹惜，如果茑萝能够自立，不依附大树自己生长，不就能享有自己应有的自然寿命了吗？即使不能自立，依凭山崖石壁，也能长久地享受雨露滋润，得以终寿，而不幸委身树木，以致横遭砍伐。如此说来，天下有什么人可以不慎重地选择依靠的对象呢？

【寓意点拨】茑萝依附于树，不能自立，树被砍，茑萝亦受株连遭殃。社会中有些人立身处世，不求独立，总喜欢听命于他人，任人摆布，结果也往往难免遭到茑萝一样的命运。

生愚死智

【寓源】北魏·杨炫之《洛阳伽蓝记·灵应寺》。

【寓言】北魏有个隐士赵逸，说是晋武帝时生的人。晋朝旧事，很多他都做了记录……赵逸说：“自从永嘉以来二百多年，建立政权称王称帝的有十六个。他们的都城边邑，我都去游历过，亲眼看见不少事情。政权灭亡以后，看那些史书，记载的都不是事实。都是把过错推给别人，把功绩归于自己。像前秦皇席苻生喜欢动武，嗜好喝酒，但也有点仁爱，不是一味杀戮；看看他治世时的用典，也不是那么凶残，可是你去读他的历史，好像天底下所有的罪恶都记在他的身上。苻坚也算是贤主，但当他杀了苻生取得帝位后也随便说苻生的坏话。大凡史官，都是这一类人。人都是远的香近的臭，好像这已成了条规律。现在的人也认为活着的愚蠢，死了的明智，这样的评价也是误人不浅。”

有人问其中的原因，赵逸说：“活着的时候是个才德平庸的人，到死的时候，碑文墓志都把天地间最美好的品质，人群中最杰出的建树写在他身上。是君王就可以和尧舜媲美，是臣子就可以跟伊尹同辉。当父母官的，他的清正使为害的猛虎感动得渡河而去；当执法官的，他的正直可以不畏权贵，敢说敢做。真是像人们所说的，活着是强盗，死了是圣人。假话伤害了公正，浮夸损伤了真实。”

当时的文人听到赵逸的这番话，都感到脸红。

【寓意点拨】这则寓言告诉人们：对人的评价应实事求是，准确公正。此外还揭露和批评了两种不良的庸俗风气，一种是贵远贱近，生愚死智，崇尚古人而轻视今人，贬低活人而美化死人；另一种是丑化别人，抬高自己。这在历史记载和碑文墓志上都表现得相当普遍，实在是一种不正之风，应该为后世所摒弃。

生子容易作文难

【寓源】明·冯梦龙《笑府·腐流》。

【寓言】一个秀才将应考，日夜忧郁不已。妻子于是安慰他说：“看你作文，这样的为难，好像我生孩子一样了。”

丈夫说“还是你们生孩子容易。”

妻子说：“何以见得？”

丈夫说“你的肚子里是有的，我的肚子里是没有的。”

【寓意点拨】寓言辛辣讽刺和抨击了科举制度，指出科举考试对读书人精神压力实在太大了——读书做官的人毕竟少得可怜，而这又是读书人唯一的出路。

省钱毁木

【寓源】清·张履祥《杨园先生全集》。

【寓言】里巷中有个浅薄的老汉要建造房屋，木料已经筹集齐备了，就去选择工匠来建屋。技术精良的工匠不去请，而技术拙劣的工匠找上门来，老汉身边的人替这工匠请求说：“这位工匠工钱少而且建造快，又能依主人的意愿办。”

于是老汉招了这位工匠，让他建造房子。这位工匠把做栋柱的木料砍断做成梁上的短柱，把做大梁的木料锯短做椽子用了。老汉见了发怒，辞退了这个工匠。后来请来的工匠又是这样，多次改换仍然如此。老汉发狠地说：“工匠本来就不好，屡次违背了我的愿望。”这时，老汉才去找良工商量，良工没有答应。由于老汉一再请求，良工被感动，拿着工具，带着徒弟来到老汉家。

良工用尺子量量木料，被此前工匠砍断做短柱的长木料，已经不能用来做栋柱，砍成椽子的木料也不能做大梁了。见此情况，良工叹息说：“唉，我的手艺可以全部拿出来，可是木料已经毁坏了。”他徘徊了一会儿就离开了。老汉的房子几年后都没有建成。

评论说：“古人说过收了人家的工钱却怠慢人家的事，一定会遭到天灾。拙工的工钱要得少，或许是有所畏惧。老汉心里不可惜木料却可惜工钱，宁愿房子建不成。不明白事情的大与小的得失，像老汉这样的人可以借鉴啊。”

【寓意点拨】这则寓言启示人们，办事必须考虑其后果，权衡轻重，为了保质保量地把事情办成，就要付出相应的代价，而那些要价低的人，必然会偷工减料，以拙充良，以次充好败坏事情。

省夕餐

【寓源】明·冯梦龙《古今谭概·贫俭部》。

【寓言】桐城有个姓方的，天性吝啬。他的哥哥从乡下来看望他，他想省掉一顿晚饭，找一个借口说自己出门了。他的哥哥只好早早上床休息，忽然有黄鼠狼追鸡，他不觉出声驱赶黄鼠狼，他的哥哥说：“你在家呀！”他仓促间回答：“不是我，是你弟媳妇。”

【寓意点拨】吝啬，这种人类的丑恶品质，会使人性毁灭，天良丧尽，六亲不认，兄弟反目。

尸虫进谗

【寓源】唐·柳宗元《柳河东集》卷十八《骂尸虫文》。

【寓言】从前有个道士说："人的身上有三种尸虫，它们躲在人的肚子里，等到人有一点点过失，就用簿子记下来。每到庚申这一天，趁着人昏睡的时候，溜出去到天帝面前进谗言，求赏一顿酒食。因此，人们常常受到天帝的惩罚，发生瘟疫，或者不幸早死。"

柳氏偏偏不信这些话，对道士说："我听说聪明正直的叫作神。天帝，是众神之中最突出的，他的聪明正直应当更精深博大，怎么会降低身份，亲近阴险肮脏的小虫，纵容它们的狡猾，助长它们的奸诈，来陷害好人，又犒赏酒食来取悦它呢？他的作为实在太不应该了！我认为如果尸虫做了这种勾当，天帝一定会生气地杀掉它们，把它们扔到地下，并且消灭这种丑类，使人们的生命安全都能得到保障，不再发生暴虐邪恶的事情，这才算是天帝。"

【寓意点拨】这则寓言通过一个道士之口，道出尸虫进谗天帝使人受灾祸，把"尸虫"和"天帝"联系起来。继而叙述作者的辩驳，认为天帝应该比一般的神更聪明正直，不可能与阴秽之物为伍，听信谗言，陷害忠良，甚至会严惩这些丑类才是。

寓言中，将恶禽臭物比喻为小人。以虫喻人，把阴险毒辣、陷害忠良的官僚比作"尸虫"，揭露朝廷奸邪诬陷忠良的罪行。

失鹿之讼

【寓源】战国·列御寇《列子·周穆王》。

【寓言】郑国有个樵夫在山野里砍柴草，遇到一头受惊吓的鹿，便迎上去把鹿打死了。他唯恐被别人看见，就急忙把鹿藏在一条干涸的水沟里，并用柴草遮盖起来，樵夫非常高兴。过了一会儿却将藏鹿的地方遗忘了，以为刚才只不过是做了一场梦，沿途喋喋不休、自言自语地述说这件事。

路边有人听到樵夫的述说，就依照樵夫所说找到了那头鹿。回到家里，告诉他的妻子说："刚才有个樵夫在梦里得到一头鹿，却不知道藏在什么地方，我现在找到了，证明他的梦是对的，真的。"

他妻子说："说不定是你梦见樵夫得到一头鹿吧？难道真有樵夫那个人吗？现在你真的得到了鹿，这证明你的梦是对的真的呀！"

汉子说："我已得到了鹿，还管他做梦、我做梦干什么呢？"

樵夫回到家里，不忘自己丢失的鹿。他在夜里真的梦见藏鹿的地方，还梦见了取走那头鹿的汉子。第二天天亮后，樵夫根据梦中的线索找到了取走鹿的汉子。于是两个人为争鹿而打起官司，闹到法官那里。

法官对樵夫说："你当初真的得到鹿，却乱说是梦；真的梦见了鹿，又乱说是事实。汉子真的取走了你的鹿，你又同他争鹿。他妻子又说做梦认取了别人的鹿。说明你们没有人真正得到过鹿。现在既然有这头鹿，你们就各人分一半吧。"

这件事上报给郑国国君，国君说："唉！法官大概也在做梦给人分鹿吧？"他又去询问国相。国相说："是梦和不是梦，我也分辨不了。想辨别是觉醒还是做梦，只有黄帝和孔子才行。但如今黄帝和孔丘都已死了，谁还能辨别呢？姑且相信法官的话就可以了。"

【寓意点拨】寓言中围绕着失鹿写了两类人。一类是平民百姓，把梦与事实混淆了：樵夫得鹿以为梦、又以梦寻真，旁人依梦得鹿，旁人妻以得鹿为梦；到底哪位是真，哪位是在做梦，连他们自己也搞不清楚。另一类是上层为官的，法官糊涂分辨不清，各分一半了事；国王自己也分辨不了，询问国相，国相更分不清"梦与非梦"。一国上下，没有一个人能分辨清楚"梦与非梦"。

这则寓言告诫人们，办事一定有是非标准，要分清事实与假象。不然的话，真假不辨，一事无成。

师文学琴

【寓源】战国·列御寇《列子·汤问》。

【寓言】瓠巴弹起琴来，鸟儿飞舞，鱼儿跳跃，郑师文听到这事之后，便抛开家庭跟从师襄学习弹琴。他按指调弦，三年奏不成乐章。师襄说："你可以回家了。"

师文放下自己的琴，叹气说："我并不是弦不能调，乐章不可奏。我心里想的不在弦上面，所向往的不在乐调上。内心里没有深刻的感受，外面也就不能反应在乐器上，所以不敢放手去拨弄琴弦。姑且让我再琢磨些日子，看我以后的情况。"

没过多久，师文再去见他的老师师襄。师襄说："你的琴弹得怎么样了？"

师文回答说："摸到门道了！请允许我试弹一弹。"

于是当奏曲调的时候，拨动商弦以奏出南吕之音，凉风忽然吹过来，草木结子成实。在奏秋天曲调的时候．拨动角弦以激发夹钟之音，和风慢慢回荡，草木荣华。当奏夏天曲调的时候，拨动羽弦以奏出黄钟之音，霜雪交加，河流池塘猛然冻结。在奏冬天曲调的时候，拨动徵弦以激发蕤（ruí）宾之音，阳光炎热，坚冰立即融解。

乐章将要奏完的时候，让宫音来总括商、角、羽、徵四弦，便有南风微微吹拂，祥云浮现在天上，甘甜的膏露下降，醴泉从地下冒出来。

师襄高兴得抚摸着自己的心胸手舞足蹈起来，说：“你的琴弹得太精妙了！即便是师旷奏清角，邹衍吹律管，也无法超过你。他们应当带着琴拿着管跟在你的后面当学生了。”

【寓意点拨】精湛技艺的获得，高超本领的掌握，非一日之功，必须经过长期的艰苦的学习，不断地总结经验教训，专心致志，沉醉其中。

狮猫斗大鼠

【寓源】清·蒲松龄《聊斋志异·大鼠》。

【寓言】明朝万历年间，皇宫中出现了一只可怕的老鼠，它身体有猫那么大，长长的锋利爪子，眼睛绿幽幽的，黑夜里发出阴森的光，人看见了往往都不寒而栗。它成天在宫中窜来窜去，偷吃食物，咬坏嫔妃们漂亮的衣服，甚至连家具、柱子上都无不留下它可恶的爪印和牙印。久而久之，这只老鼠成为宫里的一大祸害，于是，万历皇帝下令赶紧找猫来灭鼠。结果猫找来了不少，可是一点效果也没有，那老鼠比以前更加肆无忌惮，大白天就敢大摇大摆地在人们眼皮底下溜来溜去。找来的猫，不管是宫内的，还是宫外的，竟然全被这只老鼠吃掉了！

宫里的人非常苦恼，恰好这时，西域的一个小国家进贡了一只狮猫，猫浑身洁白如雪，两眼炯炯有神；而且进贡的人介绍说这猫非常凶猛，尤其善于捕鼠。万历皇帝听了，如获至宝，立刻命人把它放到那只老鼠经常出现的地方，想要这只狮猫好好斗斗那只老鼠。宫人们则都躲在暗处仔细地观看。

刚开始的时候，只见狮猫蹲伏在那里，一动也不动；那老鼠探头探脑地从洞里爬出来，它发现又有猫来了，便狂怒地向它扑过去。狮猫并没有正面迎上去，它敏捷地避开恶鼠，跳上了案子。老鼠也跟着跳上去，猫又一跳而下，老鼠也跟着跳下去。就这样狮猫总是同这只老鼠兜着圈子，上上下下，反反复复，不止百次，从来都不见它主动攻击老鼠。宫人们看得有点厌烦了，他们私下里都说这只狮猫也不过是只普通的猫，没有什么能耐。宫人们倦怠了，都想离开了。

突然，他们发现那只老鼠跑得越来越慢了，它似乎再也跳不动了，挺着个大肚子，大口大口地喘着粗气，它不再追那猫了，蹲在地上自己休息。“原来它也有跳不动的时候啊！”宫人们面面相觑，不禁哑然失笑。

这时，只见狮猫飞快地从案子上跳下，伸出两只利爪狠狠揪住老鼠头顶上的毛，嘴巴紧紧地咬住老鼠的脑袋。老鼠拼命反抗，转瞬间狮猫就同老鼠扭成一团，激烈的战斗使猫儿不由得发出“呜呜”的叫声为自己鼓劲，也使老鼠疼痛地发出凄厉的“啾啾”声，仿佛在呼唤救兵。过了好一阵子，大家发现老鼠似乎不动了，上前去一看，才发现那只老鼠早就一命呜呼了，众人不由得欢欣雀跃。

原来狮猫避开老鼠并不是因为胆怯，更不是因为自己没有能耐，它是在等待最好的时机，等到老鼠疲惫懈怠的时候，一鼓作气，加以进攻啊！

【**寓意点拨**】寓言告诉人们，要战胜强敌，就要讲究策略。狮猫抓住大老鼠的弱点，利用地形，避其锐气，耗其实力，然后乘敌之惰，发起猛攻，击中要害，终于消灭了这只不可一世的大老鼠。

狮子与豺狼

【**寓源**】明·陈耀文《天中记·狮》。

【**寓言**】从前，有只狮子在深山里捉到一只豺狼，将要吃掉它。豺狼见状急中生智，对狮子说：“大王，你如果能饶恕我，我送给你两头鹿来赎身，而且以后经常送来，可以吗？”狮子一听十分高兴，并痛快地答应了豺狼的要求。

一年以后，豺狼并无东西可以奉献，狮子对它说：“你吃的动物太多了！今天该轮到你死了。你还有什么话可说呢？”豺狼默不作声，无话回答。狮子扑上前去，把豺狼咬死吃了。

【**寓意点拨**】寓言以豺助狮子为虐做比喻，警告那些助纣为虐的奸臣贼子，肆意残害别人，最后必将得不到好下场。

这则寓言提醒人们：做人须正直，不能靠出卖别人来保存自己，不能为巴结上司而残害他人。

湿木造屋

【**寓源**】秦·吕不韦《吕氏春秋·别类》。

【**寓言**】宋国大夫高阳应为了兴建一幢房屋，派人在自己的封邑内砍伐了一批木材。这批木材刚一运到宅基地，他就找来工匠，催促其即日动工建房。工匠一看，地上横七竖八堆放的木料还是些连枝杈也没有收拾的带皮树干。树皮脱落的地方，露出光泽、湿润的白皙木芯；树干的断口处，还散发着一阵阵树脂的清香。用这种木料怎么能马上盖房呢？所以工匠对高阳应说：“我们目前还不能开工。这些刚砍下来的木料含水太多、质地柔韧，抹泥承重以后容易变弯。初看起来，用这种木料盖的房子与用干木料盖的房子相比，差别不大，但是时间一长，还是用湿木料盖的房子容易倒塌。”高阳应听了工匠说的话以后，冷冷一笑。他自作聪明地说：“依你所见，不就是存在一个湿木料承重以后容易弯曲的问题吗？然而你并没有想到湿木料干了会变硬，稀泥巴干了会变轻的道理。等房屋盖好以后，过不了多久，木料和泥土都会变干。那时的房屋是用变硬的木料支撑着变轻的泥土，怎么会倒塌呢？”

工匠们只是在实践中懂得用湿木料盖的房屋寿命不长，可是真要说出个详细的道理，他们也感到为难。因此，工匠只好遵照高阳应的吩咐去办。虽然在湿木料上拉锯用斧、下凿推刨很不方便，工匠还是克服种种困难，按尺寸、规格搭好了房屋的骨架。抹上泥以后，一幢新房就落成了。开始那段日子，高阳应对于很快就住上了新房颇感骄傲。他认为这是自己用心智折服工匠的结果。可是时间一长，高阳应的这幢新房越来越往一边倾斜。他的乐观情绪也随之被忧心忡忡取而代之。高阳应一家怕出事故，从这幢房屋搬了出去。没过多久，这幢房子终于倒塌了。

【寓意点拨】寓言中的士大夫自作聪明，做事情不遵循客观规律，不听从有经验的人劝说，只凭主观意志蛮干，这必然会导致失败。不仅盖房子如此，我们做任何事情都要虚心认真地向有经验的人学习，遵循事物发展的必然规律，切忌自作主张，自以为是。

十家之邻

【寓源】明·刘元卿《贤奕编》。

【寓言】从前有十户人家为邻里，都将所耕种的百亩田地荒芜了，每天在市场上转手买卖粮食，以供给日常生活的费用。他们的邻居有位农户劝告说：“买卖粮食怎么比得上努力耕种、积累而富裕呢？”

这时，有两家人听从了农户的劝告，不去做买卖而用力耕种了。另外八家竞相批评阻止说：“我们哪里能等秋天收割时才吃饭呢！”

那两家人听了，有一家不听劝阻，继续辛勤耕种，终于变成了富裕户。另一家被那劝阻的话所迷惑，又抛开耕种去做买卖了，结果贫穷饥饿了一辈子。

【寓意点拨】这则寓言给予人们的启示有两点：一是靠自己的双手辛勤劳动，一定会创造财富，而投机取巧者必然会以失败而告终；二是办事要有自己的主张，不能因他人之劝而左右摇摆，择善而从则会成功，人云亦云自然会失败。

石季饮药

【寓源】清·唐甄《潜书·权实》。

【寓言】会稽的东部有一户姓石的人家。他的小女儿腹中生个痞块，前去请来高明的医生治疗。很久也没有消除，于是辞谢了医生，打发他走了。但她父亲思索一番，认为这是一位高明医生，为什么治不好这个痞呢？就注意观察，偷看到女儿端起汤药没有喝一口就倒在床下了。于是，他再次请来那位医生，仍然用前次的药方，吃了三剂，病就好了！

一个国家有好的政治，可老百姓却没有得到恩泽，这是由于好的政治没有落实于民众的缘故。这跟石氏的小女良药未入口一样。

【寓意点拨】这则寓言以姓石的小女儿饮药为喻，说明一切好的政治措施，必须切实落实到老百姓的头上，才有实效。否则，都是空谈，没有任何实际意义。

石牛粪金

【寓源】南朝·刘勰《刘子·贪爱》。

【寓言】从前，四川西部有个蜀国，它的君主生性贪婪，秦国国君惠王了解了蜀侯的为人，就想利用蜀侯的弱点去讨伐它。蜀国的道路险峻，山岩陡峭，涧水深急，进兵的路线不通。惠王于是请人雕琢一只石牛，把很多的金银绸缎放在牛屁股后面，宣称这是石牛屙的。派人告诉蜀侯，要把这举世罕见的宝贝送给他。蜀侯贪得无厌，于是挖开悬岩，填平山谷，派遣五个壮健的勇士去迎接石牛。哪里知道，秦国人早已率军队暗暗地跟在石牛后面，山路一打通，秦军就一拥而进。蜀侯因此国灭身亡，被天下所取笑。

【寓意点拨】这则寓言告诉人们：无论办什么事，都要从大处着眼，切不要因贪小利而失掉大利。一心想占小便宜，结果反而吃了大亏。

石贤士神

【寓源】东汉·应劭《风俗演义·怪神》。

【寓言】汝南郡汝阳县一位彭姓人墓前甬道口立了一个石人，位于石兽之后。

一位农家老太太到市场上买了几块糕饼回去，暑天炎热，也走累了，便在石人下歇息，打一会儿盹，无意中掉下一块糕饼，离开时没有察觉。一个行路人看见了，便问恰巧遇到的一位庄客，石人旁怎么有饼，庄客调侃说：“石人能治病，被它治好的人就送饼来感谢它。”传来传去，说是头痛的人要摸石人的头，腹痛的人要摸石人的腹，再自摸自己，病就可以好。以至于许多人都仿效着这么做。凡是病好了的人，都说是得到了石人的福力，人们便称石人为“贤士”。来石人处求治病的人极多，车辆相接，车帷把天空都映红了，乐器齐鸣，声传数十里。县尉常常派人来护卫照料。几年之后才渐渐停息下来，恢复到以前的状况。

【寓意点拨】一句调侃的话，被人信以为真，传来传去，越传越玄，石人竟成了能治病救人的神。然而假的就是假的，几年之后，石人又恢复了“庐山真面目”。这则寓言把当时社会上盲从流言的不良之风刻画得惟妙惟肖，最后两句于不经意之间，道出了事情的必然结局，很富有戏剧性。

石邑深涧

【寓源】战国·韩非《韩非子·内储说上》。

【寓言】董阏于担任赵氏上地的长官，一行人来到石邑山中，看到一处深谷，山崖陡峭得像墙壁一样，有一百丈深。董阏于便问附近的乡下人：“曾经有人进入这个山谷吗？”

乡人说：“没有人进入。”

董阏于又问：“小孩子、痴呆人、聋子、疯子，他们曾进去过吗？”

回答说：“没有。”

接着又问：“有牛马猪狗进入过吗？”

回答说：“也没有。”

这时，董阏于长声叹息后说：“我能治理这里的民众了。假如侵犯了我制定的法令，必须严惩，绝不宽恕，就像掉进这个深谷必死无疑，那么还有谁敢犯法呢？哪有治理不好的地方呢？”

【寓意点拨】这则寓言通过目之所见的自然景象，形象地说明“执法无赦”的治世主张，确能让人联想深思：治理社会不仅要有法规，还要执法，更要执法严明；有法不依则无法，执法不严则无威。“执法如山”说的就是这个意思，执法严明，就能产生威慑作用，有威慑作用，就能达到治理的效果。

时　规

【寓源】唐·元结《元次山集》。

【寓言】唐肃宗乾元二年，漫叟在长安等待天子的诏用，当时中行公苏源明在中书省执掌知制诰。中书省有美酒，时常能够尽兴一醉。醉意朦胧中，漫叟放诞地说："希望一网打尽天下的鸟兽虫鱼，来满足嗜杀者的口腹欲望，希望尽得天下的醇酒美女以满足贪欲者的心愿。"中行公听后叹道："为什么您不再想得周全些呢？何不说希望得到亿万倍于全国土地的地方，分封给那些君臣、父子、兄弟之间争权夺位的人，以使人民免遭战乱残杀之苦呢？为什么不说希望能让很多绸缎钱币珍宝之类，堆满帝王的府库，充塞将相权贵的家中，以便人民免遭饥寒劳作之苦呢？"漫叟听了中行公的这番话，从中书省回家后记了下来，传授给求学修业的人，用来作为对时世的规讽。

【寓意点拨】寓言通过主客醉中肆无忌惮的言论，来讽刺世局、规讽时风。寓言中以激愤的反语，指出在位者贪得无厌、欲壑难填，正是国家战乱不休，百姓生活涂炭的主要根源。

拾　樵

【寓源】宋·司马光《司马温公文集·迂书》。

【寓言】迂夫看到一群孩子在路上拾柴，他们互相约定说："见到木柴，谁先喊出声就是谁的，后来的人不能争抢。"孩子们都说："好啊。"然后他们向前走去，一路上互相嬉戏，十分融洽。突然发现路上横着一株小草，其中一个孩子先喊出声，但后来的孩子们一哄而抢，便互相打斗起来，有的甚至负了伤。迂夫见了，感到十分惶惑，急急忙忙回到家里，叹息道："唉！天底下比一棵小草更大的利益多着呢，我不知戒备而天天与人交往，仗着关系的融洽，相信人们的诺言。一旦发生先喊一声便打斗起来的情况，有人能不被伤害吗？"

【寓意点拨】争名于朝，逐利于市，是一种人生常态。在没有利害冲突的情况下，彼此可以和睦相处，亲热信任。一旦牵涉到切身利益，哪怕微如草芥，也立刻把一切友谊、誓约抛诸脑后，人性中一切美好的东西都被贪欲蹂躏了。

这则寓言，以天真小孩的相处模式为喻，一方面慨叹人心日败，另一方面提醒自己成人世界的复杂性宜具防备之心，引以为戒。

拾绳盗牛

【寓源】佚名《精选雅笑》。

【寓言】有一个人因盗窃耕牛而被戴上枷锁，熟人遇见了便问他："你做了什么坏事呀？"

他回答说："是晦气带来的。原先我在路上闲逛，看见地上有一条草绳，认为是有用的，就伸手把它拾起来了。"

熟人又问道："既然是这样，那么为什么判这种罪行呢？"

他解释说："因为草绳的另一头拴着一头小牛。"

【寓意点拨】这则寓言可以用来说明，有的人犯了错误，别人给他指出来，甚至受到批评处分，他还不正视自己的错误，总是寻找种种理由为错误辩解，掩盖错误的实质。

食东坡肉

【寓源】清·黄图珌《看山阁闲笔·诙谐》。

【寓言】有个人喜欢学习苏东坡的文章，学了很长时间也没有什么成就。但是他学习苏东坡文章的心情非常急切，下得功夫也很深，始终没有丝毫的懈怠。——他每天要吃一块方肉，大概有两斤重，煮得非常烂，才下筷子去吃。刚好有个朋友来了，问吃的什么东西。这个人说："吃的东坡肉呀！"朋友开玩笑说："你为什么恨苏东坡到这个地步呀！"

【寓意点拨】这则寓言讽刺了一个学习不得法，没有在学习事物本身上下功夫的迂夫子。告诉人们，"东坡肉"煮得再好，也不能真正学好苏东坡的文章，还是要在苏文本身上努力才行。

食鹅而呕

【寓源】战国·孟轲《孟子·滕文公下》。

【寓言】陈仲子家是齐国的显贵家族。他的哥哥陈戴，在盖邑收取的俸禄有万钟之多。但陈仲子认为兄长的俸禄是不义之财，不去兄长家吃；兄长的房屋是不义之室，不去住。他避开兄长，离开母亲，住在于陵。有一天，他回到家里，正巧看见一个人送给他兄长一只活鹅，便皱起眉头说："要这个呃呃叫的东西做什么？"过了几天，他母亲杀了这只鹅，给他吃了。正巧他的兄长从外面回来，见了便说："这就是那呃呃叫的肉呀。"仲子一听，立即跑出门外，把它吐了出来。

【寓意点拨】陈仲子主张清正廉洁，认为兄长的俸禄是不义之财，因而不去享用，甚至得知吃下肚的鹅是别人送的，也要把它吐出来。陈仲子穷到了缺粮断炊，也不肯同不义之财沾边，其精神是可贵的。

食　客

【寓源】明·陆灼《艾子后语》。

【寓言】艾子在齐时，在孟尝君门下为食客三年，孟尝君礼遇他，尊为贵客。过了不久，他从齐国回到鲁国，与季孙子相遇。

季孙子问他："您长期在齐国，齐国有德有才的人当推谁呢？"

艾子回答说："没有人能赶得上孟尝君。"

季孙子又问："他凭什么样的品德才称得上贤呢？"

艾子回答说："家里有食客三千，供给衣食毫无厌倦的神情，不贤能够做到这样吗？"

季孙子说："嘻，您欺骗我！三千个食客我家也有，岂止是孟尝君呢？"

艾子不知不觉收起笑容，起身道歉说："您也是鲁国有德有才能的人。明天我往府上看看三千食客。"

季孙子说："好。"

第二天早晨，艾子衣冠整齐、斋戒洁身，前往季孙子府上。走进他家门，室内寂静无声；走上厅堂也没有人。艾子置疑不解，猜想食客住在别处馆舍。等了好久，季孙子出来接见艾子。艾子便问道："食客在哪里？"

季孙氏懊恼地说："你怎么来得这么迟？三千食客各自回家吃饭了。"

艾子听了哈哈大笑，随即回去了。

【寓意点拨】这篇寓言，借古讽今，借季孙氏以大话欺骗艾子，讽刺现实中自我吹嘘的官吏，戳穿他们欺世盗名的把戏。

食笋煮竹

【寓源】隋·侯白《笑林》。

【寓言】汉地有一个人到吴地去。吴地的人用竹笋来招待他。他不认识,问道:“这是什么东西？”吴地人回答说:“这是竹子。”他觉得滋味不错，回家后便拿着床上的竹席去煮,却怎么也煮不烂。他对妻子说:“吴地人真狡诈啊,竟然这么欺骗我。”

【寓意点拨】吃了笋子便煮竹席的人不一定有；但是满足于一知半解，不调查清楚便鲁莽从事，及至碰了钉子反而责怪别人欺骗了自己的人，却可从这则故事中吸取教训。

食　喻

【寓源】明·郑瑄《昨非庵日纂·惜福》。

【寓言】明朝有位工部尚书叫刘麟，告老居家。当时朝廷有位直指使是他的门生，对饭菜特别讲究，常常以此苛求部下。郡县的长官每逢接待他，都为此而发愁。刘麟听到此事，说：“这个人是我的学生，我有责任开导他，教育他。”

后来，等到了他来拜访，刘麟热情接待他，抱歉地说：“我本想设宴招待你，又怕妨碍你公务，就留你吃顿便饭吧！不过老伴出门去了，无人下厨准备好的饭菜，随便吃点，你能吃得下吗？”这位直指使因为师命，所以不敢推辞。

从早晨等到过午，饭菜还未端出来，这位直指使饿得实在难熬。等到饭菜送到，只见是一盆脱壳的糙米饭和一盘豆腐。直指使一口气吃了三碗饭，三碗豆腐，直到觉得胃里撑得难受，才将碗筷放下。

不一会儿，只见仆人从厨房陆续端出好菜美食，碟盘罗列，摆满一桌，连筷子也无处放。刘麟殷勤劝直指使吃菜，可直指使为难地说：“我已经吃得很饱了，再也吃不下了。”刘麟微笑着说：“看来，饭菜本无精粗之分，饿时容易吃，饱时就难合味，不同的时候才有这样不同的感觉。”

这位直指使明白老师刘麟的教导，以后再不敢以饭菜苛求部下。

【寓意点拨】这则寓言以直指使“饥时易为食，饱时难为味”为喻，说明环境与人的欲望的紧密关系。同一个环境，对经历不同的人的感受是大不相同的，成长的前景也不一样。启示人们要到艰苦环境里磨炼自己，加强自己的思想品德修养。

矢人自得

【寓源】明·宋濂《龙门子凝道记·君子微》。

【寓言】有个长期从事弓箭制作的人，他的楛（hù）木箭杆纹理不直，箭尾的羽毛轻重不匀，箭头钝而不锋利，可自以为得了古代制箭高手牟、夷的真传，沾沾自喜。旁边有赞美他的人说："这是肯定的啊！秦汉时代善于制箭的人，没有能超过你的！不但如此，现今不如你的人更多呢！你应该以高价售卖你制作的箭。"做箭的人更加得意了。

一个姓宋的将军经过此地，取过他的箭看了看，吐了口唾沫，扔下箭走开了。做箭的人不但没有醒悟，还以为是嫉妒自己，愤愤不平地说："别人都说我的箭达到了秦汉的一流水准，他们的话当然不会错。刚才那将军这么做，无非是嫉妒我罢了。这人真是刻薄啊！"

有人把这事告诉了龙门子，龙门子说："这做箭的人有什么可责备的呢？现在的文人不也是这样的吗！"

【寓意点拨】寓言告诉人们，奉迎捧场的话好听，但它只能助长自己的缺点错误，于事毫无补益，反而有害！

豕虱安室

【寓源】战国·庄周《庄子·徐无鬼》。

【寓言】有个苟且偷安的东西，就是寄生在猪身上的那些虱子。它们选择在粗疏的毛鬃之间回旋，自以为占据的是帝王宽广的宫廷和园林，洋洋自得；拥挤在股胯蹄脚和乳房之间曲深隐蔽的地方，还以为得天独厚地生活在宁静富饶的乐园而欢天喜地。

却不知，一旦屠夫到来，动手屠宰，点火燎毛，自己将和猪一起同归于尽。

【寓意点拨】这则寓言告诉人们，苟且偷安地寄人篱下，虽有一时的安乐，终究不免于祸患，因为身世寄托于人，命运也随之寄托了。同时告诫那些目光短浅的人，不可陶醉一时之利，而忘掉长远的根本利益。

屎攮心窝

【寓源】清·石成金《笑得好》。

【寓言】龙是所有虫类的首领，有一天发布命令，查一查凡虫中有三个名字的都要治罪。蚯蚓和蛆都同时去躲避。蛆问蚯蚓："你怎么有三个名字呢？"蚯蚓说："那识字的叫我蚯蚓；不识字的叫我曲蟮；乡下的傻子又叫我寒现。这不是三个名字吗？"蚯蚓问蛆说："你有哪三个名字？也讲给我听听，让我知道。"蛆回答说："我一个名字是蛆，另一个名字叫谷虫，有的又称呼我读书相公。"蚯蚓说："你既然叫读书相公，请你暂且把书本上的仁义道德，讲给我听听！"蛆就愁眉苦脸地说："我今天因为整个心都被屎灌满了，那书上的仁义道德，一点儿也不知道了。"

【寓意点拨】这则寓言似乎写的是动物的故事，其实不是。文章的最后号称"读书相公"都不晓得"仁义道德"，一些所谓"正人君子"，学富五车的"读书人"却把仁义道德抛到九霄云外，"一些总不晓得了"。人们还往往被这种人的外表所迷惑，以为他满腹经纶，其实不过是"屎攮（nǎng）心窝"罢了。

世农易业

【寓源】明·刘基《郁离子·世农易业》。

【寓言】从前，狐邱有个世世代代都务农的农夫，因种田的收入少，常常想换个职业，但却没有找到一种超过农业收入的职业。他舅舅的儿子给邑大夫掌管车马，回家时穿的衣服很华丽，他见了很羡慕，于是就放弃务农，去干掌管车马的差事。他的主人说："这是你自己想要去的，我没有赶走你。如果你三年不回来，那么你经营的田地和住的房屋，我就叫别人来管理了，你不要后悔呀。"他跪下说："是。"过了三年，他侍奉的主人死了，想再回去务农，但他管的田地、房屋都更换人了。原先的主人可怜他，想叫他回来，但他的乡邻都责怪他丢弃旧业违背常理的行为。他感到很惭愧不敢回去，终于在奔走的路上饿死了。

有人把这事告诉了郁离子，郁离子感慨地说："古人称赞好的农夫不因水灾旱灾而废弃耕地种植，好的商人不因亏本而废弃经商，正是说的这个道理。从前，吴国有个人把猿猴关在木笼里驯养，养了十年之久，后来可怜它，就把猿猴放回山林，过了两夜，猴子又回来了，这个人很纳闷，心想：'是送得不远吗？'于是抬着它，把它丢到深山沟里。猿猴因为长期生活在木笼里，忘记它先前的生活习惯，于是无法得到食物，最后哀鸣而死。所以古人总是谨慎从事，害怕失去本行。”

【寓意点拨】寓言叙述一个农夫弃农为驺，最后“不敢复而涂殍”，一个猿猴长期生活在木笼里，最后放回深山，“无所得食，鸣而死”。这两个故事，说明不要改变本行或生活习性。“弃农为驺”，是对好高骛远、不切实际的人进行讽刺；“笼猿舍山”，是对强行改变动物生活习惯的人进行批评。告诫人们做事要切合实际，不要忽视主客观情况。

世无良猫

【寓源】清·乐钧《耳食录》。

【寓言】古时候，有个人家里闹鼠灾，那些可恶的老鼠，糟蹋粮食，破坏家具，成天上蹿下跳，搅得家里人心惶惶。于是，这个人下定决心一定好好惩治惩治这些老鼠。

他用了一年的时间，花费很多银两，几经周折从西域买来的一只好猫。猫体型庞大，爪子细长而锋利，耳朵非常灵敏，一看就是抓老鼠的好手了！深受鼠患痛苦的这个人，望着这只猫，终于舒展开了他那久违的笑容。

他对这猫爱护备至：每天喂它鲜美的鱼肉，而且还变换不同的种类；为了让这猫睡得舒服一点，他专门用羊毛织了一个垫子作猫的床。这猫每天吃得又好又饱，睡得又很舒服，日子过得有滋有味的，它也就不怎么寻思捉老鼠的事情了。它看来很享受主人为它安排的生活，甚至慢慢地都忘了自己的本来使命。直到后来，它竟然都和主人家的老鼠打成了一片，互相嬉戏玩闹。那些老鼠更是无法无天，那人家的鼠患也就闹得越来越严重。

这个人做梦也没有想到会是这种结果，他非常伤心，伤心自己一番心血竟然白白浪费掉了。从此，他再也不养猫了，而且逢人便讲：“现在这天底下可没有一只好猫了！”

猫原本是只好猫，可就是因为养猫的方法不对，好猫最后竟然变成了一只懒猫；可养猫人却不知道深刻反省，反而抱怨天下再无好猫，这不是显得很可笑吗？

【寓意点拨】养猫人不仅做事的方法错误，而且由错误的前提出发，所以才会得出天下没有一只好猫的错误结论。

寓言告诉人们，舒适的环境，容易磨灭战斗的精神；没有正确的方法，再美好的愿望也无法实现。

市中弹琴

【寓源】清·石成金《笑得好》。

【寓言】有一个琴师在喧闹的市场中弹琴，世俗的人们认为他弹的是琵琶、三弦之类的乐器，听的人非常多，后来他们听到琴声平淡，一点都不好听，非常不喜欢，便纷纷散去。只有一个人仍然站在那里聆听，琴师高兴地说：“太好了，我总算有一个知音了，也不辜负我在这里弹奏一番。”谁知道那个人却说：“我在这里等桌子，如果这桌子不是我家的，我也早走了。”

【寓意点拨】天下“不知音”的人多矣！封建专制制度所造成的愚昧，绝不是“市中弹琴”“渐次都散”所能比拟的。几千年来埋没了多少人才！

势利眼的狗

【寓源】清·吴趼人《俏皮话》。

【寓言】狗最善于向人献媚，而且又最能欺负穷人，尊重富人，所以看见衣服破破烂烂的，就必定会放纵地狂叫。

一天，狗独自走在郊外，环视四周，一个人也没有。忽然遇见一只金钱豹迎面走来，狗远远望见，非常高兴地说：“这个金钱披满身的，必定是个富家子弟，我应该去巴结奉承它。”

狗跑到豹子前面，摇着尾巴做出种种乞求怜悯的样子。走得很靠近时，豹子突然跳起来要抓它，张大嘴巴要咬它。

狗大吃一惊，转身狂跑，有幸得以逃脱，可是已经吓得魂不附体了。

接着，狗又遇见了一头牛，牛问狗从哪儿来？狗把前情都告诉了它。

牛笑着说：“你真是太不懂世故了，难道没听说过近来世上愈是有钱的就愈要吃人吗？”

【寓意点拨】这则寓言刻画了善媚的势利眼，一条嫌贫爱富的狗，并给以辛辣的讽刺和嘲笑。寓言借牛的口说出“世上愈是有钱之辈愈要吃人”的警语，使主题得以升华。

试　诗

【寓源】南北朝·颜之推《颜氏家训·名实》。

【寓言】有一位士家子弟，读的书不过只有二三百卷，天性迟钝笨拙，但他家世殷实富有，很有些骄矜自负。他经常用美酒、牛肉以及珍贵的玩赏物来结交名士。得到他好处的人，就争相吹捧他。朝廷也认为他才华过人，曾经派他作为使节出国访问。

东莱王韩晋明，非常爱好文学，怀疑这位士族的文章大多不是出自他自己的创意、构思，于是设宴与他交谈，想当面讨教测试。整整一天，气氛欢乐和谐，文人才子聚集一堂，大家挥毫泼墨，依音赋诗唱和。这位士族也拿起笔来一挥而就，但他的诗歌却完全不是向来的风格韵味。众宾客各自低声吟咏，没有一个发现这位士家子弟所写的东西有什么异常。韩晋明退席后感叹道："果然如我猜想的那样！"

【寓意点拨】不学无术、以酒肉会友的富家子弟虽能蒙混一时，但终将贻笑大方。这则寓言不仅讽刺了那些没有学识却身居高位之人，同时也揭露了那些阿谀奉承、趋炎附势的小人的丑恶嘴脸。

是臭是香

【寓源】清·石成金《笑得好》。

【寓言】一个很有钱的富翁在客厅和两个客人叙谈，偶然放了一个屁。一个客人听见，忙说："您这个屁，声音虽响，却闻不到一丝一毫臭味。"

另一个紧接着说："不仅不臭，还有一种异样的清香。"

富翁听了他们的话，立刻愁眉不展，悲伤起来，说："我听说，放屁不臭，那一定是体内五脏损伤，死到临头了。今天放屁不臭，莫非我要死了吗？"

他的话音刚落，一个客人马上伸手在空中招了几下，用鼻连连嗅着说："臭味这才过来。"

另一个客人皱起鼻子，狠狠地吸了几口，然后又用手掩住鼻子，皱着眉头说："哎呀，我这里臭得更厉害。"

【寓意点拨】寓言讽刺那些喜欢溜须拍马，阿谀奉承，为了讨好别人而不顾事实，信口胡说的人。

恃胜失备

【寓源】宋·沈括《梦溪笔谈·权智》。

【寓言】古时候，有个人出远门，走在荒郊野外的时候碰到了一个强盗；强盗恶狠狠地要抢他的财物，并抽出匕首吓唬他。这个人也举起自己的长枪进行防卫。可是，还没开始交锋，迎面就喷上来一口水，模糊了他的眼睛。原来狡猾的强盗事先嘴里就含了水，他这样做是分散对手的注意力，从而能够在别人没有准备的情况下，胜利出击。赶路的人可不知道这些，他刚想伸手擦擦脸上的水滴，蓦然间，强盗的刀尖已经刺进了他的胸膛；甚至还来不及支吾一声，这个人就可怜地客死在他乡了。强盗抢了他的全部财物，而且从此就在这个地方横行一方了；遭他抢劫的人也越来越多，好多人更愿意走远路躲开他。

勇敢的人都想为民除害，铲除这个地方强盗。但是，苦苦思索，大家也没有很好的办法。有个壮士，体格高大魁梧，他心里暗暗下决心一定要除掉这个强盗。了解了所有的情况后，他背着包袱上路了。他故意把包袱装得鼓鼓囊囊的。走到那个强盗经常出没的地方时，他放慢脚步等待强盗的出现。果然不出所料，强盗看到他鼓鼓的包袱，倏地从草丛中窜了出来，伸手就要抢壮士的包袱。壮士当然不给，顷刻间，两人就开始了交锋。强盗不是壮士的对手，眼看自己体力不支，便又要起了惯用的花招：鼓起嘴巴，准备把嘴里的水喷到壮士脸上。壮士早就料到这一招，他的水还没来得及喷出，壮士的长枪已经刺穿了他的脖子。

强盗的这种办法过去用过了，秘密就已经泄漏，他却还想依赖这一套，抱着侥幸取胜的心理。结果，只能是一命呜呼了。

【寓意点拨】这则寓言说明权智可恃又不可恃。做事取胜的办法不能一成不变，必须随时间、条件、地点的变化而变化。机密一泄露，就成致命伤。如果一任因循守旧，反会得到相反的效果。这也就是说，事物无不在一定的条件下向自己的反面转化。取得一次胜利就麻痹大意、失去警惕，将是招致祸患的原因。

舐痔结驷

【寓源】战国·庄周《庄子·列御寇》。

【寓言】宋国有一个人叫曹商，替宋王出使到秦国。他去的时候，得到几辆车子。秦王很喜欢他，加赐给他一百辆。他回到宋国，见了庄子说：“住在穷街小巷里，贫困得编草鞋过日子，面黄肌瘦，这是我曹商做不到的；说服大国君王而获得一百辆车子跟从，这是我曹商所擅长的。”

庄子说：“秦国君主有病召请医生，凡是能破除脓疮的，可以获得一辆车；用舌头去舔痔疮的，可以获车五辆；所治的病处越是卑下，获得的车辆就越多。你难道治过秦王的痔疮吗？要不然你为什么得到这么多的车辆呢？你走开吧。”

【寓意点拨】这则寓言讽刺那些无德无才之徒，专靠拍马屁的卑劣手段来获取荣华富贵，对后世产生了较大的影响。

嗜痂成癖

【寓源】梁·沈约《宋书·刘穆之传》。

【寓言】刘邕（yōng）生性喜欢吃疮痂，觉得其味道和鲍鱼一样美。他曾有一次到孟灵休家去拜访。孟灵休先前患有灸疮，有些疮痂落在床上，刘邕就拿起来吃了。孟灵休大吃一惊。刘邕却回答说：“我天生就喜欢吃这个。”灵休身上那没有落下的疮痂都被刘邕剥去吃掉了。刘邕走了以后，灵休写信给何勖（xù）说：“一次，刘邕来探望我，我身上的疮痂都被他吃掉了，我浑身上下全是血。”南康大小官吏一共二百多人，不管有罪无罪，互相轮流鞭打，鞭打完流血后结的疮痂常常供刘邕来吃。

【寓意点拨】大千世界，无奇不有。刘邕把嗜食疮痂当作一种癖好，他把丑恶的、肮脏的东西当作美好的宝贝来享用，是非和美丑都颠倒了过来。不仅如此，他还把自己的快乐建筑在别人的痛苦之上，为了满足自己的私欲，把吏民鞭打至遍体流血。寓言深刻揭露了贪官的嘴脸。

嗜杀必惩

【寓源】元·陶宗仪《南村辍耕录》卷十三《为将嗜杀》。

【寓言】从前有一个叫王皮的人，家住凤翔府城门外八九里远。炎夏的一天，他进城购买做皮衣的料子，回来时走到半路上，见到一棵大树，便在树荫下休息。

这时，忽然来了两个士兵，相貌长得奇形怪状，好像不是世上的人，见到王皮立即就问道：“你是王皮吗？”

王皮内心怀疑而恐惧，但又不敢不说实话，于是回答说：“我是王皮。”

士兵说：“我们受阴府之命，是来捉拿你的。”

王皮惊讶地说：“我王某一生中没有干过坏事，希望同情放过我。”士兵不答应。

王皮又请求说：“请允许我回家同妻子见一面，可以吗？”

士兵就同意了。王皮将要到家门口，士兵用力把他拉住，不让他进门。这时，王皮大声叫喊：“快来救我呀！”

等到他的妻子赶来时，王皮已经伏倒在地断气死了。在给王皮穿着入棺时，发现他的胸间还有一丝暖气，好像活着。过了一个晚上，不敢合上棺材盖。

王皮在昏暗中跟随士兵来到一个地方，庄重得好像人间君王的朝廷，仪仗卫士，官吏奴仆，无不具备。

只听审问他：“你是秦国大将白起的辅佐，坑杀了赵国投降的士兵四十万人，你知道这杀人之罪吗？”

王皮回答说：“我是雇工平民，一生中没有读过书，不知道白起是什么人，也不晓得降卒是怎么回事。”

这时就命王皮起身，来到第二庭堂，受到相同的审问，他也以同样的话回答。

于是，王皮被反绑双手，带到一个大水池边，用池中的污泥涂在他的胸前，寒气逼人，穿肚透背，全身冰凉。王皮立即醒悟说：“我已经记起以前的事了。”

士兵便解开王皮的捆绑，又把他带到原先审问处的第三庭堂。

王皮交代说：“当年我曾经是白起将军的辅佐，他坑埋赵国降卒时，我曾竭力劝谏过，他不采纳，这不是我的罪过。”

不一会儿，士兵带上一个身负刑具的人，跪在王皮的身边。王皮认出好像是白起，他身体骨瘦如柴；又好像不是白起，大概是因为长久关在牢房里的原因。

白起便对王皮说：“你来了，我还有什么可说的呢。”

王皮这才招认了他坑杀降卒的罪行。庭吏打发王皮回到第一庭堂，检查他的寿命，并问起生死簿，王皮还有若干年的寿命。立即叫原来捉拿王皮的士兵带领他回到原先休息的树下，用力一推，王皮便在棺材里一跳而起。王皮的妻子、亲戚、邻居，既惊讶又高兴，问起他怎么死而复活的，王皮作了具体的解释。

这件奇怪之事传到了京城，朝廷就派进士离（xiè）哲笃来到凤翔府地审察，果真是事实。

【寓意点拨】这则寓言告诫那些为非作歹的人，作恶多端，必定逃脱不了法律的制裁；即使是侥幸逍遥法外，也只是暂时的，最终会受到法律的严惩。故事以王皮认罪回人间的情节，启示不法之徒，只有知罪认罪，才是唯一的出路。

噬犬

【寓源】明·陆灼《艾子后语》。

【寓言】艾子吃过早饭，在大门口外散步，看见邻居挑着他家养的两条狗往西走去。艾子便招呼他问道："你要把狗挑到哪里去呀？"

邻人说："把它们卖给屠夫！"

艾子说："这是看家的狗呀，为什么要宰掉呢？"

邻人指着狗骂道："这些没良心的畜生，昨天夜里碰见强盗抢东西，害怕得只顾去吃饱自己的肚子，紧闭着嘴不作一声；今天家门大开了，却又不能选择对象狂叫，只顾群起乱咬，咬伤了我的嘉宾，所以要宰掉它们。"

艾子说："杀得好！"

【寓意点拨】这则寓言说明养狗本为防盗。如果养的狗，看见强盗吓得躲在一边，对着嘉宾却又群起乱咬，这是是非不分、好坏莫辩、不看对象、胡乱行事。这样的狗不能尽职尽责，对主人不但没有好处，反而有坏处，还是杀掉的好。

守榜无益

【寓源】明·张令夷《迂仙别记》。

【寓言】迂公之兄在南京应试，快要发榜时，叫迂公去看榜，有幸考上了举人。迂公双眼盯住榜纸，眼珠一动也不动，直到天黑，还不离开。迂公之兄叫人赶快寻找，看到迂公在榜下苦苦注视着，便喊他说："怎么不走啊，守着这个榜有什么用处？"迂公说："世间同姓名人不少，我走了，如果有人来冒充我哥哥的姓名，怎么办？"

【寓意点拨】科举考试，对于中试者不仅要发榜公布，而且要通知到本人。迂公见榜上有其兄之名也就够了，但他却守榜不走，怕有人来冒名顶替，所做之事毫无意义，徒然贻笑大方。这启示人们，办事盲目，只能是劳而无功。

守备不识画

【寓源】明·朗瑛《七修类稿·奇谑类》。

【寓言】明朝嘉靖初年，有人给南京守备太监高隆献上一幅名画。高隆见这幅画天头有空白，便说："好好！只是上头的白绢上还空出一些，再添上'三战吕布'就最好了。"人们听了传为笑谈。我认为这等官吏说出这种无知识的话，是理当如此。又听说沈石田给苏州太守献上《五马行春图》，太守看了大怒，说："我后面怎么没有一个随从人员呢？"沈石田得知后，另画一幅有随从人员的画送去，苏州太守这才高兴。

【寓意点拨】这则寓言，以南京、苏州太守不识画为喻，对封建社会身居高官要职没有文化艺术修养而又好为人师的官吏进行嘲讽。国画，艺理高深，而州官强不知以为知，妄加指责，实属可笑。

受佛戒

【寓源】元·陶宗仪《南村辍耕录·受佛戒》。

【寓言】各朝皇帝，首先接受佛戒多次，才能正式登基，而且在旁边侍奉的人也必为九人或七人。译语称这为暖答世，这是国家的风俗了。当今皇帝刚入戒坛时，见马哈剌佛前有供品，就问学士沙剌班说："这是什么东西呀？"回答说："羊心。"皇帝问："我曾经听说用过人的心，有这回事吗？"回答说："我也曾经听说过，但没有亲眼看到过，请让我去问一问剌马。"剌马是皇帝的老师。皇帝于是命沙剌班传旨问剌马这件事。剌马回答说："有这种事。凡是有害人之心的人，如果犯事被发现了，就用他的心肝作为供品。"沙剌班把这些话又传给皇帝。皇帝马上又传令问道："这只羊难道曾经害过人吗？"剌马无言回答。

【寓意点拨】佛戒既要吃素，又要禁杀生灵，而马哈剌佛前却用羊心作为供品。寓言揭示了受佛戒者的虚伪性，受佛戒者在人民面前一本正经，装得很伪善，其实他们什么坏事都能干得出来，甚至用人的心肝来做供品，他们还极力为自己的罪恶寻找借口。现实社会中这类事比比皆是，他们在百姓面前冠冕堂皇，而背后却干着肮脏的交易。

受用不尽

【寓源】明·潘游龙《笑禅录》。

【寓言】从前有一个道学先生常常向人们说教：只要能领会孔夫子的一两句话，便终身受用不尽。一位少年听后，向前深深鞠了一躬，对他说："先生说得很对，我对孔夫子的两句话领会得极为深刻，感到很亲切，越来越觉得心宽体胖。"道学先生问是哪两句，少年回答说："食不厌精，脍不厌细。"

【寓意点拨】寓言告诉人们，宋代的道学先生们，把孔子的论语神圣化，绝对化，其目的不过是为了维护他们自己的利益而已。故事中的少年，幽默地反驳了道学先生的欺人之谈，这种勇敢精神，值得称道。

售胝足之药

【寓源】宋·岳珂《桯史》。

【寓言】从前，有个在市场上卖治脚茧药的人，在门上挂了个"供御"的招牌。人们都讥笑他不诚实。

后来被皇上知道了，就派人召唤他，要加罪于他，但不久又宽恕了他的愚蠢。

等到出了牢狱，回到家中，他重操旧业，在门上增加了"曾经宣唤"四个字，以此做广告。

【寓意点拨】卖药人在招牌上写"供御"的目的，是炫耀自己的药曾经皇上用过，以招徕顾客，但他没想到皇帝是不亲自走的，怎么会用治脚茧的药？他被皇帝赦宥回来，仍然执迷不悟，又在招牌上加了"曾经宣唤"四个字，目的还是借此招徕顾客。这种不重实质、只重形式，只想用招牌骗人的把戏直到现在还大行其道。

书戴嵩画牛

【寓源】宋·苏轼《苏轼文集·杂体》。

【寓言】四川有个姓杜的处士，爱好书画，他当作宝贝收藏的书画数以百计。其中有一幅戴嵩画的《牛》，特别喜欢，用玉石作画轴装裱后装在锦制成的袋子里，经常随身携带着。有一天，他把书画拿出来晒，有一个牧童看见了这幅画，拍着巴掌大笑起来，说道："这是在画斗牛呀，斗牛的劲用在角上，尾巴要紧紧夹在两腿之间。现在这幅画上的牛摇着尾巴在斗，错了！"杜处士笑着，觉得他说得很对。

古人有句话说："种田要问佃户，织布要问婢女。"这个道理是不会改变的。

【寓意点拨】这则寓言告诉人们，做任何事情都要向有经验的人学习，向内行人请教。作为戴嵩这样著名的艺术家，如果不去了解生活、深入生活，只是在书斋中闭门构思，这样创造出的作品也会闹出笑话来的。

书斗鱼

【寓源】黄灵庚编《宋濂全集·书斗鱼》。

【寓言】建业有喂养波斯鱼的，民间误称为师婆鱼。鱼只有手指头大，腹鳍和脊鳍是彩色的，两腮有青黑色的小点，性情强悍且善于搏斗。人们用两只瓦缸来喂养，折些荷叶盖在水面上，用蚯蚓和苍蝇做饲料。鱼在叶边吐泡泡。人们知道它的战斗勇气要显现，就在存水的大缸里养。鱼都扬起腹鳍和脊鳍，互相瞪大了眼睛，趁着怒气，身体弯曲如弓，鳞甲变黑。时间长了，忽然像秋天的鹰隼似的冲击，缸里水发出乒乓的响声，水珠子溅湿人的衣服。连续几个回合，斗了分开，分开又斗，像脱弦的利箭，无法阻止。一会儿又纠缠在一起，进退旋转，难分难解。其中一条败了，胜利者就穷追猛打。失败者害怕，自己甩出缸外，看它的身体是纯白色的。

【寓意点拨】这则寓言通过波斯鱼的争斗的胜败，对人世间的一些好胜喜斗的愚昧行为进行了讽刺和批评，寄托着和睦相处、安定友好的心愿。

书生出门

【寓源】明·徐芳《悬榻编》。

【寓言】晋代阳陵有位书生，天生傻气，苦读书而不能成名。家境很穷却不去经营劳作，整天在家里睡大觉，春天时太阳当空还不起床。他的妻子责备他时，他说：“我没有什么事可做。我本来就是因为读书而陷入贫穷的，书上的字又不能煮了当饭吃；做商人和从事工匠的事，都不是我所学的。我起床干什么呢？”

妻子开导他说：“虽是这样，可是你穷困又懒惰，人本应不是这样的。况且有谁睡觉不起床的呢？那些起早摸黑的人，辛勤劳作不停，只是担心每天的生活接济不上。哪里有食物从天上掉下来用手捧着的呢？即使没有什么经营的，为什么不去试试呢？”

书生听后说：“好。”就用衣服蒙头而睡。

书生听到鸡叫就立即起床，开门看了看，街上无人而寂静。一会儿，有个路过的人，书生便紧随其后，又迟疑地站在路旁。这时看见地上有个黑影子，他就弯下腰来摸摸那黑影，是行人丢的衣服。书生把衣服拿回家给妻子看，妻子笑着说：“起床不是有利吗？”

书生说：“真如你说的那样。”

这天夜里，书生起床更早。一出门就大步地走着，在篱笆间又看见一个黑影子，认为又是别人丢的衣物，就伸手去摸，一条狗张嘴龇牙地站立起来，咬伤他的手指，鲜血直流。书生带着伤痛回到家，告诉妻子说："今天我可苦啦！"

妻子怨恨地说："是你自己糊涂而造成的。看见形状昏暗猜不透的东西，一定要用东西掷去，果真没有异常后才可以靠近它。"

书生说："我记住你所说的。"

这天夜里，书生又勉强起床出门；这时有个挑着铁锅的人，放下担子上厕所。书生看到路边有个毛蓬蓬的影子，生怕是狗，拿起一块大石头掷去，随即铿的一声，铁锅被砸得粉碎。卖锅的人从厕所里出来，见状就抓住书生一顿毒打，控告他是小偷，并把书生带到乡村三老那里。三老认为书生理屈，要他赔偿锅钱。书生家里空无一物，只有那天夜里捡来的一件衣服，拿起来给了卖锅的人。卖锅的人不高兴地走了，书生才脱身回去。

书生进了家门，看见妻子说："你督促我起床三次，现在怎么样？"妻子无话可说。于是书生关上房门，还是像以前那样高枕而卧。

【寓意点拨】这则寓言具有多层寓意：一是可以用来讽刺那些懒汉，整天无所事事，而又想获利发财，于是就投机取巧，靠侥幸过日子，到头来必然碰得头破血流。二是讽刺那些呆板不知变化的人，总是以一种固定方式对待变化的现象，结果是时时受阻，处处碰壁，一事无成。三是告诫人们，办事失利要多从自身来寻找原因，接受教训，而不能老是埋怨别人，归罪于他人，因为归过于他人，是永远不会从失败中吸取教训的。

书生畏馒头

【寓源】明·李贽《山中一夕话》。

【寓言】有位穷困的读书人，不知道馒头是什么样子，从来没有得到过。有一天，他经过集市上一家店铺，看到陈列所卖的馒头，立刻大叫一声跌倒在地。

店主惊奇地问他是什么缘故，他说："我害怕这馒头。"

店主惊讶地说："哪里有这个道理！"

于是，店主把穷书生关在空屋里，拿出一百多个馒头，放在空房子里，然后把房门关上，慢慢地在房子外面观察动静，房内一片寂静，听不到声音。他便把墙挖了一个洞偷看，只见穷书生在房内用手抓取馒头，已经被他吃掉一半多了。

这时，主人立即打开房门，责问书生的行为。穷书生说："当我见到馒头时，忽然又不怕了。"

店主知道穷书生是在说谎话，生气地指责说："你还怕什么？"

穷书生说："我还害怕腊茶两碗！"

【寓意点拨】这则寓言讽刺那些口是心非的人，他们为了达到个人的目的，掩人耳目，口头上讲的是大道理和人情话，其实他们的内心想的又是一套。但是，一旦他们的真相暴露，揭开面纱，又变得厚颜无耻。

叔山无趾

【寓源】战国·庄周《庄子·德充符》。

【寓言】鲁国有个受刑断足的人叫叔山无趾，跟着孔子屁股后头，缠着要做孔子的学生。

孔子说："你不谨慎，早先已犯了罪落到现在这种地步。现在你虽然来请教，怎么来得及呢！"

叔山无趾说："我只因不知时务，而看轻自己的形体，所以才断了足。今天我来到这里，还有比脚更尊贵的东西存在，我想保全它。天是无所不覆盖的，地是无所不运载的。我把先生当作天地，哪里知道先生是这样的啊！"

孔子说："我实在浅薄。你为什么不进来呢？请说说你的看法。"

叔山无趾走了。孔子对弟子说："你们要努力啊！叔山无趾是一个断了脚趾的人，还努力求学以弥补过去的罪过，何况没有犯过错误的全德之人呢！"

【寓意点拨】本文的启示意义是：一个人有时犯了错误是难免的，关键是要认识它，并努力地去改正。也告诉人们对待犯有错误的人，应持有积极的态度，不能歧视他们，冷遇他们。

蜀鄙二僧

【寓源】清·彭瑞淑《白鹤堂诗文集》。

【寓言】古时候，在四川偏僻的山区，有一个小寺庙。庙里住着两个和尚，一个贫穷，一个富裕。他们俩相互为伴，打坐念经，吃斋修行，过着平平淡淡的日子。

转眼间，五年过去了，寺庙里的经书也读得差不多了，穷和尚就想出去走走，到南海去朝佛，学习更多的知识，帮助他们修行。于是，他把自己的想法告诉了富和尚，谁知富和尚却带着蔑视的口气说："你一无所有，要依靠什么去呢？南海那么远！"

穷和尚并不介意，坚定地说："去南海我只要一个水瓶，一只饭碗就足够了！"

富和尚觉得不可思议，说：“我也想去南海，好多年前就有这个愿望了，可还是觉得准备得不够充分。你就一个水瓶，一只饭碗那怎么可以呢？”富和尚充满怀疑。

穷和尚并没有理会富和尚的话，背着水瓶，拿着饭碗就上路了。

第二年，穷和尚从南海回来了，他学到了不少的知识，还带回了几本南海的经书，并把一路上的有趣见闻讲给富和尚听。富和尚压根儿没想到穷和尚能到达南海，看到他回来了，非常惊讶；再听穷和尚讲起南海佛学和一路上的见闻，不由得惭愧地低下了头。

【寓意点拨】这则寓言说明，穷与富，并不是事业成功的关键条件。而只有意志坚定、坚韧不拔、不怕任何艰难险阻的精神力量，即内在因素，才是取得胜利的根本。

蜀鸡与乌鸦

【寓源】明·宋濂《燕书》。

【寓言】豚泽人喜欢养蜀鸡。这种鸡身上有花纹，脖子上长着一圈红色的羽毛，很是美丽。有一天，母鸡带着小鸡去找食吃，忽然，有一种名叫晨风的大鸟飞过，母鸡急忙张开翅膀，把小鸡紧紧地护住。晨风无法捕捉到小鸡，只好悻悻地飞走了。

过了一会儿，一只乌鸦落到了地面上，和小鸡们一同找食吃。乌鸦和小鸡很亲切，简直就像兄弟一样。母鸡看了它好久，乌鸦总是显得温顺和善。母鸡也就不再提防了。乌鸦见时机成熟了，突然叼起一只小鸡飞向了天空。母鸡一下子明白了是怎么回事，呆呆地望着天空，后悔被乌鸦欺骗了。

【寓意点拨】做事情时心存危机感，谨慎处理，往往能化险为夷；相反，如果掉以轻心，常常会引起祸端。生于忧患，死于安乐就是这个道理。

蜀贾卖药

【寓源】明·刘基《郁离子·蜀贾》。

【寓言】蜀地有三个商人在街上卖药材。

其中一个商人，专门收购上等药材，根据药材的收购价来决定卖出的价格，从不虚报价格，也不过多谋取利益。

另一个商人，药材无论好坏都收购，卖出的价格高低不等，只看顾客要求，用不同的药材来应对，出价高的就给好药材，出价低的就给劣等药材。

还有一个商人，不收好药材，专门收购大量劣等货。卖药时价钱也很低，客户要求多加点药就多加点，从不争执。因此，顾客都争相去他那里买药。他家的门槛都被踩得一月一换。

这第三个商人，一年多便成了大富翁。那个药材无论好坏都卖的商人，顾客相对少一些，但两年后也变得很富足。只有那专门贩卖好药材的人，白天的店铺也好像夜晚一样冷清，收入不理想，常常吃了上顿没下顿。

【寓意点拨】这则寓言，以商场与官场类比，深刻揭露封建社会官场的黑暗。文中以三个经营方式不同的药商，类比三种不同为官之道的官吏，并以其不同的结果，深刻揭露封建社会官场上廉贪错位，善恶颠倒的黑暗现实。

蜀僧打庙

【寓源】宋·李昉《太平广记》。

【寓言】合州有个壁山神庙，村人每次祭祀，一定要用牛、羊、猪三牲，如果不是这样一定会招来祸灾。州里百姓都十分畏惧神明降下灾祸，每一年都会杀猪宰牛，不知节制。有位四川和尚，原先任职州县官员，却常为等候调任选派所苦，于是削发剃度为僧，四处云游，行经这座庙，便说："天地才得享祭祀，而且祭祀的供品也都有一定的礼仪，这些鬼物为何能超越天地的祭祀仪节。牛，是帮助耕作的动物，如此不合礼制的祭祀，不是太过分了吗？"他让人拿来斧头击碎土偶数尊，还剩一尊。和尚的力气用尽了，稍恢复气力后，又拿起斧头要击碎它。庙祝向和尚求道："这一尊神向来吃素。"于是得以存留下来。

驻留该地的官员对和尚的行为十分惊愕，便趁机申明何谓正道，而那位和尚最后亦安然无恙。那是因为他以正道责击那些土偶，所以连神明也不敢嫁祸于他啊！

【寓意点拨】这则寓言借叙述合州村人对壁山神庙淫祀的情形，揭示百姓的迷信心理。其实所谓鬼神，不过是人们自己所创造出来的土偶，却对这些自造的土偶像惧怕了起来，为怕招致灾祸，不惜大肆铺张，宰杀牛羊猪三牲以取悦它们，唯恐稍微懈怠，招致鬼神迁怒，如此的行为真是既愚昧，又可悲！

鼠技虎名

【寓源】明·江盈科《雪涛小说》。

【寓言】楚地人称老虎叫老虫，姑苏人称老鼠为老虫。我在长洲当长官，因公事到娄东去，夜宿驿站旅馆中。刚吹熄了灯想睡觉，忽听见碗碟磕碰的声响。我问什么缘故，看门的仆人回答说："是老虫。"

我是楚地人，听了不禁惊慌失措，问道："在城里怎么会有这种野兽？"

看门的仆人说："不是什么别的野兽，是老鼠呀！"

我说："老鼠为什么叫老虫？"

看门的仆人说，这是吴地的习俗，一直传到今天罢了。

唉唉，老鼠冒老虎的名，以致吓得我惊恐地想逃走，实在令人发笑。然而如今天下那些冒虚名恐吓老百姓的人可真不少呀！……至于那些挟持老鼠技能，假冒老虎虚名，高踞在老百姓头上的人，实在都是些鼠辈。天下的事情不可以不令人严重担忧啊！

【寓意点拨】寓言作者讲述自己亲自经历的生活故事，目的在演绎出"鼠技虎名"的道理，并以之印证当时社会、官场的种种类似黑暗现象，加以抨击和讽刺，因而这则真实的生活故事便成了寓言的素材。作者是有意把自己经历的生活故事当作寓言来讽喻现实。

鼠狼智

【寓源】宋·孙光宪《北梦琐言》。

【寓言】相国公张蔚的庄园在汴州北方的山坡上，庄园内有个黄鼠狼的洞穴，里面育有四只幼子，被蛇吞食了，雌雄黄鼠狼十分急切地想要救回幼子，便在洞穴外围起土堆，刚好只容一个蛇头通过。

等到蛇要爬出洞穴时，果然蛇头进入了土堆里，黄鼠狼推测蛇来不及回转，便咬断蛇的腰部，然后劈开蛇的肚子，衔出四只幼子，还有气息，便将它们放置在洞外，嚼烂豆叶后涂抹在幼子身上，结果都活了下来。

为何这么微小的动物都有如此的亲情及智慧呢？世上最有灵性的人类们，何不好好地想想其中的道理呢？

【寓意点拨】寓言通过叙述黄鼠狼救子的过程，表现了其机智的鲜明形象。告示世人，禽兽都懂得亲情，身为万物之灵的人类，岂能连禽兽都不如呢？

鼠矢断案

【寓源】西晋·陈寿《三国志·吴书·孙亮传》裴松之注引

【寓言】孙亮后来出西苑，想生吃梅子，便让太监去中藏府取蜜来腌渍梅。太监取来蜜后，孙亮发现蜜中有鼠屎，招来中藏府的小吏问他，小吏只是叩头。

孙亮问小吏说："黄门向你索取过蜜吗？"

小吏说："原先要过，实在不敢给他。"

太监不服。

侍中刁玄、张邠启奏道："黄门、藏吏言辞不同，请交付狱中详细审问。"

孙亮说："这件事是很容易了解清楚的。"于是，下令剖开鼠屎，屎里面很干燥。

孙亮大笑对刁玄、张邠说："如果鼠屎原先就在蜜中，浸泡时间长，鼠屎内外应当都是湿的，现在外湿内干，一定是黄门刚刚放进蜜中的。"

黄门坦白认罪，孙亮的侍从没有不感到震惊的。

【寓意点拨】在这则寓言中从一粒小小的鼠屎，便断了一桩纠缠不清的案子，孙亮的智慧确有过人之处。它也喻示人们在工作、生活中不要忽略一些小小的细节，也许它就是解决一个重大问题的关键。

束氏之猫

【寓源】黄灵庚编《宋濂全集·秋风枢》。

【寓言】古时候卫国有个姓束的人，他对什么都不爱好，偏偏对猫情有独钟。他家里养着许多猫，大大小小，各种各样有一百多只。猫的天性是捕捉老鼠，他们家四周的老鼠差不多都被捕光了。甚至连邻居家的老鼠也被捕得干干净净，到后来，他们住的整个村子都没有老鼠了。

猫没有了吃的，成天饿得喵喵直叫，吵闹得人心烦意乱。但在这个姓束的卫国人看来猫是那么可怜，他实在太心疼它们了。没有办法，他只好专门买肉来喂这些猫。虽然花掉家中不少银两，但看到那些猫能够健康成长，束家人心里也特别欣慰。就这样，猫在束家无忧无虑，自由自在地成长着，一代一代地繁育小猫。小猫一生出来主人家就准备好肉给它们吃，它们从来就不知道这世上还有老鼠，更不要说它们本身捕鼠的潜能了。总之，它们饿了就叫，一叫束家人就马上把肉准备上，吃饱了就安然地睡觉，日子过得舒适安逸，快快活活。

城南有个人，家里闹鼠灾，老鼠成群出行，偷吃食物，咬坏家具门窗，这家人苦不堪言。他们听说束家有很多猫，便来借猫。束家人乐善好施，就把家里最机灵的几只小猫借给了他。那几只小猫到了城南之后，看到了老鼠耸着两只耳朵，眼睛鼓鼓着，黑亮如漆，滴溜溜直转，胡须红红的，吱吱地叫着。这些从小吃肉的猫哪里见过老鼠啊，它们已经完全忘记了捕鼠是猫的天职。它们就那么好奇地盯着那些老鼠看着，然后跟着它们走来走去，就是不敢去捉。

城南的人见状很生气，便使劲地把那些猫推向老鼠。猫非常害怕，碰到老鼠一直往后躲，喵喵地直叫。刚开始，老鼠见一下子来了好几只猫，非常恐惧，但是慢慢地发现这些猫根本没有什么真才实干，也就不再害怕它们了。有几只胆大的老鼠还啃起了猫的爪子，那些猫一看有怪物咬自己，惊吓得用力纵身一跃，瞬间就逃得无影无踪了。

【寓意点拨】寓言告诉我们过分享乐，久处舒适的环境就会消磨人的意志，只能培养出无能之辈。所以，不能安于温暖舒适的环境，适当地在艰苦的环境中锻炼是很有助于培养个人的潜力和意志的。

束缊请火

【寓源】东汉·班固《汉书·蒯通传》。

【寓言】一个乡里媳妇，家里夜间丢失了肉，她的婆母以为是她偷的，一怒之下将她赶出了家门。这个媳妇清晨离开家，走到一个跟她关系很好的老婆婆家，把事情经过告诉了老婆婆，并向她辞别。老婆婆说："你慢慢走，我要让你家里人去追你回去。"当下就用乱麻搓了根引火绳，走到那个丢了肉的人家去借火，说："昨天夜里狗（不知从哪儿）得到一块肉，因为争肉，一只狗被咬死了，我想向您借火烧水烫狗。"丢失了肉的人家（听了）立即跑去追赶并呼喊他家的媳妇回去。

【寓意点拨】搓麻绳借火和劝别人将错撵走的媳妇请回来本是毫不相干的，可是这则寓言里的老婆婆却将两者巧妙地联系在一起，达到了自己的目的。看来处理问题有时候需要讲些策略，不可一味地只从正面入手，不妨灵活一些。束缊：将碎麻聚集成一条绳。缊（yùn）：碎麻。

树倒不知飞

【寓源】明·冯梦龙《广笑府·口腹》。

【寓言】有个人在亲友家住久了，主人就讨厌他。

有一天，主人领着客人在门外散步，指着树上的鸟说："你再住几天，等我磨好斧子砍了树，拿这些鸟给你做美味怎么样？"

客人说："不要了。只怕是树倒的时候，这鸟一定飞走了，怎么能捉到？"

主人笑着说："别担心，别担心，我看这只呆鸟，纵然是树倒了，也不会飞走的。"

【寓意点拨】这则寓言强烈地讽刺那种呆板愚昧之人，主人催他走，他还不明白。他知道树倒鸟去，却不知道自己应该主动离开。

树叶隐身

【寓源】隋·侯白《笑林》。

【寓言】楚国有一个人穷居困处，读了《淮南方》一书中有“得到螳螂守候蝉时隐蔽过的树叶，可以用来隐身”的说法。于是就到树下仰头寻取这种叶子。一只螳螂正趴在一片叶子上伺机捕蝉，他就去采摘这片叶子。叶子忽然落到树下，树下原先就有许多落叶，混在一起不能再分辨清楚。他只得扫了好几斗落叶带回家去，然后拿着树叶一片一片地遮住自己，问他的妻子说：“你看见我了没有？”

他的妻子开始时总是回答：“看得见。”整天如此这样反复地问，把妻子问烦了，就欺骗他说：“看不见了。”

此人心中大喜，拿着这片树叶进入集市，当着人家的面拿取人家的东西，被官吏抓住绑起来送到了县衙。这人从头到尾把事情说了一遍，县官听了大笑，就把他放了，没有处治他。

【寓意点拨】这则寓言告诉人们，欲改变自己的贫穷境遇，就应该找到贫穷的原因，采取科学、有效的致富方法，而不能靠投机取巧，甚至行窃的手段来满足自己的欲望，那样做只会手一伸，必被抓。

竖牛饿叔孙

【寓源】战国·韩非《韩非子·内储说上》。

【寓言】叔孙做了鲁国的丞相，地位高贵，独断专行。他所宠爱的家臣叫竖牛，好擅自假用叔孙的命令。

叔孙有个儿子叫壬，竖牛妒忌他，想把他杀掉，因而就同壬来到鲁国君主居住的地方，君主赐给壬一块玉环。壬拜谢接受了，却不敢佩戴，让竖牛请教叔孙。竖牛欺骗他说：“我已经请教过了，让你佩戴。”

壬于是把玉环佩戴在身上。这时，竖牛又对叔孙说：“你为什么不让你儿子壬去拜见君主呢？”

叔孙说：“小孩子不值得去拜见君主。”

竖牛说：“你的儿子壬已经多次拜见君主了，君主还赐给他一块玉环，他已经佩戴了。”

叔孙感到惊讶，把壬叫来了，一看果真佩戴了玉环，一怒之下便杀死了壬。

壬的哥哥叫丙，竖牛又妒忌而想杀死他。

有一次，叔孙给丙铸造了钟，造好之后，丙不敢擅自敲击，让竖牛去请教他的父亲。竖牛答应了，却没有去请教，欺骗他说：“我已经替你请教过了，你父亲同意你击钟。”

于是丙敲响了钟，叔孙听到钟声后说：“丙未向我请教就擅自敲钟。”一怒之下，把丙驱逐出境了。

丙出走来到齐国，一年后，竖牛替丙向叔孙谢罪，叔孙谅解了，就让竖牛把丙召回来。竖牛没有去，却向叔孙报告说：“我已经去召他回来，他不仅不肯回来，还对您恼羞成怒。”

叔孙听后大发脾气，派人到齐国把丙杀死了。

叔孙杀死了两个儿子以后，就病倒在床上，竖牛独自一人侍奉，支走了叔孙身边的侍从，不让任何人进来，说：“叔孙不愿意听到人的声音。”叔孙由于竖牛不给食物而饿死了。

叔孙死后，竖牛为了保密不办丧事，把叔孙家府库中的宝物全部转移后出奔到齐国。

【寓意点拨】这则寓言提醒人们，对别人的话，不可不信，也不可轻信、全信；尤其是听过之后，要考察验证，这样才能防止受骗上当。同时，轻信他人之言，与一个人的性格也有关系，性格暴躁的人好独断、易激动，一听到刺激性的言语，就会暴跳如雷，缺乏冷静的头脑，正如故事中的叔孙因专断的性格而造成专听的后果。所以遇事冷静，保持清醒的头脑，才有考察验证的余地。

水滴石穿

【寓源】宋·罗大经《鹤林玉露》。

【寓言】从前有个叫张乖崖的人，在崇阳担任县令。一天，他在衙门周围巡行，忽然看见一个小吏，慌慌张张地从府库中溜出来。张乖崖喊住小吏，只见他鬓旁头巾下藏着一枚钱，经过追问盘查，小吏承认是从府库中偷来的。

张乖崖将小吏押回大堂，下令拷打。小吏不服，怒冲冲地说：“一个钱有什么了不起，你就这样打我！你也只能打我而已，难道你还能杀我?!”

因为当时纪律松弛，时有下属不服从、甚至凌辱长官的事件发生，张乖崖就想借机整治一下这种不良风气。于是，就毫不犹豫地拿起朱笔判道：一日一钱，千日千钱，绳锯木断，水滴石穿。

判决完毕，张乖崖把笔一扔，手提宝剑，亲自斩了小吏。

【寓意点拨】张乖崖见小吏偷了钱还敢顶撞，便毫不犹豫地拿起朱笔判道：“一日一钱，千日一千，绳锯木断，水滴石穿。”揭示人勿以恶小而为之，小罪行日积月累，也会形成大恶，威胁社会治安，执法审判者不可不慎。

说大话者

【寓源】明·陆灼《艾子后语》。

【寓言】赵国有个方士喜欢吹牛说大话，艾子开玩笑问他说：“先生您多大岁数了？”

方士笑容满面地回答说：“我自己也不知道有多大岁数了！回想起我在孩童的时候，曾和一群小儿跑到宓羲氏那里去观看他画八卦，发现他是一个长着人头蛇身的怪物，吓得我回家得了癫痫病，幸亏宓羲氏用草药把我治好，才没有死。在女娲氏的时候，天空向西北倾斜，大地从东南塌陷，我那时正居住在中央平稳的地方，所以没有遭到危害。神农氏开始播种谷子时，我其实早已不吃五谷，所以神农氏的谷子一粒也没有进到我的嘴里。蚩（chī）尤曾经用他制成的五种兵器来侵犯我，我用一个手指击伤了他的额头，他就满面流血地逃跑了。仓颉本来并不识字，他来求于我，我看他过分愚笨便没有搭理他。庆都在怀胎十四个月后才生下来，尧曾邀请我参加庆祝庆都诞生的汤饼会。舜帝曾受父母亲的虐待，他对着苍天号啕大哭，我亲手给他擦眼泪，并且再三地敦促和劝勉他，他才以孝闻名于天下。大禹治洪水时，走过我的家门，我向他敬酒表示慰劳，他竭力推辞不饮。孔甲赠送给我一块龙肉，我误吃了，至今嘴里还残存着腥臭的味道。成汤用一面张开的罗网捕捉禽兽，我曾经讥笑他太贪馋野味了。履癸强劝我和他一起放量狂饮，我不答应，他就给我上了炮烙刑，经过七天七夜，我仍然谈笑自若，他只好把我放了。姜家的小儿吕尚，在渭河钓得鲜鱼，经常送来给我吃，我便拿那些鱼去喂养山里的黄鹤。周天子穆王到瑶池参加西王母的蟠桃盛会，让我坐在头席的位置上；后来听说徐偃王在南方举兵造反，周穆王骑着八匹骏马离席而返；西王母便挽留我吃完酒席，只因我喝桑落仙酒过多，醉倒不起，幸亏有西王母的两个丫环董双成和萼绿华扶持我回家。自那时起，我一直昏昏沉沉地醉卧着，直到现在还没完全醒过来，不知今天世上到了什么甲子年月了！”

艾子听罢连连点头，表示敬佩地走了。

过了不久，越国君王从马上摔下来，跌伤了肋骨。医生说：“必须用千年的血干搽到伤口上，才能治好。”赵王便下令四处寻找千年血干，未能获得。

艾子便去对赵王说：“这里有一个方士，活了不止数千岁，杀了取他的血用，保证能很快治好。”

赵王听后大喜，秘密派人提了方士来，要把他杀掉。

方士跪拜着哭泣说：“昨天，我的父母都刚满五十岁，东头邻家的老婆婆携酒来祝寿，我一喝就喝醉了，不觉说话夸大了事实，并不曾活过千岁。那艾子先生最会扯谎，望大王千万不要听他的话！”

赵王听后，便对他怒斥一顿，把他放走了。

【寓意点拨】吹牛、说大话，是一种恶习，它把小说成大，把无说成有，把少说成多，把点说成面，把尚未做到的事情说成已经实现，把办得很糟的事情说成是办得极好，添枝加叶、无中生有、欺骗大众、贻害国家。人们在孤立地谈论说谎、吹牛时，没有一个人认为说谎、吹牛好，但是在某些具体情况下，又喜欢说谎，憎恶直言。像鲁迅说的，一个人生了儿子，别人若说这孩子一定当官，虽是谎言，主人高兴；若说这孩子会死的，虽是实话，主人恼怒。在历史上多少人因为说了实话惨遭厄运，多少人因为善于说谎飞黄腾达。这个方士无疑是一个善于说谎话的行家里手，他在谎言被揭穿、赵王要杀他的时候，仍然没有忘记说谎，并且对艾子倒打一耙，反诬艾子最善说谎，可见他并没有吸取教训。

说　马

【寓源】清·李道平《有获斋文集》。

【寓言】有人养了一匹马，这马又大又高，雄壮有力，长长的鬃毛遮住了眼睛，使它看不见东西。它曾在山中漫游，野兽都不敢与它争斗；遇见老虎，它就与老虎搏斗，斗了一天，不分胜负而回。有人看到这种情况，便告诉了马的主人，并称赞那马的英勇。主人说：“这匹马好雄壮啊！可是这马之所以没有战胜老虎，是因为鬃毛遮住了眼睛，剪掉鬃毛，它一定能战胜老虎。”于是，他把马的鬃毛剪掉了。

第二天，主人尾随着马，到马所要到的地方去，果然遇见老虎。不料，那马看见老虎，便惊慌失措吓得跌倒了，爬起来还没与老虎斗上三个回合，就被老虎咬死了。

主人十分惋惜，回去时，走在路上他左思右想，就是想不通为什么会这样。到家以后，他把这件事告诉给一些前辈老人。老人们说：“你应该知道，天下的事都是因勇敢而成功因胆怯而失败的呀！起初，那马之所以敢于与老虎搏斗，是因为它的眼睛被鬃毛遮住了看不见东西，不知道与之搏斗的是老虎，所以它胆壮勇猛，胆壮勇猛就无所畏惧；后来，它知道那是老虎，于是就胆怯了，一胆怯，就失去了勇气，没有勇气当然要失败。因勇敢而成功、因胆怯而失败的事情，世界上比比皆是，哪里只有那马才是这样的呀？”

【寓意点拨】有了勇气就有了信心，有了信心，才能无所畏惧，一往无前，才能攻无不克，战无不胜。作战如此，做其他事也如此。当然，仅凭勇气还不够，还要多动脑筋，多用智慧，寻找行动的最佳方案、最好方法。有勇无谋，逞匹夫之勇，历来遭人耻笑。

说天鸡

【寓源】唐·罗隐《谗书》。

【寓言】一个养猴人的儿子没有学到他父亲养猴的本领，却懂得了鸡的习性。他喂养的鸡，冠子和爪子都不突出，毛羽的色彩也不鲜明，一副痴呆的样子，好像连饮水吸食的愿望都没有。但到与另外的鸡搏斗时，它却是鸡中的强者；它报晓也在别的鸡前头，所以人们叫它“天鸡”。

这个人死了，临死时把他的养鸡术传授给儿子。他的儿子却违背父亲养鸡的方法：不是羽毛美丽、嘴和爪锋利的，就不在畜养之列。因此，他儿子养的鸡不再是先前那种早晨啼叫最早、遇敌凶猛善斗的鸡了；只是昂首阔步，饮水啄食罢了。

唉！方法败坏了，才有这种情况出现啊！

【寓意点拨】这则寓言针对晚唐统治者以貌取人、埋没人才的政治现实，讽刺了一些无德无才而只知摆架子、图享受的官僚。

司会共事

【寓源】明·张羽中《浑然子》。

【寓言】周代人白圭，魏文侯执政时，其富甲天下。白圭有两个办事的僮仆：一人名叫趋时，专门到四方收集货物，考察其贵贱，再全部交给白圭；另一僮仆名叫司会，掌管出纳和积蓄，凡是从四方收集的货物到了，白圭便叫他卖出去。

白圭死后，他的儿子继承了他的事业。趋时对司会有怀疑，便在白圭儿子面前诬陷司会说：“先前主人的钱财，大概被他偷盗了吧？”白圭的儿子不去考察真伪，就对司会用刑罚，责令其给予赔偿。司会也不争辩，搜尽个人的钱财还给白圭的儿子，退下去后没有埋怨的神色，仍像以前一样管理主人的财产。

一天，白圭的儿子翻看司会的账本，才知道司会是冤枉的，便把怒气转移到趋时身上，趋时很害怕，便逃到齐国。司会请求主人说：“先前主人能有积蓄，趋时是出了力的。现在因为我的缘故，使他逃奔齐国，我心里不安宁。希望能把他召回来，以便共同经营你的家。”

于是趋时又返回来了，更加尽心尽力。白氏更加富裕了。

【寓意点拨】这则寓言启示人们，只有容人才能共事合作到底，特别在受到误解冤屈时，更要耐心忍性，这样才能化解矛盾，搞好团结。同时也说明要能共事到底，必须具有顾全大局的精神，只有认识到共同努力才能完成一项事业，这样就不会无故地排斥他人。

死后不赊

【寓源】明·冯梦龙《广笑府·贪吝》。

【寓言】有个乡下人，依靠极其吝啬而发了财，后来身患重病，气息奄奄，就是不肯断气。他哀告妻子说：“我一生贪婪吝啬，苦心积攒，六亲断绝，才得到今天的富足，我死后可以剥下我的皮卖给皮匠，割下我的肉卖给屠户，取下我的骨头卖给漆店。”一定要妻子允诺，他才肯断气。他已经死了半天，又苏醒过来，叮嘱说：“如今世道炎凉，人情淡薄，切记千万不可赊给人家！”

【寓意点拨】这则寓言辛辣地讽刺了那些吝啬自私、唯利是图、贪得无厌的人。

四肢与心

【寓源】战国·韩婴《韩诗外传》。

【寓言】齐景公外出打猎，十七天都没回来，晏子乘车赶往猎场去找他。

找到他的时候，晏子衣冠散乱不整，景公见状，感到奇怪，便问：“先生为何这样匆忙？难道有什么急事吗？”

“是的，有急事。”晏子说，“百姓们都以为国君被坏人抓走了。我听说，鱼鳖厌烦了深渊，来到浅水之处，所以才被钓钩渔网捕获；禽兽厌烦了深山，来到平原广泽，所以才被猎人捕杀。国君打猎，十七天都不回来，岂不是太过分了吗？”

“不是的。”景公说，“你是说宾客没人接待吗？那么有子牛。你是说祖宗的陵庙没有人祭祀吗？那么有祝人和太宰。你是说官司判决得不合法律吗？那么有大理子几。你是说国家的储备不足吗？那么有巫贤。我有这样四个人，就好像一个人长有四肢，有他们代我操持政务，是不可能发生祸患的。”

“是的。如果人心能像这样有‘四肢’代为操持那就好了，假如只有四肢而没有心，人能十七天不死吗？”晏子继续说。

“这话说得好。”景公说着，拉起晏子的手，一起乘车回到朝廷。

像晏子这样的，真可称作善于进谏。

【寓意点拨】在这篇寓言中，晏子借用四肢与心的比喻，说明了君臣之间的合作关系，特别强调国君在国家事务中的核心作用。

泗滨美石

【寓源】明·刘基《郁离子·泗滨美石》。

【寓言】泗水的岸边盛产美石。孟尝君做薛地的封君时，派使者拿钱币去收购。

泗水两岸的人问：“孟尝君用这种石头做什么呢？”

使者回答说：“我们的君王受封在薛地，要尊重祖庙的祭祀，制作正统的音乐。没有你们这里产的美石，就没办法做成磬，所以派我来向你们请求，希望你们考虑这件事。”

泗水岸边的人一听大喜，就遍告父老长辈，举行斋戒之礼，迎接使者，然后以十辆大车把美石运送给孟尝君。孟尝君让泗水的来人住在宾馆，把运来的美石放在外朝。

过了一些日子，后宫的基石坏了，孟尝君命令用这些美石来替换。泗水的来人责备孟尝君，说：“我们那里的美石，是受天地之气而生成的。从前夏禹治理洪水，命令乐官后夔取来奉献给祭天地的郊庙，使音律和谐，众声相随。以后划定地区规定贡赋时，就把这种美石定为进贡的特产。因此，这些美石是向神明求取来的，我们不敢亵渎啊！君王您命令使者到我们小地方求取时，曾说：‘将用它尊崇宗庙的祭祀。’我们那里的人敬畏您君王威严，不敢不供奉。我们举行斋戒之礼迎接使者，然后把美石运送来给您。您把它放置外朝，由于没有做出最后的决定，我们也就不敢有所请求。现在听说将用做后宫的基石，我们实在不敢听从。”说罢，泗水人不辞而别。

来自各诸侯国的客卿，听到这件事也纷纷离去。这时，秦国和楚国正共同商量攻打齐国，孟尝君得知后，惶恐不安，命令驾车赶去向客人道歉，并亲自迎接泗水的来人，把美石放到高高的宗庙上，做成石磬。各诸侯国的客卿听到这消息都返回来。秦国和楚国的军队也撤走了。

【寓意点拨】这则寓言告诫统治者要言必行，行必果。言而有信，必得天下人的信任；反之，必失民心，遭到天下人的唾弃。

松喻

【寓源】清·王晫《杂著十种·寓言》。

【寓言】松树的本性是直立向上，即使只有几尺高，也是亭亭直立。有人把它移栽到花盆里，放到华丽的屋子里，弯曲它的枝条，绑住它的树结，给它浇水灌溉，松树郁郁葱葱，枝叶繁茂，如同展开的车盖一样，这样当然很招人喜欢；但是与生长在山岭上的松树比较，它们直上青云，耸入碧空，在霜雪严寒中昂然挺立，又相差多么远呀！

啊，士君子失去操守，也是这样呀。

【寓意点拨】松之本性是直上挺立，但有人却要把它移植到花盆中，弯曲它的枝条，束缚它的树结，使其直上挺立的本性全失。寓言告诉人们，一个人不受外界的干扰自始至终保持正直的节操，并非易事；而一旦失去了这种节操，依附于人，也就任人摆布了。

松竹梅三友

【寓源】清·吴庄《吴鳏放言》。

【寓言】松树、竹子、梅树向来被称为“岁寒三友”。有人在松树、梅树面前说竹子的坏话：“竹子中心是空空的，怎么能与你们成为朋友呢？”

松树、梅树愤怒地说：“正因为竹子中间是空空的，所以能成为我们的朋友。所谓心中空洞常无物，何止容你几百人啊！”

唉，做君子的能够像松树、梅树那样不听信谗言，而做小人的自知他进谗言没有好处，因而他的谗言就不能进入君子的耳朵里，那么，交友之道或许能够始终如一了！

【寓意点拨】这则寓言以简洁的情节，引起人们深刻的思索，交友要以诚信为本，这是最基本的前提。因为有了诚信，既可以坚信不疑，始终如一，又可以防止小人的挑拨离间、恶意中伤。而要做到诚信不疑，关键在于了解友人，相信友人，所以知己友人千载难得。

耸肩而行

【寓源】明·冯梦龙《笑府》。

【寓言】一个人穿了新的丝裙外出，生怕别人看不见，就耸着肩膀走路。过了一会，问身边的童子说："有人看吗？"童子说："这里没有人。"于是就把肩膀放了下来，说："既然没有人，我就稍微歇息一下。"

【寓意点拨】寓言说明喜欢卖弄自己，恶习成癖。这种人，生活便是做戏。一生都在做戏，不曾真正生活过一天，难得"我且少歇"也。

宋贾买玉

【寓源】战国·韩非《韩非子·说林下》。

【寓言】宋国有个富商叫监止子，跟别人争着购买一块价值百金的璞玉。在相持不让时，他便假装不小心失手把璞玉掉到地上摔坏了，于是拿出百金赔给卖主。然后他将摔坏的璞玉，带回家中琢成器物，获得千镒金子。

【寓意点拨】这则寓言给人们的启示是，要想获取大利，必须要先付出小的代价，这就是舍小利获大财。也可以说明办事讲求策略十分重要，有时面对一个争执不下的难解问题，往往改换另一种方式则迎刃而解。

宋就灌瓜

【寓源】西汉·贾谊《新书·退让》。

【寓言】梁国大夫宋就担任边境上的县令，这个县与楚国邻界。

梁国的边亭和楚国的边亭都种了瓜，各有定数。梁人勤劳尽力，经常浇灌，瓜长得很好。楚人懒惰，很少浇灌，瓜长得不好。楚国的县令因为梁亭瓜好、楚亭瓜不好而十分气愤。

楚人嫉恨梁人的瓜胜过自己的，便在夜里偷偷地搔坏梁人的瓜，致使梁人的瓜有很多都干枯焦死了。梁人觉察出这是楚人的所作所为，便请求亭尉，也要去偷偷搔坏楚人的瓜，进行报复。亭尉请示宋就，宋就说："去！这是什么话？这是构结怨恨、招致祸害的根源。如果让我来教你，那就每天晚上叫人去偷偷为楚人浇瓜，而且不让他们知道。"

于是梁人每天晚上偷偷去为楚人浇瓜。楚人清早察看和料理他们的瓜，发现瓜已经浇灌过了，就这样楚人的瓜一天天地好了起来。楚人感到奇怪，便偷偷察看，原来是梁人帮着浇灌的。楚国的县令听说发生了这样的事情，非常高兴，上报了朝廷。楚王听后，沉思着感到羞愧，知道自己有所不察。他质问主事的官吏："除了搔坏梁人的瓜，你们还有没有做过其他错事？"楚王对梁人暗地里的谦让感到高兴，用丰厚的礼物答谢了他们，并且请求和梁王交好。

此后楚王经常称道梁王，认为梁王可以信赖。所以说，梁国和楚国的友好关系是从宋就开始的。

【寓意点拨】人与人之间总会发生这样或那样的冲突，是以牙还牙、针锋相对，还是忍让退避、以德报怨？这是两种截然不同的处理方式。宋就采取了后一种方式，巧妙地化解了矛盾，赢得了楚人的尊重和信任，进而改善了两国关系。这则寓言启发人们：面临矛盾冲突时，忍让可能比争斗更为妥善。

宋人盲目

【寓源】西汉·刘安《淮南子·人间训》。

【寓言】从前宋国有个爱行善的人，一连三代都未曾懈怠过。他家中的黑牛无缘无故生了头白牛犊，他去询问乡里的长者先生，先生说："这是吉兆，白犊可以用来祭神。"可是过了一年，他的父亲却无缘无故瞎了眼睛。

黑牛又生了一头白犊，父亲又让他去问先生，他说："从前听从了先生的话，用白犊祭神，可是你的眼睛却瞎了，为何还要去问呢？"

父亲说："圣明之人的话，总是先不合而后合。这件事还没完，你姑且再问他一次。"他只好又去问那位先生。

先生说："这是吉兆，再用它来祭神。"

他把先生的话告诉了父亲，父亲说："还是照先生的话去办。"

过了一年，他自己的眼睛又无缘无故地瞎了。

后来楚国攻打宋国，包围了都城。困在城中的人，互相交换孩子杀死充饥，劈开死人骨头来烧火。身强力壮的人都战死了，连老人、病人和儿童都上城坚守，不愿投降。楚王大怒，破城之后，把守城的人统统杀掉。而这父子俩偏偏因为眼瞎，没有上城守卫，得以逃过一死。战事结束，包围解除，父子俩的眼睛又重见光明。

祸与福互相转化生成，变化是难以预见的。

【寓意点拨】黑牛生白犊，本与凶吉无关，然而古人迷信，以为白色牲畜适合用作祭品，而祭祀鬼神又是一件积德行善的事。但是，坚持如此行善的父子二人却因此相继失明，连遭厄运，似乎善未必有善报。然而正是由于双目失明，父子二人又免遭屠戮，善最终获得善报。这是一则劝人行善以求善报的寓言。

宋人名母

【寓源】西汉·刘向《战国策·魏策三》。

【寓言】宋国有个人外出求学，三年后学成回家，见到母亲就叫她的名字。他母亲说："你学习了三年，回来后却叫我的名字，这是为什么？"

他说："我所认为的贤人，没有超过尧舜的，可是书上直呼尧舜的名字；我所认为的广大，没有比天地再大的，可是书上直称天地的名字。母亲你贤不会超过尧舜，大也不会大于天地，所以我要直接叫你的名字。"

他母亲说："你对你所学的东西，将完全去做吗？那就希望你对直呼母亲名字的做法有所改变；你对你所学的东西，不准备去做吗？那就希望你把直呼母亲名字的做法放在后头。"

【寓意点拨】这则寓言是对死搬教条者的极大讽刺，它告诫人们对书本上的理论知识，一定要结合实际情况，灵活地运用，因为一种理论是产生于特定的时空中，因而不可万能地适应任何情况。也可以讽刺那些不讲理的人，明明是自己错了，还要强词夺理。

宋王偃好言楚非

【寓源】明·刘基《郁离子·宋王偃》。

【寓言】宋王偃憎恶楚威王，喜欢谈论楚国缺点和错误。每天早朝时，一定要以诋毁楚国来取乐，并说："楚国如此无能，竟到这样严重地步，我将获得楚国啦！"大臣们纷纷附和，如出一人之口。从此，凡从楚国到宋国来旅行的人，一定得编造一些楚王的缺点以求得宋国接纳入境。京都的人和官员们把这些谎言传到朝廷里，习以为常，一再宣扬，都认为楚国真的不如宋国，就连最初编造谎言诋毁楚国的人也感到迷惑不解了。

宋王偃谋划讨伐楚国。大夫华犨（chōu）劝谏说："宋国不是楚国的对手由来已久了，两国力量的悬殊就像大野牛和小田鼠一样。即便真的如君王所说的那样，楚国的力量仍然抵得上十个宋国。宋国力量是'一'，楚国力量是'十'；宋国十次战胜，也不能抵上一次失败，怎么能拿国家的命运去尝试呢？”

宋王不听华犨的劝告，就发兵攻楚，在颍上打败了楚国军队，宋王就更加肆行无忌。华犨又劝告宋王说：“我听说过小国战胜大国，是侥幸于他们没有防备我们。凭侥幸是不可能常胜的，即便是侥幸常胜但也不能依仗它取得最后的胜利；打仗不是儿戏，对敌人不可以轻慢，对小人轻慢尚且不行，何况对强大的国家呢？现在楚国害怕了，警惕了，而君王你却更加骄傲自满。大国警惕了，小国却骄傲，灾难必将临头了。”宋王偃勃然大怒，华犨于是逃奔齐国去了。

第二年，宋国再次举兵攻打楚国。楚国反击，把它打败，最后消灭了宋国。

【寓意点拨】这则寓言以宋王偃骄傲轻楚，后被楚消灭为喻，说明骄矜必败的道理。同时，对夜郎自大、野心勃勃的昏君进行辛辣嘲讽。

宋玉让友

【寓源】西汉·刘向《新序·杂事五》。

【寓言】宋玉通过朋友的推荐，见到了楚襄王，可襄王对他并没有另眼看待。宋玉因此很抱怨那位朋友，可那位朋友辩解说：“生姜、肉桂依赖土地才能生长，但不能依赖土地使气味辛辣；女人依赖媒人才能出嫁，但不能依赖媒人使夫妻相亲。你待奉君王不到家，怎能怨我？”

“不对。”宋玉说，“过去齐国有一种好兔子，叫东郭俊，一天能跑五百里。同时齐国还有一种好狗，叫韩卢，也能一天跑五百里。假如一个人远远地指着兔子让狗去追，那么即使是韩卢，也会连兔子扬起的灰尘都追不上；如果沿着兔子的踪迹，放开牵狗的绳子，那么即使是东郭俊也将无法逃掉。现在你把我推荐给国君，是沿着踪迹而放开系绳呢，还是远远地把目标指给我看？《诗经》说‘既平安，又快乐，你就把我丢弃啦’，这就是你的做法。”

那位朋友听了宋玉的这番话，连忙道歉：“我有错，我有错。”

【寓意点拨】“指个兔子让人撵”，这是人们用来批评帮助别人却又没有诚意的一句俗话，宋玉对朋友的抱怨正是这一意思。这就提醒人们帮助他人应具有诚意，否则有损于交友之道。

隋侯珠

【寓源】东晋·干宝《搜神记》。

【寓言】隋县溠水旁边有一个山丘，名叫断蛇丘。有一次隋侯出宫巡行，看见一条大蛇受了重伤，从身体的中部断开了。隋侯揣摩这条蛇有点儿像神灵，吩咐人用药好好给它包扎，蛇这才能行走。于是人们便把这个地方叫作“断蛇丘”。

一年多以后，大蛇衔着明珠来报答隋侯的救命之恩。这颗明珠直径超过一寸，晶莹洁白，晚上能发光，像月亮照耀一样，可以把整个屋子照得通明透亮。因此这颗宝珠被称为“隋侯珠”，也叫“灵蛇珠”“明月珠”。

【寓意点拨】一个小小的生灵尚能知恩必报，何况是人呢？一个人在得到别人的帮助之后，总应该通过适当的方式表示感谢。另一方面，一个人做善事本来不是为了别人报答，但是既然做了好事，总是会得到好的报应的。

孙儿

【寓源】明·陆灼《艾子后语》。

【寓言】艾子有个孙子，十来岁大，懒惰顽皮，每次抽打责罚都不改正。他的儿子仅有这个儿子，常担心儿子经不住鞭打而死掉，用眼泪为他请求免去责罚。艾子见状大发脾气，说道：“我为你教训儿子难道不好吗？”管教时打得更加严厉。他的儿子无可奈何！

一天早晨，天下大雪，孙子把雪捏成雪团玩，艾子见到，把他的衣服脱光迫使他跪在雪地上，冻得直哆嗦。他的儿子不再敢请求，也立即脱光自己的衣服跪在小孩旁边。艾子惊恐问道：“你儿有罪，应该受此处罚，与你有什么关系？”他的儿子哭着说：“你让我儿子受冻，我也让你的儿子受冻。”艾子听了笑了笑，就免了孙子在雪地罚跪。

【寓意点拨】这则寓言通过艾子对孙儿体罚的故事，对封建社会的教育方法进行抨击。文中写了艾子多次体罚其孙儿，但都不见成效。孙儿捏雪团本属儿童的正当游戏，然而艾子竟剥光他的衣服跪在雪中挨冻，严重摧残幼儿的身心健康。作者以其子“亦脱衣跪其旁”来告诫艾子，颇有戏剧性，符合“谁养的儿子谁心疼”的共同心理。

孙一元娶妻

【寓源】明·江盈科《谐史》。

【寓言】孙一元隐居在西湖时，故意克制自己的情感不结婚，效仿林逋把梅、鹤当作妻子和孩子。后来改变了心志，搬到湖州，一连娶两个老婆。有一天一位读书人经过吴兴，对他说：“我从西湖来的时候，有人叫我带话来责备你，你可不能怪罪我。”孙一元问：“是谁呀？”那个人故意不说，孙一元不停地问，那人说：“就是你的妻子梅，你的孩子鹤呀！”孙一元无地自容。

【寓意点拨】寓言仅以来人的一句话就把矫情仿古人，借以沽名钓誉的人的虚伪给予了无情的揭露。构思巧妙，富有力量。

孙之翰辞砚

【寓源】明·刘元卿《贤奕编》。

【寓言】有人曾经送给孙之翰一块砚台，价值三万枚铜钱。孙之翰问道：“这砚台有什么特别，竟值这样高的价钱？”客人说：“砚台以砚石湿润为贵，这块砚台一呵气，水就流出来了。”孙之翰说：“就是一天能呵出一担水来，也不过才值三枚铜钱。”他最终没要这块砚台。

【寓意点拨】这则寓言，以孙之翰拒绝接受他人珍贵的砚台为喻，赞美了其人身居高位，不为物欲所诱，清正廉洁的为官之道。

所长无所用

【寓源】战国·韩非《韩非子·说林上》。

【寓言】鲁国有一个人自己擅长织麻鞋，他的妻子擅长织生绢，他们想要搬到越国去。有个人对他说：“到了越国，你们一定要穷困了！”鲁国人说：“为什么呢？”那个人说：“麻鞋是为了穿上走路的，但是越国人却习惯于光脚走路；生绢是为了做帽子戴的，但是越国人却习惯于披散着头发。凭你们的专长，到用不着这种专长的国家里去，要想使你们不穷困，难道可以办得到吗？”

【寓意点拨】这则寓言说明，做事情如果不进行调查研究，不顾具体情况，盲目从事，即使本身具有优越的条件，也不会发生作用，也难免失败。

所树非人

【寓源】汉·韩婴《韩诗外传》。

【寓言】魏文侯在位的时候，子质做官犯了罪，准备离开魏国北上谋生。他谒见赵简子并说：“从今以后，我不再对别人施恩德了。”

简子说：“为什么呢？”

子质说：“魏国殿堂上的士由我培养提拔的占一半，朝廷里的大夫由我培养提拔的占一半，边境守卫的人由我培养提拔的也占一半。如今殿堂上的士在君主面前说我的坏话，朝廷里的大夫用法律威吓我，边境守卫人拿着武器拦击我，所以我不再对别人施恩德了。”

赵简子说：“噫！你的话错了，如果春天栽种桃李，夏天就可以在桃李树下乘凉，秋天就可以吃到桃李树的果实。如果春天栽种蒺藜，夏天就不可以采摘它的叶子，秋天也只能得到它长成的刺啊。由此看来，在于栽种什么树。现在你所培养提拔的人不对啊。所以君子应该事先选准对象再培养提拔。”

【寓意点拨】人才的培养提拔应该慎重，就像种树一样，应该先选后种；本则寓言还说明了“种瓜得瓜，种豆得豆”的哲理。

T

獭祭

【寓源】清·沈起凤《谐铎》。

【寓言】在大江的水边，有一种神物，名字叫水獭。一天，它游到北岸，碰见树林里的晨风鸟，共同聚在一块大磐石上说话。

晨风鸟说："你善于捕鱼，我善于捉鸟，但鸟雀见了我，常常发出恐惧的叫声，惊骇地抖动着翅膀，像闪电流星般逃散了，以致使我十只鸟里捉不到一只。不知道你在水边观察鱼群，能够把它们全部歼灭吗？"

水獭说："社会给我一个特别的妙法。像道士们那种念咒驱鬼的办法，完全是骗人的！老虎具有钩子般的爪子，犀牛具有骇人的触角，狐狸具有媚人的珠宝，猿猴具有轻巧的骨骼，这些都是那些专门记述奇闻怪事的人所附会的。上天造物仁慈，才使有犄角的动物去掉了尖利的牙齿，有翅膀的禽鸟只给它两只脚。岂肯让我辈再增添尖牙利爪，兼有两种不同动物的本领呢？"

晨风鸟说："那你又是怎么做的呢？"

水獭说："我之所以能够赶跑了鱼又把它们招呼回来，是因为我捕捉它们时，并不过分地杀害它们。这样可以使我坐着不动就能安闲自得地食取它们，好像是出于不自觉的样子似的。鱼儿们以为游过我身边没啥忧患，于是我就可以取之不尽、用之不竭了！这就是所谓'欲擒故纵''欲贪故廉'的说法呀！"

晨风鸟说："您说的对极了！只不过鸟雀的狡猾要胜过鱼。鱼的性情驯顺，光知道随波逐流罢了！而鸟雀之中，像斑鸠让母斑鸠守护，雁群派雁奴巡警，杜鹃倒挂着身躯善于防备，鹦鹉能说话会巧妙地躲避。其他像麻雀常常钻进幕帐，燕子必定在堂屋安窠，鸽子供事佛塔顶上的铃铛，鸥鸟依傍商船的桅杆。种种用心，射鸟的人有技何所施？成群的鸟雀霎时起飞在面前，不及时乘其不备把它们全部捉住，等到它们远走高飞，岂不后悔也晚了吗？"

水獭说："你的志向可够大的了！但为什么不留下无尽的宝藏，以备将来可得饱食终日之目的呢？"

话还没说完，千百只鸟横空飞来，晨风鸟立即迅猛地抓取了四五只，其余的鸟都窜进树林子里去了。晨风鸟执意不肯丢舍，就振起翅膀穷追猛赶。正好有一个射鸟的人暗地窥伺在旁边，埋伏的机关突然发射，晨风鸟被射穿了项颈，死去了。

水獭伤心晨风鸟太愚蠢，就在大江北岸为它设祭招魂，说："鹞鹰飞到天空，游鱼跃进深渊，只有我和你，把杀生当作打猎。不贪心尚可稍稍获取，贪大求多连自己的生命舍弃。为什么你不觉悟，以致抱恨九泉？我现在要停止捕鱼，在江边洗净双手，宁愿饿着肚皮，也不可丧失善心。贪婪败类，古来如此。祝愿各位仁人君子，请都看看晨风鸟的下场吧！"

【寓意点拨】这则寓言尖刻地讽喻了世上那些"假冒为善"的伪君子及其丑恶本质。被鱼肉的人民"不报于獭"，并不是"咒鱼人钵"，而是"时候未到"；人民群众一旦觉悟起来——"时候一到，一定全报"；到那时，"江头忏悔"也将无济于事了。

太后赐绢

【寓源】北魏·杨炫之《洛阳伽蓝记·法云寺》。

【寓言】北魏从太和年间迁都以后，国家非常富足，国库中的物资都装得满满的，连堂前的廊屋都堆满了钱币丝绸，数量之多，实在难以统计。太后决定把绢赏赐给文武百官，可以随意去取但必须自己肩扛背负才行。满朝官员都尽己能去搬，唯有章武王元融和陈留侯李崇扛得过重了，结果跌倒摔伤了脚踝，太后就不给他们赏赐，让他们空手而归，当时人传为笑谈。侍中崔光只拿了两匹绢，太后问他："侍中怎么拿得这么少呢？"崔光回答说："我只有两只手，只能拿两匹，得到的已经够多了。"满朝大臣没有不佩服崔光的清廉作风的。

【寓意点拨】这则寓言一方面嘲讽了那些贪得无厌的丑行；另一方面也赞扬了那种知足常乐的本分的思想。生活中往往有这类事情：对轻易得到的好处过于贪心，甚至不惜以健康为代价，结果也是一场空欢喜。这些教训的确值得吸取。

太史公

【寓源】明·冯梦龙《古今谭概·痴绝部》。

【寓言】有一个某姓隐士，以才学自负，目空一切，旁若无人。行路途中，看见一个乞丐伸手讨钱，声音很凄惨哀婉，便问他："这样苦苦哀求，能讨到几个钱呢？如果叫我一声太史公爷爷，我便以一百文钱赏你。"乞丐连唤三声"太史公爷爷"，这位隐士把口袋中钱全拿出来给了他。乞丐问别人说："太史公是个什么东西，怎么这么值钱？”

【寓意点拨】这是花钱买人称赞，活画出好名者的嘴脸。一个人有什么样的名声，是自己社会实践的写照，众人自有公论，自誉，或借他人誉己，或者可满足一下自己的虚荣心，但终究会留下笑柄。

太守登武夷

【寓源】清·蒲松龄《聊斋志异·武夷》。

【寓言】武夷山有峭壁千仞，人们每次在山下都能拾到沉香玉块。太守听说了这件事，叫几百个人一起制造云梯，准备登上山顶去观看山顶上的奇异特色。三年之后，云梯造好了。太守从云梯向上爬去，将要到达山顶的时候，看见有只大脚伸了下来，一个脚趾有捣衣杵粗，大声地说：“不下去，将要掉下去的！”太守大吃一惊，马上爬了下来，刚一着地，云梯的木架因为腐烂而折断了，崩塌下来，摔得粉碎，什么也没留下来。

【寓意点拨】仙舫评说：“人无私欲，均可造极；无如利心一萌，自必为神灵所叱逐耳。”这就揭示了寓言的寓意，人不可自私自利，如果一旦产生自私自利的念头，一定会遭到惩罚的。对那些有私欲的人提出了忠告。

太守觅利

【寓源】明·朗瑛《七修类稿·奇谑类》。

【寓言】明代正德年间，嘉兴县太守拿新蚕丝按斤数换百姓的绸巾，拿锅铁按斤数换百姓的钢针。唐代也有个太守夏侯彪，拿万枚钱买鸡蛋若干，等母鸡孵出小鸡长成大鸡，然后收回；以万枚钱买竹笋若干，等待长成翠竹，然后收进官府。吁！古代现代岂不是成双成对吗？

【寓意点拨】这则寓言，以明代嘉兴县太守和唐代太守夏侯彪搜刮民财为喻，揭露封建社会官场上的腐败。他们以低价买原料换取成品，剥削老百姓辛苦的劳动价值，真可谓绞尽脑汁，费尽心机！

太尉传神

【寓源】明·冯梦龙《广笑府·贪吝》。

【寓言】党太尉想让人给自己画一幅传神画，就叫来画史估计颜料等费用，听说是要用银好几两，太尉就不高兴了。一画史发觉了其中的缘故，回答他说：“只用纸一幅，笔一枝，墨一块就足够了。”太尉非常高兴，问：“怎么画？”画史说：“黑纱帽，黑罗袍，犀角带，黑靴子，使者也画个黑的外族人。”太尉说：“脸上是什么颜色？”画史说：“在你旁边，画一个黑桌子，你斜着头伏在桌子上就可以了。”太尉说：“关键在脸上，如果伏着头，人怎么能看得见？”画史说：“你这等嘴脸，为什么还要见人呢？”

【寓意点拨】这个寓言刻画了党太尉这样一个吝啬之徒的形象，最后画史巧妙地讽刺了他。寓言告诉人们：人如果只认钱连脸都不要了，是很可耻的。金钱不是万能的，有比金钱更重要的东西。

叹　牛

【寓源】唐·刘禹锡《刘梦得文集》。

【寓言】刘子在郊外行走，小路上有一位老翁牵着一条跛脚的牛。刘子偶然问老翁说：“为何这头牛的形体如此魁伟？脚却如此有毛病，如今害怕发抖成这个样子，打算到哪里去呢？”

老翁拉着缰绳回答说：“它形体如此魁伟，是喂养得好；脚有毛病，是劳动过度。请你听完我的话：我以拉车运输为生，曾经赶着这头牛拉着千钧重的货物，向北登上太行山，向南到达商岭；牵着它回来，叱喝它以保持警觉，即使是跋山涉水，车毂像蓬草一般松散，车辋还是不会坏掉。现在不能用了，看它的脚也只是受伤，身体还算肥壮；如果作为畜生喂养，已经没有作用，但是若从厨师的角度看，还胜过一般可宰杀的牛。只因为禁止私自宰杀，所以不敢杀它。最近听说县令长官要设宴款待人，已经卜算好日子；因此前往，想将牛卖给屠夫。”

刘子想了想说：“以您的角度来说是有利，以牛的角度则是悲哀。该怎么办？我正贫穷而且家里也没有多余的东西，但是愿意脱下我的皮衣来赎它，把它放在水草丰美的地方，可以吗？”

老翁哈哈大笑说：“我要卖它，本来打算正可以用来打酒吃肉，给儿子吃糖，给妻子买衣服。这样做多舒适，我要你的皮衣做什么？而且从前好好喂养它，并非真的爱它，只是利用它的气力；如今把它杀死，也并非厌恶它，只是贪求钱财利益。你为什么要妨碍我的好事？”

刘子推想不可能用道理说服老翁，于是用木杖敲牛角叹息地说：“对你的需求完了，所追求的利益也就转移了。因此伍员能帮助吴王称霸，却得到一把赐死的剑；李斯帮助秦始皇称帝，却遭到五刑处死；白起在长平大破赵军立威，却在杜邮被逼自尽；韩信在垓下击败项羽，却被诱骗到钟室杀害。这些例子都是利用价值完了，身体也就低贱不值钱了。大功告成，却大祸临头，难道不悲哀吗？难道不悲哀吗？唉！秉持着永不匮乏的善巧运用，应对没有固定形式、方向的世事，并让它因时制宜，就没有人能加害我了。如果拘泥于有形的具体事物，利用价值完了，忧患就来了，这是很明白的道理。”

【寓意点拨】所谓“狡兔死，走狗烹；飞鸟尽，良弓藏”。走狗、良弓存在的价值只建立在狡兔、飞鸟的获取，所以当狡兔、飞鸟被全然享有时，走狗、良弓也就没有剩余价值了。正如本文中的牛，它的存在价值全然端视主人的需求，从劳力到牛身，创造出对主人最大的利益就是牛的价值，所以养牛、杀牛的分别全在此。本文也道出了人世间的许多现象，寄寓了作者深沉的感叹。伍员、李斯、白起、韩信，皆曾立下不世之功，终究也未能换得荣华富贵，更遑论安享天年。作者借着物例、事例，都提醒我们重新省思存在价值的问题，也是本文可以提供思索的重点。“执不匮之用而应夫无方”，正是因时制宜的原则，也是道家提出“无用之用，是谓大用”的深意。一般人所谓的“用”是建立在变动的世俗价值观中，一旦天时、地利、人际关系改变时，这个用可能就变成无用，原来无用的东西也可能变成有用，所以僵化的思考模式就是“用尽身贱，功成祸归”的肇因。唯有活络思考，不落于世俗的价值观，不断随着时代的变化精进，巩固超然拔俗的人生方向，才能真正享有永恒的安乐。

探骊获珠

【寓源】战国·庄周《庄子·列御寇》。

【寓言】从前，一条大河边上住着一户以蒿草编织为生的穷人。有一天，这家的儿子潜入河的深处，捞到一颗价值千金的宝珠。他父亲见了，大惊失色地说：“快拿石头把它砸碎！要知道这千金的宝珠，一定是含在九泉深渊的骊龙嘴里的。你能得到这颗珠子，一定是侥幸遇到它熟睡的时候。等它醒来发现珠子丢了，一定会来取的。到时候大难临头，你还能活命吗？”

【寓意点拨】贪家子得到宝珠是趁着骊龙熟睡之机，庄子用以说明侥幸获得君王赏赐的人必然有后患。这则寓言可以说明没有敢于探险的精神，是难以获得成功的。

探玄珠

【寓源】明·庄元臣《叔苴子·外编卷二》。

【寓言】从前，人们听说赤水里有玄珠，都争着游泳去摸取。当时，有的摸到一只螺蛳，有的摸到一只蚌蛤，有的摸到一颗鹅卵石，有的摸到一块瓦片。大家都非常高兴，自以为摸到了真正的玄珠。

象罔听到这件事，禁不住掩着嘴巴笑起来。大家听说象罔嘲笑他们，都围攻象罔。象罔没法，只好逃到黄帝那里躲避，三年不敢出来。

【寓意点拨】寓言说明：强不知以为知者最怕别人揭他的底。

贪财舍命

【寓源】明·刘基《郁离子·山居夜狸》。

【寓言】宋国有个县官因受贿而吃官司，法官审讯他，他隐瞒实情不承认，差役拷打他，仍旧隐瞒如故。法官对他说："认了罪，惩罚是有限度的；不承认，就要被打死，你为什么不选择轻的呢？"这个人始终不承认而被打死了。临死前，叫来他儿子，暗中对他说："好好保存这些财物，这是我以死换来的。"人们听了都讥笑他。

【寓意点拨】这则寓言通过一个小官舍命不舍财的故事，对世上那些为利禄而死的贪官进行辛辣的讽刺。也深刻地揭露了贪官的贪婪本性。

贪　痴

【寓源】明·冯梦龙《古今谭概·痴绝部》。

【寓言】王溥之父王祚，年老辞官家居。有一天叫一位算命的瞎子推算一下自己的寿命，人家说此老者将活到八十、九十以至百岁，算命先生一个劲地说这位老寿星最少也得活一百三四十岁。王祚非常高兴，叫算命先生推算在这生命旅程中有无疾病灾难。算命先生细细推算说："到一百二十岁时，这一年运气有些不利。"

王祚很惊慌。算命先生说："不碍事，只是脏腑会出点小毛病，不久便会好。"王祚回过头来对站在后面侍坐的子孙说："你们一定要记住，这一年不要叫我喝凉汤。"

【寓意点拨】人生七十古来稀，从今天看来当然未必正确，但在古代能活到七十岁的，亦确实寥若晨星。而王祚这位贪痴却侈想活到一百三四十岁，故贻笑后人。故事告诉我们，人要知足常乐，不要贪得无厌。

贪食河豚

【寓源】明·刘基《郁离子·食鲐》。

【寓言】司城子手下一个养马官的儿子，因为吃了河豚死了。但马官一声不哭。司城子问他："父子之间有爱吗？"

马官回答说："怎么会没有爱呢？"

司城子又问："既然这样，那么你的儿子死了，而你却不哭他，这是什么原因呢？"

马官回答说："我听说过，一个人的生死是命中注定的，懂得天命的人是不会草率死去的。河豚，是有毒的鱼。吃了它就会死，没有谁不知道。但一定要吃它而死，这是为了一时口腹的痛快而轻视自己的生命，这不是人子所为，所以我不哭他。"

司城子听了，心里凄恻，神情严肃地叹息说："贪图货财的危害，大概就像吃河豚一样吧！当今那些狡诈奸猾的人，没有不是贪恋吃喝之乐的人，他们全不懂得马官见儿子死了而不哭的原因，太可叹啊！"

【寓意点拨】这篇寓言以明知河豚有毒，却偏要食之而死为喻，讽刺那些贪污受贿者，明知贪污受贿是以身试法，但却利令智昏，自食恶果。

汤王见伊尹

【寓源】战国·墨翟《墨子·贵义》。

【寓言】从前商汤去见伊尹，叫彭氏的儿子驾车。半路上彭氏的儿子问商汤说："您要到哪里去？"

商汤回答说："我将去见伊尹。"

彭氏的儿子说："伊尹只不过是天下的一个普通百姓，如果您一定要见他，只要下令召见他，他就是很受恩赐了。"

商汤说："这不是你所知道的。如果现在有一种药，吃了以后，耳朵会更加灵敏，眼睛会更加明亮，那么我一定会高兴而努力吃药。现在伊尹对于我国，就好像良医好药，而你却不想让我见伊尹，这是你不想让我好啊。”于是叫彭氏的儿子下去，不让他驾车了。

【寓意点拨】寓言通过汤王与彭氏儿子两人之间的矛盾激化，表现出汤文王要亲见伊尹的迫切心情和坚定的决心。汤文王的见贤决心来自于明智的认识，而明智的认识又以“良医善药”的比喻来显明的。

这则寓言说明办事不可能不遇阻力，但只要有坚定不动摇的决心，一定会成功的；而决心坚定取决于思想上的清醒认识。

唐会不推车

【寓源】西汉·刘向《新序·杂事一》。

【寓言】赵简子乘车爬上弯弯曲曲的山坡，他的臣下都脱去上衣、露出胳膊帮着推车，只有唐会一人扛着戟，一边走一边唱着歌，不肯推车。于是，赵简子质问他：“我上山坡，臣下都帮着推车，就你一个人扛着戟，边走边唱不来推车，这就是你身为人臣而侮辱主上。做臣子的侮辱主上，该当何罪？”

“臣子侮辱主上，罪该死而又死。”唐会从容回答。

“什么叫死而又死？”赵简子感到不解，又问。

“自身被处死，妻子儿女又被处死，像这样就叫死而又死。”唐会回答说，“主上既然听说过臣子侮辱主上的罪过，那么，是否也听说过主上侮辱臣下的罪过呢？”

“作为主上，侮辱臣下，有什么样的罪过？”赵简子问。

“作为主上反而侮辱臣下的话，那么，智慧的人就不会为他出谋划策，能言善辩的人就不会为他出使别国，勇敢的人就不会为他战斗。智慧的人不出谋划策，国家就会灭亡；能言善辩的人不出使别国，使命就会阻塞；勇敢的人不愿战斗，边境就会被侵占。这三种人如果不为使用，那么主上就性命难保。”唐会从容地回答。

“讲得好。”赵简子赞叹道。

于是，他便命令臣下停止推车，为他们摆酒设宴，一起欢饮，并把唐会奉为上宾。

【寓意点拨】赵简子乘车上山，山路艰难，臣下都帮着推车，唯独唐会不愿推车，认为这是主上侮辱臣下，结果会造成君臣离心。唐会的话是正确的，君臣之间只有互相尊重，精诚团结，才能共谋国是。这则寓言从一件小事入手，讲述了君臣合作的重要性。

唐蒙与薜荔

【寓源】明·刘基《郁离子·唐蒙薜荔》。

【寓言】唐蒙和薜荔是寄生的草本植物，各自生在松树和朴树的下面，相互谋求依附。唐蒙说：“朴树是不成材的树，一丛丛地长在一起，枝叶繁盛而相互遮蔽。松树深深扎根于石缝间，而且还生长茯苓，这是百药之王，神农的雨师就是吃了它成仙的。松脂流入土中，就成了剔透的琥珀，可以跟水晶、玉石相媲美。它的树干耸出沟壑而直入云霄，枝条盘绕，松针茂密，风一吹来，发出百乐弦管齐奏的音响。除去它，再没有什么可依附的了。”

薜荔说：“松树确实很不错，不过在我看来，它却不如朴树。凡是有美好东西的地方，就会招致人的掠夺。因此山上有金，就会被开凿；石中有玉，就会被剥开；湖泽里有鱼，就会被淘干；草丛里有鸟，就会被铲除。现在这株有百尺高、树梢直插云霄的松树，不生在穷崖绝谷人迹不到的地方，却挺立于人的视线之内，并且还出产茯苓，生成琥珀什么的，我看它离被砍伐的日子不远了。”

薜荔伸出柔软的藤蔓，缠绕着攀上朴树，钻进小虫蛀的树洞，爬上树的枝条，伸展出自己的枝叶。如此一来，朴树的叶子反而不生长了，树干枝条全都被薜荔所占有，树心空虚而树皮脱落。一年后，齐王派工匠伐取松树做了雪宫的大梁。唐蒙失去了依附，很快枯死了，而薜荔与朴树还和以前一样生长着。

【寓意点拨】这则寓言说明：依附权贵，总不免有树倒巢覆的危险。反映了在纷纭乱世中的明哲保身的人生态度。

唐子树桑

【寓源】清·唐甄《潜书·权实》。

【寓言】以前唐子治理长子县时，那里的民众贫穷，年终的收成不够用来交租子。而璩（qú）里的民众，五月就把租税交完了，因为养蚕而获利。于是，唐子到处向民众询问：“我想让你们都种桑树养蚕，行吗？”

民众都说：“这里的土地不适合种桑树，如果适合的话，我们早就种桑树了，不会等到今天。”唐子听后就停止了。

过了些日子，唐子巡游到长子县的北境，看见那里有桑树，便让民众都去种桑树。

民众又说：“以前阿巡抚命令民众在路边种榆树，用竹鞭子抽打不种树的人，却没有成功，现在让民众种桑树一定不会实行的。”

唐子不听取民众的意见，违背民愿而叫民众种桑树。官吏请求他用法律条文告示全县民众，唐子笑了笑，说：“用条文告示，不能取信于民已经很久了。”

唐子便选择了八个官吏向民众口头宣传种植桑树的好处，五天就传遍了全县。这时，唐子又亲自向民众宣传，二十天就传遍了全县。这以后，唐子出行在路上遇见了妇女，派手下人问她：“你知道县令出行是干什么吗？”

那妇女说：“因为种桑树的事。”

派人问老年人，老年人也知道是种桑树的事；问年轻的人，年轻的人也知道是种桑树的事；问小孩子，小孩子也知道是种桑树的事；全县三百五十个村子的男女老少，没有人不知道种桑树的事。

这时，唐子又多次到百姓家里，问候妇人，关爱其子女，并告诉他们璩里的民众种桑养蚕而富裕的事，劝他们不要失去这个致富的机会。一家说起唐子登门劝种桑树的事，百家都知道了，以致全县三百五十个村子的男女，没有不想种桑树的。

到这个时候，唐子坚定地说：“可以叫民众种桑树了。”

唐子便叫璩里的民众到各乡村做老师，教他们种植桑树。唐子每天到乡村，察看那里民众的勤快和懒惰，随之办理督催赋税、审理官司的事。不用一张公文，不鞭打一个人，治理政事虽然没有完毕，而三十天中全县就种植八十万棵桑树。

【寓意点拨】这则寓言说明，做官为民，不仅要有良好的意愿，还要有行之有效的方法，那就是“必去文而致其情，身劳而信于众，乃能有成”。由此可见，这种行政为民的经验仍然值得今人吸取，即方针政策要得到贯彻落实，不是单纯凭文件公文所能了事的，还要深入民众，做好细致的思想工作，只有当群众理解认识到的时候，才会自觉地执行各种政策。同时还启示人们，做任何事情，身体力行、以理晓人的重要作用。

螳螂搏轮

【寓源】西汉·刘安《淮南子·人间训》。

【寓言】春秋时期，有一次，齐庄公带着几十名随从乘车进山打猎。一路上，齐庄公兴致勃勃，与随从们谈笑风生，驾车驭马，好不轻松愉快。忽然，前面不远的车道上，有一个绿色的小东西，近前一看，原来是一只绿色的小昆虫。那小昆虫正奋力高举起它的两只前臂，怒气冲冲地挺直了身子直逼马车轮子，一副要与车轮搏斗的架势。小小一只虫子，竟然敢与庞大的车轮较量，那情景十分感人。这有趣的场面引起了齐庄公的注意，他问左右：“这是什么虫子？”左右回答说：“大王，这是一只螳螂。”庄公又问：“这小虫子为何这般模样？”左右回答说：“大王，它要和我们的车子搏斗，它不想让我们过去呢。”“噫！真有趣。为什么会这样呢？”庄公饶有兴趣地问左右。左右回答说：“大王，螳螂这小虫子，只知前进，不知后退，体小心大，自不量力，又轻敌。”听了左右这番话，庄公反而被这小小螳螂打动，他感慨地说道：“小小虫儿，志气不小，它要是人的话，一定会成为最受天下尊敬的勇士啊！”说完，他吩咐车夫勒马回车，绕道而行，不要伤害螳螂。后来，齐国的将士们听说了这件事，都非常感动。从此，他们打起仗来更加奋不顾身，都愿以死来效忠齐庄公。

【寓意点拨】人们常说螳臂挡车，不自量力。然而我们从另一面来看，螳臂挡车之勇，也实在可赞可叹，这种置生死于不顾、敢于抗争的勇气，不是应该对我们有所启发吗?

螳螂捕蝉

【寓源】西汉·刘向《说苑·正谏》。

【寓言】春秋时期，吴王寿梦计划攻打楚国。吴王刚愎自用，拒绝任何人的劝谏，对跟随在左右的侍从们说：“谁胆敢劝我，坚决杀掉他！”

吴王亲随当中有个年轻人，他想劝阻吴王却又不敢直说，怎么办呢？于是，他每天清晨怀藏弹丸，手拿弹弓，在花园里走来走去，露水沾湿了浑身的衣裳。如此这般，一连三个早晨。

吴王颇感不解，问他说：“你为什么自讨苦吃，把衣服湿成这般样子呢？”

这个年轻人回答说：“花园里有树，树上有蝉，蝉儿落在高高的树上，发出‘知了，知了’的悲鸣声，间或喝着清凉的露水。它并不知道，螳螂正躲在自己的背后，准备吃掉它；螳螂弯曲着身体，弓着脚背，想要捉住蝉儿，它并不知道，黄雀正在自己旁边准备吃掉它；黄雀伸长脖子打算啄食螳螂，它并不知道，我的弹丸正在树下瞄准它。蝉、螳螂和黄雀，都一心想得到眼前的利益而没有顾及各自的背后还有祸患。”

吴王听后，颇受启发，他说：“你说得对！”于是取消了进攻楚国的计划。

【寓意点拨】这则寓言告诫人们，时刻要保持清醒的头脑，居安思危，切不可得意忘形，让胜利冲昏头脑，在有利的形势下要看到不利的因素。也可用来说明办事要瞻前顾后，见利思患，这样才能防患于未然。

螳螂捕蛇

【寓源】清·蒲松龄《聊斋志异·螳螂捕蛇》。

【寓言】古时候，有个姓张的人去山里打猎，路过一条狭窄的河谷时，听见两侧山崖上有异常的声响。那声音非常急促，噼里啪啦的，似乎有一根鞭子在抽打着树叶；还时不时地发出凄厉的惨叫。姓张的猎人好奇，“是不是有人遇到危险了呢？”他自己琢磨着。沿着声音传来的方向走去，想探个究竟。

他来到发出声音的地方一看，原来是一只螳螂在和一条大蛇搏斗。那蛇有两米长，碗口粗，黑色和红色交相辉映的身体，“丝丝”地不停吐着长长的芯子，看起来凶猛异常；螳螂正站在大蛇的头上，用它那对镰刀般锋利的前腿，紧紧地抓住蛇的脑袋不放松。“小小的螳螂怎么能和这样的大蛇交战呢？”猎人心中不禁想着，他突然对这场战斗的结果非常感兴趣了；悄悄地走得更近了一些，躲在一棵大树的后面，想看个仔细。

螳螂紧紧地抓住大蛇的脑袋，并没有采取其他的进攻方式。大蛇呢，它似乎并没有把螳螂放在眼里，卖力地在丛林里甩动着自己细长的身体，那尾巴抽打在四周的树枝树叶上，发出“噼里啪啦”的声响。它反反复复地翻转扑跌着，妄图通过巨大的力量甩掉自己头顶的螳螂。虽然有好几次螳螂差点被大蛇的摆动甩下来，但是，螳螂一点也没有放松。它还是用前腿紧紧地抓着蛇的脑袋，没有一点放松的迹象；时间一长，那锋利的前腿都深深地抓进蛇的脑袋里了。大蛇还是来回扑腾着，它不断地变换不同的摆动姿势，可是不论它怎么翻腾，还是无法摆脱螳螂的纠缠。慢慢地，大蛇好像也撑不住了，速度越来越慢，也不再那么凶猛地吐芯子了。也不知道过了多久，蛇躺在地上一动不动了。螳螂竟然战胜了大蛇！姓张的猎人怎么也不敢相信自己的眼睛；就在他还待在那里的时候，螳螂欢快地叫了几声，然后疲惫又开心地跳到草丛里消失了。猎人走到死蛇的面前一看，这才发现，那蛇头顶的皮肉已经全部绽裂开了。

螳螂抓住大蛇的要害，持之以恒，不管多么艰难都不放弃，最终才能取得胜利！猎人看着那死蛇，回头仔细想想，终于想明白了。

【寓意点拨】小小的螳螂战胜凶猛的大蛇，看似不可思议，但实际上却合情合理；那是因为它找到了蛇的致命弱点，永不放弃。这说明只要善于运用自己的长处，抓住对手的要害，锲而不舍，就能以弱胜强，创造看似不可能的奇迹。

陶　鼎

【寓源】明·闵景贤《快书》。

【寓言】陶鼎，字允馨，出生于河滨。他身材矮小，脸色黑而有光泽，大耳方口，他的身体常有浓郁的香气。看相的人说："这个人虽然经常接近贵人，但他不会大富大贵，不能与香孩儿那些大富大贵的人相提并论啊！"

陶鼎与檀列夫、柏子仁非常友好，这二人来时，大家融洽得舍不得分离；二人走时，大家难过得垂头丧气。陶鼎擅长大小篆，经常在晨风或夕月之中，静坐在门帘的后面，奋笔疾书，其字圆润曲折有致，清新可爱，可谓是神来之笔。这些字保存得越久，其神韵越充沛。跟陶鼎一起的人都渐渐受到熏陶，精神境界也同时得到升华，而没有必要再去佩戴那些香草了。

他的家乡中有一个小混混，行为恶劣，读书人见了他，躲避唯恐不及。有一天，这个小混混来向陶鼎请教，两个人面对面坐了一整天，竟然没说一句话。小混混说："我是诚心实意来向你求教，你却没有一句话来教育我，你这不是阻断我改错的决心吗？"陶鼎说："我说什么呢？之所以能感动天地鬼神，改变人的气质，靠的全是这种精神，你让我说什么呢？"小混混回去了，他的坏行为全都改掉了，读书人再也不躲避他了。

陶鼎天生爱好学习，由于受心火煎熬，所以得肌热之病。医生说："你何不暂时停止一下学业呢？使内火不起，心境平静，身体就好了。"陶鼎说："如果能流芳于后世，那么就是虽死犹生，何况生命的长短全由上天安排呢！"

【寓意点拨】寓言以拟人的手法、俏皮的语言，歌颂了瓦炉的功用。又以瓦炉为喻，告诉读者一个深刻的道理，那就是，一个人不要妄自菲薄，不管自己如何窘迫困顿，只要踏实学习、认真做事，就是一个对社会有用的人。

腾猿处势

【寓源】战国·庄周《庄子·山木》。

【寓言】善于腾跃的猿猴，当它处在柑、梓、橡、樟一类高大的树木上时，便可以随意攀缘着树枝而自由自在地生活在其间，就连羿和蓬蒙这样的射箭能手对它也无可奈何。当猿猴来到柘、棘、枳、枸这类刺丛之中时，却一步也不敢随便行动，左顾右盼，心里充满恐惧。这不是它的筋骨变得僵硬不敏捷了，而是所处的环境条件不方便，不足以施展它的才能。

【寓意点拨】这则寓言可以借以说明，一个人才能的发挥，必须具有相应的客观条件；只有主观的积极因素，而无外部环境，个人的才华也是难以发挥作用的。所以要想更好地发挥自己的才干，就一定要选择或创造有利的客观条件。

剃眉卒岁

【寓源】明·江盈科《雪涛谐史》。

【寓言】有一个恶少，逢年终，无钱过年。妻子问他怎么办，恶少说："我自有办法。"

正好看见一个剃头的经过他家门口，恶少便叫他进屋给自己梳理头发，并且对剃头的说："你替我剃去眉毛。"

才剃去一边，恶少便大嚷大叫："从来剃头，有损人眉毛、毁人容颜的吗？"要扭送他去官府。

剃头的非常害怕，愿意送他三百钱作赔情礼，恶少收下来过了个好年。

妻子见丈夫剃去一边，留下一边，便说："何不都剃了好看些？"

恶少回答："你真不会算计了！这一边眉毛，还要留下来过元宵节呢！"

【寓意点拨】这个恶少为骗取钱财，施小计引人入圈套后，便放刁撒泼，蛮不讲理。明明是他叫人"为我剃去眉毛"，转眼间便不认账，并且要扭人赴官。对这种无赖，老实人可不能以君子之心度小人之腹，不要轻信他们的话语，否则必受其害。

天气不正

【寓源】明·江盈科《雪涛谐史》。

【寓言】有一个地方上的军事长官，在数九寒天举行晚宴。厅堂内烧起一盆盆炭火，点着一支支蜡烛，酒斟得满满的，一大碗一大碗地畅饮着。酒后耳朵发热，叹息着说："今年的天气很不正常，是该冷的时候了却这么热。"他手下的兵士在一旁听了，跪着向他禀告："我们站在门外，觉得天气正常得很呢！"

曾听得古诗上说："一为居所移，苦乐永相忘。"果然是这样啊！

【寓意点拨】将军居屋内，炭火熊熊，烛光荧荧，酒后耳热，岂知天寒；士兵在屋外，寒风凛冽，寒气袭人，加之腹内空空，他们岂能不知天寒？俗语所谓"饱汉不知饿汉饥"，可为这则寓言最好的注脚。

天下五墨墨

【**寓源**】西汉·刘向《新序·杂事一》。

【**寓言**】晋平公无事在家，师旷在一边侍候。

晋平公说："你生来眼睛没有瞳仁，你的昏暗真是太厉害了。"

"天下有五种昏暗，我的眼瞎不在其中。"师旷答道。

"此话怎讲？"晋平公问。

师旷从容地解释说："大臣们施行贿赂，以博取声誉，百姓们被侵犯、受冤屈，无处申诉，国君对此一无所知，这是第一种昏暗；忠臣不被任用，所任用的不是忠臣，才能低下的人居于高位，无才无德的人俯临贤臣，国君对此一无所知，这是第二种昏暗；奸臣欺瞒哄骗，弄得国库空虚，却以些许小才掩饰罪恶，贤人遭驱逐，恶人被宠贵，国君对此一无所知，这是第三种昏暗；国家贫乏，百姓疲苦，君臣上下不能和睦相处，而又贪爱财宝，对外用兵，欲望没有止境，阿谀逢迎之徒却在身边随声附和，国君对此一无所知，这是第四种昏暗；道德是非不明了，法令规则不通行，官吏行为不正派，百姓生活不安宁，国君对此一无所知，这是第五种昏暗。国家一旦有了这五种昏暗，想不出现危险，那是从来没有过的。我的昏暗，只不过是个小昏暗。对国家有什么危害呢？"

【**寓意点拨**】寓言中的"墨墨"（昏暗）一是形容眼瞎看不见，一是形容不了解实情。师旷巧妙地把前一意义引申到后一意义，指出天下有五种弊端而国君不了解，这才是危害国家的大"墨墨"。从中我们可以明确地体察到师旷对黑暗现实的激烈抨击。

天下无良马

【**寓源**】唐·韩愈《昌黎先生集》。

【**寓言**】日行千里的马，每顿要吃一石多的粮食。可养马的人不知道它日行千里需要吃这么多的粮食。这种马，尽管有日行千里的能力，可是它吃不饱，力气就不足，因而它的才能就表现不出来，甚至连一匹普通的马都不如，又怎能要求它日行千里呢！驾驭它，又很不得法；喂它，又不让它尽量吃饱；吆喝它，又不懂它的癖性，养马的人却拿起马鞭走到马的跟前说："世上没有好马！"呜呼！真的没有好马吗？这真是不识好马啊！

【寓意点拨】这则寓言说明，对于人才的使用，要提供必要的条件，不然，难以发挥他们的才能。

天仙与鬼伯

【寓源】明·刘基《郁离子·规姬献》。

【寓言】郁离子对姬献说："我曾经到汝水、泗水一带去游览，看见树丛中有些祠庙，中间是祭祀天仙的，左右两边是祭鬼的。祭祀天仙的庙里，除了香烛以外别无他物，而祭鬼的庙里，敲钟鸣鼓，进贡蒸煮的肥羊，灯火通明，通宵达旦。如今你的厅堂里，无论雨天、晴天，还是酷暑、寒冬，都像集市那样热闹，鹅、羊、鸡、鸭的叫声，一片嘈杂，连人们说话的声音都听不到。我痛惜你成不了天仙，只能成鬼了。"

第二年在匏（páo）瓜这地方失利，姬献就死在那里。

【寓意点拨】这篇寓言，揭露贪官受贿，并对趋炎附势的小人予以讽刺。文中以"天仙"比喻清官，以"鬼伯"比喻贪官。前者无人垂青，后者门庭若市。此外，还以"鹅羊鸭鸡之声哑嚄嘈囋"作比，对人世间那些趋炎附势之徒，给予讽刺。

天子无戏言

【寓源】秦·吕不韦《吕氏春秋·重言》。

【寓言】周成王同他的弟弟唐叔虞闲居时，摘下一片梧桐叶子当珪，交给唐叔虞说："我以这个封你。"叔虞很高兴，把这事告诉了周公。

周公向成王禀告说："天子您封叔虞了吧？"

成王说："我是跟叔虞说着玩的。"

周公说："我听说过，天子没有开玩笑的话。天子一说话，史官就记下来，乐工就吟诵，士人就颂扬。"

于是成王就把叔虞封在晋。周公善于劝说，他一劝说就使成王对言谈更加慎重，使爱护弟弟这种道义彰明，又因为封叔虞于晋而使周王室更加稳固。

【寓意点拨】这则寓言启示人们，说话不仅要慎重，不要随口脱出，而且还要注意身份，因为同样一句话，不同身份的人说出来，所产生的作用是不同的。在群众是建议，而在领导则是决策。所以在一定的场合，不要说出不合自己身份的话，也不要说出超越自己身份的话。"天子无戏言"已形成成语，多用来说明讲话要算数，不可出尔反尔。

田 不 满

【寓源】清·纪昀《阅微草堂笔记》。

【寓言】有个佃客名叫田不满，夜晚走路迷失了方向，错走进乱坟岗子里去，脚踩了一个死人骷髅。骷髅立即发声说："不要踩坏我的脸！不然，我将要降祸于你！"

田不满性情憨直而且勇猛，呵斥道："谁叫你来挡我的去路？"

骷髅说："是别人把我移到这儿来的，不是我要挡你的去路呀！"

田不满又喝道："那你为什么不去降祸给移动你的人呢？"

骷髅说："他正走运，我无可奈何他。"

田不满又耻笑又恼怒地说："难道我是个倒霉的？你害怕走运的，欺负倒霉的，这是什么道理呀？"

骷髅哭泣着说："你也是个走运的，所以我不敢作祟，只是想用几句空话吓唬。害怕走运的，欺负倒霉的，人情都是这样，您却来责备我这个鬼吗？请可怜我，把我拨到窟窿里去，那就是您对我的恩典啦！"

田不满毫不理睬，向前一冲就走过去了。只听得背后有呜呜的哭声，最终也没有发生其他什么怪事。

【寓意点拨】这则寓言说明装腔作势，借以吓人的邪恶势力，常常在失利之后，装出一副可怜而无害的样子，以便蒙混过关，卷土重来。骷髅的作为，是典型的表演，人们切不可麻痹大意。在邪恶势力失利的时候，不管它虚声恫吓也罢，哀求哭泣也罢，都不可轻信上当。只有像田不满这样，不怕恐吓，不怕威胁，不受迷惑，勇往直前，邪魔鬼怪也就无伎可施、一败涂地。

田单攻狄

【寓源】西汉·刘向《战国策·齐策六》。

【寓言】田单将要率兵攻打狄国，便去拜访鲁仲连。仲连说："将军这次攻打狄国，是不可能取胜的。"

田单说："我曾凭借即墨小城，败兵几千，攻破了拥有万乘的燕国，收复了齐国失去的大片土地；现在攻打狄国怎么不会取胜呢？"结果他率兵攻打狄国，三个月都没有取胜。

这时，齐国传诵着一首童谣说：“大帽像簸箕，长剑与人齐，攻狄不能胜，筑垒空悲戚。”田单听到后恐惧不安，便问鲁仲连说：“先生你说过我不能攻下狄国，我想请你说说原因。”

鲁仲连说：“将军当时在即墨，坐时就编织草包，站着就拿着杖锸（chā），身先士卒，倡导士兵说：‘应该勇敢冲上前，不然祖国将灭亡，身体魂魄将丧失，归家处所在何方？’在当时，将军有必死的决心，战士无生还的气概，听到这些话，没有不挥泣振臂，与敌人决心死战的。这就是攻破燕国的原因。现在不同了，将军东边有夜邑的俸禄供享用，西边有淄上供游乐，腰间横挎黄金宝剑，驰骋玩乐在淄水、渑水之间，只有享受活着的快乐，而没有决死的思想。这就是不能取胜的原因。”

田单听后说：“我有拼死的决心，先生请记住！”

第二天，田单就鼓励士气，巡察敌情，站在敌人能射中的范围，手持鼓槌击鼓进攻，于是狄国被攻下了。

【寓意点拨】这则寓言告诉人们，贪图享乐，骄傲狂妄，是败事的根源，因为享乐就不可能艰苦奋斗，骄傲就不会谨慎对待复杂的事情。所以一个人的身份地位变了，而艰苦奋斗、戒骄戒躁的思想不能变，这样才能在原来的基础上获取更大的成功，否则将前功尽弃。

田父得玉

【寓源】战国·尹文《尹文子·大道》。

【寓言】魏国有个农夫在田里耕种，拾得一块直径一尺长的宝玉。但农夫不知道这是块宝，便告诉了邻居。邻居暗中盘算想谋取宝玉，便欺骗他说：“这是块怪石头。如果收在家里，肯定不吉利，不如把它放回原处。”

农夫虽然心中感到疑惑，但还是把它带回了家，放在偏房里。当天晚上，宝玉通明，照亮了整个房间。全家人惊恐万分，又把这事告诉了邻居。邻居恐吓说：“这就是作怪的征兆，赶快扔掉，灾祸便可消除了。”农夫听从了他的话，赶忙把宝玉丢到很远的野外去。没过多久，邻居偷偷捡了宝玉，把它献给了魏王。

魏王得到宝玉，召玉工来鉴别。玉工远远望见宝玉，便连忙朝魏王拜贺，退后几步站起来说：“恭贺大王得到了一块稀世珍宝。这样的宝玉我还从未见过呢。”魏王问宝玉价值多少，玉工说：“这是无价之宝啊，哪怕用五座最繁华的城市来换，也只够看上一眼。”魏王立即赏赐千金给献玉的人，并让他永久享受上大夫的俸禄。

【寓意点拨】这则寓言除了启示人们认识弄清事物的名称概念与实际内涵相符的重要性以外，故事中的两个人物给人以不同的告诫意义。农夫所以被骗上当是由于不识真货，这告诉人们要保护自身的利益，避免受骗，就要多识别真货，真假明辨，骗子则无从下手。邻人是个骗子，而骗子所以得逞，在于手段的诡秘，他先用谎言来诈骗，掩盖自己的骗局；再用盗窃的手段偷取宝玉，无人发现；最后献宝于王，获得厚赏。这就使人们深刻地认识到骗子的欺诈、偷窃、献媚的卑劣手段和丑恶灵魂。

田果命名

【寓源】战国·尸佼《尸子·卷下》。

【寓言】齐国有个人名叫田果，他给自家的狗起名叫“富”，给儿子起名叫“乐”。将要祭祀时，狗进入祭祀的堂庭里，田果呼狗说：“富，出去！”巫人说：“这不吉祥呀！”田果家果然遭到了大祸。他的大儿子死了，他哭着呼唤：“乐啊！”不像悲痛的样子。

【寓意点拨】齐国这位田果把狗叫富，把子叫乐，“富乐”这多么吉祥有利啊。可是他不懂情况在变，名称也要变，结果反遭不幸。

这则寓言告诉人们，社会在发展，新的事物不断出现，旧事物不断地被淘汰，要适应新形势，必须不断更新观念。

田杨画本

【寓源】明·刘元卿《贤奕编》。

【寓言】隋朝的田僧亮、杨契丹和郑法士都以善于绘画而闻名，郑法士知道自己绘画的技能不如杨契丹，就跟杨契丹求要画谱，杨契丹不给他。一天，杨契丹领着郑法士来到官府的厅堂，指着宫殿、衣帽、车马等说：“这就是我绘画所依据的底本，你明白了吗？”郑法士由此而醒悟，绘画的技能与日俱进。

唐朝的韩干以画马的形体逼真而入朝廷侍奉皇帝，唐明皇下令叫他跟随陈闳学习绘画方法。韩干趁机启奏皇帝说：“我有自己的老师，陛下马房里的飞黄马、照夜白马，以及各地马厩的名马，都是我的老师。”唐明皇认为他说的正确，就同意了。其后韩干的画果真超过了陈闳。

【寓意点拨】这则寓言通过郑法士、韩干以实物为原本来学画的故事，说明深入实际，是治学、办事的成功关键。告诫人们，要深入生活实际，掌握事物的本质特征，切不可以间接的材料代替自身的实践。

田　仲

【寓源】战国・韩非《韩非子・外储说左上》。

【寓言】齐国有个隐士叫田仲，宋国人屈谷登门拜访他，对他说："我听说先生的高见，是不依赖他人而过活。我有一个大葫芦，坚实得像石头一样，瓜皮厚到中心没有空窍，我愿将它送给您。"

田仲回答说："葫芦之所以贵重，是因为它的壳可以盛东西。您的这个葫芦，既然是个实心的，就不可以劈开来盛东西，而且又坚硬得像石头，更无法截开来斟酒，我拿它有什么用！"

屈谷说："您说得很对啊，我将要丢掉它。现在您田仲不依赖他人而独自过活，自然于国家也毫无益处，也是这个实心葫芦一类的东西！"

【寓意点拨】寓言讽刺和批评那些生活在现实社会中却自命清高，幻想超脱现实的人。

田主见鸡

【寓源】清・游戏主人《新镌笑林广记》。

【寓言】一个富人有几亩多余的田地，租给张三，每亩田收租是一只鸡。

张三把鸡藏在背后，富人就喃喃地说："不把这片田给张三种。"

张三马上把鸡拿出来，富人又说："不给张三那给谁？"

张三说："一开始不给我，后来又给我，这是为什么？"

富人说："开始是无稽(鸡)之谈，后来是见机(鸡)行事嘛。"

【寓意点拨】这则寓言讽刺了一些读书人，不把知识当作为民造福的工具，却把知识当作欺民骗财的手段。

铁杵磨针

【寓源】宋・祝穆《方舆胜览》。

【寓言】唐代诗人李白，小的时候很贪玩，不爱学习，经常偷偷跑出学堂去玩。

一天，李白没有上学，跑到河边去玩，忽然看见一位白发苍苍的老婆婆正在磨着一根铁棍。李白好奇地问道："老婆婆，您在干什么？"老婆婆说："我在磨针。"李白说："磨针！用这么粗的铁棍磨针，什么时候能磨成啊！"老婆婆抬起头，停下手，亲切地对李白说："孩子，铁棒虽粗，可挡不住我天天磨。滴水穿石，难道铁棒就不能磨成针吗？"李白听了老婆婆的话，很受感动，心想："是呀，做事只要有恒心，就一定能做好。读书不也是一样吗？"从此以后，他刻苦读书，终于成为一名大诗人。

【寓意点拨】这则寓言给人的启迪是，要想做成任何事情，就不要惧怕困难，都要持之以恒，要有一股韧劲，最后才能成功。

铜乳之臭

【寓源】唐·赵璘《因话录》。

【寓言】有个士人退朝以后，前去朋友家里拜访。看到朋友家里坐着一个道人，穿着打补丁的衣服，这个人就不高兴地离开了。后来有一天，他问朋友："你喜欢和穿着破烂粗布的人来往，为什么？我不知道他是贤能还是愚昧，只是觉得他身上有臭味。"

朋友回答说："粗布衣服的臭味，哪里比得上铜乳呢？铜乳的臭味，与你并肩而立，紧紧跟随，你身处其中，却不觉得羞耻，反而来嘲笑我和山野中的有道之人交往。南朝的高人认为野外青蛙的叫声比鼓乐声还要动听，在我看来，粗布的衣服比朱紫的衣服好得多了。"

【寓意点拨】寓言提示人们：衣着的华美掩饰不住利欲熏心，而真正修养高深、心胸开阔的人即使穿着破烂，也照样有人格的魅力。所以，人们不但要注重仪表，更要注重内心修养的提高。

铜锥钓鱼

【寓源】清·刘大槐《海峰文集》。

【寓言】楚国南部有个渔夫，他希望得到能够吞下船只的大鱼却讨厌使用弯曲的鱼钩。于是，他取来庄山的铜做成铜锥，投入潇水湘水之滨。成千条大鱼吃完渔夫的饵料就游走了，而渔夫却终年没有钓到一条鱼。

有人见此情形就劝渔夫把铜锥稍微弯曲一点，渔夫说："我宁可终身钓不到一条鱼，也不忍心去干用曲钩钓鱼那种可耻的事情。"

楚国人都嘲笑渔夫愚蠢。

【寓意点拨】这则寓言讽刺那些不顾客观规律，只凭主观意愿办事的人；也启示人们：办事要获得成功，必须采用适应成事的方法，目标明确，方法对路，方可成功。

投婴于江

【寓源】秦·吕不韦《吕氏春秋·察今》。

【寓言】古时候，有个过江的人，正要上船的时候，突然听见远处传来凄惨的小孩的哭声。他忍不住停下了脚步，四处搜索。

终于，在滔滔的江水边，发现有个人正抱着小孩，要把他扔到江里去。过江的人忙呵斥住那人，想要制止他，谁知那人竟然嬉笑着说："不用担心的，这小孩的父亲是善于游泳的，所以嘛，他也应该没事的！"

可气，可笑，又可恨！孩子的父亲善游泳，那跟这孩子又有什么关系呢？

【寓意点拨】寓言中投婴于江的那个人胡乱联系，强词夺理，也许他是想说"有其父必有其子"吧，可是显然把这句话用错了地方，犯了形而上学的严重错误。

秃　山

【寓源】宋·王安石《王文公诗》。

【寓言】一位小官吏行舟于海上，停船在山边。令其惊奇的是此山是光秃秃的，乡间的人告诉其中的原因。一只猴子在山上叫，另一只猴子与它相伴。它俩相配后生下许多小猴子，这些小猴子又生下了众多的后代。刚开始的时候，山中的草木繁茂，果实比较容易得到。它们攀高处探深谷，以求腹欲，山中的果实都被采摘完了。这些猴子为了填饱自己的肚子进行争抢，根本不考虑收藏果实。一旦缺少食物，大大小小的猴子便陷入愁苦之中，相互之间为争夺一点点食物就拼得死去活来。猴子虽然聪明，但不会种庄稼，只是喜爱那些壳类食物，反凭此混日子。猴子徘徊于海中孤山，四周是茫茫大海，无处可去。而它们还在繁衍不息，它们将如何度过严冬呢？

【寓意点拨】这则寓言借写不事生产的群猴来影射当时的统治者。讽刺他们贪图享受，不从长计议，得过且过，结果坐吃山空，使国家和人民遭受极大的灾难。寓言尖锐地批评醉生梦死的统治阶级已将国家弄到山穷水尽的境地。

屠龙之术

【寓源】战国·庄周《庄子·列御寇》。

【寓言】古时候，有个名叫朱泙漫的人，整日游手好闲，他的父亲为此而苦恼，便把他叫到跟前说："你应该学一技之长，将来也好立身处世。"朱泙漫说："要学就要学那种天下无双的绝技。"他听说有一个叫支离益的人身怀杀龙的绝技，于是朱泙漫便不远万里寻师学艺。他三年如一日，耗费了千金家产，跟着老师钻龙穴、赴龙潭。终于有一天，师傅对他说："师傅引进门，修行在个人。技术我已全交给你了，以后就要看你的了。不过，我要告诫你一句话，此技术用来为民除害尚可，要用它来作为立身之本就不太实际了。"

三年之后，朱泙漫回来了，人们问他："你这三年工夫学会了什么手艺啊？"

他说："我拜了屠龙专家支离益为师，学会了屠龙之技。"

接着，他就扬扬得意，指手画脚，大谈其杀龙的技术：杀龙该用什么样的刀，该怎样按住龙头，怎样剖开它的肚子。

不等他说完，听的人早已忍不住笑起来了。大家说："你这套杀龙的本领，果然是绝技，了不起得很！可惜，哪里有什么龙来让你屠杀呢？"

【寓意点拨】学习的目的是学以致用，所学的技术是否有价值，关键要看它能否在实际中应用。那种好高骛远，脱离实际需要的学习是毫无意义的，不仅浪费时间，而且浪费钱财。这则寓言的意义就在这里。

屠龙子失马治厩

【寓源】明·刘基《郁离子·晚成》。

【寓言】屠龙子丢失了一匹马，然后着手修马厩，人们对他说："已经晚了。"

屠龙子说："折断了胳膊，然后去学医，也不算晚。从前，齐桓公、晋文公都先丧失国家而后又回国成为霸主。越王勾践曾被俘虏，困在会稽山，后来灭了吴王夫差，成为诸侯盟主。知武子曾被楚国囚困，回国后做了晋国的丞相，在鄢陵打败了楚国，恢复了先王的帝业。孙膑被砍断双足，后来成为齐国的军师，大败魏国军队，杀死魏将庞涓，威震天下。楚人伍子胥，他的父、兄被楚王杀害，他出奔到吴国，后来攻下郢城，替他的父、兄报了仇。魏人范雎初被魏冉派人打断了肋骨、牙齿，被卷在竹席里丢进茅坑，后被人救出，入秦为丞相，辅佐秦昭襄王战胜魏国，迫使魏冉自杀。以上三个君王、四个卿大夫，当他们处在艰难窘困的时候，谁不认为他们会和枯草落叶一起腐烂在土壤里呢？然而一朝声名显赫，人们敬仰他们就像对天上的日月星辰一样。倘使当初他们心甘情愿处于危亡之中而自暴自弃，那就什么都没有了。这如同在七月的大旱天里，禾苗不能生长，但割掉田间杂草，禾苗成长还有希望；倘若认为时间太晚了就不去管它，那么田地就很快荒芜了。”

数月后，屠龙子丢失的马果然跑了回来，人们都佩服他的远见卓识。

【寓意点拨】这则寓言通过屠龙子失马治厩又复得马的故事，说明了失而补救尚未晚也的道理。劝告人们处逆境而不要绝望，犯错误而不要自弃，遭丧乱而不要悲观，只要励精图治，终会成功。

屠龙子下棋

【寓源】明·刘基《郁离子·主一不乱》。

【寓言】屠龙子和都黎两人下棋，都黎屡屡失利。管理旅舍的人同情他，并来帮助他，结果又下败了。观棋的人都惊讶，都来帮助都黎。屠龙子随行的人向屠龙子请求停止下棋，说：“我们听说‘寡不敌众’，对方正在集中众人的智慧，我们担心你前功尽弃。”

屠龙子不答话，坐着照旧下棋。都黎又大败了，几乎不能支持下去。帮助都黎下棋的人都面面相觑，变了神色，拿着棋子埋怨、指责。

屠龙子让他们重下，可谁也不敢再来。屠龙子的随从高兴地说：“你的棋下得太神奇了！”

屠龙子说：“不算神奇。你没见过野兽相斗吗？野兽中老虎是最凶猛的。如果以虎斗虎，那么一只老虎是斗不过众多老虎的，这是很明显的。如果以狐狸跟老虎相斗，即使有千只狐狸又怎么能斗过老虎呢？愈多愈显得它们自己慌乱。”

【寓意点拨】这则寓言通过屠龙子与都黎下棋大获全胜的故事，说明潜心钻研、精力集中者胜，众说纷纭、没有主见者败。

屠门大嚼

【寓源】汉·桓谭《新论·祛蔽》。

【寓言】有一个年轻人在街口面朝西站着，笑个不停。路上的行人感到很奇怪，一位老人说：“小伙子，大家都各行其事，你怎么有工夫在这儿高兴？”年轻人笑了笑说："都说长安城里很繁华，很热闹，很好玩。伫立在此，不就像置身于长安城一样快活吗？"老者语重心长地说："年轻人，还是干点儿实事吧！"年轻人在众人的笑声中走了。

一会儿，年轻人又转到一家肉店门口，颇为陶醉地大嚼大咽，似乎在有滋有味地吃着什么美味佳肴。肉店老板很纳闷，便走到门口问他："吃什么好吃的呢？满有味的嘛！。"

这年轻人眼睛盯着肉说："你不知道肉好吃吗？看着这鲜嫩的肉，嘴里不免有了肉的香味。"肉店老板说："那你就立在这儿看个饱吧！"这个年轻人一直站到肉店打烊，才悻悻地回家去了。

【寓意点拨】寓言嘲笑那些唯心主义者，企图凭主观想象得到满足。"屠门大嚼"，只能自己欺骗自己。实际生活中，不切实际的幻想并不等于现实。美好的幻想，要经过艰苦奋斗才能成为现实。

屠牛吐拒婚

【寓源】战国·韩婴《韩诗外传》。

【寓言】齐国国君赠以丰厚的嫁妆给女儿找夫婿，想把女儿嫁给卖牛肉的屠夫吐为妻，屠夫吐以自己有病推辞了这桩婚事。他的朋友说："你愿意终身在这腥臭的集市中过活吗？干嘛推掉这桩找上门的好事呢？"屠夫吐回答说："他的女儿一定非常丑。"朋友说："你怎么知道？"屠夫吐说："凭我杀牛卖肉的功夫就明白了这其中的奥妙。"朋友问其中的原因，屠夫吐说："我卖的肉如果质量好，就会全部售罄，顾客只会嫌肉太少；如果卖的肉质量不好，即使用搭送别的东西增加分量，肉还是卖不出去。如今国君以丰厚的嫁妆嫁女儿，这无非是因为女儿太丑不好嫁掉罢了。"他的朋友后来见到了齐王的女儿，果然长得很丑。

【寓意点拨】这则寓言告诫人们：一个人善于积累总结生活经验，就会举一反三，对事情做出比较正确的判断。同时说明，刻意掩饰某种缺陷或事物的真相，往往会弄巧成拙，事与愿违。也警示人们，圈套总是用美妙的言辞和诱人的利益编织起来的，对此应有足够的警惕。

屠杀恶狼

【寓源】清·蒲松龄《聊斋志异·狼》。

【寓言】黄昏时分，一个屠夫被一只狼逼得走投无路，忽然看见路旁有农民搭了一个棚子在那里，就飞跑过去，藏在里面。恶狼从挂着草帘的窗口伸进一只爪子，屠夫急忙一把死死抓住，不让它缩回去。但他没有办法把狼打死。只有一把不到一寸长的小刀，就用它来割裂狼的脚皮，掰开刀口，鼓起腮帮拼命地吹气。他用尽力气吹了一会儿，觉得狼不大挣扎了，这才把刀口绑起来。他走出棚子一看，那狼早已被吹得胀大如牛，四腿僵直，不能弯曲，张开的嘴不能合拢。于是，他就把狼背回去了。如果不是屠夫，怎么能想出这样的办法呢？

【寓意点拨】这则寓言向人们展示了这样的寓意：狼的本性是凶残的，要敢于同它做斗争，没有丝毫妥协的余地，才能战而胜之。进而言之，一切敌人都是纸老虎，都是能战胜的。

屠羊说辞赏

【寓源】战国·庄周《庄子·让王》。

【寓言】楚昭王丧失了国土，屠羊说跟从昭王出走。后来楚昭王返回楚国，要赏赐跟从他的人。当赏赐到屠羊说时，他说：“大王失去国土，我失去了屠羊，大王返国，我也回归屠羊。我屠羊的职位俸禄已经恢复了，我还要什么赏赐呢！”

昭王说：“一定要他接受。”

屠羊说说：“大王丧失国土，不是我的过错，所以我不应该受到处罚；大王返回国土，不是我的功劳，所以我也不应当受到赏赐。”

昭王说：“召他来见我。”

屠羊说说：“楚国的法令规定，一定是有大功受重赏的人才能被召见。现在我的才能不足以保存国家，勇敢也不足以消灭敌人。吴国军队侵入郢都，我畏惧危险灾难而逃避敌人，并不是有意跟从大王。现在大王要违反法令来召见我，这不是我所愿意传闻于天下的事。”

楚昭王对司马子綦说：“屠羊说身处卑贱而说理高见，你替我请他担任三公的职位。”

屠羊说说：“三公的职位，我知道比屠羊的职业尊贵；万钟的俸禄，我知道比屠羊的买卖利多。但是我怎么可以贪图官禄而使君主蒙受滥施赏赐的名声呢？我不敢接受，希望还是让我回到屠羊的店铺里去。”屠羊说始终没有接受昭王的赏赐。

【寓意点拨】这则寓言具有现实的教育意义，如今的官场上那些要官、骗官、买官的小人，与屠羊说相比，是何等的卑劣！

屠遇两狼

【寓源】清·蒲松龄《聊斋志异·狼》。

【寓言】一个屠户晚上回家，担子里的肉已经卖完，只剩下些骨头，半路上遇到两只恶狼，尾随着他走了很远。

屠户非常恐惧，忙从担子中拿出一块骨头扔去，一只狼得到骨头后停了下来，另一只狼仍然跟在后边。他再扔一块骨头，前边这只狼止了步，而后边那只狼又赶到了。骨头扔完，两只狼一齐撵上来，照旧紧跟不舍。

屠户十分害迫，担心两只狼前后夹攻，自己腹背受敌。他环顾四周，发现有个麦场，场上堆集着一垛柴草，上面用席子覆盖着，像小山一样。他便急忙奔过去，靠在柴垛下面，扔掉担子，抽出砍肉的刀子，严阵以待。狼不敢近前，只是用贪婪的眼光盯着他。

过了片刻，一只狼径自离去，另一只狼像狗那样蹲坐在他前面，渐渐又闭上眼睛，装出若无其事的样子。屠户突然跳起，举刀劈向这只恶狼的脑袋，连砍几刀，把狼杀死了。他正准备继续赶路，又听得柴堆里沙沙作响，绕到后面一看，原来是离去的那只狼正在柴垛下掏洞，意思是要由洞中穿过，从其背后进攻。这时，大半截身子已经钻入里面，只露个屁股和尾巴在外边，屠户乘势一刀砍下，把狼拦腰砍断，也把它杀死了。屠户这时才明白过来，第一只狼装睡，是为了制造假象，迷惑自己。

狼也是很狡猾的啊！但是顷刻之间，双双毙命，说明禽兽的诡诈也不过如此，只能为人增添些笑料而已。

【寓意点拨】这则寓言告诉人们，敌人是狡猾的，但他们的本性决定他们又是愚蠢的。只要做到知己知彼，讲究斗争艺术，就能洞察其奸，战而胜之。

土偶对

【寓源】明·清江贝《清江贝先生文集》。

【寓言】海岸右首有个供奉捍沙神的庙，我闲暇时路过那里。顺着它的院墙，见到乌鸦、老鹰在劣质的斗拱状的树梢上乱叫；走进庙门，荒草丛生，毒蛇盘踞在里面。有间房子，支持不住要倒塌了，有些神像也剥蚀得残缺不全。庙里的老巫朝我作揖，说：“这座祠庙有五百年了。它曾能示人祸福而得到人们敬畏。人们有病一定来这儿祈祷，遇到水旱灾害也一定来这儿祈祷，出海经商的顶着海浪来往也一定会来这儿祈祷，神都是有求必应。年成好五谷丰登，没有蝗虫、冰雹和瘟疫的灾害，人们都安居乐业，到这里就像到家一样。于是人们披荆斩棘，建造房屋。有时夜里有灵光闪现，好像金枝翠旗从天而降，白天成群结队的人来这里求神拜佛。等到祠庙荒废，人们来戏弄侮辱它，神也不能给人祸福，它的盛衰难道跟天神有什么关系吗？”

我说：“咳！它不过是泥土木头穿衣戴帽罢了。过去它不是神，是人们把它当神来供奉。现在它也并非不是神，而是人们不把它当神供奉。你有什么可奇怪的呢。”

这天晚上，我住在祠庙的旁边。有个披着铠甲，戴着帽子的武官出现在我的梦中，对我说：“承蒙你的光临，你为什么那样过分地指责我呢？你看到是泥土木块而穿衣戴帽，为什么独独不见那些穿衣戴帽的都是些泥土木块呢？小的是县，县有县令，大的是郡，郡有郡守。他们给人带来祸福比神还要厉害，软弱无能的苟且拿着优厚俸禄，贪污骄横的败坏法纪，难道不是郡守县令而实质上是泥土木块吗？对内亲近百姓，对外亲善四方，生杀来自他的喜爱和憎恶，官员升降根据他的支持和反对，执掌着天子的权力，位居百官之首，不只是神的那种高大和尊贵。如果外出陈兵护卫驰驱，回来就住进深楼大院，他的眼瞎了，以致黑白不分；耳朵被塞住，以致高尚与庸俗不能区别，这种人已不是宰相，难道不是泥土木块吗？我借助彩绘装饰，寄托于阴间，使玩忽亵渎的人有时也害怕。他们那些人像天比地，手里握着珠玉，身上穿着锦绣，尸位素餐，软弱萎靡，没有看到对人民有什么德政，为什么不用责备我的话来责备他们呢？他们虽然积累了万金，挽救不了死后点燃脐眼的灾祸，白白地挖好的三窟，难道能免除屋倒墙塌的危险吗？我担心房梁被焚，巢里燕子被烧，坟墓坍塌，墓穴中的蚂蚁也遭殃，他们不像我们祠庙毁坏的是很少很少的！”

我回答他说：“你所斥责的似乎是这样，但实际上并不如此。非常明白的人有时很愚蠢，非常洁白的有时很肮脏。你怎么知道他们的才学足以有大作为，而只是因为没有遇上好时机才无所作为的呢？”那个穿铠甲的人又说：“胡广先后经历了六朝皇帝，都没有什么在当时可称道的，不过是卢怀慎一样的人罢了。张华、裴頠大祸来临而不早做打算，也不过是跟曹爽兄弟一样的人罢了。人物虽然不同，但同样都是泥土木块而已。”

我没有什么可再问的了。梦醒后，我记下了他的话，将把这些话呈献给皇帝，怕当权者不高兴，所以后来没有呈献上去。

【寓意点拨】这则寓言深刻地揭露从县令、郡守直到最高统治者的危害社会、鱼肉百姓的丑行。

推功于上

【寓源】春秋·左丘明《国语·晋语五》。

【寓言】靡笄（jī）之战胜利后，郤（xì）献子来进见晋景公，景公说："这次是你的功劳啊！"

献子回答说："我郤克是按君主的命令来统令三军将士的，三军将士听从君主您的命令勇敢战斗，我郤克有什么功劳可言呢？"

接着范文子又来朝见景公，景公说："这是你的功劳啊！"

范文子回答说："我范燮（xiè）从中军主帅那里接受命令，用来命令上军将士，上军将士服从命令拼命奋战，我范燮又有什么功劳可言呢？"

最后，栾武子也来朝见景公，景公说："这是你的功劳啊！"

栾武子回答说："我栾书从上军主将那里接受命令，用来命令下军的将士，下军将士们服从命令奋勇杀敌，我栾书又有什么功劳可言呢？"

【寓意点拨】这则寓言告诉人们一个真理，一项事业的成功关键是互相支持，互相协作，齐心合力，共同奋战；而能做到这一点，其基础是诚心信赖；而诚心又是以无私心为前提的。因此，出于公心，就不会争名邀功，就会没有什么困难是克服不了的。

W

蛙能雪冤

【寓源】元·陶宗仪《南村辍耕录·蛙狱》。

【寓言】卢伯玉，至正初年在荆山做官时，有一天忽然有一只巨大的青蛙跳到厅堂前，两眼直视，好像有所诉告。卢伯玉便派士卒尾随巨蛙，来到离县城六七里的地方，有一口废井，巨蛙便跳入井中不出来。

卢伯玉听到士卒报告后，来到乡里的社庙，派人将井水抽干，发现了一具死体。

原来两天前有两个人一同外出经商，其中一人为谋取钱财，将另一人杀死后投入井中。卢伯玉查明后立即逮捕了凶手，经过详细审问，凶手认罪伏法。

死者的家属说："主人生前从不吃蛙肉，见到有人卖青蛙，立即买来放生。"

这岂是一时的善心，而是造物者本来就明鉴他有善心。青蛙能昭雪冤案，确是事出有因啊。

【寓意点拨】寓言启示人们，要想有好的结果，就要从善心做起，一个人只要一辈子为人做好事，人们是不会忘记他的，当他在需要人们帮助的时候，自然会得到援助。同时这也说明多行不义必自毙，要想人不知，除非己莫为。天网恢恢疏而不漏。

外科医生

【寓源】明·江盈科《雪涛小说》。

【寓言】古时候有一个医生，自称善治各种外科疾病。军队中缺少外科军医，他就应召入伍了。

刚开始，战争进行得很顺利，也没有什么严重的伤员，这位医生在军营里过得悠闲自在。后来，战争进行得越来越激烈。有一天，激战过后，一位副将受了严重的箭伤，伤在心口处，而且箭头还深深地留在皮肉中。副将从战场上被抬下来的时候，已经血流不止，人事不省，士兵们都很害怕。军队的统帅召进军医，让他立刻为副将疗伤。

这个军医进帐后，察看了一下副将的伤口，并没有马上对伤口进行消毒，拔出箭头；而是从随身带的小药包里面掏出一把锋利的剪刀，“咔嚓”一下剪去了露在皮肉外边的箭杆，然后跪下来从容地告诉统帅，他已经治疗完毕了。一时间，大家都惊呆了。箭头还在那副将的皮肉里，鲜血还在不停地往外涌着，疼痛仍然折磨着副将，可医生却说他已经治好病了？大家气愤不平，七嘴八舌地指责军医。统帅也非常生气，他严厉地命令军医，马上清洗伤口，把箭头取出来。

让大家完全料想不到的是，这个军医竟然一脸委屈地反驳说：“我只是个外科医生，箭头在皮肉里，这是内科医生的事情，怎么也要我来治呢？”

【寓意点拨】这则寓言讽刺了那些各立门户，表面上看似讲究职责分工，实际上却推诿搪塞、不负责任的人。

外人好看

【寓源】清·石成金《笑得好》。

【寓言】有一个富翁请人喝酒，桌上摆的食品水果点心，全是用木头雕刻再涂上各种颜色装饰的。

有人问：“这虽然好看，怎么能吃呢？”

富翁回答说：“我图的就是让外人好看，哪里还管什么实实在在地享用呢！”

【寓意点拨】这则寓言一是批评那些只重形式，不管实效的做法；二是讽刺富翁的吝啬。

剜股藏珠

【寓源】明·宋濂《龙门子凝道记·秋风枢》。

【寓言】古时候，东海有一座宝山，山上有很多珠宝。因此好多想发财的人都不远万里乘船去东海寻找宝山。有个人历尽千辛万苦，耗时三年又五载，终于找到了宝山。他欣喜若狂。宝山上全是亮闪闪的宝物，夜明珠、宝石、珍珠，各种各样的珍宝应有尽有，他看得都有些眼花缭乱了。

不过他并没有贪得无厌，他只是拿了自己最喜欢的直径一寸大小的一颗宝珠，就赶紧乘船返回。坐上船一切还挺顺利，一会儿就到了海中央。这时候，突然狂风大作，海浪翻腾。狂风中两只蛟龙迎风而起，把水面搅得汹涌不平，他们的小船在海上左摇右晃，眼看就要被巨浪淹没了。

船夫仔细观察，发现那蛟龙并不是有心要伤害他们，只是想要那人从宝山上拿来的宝珠，就劝拿珠人说："那蛟龙是要你手里的珠子呢，你快把它扔到海里去吧！不然会连累我们都掉进海里的！"可是，拿珠人心里却不这么想。那珠子可是他历尽艰难才得到的，他怎么舍得扔到海里呢？他怎么也不愿意，但是为了不让蛟龙再纠缠他们，他咬着牙，忍着疼痛，在自己的大腿上剜了一个大洞，把那珠子藏了进去。蛟龙看不到珠子了，只好无奈地离去了。这下海面重新平静了下来，拿珠的人和船夫才侥幸逃过一难。

本以为一切都能顺顺利利的，可是，这个找到宝珠的人回到家后，还没有好好享受宝珠带给他的丰厚财富，就因大腿溃烂医治无效去世了。

【寓意点拨】钱财乃身外之物，该放弃的时候就应该放弃；像寓言里的找宝人一样，因为不舍得贵重的宝珠最后却命丧黄泉，确实是不值得的。我们在日常生活中面对选择，要有一个正确的心态，把握应该把握的，放弃应该放弃的。

万金之患

【寓源】前秦·符朗《符子》。

【寓言】夏王要叫后羿对准一块一平方尺大小的兽皮箭靶和直径一寸的靶心射箭。他命令后羿说："你射这个靶心，射中了，就赏给你一万金的货币；射不中，就减削你一千邑的封地。"

后羿听了面色变化不定，胸中的呼吸异常紧张，于是拉开弓去射靶心，第一箭没有射中；再射一箭，又没有射中。

夏王便对保傅弥仁说："这个后羿呀，平日射箭，百发百中；可是这次跟他定了赏罚，却射不中了，这是为什么呢？"

保傅弥仁回答说："那个后羿呀，欢喜与恐惧的心理成为他的灾害，万金的赏赐成了他的祸患了。如果一个人能够丢掉欢喜和恐惧的矛盾心理，去除万金赏赐的私心杂念，那么，普天下的人们便都能够成为无愧于后羿的射手了！"

【寓意点拨】这则寓言讽喻了患得患失者的失败。后羿是神箭手，平日射箭百发百中。但是在射中则赏、不中则罚的气氛下，他心情紧张，结果一箭也没有射中。射箭和做其他任何事情一样，要想取得成功，必须用志不分，乃凝于神；如果背着沉重的思想包袱，心神不定、精力分散，那怎么能达到目的呢？

万字信

【寓源】清·小石道人《嘻谈初录》。

【寓言】一个人给友人写信，言词重复，啰里啰唆，无止无休。他的朋友劝他说："我的老兄，你文笔很好，只是一些多余无用的言辞应该去掉，以后来信，简明扼要，就可以了。"这个人很恭敬地接受了友人的劝告。

后来他又给这个朋友写信，信中说："前次承蒙你诚挚的教诲，非常感激和佩服，从此以后，我万不敢再用啰里啰唆的言辞去打扰你了。"信写完后，另外在"万"字旁加上一个附注说："这个'万'字，是'方'字没有一点的'万'字，是简笔的'万'字。本应该恭敬地写上'草'字头大写的'萬'字，因匆忙之间来不及写'草'头的'萬'字，书写草率，很不恭敬，还望您原谅。"

【寓意点拨】一些老学究食古不化，加之炫耀学问，摇笔作文，喜欢文辞烦琐，啰里啰唆，叫人不得要领。此种文风已深入其骨髓，成为膏肓之疾，虽有人劝阻、批评，但身患此顽症者也是阳奉阴违，口是心非，一如既往地啰唆下去。

亡斧疑邻

【寓源】秦·吕不韦《吕氏春秋·去尤》。

【寓言】有人丢了一把斧头，到处找不到。他想：一定是邻居的儿子偷去了。他就留心观察那青年的神情、态度，果然发觉大为可疑，不论那人的一言一语、一举一动，都像是偷过斧子的样子。他就断定："准是他偷的！我早就料到他不怀好心！"第二天，他上山去打柴，在一棵树旁，忽然发现他丢失的斧子。他这才想起，原来前天来打柴时，忘记把斧子带回去。他后悔错疑了邻居的儿子。回家后，再留心观察那人的神情、态度，果然毫无可疑之处，不论那青年的一言一语、一举一动，都不像是偷过斧子的样子了。他说："小小的斧子哪家没有？谁愿意来偷！我早就想过，他决不会干那样的事！"

【寓意点拨】猜疑之心人皆有之，但不能任凭主观而不顾事实地胡乱猜疑，因为乱猜疑是没有事实依据的，必然会产生错误的判断，伤害了他人，甚至会诬陷好人。

亡戟得矛

【寓源】秦·吕不韦《吕氏春秋·离俗》。

【寓言】齐国和晋国有一年发生了战争，双方打得很激烈。在混战之中，有一名齐兵丢掉了自己的武器——戟。但离他不远的地方，正好有一支矛，那是晋兵丢下的。于是他急忙捡起来，准备继续交战，心里却害怕起来，这样做，长官不会处罚我吗？小卒一时没有了主意，忙问路上的行人。行人说："戟是兵器，矛也是兵器，一件换一件，有啥不行的？"

这时防守高唐地方的齐国大夫骑马奔过来。小卒忙跑到马前，问道："大人，我在战场上丢了戟，捡到矛，可以平安归队吗？"

大夫训斥道："你这个笨蛋，戟不是矛，矛也不是戟，你丢了戟，得了矛，也是抵偿不了的。"

小卒害怕受到长官的处罚，回身又冲进敌阵，直到战死。

【寓意点拨】这则寓言告诉人们，在取舍别人意见时一定要慎重，要认真地思考别人意见的价值所在，不加分析地盲从，将会带来不堪设想的后果。也可以说明，一个人遇事首先自己要有主见，别人的意见只能做参考，不然会因为盲从而误事。

亡赖附鬼

【寓源】秦·吕不韦《伯牙琴》。

【寓言】有一个楚地恶鬼降到齐地来，说道："天帝派人来统治这块土地，我能够对你们降祸赐福！"

人们很害怕，都只得唯命是从，并将鬼供奉在庙里，天天杀牲祭祀，拿钱财跑着进献给它。

街市上有些流氓无赖纷纷依附恶鬼，把自己的身躯当作奴婢贱妾一样；还不满足，又把他们的妻子和女儿供它使唤。鬼气侵入，他们的言语行动，都和恶鬼一模一样。他们便依附鬼势，加倍骄横于齐地的百姓。凡是不肯依附鬼势的人必定要进谗陷害，使之遭祸。齐地的老百姓因此陷入了深重的灾难之中。

天神听说了这件事，从天降临，愤慨而讥笑地说："这样的妖魔鬼怪，竟然被供在庙里，享受着人们的奉祭，还在这里作威作福不止！"说罢就发出迅猛的霹雳，劈倒了庙宇，震死了所有的流氓无赖，从此楚地来的鬼祸便被平息了。

【寓意点拨】这则寓言尖刻地嘲讽了卖身投靠、为虎作伥的无赖，并揭露了这伙刁钻、龌龊之徒的可耻嘴脸；同时，寓言还对那些强侵人地、暴戾恣肆、作威作福、为非作歹的恶鬼统治者，给予了愤怒的指控和鞭挞，具有犀利的战斗作用。

亡 羊

【寓源】战国·庄周《庄子·骈拇》。

【寓言】古时候，有两个以做事不专心而出名的人，一个叫臧，一个叫谷。两个人做事都非常不认真，能搪塞的就搪塞，能应付的就应付。因此，大家对他们都避而远之，谁也不敢用他们。一次，臧和谷二人一起去放羊，他们两个人把羊赶到山上，找了片有水、有草的坡地，便让羊自由自在地奔跑吃草。最后，两个人把羊全都丢了。

主人责问："臧在干什么？"谷回答说："他找了个阳光充足的地方，边晒太阳，边手执竹简在读书。"问谷在干什么，臧回答说："他看羊群好好地在坡上吃草，就找人一起掷骰子玩去了。"主人气得大发雷霆，但也还是无济于事，只好把他们都辞退了。

【寓意点拨】做任何事情都要专心干好分内的工作，应尽职尽责。一心二用、三心二意只会一事无成。

王锷散财

【寓源】明·江盈科《谐史》。

【寓言】王锷屡次被任为重镇之官。他爱财如命，积攒的钱财堆积如山。他的一位老朋友向他讲明积攒的钱财要能散去的道理。过了几天，老朋友又来拜见他。王锷说："上次你所告诫我的话，我确实按你说的，把钱财已全部散尽了。"老朋友要他讲出都散给谁了，王锷说："我几个儿子每人给了一万贯，我的女儿、女婿每人给了一千贯。"

【寓意点拨】寓言用白描的手法，只是客观地描述了王锷的所作所为，但平淡中却刻画出了贪官的嘴脸。

王积薪闻棋

【寓源】明·落星山外山《国史补》。

【寓言】王积薪的围棋技术精湛，很有名望，自己也认为天下无敌。他到京城旅游途中，住在旅馆里。一天夜里，蜡烛熄灭之后，听到旅馆的主人一位老太婆向隔壁喊她的媳妇，说："这样美好的夜晚难以排遣，可以下一局棋吗？"

媳妇说："好。"

老太婆说，我在第几道下子了。

媳妇说，我在第几道下子了。每人各说了几十次。

老太婆说："你败了！"

媳妇说："我是输了。"王积薪全暗自记了下来。

第二天王积薪复棋局，发现她们每着棋用意之妙，都是自己比不上的。

【寓意点拨】这则寓言说明了任何有成就的人都没有任何可以骄傲自满的理由。王积薪被称为唐代围棋第一国手，自以为"天下无敌"，不料在旅途的旅店里，平平常常的婆媳二人，在围棋的着法用意上，给他上了生动的一课。的确是天外有天，人外有人，真是没有绝对的权威和顶峰。

王蓝田性急

【寓源】南朝·刘义庆《世说新语·忿狷第三十一》。

【寓言】王蓝田是个性子很急的人，别人常劝他改掉这个毛病，可他依然如故。

有一次，他的妻子煮了很多鸡蛋。妻子把鸡蛋端上来，对他说："鸡蛋太热了，等一会晾凉了慢慢地剥了再吃。"

王蓝田听了妻子的话，连连点头称是。可等妻子一走开，他立即伸手去抓盘子里的鸡蛋。鸡蛋是刚刚从锅里捞出来的，特别烫手。他刚抓起一个鸡蛋，就被烫得受不了，不小心把手中的鸡蛋滚到了桌子上，差一点儿就掉到地上。王蓝田恨不得马上把鸡蛋吞到肚子里，也不管鸡蛋有多烫，火烧火燎地捡起鸡蛋就把皮给剥下来了。等剥完盘子里的鸡蛋，他找来一双筷子去夹，鸡蛋很滑，怎么挟也挟不住。王蓝田大发雷霆，他把鸡蛋抓起来使劲儿摔到地上，没想到鸡蛋不但没碎，反而在地上转个不停。王蓝田看着这个不断打转的鸡蛋，心中更为恼怒。他冲上前去，用木屐狠狠地踩它，可鸡蛋就像涂了油一样，又滑跑了。这下把王蓝田气坏了，他瞪大眼睛，一下子把鸡蛋从地上捡起来，塞进嘴里，狠命地把它咬碎后吐了出来。

【寓意点拨】寓言的主旨，在于说明性急的人办事爽快，不拖拖拉拉，这是优点；但是，过了限度，就要走向反面，反而会因为性急而误事，这就叫“欲速则不达”。

王良辞乘

【寓源】战国·孟轲《孟子·滕文公下》。

【寓言】从前，赵国的掌权大臣赵简子，有个御用车夫，名叫王良，驾车技术一流。有一天，简子宠信的小臣奚要出去打猎，他便吩咐王良给奚驾车。王良规规矩矩地驾车，结果奚一整天也没有射到猎物。奚回去就对简子说：“王良是天底下最差劲的车夫！”

这话传到了王良耳朵里，王良便去找奚，请求再给他驾一次车。奚起初不肯，经过王良再三请求才勉强答应。结果那天，奚一个上午就射得了很多猎物。奚回来后，兴高采烈地对简子说：“王良真是天底下最好的车夫！”

简子见他这样高兴，就说：“我让王良做你的专职车夫吧。”他叫来王良说了这件事。王良却不同意，并对简子说：“我规规矩矩地给他驾车，他一整天也射不到一个猎物；我不按规则给他驾车，他反而一早上能猎到不少鸟兽。诗经上说：‘不失其驰，舍矢如破。’——按规则驾车，箭射出即能命中鸟兽，好比射中静止的箭靶。由此可见，奚是个破坏规则的小人，我不愿违反规则，因而不想给这种小人驾车。请允许我辞去这一职务。”

【寓意点拨】寓言告诉人们：不从实际出发，死守陈规，必然是一事无成；只有破除陈规，从实际出发，创造性地工作，才能事半功倍。

王寿焚书

【寓源】战国·韩非《韩非子·喻老》。

【寓言】王寿背着一大包书走路，在四通八达的大道上碰见了徐冯。

徐冯说：“做事情，是人们的行为。人们的行为都是在适当的时机中产生的，因此，智者没有固定不变的行为。书本上所记载的，都是人们的言论。言论是由人们的知识而产生的，因此有知识的人不藏书。现在，你为什么要背着书走路呢？”

于是，王寿便烧了那些书，并且高兴地跳起舞来。

【寓意点拨】不能从只重视书本知识这个极端走向只重视实践而忽视书本知识

的另一个极端，应该认识到书本知识是前人实践经验的总结。认真学习书本知识，同时不断到实际生活中去检验书本知识，就能掌握比较完全的知识。

王质烂柯

【寓源】南朝·祖冲之《述异记》。

【寓言】晋代有个名叫王质的樵夫，一天上山砍柴走进一处石室中，看见两个童子正坐在里面下围棋，就上前立在一旁观看。童子给他一枚状如枣核的东西，含在嘴里便不觉得饥渴。一局还没下完，王质回头一看，发现砍柴用的斧柯已经烂了。王质赶紧下山回家，谁知家中面目全非，原先的父老乡亲早已不在人世。一打听，已历时两代。

【寓意点拨】这是一个虚幻的故事，它告诉了人们一个简单而又深奥的道理：美好的时光是多么容易流逝啊！王质观棋仅一会儿工夫，却“斧柯尽烂”，“天上一天，人间十年”说得一点儿都不错啊！青春易逝，韶光难寻，我们一定要珍惜美好的时光，去努力，去创造生活。

网开三面

【寓源】西汉·司马迁《史记·殷本纪》。

【寓言】大约在公元前十六世纪，商族的第十四代首领叫汤，他灭掉夏朝，建立了中国历史上第二个奴隶制王朝——商朝。

汤是一个仁德的人。有一次，汤外出，看见有一个捕鸟兽的人在野地里四面张网，并祝告说：“从天上飞下来的，从地上走来的，从四面八方来的，都落到我的网里吧。”汤说：“唉，这样鸟兽就被捉光了！”他收去三面的网，只留下一面的网，教那个捕鸟兽的人重新祷告说：“想去左边的去左边吧，想去右边的去右边吧，只有那些不听从命令的，才落到网中来吧！”诸侯们听到这个消息，都赞扬说：“汤真是太善良了，他的仁德施及禽兽了。”结果，有四十个诸侯归顺于他。

【寓意点拨】从获利者来看，四面设网，一网打尽，捕物丰多；而从仁义者来看设网，只能网设一面，而且入网自愿，无求捕多，但他所获的是大利，是民心的归顺。寓言以汤文王之言点明了四面设网与一面设网的利害关系，前者贪财残暴，不得人心，后者仁慈宽厚，深得人心。

这则寓言告诫人们，说话办事不可绝对化，一定要留有余地，这样才能顺民意得人心。

罔两问景

【寓源】战国·庄周《庄子·齐物论》。

【寓言】罔两，就是影子旁较为淡一些的半阴影。某次，半阴影问影子："您一会儿走动，一会儿又停下；一会儿坐着，一会儿又站立。您这些动作都是跟随着人的一举一动，为什么没有自己独立的意识活动呢？"影子听了，告诉它说："我的行止、坐立，都是有所凭借的；这就好像蛇的行动要靠它腹部的皮，蝉的飞翔要靠它的翅膀一样！至于为什么会这样而不是那样，我怎么会知道？"

【寓意点拨】这则寓言本意是说罔两依赖影子，影子依赖形体，形体又依赖别的东西都是自然的。现用来说明，完全依赖别人才能行动的人，不知道自己为什么要这样行动，是不可能有独立的志向和操守的。

罔与勿种谷

【寓源】明·刘基《郁离子·种谷》。

【寓言】从前，"罔"和"勿"兄弟俩把田地分开来各自种庄稼。除草时忍受不住草多的劳累，"罔"把禾苗和杂草一起割下烧掉，结果禾苗全都死了，而杂草长得跟原来一个样。"勿"任凭禾苗和杂草一块儿生长，结果谷子变成了狼尾草，稻子变成了稗子。他们都眼睁睁地看着而饿肚子，就一起去向后稷诉苦，说："这些谷物的种子不好。"

后稷问他俩，他俩说明了原委。

后稷说："这就是你们的过错了。那谷物是由人培育成功的，不是自生自长的。所以，当冰消雪化、水泉流动的时候，就要整治田地；春雨普降时，就要播下种子；蝉鸣叫了，就要去锄草。并往地里送粪使田肥沃，常浇水来滋润庄稼。除草时，锄掉杂草，不使庄稼的根受伤；种植时，要察看土壤适宜种什么，不要违反庄稼的本性；有积水要及时疏导排出；干旱了要及时灌溉，一切不要违背时令节气，然后才有希望获得好收成。现在你们不向前贤学习种植，却由着自己心意胡来，妨碍稻禾生长的本性，不责备自己，反而归罪于种子不好，难道还有比这更愚蠢的吗？"

【寓意点拨】这则寓言通过"罔"与"勿"不按自然规律种庄稼，结果颗粒无收，以及后稷对种植之道的解说，说明做任何事都要遵循客观规律，切不可主观任意胡来，否则，将会受到惩罚。

妄 心

【寓源】明·江盈科《雪涛小说》。

【寓言】有个住在集市上的人非常贫穷，吃了上顿没下顿。有一天他捡到一个鸡蛋，便高兴地告诉妻子："我有能使咱家富裕的宝贝啦。"妻子问他在哪里，他拿出鸡蛋给她看，说："这就是了。但必须要花上十年的时间，家业才能成就。"

这人就跟妻子谋划说："我拿这鸡蛋去找邻居，借他家抱窝的母鸡孵化。等小鸡孵出来，从中挑只母的回来生蛋，一个月又可以孵出十五只鸡。两年之内，鸡生蛋，蛋生鸡，可以得到三百只鸡，够换十两银子了。我用这十两银子买五头母牛，母牛又生小母牛，三年可以得二十五头牛。母牛生小牛，小母牛长大了又再生母牛，三年之间就可以换得五百两银子了。这五百两，三分之二用来买田买宅，三分之一用来买童仆买小妾。这样一来，咱们就可以快乐悠闲地过日子了。"妻子一听他想要买小妾，勃然大怒，一下就把鸡蛋敲碎了，愤愤地说："可不要留下这祸种！"

丈夫一看鸡蛋碎了，气得找来鞭子打了妻子一顿，然后带到衙门见官，对官老爷说："偌大的家业，被这泼妇败得一文不剩，请大人判她死罪！"官老爷问他家在哪里，已经败成什么样了。这人就把捡鸡蛋到妻子打碎蛋的过程讲了一遍。官老爷听完说："这么多家当，竟被这妇人一下毁尽了，真是可恶，该杀！"便下令把这妇人放进锅里煮死。这妇人哭嚎着说："我丈夫所说的事都还没有发生，为什么就要煮死我啊？！"官老爷说："你丈夫要买小妾不是也没有发生么，你为什么要嫉妒呢？"妇人说："话虽这么说，可祸根还是要趁早铲除啊！"官老爷听了，笑了笑，随后放了她。

【寓意点拨】这则寓言通过计算鸡蛋价值的细致心理活动，刻画了一个鲜明的利欲熏心的典型市人形象；全文构思巧妙，个性鲜明，揭露深刻，艺术上也是高明的。

妄诞不改

【寓源】明·冯梦龙《广笑府·偏驳》。

【寓言】有兄弟二人，平日很荒诞，与人相处被人所讨厌。他俩商量说："我们应当跳到干净水里洗去谎言和欺骗，才能与人相处。"

哥哥先在怀里揣了一片牛肉干，跳到里出来后，到对岸嚼肉干吃。弟弟问他吃的是什么，他欺骗说："我刚到水里，龙王就设宴欢迎我，赏我一片牛肉干。"

弟弟听了这话，也急忙跳入水中，头碰到了石头，流了血。哥哥问他原因，他回答说："你吃饱了我受苦，龙王冤枉我偷了肉干。说谎招恶报，当头劈了一斧。"

【寓意点拨】兄弟二人恶习不改，遭到嘲笑和惩罚，给他们以无情的鞭挞。这则寓言告诉人们：做人要诚实，切不可弄虚作假，这样只会自欺欺人，害人害己。

妄语误人

【寓源】清·纪昀《阅微草堂笔记》。

【寓言】古时候，有一个村庄里住着一位姓张的人。这人性情狡诈，对人从不说实话，即使对亲娘老子也是鬼话连篇，人们便给他取了个绰号，叫他"鬼火"，意思是他说出的话，就像夜晚坟地里的鬼火一样，影影绰绰，时隐时现，让人捉摸不定。

不了解他的人，有时问路或做事向他请教，一定会被他的谎话所骗。上当的人很多，所以凡是认识他的人，没有谁会相信他的话，他的人缘自然也很不好。

有一天，鬼火和父亲到外乡走亲戚，回来的时候，天已经黑下来了，他们只好赶夜路回家。

鬼火和他的父亲刚出村子不远，便迷了路，不知该往哪边走。借着月光看见前边不远处有几个人坐在田埂上说话，鬼火便向那几个人打听路："请问诸位，往张庄怎么走才对？"

那几个人用手一指："往北一直走，两个时辰就到了。"

鬼火和父亲按照那些人的指点，一直往北走去，走了差不多有两个时辰的时候，发现不对，根本没有村庄的影子，前边全是庄稼地。正在犹豫不决时，迎面走过来两个人，于是鬼火赶紧向这两个人打听："请问，往张庄怎么走才对？"

那两个人往左边路上一指，说："往这边走，不太远了。"

父子俩又按这两个人的指点往左边的路上走去。没走多远，便陷进了泥沼地，两个人慌了手脚，拼命往外挣扎，结果越陷越深，急得父子二人大叫："救命啊！救命啊！"

这时，父子二人隐隐约约听到身边有人在笑，却看不见人影："哈哈，让你也尝尝被谎话欺骗的滋味。"

后来，人们在村外的沼泽地里捡到了张家父子的鞋和帽子，大家猜测："一定是被姓张的骗过的人，死后变成鬼来报复他了。"

【寓意点拨】害人者则害己，甚至祸及家人，这是一条客观规律，并不是什么"为鬼所给”。假若寓言中的“数人”不是鬼，在现实当中也会实有其人。

望鱼下饭

【寓源】佚名《精选雅笑》。

【寓言】有两个少年兄弟盛饭时，问他们的父亲：“用什么菜来下饭？”

父亲说：“挂在灶台上熏好的腌鱼，看一眼，吃一口就行了。”

弟弟突然叫喊起来说：“哥哥比我多看了一眼。”

父亲说：“咸死他算了。”

【寓意点拨】这则寓言是对吝啬鬼的极大讽刺，他们舍不得施物予人，还要找出种种理由，甚至是以责骂别人来掩盖自己小气的本质。

威无所施

【寓源】宋·苏轼《苏轼文集·书孟德传后》。

【寓言】四川忠县、万县、云阳县多有老虎。一天一个在水边洗衣服的妇人，把两个小儿放在沙滩上玩。老虎突然从山上奔下来，妇人慌忙跳进水中逃避，那两个小儿却在沙滩上照旧玩耍着。老虎跑到小儿跟前，盯着他们看了很久，甚至用虎头去撞击他们，但是小儿竟不知害怕，老虎最后也就只好走开了。

想那老虎吃人，必先对人施加威风，但碰到不害怕它的人，它的威风也就无从施加了！

【寓意点拨】这则寓言说明，越是残暴的势力越欺软怕硬。你越害怕、退让，它就越逞凶肆虐，直至把你吃掉。你若不怕，它也就无计可施了。

为虎作伥

【寓源】宋·李昉《太平广记》。

【寓言】从前，一只贪心的老虎在森林里寻找食物，它走到一棵大树下隐藏起来，耐心等待猎物。不一会儿，来了一个砍柴的人，老虎猛然跃出，把这个人咬死了。这个人虽然被老虎作为鲜美的食物痛痛快快地吃了一顿，但老虎却不准他的灵魂离开。如果要离开，必须再找一个人给它，由第二个人的灵魂代替第一个人的灵魂。

这个脱离开肉体的灵魂就是伥鬼。伥鬼为了早日离开老虎，就点头哈腰，心甘情愿地为老虎做帮凶。它积极为老虎寻找另一个人。伥鬼把人找来后，还替老虎把那人的衣服脱掉，让老虎吃起来更方便。这批伥鬼就这样一个接着一个地为老虎服务着。

【寓意点拨】人们最痛恨那些认贼作父、充当坏人爪牙、帮助干坏事的丑恶行径。

伪鹿胎

【寓源】清·崔述《崔东壁遗书》。

【寓言】有个晋中人以认识中药而著名，他路过内黄，在药店停留。有人拿纸包着羊胎给他看，哄骗他说："这是鹿胎。"晋中人斜着眼睛笑起来，说道："这是羊胎，这个小小的东西能骗得了我吗！"那个人回去，路过朋友处，他的朋友用丝绸包着羊胎，又装进锦缎的袋子里，再配个小箱子珍藏，然后再次拿给晋中人看。晋中人双手捧着，仔细看了很长时间，说："这是真鹿胎呀！这难道是羊胎所能够冒充的吗？"

同是一个羊胎，空着不加包装，看的人就捂着嘴笑；包上丝绸，装进锦缎的袋子，看的人即变而顶礼膜拜了。现在世上对于包着丝绸饰缎的不改变态度的能有几个呢？而虽然拿着真鹿胎以求得真正了解，又怎么能得到好的机遇呢？

【寓意点拨】这则寓言鞭挞了世上只看外表不看实质的不良风气。真才实学者难有机遇，"绣花枕头"却屡受吹捧。所以重形式，重外表，轻内容，轻实质的不正之风，必须加以纠正。寓言对那个假内行晋中人也给以讽刺和鞭挞。

卫赎胥靡

【寓源】西汉·刘向《战国策·宋卫策》。

【寓言】卫嗣君在位时，有个囚犯逃到了魏国。卫国用百斤黄金去赎，魏国不给；其后又用左氏之地来赎。卫国的大臣劝说卫君："用百金和左氏之地，换取一个囚犯，大概不可以吧？"

卫君说："一个国家治理得好，不在于国小；一个国家治理得不好，不在于国大。只要对民众进行教化，就是三里小城也能治好；如果民众不知是非廉耻，即使有十个左氏地域之大，将有什么用呢？"

【寓意点拨】这则寓言启示人们，办事要权衡利弊轻重，为维护全局的利益，有时付出一定的代价是应该的；在人们的交往中，为了长远的利益，暂时吃点亏、受点损失是必要的。

卫玠问梦

【寓源】南朝·刘义庆《世说新语·文学第四》。

【寓言】卫玠幼年时曾经问尚书令乐广，人为什么会做梦，乐广回答说，这是因为心里曾经这样想过。

卫玠说："身体和精神都没有遇到过的东西却会在梦里出现，这难道是心里想过的吗？"

乐广说："这些是沿袭曾经做过的事。人们未曾梦见过坐着车子开进老鼠洞，或者捣碎了姜蒜去喂铁杵，这都是因为没有这样想过，没有可以模仿的先例。"

卫玠便思索这沿袭的问题，成天冥思苦想也找不到答案，最后想得生了病。

乐广听说后，特地坐车去给他剖析道理。卫玠的病有了好转以后，乐广感慨地说："这孩子心里肯定不会得无法医治的病了。"

【寓意点拨】乐广对梦的解剖虽然是朴素的，但称得上是科学的。当卫玠思索梦的成因却找不到答案，因而生了病的时候，乐广为他进行剖析，加以疏导，排除其心理障碍，不可谓不高明。任何心理上的困惑，都要用恰当的、合理的方法加以排除，只有这样，才能使"胸中当无膏肓之疾"。

卫灵公罢役

【寓源】秦·吕不韦《吕氏春秋·分职》。

【寓言】卫灵公让民众在天气寒冷时挖池塘，宛春劝谏说："天气寒冷时兴建工程，恐怕会伤害百姓。"

灵公说："天寒冷吗？"

宛春说："你穿着狐皮裘衣，坐着熊皮席，屋堂又有火灶，所以不觉得冷。如今百姓衣服破得不能缝补，鞋子裂开了不能编织，百姓感到很冷啊。"

灵公说："说得好。"便下令停止工程。

左右侍从劝谏说："君主下令挖池塘，不知道天寒冷，宛春却知道。君主下令停止工程，好处将归于宛春，而百姓的怨恨将归于您。"

灵公说："不是这样的。宛春本是鲁国的一个平民，是我举用了他，百姓还不了解他。现在要让百姓通过这件事了解他。况且宛春有善行就如同我有一样，宛春的善行不就是我的善行吗？”

灵公这样评论宛春，可算是懂得做君主的道理了。

【寓意点拨】这则寓言启示人们，只要是出于公心，一心一意为民谋利益，一定会得到承认，即使有人从中捣鬼，也是枉费心机。从宛春的一番谏言中，也可看出，只有深入实际，了解民众的冷暖，才能真正地关心民众。

卫懿公拒谏

【寓源】明·刘基《郁离子·好禽谏》。

【寓言】卫懿公喜玩鸟兽，看见斗牛非常高兴，赐给牧牛人的俸禄如同中士职位的人一样多。宁庄子知道这件事后，便劝阻说：“不能这样，牛的用处在于耕地，不在于相斗；让牛相斗，耕地就必定会荒废。农耕，是国家根本，怎能废弃呢？我听说过这样的话，国君不要以自己的欲望而妨害老百姓的事情。”卫懿公不听。因此，卫国好牴角的牛的售价，比耕牛要高十倍，养牛的人都放弃耕地而训练斗牛，掌管农业的官员都禁止不了。

邶（bèi）国的马生了马驹，不善于奔跑却善于鸣叫。卫懿公非常高兴，把它牧养在马厩里。宁庄子说：“这马驹是妖怪，君王你如果不醒悟，国家必定灭亡。马是用于战事的，鸣叫不是它要做的事。诸侯是替天管理人民的，设置官员分别职务，命令他们各任其事。坏事失职，是有一定刑罚制裁的。所以，不是应该做的事君王就不要做，以杜绝产生坏事的根源。妖怪的出现，实际上是人招来的，卫国一定会增多不种地的农夫和不织布的妇女。你一定会后悔的。”卫懿公仍然不听。

第二年，狄国攻打卫国，卫懿公要登上战车，而驾战车的人驾驶不住马；快要交战了，士兵都不能拉弓射箭，结果卫国在荥泽打了大败仗，卫懿公也被杀死了。

【寓意点拨】寓言通过卫懿公拒绝接受宁庄子的进谏，导致身亡国破的历史故事，抨击“以欲妨民”、刚愎自用的昏君，警告他们若执迷不悟必将自取灭亡。

卫有善数者

【寓源】战国·列御寇《列子·说符》。

【寓言】卫国有个擅长算术的人，临死时把算术的口诀告诉了儿子。他的儿子记住了父亲教给他的口诀却不会使用。别人问他，他就将父亲说的话告诉别人。他人凭借他的话来使用这门技术，结果计算能力和他父亲不相上下。

【**寓意点拨**】这则寓言给人们的启示有两点：一是学习方法的重要性。其子虽亲受父传的口诀，但没有掌握运用的技巧，所以不会运用，他人虽然间接获得了其父之言，却能精心地领会要领，把握技巧，结果成功地运用竟然达到了与其父相等的程度。所以学习上只会“志其言”，亦即死背硬记是没有效果的；二是经验是后天通过实践获得的。同样是一种算术技术，亲生儿子记言不实践，掌握不了；他人既记言又实践，运用得很成功。

未知耕柱子

【**寓源**】战国·墨翟《墨子·耕柱》。

【**寓言**】墨子推荐耕柱子到楚国做官，有几个弟子去探访他，耕柱子请他们吃饭，每餐仅给三升食物，招待他们不优厚。这几个弟子回来告诉墨子说：“耕柱子在楚国没什么用处！我们几个去探访他，每餐仅给我们三升食物，招待我们不优厚。”

墨子说：“现在还不能知道。”

没过多久，耕柱子送给墨子十镒黄金，说：“弟子不敢贪图财利违章犯法去送死，这儿有十镒黄金，希望送给老师使用。”

墨子说：“果然是不能知道啊！”

【**寓意点拨**】这则寓言说明，对于一个人的为人品行，不能只凭一时一事就下结论，而要看一贯的表现，否则就会产生片面性。

畏影恶迹

【**寓源**】战国·庄周《庄子·渔父》。

【**寓言**】从前，有一个人站在太阳下，看到了自己正前方的地面上有黑乎乎的影子。那影子跟他总是形影不离，而且不断地模仿自己的动作，他举起胳膊，影子也举起胳膊；他跨步，影子也跨步，这使他感到十分恐慌。再回头看到自己留在地上的杂乱的足迹，他感到厌恶，就用脚抹掉脚印。可是，他刚抹完一片，发现身后又有一串新的脚印，他感到更加的厌恶了。

为了摆脱黑乎乎的影子和杂乱的足迹，这个人就从原地跑开了。可是他发现，他走得越远，足迹就越多；无论他跑得多快，影子始终跟着他。他认为这是自己跑得不够快的缘故，就更加卖力地跑。他这样不停地跑着，最后累死了。

【寓意点拨】可笑的是，这个人不知道如果他躲进路旁树下的阴影中，他的影子就会自动消失；如果他站在原地不动，就不会在地上留下许多杂乱的足迹。真是愚蠢啊！寓言讽刺了那些神经过敏，疑神疑鬼，不敢正视现实的人。

魏颗嫁父妾

【寓源】春秋·左丘明《左传·宣公十五年》。

【寓言】晋军将帅魏颗的父亲魏武子（也曾是晋国将军），身边有个爱妾，没有子女。魏武子已经年迈多病，自知大去之期临近，就叮嘱儿子魏颗说："我已是个将死之人，待我死后，一定要让那个女人嫁出去，过安定的生活，别再难为她了。"没多久，魏武子就身患重病卧床不起，待到临近病危时，他突然把魏颗叫来，说道："我死后，你一定要让那个女子为我殉葬。"显然已经改变了原来的主意。不久，魏武子就撒手西去，魏颗将那个女子改嫁出去了。他知道自己父亲在病危前，神志不清，所以，按照先父神志清醒时的嘱托做了。

等到魏颗率兵与秦国军队作战时，正与秦国主将杜回杀得难分高下之时，忽然有个老人用草绳把杜回绊倒在地，魏颗才俘虏了他。夜里，他梦见那个白日里帮他俘获杜回的老人对他说："我是你嫁出去的那个女子的父亲。你按照你父亲清醒时的叮嘱，将我的女儿嫁出去了，为了报答你救我女儿命的恩情，我才帮助你的。"

【寓意点拨】这则寓言告诉人们，对待权威人士的话不能死搬教条，要结合实际灵活地采用。

魏人钻火

【寓源】宋·李昉《太平广记》。

【寓言】一天黑夜，魏国有个人突然得了急病，便让他手下的人钻木取火照明。因为夜很黑，那人一时找不到钻火工具，而主人又催得非常急。

于是手下人非常生气地说："你责怪我也太没有道理了！今天晚上这么黑暗，你为什么不拿火来给我照亮？那样我才容易找到钻火工具，然后才好给你钻木取火嘛！"

手下人的话让人忍不住要笑。正是因为黑才让他钻木取火，而他却要让别人用火照着让他找钻火工具。如果有火，又何必要让他钻木取火呢？

【寓意点拨】这则寓言讽刺了那些本末倒置、主次颠倒的人。

魏太子讳疾刺医

【寓源】明·刘基《郁离子·韩垣干齐王》。

【寓言】一位姓胡的医生到了魏国，看到魏太子精神萎靡，上气不接下气，便对他说："太子你生病了，若不赶紧医治，将难以挽救。"太子听了大怒，认为他是毁谤自己，就派人刺杀胡医生。胡医生被刺死，魏太子也因病而死去了。

【寓意点拨】魏太子对病讳莫如深，竟派人刺死医生，彻底暴露其专横面目。这篇寓言深刻地讽刺人世间那些讳疾忌医的人。

魏献子纳谏

【寓源】春秋·左丘明《左传·昭公二十八年》。

【寓言】晋国梗阳有个人打官司，魏戊不能判案，便把案件上报给魏献子。这时，打官司的一方长子把女乐送给魏献子，魏献子打算收下来。

魏戊对阎没、女宽说："主人以不受贿赂名闻于诸侯，如果收下梗阳人的女乐，就没有比这再大的贿赂了。你们一定要劝谏。"两个人都答应了。

退朝以后，阎没、女宽等待在庭院里。送饭的进来，魏献子叫他们吃饭。等到摆上饭菜，两人接连三次叹气。吃完饭，让他们坐下。

魏献子说："我听我的伯父叔父说过一句谚语：'吃饭的时候忘记忧愁。'你们在摆上饭菜的时候三次叹气，这是为什么呢？"

阎没、女宽异口同声地说："有人把酒赐给我们两个小人，我们昨天没有吃晚饭，饭菜刚到，恐怕不够吃，所以叹气。菜上了一半，就责备自己说：'难道将军让我们吃饭会不够吃？'因此再次叹气。等到饭菜上完，愿意把小人的肚子作为君子的内心，刚刚满足就行了。"

魏献子听后就辞谢了梗阳人的贿赂。

【寓意点拨】这则寓言说明劝说方法的重要性。劝说的目的是要让对方乐意地接受，并不是把劝说者的建议说完了事，因此一定要揣摩对方的心理状态，选择让对方能够接受的方式，这样才能收到好的劝谏效果。

文侯重贤

【**寓源**】秦·吕不韦《吕氏春秋·期贤》。

【**寓言**】魏文侯从段干木居住的里巷前经过，手扶车轼表示敬意。他的车夫说："你为什么要扶轼致敬？"

魏文侯说："这不是段干木住的里巷吗？段干木是个贤者呀，我怎么敢不致敬？而且我听说段干木把操守看得比什么都重要，即使拿我的君位同他的操守相交换，他也绝不会同意，我怎么敢对他骄慢无礼呢？段干木是在德行上显耀，而我只是在地位上显耀；段干木是在道义上富有，而我只是在财物上富有。"

车夫说："既然如此，那么你为什么不让他做国相呢？"

于是，魏文侯就聘请段干木做国相，段干木不肯接受这个职位。魏文侯就给了他丰厚的俸禄，并且时常到他家里去探望他。

魏国人知道后都很高兴，共同歌颂道："我们国君喜欢廉正，把段干木来敬重；我们国君喜欢忠诚，把段干木来推崇。"

没有过多久，秦国调动军队想攻打魏国，司马唐劝谏秦君说："段干木是个贤者，魏国礼敬他，天下人没有不知道的，恐怕不能对魏国兴兵吧？"

秦国君主认为司马唐说得很对，即止住军队，不再攻魏。

魏文侯可以说是善于用兵。曾听说君子用兵，尚未看见军队有所举动，大功即已告成，恐怕说的就是魏文侯这种情况。

【**寓意点拨**】这则寓言告诉人们，尊贤重贤，不能只停留在口头上，而要付诸实际行动，不放下架子去礼贤下士，不谦虚为怀对人才委以重任，是谈不上尊重人才的；尊贤重贤，也不能视为一时一事之事，它是治国之本，应当始终如一，坚定不移。尊贤重贤会产生良好的社会效益，获得民众的支持，外界的称誉。

文王迎丈人

【**寓源**】战国·庄周《庄子·田子方》。

【**寓言**】周文王在渭水边臧地游观，看见一位老人在钓鱼，而他不是真心地持竿钓鱼，只是手持钓竿罢了。

周文王想提拔他，并把政事委托给他，但担心引起大臣父兄们的不服；想放弃这个打算，却又不忍百姓得不到庇护。文王清早便告诉大夫们说："昨夜我梦见一位贤良君子，他面部黑色，长有须髯，骑着杂色的马，马蹄的一边是红色的，号令我说：‘将你的政事委托给臧地人，这样民众的灾难命运大概可以挽救。’”

大夫们惊奇地说：“这是君王的父亲啊！”

周文王说：“那么占卜看看。”

大夫们说：“是君王父亲的命令，不必疑虑，又何必占卜呢！”

于是迎接臧地老人而把政事委托给他，典章法规没有改变，偏颇的政令没有发布。过了三年，周文王考察国情，见到士人的头目垮台了，私党解散了，当官掌权的人不立个人的功德，别地的度量衡不敢进入王朝境内。士人头目垮台、私党解散，就能同心协力；当权者不立私德，就能齐心努力；别地的度量衡不再进入境内，各诸侯国对王朝就没有了二心。

周文王拜臧地老人为老师，北面而立，向他请教说：“政事可以推及天下吗？”

臧地老人默默地不回答，漫不经心地拒绝。早上还施行政令，晚上就偷偷地隐遁了，终身没有音讯。

【寓意点拨】这则寓言的启示意义则在于，老者所以治国成功，不是单凭主观的意愿和热情，而是做到“典法无更，偏令无出”，这就说明他是依法令治国，不徇私情的。正是无私依法，才会产生“尚同”“同务”“无二心”的大治效果。

文王葬骨

【寓源】西汉·贾谊《新书·喻诚》。

【寓言】周文王午睡时做了一个梦，梦见有人站在城头喊他，说：“我是城东北角的枯骨，请你赶紧用王者之礼埋葬我。”梦中的文王随口答应：“好。”

醒来后，文王派了一个小吏去察看，果然，城角真有一副死人的枯骨。于是文王命令说：“赶快按照人君的礼仪埋葬它。”办事的小吏说：“这是无主的尸骸。请求按照五大夫的礼仪埋葬。”文王说：“我已在梦中答应他了，怎能违背诺言！”

百姓们听说以后都说：“君王不因为梦的缘故而背弃枯骨，更不用说我们这些活人了！”如此一来，周朝的下层百姓就十分相信上层的统治者。

【寓意点拨】周文王不违背梦中的许诺，用王者之礼埋葬了无主尸骸，表现出诚信不欺的品质。靠着这样一种品质，他得到了百姓的信任和拥护。这就告诉人们：只有以诚待人才能取得别人信任。

文王知过

【寓源】秦·吕不韦《吕氏春秋·制乐》。

【寓言】周文王立位八年了，这年六月，文王卧病在床五天而地震，震动范围东西南北国都四郊。

百官们请求说：“我们听说之所以地震，是因为君主的缘故。如今大王卧病在床五天而地震，震动范围四面不超出国都四郊，大臣们都很害怕，说‘请大王把灾祸移走’。”

文王说：“怎么移走呢？”

百官们回答说：“征发徭役，发动民众，来修筑国都的城墙，就可以把灾祸移走！”

文王说：“不行。上天显现怪异是惩罚有罪的人。我肯定有罪，所以上天借地震惩罚我。如今特为此征发徭役，发动民众来修筑国都城墙，这是加重我的罪过。我不能这么做。我愿意改变过去的行为，增加善美的品德，来移走灾祸，或许可以免除灾祸吧！”

于是文王慎重对待礼仪法度、赠品，用以结交诸侯；整顿辞令、礼品，用以礼贤下士；颁布爵位、等级、田地，用以赏赐群臣。没过多久，文王的病就好了。

【寓意点拨】这则寓言就周文王自责有过、主动消灾而言，令人深思这样一个问题：在日常工作和生活中，对待出现的问题，不能归咎于客观而一推了事，而应当多从主观自身去寻找原因，发挥主观能动性，这样才能积极有效地解决问题。

闻声知奸

【寓源】战国·韩非《韩非子·难三》。

【寓言】郑国大夫子产早晨外出，经过东匠的里门，听到妇人哭泣的声音，便按住车夫的手使车停下来仔细听。过了一会儿，他派人将那妇人捉来审问，原来那个女人是亲自勒死丈夫的凶手。

几天后，车夫问子产：“您怎么知道她勒死了丈夫？”

子产说：“她的哭声透露出恐惧。通常人们对于亲爱的人，在他刚生病时忧愁，快要死的时候恐惧，已经死去则悲哀。如今那妇人哭已死的丈夫，不悲哀却恐惧，所以我知道这里面一定有邪恶。”

【寓意点拨】这则寓言说明，一个善于观察问题的人，不仅要注意发现周围的具体细节现象，还要通过表面现象，深入事物的本质分析，才能把握问题的实质。

蚊虫结拜

【**寓源**】清·小石道人《嘻谈录》。

【**寓言**】两只蚊子结拜为兄弟，城中的蚊子是把弟，乡下的蚊子是把兄。

把兄对把弟说："你们城中的大人们，山珍海味十分适口，用美好的食物充填胃肠，所以肌肉皮肤长得又胖又嫩，你是修了什么德，能有这样的好口福呀？我们乡下农夫，用野菜豆叶充饥，糠皮瘪谷往下咽，血肉生得粗且瘦，我是犯了什么罪，甘心过这种恬淡寡欲的生活呀？"

城中的蚊子说："我在城里，天天赴宴会，时时吃美味的食品，觉得饱胀腻烦了！"

乡下的蚊子说："你先带我到城里去敬领大人的恩德膏血，然后我再带你到城外去遍尝乡村的风味。"

城中的蚊子答应了，就把乡下的蚊子带到大佛寺前，指着大门口的哼、哈二将说："这是大人，请快去吃吧！"

乡下的蚊子飞到大人身上，用尖嘴钻了很久，埋怨城中的蚊子说："你们城里的大人，块头倒真大，却舍不得给人吃。我使劲用嘴钻了半天，非但丝毫没有滋味，而且连一点血也没有。"

【**寓意点拨**】乡下蚊子的最后一番话就是这则寓言讥讽的主旨。把城中权贵大人的"守财奴"形象，描绘得淋漓尽致。是啊，他们是一些吃人不吐骨头的凶狠家伙，哪里肯舍得把一滴血汗留给别人享受呢！

蚊　对

【**寓源**】明·方孝孺《逊志斋集》。

【**寓言**】在闷热的夏天，天台生晚上睡在细葛布的帐子里，童仆在前面摇着大扇子扇风，非常舒服就睡着了。过了一会儿，童仆也睡着了，把扇子扔在床上，鼾声像雷鸣一般。天台生惊醒了，以为风雨要来了，就抱着膝坐起来。一会儿，耳边听到飞鸣的声音，如歌如诉，如怨如慕。它擦着胳膊，刺进肌肉，钻向骨头，叮咬脸面，使人毛发全竖了起来，肌肉都在颤抖，两只手轮番拍打，手掌像出汗似的，拿到鼻子边一闻，一股血腥味。天台生大惊，不知怎么办，就踢童仆，大叫着："我不知被什么东西咬得太痛苦了，快起来找蜡烛照一照！"

蜡烛拿来，看到蚊帐都张开了，帐布上聚集了几千只蚊子，见到烛光到处乱飞，像蚂蚁和苍蝇。它们的利嘴把肚子都吃饱了，放着红光。天台生责骂童仆："它们不都是叮的我的血吗？都是你马虎不认真，撩起了帐子把它们放进来。你只要小心周到，它们这些小虫子，怎么能害人呢？"童仆拔了蒿草捆起来，点燃后冒出浓烈的青烟，左右挥动着，绕床几周，把蚊子赶了出去。回过头来对天台生说："可以睡了，蚊子已赶走了。"天台生掸了掸席子，准备睡觉，他感叹着说："天啊！为什么要生出这些小东西来害人啊？"

童仆听了，哑然失笑说："您为什么对自己这么宽厚，而对老天爷的埋怨又那么坚定呢？天地之间，阴阳二气弥漫，由于赋予的形体和本质的不同，人和物得以分开。大的是犀牛、大象，奇异的是蛟龙，凶猛的是虎豹，驯顺的是麋鹿和猿猴，长了羽毛的是禽或兽，赤裸身体的是人或虫，都有其生存的条件。虽然大小长短不同，但生活的环境是一样的。从我们自己来看，人贵而物贱，从天地大自然来看，还能说谁贵谁贱吗？现在人们都感到自己高贵，号称为万物之雄，水里或陆地的东西，凡是有生命的，人们无不布下天罗地网来捕捉，山海无不贡献其所产。蛙类逃脱不了性命，大雁隐藏不了身影。人们吃多种东西，可以说是不可胜数！可是为何别的生物就不能以人为食呢？今天晚上，蚊子一张嘴，你就呼天抢地的上诉，假使被人所食的都呼天上告，那么上天惩罚人类又该怎么样呢？"

"况且物被人食，人被物食，因为人和物是异类，也还有情可说。而蚊子胆战心惊小心翼翼，害怕白昼，不敢露其形，它窥到晚上乘人非常疲倦的时候，对人下手。现在，同是人类，吃饭喝汤，是相同的；养妻育子，是相同的；穿衣戴帽，修饰仪表，没有不相同的。白天他们装出一副道貌岸然的样子，乘着同类的不合而欺凌对方，吮他们的脂油，吸他们的脑浆，使他们在草野中饿倒，在道路上流浪，呼天抢地的叫苦声不断，却没有人可怜他们。现在你刚一被蚊子叮咬，就寝食难安，听到同类相残却置若罔闻，难道这是正人君子的先人后己之道吗？"

天台生听完童仆这番话把枕头扔在地上，扪心自问，连声叹息，披着衣服走出大门，一直坐到天亮。

【寓意点拨】这篇寓言用蚊子吸人鲜血，干扰人睡眠的事情为引子，重点揭示和解析了社会生活中同类相残的人吃人的现象。

蚊　符

【寓源】佚名《精选雅笑》。

【寓言】有个卖驱蚊符的人，他鼓吹驱蚊符可以把蚊子驱赶走，有人从他那里买回去贴在墙上，蚊子却丝毫没有减少，就回去责问卖驱蚊符的人。

卖驱蚊符的人说：“肯定是贴得不对啊！”

买者问：“那应贴在什么地方？”

卖者回答说：“应该贴在蚊帐里。”

【寓意点拨】这则寓言告诫人们，不要相信那些徒有虚名而无实效的骗人把戏。

瓮　帽

【寓源】隋·侯白《启颜录》。

【寓言】梁朝时，有一家人很愚笨。一天，父亲对儿子说：“我听说帽子是用来装头的，你去集市上给我买顶帽子。”儿子来到市场上，有个商人拿了一顶黑色粗绸帽子给他。因帽子折叠着没有撑开，他看了半天也不知道怎样才能装下头，于是就想这东西大概戴不成，扭头就走。他找遍了市场上所有的商店，也没找到他想要买的帽子。

最后，他走到瓦器店门口，看到里面放着许多瓦瓮。这瓦瓮腹中是空的，正好可以放头，他便认为这是父亲要买的帽子，就买了一个回家。父亲拿着儿子买回的“帽子”往头上一戴，一下子就套到脖子了，头全被罩住，便认为这是真正的帽子。

【寓意点拨】那些孤陋寡闻而又自以为是的人们，他们不明事理、自作聪明、一意孤行，吃尽了苦头也不思悔改，结果只能是被人耻笑。

瓮　算

【寓源】宋·苏轼《施注苏诗》。

【寓言】有一个贫穷的士人，家产仅有一只瓮，夜里常守着它睡觉。

一天晚上，他心里思念着：如果求得富贵，我当用许多钱财，营造田宅，蓄养女乐，添置高大的马车，加置巨形的车盖，总之，一凡需用，没有不具备的。他反复在胸中思念着，竟不知不觉、欢乐畅快地跳起舞来，结果一脚踏破了瓮。

【寓意点拨】这则寓言说明贫士虽穷得只剩下一个瓮坛，但他不想通过艰苦的劳动去积累财富，而是幻想突然富贵。富贵则营田宅，蓄声妓，去剥削人民，去享乐腐化。他异想天开，忘乎所以，结果，连仅有的一个瓮坛也踏破了。

翁仲迎魂

【寓源】清·顾嗣立《元诗选》。

【寓言】昨天刚扒去旧坟，今日又筑起新坟。坟前的两个翁仲，送旧魂又迎新魂。旧魂没出新魂进，面对新魂，旧魂泪滚滚。旧魂嘱咐新魂说："有了良田不要多子多孙。多子多孙为的是香火不绝，可是曾孙不扒玄孙也得扒祖坟。我如今被扒坟实在伤心，不知您的坟何时也被挖尽！"

【寓意点拨】这则寓言告诫人们，做父母的对待自己子女，教给他们的应是做人的本领，留给他们的应当是独立生活的能力和思想，不能让他们躺在现成的优裕生活中享受，这样就会一代一代地自强自立。否则，后代靠前代而坐吃山空，必然导致家境破败，甚至会挖祖坟以谋生。"曾孙不掘玄孙掘"，这就是历史的悲剧，这就是警世的忠告。

乌蜂与眉毛

【寓源】明·刘基《郁离子·乌蜂》。

【寓言】有一天，杞离对熊蛰父说："你也知道有一种乌蜂吗？黄蜂竭尽全力采花酿蜜，而乌蜂不会酿蜜却只会吃蜜，因此，黄蜂就把蜂房门户用泥堵塞。黄蜂王还叫黄蜂监视储备的蜂蜜并进行核算，这样就必须把那些不劳而食的乌蜂全部赶走，才能维持蜂群之用。若有乌蜂不离开，就群起咬死它。如今身居朝廷的官吏，不论官职大小，没有一个不辛劳奔波，尽职尽责，对楚国有益。而唯独你一人游玩吃喝，每天晚上星星还没出来就睡觉，早上太阳出来了还没起床，你这个对楚国无益的人，一天到晚还计算索税，我担心你会像乌蜂一样被驱逐。"

熊蛰父听完之后，不动声色地说："你不看一看一个人的面孔吗？眼睛、鼻子、嘴巴每天都有用场，唯独眉毛无事可干。你若把它去掉，但别人都有眉毛，而你却没有眉毛，怎么好看呢？凭着楚国这样强大，却容不下一个游玩吃喝的士人，我担心楚国就像无眉毛的人一样，会成为别人的笑柄。"

此话传到楚王耳边，楚王知道熊蛰父不是平庸之辈，于是更加优待熊蛰父。

【寓意点拨】这则寓言通过杞离与熊蛰父谈论乌蜂、眉毛问题，说明一个治国者要能容纳士人。眉毛表面上看起来毫无实用价值，但它却是人的面孔上不可缺少的，自有它特殊的作用。文士亦如是，一个国家里的文士，各有其特长，到了一定的时候，他们自然会发挥其独特的作用。

乌龟与蟹

【寓源】清·吴趼人《俏皮话》。

【寓言】乌龟长壳，螃蟹也长壳。只是螃蟹壳薄，而乌龟壳厚，所以乌龟能负重，而螃蟹经不住敲剥。不过螃蟹能用钳子来自卫，乌龟只能团缩起来逃避人的攻击。

有一天，螃蟹遇到乌龟，要用自己的钳子来与乌龟戏斗，乌龟赶快把头、尾和四条腿一齐缩入壳中。螃蟹只能钳住乌龟的壳，格格直响，很长时间，丝毫损害不了乌龟。螃蟹嘲笑着说：“这个厚皮的东西，一点儿也咬不动它。”

【寓意点拨】这则寓言赞扬了自卫的螃蟹，批评了缩头的乌龟。认为乌龟只是靠皮厚才免受损害，是个团缩的被动挨打的“不知廉耻”的东西。

乌　戒

【寓源】宋·晁补之《鸡肋集》。

【寓言】乌鸦在飞禽类里是非常狡猾的，感到人们的声音小有变异，往往就飞走了，不是弹弓可以射中的。关中民众对于乌鸦的狡猾了若指掌，要捕获乌鸦的用具都是根据它狡猾的特点而设置的。来到野外，在坟墓间摆好面饼纸钱，好像准备祭奠一样。哭过后，撕裂纸钱丢弃离去。乌鸦就争先恐后地啄食，啄食已尽，哭泣的人又站立在其他的坟墓前了，撕裂的纸钱与丢弃的面饼依然如初。乌鸦虽然狡猾，但不会怀疑这是引诱它的，更加鸣叫搏击着争食物。反复三四次之后，都飞下来争抢，与人更加接近。等到它们靠近网子，便一举被捕获。

现在世上的人们，自认为智慧足以保全生命，而不知道灾祸就藏在其中，有几个人不被哭泣的人出卖呢？

【寓意点拨】乌鸦的狡猾是特点也是弱点，没想到聪明反被聪明误。乌鸦的弱点不正是很多人的毛病吗？深陷于聪明当中，却只想耍小聪明，忘了猎人就在其背后。末一段点出深义所在，值得人们深以为戒。

乌生八九子

【寓源】清·李调元《童山全集》。

【寓言】老乌鸦孵出八九只雏乌，啾啾欢聚在同巢的树尖。有一只雏乌胆子特别大，轻快绕树飞，不知有危险。众雏乌见它先飞心生妒忌，七嘴八舌向老乌鸦进谗言。老乌鸦听信了众雏的挑拨，不让胆大之雏回到巢穴。此乌苦哀求不允，不知何处栖身，便鼓起勇气飞向青云之端。众雏乌怒气冲冲齐声谩骂："不报母养之恩没有心肝！"谁知一天天翅膀硬了各奔前程，众雏一个个都忘记了孝顺诺言。"我们的翅膀都已经硬朗啦，个个都想像大鹏展翅九重天。"东西南北周游遍，年终竟忘把家还。树上家巢已多余，风雨天天来摧残。老乌独居巢穴中，忍饥挨饿悲号寒。一日清早飞来一只乌，一见老乌惨状心头酸。老乌鸦饿了，此乌捕捉小虫把它喂，老乌鸦冷了，它展开硬翅给遮寒。它原来就是那只被毁谤的雏乌，始终没忘记根本，今日又把家还。当年倘若没远飞，身躯哪能得保全？虽然老母亲借故来推托，怎奈经历诸多坎坷忧患。尽管老乌鸦生了八九子，过日子，也实在难免受熬煎！

【寓意点拨】寓言用雏乌不计前嫌，报答母亲的养育之恩，歌颂了它恪尽孝道的孝行。同时寓言通过对比，鞭挞与谴责了进谗言的其它雏乌，忘记了应尽孝的责任，置父母死活于不顾的不孝行径。今天这则寓言对社会上一些缺乏尊老爱幼之心的现象，仍然具有现实警示意义。

乌鸦与喜鹊

【寓源】明·刘基《郁离子·直言谀言》。

【寓言】乌鸦叫，不一定有凶祸；喜鹊鸣，也不一定有吉庆，这是人们都知道的。然而，如果现在有乌鸦每天停留在人的房屋上呱噪，那么那个人即使经常喜悦，也必然厌恶它；如果有喜鹊每天停留在人的房屋上鸣叫，那么那个人即使经常忧愁，也仍然喜欢它。岂止是一般人这样，即使那些哲人贤士也不能免俗。为什么呢？还不是因为它们的叫声吗？所以直率的话，人们都知道它是忠言，但却不能做到始终不厌恶它；奉承的话，人们都知道它是邪恶的，但却不能始终不受它迷惑。因此，只有知道直言是良药，对自己有益，而后才能乐于倾听；知道奉承的话是病害，对自己有损害，而后才能不采纳。这是害怕危及自身的利害才这样做的。

所以，喜欢做好事的人，必定会因其利害关系而实话直说；喜欢做坏事的人，也必定会因其利害关系而进行欺骗。只有明白透彻地看清利害实质的人，才能辨别清楚人们言论的忠诚与邪恶。人们要想弄清楚被迷惑的原因，就应该从听乌鸦、喜鹊的鸣叫声中去认识，去体会。

【寓意点拨】这则寓言以乌鸦、喜鹊的鸣叫为喻，批评人们对待直言、谀言态度上的偏颇。喜鹊的鸣叫，比喻谀言美听；乌鸦的聒噪，比喻忠言逆耳。人们乐此恶彼，是不明它与自身的利害关系。一旦明了了，切实懂得直言是治病的良药，谀言是致病的疫菌，就会改变其态度。

呜呼於戏

【寓源】明·冯梦龙《广笑府·儒箴》。

【寓言】有一个教儿童读书的人，第一次教《大学》。到“於戏，前王不忘”这一句时，竟然照原字音读。主人说：“错了，应该读‘呜呼’。”老师就顺从了他。到了冬天，读《论语》注时读到“傩虽古礼而近於戏”，仍读做“呜呼”，主人说：“又错了，这里应读‘於戏’。”老师很生气，告诉他的朋友说：“这主人很难对付，只是‘於戏’二字，从年头和我一直拗到年尾。”

【寓意点拨】寓言具有很强的教育意义，作为教师，一定要有足够的知识。要教给学生一碗水，自己必须要有一桶水，就是这个道理。

无头亦佳

【寓源】晋·佚名《录异传》。

【寓言】汉武帝时，苍梧郡的贾雍任豫章郡太守，有神奇的法术。有次出境讨伐贼寇，被贼寇砍去了头颅。贾雍上马回到营房，军营中的官兵都过来看望他。贾雍胸中说起话来：“仗打败了，被贼寇伤害。各位看我有头好，还是无头好？”官兵们哭着说：“还是有头好。”贾雍说：“不见得，没有头也很棒。”说完话就死了。

【寓意点拨】寓言告诉人们，豪气、勇气、正气是比头颅、比生命更重要的东西。身首可以异地，精神则永葆活力。从这个意义上说，有头，平安凯旋当然很好；无头，壮烈牺牲，也是值得自豪的。

无畏致祸

【寓源】明·刘基《郁离子·无畏皆祸》。

【寓言】鲁国蒙邑有个人披着狮子的皮到旷野去，老虎看见他吓得逃跑了。这个人认为老虎是怕自己，回家后觉得自己了不起，就产生了不畏一切的雄心。第二天，他穿着狐皮袄到旷野去，又碰上了老虎。老虎站在那儿斜着眼睛看着他。他发怒，老虎也不逃跑，他大声呵斥，反而被老虎吃掉了。

【寓意点拨】这则寓言对世上那些妄自尊大者进行了深刻的讽刺。

吴牛喘月

【寓源】南朝·刘义庆《世说新语·言语第二》。

【寓言】晋武帝时，有一个叫满奋的人，向来怕吹冷风，尤其更怕寒冷刺骨的冬风。有一天，狂风大作，正赶上满奋进宫朝见武帝，看见宫里的窗户是透明的琉璃做成的，好像很不坚固，不禁发起抖来，脸色变得很苍白。武帝觉得奇怪，就问他原因。满奋照实回答。武帝一听，便笑着说："琉璃窗是密不透风的。"满奋觉得很不好意思，便也笑着说；"臣犹吴牛见月而喘。"意思是说：我就好像吴地里的牛一样，一看到了月亮就吓得喘起来了。

满奋为什么会有这种比喻呢？那是因为中国水牛多生长在长江、淮河一带，在三国时期曾是吴国长期统治的地方，所以通常称这个地方叫做吴地，所以那里的牛就叫作吴牛，水牛很怕热，喜欢泡在凉快的水里，它只要一看到太阳，就会全身发热，喘个不停。有一次，水牛看见月亮，误以为是太阳，便吓得大口地喘起气来。

【寓意点拨】大热天曾经使得在田间劳作的牛备受其苦，因而给牛留下了很深的印象，它竟然误把月亮当成了太阳，而喘了起来。痛苦的经验，使人遇到类似的东西就产生恐惧，这是很自然的。但是，遇事必须仔细观察，遇到似是而非的现象更应该头脑清醒，决不要无端地产生疑惧，被莫须有的东西所吓倒。

吴起置表

【寓源】秦·吕不韦《吕氏春秋·慎小》。

【寓言】吴起治理西河时，想向百姓表明自己的信用，前一天就派人在南门外竖起一根木柱，对全城百姓下令说："明天如果有人能把南门外的木柱扳倒，就让他做上大夫。"第二天直到天黑，也没有人去扳倒木柱。老百姓互相说："这话肯定不真实。"有一个人说："我去试试扳木柱，大不了得不到赏赐罢了，有什么妨害？"于是他扳倒了木柱，来告诉吴起。吴起亲自接见他并送他出来，让他做了上大夫。

又在前一天立起木柱，又像前一次一样对全城百姓下了命令。百姓都围在南门争相去扳木柱，木柱埋得很深，结果都没有得到赏赐。从此以后，百姓都相信了吴起的赏罚。

【寓意点拨】寓言启示人们，取信于民，不是一句空话，也不是一纸空文，它要付之于实践，只有为民做出几件好事、实事，才能真正取得民众的信赖；取信于民，又不是一时一事所能奏效的，必须长此以往、坚持不懈地做下去，才能获得民众真心的信赖。

吴人善讼

【寓源】清·唐甄《潜书·吴弊》。

【寓言】吴地人善于打官司，凡是能用来取得胜诉的手段，没有不去做的，也没有不忍心做的事。

震泽有个农夫想告他叔叔的状，却知道没有罪状不可求胜，于是就同他的母亲商量，叫自己的妻子诬告叔叔强奸了她。他的妻子不同意，于是他就和妹妹轮流鞭打妻子；妻子仍不听从，又以打死她来威逼。他的妻子害怕而服从了。他的妹妹同妻子一道到官府告了叔叔的状，他的叔叔受冤枉也无法说清这件事。

乡邻人都知道这是一件无中生有的事，但也不能替他的叔叔来分辨。这个案件始终也没有结果。

【寓意点拨】这则寓言告诫人们，害人之心不可有，而防人诬陷之心不可无，因为有些人为了达到搞垮对方的目的，会不择手段，他们制造的假象往往达到混淆是非，以假乱真的效果。同时也讽刺了那些自作聪明的人，害人是以害己开始的。

吴生半揖

【寓源】明·冯梦龙《古今谭概·容悦部》。

【寓言】有一个吴姓老书生，很势利。有一次他偶尔赴宴，见一人后到，身着布衣，向席间众人施礼，他只是随便抬了抬手，充作答礼，容颜态度甚是傲慢。

过了一会儿，他发现主人对那穿布衣的人很恭敬，便私下向别人打听那穿布衣的是谁，别人告诉他，这就是《红拂记》的作者、本朝举人张凤翼。吴姓老书生便要重新恭恭敬敬地行礼。张凤翼开玩笑地说：“刚才我已经领受了你半揖，只求再补上另一个半揖，不要再行什么大礼了。”

【寓意点拨】这则寓言惟妙惟肖地刻画出了这位吴姓老书生趋炎附势的嘴脸。

吴士大言

【寓源】明·方孝孺《逊志斋集·吴士》。

【寓言】吴地有个人喜欢说大话，自以为才能很高，世上没有谁能赶得上。他特别喜欢谈论军事，一谈起军事就必定称引大军事家孙武和吴起。

其时正值元末大乱，张士诚在苏州称王，与明太祖朱元璋争夺天下。在决战发生之前，吴地这个人求见张士诚，说：“我看当今天下的形势，没有比苏州更有利，财物没有比苏州更富足，兵器没有比苏州更精良；但是您占据苏州而不能称霸，其原因是将帅能力低下。现在您手下的将领，都是位卑无能的人，作战不懂得兵法，跟老鼠相斗一个样。大王如能真的叫我做大将，便可占领中原地区，对于战胜这小小的敌人朱元璋有何困难呢？”

张士诚认为他说得对，任命他为大将，听任他自己招募部下，并命令主管粮草的官吏给他充足的给养，不要计较多少。……后来曹国公李文忠攻破杭州城，吴地的这个人及其部下，都悄悄逃跑，不敢稍加抵抗。李文忠搜捕到他，绑到军营门外杀了。他临死还说：“我擅长孙武、吴起兵法。”

【寓意点拨】这则寓言以吴士自以为才能高上，擅长孙吴兵法，为将兵败被诛的故事为喻，对夸夸其谈、不学无术的人进行辛辣讽刺。

吴王嘲晏子

【寓源】战国·晏婴《晏子春秋·外篇》。

【寓言】晏子出使吴国，吴王说：“我生活在这偏僻简陋的蛮夷之地，希望向先生请教君子的品行，请私下谈谈不要怪罪。”晏子恭敬地离开座位站起来。

吴王说：“我听说齐国的国君大多暴虐傲慢，粗野残暴，先生却能容忍，为什么呢？”

晏子迟疑不决地回答说："我听说，精细的事不懂，粗笨的事不会做的人，一定劳苦；大事不能做，小事不愿干的人，一定贫穷；地位显要不能使人来到，地位低下又不愿到别人门下的人，一定困难。这就是我之所以出来做官的原因了。像我这样的人，哪能用德行向别人求食呢！"

晏子出去后，吴王笑着说："唉！今天我嘲讽晏子，就像裸体的人责备脱衣服的人行为不恭一样了。"

【寓意点拨】这则寓言告诫世人，不尊重别人的人，是不可能得到别人的尊重；耍小聪明来取笑别人，到头来是反算了自己。

吴中名医

【寓源】清·唐甄《潜书·知言》。

【寓言】从前，吴中有位出名的医生，出门乘坐华丽的车子，穿着华美的皮衣，脸色红润如丹砂，说话流利如转轮。凡是生病的人，服了他的药病愈的人都说："这真是个良医。"而服了他的药死亡的，家里人却说："良医是不能把死人救活的。"

这种医生，不担当治死人的罪名，反而获得显赫的名声和丰厚的利益。生病的人家应当承担偏听偏信的过错啊。

【寓意点拨】这则寓言的告诫意义在于：识别骗子的最好办法是听其言观其行，以效果来检验真伪；同时，对社会的传言，不可偏听偏信，人云亦云，应当是耳听为虚，眼见为实，这样方可免于受骗上当。

梧丘农夫

【寓源】明·刘基《郁离子·石羊先生》。

【寓言】梧丘的一个农夫靠种稻子为生，每年都储备旧稻子等到新稻子下来。新稻子未吃到以前，不敢把旧稻子吃完。

有一天，农夫到田里去，看见他的禾苗都长出了穗子，稻粒也长得很饱满，就高兴地回来说："新稻子可以指望了！"于是把旧稻子都拿出来，和他家里的人饱饱地吃。旧稻子快吃完了而新稻子还没成熟，他就大为埋怨，天天和他的儿子、老婆轮流替换着去察看。田里都踩出了一条小路，然而稻禾却越看越青了。这不是稻禾越长越青，而是由于盼望稻子成熟的心情急迫啊。

【寓意点拨】这则寓言启发人们，做事要有长远打算和全面安排，不要像梧丘农夫那样，只看见一些似乎有利的表面现象，就忘乎所以。

梧树不善

【寓源】秦·吕不韦《吕氏春秋·遇合》。

【寓言】邻父有一位邻居，院中有棵枯死的梧桐树。邻父告诉他说："这棵梧桐树预兆不详。"邻居便马上把它砍倒。

邻父随后登门讨取烧火柴。邻居听了，很不高兴，说："邻居居心这样险恶，怎么好做邻居呢？"

邻父的这种卑劣伎俩，完全是利欲熏心所致，要讨取烧火柴，不应该编造枯梧树不吉祥的谎言。

【寓意点拨】用谎言欺骗别人，靠诈骗谋取私利，一定会很快暴露自己，被人们识破。

梧台燕石

【寓源】宋·李昉《太平御览》。

【寓言】宋国有个愚笨的人，在梧台的东边得到了一块燕石，回家后珍藏起来，认为自己得到了最好的宝贝。周地一位珠宝商人听到这事就来观看。这个人端端正正戴好帽子，穿上玄色的衣服，打开十层华丽的木柜，取下十层橘红色的丝绢。客人见到宝贝，捂嘴笑着说："这是燕石呀，和瓦片砖块一样。"

愚笨的人听到了大怒，将燕石藏得更加仔细了。

【寓意点拨】假的就是假的，丑的就是丑的，无论怎样打扮也不会变成真的和美的。

蜈蚣自大

【寓源】明·刘基《郁离子·即且》。

【寓言】蜈蚣在野外游荡，无意中碰见了蛋（è），蛋害怕蜈蚣，转身就跑。

蜈蚣奋起直追，围绕它转着圈儿，蛋被转晕了，迷失了方向，便停在原地打转转。趁蛋不注意，蜈蚣缩起头，弯曲身体，然后像箭一样地向蛋冲去。蛋被击迷糊了，蜈蚣便钻进蛋的喉咙，在它身体里搅和一圈，最后从尾部爬出来了。可怜的蛋到死也不知道自己是怎么死的。

后来有一天，蜈蚣又碰见了蜒蚰。想到上次自己斗蛋的辉煌战绩，它跃跃欲试地想要与蜒蚰作战。马陆看出了它的心思，好心地奉劝它：“蜒蚰虽然很小，但是有毒，最好还是不要碰啊。”

蜈蚣觉得马陆很小瞧自己，生气地顶撞马陆说：“你也太小看我了吧？天下最有毒的东西莫过于蛇，而最毒的蛇又莫过于蛋。蛋咬树木，树木就要枯萎；咬人和兽，人和兽就要死。它的毒像火一样猛烈。但是我一点也不害怕它，我上次在它的肚子里转了一圈出来，一点事没有，觉得舒服极了，怎么会害怕寸把长的蠕动的蜒蚰呢！”

看着蜈蚣那么自大，马陆知道自己说什么也没有用，便不再劝它了，叹口气，说：“你还是当心一点啊！”

蜈蚣呢，根本不在乎，只见它踮起脚走过去，故意侵犯蜒蚰。蜒蚰一点也不畏惧，它舒展着身体，把头上的两只角一伸一屈，吐着黏液等待着它。蜈蚣刚走到蜒蚰身边，就被粘住了，顿时翻倒在地。这下它后悔了，想抽身逃跑，谁知所有的脚和须全都粘断，不能动弹了。结果呢，它只能一动不动地躺在那里，最后竟然被一群蚂蚁吃掉了。

【寓意点拨】寓言以蜈蚣吃掉毒蛇就自以为天下无敌，结果被鼻涕虫粘住而死为喻，对那些狂妄自大的人进行讽刺。

寓言告诉我们不管自己有多么强大，切不可骄傲自满，目中无人；对于不熟悉的事物，要虚心学习；对于别人的善意提醒，要虚心接受，不然就会落得和故事中蜈蚣一样的下场。

蜈蚣与蚯蚓

【寓源】清·薛福成《庸盦笔记》。

【寓言】一条蜈蚣环绕在蚯蚓的洞口爬行，蚯蚓隐藏在洞里，忽然伸出头来咬掉蜈蚣一只脚。蜈蚣很恼怒，想进到洞里去，洞口太小钻不进去，正在爬来爬去转着圈子时，蚯蚓乘它没防备又咬掉它一只脚。蜈蚣更加恼火而又没有办法，守在洞口不肯离开，蚯蚓就逐渐拔去它的脚。过了一个时辰，蜈蚣已没有脚了，虽然没有死，但却不能转动，横卧在地上，像僵死的蚕一样。蚯蚓这才爬出洞来，咬住蜈蚣的肚子吸食起来。

【寓意点拨】这则寓言通过蚯蚓战胜蜈蚣的故事说明了弱者战胜强者，不是一鼓作气，一蹴而就的。而是一只脚一只脚地去夺取，积许多小胜为大胜，最后把蜈蚣彻底消灭。这就说明许多事情不能毕其功于一役，而是循序渐进，积少成多，最后才能获得全胜。

五丁凿山

【寓源】明·刘基《郁离子·五丁怒》。

【寓言】从前，蠪蚳（lóng zhì）在岷嶓一带作恶为害，蜀王派相回统帅军队征伐它，但相回害怕不敢前去，就修筑土门，作为壁垒，屯兵不进。他手下的士兵每天向老百姓搜粮为食，老百姓痛苦不堪。于是五个大力士凿开山，在长江的源头放水，活捉了蠪蚳并除掉它。相回听说蠪蚳死了，就毁掉壁垒出来，窃取蠪蚳的尸体作为自己的战功，并得意地说："我的众士卒确实把它杀死了。"五个大力士听了大怒，便杀掉相回，推倒天彭山堵住了江水，江水倒流，淹没了蜀国王宫。蜀王爬到树上呼救，后来就变成杜鹃。如今天下治盗平乱的人都像相回一样，老百姓不甘心做蠪蚳的肉食，怎么能不发泄像五个大力士那样的愤怒呢？

【寓意点拨】这则寓言揭露了在恶势力疯狂为害百姓时，身负除害责任的统帅不仅不能勇敢地除恶，反而加倍搜刮百姓，加重百姓的痛苦。当五壮士除去了害兽，那个统帅竟然虚报战功，窃取荣誉和私利。寓言用犀利的笔触，揭露了这个丑类的嘴脸，这样的丑类当然也受到了五壮士的制裁，使人感到大快人心。

五日饮

【寓源】西汉·刘向《新序·刺奢》。

【寓言】赵襄子有一次喝酒，一连喝了五天五夜，都没有停下来，他对身边的侍者夸耀说："我真是国家的杰出人物，喝酒喝了五天五夜，一点儿也不醉。"

旁边的优莫说："主君再努力一下，就比商纣王只差两天两夜了。商纣王喝了七天七夜，现在主君已经五天了。"

襄子听了有些害怕，对优莫说："这样我不是要亡国了吗？"

"不会的。"

"比商纣王只差两天了，不亡国，还等到何时？"襄子不安地说。

"夏桀、商纣的灭亡，是因为碰上了商汤和周武王。"优莫说，"当今天下都是夏桀一类的人物，而主君你是商纣，夏桀、商纣同时生于世上，又怎能互相灭亡呢？不过，这样也很危险了。"

【寓意点拨】面对以善饮自诩的赵襄子，优莫故作顺从地勉励他继续喝下去，以便与亡国之君商纣王一比高下，这一比，比得赵襄子惶恐不安。这则故事让人们再一次领略到欲进先退、欲擒故纵的劝说方式的魅力。

五十步笑百步

【寓源】战国·孟轲《孟子·梁惠王上》。

【寓言】战国时，孟子拜见梁惠王，梁惠王问孟子说："我对国家真是尽心尽力了，如果河内地方遇到饥荒，我把那儿的居民迁到河东去，又把河东的粮食调到河内；河东出现同样的灾情，我也照样这样做。你说有哪个国家的君主能像我这样替百姓办事呀？可我们魏国的百姓还是不能增多，邻国百姓也不见减少，这是什么道理呀！"

孟子说："我先说个故事您听听：一次两国交战，一方的将士刚听到鼓点一响，就抛下盔甲、拖着兵器向后逃跑。有的士卒跑得快，一口气跑了一百步远；有的士卒跑了五十步就停住了。这时候那些只跑了五十步的士卒嘲笑跑了一百步的人说：'你们真是胆小鬼，跑得那么快！'您说他们骂得有理吗？"

梁惠王说："跑五十步也是逃跑，干吗耻笑跑一百步的！"

孟子说："您明白这个道理，就知道魏国也不比别国强多少了。如果您在农忙季节，春种、秋收时不去征兵、征工，那魏国的粮食就多得吃不完；如果禁止用网眼过小的渔网去湖里捕鱼，那鱼就总会生生不绝；树木砍伐假若加以限制，木材也会使用不尽。有了这些条件，老百姓能不拥护您吗？您再下令多植桑树，多养猪狗鸡，让大家能穿上丝绵吃上鸡肉，那天下的百姓能不归附于您吗？然而现在却不是这样。大王如果认真改革朝政，那魏国是会强盛起来的……"梁惠王点头称是。

【寓意点拨】梁惠王对自己迁移灾民和运粮救灾的"善政"很得意，然而在孟子看来，这只能说明他的做法比邻国国君好一点，因为这样做只是补救的措施，并没有从根本上使百姓富足起来。因此，魏国远没有像梁惠王以为的那样好，能够吸引别国的百姓蜂拥而至。梁惠王认为自己比其他国君更好，这样的认识和梁惠王自己所否定的五十步笑百步是很相似的。

武　技

【寓源】清·蒲松龄《聊斋志异·卷五·武技》。

【寓言】李超，又叫魁吾，是山东淄川县西部边远地方的人，性情豪爽，喜爱施舍。

有一天，忽然一个和尚前来化缘，李超让他饱吃了一顿。和尚十分感激，就对他说："我是少林寺出身的，有点小本事，愿意教给你。"李超大喜，留他住在客房里，用丰厚的饭食供养他，日日夜夜跟他学武艺。学了三个月，李超的武艺相当好了，非常得意。和尚问他："你近来有长进吗？"他说："确有长进了。师父会的，我已全部学会了。"和尚笑了笑，叫李超试试学的武艺。李超就脱掉外衣，往手里唾了几口唾沫，就地表演起来。他像猴子一样灵活，像鸟儿那样轻盈，翻腾跳跃了好一阵，然后显出旁若无人的样子站在和尚的面前。和尚又笑了笑说："可以了。你既然把我的功夫全部学到手了，就让我们来比一比高低吧。"李超欣然同意。两人各将手臂交在胸前，摆出角斗的架势，随即就格斗起来。李超时时想寻找和尚的破绽，谁知和尚忽然飞起一脚，把他踢出一丈多远。和尚拍手笑着说："你还没有学尽我的本领吧！"李超两手撑着地，惭愧地请求和尚再教他。又过了好几天，和尚才辞别而去。

从此，李超的武艺出了名，遨游南北，从没有碰到过对手。

有一次，李超偶然来到济南，看见一个年轻的尼姑，在广场上卖艺，围观的人挤得满满的。尼姑对这些看热闹的人说："只有我一个人翻来覆去表演，实在太冷落了。各位看官中如有武术爱好者，不妨到场子里来玩玩。"她这样讲了两三次，看客们面面相觑，始终没有人去应战。李超站在一旁，不觉手脚发痒，于是趾高气扬地走进了场子。尼姑笑了笑，行了一个合掌礼。刚一交手，尼姑就大叫暂停，说："这是少林派的拳法。"紧接着又问道："你师父是谁？"李超开始不肯说，尼姑执意盘问，李超才将和尚告诉她。尼姑拱着手说："那憨和尚就是你的师父吗？果真是这样，不必再比试了，我愿甘拜下风。"李超再三请求较量，尼姑都不同意。看客们都从旁怂恿，尼姑才说："既然是憨师父的徒弟，同是少林派中的人，不妨试着玩玩。只要我们会心领会就行了。"李超答应了，但看到那尼姑文雅柔弱的样子，心里看不起她；又加上年轻好胜，想打败她，赢来一时的好名声。正在紧张格斗的时刻，尼姑忽然停了手。李超问她停止的缘故。她只是笑，不说一句话。李超以为她胆怯了，坚决要求再斗。尼姑这才又动起手来。不一会儿，李超飞起一脚踢去；尼姑并拢五指，对着李超的大腿一削，李超觉得膝下被刀斧劈了一下似的，立时倒在地上爬不起来。尼姑笑着道歉说："我太鲁莽了，冒犯了你，希望你不要见怪！"李超请人抬回家，治疗休养了一个多月，伤才好。

一年多以后，和尚又来了。李超向他谈起了以前同尼姑角斗的事。和尚大惊说："你太冒失了！惹她干什么？幸亏你先将我的名字告诉了她，要不，你的大腿早已断作两截了！"

【寓意点拨】李超学武术，学了三个月就觉得有了很大的长进，以为把师父的所有的本领都学到了，师父委婉地教育他，他还是那样的趾高气扬。尼姑让着他，他以为尼姑胆怯，结果被尼姑打得爬不起来。这个寓言告诫人们，要虚心学习，不要刚学点皮毛，就目中无人，要以李超为戒。

武王贵言

【寓源】秦·吕不韦《吕氏春秋·慎大》。

【寓言】周武王战胜殷商后，提问两个俘虏说："你们国家有怪异的事吗？"一个俘虏回答说："我们国家有怪异的事，白天出现星星，天上落下血雨，这就是我国怪异之事。"另一俘虏回答说："这虽然是怪异之事，但还算不上大的怪异。我们国家大的怪异是儿子不听从父亲，弟弟不听从兄长，君主的命令不能实行，这才是最大的怪异之事呢！"

武王离开座席，向俘虏行再拜之礼。这不是俘虏尊贵，而是他的言论可贵。

【寓意点拨】这则寓言的启示有两点：一是不能因人废言，只要是有价值的言论，不论出自什么人之口，都应认真听取采纳；二是要"于安思危，于达思穷，于得思丧"，这样才能立于不败之地。

武王候殷

【寓源】秦·吕不韦《吕氏春秋·贵因》。

【寓言】周武王派人刺探殷商的国情，那人回到岐周报告说："殷商出现混乱了！"武王说："它的混乱是怎么发生的？"回答说："邪恶胜过了忠良。"武王说："混乱还没有达到极点。"

那人又去探察，回来报告说："它的混乱加重了！"武王说："达到什么程度？"回答说："贤德的人都出逃了。"武王说："还未达到极点。"

那人又去探察，回来报告说："它的混乱很厉害了！"武王说："到了什么程度？"回答说："老百姓不敢说怨恨不满的话了。"武王说："啊！"便快速把这种情况告诉太公望，太公望回答说："邪恶胜过忠良，叫作暴乱；贤德的人出逃，叫作崩溃；老百姓不敢讲怨恨不满的话，叫作刑法太苛刻。它的混乱达到极点了，已经无以复加了。"于是挑选战车三百辆，勇士三千名，朝会约定以甲子日为期，兵至牧野，纣王被擒获了。

【寓意点拨】这则寓言说明，人心的向背是取胜的关键，任何一个国家、一个团体，乃至个人，失去民心，即使有回天之力，也挽救不了失败；得到民心的拥护支持，即使困难重重，也必然会取胜。

物必遇主

【寓源】元·陶宗仪《南村辍耕录·物必遇主》。

【寓言】松江普照寺看门的和尚刀镊胡，忽然看见街上有小片荷叶舒展卷缩不停，有个人拾起来放在怀里走了。刀镊胡询问他说：“你得到的是什么东西，我想看一看，以解决我的怀疑。”那人于是拿出来给刀镊胡看，是至元年间发行的钱钞三十文。又有个同乡夏氏佣人，曾见条小花蛇，在路边曲折地爬行，一个行人捉住藏进衣袖。那佣人很惊奇，问其中的缘故，原来是至元年间发行的钱钞二十文。这两件事情非常相似。唉！三十文，二十文，简直太微小了，尚且还等待自己的主人。现在积累金银，储藏稻谷，用加倍的利息来获得盈利，毫不懈怠地以利润为目标，在这里难道不可以作为镜子照照自己吗？

【寓意点拨】这则寓言描述了对金钱的看法，劝导人们不要把金钱看得太重。如果贪得无厌地去致富发财，而丧失了做人的道德，处处时时以利为念，那就应从这故事中照见自己的丑恶形象。

X

西家之子

【寓源】西汉·刘安《淮南子》。

【寓言】从前，在一个小国的都城，东边有一户人家的母亲死了，一家人都陷入悲痛之中。灵堂中，亲朋好友前来吊唁，儿子们立在两旁守灵。守灵的儿子虽然哭哭啼啼的，但看上去并不是很哀伤。

西边有家人的儿子看见了，心想，这家的儿子可真没有孝心，怎么能这样呢，那可是生他养他的母亲啊，怎能不表现出极度的悲伤呢？若是我母亲死了，我定会号啕大哭的。这个儿子的想法倒很有孝心，也还正确。可是，他居然回到家里对他母亲说："你为什么这样怜惜自己的生命，不快些去死呢？你看东家的母亲去世了，儿子哭得一点儿也不悲伤，哪像个做儿子的！你死后，我一定非常悲伤地为你哭泣。"母亲听后哭笑不得。

【寓意点拨】为了表现自己的"孝心"，竟然责备自己的母亲不快些死去，这是多么冷酷而虚伪的行为啊！寓言辛辣地讽刺了没有诚心而希望博取名声的人。

西邻五子

【寓源】明·吕柟《泾野子》。

【寓言】西邻有一个人养了五个儿子，大儿子忠诚老实，二儿子机智聪明，三儿子两眼失明，四儿子弯腰驼背，五儿子跛脚。于是他就让老实人种田，让聪明人经商，让失明人算卦，让驼背人搓麻绳，让跛脚人纺线。这样，五个儿子都自食其力，不愁吃穿。

【寓意点拨】这则寓言告诉人们，一个人先天性的不足，是无法抗拒的，但后天的命运还是可以把握的，只要发挥主观能动性，正视现实，完全可以创造幸福。又启示人们，要人尽其才，充分地发挥作用，就要根据各自的特长，因才任人；一个人只要找到适合自己做的工作，就一定会成功的。

西门豹纳玺

【寓源】战国·韩非《韩非子·外储说左下》。

【寓言】西门豹担任邺城的县令，清正严明，廉洁谨慎，丝毫不谋私利，但对国君的亲信却很怠慢，因此这帮人便相互勾结诽谤他。

过了一年，西门豹向国君汇报政治经济情况，国君收回官印，免了他的职。西门豹恳求说："我过去不知道怎样才能治好邺城，现在我懂了，请还给官印，让我再去治理邺城；如有失职，愿受斩刑。"文侯过意不去，把官印还给了他。

西门豹回到邺城后便加重搜刮百姓，极力奉承国君的近臣。又过了一年，西门豹来汇报政绩，文侯迎接他并向他祝贺。西门豹说："往年我为你治理邺城，而你却夺回我的官印；如今我为你的近臣治理邺城，你却向我祝贺，我不想再治理了。"于是就交了官印要离去。

文侯不接受，说："我从前不了解你，现在了解了，希望你能尽力为我治好邺城。"魏文侯最终没允许西门豹辞职。

【寓意点拨】这则寓言一方面讽刺小人的阴谋诡计只能害人一时，不可得逞一世，终究会暴露出来的，必然以失败告终。另一方面告诫世人，为人处世，除了自身清廉正直以外，还要谨防小人的暗箭伤人，也即俗语所言"害人之心不可有，防人之心不可无"。

西门豹蓄积

【寓源】西汉·刘安《淮南子·人间训》。

【寓言】西门豹治理邺县，仓库里没有存粮，府库里没有余钱，兵库里没有刀枪甲杖，官衙中连个簿册也没有，有人把他的这些过错屡屡向魏文侯报告。

魏文侯亲自到邺县巡察，情况果然就像人们所说的那样，魏文侯生气地说："翟璜保举你当邺令，可你弄得乱七八糟。你能说出道理，就算了，否则我要处罚你。"

西门豹回答说："我听说行王道的君主使百姓富裕，行霸道的君主使兵备充足，亡国之君专使府库充积。今天君王是要成为霸主的，所以我把兵备粮草都积蓄在百姓当中。君王如果不相信，我请求登城击鼓，武器粮草可以立刻备办妥当。"

西门豹登城击鼓。第一通鼓响，百姓们披着铠甲、带上箭矢、手握兵器弓弩前来集合。第二通鼓响，百姓们驾着车、载着粮赶来待命。

魏文侯看了说："停止吧。"西门豹说："和老百姓相约以建立信任，不是一天就成的，今天刚行使一次就欺骗他们，那往后就再也行不通了。燕国侵占了我们魏国八个城池，我请求进攻他们，收复失地。"于是魏国发兵攻打燕国，夺回了失去的领土，方才收兵。

【寓意点拨】这则寓言告诉人们，只有一心为民着想，让民众得到利益，才能得到民众的支持和信任，事业才能有成。解决问题要从根本入手，不要只抓细枝末节。因为抓住了根本，也就把握了解决问题的关键，其他的问题也随之而解了。在人与物的问题上，人是决定性的因素，人的积极性调动起来了，就会无往而不胜。

西闾过渡河

【寓源】西汉·刘向《说苑·杂言》。

【寓言】西闾过渡河往东去，掉进了水里，一个撑船的把他从水中捞了出来，问道："你今天要到哪里去？"

西闾过回答说："要去东边游说诸侯。"

撑船的一听，捂着嘴直笑，说："你渡河掉进水里都不能自救，怎能游说诸侯呢？"

西闾过说："不要用你的技能来取笑我。你难道没听说过和氏璧吗？它价值连城，但用来纺线，还不如用土烧制成的纺锤。随侯珠是一件国宝，但用来弹射鸟鹊，还不如泥制的弹丸。骐骥绿耳之类的骏马驾车奔驰，一日之内可至千里，极为迅速，但让它捕捉老鼠，还不如价仅百钱的狸猫。干将、镆铘可以劈开大钟不发出声响，挥动起来可以砍断金属，可以斩断飘动的羽毛，可以刻入铁制的斧头，极为锋利，但用它来修补破鞋，还不如价仅两钱的锥子。你操持船桨，驾着小船，来往于广阔的水面，自如地面对波涛，临驾深流，这恰好是你的技能。如果你我一起去东方游说诸侯，谒见国王君主，那你蒙蒙无知，简直和瞎眼狗没有两样！"

【寓意点拨】人人都有自己的长处，船夫以自己撑船之长，嘲笑西闾过溺水之短，结果遭到西闾过的一顿奚落。这就告诉人们：以自己的长处与别人的短处相比，是没有意义的，而且还会沾沾自喜，丧失进取的动力。

昔虢君出亡

【寓源】战国·韩婴《韩诗外传》。

【寓言】从前虢（guó）国国君逃亡在外，对他的赶车人说："我渴了想喝水。"

赶车人就给他送上清酒。

虢君说："我饿了想吃东西。"赶车人就给他送上肉脯和干粮。

虢君问："是哪儿弄来的这些东西？"

赶车人说："我储备的。"

虢君问："为什么要储备这些东西？"

赶车人说："为君王逃亡在外，路上饿了渴了时用呀。"

虢君说："你知道我将要逃亡吗？"

赶车人说："对了。"

虢君说："为什么不早给我进谏呢？"

赶车人说："你喜欢听阿谀奉承的话，而讨厌听深切中肯的言语。我想要进谏言，但怕预先说出虢国灭亡的事，所以我才不谏的呀。"

虢君改变了脸色说："我要逃亡的原因，究竟是什么呢？"

赶车人转过话头说："国君你之所以会逃亡，是由于太有才能的缘故。"

虢君问："有才能的人不能站住脚而要逃亡的原因，是什么呢？"

赶车人说："天下的君王都不肖，而国君你独自有才能，所以要逃亡呀。"

虢君听了很高兴，倚在车前横木上笑起来，说："唉！有才能的人要遭到这般困苦吗？"说罢，于是感到浑身疲乏无力，就枕在赶车人的膝盖上睡着了。赶车人轻轻抽出膝盖给他换上一块石头，漫步扬长而去了。结果，虢君就死在郊野之中，被老虎恶狼吞食了——这就是不觉悟者的下场呀。

【寓意点拨】这则寓言讽刺了这个虢君可谓如醉如痴的不觉悟者。诗曰："听言则对，诵言如醉。"他刚愎自用，喜欢阿谀奉承、而厌恶真切诚实的谏言，结果招致国灭身亡，这完全就是咎由自取，可悲可鄙。赶车人作为一个劳动群众，他对虢君的出亡下场早已观察透彻，这才是真正的有才能的"贤者"；最后他甩掉虢君扬长而去，更是明智的选择。

蹊螗无忘

【寓源】明·刘基《郁离子·蹊螗》。

【寓言】从前，中牟县的外城墙塌了，有一只寒蝉掉进了护城河，被急流激荡起的水沫团团困住，不停地旋转，寒蝉只得拼命地用翅膀拍打水面。一只蝼蛄见它可怜，就游过去驮它，把它送到岸上。寒蝉感激地说："即使过了一百年，我和你也不会忘记彼此啊！"蝼蛄振动翅膀大笑道："你连冬天和春天都不能知道，怎么能一百年也不会忘记我呢？"

【寓意点拨】这则寓言告诫人们，不要轻信那些空话、大话。

徙都凿钟

【寓源】宋·苏轼《艾子杂说》。

【寓言】齐国有两个年老的臣子，都是经历了好几朝的很有声望的人，国家都依靠和器重他们。其中一个是首相，凡属国家的重要事情，他都要参与研究和决断。

有一天，齐国的君主下令迁徙国都。有一口宝钟，重量达五千斤。估算一下，需要五百人才能扛动；齐国一时没有这么多人力。官吏们想不出什么计策来，便把这情况报告亚相，亚相想不出办法。首相在一旁，也有好久没说什么，后来才慢吞吞地说："嘿！这样的事情，亚相你为什么不能解决呢？"于是，他便命令官吏们："根据这口钟的重量，有五百人就可以扛动。可以叫人迅速把它均匀地凿成五百块，然后，叫一个人花五百天的工夫把它陆续地搬走就是了。"官吏们高兴地接受了这一命令。

这件事情，恰好被艾子听见了，便说："首相的好计谋，固然是一般人所想不出来的，只是把凿成了碎块的钟搬运到新的国都以后，不知还需要花多少气力才能把它熔铸成一口完整的钟呢！"

【寓意点拨】本则寓言委婉地讽刺那些自以为学识丰富，实际却昏庸愚昧的读书人。宰相、亚相都是历朝的宿儒大老，并掌有国家政策的决定大权；但术业有专攻，学识越是丰富，就越应懂得宇宙之大，岂是人类浅薄的知识所能涵盖？所以必须更谦虚，更要懂得征询不同专业的意见。另外，知识学问贵在实践，知行必须合一，才能发挥知识的力量；这也说明精进于学习时，必须同时提升实践的重要性。

喜鹊与八哥

【寓源】明·陈世宝《古今寓言》

【寓言】一群喜鹊在女儿山的树上筑了巢，在里面养育了喜鹊宝宝。它们天天寻找食物、抚育宝宝，过着辛勤的生活。在离它们不远的地方，住着好多八哥。

这些八哥平时总爱学喜鹊们说话，没事就爱乱起哄。喜鹊的巢建在树顶上的树枝间，靠树枝托着。风一吹，树摇晃起来，巢便跟着一起摇来摆去。每当起风的时候，喜鹊总是一边护着自己的小宝宝，一边担心地想：风啊，可别再刮了吧，不然把巢吹到了地上，摔着了宝宝可怎么办啊，我们也就无家可归了呀。

八哥们则不在树上做窝，它们生活在山洞里，一点都不怕风。

有一次，一只老虎从灌木丛中窜出来觅食。它瞪大一双眼睛，高声吼叫起来。老虎真不愧是兽中之王，它这一吼，直吼得山摇地动，风起云涌，草木震颤。喜鹊的巢被老虎这一吼，又随着树剧烈地摇动起来。

喜鹊们害怕极了，却又想不出办法，只好聚集在一起，站在树上大声嚷叫："不得了了，不得了了，老虎来了，这可怎么办哪！不好了，不好了！……"附近的八哥听到喜鹊们叫得热闹，不禁又想学了，它们从山洞里钻出来，不管三七二十一也扯开嗓子乱叫："不好了，不好了，老虎来了！……"这时候，一只寒鸦经过，听到一片吵闹之声，就过来看个究竟。它好奇地问喜鹊说："老虎是在地上行走的动物，你们是在天上飞，它能把你们怎么样呢？你们为什么要这么大声嚷叫？"喜鹊回答说："老虎大声吼叫引起了风，我们怕风会把我们的巢吹掉了。"寒鸦又回头去问八哥，八哥"我们、我们……"了几声，无以作答。寒鸦笑了，说道："喜鹊因为在树上筑巢，所以害怕风吹，畏惧老虎。可是你们住在山洞里，跟老虎完全井水不犯河水，一点利害关系也没有，为什么也要跟着乱叫呢？"

【寓意点拨】八哥一点主见也没有，只懂随波逐流、人云亦云，也不管对不对，以至于闹出了笑话。做人也是一样，一定要独立思考，自己拿主意，不盲目附和他人。不然，就会像人云亦云的八哥一样可悲又可笑了。

戏其子妇

【寓源】清·蒲松龄《聊斋志异·瞳人语》。

【寓言】乡里有一个士人，同两个朋友在路上游玩，远远地望见一个少妇骑着毛驴出现在前面，就开玩笑地吟咏着说："有一位美人啊！"而后回头对两位朋友说："咱们去追她！"说罢，就互相嬉笑着纵马奔驰而去。

不一会儿就追赶到跟前，士人一看是自己的儿媳妇，便羞愧难当，垂头丧气，默不作声。朋友们装作不知道，对少妇评头品足，非常放荡。

士人极其难堪羞惭，结结巴巴地低声说："这是我长子的媳妇呀！"友人们便各自暗笑着分手而去了。

品行轻薄的人往往会干出自己侮辱自己的事情来，真可笑呀！

【寓意点拨】这则寓言揭露了士人卑鄙肮脏的内心世界，辛辣地讥讽了那些"害人害己"者，告诫世上那些轻薄之人鉴此改过。

戏缢

【寓源】清·蒲松龄《聊斋志异·戏缢》。

【寓言】县城里有一个人，轻薄而且很赖皮。有一次到郊外去游玩，看见一个少妇骑着马走过来，他对一起来游玩的人说："我有办法能让她笑。"大家都不相信，约定以请客吃饭作为赌注。那个人马上向少妇跑了过去，走到她的马前，接连地大声地叫了几声："我要死了！……"于是从墙头抽出一根高粱的茎秆，拉出了一尺来长，解下裤腰带挂在茎秆上，抬起头做上吊的样子。少妇路过他的跟前，果然笑了，同来的人也大笑了。少妇已经走得很远了，那个人还是不动，同来的一帮人笑得更厉害了。走近一看，那个人已经伸出舌头闭上了眼睛，真的死了。高粱秆上自己吊死，不也很奇怪呀？这可以引起那些轻佻的人为戒。

【寓意点拨】那个轻薄的人无事生非，以捉弄人来博得快乐，结果自己被捉弄死了，真是乐极生悲。这则寓言告诫那些"轻佻的人"不要过分的放纵取乐，要以戏缢者为戒。寓言说明了一个道理——物极必反，告诫人们做什么都要有一个限度，违背它必定会遭受惩罚。

细腰

【寓源】东晋·干宝《搜神记》。

【寓言】魏郡人张奋家里本来非常富有，忽然人变得衰老，财产散失殆尽，便把住宅卖给了程应。程应搬进去居住以后，全家人都患重病，于是又把这住宅转卖给邻居何文。

何文首先独自带上大刀，傍晚走进北面堂屋，爬到屋梁上。到了夜里三更尽时，忽然有一个人身高一丈多，戴着高帽子，穿着黄衣服，上堂来呼喊道："细腰。"细腰便答应他。他问："屋里怎么有活人气味呢？"细腰回答："没有活人啊。"黄衣人便离开了。一会儿，有一个戴高帽、穿青衣的人，接着又有一个戴高帽、穿白衣的人，来堂屋和细腰对话，像先前一样。

到天快亮时，何文便下来，走到堂屋中，用刚才那些人的方法呼唤细腰，问道："穿黄衣服的人是谁呀？"细腰说："是黄金。在堂屋西边的墙壁下。""穿青衣服的人是谁呢？"答道："是铜钱。在堂屋前面井旁边五步远的地方。""穿白衣服的人是谁呢？"答道："是白银。在墙壁东北角柱子的下面。""你又是什么人呢？"

答道："我啊，是木杵哇。现在在灶台下呢。"

天亮以后，何文依次挖开那些地方，得到黄金、白银五百斤，铜钱千万贯。接着又找到木杵，把它烧了。这样他变得十分富有，这座住宅也清净安宁了。

【寓意点拨】张奋财产散尽，人变衰老；程应也举家得病，这所住宅让人不得安宁。何文的办法不同，他买下这房屋，首先进去调查一番，把事情的真相摸得一清二楚。根据自己掌握的情况，依次挖掘，不仅得到一笔巨额财富，而且使这所房屋从此变得安宁了。这是故事给我们的一个有益启示，遇到麻烦不是退让，而是奋勇向前。

虾三德

【寓源】宋·苏轼《艾子杂说》。

【寓言】艾子一天夜里梦见一个男子，穿戴十分华美，对艾子说："我是东海的龙王，凡是龙所生的儿女，都各与江海的水族结成婚姻，然而龙的性子非常暴虐，又因为都是同类，很少会放下身段的。我有个小女儿，我十分宠爱她，但她的脾性特别暴戾，假如把我女儿再匹配给龙族同类，一定无法平安和谐过日子，我想寻找一个有耐性又容易制服的对象，却一直找不到。你比较有智慧，所以特来请教，你姑且为我想个办法。"

艾子说："大王虽是龙，但也是水族的动物，要找女婿，也只能往水族中找了。"

龙王说："是的。"

艾子说："如果找鱼作对象，鱼大多贪食鱼饵，容易被钓鱼的人捉了去，况且又没有手脚；如果找鼋鼍，相貌又丑陋不堪；我看只好找虾了。"

龙王说："不会太卑贱吗？"

艾子说："虾有三种德行：一是没有肚肠，二是宰割它，没有血，三是头上戴着些不干净的东西。这便是它可以当龙王女婿的原因呀。"

龙王说："好极了！"

【寓意点拨】本则寓言的讽刺味相当浓厚，虾无肚肠、血，其实就是无心无肝、无血无泪，头上不洁，意味着思想不正，作者以此比喻朝廷政治。龙王代表了执政者，虾则是那些逢迎拍马之辈、卑躬屈膝之人。

瞎子吃鱼

【寓源】清·游戏主人《笑林广记》。

【寓言】一些瞎子凑份子吃鱼，钱少买的鱼小，鱼少人多，只好用大锅熬汤，大家尝尝鲜味罢了。瞎子没吃过鱼，就把活鱼往锅里扔，扔得不准，小鱼蹦到锅外，而瞎子们都不知道。大家围在锅前，齐声夸赞说："好鲜的汤啊！好鲜的汤啊！"谁知那鱼在地上蹦，蹦到了瞎子的脚上。这个瞎子惊叫说："鱼没有放到锅里！"这些瞎子感叹地说："阿弥陀佛！幸亏鱼在锅外，要是在锅里，那大家都要鲜死了！"

【寓意点拨】这则寓言写了不实事求是，夸大其实的不良作风。那种浮泛吹捧，"听到风就是雨"的不良风习，和这则寓言反映的一样，成为人们的笑料。

黠儿窃李

【寓源】明·刘元卿《贤奕编》。

【寓言】秋天，好多瓜果都成熟了。西邻老妈妈家的李子也挂满了枝头，鲜美的李子又大又圆，已经开始有好多人惦记这些美味的果实了。

西邻老妈妈为了防止自家的果实被别人偷窃，就在果树下挖了好多陷阱，陷阱里倒进了许多肮脏的东西。

村子里有个小孩，和他的两个同伴来偷窃老妈妈的李子。他们当然不知道陷阱的事，一个个兴冲冲地。领头小孩一不小心，扑通一声就掉到了陷阱，那里臭气熏天，他已经都快窒息了。可是，他一反常态地冲他的同伴喊着："快下来啊，这儿有李子，很大很圆的李子！"同伴经不住他的召唤，又有一个扑通地掉进了陷阱里。这个人一看四周全是脏东西，刚想要冲那领头小孩发怒，谁知被他捂住了嘴巴。

"快下来啊，你还愣着干什么，这里的李子比上面好多了！"他还在召唤第二个同伴跳下来。第二个同伴一看，两个人都在里边，一定有好东西，于是毫不迟疑地跳了下来。下来之后才发现，原来他们都掉入了臭气熏天的陷阱里，进退不能。两人感到非常生气，他们一起严厉地指责领头小孩。谁知他却振振有词地辩解说："如果我没把你们叫下来，你们就会一直在上面嘲笑我；我们三个中只要有一个人在上边，其他两个人就要被嘲笑。所以何不我们都待在下面，这样谁也就不会笑谁了！"

【寓意点拨】世间有一些人就像寓言中那个领头的孩子一样，做事情总喜欢拉着别人一起参与，希望别人和自己处境相同，这样好像就获得了某种心理平衡。

黠　鼠

【寓源】宋·苏轼《苏轼文集·黠鼠赋》。

【寓言】苏子夜里坐着休息，有一只老鼠正在咬东西，他拍打一下床板，咬声就停止了。但停了一会儿又传来声音，他就叫童子拿着蜡烛来照一照，发现一只空口袋，吱吱唧唧的咬声发自这只口袋里。

“哦！这只老鼠是因钻进口袋里走不脱的缘故呀。”他打开口袋去观察，却静悄悄的一无所有，举起蜡烛照亮口袋去找，发现口袋中有一只死老鼠。

童子吃惊地说：“它刚才还在咬东西，怎么忽然就死了呢？刚才是什么声音，难道是鬼吗？”

翻过口袋把它倒了出来，老鼠一落地就逃窜了。虽有极其敏捷的人也措手不及。

苏子感叹地说：“奇怪呀！这只老鼠是多么的狡猾呀！”

【寓意点拨】这则寓言告诉人们，看问题要从现象中抓住本质。老鼠装死的现象，是老鼠随着外界条件的变化而采取的不同表现方式，人们不应被这种表面现象所迷惑，而应该穷追猛打，把老鼠消灭。否则，就要犯“不一之患”即思想认识和客观事物不统一的错误。

先生驱雏

【寓源】元·陶宗仪《南村辍耕录》。

【寓言】有一对燕子，在一位教书先生的堂前匾额左边做窝，母燕和雄燕都在辛苦劳作，用嘴衔土做窝，没几天就做成了。窝做好以后，母燕开始孵卵，母燕飞出时，雄燕代替孵卵，到了晚上就并排地在窝里休息。

过了几天，小燕子出壳啾啾地叫着，两只老燕衔来食物喂养它们，一刻也不停止。先生慢步地走着，讲解和诵读的声音不大，说不要惊吓了小燕子。

又过了几天，五六只黄嘴丫的小燕子在窝口等待喂食，看见老燕衔来食物时，就啾啾啾地直叫，两只老燕按着次序喂它们。老燕子衔食入窝时，随即把小燕子的粪便衔出去。喂食的次数一天天增多，劳累一天天地重，老燕子的羽毛逐渐稀少了。先生指着老燕子说：“可怜呵，从这里可以知道父母的辛劳啦！”

又过了几天，黄嘴丫的小燕子羽毛变黑了，紫色的下巴，白色的肚皮，青色的爪趾，俨然长成燕子了。每当吃食时，翅膀不停地扇动；两只老燕子衔着食物在小燕子面前引诱它们，又招来别的燕子环绕厅堂内外，一边飞翔一边鸣叫。小燕子有的缩头不看，有的啄食相互嬉闹，还是像从前一样啾啾鸣叫，等待喂食。

有一天，先生开始用声音驱赶小燕子，小燕子若无其事；第二天就挥手驱赶，小燕子还是若无其事；第三天，先生气愤地说："小燕子，你们的羽毛已经长得丰满了，自己能找食吃，还要劳累你们的父母，而让自己闲暇自在吗？"说着就把两条布巾结在一起，系在竹竿上头，举起来驱赶小燕子。这时小燕子一齐飞出窝巢，在庭院中不停地飞翔。两只老燕子看见了又惊又喜，叫声异常，并带领着小燕子环绕着庭院和厅堂飞翔，一会儿便落在树梢上休息。别的燕子知道了，都赶来帮助小燕子学飞。就这样，小燕子上下飞了好久，才返回堂间窝里休息。从这以后，老燕子喂食的劳苦才停止。先生看着燕子说："慈母宠坏子女就像这样呵！"

仲秋的一个明朗夜晚，我同朋友乘着月光在庭院中散步，感觉到世事与此相似，就拿起笔来记载。季心邱子指责说："这位儒生的教育方法真是浅薄啊。鸟儿的飞翔是有一定时间的，物类的情况不是伪装，为什么要用自己的智慧去损害它们呢？"

我回答说："啊，你的话是不错的，可惜未能通晓先生的意图。先生是孝顺父母，亲善兄弟的人，遇见物就产生同情之心，只是借物来告诫学生罢了。况且鹡鸰（jí líng）鸟没有急切救助弟兄危难的感情，相鼠哪里有多讲礼仪的品质呢？诗人触物生情，大凡寄托自己的志向罢了，你又何必指责呢？"

因而将这些记载下来，用来给世上做子女的却想不到父母养育之恩的人看。

【寓意点拨】这则寓言不仅启发做父母的，在精心养育子女的同时，不要过分地溺爱他们，应当注重教给他们独立生活的能力和意识；同时也告诫做子女的应当懂得报答父母的养育之情，当自己已经被抚养成人时，不可再依赖而坐享其成。

贤母辞拾遗钞

【寓源】元·陶宗仪《南村辍耕录·贤母辞拾遗钞》。

【寓言】聂以道在江右的县城里当县令。有一天，一个村民早晨出去卖菜，捡到钱钞十五张，拿回来交给他母亲。

母亲很生气地说："你莫非是偷来，再来欺骗我吗？即使有人丢失钱钞，也不过三两张罢了，哪里有丢一大捆的道理？况且，我家从来没有过这么多钱，恐怕立刻会大祸临头，你可急速送还人家，不要让我们受连累呀！"

她说了一遍又一遍，儿子不听从她的话。

母亲说："如果你一定要留下，我就告到官府去！"

儿子说："拾来的东西，把它送还给谁呢？"

母亲说：“你只要在原来拾钱钞的地方等候，肯定会有失主来的。”

儿子便依照母命携了钱钞去等，过了不久，果然看见一个来找寻钱钞的人。村民本性质朴，竟然也不问那人丢了多少钱，便还给他。旁边看见的人都叫丢钱的人分些赏钱给拾钱钞的村民，谁料那失主却吝啬地说：“我原来丢失了三十张钞票，现在刚收到一半，怎么能再赏给他呢？”

双方争吵不止，互相扭着来到县衙门的厅堂上。聂以道便推究审问村民，知道他说的是实话；又秘密地叫他母亲来对质，情况是符合的。于是让两个人各自具状，说失钱的人确实丢了三十张，而拾得的人确实是十五张。公文状纸交付官厅后，聂以道便对失主说：“这并不是你的钞票呀，它必定是天赐给这位贤良母亲的养老金。假若是三十张，那就是你的了，你自可到别的地方再去寻找吧！”

最后把那十五张钱钞交给了村民母子。人们听说了，都拍手称快。

【寓意点拨】这则寓言说明，村人母要辞拾遗钞，本来并不想要“分取为赏”；失主本来丢了十五张钱钞却说成三十张，这就变成无赖了。旁边之人，以及江右之宰，硬以众议相迫，以机智相折，把十五定断为“必天赐贤母在养老者”。这虽令人称快，但却把“辞拾”的义举降低了。

弦高辞赏

【寓源】西汉·刘安《淮南子·人间训》。

【寓言】秦穆公令孟明视起兵袭击郑国，经过周地往东进发。

郑国商人弦高和蹇他得知后，在一起商议说：“行军数千里，几次越过诸侯们的辖地，看势头必定是袭击我们郑国。大凡袭击别国，都是乘着别国没有防备。现在只要我们表示出已得知秦军偷袭的消息，秦军就必然不敢再往前进了。”于是就假称郑国国君的命令，用十二头牛犒劳秦军。

秦军的三个统帅在一起商量说：“大凡袭击别人，都是乘着别人不知道；现在郑国已经知道了，防备必然加固，再去进攻，必然不能成功。”于是返军回国。晋国的先轸领兵拦截秦军，在崤山大败秦军。

郑国国君知道后，便以保全国家的功劳赏赐弦高，弦高推辞说：“欺诈而能获赏，这样郑国的信用就要被废弃；治理国家而不讲信用，这样世风就要败坏。因为赏赐一人而败坏了世风国俗，仁爱之君是不会这样做的；因为不讲信义而得到丰厚的赏赐，怀义之人也是不能接受的。”于是带领同伴迁移到东方夷人之地，终身不再返回。

由此看来，仁爱的人不因欲望而伤害生命，智慧的人不因利益损害大义。圣明人的考虑长远，愚笨的人考虑短浅。

【寓意点拨】这则寓言告诉人们：在治理国家的过程中，不能把一时的权宜当作立国之本，再一次让人们领悟到信义对于治国安邦的重要性。

弦章辞赏

【寓源】战国·晏婴《晏子春秋·外篇》。

【寓言】晏子死后十七年，齐景公设酒宴款待各位大夫。齐景公射箭，箭都脱了靶子，殿堂上的人都喝彩称好，好像出自一人之口。齐景公面带怒容而叹息，丢下手中的弓箭。

弦章进入，齐景公说："弦章！自从晏子死后，不再听到说我有不对的事了。"

弦章回答说："君王喜好穿着，臣子就跟着讲究穿着；君王喜好宴饮，臣子就跟着讲究饮食。尺蠖吃黄土就成黄色，吃黑土就成黑色了。"

齐景公说："好。我不听那些奉承人的话了。"

齐景公将五十车鱼赏赐给弦章。弦章回家时，装鱼的车子堵塞了道路，弦章抚摸着车夫的手说："过去晏子辞谢赏赐来匡正国君，所以不掩盖国君的过失。如今各位大臣用阿谀奉承来追求私利，我如果接受了这些鱼，就是违背了晏子的行为准则，而迎合了阿谀奉承之人的欲望。"他坚决辞谢，没有接受齐景公赏赐的鱼。

君子说："弦章的廉洁，是晏子留下的德行。"

【寓意点拨】这则寓言告诉人们，一个有益于人民、有益于社会的人，不仅他们在生前做出了可歌可泣的事迹，而且他们的精神永存人间，永远地激励着后来人。

衔肉著口

【寓源】隋·侯白《笑林》。

【寓言】某甲卖肉，走过城市厕所时进去小解，把肉挂在门外。

某乙把肉偷了去，还未能离开；某甲正走出来找肉，某乙便奸诈地用嘴咬着肉说："挂置在门外，哪能不丢失？像我这样用嘴咬着肉，还会有丢失的道理吗？"

【寓意点拨】寓言讽喻了偷者的巧妙诈术。问题是失者不去周密观察诈情，缺乏思考分析能力，当然就会上当受骗，吃了一个哑巴亏。

县令的誓联

【寓源】清·黄图珌《看山阁闲笔·诙谐》。

【寓言】有个县令刚上任，就在衙门公堂上挂上一副对联，告诫自己："得一文，天诛地灭；徇一情，男盗女娼。"百姓见了很高兴。可是任职不久，上门馈送金银丝帛的人却很多，而这个县令无不一一收下；地方有势力的人，犯了罪，请他宽容的，也无不一一徇情枉法。有人看不下去，便对他说："县令你做错了，你不见自己所写的那副对联吗？"这个县令振振有词地说："我写得不错。我现在收受的钱不止一文，所徇的人情也不止一件。"

【寓意点拨】这则寓言以一县令公堂悬挂的对联为喻，揭露封建社会官场上贪赃枉法的丑态。这副对联看起来冠冕堂皇，但妙在可以作两种解释：欺骗百姓，用的是字面上的客观意义；贪赃枉法，是县官自己的辩解。这种表里不一，是贪官的拿手好戏。

乡僧募捐

【寓源】清·崔述《崔东壁遗书·考信录提要》。

【寓言】邯郸到武安有六十里路程，其中有一大半是山路，向来不能走车。有一位肥乡籍的僧人四处募捐修这条路，布施的人很少，他便拿出自己的所有积蓄修成了这条路。一些人议论说："僧人的心思本来是想多募些钱款使自己发财，因为布施的人很少，所以不得不最后掏尽自己的腰包。"

僧人原先的想法我也的确不知道，但就事情本身来看，他却是损害自己的利益而有益于他人。损害自己的利益有益于他人，还说他是损人利己，想来是以自己之心度人之腹吧。

【寓意点拨】肥乡僧人募捐修路，募捐款不足，"乃倾己囊以成之"，这本是做善事，但议者却说他"本欲多募以自肥"。世上就是有这么一些人，总是喜欢以自私的眼光看待世界上的一切事情。

相法不准

【寓源】清·石成金《笑得好》。

【寓言】有人问相面的人说："你向来给人看相，十分灵验，而今给人看相为什么有些不灵验？"

看相的人愁眉苦脸地说："现在同过去的心相，有所不同：过去凡是看见方面大头的，我就断他一定富贵；而今天看见方面大头的，反而要断他会转为冷落。唯有那些尖头尖嘴的人倒能得富贵，因为他们很善于钻营。这叫我怎么能够相得准呢？"

【寓意点拨】这则寓言通过看相人的一席话，鞭挞那些喜欢阿谀奉承并希图借此升官发财的人。

相剑者

【寓源】秦·吕不韦《吕氏春秋·似顺论·别类》。

【寓言】鉴定宝剑的人说："呈白颜色是表示剑比较坚硬，呈黄颜色是表示比较柔韧，黄色白色相混杂，那就表示既坚又韧，这就是好剑。"

有人反驳说："白色表示不柔韧，黄色表示不坚硬，黄色白色相混杂，就表示既不坚又不韧。而且柔软就容易卷刃，坚硬容易折断，既容易折断又容易卷刃，怎么能说是利剑？"

同一把剑有的人认为它好，有的人认为它劣，这都是人为议论造成的。如果没有丰富的经验和敏锐的识别能力去判断各种议论，那么，连尧和桀的好坏，你都会分辨不清的。

【寓意点拨】这则寓言告诉人们，判断一件事物好坏，不能光听别人议论，自己要有主见，当然，这个主见不是主观臆测，而是来源于丰富的知识和经验，更重要的是要通过实践检验。

相人以友

【寓源】战国·韩婴《韩诗外传》。

【寓言】楚国有一个善于相面的人，所说的话从来没有失误，闻名于国内。

楚庄王把他招来询问，他回答说："我并不会给人相面，只是会观察人们所交往的朋友罢了。观察平民百姓，如果他的朋友孝敬父母、敬爱兄长、诚实谨慎、遇事小心，像这样的人，他的家庭必将一天天富裕，身心必将一天天安乐，这就是所谓的吉祥之人。观察服务于君王的臣子，如果他的朋友诚实守信、品行端正、喜爱行善，像这样的人，他为君王操持的事务必将一天天增多，职位必将一天天升高，这就是所谓的吉祥之士。观察一国之君，如果他朝廷上有很多贤能的大臣，身边有很多忠实可靠的随从，一旦有所失误，臣下都能纷纷义正词严地进行争辩和规劝，像这样的国君，他的国家必将一天天安定，自己必将一天天尊贵，声望名誉也会一天天显赫，这就是所谓的吉祥之主。我不会相面，只会观察人们所交往的朋友。”

“你讲得很好。”楚庄王听完赞许道。

楚庄王之所以能够任用贤能之士，称霸天下，就是从遇上这位“善相人者”开始的。

【寓意点拨】物以类聚，人以群分。从一个人的朋友身上，往往可以看出这个人的品行，本则寓言讲的就是这样一个道理。楚庄王了解了这一道理并付诸实践，发现人才，任贤使能，终了成为一代霸主。

相濡以沫

【寓源】战国·庄周《庄子·大宗师》。

【寓言】战国时期，庄子家境贫寒经常吃了上顿没下顿，妻子叫他外出借粮食，他去找监河侯借粮。监河侯许诺秋后再借，庄子说这是远水不解近渴就回家了。妻子让他再去别的地方借，他说要像车辙里的鲫鱼一样相濡以沫过日子，不如“两忘而化其道”。

妻子只好偷偷地流泪，领取休书后不久，就嫁给了富贵人家，过上了幸福快乐的生活。

两条鱼被困在车辙里面，为了生存，彼此用嘴里的泡沫来喂对方。这样的情景也许令人感动，但是，这样的生存环境并不是正常的，甚至是无奈的。对于鱼儿而言，最理想的情况是，海水终于漫上来，两条鱼也终于回到属于它们自己的天地，最后，它们，相忘于江湖。在自己最适宜的地方，快乐的生活，忘记对方，也忘记那段相濡以沫的生活。

【寓意点拨】一同在困难的处境里，用微薄的力量互相帮助，对于人，对于感情或许也是如此吧。相濡以沫，有时是为了生存的必要或是无奈，或许令人感动；而相忘于江湖则是一种境界，或许更需要坦荡、淡泊的心境吧。能够忘记，能够放弃，也是一种幸福。

相思树

【寓源】东晋·干宝《搜神记》。

【寓言】宋康王的门客韩凭娶了个妻子，姓何，长得很漂亮，宋康王占有了她。韩凭心里十分怨恨，宋康王就把他囚禁起来，捏造罪名，判他的徒刑，让他白天守卫，夜晚筑城。韩凭的妻子暗中给韩凭写了一封信，非常隐讳地说："其雨淫淫，河大水深，日出当心。"不久宋康王得到了这封信，拿给他的属下看，属下没有一个人能看得懂信上的意思。大臣苏贺看懂了，便解释说："'其雨淫淫'，是说她十分忧愁而且思念；'河大水深'，是说他们不能够互相往来；'日出当心'，是说自己心里已经有了死的打算。"

不久，韩凭就自杀了，他的妻子暗地里把衣服弄得很朽腐。宋康王和她一起登上了高台，她便跳下台去，左右的人去拉她，但是衣服朽腐不堪，禁不起用手拉，于是就摔死了。她的衣带里留下一封信说："大王希望我活着才能得到快乐，我愿意死去以追求自己的幸福。希望大王开恩，能把我的尸骨与韩凭葬在一起。"

宋康王大怒，不同意这样做，他叫人把两人分别葬在两个地方，使两座坟墓分离相望。宋康王说："你们夫妇不是相爱不断吗？如果你们自己能使两座坟墓合到一处，那我就不阻拦了。"很短的时间内，就有两棵梓树分别从两个坟头长出来，十来天时间便长得有一抱多粗，树干弯曲互相靠拢，树根在地下互相交接，树枝在上方互相交错。又有一雌一雄两只鸳鸯总是栖息在树上，日日夜夜都不肯飞走，互相依偎着悲哀地鸣叫，声音令人感动。

宋国人很同情他们，便把这两棵树称为"相思树"。

【寓意点拨】韩凭夫妇活着不能厮守在一起，也能在死后长成相思树，互相依偎，永不分离。故事生动曲折，人物形象鲜明突出，让人看到了国王的残暴和自私，看到韩凭妻美丽、机智、勇敢和对爱情的忠贞。故事歌颂了纯真的爱情，表达了广大人民对这种纯真爱情的认同和颂扬。

鸮鸟

【寓源】清·蒲松龄《聊斋志异·卷十二·鸮鸟》。

【寓言】长山杨县令，生来就非常贪婪。康熙年间，清军平定新疆噶尔丹叛乱，市民们用骡马运粮到前线。杨县令借此机会搜括民膏，周围的牲畜都被他搜刮一空。周村是商贾集中的地方，赶集人的车马都集中在这儿。杨县令率领强兵强将来抢夺，抢了一百余头骡马。各处来的商人，也没有地方去控告他。

这时，正好益都的董县令、莱芜的范县令、新城的孙县令，他们都住在一个旅馆里。山西的两个商人，登门来控告，说他们带来的四头健壮的骡子，都被抢走了，离家路远，又失去了家当，不能回家，哀求各位大人替他们做主，三位县令对他们的遭遇很同情，就答应了他们。

他们三人一起到了杨县令的府中，杨县令准备了酒席招待他们。酒后，三个人说明了来意。杨县令不听。那三个人说得更加恳切。杨县令故意举杯喝酒来搪塞这件事，说："我有一酒令，说不上来的人就罚。必须有一天上、一地下、一古人，左右的人问拿得是什么东西，口里说得是什么话，一问就能答上。"于是他便吟道："天上有月轮，地下有昆仑，有一个古人刘伯伦。左边的人问手中拿得是什么东西，回答说：'拿得是酒杯。'右边的人问说得什么诗，回答说：'说得是酒杯之外不要提。'"范县令说："天上有广寒宫，地下有乾清宫，有一古人姜太公，手中拿着钓鱼竿说得是'愿者上钩'"。孙县令说："天上有天河，地下有黄河，有一古人是萧何，手中拿了一本大清律，说的是'赃官赃吏'"。杨县令感觉到很惭愧，沉吟了好久，说："我又有了。天上有灵山，地下有泰山，有一古人是寒山，手里拿着一扫帚，说的是'各人自扫门前雪'"。那三人相视一看，感到很羞愧。

忽然一个很傲慢的少年进来了，衣服穿得很整齐，进来就举手行礼。大家一起拉他入座，给他倒了一大杯酒。那个少年笑着说："酒我不喝，听到你们正在行酒令，愿来献丑。"少年说："天上有玉帝，地下有皇帝，有一古人洪武朱皇帝，手里拿着三尺剑，嘴里说道'贪官剥皮'"。众人都大笑。杨县令愤怒了，大骂道："哪里来的狂生如此大胆！"命令衙役把他拿下。少年跳上茶几，化为鸮鸟，冲向门帘飞了出去，落在院中的树上，回头看了看室内，发出笑声，主人要打它，它一边飞一边笑着离开了。

【寓意点拨】寓言揭露了杨县令等贪官的贪婪面目，他们到处抢夺钱财，搜括民膏，搞得百姓怨声载道。

寓言采用了比喻和借代的手法，辛辣地揭示了贪官污吏的丑陋嘴脸。

小儿辩日

【寓源】战国·列御寇《列子·汤问》。

【寓言】春秋时，孔子去东方游说，路上遇见两个相互争辩的小孩。孔子就停下来问他们在争论什么问题。

其中一个小孩说："我认为太阳刚出来时离我们近；中午时离我们远。"另一个则认为太阳刚出来时离得远，中午时离得近。

小孩说："太阳刚出来时大得像马车上的伞盖，而中午时只有圆盘那么大。这不正是离近了大、离远了小的道理吗？"另一个争辩说："早上太阳刚出来时空气清凉，可到了中午，热得就像把手伸进热水里一样。这不正是离远了冷、靠近了热的道理吗？"

孔子听了他们的辩解，一时也不知道谁对谁错。两个小孩转而嘲笑他："谁说你博学多闻的？"

【寓意点拨】这则寓言表明无论什么人，都不能自炫多知；任何人所不知道的，总比所知道的要多得多；不知道的是无限，知道的是有限。所以任何人都要永远谦虚。像这样一个问题，就把孔老夫子给难住了，这自然是古人受了时代的限制，亦即受了科学水平的限制的缘故。由此看出，这一则寓言的形象意义并不在于所设问题的本身。

小犬复仇

【寓源】明·刘元卿《贤奕编》。

【寓言】古时候，龟生村的百姓赵五家里，有一只母狗生了一只漂亮的小狗。那小狗眼睛亮亮的，看着特别精神，赵五家人和邻居都非常喜欢它。

慢慢地，两个月过去了，小狗已经学会走路了。这天天气很好，它跟着大母狗到林子里去散步，走着走着，就离家越来越远了。突然间窜出一只大老虎，叼走了大母狗。小狗迅速地跑上去叼住了老虎的尾巴，老虎飞快地奔跑，小狗被老虎拖着，一路上被荆棘挂着，被大树碰着，稚嫩的皮毛都给磨光了，浑身都是伤，鲜血直流，它也始终不肯松口。

不一会儿，赵五和邻居们都赶来了。那老虎因为有小狗的拖累，跑得慢了下来，众人迅速跑步追上了它。他们救下了大母狗，当然也制服了那只凶恶的猛虎。

【寓意点拨】自古常言，母子连心，小狗果断勇敢，不畏自身危险去救自己的妈妈，这很值得我们每个人学习。

校人烹鱼

【寓源】战国·孟轲《孟子·万章上》。

【寓言】春秋时期的子产是郑国著名的执政大臣，他位高权重，聪明过人。

有一天，有个人给子产送了几条活鱼，看着鱼那种摆尾挣扎的样子，子产不忍心杀了它们吃掉，就让管理池塘的小吏把鱼养到池子里。这位小吏捧着鱼走出去，越看越馋，实在不甘心把它们放生。他看四周无人，就悄悄地把鱼拿回住处煎着吃掉了。

后来子产想起了那几条鱼，就问小吏。小吏镇定地对他说：“大人，我刚把鱼放到池子里的时候，鱼还半死不活的，显得很疲倦，动作迟钝缓慢；过了一会儿，它就摇头摆尾地活动起来，显得很轻松舒服；再过了一会儿，它们都一甩尾巴钻进深水里不见了。”

子产听小吏描述得合情合理，便高兴地说：“鱼终于找到合适的地方了，鱼终于找到合适的地方了！”

小吏一看子产竟然相信了他的谎言，不禁洋洋自得。一离开子产，他就到处向别人炫耀：“谁说子产聪明了，我都把鱼煮着吃了，他还说，‘鱼找到合适的地方了，鱼找到合适的地方了！’”

【寓意点拨】并不是子产不聪明，只是小吏编的谎言看似合乎情理，没有漏洞，子产没有实地考察，自然就上当受骗了；因此，我们在学习、生活中，一定要做深入地调查，不然就很容易被别人的花言巧语所蒙蔽，最终得出错误的结论。

械　虎

【寓源】宋·李昉《太平广记》。

【寓言】襄梁一带有许多凶猛的老虎，州中有一位专门负责捕捉老虎的将领，在各处分散设置了笼子和陷阱以捕捉老虎，并把这份工作当成自己的职业。有一天，忽然有一位传令官来传报说：“昨天晚上老虎触动了笼子的机关，请长官移驾该处准备吃虎肉吧！”于是，他便让宾客、同僚官员、将领军官一同前往观赏。

到了那儿，老虎已在陷阱里了。官吏贵人、民间妇女，都在那儿设立了帐篷观看。那猎人已做好一个很大的枷板，上面装有钉子和锁链，四边绑着粗绳，把枷板放入陷阱之后，就慢慢用土填入陷阱中。猛虎想要跳出陷阱来，猎人顺势地盖上了枷板。老虎的头才刚探出，猎人又赶紧钉死枷板。就这样，老虎被四面的绳索绑着，并被拉着走，跟随观看的人都笑了。

面对老虎，如果仅仅是围困住而不借用枷板等机关，那么即使有千人的力量，百人的勇气，如何能抓得住它呢？而趁着它威势已减、力量枯竭时再动手捕捉，就好像是牵了只羊，拖了条狗那般容易；这时候，它虽有尖锐的牙齿及锋利的爪子，又怎么能够再伤害人呢？所以，要是想制伏强敌，应该智取才行啊！

【寓意点拨】这则寓言在提醒人们，面临凶险的境况，只凭一时之勇是无法化解困境的，必须冷静地设想解决的方法，才是处事的上策，才是真正的勇者及智者。

谢　生

【寓源】明·冯梦龙《智囊·杂智部》。

【寓言】长洲谢生生性嗜酒，曾游学于张幼于先生门下。张先生喜欢举办宴会，但家境贫寒，不能让客人把酒喝个够。一天，搞到一瓶好酒招待客人，童仆斟酒都斟半杯。谢生苦于酒斟的不满，借离席方便，用纸包裹土块，招童仆过来私下给他，并叮嘱说："我因为内脏疾病发作，不能喝酒，现在以数文钱犒劳你，求你斟酒时给我少斟点。"童仆打开纸包，看到是土块，对谢生生恨，帮把他的酒杯斟得满满的。谢生这一天一个人喝了两个人的酒。

【寓意点拨】谢生用小手段，满足了自己的酒欲，虽然做法不光明，但其采用的巧妙方法还是颇令人称道的。

谢医却药

【寓源】宋·苏轼《苏轼文集·盖公堂记》。

【寓言】有一个受了风寒而咳嗽的人向医生问病。医生诊断为蛊病，说如果不治就会死人。他便赶紧拿了百金去求医治疗。

医生给他蛊药吃，用药物攻打他的肾脏和肠胃，炙烧他的身体和皮肤，禁忌他吃美味的食品。过了一个月，百病发作，内热、怕冷而咳嗽不止，人体瘦弱疲惫，真像个患蛊病的人了。

他又向另外一个医生求治，医生诊断为内热病，就给他寒药吃；结果，每天早晨呕吐、晚上腹泻，连饭也不能吃了。他害怕起来，便反过来改用热药，把钟乳、乌喙之类杂乱地吃下去，全身浮现出痈疽、疥疮和目眩眼花的症状，几乎什么病都来了。

三次调换医生，病却愈来愈重。

乡里的老前辈教导他说："这是医生的罪过、药物的过失呀！你哪里有什么病呢？人的生存，以元气为主，再辅以食品；但你现在天天药不离口，苦臭的药味淆乱于体外，千百的药毒混战在你的体内，结果害了主体，又断绝了食品的辅助，所以你才生病呀！你且休息一下，辞去医生谢却药物，吃你所喜好吃的食品，你的元气将会恢复起来，吃东西也会有味道了。我看这就是最好的药，可以服用一下，立见成效。"

他听从了老人的话，过了一个月，果然身上的病完全好了。

【寓意点拨】这则寓言说明以医药比喻治国之道。谢医却药，旨在提倡“治道贵清静而民自定”的黄老“无为而治”的主张。但寓言的形象却大于这个思想，它讽喻了那些本来没有大病，但是疑神疑鬼，胡乱求医用药的人，结果越治病越多。后来他听了乡里父老的教诲，认清自己本无大病，从实际出发，谢医却药，增加饮食，结果病都好了。这说明治身之道贵静而身自健。

心病一般

【寓源】明·冯梦龙《笑府·卖弄》。

【寓言】一个亲家新近置办了一张床，竭尽全力雕饰，极为富丽堂皇，自己心里暗思，这么一张漂亮的床不让亲家看到，真是枉自埋没了。于是假装生病，仰面躺在床上，好叫亲家来探望他。

那边亲家，新近做了一条裤子，也想炫耀一番，听说亲家生病，立即高兴地前往探视。到了亲家家，将一只脚架起，将外面的衣服撩开，使裤子显露在外，方问亲家说：“亲家翁得了什么病，消瘦成这个样子？”

“生病”的亲家说：“小弟的病，像是同亲家的心病一般。”

【寓意点拨】这则寓言讽喻了喜欢卖弄的恶习。有的人工作稍有成绩，就到处炫耀，生怕别人不知道；有的人读了几年书，就引经据典，装出一副学者模样。这些人都应该在这里照照镜子。

新妇见笑

【寓源】西汉·刘向《战国策·宋卫策》。

【寓言】卫国有个人娶新媳妇。新媳妇刚上花车就问：“车子侧面的马是谁家的呢？”

驾车的人回答说：“是借的。”

新媳妇就对这个驾车的仆人说：“要打侧面的马，不要用鞭子抽驾辕的马！”

马车到了门口，她下车时，便告诉陪送来的女佣人，说：“快把炉膛里的火灭掉，以免发生火灾。”

进屋看到了碓臼，她又说：“把碓臼搬到窗户底下去，放在这里妨碍人来往走路。”

婆家人听后都笑了起来。

这三句话，本来都是对的。然而为什么会惹人发笑呢？因为不是新媳妇该说的，说得太早不合时宜啊！

【寓意点拨】即使正确的意见，也不可在不适当的时候乱说，不分时机，不看场合，不顾身份，多嘴多舌，自然会惹人生厌。

猩猩好酒

【寓源】明·刘元卿《贤奕编·譬喻录》。

【寓言】森林里住着一群嗜酒的猩猩，喜欢穿着草鞋学人走路。山脚下的人选了一块空地，放上几坛甜酒，摆了大大小小的酒杯，旁边还放了一串草鞋，准备捕捉猩猩。猩猩一看，知道是人设下的圈套，就坐在高高的树上，一阵阵酒香，让一只猩猩忍不住了，就说："为什么不去尝它一点呢？咱们不多喝，就一小杯，不喝醉就是了。"于是猩猩们就一同拿起小杯喝起来。这样喝了几次，觉得小杯太费事，就换了大点的杯子。越喝越觉得满嘴酒香，甜滋滋的，最后，干脆捧起最大的酒杯往嘴里灌。一会儿工夫，猩猩们就喝得酩酊大醉，一个个发起酒疯来了。它们挤眉弄眼，追逐嬉闹，还把草鞋套到脚上。这时，埋伏在山脚下的人突然冲出来。喝醉的猩猩顿时乱作一团，相互践踏，却被脚下的草绳绊倒，一个个都被捉住了。

【寓意点拨】这则寓言说明"贪心不足蛇吞象！"寓言通过猩猩好饮的形象，对贪得无厌的人进行了尖刻的讽刺。同时，寓言还说明过分纵容自己的嗜好，明知有害，却不痛下决心戒绝，结果贪小失大，实在是不值得的。

性　刚

【寓源】明·冯梦龙《广笑府·尚气》。

【寓言】有父子俩性格都很刚烈，从不肯谦让别人。有一天父亲留客喝酒，派儿子到城里集市上去买肉。儿子买肉往回走，快要出城门的时候，正遇见一个人从对面走来，两个人互不相让，都固执的长久直直地站在那里堵着对方。父亲寻找到儿子，看见这个情况，就对儿子说："你暂且拿着肉回去，陪客人吃饭，让我和他对立在这儿。"

【寓意点拨】性格刚直，一般地说是一种好的品德，但是刚直过了头就有可能走向反面，就像这一对父子一样。或刚直，或柔和，应该审时度势，随机应变，不能一条道走到黑，一味蛮干。

性急汉子

【寓源】佚名《精选雅笑》。

【寓言】一个性子急躁的人，刚到一家面店，便胡乱喊道："怎么还不拿面条来？"店主端来面条往桌上一倒，说："你快吃，我要洗碗。"这个人十分气愤，回家对妻子说："我气死了。"妻子连忙打包袱，说："你死，我去嫁人。"妻子改嫁后，只住了一宿，后夫便要休掉她，妻子问什么原因，后夫说："怪你还不生儿子。"

【寓意点拨】刚到面店就要店主上面条，面条没吃就要刷碗，人生气就说要死，没死，妻子就嫁人，刚嫁人，后夫就要休她，刚结婚一天就要生孩子，一个比一个性急。要知道任何事物的发展都要有一定的过程，经历一段时间，性子急躁的人总是想"一锹挖出金銮殿"，结果无不碰壁。

兄弟误

【寓源】明·冯梦龙《古今谭概·谬误部》。

【寓言】张伯喈、张仲喈兄弟面貌极为相像。仲喈妻梳妆结束，忽然看到伯喈，嬉笑着问："我今日梳妆好不好？"伯喈说："我是伯喈。"仲喈妻急忙避开。过了一会儿她又看到了伯喈，她又把他当作仲喈，告诉他："刚才犯个大错误。"伯喈说："我还是伯喈。"

长洲刘翰副宪家族，有兄弟二人，原本孪生，面貌极为相像。街市上有卖青梅的，青梅很大，这家老大开玩笑与他打赌："能一顿吃一百个青梅。"卖青梅的人说："如果真的这样，我就把担中所有的梅子都送给你吃。"老大吃了一半，假装说去小便，就转身回家。让他的弟弟代他出来吃，差不多要吃完一百颗。众人都辨别不出来，结果被他们赌胜了。

【寓意点拨】这则寓言告诉人们，客观世界有些事物在外表上是很难辨别的，一定要认真观察，仔细对待，不可粗枝大叶。

兄弟学儒

【寓源】战国·列御寇《列子·说符》。

【寓言】从前有弟兄三人，到齐国和鲁国在一位老师门下学习，掌握了仁义的全部道理后就回家了。他们的父亲问道："仁义的道理是怎样的？"

老大回答说："仁义让我爱惜生命而把名誉放在后面。"

老二回答说："仁义让我为了名誉不惜牺牲生命。"

老三回答说："仁义让我同时保全生命和名誉。"

他们三人的回答截然不同，却同样出自儒家的理论。

【寓意点拨】这则寓言启发人们，学习要发挥主观积极性，富有自己的独到见解，灵活地运用到实际中去，既不能为我所需，也不可死搬教条；对一个问题的认识，有不同的，甚至是相反的看法，这是正常的现象。只有各抒己见，诸家纷争，深入探讨，才有助于获得正确的认识。

兄弟葬父

【寓源】战国·墨翟《墨子·公孟》。

【寓言】鲁国有兄弟五人，父亲死了，长子贪酒不葬，他的四个弟弟对他说："你和我们一起安葬父亲，我们将给你买酒。"大家用好话劝他葬了父亲。

安葬好父亲以后，长兄向四个弟弟要酒。四个弟弟说："我们不给你酒了，你葬你的父亲，我们葬我们的父亲，难道只是我们的父亲吗？你不葬，别人就会笑话你，所以劝你葬。"

【寓意点拨】这则寓言说明，有良好的动机，加上有效的方法，办事则会顺利成功。不难设想，寓言中的四个弟弟开始若以责备的方式，必然会加剧矛盾而败事，先以对方能够接受的方式劝告，事后才说明利害关系，则能圆满成功。这就是灵活性和原则性的结合。

兄弟争雁

【寓源】明·刘元卿《贤奕编·应谐录》。

【寓言】古时候，有两兄弟在草原上练习射箭。突然天空中一只大雁飞过，大雁飞得很低，拉开弓箭就能轻而易举地射到大雁。兄弟俩都看见了，两人不约而同地做好准备，箭在弦上，一触即发。突然，哥哥问弟弟："这大雁要是射下来了，我们怎么来吃它呢？"不等弟弟回答，哥哥便决定说："煮着吃应该很鲜美！"说罢就要拉弓放箭。

弟弟连忙上前挡住说："鹅是煮着比较好吃，我觉得雁就应该烤着吃。"哥哥不同意，仍然坚持要煮着吃；弟弟呢，也不松口。两人各执己见，争论不休。

最后实在争执不下，便去找一个叫社伯的人评理。社伯在当地德高望重，好多人起了争执都去找他调解。听罢两兄弟争雁的原委，社伯不由得哈哈大笑，他说："这很简单啊，你们把那雁射下来，到时候一半煮着吃，一半烤着吃不就得了吗？"

两兄弟刹那间茅塞顿开，回头拉弓再去找那大雁时，大雁早已经飞得无影无踪了。

【寓意点拨】这则寓言通过兄弟俩争雁坐失良机的故事，辛辣讽刺世俗的空谈习气。告诫人们，凡事要抓住关键、抓住时机。如果尽是空谈，把时间和精力花在无谓的争论上，结果必将一事无成。

雄鸡断尾

【寓源】春秋·左丘明《左传·昭公二十二年》。

【寓言】春秋时，周景王有一个长庶子，人称王子朝。王子朝的师傅叫宾孟，是周王朝的大夫。

王子朝和宾孟都受到周景王的宠爱，周景王和宾孟也都喜欢王子朝，想要立他为太子。当时，有权有势的刘献公有一个庶子，名叫刘蚡。刘蚡侍奉周大夫单穆公，也具有一定的政治势力。刘蚡讨厌宾孟的为人，打算杀掉他。同时，刘蚡也讨厌王子朝的言辞，认为他说的话违背礼制，也准备除掉他。有一次，宾孟到郊外去，看见一只大公鸡自己弄断自己的尾巴。宾孟询问缘由，侍者回答说："这只大公鸡害怕充当祭祀用的牺牲品，所以自残形体，以避其难。"那只大公鸡是否真的"自断其尾"？即使是真的，究竟出于什么原因？应该说是一个谜。侍者的回答，不过是信口开河而已，何足为律？而宾孟却借题发挥，马上回去报告周景王，并且说："公鸡害怕被人所用，这一点和人不同。在祭祀时充当牺牲品，是供别人使用的，而被人所用是很难的，被自己使用却没有什么妨害。"宾孟的意思是，自己是愿意为景王效力的，但是屡遭谗言和攻击，实在太难做人了。还不如像公鸡那样"自断其尾"，韬光养晦，尚可保全自身。周景王明白他的意思，所以没有答话。

【寓意点拨】宾孟是周景王的宠臣，看到当时为立太子之事斗争很激烈，他便劝周景王早立子朝为太子，要当机立断，以免被人利用。所用的比喻有双重含义，雄鸡自断其尾是果断的，断尾后成了残形鸡，就不会被人用做祭品了。暗示景王早作决定，以免后患。这则寓言告诉人们，办事情要果断，以免不测之祸。

修屋漏

【寓源】明·冯梦龙《雅谑》。

【寓言】连日来一直下雨，迂公家的房子漏了，一晚上挪了好几次床，最后屋里没有一块干的地方了，妻儿都埋怨他。迂公赶忙叫来工匠修补，费了不少工夫。等房子一修好，天忽然放晴了，整整一个月都是晴天。迂公从早到晚望着屋顶叹息着说：“命苦的人，才修好房，天就不下雨了，这不是白白浪费了工钱吗？”

【寓意点拨】这则寓言告诉人们，有备才能无患。未雨而绸缪，能够防患于未然；雨后补漏，也要防患于未然。迂公不懂得这个浅显的道理，所以难免前受交诟，后自叹息。

秀才断事

【寓源】清·石成金《笑得好》。

【寓言】有一个乡巴佬谈论自己的志向，说：“我有一百亩稻田就满足了。”他的邻居嫉妒他，说：“你如果有一百亩稻田，我便养一万只鸭子，吃完你的稻子。”两人相争不已，只得投诉官府。他们不认识衙门，经过一座学堂，看见红墙大门，就相互厮扭着进去了。正好有一个秀才在大堂上散步，他们便认为是官老爷，各自诉说了自己的情状。

秀才说：“你们两位，一个去买起田来，一个去养起鸭来，等我做起官来，才好替你们审理这件案子。”

【寓意点拨】乡愚、邻居和秀才都有一个共同的特点，即把幻想当作现实，不过秀才之言倒是不得已而言之——我不是官，叫我审什么案，要审你们的案子，那只能待我做官后才说。一个人固然应该有宏愿和理想，但更应该有为此而付出的脚踏实地的艰辛劳动。空谈理想，甚至为此引起无谓的纷争，徒令人耻笑而已。

秀才康了

【寓源】宋·陈正敏《遁斋闲览·谐噱》。

【寓言】有个名叫柳冕的秀才，生性乖僻，颇多忌讳。

有一年乡试，应考举人。同场的考生与他闲谈，无意中说了“落”的同音字，他认为犯了“落第”的忌讳，愤然作色，溢于言表。

柳冕的仆人，误犯了忌讳，更是被他拳打脚踢，棍棒相加。因此，仆人处处留意，事事小心，常常把“安乐”说成“安康”。

考试后，听说已经放榜，柳冕急不可耐，吩咐仆人赶快去看。不一会儿，仆人返回。他怀着希望和担忧的心情，远远迎上前去，高声问道：“我中了吗？”仆人唯恐犯忌，战战兢兢地说：“秀才‘康’了！”

【寓意点拨】这名秀才考举人，很怕落榜，凡是与“落”同音的字都怕听到，到了不通情理的地步。所以落榜了，仆人也要用代字报告，读来觉得极具讽刺意味。考试还是靠实力的，这则寓言也可作为恃势欺人者一个警惕。

秀才买柴

【寓源】明·赵南星《笑赞》。

【寓言】古时候有一个秀才，书读得多，说起话来都是“之乎者也”。一天，秀才家没柴烧了，他来到了柴市上，叫道：“荷薪者，过来！”老樵夫听见秀才说“过来”，就担着柴担子过来。秀才看了看柴，用手指指说：“其价几何？”老樵夫听不懂秀才说什么，但听说“价”字，猜测秀才在问价钱，忙回了价。秀才偏着头端详这担柴，像是在鉴定柴的质量。然后直起腰来说：“外实而内虚，烟多而焰少，请损之。”老樵夫实在听不懂，就挑起柴担走了。

【寓意点拨】秀才咬文嚼字、装腔作势唬人，老百姓却不买他的账，卖柴的樵夫担走了柴，是对秀才最好的回答。

虚船触舟

【寓源】战国·庄周《庄子·山木》。

【寓言】两船并连来渡黄河，正遇上一只空船撞击上来，虽然是心胸狭隘的人也不会对空船发怒。假如空船上有一个人，就会喊着："把船撑开！后退！"喊一声不见回应，再喊一声仍不见回应，于是喊第三声时就口出骂声了。开始不生气而现在生气，这是因为开始空船没有人而现在却有人。

【寓意点拨】这则寓言启示人们，虚心谦和待人，就不会引起对方的不满和怨恨，即使有不满的情绪，也会被谦和的态度所消解；如果你触犯了别人，又不主动地道歉，那就免不了遭骂指责。

虚词招谤

【寓源】清·纪昀《阅微草堂笔记》。

【寓言】有一个旧世家的士人，夜间在深山里迷了路，望见一个岩洞，就想进去休息一下，发现已死的老前辈某公在里面，内心恐惧不敢进入。但是，前辈某公却殷切地邀他进洞，他料想不会有什么祸害，就向前行拜见礼。老人问寒问暖、起居劳苦像活着时一样，又略问了他家中的事，共感悲伤慨叹。士人接着问："您的墓地在某地，为什么一个人游逛到这里来？"

老人长叹了一口气说："我在世时没有犯过错误，然而读书时只是跟随着别人作计议，当官时只是安分守己地工作，也没有什么建树。没想到我死数年之后，在我的坟墓前面忽然树起了一块大石碑，在螭（chī）首上刻着些篆文，写的是我的姓名和官阶，碑上文字所叙述的，却是我完全不知道的事情。其中略微有些影子的，又都言过其实。我一生质朴直率，心中颇为不安，再加上游人过路诵读，时常跟出讽刺的评语；那些鬼魂围着观看，更是发出很多讥笑。我实在受不了这些嘈杂的声音，就避居在这里。只是到了年终祭祀扫墓的时候，我才回到坟地里去，看看自己的子孙后代罢了！"

士人委婉地安慰老人说："仁人孝子，不这样做就感到不足以荣耀自己的亲人。像恭喜中朗这样的名人，也不免写些于心有愧的碑文；像韩吏部这样的名家也曾写过阿谀的墓志铭。古来已有很多这样的例子，你又何必介意呢？"老人严肃地说："是非公论，都在人们心里；人们即使可以被欺骗一时，但我扪心自问已感到十分惭愧。何况公论俱在，欺骗又有什么益处呢？要想光耀祖宗，应当看他的昭著事迹，何必使用虚伪的言辞招惹诽谤呢？难道不晓得后起的名流，他们的见解也都是这个样子吗？"老人说罢拂袖而起，士人若有所失地回家去了。

【寓意点拨】死人向活人发表议论，当然是不可能有的事，但通过死人向活人阐明事理，则正是寓言的艺术目的——"虚词招谤"，"诳亦何益"。不仅对死人，对活人有着更为积极的教育意义。喜欢听阿谀奉承话的人，可以从这则故事里得到鉴戒。螭首：指碑额上面的蛟龙头像。

虚邑酒

【寓源】清·刘熙载《寤崖子》。

【寓言】乡镇里有个酒店。有一天，一个富人路过这里要买酒喝。酒店主人见他脸红得厉害，知道他已经喝醉，便拿来几升水掺到酒里，用一小部分给富人喝。富人喝了之后，觉得这酒很甜美，便多给了店主一些钱。店主里巷的另一个卖酒的人，听到这件事以后，说："现在我知道了薄酒胜过浓酒。"于是，他也学习那家酒店往酒里掺水，希望碰到有人也乐饮此酒。可是，凡是饮尝他家酒的人，总是把酒吐出就走了，始终也没有人买他的酒。

【寓意点拨】侥幸而获得意外收获，这是偶然的，不可视为常规。把偶然当作必然，不只是一般的糊涂，而是愚蠢至极。这种人根本无法生活、无法生存。妄图侥幸获利的人，最终只能碰得头破血流。

虚粘奇帽

【寓源】宋·苏轼《艾子杂说》。

【寓言】齐国的读书人都喜欢戴着乌纱帽，帽顶很高，帽檐很短，帽形是方方正正的，因为是用纱相粘的，称作"虚粘奇帽"，卖这种帽子的店铺一家接着一家开。其中有一家在自家的门口挂着"廉价店"的牌子，每顶只卖八百文。因为便宜，生意很好，所以常常误了交货的时间。

有一天，艾子坐在这家店铺里，见到一个读书人和店主说："我前几天约定买帽，说要晚五七日货才能到，可是至今还没得到，一定是因为别人卖九百文，你故意以低价来欺骗我。"唠唠叨叨了很久。

艾子就对这读书人说："秀才不要喧闹，只要拿八百文给他，到时候拿九百文的帽子就可以了。"

【寓意点拨】既要马儿好又要马儿不吃草，是不可能的事。帽子卖得便宜，相对的，订购的人比较多，误了约定的日期那是免不了的，无须吵闹不休。这则寓言告诉人们，得到一点好处，就应该珍惜，无须得寸进尺地继续讨便宜。

徐叱猛犬

【寓源】西汉·刘向《战国策·韩策二》。

【寓言】齐国某大夫家儿子养了一条狗，凶狠猛烈，不能呵斥，一旦有人呵斥它，它一定会咬人。有一个人要求来驯这条狗，他一开始瞪眼怒视狗，狗没有动静，然后慢慢地呵斥它，狗未吠叫，他再来呵斥时，狗就没有咬人的意思了。

【寓意点拨】这则寓言启示世人，对于凶狠不讲理的人，不要有畏惧感，他一见你惧怕会变得更为凶狠，当他见到你凶狠时，他也会感到威慑而收敛。

徐偃王亡国

【寓源】西汉·刘安《淮南子·人间训》。

【寓言】从前徐偃王爱好施行仁义，从陆路来朝拜的国家多达三十二个。

王孙厉对楚庄王说："君王如果不讨伐徐国，那就一定要朝拜徐国。"楚庄王说："徐偃王是个有道之君，爱施仁义，是不能讨伐的。"王孙厉说："我听说过，大国与小国相比、强国与弱国相比，就像石头砸鸡蛋、老虎吃小猪一样，攻打徐国有什么可疑虑的呢？而且徐偃王行文治不能广布恩德，兴武功不能用尽国力，祸乱没有比这更大的了。"楚庄王说："好！"于是起兵攻打徐国，并且灭了它。

徐偃王就是一个只知施行仁义而不知世事变化的人。

【寓意点拨】徐偃王是个笃行仁义的君王，起初受到各国诸侯的礼敬。然而面对礼崩乐坏、诸侯争霸的现实状况，他仍然不修武备，徒讲仁义，结果身死国亡。这则寓言试图告诉人们：好的政治目的，也应该采用切实可行的措施来保障其实现，那种不顾时事变化，孤行其事的做法，是要碰壁的。

许金不酬

【寓源】明·刘基《郁离子》。

【寓言】住在济阴的一个大商人，渡河翻了船，趴在水中的一块木板上大喊救命。这时，有个渔夫划船过去救他，还没划到的时候，商人急忙高喊着说："我是济阴的一个世家大族，如果你能救我，我就送给你一百两金子作为报酬。"渔夫把他拉上船来送到岸上。

没想到商人上了岸，竟然只给了渔夫十两金子。

渔夫说："你原先答应给我百金，而现在只给十金，这样做不合适吧？"

商人大怒，变了脸色说："你，是一个打鱼的人，一天能获得几个钱？而现在竟突然得到了十金，你还不满足吗？"渔夫听了闷闷不乐地走了。

过了一些日子，那大商人又从吕梁浮船而下，船身碰上礁石又翻沉了，而那个渔夫正好也在那里。

有人对渔夫讲："你为什么不去救他上来？"

渔夫说："他是答应给我钱却不真心酬报的人呀！"

渔夫始终站在岸上旁观，眼看着大商人没顶沉入水中。

【寓意点拨】寓言教育人们要有"言必行，行必果"的道德品质，如果待人接物，出尔反尔，失去信用，必定会自食恶果。当然，渔夫见死不救的行为显然也是不可取的。

宣王好射

【寓源】战国·尹文《尹文子·大道》。

【寓言】周宣王爱好射箭。喜欢别人说自己臂力过人，能用强弓。其实所用的弓，不过三石力气就能拉开。

他把自己的弓交给左右近臣侍从传看，左右的人投其所好，只拉到半开的程度，便佯装拉不动了，异口同声地说："真是一张硬弓！最少不下九石。不是大王神力，谁能用这样的弓呢？"宣王听了非常得意。

虽然宣王所用的弓不过三石，但他到死还始终以为是九石之弓呢！

【寓意点拨】这则寓言讥讽了那种阿谀奉承的卑鄙行为和自欺欺人的恶劣作风。现实生活中，这两种人都有，有些人专事阿谀奉承、吹牛拍马，唯恐不及；有些人则对此种丑恶言行，不假思索，泰然受之。对这两种人均应坚决予以唾弃！

玄石好酒

【寓源】明·刘基《郁离子·玄石好酒》。

【寓言】从前，玄石嗜好饮酒，被酒损伤了身体，腹中五脏火烧火燎，肌肉骨骼像被热锅蒸煮过，全身像散了架一般。吃了很多药物症状才消除，他对人说："我现在才知道酒可以使人丧命，从今以后不敢再喝酒了！"过了半个月，他又喝酒，对人说："我只是尝一尝。"刚开始只喝三杯，第二天又喝五杯，第三天喝到十杯。以后，他又开始大肆喝酒，忘记了以前醉酒生病的事情，不久他就死了。所以，猫不能没有鱼吃，鸡不能没有虫子吃，狗改不了吃屎，本性沉溺在其中必食恶果。

【寓意点拨】这则寓言以玄石嗜酒成疾而死，说明染上一种恶习，是不容易彻底清除和改正的。滥饮已给他的身体造成很大的伤害，戒了不久，旧瘾禁不住诱惑，从开始尝试，到三杯、五杯、十杯再到滥醉至死，层层加码，造成了悲剧结局。这说明要根除恶习，必须要有惊人的意志力。

玄猿处势

【寓源】西汉·刘向《新序·杂事五》。

【寓言】宋玉侍奉事楚顷襄王，却未得到赏识，内心的不满挂在脸上。有人问他："先生你的言谈论说为何总是不能奋扬畅快，计议谋划为何总是迟疑犹豫呢？"

"不是的。"宋玉说，"你难道没见过黑猿吗？当它待在茂美的树林之中、高高的枝叶之上，从容不迫地游戏玩耍，跳跃往来，像龙一样腾空而起，像鸟一样落下停止，发出长长的悲哀叫声。在这个时候，即使是善射的后羿、逢蒙，也无法定睛注视它。等到它掉进多刺的藩篱之中，它便会恐惧颤抖，不安地张望和来回行走，连普通人也能对它为所欲为。这不是黑猿的皮肉筋骨收紧了，身体四肢缩短了，而是它所处的形势不便于跳跃。所处的形势有所不便，岂能较量功力和技能呢？《诗经》不是说过：'驾车用那四匹公马，但这马儿的脖颈已经十分肥大。'马儿长久地驾着车却不能自由行走，脖颈变得肥大，岂不是当然的事？《易经》说：'臀部没有肤肉，走起路来就歪歪倒倒。'说的就是这个意思。"

【寓意点拨】寓言说明，人们总是在一定条件下发挥其才能的，处势不便，天大的本领也无法施展。

学皆不精

【寓源】西汉·司马迁《史记·项羽本纪》。

【寓言】项籍年轻时，学习文字，没有学到家，便中止了，学习剑术，又没有学成，就卒业了。项梁对他发怒。项籍说："文字，只够记录姓名罢了；剑术，只能跟单个人对抗，这都不值得学习。我要学习能够对抗万人的本领。"项梁于是传授项籍兵法，项籍大喜。但是，他略微了解兵法的大意之后，又不肯深入地学习了。

【寓意点拨】寓言说明，一个人光有大志，而没有恒心，不肯下苦功夫，是不会获得真本领的。

驯鹯

【寓源】黄灵庚编《宋濂全集·燕书》。

【寓言】楚国的放宜咎善于驯养鹯（zhān），那些鹯驯养不到三个月就全驯服了。放它飞就飞，叫它落就落，让它去攻击鹜鸟、黄鹂、野鸭、天鹅，它就去攻击，没有不合主人的意志和要求的。西边的邻居终利之伊跟放宜咎比试能力，也要驯鹯，在太阴山找来了鹯，让专门驯养老鹰的仆人把它关在笼子里，七个月以后，有黄鹂飞经这里，他就叫鹯去攻击。黄鹂受惊落下来，鹯也跟着落下，两只鸟站立在杉树枝上。他招呼着鹯，它却展翅飞走了，其余的鹯也瘦死了一大半。终利之伊非常惭愧，到宜咎处探问说："你用什么办法使得鹯驯服的呢？"放宜咎回答说："我刚得到鹯时，给它戴上头盔，绕着系上丝带，用鼓声严格训练，给它戴上袖套，用铃声调和它的行动，使它集中精力眼不斜视。它饿了，就调水烧肉来喂它，看到它饱了，就让它咽下点羽毛使食物排泄出来。这样，它的天性得以保全，鹯也和人一样，要它攻击就攻击，要它停止就停止。现在你驯养鹯是按人的要求不是按鸟的习性，违背了它的性情，动摇它的筋骨，紊乱它的血脉，伤害它的翅膀，不适应它的温饱来喂它，精神上不完备，天性都丧失了，又怎么能合乎主人的意志和心愿呢？它唯恐你不放它，你一放它，就远走高飞了。我所用的方法与你不同罢了。"终利之伊听了，再次向放宜咎作揖说："我因为向您请教驯鹯的方法，学到了怎样驾驭和控制武将的方法了。"

君子说："哪里仅仅是驾驭和控制武将呀？管理老百姓也是这样呀！"

【寓意点拨】寓言通过驯养鹯鸟做比喻，说明了保持事物的本性，按照事物本身的规律去做，才能获得成功。驯鹯是这样，驭将和治民也是这样。从个别事件中认识并发掘出它的普遍性的规律，这是难能可贵的。

Y

哑娼尊荣

【寓源】元末明初·杨维桢《东维子集》。

【寓言】哑娼是钱塘娼家的女儿，生下来就没有哭声，三岁不能说话，到了十岁还是不会说话，笑时就张大嘴巴露出牙龈，愤怒时就发出嗌嗌的声音。母亲断定她是哑巴无疑，称她为木哥，并且叹息说："我家世代以娼为业，娼靠声音为技艺，现在却是这样的哑巴，依靠什么来生活呢？"打算抛弃她。父亲说："女儿虽然口哑，但耳朵眼睛手脚却不哑。"

哑娼长到十五岁时，天姿秀丽，内心更是敏悟聪慧；擅长针线活，教她弹奏琵琶、筝、箜篌及舞蹈的技艺，没有不精通的。她总是和其他名伎一起奉献技艺。过了十五岁以后，哑娼的容貌愈加出众，技艺更加精湛。

京城有个做木材生意的大商人路过钱塘，听说了哑娼的名声，十分高兴地请求与她见面，并用加倍礼金聘娶哑娼。身边的人对商人说："娼是用声音来博取别人欢心的，她是哑巴，你却用加倍的价格聘娶她，岂不是太愚蠢了吗？"

商人笑着说："你不知道，女人们用长舌头毁坏人的家庭；妻妾的谗言停止了，家庭才能长久。我就聘娶不长舌的人，不聘娶擅长唱歌而且会笑的人。"于是就带着哑娼回到京城。

商人的姬妾有百十个，听说哑娼到了，都捂着嘴巴笑话她。不久，哑娼成了全家专一受宠的人。商人每次吃饭，没有哑娼就觉得味道不美，他私下庆贺说："我从今以后，知道妇人的话不能进入我的耳朵啦！"

哑娼也在心中自语说："不聋哑，就不柔美。"众姬妾虽然心里妒忌，又都认为哑娼不能在主人面前搬弄是非，所以心中又喜欢她。商人的原配夫人位置已经空缺，众姬妾就迎合主人心意，推举哑娼做继任原配。

几年后，哑娼为商人生了三个儿子，长子的名字叫传嘿，老二、老三分别叫传讷、传忍。后来，因传嘿性格缜密稳重，不泄露他人的事情，得以出入皇宫中，而且获得了位尊禄厚的官职，哑娼因此得到了朝廷的封号。其家族至今仍推崇哑娼为妇女的师表。

【寓意点拨】这则寓言启发人们，为人处世要以真才实学，而不是只凭口头的夸夸其谈。因为有了真才实学，别人才能从内心里佩服你。少说空话大话，多做实事好事，才会获得他人的支持和拥护。

烟气难餐

【寓源】明·潘埙《楮记室》。

【寓言】唐朝乾符年间，有个富豪承袭了祖先的爵禄，穿的是绫罗绸缎，吃的是山珍海味，把人间的一切好东西都吃厌了。

他经常对门僧圣刚说：“凡用炭做饭，先要经过烧炼，去掉黑烟，得到的煤炭，才能用来煮饭。不然的话，饭里有烟气，十分难吃！”

有一年，造反的农民军攻占了瀍（chán）水、洛水一带，他的全部财产损失殆尽，不得已弟兄几人和圣刚一起狼狈逃窜，躲藏在荒山野谷，整整三天没有吃东西。

农民军撤出后，他们徒步到河桥道中的一个小店里买来米饭，用手抓着连泥带土一起吞食，感到比精米肥肉还要香甜。圣刚笑着说：“老爷，这可不是用炼炭烧熟的饭啊！”

【寓意点拨】寓言告诉人们，剥削阶级锦衣玉食，并不是天生的高贵，当农民起义的霹雳粉碎了他们的天堂时，他们的所谓尊荣、排场就立刻露出了原形，一钱也不值了。

延师教子

【寓源】佚名《一笑》。

【寓言】有一个人要聘请老师教他儿子学习。

老师请到了，主人对他说：“我家里穷，对先生失礼的地方很多，可怎么好！”

老师说：“你说话太客气了，我原本没有什么不可以的。”

主人说：“粗菜做饭，可以吗？”

老师回答说：“可以。”

主人说：“家中没有奴仆，举凡打扫庭院卫生，开闭门户，都请先生代劳，可以吗？”

老师回答说：“可以。”

主人说：“碰到家里的妇女儿童想买些零星杂物，委屈先生走一趟，可以吗？”

老师回答说：“可以。”

主人高兴地说："如是这样，实在太好了！"

老师说："我也有一句话，希望主人不要惊讶。"

主人问："什么话？"

老师回答说："我很惭愧自己从小就不学习！"

主人说："你说话太客气了！"

老师说："不敢欺骗你，我实在连一个大字也不认得。"

【寓意点拨】这则寓言说明，教子本是一件十分严肃的事情，但这家主人不仅不尊敬老师，反而想把老师当作奴仆对待，处处要剥削他的劳动力。难怪老师最后声明说："仆实不识一字。"这是一句极其巧妙、极富有智慧的推辞性语言。对待那些厚颜无耻、贪婪自私、表面是人、背后是鬼的骗子手，不管他们如何文质彬彬、礼貌频频，只能用决绝的语言对付他们。

沿河求石

【寓源】清·纪昀《阅微草堂笔记·姑妄听之》。

【寓言】在沧州南面，有一座临河建起的寺庙，山门倒塌在河里，两个石狮都沉到河心里了。过了十多年，庙里的和尚打算募化一些金钱重新修建，便叫人到河中寻找那两个石狮，竟然没能找到。都以为石狮是顺河水流到下游去了，便划了几只小船，拖着铁钯，找寻了十多里地，也没有发现石狮的踪迹。

有一位讲学先生正在寺庙中设帐讲学，听说这件事，笑着说："你们这些人不懂得物理。石狮又不是屑片子，难道能被暴涨的洪水冲带而去吗？石头的性质是坚硬沉重的，而沙子的性质是松软浮动的，石头埋没在沙子里，一定是渐沉渐深了。沿着下游的河水去寻找石狮，不是神经错乱了吗？"众人认为这是正确的说法，都十分佩服。

有一位老河工听说了这件事，笑着说："凡在河里丢下石头，都应当到上游去寻找。这是因为，石头的性质坚硬沉重，沙子的性质松软浮动，流水不能冲动石头，但冲激石头的反激力量，必定是在石头底下迎水的地方。它冲刷着沙子形成了坑穴，而且渐激渐深，到了石头下大半空着时，那石头必定要向前倒落到坑穴当中。像这样，水的激流再冲刷沙坑，石头又再倒转，转了又转，一直转个不停，于是那石头就反倒逆流而上了。因此，到下游去寻找石头，固然是神经错乱；到地底下去寻求石头，岂不更是神经错乱吗？"大家按着老河工的话去寻找，果然在上游的好几里外找到了石狮。

这样看来，天下的事情只知其一，不知其二的人多着哩！难道可以按照个人的理解胡乱猜测吗？

【寓意点拨】这则寓言说明实践出真知。老河工的正确判断，来源于他对水流现象的丰富实践经验；讲学先生是凭书本理论吃饭，一般人又是单凭主观猜测，所以都是“只知其一，不知其二，”结果既解决不了实际问题，又闹出了大笑话。这个教训是深刻的。沉重的石头掉在流水中，不往下冲，反而向上溯，看来十分奇特，却合乎科学道理。那些光凭教条、空谈理论、依据臆断的人，可以休矣！

偃师造人

【寓源】战国·列御寇《列子·汤问》。

【寓言】西周的周穆王去西方巡视，越过昆仑山，登上弇山。他返回的时候，还没到达国境，在路上遇到一个有工巧技艺名叫偃师的人，要奉献工巧技艺。周穆王召见了他，问他说：“你有什么技能？”

偃师说：“只要是大王的命令，我都愿意尝试。但我已经制造了一件东西，希望大王先看一看。”

穆王说：“明天你把它带来，我和你一同观看。”

第二天，偃师拜见穆王。穆王说：“和你一道来的是什么人呀？”

偃师回答说：“是我制造的歌舞艺人。”

穆王惊奇地看去，只见那歌舞艺人快跑慢行，弯腰抬头，像真人一样。巧妙呀！按它的下巴就唱歌，歌声合乎乐律；抬起它的手就跳舞，舞步符合节奏。它的动作千变万化，随心所欲。穆王以为它是个真人，叫来宠爱的盛姬和嫔妃们一道观看。

快要表演完的时候，歌舞艺人眨着眼睛去勾引穆王身边的嫔妃。穆王大怒，立刻要杀死偃师。偃师非常害怕，随即拆散歌舞艺人的身体给穆王看，原来都是用皮革、木头、树脂、油漆和白垩、黑炭、丹砂之类的东西拼凑起来的。穆王又仔细地检视，只见它体内有肝胆、心肺、脾肾、肠胃，外部有筋骨、肢节、皮毛、齿发，虽然都是假的，但没有一样不具备。把这些东西重新组合起来，歌舞艺人又恢复了原状。

穆王试着拿掉它的心脏，它的嘴就不能说话；拿掉肝脏，眼睛就不能观看；拿掉肾脏，双脚就不能行走。穆王这才高兴地感叹说：“人的技巧竟可以和天地自然有同样的功效啊！”于是便下令随从的马车载上歌舞艺人一同回国。

【寓意点拨】这则寓言说明，人的智能是无限的，只要具备一定的科学条件，人间的任何奇迹都可以创造出来，也告诉人们，人的生命并不是神秘不可解释的，随着科学的不断发展，一定会得到彻底的认识。

砚眼

【寓源】明·冯梦龙《古今谭概·不韵部》。

【寓言】吴郡人陆庐峰，在京城等待朝廷选用，曾于市场上遇到一方好砚台，当时价钱未讲好，没有买。

回到旅店以后，陆庐峰叫他的门人前去购买，门人用一锭银子把它买回来了。陆庐峰一看，十分吃惊，与自己在市场看到的那方砚大不相同，门人却一再坚持说就是那方石砚，没有错。

陆庐峰说："前次那方石砚有鸲鹆（qú yù）眼，这方石砚怎没有呢？"

门人回答说："我嫌它有点凸起，正好碰到石匠，很方便，我手头又有买石砚剩下的钱，就请匠人把它磨平了。"

陆庐峰听了十分惋惜。

【寓意点拨】端砚本以"有鸲鹆眼为贵"，其艺术价值和收藏价值全在于此。门人胸无点墨，弄巧成拙，好端端的艺术珍品，就这样报废了。寓言告诉人们，为人处世决不可自以为是，随心所欲，盲目从事。

掩耳毁钟

【寓源】秦·吕不韦《吕氏春秋·自知》。

【寓言】春秋时期，晋国内部发生战乱，贵族范氏被智伯消灭了，他的财产基本上被其他贵族瓜分完了。一个平民在范家的废墟上发现了一口大钟，心里特别高兴，想偷偷地把它背回家。可是，钟又大又重，他背了半天怎么也背不动，怎么办呢？他绞尽脑汁地想着办法。砸碎它不就好拿了吗？主意一定，他就找来一把锤子想把钟砸成碎片；可是，刚砸了一下，钟就"咣当"地响起来了，那声音洪亮悠长，久久不能停息。砸钟人生怕别人听到钟声和他来抢钟；听到钟声响起，心都提到嗓子眼了。

钟发出的洪亮声响确实是他搬走大钟的障碍，怎样才能不受钟声的影响呢？他又开始发愁了。砸钟的时候，钟声响起，那是不可避免的；能够避免的就是钟声不被人听到。想到这里，砸钟人就用两个大棉花团紧紧塞住自己的耳朵，然后举起锤子狠劲地砸起来。"咣当咣当"的声响刹那间响彻云霄，可他什么也没有听到。不一会儿，听到钟声的人都蜂拥而至，一起来争夺这口大钟。砸钟人呢，丈二和尚摸不着头脑，疑惑地站在原地，他肯定在想，明明已经听不到钟声了啊，为什么还有那么多人来抢呢?

【寓意点拨】这则寓言是对那些自欺欺人的人予以辛辣的讽刺：做了亏心事的人，心是虚的，总想设法掩盖自己的行为，结果总是弄巧成拙，越是掩盖，越容易被暴露。

晏子辞女

【寓源】战国·晏婴《晏子春秋·内篇·杂下》。

【寓言】齐景公有爱女，希望能嫁给晏子，就到晏子家赴宴。酒喝得酣畅时，景公看见晏子的妻子说："这是你妻子吗?"

晏子回答说："是，是的。"

齐景公说："嘻！又老又丑。寡人有个女儿年轻貌美，嫁给你吧！"

晏子离席回答说："现在虽又老又丑，但我与她长期生活在一起，所以也见过她年轻貌美的时候。况且人本来就是以少壮托身到年老时，美貌托身到丑陋时，她曾经将终身托付给我，而我接受了。虽然君主要赐我娇妻，岂能使我违背她的托付呢?"他向景公再拜辞谢。

【寓意点拨】这则故事告诉人们，真诚的感情和友爱，经得起生活和时间的考验，不因外境的变化而变化。反过来，经不起时间考验的友情，是缺少真诚的感情基础。

晏子见伤槐女

【寓源】战国·晏婴《晏子春秋·内篇·谏下》。

【寓言】齐景公有棵心爱的槐树，派官吏小心守护着，并在树下立上木桩，悬挂木牌公布命令说："侵犯槐树的人以刑罚处置，伤害槐树者处以死刑。"有一个人因喝醉了酒而侵犯了槐树，齐景公听说后说："这是首先违抗我命令的人！"即派役吏拘捕了他，将要加罪判刑。醉汉的女儿到晏子家，请求说："我是城郊外的民家女子，晋谒知理明义有治国方略的相国大人，我希望能作为您的排在后面的侍妾，这种愿望使我无法控制。"

晏子听说后，笑着说："我难道好色吗?为什么见我老了还来自投于我呢?既然是这样，必定是有原因的。"便派人暂时收留了她。进门后，晏子说："奇怪呀！她一定有深深的忧愁。"进一步询问女子说："你忧愁的是什么呢?"

女子回答说："君王为槐树挂牌下令，侵犯槐树的人以刑罚处置，伤害槐树的人处以死刑。小女子的父亲不仁义，不知道命令，酒醉后侵犯了槐树，官吏要对他施加罪罚，让他服刑。"

晏子说："太过分了！我将为你去向国君说明情况。"并派人送那女子回家。第二天早朝的时候，晏子向齐景公陈述了此事。

晏子走出朝廷后，齐景公就派官员撤走了守卫槐树的差役，拔除了悬挂命令的木桩，废除了伤害槐树的法令，放出了侵犯槐树的囚犯。

【寓意点拨】寓言启示人们，要了解真实的情况，必须深入实际，与民众打成一片，放下架子，真情相待，方可获得真心相告。

晏子见子午

【寓源】战国·晏婴《晏子春秋·内篇·杂上》。

【寓言】燕国有位游说之士叫泯子午，到齐国来拜见晏子，他说话有文采，学说有条理，从大的方面说对国家有利，从小的方面说对晏子也有益，其内容很丰富。但见到晏子后却因为害怕讲不出话来，晏子以同情的态度宽慰他，以礼貌的表情启发他，然后让他尽量陈述。

客人退出后，晏子端坐着不去上朝，过了一会儿，在旁边的侍者说："刚才燕国客人拜见先生，您为什么忧虑呢？"

晏子说："燕国是大国，距离齐国有千里的路途。泯子午认为燕国这样的大国不值得去游说，却认为千里之路不算远来齐国，是位于千万人之上的名士啊。他尚且还不能在我面前畅所欲言，何况齐国那些怀有善德而死的人呢！可以想到我不能面见的名士岂不是很多吗！既然我失去了这些人才，又怎么能有功于齐国呢！"

【寓意点拨】寓言告诫人们，一旦有了名位就会自然地与民众拉大了距离，要想了解下情，就必须放下架子，平等待人，和颜悦色，让人敢于接近你，才能无话不说；首先自己要有诚意，有了诚意就不会摆架子。

晏子默然不对

【寓源】战国·晏婴《晏子春秋·外篇》。

【寓言】齐景公问太卜说："你的道术有什么能耐？"太卜回答说："臣能使地震动。"

景公招来晏子告诉他说：“寡人问太卜说：‘你的道术有什么能耐？’他回答说：‘能使地震动。’人真的能使地震动吗？”

晏子沉默没有回答，出来见太卜说：“前些时候我看见钩星在房宿、心宿之间，是要地震了吧？”

太卜说：“是的。”

晏子说：“这事我要向君主说了，恐怕你会有欺君的死罪；沉默不说，又担心君主害怕。如果你自己向君主说，则国君不再害怕，你可免欺君死罪，岂不是一举两得！忠于国君的人，何必要伤害人呢！”

太卜跪着进宫见齐景公说：“臣不能使地震动，是地本来就要震动了。”

陈子阳听说这件事，说：“晏子沉默不回答，是不想让太卜犯欺君死罪；自己前去见太卜，是担心君主害怕。晏子是仁义之士啊，可以说是忠上而惠下了。”

【寓意点拨】寓言启示人们，在某种场所如果说话涉及别人的利害关系，还是以保持沉默的态度稳妥，等事后再去寻找解决的途径；有时向别人说明真实情况时，要注意不要触犯他人的利益，办事切忌顾此失彼。

晏子使楚

【寓源】战国·晏婴《晏子春秋·内篇·杂下》。

【寓言】晏子出使楚国。楚国人认为晏子身材矮小，在大门旁边开了个小门引进晏子。晏子不进去，说：“出使狗国的人，从狗门进去；我现在出使楚国，不应当从这个门进去。”接待宾客的官员只得改换道路，引导晏子从大门进去。

晏子朝见楚王，楚王说：“齐国没有人了吗？怎么派你来当使者！”

晏子回答说：“齐国国都人口众多，人们张开衣袖可以遮天蔽日，撒下汗水便像落雨一样，他们肩挨着肩，脚尖碰着脚跟，熙熙攘攘地生活在那里，怎么能说没有人呢？”

楚王说：“既然这样，为什么派你来呢？”

晏子回答说：“齐国任命使者，各有各的任务，贤明的人派他出使到贤明君主的国家，不贤的人派他出使到不贤君主的国家。我最不贤，所以适合出使楚国。”

【寓意点拨】寓言告诉人们，在论辩中最能战而胜之的技巧，是善于抓住对方言语中的逻辑错误，紧追不舍，这样往往会改变被动应付的局面，转向主动的进攻，致使对方自食其果，无以应对。

晏子使吴

【寓源】战国·晏婴《晏子春秋·内篇·杂下》。

【寓言】晏子出使吴国，吴王夫差对掌管朝觐的官员说："我听说晏子是北方最善于辞令论辩、熟悉礼仪的人。"

他命令负责迎送宾客的人说："客人来求见时就说天子请见。"

第二天，晏子要拜见吴王，管朝觐的官员说："天子请你入见。"晏子显出恭敬的样子。

管朝觐的官员又说："天子请你入见。"晏子又显出恭敬的样子。

管朝觐的官员第三次说："天子请你入见。"

晏子第三次显出恭敬的样子，然后说："我奉我国国君的命令，出使到吴王所在的地方，因愚昧而迷惑来到周天子的朝廷，请问吴王在哪里？"

这时，吴王只好说："夫差请入见。"晏子按拜见诸侯的礼仪拜见了吴王。

【寓意点拨】这则寓言告诫世人，以无礼待有礼，总是因无理而失败，因为知礼懂理的人，不仅能识无礼之行为，也绝不会理会无礼之人的。所以，以礼待人，以理接物，才是应遵循的为人原则。

晏子知足

【寓源】战国·晏婴《晏子春秋·内篇·杂下》。

【寓言】晏子入朝，乘坐破旧的车子，用劣马拉车。

齐景公看见后说："先生的俸禄太少了吗？为什么乘坐这么破旧的车子呢？"

晏子回答说："仰赖国君的恩赐，得以保全父、母及妻三族的衣食，还兼及国内的游士，都得以生存。我能够得到衣暖食饱，还有旧车劣马来侍奉很知足了。"

晏子出宫后，齐景公派梁丘据赠送晏子大车四马，往返三次，晏子都不肯接受。

齐景公不高兴，立即召见晏子。齐景公说："先生不接受我的馈赠，我也不乘车了。"

晏子回答说："国君派我担任管理百官的官吏，我应该节省衣食的供给，为齐国的百姓做个榜样，即使这样还恐怕他们奢侈浪费而不顾自己的品行。现在国君在上乘大车四马，臣在下也乘大车四马，那么百姓不讲礼义、衣着饮食奢侈而不顾及自己品行，我将没有理由去禁止他们。"于是辞谢，最终没有接受车马。

【寓意点拨】晏子知足，不仅仅是生活上的满足，更重要的是精神上的满足，以自己的节俭影响着国民的节俭。这种知足的精神，确实值得学习，尤其是掌权的执政者，该想想自己在用什么样的生活标准要求自己？自己的所为是给民众以好的榜样，还是坏的影响？像晏子那样该接受的赏赐却不要，能享受的生活条件却不用，确实难能可贵，而只要心中有民众，有国家，为之也易。

燕蝠之争

【寓源】宋·朋九万《东坡乌台诗案·寄周邠诸诗》。

【寓言】燕子认为太阳出来时是早晨，太阳落下时是晚上；蝙蝠认为太阳落下时是早晨，太阳出来时是晚上。争论半天也得不出结论，于是就去报告凤凰。半路上，遇到了一只鸟，告诉燕子说："不必去报告了，凤凰正在休息。"又说："凤凰非常困倦，正在打瞌睡。"

【寓意点拨】这则寓言的含义很丰富。燕子和蝙蝠生活习性、生活方式根本不同，对问题的看法当然就完全不一致，这种争论是很难得到统一的。所以要理解不同的人在认识上的差异性。另一方面，这种难以统一的问题，找一个置身事外的第三者来裁决和评判，也难以得到满意的答案。何况这第三者还是一个无所事事的瞌睡虫呢！

燕雀相乐

【寓源】秦·吕不韦《吕氏春秋·谕大》。

【寓言】一群燕雀互相追逐，亲昵地聚集在一座房子下面，母鸟哺育幼鸟，公鸟逗着小鸟取乐，一家子过着快乐的日子，它们自以为平安无事。

有一天，附近的一座房屋忽然着了火。幸亏居住在那家屋檐下的燕雀一家及时发现逃走了，否则，全都得葬身火海。按说，这件事应当引起这一家燕雀的高度重视。可它们的爸爸说："那间房子失火，不一定咱们住的这座房子也着火呀。"它们的妈妈也说："就是，哪能那么容易说着火就着火啊！"于是，它们照样玩乐。

糟糕的是几个月后，它们住的这座房子也着火了，火苗烧着了屋梁。更糟的是，这家燕雀全然不知，仍旧快乐地玩儿着，结果都被烧死了。

【寓意点拨】这则寓言告诫人们，只顾一时的安乐，忘乎所以，而不知居安思危的人，将会有灾祸临头。还可以联想到个人与整体的依赖关系。燕雀是寄身于屋宇之下的，屋宇失火，自身也免不了灾祸。一个人也是如此，整体利益好，个人也自然受益，整体利益不好，个人也好不起来，只有以整体利益为重，才是真正懂得保护自己利益的人。

燕王好乌

【寓源】明·刘基《郁离子·燕王好乌》。

【寓言】燕国国王爱好乌鸦，庭院里种植的树木，都被乌鸦筑上巢窝，人们没有一个敢触犯它们的，这是因为乌鸦能够预知吉凶而掌管祸福的缘故呀。因此，凡是国家有事，只依靠听乌鸦的叫声做决断。乌鸦因为得到宠爱而矜骄倨傲，有什么鸟飞来，它们就群起而攻之，所以百鸟都不敢停留在这里。燕国的士大夫们都恭恭敬敬地侍奉乌鸦。

乌鸦喜欢抓取腐烂的动物尸体吃，弄得国王的庭院里腥臊恶臭，国王很讨厌这一点，左右官员们却对国王说："乌鸦是开国祖先所喜爱的呀！"

一天晚上，有一只猫头鹰栖息在庭院里，乌鸦都侧目而视，并去靠近依附，像它的同类一样。猫头鹰飞进宫殿大声号叫，国王命令弓箭手去射它。猫头鹰被射死了，乌鸦便张口叫着去啄食它的肉。人们都耻笑猫头鹰愚蠢。

【寓意点拨】这是一幅辛辣的讽刺画。"乌鸦群"比喻朝中奸佞权臣。他们由于善于玩弄权术和诈术，骗取国王的宠爱和信任，因而能在朝中陷害忠良、为所欲为。尤其可怕的是，他们有时还能乔装打扮，把自己改扮成忠良的模样，利用国王的权势，把直谏的忠臣杀害，作为自己邀功请赏的资本。"凡国有事，唯乌鸣之听"的现象存在时，这个国家必将面临灭亡的绝境。

燕相杀豕

【寓源】前秦·符朗《符子》。

【寓言】北方某国献给燕昭王一头很大的猪，名叫"养奚若"。送猪的使者说："这头猪不是大粪坑就不肯住，不是人的粪便就不爱吃，到现在，已经活了一百二十岁了，国内的人都称它为'猪仙'。"燕昭王就让负责养猪的官吏把这头猪饲养起来，一养就养了六十五年。这头猪长得仿佛一座沙丘般庞大，四只脚像是承受不起自己肥硕的身躯。燕昭王十分惊讶，便命令掌管量具的官员把猪抬起来称重，结果抬猪的器具折断了十根，仍然称不出猪的分量来。昭王又命令掌管舟船的官员用船来称量，原来这头猪竟重达千钧（一钧为三十斤）。可是，这头猪长得这么大，却没有丝毫的用处。燕国的国相便对燕昭王说："为什么不把它宰了吃呢？"昭王就下令掌管膳食的官员将猪杀来吃了。

猪死的那天晚上托梦给燕国相，说："老天爷给了我一副猪的样子，使我困苦不堪，每天吃人的粪便，我对这样活着早已厌烦透了。现在靠着你的智慧而改变了我的命运，我才得以成为鲁津的河神，那些乘船过往的人都用稻米来供奉我。你的大恩大德令我十分感激，多谢你结束我猪的生命，我一定会报答你的。"后来燕国相出游鲁津，果然有一只红色大龟衔着一颗夜明珠来献给他。

【寓意点拨】这是一则饶有趣味而又寓意深远的寓言。一头活了将近两百岁的大猪，在常人的眼里，它过着养尊处优的自在生活，甚至被敬为"豕仙"。殊不知，它自己却对此感到无比的苦恼。结果，当豢养者因"其巨无用"而将它宰杀吃掉后，它反倒因祸得福，终于得到了解脱。这说明了什么呢？这则寓言实际上在提醒人们：千万不要简单地依据自己的主观想法来判断世间纷繁复杂的事情。

羊毛出在羊身上

【寓源】明·唐顺之《公移·牌》。

【寓言】从前有个牧羊人养了一群羊，靠剪羊毛卖钱为生。起先，他每年只在春天给羊剪一次毛，羊因剪毛后度夏凉爽，长得很好，牧羊人卖羊毛收入也很可观。过了几年，牧羊人为了追求更多的利润，想了个主意，改为一年春秋两季给羊剪两次毛。如此一来他的收入便翻了一番，而羊在过冬之前也基本上能长齐新毛，冬天还勉强过得去。又过了几年，贪婪的牧羊人利欲熏心，他想一年四季给羊剪四次毛。春夏秋冬都剪毛，群羊实在受不了，提出抗议："宁肯死去，也不让剪四次。"牧羊人又耍花招安慰羊说："为了让你们温暖地过冬，我给你们每只羊发一件羊毛坎肩。"群羊听后，接受了这一赠予，同意让牧羊人一年剪四次毛，并且对此还表示感谢。

一头老黄牛在旁边看到了这件事，它看透了牧羊人的把戏，对牧羊人说："你真是太聪明了，你发的坎肩是羊毛织的，而羊毛还是出在羊身上。"

【寓意点拨】牧羊人的贪婪令人自然想到那些不择手段谋取私利的人，生活中也常见一些会耍手段的人，从别人身上取得一些东西，然后再变个方法施舍给其他人，而自己却通过这种手段捞取更多的实惠。

羊裘在念

【寓源】明·张令夷《迂仙别记》。

【寓言】乡里有个小偷，夜里潜入迂公家里窥探，刚好碰上迂公从外面回来。小偷一害怕，就把刚偷来的羊皮大衣丢在地上逃跑了。迂公白捡了件羊皮大衣，高兴得不得了，从此便老想着捡羊皮大衣这种便宜事。每晚从外面回来，如果看到家里安然无恙，迂公就会皱着眉头纳闷地说："怎么没有小偷呢？"

【寓意点拨】这则寓言说明偶得意外之财，便天天想入非非，冀得重获，是迂上加愚。因为迂公没有想到：遇到小偷重获羊裘，是极其偶然的事，假如天天有贼，又不能发觉，不知要丢失多少东西；若再碰到，贼急行凶，赔上一条老命，岂不更加得不偿失了吗？

羊有三耳

【寓源】秦·吕不韦《吕氏春秋·淫辞》。

【寓言】孔穿、公孙龙在平原君那里互相辩论，言辞精深而雄辩，谈到羊有三耳的命题。公孙龙谈羊有三耳，很会辩说。孔穿没有辩驳，过了一会儿，就告辞走了。

第二天，孔穿来拜见平原君，平原君对孔穿说："昨天公孙龙说的话非常雄辩。"

孔穿说："是的。几乎能让羊有三个耳朵了，尽管这种说法很难成立。我希望能问问您：论说羊有三耳难度很大，而事实上又不是那样；论说羊有两耳很容易，而事实也确实是这样。不知您是赞同容易论说正确的说法呢，还是赞同难以成立而又错误的说法呢？"平原君不回答。

第二天，平原君对公孙龙说："你不要跟孔穿辩论了。"

【寓意点拨】这个寓言告诉人们，对于那些脱离实际的毫无意义的空谈，最好的方法是不理睬，避而远之，因为一旦应对，就会陷入无休止的圈套。也可以借以说明对付横蛮不讲理的人，最好的办法是避而不应。

羊质虎皮

【寓源】汉·扬雄《法言·吾子》。

【寓言】有一天，一只小山羊在小河边玩耍，山冈上突然出现了一只猛虎，小山羊吓得撒腿就跑。小山羊顺着山路跑到山沟底下。它想，动物都怕老虎，我如果披上虎皮，那么一定很威风，而且再也不用担心被狼吃掉了。于是，它找了张虎皮，得意地披在自己的身上，摇头摆尾、神气活现地到处玩耍，高兴至极。玩了一整天，肚子饿得咕咕直叫，它一抬头，发现不远处有一片嫩嫩的青草，便高兴地蹦跳着跑了过去，大口大口地吃了起来。不远处，突然传来一声狼的号叫。原来，有一只狼正向这里窥探，小山羊不自觉地全身颤抖起来，脑子里只有一个念头：快逃！它顾不上吃这些美味的鲜草就仓皇逃走了，那张虎皮还披在它的身上，小山羊早已忘了。

【寓意点拨】羊尽管披了一张虎皮，然而它的本性却是改变不了的，所以一见到青草就高兴，见到豺狼就禁不住颤抖起来。可见假的就是假的，伪装得再巧妙，一到关键时候就会露出“庐山真面目”的。

阳昼赠言

【寓源】西汉·刘向《汉书》。

【寓言】宓子贱将到单父任长官，经过阳昼家，问阳昼说：“你有什么赠送给我呀？”

阳昼说：“我从小就很卑贱，不懂治民的道理，却有钓鱼的两个道理，可以送给你。”

宓子贱说：“钓鱼的两个道理是怎么样的呢？”

阳昼说：“手持钓鱼竿，放置钓饵时，迎上来吸饵的鱼，叫阳桥，这种鱼肉薄而味道不鲜美；若有若无出没不定、似食非食钓饵的鱼，叫鲂鱼，这种鱼肉厚而味道鲜美。”

宓子贱听了说：“你说得好！”

宓子贱赴任还未进入单父城，当地的官吏就纷纷在路上迎接他。这时，宓子贱对车夫说：“把车子驾过去，把车子驾过去！阳昼所说的阳桥鱼似的人来了。”

于是，宓子贱直驱单父城，请来德高望重的人，同他们共商治理单父之策。

【寓意点拨】这则寓言告诉人们，虚伪的人、有所求的人，表面上都装得十分热情。与人相处一定要善于辨别，不要被假象所迷惑。寓言启示人们：与人共事，应信赖那些老成稳重的人，对那种逢迎拍马的轻薄之徒要避而远之。

杨氏鬻烟

【寓源】清·崔述《崔东壁遗书·考信录提要》。

【寓言】州中卖烟草的，以杨氏最为著名。价格比别的店铺要昂贵得多，但购买的人都挤满店堂内外。杨氏店铺中供货不足，便到别的店铺中去取，印上自己的字号，交付给买主。买的人都以为烟草很好，虽然出了高价，也不痛惜。由此看来，人们所看重的只是名声罢了，并不知道它的实际内容。

【寓意点拨】人们往往重名不重实，有人便利用这一点贩卖假货，获取暴利。盛名之下，其实难副，不仅对商品，而且对人，都不能重名而不重实，要把名实结合起来考察，才不至于吃亏上当。

杨朱受教

【寓源】战国·庄周《庄子·寓言》。

【寓言】杨朱向南来到沛地，老子向西游历秦地。他们约好郊外见面，走到梁地遇见了老子。老子在路上仰头向天叹息说："开始时我认为你是可以教诲的，现在才知道你不行。"杨朱没有答话。

到了旅舍，杨朱向老子奉上洗手漱口用具和梳子布巾，把鞋子脱在门外，膝行向前，对老子说："刚才弟子想请教先生，而先生走着不停，因此不敢请教。现在有空，请问我的过错。"

老子说："看你那傲慢的样子，谁愿意同你相处呢！太白的东西好像有污点，大德的人好像有不足。"杨朱听后，感到惭愧，脸色都变了，回答说："恭听先生的教诲。"

杨朱刚到旅舍时，客人迎接他，主人亲手为他安排座席，主人的妻子为他拿毛巾梳子等用具，客人让出位子，烤火的人都不敢临近火灶。等他再回去的时候，旅舍的客人敢于同他争席位了。

【寓意点拨】杨朱起初态度高傲，人们敬而远之，不敢与他相处，在老子的教诲下改变了态度，人们也愿意与他相处了。这说明人与人相处，应当是平等和顺、互敬互爱的；傲视别人的人，是不会受到尊敬的，要想得到别人的尊重，自己首先要尊重别人。

杨朱言名

【寓源】战国·列御寇《列子·杨朱》。

【寓言】杨朱在鲁国游历，住在姓孟的人家里。孟氏问他："老老实实做人就行了，何必要名声呢？"

杨朱说："靠名声来致富。"

孟氏说："已经富有了，为什么还不罢休呢？"

杨朱说："还要达到显贵。"

孟氏说："已经显贵了，为什么还不罢休呢？"

杨朱说："为了死后之事。"

孟氏说："人都死了，还要名干什么？"

杨朱说："为了子孙后代。"

孟氏说："名声对子孙后代有什么好处呢？"

杨朱说："名声就是使肉体劳苦，使精神焦虑。因其名声，便能让恩泽遍及宗族，利益兼顾乡里，更何况对于子孙呢？"

孟氏说："大凡为名的人一定廉洁，廉洁就会贫困；为名的人一定谦让，谦让就卑贱。"

杨朱说："管仲在齐国做国相的时候，君王淫逸他也淫逸，君王奢侈他也奢侈，顺应君王的意愿，听从君王的吩咐，主张得以推行，国家得以称霸。管仲死后，管氏家族就从此衰落。田成子担任齐国的国相时，君主骄傲他就谦虚，君主聚敛他就施舍。百姓都拥戴他，因此他后来便据有了齐国，子孙跟着享福，至今没有中断。"

孟氏说："如果这样，那么真名声使人贫贱，而假名声倒使人富贵啰。"

杨朱说："务实的没有名，有名的不务实。所谓名声，都不过是虚假的罢了。从前，尧舜假意把君位让给许由、善卷，因而没有失天下，得以长久享受王位。伯夷、叔齐真的谦让孤竹君位，因而终于亡国，饿死在首阳山上。真实和虚伪的区别，就是这样明白啊。"

【寓意点拨】从这则寓言中，可以得到这样的启示，名声对于一个人是不可少的，它反映一个人的成就、水平及地位，由此而获得相应的利益，名与实成正比，名大而利丰，名小而利薄。但是名是以实为基础的，不顾实际地去追求名，那必然是假名声，假名声是利己害人的。

杨因

【寓源】西汉·刘向《说苑·尊贤》。

【寓言】杨因要进见赵简子，通报说："我在家乡三次被驱逐，侍奉君王曾五次离去，听说君王好士，所以急忙跑来谒见。"赵简子听了，停止进餐，叹息着，来不及站起身，便急急忙忙地跪行了几步要去见他。

身边的一个随从连忙劝道："这个人在家乡三次被驱逐，是不被众人接受的；侍奉君王又五次离去，对君王是不忠诚的。今天君王有了这样一个士人，就等于遭到了八个方面的责备。"

赵简子说："你不知道啊，漂亮的女人，总是被丑陋的女人视做仇敌；品德高尚的君子，在乱世之中总是被疏远；行为端正的人，总是被行为不轨的人所憎恶。"

说完，赵简子就出去接见了杨因，随后又任他为宰相，国家因此而获得了很好的治理。由此看来，被人疏远的人是不能不进行仔细考查的。

【寓意点拨】这则寓言告诉人们：才能出众的人，往往是一些不被世俗认可的人，这一点在考查人才时需要特别地加以辨别。而赵简子不顾世俗之见使用人才更值得赞扬。

佯言白马

【寓源】黄灵庚编《宋濂全集·段干微》。

【寓言】子之在燕国做了宰相后，发现身边有人对他不忠诚，好说假话。为此他大伤脑筋，总在想：用什么办法能分辨出那个虚伪的人呢？这天，他灵机一动，想出一个绝妙的办法。子之郑重其事地坐在屋里信口瞎说道："刚才跑出门外的白马是什么样子的？"他身旁的许多人都说没有看见。

这时，忽然有个人站了起来，并追了出去，回来报告说："是有一匹白马！""胡说！"子之气愤地站了起来，"我只不过想试探一下大家罢了，却不想你竟然自投罗网，哪有什么白马跑过？"

子之就用这个办法发现了自己周围的人哪个是不忠诚的。

【寓意点拨】这则寓言揭露了那些逢迎拍马，看上级眼色行事的小人的嘴脸。为了迎合上级，这种人可以无中生有，颠倒黑白，值得人们警惕！

药方命曲

【寓源】隋·侯白《笑林》。

【寓言】某甲在霸府做助理，他这个人什么都不懂。每次集会，只要是演奏唱歌他都要参与。他生怕别人耻笑他是外行。歌妓唱奏时，别人称赞，他也学着别人的样子大声叫好。那时大家让他做东道主，并让人去请歌妓和客人。歌妓和客人还没有聚齐，他就先找个歌妓询问了一下曲目，一一记录下来放在箱子里。箱子里先已有药方，客人到齐，问点些什么曲子。他去拿所记下的曲目单，结果错把药方当成是曲目单，见上面写着附子三分，当归四分。他就念："现在演奏附子当归以送给客人。"全场人都笑得前倾后仰。

【寓意点拨】有的人胸无点墨，不好好学习真本事，却偏偏装成很有学问的样子，故意附庸风雅；有的人态度不老实，不懂装懂，外行偏要装作内行；有的学术骗子会故弄玄虚，招摇撞骗，有时贻笑大方，有时也可能得手。这则寓言是对这类不学无术的骗子的辛辣讽刺。是骗子迟早会露出破绽。

鹞鹰伏罪

【寓源】三国·曹丕《列异传》。

【寓言】一天，魏公子无忌在房间里读书的时候，有只斑鸠飞到他的书案下面，接着一只鹞鹰追进来咬死了它。对鹞鹰捕杀斑鸠的事，无忌非常气愤，所以就命令全国捕捉鹞鹰，不久就抓住了二百多只。无忌手抓宝剑来到关鹞鹰的笼前说："昨天捕杀斑鸠的鹞鹰应该低头认罪，其他的都可以展翅高飞。"有一只鹞鹰趴在地上没有动。

【寓意点拨】这则寓言告诉人们，犯了错误就要敢于面对，敢于承认。只有有勇气认罪，才能够真正幡然悔悟，改正错误。另外，这里也歌颂了魏公子无忌同情弱小，惩办强暴的义举。

也须过问

【寓源】宋·普济《五灯会元》。

【寓言】有一天，释迦牟尼坐禅，看见两个人抬着一口肥猪从面前经过。释迦牟尼指着猪问：“这是什么东西？”抬猪人说：“佛祖智慧广大，怎么连猪都不认识呢？”佛祖回答：“我对于不知道的东西也要问一问。”

【寓意点拨】释迦牟尼虽有智慧，但毕竟是人不是神。智者之所以能成为智者，就是他明白一个人的知识是有限的，而世界是丰富多彩的，要善于虚心学习；只有不耻下问，才能不断地取得进步。

野人越石梁

【寓源】战国·慎到《慎子·外篇》。

【寓言】赤城山中有一座石桥，长五丈，宽一尺，形如龟背，中间突起；下面是无底深渊，桥上有泉水一直滴淌，因而桥面被青苔覆盖，桥四周没有藤萝可以攀拉。有一位樵夫挑着柴从上面走，没有留下脚印就过去了，看见的人无不为他赞不绝口。

有人对他说：“这座石桥，没人能走，而你能走过去，为什么不返回再走一次呢？”樵夫站着斜视石桥，两只脚直发抖而抬不起来，两眼到处看，不敢注视石桥。

【寓意点拨】这则寓言启示人们，心理因素的重要性。众人不敢过石桥是心理惧怕；樵夫之所以敢走，是因为忘掉了危险，而再叫他回头重走一次，因为有思想压力而害怕了。所以能不能过石桥，完全取决于心态。

叶公好龙

【寓源】西汉·刘向《新序·杂事》。

【寓言】春秋时，有一个叫子张的人，他去见鲁国的国君鲁哀公。一直等了七天，鲁哀公也没有按礼节接待他。他便与赶车的人说了一番话，并让他把这些话转告给哀公，然后自己悄悄离开了。

他说：“我听说君王喜欢重用读书人，所以我从千里之外，顶着霜露，冒着风尘，赶了上千里的路程，脚上磨出了好几层老茧，也顾不上休息就来拜见君王。可是我等了七天，君王却不以礼相待。我看君王说喜欢读书人，不过像叶公子高喜欢龙那样罢了。叶公很喜欢龙。他的武器上画着龙，工具上刻着龙，屋子内外墙上画着龙，柱子上雕着龙。到处都是龙的图案。天上的真龙，听说叶公那样喜爱龙，有一天来到他的家里，把龙头伸进窗户探望，把尾巴拖在厅堂上。叶公看见真龙来了，怕得要死，转身就跑，吓得失魂落魄，神色惊慌。这说明叶公并不是真正喜爱龙，他只是喜欢龙的外表。现在我听说君王喜欢读书人，所以不怕路程遥远，从千里之外赶来见君王，君王却不以礼相待。看来君王不是真喜欢读书人，只是喜欢那种像读书人而并非真正读书的人罢了！”

【寓意点拨】寓言深刻地讽刺了表里不一、名不副实的虚伪人物，他们表面上爱好某种事物，实际上并不真正爱好，甚至畏惧；一旦这个事物真的来临时，就抛掉了平时的假面目，露出了真相。

夜光宝珠

【寓源】明·宋濂《宋文宪公集遗编》。

【寓言】在雍丘地方有个名叫北宫殖的人，他以撑船、捕捉鱼蚌为生。有一天，他夜宿在河滨，忽然获得了一颗夜中放光的珠子，它的光亮可以照到百步以外。雍丘的人，都以为北宫殖得一奇珍异宝，争相杀猪宰羊去庆贺他说：“自从你住雍丘以来，出门便撑船，进家便离船，穿的衣裳破破烂烂，吃的东西随随便便。宋国最贫寒的人，没有超过你的了。你现在却一旦得到了奇宝，这件奇宝，是世人所珍贵的东西，你还有什么欲望不能满足呢！”

宋国的大夫听说了，也去祝贺说：“宋国国君想要寻求照亮车乘的宝珠十枚，已经有了九枚，环绕宋国的疆土到处下诏令去找寻，但总没有回音。没料到你竟在河滨上获得了。你应当把宝珠用细布层层包裹起来，然后藏在一个宝匣子里，我带领你去向国君进献。到那时候，你的富贵就不必说了！”

北宫殖将要起行，他父亲刚从秦国回家，便把详细情况告诉了父亲。父亲听了哭泣说：“我家住在雍丘，已经是十代人了，一直安于一条船的家资。如今把这颗宝珠献给国君，必定会发家致富；家境富贵了，便会骄纵傲慢；骄纵傲慢了，就会凶暴起来；凶暴了，就要行为不轨；行为不轨，就会陷入危境，就会招致大祸。到那个时候，想要再像今日撑船为生，还能得到吗？我为什么要这样做呢？”

于是便把夜光珠砸碎了。

【寓意点拨】北宫殖的父亲总结历史经验，得出一条规律：“贵富则骄，骄则暴，暴则乱，乱则危，危则大坏而后已。”他认为与其走这条路，还不如现在操舟度日好。于是，把珠子砸碎了。老子说：“祸兮福之所倚，福兮祸之所伏。”古代寓言也有塞翁失马，安知非福的故事，都说明事物是发展变化的，矛盾的双方无不在一定的条件下向自己的对立方面转化，坏事可以引出好的结果，好事也可以引出坏的结果。再者，寓言还有敝屣功名、浮云富贵的意思，不失崇尚劳动人民的本色。

夜狸偷鸡

【寓源】明·刘基《郁离子·虞孚》。

【寓言】郁离子住在山里，一天夜里，一只野猫偷偷溜进郁离子的篱墙，偷吃了他的鸡。等郁离子发觉后追出房门，野猫已经逃得没有了踪影。第二天，郁离子和家人在野猫进来的地方装上捕兽工具，并用鸡做诱饵。晚上，郁离子没有睡觉，时间不长，就用捕兽器捉住了野猫。野猫身子被绳索牢牢地捆着，只有嘴和脚还可以动，可野猫的馋嘴和脚此时还在拼命地伸向那只鸡，几乎用尽了全身的力气。直到断了气，那嘴和脚还朝着鸡的方向。

郁离子叹了一口气，说："人们死于追求钱财，多么像这只吃鸡不要命的野猫啊！"

【寓意点拨】那些唯利是图、见利忘义的人最终都不会有好的下场。这则寓言也是对要钱不要命的人最辛辣的讽刺。

夜月吹篪

【寓源】北魏·杨炫之《洛阳伽蓝记·元琛》。

【寓言】有个叫朝云的婢女擅长吹篪（chí），她能吹奏《团扇歌》、《垄上声》。元琛做秦州刺史时，西部羌族叛乱，大军多次讨伐叛军，都不能使叛军归降。元琛让朝云假扮成穷苦的妇女，吹着篪乞讨。叛军将士们听到篪声都流了泪，在一起说："为什么背井离乡在这山谷中做寇贼呢？"此后他们一个接一个地归顺投降了。因此秦地有俗谚："骑快马的勇健之士，不如老妇人吹篪。"

【寓意点拨】这则寓言沿用至今，也有一定的现实意义。它说明并不是所有的问题都是能用武力来解决的，解决问题的关键还是要符合人民的共同愿望。

一代不如一代

【寓源】明·江盈科《雪涛谐史》。

【寓言】某官宦家的亭台池塘，畜养着很多水鸟，像仙鹤、淘河、青鹇、白鹭等应有尽有。有人来参观，就把大大小小的鸟儿都陈列出来。正好有一个外族人，刚到此地，不认识鸟的名称，便指着仙鹤问守护人说："这是什么鸟呀？"守护人欺骗他说："这是尖嘴老鸦！"

再问淘河，又欺骗他说："是尖嘴老鸦的儿子！"

又问青鹧，再欺骗他说："是尖嘴老鸦的孙子！"

问到白鹭，又欺骗他说："是尖嘴老鸦的玄孙！"

外族人叹了一口气说："这老鸦枉自长个大身体，只是他的子孙却是一代不如一代了！"

【寓意点拨】讽喻世风日下，人心不古，一代不如一代。这是一种保守主义思想的反映。对待社会的发展变化，保守主义者总是向后看，向往古代的圣君贤相。总觉得江河日下，今不如昔，一代不如一代。

一钱丢官

【寓源】清·沈起凤《谐铎》。

【寓言】南昌有一个男子，是国子监的助教，赴任住在京城。有一天，他偶然路过延寿寺街，看见书铺子里有一个少年，正在数钱买一部《吕氏春秋》。恰好有一个钱落在地上，此人就暗暗地用脚踩着，等少年走去，就俯身拾起来。旁边坐着一个老汉，对这事注视了很久，忽然起身来拜问他的姓名，冷笑一声就走了。

后来，这个男子以上舍生名义，入了誊录馆，请见选官，得到了江苏常熟知县的职位。他准备好行装去赴任，投了一张名帖去求见上司官员。当时，潜庵汤公任江苏巡抚，男子十次求见都不得一见。官衙的巡捕传下汤公的命令，叫此男子不必赴任，因为他的名字已经挂进被检举弹劾的公文中去了！这男子便问弹劾什么事情？答道："是贪污！"此男子私下思念：自己尚未赴任，哪里得来的赃款？内中必有差错，就急忙想进去当面陈述。巡捕入内禀告，再度传下汤公的命令道："你不记得当年书铺子里的事情吗？当秀才的时候，尚且一钱如命；如今侥幸当了地方官，岂不要伸手到人家口袋里去偷盗，成为乌纱帽下面的盗贼吗？请你立即解下系官印的丝带滚吧，不要让你经过的路上哭声遍地吧！"这男子才想起从前拜问他姓名的人.就是这位汤老爷，于是羞惭地罢官而去。

还没赴任当官就被弹劾，是作为对细小行为不检点的人的鉴戒吧！

【寓意点拨】这则寓言说明此所谓一着不慎，满盘皆输。作者主旨显然是警戒贪吏的。其实，关键并不在"钱神"的"诱人失著"，而在人们的思想品行和世界观的修养方面。假如秉公持正，思想纯朴，一心为民而毫无利己之心，那么，即使"钱神百千亿万身"，又奈之何。

一钱诓百金

【寓源】明·冯梦龙《智囊·杂智部》。

【寓言】盗贼唯有京城的最狡猾。有一个盗贼可以用一钱骗取百金。一天，他装成显贵者，穿着华丽的衣服，戴着华丽的帽子，先到马市，呼唤卖胡床的并给他一个钱，告诉他说："我即刻要骑马，你准备好胡床侍候我。"卖胡床的答应了。接着他便对卖马的主人说："我要买一匹骏马，试骑一下才跟你讲价。"马主人把一匹系着的白额马恭恭敬敬地奉送给了他。卖胡床的把胡床安好，盗贼上了马，飞奔而去。马主人开始认为摆设胡床的是他的仆人，等到知道不是，便赶快骑马去追赶他。盗贼到了一家官营商店，很快敲开店门，把马系在门外，说道："我是某太监家里的，要买一些绸缎，以马为抵押品，绸缎用过之后，一定送钱来。"店家看到是一匹好马，一点儿也不怀疑他，如数给了他绸缎。一会儿马主按盗贼行踪追到这家店铺，与店主人争着要马，形成诉讼。官府无法判决，只好将马作价，双方平分了事。

【寓意点拨】此盗贼智巧幻出，机变横生，作案前便精心设计出一个无懈可击的连环套，叫人们一个接着一个地上当，很轻易实现"一钱诓百金"的骗局。智能善世，亦能害世，善良的人们需要认真辨别，千万不可上了人的当。

一钱莫救

【寓源】明·冯梦龙《广笑府·贪吝》。

【寓言】有一个人，性格极为鄙啬，在外出的路上，遇上河水忽然上涨，吝啬得不肯出摆渡钱，他自己冒着生命危险涉水。人到河中，水势凶猛，把他冲倒，在水中漂流了大概有半里路。

他的儿子在岸上，寻找船只去救他。船夫出价，要一钱才肯前去相救，儿子只同意出价五分，为了争执渡船的价钱，僵持了好长时间，没有结果。

落水人在垂死的紧要关头，对着他的儿子大声呼喊："我的儿子呀！我的儿子呀！如果出价五分就来救，一钱就不要来救！"

【寓意点拨】不要把钱看得太重，让自己成了守财奴，甚至因此丧命。

一钱生

【寓源】清·徐芳《悬榻编》。

【寓言】东海的边上有位读书人，家境贫穷，即使是一辈子经营劳作，口袋中剩余的不超过一文钱，收入稍有增加时必然遭到挫折而反复，又回到原来的贫穷，因而称他为一钱生。

一钱生已经贫穷到老年，想到自己曾看见富贵人家的仓库箱中珠玉金帛之类装得满满的，常常发愁用不完，而自己的享用却如此贫乏，内心实在不能忍受，于是写了状子告到神那里。神托梦对他说："是你错了！富贵人家天赋财路就丰厚，而你的天赋财路浅薄。我终究不能把天赋薄的换成厚的。你就算了吧！"

一钱生仍是不停地告状。神又说："你要是想要钱财，等三天以后才能去。三天后天将有大火落到地上，化成石头，它灼热得能够烧干大海。那时，你从房子的东面走几里路，就能看到像斗大的赤红色的石头，你把它拿起来浸泡在大海浪涛中，龙宫的珍宝就会全部显现出来，那么你的富有就会同国王一样。"

一钱生领受指点。三天过去了，他起得很早，果然在房子东面几里处得到斗大赤红的石头。他欣喜若狂地叫道："我富有啦！我富有啦！"于是就抱着石头投入大海。一会儿，沸腾的海水，立即干涸可见海底的沙子，都是金灿灿的。一钱生瞪大眼睛张望，等待他所希求的宝物出现。

这时，海神恐惧不安，便向龙王报告。龙王下命令搜索烧海的东西，得知作怪的是那块赤红石头，就把它移到海岸上，一钱生不知道这些情况。一会儿工夫海水复原，海潮汹涌而来。一钱生没有料想到这个情况，惊恐奔跑，来不及用手捧取沙子，只得弯腰抓了一把沙子。回到家煅冶沙子，得到金子只有一钱多，他仍然像以前一样贫穷。

【寓意点拨】这则寓言极有讽刺性，社会上那些视财如命的人，确实是贪心不足，获得的财富再多也不满足，以致不择手段地巧取豪夺，到头来必然落得个身毁财尽的下场。同时也告诫人们，钱财不是靠梦想获得的，梦想仅仅是愿望而已，要使梦想成真，还是要靠老老实实地劳动致富，这是唯一的正道。

一生读别字

【寓源】明·赵南星《笑赞》。

【寓言】有个爱念别字的读书人，把"太行山"读成了"代形山"。另一个人告诉他："正确读音是'泰杭'"。读书人不信，争辩说："我亲自到山下，见那碑上明明写着呢。"

两个人争执不下，谁也不能说服谁，只好打赌说："有个见多识广的人认得很多字，让他评评谁念得对。"一会儿见了学究，学究却说："是应该读'代形'"。那个读"泰杭"而赌输了的人埋怨学究不公道，学究说："你虽输了，却让他一辈子念别字，谁的损失更大呢？"

【**寓意点拨**】说明囿于狭隘见闻的人，往往固执一己之见，难以理喻。

一士见冥王

【**寓源**】清·方飞鸿《广谈助》。

【**寓言**】有一个读书人生平善于谄媚，死后去见阎王。阎王突然放了一个屁，读书人立即打躬作揖，上前进言说："敬禀我王：你高高翘起尊贵的屁股，畅快地放了一个宝屁，我仿佛听到了悦耳的音乐，闻到了麝香和兰香的香气。"

阎王听了很高兴，命牛头阿旁把他引到别殿，赐给他御宴。

行到半路，士人看着牛头阿旁说："看到你弯弯的犄角，好像是天边美丽的月牙儿；你那一双明亮的眼睛，简直就是海底灿烂的星星"。牛头阿旁也非常高兴，扯着士人的衣服说："大王御宴还早，请到舍下先吃个头遭酒再去吧！"

【**寓意点拨**】士人只顾阿谀奉承，取悦于人，不惜颠倒事实，指鹿为马。有人喜欢别人对他阿谀奉承，自然会产生一批拍马溜须者。此二者相互推波助澜，社会风气遂不可收拾。

一蟹不如一蟹

【**寓源**】宋·苏轼《艾子杂说》。

【**寓言**】艾子在海滩上散步，看见一种动物身体又圆又扁，还长有许多脚，便询问在此地居住的人这是什么东西。当地人告诉他："这是梭子蟹。"

接着他又看见一种扁圆多脚的动物，而形体略小，就又问当地人这是什么，人家回答说："这是螃蟹呀。"

后来艾子又看见一种动物，样子都和先前所看见的一样，只是更小一些，便再次询问。人家告诉他："这是彭越呀。"

艾子听了，长叹一口气，说道："为啥一蟹不如一蟹呢？"

【寓意点拨】这则寓言乃是借艾子传达对时局的忧心：一代不如一代，人物一个不如一个。以“螃蟹”的形象设喻，或许是因为螃蟹是一种多足又横行的动物，可用来讽刺朝廷中那些横行霸道的奸佞。

一心两手

【寓源】宋·苏轼《苏轼文集·策别课百官三》。

【寓言】在人的身上，有一个心两只手。病痛疥痒，在身体的每个部位发生时，虽然痛痒非常微不足道，但是两手会随时伸到痛痒处去抓挠。

手的随时而到，难道都是听从心的指挥吗？这是因为心向来深爱自己的身躯，而两手平时早已听从心的指挥惯了，因此不必听从心的指令就自然会自己伸到有痛痒的地方。

【寓意点拨】这则寓言的用意在于说明治理天下的道理，制度健全，则各部门自然各司其职，将事务处理得妥妥当当，不需要中央随时发号施令，正如两手不必心的指令，就会去抓痒，那是习惯成自然的道理。

衣冠禽兽

【寓源】明·宋濂《燕书》。

【寓言】齐国人西王须擅长做海上贸易，来往于扶南、林邑、顿逊等国，买卖各种奇珍异宝，如玳瑁、玻璃、云母、玛瑙之类，亮闪闪的异常夺目。这天，西王须在海上遭遇狂风，船被掀翻了，他攀附着一根折断的桅杆，在海里漂了很久，所幸终于靠上了岸，他披着湿衣服在彝阴山中行走。山里幽暗得不见阳光，总像是大雨就要铺天盖地落下来似的。

西王须觉得自己必死无疑，就找了个岩洞，准备在那里等死，希望自己的尸体不会成为乌鸦和老鹰的食物。还没等他进去，洞中忽然走出来一只猩猩，反复打量西王须，好像很可怜他似的。猩猩取出大豆、萝卜等各种食物，用手比画着让他吃。西王须正饿得难受，吃得非常香甜。岩洞的右边有个小洞，作为休息的地方，为睡觉而新垫的鸟兽毛足有一尺多厚，非常暖和。猩猩把这地方让给西王须，自己独自睡在外面。即使天气非常寒冷，猩猩也不惜睡到小洞里去。虽然言语不同，猩猩早晚都会咿咿呀呀地叫嚷上一阵子，好像是在安慰西王须。就这样一年过去了，猩猩从没有懈怠过。

忽然有一天，有条船从山下经过。猩猩急忙挟着西王须出来，送他登船。等西王须上船一看，才知道船主是自己的朋友。猩猩远远望着他，不忍离去。

西王须对朋友说："我听说，经过猩猩的血染过的毛织品，历经百年也不会褪色。这只猩猩长得很肥壮，杀了它肯定可以得到一斗多血。我们何不上岸去捉住它？"

朋友听后大声斥骂说："它是一只野兽却十分像人，你虽然是个人却十分像只野兽呀！你这种人不杀，留着有什么用？"于是张开口袋，装上石头，套在西王须的脖子上，把他推入江心淹死了。

【寓意点拨】兽救人而人欲杀兽，忘恩负义，恩将仇报，禽兽不如，实为不该。

衣裘不知寒

【寓源】战国·晏婴《晏子春秋·内篇·谏上》。

【寓言】齐景公在位时，有一年冬天，大雪连下三天不晴。齐景公披着白色的狐裘大衣，坐在殿堂旁边的台阶上。晏子进来求见，站了一会儿，齐景公说："奇怪啊！大雪下了三天而不冷。"

晏子说："天不冷吗？"

景齐公笑了笑。

晏子说："我听说古代贤明的国君，自己吃饱时能知道有人挨饿，穿得暖和时能知道有人受冻，安逸时能知道有人辛劳，而今您不知道啊！"

齐景公说："说得好！我听从你的教诲。"于是命令拿出仓库内的衣服和粮食，发放给饥饿寒冷的人。命令凡是在路上看见的，不要问他的家乡在哪儿；在村巷间看见的，不要问是哪一家；巡行整个国家统计发放，不要问他的姓名。有职业的发给两个月的救济衣食，有病的发给两年的衣食。孔子听到这件事后说："晏子能够明白自己应做的事，齐景公也能做他高兴做的事。"

【寓意点拨】寓言告诉人们，对于别人的提问，有时不作肯定的或否定的正面回答，而从侧面以设问的方式，避开能说而不好说的一些话题，让对方自己去思索去作结论，效果要好得多。看问题也不能从个人的感觉出发，不能以主观代替客观，否则必然造成判断的失误。

衣食父母

【寓源】明·冯梦龙《广笑府·官箴》。

【寓言】有一位演戏的人，假扮一个官员到任，一个百姓来告状，那个官员和衙吏都很高兴，说：“好事来了！”连忙放下判笔，下厅深深作了一个揖。

差役说：“他是相公的子民，有冤来告，希望相公给他办理，你怎么这么敬他？”

官员说：“你不知道，来告状的，便是我的衣食父母，怎么能不敬他呢！”

【寓意点拨】官吏把告状的视为衣食父母，其实“父母”是假，“衣食”是真。不是他认识到老百姓把自己养大，应该秉公执法，为民申冤，而是把告状的看成是敲诈勒索的对象，任意向他们索取贿赂以满足自己奢侈腐化的生活。

医缓治病

【寓源】明·刘基《郁离子·石羊先生》。

【寓言】赵王的太子生了病，请来一个叫缓的名医。缓来到后，看了病便说：“病很危急了，没有价值万金的药物不可能治好。”问他要什么样的药物。他说：“这药物很难配齐和煎制啊！一定要找来当地出产的赭石，荆山出产的美玉，岣嵝峰出产的朱砂，禺同、青岭出产的空曾青，昆仑山出产的紫白英，合浦出产的珍珠，四川出产的犀角，韩地出产的宝龟，医无闾山出产的殉玕琪，加上汞和铅一起烧炼。要一年才能彼此融合，两年才能成形，三年才能炼成光闪闪的粟米似的金丹。再从炉中取出来，埋到土里，又等上三年才能服用。只有这样，才可以起死回生。”淳于髡（kūn）听到后大笑着说：“的确，这才是名副其实的‘缓’啊！”

【寓意点拨】这则寓言说明，在危急之中，只是提出一些实际上无法实施的措施来应付，这不是无能，便是滑头的表现！

医　谕

【寓源】宋·王令《广陵先生文集》。

【寓言】一个县里共有十名医生，其中一人是有真才实学的，其余九人则是有名无实。有真才实学的医生所凭借的是高超的医术，而那些有名无实的医生靠的是取悦病人。凭借医术的医生怎样看病呢？他在诊断时会说：“这是某某病，必须针灸；这是某某病，必须服药。”病人说：“针灸太疼了，而服药又太苦，怎么办呢？”他会说：“生病就必须针灸吃药，如果怕痛、怕吃苦，那么死亡就不可避免了。”而那些依靠取悦于病人的医生看病时会说：“这是某某病，应该针灸；这是某某病，应该服药。”病人说：“针灸很疼，如果可以服药的话，请换一换。”他会回说：“这病当然也可以服药，何必非针灸不可呢？”病人又说：“药太苦，怎么办？”他便说：“这药也有甜的呀，何必一定要吃苦的呢？”因此那些有名无实的医生常常被聘用，而有真才实学的医生却往往被拒而不用。

有一天，县令生病了，便向人打听附近可以治好病的医生，便从这九个医生当中找了一个，结果治了几个月，病情却丝毫没有减轻；又找了其中一个来治，病情仍然没有好转。换了五六个人，却没有找那个有真才实学的医生。县令感叹地说：“县里没有好大夫，后来的几个还不如之前那一位医生，不如再找开始时的那位医生吧。”于是又找之前第一位医生来给他治病。

哎！这个县令怎么不仔细想一想，假如第一位医生真的具有治好病的技术，那么一开始他早就用上了，不会等到几个月之后再来治，这样只是劳而无功呀！如果真的治疗无效，就是重新找了他来，又能对病情有什么帮助呢？

一天，县令感到困乏而又疲惫，他的儿子告诉他应该找那位有真才实学的医生，县令大骂道：“要找哪位医生自然由我做主，为何一定要找他？”

唉！这样的人，他的病怎么能够治好呢？他没有死去已是很幸运的了。

【寓意点拨】巧言令色、逢迎拍马的无能者，往往备受重用；有才能又坚持原则的人，却往往怀才不遇，令人遗憾！以县令的病情喻政治情势，由于县令只召善承己意的医者，其病“更数月而病无损”；若执政者听信巴结奉承的佞臣，则国家危矣！

“苦口良药”却有利于病愈；“逆耳忠言”却能助于治国，这则寓言以医病言治国，情节生动，浅显易懂，其中寓意却值得人们深思。

疑人窃履

【寓源】明·刘元卿《贤奕编》。

【寓言】从前，楚国有个人带着仆人去朋友家做客，他与朋友聊得很投机，朋友便留他们主仆二人在家小住。谁知，那个仆人行为不检点，悄悄地偷了那家主人的鞋子，楚人对这一切却不知情。

回家后，楚人吩咐仆人去集市上给他买鞋，仆人就偷偷地把钱留下，把之前偷来的那双鞋给了楚人，说是自己买的。又过了好久，好友们一起相聚，楚人穿着自己新买的鞋子前去赴宴，可是，朋友之间刚刚见面，先前留他住宿的那位朋友脸色就全变了，完全没有了往日的温和友善。他发现了自己丢失的鞋子竟然穿在楚人的脚上，非常生气，心里暗暗地想：“原来我就怀疑鞋子是他偷了，果然如此啊！没想到他这个人人品这么差！”想到这里，他便故意开始冷落楚人，任凭楚人怎么和他搭话都不予以理睬。从此以后，那朋友也不与楚人往来了，楚人一看人家的态度也不好再上门打扰，慢慢地两人就断绝了交情。

楚人一直被蒙在鼓里，他心里虽然很难过，但也无可奈何。不知道过了多久，仆人偷鞋的事情暴露了。朋友才知道自己冤枉了楚人，于是赶紧上门道歉。楚人呢，这才了解了事情的来龙去脉。他并没有责难朋友，而是与他又像以前那样成为好朋友。

【寓意点拨】许多时候人与人之间的矛盾就是由误会所引发的，像故事中的楚人和他朋友一样。

这则寓言说明，只根据表面现象和主观臆测作结论，往往是错误的。告诉人们，要深入调查研究，了解客观的真实情况，不要被表面现象所迷惑。

已陈刍狗

【寓源】战国·庄周《庄子·天运》。

【寓言】用于祭祀的茅草扎成的刍狗，未使用陈列之前，放在精制的竹箧中，上面覆盖着绣花彩巾，然后由尸祝斋戒之后，恭送太庙供祭。

一旦祭祀结束，刍狗便被抛弃。来往行人，任意践踏它的头背，拾柴的甚至拿去烧火做饭。

但如果有人把已经陈列过的刍狗，再拿来放在竹箧中，盖上绣花巾，在它的下边睡卧，即使不作噩梦，也必定会几遭梦魇。

而“今天的腐儒”，也是把早已过时的无用东西，拿来到处兜售。

【寓意点拨】讽刺那些喜欢把已经被历史淘汰了的东西再搬出来，阻挡人们前进的步伐的人。实际上被他们奉为至宝的，不过是“已陈刍狗”罢了。

异　鹊

【寓源】战国·庄周《庄子·山木》。

【寓言】庄子在一座名叫雕陵的栗园里游玩，看见一只奇异的鹊鸟从南方飞来，翅膀有七尺宽，眼睛的直径有一寸。它擦着庄子的额头飞过去，停落在栗树林里。庄子说：“这是什么鸟啊？翅膀那么长却飞不远，眼睛那么大却看不远。”他提起衣裳快步疾走，拿着弹弓寻找弹射的时机。忽然看见一只蝉，正伏在清凉的树荫间，忘了自身的安全；一只螳螂隐蔽在树叶的后面要去捕捉蝉，看到有蝉可捉它也忘了自身的安全，鹊鸟就想利用这个机会去捕捉螳螂，它见有利可图，便也忘了自己的性命。

庄子见到这一切，心惊肉跳地说："唉！物与物原来是互相牵累残害的，利和害也是互相招致的啊！"他扔掉了弹弓，转身走了。

【寓意点拨】这则寓言是说，物与物是互以为利，又互以为害的，见利忘害，顾前不顾后，就会有危险。

以不解解之

【寓源】秦·吕不韦《吕氏春秋·君守》。

【寓言】鲁国一个乡下人给宋元王送来一个连环套，元王号令全国，凡技艺高超的人都来解这连环套，结果没有一个人能解开。倪说的弟子请求前往解套，他只解开了一个，没能解开另一个，并且说："这个结并非能解开而我无法解开，实在是这结原本就无法解开。"

去问鲁国的乡下人，乡下人说："对，本来就是不可以解开的。是我挽的，我知道不可以解开；不是他挽的，他也知道不可以解开，这证明他比我聪明。"

【寓意点拨】寓言说明：知道它是不可解的死结，是因为掌握了所有的可解方法。正是透过了现象看到了本质。

以假为真

【寓源】宋·王明清《玉照新志》。

【寓言】长安人石才叔（字苍舒），与黄山谷交往密切，尤其是能写一手绝妙的字，家里收藏的图书非常丰富。文彦博镇守长安的时候，向他借阅所收藏的褚遂良的《圣教序》手写本。文彦博非常喜爱，翻来翻去欣赏，就叫他儿子照着摹写一本。有一天，文彦博摆设酒宴请他手下的官员，把《圣教序》原本和摹写本都拿出来，叫宴席上的客人分辨真假。这些客人都大力称赞文潞公的摹写本是真的，反而认为石才叔的收藏本是假的。石才叔不说一句话分辨，只是笑着向文彦博说："今天才知道我苍舒孤苦寒微。"文彦博大笑，宴席上的客人都很羞愧。

【寓意点拨】一方面启发人们，对事物真假是非的判断，要深入实际，多作调查研究，不能轻率断定。另一方面尖锐地讽刺了那些由于趋炎附势、讨好上司而混淆是非的人。

以日为盒

【寓源】清・石成金《笑得好》。

【寓言】有一个人问日月的日字怎么写，人家教他说：“把口字写长一些，中间再画一横。”这个人便用笔按照人家对他的说法，写出了一个日字。他看了半天，大叫起来，说：“你把我捉弄得太过分了，你抬头看看天上太阳的样子，是个圆圆的，从来没看见过方形的太阳。”人家告诉他说：“这真是日字，我并没有捉弄你。”这人又看了看，忽然高兴起来，说：“仔细看看这个字的样子，分明就像帽盒一般，这一定是个‘盒’字。”

【寓意点拨】此人顽愚自信，自以为是，用莫名其妙的道理拒绝真理，也难怪他连常见、常用的“日”字也不认识，长此以往，也不知道还要闹出多少笑话来。

以气凌鬼

【寓源】清・纪昀《阅微草堂笔记》。

【寓言】戴东原说：他同宗的祖上有个人，曾在偏僻的巷子里租了一所空房子。这里长久没人住，有人说这里有鬼。那位族祖正言厉色地说：“我不怕。”到了夜里，果然在灯下看到鬼的形象，阴森凄惨的寒气，刺人肌骨。一个大鬼发怒地呵斥说：“你真不怕吗？”族祖答应说：“是的。”鬼就做出各种各样的凶恶可怕的样子，过了好一会儿，又问：“还不怕吗？”族祖回答：“是的。”鬼的脸色稍微缓和了些，说：“我也不是一定要把你赶走，只怪你说大话。你只要讲一个‘怕’字，我就离开了。”族祖愤怒地说：“我明明不怕你，怎么可以讲假话，说怕你呢？任凭你施展什么伎俩都可以，随你的便吧！”鬼再三再四地要求，他始终不答应。鬼叹气说：“我住这里三十多年，从没有见过像你这样的不肯低头的人。与这样笨拙的东西，怎么能够同居！”忽然就消失了。有人就责怪族祖说：“怕鬼是人之常情，并不是耻辱的事。你就谎说个怕字，也可以息事宁人，如果这样互不相让，那究竟是为什么呢？”族祖说：“修炼很深的人，可以用安定镇静来驱除魔鬼，我不是这种人。我只能以气来对付它。气盛，鬼就不敢逼；如果稍有迁就退让，那么勇气就丧失，鬼就有机可乘了。它多次设圈套来引诱我，幸亏没有中它的机关。”人们都认为这种说法很对。

【寓意点拨】这则寓言塑造了一个坚定不移地不怕鬼的形象。不为现象所惑，不为妖言所动，不为恐吓所惧，不为谎言所骗，自始至终，站得正，走得稳，是一个光明磊落，一身浩然之气的君子形象。

以鸩醉人

【寓源】唐·林慎思《续孟子·梁大夫》。

【寓言】从前，楚国有户姓靳的人家，代代相传用鸩酒来灌醉别人，旅客路过他家，他们就让旅客喝这种酒，客人没有不死在路上的。后来，这家的一个小孩，同情旅客，就把实情告诉了人们。从此以后鸩酒毒人便十有九次不灵了。等到靳氏得知内情后，恼羞成怒，便用毒酒把自己的孩子毒死了。

【寓意点拨】这则寓言虽短而寓意颇深，首先说明善与恶是无法相容的，即便是父子之间，冲突也在所难免。当矛盾激化之时，恶的一方会做出有悖常理的事情。其次，环境因素不是绝对的，善的种子在任何地方都会萌发。

蚁蛉陷阱

【寓源】清·徐芳撰《悬榻编》。

【寓言】泥沙中有一种昆虫叫蚁蛉，它的身体像豆粒那么大，以吃蚂蚁为生。但它的腿短，肚子贴在地面上，不便于奔跑追逐，捕捉不到蚂蚁。于是，它就在蚂蚁往来的道路中间，用身体在沙中旋转形成一个坑窝，大小有几分左右，深度与广度相同。当蚂蚁路过沙坑时不能跨过去，因为沙子很滑，蚂蚁一旦滑进去，再也退不出来，而且越陷越深。这时，蚁蛉就从下面衔住蚂蚁的尾巴，拖到坑底。蚂蚁被拖得疲惫而死去，蚁蛉便饱食蚂蚁的肉。

蚁蛉本来是不能制服蚂蚁的，而却最终坐吃蚂蚁的肉，这是沙坑的力量。蚂蚁依靠它那敏捷的腿脚，却被驱赶似的进入陷阱之中，这是为什么呢？蚁蛉吃了很多的蚂蚁，都是蚂蚁自投陷阱的，这大概是因为蚁蛉狡猾而且有福分吧。

【寓意点拨】这则寓言提醒人们，要警惕邪恶之人的暗中伤人，社会的败类往往在公开场合是不敢也不能伤害人的，而是在趁人不备之时，致人以死地，这是他们惯用的手法。同时告诉人们，面对强敌不能正面战胜时，硬拼是无济于事的，必须想方设法，凭着外在的条件，以智取胜。

蚁王报董昭之

【寓源】东晋·干宝《搜神记》。

【寓言】吴地富阳县人董昭之，有一次乘船过钱塘江，到江中间时看见水面上有一只蚂蚁，附着在一根短芦苇上，走完一端，回头，又向另一端走，十分惊慌害怕。董昭之说："这是害怕被淹死。"他想把它捞上来放到船上，船上人骂道："这是有毒能蜇人的东西，不能救它，应该把它踩死。"董昭之心里很怜悯这只蚂蚁，便用绳子把芦苇系在船边上。船靠岸后，蚂蚁得以爬到岸上。

一天夜里，董昭之梦见一个穿黑衣服的人，带着一百多人来感谢他说："我是蚁中之王,不小心掉到江里,感谢您救活了我。以后您如果有了急难,一定要告诉我。"

十多年以后，当时地方上出了一件特大的盗窃案件，董昭之被横加罪名判为盗贼首领，关押在余杭县监狱中。董昭之忽然想起蚁王曾经托过梦，说"有急难应当告诉"，如今到哪里去告诉它呢？心里正在考虑的时候，一起被关押的人问他是怎么回事，董昭之把实情原原本本告诉他们。那个人说："只需弄两三只蚂蚁，放在掌心里，对它们说说自己的处境就可以了。"董昭之照他们说的做了。夜里果然梦见穿黑衣服的人来对他说："可以急速逃跑到余杭山里。现在天下已经混乱了，赦令不久就会下来。"董昭之醒来，蚂蚁已经把枷锁快啃完了，因而他得以逃出牢狱，渡过江躲进余杭山里。不久遇上大赦，董昭之被免了罪。

【寓意点拨】蚂蚁的生命实在太微小了。可是，董昭之却不顾别人的责骂，拯救即将被淹死的蚂蚁，这当然完全是出于对小生灵的怜爱和同情。这个举动却使他后来得到了厚报。从这个故事自然会想到，人们应该爱惜所有的生灵，不能坐视别人受苦受难，而不伸出援助之手去帮助一把。

义　犬

【寓源】清·蒲松龄《聊斋志异·义犬》。

【寓言】从前，有一个商人到芜湖去做买卖，发了一笔大财。他租了一只船回家，看见岸上有一个屠夫正绑着一只狗准备杀掉，就用加倍的钱买下来，放在船上养着。

船夫是一个惯盗，他看中了客商的金钱行装，就把船划到深草丛里，拿起刀来要杀他。客人苦苦地哀求赐他一具囫囵的尸体，船夫就用毡子把客商裹扎起来扔到了江里。狗看到了这情景，哀叫着投入水中，用嘴咬紧裹扎的毡子，在波浪里浮沉。

不知漂荡了几里远，被冲到浅滩上来。狗游出水面，到有人的地方，汪汪哀叫。有人感到很奇怪，便跟着狗往前走，看见了毡子就用手抓住，将绳子割断。客商原来没死，他向人们讲述了事情的经过。然后又哀求船夫们，送他返回芜湖，以便等候盗船归岸。登上船时，却不见了狗，他心中非常悲伤。

到芜湖码头三四天，载货经商的船像森林一样多，就是看不见那强盗的贼船。正好有一位同乡的客商，要带他一起回老家。那只狗突然自己回来了，望着主人大声地吼叫。主人越呼唤，狗越往外跑。客商便下了船，追随着狗。那只狗突然奔上一只船，猛地咬住一个人的腿，那人猛烈地打它也不松口。客商赶紧向前呵斥狗，却发现狗所咬的那个人正是先前的那个强盗——他把衣服和船都换过了，所以就认不得他了。客商立即让人把那强盗抓了起来，搜索船舱，被抢去的金银财物都还在呢！

【寓意点拨】商人用高出一倍的价钱救回了一只狗的性命，而狗知恩必报，不但勇敢机智地救了商人，而且帮他抓住了强盗。寓言讽刺了那些“背信弃义全无心肝的恶人”不如一条狗。

寓言通过犬与人的对比，形成了强烈的反差，突出了义犬之义，恶人之恶。

义鹊

【寓源】宋·林昉《田间书·杂言》。

【寓言】大慈山的南面，有一棵粗壮的大树，要用两只手合围才能抱得拢。树上住着两只喜鹊，各自筑巢生了小喜鹊。有一天，其中一窝小喜鹊的妈妈被老鹰叼走了。失去了母亲，小喜鹊嗷嗷待哺悲伤地鸣叫着。另一窝小喜鹊的妈妈正在喂食，听到它们的叫声，顿生怜悯，便飞过去把它们一只一只地衔到自己窝里，像对待自己的孩子那样一同养育。

【寓意点拨】寓言通过义鹊抚养邻居遗孤的仁义行为，贬斥了那些不仁不义的人。

义鼠

【寓源】清·蒲松龄《聊斋志异·义鼠》。

【寓言】两只老鼠刚从洞里出来，其中一只老鼠就被蛇吃了；另一只老鼠眼睛瞪得很大，就像要蹦出来的样子，十分愤怒，然而也只是远远地看着并没有前去搏斗。蛇吃得饱饱的，弯弯曲曲地向洞里爬去。蛇刚爬进一半，那只老鼠就奔了过去，用力咬它的尾巴。蛇大怒，退身而出。老鼠比较伶俐，很快就逃走了。蛇追不上老鼠又回来了。蛇一进洞，老鼠又回来了，就像刚开始一样咬它的尾巴。蛇一进洞老鼠就来咬，蛇一出洞老鼠就逃走，像这样折腾了好久。蛇出了洞，把死老鼠吐在地上。老鼠爬过来闻了闻，发出啾啾的悲伤声，用嘴把那只死老鼠叼走了。

【寓意点拨】义鼠的同伴被蛇吞吃了，义鼠不是贪生怕死，自己去逃命，而是勇敢机智地与蛇斗争，把同伴的尸体救了出来。这个寓言道出了鼠之义，具有很好的教育意义。它启示人们对待貌似强大的敌人，不但要勇敢地斗争，更重要的是去智取。

役夫之梦

【寓源】战国·列御寇《列子·周穆王》。

【寓言】周国有一个姓尹的人家大治产业，手下那些奔走服役的人，从早忙到晚不得休息。有一个老役夫已经累得精疲力竭，反而被派遣、使唤的更多。白天他呻吟着去干活，夜晚他疲倦不堪，昏沉而熟睡。他的精神恍惚，夜夜梦见自己当了国王，位居百姓之上，主管一国大事；在宫殿楼台之中宴饮游玩，随心所欲，快乐无比。早晨醒来后便又去干苦工。

有人同情他的勤苦，来安慰他。役夫回答说："人生一世，白天和黑夜各一半，我白天给人做仆虏，苦是苦的；夜晚我就做国王，快乐无比。这有什么可怨恨的呢？"

【寓意点拨】寓言中的老役夫以梦为快慰，而甘受白日的苦役，这一形象可以用来讽刺只是安于现状，得过且过那些人，仅仅获得一时的精神满足，而对不利的处境却不去改变它。也可以说明，在极其劳累之时，要设法寻求精神的快慰，以消除疲劳。

易　术

【寓源】明·冯梦龙《智囊·杂智部》。

【寓言】凡魔术之类的幻术，大多是假的。金陵有一个卖药的，用车装着观音菩萨像给人看病，让药从观音菩萨手中过，只要留在观音手里不下来的药，便叫人服用，每天获得千钱。有一个少年从旁观看，想学这个法术，等人散后，邀请卖药人到酒店饮酒，不付酒钱，喝完了就走，酒家如同没有看见一样，像这样，搞了三次。

卖药人问他用的是什么方法，少年说："这是小门道罢了，您如果同意跟我交换法术，我非常高兴。"卖药人说："我没有别的办法，观音菩萨手是磁石，药里面有铁屑便粘上去了。"少年说："我更没有什么别的办法，不过是先把钱付给酒家，与他相约，客人到店饮酒一定不要问我要酒钱。"彼此大笑而散。

【寓意点拨】卖药人用幻术骗人，少年即以其人之道还治其人之身，也使用一点小聪明骗他。对于骗子，此不失为高明的一招。骗子们骗人有术，但终究是要被人识破的。

奕秋授弈

【寓源】战国·孟轲《孟子·告子上》。

【寓言】奕秋是古代一位棋艺高超的棋手，好多人都拜他为师学习下棋，他教出的学生个个出色，因此盛名远播。都城里有两兄弟，特别喜欢下棋，空闲的时候总喜欢找人切磋，但是棋艺却不见有很大的长进。两人商量一番，决定拜师奕秋，向他学习下棋的技艺。

两人一同来到奕秋家里，诚心实意地请求授艺。奕秋技艺高超，但是一点也不高傲，他和蔼可亲，高兴地接受了两兄弟的请求。

授艺开始了，奕秋投入地讲着，时不时地还拿出棋盘对他们演示实际操作的过程。哥哥专心致志，聚精会神地听着，每时每刻都在跟着老师的思路思考记忆，心里想的全是如何走好棋子；而弟弟则不然，刚听没多久，他就开小差了。表面看起来在听老师讲课，其实心却早已经飞到天上的大雁身上去了。他在想，如果我有弓箭，现在天空中那只大雁一定是我可口的晚餐了。想着想着，他的口水都流下来了。奕秋无意中注意到了他，摇摇头，严厉地提醒他要专心。可是，这个弟弟的思想就是不能集中，一会儿想东，一会儿想西。

转眼间，三个月过去了，奕秋的棋艺也教完了，两人拜别老师回家。哥哥理所当然地成了当地新一代的下棋高手，而弟弟呢，仍然默默无闻。

两个人最初的基础相同，受同一个老师教导，在一起学习，结果一个成了棋艺高超的棋手，而另一个却学无所成，原因是什么呢？不是因为弟弟不够聪明，只是因为他不够专心而已。

【寓意点拨】兄弟两人拜师同一人学棋，所有的外界条件都相同，但效果却不相同。原因就在于弟弟学习心不在焉，而哥哥能够专心致志。这则寓言告诉人们，不管是在学习还是在生活中，做一件事情，必须聚精会神，专心致志。否则，就只会浪费光阴，最终一事无成。

弈喻

【寓源】清·钱大昕《潜研堂文集》。

【寓言】一次，我在朋友住所看下围棋。见到那客人屡屡失败，我讥笑他缺乏算计，总想改变他投子的位置，认为他下棋的技术远不如我。

过了一会儿，那客人邀请我跟他对局，我很轻视他。可是，刚投下几个棋子，那客人就占了先。下到半局，我更趋于被动，每投一子都得冥思苦想，而那客人却敏捷从容，尚有余智。一盘棋结束，数了数棋子，客人胜我十三子。我羞愧得面红耳赤，一句话也说不出来。

从此以后，凡有人邀我观棋，我总是默不作声地坐在一旁静观，再也不敢自以为是了。

【寓意点拨】这则寓言通过观棋觉得别人棋艺不如自己，对棋则自己远不及人的故事，说明眼高手低，说易做难；旁观者清，当局者迷。它告诫人们，不要高估自己，要谦虚谨慎，戒骄戒躁，抛弃好为人师的不良习气。

因何尤箭

【寓源】明·陈禹谟《广滑稽》。

【寓言】唐朝人邓玄挺曾经与谢佑一起射箭。在射箭前，谢佑先吹嘘自己是射箭高手；到了射箭时，却一连数十箭都没有射中箭靶。谢佑便说：“只是因为这些箭的质量太差，我射箭的成绩从来不曾这样离谱。”他刚说完，玄挺马上回应说：“你应该好好检讨自己射箭的技术，为什么只是埋怨箭的质量呢？”众人一听，都笑了起来。

【寓意点拨】人总是好面子的，所以，在表现不佳的时候，害怕别人讥笑，就会有许多借口，掩饰自己的不足，而这些借口常常似是而非，在明眼人看来，只是更加可笑。

引婴投江

【寓源】秦·吕不韦《吕氏春秋·察今》。

【寓言】虚无江边有一个热闹的集市，那里每天人来人往交易货物。一天，突然从江边传来了婴儿的啼哭声，人们的注意力全被哭声吸引过去了。循声望去，看见江边有一个渔夫打扮的人，手中抱着一个婴儿，正要把婴儿扔入江中。

人们被这情景惊呆了，正在这千钧一发之际，一个过江人从人群中跑出来大喊一声："慢着！你为什么要把他扔入江中呢？那样不就被淹死了吗？"那人看见自己的行为有人阻拦，十分气恼地说："这孩子的父亲是一个游泳能手，他的孩子自然会游泳，你们不要多管闲事！"人们听后惊愕地张大了嘴，纷纷指责这个人的行为。抱婴儿的人看到自己引起众怒，赶忙抱着婴儿逃走了。

【寓意点拨】干什么事情都不要想当然，要根据实际情况灵活处理问题，才不会做出幼稚荒唐的事情。

阴曹受贿

【寓源】东晋·干宝《搜神后记》。

【寓言】襄阳人李除，染上瘟疫死了。他的妻子为他守灵。到了夜半三更的时候，李除的尸体忽然挺立地坐起来，抓住妻子手腕上的金镯子死命往下拽，样子非常着急。妻子帮着他褪下镯子。他把镯子握在手里，就又死过去了。妻子在边上悄悄地观察，拂晓时分，李除的心头开始变暖，渐渐地复活了。

活过来以后，李除说："我被阴间的鬼差抓去，路上的同伴有很多。我看到有人向鬼差行贿，就被放走了，我就跟鬼差商量，答应送给他金镯子，他就让我回来拿。所以我回来取了金镯子交给他。鬼差收了镯子，就把我给放了，我亲眼看着鬼差拿走了镯子。"后来过了好几天，他还不知道镯子仍然在妻子衣服里面。妻子也不敢再戴，就照丈夫所说，念着祷告的咒语，把镯子埋了。

【寓意点拨】这则寓言具有十分鲜明的现实针对性。贪污受贿、营私舞弊之事，可谓无处无之，将这种钱权交易安排在律令森严的阴曹地府，更具有强烈的讽刺意味。故事讲述的是阴间的情形，其批判的锋芒，却直指人世间的贪官污吏。

阴德延寿

【寓源】元·陶宗仪《南村辍耕录·阴德延寿》。

【寓言】从前真州有位大商人，每年都到杭州做买卖。当时有个以看相为职业的人，叫作"鬼眼"，在省署前设了一个相面馆，看相说得非常准，所以门庭若市。

这位商人刚刚坐下，“鬼眼”突然指着他说：“先生是位大富人呀！可惜你中秋前后三天中有灾难，在劫难逃。”商人害怕，赶快就动身走了。

这时是八月初，船停泊在扬子江，商人看见江边有一个妇女，仰天大哭。上前问她原因，回答说：“我的丈夫做小生意，本钱也只有五十缗，每天贩鹅鸭过江卖，回来就把本钱给我，然后拿赚的钱去换柴米，剩下的都到酒店喝光了，每天都是这样过日子。今天我把留下的本钱全丢了，不仅没有办法吃饭，我也要被棍棒打死，不如自己跳江死了吧！”商人听了她的话，叹着气说：“我现在也是被厄运所困，如果有钱来顶替，我没有什么可忧虑的。她却年轻轻地就夭折了生命，太悲哀了！”于是送给她一百缗钱，妇女感谢着离开了。

商人到了家里，把“鬼眼”讲的话告诉了父母，并且跟亲戚朋友叙谈表示永别，关上门就等着死了。父母和亲戚朋友，反复宽慰他，他最终也没有能醒悟过来。超过“鬼眼”所说的时限，并没有什么事情发生，他又到了杭州。船遇大风受阻，恰巧停泊在原先赠送给妇女金钱的地方，他上岸散步。刚好遇见这个妇女用带子背个婴儿，妇女迎上前来拜谢，并且告诉他：“自从蒙恩公救助，几天后就生了孩子，我母子二人万分感谢您的救命之恩，将永生不忘先生的恩德！”

杭州，商人路过“鬼眼”看相的地方。“鬼眼”看到他大吃一惊，说道：“你中秋节怎么没死啊！”待仔细观察他的容貌气色后笑了起来，说：“你是暗中做了好事救了你，你一定曾经救过一家母子的命啊！”商人很惊讶“鬼眼”的相面术，就捐了许多钱来报答他。

【寓意点拨】这则寓言说明，人们在危难之际要互相伸出援助之手。不管是商人在自己有难时援助失金的妇女，还是商人回家后家人亲友的劝说宽解都反映了这一点。另外，妇女受助后永远铭记商人的恩德，知恩图报，这也是值得发扬的。

尹儒学御

【寓源】秦·吕不韦《吕氏春秋·不苟论·博志》。

【寓言】尹儒学习驾车的技术，学了三年还没有掌握，心里非常痛苦。有一天晚上忽然梦见老师给他传授驾车的技能。第二天他去拜见老师，老师对他说：“我并不是舍不得传授我的技术，我是担心还不到时候你接受不了。今天我就把驾车的技能全部教给你。”

尹儒后退几步，朝北向老师行礼说：“昨晚上我梦见接受了你的教导。”他先给老师讲了自己做的梦。原来所梦的就是驾车的技能。

【寓意点拨】说明功到自然成。无论学习什么东西，有了老师的指导，自己还要有决心，经过长期的、刻苦的锻炼和摸索之后，必然会达到融会贯通的境界。

尹铎增垒

【寓源】秦·吕不韦《吕氏春秋·似顺》。

【寓言】尹铎治理晋阳，到新绛来向赵简子请求事情。赵简子说："你回去把那里的营垒拆平。我将到晋阳去，如果看见营垒，这就像看见中行荀寅和范吉射似的。"

尹铎回到晋阳以后，反而把营垒加高了。赵简子来到晋阳，望见高高的营垒，生气地说："哼！尹铎在欺骗我。"赵简子没有进晋阳城，住在郊外，要派人把尹铎杀掉。

这时，孙明进谏说："我认为尹铎是该奖赏的。尹铎的意思本来是说：遇见享乐之事就会恣意放纵，遇见忧患之事就会励精图治，这是人之常理。如果君主见到营垒就想到了忧患，又何况群臣和百姓呢！加高营垒是有利于国家和君主的事，即使加倍获罪，尹铎也宁愿去做。顺从命令以取悦于君主，一般人都能做到，又何况是尹铎呢！希望君王好好地考虑一下。"

赵简子听完之后说："如果没有你这一番话，我几乎犯了错误。"赵简子就以使君主免于患难的赏赐，奖赏了尹铎。

德行最高的君主，喜怒一定依理而行。虽然有时不依理而行，但一定知错改正。这样的君主虽然还没有达到大贤的境地，仍足以超过乱世的君主了。赵简子即是这类君主。

【寓意点拨】这则寓言反映了一个深刻的辩证思想：有了安乐的生活就易产生贪图享乐，遇见忧患的事就会奋发图治，这就是孟子所说的"生于忧患而死于安乐"的道理。同时，寓言还说明，对于逆主之行，不能一概地加以否定，要分清利与害、是与非，对主人的错误主张违而不行，是对主人负责任的表现，一味地盲从则反而有害于主人。

印雨龙与指日蛮

【寓源】宋·苏轼《艾子杂说》。

【寓言】一天早晨，艾子出门，见到齐国相府门前，有几十个看起来很贫穷的人聚集在一起。他便走过去问他们："你们为什么聚集在这里？"

那些人说："我们都是齐国的贫民，自己经营一些生意，可以整年不匮乏。现在却有很大的冤屈，想请宰相裁决。"

艾子说："相府不是判断诉讼的地方，应当去见法官。"

有个人说："我们的事情一定要宰相才可以裁决，而不是法官。"

艾子说："到底是什么事？"

他说："我的行业是印刷求雨龙与指日蛮。现在宰相为政好几年，往年从春天到夏天都是干旱，我印求雨龙来卖；从秋天到冬天雨下得多，就卖指日蛮。这些都是前半年向人借钱来印刷，到了时间都卖出去了，我得到收益就可以衣食不缺。但是去年冬天下大雪，接着春天又不出太阳，雨下得连牛马的皮都湿了，宰相下令大家祈求晴天，我们这几间店家习惯先印求雨龙，只有一个人秋天时还剩下一些指日蛮，所以他独自获得利益，这是不是很不公平？"

艾子说："你印的求雨龙，到了秋天就可以卖掉。这就是宰相担心人们受损的普通道理，每年都一样，所以就倒过来试试看。"

【寓意点拨】这则寓言告诉人们，面对事情应该知道变通，不能应时势而变化，应该自我检讨，不要责怪别人。世事无常，保持一颗活泼灵动的心是必需的。我们应深刻体会认知，才能增加个人的生活智慧。

鹦鹉告事

【寓源】五代·王仁裕《开元天宝遗事》。

【寓言】长安城中有一位大富豪杨崇义，他们家好几代都相当富有，家中那些摆饰及玩赏之物，比王公贵族还要多。杨崇义的妻子刘氏国色天香，长得十分漂亮，和邻居的儿子李弇（yǎn）私通，刘氏对李弇的感情更超过了杨崇义，于是有了想杀害杨崇义的意念。忽然有一天，杨崇义喝醉了回来，到了卧室里睡下，刘氏和李弇便一同谋害了他，并把他的尸体埋在枯井中。当时所有的家仆和婢妾都没发觉他们的所作所为，只有屋前架子上站着的一只鹦鹉看见了。

杀了杨崇义之后，刘氏一边令家僮、仆人四处寻找她的丈夫，一边到官府去陈述，说她的丈夫一直没回来，自己很担心丈夫被人所害。府县里的官员不分日夜的缉捕贼人，凡是涉有嫌疑的，以及家中的僮仆，有数百人都被拷打过，就是找不到犯人。后来府县官员再一次前往杨崇义家检查时，架上的鹦鹉忽然发出委屈的声音。县官把鹦鹉抓到自己的手臂上，询问鹦鹉怎么回事。鹦鹉回答说："杀害我家主人的人是刘氏和李弇。"官员们便捆绑了刘氏，并捕捉了李弇入狱，两人将实情详细地招供出来。

府尹将这案件上奏给皇上，明皇惊叹了好久。后来刘氏和李弇依法被处死，而鹦鹉被封为“绿衣使者”，交给后宫饲养。

【寓意点拨】鹦鹉虽只是人类所豢养的家禽，却能秉持正义公理，让一件看似悬案的谋杀案真相大白。这则寓言，以鹦鹉的有情有义对照杨崇义之妻的无情无义，歌颂了鹦鹉虽不具人形却具人性，也讽刺了那些徒具人形却无人性的人。

鹦鹉救火

【寓源】宋·刘敬叔《异苑》。

【寓言】有一只鹦鹉飞落到一座山上，山中的飞禽走兽对它都表现出十分的敬重友善。鹦鹉觉得在这里虽然过得非常安乐，但是毕竟不可久居，便飞往了别处。几个月后，山中发生了火灾。鹦鹉远远看到了，就急忙飞入河中沾湿羽毛，再飞到山的上空，将羽毛上的水滴洒落下去救火。天神对鹦鹉说：“你虽然有这份心意，但这么微不足道的几滴水，怎能浇灭那熊熊山火呢！”鹦鹉回答说：“我也知道杯水车薪，无济于事，但我曾居住于此山，山中的禽兽待我如兄弟一般，我怎么能忍心眼睁睁地看着它们葬身火海呢！”天神被深深地感动了，立即扑灭了山火。

【寓意点拨】这则寓言启示人们，受人滴水之恩，当涌泉相报，在朋友陷入困境的时候，必须尽自己最大的努力来给予无私的帮助。同时告诫人们，在日常生活中，应尽量与人为善，只有那些真诚地善待他人的人们，才会在困难的时候获得帮助。

鹦 鹉 谕

【寓源】南宋·岳珂《桯史》。

【寓言】乾道年间杨嗣清在地方有很好的名声，西州有名望的人都提议他去考试。有个部中的官员不喜欢他的声名，且以自己的职位自恃而骄，故意不把命令传下去，有意诬赖杨要治罪于他。赵卫公刚好为左史，听到这个消息说：“就好像隔壁人家的猫，准备来咬老鼠。还没去咬老鼠，却先去打开笼子咬鹦鹉，这样的情况可以原谅吗？”

【寓意点拨】只知嫉妒别人的好名声，而怠忽职守，这是错误的。猫应该咬老鼠却去咬鹦鹉，这是失职。更不能因为个人的好恶，而打击对方。这则寓言提醒那些假公济私，未能认清事实的人，自己应该多加检讨。

鹦鹉与八哥

【寓源】明·周亮工《因树屋书影》。

【寓言】吾山梁店铺里养了一只鹦鹉，非常聪明。东关口店铺养了一只八哥，也能学说人话。有一天，这两家店铺主人带着鸟来比赛。鹦鹉唱一首歌，八哥也随即和一首，音声清脆激越，不相上下。这时八哥又挑战与鹦鹉说话，鹦鹉一个字也不说。有人问鹦鹉为什么不开口，它回答说："它的声音比我差，而它的狡猾却胜过我，我要一开口，就会被它窃取去了。"

【寓意点拨】这则寓言提醒人们在处事交往中，要及时发现那些不怀好意之人的阴谋，这样才能免于受骗上当；狡猾的人，如果遇到聪明的人，其花招是不攻自破的。

鹰

【寓源】宋·刘义庆《幽明录》。

【寓言】楚文王年轻的时候喜欢打猎，有一个人献给他一只鹰，楚文王仔细观察这鹰，爪子强健有力，完全与普通的鹰不一样。于是他特意在云梦举行一次打猎活动。拉起的网像云层一样密布，烧起的烟火直冲九天。走兽飞禽奋力厮杀，可是这只鹰只是伸长脖子，抬着头，睁大眼睛看着，毫无搏斗厮杀的意思。楚文王说："我的鹰猎获的禽兽已经很多，可以用百来计数，你的鹰竟然毫无参加拼搏的意思，想拿这鹰来欺骗我吗？"献鹰的人说："如果只能跟野鸡、兔子之类的禽兽打斗，我哪里敢拿来献给大王呢！"不一会儿，云端出现一个目标，好像静止地停留在空中，鲜亮洁白，看不清具体的形象。这鹰便奋翅腾飞，像闪电一样直冲云天。一会儿，羽毛像雪片一样纷纷落下。鲜血像雨点一样洒落下来，有一个特大的鸟坠落下来。量一量它的双翅，宽度有几十里，所有的人都不知道这是什么鸟。当时有一位富有博物知识的人仔细看了看说："这是大鹏的幼鸟。"楚文王重重地奖赏了献鹰的人。

【寓意点拨】献给楚文王的这只鹰不是非凡之物。说它不凡，不是指它的外表，而在于它有普通的鹰所不具备的能力。与大鹏搏斗恰恰是这只鹰独有的才能。非常之人具有崇高的境界和特殊的才能。建立非常之功，须待非常之人；而要认识非常之人，有待于非常之功的建立。

鹰化为鸠

【寓源】明·刘基《郁离子·鹰化为鸠》。

【寓言】岷山有只老鹰，变成斑鸠之后，羽毛、爪、嘴都像斑鸠一样。它飞翔在树林之间，见群鸟飞上飞下聚集在一起，它高兴得跳跃起来，忘掉自己已变成斑鸠了，突然发出老鹰的粗大的鸣叫声，那些鸟雀听到叫声都收敛翅膀躲藏了起来。过了好一会儿，有只隐蔽在茂密树木下的乌鸦偷看它，看见它的爪、嘴、羽毛都像斑鸠，而不是老鹰，群鸟便大胆地出来聒噪它。它慌慌张张不知怎么办，想跟它们争斗，可是它的爪与嘴全都没有用了，就纵身钻进灌木丛中。乌鸦喊它的同伙追赶它，它非常困窘，处境艰难。

郁离子说：“老鹰是天下凶猛的鸟，如今变成斑鸠便失去了它所依仗的本领了，却还发出老鹰的鸣叫声，这是自取难堪。所以，明哲之士安于命运，忍受羞辱。”

【寓意点拨】寓言中以鹰比喻大智大能，搏击苍穹；以鹰化为鸠比喻身处困境，要忍辱负重；以群鸟比喻暂时得势的小人，仗势欺人。这则寓言表达人要能伸能屈，忍辱负重的处世之道。

盈成我百

【寓源】南北朝·萧绎《金楼子》。

【寓言】楚地有一个富人，他家放牧的羊有九十九只，而想凑足百数。为此，他遍访了城镇乡里的亲友近邻。

他有一个邻居，家中很穷只有一只羊，这个富人便去拜访他并说：“我已有了九十九只羊，现在您把这一只羊送给我，就可以让我凑足一百，这样我的牧羊就够数了!”

【寓意点拨】这则寓言揭露了富者为满足个人欲望而不顾别人死活的可鄙行径。它说明剥削阶级的贪得无厌和损人利己的欲望，是永无止境的。

营丘士诘难

【寓源】宋·苏轼《艾子杂说》。

【寓言】营丘有一位士人，性情不善变通，但又每每多事，好与人辩论诘难，但几乎都说得不合事理。

有一天，他去拜访艾子，问艾子说："大车和骆驼的脖子上都系挂着一个铃铛，这是什么缘故呢？"

艾子回答说："大车和骆驼的体积庞大，而且经常在夜间行路，恐怕狭路相逢，难以回避，所以要借用铃铛的响声使对方听到，以便于预先避让。"

营丘士人听后说："佛塔上也挂有铃铛，难道说佛塔也要夜间行路，用铃声来提醒对方回避吗？"

艾子回答说："您不通事理，竟到这般地步！大多数的鸟类是依托高处作巢，它们撒下的粪便会使佛塔肮脏，因此塔上挂铃铛，是为了惊吓鸟鹊以防止它们筑巢。你怎么能拿这件事和大车、骆驼的铃铛相比较呢？"

营丘士人并不服气，又问："那猎鹰的尾巴上，也系有小铃铛，难道也是怕鸟鹊到它尾巴上筑巢吗？"

艾子忍不住笑了起来，说："先生不通事理，真是到了令人奇怪的程度！那猎鹰捕捉猎物时，有时追入树林中，容易被藤条绊住脚爪，或者是脚上所拴的丝线被树枝缠住，在扇动翅膀挣扎时，系上的铃铛就会发出声音，人们便可以寻声找到它。怎么可能是为了防止鸟鹊在它尾巴上筑巢呢？"

营丘士人仍不罢休，继续诘问："我以前看见出殡送葬的队伍，走在前面引路的挽郎拿着铃铛唱挽歌，我并不了解是什么道理，今天才知道是怕树枝绊住他的脚，所以摇着铃铛，以便让人循着声音找到他。只是不知道，拴在挽郎脚上的是丝线呢？还是皮条？"

艾子见他如此不可理喻，不禁恼怒地回答："挽郎是给死者导引送葬的人，因为那个死者生前好与人诘难辩论，所以才摇铃铛以娱乐他的尸体！"

【寓意点拨】寓言里两人一问一答，但是各有不同的意向，艾子是答难解惑，营丘人则是胡搅蛮缠，你说你的，我说我的，这样的谈话是没有什么结果的；营丘人的做法不是好学善问，而是典型的曲理歪说，与人抬杠，像他这样的人是学不到什么真才实学的，这种态度也是万万要不得的。

郢书燕说

【寓源】战国·韩非《韩非子·外储说左上》。

【寓言】郢都是古时候楚国的都城。郢都有个人写信给燕国的相国，已经是深夜了，烛光越来越弱，写信人渐渐地都看不清字了。他对旁边的仆人说："举烛。"

仆人忙把蜡烛举得近一些，烛光亮起来了，郢人继续写信。可能是他写得太专注的原因，竟把“举烛”两字也写进信里了。信写好后，连夜就发了出去。

不久，燕国的相国收到了这封信，全篇的意思都看明白了，可是唯独这“举烛”二字让他疑惑不解。是什么意思呢？他仔细地琢磨，认真地思考，突然若有所悟地惊叹道：“我知道了，这‘举烛’二字太好了！”旁人不解，他继续自作聪明地解释说：“举烛，就是倡行光明清正的政策；要倡行光明，就要举荐人才担任重任啊！”

后来，燕相就把这封信交给了燕王，并向燕王解释了自己对于“举烛”的理解，燕王深表赞同，非常高兴。他按照燕相对“举烛”的理解，采纳他的建议，选拔贤能人才，治理国家。从此之后，燕国国力蒸蒸日上。

国家虽然治理好了，但“举烛”二字的确不是信中的原意。虽然牵强附会，却阴差阳错达到了最好的结果。

【寓意点拨】郢人笔误，燕相误解，这是一个穿凿附会的典型例子。因为燕相对“举烛”的误解，而使燕国侥幸治理好了，但那根本不是郢人写信的意思。

寓言尖锐地讽刺了一些人随意穿凿附会的治学态度。做学问不能断章取义，胡乱解释前人的片言只语，从中寻求什么微言大义。

庸人自扰

【寓源】清·纪昀《阅微草堂笔记》。

【寓言】有位御史公性情多疑，起初典买了永光寺的一个宅子，那地方比较空旷。他顾虑会有盗贼，夜里派了几个家奴，轮番打更敲梆子。这位御史公为防备家奴工作懈怠，即使是十冬腊月或炎热的盛夏，他都要手持蜡烛亲身巡察，使人禁不住这样的劳苦。另外，他又典买了西河沿一处宅子，那个地方住房密密麻麻相连，他又担心会发生火灾，在每个房间里都安放了盛满水的大缸。到夜里打更敲梆子进行巡视，跟在永光寺时一样，使人禁不住这样的劳苦。后来又典买了虎坊桥东一处宅子，跟我的府邸只隔几家。他见到房屋庭院幽静深邃，又怀疑会有鬼魅。先请和尚来念经放焰火，敲锣打鼓叮叮当当搞了好几天，后来说要超度鬼魂；又请了道士设祭坛招天将，挂着符念着咒，敲锣打鼓叮叮当当又搞了好几天，说是驱逐狐妖。这所宅子本来没有什么异常，从此以后，鬼魅盛行起来，抛掷砖头瓦片，偷窃了各种器物，夜夜都睡不安宁。那些丫环保姆、奴仆佣人，正好借这个机会干坏事，所损失的简直无法计算。

【寓意点拨】这则寓言对疑神疑鬼的御史作了淋漓尽致的讽刺。多疑与他的自私贪婪是分不开的。不仅在精神上搞得自己不胜其烦，而且在财物上也损失惨重。

正是“天下本无事，庸人自扰之。”

庸医止风

【寓源】明·江盈科《雪涛谐史》。

【寓言】有和尚、道士、医生三个人共同渡河，在中流遇到大风，渡船的处境非常危急。船夫就向和尚、道士叩拜着说：“两位大师，请赶快祷告神灵制止大风好吗？”

和尚便念咒道：“念观世音菩萨的威力，风浪都要熄灭。”

道士念咒道：“风神雨神，各回到自己的位置上去，急急如律令！”

医生也跟着念咒道：“荆芥、薄荷、金奶花、苦楝子！”

船夫问：“这些是干什么用的？”

医生回答说：“我这几种药，都是用做止风的药！”

唉！庸医开方治病，往往都像此人。

【寓意点拨】这则寓言说明中医治病强调辨证施治，即通过望、闻、问、切四诊了解患者病情，对具体病人病情进行具体的分析、判断，然后给予具体的治疗。这也叫对症下药。如果离开具体病人的具体病情，妄图以一服药包医百病，那是十分荒唐的，就像这位庸医企图用止风药止自然界的“风”一样。

寓言告诉人们不同性质的矛盾，要用不同的方法解决，一把钥匙开一把锁。我们看问题，做事情，都必须注意矛盾的特殊性，从客观实际出发，运用切合实际的具体办法去解决。

永州之鼠

【寓源】唐·柳宗元《柳河东集·三戒》。

【寓言】古时候，永州有个信奉迷信的人，生活中禁忌特别多，总是怕做不好什么事情，使得日子过得不够吉利。所有禁忌中最值得一提的是他们全家对于老鼠的态度。

这个人出生于子年，因此他就特别爱护老鼠，不仅自己，还要求家中所有人都要像他一样善待老鼠，尊敬老鼠。他不允许家里养猫，怕对老鼠构成威胁；也禁止仆人追赶打骂老鼠。老鼠在他们家完全可以进出自由，不仅厅堂、仓库，就连卧室、厨房，任何地方一点不受限制。他的家简直成了老鼠的天堂。

久而久之，老鼠们互相转告，四周的老鼠都知道了这个天堂。其他地方的老鼠也都成群结队地涌进来。它们大吃大喝，横行无忌，尽情地在这户人家里享受着一切自由和快乐。它们肆意地吃着仓库里的粮食，无所顾忌地钻到衣柜里咬坏他们的衣服，刚煮熟的饭菜也是老鼠先尝。不仅如此，家里的门窗、梁柱也都无一幸免，上面布满了老鼠的牙印和它们咬过的残迹。家里被老鼠搞得乌烟瘴气，狼狈不堪，这个人始终不允许家人伤害它们。老鼠嚣张之极，不仅白天闹，晚上等人们都睡着了，故意嬉戏打闹，啃东西，尖叫，发出各种各样刺耳的奇怪声音，搅得这户人家不能安稳地睡觉。到最后，终于忍受不了了，家人商量决定，在不伤害老鼠的前提下，搬家躲开它们。

等他们搬走后，又来了一户人家，老鼠们还一如既往地过着它们悠闲自在的生活。新搬来的主人见状，气愤地说："这些见不得阳光的坏东西，偷窃打闹如此厉害，怎么会弄到这个地步呢？"当机立断，找来五六只猫，关上大门，拆除房屋上的砖瓦，用水浇灌老鼠洞，还雇了一些人和他们家人一起到处搜寻追捕老鼠。结果，杀死的老鼠堆得跟山丘一样，这些可恶的老鼠天堂般生活的美梦也终于做到尽头。

【寓意点拨】寓言告诫人们对坏人绝不能姑息纵容，否则它们就会更加猖狂；另一方面，作恶的人，即使一时可以找到"保护伞"，这种庇护也是不可能长久的，最终还是没有好下场。我们在日常生活中要擦亮眼睛分清善恶，决不能姑息养奸，应该明智地惩恶扬善。

幽王击鼓

【寓源】秦·吕不韦《吕氏春秋·疑似》。

【寓言】周代建都于酆、镐，靠近戎国。周幽王和诸侯约定：在大路上修筑一座高大的土堡，在上面设置一面大鼓，让远近的人都能听到鼓声。如果戎兵入侵，就由近及远击鼓相告，诸侯的军队都来援救天子。

戎兵曾经入侵，周幽王击鼓，诸侯的军队都如约而至，褒姒（sì）看了非常高兴，很喜欢幽王的这种做法。幽王为了让褒姒高兴而笑，便屡屡击鼓，诸侯的军队多次到来却没有敌兵。

后来戎兵真的来入侵了，幽王再击鼓时，诸侯的军队却不再来救援了。周幽王被戎兵杀死在骊山下，被天下人所耻笑。

【寓意点拨】这则寓言告诫人们，开玩笑是有限度的，尤其是不能为满足个人一时的欲望，于国事而不顾；为人处世要守信用，说话要算数，一两次说假话，或许会被谅解，一再说假话必定会失去信任。

有钱者生

【寓源】明·冯梦龙《广笑府·贫吝》。

【寓言】有个园圃的老翁种茄子种不活，常常为此而苦恼。他去讨教管理园圃的老农，管理园圃的老农告诉他：“每种一株茄苗，在旁边埋下一文铜钱，这样，茄子就可以种活了。”

园圃老翁问：“为什么要这样做？”

管理园圃的老农回答说：“‘有钱者生，无钱者死’。你不是也听过这样的话吗？”

【寓意点拨】这里是对当时社会“钱能通天”的有力控诉。富人有钱，可以买官做，可以杀人不偿命。穷人无钱，只能被压榨、被迫害。

有天没日

【寓源】清·石成金《笑得好》。

【寓言】夏天天气炎热，几个官吏在一起商议公事，偶然谈到天气太热，不知道去哪里乘凉。有的说某处花园水上走廊特别凉快，有的说某寺院的大殿特别凉快。旁边的许多百姓一起说：“各位老爷想要凉快，不如去衙门的公堂上，那里最凉快。”众官吏惊疑地问为什么，百姓们回答道：“那里是没有日头照耀的地方，怎么会不凉快呢！”

【寓意点拨】寓言采用了比喻的手法，尖锐地讽刺了当时社会的黑暗和官场的腐败，老百姓的话，具有极强讽刺性意义和现实针对性。

幼女配老翁

【寓源】明·陆灼《艾子后语》。

【寓言】虞任是艾子的老朋友，生个女儿刚满两周岁。

艾子为自己的儿子订婚。虞任问：“您的儿子多大了？”

艾子回答：“四岁。”

虞任恼怒说：“您想要我女儿嫁给一个老头子吗？”

艾子不理解他这话是什么意思，便问：“什么意思？”

虞任说："您儿子四岁，我女儿两岁，足足大了一倍年纪；如果我女儿二十岁出嫁，您儿子就四十岁了；要是不幸到二十五岁出嫁，您儿子就已五十岁了。这不是想叫我女儿嫁给一个老头子吗？"

艾子知道他愚昧至极，就不再提定亲之事。

【寓意点拨】寓言通过虞任把四岁与两岁的年龄差距，看成四是二的两倍等比数列，闹出幼女嫁老翁的笑话，对那种把偶然的、暂时的现象看成永久规律的愚者进行辛辣讽刺。

诱出户

【寓源】明·冯梦龙《智囊·杂智部》。

【寓言】朱古民有文学才华，善于开玩笑。

冬天在汤生家，汤生对朱古民说："你一向多计谋，比如我现在坐在屋里，你能骗我到屋外去吗？"

朱古民说："屋外风大寒冷，你一定不肯出去；倘若你先站屋外，我在屋里，对你说屋里很暖和，很受用，骗你进来，你一定相信我的话，从外面进到屋里。"

汤生信以为真，便从屋里出来，站在门外，对朱古民说："你怎么能骗我进屋呢？"

朱古民拍手大笑，说："我已经骗你出屋了！"

【寓意点拨】寓言启示人们：在强手面前，在聪明人面前，自己也要放聪明一点，说话行事要格外慎重，不可掉以轻心。

迂夫龃齿

【寓源】明·陈世宝《古今寓言·龃齿》。

【寓言】迂夫得了龃（qiè）齿病，疼痛呻吟的声音传到四方郊外，通宵达旦睡不着觉。

有位道士经过这里，便问他："你知道病的来历吗？"

迂夫回答说："我不知道。"

道士说："这种病来自上天，将要取下你的牙齿，用来吃那些吃骨的虫子，你拒绝了，这是违背天意呀。天是授给你生命的，怎么能拒绝天一定要给予你的东西呢？"

迂夫听后说："好。"

这时，迂夫将牙齿与虫一起惛然而睡，一夜之间，他的牙痛病就痊愈了。

【寓意点拨】这则寓言告诉人们，凡是遇到为难之事，不可百无聊赖地叹息，一定要寻找其原因，只有将问题的症结把握了，才能有针对性地提出解决的良策。

迂公败棋

【寓源】明·张令夷《迂仙别记》。

【寓言】迂公与卫隐君下围棋，卫隐君执白子。迂公大败，被对方吃掉的黑子堆积在一起，棋盘上看过去一片白子。迂公万分懊恼地说："老子运气真差，执了黑子。"

【寓意点拨】迂公败棋，为了掩饰自己的难堪，自欺欺人地将失败归结为不该执黑子。可以想见，倘若卫隐君执黑子，他又该懊悔自己不该执白子了。

这则寓言告诉人们：不从根本上正视自己的不足，将永远也改变不了不利的局面。

迂公借衣

【寓源】明·张令夷《迂仙别记》。

【寓言】天下着雨，迂公借了人家的衣服穿着出门，因为道路泥泞，一不小心摔倒了，摔断了一条胳膊，借来的衣服也弄脏了。跟着他的人赶紧把他搀扶起来，尽力给他按摩痛处。迂公阻止说："你先去拿些水来洗干净我的衣服，我的胳膊断了不劳你操心。"跟随的人说："你怎么不爱惜自己的身体，反而惦记着一件衣服呢？"迂公回答说："胳膊是我自己的东西，谁会来向我追讨呢？"

【寓意点拨】人是现实世界活动的主体，因此在人与物的关系中，人是本，物是末。寓言中的迂公宁顾衣而不顾臂。迂公的取舍完全颠覆了人与物的秩序，颇近幼稚。

于公高门

【寓源】西汉·刘向《说苑·贵德》。

【寓言】西平侯于定国，是东海郡下邳县人。他父亲号称"于公"，在县里做主管狱讼的官吏，后来又做郡府决曹中的属吏。他断案依据法律，从未有过冤案。郡中凡是触犯法律的人，只要由他判决，都不敢隐瞒案情。为了颂扬于公执法公允，东海郡的百姓特地为他建造了一座庙祠。

东海郡某县有一个出名的孝顺妇人，没有孩子，少年守寡，奉养婆婆十分谨慎周到。婆婆想要她重新出嫁，可她就是不肯。婆婆告诉邻居们说："孝妇奉养我十分周到，我可怜她没有孩子，守寡又这么长久，我老了还要拖累年轻人，这该怎么办呢？"后来，婆婆自己上吊死了。婆婆的女儿告到了官府，说："是孝妇杀死了我母亲。"官吏们逮捕了孝妇，孝妇供称没有杀婆婆，官吏们要对她施以重刑，孝妇被迫承认自己杀害了婆婆。县里结具了案件，上报郡府。于公认为这个妇人奉养婆婆长达十年，以孝顺闻名，必然不会杀死婆婆。可是太守偏偏不听，经过几番争论，于公未能说服太守，便声称有病，辞去了吏职，太守最终还是处决了孝妇。此后东海郡连续三年干旱。新太守上任以后，寻求干旱的缘故，于公说："那个孝妇不当处死，可前任太守执意要杀她，触怒上苍的罪孽就在于此。"新太守了解此情后，即在孝妇坟前杀牛祭奠，太守及其属下一一到场。祭奠完毕，天就立刻下起了大雨，庄稼获得了丰收。东海郡的百姓因此更加敬重于公。

后来于公建造房屋，他告诉工匠们说："替我把大门建造得高高的。我判决案件从来没有冤枉过人，我家后代一定会有受封的，让大门能容得下高盖马车。"果然，到了他儿子这一辈，于定国就被封为西平侯。

【寓意点拨】透过这则略带神化色彩的寓言，可以看出：为人处世（包括执法断案）应该本着关爱他人的精神，实事求是地对人和事作出判断，这样必然会赢得别人的尊重。

鱼目为舍利

【寓源】宋·孙光宪《北梦琐言》。

【寓言】泽州地区有位和尚名叫洪密，想要请建舍利塔。洪密以禅宗方式的谜语，来鼓动愚昧落后的群众。他自言体内会产生舍利子，并说他曾到太原，一些富豪之家争着迎请他，妇女更是围着祭拜他。洪密离开后，妇人在他所坐的地方拾得百粒舍利子，请人检验这些舍利子，结果都是干枯的鱼眼睛。他要离开的时候，说："山中须要数千条毡毯。"不到半天工夫就聚集了五百条，他迷惑人心竟到如此程度！

【寓意点拨】这则寓言突显了两层意旨，一是说明百姓的盲目迷信；一是批评了那些利用百姓迷信心理敛财的恶棍。寓言告诫人们，对于一些喜欢以所谓“神言神语”来蛊惑他人的恶棍，须仔细验明查证，以防受骗上当。

鱼　说

【寓源】唐·无能子《无能子》。

【寓言】河津有个龙门，隶属古时晋国，是大禹治水时挖凿的，上头有座数十仞高的瀑布，水流声像打雷般轰轰然。瀑布三十里内的河里有巨大的鱼类，每到春天就会聚集在瀑布下面，奋力逆流而上，只要能穿越龙门，就能变化成龙，所以大鱼都怀着化为龙的志向。

居住在河畔的小鱼群看着大鱼跃龙门的情形，便互相谈论着：“它们也是鱼呀，却能如此超越鱼类限制而成为龙，怎会像我们一样，只会聚集在浅浅的河畔，慢慢地游着，而藏身于洞穴之中。”

其中有条鱼说：“你们的想法真令人困惑啊！天地之间，上天所赋予的万物形体有千千万万，形体的大与小，与其本分的大小是相符合的，万物宜随着其形体的大小而负起合适的本分。超越变化的，是河流的时节变化，河水波涛汹涌时，便跟着惊险的波浪浮沉；河面平静时，便随着平静的河面悠游，顺着河水的变力而沉浮悠游，不必费太大的力气。大鱼想要有所变化，发怒般地逆着瀑布上游，直到精疲力竭，云雨也兴起。其实云雨是随着湿润的热气上升，自然感应而产生的，与那些大鱼逆流而上有何关系呢？龙的头上长着角，身下长有爪，和我们鱼族其实也没什么不同。我们靠着脊鳍游水，它靠着角足而飞腾，也没什么不顺意的。难道像我们这样在河畔与世无争的悠游，安全无虑的藏身在洞穴中，人类没有发现我们，自然也就没有灾害降临在我们身上，这样快乐岂是它们以角足在云雨之间辛苦的飞腾可以代替的吗？”

【寓意点拨】这则寓言告诉人们：凡事要知足常乐的道理。世人总是羡慕别人的一切，总认为外国的月亮比较圆，他乡的水比较甜，他人的成就比较大。其实“人比人，气死人”，每个人的才能及条件都不同，均可在不同的领域发展，而社会也因此才能分工合作，世界也才能会因此而多彩多姿。

渔父劝屈原

【寓源】战国·屈原《楚辞·渔父》。

【寓言】屈原被流放到江南，有一天，他游观到湘江深曲处，一边行走，一边吟诵，脸色憔悴，身体枯瘦。江边的渔父看见了，便问他：“你不是朝廷中的三闾大夫吗？为什么落到这种地步？”

屈原回答说：“全社会都浑浊而我独自清白，众人都沉醉而我独自清醒，因此被放逐到这里。”

渔父听后，劝告他说：“圣明的人是不拘守于一物的，而能随着世俗变化转移。现在社会上的人们皆浑浊，你为什么不随之搅混浊泥、推扬浊波呢？大家都沉醉了，你为什么不随之吃酒糟，饮薄酒呢？你又何必深沉忧思而高扬志气，使自己招致放逐呢？”

这时，屈原毫不动心地说：“我听说过，刚洗过头的人一定会弹去帽子上的灰尘，刚洗过澡的人必定抖掉衣服上的灰尘。我怎么能让我这清洁的身体，蒙受污垢呢？宁愿自沉湘江急流之中，被江中的鱼吞吃。我怎么能用这洁白的品行，蒙受世俗的污浊呢？”

渔父听了笑了笑，摇动船桨离开江边，并吟诵诗歌：“沧浪水流清澈啊，可以用来洗涤我的帽带子；沧浪水流混浊啊，可以用来冲刷我的双脚。”

渔父不再跟屈原交谈了，驾着船渐渐离去。

【寓意点拨】从这则寓言中可以领悟到：一个人只要具有美好的理想、坚持正义的信念，是经得起各种挫折的考验，始终不悔地积极奋斗，甚至为了正义，可以献出一切，乃至自己的生命。

渔夫贪利而溺

【寓源】清·黄宗羲《明文海》。

【寓言】湍河的北岸有个港口，水从湍河流淌汇聚这里而成为深渊，入口处可以容纳小船进入，百步以外逐渐开阔成为潭，水深莫测，相传有龙隐藏在里面。鱼大得有八尺甚至一丈长，戏水跳跃自得其乐，看见大鱼的人只能徘徊垂涎而不敢去触动。

村里有个渔夫，克制不住欲望，单独划船前去捕鱼，鱼满船舱而归，潭中也安安静静地没有出现神灵等异常情况。

村里人见到渔夫，非常惊讶他得到的鱼又大又多，争相问他是从哪里捕到的。

渔夫不肯把真相告诉他们。村里人暗地拿着羊肉、美酒、粟帛送给渔夫，他这才告诉他们。求教的人多了，被告知的人也就多了。大伙害怕以前的传闻，犹豫着不肯前去。渔夫贪图人们的礼品，便说：“传说有龙，那是荒谬的。昨天我在那儿捕了很长时间的鱼，不见龙兴起，能跟我一道的就一起去！”

村里十人中有八九个人跟随他前往，只有一两个人仔细地思考这件事，认为龙居住得必然很深，渔夫上次的行动未惊扰龙，他们决定不跟随渔夫去。

渔夫和跟随他的村民到了潭边，刚捕了一会儿，潭水忽然涌涨，渔夫不知去向，其余的人都惊慌失措。这时雷霆剧震，乌云盖地，狂风暴雨，雷鸣电闪，村民们被淹死的超过一半。侥幸爬上岸的，失魂落魄心跳不已，多日不能说话进食。只有那一两个没有跟随去的人无病无灾。

渔夫为贪图财利而导致如此灾难！人的趋附权势也是这样，当看见权势气焰炽盛，能使人富，能使人贵的时候，千方百计献殷勤用贿赂以求得自己的欲望。社会局势恢复正常，权势消失，趋炎附势的人面临灾祸没有能够逃脱的，这与那些追随渔夫去捕鱼的人有什么区别呢？只有安于道义的君子才能远离灾祸。我记录下这个传说作为读书人处世为人的借鉴。

【寓意点拨】这则寓言提醒人们，为人处世要以正道，只有守道义才能明辨善恶是非，免于受骗上当；见利欲贪、望势而趋，利势已尽之时，便是毁灭失败之日。

渔者献言

【寓源】西汉·刘向《新序·杂事二》。

【寓言】晋文公出外打猎，追赶野兽，闯进了大沼泽地里，迷路走不出来。沼泽中有个渔夫，文公对他说:“我是你的国君，哪条路可以出去呢？我会重重地赏你。”

渔夫说：“我愿意奉献一点意见。”

文公说：“等走出沼泽地，我再听吧。”渔夫便带着文公走出了沼泽地。

文公命令说：“您打算指教我的是什么见解？我愿意领教。”

渔夫说：“天鹅安居在大河大海之中，住腻了，迁移到浅水小湖里，那一定会有弓箭杀害的危险；大鳖和鳄鱼安居在深潭里，住腻了，来到水边小洲上，就一定会有罗网钓钩弓箭射杀的危险。现在大王追赶野兽闯到此地，怎么走得这么远呢？”

文公说：“您说得太好了！”就吩咐随从记下渔夫的名字。

渔夫说：“大王何需记我的名字呢？大王如果能尊崇天地，敬重祖宗基业，安定边境，关爱百姓，宽免赋敛，减轻租税，我也会得到好处。大王如果不珍惜祖宗基业，不安定边境，对外失礼于诸侯，对内违背民心，全国百姓流离失所，我个人虽然得到重赏，也保不住呀！”他谢绝了赏赐，说：“大王赶快回都城，我也要回到打鱼的地方。”

【寓意点拨】这则寓言把君王的出猎和鸿鹄、大鳖和鳄鱼离开原生地到外地遇到的忧患和危险结合在一起对比描述，反映了守住家乡，稳固自身的重要性。对于见异思迁，不安于本职工作的人也是一种批评。不仅如此，这则寓言还从渔夫的嘴里讲出了个人的富裕幸福与一国百姓苦乐的关系。国好了，个人也有一份；国坏了，个人纵然富裕了也是保不住的。

渔者献鱼

【寓源】西汉·刘向《新序·杂事二》。

【寓言】楚国有个人给楚王献鱼，说："今天打鱼很有收获，吃又没能吃完，卖又没卖掉，丢掉又可惜，所以拿来献给君王。"

"这话说得太粗鄙。"楚王的左右随从们听了以后，愤愤地说。

"你们不知道啊，这打鱼的可是个仁爱之人。"楚王说，"我曾听说仓库里如果粮食有余，国内就一定有饥饿的人；后宫里如果有幽怨的宫女，百姓中就一定有娶不到妻子的人；多余的财物如果囤积在国家的仓库里，国内就一定有贫苦困乏的百姓。这些都有失于管理人民的要道。凡是亡国的君主，都把财物收藏在仓库里。我听说这个道理很久了，只是未能实行它，这个打鱼的，知道了，才用献鱼的方式来暗示我，我现在就来实行。"

于是，楚王派遣使者抚恤无妻无夫的老人，慰问孤独无依的老人和孩子，拿出仓库里的粮食，分发积存的财物，用以赈济衣食不足的百姓，遣散后宫用不着的宫女，把她们嫁给老而无妻的男人。楚国人民无不因此而欢欣喜悦，邻国的百姓纷纷前来归顺。

由此看来，那位打鱼人进献多余的鱼，启发了楚王，使全楚国的人民因此得到实惠，真可叫作仁慈智慧。

【寓意点拨】渔者通过进献剩鱼，向楚王暗示"亡国之君，藏于府库"的道理。楚王得到启发，开始分发财物、遣散宫女以抚恤贫困孤独的百姓，满足了人民的愿望。社会的物质财富总有一定限度，而国家的财物过于集中，就必将导致百姓贫困，这就是这则寓言试图告诉人们 取之于民，用之于民的道理。

渔者庶其廉

【寓源】黄灵庚编《宋濂全集·潜溪后集卷二·燕书》。

【寓言】 渔夫庶其廉与他的妻子闹矛盾，过了几个月两人也互不理睬。越国军队攻入楚国，兵士到处杀掠。夫妇俩各自逃生，对对方的生死毫不顾念。有人规劝庶其廉，何不与你的妻子和好呢？庶其廉总是拒绝。一天，他到海上去捕鱼，捕到了一种名叫鲎(hòu)的甲壳动物，这种动物雌雄背负在一起，即使有大风浪也不分开。庶其廉很后悔，说："动物尚且如此，人还有不如它的地方，怎么可以呢？"回家后，他接回妻子，与她生活在一起，终身都很恩爱地对待她。

【寓意点拨】夫妇之间闹矛盾，很寻常，不是什么大事，但也不是小事，倘若任其发展，轻则家破，重则人亡。家庭是社会的细胞，封建时代志士要实现自己的个人价值，首先就是要"齐家"，家庭是起点，也是基础，因此家庭的和睦相当重要。家和万事兴，家庭稳定，社会才能稳定。

虞孚贩漆

【寓源】明·刘基《郁离子·虞孚》。

【寓言】虞孚向计然先生请教谋生致富的办法，学到种漆树的技术，三年漆树长成就开始割漆，收获数百斛漆，打算运到吴国出售。他妻子的兄长对他说："我经常在吴国经商，知道吴国人非常喜爱装饰，那里漆工很多。漆在吴国是上等货物。我看见卖漆的人，把漆树叶子煮成膏掺和在油漆里，能获得加倍利润，而买主也不知道。"虞孚听了很高兴，按照他的话去做，拿漆树叶子煮成膏，也装满几百瓮，跟那些漆一起都用车子装运到吴国。

当时吴国和越国关系恶化，越国商人不能进入吴国。吴国正缺漆，市场上经纪人听说有漆来卖，高兴地到郊外去迎接，带领虞孚进入吴国，慰劳他，并把他安置在私人开的旅舍住了下来。经纪人一看他的漆质量很好，便约定在短时间内就拿现金来买漆。虞孚非常高兴，深夜把漆树叶煮成的膏掺和到油漆里，等候经纪人来。到了约定的期限，经纪人来了，看到漆桶上的标记是新的，怀疑漆里掺假，于是对虞孚说要改变成交日期，后推二十天。二十天后再来时，油漆全都坏了。

虞孚的油漆卖不出去，身无分文不能回去，沦为乞丐，最后死在吴国。

【寓意点拨】这则寓言通过虞孚卖漆掺假，被人识破，最后困死在吴国的故事，对弄虚作假、唯利是图者予以揭露和惩戒。告诉人们，害人者必以害己而告终。

愚公移山

【寓源】战国·列御寇《列子·汤问》。

【寓言】古时候，在冀州的南面，河阳的北面，有太行、王屋两座大山，方圆七百里，高达千万丈。

大山北面住着一位年近九十岁的老人，人称“愚公”。他的家门正对这两座大山。因为有高山阻塞，一家人出门要绕很远的路，十分不方便。愚公就召集全家人商量：“我和你们竭尽全力来铲平这两座大山，开出一条路来，通往豫州南部，直达汉水南面，怎么样？”家人都表示赞同，而他的老伴提出了疑问：“凭你这点力气，连魁父那样的小山丘也铲不平，又能把太行、王屋这两座大山怎么样呢？再说了，挖出来的土石，又该往哪里堆放呢？”大家商议说：“可以把土石运到渤海边上，或者运土到北边去。”

于是，愚公就领着三个能挑担的子孙，凿石头，挖土块，用畚箕把土石运到渤海边上。邻居京城氏的寡妇有个小儿子，刚到换牙的年龄，也蹦蹦跳跳地跑来帮忙。因为路途遥远，到了冬夏换季的时候，他们才能往返一趟。

河曲地方有一个叫智叟的老者知道了这件事，便笑着阻止愚公说：“就凭你这把老骨头，剩的这点力气恐怕连山上的一把草都拔不掉，又怎么能铲除这么多土石呢？”愚公听了，长长叹了一口气，说：“我死了还有儿子在；儿子又添孙子。孙子又有儿子，这样子子孙孙，代代相传，是没有穷尽的。而这两座大山却不会再增高了，为什么还担心挖不平呢？”智叟被驳得无话可说，灰溜溜地走了。

后来，手握双蛇的山神听到愚公这番话，害怕他挖山不止，急忙把这件事报告了天帝。天帝被愚公坚韧不拔的意志和真诚所感动，便派大力神夸娥氏的两个儿子背走了这两座大山，一座放在朔州的东部，一座放到雍州的南部。

从此以后，自冀州南部直到汉水南岸，再没有大山的阻隔了。

【寓意点拨】愚公以他无限延续下去的子孙的力量，要挖掉太行、王屋这两座大山，是没有挖不平的道理的。反映了古人以坚韧不拔的毅力，顽强改造自然的精神。对于利国利民的事，就要像愚公那样，充满必胜的信心，不畏难，不动摇，按既定的目标，坚持不懈地干下去。

愚人失袋

【寓源】唐·张鷟《朝野佥载》。

【寓言】从前，有一个很笨但却认为自己很聪明的愚人到京城去参加考试。他所带的钱财就放在一个带锁的皮袋中。愚人十分担心他的财物会被人偷去，便将皮袋的钥匙系在自己的腰带上，从不离身。他想只要钥匙还在，人家便开不了皮袋，也就没什么可怕的了。于是他对皮袋看得不那么严了。

果然有一天，愚人取钱的时候发现皮袋没有了，怎么也找不到，看来是让人给偷走了。他的朋友很为愚人着急，劝他说："快去报官吧，不然晚了，就是抓到小偷，只怕你的钱也追不回来了。"愚人却现出一副满不在乎的样子："我都不急，你急什么呢？告诉你吧，贼人虽然把我的皮袋偷去了，但他却没法用我里面的东西。"看着朋友一脸惊奇的样子，愚人笑了。他得意扬扬地掀开衣襟，从腰间解下钥匙在朋友眼前晃了晃说："幸亏我想得周到，一天到晚都把皮袋的钥匙拴在腰带上，贼人没法偷走。既然他得不到我的钥匙，光偷了个皮袋去，他用什么来把我的皮袋打开呢？钱还是属于我的啊。"周围的人都被他的"从容"惊呆了。

【寓意点拨】这个愚人也真是会自我安慰，皮袋都没了，剩一把钥匙有什么用呢？更何况小偷用别的办法一样能把皮袋打开呀。可见盲目地自我麻痹，安于现状，必定会遭受损失。这则寓言讽刺那些掩耳盗铃、自我瞒骗的人们，面临突发状况，不知积极想办法解决，只图消极避难，最后难逃失败的命运。

愚者多悔

【寓源】战国·晏婴《晏子春秋·内篇·杂上》。

【寓言】鲁昭公离开鲁国逃奔到齐国，齐景公问他："你的年纪很轻，是什么原因使你到了这种地步呀！"

鲁昭公回答说："我年轻的时候，大家都爱我，我不能同他们亲近；大家都向我进谏，我不愿采纳改进；所以内外便没有一个人辅佐我，而巴结奉承我的人却很多。好像那秋天的蓬草，其根孤立，尽管枝叶丰茂，秋风一起，就倒地而被吹上天了。"

齐景公认为鲁昭公说得在理，告诉晏子说："假如让此人返回他的国家，岂不成为像古代贤能国君那样的人了吗？"

晏子回答说："不是这样。愚昧的人经常后悔，不贤的人自以为贤能，掉入水中的人不问水路，迷路的人不问路的方向。掉入水中后再问水路，迷了路以后再问路的方向，就好比国难临头才急忙铸造兵器，食物堵住食道需要水时，才急忙去挖井一样，即使速度很快也来不及了。"

【寓意点拨】晏子"溺者不问坠，迷者不问路"的比喻，前句说明办事不顾后果的危害，后句说明办事没有明确目标的危害。这告诉人们，凡事要虑及后果，以便防患于未然；凡事要有既定的目标，以防盲目行事。

与狐谋皮

【寓源】前秦・符朗《符子》。

【寓言】古时候，周地有一个人非常想要一件珍贵的皮袍，成天梦想着自己已经穿上了价值千金的狐皮大衣，想着想着心里就美滋滋的；同时，他还想吃到精美的佳肴，也成天做着白日美梦，想着想着嘴里就不由得直流口水。可是，现实总是残酷的，日子一天天过去了。他的美梦一个也没成为现实，他心里空荡荡的，怎么办呢？

这天，他实在忍不住了，就跑去和狐狸商量，他对狐狸说："狐狸大哥，帮我一个忙吧，让我剥下你的皮吧，我特别想要它来做一件梦寐以求的大衣。求求你了，帮帮我吧！"还不等他的话说完，狐狸早已经逃得不见了踪影。它们一传十，十传百，所有的狐狸都吓得躲到了山里再也不出现了。

狐皮得不到了，他又去找山羊商量，他对山羊说："山羊老弟，帮帮我的忙吧，让我吃吃你的肉，我是多么梦想能够吃到你细嫩的肉啊，求求你了，可怜可怜我吧！"山羊听他一说，也是一个呼叫着一个，害怕地躲藏了起来，再也不出现了。

这个人虽然一直谋划，但是十年过去了，他仍然没有做成一件梦寐以求的狐皮大衣；五年了也没有吃到一只细嫩的山羊。不是他没有努力去做，而是因为他想得到这些东西的办法太愚蠢了。

【寓意点拨】与狐狸和山羊商量，要取它们的皮和肉，这是愚蠢而注定无法实现的。什么样的钥匙开什么样的锁，不能靠自己不切实际的主观愿望去企图达到一种理想的目的。

与虎为伍

【寓源】明・张翀《浑然子》。

【寓言】浑然子住在滃（wěng）箐山上。滃箐山上有很多老虎。浑然子进出来往常与虎为伴，彼此之间从不相伤害。

有个砍柴的人从高处看见，不解地向玄通子询问。玄通子解释说："浑然子不曾知道它们是老虎，因此不伤害它。"

砍柴的人问："浑然子不曾知道它是老虎，又怎么知道老虎不知道浑然子是人呢？"

玄通子说："是啊！浑然子不知道它们是老虎，老虎也不知道他浑然子是人。世上一切动物如若知道彼此之间是有伤害的属性，就相互存有戒心，彼此畏惧；彼此畏惧了，就会相互残害，这是常理。反之，世上一切动物若不知道彼此之间具有相互伤害的属性，就不相畏惧；不相畏惧，就不相互伤害，这也是常理。"

【寓意点拨】这则寓言，以虎与人安然相处、不相残害为喻，说明动物（包括人类）之间的相互残害并不是与生俱来的。寓言所说浑然子与虎为伍，是因为虎不知道人是它的食物，浑然子也不知道虎会吃人，所以彼此不相畏惧，不相伤害。但这种说法只能说明动物最初的混沌时期，而不是永恒不变的。

雨　钱

【寓源】清·蒲松龄《聊斋志异·卷四·雨钱》。

【寓言】滨州有一个秀才，这天他正在书房里读书，忽听得有人在外面敲门。打开门一看，原来是一个白发老头，看上去样子很古板。秀才请他进了屋子，问他尊姓大名。白发老头自言自语地说："名养真，姓胡，实际上是个狐仙。羡慕你品德高雅，愿意和你在一起生活。"

秀才本来就很旷达，因此也不认为很奇怪。他就与白发老头评论古今的一些大事。白发老头的知识面特别广博，谈吐高雅，妙语横生；时时解释一些儒经的经义，道理说得很深，秀才尤其感觉到有些道理不是自己所能想到的。秀才非常佩服，把白发老头挽留了很长时间。

一天，秀才偷偷向白发老头请求道："你十分关爱我。你看我穷到这个地步，获得金钱对你来说不过是举手之劳，你为什么不周济一点给我呢？"

白发老头默不作声，好像认为这样不行。过了一会儿，笑着对秀才说："这是一件很容易的事，但必须要十几个钱做本钱。"

秀才按照白发老头说的准备了十几个钱。白发老头和秀才一起到了密室，边跛着脚走边念咒语。一会儿，有数十百万个钱，从屋梁上落下，发出铿锵的声音，好像下暴雨一样。一会儿就没到了秀才的膝盖；把脚抽出来站在高处，一会儿又没到了脚踝。长宽一丈的房子里，钱已有三四尺深。白发老头回头对秀才说："这些能满足你吗？"

秀才说："足够了。"白发老头手一挥，雨钱立即就停止了。他们关上门和窗户出来。秀才偷偷地高兴，自认为自己突然间成了富翁。

一会儿，秀才到密室里去取钱用，发现刚才还是满屋子的钱都没有了，只有那十几个本钱还稀稀落落地留在地上。秀才很失望，向白发老头大发雷霆，对老头的欺骗感到很恼火。

白发老头愤怒地说："我本来是想和你在文字上交朋友的，并不打算和你一起做贼！如果要想合你的意，你就找个梁上君子交朋友好了，我不能按你的意愿做！"说完一甩衣袖走了。

【寓意点拨】这则寓言告诫人们：贪得无厌的人最终什么好处也不会得到。那些自以为很高雅却很贪婪的人，其最终还是两手空空，既不能得到钱财，也交不上朋友。

玉堆宫

【寓源】明·冯梦龙《广笑府·儒箴》。

【寓言】两个教儿童的私塾老师在路上相遇。路边有鲁叁的墓。其中一个连忙跪下参拜说："这是曾参的墓。"另一个争辩说是曹参的墓，两人争执了很久，就相互扭打着告到了王推官那里。推官说："把住在坟边的人叫来问话。"问知是鲁叁的墓，即把两人各鞭打了二十下赶了出去。他们的朋友为他们和解，就在玉堆宫摆下酒席。两人快进门时，抬眼看见轩匾，慌慌张张地跑着逃出来，惊愕地对视说："这是王推官家，怎么又去惹他！"

【寓意点拨】这则寓言通过蒙师认错字，一方面揭示了蒙师的粗枝大叶，马马虎虎；另一方面讽刺了他们的不学无术的丑态。

玉爵饮鏊

【寓源】明·张翀《浑然子》。

【寓言】从前，赵王用于阗（tián）的玉石做成酒杯，声称拿来给有功的人饮酒。邯郸之围解除后，赵王拿酒杯祝福魏公子无忌长寿，公子拜谢并称赞这种做法。所以当时的将士，都想得到用这酒杯饮酒，因为它超过得到十辆车子的俸禄。

后来，有一个人给赵王舔毒疮，受到赵王宠爱，赵王拿那只酒杯给这个人饮酒。

秦国攻打赵国，赵国大将李牧在西部击退秦军，赵王又拿来那只酒杯给将士们饮酒，将士都很愤怒而不饮。为什么？人们都认为舔毒疮的人用过这酒杯，因而把它看得很轻贱。

【寓意点拨】这则寓言说明用人应当有区别，不能将有功之人与一般庸人同等的态度，没有区别就谈不上重视人才。

驭者骂相

【寓源】明·李贽《山中一夕话》。

【寓言】武则天当朝，宰相杨再思早晨上朝，路上碰到一辆载满东西的牛车要出西门，因雨后路滑难行，牛不能往前拉动，驾牛车的人骂道："一群痴宰相，不能使晴雨调和，让我如此辛苦，难以赶路。"杨再思听了，从容不迫地对他说："你的牛自身也瘦弱无力，不能怪它的宰相。"

【寓意点拨】这则寓言以车夫借路滑，骂宰相杨再思治国无能为喻，揭露、谴责明王朝黑暗统治、民不聊生的社会现实。

芋 老 人

【寓源】张寿镛《春酒堂文存·芋老人传》。

【寓言】芋老人是慈溪江祝家渡人。儿子外出帮工，独自与老伴住在渡口。

有一天，一个书生在房檐下避雨，单薄的衣服全淋湿了，身影显得更瘦。老人知道是从州府科举考试回来，请他进屋坐。老人也大致知道书本上的知识，跟书生聊了很长时间，叫老伴煮山芋来吃。书生吃过一碗，再吃一碗，肚子吃饱了，笑着说："将来不会忘记你老的芋头之恩。"雨停之后，便告辞而去。

十几年以后，书生成为丞相。偶然叫厨师煮芋头吃，他放下筷子叹气说："怎么以前祝家渡老人的芋头烧得又香又甜呢？"派人去寻找这老两口，把他们用车接了来。

县丞、县尉听说这件事，知道老人与丞相是老朋友，就邀请老人，并用宾主平等礼节来招待，老人的儿子也用不着出去帮工了。

老人到了京城，丞相慰劳说："我一直没有忘记老人家煮的芋头，今天麻烦你老伴煮一次芋头。"

一会儿，老婆婆把煮好的芋头端上来，丞相尝一下又放下了筷子说："为什么以前的芋头又香又甜呢？"

老人回答说："芋头还是那种芋头，从前的芋头又香又甜，不是因为烧煮有什么不同，而是因为时间、地位使人产生了变化。相国过去从州府走了几十里路，遇到大雨困在我家门口，又湿又饿，就饥不择食了。现在你厅堂里有精美的珍馐佳肴，上朝还能分享皇上的御食，酒席摆开排列着置有美食的宝鼎，还能感到芋头是香甜的吗？

我们还庆幸的是相国只是限于芋头这一件事呀。我已经老了，听到的事情很多。我们村子南面，有一对夫妻过着贫困日子，妻子织布纺纱、汲水舂米，帮助丈夫苦读，丈夫功成名就后，就宠爱小老婆，抛弃了结发妻子，他的妻子忧郁伤心而死，这是把妻子看得和芋头一样啊；在城东有两个同学，共用一方砚台，一盏油灯，共靠一个窗子读书，共在一个床上睡眠，早晨起来也不分是谁的衣服和鞋子，其中一个先得中，走上了仕途。他听说同学名落孙山，耻笑他，置之不顾，友情也断绝了，这是他把同学看得和芋头一样呵；又听说过谁家的儿子，读书时立志将来得志了，要像古代某人那么廉洁正直，要像古代某人那么忠君孝亲，到了做官时，就贪污受贿被罢官，这是把他的学业看得和芋头一样呵。还可以说一说，我家西边有个邻居，听到老师对学生讲前代的故事，有将相，有公卿大臣，有刺史守令，他们有的系着黄金印和紫绶带，有的掀开车帘巡视各地，一旦朝廷发生政变，外族入侵，他们就屈膝磕头，投降赔款，唯恐落后，竟然把宗庙、社稷、身家性命、气节操守，无不都看成和这芋头一样啊。世上因为有了现在而忘记过去的，仅仅就是一双筷子的事吗？”

老人话还没说完，丞相就惊讶地向他致谢：“老人您是个懂得大道理的人啊。”他赏给了老人一大笔钱，并送他回家。从此芋老人的名声大振。

【寓意点拨】这则寓言说明了一个人的思想是会随着时间、地位的变化而改变的。文中对一些人飞黄腾达后，腐化堕落，见利忘义以至于卖国求荣等进行了无情的鞭挞，发人深省。

欲其毙我

【寓源】明·张令夷《迂仙别记》。

【寓言】迂公出门，在路上遇到一个喝醉了酒的人，被他殴打，他只是把两手交叉在胸前，恭恭敬敬地任凭他打，不讲一句话。有人问他：“你这是什么意思呢？”迂公回答说：“如果他把我打死，他一定要抵命，我正想他这样呢！”

【寓意点拨】遭人殴打，竟不发一言，更无还击的举动，所以如此，理由是他打死我他一定要抵命，这便是迂公的逻辑。寓言尖锐地批判了在恶势力面前忍受屈辱的奴才思想。

誉人自贤

【寓源】明·江盈科《雪涛谐史》。

【寓言】世上有假借称誉别人而标榜自己的人，人们嘲笑他说：“有一个人自己以为妻子很美，却不直说妻子美，每次见了人总说：‘我家的小姨子，真是天下的绝代美人，和我妻子站在一起，就辨认不出谁是大姨谁是小姨了！’”

【寓意点拨】说明有些人很虚伪，常利用各种借口加以表现，让他不表现是不可能的。誉人自贤，就是自我吹嘘的一种巧妙办法。

豫让事主

【寓源】西汉·刘安《淮南子·主术训》。

【寓言】从前，豫让是中行文子家的臣子。智伯攻打中行氏，吞并了中行氏的土地，豫让背叛了他的主子而到智伯家为臣。智伯与赵襄子在晋阳作战，被杀死。豫让全身涂满了漆，长满癞疮，吞下木炭使嗓音变哑，打掉牙齿改变容貌，要寻赵襄子报仇。同样是这一个人，去侍奉两个主人，有的就背叛而离去，有的却为他殉节，难道是因为他根据势力的强弱而做出不同的选择吗？是主人的恩德不同才使他有不同的行为。

【寓意点拨】社会上的人职业有区别，地位有高低，但人格是平等的，感情是相通的。正是由于中行氏对他轻视，他才背叛离开，投向智伯。由于智伯对他尊重，他才尽心侍奉，不惜以身殉节。这个寓言也告诉人们，对待下属尊重，也就必然赢得下属的尊重。

鹬蚌相争

【寓源】西汉·刘向《战国策·燕策二》。

【寓言】这天，海边的天气特别好，阳光明媚，照得沙滩暖洋洋的，海面上不时有丝丝清爽的阵阵微风。

蚌也耐不住性子了，从浅滩中爬到了沙滩上，放松地张开蚌壳，享受着难得的美好阳光。它悠闲地沐浴在温暖的阳光中，完全忘记了周围随时可能出现的危险。鹬看见了，心想这可是千载难逢的好机会啊，平日里想吃蚌肉，总是被它那坚硬的外壳所阻挡。鹬暗暗地高兴，它箭一般地飞了过来，迅速地将那长长的嘴伸进蚌壳中去啄蚌肉。蚌一紧张，下意识地马上合住了双壳，这下鹬的嘴被紧紧地夹住了，一动也不能动。

可是，鹬一点也不着急，它还有点幸灾乐祸地对蚌说：“哈哈，今天不下雨，明天不下雨，过不了几天，你就会变成死蚌！”蚌呢，它也并没有被鹬的威胁吓到，还击道：“我今天不放你，明天不放你，过不了几天，你就会变成死鹬！看谁耗得过谁！”说完，它还想哈哈大笑呢。结果，不等它张嘴，一个渔人走了过来，把它们俩都扔进了鱼篓里了。

【寓意点拨】鹬和蚌争气斗狠，结果两败俱伤，渔人得利。这则寓言从另一个方面告诉人们，遇到危险的时候，弱小者都要联合起来，团结一致，想方设法化险为夷；不能内部之间为了个人的利益，争论不休，互不想让，这样只能让人有机可乘，最终两败俱伤。

冤　鬼

【寓源】明·冯梦龙《广笑府·九流》。

【寓言】阎王派小鬼去探访阳间的名医，告诉他们说：“门前没有冤鬼的就是名医。”小鬼每过一个医生的门口，冤鬼都聚集在那儿。最后到了一家，看见门前仅有五个鬼在彷徨，就说：“这个可以算得上名医了。”一问，是昨天刚挂上招牌的。

【寓意点拨】这个寓言揭示了庸医残害人命的悲惨事实，揭露了社会上的那种挂羊头卖狗肉的人很多，既害己，又害人。

渊材禁蛇

【寓源】明·江盈科《谈言》。

【寓言】渊材随从郭太尉在园中游玩，吹牛说：“我有一个祖传的禁蛇妙法，特别灵，只要念动咒语，蛇就听从约束，好比摆布小孩一样。”

不一会儿，园中窜出一条凶猛的蛇。太尉惊呼道：“渊材，快施展你禁蛇的本领。”正说着，那条毒蛇已昂首直奔过来，渊材毫无办法，吓得掉头就跑。他汗流满面，摘下帽子，气喘吁吁地说：“这是太尉的宅神，禁不得。”

【寓意点拨】渊材吹嘘自己能以禁咒术制服毒蛇，而毒蛇一来却吓得大汗淋漓，冠巾尽丢，洋相出尽。任何自欺欺人之谈都经不起事实的考验。

原 山 狼

【寓源】清·赵执信《饴山文集》。

【寓言】原山有个山洞，位于山顶上，离村子很近，有条险峻的小路通向那里，从前大概有人居住过。那里山谷幽深阴暗，草树茂密，有一只狼占据着这个山洞。这只狼既丑又脏，叫声特别奇怪，不仅仿效各种兽类，还能模仿人的行为。每天傍晚昏暗的时候，它就靠着洞口嗥叫，有时作婴儿啼哭，有时作寡妇悲泣，有时作冤鬼哭泣，有时作市井的喧闹声，有时作军阵的鼓号声。声音在山林中回荡，村民听了非常恐惧，久而久之越发憎恨这只狼，然而没有人敢触犯它。

山中的鸟兽听到了这种叫声，认为狼是雄杰，纷纷前去依附它。有只狡猾的狐狸善于献媚，敬奉狼为山中大王，其他的鸟兽都赞同附和。狼很高兴，叫声更加凶残，有时走下山，偷吃人家的鸡和猪，遇到人还不敢扑咬。这时狡猾的狐狸对狼说："这里离城市只有几里路，你为什么不去游玩呢？"

狼听后皱了皱眉头，心里想："我夜晚出去，如果遇到意外的事，立即返回山洞，守着洞口，他们能把我怎么样？"于是狼就窜进市内官吏的住宅。这位官吏是海边的人，所熟悉的只是鱼和鳖，第一次看见狼大为惊恐，就为狼准备好酒和干肉，并施礼恭候。狼得意扬扬，大肆地喝酒吃肉。从此屡次来到官吏家，渐渐地也不回避大白天了。市民有时遇见了，惊吓而逃跑，相互转告出了妖怪，家家把门关紧。有个书生从墙头看见了狼，叫道："这是狼呀！"告诉官吏不能接近狼。官吏已经不能同狼断绝往来，因而不听书生的劝告。这时狼更加无所畏惧，润泽皮毛，放纵往来。从乡村到城市，人们都互相告诫要小心地躲避恶狼。

有位道士身怀奇异之术，隐居在深山老林之中，得知此事后就来到书生家，对他说："你怎么这样软弱呀！这狼将要吃人的，现在不除掉它，你和百姓将会不够它吃呀。"

书生说："我本来就知道，但民心不齐，又没有弓箭和罗网，况且官吏还亲近它。"

道士说："官吏会有什么好处呢？古语说：'野兽入室，主人将离开。'狼已经入室了，不得已时，我可以帮助你。"

道士写了一篇声讨的文书，向神控诉。当天夜里雷电大作，击平了狼的洞穴，等狼回来之后，已经无处安身了。这时，狐狸和野兽已经全部离去，狼就逃到野外，到处躲避，无法振奋起来了，到了傍晚，叫声凄凉，像鬼一样。

村民互相商量，认为狼已经无能为力，就拿起棍棒，拾起瓦石，准备打死狼。城里市民得知后也争相出城。道士见状说："神要惩治狼，幸好狼还没有吃人，就饶狼一条命吧。现在你们要打死狼，当初为什么相互告诫而不敢触犯它呢？你们这样做太过分了。”众人停止了打狼行动，狼就逃走了。

【寓意点拨】这则寓言告诫人们，对于恶人大可不必畏惧，要敢于与之展开斗争，只要抓住了恶人的致命弱点，就一定会战胜的。如果姑息恶人，正如引狼入室一样。

圆　谎

【寓源】清·游戏主人《新镌笑林广记》。

【寓言】有一个人习惯说谎，他的仆人每次都替他圆谎。一天，他对人说：“我家有一口井，昨天被大风吹到邻居家去了。”

众人不相信，仆人说：“确实有这事，我家的井，靠近邻居的篱笆，昨晚风大，把篱笆吹到我家来了，这就像井吹到邻居家去了。”

又有一天，他对人说：“有人射下来一只大雁，头上还顶着一碗汤。”他的仆人说：“这事也有，雁落在了放粉的碗里，正好是头上顶着粉汤。”

又一天，他又对人说：“我家有一顶大帐篷，可以把天地遮的严实，一点空隙没有。”这回仆人说：“主人撒了一个瞒天大谎，我可替他圆不了谎了。”

【寓意点拨】说明谎言总要揭穿。假的就是假的，不管怎么圆场，也终归要露出马脚。

猿母猿子

【寓源】东晋·干宝《搜神记》。

【寓言】临川郡东兴县有一个人进山，捕捉到一只幼猿，便带回家来。母猿跟在后面追到他家。这个人把幼猿捆在院子里的树上给母猿看。母猿就对着人自打耳光，像是哀求的样子，表示只是嘴不能说话罢了。这个人不仅没把幼猿放下，竟然还把它敲打致死。母猿悲哀地呼叫，腾跃摔死。这个人剖开母猿的肚子一看，它的肠子一寸长一寸长地断裂开来。不到半年，这个人家遭到瘟疫，全家人都死光了。

【寓意点拨】动物这种母爱跟人有什么不同？人应该有爱心，推己及人，而及一切生灵。杀戮无辜做了坏事，会得到应有的报应。

猿与王孙

【寓源】唐·柳宗元《柳河东集》。

【寓言】猿和王孙，居住在不同的山上，品德也有本质差别，互相不能容忍。

猿的品行安静而稳重，大都仁爱谦让、尊老扶幼。住在一起互相爱护，吃东西彼此推让，行走有队列，饮水有秩序。如果不幸分离了，就发出悲哀的叫声；遇到患难，就让弱小的藏在中间。它们不践踏庄稼、蔬菜。树上的果子没有成熟时，互相慎重小心地看守；果子已经成熟了，便呼唤大家聚集在一起才开始吃，显得和和乐乐。山中的小草木，它们也不践踏，一定绕道走过，使这些草木生长得很茂盛。所以，它们居住的山郁郁葱葱。

王孙的品行暴躁而放肆，争吵，嚎叫，喧哗，追打。即使是同一群的也不能彼此和好，吃东西时互相撕咬，走路时没有队列，喝水没有秩序。走散了，不思伴侣；遇到患难，就推出弱小者以便自己脱身。它们喜欢践踏庄稼与蔬菜，经过的地方被搞得零零落落，乱七八糟。树上的果子还没成熟，就乱咬胡扔。还常常偷别人的食物来填自己的私囊。山中的小草木，它们一定要践踏、折断、拉弯，肆意摧残，使这些草木枯槁方才甘休。所以，王孙居住的山荒芜不堪。

因此，猿群力量大就驱逐王孙；王孙群力量大也就去攻击猿。猿常常厌弃并离开王孙，不与它们争夺。这么看来，动物中最可恶的没有超过王孙的了。

【寓意点拨】这则寓言是影射中唐政治斗争的，赞扬了革新势力的清廉自守、利国安民，揭露了守旧势力的贪婪凶狠、祸国殃民。它说明了正与邪、革新与守旧是誓不两立的。

辕　马

【寓源】清·方苞《望溪文集》。

【寓言】我行进在边境上，乘坐的是负载着人和物的马车。看着驾辕的那匹马，产生很多感触。

古代的车，是在独辀上加横木，套上两匹马作为辕马；如今是夹在辕中的辕马只有一匹。辕马的颈脖被轭头紧紧扣住，脊背上绊着皮韅（xiǎn），胸前套着靳带，身后勒着靽条，它上坡时，喘着粗气，大汗淋漓，而后才能拖动后退的车轮前行；下坡时，必须紧束大腿，聚拢蹄趾，而后才能支撑起倒伏的车辕。车夫扬起鞭子，督促它攀登；挥动带棘的驱马杖，激励它从深陷中奋起。当它身临险境，处于车辆倾覆的时刻，即使会折筋断骨，也无处躲避，而那些在它前面或旁边共同拉车的马儿却不担当这样的危险。当它干渴了要到溪边饮水，或者卸下车驾，去马槽吃草时，却常常等在其他马匹的后面。马所承受的任务，还会有比这辕马更艰难的吗？

然而，辕马的品德和才力，不放到车辕下面检验是分辨不了优劣的。如果选作辕马的马不称职，那么即使善于驾车的人也不能予以调理。劣马不能胜任；脾性狂躁的马容易受惊变态，有的即使行驶在平坦的大道上，也会惊慌腾跳，把车子弄倒；它们上坡时像跛子走路，下坡时像山石崩塌，遇到泥泞的道路就盘旋不进，碰到泥沼就会陷入其中，常常是把自己困顿在车辕之中，使得和它一起拉车的其他马儿都受到牵累。

【寓意点拨】寓言以辕马比喻社会上担任要职的官员，这类官员，肩负重任，也必须有高尚的品德和出众的才能，否则，不仅他们自己无所作为，还会对他人和全局造成危害。寓言说明：选拔官员不能任人唯亲，也不能仅凭主观臆断，要到实际中去考察、去发现，审慎地做出选择。

远水不救近火

【寓源】战国·韩非《韩非子·说林上》。

【寓言】鲁穆公把自己的儿子有的送到晋国去做官，有的送到楚国去做官，想以此来联合这两个大国。鲁国的大夫犁鉏（chú）对鲁穆公说："越国人虽然善于游泳，到越国去求人来救落水的孩子，也救不活这个孩子。失火而到大海里去取水灭火，海水虽多，火也不会灭得了。这是因为远水不能救近火。晋国与楚国虽然强盛，但远离鲁国，而齐国离我们这么近，鲁国有了祸患，晋国和楚国怎么来得及解救我们呢？"

【寓意点拨】寓言中的比喻富有深刻的哲理，舍近求远无法解决突发性的紧急问题，所谓远亲不如近邻，就是这个道理。应急就要快，越近则越快，越远则越慢。由此，也启示人们搞好邻里关系的重要性。

掾者抄奏

【寓源】隋·侯白《笑林》。

【寓言】汉桓帝时，有人担任公府掾（yuàn）吏，请人作奏记文，这人不会作，别人就告诉他说："过去梁国葛龚善于写奏记文，把他的文章拿来抄抄就可以用，不必费事再写一次。"于是那人听从这人的话抄了葛龚记奏文，没有删去葛龚的姓名。府君看到后大吃一惊，没有作声就把他罢官回家了。人们议论说："奏记写得虽然工整，应去掉葛龚的名字。"

【**寓意点拨**】这则寓言告诉人们：做事情一定要有真才实学。靠投机取巧，剽窃别人的成果，要被人揭穿的。

月攘一鸡

【**寓源**】战国·孟轲《孟子·滕文公下》。

【**寓言**】从前，有个懒汉整天游手好闲，四处逛荡。

邻居的鸡只要跑进他家的院子，他就将鸡杀了吃掉，邻居找上门来，他就赌咒发誓说："大门总是关着的，鸡怎么会跑进来？"吃多了，慢慢上瘾，一天不吃鸡肉就浑身难受，可是，并不是天天有鸡会跑进他家。于是，他在天色昏暗的时候，便穿上特大的衣袍，装着若无其事的样子靠近人家的鸡笼，扣住鸡脖，使劲一拧，扔进布袋，藏在衣袍下，扬长而去。

有一次，他在偷鸡时，被人当场捉住，抓进衙门里痛打了一顿，屁股都打烂了，他踉踉跄跄地回到家里，伏在床上，喘气呻吟。

这时，一位好心的老婆婆上门劝他说："小伙子，年轻力壮的，爱吃鸡自己养嘛！偷鸡，可不是正经人干的事，怎么能做呢？"

他便大哭不止，说："浪子回头金不换。我一定痛改前非。首先减少数量，原来每天偷一只，现在我每月偷一只，明年再减少，最后一只也不偷。"

老婆婆说："既然知道偷鸡不对，那就立即改掉，何必等待以后呢。"

【**寓意点拨**】寓言告诉人们：做错了事如果认识到了，就要立即改正，不能以数量的减少来敷衍了事；改正错误就应当快刀斩乱麻，决不可拖泥带水，否则就是自欺欺人。

月神与日神

【**寓源**】清·刘大槐《海峰文集》。

【**寓言**】月神和日神在青天的边际相遇。日神对月神说："我和你驾驭日轮和月轮，在日月形成之初就开始了，一直到现在数万年了，可是日月还是没有一点儿改变。”

月神说：“你欺骗我啊！你现在所驾驭的日轮，并不是昨天所驾驭的日轮。你现在和你说的你所驾驭的日轮，也不是你和我说的你所驾驭的日轮。”

日神说：“你是怎么知道的？”

月神说：“凭我的月轮知道的。”

于是他们相视而笑，说：“我知道这事，你也知道，他们外人不知道。”

【寓意点拨】这则寓言揭示了自然界万物发展的根本规律，一切都在运动，一切都在变化。这就启示人们从哲理的高度来认识自然和社会，乃至自身。世间没有不变的事物，要善于从外在的不变中，看出内在变化的特点，掌握其变化的规律，从而达到自觉地去遵循它，甚至是有效地利用它。

刖足人直辞

【寓源】战国·晏婴《晏子春秋·内篇·杂上》。

【寓言】齐景公连续几天没有上朝理事。晏子见到裔款后问他：“国君是什么原因不上朝？”

裔款回答说：“前些日子国君在大白天披着头发，驾着六匹马拉的车，带着宫中后妃从王宫正门出去，刖足的看门人拍打景公的马让他返回，并说‘您不像我们的国君。’景公惭愧地返回宫中，没有如愿出去，所以不上朝。”

晏子入宫拜见。齐景公说：“前些日子我有过错，披着头发，驾六匹马拉的车，从王宫正门出去，刖足的看门人拍打我的马让我返回，还说：‘您不像我们的国君。’我因先生及诸位大夫的赐教，得以率领百姓守护国家基业，现在被刖足人羞辱，也就是羞辱了国家，我还可以和诸侯并列吗？”

晏子回答说：“君王不必记恨这件事，我听说下面没有耿直的话，上面就有不明的君主，老百姓如果忌讳不敢讲话，国君就会有骄奢的行为。古代的圣明君主在上治国，下边就会多有耿直的话；国君喜好善言，百姓说话就不会忌讳。现在国君有失礼的行为，刖足的人就直言制止，这是国君的福气，所以我来庆贺。请求赏赐刖足的人，以表明君王喜好善言；礼待刖足的人，以表明君王接受劝谏。”

齐景公笑着说：“可以这样做吗？”

晏子说：“可以。”

于是齐景公下令给刖足人赏赐，并免征赋税，一时朝中相安无事。

【寓意点拨】从刖足人的言行中可以看出，尽职的关键在于坚持原则，对事不对人，在自己的职责范围内，有权处理不合规定的一切言行，敢于抵制来自各方面的压力；否则就是最大的失职。当然尽职是要冒着危险的，尤其是为了工作而顶住来自上级的不正之风，有时会做出一定的牺牲。所以这种责任心还需有正义心的支撑。

岳飞论马

【寓源】民国·和孟春《馀冬序录·罕喻》。

【寓言】有一次，宋高宗问岳飞："爱卿得到好马没有？"

岳飞回答说："臣有两匹好马，每天吃粮秣数斗，饮泉水半担。不过，它们不肯吃不精的饲料，不肯喝不洁净的泉水。给它们披鞍驾驭，它们先是慢慢跑，到行了百里路之后才奋蹄奔跑，从中午到黄昏，能够跑二百里；卸下鞍鞯后，不气喘，不流汗，显得若无其事。这马承受得多而不苟且索取，力量充裕而不愿逞能，是能行远路的良材。可惜这两匹马接连死了。如今我骑的马，每天食不过数升，草料也不挑选，喝的水也不选择。驾驭时，刚拉起缰绳，还没坐稳，它就跳跃疾驰；才行百里路就精疲力竭，汗水淋漓，气喘吁吁，奄奄欲毙。这马获取得的少容易满足，好逞能容易力乏，是力弱的驽材。"

宋高宗听了，连连称赞说得好。

【寓意点拨】寓言以岳飞谈论两种马来论述世上两种人。一种是：要求高，挑剔严，有能力而不炫耀自己，是能委以重任的干才；另一种是：要求不高，本领有限，却好卖弄自己，是庸庸碌碌的平庸之辈，不能委以重任。

越妇之言

【寓源】唐·罗隐《谗书》。

【寓言】朱买臣富贵以后，不忍心看到他离婚的前妻受苦，盖了栋房子让她居住，又拿出衣服和食物来养活她，这也是一个仁义者的心意。

有一天，前妻对朱买臣的贴身仆人说："我在他身边照顾他，尽妇人之道有好多年了。每每想到饥寒劳苦的日子，看到他的志气，他何尝不说：'我飞黄腾达后，要以治理国家，辅佐君主为己任，以安定人民发展生产为心愿。'但是我不幸离开了他的身边也有好多年了。朱买臣果然仕途通达。皇上因名臣的推荐而授给他官爵，白天衣锦还乡走在路上，荣耀极了。而过去他所说的话，已经默然听不到了。难道是天下太平的环境使他这样吗？难道因为忙于升官发财而没有考虑吗？以我的观察，他只是在我这个女人面前炫耀，其他的什么也没有看到。我又怎么安心吃他的饭呢！”说后她便自杀了。

【寓意点拨】寓言通过一个离妇之口谴责了一个为官丧志，忘记过去贫困受苦时的决心和抱负，表面仁义道德，实则尸位素餐的封建官僚的丑恶面目。另外也从侧面揭示了封建官僚体制在人才选拔上的虚假本质。

越人持的

【寓源】战国·韩非《韩非子·说林下》。

【寓言】古代著名的弓箭手后羿，右手大拇指戴着韘，左臂穿着皮革袖套，拿起弓拉满弦，越国人都争着为他拿靶子。可是当小孩子拉弓射箭时，就是连他的母亲也不放心，得躲进屋里，关起门来。这是为什么呢？因为后羿善射，肯定能射中靶心，所以越国人不必担心后羿会射到自己；而小孩子不会射箭，不一定能射中靶子，所以他们的母亲对自己亲生儿子也不放心，因而入室躲避。

【寓意点拨】这则寓言说明，本领过硬，连异国的人都信服，功夫不到家，即使自己的母亲也会怀疑。

越人溺鼠

【寓源】黄灵庚编《宋濂全集·潜溪后集卷二·燕书》。

【寓言】古时候，越国有户人家里，老鼠泛滥。这些老鼠很狡猾，总是喜欢在夜深人静的时候，跑出来偷吃仓库里的谷子。粮仓常常被老鼠咬得乱七八糟，主人对此深恶痛绝，下定决心消灭老鼠。

久而久之，主人发现了老鼠深夜活动的规律，他晚上睡觉之前，故意准备好谷子放到一个很大罐子里，然后把罐子放在老鼠经常喜欢去的地方，任它们去吃，假装没有发现，不理不睬。刚开始的时候，只有极少数老鼠发现了这个装满“美味”的罐子，他们往往是钻进来饱餐一顿，然后就满意地离开；到后来，尝到甜头的老鼠召来了越来越多的老鼠，它们一起分享罐中的“美味”，每次都是颗粒不留，就连罐子壁也都舔得干干净净。

主人很快注意到了这点变化，有一天，他把罐子里的谷子换成了水，在水面上洒上了厚厚的一层谷糠，糠在水面上漂着，看上去和满满的一罐谷子并没有任何区别。晚上，老鼠像往常一样都陆陆续续地来了，它们是那样地期待“美食”，根本没有注意到罐子里“美味”的变化。结果，一个个地全都前仆后继地跳到水罐子里淹死了。

【寓意点拨】越人很聪明，他利用并放纵老鼠的贪欲，最终将老鼠一网打尽。越人捕鼠的智慧很值得学习；老鼠因贪欲膨胀而丧命的教训，很值得人们去思考，引以为戒。

越人友犬

【寓源】秦·吕不韦《伯牙琴·二戒》。

【寓言】有一个人路上碰见一只狗耷拉着头，用哀求的眼神看着他，于是他和善地说："你从哪儿来？饿了吧？"狗忽然用人话说道："我很会打猎，打来的猎物咱们平分。"那人很高兴，说："好，那跟我回家吧！"他便用精美的食物喂狗，时间长了，狗肥胖起来，渐渐地就不把他放在眼里了，每次打猎回来，狗都要独吞，吃饱后就自个儿睡觉了。人却吃不好，甚至吃不饱，慢慢地瘦削得失去了人样。一天，他遇到朋友，朋友还以为他大病一场，忙问原因，他便说了狗的事。朋友听了说："猎物全让它吃个精光，那你还喂它做什么？"他恍然大悟。再次打猎回来，他多吃了一只野兔腿。狗立刻火冒三丈，咬住他的脑袋，撕断了他的脖子，扯裂了他的双腿。然后，大摇大摆地走了。

【寓意点拨】这则寓言，以越人礼遇狗而被狗咬死为喻，对那些不识恶"狗"本性而以礼相待它的人进行辛辣讽刺。它告诫人们，要戒贪心，分善恶，不要忘记"江山易改，本性难移"这个哲理。

越人造车

【寓源】明·方孝孺《逊志斋集·越车》。

【寓言】从前，越国没有车子。有个旅行者在晋国和楚国接壤的地方，见到一辆破车，它的辐条朽烂，车轮缺损，车轴折断，车辕毁坏。没有用处，被扔在那里。越国旅行者因为他的家乡不曾有车子，就用船把它运回去，向人们夸耀不停。观看车子的人听到他的夸耀，便信以为真，认为车子本来就是这样。他们竞相仿效，造出一辆又一辆。

有一天，晋楚交界处的一个人来到越国，见到他们制造的车子不像样，嘲笑他们笨拙。而越人却认为他是说谎欺骗人，置之不理。

不久，敌国进犯越国边境，越人驾着那些仿造的车子去迎战，结果因车坏而大败。

战斗失败了，可越人还不知道真正的车子究竟是个什么样子。

【寓意点拨】这则寓言对孤陋寡闻、固执己见的人进行辛辣讽刺。它告诫人们，不要故步自封、自以为是，要扩大眼界，倾听别人意见，减少盲目性和主观性。

越王轼蛙

【寓源】战国·韩非《韩非子·内储说上》。

【寓言】越王勾践准备兴兵攻打吴国，但认为自己的军队缺乏拼死力战的精神。一次乘车途中，勾践见一只青蛙鼓腹而怒，一副战斗的样子，就靠着车前横木低头表示敬意。士卒不解其意，勾践说："我盼望军队士气高涨，但至今还没令我满意。青蛙是无知动物，见敌人还能鼓腹而怒，所以我要向它致敬。"将士们听了此话说："青蛙怒向敌人，君王尚且表示致敬，何况无畏杀敌的人呢？"将士们莫不拼死效力为越国而战。

【寓意点拨】越王看见路旁一只鼓腹而怒的青蛙，以为它很有勇气，于是伏轼而为之敬礼。这件小事竟然在国内产生了以死献忠的效果。这说明君主尊贤重贤的巨大作用。

越　巫

【寓源】明·方孝孺《逊志斋集》。

【寓言】越地有个巫师自我吹嘘骗人，说是善于驱鬼赶妖。有人病了，他就设立坛场，吹着号角，摇着铃铛，又蹦又跳地呼喊，胡乱地旋转舞动，祈祷免除祸灾。病人侥幸好了，他就在那里大吃大喝，拿着钱财走了；如果死了，就推说是别的原因，也不会说自己巫术的荒诞。他一直向人吹牛说："我善于治鬼，鬼没有敢跟我对抗的。"

一些顽皮的年轻人气他太荒诞，便待他夜里回家时，分五六个人趴在路边的树上，前后相距里把路。等候巫师路过，就扔下沙石砸他。巫师以为真的碰到了鬼，就拿起号角，边吹边走，内心非常害怕，头脑十分胀痛，走路也不知脚在哪里。往前稍走片刻，惊吓刚有些安定，树间的沙石又像刚才一样往下扔。巫师吓得手直颤抖，喘得上气不接下气，号角也吹不响，铃也摇不动。一会儿铃也掉了，只好狂叫着走路。这时，听到走路的脚步声，树叶的响声，山谷的回声，都以为是鬼。他大喊救命，声音极为悲惨。半夜回到家，哭喊着敲门。他妻子问他怎么成这个样子，他的舌头僵硬，说不出话来，只是指着床说："赶快扶我睡下，我遇到了鬼，今天就要死了！"

妻子把他扶到床上躺下，他的皮肤颜色发蓝，肝胆破裂死去。这巫师到死也不知道他遇到的并不是鬼。

【寓意点拨】世界上本没有鬼，鬼是人们制造出的骗人吓人的虚假的东西。那个越巫吹牛夸口，用鬼妖来欺诈老百姓，最后也被“鬼”吓死。这也证明了一些自欺欺人的谎言和把戏，终究会被戳穿，终究不会有好的下场。

粤人食菌

【寓源】明·刘基《郁离子·采山得菌》。

【寓言】岭南地区有个人在山上采到一只蘑菇，蘑菇大得装满一只箱子，菌冠有九层，颜色像金子，光芒四射。他把这蘑菇带回家，对他妻子说：“这就是人们所说的灵芝草，吃了它的人会成仙。我听说成仙得有福分，老天是不会把成仙的机会随便给人的。别人四处寻找还找不到，而我今天却得到它，我将成仙了。”说罢便沐浴更衣，斋戒三日，然后把这只蘑菇烹煮吃了。谁知刚咽下去人就死了。

他的儿子见此情况，说：“我听说成仙的人必须脱去形体；凡人被形体所拖累，所以成不了仙，现在我的父亲已经脱去形体，他并不是死了啊！”说罢，他吃下一点剩下的蘑菇，也死去了。家里其余的人把剩下的蘑菇统统吃了，也全都死了。

【寓意点拨】这则寓言的主旨是对道家服食成仙的思想进行讽刺；对不辨真假，以假为真的盲从者也有警策作用。

云将与鸿蒙

【寓源】战国·庄周《庄子·在宥》。

【寓言】云将到东方游玩，经过神木的枝头，恰好遇见了鸿蒙。鸿蒙正在拍着大腿跳跃行游。云将见到他这个样子，惊疑地停下来，站着一动也不动，说：“老先生是谁呀？为什么到这里来！”

鸿蒙拍着大腿跳跃不停，对云将说：“遨游！”

云将说：“我想请问你。”

鸿蒙仰面看着云将说：“啊！”

云将说：“天气不和顺，地气不通畅，六气不调和，四时不顺畅。现在我想融合六气的精华来养育万物，这将怎么办呢？”

鸿蒙拍着大腿跳跃着摇头说：“我不知道，我不知道。”云将没有得到回答。

又过了三年，云将东游路过宋国的郊野，恰好遇见了鸿蒙。云将高兴极了，快步向前，说："你忘了我吗？你忘了我吗？"叩头礼拜，希望鸿蒙指点。

鸿蒙说："漫游时无所贪求，随心所欲，无所不到，游玩在纷纭众多的现象中，以观看万物的真相。我又能知道什么呢？"

云将说："我自以为随心所欲，而民众跟随着我；我不得已而跟他们打交道，现在他们却仿效我。希望你指点一下。"

鸿蒙说："扰乱了自然的常道，违反了万物的本性，自然状态不能保全，群兽离散，飞鸟夜鸣，殃及草木，祸临昆虫。这是治理人民的过错！"

云将说："那么，我怎么办呢？"

鸿蒙说："毒害人啊！轻飘地回去吧！"

云将说："我遇见你很难，希望你指点指点。"

鸿蒙说："修养心情。你只要顺从自然无为，万物就会自生自化。忘掉你的形体，抛开你的聪明，同外物相融合，与自然元气相混同，放弃心神，无所计较。万物纷纭，各自返回到它的本根，各自返回本根而不知所以然。混沌无知，终身不失本根。如果你使用心智，于是就离开本根。不要询问事物的名称，不去追究它们的真相，万物于是就自然生长。"

云将说："你给了我恩德，晓示我静默，亲身求道，到现在才有所得。"云将叩头礼拜，告辞而去。

【寓意点拨】从鸿蒙的一番话中可以领悟这样的事理：万事万物自有本身的客观规律，如果不顺从常规而要人为地主观行事，势必会形成"乱天之经，逆物之情"的失败结局。

云麟如麟

【寓源】南朝梁·僧祐《弘明集·理惑论》。

【寓言】一切事物只有大家都看见过，才可以把它的实际样子说清楚。假如一个人见过，一个人没见过，就难以确切地说出事物本来面目。从前，有个人没见过麒麟，就去问见过的人："麒麟像什么呢？"见过的人回答说："麒麟就像麒麟呀。"问的人说："如果我曾经见过麒麟就不会问你了，你告诉我麒麟就像麒麟，难道我可以明白吗？"见过的人便说："麒麟的样子嘛，麇（jūn）一样的躯干，牛一样的尾巴，鹿一样的蹄子，马一样的脊背。"问的人一下子就明白了。

【寓意点拨】这则寓言启示人们，要使问者能更加清楚事物的本来面目，见者必须说得具体、细致。我们每个人都需要同别人交流经验，如何把深奥难懂的东西说得通俗易懂，这是需要努力去琢磨。

运斤成风

【寓源】战国·庄周《庄子·徐无鬼》。

【寓言】古时候，楚国的都城是郢城。郢城有个粉刷匠，他整天辛苦地为百姓们粉刷屋子，常常弄得自己灰头土脸，涂料泥水沾满衣服。有一天早晨，他起来照镜子的时候，突然发现鼻子尖上多了一块白泥，就像苍蝇的翅膀一样又细又薄，用手抠怎么也抠不下来，仿佛和鼻子连为一体了。粉刷匠很苦恼，天天顶着这么一块白泥出门，很是别扭。

刚好，他有个好朋友是一个石匠，他向石匠求助。石匠仔细地看了看，说："我要用斧子把它从你鼻梁上砍掉，你害怕吗？"粉刷匠非常熟悉他这位好朋友，知道他是一位手艺高超的石匠，对他的能力深信不疑，便不假思索地说："你砍吧，按照你的想法去做，我一点也不害怕。"石匠听后抿着嘴笑了，他拿起斧子，对着粉刷匠就抡了起来，只听见斧子呼呼生风，转瞬之间，粉刷匠的鼻梁上就干干净净了，那块白泥连一点儿痕迹都没有留下，当然了，他的鼻子也是完好无损。整个过程中，粉刷匠站在那里一动都没有动，面不改色，心不跳。

楚国国君宋元君听到这件不可思议的事情，便招来石匠要他表演给自己看，这时候，粉刷匠已经去世好久了。石匠来到王宫，并没有给宋元君展示自己的本领，反而悲痛地哭起来了。宋元君见状，觉得诧异，就问他："怎么了？难道你是因为没有那样的本领害怕杀头而难过吗？"石匠止住了哭声，哽咽地对国君说："我是能够砍掉鼻尖上的白泥，但是那位敢于让我砍的好友已经不在了，没有了他，还有哪一个人敢让我来砍呢？"宋元君和朝臣们这才明白，原来石匠是因为缅怀他那位勇敢的信任他的故友才痛哭的啊！

【寓意点拨】这个寓言告诉人们，一个人要办成一件事，除了自身的条件以外，还要有知己者的密切配合；办事的双方只有相互配合，才能共同促事成功，反之互相拆台只能是败事有余。

Z

宰臣上炙

【寓源】战国·韩非《韩非子·内储说下》。

【寓言】晋文公进膳的时候，膳夫送来的烤肉上面有根头发绕着。文公把膳夫招来，责备他说："你想把我噎死吗？为什么把头发绕在烤肉上？"

膳夫叩头请罪说："我有三项死罪：拿磨刀石磨刀，磨得像干将宝剑那样锋利，切肉时，肉断头发却没断，这是我的第一条死罪；拿木棍穿入肉块，却没看到头发，这是我的第二条死罪；拿肉块在炉炭上烤，炭火全部烧红，肉烤熟头发却没烧焦，这是我的第三条死罪。也许堂下有暗中妒恨我的人吧！"

文公说："对！"于是把堂下的人招来责问，果然是别人干的，便把那人杀死了。

【寓意点拨】这则寓言告诉人们，看问题切不可被表象所迷惑，要仔细地分析事物发生的深层原因，才能逐步抽丝剥笋，还事物的本来面目。

再出恭

【寓源】清·石成金《笑得好》。

【寓言】有个村庄的农民，不知道礼节，走到儒学殿前拉了一泡屎。学殿的老师知道这件事，非常生气，把他送到县衙查办。县官审问他："你为什么用污秽的东西冒犯圣人呢？"

农民回答说："我进城，每天都从学殿前边走，一时大便急了，就随便解手，我绝不敢不尊重圣人。"

县官说："你是愿意挨打还是愿意受罚？"

农民害怕挨打，就说："我愿意受罚。"

县官说："罚你交纳一两五钱银子，当堂过秤，不必让库吏来收取了。"

农民取出一锭银子，约有三两，就禀报县官说："等我去裁掉一半来交纳。"

县官说："拿来我看。"一看是一锭银子，就和颜悦色地急忙把银子放进袖子里，对农民说："这锭银子也不要裁开了，明天容许你再到学殿前面去大便一次好了。"

【寓意点拨】这则寓言对一个利令智昏的贪官做了淋漓尽致的讽刺。这个贪官一心只想着钱，首先他不让库吏收纳，要自己收取；他为了多贪点钱甚至要农民第二天再来出恭一次，以便于多收取一两五钱银子，这是对贪官何等强烈的讽刺！

糟　饼

【寓源】隋·侯白《笑林》。

【寓言】有一个人家境贫寒，不善于饮酒，每次出门，只吃两个糟饼，就像喝醉酒的样子。

一天，路上碰到一位友人，问他说："你早晨喝酒了吗？"

回答说："没有呀，我是吃了糟饼了。"

回到家里，把这件事告诉了妻子，妻子对他说："你只管说喝酒好了，这样也装些门面。"丈夫点头答应着。

及至再次出门，又碰到了这个朋友，像前一次一样问他，他就回答说喝酒了。

友人询问他说："是吃的热酒呢，还是吃的冷酒呢？"

回答说："是吃的干的。"

友人笑着说："那仍然是糟饼。"

回到家来，妻子知道了这件事，埋怨他说："酒怎么说成是干的，必须说热饮。"

丈夫说："已晓得了。"

再次碰到这个朋友，没等对方询问，就先自夸着说："我这次吃的酒，是热吃的。"

友人又问："你吃了多少？"

他伸着指头说："两个。"

【寓意点拨】这则寓言说明了"作伪心劳日拙"。看起来男人是憨厚的，他不善于说谎。他的缺点是耳朵太软，枕边风一吹，就晕晕乎乎不知道东南西北了。

凿冰和面

【寓源】隋·侯白《启颜录·昏忘》。

【寓言】隋朝初年，有个同州人背着炒面到京城去卖。走到渭水时，冰冻已经封河了。他想吃炒面，因为要水和，就把冰敲个洞取水。他以为冰洞就可以和炒面，就将炒面倒进冰洞中，一直将炒面倒光，水将炒面冲走，这人只知道哀叹惋惜，竟然不了解其中的原因。过了好一会儿，冰变清了，照见了他的身影，他就大叫起来：

"偷我炒面的正是这个人。这个强盗还不知足，还抬头看我。"情急之下就朝水打去，水马上浑浊，看不见人影了，他非常生气地走了，说："这个强盗，开始还见他在这里，现在跑到哪里去了？"到了岸上，他看见有沙子，就将沙子装满带回家去。

【寓意点拨】这则寓言告诫人们，不能只看表面，只看形式，而要看清本质，掌握规律，才不至于犯错误，做错事。

造父学御

【寓源】战国·列御寇《列子·汤问》。

【寓言】造父是古时著名的驾车高手。他的师傅名叫泰豆。

造父开始跟着泰豆学习驾车时，行礼非常谦恭，然而三年过去了，泰豆没有教导他一句话。造父越发恭敬小心。泰豆见他这样有诚意，就对他说："古诗上说'优秀弓匠的后人，一定先要学习做簸箕；优秀冶匠的后人，一定先要学习怎样缝制皮革'。你先观察我快步走的姿势，等你的步伐姿势能像我一样了，才可以控制住六条缰绳，驾驭好六匹马的马车。"造父答道："一切听从你的指教。"

泰豆竖起一些木桩作为练习快步走的道路。木桩的横截面很窄，只够放一只脚；泰豆按照一定的步伐数量放置木桩，然后踩着木桩健步如飞，往返多次，不会失足摔倒。造父按照泰豆的吩咐进行练习，只用了三天就完全学会了。

泰豆惊叹道："你真是太聪明了，学得这么快！驾驭马车也就是这样了。刚才你的动作，得力在脚下，运用在心里。把这个道理推广到驾驭方法上，六匹马的缰绳嚼口排列得整整齐齐，六匹马的快慢呼吸就变得一致了。理解了驾驭的诀窍，手里掌握着行进的节奏；既得于自身，又合乎马意。就能够依着准绳进退，按着规律旋转，不管你走了多少路，走得多远，体力都能得到保持，这就是实实在在掌握驾驭的本领了。嚼口靠缰绳，缰绳靠双手，双手靠运用一心。这样就不只是靠眼睛靠鞭子。心里悠闲自在，身体放周正，六根缰绳就会有条不紊，而马蹄落地时也就没有了差错，回旋进退，没有不符合节拍的。然后，车轮所过可以没有空余的辙道，马蹄所踩过的就没有多余的地方；这样一来，深山峡谷的险峻和平原的平坦，在你这驾车人看来都是一样的了。我所掌握的技术也就这些，你可要牢记啊！"

【寓意点拨】这则寓言说明，学习各样技术，必须严格训练基本功。

造酒忘米

【寓源】明·江盈科《雪涛谐史》。

【寓言】有个人向一户做酒的人家请教酿酒的方法，酒家告诉他："一斗米，加一两酒曲，再加上二斗的水，相互掺和，这样过上七天就变成酒了。"

然而这个人比较健忘，回家后用二斗水加一两酒曲，就这样掺和起来做酒了。过了七天后尝了尝，还跟水差不多，这人就跑去责怪酒家，说人家不教他真正的酿酒方法。酒家说："你大概没按照我说的去做吧。"这个人说："我就是按你教的方法做的呀：二斗水加一两酒曲。"酒家问他："米放了没有？"他低下头想了想说"啊呀，是我忘记放米了！"

连酿酒最根本的东西都忘了，还想要酿出酒来！酒酿不出来，反而埋怨人家教的方法不好。当今世上不少求学的人，忘记好好打基础，而想一步登天，最终什么也学不成，跟这个酿酒忘米的人，又有什么不同呢？

【寓意点拨】学造酒者忘本逐末造不出酒来；为学者忘本逐末成不了大学问；做任何事情不抓住主要矛盾都不能成功。

躁　人

【寓源】明·刘基《郁离子·躁人》。

【寓言】在晋国和郑国交界的地方有一个性情急躁的人，他射箭射不中靶子，便把箭靶子砸碎；下棋输了，便把棋子放在嘴里拼命地咬。人们劝他说："这不是靶子和棋子的罪过，你何不想想不中不胜的原因呢？"他不明白这个道理，最终被急躁所苦而死。

郁离子听到这种事后叹息说："这个人正可以作为国君的借鉴。射箭和治理百姓有相同点，老百姓如同靶子，治理他们全在于自己，治理得法就能服人；下棋跟作战有相同点，军队如同棋子，如何用兵全由自己，战术运用正确，就会获胜。一个人没有技艺，又不会掌握方法技巧，以至于不如别人时就忍不住地气愤，而气愤又在不当气愤之处，怎么能不死呢？"

【寓意点拨】寓言通过一个患有急躁病的人因急躁而死的故事，意在批评治民无术、用兵无法的统治者。

曾子食鱼

【寓源】战国·荀况《荀子·大略》。

【寓言】有一次，曾子吃鱼没有吃完，对门人说："把剩下的鱼添水做成鱼汤。"

门人对他说："加水做汤，鱼肉会腐烂，吃了伤身体，不如用盐腌起来。"

曾子听了忧伤地流着眼泪说："竟有与我不同的想法啊！"怨恨听取门人的建议太晚了。

【寓意点拨】这则寓言说明，掌握知识的重要性，即使是生活知识，某些方面不懂，也会误事的。寓言也启示人们，要谦虚地向别人学习自己不懂的东西，这样就可以弥补自己的过失。

曾子受杖

【寓源】西汉·刘向《说苑·建本》。

【寓言】曾子在瓜田除草，不小心锄断了瓜的根。他的父亲很生气，手持大棒打他，曾子昏倒在地，过了一会儿才苏醒过来。醒来后立即从地上爬起，对父亲说："刚才我得罪了父亲，父亲教训我，用了很大力气，不知伤着没有？"

说完，他退了出去，待在僻静之处弹琴唱歌，想让父亲听到歌声，知道自己虽挨了打，但并没有伤痛。

孔子听说这事后，关照看门的说："如果曾子来了，别让他进来。"曾子以为自己没什么过错，把这件事禀告了孔子。

孔子质问说："你没听说过瞽叟有个儿子叫舜的吗？舜侍奉他的父亲，只要父亲找他做事，就没有不在父亲身边的，但要找他加以重责，却又从来找不到。凡是小的责罚，舜都平静地承受，但对大的责罚，舜却设法逃走，以求躲避暴怒。今天你用身体承受暴怒，站立不避，用自己的死把父亲推入不讲情义的境地，不孝还有比这更大的吗？你难道不是天子的百姓吗？天子的百姓去杀害天子的百姓，这是何等的罪过？"

以曾子的品行，又在孔子门下学习，有了罪过尚且不能自己内心明白，可见为人处世难啊！

【寓意点拨】曾子挨父亲的责打，不仅不躲避，而且还担心父亲是否因用力而受伤，这种孝行无疑具有很高的水准。但在孔子看来仍然不够。因为面对父亲的重责，没有躲避而丧失生命的话，那就把父亲推入了不义的境地，这是最大的不孝。从中可以体察出：为人行事仅有善良或正确的目的还不够，还必须顾及这一目的将会带来何种结果，只有目的与结果一致，行为才有意义。

宅之妖怪

【寓源】唐·郑处海《明皇杂录》。

【寓言】李林甫的宅子里经常闹妖怪，宅子南北角落的水沟中火光时起，还有小孩子拿着火把出入。李林甫很厌恶，就奏请在那里建了嘉猷（yóu）观。一天，李林甫早晨起来要上朝，他让侍者把书囊拿来，这是平时都带的东西。忽然觉得书囊比平时重了许多，侍者打开一看，两只老鼠从里面钻了出来，跳到地上就变为狗。灰白皮毛，十分肥壮，张牙舞爪，狞视着李林甫。李林甫命令用弓箭射杀，即发出像打雷一样的声音，狗的形体消失了。李林甫心情很不好，就称有病没有上朝。当天他就患了病，没有过一个月就死了。

【寓意点拨】李林甫为人阴险，不知用卑鄙伎俩坑害了多少人，因此疑神疑鬼在所难免。鬼神之事自不足信，但却反映了当时百姓对奸恶官吏的深恶痛绝。这则寓言启示人们，凡犯奸作恶的人终究逃脱不了正义的惩罚。

翟黄论君

【寓源】秦·吕不韦《吕氏春秋·自知》。

【寓言】魏文侯晏饮，让大夫们都来评论自己。有的人说君主仁爱，有的人说君主讲道义，有的人说君主明智。轮到任座，任座说：“您是个不贤的君主。得到中山国，不将它封给你的弟弟，却把它封给了自己的儿子，所以我说君主不贤。”魏文侯听了很不高兴，并表现在脸上。任座快步走出去了。

按次序轮到翟黄，翟黄说：“你是个贤君，我听说君主贤明的，他的臣子言语就直率。今天任座言语直率，由此可知君主贤明啊！”

魏文侯高兴地说：“还能让他回来吗？”

翟黄回答说：“为什么不能呢？我听说忠臣竭尽自己的忠心，即使获得死罪也不会躲开。任座大概还在门口。”

翟黄出去一看，任座果真还在门口，翟黄以君主的命令叫他进去。任座进去后，魏文侯走下台阶来迎接他，此后终生都把任座待为上宾。文侯如果没有翟黄，差点就失掉了忠臣。

【寓意点拨】这则寓言说明，对于喜欢听恭维话的人，劝说是很困难的。说奉承话不是帮助改正而是助长其行，直言批评，又不容易被采纳，只有采取委婉曲折的方法，启发开导，方能取得好的效果。

翟耆年好奇

【寓源】明·冯梦龙《古今谭概·怪诞部》。

【寓言】翟耆年喜欢标新立异，头巾和服饰全都是唐代人模样，穿着唐装。一天去见许彦周，许彦周梳着髽髻（zhuā jì），穿着个犊鼻裈，踏着个木底高屐，出门迎接他，翟耆年感到非常惊愕。许彦周慢条斯理地说：“我是晋代的装束，你有什么可奇怪的呢？”

【寓意点拨】万事万物与时俱进，衣着服饰当然也不例外。翟耆年宋人着唐装事属怪诞，许彦周采取“以子之矛，攻子之盾”的方法，竟着起晋装来，实不失为一种明智之举。

詹何钓鱼

【寓源】战国·刘御寇《列子·汤问》。

【寓言】楚国的詹何用单根蚕茧丝作为钓鱼用的线，用纤细的芒针作为钓钩，用细柔的荆条竹子作为钓竿，破开饭粒作为鱼饵，从七八十丈深渊的滔滔急流中，钓起一条可以装满一车子的大鱼，而且钓鱼绳不断，钓鱼钩不伸直，钓鱼竿不弯曲。

楚王听说了这件事，感到十分惊奇，就把詹何招来，问他是什么缘故。

詹何说：“我曾经听先父说，蒲且子射鸟的时候，用的是拉力很小的弓，系有纤细的丝绳的箭，顺风拉弦，一箭就射中了高空飞翔的两只黄鹂，这是用心专一，用力均衡的缘故。我就根据这种做法，仿效他的样子，学习钓鱼，五年才掌握了其中的规律。当我在河边拿起钓鱼竿时，心中没有一点杂念，只想着鱼，投出钓线，沉下鱼钩，手力没有轻重之差，外物不能扰乱我的心神。鱼看见我的钓饵，就像看见了沉于水中的尘埃、聚于水中的泡沫，毫不怀疑地吞吃。这就是我能以弱小制服强大，以轻物搞来重物的道理。大王治理国家如果也能这样的话，那么天下都可以运转在你的手掌之中，还要做其他什么事吗？”

楚王说：“说得好！”

【寓意点拨】这则寓言告诉人们，要成就一番事业，必须有专心致志的精神，不被他事分心，不为外物动摇，唯事为念，把握规律，直到成功；自身条件不足，只要刻苦努力，不足会得到弥补。

张氏传钩

【寓源】东晋·干宝《搜神记》。

【寓言】京兆长安有一个姓张的人，独自住在一间屋子里，有一只鸠从外面飞了进来，落在床上。张氏祈祷说：“鸠飞来，如果给我带来灾祸呢，就飞到天花板上去；给我带来福气呢，就立即飞到我的怀里来。”话音刚落，鸠鸟飞进了他的怀里。他用手去摸了一下，没有摸到鸠鸟，却摸到一只金钩。于是把金钩看得非常宝贵。从此他的子孙逐渐富裕起来，财产成万倍地增加。

有一个蜀郡的商人来到长安，听说这件事，就用很多钱财贿赂张家的婢女，婢女就把金钩偷出来交给了这个商人。张家自从丢失金钩以后，渐渐衰败。蜀郡那个商人也屡屡不顺，穷困遭灾，金钩并没有给他带来什么好处。有人告诉商人说：“这都是天命，不能强求啊！”于是商人将金钩还给了张家，张家又重新兴盛起来。因此关西地方就有了“张氏传钩”的传说。

【寓意点拨】尽管寓言宣扬的是宿命论，但也有积极意义。蜀郡商人用肮脏的欺骗手段拿到了金钩，可是他取得的是非分的不义之财，这金钩不仅没有给他带来幸福，反而使他屡遭不顺，应该说，这是对他的惩罚。细细体味故事中包含的提倡本分、不取不义之财的意思，应该说还是很有教益的。

张仪任医

【寓源】战国·尸佼《尸子·卷下》。

【寓言】有个人名叫医竘，是秦国高明的医生。为秦宣王割除过肿疮，为秦惠王治好过痔疮。张仪的背脊生了肿疮，叫医竘给他医治，对他说：“现在这个背部不是我的背部了，任凭你去医治。”张仪放心地把自己托付给医竘，果真给他治好了。

【寓意点拨】寓言启示人们，委任于人，一定要相信他，放手大胆地让人去做，不要评头论足，那么他也就会充分发挥自己的才能，放心大胆地去干了。

张谴受贿

【寓源】战国·韩非《韩非子·说林上》。

【寓言】张谴为韩国国相，病重快要死时，公乘无正私下带着三十金去看望他。过了一个月，韩国君主去问张谴："假如你去世，应派何人接替你的职务呢？"

张谴回答说："无正尊重国法，敬畏君主，虽然不如公子食我得民心。"张谴死后，韩君便任命公乘无正做了国相。

【寓意点拨】这则寓言颇有教育意义，行贿受贿，买官卖官，古已有之，今世不绝。选拔人才，不能单凭某人的推荐，还应在推荐的基础上，深入实际，考查真迹，广泛地征求群众的意见，这样才能防止钱权交易得逞。

漳士食蛊蟆

【寓源】宋·洪迈《夷坚志》。

【寓言】漳州有一位读书人，自认为自己胆子大、性格勇猛，以为天下没有什么可怕的事，都是人们自己吓唬自己罢了。常常遗憾没有鬼神来打搅他，让他没机会表现出勇猛的行为。

有一天，他和几位朋友外出，在一个村庄停留时，见到地上有一个丝绢包袱，别人都不敢正面多看一眼，他笑着说："我正贫穷，为何不拿呢？"他当着大家的面，把包袱打开，只见几匹丝帛之内藏着三大锭白银，还有一个蛤蟆大小的毒蛊。他念祷说："毒蛊你赶快走开，我要的是银子和丝帛。"

包袱拿回家，家人一看，便大哭起来，说："我们要大祸临头了。"这位读书人说："如果有灾祸我一个人承当，绝对不连累你们。"

这一天晚上，他要上床的时候，只见两只好像周岁小孩那么大的青蛤蟆，已经坐在床上了。他想正没有下酒菜，就拿铁锥打死那两只青蛤蟆。他的家里人又大哭起来。他却高高兴兴地把蛤蟆切了煮着吃了，然后，安心地醉倒而睡着了，一夜都平安无事。

第二天晚上，又有十多只蛤蟆出现，只是比先前的小些，他又把它们煮着吃了。第三天晚上，又出现三十只蛤蟆。自此以后，蛤蟆的数量一天比一天多，形体却越来越小。最后弄得满屋子都是，他也吃不完，只好找雇工把它们埋了。他的胆气却是越来越旺盛。

一个月之后，蛤蟆就绝迹了。他说：“毒蛊的神灵，不过如此而已！”他的妻子叫他多买些刺猬回来，这样蛤蟆出来，刺猬就能把它啄食掉。这个好汉说：“我就是刺猬，还找什么刺猬呢？”自此之后，他家里十分平安。知道这件事的人都称赞他。

【寓意点拨】读书人是一个勇敢而又不盲从的人，他知道人因为胆怯、懦弱，才会自己吓自己，如果能勇敢去面对事情，其实任何事都能迎刃而解。他的勇敢并不是一般人可以做到的，但是却可以给众人一个思考空间。对于困难和挫折乃至恶势力，只有勇敢面对，毫不妥协，才能战胜它。

拍　龙

【寓源】宋・李昉《文苑英华》。

【寓言】从前有一个饲养龙的人。因专门摸索龙的嗜好，侥幸成功地捕捉到了两条龙，将它们饲养起来。龙和人本来是不同类的，但由于他能顺应龙本身的性情，便使它安心地待在院子的小水塘里。时间一久，龙以为五湖四海不值得游玩，也觉得喂它的食物很香甜，以为就算海洋中巨大的鲸鱼也不比这些食物美味。它在小水塘里，高兴躺就躺，喜欢动就动，怡然自得。它很喜欢这个环境，再不愿意到其他地方去了。

有一天，它看到一条野龙飞过，便高兴地与野龙打招呼：“你究竟在忙什么？在广阔无边的天地之间四处游荡，冬天冷了就躲进洞穴，太阳升起再飞上天空，这样岂不是太劳累了吗？不如像我待在这里，不是更清闲、更安逸吗！”

野龙抬起头笑着说：“你怎么狭隘到如此地步！上天赋予我们健美的外形，头顶上有着峥嵘的角，身上披着灿烂的鳞甲；上天赋予我们美好的德行，既能潜入深深的水底，又能飞翔于高高的天空；上天赋予我们灵气，可以召唤云彩，驱使万里长风；上天赋予我们神圣的职责，可以抑制火热的骄阳，滋润干枯的大地。我们的视野能达到无垠的宇宙之外，栖息在洪荒的旷野中，走遍天涯海角，阅尽一切变化，这岂不是最大的快乐吗？而你现在只能苟且的待在马蹄印大小的水塘中，泥沙限制了你的行动，只有水蛭、蚯蚓之类的东西与你做伴！只希望求得一些残羹冷汤作为食物，这样看来，你我的形体虽然相同，但乐趣却完全相反！你们被人玩弄，受人豢养，事实是别人掐住你的喉管，要割食你的肉的事情，不久就会发生。我现在正为你们的处境难过，想向你们伸出救援之手，怎么反过来引诱我，想把我也引入陷阱中呢？你们最终会逃避不了灾难的命运！”

那条野龙飞走了。不久，被豢养的龙果然被夏后氏剁成肉酱了。

【寓意点拨】为人豢养的龙，以龙的天赋优越，却贪图安逸、迷恋利禄，甘为人们所圈，为人所制，终于难逃人之口腹；野龙的理性、自负，悠游于天地间，也道出了摆脱尘世利禄后的自由自在。寓言通过对话的运用，鲜明的形象，让读者得以思考其中的深意。

朝三暮四

【寓源】战国·刘御寇《列子·黄帝》。

【寓言】春秋战国时期，宋国有个养猴子的人，他家里养了许多猴子。他喜欢这些猴子简直到了痴迷的程度，宁愿自己不吃不喝，也从来都不饿着他的猴子。猴子非常讨他的欢喜，他呢，也很了解猴子的意愿。

日子久了，猴子越来越多，他家也越来越穷了，每天家人的口粮都得减少，不得已也只得减少那群猴子的猴粮了。养猴人知道猴子非常聪明，他怕自己做得太明显，猴子不顺从，于是和猴子商量说："今后分给你们的橡栗，早晨三颗，晚上四颗，好吗？"猴子们听了，上蹿下跳的，又吵又闹地发脾气。养猴人一下子没了主意，差点乱了方寸，稍微冷静一下，他又改口说："以后分给你们橡栗，早上四颗，晚上三颗，这样好吧？"奇怪，这下猴子们听了，不吵也不闹了，高兴地趴了下去。

【寓意点拨】同样是每天七颗橡栗，可是在猴子们看来朝三暮四和朝四暮三就有很大的区别，它们仅仅是被事物的表面形式所迷惑了，其实本质上是没有区别的。寓言进一步揭示，猴子之所以被蒙敝是因为它们的急功近利。告诫人们处理问题不要只顾眼前，否则极易被事物的表面现象所迷惑，很难看清事物的本质。

赵襄王学御

【寓源】战国·韩非《韩非子·喻老》。

【寓言】晋国的王子期驾驭马车技术非常高超，许多人都向他学习。

有一天，赵襄王也向王子期学习驾驭马车。刚学了不久，掌握基本的技巧后，他就很着急地要求与王子期进行驾车比赛，看谁驾车跑得快。结果，一连比了三场，赵襄王连输三场，而且还远远地落后于王子期的马车。赵襄王有点不高兴了，他心有不甘，埋怨王子期说："你是不是没有把驾车的技术全部传授给我？我完全按照你教的要点去做，为什么你会远远地领先呢？难道你还留了一手？"

王子期听后，不慌不忙地回答说："大王先不要生气，驾车的方法，步骤，技巧，我已经全部传授给你了，大王掌握得也很好。”赵襄王接话说：“是啊，但为什么我奋力地追赶，还是追不上你呢？”

王子期微笑着说：“问题就在于大王运用技巧的错误。驾车时最重要的是使马在车辕里松紧适度、自在舒适；而驾车人的注意力则要集中在马的身上，让人与马的动作配合协调，这样才可以使车跑得快，跑得远。可是刚才您在与我比赛时，一时落后了，您的心里就着急，使劲鞭打奔马，拼命要超过我；而一旦跑到了我的前面，又时常回头观望，生怕我再赶上您。”赵襄王听王子期一条一条地分析着，若有所思，似乎明白了许多，时不时地点点头表示赞同。

“其实，在比赛中，有时在前，有时落后，都是很正常的；而您呢，不论领先还是落后，心情始终十分紧张，您的注意力几乎全都集中在比赛的胜负上了，又怎么可能去赶好马驾好车呢？这就是您三次比赛、三次落后的根本原因啊。”王子期最后画龙点睛地总结说。

赵襄王这下恍然大悟了，不禁哈哈大笑起来，要求再与王子期加赛三场。

【寓意点拨】寓言告诫人们，做任何事，如果不专心致志，而只考虑个人利害得失，就会事与愿违。做学问也是如此，只有抛弃杂念，集中精神，才能使自己的智能得以充分发挥，取得好的成绩。

赵文子为室

【寓源】春秋·左丘明《国语·晋语八》。

【寓言】赵文子建造宫室，砍削屋椽后又加以磨光。张老傍晚时来到那里看见后，没有拜见赵文子就回去了。

赵文子听说后，乘车去见张老，说：“我有不对的地方，您也应该告诉我，为什么走得这么快？”

张老回答说：“天子的宫殿，砍削屋椽后要粗磨，然后再用密纹石细磨；诸侯宫室的屋椽要粗磨；大夫家的屋椽要加砍削；士的房子只要砍掉椽头就可以了。备物得其所宜，这是义；遵守尊卑的等级，这是礼。现在你显贵了却忘掉义，富有了却忘掉礼，我恐怕你不能免祸，怎么敢告诉你呢。”

赵文子回家后，命令停止磨光屋椽。木匠建议把它们全部砍掉，赵文子说：“不必这样。为的是让后代人看到，那些砍削的，是知仁义的人做的；那些打磨的，是不仁的人做的。”

【寓意点拨】赵文子的明智，在于他不仅乐于接受别人的批评建议，而且善于吸取教训。保存过错的遗迹，时时警诫自己，使之永不忘怀，永不重犯。

赵文子选贤

【寓源】春秋·左丘明《国语·晋语八》。

【寓言】赵文子与叔向到晋国的墓地游玩，赵文子问："如果死者可以复生的话，我们跟谁在一起呢？"

叔向回答说："那应该是阳子了。"

赵文子说："阳子在晋国处事廉洁正直，然而不免身亡，他的智慧不值得称道。"

叔向说："那应该是晋文公的舅舅子犯了。"

赵文子说："子犯只看到自身的利益，而不顾及辅佐国君治国，他的仁义不值得称道。应该是随武子吧。他向国君进谏不忘记自己的老师；讲自身的行为不遗漏自己的朋友；事奉国君不结纳党羽，而推举贤人；不阿谀奉承，而辞退不贤的人。"

【寓意点拨】这则寓言通过赵文子与叔向的对话，表现出赵文子选择志同道合者的标准是，既进贤才又退小人，既不结党营私又不奉承拍马。

一个人品行有缺陷，行事则会产生偏差，顾此而失彼；只有品行完美的人，才能稳妥地为人处世。所以赵文子称贤随武子提出一个极为重要的用人原则，对一个人要全面地考察，不可就某一方面的特征而忽略其他缺点。同时，这则寓言也启示人们，做人要做一个完美的人，不可有偏激的追求。

折箭训子

【寓源】北齐·魏收《魏书·吐谷浑传》。

【寓言】南宋时期，西北部有一个少数民族吐谷浑，首领阿豺有二十个儿子。吐谷浑部落在首领阿豺的杰出领导下，发展得越来越强大。慢慢地阿豺年龄大了，由谁来继承首领的位置成了摆在他面前的一个大问题。他的儿子们都已长大成人，个个都很出色，要选谁来做继承人呢？他心中犹豫不定。

那二十个兄弟呢，也个个摩拳擦掌，私下里暗暗较劲，都想显示出自己与众不同的才华。慢慢地，他们争斗得越来越明显，常常为一件小事争得面红耳赤，甚至互相攻击。部落里的文臣武将们也因为支持不同的继承人，分成了几大派别，商量部落大事的时候也常常是众口难调，决议很难顺利实行。久而久之，本来相处融洽的众兄弟们，关系日益恶化，往日的兄弟情谊早已经消失得无影无踪了。

年过花甲的老首领看到他们兄弟相争的状况，感到非常痛心，他担心如果放任他们的争斗，情况会演变得越来越糟，更有可能兄弟相残。那可是他最不愿意看到的结果啊，本是同根生，相煎何太急？阿豺都不敢再想了：“必须想出办法来制止他们！”他在内心深处坚定地告诉自己。于是，阿豺绞尽脑汁，冥思苦想。终于有一天，他想到了一个办法。

他找来二十个兄弟，对他们说：“你们各自都拿一支箭来把它折断！”二十个兄弟面面相觑，不知道怎么回事。可是父亲要求他们做，他们也只好照做了。“咔嚓咔嚓”的声音相继响起，二十个兄弟手中的箭一支支轻而易举地被折断了。阿豺看毕，微笑着问他们，“是不是很容易啊？”众兄弟都点了点头。

之后，阿豺又对他的弟弟慕利延说：“你拿二十根箭把它们一起折断。”慕利延服从命令，拿来二十支箭放在一起，竭尽全力，双手使劲地掰起来。可是，不论他怎么用力，那二十箭还是纹丝不动，丝毫没有要断的迹象。

看到此，阿豺意味深长地对他的二十个儿子说：“你们都看到了吧，一根单箭很容易就折断了，可是二十根放在一起折就非常困难了。这是为什么呢？只要你们同心协力，我们的江山社稷就能够永远地巩固。可是，如果你们各自争斗，那我们的江山前景就比较危险了。”

众兄弟认认真真地听着父亲的教导，想着刚才折箭的情景，个个都惭愧地低下了头。从此之后，他们再也不争斗了，互相扶持着，互相团结，他们的部落也就发展得越来越强大了。

【寓意点拨】俗话说“众人拾柴火焰高”，只要大家齐心协力，为着共同的理想与目标，心往一处想，劲往一处使，就没有办不成的事。相反，如果每个人都拈轻怕重，各自为政，这无异于单支箭的力量，后果不言自明。这则寓言形象、生动，用浅显的语言告诉了人们一个深刻的道理：团结就是力量，只有团结才能胜利。

鸩斥蛇

【寓源】唐·无能子《无能子》。

【寓言】鸩与毒蛇彼此碰见了，鸩上去就用嘴叼啄毒蛇。

毒蛇对鸩说：“人们都认为你是毒鸟。毒鸟，是个坏名声。你所以有这种坏名声，是因为你吃我呀。你不吃我就不会有毒，没有毒，你的坏名声也就没有了。”

鸩冷笑说：“你难道对人们就没有毒害吗？说我是毒鸟，这完全是欺人之谈。而你对人们的毒害，却是存心咬人。我痛恨你咬人，所以要吃你，这是对你加以惩罚啊。人们知道我能够惩罚你，所以养我来防备你。人们知道你的毒汁沾染了我的羽毛肢体，所以又用它来毒杀人。我身上的毒，就是你的毒呀。我是由于痛恨像你这样邪恶的东西而蒙受了毒鸟的名声。然而用我的羽毛毒杀人的，是人啊；这就好像拿兵器刺杀人一样，是兵器的罪过呢？还是杀人的人的罪过呢？可见杀人不是我的罪过。而人们所以养我而不养你，就更清楚了。我不是存心毒害人，而是由于痛恨你这种邪恶的东西，得了个坏名声，被人利用。正因为我有这点作用而能够保全自己的身子。保全自己的身子而甘愿蒙受坏名声。你是有心毒杀人，睁着眼睛在草丛里张望，偷偷地咬人来谋求自己痛快。今天你碰上了我，这是老天有眼。你还想通过诡辩而轻易逃脱吗？”

毒蛇无话可答，鸩把它吃了。

【寓意点拨】这则寓言说明，只要无害人之心，就是受到他人的误解，终有拨云见日、真相大白之时；而若有心为恶，无论如何冠冕堂皇的理由，也难逃报应。寓言中的鸩鸟，为了惩处害人之蛇，致使自己蒙受恶名，但只要自己行得直，坐得正，又何必忧虑他人的误解。

争鱼纳鲊

【寓源】明·冯梦龙《广笑府·官箴》。

【寓言】姓张的和姓贾的两个人争着买鲜鱼，相互扭打着去告官。这个官素来贪污，巧取民财，他评判说：“姓张姓贾的两个人，争买鲜鱼厮打起来。两家各自离去相安无事，留下鱼儿做咸鱼。”两人失望之后，于是买了一副棺材，假意争着打官司，料想这官忌讳这不吉利的东西，绝没有收下它的道理。等到诉讼到公堂，这个官替他们评判说：“姓张姓贾的两个人，争买棺材厮打起来。棺材盖给你们收回，棺材底留给我喂马。”

【寓意点拨】这则寓言揭露了为官者的那种贪婪的丑态，就连他自己最忌讳的棺材底也想占为己有，其讽刺可谓强矣。它告诫人们：做官要坚守自己的思想阵地，这正如孟子所说的“富贵不能淫”，养德对一个人来说太重要了。

郑缓自杀

【寓源】战国·庄周《庄子·列御寇》。

【寓言】郑国有个人名叫缓，在裘氏的地方读书，只用了三年的时间便成了一位儒者。他的恩德施及九里，福泽遍及三族。他让自己的弟弟翟学习墨学。他同弟弟以儒墨不同的主张展开辩论，他的父亲帮助翟。十年后，缓自杀了。有一天，缓托梦对他的父亲说："让你的儿子成为墨者的是我，你为什么不看到我的好处？翟学墨成功，犹如秋柏结成了果实了。"

【寓意点拨】这则寓言告诫人们，要正确地对待自己的成绩和功绩，取得的成绩是自己应做出的贡献，不要以此为功劳，并强迫别人承认，大凡居功自傲的人是注定要失败的。

郑人买履

【寓源】战国·韩非《韩非子·外储说左上》。

【寓言】很久以前，郑国有个人鞋子穿破了，想去买一双新鞋子。他在家里拿尺子量好自己脚的尺码，然后准备去集市上买鞋。他到集市上，找到卖鞋的地方，正要买鞋，忽然想起尺码忘在家里，就对卖鞋的人说："我把鞋的尺码忘在家里了，等我把尺码拿来再买。"说完，就急急忙忙地往家跑。

他跑回家，拿了尺码再回集市，集市上人早已散去，他的鞋子自然也没有买成。他感到特别失望，心烦地向路人诉苦。路人听完他的叙述，疑惑地问他："你为什么不用自己的脚试试鞋子，而偏偏跑回家去拿尺码呢？"他连连摇头说："我宁可相信量好的尺码，也不愿意相信自己的脚。"路人看他那坚定的神情，不由得瞪大了眼睛，惊讶不已。

【寓意点拨】这个郑人很可笑，现实生活中如此迷信教条，不顾实际情况的人随处可见。

这则寓言说明，教条主义是不顾客观实际的，一切从书本出发，离开了书本则寸步难行。也可以讽刺那些头脑僵化、思想呆板、不善变通的人，死抱着一种方法，使自己陷入困境。

郑人惜鱼

【寓源】黄灵庚编《宋濂全集·燕书》。

【寓言】郑国有一个人非常喜爱鱼，他用捕鱼的工具或者积水成坑诱鱼，或者编制笱笼投饵捕鱼。他在庭院里摆了三个盆子，都盛满了水，捕到鱼就放到水盆里养着。

那些鱼由于刚刚摆脱了渔网的折磨，身子疲乏得很，把白色的肚皮翻浮在水面上，或者把嘴露在水面上争着喘气。过了一天，鳍尾才开始摆动起来。

郑人把鱼捧出水盆来观看，说："这鱼莫不是受伤了吗？"

过了一会，就拿饭粒和麦子去喂鱼，再把鱼捧出水盆来观看，说："肚子吃不饱吗？"

旁边有人对他说："鱼儿依凭江河的流水才能活着，如今处在一勺之小的水中，你还天天拿在手里玩弄它们，嘴里嚷着'我爱鱼呀，我爱鱼呀！'鱼要是不死，恐怕是很少有了！"

郑人不听，没过三天，所有的鱼都脱鳞死去了。郑人这才懊悔自己没有听信那劝告人的话。

【寓意点拨】这则寓言说明郑人企图要鱼活，却恰好害死了鱼，这是由于他把鱼当作自己的玩物，并不是真正爱惜鱼。过分的溺爱，是一种极大的伤害。

郑人学艺

【寓源】明·刘基《郁离子·鄙人学盖》。

【寓言】郑国有个住在郊野的人，学习制作雨具，三年学成手艺，天却大旱，雨具没什么用处。于是他放弃做雨具而改学做提水工具。又花了三年时间，手艺学成了，却遇上了多雨年景，提水工具没什么用处，他又改回来重新做雨具。

没多久，盗贼四起，人们改穿军服，很少有用雨具的。他又想学制作兵器，可是已经老了。

【寓意点拨】这则寓言通过郑人学艺的故事，说明人要有主见和远见。文中以郑人三易学艺，终无所成，批评某些没有主见和远见的人。

郑袖劓美人

【寓源】战国·韩非《韩非子·内储说下》。

【寓言】魏王送给楚王一个美女，楚王非常喜欢。夫人郑袖知道楚王喜爱新人，佯装自己也喜爱新人；喜欢的程度胜过楚王，衣服和装饰珍玩等，都选择新人所爱好的送给她。楚王说："夫人知道我爱新人，你比我更加喜爱，这是孝子侍奉父母、忠臣侍奉君主的方法呀。"

郑袖知道楚王认为自己并不嫉妒新人，就告诉新人说："大王非常喜爱你，但是不喜欢你的鼻子，你见大王时，要常遮住鼻子，大王就会永远宠幸你了。"新人听从了郑袖的话，每次见大王，总是遮着鼻子。

楚王问郑袖："新人见寡人时，总是遮着鼻子，这是为什么呢？"

郑袖回答说："我不知道。"

楚王一再追问，她才回答说："新人刚才还说怕闻大王的臭气。"

楚王愤怒地说："割掉她的鼻子！"

郑袖吩咐近侍："楚王刚才说的话，必须立即执行。"这时近侍便抽出刀来，把美人的鼻子割掉了。

【寓意点拨】郑袖的阴谋所以能得逞，就是因为先以假象蒙蔽了君王，使君王深信不疑；郑袖所以忌恨新人，就是因为楚王宠爱新人，而使自己失宠。

这则寓言有两点启示：一是看问题，不能被表面的现象所迷惑，不能停留在现象上，而要深入调查，把握本质问题，这样才能防止片面性；二是处理问题，不能只凭单方面的意见，要广泛地征求各方面的意见，在分析比较中决定主导意见，以防被少数人所左右。

郑子叔食羹藿

【寓源】明·刘基《郁离子·羹藿》。

【寓言】郑子叔躲避匪乱来到乡下，一个农夫把豆叶做成汤给他吃，他觉得味道很美。后来回到家，常常想喝它，就采了一些豆叶做成汤菜，吃起来觉得味道不美了。

郁离子说："这难道是豆叶的味道不同了吗？只是因为他的处境和心情不同罢了。所以有的人富了以后就遗弃他原配的妻子，有的人地位高贵了就遗弃他的亲属，这是由于境遇不同的缘故。"

【寓意点拨】这则寓言以郑子叔食羹藿为例，指出同一事物之所以引起不同的感觉，其原因就在于情况和心情的变化。以此告诫人们不要忘记过去。

支公好鹤

【寓源】南朝·刘义庆《世说新语·言语第二》。

【寓言】支公爱好养仙鹤，住在剡（shàn）溪东岇山上。有人送给他一对小鹤，没隔多时小鹤翅膀长大了想要飞走。支公心里舍不得它们，便剪短了它们的翅膀。

仙鹤想要飞，但已不能再起飞了，便回顾翅膀，垂头察看，好像有些懊丧。

支公说："既然有直上云霄的雄姿，哪里愿给人们当作观赏的玩物呢？"

便喂养它们长好了翅膀，放它们飞走了。

【**寓意点拨**】这则寓言的主旨，在于说明铩翮（hé）养翮，系铃解铃。支公终不失为“风期高亮”，非焚琴煮鹤者所可企及。

芝麻通鉴

【**寓源**】明·王錡《寓圃杂记》。

【**寓言**】苏州人喜欢用芝麻茶点，卖家必须用纸包裹芝麻再售给买主。有一位卖家收藏着一卷旧书，随摘随用。

有一个人得到卖家售给的包装纸，积攒了几页，看看原来是《资治通鉴》。于是拿过来一页熟读，再屡屡讲述给别人听。有人问他讲述的事情是什么含义，他就回答说:“我是从芝麻的包装纸上得到这些事情的,仅此而已,其他的我就不知道了。”

【**寓意点拨**】寓言中所讽刺的浅薄之人，在现实社会中常见。有的人只知事情的皮毛，不学习，不钻研，不懂装懂，凭道听途说的一知半解冒充行家。这种人三句话就露出了不学无术的真面目。

自护其短

【**寓源**】明·江盈科《雪涛小说》。

【**寓言**】楚地有一个人从来没有见过姜，他也不认识姜。有一天，他和朋友聊天说起了姜，就装出很熟知的样子说：“姜是从树上结出来的。”朋友见过姜，很熟悉姜的习性，便很认真地告诉他：“姜是土里长出来的。”可是楚人就是不肯相信，他固执己见，两人争论不下。最后，楚人气愤地说：“我们各请十个证人，用我的驴子打赌；如果姜是长在土里的，那我的驴子归你。”结果当然是朋友说对了，所有的人都说姜是长在土里的。楚人涨红了脸，再也说不出什么道理，但还是很不甘心地对朋友说：“驴子就给你好了，但姜还是长在树上的。”朋友看他那样子，只好无奈地摇摇头笑了。

无独有偶，北方有个人一生都不认识菱角，他偏偏在南方做官。有一天，大家一起吃菱角，他竟然不剥壳就往下咽。旁边的人提醒他说：“吃菱角是要剥掉壳的。”谁知这个北方的人却强辩说：“我不是不知道要去壳，我带壳吃是为了清热。”提醒他的人觉得非常惊讶，可能是第一次听到这样的说法吧，便追问他：“北方也有这东西吗？”那个官员竟然不假思索地顺口说：“有啊，前山后山，到处都是啊！”

一席人听他这么说，不由得哑然失笑。这是因为大家都知道，菱角一般南方居多，而且是长在水中的，北方这个人却说北方前山后山到处都是，怪不得大家要笑了。

【寓意点拨】一个人不知道某些事物并不可笑，可笑的是不承认自己无知，不懂装懂，拒绝学习，就像寓言中的楚地人和北方人一样。这样不知以为知的结果只能贻笑大方。

织帛寝敝席

【寓源】清·唐甄《潜书·大命》。

【寓言】有一天，唐子出行时在荒野看见一个妇女在墓前痛哭。等到他回来时，那个妇女还在墓前哭泣不止。唐子便走向前问她："你为什么哭得这样悲哀呀？"

那个妇女回答说："这是我丈夫的坟墓。以前，我的公公织草席，一辈子生活有余，还能穿上丝绸衣服；现在我的丈夫是织丝绸布的，一辈子却睡着破草席。丈夫的手艺超过了他的父亲，而命运却不如，因此我悲伤痛哭啊。"

唐子听了感慨地说："这是天下人共同的命运啊。以前，人们是不睡破草席的；现在，人们很少穿上丝绸的新衣啊。"

【寓意点拨】这则寓言以隐喻的手法指出了当朝社会残暴和黑暗，也揭示出下层民众贫苦的根本原因，仍是上层的腐败造成的。

蜘蛛与蛇

【寓源】清·薛福成《庸盦笔记》。

【寓言】一只蜘蛛在墙壁间布网，离地面大约有二三尺高。一条大蛇从网下经过，昂起头想吞下蜘蛛，但却够不着。时间长了，蛇准备爬走，这时蜘蛛忽然悬着蛛丝下来，垂在半空中，像是要追赶大蛇。蛇被激怒了，又昂起头去吞它，蜘蛛很快收丝往上爬。又过了好久，蛇再次准备离开，蜘蛛又悬着蛛丝快速下来，蛇又昂首等待它，蜘蛛又退回网中。这样有三四次。蛇感到有些疲倦，把头俯贴在地上。这时蜘蛛乘其不备，用足全力以疾风般的速度突然下来，压在蛇头上，死也不松开。大蛇狂跳、颠簸、狂甩，直到死去。蜘蛛吸食了大蛇的脑浆，直到吃饱了肚子才离开。

【寓意点拨】这则寓言告诉人们，选择时机的恰当与否，与制胜有着十分密切的关系。这就证明了攻其不备，攻其要害，在斗争中是何等的重要。

直走横行

【寓源】明·冯梦龙《广笑府·官箴》。

【寓言】充军犯人初到发配的地方，掌管的官吏就多方巧取索要：故意让他走在前面吆喝，充军人听从了，该官却骂他说："像这样是我跟着你了。"又让他在后面簇拥着官吏，他听从了，官吏又骂他："像这样是我为你引路了。"充军人受到压制，不知道如何做才好，跪着问："应当怎样才对？"官吏说："你如果送我一些月钱，就任你直走横行。"

【寓意点拨】贪官污吏敲诈勒索的方式无奇不有，故意找碴儿给小鞋穿是其中的一种。充军的犯人走在前不是，走在后不是，左右为难，只有送钱才能免去刁难。可叹！可恨！

治大者不治细

【寓源】战国·列御寇《列子·杨朱》。

【寓言】杨朱去谒见梁王，夸口说治理天下易如反掌。

梁王说："先生有一个妻子和一个妾，尚且不能把她们管好；三亩地的园子，不能除草治理好；却说治理天下易如反掌，这是为什么呢？"

杨朱回答说："你见过牧羊人吗？有成百只的羊群，派一个五尺高的孩童，扛起鞭子尾随着它们，说向东就向东，说向西就向西。假使让尧帝牵一只羊，让舜帝扛起鞭子在后面跟着，那羊也不会听话往前走了。况且我还听说，口能吞船的大鱼，从来不到水的支流里去游泳；鸿鹄飞得很高，从来不居在脏水池边。这是为什么呢？是由于它们的目标更加远大呀。黄锺大吕这种乐调，不能伴奏繁杂凑合的舞曲，这是为什么呢？是因为它的声调节奏过于稀疏呀！所以说，要管理国家大事的，不去顾及琐屑的生活小事；要成就大功业的，不去纠缠小的利益。说的就是这个道理呀！"

【寓意点拨】这则寓言向人们表明：巨细大小，本来是相比较而存在的，在它们之间并没有不可逾越的鸿沟。具体事物具体分析，无论做什么事情，都必须抓住要害，亦即掌握主要矛盾。

治国如治病

【寓源】唐·李隐《潇湘录》。

【寓言】武则天当政末年，四川成都有一位老人，携带着一只药壶在城中卖药。卖药得钱后就转过来接济贫困的人，自己却不吃饭，到吃饭的时候就喝点清水。像这样经历了一年多的时间，老百姓很信赖他，有了病从他那里得到药的人，病没有不痊愈的。那位老人有时独自一人在江岸边游览，整日里悠闲地四处眺望，有时又登到高处，昂首不语。每次遇到相识的人，他必定告诉人家说："人的整个一副身体就像一个国家，人的心脏就是帝王，旁边摆列的五脏六腑，就是辅政大臣，外面所具备的九窍，就是群臣。因此若心脏有了病，那么里里外外皆不能救治它，这和国君在上作乱，而臣下又不能制止没有什么两样，只要是想身体没病，必须先让心端正。不让气衰竭，不产生狂妄的思想，不嗜好过多的贪欲，不被外界所迷惑，这样心即没病。若心没有病，那么其余的五脏六腑即使有病，也不难治疗，外面的九窍，也没机会染病了。况且药也有君主、臣下之分，有辅佐、主使之别，有时治病，先君后臣，然后再用佐用使，自然合乎法度，如果没了次序，必然自致祸乱，又怎么能治病救人呢？这也就和家庭、国家用人一样。老夫我卖药，常常想到这些，每次见到愚蠢的人整个身体里面，君不像君，臣不像臣，使他的九窍都产生邪气，任意地接纳各种病症，因此使得好的医生知道治不好而自行逃避，名贵的药材也不产生效用，病人自己还不知道这些，真可悲啊。士人君子，请记住我这些话。"

有一天，卖药老人忽然独自到锦江上，解开衣服干净地洗浴后，伸手到药壶中，挑选出一粒丸药，自己吞下了，然后对众人说："老夫贬谪的罪期已满，今日要重归岛上了。"一会儿他化为一只白鹤飞去，他的衣服与药壶，一齐沉于水中，寻找不到了。

【寓意点拨】通过卖药老人之口，把人的身体比作一个国家，把人心比作帝王，把五脏六腑和九窍比作宰辅、臣下，认为欲身体无病，必先正其心，"心病则内外不可救之"，这和君主在上作乱，臣下不能制止相同。这番话其实是总结了中国历史上兴衰治乱的经验教训而言的，在君主专政的集权体制下，皇帝一人乾纲独断，若皇帝贤明，能驾驭群臣，天下自然太平；若皇帝昏庸，奸佞之徒自会乘机而起，甚至君臣沆瀣一气，祸乱天下，百姓也就跟着受苦了。故在集权社会中，导致社会动乱的根源，绝大部分都在统治集团内部。卖药老人所言，明为治病，实则锋芒所向，直指社会的统治上层，直至最高当政者，对后世之人，也有借鉴意义。

智伯索地

【寓源】战国·韩非《韩非子·说林上》。

【寓言】春秋末年，晋国有四大权臣：智氏，魏氏，赵氏和韩氏。

智伯倚仗自己的势力，向魏桓子索要土地，魏桓子不给。

任章问魏桓子："为什么不给呢？"桓子回答："他蛮横无理地来要土地，我才不给他！"任章劝说道："他无理求地，一定会引起邻国的恐惧；胃口太大又不知满足，诸侯一定都害怕。你给他土地，他一定会更加骄横起来，一骄横就会轻敌，邻国害怕就自然会团结起来对付他。如此一来，智伯肯定活不长了。《周书》上说'将欲败之，必姑辅之；将欲取之，必姑予之'，想要打败他，一定先要给他点帮助；想要夺取他，一定先要给他点好处。所以你不妨先把土地给他，让智伯更加骄横起来。再说，你怎么能放弃和天下诸侯共同图谋智伯的机会，而让我国成为他们攻击的靶子呢？"

魏桓子被说服了，割让了一大块土地给智伯，智伯高兴万分。接着又向赵氏索要土地，赵氏不给，智伯就派兵把赵氏围困在晋阳。这时韩魏从国外反击，赵氏从国内接应，智伯于是很快就灭亡了。

【寓意点拨】寓言所反映的思想颇有哲理的意味，智氏的势力本为强大，因为贪求过度，物极必反。一个人的欲望要以理智加以抑制，不然则恶性膨胀，走向反面。同时也提示了一种斗争的策略，当斗争的对手势力强大时，直接对抗是无济于事的，不如暂时委曲，故纵其恶，等待时机，战而胜之。

智过君子

【寓源】明·江盈科《雪涛谐史》。

【寓言】城中有一座水府庙，庙中有一口大钟。巴陵人在河边停船，想盗窃这口钟去铸造农具，就共同协力把大钟移放到地上，用土填满了中空地方，然后猛力击破担走了。当地的居民连一点声音也没听着。

又有一个贼，大白天溜进一人家里，盗走了一块磬，拿出大门时，突然主人从外面归来，那贼赶忙问主人说："老爹，买磬吗？"主人回答说："我家里有磬，不买！"贼就径直拿走了。到了晚上，主人找磬寻不见了，才知道在大门口卖磬的人，就是那偷磬的贼呀！

还听说有一个人背着一口锅走路，放在地下，站在那里小便。这时正好一个贼走过身旁，贼便拿过那口锅来，顶在自己头上，也站在那里小便。背锅的人小便完了，到处寻锅不得。贼便在旁边斥责他说："你自己怎么这样不小心，像我这样把锅顶在头上，就可以提防盗窃；你把锅放在地下，能不让贼偷去吗？"

以上三件事，都是盗贼临时生计脱身，这就是所谓的"智过君子"呀。

【寓意点拨】寓言说明"尺有所短，寸有所长。"盗贼不劳而获，损人利己，在任何社会里都是被否定的。但是他们盗窃时随机应变的"智慧"，也可以使正直的人从中得到启发，用其人之道还治其人之身。

瘈　狗

【寓源】清·张云璈《简松草堂文集》。

【寓言】小城中有条疯狗，人们驱赶它。狗对人驱赶它很愤怒便反过来咬人。人们讨厌它发疯，又因它是狗而不在意，姑且置之不理。疯狗认为人不与自己计较，就仗着疯劲而咬人咬得更厉害了，而人也竟然拿它没办法。世上怎么没有像提弥明那样的人去搏杀疯狗，使人心大快呢?

【寓意点拨】瘈（zhì）狗即疯狗。疯狗咬人，是因为人对它置之不理，它便肆无忌惮起来。假如人人都是提弥明，敢于同疯狗搏斗，疯狗恐怕只会一命呜呼，再也猖狂不起来了。世上的事，类似疯狗的不在少数，我们应该如何对待呢？读了这则寓言，相信每个人都会有自己的答案。

中州之蜗

【寓源】战国·陈仲子《於陵子·人问》。

【寓言】蜗牛总是慢吞吞的，因此很不讨人喜欢。据说它原来是一条蚯蚓，后来偶然在一次比赛中得了个奖杯，便整天把奖杯扛在身上四处炫耀。它想：像自己这么优秀的蚯蚓怎么能够和其他蚯蚓一样每天辛苦劳动呢？从那以后它就再也不劳动，变得越来越懒了。现在，人们要说一个人办事总是拖拖拉拉，磨磨蹭蹭时，就说他像蜗牛一样。

以前，在中州这个地方有只蜗牛，听到别人对它的评论感到很不服气，于是它准备改掉懒惰的坏毛病，重新打造自己的新形象。经过一番考虑，它打算东去泰山，但估算全程，以它的速度要走三千多年；后来，它又打算南下江汉，可算一算全程，也要走三千多年。再算算自己的寿命，却连一天都不到了。这只蜗牛不胜悲愤，终于枯死在野草地里，成为蝼蚁的美食。

【寓意点拨】寓言深刻地嘲讽了世上那些好高骛远、忘乎所以的人。才疏志大，不自量力，无论怎么振奋也终归失败。当然，奋发图强，雄心壮志，是非常重要的，这总比萎靡不振、畏缩不前要强得多。但发奋到脱离实际、想入非非的地步，也就只能像这“中州之蜗”，怀着满腹牢骚，枯死在野草地里。

钟莛说

【寓源】宋·欧阳修《欧阳文忠公集·笔说》。

【寓言】甲问乙：“用铜铸成大钟，把木头削作撞木，用撞木敲打铜钟就发出铿铿的响声。这声音是发自木头呢，还是发自铜呢？”

乙说：“用撞木敲打矮墙，就发不出响声；敲打铜钟，就发出响声。那么，这声音就是发自铜了。”

甲说：“用撞木敲打堆积的铜钱，就发不出声音。那么声音果然是发自铜吗？”

乙说：“堆积的铜钱是实心，而铜钟中间是虚空的，这声音应当发自虚空的器物中。”

甲说：“用木头或者泥巴做成钟，不会发出声音，那么，声音果真是发自虚空的器物中吗？”

【寓意点拨】这则寓言从一个侧面反映了人们思维方式的局限性，人们总是仅仅满足于外在现象的直观感受和简单类比，故很难了解事物的本质。其实，事物的属性是由多种因素决定的。就声音的传递媒介而言，声既不在铜，也不在空，但既离不开铜，也离不开空，更离不开以莛击钟这一条件。

种 树

【寓源】明·刘基《郁离子·种树喻》。

【寓言】韩非子在韩国从政将近十年，韩国地位显贵的人几乎都被依法处死而家破人亡，因此韩国有许多官职缺员。韩王为此而发愁，对公叔说：“我需要用人，可现在韩国群臣都不能胜任官职，你看怎么办呢？”

公叔回答说：“大王知道种树的情形吗？我家住京城的东郊，世世代代以种树为职业。树可以用来做房屋栋梁，派大用场的有松树、楠树、桧树、柏树等。这种树一定要三五十年才能成材。木材质量差的，像柽柳、朴樕小树等，栽下就活，长得很快，但只能做柴火烧。所以，如果按天计算，从眼前利益来看，得到栋梁之材的利慢，得到柴火的利快；如按年来计算，从长远利益来看，得到柴火的利是一，得到栋梁的利就是百。对这两类树，我都种植，世世代代享受树的好处，因此我很富有，在韩国算第一。我的邻居是一个贫穷老人，非常羡慕我，急于仿效，栽植松树、桧树不到三年，不等成材就砍伐掉，认为这样可以经常获利，但他的收入仅能维持一天的生活，没有一点剩余。现在你用人，没有等他们成熟老练，一碰到他们完不成任务就依法处置，所以栋梁之材就后继无人了。这就像房屋，一旦快要倒塌，用小捆木柴来支撑，我担心是支撑不住的。”

【寓意点拨】寓言以种树、用材做比喻，说明如何培养人才、使用人才。育才与用才，必须兼顾眼前和长远利益，“柴薪”和“栋梁”都要栽种培养，要各尽其用；不要把栋梁之材在其尚未成材之前就砍作柴薪之用，否则，就有屋坏不支的危险。

肿膝难任

【寓源】战国·韩非《韩非子》。

【寓言】伯乐教两个人辨认哪种马爱踢人。这一天，他和这两个人一起前往赵简子的马棚去实际观察。其中一个人辨认出一匹踢人的马，另一个人便走到这马的身后，照着马屁股连续拍了几下，结果马并没踢一下。

辨认的人以为自己看走了眼，另一个人却说：“你并没有看错，这确实是一匹踢马。只是现在它的前腿肩胛筋骨扭伤，膝盖也肿了。凡是爱踢人的马，当它举起后腿尥蹶子时，重心便落在前腿上。而这匹马，因为前膝肿痛，不能支撑全身重量，所以后腿也就举不起来，无法踢人了。你很会辨认爱踢人的马，却没看出它肿胀的前膝对后腿的影响。”

【寓意点拨】学习科学，观察事物，必须全面观察、认真掌握事物之间内在有机联系。否则，就不能够正确、深刻地认识事物，灵活掌握科学知识。

重金购画

【寓源】明·朗瑛《七修类稿·事物类》。

【寓言】明代宜兴人吴俨的家很富有，到他就职礼部尚书时就更富裕了。吴俨的儿子沧州，酷爱字画，购买和收藏了许多名人字画。吴俨的朋友有一幅宋朝宫廷收藏过的唐人名画《十八学士》，十分珍贵。沧州常想买来，可是画主索价千金，少一分钱也不卖。

吴俨的弟弟也是富翁，家产与吴俨相当。不过他只积粮攒布，对字画一窍不通，所以清高的文人都瞧不起他。他的弟弟一天找那画主问："你收藏的《十八学士》果真想卖千两银子吗？"主人说："是的。"吴俨的弟弟如数付钱，买下那幅画。然后办了几桌酒席，宴请他哥哥及平素瞧不起他的人。酒过三巡，他故意把话题引到字画上，大家都不屑地嗤笑他。这时，他拿出购来的那幅画玩赏，吴俨十分震惊，慨叹地说："今天嘛，才能与一向粗鄙庸俗之人拉平啊！"

【寓意点拨】这则寓言以土财主买名画为喻，对那些附庸风雅，装点门面的人进行讽刺。文中的土财主，不懂得金钱只能买来名画，却买不来艺术修养，买不来知识。他想靠一幅名画掩饰自己对艺术的无知，是徒劳无益的。这种自作聪明、自欺欺人的做法，除了留给人笑柄之外，是得不到任何好结果的。它告诉人们，要提高自己的社会地位和树立良好的形象，只能从加强自己的修养、提高自身的素质入手，舍此别无捷径可走。

周处除害

【寓源】南朝·刘义庆《世说新语·自新第十五》。

【寓言】周处年轻时凶狠强硬，很有豪侠气度，被乡亲们看成祸害，加上义兴郡河里有蛟龙，山上有跛脚虎，一同危害百姓，义兴人把他们称为"三害"，而周处被视为三害之首。有人劝周处去杀死老虎、斩掉蛟龙，实际上是希望三个残暴者中只剩下一个。周处就上山杀死了老虎，又到水里去跟蛟龙搏斗。蛟龙时而浮出水面，时而没入水底，周处跟游了几十里，与蛟龙厮杀在一起。经过三天三夜，乡亲们都以为周处已经死了，就互相庆贺。没想到周处竟然杀死了蛟龙，从水里出来了。他听说乡亲们为他死了而庆贺，才知道自己是人们所忧患和痛恨的人，就有了改过自新的念头。他独自到吴郡去拜访陆机和陆云。平原内史陆机不在家，只见到清河内史陆云，就把情况详细地告诉了陆云，并且说："自己想改正错误，可是这么多年已经虚度了，恐怕最终不会有什么成就了。"陆云说："古人所看重的是'朝闻道，夕死可矣'，何况你前面的路还很长。再说，一个人忧愁的是不能立志，又何必担心美名不能显扬呢！"周处便下决心要改正错误，最终成了忠臣孝子。

【寓意点拨】寓言告诉人们：一个人无论曾经有过什么过错，甚至有过劣迹，只要决心重新做人，应该说都为时不晚。关键是要及时立志，振作起来，并扎扎实实地付诸行动。

周客画荚

【寓源】战国·韩非《韩非子·外储说左上》。

【寓言】有一个游客给周君在豆荚薄膜上绘画，用了三年的时间才画成。周君看后，觉得这豆荚如同用油漆漆过的一样，什么图案也没有。周君十分恼怒。

画荚的游客对周君说："大王请修筑十板高的一座墙，凿开一个八尺大的窗户，等到早晨太阳出山的时候，把荚画挂在窗户上，然后再观看。"

周君按照游客说的去做了，果然看见了那豆荚片上所画的图案，全是龙蛇禽兽车马，各种各样的形体状态都具备了。周君看后非常高兴。

这位游客画荚的功夫，不能说不精微了，但是它的用处却同没有漆过的豆荚一样。

【寓意点拨】高超的艺术、技艺不是直呈显露的，它必须凭借一定的条件，仔细认真的观赏，才可领略其奥妙。也可用以启示人们看问题不能只凭直观的表面现象，而要透过表面深入本质。

周人好姣服

【寓源】明·刘基《郁离子·石羊先生》。

【寓言】有个周地的人喜欢漂亮衣服，如果身上的衣服稍有不称心的地方，心里总会觉得很不舒服，一定要换上称心的衣服才满意。

有一天，他要到一个地方去，衣服袖子上沾了块黑点，他也不知道，得意扬扬地走得飞快，十分高兴。走到半路，他的朋友告诉他，说他袖子上有块黑点。周人知道后惋惜得连声叹气，提起袖子又抓又挠。黑点虽然去掉了，却留下一块脏兮兮的痕迹。他心里久久不能平静，走了五步便惴惴不安地看了六七次，最后竟然灰心丧气地返回家去了。

【寓意点拨】这则寓言以周人因衣袖上一个小黑点而没有到达目的地的故事为喻，说明做任何事都要始终牢记大目标，不要被鸡毛蒜皮的小事干扰，半途而废。它告诫人们，不要对小事耿耿于怀，要着眼于大的方面，并始终不渝地为实现大目标而自强不息。

纣为象箸

【寓源】战国·韩非《韩非子·喻老》。

【寓言】殷纣王使用象牙筷子而箕子感到恐慌。箕子认为贵重的象牙筷子一定不会用在土制的粗劣碗盏上，而必定要用稀有的犀角玉石的杯盏。使用象箸玉杯的人一定不会吃豆子一类普通的菜羹，就一定要吃牦象豹胎一类山珍美味。吃山珍美味的人一定不穿粗布衣服，不住茅屋，就一定要穿上一层又一层的绫罗绸缎，住上大厦高楼。箕子说，我畏惧它的恶果，所以从一开始我就感到恐怖。

遏子五年，纣王果然造肉圃，设炮烙，登糟丘，临酒池，终于因此而灭亡。

【寓意点拨】寓言说的是要见微而知著，从小事可以推知大事的道理。要深谋远虑，要在事物刚露头的时候就看见它的发展趋势，不但要有“畏其卒，故怖其始”的态度，更要及时予以解决。

轴折造辕

【寓源】西汉·刘安《淮南子·氾论训》。

【寓言】有个赶车的人，拼命多装货物，超过了车的荷载和牛的力量，几乎将要折一轴。于是有人又给加了一条辕杆，以为这样修理是很完美的。

但是，殊不知在车轴上加辕更加重了轴的负荷，反而促使了轴的断折。

【寓意点拨】正确的方法来源于正确的判断。对症下药，才能药到病除；轴折造辕，就是出于错误的判断，结果是不但没能修理好轴折，而且使轴折得更快了。

州官放火

【寓源】宋·陆游《老学庵笔记》。

【寓言】宋朝时州官田登，一贯横行霸道、飞扬跋扈，竟不许州内的老百姓说出与“登”字同音的字，不管是写文章还是谈话，凡遇到与“登”同音字，都必须用别的字来代替。比如“点灯”只能说成“点火”；元宵节放花灯，只能说“放火”。

每一年的正月十五元宵节，城里有钱有势的人家都要放灯，就是点各式各样的花灯，通宵让人观赏。这一年，田登假惺惺地允许老百姓进城观灯，还特地命令手下人在街上张贴布告。可是布告中要写“灯”字，这可怎么办呢？写布告的官吏是挨过田登板子的，再也不敢犯忌了，便在布告中写道：

“元宵节晚上，本州照例放火三日。”布告贴到了大街上，外地的客人不了解内情，看了布告大吃一惊，以为一定发生了什么不寻常的事儿，赶紧向别人打听原因。被问的人，开头都不敢直说，唯恐让田登知道了又要受罚。后来经不住客人再三追问，才悄悄将本州的忌讳一五一十说了一遍，客人听后，又好气又好笑，挖苦道：“这真是‘只许州官放火，不许百姓点灯’呀！”

【寓意点拨】许多所谓的父母官，并非真的将人民视为自己的子民，只是居于高位，图谋私利；正如文中的田登，仗势妄为，跋扈专断，只为了个人的忌讳便任意处罚人民。寓言尖锐地揭露、讽刺了搞避讳一类的主观唯心主义者滑稽、可恶的形象。

朱公决狱

【寓源】西汉·贾谊《新书·连语》。

【寓言】梁国曾经有一件疑难的案件，大臣们一半认为应当处罚，一半认为不应当处罚，就是梁王也拿不定主意。梁王说：“定陶的朱公，凭借布衣平民身份，却能富裕得相当于一个国家，他一定有着超人的智慧。”

梁王召见朱公，问：“我们梁国有一件疑难的案件，大臣们一半认为应当处罚，一半认为不应当处罚，我也拿不定主意。请你为我作一个判断，怎么样？”

朱公回答说：“我是个粗鄙的人，不知道怎样判断案件。但我家有两块白璧，颜色相同，直径大小相同，光泽也是相同的，但是价钱却不相同，一块值千金，另一块只值五百金。”

梁王问：“直径、颜色、光泽都相同，为何一块值千金，另一块只值五百金呢？”

朱公回答说：“从侧面看，其中一块的厚度恰好是另一块的两倍，所以它值千金。”

梁王说：“讲得好。”

由此梁王决定：案件拿不准的就舍去，赏赐拿不准的就给予。梁国的上上下下都为此而高兴。

【寓意点拨】对事物的观察，即观察事物的角度不同，得出的结论自然也会不同；要取得一致的看法，首先要在规则、标准、角度等前提上达成一致，否则，意见分歧是不可避免的。

侏儒观优

【寓源】宋·苏轼《苏轼文集·自跋石恪三笑图赞》。

【寓言】最近在某先生家看到石恪画的《三笑图》。画中有三个人大笑，笑得连帽子、衣服、鞋子、手、脚都表现出笑的味道。他们后面有三个小童，并不知道人家在笑什么，也跟着大笑。世上有矮小侏儒，在观看身材高大的演员表演，别人问他们看到了什么，他们就说："那些高个子能骗得了我吗？"这幅画的内容就类似这样。

【寓意点拨】这则寓言，嘲弄了那些盲从随人脚跟，而又人云亦云缺乏主见的人。

侏儒梦灶

【寓源】战国·韩非《韩非子·内储说上》。

【寓言】卫灵公在位的时候，有个叫弥子瑕的大臣特别得宠，他把持着卫国的朝政，背着君主做了许多坏事。朝中大臣都对他满腹怨言，但由于弥子瑕的权势太大，大臣们都敢怒不敢言。卫灵公仍旧很信任弥子瑕，他更是有恃无恐，为所欲为。

有一个侏儒对弥子瑕的所作所为感到非常愤怒，但由于侏儒没有直谏的资格，于是他想了一个办法。一天，侏儒见到卫灵公，就对卫灵公说："我的梦果然应验了。"灵公就问："什么梦呀？"侏儒回答道："我梦见了灶头，这是觐见主公的预兆啊。"

灵公非常生气地说："我听说梦见太阳才是要见君王的征兆，你怎么梦见灶头呢？"

侏儒趁机回答说："太阳照耀着世间万物，没有东西能够挡住它的光辉。君主洞察全国上下的情形，没有人能够蒙蔽得了他。所以要见君主的人才会梦见太阳。而灶头，本来从其周围是可以看到火光的，但如果有一个人坐在灶头前面烤火，后面的人就看不见了。现在可能有人蒙蔽了君王，所以我才梦见灶头。"

卫灵公听完侏儒的话，想了很久，最后终于理解了侏儒的用意。

【寓意点拨】卫灵公被宠臣所蒙蔽，大权旁落，身为侏儒要劝谏卫君谈何容易，而他却用巧妙的比喻作了形象的说明，灶火光亮小，最容易被人遮蔽，这就深刻地揭示了卫君被宠臣蒙蔽的程度。

这则寓言告诫人们，尤其是当权者，不要过分地轻信身边的个别人，一旦被人蒙蔽，就会左右由人，脱离大多数，孤立了自己。

蛛与蚕

【寓源】明·江盈科《雪涛小说》。

【寓言】蚕和蜘蛛都是吐丝的动物，它们生活习性不同，对自己的生命也有不同的看法。

一天蚕和蜘蛛在桑树上相遇了，说起它们的共同点，蜘蛛批评蚕说："你每天都把自己吃得很饱，让自己尽快长大到老，到头来口中吐出纵横的蚕丝，牢牢地把自己裹起来。等到人们把你放入开水中，抽成长丝，你便丧失了性命。这么说来你那精巧的技艺，正好把你送上自杀的道路。这不是很愚蠢吗？"

蚕听了，微微笑着说："我固然是自杀，但我所吐的丝，可以织成有华美花纹的绸缎。上至皇帝穿的龙袍，百官穿的礼服，下至老百姓珍惜的绫罗绸缎，哪样不是我的丝做的呢？我的一生虽然短暂，但我却死得有价值有意义啊！"

蜘蛛听了，仿佛不以为然。蚕接着说："而你又怎么样呢？你空着肚子到处去寻找食物，吐出纵横的丝织成天罗地网，坐在网里窥视着，蚊、虻、蜂、蝶触过网的没有不被杀死的，然后你用它们来填饱自己的肚子。你的技艺高是高，可是，多么残忍呀！"

听蚕这么说，蜘蛛更是不以为然了，他哈哈大笑着说："看来我们两个还真是很不相同啊！为自己打算和为别人打算相比，我还是宁可为我自己！"

唉，是啊，"鸟为食亡，人为己死"，自古以来都是这样，像蚕一样为别人打算的人是很少的！

【寓意点拨】"春蚕到死丝方尽"这句古诗形容蚕的一生再贴切不过了，与蜘蛛相比，寓言中的蚕无私高大，为他人着想，一生奉献不求索取，这是新时代的人们值得学习的模范形象。

逐臭之夫

【寓源】秦·吕不韦《吕氏春秋·遇合》。

【寓言】从前有个人，身上天生有股臭味，走到哪里臭到哪里。他的父母、兄弟、妻妾、朋友，谁都不愿意和他在一起生活。这个人感到非常苦恼，无奈之下只得搬到空旷的海边居住。在海边，却有个人非常喜欢他的气味，无论白天还是黑夜，时时都跟随着他，寸步不离。

【寓意点拨】这则寓言说明：大臭者和逐臭的人形影不离，是因为他们臭味相投。这就是物以类聚、人以群分的道理。

柱山两木

【寓源】西汉·刘向《战国策·赵策一》。

【寓言】苏秦替赵王出使秦国，返回赵国后，赵王三天都没有召见他。苏秦托人转告赵王说："我以前经过柱山时，看见两棵树，一棵树在呼唤伴侣，一棵树在哭泣。我问它们是什么缘故？一棵树回答说：'我已长得高大了，年纪也已大了，我感到痛苦的是，工匠要用绳墨裁锯我，要用规矩雕刻我。'另一棵树却说：'这不是我所苦恼的，这是我的本分。我的苦恼是，像人用铁钻钻木一样，想钻进就钻进，想退出就退出。'现在我受你的派遣出使秦国，返回赵国后，你三天不见我，岂能没有人认为你把我当作铁钻钻木一样，钻进退出、任意摆布吗？"

【寓意点拨】这则寓言说明了命运掌握在别人手里的人，身不由己，一切听人摆布，没有任何自由自主可言；反过来说，要想摆脱别人的控制，就要自己掌握自己的命运，有了自主权就会有支配权。一个人是这样，一个组织是这样，一个国家也是这样。

庄子见骷髅

【寓源】战国·庄周《庄子·至乐》。

【寓言】庄子到楚国去，在路上看见一个骷髅，空枯成形。他就用马鞭子敲敲，问道："先生是因为贪生悖理以至于死的吗？还是国家败亡，遭到斧钺的砍杀，以致死于战乱？或是你做了不好的事，给父母妻子丢了脸而感到羞愧，自杀的？还是遭到受冻挨饿的灾难而死的？你是年寿尽了死的吗？"

庄子问完话后，拿起骷髅当着枕头睡觉。到了半夜，骷髅托梦对庄子说："你刚才的谈话，好像辩士。你所说的，都是人生的累患，死了就没有这些忧患了。你想听听死人的快乐情形吗？"

庄子说："好。"

骷髅说："人死了，在上没有君主，在下没有臣子；也没有四季的冷冻热晒，放纵自由地和天地共长久。即使是国王的快乐，也不能胜过。"

庄子听了不相信，便对骷髅说："我让管理生命的神恢复你的形体，还给你骨肉肌肤，把你送回到父母妻子、邻里朋友那里，你愿意吗？”

骷髅听了，深深地皱起眉头说：“我怎么能抛弃国王般的快乐而回到人间受苦呢！”

【寓意点拨】庄子借助骷髅之言，揭露了当时社会给人民带来的种种灾难。

装腔赖债

【寓源】佚名《精选雅笑》。

【寓言】有一个人借了别人的钱不让讨取，反而欺骗债主说：“我有亲事要办，女方是个寡妇，家里有许多积蓄，只是眼下我没有钱作聘礼，你如果能帮助我把她娶过来，不但能还清欠的钱，还可以借钱给你。”

债主信以为真，拿出银两帮助他。这个人得到银两后，首先把房子装饰一新，债主更加深信不疑。过了几天，债主经过他的家敲门，听到门内有一个妇女回答说：“丈夫外出了。”

债主多次敲门都是得到同样的回答，于是起了疑心，就从窗洞里探看，看见的不是妇女，而是这个人捏着鼻子做女人腔调。这时，债主十分愤怒，撞破窗户冲了进去，狠狠地把他痛打了一顿，这个人还是捏着鼻子装腔说：“丈夫欠你的债，与我有什么关系。”

【寓意点拨】这则寓言告诉人们，对别人的口头之言不可轻信，轻信则不免上当，只有听其言观其行，才能识破一切骗局。同时，也启示人们要认清那些无赖小人，他们为欺骗别人捞取钱财，什么卑劣手段都会施展出来的，切不可被一时表面现象所迷惑。

追女失妻

【寓源】西汉·刘向《说苑·正谏》。

【寓言】赵简子准备出兵讨伐齐国，传令军中，有敢于劝阻的人将治以死罪。有个身披铠甲，手执利刃的武士叫公卢望，见了赵简子纵声大笑。

赵简子问：“你笑什么？”

公卢望答：“我想起一件好笑的往事。”

赵简子厉声说：“讲出理由还罢，讲不出来就让你死！”

公卢望不慌不忙地讲了一个故事：“正当采桑季节，我邻居家夫妇二人一起下了田。丈夫看见桑林深处有个女子，就追了过去，没有追上，扫兴而归。这时，他的妻子早在盛怒之下离开了他。我笑他追女不得，反失妻子，成了光棍。”

赵简子如梦方醒，说：“如今，我讨伐别国，也会失掉自己的国家，变成亡国之君。”便下令收兵回国。

【寓意点拨】赵简子穷兵黩武，进攻齐国，而没有顾及他的国家将会因此而失去。公卢望以追逐桑中之女而失去妻子的笑话，对此作了辛辣的讽刺。其实生活中人们常常犯类似的错误，这则寓言提醒人们：处事应对利弊作全面的衡量，不能得之于此而失之于彼。

坠轿底

【寓源】明·冯梦龙《广笑府·风怀》。

【寓言】有一个刚出嫁的人，出嫁中途轿子的底突然掉了。轿夫们就互相商量说：新媳妇不能徒步走，可若要换轿，转回去的路又太远。那新媳妇听到后说：“我倒有一计策。”众人急切地问她。她回答说：“你们在外面只管抬，我在里面自己走。”

【寓意点拨】在旧时认为女子出嫁时必须表情悲痛。如果谁欢欢喜喜愿意出嫁，就认为有伤风化。此女子在中途“轿底忽坠”的时候，主动提出自己在无底的轿子里面走，这倒是应该肯定的一种敢于向封建世俗风化挑战的大胆行为。

捉鬼

【寓源】清·游戏主人《笑林广记》。

【寓言】玉皇大帝命令钟馗到人间去捉鬼。钟馗领了玉皇的旨意，带领着鬼兵鬼卒，到了人间，拿着剑捉鬼。哪知道人间的鬼比阴间的鬼多而且凶恶。人间的众鬼见钟馗来捉它们，那冒失鬼就上前去夺他的剑；伶俐鬼搬他的腿，扭他的腰；贼鬼拉他的靴，摘他的帽；下流鬼解他的腰带，脱他的衣服；无赖鬼拉他的胡须，扯他的眉毛；短命鬼偷他的剑，拿他的刀；淘气鬼抠他的鼻子，剜他的眼；醉酒鬼鬼哭狼嚎。众鬼跌倒在他的身上，色鬼双手把他抱住。钟馗对它们简直是没有办法，众鬼又是叫，又是哭。

钟馗正在为难之际，突然看见一个大胖和尚，挺着大肚子，笑嘻嘻地走了过来，把钟馗扶起来说：“降魔将军，怎么搞得这样狼狈不堪呀？”

钟馗把事情向和尚叙说了一遍。和尚听后说：“不妨，等我来替你把它们捉来。”

这个和尚见了众鬼，呵呵大笑，张开大嘴咕噜一声，把众鬼全都吞到肚里去了。

钟馗大吃一惊地说：“师父实在是神通广大呀！”

和尚说：“你不知道这些作孽多端的鬼，人间最多，你跟它们是讲不通道理的，也讲不得人情，只用大肚皮把它们装上就是了！”

【寓意点拨】这则寓言有两层寓意：一方面，传说中的鬼总是到处作恶多端，凶残可恶，人们都很憎恶它；鬼本来是阴间的，人世间是没有鬼的，而钟馗进入人间之后发现，“世间之鬼，比阴间多而且凶”。而且这些鬼是“讲不通道理，也讲不得人情”的，借此以揭示当时社会的黑暗，民不聊生的现实。这则寓言的另一个主旨是所谓“宰相肚里能撑船”。对一些无原则纠纷加以忍让，只装在个人肚皮里就完事，但是对一些对抗性矛盾却要针锋相对，才能解决问题。

捉羊拔舌

【寓源】唐·唐临《冥报记》。

【寓言】京兆人潘果，不到二十岁的时候，在武德年间担任都水的小吏。一天下班后，与里中的几个少年一起去田里游玩，路过坟地的时候看到一只羊，不知道是谁遗失的，在那里吃草。潘果就和少年一起把羊抓住，计划带回家里。半路上羊鸣叫不停，潘果害怕羊的主人听见，就把羊的舌头拔掉，羊就叫不出声来了，当天夜里，他们把羊煮着吃掉了。一年以后，潘果的舌头逐渐变小，最后竟然消失了，他便递交了辞职的文书。富平县尉郑余庆怀疑他使诈，让他张开嘴验看，果然没有舌头，看舌根处，如同豆子那样大的一点还在。觉得奇怪，就问潘果，潘果就把事情的经过全部写出来让他看。县尉就叫他为羊追福，潘果就受了五戒，大修福业。一年以后，他的舌头渐渐长了出来，没多久舌头就如同以前一样。他到县里陈述情况，县尉又让他担任里正。郑余庆贞观十八年担任监察御史，这些事情是他说的。

【寓意点拨】这则寓言至少能给人们以两点启示：首先，自己要学会从别人的角度来考虑问题，潘果把羊的舌头拔掉，他自己可能当时并没有去考虑羊的痛苦，当他自己也没有舌头后，才真正体会了没有舌头的滋味。其次，办了错事要及时认识自己的错误并努力改正，事情就有转机的可能。

卓子刎马

【寓源】战国·韩非《韩非子·外储说右下》。

【寓言】延陵卓子驾驭青色有山鸡尾花纹的大马，马头有络衔，后面有带刺的马鞭。马要向前，络衔禁阻它，马要后退，马鞭要抽打它，马既不能前进，又不能后退，便向旁边奔走逃避，延陵卓子便下车拔出刀来，把马脚砍断。

造父看到这种情形，不觉流下眼泪，整天不吃东西，仰天而叹说："鞭策是使马前进的，可马前有络衔禁阻；缰绳是使马后退的，可后面有带刺的马鞭抽打。现在做君主的，由于某人清高而予以重用，又因为不能适应左右而予以罢黜；由于某人的公正而予以称誉，又因为不能听从吩咐而予以废弃。民众害怕而不知所措，这是圣人看到也要流泪的事情啊。"

【寓意点拨】这则寓言告诉人们，处理事情需有条件的制约是必要的，但要适可而止，如果约束过多，反而束缚了手脚，陷入被动。也可以说明，事情的失败不要怨天尤人，不能像卓子那样只责马而不自省，要从自身多寻找原因。

子产教游吉

【寓源】战国·韩非《韩非子·内储说上》。

【寓言】子产做郑国的国相，病重要死的时候，对游吉说："我死后，你必定执政郑国，一定要用严厉的方法来治理民众。火的形势很猛烈，所以被烧死的人很少；水的形势柔弱，所以被淹死的人很多。你一定要严厉执法，不要让民众因你的柔弱而淹死。"

子产死后，游吉不肯使用严厉的方法，郑国的青少年群起做盗徒，潜伏在萑（huán）泽之中，准备造反作乱。游吉率领军队攻打他们，打了一天一夜，勉强战胜。这时，游吉长声叹息说："我要是早按照子产教诲执法，一定不会如此后悔了。"

【寓意点拨】严刑峻法不能片面地理解成残酷而不讲人道，对犯罪分子不实行严厉打击，就不可能达到治理的目的；对违法者不究，就是对人民的不仁。同时，法令严峻则有威慑作用，使民畏惧则能达到少犯罪、甚至不犯罪的效果。

子罕辞玉

【寓源】战国·韩非《韩非子·喻老》。

【寓言】宋国有个山里人得到一块璞玉拿去献给子罕，子罕不接受。这个人说："这是一件宝物，适宜于君子使用。不适合小老百姓用。"子罕回答说："你把玉看作宝贝，我认为不接受你的玉才是最可宝贵的。”

【寓意点拨】那些贪财豪取的人，必定缺乏道德的修养，分不清贪财与廉洁的界限，所以受贿不以为耻，反以为权大位高所应得；如果都像子罕那样重德而轻财，贪官从何滋生！所以这则寓言极有现实教育意义。

子罕之仁

【寓源】秦·吕不韦《吕氏春秋·召类》。

【寓言】士尹池为楚国出使到宋国去，司城子罕在家设酒宴款待他。士尹池来到子罕家发现：子罕南边邻居家的墙突出挡在子罕堂前却不拆它取直，西边邻居家的积水流过子罕的院子却不加以制止。

士尹池询问这是为什么，司城子罕说：“南边邻居家是做鞋的工匠。我要让他搬家，他的父亲说：‘我家靠做鞋谋生已经三代了，现在如果搬走，那么宋国那些要买鞋的就不知道我的住处了，我将不能谋生了。希望相国能因我无法谋生而怜悯我。’因为这个缘故，我没让他搬家。西边邻居家地势高，我家院子地势低，积水流经我家院子很便利，所以没有加以制止。”

士尹池回到楚国，楚王正要发兵攻打宋国，士尹池向楚王进谏说：“不能攻打宋国。宋国的君主贤明，他的国相仁慈。贤明的人能得民心，仁慈的人别人能为他出力。楚国去攻打他，大概不会成功，还要被天下所耻笑！”因此楚国放弃了宋国而去攻打赵国。

【寓意点拨】这则寓言告诉人们，要想为民谋利益，就应处处想到民众，把民众的利益置于个人利益之上；尤其是当个人利益与民众利益发生冲突时，要以牺牲个人的利益去保护民众的利益。

子旂献玉

【寓源】黄灵庚编《宋濂全集·潜溪后集·燕书》。

【寓言】宋国有一个名叫白冥子旂的人，在渠蒢（chú）的田地里耕作得到一块石头，圆润白皙，石头的轮廓是内孔的一倍，上面刻有蒲状和谷状的花纹。子旂仔细地观察它，说：“石质像切开的脂肪，润泽而有纹路，这真是一块好玉呀；玉色晶莹，四面通透，有棱有角却温润不伤人，这真是一块好玉呀！没有功德，家里却藏有这么大的一块宝贝，必将招致祸端，应该把它献给朝廷。”

子旂洗头洗澡穿戴整齐，对周王说："在下是渠蒢低贱的农夫，偶然间拿起锄头耕地，自己万没想到，土地不吝啬宝物，让我得到了一块非同一般的宝玉。我不敢私自占为己有。听说大王将祭奠天地四方，正准备祭奠所用的六玉，正缺其中的一块。我愿意将这块宝玉献给您。"

周王令大夫接受了这块宝玉，将它拿给玉尹鉴定。玉尹说："呵，一块破石头。"便退还给了子旂。

子旂抱着这块石头叹息说："我听说有道的朝廷，是与非分别得很清楚，丝绸绣衣虽华美，也不剪碎绣衣去补帽子；太阿宝剑虽不再锋利，也不用它去屠宰牲口。如今硬把宝玉说成石头，怎么可以这样呢？"

楚丘丈人从这里经过看到他，说："子旂你已经很幸运了。"

子旂生气地说："幸运什么？"

楚丘丈人说："卞和把宝玉献给君王尚且被砍了脚，何况你送去了一块石头呢！"子旂最终也没有省悟。

君子说：士人凭借真才实学向人炫耀尚且不可取，靠假的东西还能成就自己吗？哎！世上不是只有一个白冥子旂这样的人啊。

【寓意点拨】这则寓言告诉人们应该如何正确地认识自己。能不能正确认识自己，是水平问题；肯不肯正确认识自己，除了水平之外，有时还牵涉品德问题。从这个意义上看，白冥子旂的终不省悟，可怜，可悲，亦可卑。世间相当多的人自视才高，常有怀才不遇之人。就自身而言，是否怀有真才？对社会而言，即使是真才，是否具有实用的价值？牢骚满腹解决不了问题，谋求一个人的社会价值应先从完善自身开始。

子桑歌哭

【寓源】战国·庄周《庄子·大宗师》。

【寓言】子舆与子桑做朋友，连绵大雨一连下了十天，子舆说："子桑恐怕要饿病了！"就给子桑送饭去。到了子桑门前，听到屋里又像唱歌又像哭泣，并弹着琴唱道："父亲啊！母亲啊！天啊！人啊！"歌声微弱而诗句急促。

子舆推门进去，问："你歌唱的调子怎么是这个样子？"

子桑说："我正想使我这般窘困的原因而得不到解释。难道父母要我贫困吗？天是没有偏私地覆盖着，地是没有偏私地运载着，难道天地要唯独让我贫困吗？然而我到了这种绝境。追究使我贫困的原因得不出来，这是由于命运吧！"

【寓意点拨】这则寓言给人以这样的启示：当身处困境之中，应当采取达观的态度，既要积极地去寻找造成困境的原因，又不要过分地沉溺在无限哀伤之中；否则不但不会摆脱，还会增加肉体和精神的双重痛苦。

子思辞裘

【寓源】西汉·刘向《说苑·立节》。

【寓言】子思住在卫国，破旧的棉袍没有外罩，二十天只吃了九顿饭。

田子方听说后，派人送给他一件狐皮袍，可担心他不接受，就对他说：“我借给别人东西，随后就忘了；我给别人东西，就像丢掉一样。”

子思仍然推辞不接受。

田子方问：“我有你没有，你为什么不接受呢？”

子思说：“我听说过：没有道理的赠予不如丢弃，把东西丢弃在沟渠里。我虽贫穷，但不忍心拿自己的身体当作沟渠，所以我不敢接受你的馈赠。”

【寓意点拨】这则寓言警示人们：在物质利益面前应保持必要的警觉，不能让物质利益玷污人格和操守。

子死不哭

【寓源】汉·韩婴《韩诗外传》。

【寓言】鲁国的公甫文伯死了，他的母亲并不哀伤哭泣。季孙听后说：“公甫文伯的母亲是个言行端方的女人，儿子死了不哭，一定有什么道理。”

季孙便派人去询问，公甫文伯的母亲回答说：“过去我曾让这孩子去师事孔子，但孔子离开鲁国的时候，他送行没有送出鲁国国都的郊区，赠送孔子东西也没有赠送家里的贵重物品。后来，他生病的时候，我没有见到士人来看望他，死的时候，我也没有见到士人为他流泪。但下葬那天，宫女们披麻戴孝跟在后面的却有十人。他对士人交情不够，却对妇人恩爱有加。所以我不为他哭泣。”

【寓意点拨】按儒家的观念，男子应积极参加社会活动，而公甫文伯不重视与老师和士人的交往，只爱和宫女们玩耍，这就阻断了参与社会的重要途径，把自己封闭在一个极小的圈子里，使母亲感到失望。本则寓言以一个反面例证告诉人们：人只有走向广阔的社会，尽到作为社会一员的责任，才能有所作为，赢得人们的尊重。

子余识人

【寓源】明·刘基《郁离子·子余知人》。

【寓言】越王派他的大夫子余监造船只，船造成了，有一个商人要求掌管船只，子余不用他。这个商人就离开越国去了吴国，通过吴国大夫王孙率的引进见了吴王，商人说越国大夫不会用人。

后来有一天，王孙率和他一起到江边观看，突然刮起大风，江中的船只乱撞，这商人指手画脚对王孙率说："那条船将要沉没，那条船不会沉没。"结果，无一不像他所说的那样。王孙率认为他是奇才，就把他推荐给吴王，吴王任命他掌管船只。

越国的人听到以后，便怪罪子余。子余解释说："我并不是不了解他。我曾经跟他相处过，这个人好夸耀自己，竟说越国没有人能比得上他。好自吹自擂的人，总是认为自己正确，以博得别人的吹捧、奉承。说别人不如自己的人，他一定对别人的观察很精细，对自己的观察很马虎。现在吴王任用他，将来败坏大事的一定是这个人。"越国人不相信子余的话。

没有多久，吴国讨伐楚国，吴王让那个商人驾驶余皇号战船，漂过大湖，驶出大江，迫近扶胥的江口时，战船就沉没了。越国人这才佩服子余的先见之明，并说："假使这个商人不经过试航就死了，那末子余大夫就会受到埋没人才的批评，即使是皋陶那样贤明的官吏在世，也不能判断他正直无私。"

【寓意点拨】通过子余识商人的故事，说明用人必须识人，必须对将要起用的人有全面、透彻的了解，不被表象所迷惑。

子朱辞官

【寓源】西汉·刘安《淮南子·人间训》。

【寓言】太宰子朱侍奉令尹子国进餐，子国喝汤时，觉得烫嘴，便把一碗汤泼在了地上。

第二天，子朱辞去官职回家，仆人对他说："楚国的太宰职位，是很不容易得到的。你为什么要辞官回家呢？"

子朱回答说："令尹子国举止轻浮，简慢无礼，随意侮辱别人。"

果然，第二年子国又把郎官总领按在地上，打了三百大板。

做官的人应该先回避灾难，然后寻求利益；先远离侮辱，然后寻求声誉。太宰子朱对为官本末的了解是很微妙深入的。

【寓意点拨】寓言告诉人们，与人相处，首先应该观察这个人的品行，对于品行有所欠缺的人，应考虑避而远之。

梓庆为鐻

【寓源】宋·庄周《庄子·达生》。

【寓言】梓庆砍削木头做鐻（jù），鐻做成后，见到的人都惊讶它有如鬼斧神工。鲁侯见到梓庆便问他："你用什么神妙的道术做成这个鐻的呢？"

梓庆回答说："我是个匠人，哪有什么神妙的道术！不过，我做鐻的时候，从不敢损耗我的精神，一定要斋戒修省使心神安静。斋戒到三天，内心里便不敢怀有获取赏赐爵禄的念头；斋戒到第五天，便把他人一切说好说坏的议论都不放在心上了；斋戒到第七天，我便连自己还有四肢形体也忘掉了。正当这时，一切朝廷之事也全忘了，我的技巧高度专一而外界任何扰乱都消失了；然后我到山林中去，观察树木的天然姿质；面对那些形体极好、完全符合做鐻要求的树木，在我心目中便形成一个完整的鐻，然后才动手制作；如果不是这样的话，我就不做。这样就做到了木头的天性符合鐻的天性，器物之所以疑似鬼神所为，大概就是这个缘故吧！"

【寓意点拨】梓庆做鐻的技艺如此精湛，就是由于他既排除了一切个人利害得失和外界的任何纷扰，又按照做鐻的客观规律办事。这则寓言告诫人们，只有"以天合天"，才能达到"工巧若神"。做各种事情，必须专心致志，抛开一切个人杂念，深入掌握事物本质。鐻：古代一种像钟的乐器。

梓棘争美

【寓源】明·刘基《郁离子·梓棘》。

【寓言】梓树对棘树说："你为什么长得那么细长而不能挺立，叶子茂盛却不能遮蔽什么，纠结在灌木丛中，掩蔽在枯枝败叶里，永远见不到太阳，不是太忧愁了吗？你看，我的枝干耸立在山崖之上，树梢伸向高空，树根扎进地底下，日月经过时我留下它们的光辉，风雨袭来时从我身上流下它清凉的雨水。凤凰和翠鸾早晚都在身边欢乐地鸣叫。暖云薄雾、山林、沼泽蒸发的水汽，在我头顶结成祥瑞云霓，形成红、黄等各种颜色的美丽景象，就像钟鼓、琴瑟等奏出和谐的乐章。绚丽的色彩交织成花纹，拥抱着日头，倒映在水上闪闪发光，色彩鲜艳就像刚在蜀江洗涤的彩色绸缎，光泽明丽就像春天花朵映照着美丽的大花房。所以工匠们看到我就很喜爱，期望着用来做大宫殿的栋梁。”

梓树刚说完话，荆棘迎风呼啸，伸直了枝条长吟，说：“你真美啊！我听说过有这种情况：容貌妖艳，是侮辱的对象；丽服美食，是偷窃的目标；多才多能的人，是嫉妒的对象。现在你俊美，超群出众，名扬于世，可是好运未到，无人建造大厦，我担心你做不了宫殿的栋梁，将要被截断做成棺木，同腐烂的尸体一道被埋到幽深的地下。到那时你虽想见太阳，又怎么能见得到呢？我长得矮瘦，长不满八尺，粗不到一个手指，绿叶疏密，枝条弯曲，没有花纹条理，老天不给我成材，赐给尖刺，使人不敢来砍我做柴火，鸟禽不敢聚集在我身边。因此，我虽然没有你那么美，但也没有你那种忧虑。所以我得到的好处是很多的，还需求什么呢？”

【寓意点拨】寓言借梓树与荆棘的对话，对统治者不能用贤任能及国家衰微等状况进行揭露。

紫荆树

【寓源】南朝·吴均《续齐谐记》。

【寓言】京兆人田真，共有兄弟三人。一天，兄弟三人在一起商量着分家产。财产全部都平均分开了，只是还有院子前面那一棵紫荆树，花枝招展，绿叶繁茂，他们商量把树砍成三片分开。第二天准备砍树，谁知这株树马上就枯死了，样子像火烧了一样。田真看后，非常吃惊，就对几个兄弟说：“这棵树本来就是一体的，听说要将它砍断分开，因而枯焦，真是人不如树啊！”大家悲痛不已，决定不再砍树，树马上又枝繁叶茂。兄弟三人都非常感动，将家里的财产又合在一起，成为一户孝顺人家，田真官至太中大夫。

【寓意点拨】一棵本没有感情的紫荆树，却在听说要被砍断时，难过得像枯死了一样，而在听说了将免于被砍的命运时，重又枝繁叶茂，繁荣起来。面对这株树，本是同根生的三兄弟该做何感想呢？树尚且知道同根的亲密及被分开的痛苦，更何况万物之灵的人呢？受了树的感化，三兄弟重新合为一家，这就是树给人的启示。

紫燕与黄鹂

【寓源】清·吴庄《吴鳏放言》。

【寓言】紫燕和黄鹂一同飞翔。黄鹂说：“你回哪儿去？”

紫燕说："我回厅堂去。你回哪儿去？"

黄鹂说："我回到柳树上去。"

紫燕说："柳树实在比不上厅堂安稳啊。"

黄鹂说："不是这样。柳树是自然形成的，厅堂是人建造的。我白天在柔软的枝条间游玩，傍晚在茂密树叶的遮蔽下休息；我自由地飞翔，而不会有被人关门拒绝的事；我用自然的歌喉歌唱，而人们却以为我用笙簧演奏出美妙的音乐；我在柳树间游玩，有时候我会离开，但柳树却无日不存在。像那厅堂有门有槛，而你将会被人拒之门外；你大声喧哗鼓噪，人们将会憎恨你；厅堂有盛有衰、有兴有废，盛与兴却没你的份，而衰与废，我担心你与它共同承受。可是你却因为待在厅堂而自顾庆幸、沾沾自喜，你和麻雀一同被讥笑是应该的！"

紫燕说："你说得对！"

【寓意点拨】这则寓言启示人们，处世要有独立自主的地位，这样才能自由安排人生，不受别人的连累；如果依附于人，便失去了自主的权利，势必任人摆布，受人制约。

自来旧例

【寓源】宋·文莹《湘山野录》。

【寓言】郎中杨叔贤，眉州人。他听说不久有新太守走马上任，就大排乐队奏乐欢迎。乐人的"口号"颂道："为了酬报官吏民众，需要大大庆贺，因为灾星走了，福星来临了！"

太守听了大喜，问："这个'口号'是谁作的？"

乐人们回答说："这是本州历来的老规矩，只此一首！"

【寓意点拨】这则寓言讽喻封建官吏从来都是"一年清知府，十万雪花银"的残酷压榨百姓的"灾星"，每次官员调遣，虽然都要喊"灾星移去福星来"的口号，但是对人民群众来说，从来是换汤不换药，都是压榨人民的"灾星"，"本州自来旧例，止此一首。"乐人的答复是实实在在的，而又是何其幽默啊！

自投鼎俎

【寓源】明·赵南星《笑赞》。

【寓言】钟馗专门嗜好吃鬼，他的妹妹给他做生日，写了个礼单说："酒一壶，鬼两个，送给哥哥做点剁；哥哥若嫌礼物少，连挑担的是三个。”

钟馗便叫人把三个鬼都送到厨房里去，让厨师烹煮。

装在担子里的鬼看着挑担子的鬼说：“我们死是本分，你为什么要挑这个担子来？”

【寓意点拨】寓言告诉人们，人屈从于某种势力，而又愚昧无知，难免要任人宰割。

自相矛盾

【寓源】战国·韩非《韩非子·难一》。

【寓言】楚国有个人在喧闹的集市上出售自己打制的长矛和盾牌。集市上人来人往，熙熙攘攘。

楚人拿着长矛和盾牌走到人流最密集的地方，开始叫卖。只听他大声地喊道：“来看看我的长矛，我的盾牌哩！这可都是我亲自打造的啊！”他叫卖得很卖力，声音又非常洪亮，很多人被吸引了过来。

见围观的人越来越多了，这人叫卖声更大了，只见他左手举起长矛，低沉地说道：“大家看看我这长矛，纯铁打造，锋利无比，任凭多么坚固的盾也抵挡不了他的锋利！”转而又右手举起盾牌，高声地喊道：“再来看看我这盾牌，它坚硬牢固，任凭多么锋利的矛也刺不穿它！”他的声调抑扬顿挫，时而高，时而低。大家被他说得晕头转向，有的人已经掏腰包想要买了。

人群中有个十岁左右的小孩子，他一直在很认真地听楚人的叫卖。左手矛右手盾，用矛刺盾，用盾挡矛，他反复地思考着。突然间似乎发现了什么，他疑惑地问卖矛和盾的人，“您说您的矛是最锋利的，盾是最坚固的，那如果用您的矛去刺您的盾，那会怎么样呢？”

楚人一下子惊呆了，张口结舌，什么话也说不出来。众人这下反应了过来，知道刚才楚人夸大其词了，便嬉笑着四散而去。

【寓意点拨】适当宣传是很必要的，但脱离实际地夸夸其谈，夸张地描述某种东西的长处，往往就会闹出自相矛盾的笑话。

这则寓言告诫人们，说话做事都要讲求实际，恰如其分，切不可有市侩习气，自吹自擂。这个商人乱吹一气，说话自相矛盾，结果闹出笑话，失信于人。这种不老实的态度，是不可取的。

宗定伯卖鬼

【寓源】三国·曹丕《列异传》。

【寓言】南阳人宗定伯，年轻的时候，夜里走路碰到了一个鬼。

他问："是谁？"

鬼说："是鬼啊。你又是谁呢？"

宗定伯骗他，说："我也是鬼啊。"

鬼问："你想到什么地方去？"

回答说："要到宛城的市场上去。"

鬼说："我也要到宛城的市场上去。"

两个人一起走了数里地。

鬼说："徒步行走太急迫了，我们可以轮流背着走吧。"

宗定伯说："太好了。"

鬼便先背着宗定伯走了数里路。

鬼说："你太重了，必定不是鬼吧？"

宗定伯说："我刚刚死，所以重呀！"

宗定伯随着背起鬼来走，鬼几乎没有重量。像这样来回轮番背负了多次。

宗定伯又说："我刚死，不知道鬼都害怕些什么？"

鬼说："只是不喜欢人吐唾沫。"

当时同在路上走，遇到了一条河，宗定伯就让鬼先渡河，听去一点儿声音也没有。宗定伯自己过河时，就像水车的轮子在深水里转动一样响。

鬼又说了："为什么有声音？"

宗定伯说："因为刚死还不熟悉渡水罢了。请不要见怪！"

快要到宛城的市场了，宗定伯便把鬼举在头上，紧紧地把它抓住。鬼大叫，发出"咋咋"的声音，要求下来。宗定伯不再听它的，一直走到宛城市场中。把鬼放在地下，鬼就变成了一只羊，宗定伯便把它卖了；又害怕它再变为鬼，就向它吐唾沫。宗定伯卖羊得到一千五百钱，就回家去了。

【寓意点拨】这则寓言确实启人心智。一个人的一生不可能风平浪静，一帆风顺。世界上是没有鬼的，所谓"鬼"可能是人生中遇到的一个困难、一次挫折，或一段坎坷，但只要像宗定伯那样无所畏惧，坦然面对，用聪明、智慧去把握事物的规律，巧妙化解，便没有不可克服的困难、不可逾越的难关。

邹忌窥镜

【寓源】西汉·刘向《战国策·齐策一》。

【寓言】邹忌身高八尺多，容貌美丽，神采焕发。早晨起床后，穿好衣服，戴好帽子，自己照着镜子，对妻子说：“我同城北的徐公相比，哪个漂亮呢？”

妻子说：“你漂亮极了。徐公怎么能比得上您呢！”

城北的徐公，是齐国最漂亮的人。邹忌不相信自己比徐公漂亮，又问他的小老婆说：“我同徐公相比哪个漂亮？”

小老婆说：“徐公怎么能比得上你呢！”

第二天，有个客人来访，在同客人交谈中，他问客人：“我与徐公相比哪个漂亮？”客人说：“徐公不如你漂亮。”

又过了一天，徐公来了，邹忌仔细地观看了他的容貌，自己认为不如他；便照照镜子，相比远不如徐公漂亮。晚上睡觉时，邹忌就想到这个问题，自言自语地说：“我的妻子说我漂亮，这是因为偏爱我；我的小老婆说我漂亮，这是畏惧我；客人说我漂亮，这是因为想求助于我啊。”

【寓意点拨】这则寓言启示人们，一个人只要有自知之明的精神，保持清醒的头脑，就不会陶醉在赞扬声中，就能识破假象，获得真情，不至于盲目自满；别人的赞扬称美，出发点是各不相同的，或多或少带有个人的主观偏见，因此对于美言，不能盲目信从，要多问几个为什么？要探究其主观动机，以免受蒙蔽；鉴别事物最有效的方法是直接的对比相较，邹忌三问而不得真相，一比则真情大白，俗话说“不怕不识货，就怕货比货”，道理就在这里。

走兽世界

【寓源】清·吴趼人《俏皮话》。

【寓言】兽王国能实行仁政，使各种兽类都能享受平等自由，各自安居乐业。只有猫饿得要死，找不到食物。一天，猫们纷纷向各兽辞行，名片上都写着“恭辞北上”。

诸兽问：“为什么要北上？”

猫说：“我们散居各地，找不到食物，所以要到北京去谋食。”

有人说：“北京翰林任职也不过四两银子的薪水，你们前去，怎么有生活出路？”

猫说："我们听说京城是投机钻营者的聚集之地，那里老鼠一定很多。"

【寓意点拨】寓言中把投机钻营的官僚、政客喻为鼠，并认为此种鼠辈以京城为最多。京城首善之地竟成为鼠辈"钻营的总会"，晚清吏治之腐败，于此可见一斑。

奏乐

【寓源】明·刘基《郁离子·论乐》。

【寓言】熊蛰父居住在楚国时，不等楚王问他，就说出所见所闻。等他到了宋国，宋王即使问他，也不肯说。有人问他："宋王对待你不比楚王情薄，而你有的肯说，有的不肯说，不是太奇怪了吗？"

熊蛰父说："你曾经学过奏乐吗？鼓钟悬挂起来鸣奏了，弹奏琴瑟来伴和，间或奏以笙磬，用枧（jiǎn）起始，用敔（gǔ）终止，这样，而后就八音和谐，箫韶雅乐就合成了。现在鸣奏起筝、筑、笛、缶，用铙钹相间，用羯鼓伴和，即使有玉磬管笛，怎么能杂乱地演奏呢？所以，惊雷如果在惊蛰不响，而在冬至时响，那么自然规律就变了；如果雄鸡不在黎明前报晓，而在半夜啼叫，那么人们听后就感到迷惑。"

【寓意点拨】这则寓言以乐器大合奏为喻，说明"道不同不相为谋""话不投机半句多"这个道理。熊蛰父以各种乐器协调演奏，方能奏成悦耳的乐曲为喻，说明他不向宋王进言的原因是话不投机，不相协调。究其根源，是"道不同"，即政治主张不一样。

醉猴

【寓源】清·石成金《笑得好》。

【寓言】有个人买到个猴子，用衣帽给它穿戴，传授教练拜跪的礼节，猴子学得很像人的样子。一天，这个人摆酒席请客，指令猴子行礼，非常可爱。客人就拿酒奖赏猴子，猴子喝得大醉，脱去了衣服和帽子，满地打滚。许多客人笑着说："这猴子不喝酒时，还像个人的样子，哪里知道喝下酒后，就不像个人样了。"

【寓意点拨】不喝酒时猴子文明知礼，像个人样；喝醉了酒是满地打滚，衣冠不整，不像个人样。这则寓言以猴子为喻，讽喻酗酒的害处，劝人要节制饮酒。

尊卢沙

【寓源】黄灵庚编《宋濂全集·潜溪后集卷二·燕书》。

【寓言】秦国有个叫尊卢沙的人，喜欢说大话，以能者自居，仿佛令人深信不疑，其实秦国的人都嘲笑他。

尊卢沙说："你们别笑话我，我要到楚国去教他们治国之术。"他飘飘然往南走，到了楚国边境时，守关的官吏抓住了他。尊卢沙说："千万不要拘捕我，我来是要做楚王的谋士的。"

守关的官吏把尊卢沙送到朝中，大夫把他安置在馆舍里。问他："先生看得起我们楚国，不远千里而来，想使我们楚国壮大。由于相知不深，或许你不能开诚相见，其他事都不敢动问，就请你谈谈打算教导我们楚国的谋略，怎么样？"

尊卢沙生气地回答："这不是你能知道的。"

大夫摸不清他的底细，只得将他引荐给上卿瑕，瑕以待宾客的礼节接待了他，也问了同样的问题。尊卢沙更加生气，就要告辞。瑕怕被楚王怪罪，赶快向楚王做了汇报。

楚王急召尊卢沙进见，可尊卢沙不来，楚王只得派人三番四次地去请。

尊卢沙见到楚王时，只作长揖，不跪拜，叫着楚王说："楚国的东面有吴、越，西面有秦，北边有齐与晋，都对楚虎视眈眈，毫不松懈。我最近路过晋国都城附近，听说晋侯约诸侯图谋攻楚，他们宰白马，列摆祭器，歃血为盟，发誓说：'不破楚国，誓不相见。'他们又投玉璧祭河，准备渡河作战。楚王你还能高枕无忧吗？"

楚王惊起，询问对策。尊卢沙指天起誓说："如果你任命我尊卢沙为卿，楚国必能富强，天日可鉴。"

楚王说："好。请问你首先打算做什么呢？"

尊卢沙回答说："这不能拿空话对你说呀。"

楚王说："那好吧。"就真的任命尊卢沙为卿。

过了三个月，没有什么动静。不久，晋侯真的率诸侯的军队打来了，楚王很害怕，赶快招来尊卢沙商议退敌，尊卢沙瞪着眼，半天没有回答。楚王非要他发表高见不可，尊卢沙才说："晋侯的军队非常勇猛，为你考虑，不如割地求和算了。"

楚王大怒，把尊卢沙囚禁了三年，并割掉他的鼻子才放了他。

尊卢沙告诉别人说："我从今以后明白了，说大话足以给自己招来灾祸。"他终身不再说大话，一想说就摸着鼻子打住了。

【寓意点拨】大凡骗子都不会有真才实学，只能靠夸夸其谈来蛊惑世人，然而骗子能骗人一时，却不能永远得逞。

作祟自毙

【寓源】清·袁枚《子不语》。

【寓言】杭州人赵清尧喜欢下棋，只要听到棋子走动的声音，总要坐下来和人家对局较量。

一天，他偶然到二圣庵游玩，看见一个道士，相貌十分丑陋，正和游客下棋。道士的棋术非常低劣，还自称是有道行的“炼师”，赵清尧心里很瞧不起他，一句话也不和他说，立即转身走了。

当天晚上，他上床睡觉，只见两团鬼火在帏帐上绕动，赵清尧不动声色。不一会儿，一个青面獠牙的恶鬼，手拿钢刀，揭开帏帐。赵清尧厉声呵斥，青面鬼一下又不见了。

第二天晚上，满床铺发出细小嘈杂的啾啾声，好像小孩在学着说话。起初还听不太真切，细细倾听，原来是说：“我棋术低劣，自称‘炼师’，与你有什么关系，竟敢小看我！”赵清尧这才知道是那个道士作怪，更加不害怕了。接着又听到一个低低的声音咬牙切齿地说：“你好大胆，居然不怕刀剑，我将用勾魂法要你的性命！”接着就念起咒来：“天灵灵，地灵灵，当门顶心下一针。”赵清尧听了，顿时好像浑身在颤抖。他强忍着控制着一动不动；又用手堵住自己的耳朵，但躺下，咒语又从枕头里发出来。就这样，赵清尧坚持忍耐了一个多月，忽然看见那个道士泪流满面地跪在床前说：“我因一时恼怒，行了法术恐吓你，要你求饶，好诈取些钱财，不料你总不动心。我后悔也来不及了。我的法术不能侵害人，反过来自己就要遭殃，所以我昨天已经死去，但阴魂没有归宿，愿来服役侍奉，在您家里作个预卜吉凶的樟柳神，用以赎我先前的罪过。”赵清尧始终不予理睬。

第二天，他派人去二圣庵一看，那道士果然已经自杀了。

【寓意点拨】寓言告诉人们，一切倒行逆施，为非作歹的人，都不过是自掘坟墓，自套绞索，是不会有好下场的。